MICHAEL PEINKOFER
# ORKS

# MICHAEL PEINKOFER

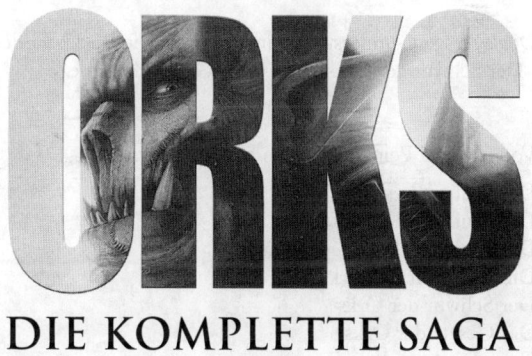

# ORKS

## DIE KOMPLETTE SAGA

Piper München Zürich

*Entdecke die Welt der Piper Fantasy:*

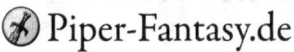 **Piper-Fantasy.de**

Diese Ausgabe umfasst die Einzelbände »Die Rückkehr der Orks«,
»Der Schwur der Orks« und »Das Gesetz der Orks«.

Von Michael Peinkofer liegen bei Piper vor:

Die Zauberer
Die Zauberer. Die Erste Schlacht
Die Zauberer. Das dunkle Feuer
Die Rückkehr der Orks
Der Schwur der Orks
Das Gesetz der Orks
Orks. Die komplette Saga
Unter dem Erlmond. Land der Mythen 1
Die Flamme der Sylfen. Land der Mythen 2

Sonderausgabe
ISBN 978-3-492-70239-3
© Piper Verlag GmbH, München 2011
© der Einzelbände Piper Verlag GmbH, München 2006, 2007, 2008
Karte: Daniel Ernle
Satz: C. Schaber Datentechnik, Wels
Druck und Bindung: CPI – Clausen & Bosse, Leck
Printed in Germany

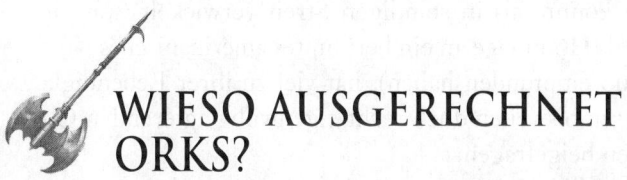

# WIESO AUSGERECHNET ORKS?

Diese Frage wurde mir in den vergangenen sechs Jahren immer wieder gestellt. Wieso habe ich mich in meinen Romanen ausgerechnet mit den Bösewichtern der Fantasy befasst, und das gleich dreimal hintereinander? Aus zwei Gründen. Zum einen sind Schurken natürlich für jeden Autor ein höchst interessantes Betätigungsfeld. Zum anderen hatte ich doch den Eindruck, dass den Orks in der Vergangenheit bisweilen Unrecht getan wurde. Denn wenn sie tatsächlich so böse sind, wie allenthalben behauptet wird, so ichsüchtig und durchtrieben, so primitiv und undiszipliniert – können sie dann überhaupt zu jenen großen anonymen Heeresmassen verschmelzen, die man in der Fantasy so gerne ins Feld zu schicken pflegt? Oder müsste ein solches Heer sich nicht spätestens nach einer Woche auflösen, weil die Orks schlicht keine Lust mehr haben und lieber etwas anderes tun?

Das war der Gedanke, der mich letzten Endes nicht nur dazu bewog, mich den Orks zu widmen, sondern dies auch mit einem Augenzwinkern zu tun. Das hat anfangs nicht allen gefallen, aber im Lauf der Zeit haben Balbok und Rammar, das ungleiche Brüderpaar, das im Mittelpunkt der ORKS-Trilogie steht, doch die Herzen vieler Leser *erobert*, wie sich das für zwei durchtriebene, kriegslüsterne und mit allen Jauchebrühen gewaschene Unholde gehört. Was die Entstehungsgeschichte der beiden betrifft, so kann ich nur sagen, dass sie einfach da waren. Robert E. Howard, der Pionier der Heroic Fantasy, pflegte zu sagen, dass die Figur Conans des Barbaren einfach so in seine Vorstellung spaziert wäre, komplett mit all ihren Eigenschaften. Bei Balbok und Rammar war es ähnlich, und dass ich sie mir von Beginn an nicht anders vorstellen konnte als in ständigen Streit verwickelt (was viele Leser als Hommage an ein berühmtes amerikanisches Komiker-Duo empfunden haben), hat viel zu ihrer Lebendigkeit und ihren bisweilen doch recht eigenwillig agierenden Charakteren beigetragen.

Trotz aller Komik war mir jedoch immer daran gelegen, eine »echte« Fantasy-Saga zu erzählen, eine epische Geschichte, die vom Ende und vom Neubeginn des Elfenreichs erzählt. Die Hintergrundinformationen, die dabei im Lauf der Zeit über Erdwelt zusammenkamen – von geschichtlichen Ereignissen über geographische Eigenheiten bis hin zu Sprachen für die verschiedenen Völker – haben schließlich dazu geführt, dass die Geschichte des Zweiten Krieges, in dem sich Menschen und Orks gegen das Elfenreich verbündeten, Niederschlag in der ZAUBERER-Trilogie fanden. Aber das ist, wie es so schön heißt, eine eigene Geschichte.

Ich freue mich, dass mit dieser Ausgabe der ORKS alle drei Abenteuer von Balbok und Rammar, von Corwyn und Alannah und all den anderen Charakteren, die mir im Lauf der Zeit so ans Herz gewachsen sind, nun in einem Band vorliegen. Das Wörterbuch wurde selbstverständlich beibehalten, und auch das Rezept für den *bru'mill*, den berühmten orkischen Magenverstimmer, fehlt nicht. Balbok und Rammar haben die Nachricht, dass ihre Abenteuer nun in einer Gesamtausgabe vorliegen, übrigens mit einem waschechten Blutbier-Saufgelage gefeiert – und mich anschließend mit vorgehaltenem *saparak* dazu gezwungen, ihre Abenteuer fortzusetzen.

Was soll ich sagen?

Ich hab's versprochen.

*Michael Peinkofer*

# INHALT

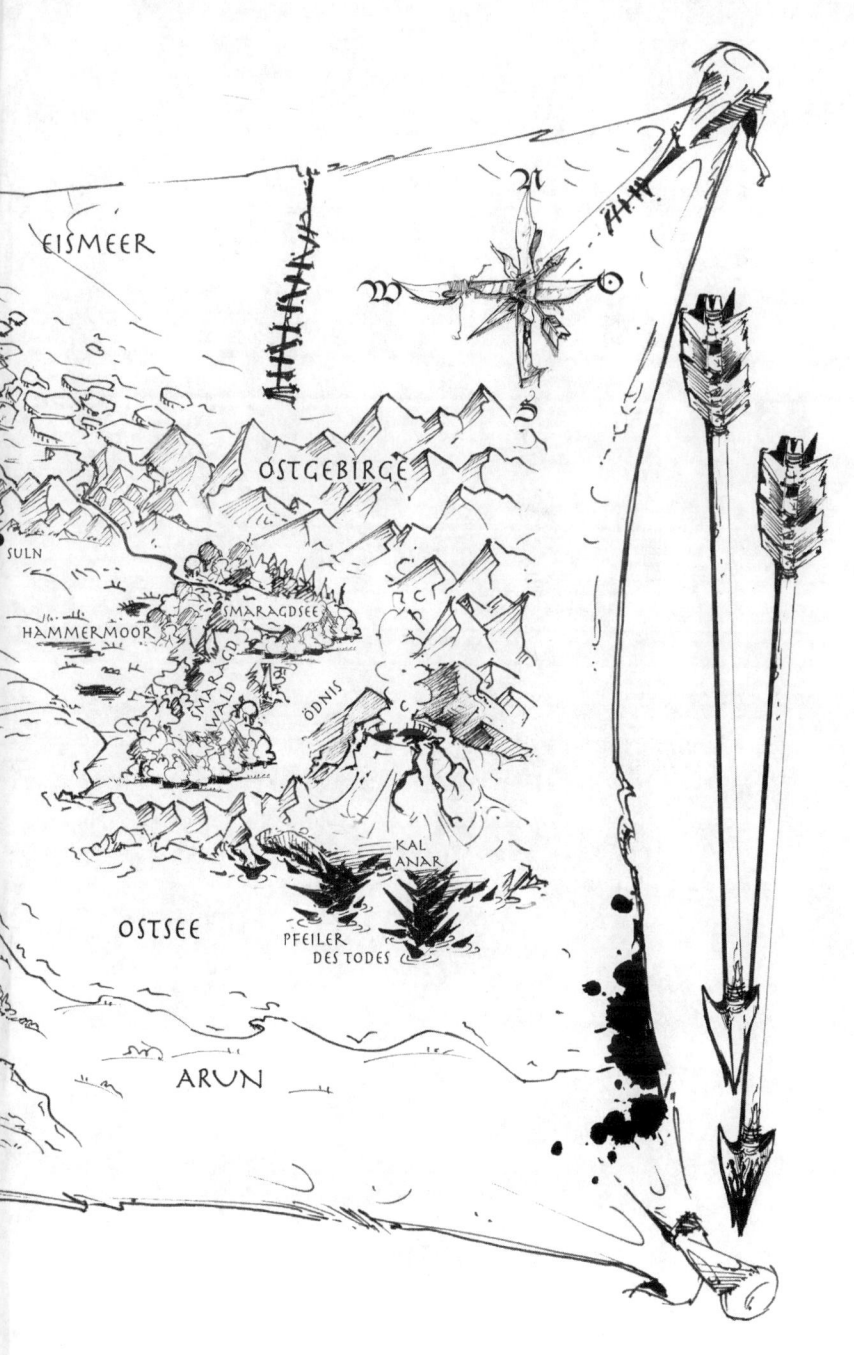

EISMEER

OSTGEBIRGE

SULN

SMARAGDSEE

HAMMERMOOR

SMARAGD
WALD

ÖDNIS

KAL
ANAR

OSTSEE

PFEILER
DES TODES

ARUN

# DIE RÜCKKEHR
# DER ORKS

# INHALT

# BUCH 1

## KASLAR UR'SHAKARA
### (DIE KARTE VON SHAKARA)

# PROLOG

Die Welt hatte viele Namen.

Die Elfen hatten sie *amber* getauft, vor vielen Zeitaltern, als das Land noch jung und unberührt gewesen war und nicht getränkt vom Blut der Schlachten.

Die Zwerge nannten sie *durumin*, nach dem Riesen, der einst die Schätze der Welt bewacht hatte, ehe die Drachen in ihrem Neid sie in die Tiefen der Erde schleuderten und dort begruben.

Die Menschen, noch jung und arm sowohl an Mythen als auch an Vergangenheit, hatten ihr den Namen *Erdwelt* gegeben, wie es ihrer schlichten Art entsprach.

Die Orks schließlich nannten sie *sochgal*.

Von den Wildlanden im Westen bis zu den Reichen der Menschen, die sich im Osten jenseits des Scharfgebirges erhoben, erstreckte sich diese Welt, vom Eisland im Norden bis zur See, die fern im Süden gegen die Küste brandete und jenseits derer die Elfen die Fernen Gestade wussten.

Dies war die Welt, die sie sich teilten – und dies längst nicht immer friedlich. Nur in jenen goldenen Tagen, in denen die Elfen allein über Erdwelt geboten, herrschte Friede; dann jedoch verfinsterte sich das Licht der Zeit, und die Wolken eines düsteren Schicksals zogen sich über Erdwelt zusammen. Von den Elfen unbemerkt, war schändlicher Verrat verübt worden; die Orks traten auf, und mit ihnen kehrten Zwietracht und Krieg in Erdwelt ein.

Durch den Größenwahn und die Geltungssucht eines abtrünnigen Elfen kam es zum Ersten Krieg der Völker, den die Elfen nach langen Jahren verlustreicher Kämpfe für sich entschieden. Dies war die Zeit, in der die stolzen Festen Tirgas

Dun und Tirgas Lan errichtet wurden, die sich als Wächter des neuen Friedens über die Wälder und Ebenen erhoben. Aber auch dieser Friede währte nicht ewig.

Neue Völker traten auf: Zwerge und Gnomen kamen aus den Tiefen, und mit den Menschen gesellte sich eine weitere Art hinzu, wie Erdwelt sie zuvor nicht gekannt hatte. Denn obwohl sie das Gute wollten, waren die Menschen in ihrem jugendlichen Ungestüm und ihrer Unbekümmertheit leicht zu verführen. Und so kam es, dass sich der Geist des Dunklen Elfen ihrer bemächtigte. Zusammen mit den Orks, mit denen sie sich verbrüdert hatten, fielen sie in die Zwergenlande und das Elfenreich ein, und erneut kam es zum Krieg.

Nur der Weisheit und Tapferkeit der Elfen war es zu verdanken, dass der Kampf nicht entschieden wurde zugunsten der Mächte des Chaos. Indem sie alles aufboten und alles wagten, gelang es Elfen und Zwergen, in einem entscheidenden Vorstoß das Heer der Orks und der Menschen auseinander zu treiben; die Orks wurden in das namenlose Land jenseits des Schwarzgebirges vertrieben, die Menschen in das östliche Hügelland, das sie seither bevölkerten.

Während die Orks uneinsichtig waren und keine Reue zeigten, änderten die Menschen ihren Sinn, und unter der Obhut der Elfenkönige wuchsen sie heran. Die Menschenreiche im Osten entstanden, und mit jeder Generation nahmen sie an Macht und Einfluss zu, während die Zeit der Elfen, die in zwei blutigen Kriegen um das Schicksal der Welt gefochten hatten, zu Ende ging. Sie begannen, sich nach den Fernen Gestaden zu sehnen, von denen sie einst nach Erdwelt kamen und wo immerwährendes Glück und Freude herrschten.

Aber je mehr sich die Elfen von der Welt entfernten, desto deutlicher wurde, dass die Menschen ihre Lektion nicht gelernt hatten. Noch immer herrschten unter ihnen Neid und Habgier, und statt das Erbe der Elfen anzutreten, gefielen sie sich darin, gegeneinander Kriege um die Macht zu führen. Die Völker des Chaos aber – Orks, Gnomen und Trolle – wussten dies für sich zu nutzen und verließen ihr Exil jenseits der Berge, um in blutigen Feldzügen die Lande zu durchstreifen.

Orks kämpften gegen Gnomen, Gnomen gegen Menschen, Menschen gegen Orks: Es war ein sinnloses Gemetzel jeder gegen jeden, und die Elfen, die dem blutigen Treiben als Einzige hätten Einhalt gebieten können, scherten sich nicht darum. Erdwelt drohte im Chaos zu versinken, und es war nur eine Frage der Zeit, bis der Schatten des Dunklen Elfen erneut erwachen würde, um die Macht an sich zu reißen.

Aber diesmal war sein Plan ein anderer ...

# 1.

# IOMASH NAMHAL ...

»Sie kommen.«

»Wie viele sind es?«

Der Späher, den Girgas ausgesandt hatte, machte ein einfältiges Gesicht. Er legte die dunkle Stirn in Falten, rollte mit den gelben Augen und schien angestrengt zu überlegen. Dass er zu keinem Ergebnis kam, lag an dem Fausthieb, den Girgas ihm versetzte und der seine krumme Nase in einen formlosen blutigen Klumpen verwandelte.

»Dummkopf!«, wetterte Girgas. »Kannst du nicht zählen?«

»Nein«, näselte es zurück.

»Bei Torgas Eingeweiden! Warum nur hat man mich zum Anführer einer so dämlichen Meute gemacht? Kannst du mir verraten, du Made, wie ich die Taktik unseres Feindes herausfinden soll, wenn ich noch nicht einmal seine Stärke kenne?«

Der Späher zog es vor, darauf nicht zu antworten; Girgas war berüchtigt für seine Wutausbrüche und hatte Untergebene schon aus weit geringeren Gründen einen Kopf kürzer gemacht. Den letzten Rest an Würde bewahrend, zog sich der Ork zurück, und die wutblitzenden Augen seines Anführers blickten sich nach einem neuen Späher um.

»Verdammt noch mal, ist hier keiner, der zählen kann? Hat Graishak mich mit einer Meute hirnloser *umbal'hai* in den Kampf geschickt?«

»Ich kann zählen!«, tönte es – nicht ohne einen gewissen Stolz – aus der letzten Reihe.

Die Krieger, die sich um ihren Anführer geschart hatten, machten daraufhin staunend Platz, bildeten eine Gasse und gaben den Blick frei auf einen Ork, den Girgas noch nie zuvor gesehen hatte. Das heißt, gesehen vielleicht schon, aber nur beiläufig, und wirklich wahrgenommen hatte er ihn nicht, denn der Meuteführer kümmerte sich wie alle Orks in erster Linie um seine eigenen Belange.

Der Kerl war auffallend blass um die schiefe Nase und für einen Ork ungewöhnlich groß und hager. Spärliches Haar hing in fettigen Strähnen unter seinem Helm hervor, und der Blick seiner großen Augen, mit denen er Girgas erwartungsvoll anstarrte, hatte etwas Einfältiges. Bekleidet war er mit einem rostigen Kettenhemd, das viel zu weit für ihn war und um seine dünnen Beine schlotterte, und sein *saparak* sah aus, als hätte er eine Weile auf dem Grund der Modersee gelegen.

»Du?«, fragte Girgas nicht wenig erstaunt. »Wie heißt du?«

»Balbok ist mein Name«, lautete die Antwort, und sie löste Gelächter unter den Kriegern aus; Orks pflegen nach ihren Eigenschaften benannt zu werden, und dieser Name besagte, dass sein Träger nicht der Allerschlauste war.

»Und du kannst zählen, Balbok?«

Der Hagere wollte antworten, als ihm sein Nebenmann einen so harten Rippenstoß versetzte, dass Balbok fast zu Boden ging.

»Hör nicht auf ihn, Girgas«, sagte der Ork, der Balbok in die Rippen gestoßen hatte und das genaue Gegenteil des Hageren war: klein und kräftig und beinahe so breit wie hoch, mit einem runden Kopf, der direkt auf seinem fetten Körper saß. Die Ringe seines Kettenhemds schienen sich über seinem enormen Wanst zu dehnen, während seine Beine so kurz und krumm waren wie die eines Schweins. »Glaub mir, er redet nichts als Unsinn.«

»So?«, fragte Girgas herausfordernd. »Und woher weißt du das, wenn ich fragen darf?«

»Weil er mein Bruder ist«, erklärte der Kurze schlicht und verbeugte sich beflissen, was bei seiner Statur ziemlich drollig wirkte. »Mein Name ist Rammar.«

»Warum nur will sich mir heute jeder vorstellen?«, murrte Girgas. »Es ist mir gleich, wie ihr heißt, wenn ihr ordentlich kämpft und das Maul haltet! Habt ihr verstanden?«

»Gewiss, großer Girgas.«

»Was ist nun? Kann der Lange zählen oder nicht?«

»Nein«, behauptete Rammar, während sein Bruder gleichzeitig ein deutliches »Ja« vernehmen ließ.

»Was soll der Blödsinn?«, brüllte Girgas aufgebracht. »Wollt ihr mich verscheißern?«

»Ich kann zählen!«, behauptete Balbok.

»Nein, kannst du nicht!«, hielt sein Bruder dagegen.

»Kann ich wohl!«

»Kannst du nicht!«

»Und ob!«

»Nein, verdammt noch mal!« Um seinen Worten Nachdruck zu verleihen, griff Rammar zum Speer, aber Balbok ließ sich davon nicht einschüchtern.

»Unsere Meute besteht aus achtundzwanzig Orks«, rechnete er vor, »einschließlich Anführer Girgas. Das macht zweiundfünfzig Füße und achtundvierzig Augen, berücksichtigt man die Amputierten und die Einäugigen.«

Darauf wusste selbst sein Bruder nichts mehr zu erwidern, und auch die übrigen Orks waren mehr als beeindruckt. Zählen war an sich schon eine Kunst – aber auch noch rechnen zu können war eine Fähigkeit, die den Alten und Weisen vorbehalten war (und die wenigsten Orks erreichten ein solch gesegnetes Alter).

Girgas zeigte sich versöhnlich. »Schön, du hast mich überzeugt. Du wirst gehen und die Stärke der Gnomen auskundschaften. Und du, Rammar, wirst ihn begleiten!«

»Ich – ich soll ihn begleiten?« Rammar schnappte nach Luft. »A-aber großer Girgas …«

»*Kriok!*« Mit diesem einen Wort erklärte der Anführer die Diskussion für beendet – jedem, der noch widersprach, musste klar sein, dass er damit seine Gliedmaßen riskierte.

Leise vor sich hinmaulend wandte sich Rammar ab, und unter den schadenfrohen Blicken ihrer Kameraden traten die beiden Brüder ihre Mission an.

Im Laufschritt brachten sie die Lichtung hinter sich, auf der sich die Orks versammelt hatten, und schlugen sich in die Büsche. Bewaffnet waren sie jeder mit einem *saparak*, einem mit Widerhaken versehenen Speer, den die Orks am liebsten benutzen und der sich auch im Nahkampf einsetzen lässt. Balbok hatte außerdem Pfeil und Bogen dabei und eine handliche Kriegsaxt in seinem Gürtel stecken. Sie nahmen den Weg, den auch der andere Kundschafter genommen hatte und der zu beiden Seiten von dichtem Farn und schroffem Fels gesäumt war.

»Du dämlicher Sohn einer noch dämlicheren Mutter!«, wetterte Rammar, ungeachtet der Tatsache, dass er damit auch die eigene Mutter beleidigte. »Begreifst du nicht, was du mir eingebrockt hast? Jetzt haben wir beide diesen gefährlichen Auftrag am Hals!«

»Und?«, fragte Balbok lakonisch.

»Und? Ich habe keine Lust, deinetwegen von wütenden Gnomen in Stücke gehackt zu werden. Ich habe versucht, dich vor deiner eigenen Dummheit zu schützen, aber du musstest ja so tun, als wärst du der weise Anartum persönlich. Und nun sieh, was du damit erreicht hast – du reitest nicht nur dich selbst, sondern auch mich ins Verderben!«

»Wir reiten nicht, wir laufen! Und ich habe dich nicht gebeten, mich zu begleiten.«

»Als ob das nötig gewesen wäre, so wie du mich angeschaut hast! Du hast mich um Hilfe angefleht mit diesem Blick. Wenn ich nur wüsste, womit ich das verdient habe. Mein ganzes Leben lang geht das schon so. Und das nur, weil ich der Ältere von uns beiden bin und der Wille Kuruls mich vor dir nach *sochgal* gespien hat! Ich sollte dich aufschlitzen und deine Gedärme an die Sumpfkobolde verfüttern, damit du endlich lernst, wie ...«

Er verstummte mitten im Satz, als plötzlich der dumpfe Schlag von Trommeln zu hören war, und er blieb so abrupt stehen, dass Balbok gegen seinen Rücken prallte und er noch zwei, drei Schritte vorwärts stolperte.

»Hörst du das?«, flüsterte Rammar und spitzte die ohnehin schon spitzen Ohren.

»Ja«, kam es einfältig zurück. »Das sind die Gnomen.«

24

»Blödmann!« Wieder ein harter Rippenstoß. »Ich weiß auch, dass das die Gnomen sind. Aber aus welcher Richtung kommt das Getrommel? Man kann es unmöglich feststellen ...«

»Von da drüben«, behauptete Balbok kurzerhand und deutete in die entsprechende Richtung.

»Woher willst du das wissen?«

»Ich kann sie riechen«, erklärte der Hagere und wies auf seine lange Nase.

»Was soll das heißen, du kannst sie riechen? Niemand kann Gnomen auf solch eine Entfernung riechen!«

»Ich schon.«

»Und du sagst, sie sind dort drüben?«

Balbok nickte.

»Also schön«, knurrte Rammar widerwillig, »gehen wir also nachsehen. Aber wehe, wenn du mir einen Troll aufgebunden hast, dann wird meine Faust dafür sorgen, dass du nie wieder etwas riechst.«

Balbok wollte vorausgehen, aber sein Bruder hielt ihn zurück und übernahm selbst die Führung. Mit angespannten Sinnen schlichen sie durch das Dickicht, und mit jedem Schritt, den sie in die von Balbok gewiesene Richtung taten, wurde klarer, dass Balboks Nase ihn nicht getrogen hatte. Das Getrommel wurden lauter, und schließlich konnte auch Rammar die stinkende Gegenwart der Gnomen erschnuppern.

In Anbetracht der Nähe des Feindes unterließ er es, seinen Bruder mit weiteren Beschimpfungen zu malträtieren. Je näher sie dem Lager der Gnomen kamen, desto vorsichtiger bewegten sie sich. Balbok, dessen schlanke Gestalt zwischen den Farnen und Felsen hindurchglitt, gelang dies ungleich besser als seinem Bruder, der hier und dort hängen blieb und bisweilen eine halblaute Verwünschung vernehmen ließ. Dann aber lichtete sich vor ihnen das Dickicht.

Die Orkbrüder ließen sich auf alle viere nieder und pirschten weiter vorwärts bis an den äußersten Rand des Waldes, wo sich der Farn in hohem Gras verlor, das über eine steile Böschung abfiel. Vor ihnen öffnete sich ein Tal, das rings von dunklen Hängen und grauem Fels umgeben war. Im Osten, wo die Sonne ihre ersten Strahlen über den rauen Kamm des Westgebirges schickte, toste ein Wasserfall in einen See, um den sich die Gnomen versammelt hatten – kleinwüchsige Gestalten in schwarzen Rüstungen und mit grüner Haut. Und zumindest das ließ sich feststellen, auch wenn man nicht zählen konnte: Es waren viele!

Sehr viele ...

Während Rammar leise Verwünschungen murmelte und sich fragte, ob achtundzwanzig Orks genügten, um mit einer Übermacht wie dieser fertig zu werden, hatte Balbok bereits zu zählen begonnen, was kein leichtes Unterfangen war, denn die Gnomen, die sich dort unten in der Talsohle versammelt hatten, rannten und wimmelten wild durcheinander, sodass der Ork nie sicher war, ob er diesen und jenen schon mitgezählt hatte oder nicht. Immer wieder musste er von vorn beginnen, während sein Bruder besorgt beobachtete, wie sich die Gnomen zum Abmarsch rüsteten.

»Bist du bald fertig?«, zischte Rammar. »Die sind bis an die Zähne bewaffnet, und sie sehen nicht aus, als wären sie gekommen, um einen Waldspaziergang zu unternehmen.«

»... zweiundvierzig, dreiundvierzig ... fünfundvierzig ...«, kam es flüsternd zurück.

»Sie haben Bogenschützen dabei und mehrere Warge. Wenn diese Viecher uns wittern, sind wir verloren. Also beeil dich gefälligst!«

»... siebenundsechzig, achtundsechzig, neunundsechzig ...«

»Ich frage mich, was die grünen Kerle so weit im Süden wollen. Jeder weiß, dass die Modermark den Orks gehört. Aber wahrscheinlich sind ihre verlausten kleinen Gehirne einfach nicht groß genug, um das zu begreifen.«

»... fünfundachtzig, sechsundachtzig, siebenund...« Balbok brach plötzlich ab.

»Was ist?«, wollte sein Bruder wissen.

»Nichts. Bin fast fertig.«

»Worauf warten wir dann noch, Sohn eines elenden Madenfressers? Machen wir, dass wir von hier verschwinden!«

»Das geht nicht.«

»So?« Rammar konnte sich nur mühsam beherrschen. »Und warum nicht?«

»Weil ich die dort im Gras nicht sehen kann«, erklärte Balbok schlicht. »Und wenn ich sie nicht sehen kann, kann ich sie auch nicht zählen.«

»Was redest du für dummes Zeug? Von welchen Gnomen sprichst du?«

»Von denen da«, antwortete Balbok und deutete zur linken Seite des Hangs.

Auf den ersten Blick konnte Rammar dort nichts entdecken, und er wollte seinen Bruder schon zurechtweisen. Dann aber fiel ihm auf, dass sich das hohe Gras an einigen Stellen verdächtig bewegte, so als ob jemand auf allen vieren hindurchkroch.

»Bei Kuruls Flamme!«, entfuhr es ihm. »Gnomenkrieger! Sie pirschen sich an uns heran! Sie haben uns entdeckt!«

Wie um seine Worte zu bestätigen, war plötzlich ein hässliches Sirren zu hören – und unmittelbar vor Rammar, nur wenige Handbreit von seinem klobigen Schädel entfernt, bohrte sich ein Pfeil in den weichen Boden.

»Bei Torgas Eingeweiden …!«

Noch ehe einer der beiden Orks reagieren konnte, tauchten aus dem hohen Gras plötzlich vier hassverzerrte grüne Fratzen auf. Ihre Säbel und Bogen in den Fäusten, stürmten die Gnomen den Rest des Hangs herauf. Ihr wirres schwarzes Haar umwehte dabei ihre Häupter, ihre Augen blitzten vor Zorn und Kampfeswut, und ihre Münder waren weit aufgerissen, um wilde Kriegsrufe auszustoßen.

»Da siehst du, was du angerichtet hast!«, beschuldige Rammar seinen Bruder. Dann war schon der erste Gnom heran, und der Ork hieß ihn mit dem *saparak* willkommen.

Der Angreifer lief geradewegs in sein Verderben. Der Speer drang in seine Brust, durchbohrte seinen Leib, und die blutige Spitze mit den scheußlichen Widerhaken trat im Rücken wieder aus.

Der fluchende Rammar hatte seine liebe Mühe, den zappelnden Gnom von der Waffe zu schütteln, während sein Bruder kurzerhand nach dem Bogen griff und zwei der Angreifer mit

Pfeilen niederstreckte. Dass Balbok so geschickt war im Umgang mit Pfeil und Bogen hatte Rammar immer mit Neid erfüllt und klammheimlich geärgert – nun jedoch war er froh darüber.

Der Letzte der Gnomen, die sich angeschlichen hatten, stürmte mit heiserem Geschrei heran, aber kaum hatte er die Orks erreicht, als ihm Balboks Axt auch schon das Haupt spaltete. In einem Schwall grünen Gnomenbluts ging der Angreifer nieder.

»Drei hab ich bereits erledigt!«, rief Balbok triumphierend aus.

»Bilde dir darauf nur nichts ein!«, fauchte Rammar seinen Bruder an. »Der bessere Krieger von uns beiden bin immer noch ich!«

Vom Grund des Tals drang aufgeregtes Geschrei herauf. Die Gnomenwächter hatten den Kampf natürlich bemerkt und schlugen Alarm – worauf sich sofort zwei Dutzend Krieger in Bewegung setzten und unter wütendem Gebrüll den Hang heraufstürmten.

»Und jetzt?«, fragte Balbok einfältig.

»Blöde Frage«, knurrte sein Bruder. »Lauf!«

Rammar fuhr herum und rannte davon, so schnell die kurzen Beine seine beträchtliche Leibesfülle tragen konnten. Balbok schob den Axtstiel hinter seinen breiten Gürtel, nahm seinen Bogen und jagte mehrere Pfeile den Hang hinab. Da die Gnomen ohne Deckung und in breiter Front den Hang heraufkamen, traf jedes der Geschosse, aber die Verfolger ließen sich davon nicht aufhalten. Im Gegenteil, mit jedem Artgenossen, der von einem Orkpfeil niedergestreckt wurde, vergrößerte sich ihre Raserei nur noch. Mit beängstigender Geschwindigkeit erklommen sie den Hang; im oberen Teil, wo es steil wurde, krabbelten sie auf allen vieren und sahen in ihren dunklen Rüstungen und mit den langen, dürren Gliedmaßen aus wie große Käfer.

Auf demselben Weg, den sie gekommen waren, traten Rammar und Balbok die Flucht an. Sie hetzten durch den Wald, wobei sich Rammar auf seinen kurzen Beinen ungleich schwerer tat, über Felsbrocken und Wurzeln zu springen, als sein schlanker, hagerer Bruder. Mehrmals blieb er mit den Füßen hängen, schlug der Länge nach hin und wand sich zappelnd wie ein Insekt am Boden, bis Balbok ihm wieder auf die Beine half. Dann setzten sie ihre wilde Flucht fort, das Kreischen und Heulen der Gnomen im Rücken.

»Rammar?«, stieß Balbok im Laufen hervor.

»Ja?«

»Ich muss dir was sagen.«

»*Umbal!*«, keuchte der andere. »Jetzt ist keine Zeit für Gefühlsduselei. Aber wenn du es unbedingt wissen willst – ich bin auch froh, dich zum Bruder gehabt zu haben.«

»Das meine ich nicht.«

»Nein?«

»Nein. Mir ist nur gerade eingefallen, dass wir unseren Auftrag nicht erfüllt haben. Wir wissen noch immer nicht, wie viele Gnomen es sind, und …«

»Glaubst du denn, das spielt jetzt noch eine Rolle?«

»Zuletzt habe ich siebenundachtzig gezählt. Die vier, die wir erschlagen haben, brauche ich nicht mitzuzählen, und abzüglich derer, die ich mit meinen Pfeilen erledigt habe, macht das …«

»Balbok?«

»Ja, Rammar?«

»Tu mir einen Gefallen«, stieß sein Bruder zwischen keuchenden Atemzügen hervor. »Halt verdammt noch mal die Klappe, verstanden?«

»Ja, Rammar. Aber die Anzahl der Gnomen …«

»Noch ein Wort über Zahlen, und du brauchst dir über die Gnomen keine Gedanken mehr zu machen – dann werde *ich* dich erschlagen, elender *umbal*! Das alles ist nur deine Schuld!«

So schnell Rammars Stummelbeine es zuließen, rannten sie durch den Wald und erreichten endlich die Lichtung, wo Girgas und der Rest der Meute auf sie warteten. Als der Anführer sie erblickte, erkannte er sofort, dass etwas nicht stimmte.

»Was ist los?«, rief er ihnen entgegen. »Ihr seht aus, als wärt ihr Kurul persönlich begegnet.«

»Die Gnomen …!« Das war alles, was Rammar hervorbrachte, während er heiser nach Luft schnappte.

»Was ist mit ihnen?«

»Sie … sie … haben uns entdeckt und …«

»Ihr wurdet entdeckt?« Girgas' Augen weiteten sich.

»Ja, großer Girgas«, krächzte Rammar. »Wir haben ein paar von ihnen erschlagen, aber jetzt sind sie auf dem Weg hierher. Wir müssen rasch fliehen und …!«

In diesem Moment war das Geschrei ihrer Verfolger zu hören, und der Wald schien zu erzittern unter dem Getrampel zahlreicher Füße.

Die Orks tauschten entsetzte Blicke. Einige von ihnen wollten die Flucht ergreifen, wie Rammar es geraten hatte, aber Girgas stellte sich ihnen entgegen. Dabei hielt er sein Orkschwert in der Faust, an dessen schartiger Klinge Flecken von eingetrocknetem grünen Gnomen-, von rotem Menschen- und sogar von schwarzem Orkblut von siegreich überstandenen Kämpfen kündeten.

»Bleibt hier, ihr Maden!«, rief er. »Ihr Feiglinge, wo wollt ihr hin?«

»Weg, nur weg!«, rief einer der Krieger – woraufhin ihm Girgas kurzerhand den Kopf abschlug. Der Schädel plumpste auf den feuchten Waldboden, den entsetzten Ausdruck noch im Gesicht.

»Keiner verlässt diese Lichtung!«, brüllte Girgas gegen das Geschrei der Gnomen an, das lauter und lauter wurde. »Ihr elenden Hunde werdet bleiben und kämpfen. Wir werden diesen verdammten Gnomen zeigen, was es heißt, ein Ork zu sein, und wir werden unsere Klingen in ihrem stinkenden grünen Blut baden. Habt ihr mich verstanden?«

Die Antwort war heiseres Gebell – zu mehr waren die meisten Krieger nicht mehr fähig, nachdem sie das Blut ihres Artgenossen gerochen hatten. Ihre gelben Augen rollten wild in den Höhlen, nicht wenigen stand Schaum vor dem Maul. Ihre Schwerter und Speere umklammernd, wandten sie sich in die Richtung, aus der die Gnomen kommen würden, und Girgas drängte sich in die vorderste Reihe.

»Wie viele sind es nun?«, fragte er Balbok, der neben ihm stand.

»Genau weiß ich es nicht«, gab der Hagere verlegen zurück. »Etwas über achtzig, schätze ich.«

Girgas überlegte kurz. »Ist das mehr als ein Dutzend?«, fragte er dann.

»Ich denke schon.«

Ein verwegenes Grinsen huschte über Girgas' narbenzerfurchte Züge. »Dann sind es wirklich viele ...«

Plötzlich war aus dem Wald ein lang gezogenes, feindseliges Knurren zu vernehmen. Gebannt starrten die Orks auf das dunkle Grün. Wieder war das Knurren zu hören, dann das Knacken und Bersten von Zweigen und Ästen. Und einen Herzschlag später brach etwas Großes, Graues aus dem Buschwerk.

Girgas stieß einen lauten Kampfschrei aus, als er den massigen Warg heranstürzen sah. Warge waren keine gewöhnlichen Wölfe, sondern übergroße und mit mörderischen Fängen bewehrte Bestien. Dunkler Zauber hatte sie zur Zeit des Zweiten Krieges hervorgebracht, und einst hatten sie den Orks als Reittiere gedient. Im Lauf der Jahrhunderte hatten jedoch auch andere Rassen gelernt, sie sich zu unterwerfen; besonders die Gnomen hatten einiges Geschick darin, sie zu reiten. Der Krieger, der auf dem schmalen Rücken des Wargs saß, lachte und kreischte wie von Sinnen, während er die Bestie in Girgas' Richtung trieb.

Der Orkführer handelte ohne Zögern.

Mit einer Schnelligkeit, die man einem Wesen seiner Statur kaum zutraute, schnellte er vor und rammte sein Schwert nach oben, genau in dem Augenblick, als der Warg ihn erreichte und sich vor ihm auf die Hinterläufe erhob. Girgas stieß der Bestie die Waffe bis zum Heft in die Brust, noch ehe deren mörderische Pranken ihn berühren konnten. Dass sie damit erledigt war, begriff die niedere Kreatur nicht gleich; sie stand weiterhin aufgerichtet und brüllend vor dem Ork. Das Gebrüll ging jedoch in ein Gurgeln über, als Girgas den Warg mit einem raschen Schwertstreich der Länge nach aufschlitzte.

Die Innereien des Tieres ergossen sich über Girgas, was diesen nur noch wilder machte. Als der Warg vor ihm zusammenbrach, enthauptete er den unglücklichen Reiter, noch ehe dieser ganz begriff, was geschehen war.

Die bluttriefende Klinge in der Hand, stieß Girgas einen triumphierenden Schrei aus, in den auch die anderen Krieger der Meute einfielen. Er scholl über die Lichtung, und wie eine Welle brandete er den Gnomen entgegen, die im nächsten Augenblick aus dem Dickicht brachen.

Girgas hatte Recht – es waren tatsächlich viele. Eine gepanzerte grüne Invasion ergoss sich aus dem Wald, und obwohl die Gnomen den Orks an Körpergröße unterlegen waren, boten sie einen Furcht einflößenden Anblick. Die Münder zu wildem Kriegsgeschrei weit aufgerissen, starrten sie den Orks aus hasslodernden Augen entgegen, während sich eine Phalanx mörderischer Waffen gegen sie richtete.

»Bogenschützen!«, konnte Girgas gerade noch rufen, aber längst nicht alle Orks kamen noch dazu, den gefiederten Tod von der Sehne schnellen zu lassen. Nur wenigen – unter ihnen der beherzte Balbok – gelang es, und die Gnomen in der vordersten Angriffsreihe schienen gegen eine unsichtbare Wand zu laufen. Doch schon war die nächste Welle der Angreifer heran, und die Orks wurden in einen heftigen Nahkampf verwickelt.

»Vorwärts, ihr Maden!«, hörte man Girgas mit lauter Stimme brüllen. »Wollt ihr denn ewig leben?«

Mit furchtbarer Wucht prallten die feindlichen Rotten aufeinander. Von einer geordneten Schlachtreihe konnte keine Rede sein – bei den Orks nicht, weil keine Zeit geblieben war, sich aufzustellen, bei den Gnomen nicht, weil sie in ihrer Raserei ohnehin keine Ordnung kannten. Unter wildem Kampfgeschrei drangen sie auf die Orks ein, aber für jene Angreifer, die sich unmittelbar gegen Girgas und Balbok wandten, nahm der Kampf ein jähes Ende.

Heisere Schreie ausstoßend, ließ Girgas seine Axt tanzen; sein Schwert hatte er im gespaltenen Schädel eines Feindes stecken lassen. Nun schwenkte er die Waffe im weiten Kreis, um die Angreifer von sich fern zu halten. Die Wunden, die das messerscharfe Axtblatt riss, waren verheerend. Fontänen von grünem Gnomenblut schienen den Anführer der Orkmeute zu umgeben, gischteten wie Geysire überall dort in die Höhe, wo Girgas' Axt Nahrung fand. Balbok an seiner Seite hatte den Bogen weggeworfen und zu seinem *saparak* gegriffen, mit dem er reihenweise Angreifer erstach.

Auch die übrigen Orks schlugen sich wacker, aber die Masse der Gnomenkrieger, die auf die Lichtung drängte, setzte ihnen arg zu. Immer mehr Orkkämpfer sanken erschlagen zu Boden, in den blutbesudelten Morast, in den sich die Lichtung unter trampelnden Füßen verwandelt hatte. Anfangs war stets noch ein anderer Ork zur Stelle, um den Platz des gefallenen Kameraden einzunehmen, aber bald schon dünnten sich ihre Reihen, und obwohl auf jeden erschlagenen Ork zwei getötete Gnomen kamen, wurde die Übermacht der Angreifer immer erdrückender.

Es war ein gnadenloses Gemetzel. Der grüne Lebenssaft der Gnomen vermischte sich mit dem schwarzen Blut der Orks, tränkte den schlammigen Boden und würde dafür sorgen, dass in Jahrzehnten keine Pflanze auf dieser Lichtung mehr gediehe. Der Geruch von Schweiß und noch warmem Blut schwängerte die Morgenluft, während überall auf der Lichtung gekämpft, getötet und gemetzelt wurde.

Im Mittelpunkt der Schlacht stand Girgas. Er schlug einem Gnomenkrieger mit der Axt den rechten Arm ab und widmete sich sogleich zwei weiteren Angreifern, die er mit einem einzigen Hieb seiner mächtigen Waffe niedermachte. Auf den von ihm verstümmelten Gnom mit dem abgehackten Arm achtete er nicht mehr, doch dieser, obwohl schwer verletzt, kroch über die Leiber seiner erschlagenen Kameraden auf Girgas' Beine zu, einen Dolch in der verbliebenen Hand. Und während Girgas einem weiteren Gnom den Schädel spaltete, stieß der Einarmige zu.

Der Anführer der Orkmeute grunzte ebenso überrascht wie unwillig auf, blickte nach unten und sah den Gnomendolch in seinem Stiefel stecken. Seine Axt sauste hinab und tötete den Verstümmelten, der diese hinterhältige Tat begangen hatte; eine fast beiläufige Bewegung, so als wolle er ein lästiges Insekt verscheuchen. Dennoch war Girgas für einen Augenblick abgelenkt – und diese kurze Ablenkung nutzten die anderen Gegner, die ihn umstanden.

Als Girgas das Zucken an seiner linken Schulter bemerkte, begriff er zunächst nicht mal, was geschehen war. Erst als er den Arm heben wollte und es ihm nicht gelang, bemerkte er den Gnomenpfeil, der zwischen Harnisch und Schulterschutz eingedrungen war. Es genügte den Gnomen nicht, die Spitzen ihrer Pfeile mit Widerhaken zu versehen – sie pflegten sie auch in Gift zu tränken. Schon spürte Girgas dessen Wirkung, und seine Bewegungen wurden schwer und fahrig. Aber er kämpfte weiter, wild entschlossen, so viele Angreifer wie möglich mit sich in Kuruls finstere Grube zu reißen.

»Kommt nur her!«, rief er ihnen grollend zu. »Ein Warg und ein paar Pfeile? Ist das alles, was ihr zu bieten habt?«

Die Gnomen wurden darüber nur noch zorniger und drangen umso entschlossener auf ihn ein. Von irgendwo zuckte ein Speer heran und bohrte sich in Girgas' rechtes Bein, und noch während er in die Knie brach, sprang ihn ein weiterer Gnom an wie ein wildes Raubtier. Sich am Kopf des Orks festkrallend, sorgte der kleinwüchsige Krieger dafür, dass Girgas die Sicht genommen wurde und er nur noch blindlings um sich schlagen konnte.

»Helft mir!«, rief er seinen Kriegern zu. »Verdammt, ihr Maden, helft mir gefälligst!« Aber die anderen Orks, einschließlich Balbok, waren viel zu sehr damit beschäftigt, sich ihrer eigenen Haut zu erwehren.

Girgas gelang es schließlich, sich den Gnom, der ihm die Sicht nahm, vom Kopf zu reißen; dass dessen Krallen tiefe, blutige Kratzer in seinem Gesicht hinterließen, nahm er gar nicht wahr. Er schleuderte den kleinen grünen Kerl den Angreifern entgegen, doch als er erneut die Axt hob, um damit den Schädel eines Feindes zu spalten, durchtrennte ein Säbel seinen Arm unterhalb des Ellbogens, und samt der Klaue, die den Schaft noch immer krampfhaft umklammerte, landete die Axt im Morast.

Girgas besah sich den blutigen Stumpf und brüllte auf vor Verärgerung und Wut – da fielen die Gnomen auch schon wie ein Schwarm Heuschrecken über ihn her, und der Anführer der Orkmeute ging fluchend und zeternd inmitten eines Knäuels grüner Leiber nieder.

Rammar sah es aus einiger Entfernung und beschloss, dass die Schlacht für ihn damit geschlagen war. Solange Girgas stand, hatte es eine (wenn auch geringe) Hoffnung gegeben, dass die Orks die Schlacht noch gewannen. Diese Hoffnung war ihm nun genommen, aber Rammar fühlte sich noch zu jung zum Sterben.

Die ganze Zeit über hatte sich der untersetzte Ork am Rand der Schlacht aufgehalten; während die meisten Gnomen dorthin drängten, wo das wildeste Getümmel herrschte, waren die Flanken weniger heftigen Angriffen ausgesetzt. Dies kam Rammar nun zugute. Noch einmal stieß er mit dem *saparak* zu und durchbohrte damit einen Gnom, der schreiend auf ihn zugesprungen war. Er befreite den Speer, indem er einen Fuß gegen die Brust des Sterbenden stemmte und den *saparak* hin und her riss, dann wandte er sich zur Flucht.

Wie es seine vorausschauende Art war, hatte Rammar sich bereits ein Versteck ausgesucht. Am Rand der Lichtung, im von Moos überwucherten Fels, gab es eine Spalte, die breit genug war, ihn aufzunehmen – vorausgesetzt, er zog seinen Wanst ein und hielt die Luft an. Aber angesichts der mörderischen Gefahr, in der er schwebte, schien ihm das keine Herausforderung, der er nicht gewachsen war.

Natürlich wusste Rammar, was er seiner Sippe schuldig war. Suchend schaute er sich um und erblickte seinen Bruder Balbok inmitten eines geifernden Haufens von Gnomen, die von allen Seiten auf ihn eindrangen.

»Leb wohl, Bruder!«, raunte Rammar und deutete eine Verbeugung an – dann lief er auf die Felsspalte zu.

Bei dem Durcheinander, das auf dem Schlachtfeld herrschte, schenkte ihm niemand Beachtung, und indem er sich so dünn machte, wie er nur irgend konnte – wobei »dünn« allerdings der falsche Ausdruck war –, gelang es Rammar tatsächlich, sich in die dunkle Öffnung zu zwängen.

Dort wartete er.

Wartete.

Und wartete …

An einem weit entfernten Ort, in der kalten Düsternis eines uralten Gemäuers, blickten blutunterlaufene Augen in die verschwommene Tiefe des *ocoulón*.

Was darin zu sehen war, sorgte dafür, dass sich der schmale Schlitz, der sich unterhalb der starrenden Augen befand, zu einem zufriedenen Lächeln verzog.

Die Gnomen erledigten ihre Aufgabe gut. Alles entwickelte sich so, wie er es geplant hatte – nun brauchte er nur noch abzuwarten.

Schon bald würde ihm gehören, wonach er schon so lange trachtete ...

»Tötet sie, meine tapferen Gnomenkrieger«, sprach er leise in das *ocoulón*. »Tötet sie bis auf den einen. Der Tapferste unter ihnen soll mein Werkzeug werden ...«

# 2.
## EUGASH KOUM

Irgendwann war der Kampfeslärm verstummt.

Nur hier und da war vereinzelt noch ein Stöhnen zu vernehmen, und aus dem blauen Mittagshimmel drang bereits das Kreischen der Aasfresser, die sich bald auf ihre Beute stürzen würden.

Obwohl sein Versteck alles andere als bequem war, harrte Rammar darin noch einige Zeit länger aus, als es nötig gewesen wäre. Er wollte ganz sicher sein, dass sich keine Gnomen mehr auf der Lichtung befanden.

Irgendwann entschied er, dass er lange genug gewartet hatte, und indem er alle Luft aus seinen Lungen blies und sich erneut so dünn wie nur irgend möglich machte, gelang es ihm, sich aus dem schmalen Spalt zu zwängen. Vorsichtig steckte er den Kopf hinaus und vergewisserte sich, dass die Luft rein war. Dann schob er sich weiter vor, bis er sich nach draußen fallen lassen konnte. Unbeholfen landete er im niedergetrampelten Gras.

Der Anblick, der sich ihm bot, als er sich wieder auf die Beine rappelte, war wenig erbaulich. Überall auf der Lichtung lagen erschlagene Orks. Einigen waren Gliedmaße abgehackt worden, anderen der Wanst aufgeschlitzt, sodass die Eingeweide hervorgequollen waren, wieder andere waren mit Gnomenpfeilen gespickt. Allen gemein war der Ausdruck ungläubigen Schreckens in den Gesichtern, der sie, wie Rammar fand, ziemlich dämlich aussehen ließ.

Von den Gnomen jedoch fehlte jede Spur; sie waren abgezogen und hatten sogar ihre Gefallenen mitgenommen. Nur die toten Orks waren auf dem Schlachtfeld zurückgeblieben, und irgendwo unter den wild durcheinander liegenden blutigen

Leibern, über denen bereits Schwärme dicker Fliegen brummten, vermutete Rammar seinen Bruder Balbok.

»Du elender *umbal*!«, maulte er vor sich hin, während er die Lichtung nach ihm absuchte. »Wie oft habe ich dir gesagt, dass es sich nicht lohnt, den Helden zu spielen! Dass nur ein verblödeter Mensch den Kopf für andere hinhält! Aber nein, du wusstest es ja wieder besser als ich. Hättest du auf deinen älteren Bruder gehört, dann wärst du noch am Le…«

Er verstummte, als aus dem nahen Gebüsch ein Rascheln drang. Rammar hob seinen *saparak* und fuhr herum. Im Unterholz knackte es, und Rammar erwartete schon, dass sich ein paar Gnomen daraus stürzten. Wie groß war sein Erstaunen, als keine grüne Gnomenfratze aus dem Dickicht auftauchte – sondern das hagere Gesicht seines Bruders.

»Balbok!«

Für einen kurzen Augenblick war helle Freude auf Rammars dunklen Zügen zu sehen, und fast wäre er dem Bruder freudig um den Hals gefallen – doch er ermahnte sich, dass sich ein solches Verhalten für einen Ork nicht schickte. Abrupt blieb er stehen, und die alte Verbissenheit kehrte in seine Miene zurück.

»Rammar!« Balbok legte sich weniger Zurückhaltung auf. Ein freudiges Zähnefletschen erschien auf seinen kindlichen Zügen, und er stürzte auf seinen fetten Bruder zu, um ihn überschwänglich zu umarmen. Rammar hielt ihn zurück, indem er kurzerhand den *saparak* gegen ihn hob.

»Was ist los mit dir?«, fuhr er ihn an. »Bist du verrückt geworden? Was soll das?«

»Ich dachte, du wärst tot.«

»Bin ich nicht!«, schnappte Rammar. »Und du auch nicht, wie ich sehe. Nachdem wir das geklärt hätten, können wir ja wieder vernünftig sein. Und vielleicht kannst du mir auch sagen, wieso du noch am Leben bist, während alle anderen massakriert wurden.«

»Das weiß ich nicht.« Balbok zuckte mit den Schultern. »Der Kampf war eigentlich vorbei, die Gnomen hatten alle erschlagen, nur ich war noch übrig. Sie hatten mich eingekreist, und von allen Seiten griffen sie mich an. Ich sah die Mordlust in ihren Augen und war mir sicher, dass es vorbei war. Ich blickte dem sicheren Tod ins ...«

»Verdammt, du bist ein Ork und kein Zwerg!«, schnaubte Rammar. »Du sollst mir keine Saga erzählen, sondern sagen, was passiert ist. Ich habe schließlich nicht den ganzen Tag Zeit.«

»Ich ... ich weiß es nicht«, wiederholte Balbok ratlos. »Ich dachte, es wäre aus, aber plötzlich überlegten es sich die Gnomen anders und zogen ab.«

»Das war alles?«

»Das war alles«, versicherte Balbok, was bei seinem Bruder spontanen Neid hervorrief. Wozu, in aller Welt, hatte er sich in eine enge Felsspalte verkrochen und dort den halben Vormittag verbracht, wenn er ebenso gut auf dem Schlachtfeld hätte abwarten können?

»Das ergibt keinen Sinn«, sagte er. »Wen die Gnomen einmal in ihren Klauen haben, den lassen sie nicht einfach wieder laufen. Warum also haben sie dich am Leben gelassen, hä?«

»Ich weiß es wirklich nicht«, beteuerte Balbok, doch dann fügte er hinzu, nicht ohne Stolz in der Stimme: »Ich habe gekämpft bis zum Schluss. Vielleicht haben sie es ja mit der Angst zu tun gekriegt und sind deshalb geflohen.«

»Angst? Vor *dir*?« Rammar lachte laut auf. »Das hättest du wohl gern.«

»Immerhin war ich der Letzte, der noch auf den Beinen stand.«

»Und was ist mit mir? Auch ich bin noch am Leben, wie du siehst.«

»Du hast auch bis zum Schluss gekämpft?«, fragte Balbok erstaunt. Er konnte sich nicht entsinnen, seinen Bruder auf dem Schlachtfeld gesehen zu haben.

»Was soll die bescheuerte Frage?«, fauchte Rammar und bedachte ihn mit einem wütenden Blick. »*Natürlich* habe auch ich bis zum Schluss gekämpft. Oder willst du behaupten, ich hätte mich feige in eine Felsspalte verkrochen und gewartet, bis der Kampf vorbei war?«

Balbok zögerte mit der Antwort, was seinen Bruder vollends in Zorn versetzte. »Du elender Zwergenfurz!«, schalt er ihn. »Und um dich habe ich mich all die Jahre gekümmert, nachdem unser Vater von einem Troll gefressen wurde! Dir habe ich beigebracht, wie man mit dem Schwert und dem *saparak* umgeht! Wie man mit Pfeil und Bogen schießt!«

»Wie man mit Pfeil und Bogen schießt, habe ich *dir* beigebracht«, wandte Balbok ein.

»Unterbrich mich nicht, wenn ich mit dir rede! Das ist respektlos, schließlich bin ich der Ältere von uns beiden. Und wenn ich noch einmal das Gefühl habe, dass du mich verdächtigst, mich verkrochen zu haben, während unsere Kameraden tapfer um ihr Leben kämpften, dann sollst du den Stahl meines Dolchs zu spüren bekommen, das schwöre ich bei Torgas stinkenden Eingeweiden!«

Ob dieser Schelte wagte Balbok keinen Einwand mehr. Eingeschüchtert ließ der Hagere, der seinen älteren Bruder um zwei Köpfe überragte, das Haupt hängen. Den Tod der Kameraden hatte Balbok mit orkischem Gleichmut hingenommen – die Standpauke seines Bruders hingegen traf ihn schwer. Seine Mundwinkel fielen nach unten, sein bleiches Gesicht nahm einen betrübten Ausdruck an, und seine Lippen stülpten sich schmollend nach vorn.

»Was ist denn jetzt?«, schnauzte Rammar.

»Du bist böse mit mir.«

»Ja, verdammt, ich bin böse mit dir. Sehr sogar. Ich kann es nun mal nicht ausstehen, wenn du …« Als Rammar sah, wie das Gesicht seines Bruders noch länger wurde und der Ausdruck darin noch betrübter, unterbrach er sich. »Nein, ich bin nicht böse mit dir«, erklärte er seufzend.

»Wirklich nicht?« Balbok blickte auf.

»Nein. Aber wenn du noch einmal behauptest, ich wäre vor einem Kampf geflohen, dann reiße ich dir mit den Zähnen die Gedärme aus dem Leib. Ist das klar?«

»Klar«, erklärte Balbok grinsend.

»Dann lass uns jetzt zusehen, dass wir von hier fortkommen. Was immer die Gnomen dazu bewogen hat, abzuziehen – weit können sie noch nicht sein. Und ich bin nicht erpicht darauf, ihnen noch einmal zu begegnen.«

»Was ist mit Girgas?«, fragte Balbok.

»Was soll mit ihm sein?«

»Er ist unser Anführer.«

»Er *war* unser Anführer«, verbesserte Rammar.

»Es ist unsere Pflicht, seinen Kopf zurückzubringen, damit er im Ritual des *shrouk-koum* Unsterblichkeit erlangt.«

»Das Ritual des *shrouk-koum*?«, fragte Rammar ungläubig. »Du schlägst allen Ernstes vor, Girgas' klobigen Schädel die ganze Strecke zurück nach Hause zu schleppen, nur damit sie einen Schrumpfkopf daraus machen?«

»So will es das Gesetz«, erwiderte Balbok schulterzuckend. »Tun wir es nicht, wird man uns aus dem Stamm verstoßen und uns unseren Besitz nehmen.«

»Echt?« Rammar glotzte seinen Bruder ungläubig an.

»So will es das Gesetz«, wiederholte Balbok.

»Dann sollten wir den alten Dickschädel finden und nach Hause bringen!« Rammar seufzte und blickte sich auf dem Schlachtfeld um. »Fragt sich nur, wo wir mit der Suche anfangen sollen.«

»Dort drüben!«, sagte Balbok und deutete auf eine Stelle unweit des Waldrands, wo die Standarte der Orkmeute im Boden steckte. Girgas' Banner, das eine geballte Faust zeigte, flatterte zerfetzt im Wind, zusammen mit den Zwergen- und Gnomenskalpen, mit denen die Fahnenstange geschmückt war.

Tatsächlich fanden sie dort auch Girgas' Leichnam, zur Hälfte eingesunken im Morast. Dies ließ darauf schließen, dass sich eine große Anzahl Gnomen auf ihn gestürzt hatte. Entsprechend verunstaltet war der Tote: Die Grüngesichter hatten Girgas regelrecht in Stücke gehackt und gerissen – der Tote sah aus, als hätte ihn ein Warg gefressen, dann halb verdaut wieder ausgespuckt und seine Überreste mit den Krallenpfoten in die Erde gescharrt.

Der Grund, weshalb Rammar eine Verwünschung ausstieß, als er die Leiche sah, war jedoch ein anderer: Girgas' Kopf saß nicht mehr auf dessen Schultern!

Nun gut, im Eifer eines Orkgefechts kommt es schon mal vor, dass sich Kopf und Rumpf voneinander trennen. Also gingen die beiden Brüder daran, die Umgebung nach dem Schädel ihres Meuteführers abzusuchen. Als sie jedoch auch nach einer ganzen Weile noch nicht fündig geworden waren, kamen sie zu dem Schluss, dass die Gnomen, als sie abgezogen waren, Girgas' Kopf mitgenommen hatten: Das Haupt des Meuteführers war gestohlen worden!

»Das gibt Ärger«, prophezeite Balbok.

»*Shnorsh*«, erwiderte Rammar.

In die Sprache der Menschen übersetzt bezeichnete das Wort *bolboug* eine Siedlung oder ein Dorf. Tatsächlich gab die Sprache der Menschen die Bedeutung des Wortes aber nur sehr unzureichend wieder. Denn *bolboug* nannte ein Ork nur jenes Dorf, aus dem er selbst stammte, wohingegen jedes andere Dorf als *kuun*, als Fremde, bezeichnet wurde.

Da die Orks auf Grund dessen nie auf den Gedanken kamen, ihren Dörfern und Siedlungen Eigennamen zu geben – untereinander wussten sie ja, von welchem Ort sie sprachen –, führte dies im Laufe ihrer Geschichte zu erheblichen Verwirrungen. Wann immer von einem *bolboug* die Rede war, herrschte unter den Stämmen Uneinigkeit, wessen Heimat denn nun gemeint war, und es gab Chronisten unter den Menschen und den Zwergen, die behaupteten, dass die Niederlage der Orks im Zweiten Krieg unter anderem darauf zurückzuführen war, dass man eigentlich nie genau wusste, wo sich das Heer versammeln sollte.

Von solchen Überlegungen waren Rammar und Balbok weit entfernt, als sie am vierten Tag nach der Schlacht im Grenzland ins Gebiet ihres Stammes zurückkehrten. Schon von weitem rochen sie den fauligen Gestank, der über den Höhlen lag und für einen Ork den Inbegriff von Behaglichkeit darstellt. Als sie dann auch noch den Geruch von frisch geschmortem Menschenfleisch schnupperten, fühlte sich Balbok wieder ganz daheim.

»Endlich!«, sagte Rammar, als sie den Hohlweg in die Schlucht nahmen, an deren steilen Felswänden die Höhlen und Hütten des *bolboug* lagen. »Als Erstes werde ich mir einen großen Schluck Blutbier gönnen, danach werde ich mich in das faulige Laub unserer Höhle wühlen und die nächsten Tage schlafen.«

»Ja«, erwiderte Balbok halblaut. »Wenn sie uns lassen.«

»Was hast du? Fängst du schon wieder damit an?« Rammar schüttelte verärgert den Kopf. »Wie oft soll ich dir noch sagen, dass du dir keine Sorgen zu machen brauchst. Ich werde Graishak die Sache mit Girgas' Haupt schon begreiflich machen.«

»Aber das Gesetz sagt …«

»Es ist mir gleich, was das Gesetz sagt. Die Gnomen waren in der Übermacht, und Girgas' Kopf war nicht mehr da. Was hätten wir denn tun sollen? Auf die Schnelle einen neuen schnitzen?«

»Aber das Gesetz …«

»Hör endlich auf damit!«, fuhr Rammar seinen Bruder an. »Wenn du noch einmal vom Gesetz anfängst, werde ich dich mit bloßen Fäusten erschlagen, hast du verstanden?«

»Ja.«

»Also schön. Du hältst einfach das Maul und überlässt das Reden mir, hast du kapiert? Dann kommt alles in Ordnung, du wirst schon sehen.«

Balbok widersprach nicht mehr, und Rammar hielt die Angelegenheit damit vorerst für erledigt. Stolz hielt er die Standarte der Meute hoch (oder vielmehr das, was die Gnomen davon übrig gelassen hatten) und trug sie über den Felsweg in die Schlucht. Zu beiden Seiten des schmalen Pfades tauchten finstere Gestalten auf – Krieger, die den Zugang zum *bolboug* bewachten und ihnen feindselig ihre *saparaks* entgegenhielten.

»Ihr da! Wie lautet die Losung?«

»Schlagetot«, gab Rammar beiläufig zurück. »Aber warum fragst du mich das, Faulhirn? Erkennst du uns denn nicht? Ich bin Rammar, und dies ist mein Bruder Balbok.«

»Was weiß ich, wer du bist!«, entgegnete der Hauptmann der Wache mürrisch. »Ich kann schließlich nicht jede Trollfresse kennen, die im *bolboug* lebt. Was ist denn mit eurer Standarte passiert? Und wo ist euer Anführer?«

»Tot«, entgegnete Rammar schlicht. »Gnomen.«

»Und wo habt ihr seinen Kopf gelassen? Das Gesetz sagt …«

»Ich weiß, was das Gesetz sagt«, seufzte Rammar und warf seinem Bruder einen strafenden Seitenblick zu, als hätte dieser es persönlich erlassen. »Lasst uns einfach durch, dann gehen wir zu Graishak und erklären ihm die Sache.«

»Wollt ihr das wirklich?« Der Hauptmann hob die Braue über dem einen Auge, das ihm noch geblieben war – das andere hatte er im Kampf verloren. »Ich an eurer Stelle würde mir das gut überlegen. Graishak versteht keinen Spaß in diesen Dingen.«

»Ich ebenfalls nicht!«, entgegnete Rammar mürrisch, und die Wachen traten zurück und ließen sie passieren. Die Brüder folgten der in den Fels gehauenen Treppe und gelangten so in das eigentliche Dorf.

Orks waren keine Baumeister – ihre Stärke lag weniger darin, etwas aufzubauen, als darin, es einzureißen. Entsprechend waren ihre Behausungen entweder Höhlen, die eine Laune der Natur in den Fels gegraben hatte, oder die Ruinen dessen, was andere hinterlassen hatten. Bei dem *bolboug*, in dem Rammar und Balbok lebten, war beides der Fall. Die Höhlen, die zu beiden Seiten der Schlucht in den fast senkrecht aufragenden Felswänden klafften, waren natürlichen Ursprungs, aber sie hatten schon früher als Behausungen gedient, lange bevor sich Graishaks Stamm hier niedergelassen hatte.

Wie es hieß, hatten damals Wildmenschen die Höhlen bevölkert – haarige, bucklige Wesen, die noch hässlicher waren als die Menschen heutiger Tage mit ihren hellen Augen und ihren milchigen Gesichtern. Was diesen Menschen widerfahren war, wusste man nicht. Vielleicht waren sie geflohen, vielleicht waren sie von einer Seuche dahingerafft worden. Vielleicht hatte auch ein Troll ihren Stamm ausgerottet. Tatsache war, dass sie die Höhlen ausgebaut und die hölzernen Stege errichtet hatten, die in luftiger Höhe beide Seiten der Schlucht miteinander verbanden. Da das Holz uralt und morsch war und die Orks es nie erneuert hatten, kam es immer wieder vor, dass einer der Stege nachgab und jemand hinunterfiel und sich das Genick brach, was unter den anderen Orks für allgemeine Heiterkeit sorgte.

Obwohl Rammar und Balbok froh waren, wieder zu Hause zu sein – während ihres langen Marsches zurück hatten sie sich wiederholt vor Gnomenpatrouillen verstecken müssen –, entgingen ihnen nicht die Blicke, mit denen ihre Artgenossen sie bedachten. Ihre zerfetzte Standarte zeugte davon, dass sie in einen Kampf geraten waren, und die Tatsache, dass sie allein zurückkehrten, ließ nur allzu deutlich darauf schließen, wie dieser Kampf ausgegangen war. Da Orks kaum verwandtschaftliche Beziehungen pflegen – die beiden Brüder Rammar und Balbok bildeten in dieser Hinsicht eher eine Ausnahme –, gab es niemanden, der um Girgas und die anderen getrauert hätte. Es war der blanke Zorn, der im *bolboug* um sich griff – Zorn auf die Feinde, die über die Orkmeute und damit über den ganzen Stamm gesiegt hatten.

Müde, wie sie waren, hätten sich Rammar und Balbok am liebsten erst einmal ausgeruht. Aber beiden war klar, dass sie das nicht durften, ehe sie ihrem Häuptling Bericht erstattet hatten, zumal die Wachen bereits Bescheid wussten. Graishak schätzte schlechte Nachrichten nicht, aber noch viel weniger mochte er es, wenn er sie als Letzter erfuhr.

Graishaks Behausung lag am Ende der Schlucht. Dort war der Geruch von Fäulnis und Moder am heftigsten, und auf mehreren Pfählen, die links und rechts des Eingangs in den Boden gerammt waren, steckten die Köpfe erschlagener Feinde. Meist waren es die Häupter von Gnomen, aber auch das eines Menschen war darunter, der wohl so unvorsichtig gewesen war, die Klüfte und Wälder des Schwarzgebirges zu durchstreifen. Obwohl Graishaks Höhle die größte im ganzen *bolboug* war, bildete sie nur den Vorraum zu einem noch größeren Felsengewölbe. Dieses war Kurul vorbehalten, dem finsteren Dämon, den die Orks sowohl als ihren Schöpfer verehrten als auch als ihren Vernichter fürchteten. Dort hinein trugen sie ihre Opfergaben, und darin wurden auch die geschrumpften Häupter gefallener Orkführer aufbewahrt, damit sie eins wurden mit Kurul und in den Pfuhl von Lurak gelangten, wo sie ein Zeitalter lang verdaut und dann wieder ausgespuckt wurden.

Graishaks Höhle wurde von Orks bewacht, die größer und viel stärker waren als jene am Eingang der Schlucht. Sie waren die *faihok'hai*, die besten und wildesten Krieger des Stammes. Zur Leibwache des Häuptlings berufen zu werden, war für jeden Ork eine Ehre (davon abgesehen, dass es dort auch das beste Essen und bei Raubzügen den größten Anteil an der Beute gab).

Unter den gepanzerten Helmen der *faihok'hai* lugten stechende Augenpaare hervor, die die beiden Brüder misstrauisch musterten. Erst nachdem sie noch einmal das Losungswort genannt hatte, durften sie passieren.

»Geht nur hinein«, forderte eine der Wachen sie auf, und der Blick, mit dem er die Brüder bedachte, gefiel Rammar ganz und gar nicht. »Ihr kommt genau richtig, unser Häuptling hält gerade Audienz.«

Wie um Rammars Befürchtungen zu bestätigen, kamen ihnen aus dem von Fackelschein beleuchteten Halbdunkel zwei Orks entgegen, die die Leiche eines dritten trugen. Jemand hatte dem Kerl kurzerhand den Schädel eingeschlagen.

»Bei Torgas Eingeweiden«, raunte Rammar, »was ist passiert?«

»Er hat in Graishaks Gegenwart gefurzt«, erwiderte einer der beiden Leichenträger.

»Daran stört sich der Häuptling doch sonst nicht«, meinte Rammar verständnislos; sich seiner Körpergase lautstark zu entledigen, gilt unter Orks als völlig normal.

»Sonst nicht, aber heute plagen ihn Blähungen«, gab der Ork zurück, als würde dies alles erklären. Dann waren die Leichenträger auch schon an ihnen vorbei.

»Oje«, flüsterte Balbok. »Graishak scheint schlecht gelaunt zu sein.«

»Halt bloß die Klappe und überlass das Reden mir«, schärfte Rammar ihm noch einmal ein. »Egal, was passiert, du hältst das Maul, hast du verstanden?«

»Ich denke schon.«

46

»Dann komm.«

Erhobenen Hauptes, die Standarte ihres Meuteführers hoch-haltend, schritt Rammar den kurzen Stollen entlang, der in Graishaks Höhle führte. Balbok folgte ihm, hielt sich zur Si-cherheit aber ein wenig hinter seinem Bruder, damit sich dieser im Zweifelsfall zwischen ihm und Graishaks Zorn befand.

Der Gestank, der aus der Höhle des Häuptlings drang, war zugleich beißend und verlockend. Der faulige Geruch, der Orks auf Schritt und Tritt begleitet, vermischte sich mit dem verführerischen Duft von frischem Eintopf, und mit feiner Nase roch Balbok das Menschenfleisch heraus. Er erinnerte sich an das Haupt draußen vor dem Eingang, und da er schon seit Tagen nichts Anständiges mehr zu essen bekommen hatte, begann sein Magen laut zu knurren.

»Still«, zischte Rammar ihm zu. »Was habe ich dir gesagt?«

»Aber das war nicht ich«, verteidigte sich Balbok leise. »Das war mein Magen.«

»Dann sag ihm, dass er still sein soll, oder ich schlitze ihn auf, kapiert?«

Balboks Magen verschlug es daraufhin die Sprache, und die beiden betraten die Höhle ihres Häuptlings. Das weite Gewölbe schien von großen Tropfsteinen getragen zu werden, die wie riesige Säulen wirkten. Fackeln waren daran befestigt, und in ihrem flackernden Schein stand ein mit Trollfell bespannter Thron, an dessen Seiten Krieger der Leibgarde Wache hielten. Auf dem Thron saß ein ebenso fetter wie hünenhafter Ork, dessen linke Kopfhälfte von einer Platte aus gehämmertem Stahl bedeckt war.

Graishak.

Wie jeder Ork im *bolboug* wusste, war die metallene Platte das Andenken an einen Kampf: Eine Zwergenaxt hatte ihm den Schädel gespalten, und dunkle Zauberkraft hatte ihm auf geheimnisvolle Weise das Leben gerettet, doch von jenem Tag an war er nicht mehr derselbe gewesen. Einige behaupteten, dass er unter magischem Einfluss stand, andere sagten, er hät-te durch den Hieb mit der Axt zu viel von seinem Hirn einge-büßt. Tatsache war, dass er vom Schlachtfeld zurückkehrte und

Graishak, den damaligen Häuptling des Stammes, zum Kampf herausforderte. Indem er ihm mit bloßen Händen den Kopf von den Schultern riss, wurde er zu dessen Nachfolger und rief sich selbst zum Häuptling aus. Dass er auch seinen Namen annahm, lag in der Tradition begründet. Orks zählen ihre Herrscher nicht, wie Menschen es tun, und ebenso wenig pflegen sie die Erinnerung an sie, indem sie Standbilder errichten oder von ihren Taten singen – dazu ist jede Generation zu sehr auf sich selbst bedacht, ganz abgesehen davon, dass Orks erbärmliche Sänger sind und nicht viel übrig haben für die schönen Künste. Wer es wagte, in Graishaks Gegenwart von seinem Vorgänger zu sprechen, der musste damit rechnen, seine Zunge zu verlieren.

Mindestens …

»*Achgosh douk*«, entbot Rammar seinem Häuptling den traditionellen Gruß und verbeugte sich unterwürfig. Balbok tat es ihm gleich, bückte sich allerdings nicht ganz so tief hinab.

»Eure Visagen gefallen mir ebenso wenig«, erwiderte Graishak, der sich gelangweilt auf seinem Thron fläzte, einen Blutbierkrug in der Klaue. »Sagt, was habt ihr mir zu berichten? Schnell heraus damit, ehe ich mich langweile und euch vierteilen lasse!«

»Wir gehörten zu Girgas' Meute«, begann Rammar mit seinem Bericht. »Wir hatten den Auftrag, im Grenzland nach Gnomen Ausschau zu halten.«

»Und?«, fragte Graishak zwischen zwei Schlucken Blutbier. »Seid ihr auf Gnomen gestoßen?«

»Könnte man behaupten«, erwiderte Rammar ein wenig verlegen und blickte an der ramponierten Standarte hinauf. »Wir … nun, wir sind in einen Hinterhalt geraten. Alle Krieger unserer Meute wurden erschlagen – bis auf uns beide.«

»*Waaas?*« Graishak beugte sich vor, die Augen zu schmalen Schlitzen verengt.

»Wir können nichts dafür«, beeilte sich Rammar zu versichern. »Mein Bruder und ich waren zum Spähtrupp eingeteilt, da wurden wir entdeckt, und wir liefen zurück, um die anderen zu warnen, aber da war es bereits zu spät, weil …«

Graishak unterbrach ihn mit zornig knurrender Stimme. »Was willst du damit sagen, es war zu spät?«

»Ich will damit sagen, großer Graishak, dass wir gegen die Übermacht des Feindes machtlos waren. Wir haben tapfer gekämpft, das könnt Ihr uns glauben. Unser Anführer Girgas hat ganz allein einen Warg getötet, und mein Bruder und ich haben die Gnomen massenhaft in Kuruls dunkle Grube geschaufelt. Bis zuletzt sind wir nicht von der Seite unseres Anführers gewichen und haben Schulter an Schulter mit ihm gekämpft.«

»Tatsächlich?« Graishak entblößte die gelben Zähne zu einem hinterhältigen Grinsen. »Wie kommt es dann, dass ihr beide die Schlacht überlebt habt?«

»Nur unserer Tapferkeit haben wir das zu verdanken, großer Graishak. Während andere Orks feige die Flucht ergriffen und sich in Fels- und Erdspalten verkrochen, haben wir weitergekämpft. Auch als unser Anführer mit Pfeilen gespickt zu Boden sank, haben wir nicht nachgegeben. Schließlich sahen die Gnomen wohl ein, dass es keinen Sinn hatte, weiter gegen Krieger unseres Schlages anzurennen. Also zogen sie es vor, ihr Heil in der Flucht zu suchen.«

»Sie sind geflohen? Sagtet ihr nicht, ihre Übermacht war erdrückend?«

»Das war sie«, beteuerte Rammar, »aber wenn einen Krieger wie mich der blanke Zorn packt, großer Graishak, und er in den *saobh* verfällt, dann kämpft und wütet er wie ein Berserker und versetzt seine Gegner in Angst und Schrecken. Mein Bruder hat mir geholfen, aber im Wesentlichen war ich es, der die Gnomen in die Flucht geschlagen hat.«

»Ich verstehe«, sagte Graishak, und wieder verzerrte ein hinterhältiges Grinsen seine Gesichtszüge. »Dann habt ihr euch Ruhm und Anerkennung erworben, meine Krieger, und einen Platz an meiner Tafel. Ganz *sochgal* wird schon bald eure Namen kennen und euch als die beiden Orks verehren, die zu zweit ein ganzes Gnomenheer in die Flucht schlugen. Stellt sich nur noch eine Frage …«

»Ja?«, fragte Rammar und spitzte die Ohren.

»Wo ist das Haupt eures Anführers?«, erkundigte sich

Graishak verdrießlich. »Girgas' verdammter Schädel. Wo, in aller Welt, habt ihr ihn gelassen?«

»Das, großer Graishak, ist eine gute Frage«, räumte Rammar ein – und wandte sich kurzerhand an seinen Bruder: »Balbok, wo ist der Kopf unseres Anführers geblieben? Wo ist Girgas' edles Haupt? Du hast es zuletzt gehabt.«

Zu gern hätte Balbok widersprochen, aber er erinnerte sich an das Verbot, das ihm sein Bruder auferlegt hatte. Also begnügte er sich damit, verlegen zu grinsen, den Helm in den Nacken zu schieben und sich am Kopf zu kratzen.

»Es tut mir Leid, großer Graishak«, erklärte Rammar daraufhin. »Ich bin untröstlich, aber wie es aussieht, hat mein dämlicher Bruder das Haupt unseres Anführers verloren.«

»Er hat es – *verloren?*«

»Versucht, das zu verstehen. Es war mitten in der Schlacht. Überall wimmelte es von Gnomenkriegern, die Luft war erfüllt von giftigen Pfeilen und vom Gebrüll der Warge.«

»Das ist keine Entschuldigung!«, bellte Graishak. »Das Haupt eines gefallenen Meuteführers muss zurück in den *bolboug* gebracht und nach altem Brauch geschrumpft werden, andernfalls kann er nicht eins werden mit Kurul, und das bedeutet Unglück für den ganzen Stamm. So lautet Kuruls Gesetz – eines der wenigen, an die wir uns halten.«

»Schön und gut«, beschwichtigte Rammar. »Aber vielleicht kann der mächtige Kurul in diesem Fall ja eine Ausnahme machen. Denn Girgas' Haupt ist unwiederbringlich verloren – die Gnomen haben es an sich genommen.«

»Die Gnomen haben es?«

»Ja, Häuptling. Als wir uns danach umschauten, mussten wir feststellen, dass der Feind Girgas' Kopf an sich gebracht und mitgenommen hatte.«

»So?« In Graishaks Augen blitzte es. »Wie konnten sie das denn, nachdem sie in Panik vor euch die Flucht ergriffen hatten?«

Die Frage war berechtigt, nur wusste Rammar darauf keine Antwort. Auf dem Weg zur Häuptlingshöhle hatte er sich alles genau zurechtgelegt, aber nun musste er feststellen, dass seine

Geschichte beileibe nicht so glaubhaft klang, wie er es gedacht hatte.

»Was ist mit dir?«, wandte er sich in seiner Not an seinen Bruder. »Steh nicht nur da, Balbok. Mach den Mund auf und sag gefälligst was!«

»Das darf ich nicht«, entgegnete Balbok schulterzuckend. »Du hast selbst gesagt, dass ich das Reden dir überlassen und die Klappe halten soll.«

»Schön, aber jetzt sage ich, dass du reden sollst. Erklär unserem Häuptling, wie es geschehen konnte, dass du Girgas' Haupt verloren hast.«

»Ja«, forderte Graishak grinsend, »erkläre es mir. Ich bin ganz Ohr.«

»Also schön«, antwortete Balbok, der das Redeverbot damit als aufgehoben ansah. »In Wirklichkeit ist nämlich alles ganz anders gewesen. Rammar hat da ein paar Dinge durcheinander gebracht.«

»Was?«

»Hört nicht auf ihn, Häuptling!«, rief Rammar. »Er ist nicht ganz bei Verstand und …«

»Bin ich wohl, aber du hast alles ganz falsch erzählt«, sagte Balbok entschieden. »Ich hatte Girgas' Kopf nämlich gar nicht. Als wir seine Leiche fanden, hatten die Gnomen den Kopf ja schon mitgenommen.«

»Was du nicht sagst«, brummte Rammar verdrießlich.

»So war es, mein Wort drauf. Dann haben wir das Schlachtfeld verlassen, weil es in den Wäldern ja noch vor Gnomen wimmelte. Wir haben zugesehen, dass wir verschwanden, und haben Girgas' Leiche gelassen, wo sie war. Dafür« – Balbok deutete stolz auf den kläglichen Rest der Standarte – »haben wir ja sein Banner mitgebracht.«

»Das Banner habt ihr also mitgebracht …« Graishak nickte. »Nur, damit ich alles richtig verstehe: Die Gnomen haben das Haupt eures Anführers gestohlen, und statt sie zu verfolgen und es euch zurückzuholen, wie es sich für kampfeslustige Orks gehört, habt *ihr* die Flucht ergriffen und seid zurück ins *bolboug* gelaufen, richtig?«

»Richtig«, bestätigte Balbok, während sein Bruder den Kopf zwischen die breiten Schultern zog und sich, mit zögernden Schritten rückwärtsgehend, dem Ausgang näherte.

Balbok bemerkt es und bedachte ihn mit einem verwunderten Blick. »Was hast du?«, fragte er.

»Nichts«, kam es flüsternd zurück.

»Doch, du hast was, ich merk's genau. Was hab ich denn nun wieder falsch gemacht?«

»Nichts. Gar nichts.« Rammar sprach so leise, dass er kaum zu hören war.

»Du kannst es mir ruhig sagen.«

»Sei endlich still, verdammt! Du redest uns um Kopf und Kragen.«

»Keine Spur«, war Balbok überzeugt. »Ich habe ja alles aufgeklärt, was du durcheinander gebracht hast. Da kannst du mir dankbar sein.«

»Ich soll dir dankbar sein?« Das war für Rammar zu viel. Für einen Augenblick vergaß er, dass er in der Höhle des Häuptlings stand und sich gefährlich nahe am Rand von Kuruls Grube bewegte. Sein Gesicht wurde noch dunkler vor Zorn, mit zu Fäusten geballten Klauen ging er auf seinen Bruder los. »Jetzt reicht es! Du elender Trollfurz! Du faule Ausrede für einen Ork! Das war das letzte Mal, dass du uns in die *shnorsh* geritten hast! Ich schlitze dir den Bauch auf und stecke dir den Kopf in die eigenen Eingeweide, so lange, bis du …«

»*Kriok!*«

Graishaks heiserer Schrei ließ beide zusammenfahren und unterbrach ihren Streit. Der Häuptling war von seinem Thron aufgesprungen, und die Blicke, mit denen er Rammar und Balbok bedachte, schienen sie erdolchen zu wollen. »Haltet augenblicklich den Rand, alle beide, oder ich reiße euch die Zungen heraus und lasse sie euch essen, verstanden?«

Rammar und Balbok blickten betroffen drein und nickten.

»Gut«, sagte Graishak und kam drohend auf die beiden zu. »Nachdem wir das geklärt hätten, werde ich euch seltsamen Vögeln eine Geschichte erzählen. Und danach werde ich mir überlegen, was mit euch zu geschehen hat. Habt ihr das kapiert?«

Wieder krampfhaftes Nicken. Der Streit der beiden Brüder war schon vergessen.

»Dann hört mir gut zu. Vor Jahren, in einem besonders strengen und kalten Winter, war eine Orkmeute auf Raubzug im nördlichen Grenzland unterwegs. Unter ihnen war ein mutiger, kräftiger Ork, und der war ganz wild darauf, Menschen zu jagen und Gnomenschädel zu spalten. Aber so weit kam es nicht. Denn als die Meute in einer Senke vor einem Schneesturm Zuflucht suchte, wurde sie dort überfallen. Es waren Söldner, Zwerge aus dem Ostland, und sie überraschten die Orks, als diese gerade dabei waren, den wenigen *baish* zu verzehren, den sie bei sich hatten. Nun, der Ork, von dem ich erzähle, hatte verdammtes Pech: Er bekam die Schneide einer Axt in den Schädel, noch ehe der Kampf richtig begann. Seine Kumpane aber nahmen vor den Zwergen Reißaus und ergriffen die Flucht, und sie ließen ihn einfach zurück.« Graishak machte eine Pause und musterte die beiden Brüder, die Augen zu Schlitzen verengt. »Könnt ihr euch vorstellen, warum ich euch diese Geschichte erzähle?«

»Nein«, antwortete Balbok einfältig, und auch auf Rammars Zügen zeigte sich keine Erkenntnis.

»Dann will ich noch deutlicher werden«, sagte Graishak mit verdächtiger Ruhe. »Dieser Ork sah ziemlich tot aus, aber er war es nicht. Wäre es nach seiner Meute gegangen, wäre er elend verreckt. Aber das Schicksal meinte es gut mit ihm, und deshalb bewahrte es ihn davor, lange vor seiner Zeit in Kuruls dunkle Grube zu springen. Dämmert's langsam?«

»O ja«, versicherte Rammar, der wieder ein wenig Hoffnung schöpfte. »Aber ich kann Euch versichern, großer Häuptling, dass Girgas mausetot war, als wir ihn zurückließen – schließlich hatte er keinen Kopf mehr. Und ich kann mir nicht vorstellen, dass ein Ork ohne Kopf, noch dazu, wenn es ein so klobiger Schädel wie seiner ist ...«

»Schweig!«, fuhr Graishak ihn an. »Es ist mir einerlei, ob Girgas schon ausgeröchelt hatte oder nicht – ihr habt euren Anführer im Stich gelassen und seid feige getürmt, genau wie diese Maden damals an jenem kalten Wintertag.«

»Was hat denn das eine mit dem anderen zu tun?«, fragte Balbok stirnrunzelnd, der, anders als sein Bruder, die Wahrheit noch immer nicht erahnte.

»Sehr einfach. Dieser Ork, der damals zurückgelassen wurde, das war *ich!*«, verkündete Graishak mit einer Stimme, die sich vor Zorn und Wahnsinn überschlug. »Seither kann ich es nicht ertragen, wenn Krieger einen Kameraden im Stich lassen, sei er nun tot oder nicht. Dieses Ding« – er tippte mit einer Kralle auf seine stählerne Schädelplatte – »ist ein ewiges Andenken an jenen Tag, um mich daran zu erinnern, wie widerwärtig und verabscheuungswürdig Feiglinge sind. Damals habe ich alle erschlagen, die mich zurückgelassen hatten, einschließlich des Häuptlings. Das nämlich ist die Strafe, die allen Feiglingen gebührt – und nun verratet mir, was ich mit euch beiden anstellen soll!«

»Gnade, Gnade!«, flehte Rammar und warf sich vor seinem Häuptling auf die Knie. »Lasst Gnade vor Recht ergehen und denkt daran, dass wir tapfer gekämpft haben bis zuletzt, das versichere ich Euch!«

»Soll ich deinen Bruder fragen?«, knurrte Graishak. »Ich bin sicher, er würde mir etwas anderes erzählen. Nur einer von euch konnte diesen Kampf überleben, der andere lügt wie ein Zwerg auf Stelzen.* Also sagt mir, was soll ich nun mit euch anfangen?«

Rammar und Balbok tauschten hastige Blicke. Der eine kauerte auf dem Boden, der andere stand da mit gesenktem Haupt. Beiden war klar, dass sie bis zu den Ohren in der *shnorsh* steckten, und während sie sich bereits ausmalten, welche Todesart sich der in dieser Hinsicht für seinen Einfallsreichtum bekannte Graishak für sie ausdenken mochte, fragten sie sich zugleich auch, weshalb ihr Häuptling so sicher war, dass nur einer von ihnen den Kampf überlebt haben konnte und dass der andere ihn folgerichtig belogen hatte.

»Steh auf!«, fuhr Graishak Rammar an. »Nimm dir ein Beispiel an deinem Bruder. Er hat ebenso viel *achgal* wie du, aber er zeigt sie nicht, sondern erträgt es wie ein Ork.«

---

* geflügeltes Wort unter Orks

»Nein«, widersprach Rammar, während er sich schwerfällig erhob, »der ist nur zu dämlich, um zu begreifen, dass er sich um Kopf und Kragen geredet hat und man ihn hinrichten wird.«

»Er wird nicht hingerichtet«, widersprach Graishak.

»Nicht?«

»Nein. Und du auch nicht, Fettwanst – jedenfalls vorerst nicht. Aber bilde dir nur nicht ein, dass dein Gejammer mich umgestimmt hätte, das stößt bei mir auf taube Ohren.«

»Ich weiß«, versicherte Rammar – da Graishak bei der Zwergenattacke auch sein linkes Ohr eingebüßt hatte, war dies zumindest zur Hälfte wörtlich zu nehmen.

»Ich lasse euch Versager nur aus einem einzigen Grund am Leben – damit ihr euren Fehler wieder gutmachen könnt.«

»Wir sollen unseren Fehler wieder gutmachen?«

»Das sagte ich gerade, oder nicht?«

Rammar bemühte sich, sich seine Verwunderung nicht zu sehr anmerken zu lassen. Graishak war nicht dafür bekannt, dass er sonderlich nachsichtig war. Was also war los mit ihm? Wieso befahl er nicht einfach, sie an Ort und Stelle zu massakrieren, ihnen den Wanst mit Zwiebeln und Knoblauch zu stopfen und sie bei einem Gelage zu Girgas' Ehren als Hauptgang zu servieren?

Rammar stellte sich diese Frage, aber die Aussicht auf Rettung war zu verlockend, als dass er sich allzu lange damit beschäftigt hätte. Und auch dem guten Balbok stand der Sinn nicht nach Grübeleien, nun, da er endlich neue Hoffnung schöpfte.

»Ihr wisst, wo die Schlacht gegen die Gnomen stattfand«, sagte Graishak. »Also kehrt dorthin zurück und besorgt mir Girgas' Haupt. Bringt ihr es mir, bis der Blutmond* voll ist, schenke ich euch das Leben. Wenn nicht, lasse ich euch von meinen *faihok'hai* durchs ganze Land hetzen und belohne sie großzügig für jedes Körperteil von euch, das sie mir bringen. Habt ihr mich verstanden?«

---

* vierter Monat des Orkkalenders

»N-natürlich«, antwortete Rammar stammelnd. »Darf ich Euch nur noch einmal daran erinnern, dass die Gnomen Girgas' Haupt gestohlen haben? Zum Kampfplatz zurückzukehren wird also nicht viel nützen, denn es befindet sich nicht mehr dort.«

»Aber dort gibt es Spuren, denen ihr folgen könnt. Und ihr habt eure Nasen und euren Instinkt. Wohin die Gnomen auch immer gegangen sind, ihr folgt ihnen und holt euch Girgas' Haupt zurück, und zwar bis der Blutmond voll ist. Betrachtet es als Urteil Kuruls.«

»Und wenn wir die Gnomen nicht finden? Oder wenn sie Girgas' Kopf nicht mehr haben?«

»Du solltest zu Kurul flehen, dass es nicht so ist – denn wenn ihr mit leeren Händen zurückkehrt, werde ich eure Bäuche mit Zwiebeln und Knoblauch stopfen und euch bei einem Gelage zu Girgas' Ehren als Hauptgang servieren lassen. Habt ihr das kapiert?«

»Ja«, bestätigten die Brüder wie aus einem Mund, und Rammar war entsetzt darüber, wie gut er seinen Häuptling doch kannte.

»Dann verliert keine Zeit. Macht euch sofort auf den Weg.«

»Sofort?«, fragte Balbok erschreckt. »Aber ... wir sind gerade erst zurückgekehrt.«

»Das stimmt«, pflichtete ihm sein Bruder in seltener Einmütigkeit bei. »Können wir uns nicht erst ein wenig ausruhen?«

»Nein!«, schnaubte Graishak voller Wut. »Ihr brecht auf – sofort!«

»Aber ...«, begann Balbok noch einmal – um sogleich zu verstummen, als er es in den Augen des Häuptlings mordlüstern funkeln sah.

Rammar hatte sich bereits abgewandt und schlich zum Höhlenausgang. Sein Bruder folgte ihm und holte ihn ein. Bevor Balbok jedoch etwas sagen konnte, drehte sich Rammar zu ihm um, drückte ihm die Standarte in die Klauen und flüsterte: »Tu mir einfach den Gefallen und halt die Klappe, in Ordnung? Nur dieses eine Mal ...«

Balbok schwieg, und sie verließen die Höhle des Häuptlings.

Draußen hatten sich Dutzende von Orks versammelt, von Graishaks wildem Geschrei herbeigelockt. Unstillbarer Blutdurst stand in ihren Augen – und so waren sie zunächst enttäuscht, als die beiden Brüder lebend im Höhlenausgang erschienen.

Dann aber schallte Rammar und Balbok höhnisches Gelächter entgegen; die Wachen schienen herumerzählt zu haben, was geschehen war, und Balbok trug auch noch die zerfetzte Standarte ihrer Meute, die Rammar ihm in die Klauen gedrückt hatte.

Obwohl Orks allgemein als grimmige Kreaturen galten und weitaus weniger lachten als etwa Menschen oder die für ihre Geselligkeit bekannten Zwerge, wurde auch unter ihresgleichen häufig gelacht; der Humor, den sie dabei pflegten, war allerdings ziemlich grober Natur.

So sorgte beispielsweise ein Ork, der von einem Gnomenpfeil in den *asar* getroffen wurde, dadurch stürzte und sich das Genick brach, unter seinen Artgenossen für brüllende Heiterkeit. Der erzählte Witz hingegen war bei den Orks weitgehend unbekannt, was angeblich daran lag, dass Orks in ihrer angeborenen Ungeduld nicht auf die Pointe warten konnten; sie pflegten den Erzähler schon vorher zu erschlagen, weil sie das viel lustiger fanden.

Ohne es zu wollen, hatten auch Balbok und Rammar den Humor ihrer Artgenossen bestens getroffen: Zwei Krieger, die als Einzige eine Schlacht überlebten, ohne das Haupt ihres Anführers zurückkehrten, die zerfetzte Standarte ihrer Meute unter dem Arm, waren ein vortreffliches Ziel für Spott und Hohn jeglicher Art.

Mit Fingern wurde auf sie gezeigt. Einige Orkkrieger wandten den Brüdern die Kehrseite zu und entblößten ihren Allerwertesten.

»Da kommen Balbok und Rammar!«, tönte es. »Macht Platz, Leute. Die großen, mutigen Krieger sind da!«

»Und die Standarte ihrer Meute tragen sie stolz vor sich her!«, rief ein Ork mit breiter Narbe im Gesicht und lachte schallend.

»Nur leider haben sie was anderes vergessen!«, fügte ein anderer Ork hinzu, und das Gelächter wurde noch lauter.

Ein Hauptmann trat mit grimmiger Miene auf Balbok zu und entriss ihm die Standarte. »Ihr seid nicht würdig, das Banner einer Orkmeute zu tragen! Ihr befleckt das Andenken eurer gefallenen Kampfgefährten!«

»Wir sollen ohne Standarte losziehen?«, rief Balbok entsetzt und mit hoher Stimme. »Aber – wir sind Orks! Wir brauchen eine Standarte!«

Als Antwort spuckte ihm der Hauptmann vor die Füße und schritt mit der Standarte davon, während die umherstehenden Orks noch immer laut lachten und grölten.

Mit hängenden Köpfen schlichen die Brüder durch die Gasse, die der johlende Pöbel ihnen bahnte. Von den Brücken pinkelten Orkkinder auf sie herab, um dann kichernd das Weite zu suchen. An einem anderen Tag hätte Rammar sie sich geschnappt (wenn er sie eingeholt hätte) und ihnen die Arme ausgerenkt. Aber wie sein Bruder wollte er das Dorf so schnell wie möglich verlassen und sehnte nur noch das Ende der Schlucht herbei.

»Seht zu, dass ihr Girgas' Haupt findet!«, scholl es schadenfroh. »Und wagt es nicht, ohne seinen Kopf zurückzukommen!«

»Ihr seid eine Schande für den *bolboug*!«

»Ihr seid keine Orks!«

»Ihr seid Maden!«

»Maden!«

»Ma-den, Ma-den …«

Vom Spottgesang begleitet, der von den hohen Felswänden widerhallte, erreichten Rammar und Balbok endlich das Ende der Schlucht. Zu ihrer Höhle zurückzukehren, Proviant einzupacken oder gar ein wenig auszuruhen, gestattete man ihnen nicht. So konnten sie nur das mitnehmen, was sie am Leib trugen, und das war außer ihren Rüstungen und den Waffen nicht viel.

Unter wüsten Beschimpfungen trieb man die beiden aus dem Dorf, und um sicherzugehen, dass sie so schnell nicht wiederkamen, warf man ihnen noch Steine hinterher.

»Au!«, rief Rammar, als er einen davon ins Genick bekam, und er ballte die Hände zu Fäusten. »Hört sofort auf damit, wir gehen ja schon! Aber wir kommen wieder, und dann werfen wir euch Girgas' Haupt vor die Füße! Ihr werdet schon sehen!«

Gelächter war die Antwort, und ein letzter Stein kam geflogen, der Rammar eine Delle in seinen rostigen Helm schlug. Dann waren die Brüder außer Wurfweite und verschwanden im Wald.

Der schmale Pfad, den sie nahmen, war von knorrigen, von Schlinggewächsen überwucherten Bäumen gesäumt und so schmal, dass sie nicht nebeneinander gehen konnten. So marschierten die beiden im Gänsemarsch. Sie sprachen kein einziges Wort miteinander.

Rammar, der vorausging, zog ein Gesicht, das jedem Troll zur Ehre gereicht hätte; Zornesfalten hatten sich in seine Stirn gegraben, den Mund hatte er zu einem schmalen Strich zusammengepresst, Blitze schienen aus seinen Augen zu schlagen.

Balbok, der hängenden Hauptes hinter ihm hertrottete, blickte weniger wütend als unglücklich drein. Er war ein Ork, wie er im Buche stand, und weder Graishaks Todesdrohungen noch der Spott der anderen hatte ihn einschüchtern können. Dass Rammar auf ihn böse war, machte ihm allerdings zu schaffen, und das Schweigen lastete schwerer auf ihm als das Wissen, dass sie sich tief ins Feindesland begeben mussten und wahrscheinlich nicht von dort zurückkehren würden.

»R-Rammar?«, fragte er deshalb, als er es nach einer Weile nicht mehr aushielt.

Er erhielt keine Antwort.

»Rammar?«

»Halts Maul!«, kam es derb zurück, was Balbok als gutes Zeichen deutete.

»Bist du mir böse?«, fragte er zaghaft.

Unvermittelt blieb Rammar stehen und wandte sich nach ihm um. »Ob ich dir böse bin, fragst du? Nein, natürlich nicht. Warum sollte ich dir böse sein? Du kannst schließlich nichts dafür, dass dich Kurul mit dem Verstand eines Holzkeils geschlagen hat. Und du kannst auch nichts dafür, dass du mich vor Graishak als einen Lügner und Feigling hingestellt hast. Natürlich ist es auch nicht deine Schuld, dass wir jetzt losziehen müssen, um Girgas' dämlichen Schädel zu suchen, der wahrscheinlich längst vor irgendeiner Gnomenhöhle auf einem Spieß steckt. Und du trägst auch keine Schuld daran, dass uns das wahrscheinlich das Leben kosten wird. Warum also sollte ich dir böse sein, hä? Nenn mir einen Grund!«

Schnaubend wandte sich Rammar ab und marschierte wütend weiter.

So zornig stampfte er dabei auf, als wollte er die Erde unter seinen Füßen für das Unrecht bestrafen, das ihm widerfahren war. Dabei legte er eine solche Geschwindigkeit vor, dass selbst der schlaksige Balbok Mühe hatte, mit ihm mitzuhalten.

»Aber ich wollte das nicht, Rammar!«, versicherte er, während er hinter ihm hersetzte. »Ich wollte nicht, dass es so kommt.«

»Was du nicht sagst.«

»Ehrlich, Rammar. Ich konnte ja nicht wissen, dass Graishak so wütend werden würde.«

»Darüber hättest du vorher nachdenken sollen, jetzt ist es zu spät. Du hast uns mal wieder mitten in die *shnorsh* geritten, und ich habe die Schnauze endgültig voll davon, deinetwegen fortwährend in Schwierigkeiten zu geraten. Weißt du was?«
Noch einmal wandte sich Rammar um, und der wilde Ausdruck in seinen Augen ließ nichts Gutes erahnen.

»W-was?«, fragte Balbok eingeschüchtert.

»Ab heute sind wir keine Kampfgefährten mehr. Ich will dich nicht mehr zum Bruder, hast du verstanden?«

»Aber …«

»Aus und vorbei, das war's«, schnaubte Rammar. »Mach deinen Mist in Zukunft ohne mich. Und komm nicht auf den Gedanken, mir zu folgen. Hast du kapiert?«

Seine Stimme war so schneidend und sein Blick so eindringlich, dass Balbok nicht widersprach. Alles, was er zustande brachte, war ein trauriges Nicken, und dabei fielen seine Mundwinkel nach unten.

Noch einmal stieß Rammar ein wütendes Schnauben aus, dann drehte er sich wieder um und marschierte über den Pfad davon. Schon nach wenigen Schritten war er hinter einer Wegbiegung verschwunden.

Balbok stand wie vom Donner gerührt.

»R-Rammar?«, fragte er leise.

Aber er erhielt keine Antwort mehr.

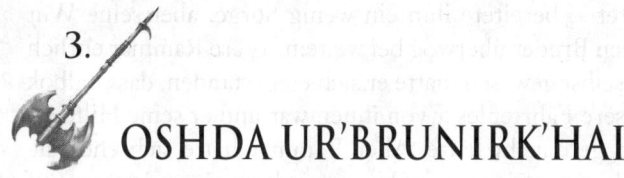

# 3.

# OSHDA UR'BRUNIRK'HAI

»Dieser Blödmann! Dieser Idiot! Dieser folgenschwere Irrtum der Natur! Warum muss ich mit einem solchen Bruder geschlagen sein? Reicht es nicht, dass Kurul mich mit diesen kurzen Beinen und ohne Hals in die Welt gespuckt hat? Warum muss ich auch noch einen Bruder haben mit dem Verstand einer Made?«

Unentwegt vor sich hinmaulend, marschierte der fettleibige Ork durch den Wald. Der Pfad hatte sich längst im dichten Unterholz verloren, sodass sich Rammar nach seinen Instinkten orientieren musste. Orks können die Himmelsrichtung nicht nach den Gestirnen bestimmen, wie Elfen und Menschen es tun, schon deshalb nicht, weil Sonne, Mond und Sterne dort, wo sich ein Ork für gewöhnlich herumtreibt, nur selten zu sehen sind.

Dicht und grün wölbte sich das Blätterdach der Bäume über ihm und ließ keinen Sonnenstrahl durch. Dem Dämmerlicht, das hier den ganzen Tag über herrschte, verdankte der Wald, der sich zwischen der Modersee im Westen und bis in das Schwarzgebirge im Osten erstreckte, seinen Namen – Dämmerwald. Das Schwarzgebirge wiederum war nach dem Wald benannt, der sich über die Berghänge bis hinauf zu den schroffen Gipfeln erstreckte und sie aus der Ferne schwarz und düster aussehen ließ.

Rammar hatte keine Ahnung, wohin die Gnomen Girgas' Haupt gebracht hatten, und ebenso wenig konnte er sich vorstellen, was die Grünhäutigen mit dem Diebstahl bezweckten; wie Graishak ihm aufgetragen hatte, würde er an den Schauplatz des Kampfes zurückkehren und versuchen, dort Spuren zu finden. Dass er sich nicht mehr genau an den Weg erinnerte – auf der Flucht vor den Gnomen hatte er kaum darauf gedacht –, bereitete ihm ein wenig Sorge, aber seine Wut auf seinen Bruder überwog bei weitem. Wäre Rammar ehrlich zu sich selbst gewesen, hätte er sich eingestanden, dass Balbok der bessere Fährtenleser von ihnen war und er seine Hilfe eigentlich gebraucht hätte. Aber Rammar hätte sich eher die Zunge herausgerissen, als das zuzugeben; lieber irrte er auf der Suche nach dem richtigen Weg tagelang durch den Wald, als dass er sich noch einmal mit diesem Dummkopf zusammentat.

»Diese Missgeburt! Dieser Hohlkopf!«, begann er immer dann, wenn seine Wut abzuklingen drohte. »Das war das letzte Mal, dass er mich in Schwierigkeiten gebracht hat. Ich habe keinen Bruder mehr. Es ist aus, ein für alle Mal!«

Die erste Nacht im Wald verbrachte er unter einem toten Baum, in den vor einiger Zeit der Blitz eingeschlagen hatte; die Rinde war schwarz, die abgestorbenen Äste wirkten wie ein riesiges Totengerippe. Rings um den Baum schien es kein Leben zu geben, also auch keine Giftschlangen und Skorpione, und so beschloss Rammar, dass dies der rechte Fleck wäre, um sich aufs Ohr zu hauen. Da er den ganzen Tag über nichts gegessen hatte, knurrte ihm allerdings bald der Magen, und schon nach einiger Zeit wünschte er sich fast, eine Schlange oder ein Skorpion würden ihm einen Besuch abstatten, damit er wenigstens etwas zwischen die Zähne bekam. Unwillkürlich musste er an Balbok denken, und ein untrügliches Gefühl sagte ihm, dass sein dämlicher Bruder mal wieder mehr Glück hatte und gerade einen Vogel oder ein Kaninchen verspeiste. Beim Gedanken an den süßen Geschmack des noch warmen Blutes lief Rammar der Geifer im Mund zusammen, ehe er in einen unruhigen, traumlosen Schlaf fiel.

Als er erwachte, graute bereits der Morgen, und spärliches Licht sickerte durch das Blätterdach des Waldes, das sich oberhalb des abgestorbenen Baums wie ein dunkler Himmel wölbte. Das Magenknurren war noch lauter geworden und hatte Rammar geweckt, und so beschloss er, sich zunächst auf die Suche nach Nahrung zu begeben. Da er weder Pfeil noch

Bogen bei sich hatte, ging er mit dem *saparak* auf die Pirsch, doch nachdem er erfolglos versucht hatte, einen Hasen zu erlegen, gab er die Jagd auf und suchte stattdessen den Waldboden nach Essbarem ab. Seine Ausbeute bestand aus zwei Pilzen, einigen Regenwürmern, Fliegenlarven und Wurzeln, die schon alt und entsprechend zäh waren. Selbst für den Geschmack eines Orks war das kein Festmahl. Aber es reichte, um den Hunger fürs Erste zu stillen. Danach setzte Rammar seinen Marsch fort.

Je weiter er nach Nordwesten gelangte, desto steiler stieg das Gelände an und desto mehr wurde der dichte Wald vom schroffen Gestein des Schwarzgebirges durchsetzt. Auf ihrer Flucht vor den Gnomen waren sie fast die ganze Zeit über bergab gerannt. Nun musste Rammar die gesamte Strecke wieder hinaufsteigen, was in der dampfigen Schwüle des Waldes ziemlich anstrengend war. Rammar keuchte und schnaufte, bald schmerzten ihm die Muskeln seiner kurzen Beine, und es dauerte nicht lange, da ließ sich auch sein Magen wieder mit lautem Knurren vernehmen.

»Dieser elende Blödsack, diese hirnlose Kreatur«, begann er erneut auf seinen Bruder zu schimpfen, um sich abzulenken. Zum einen musste er aber feststellen, dass ihm für eine ausgiebige Schimpforgie die Puste fehlte, zum anderen fand er heraus, dass es deutlich mehr Freude bereitete, wenn die Person, um die es ging, ihm beim Maulen zuhörte. Von allen Orks verlassen den Wald zu durchstreifen und dabei beständig vor sich hinzuschimpfen kam ihm plötzlich sinnlos vor, und so sparte er sich den Atem.

Bei Einbruch der Dämmerung suchte er sich erneut einen Schlafplatz. Da er sich inzwischen im Gebirge befand, gab es hinreichend Höhlen und Überhänge, in oder unter denen er Zuflucht suchen konnte. Unter einem großen Felsen, der wie der Schnabel eines riesigen Raubvogels aussah, fand Rammar ein Quartier für die Nacht. Als er diesmal einschlief, sah er im Traum seltsame, zusammenhanglose Bilder: Er sah Balbok und Graishak und auch Girgas' Haupt, das wie ein Ball durch die Gegend sprang und ihn verfolgte, während ihm das schallende Gelächter des Meuteführers in den Ohren klang.

Schweißgebadet schreckte Rammar aus dem Schlaf.

Es war noch dunkel, aber die Laute des erwachenden Waldes verrieten, dass es kurz vor Tagesanbruch war. Das wohltuende Geschrei der Fledermäuse war verstummt, die Vögel begannen mit ihrem scheußlichen Gezwitscher.

Mit einer wüsten Verwünschung wälzte sich Rammar von seinem Lager aus feuchtem Moos. Sein Frühstück bestand aus einigen fetten Engerlingen, die er in einem fauligen Pilz fand, seinen Durst stillte er an einem nahen Bach. Wie alles Wasser, das aus dem Schwarzgebirge hinab in den Dämmerwald floss, schmeckte auch dieses abgestanden, schal und nach Tod. Mit anderen Worten: Es mundete dem Ork ausgezeichnet.

Um vollends wach zu werden, hielt Rammar den Kopf ins Wasser. Danach setzte er seinen Marsch fort. Er musste sich eingestehen, dass er nicht mehr genau wusste, wo er sich befand, und immer wieder blieb er stehen und suchte mit seinen Blicken den Boden ab, konnte aber keine Spuren entdecken. Zudem kam ihm – anders als am Vortag – die Umgebung völlig unbekannt vor. Schlimmer noch: Nachdem er schweißtreibende Stunden lang über abgestorbenes Wurzelholz gestiegen und über schroffe Felsen geklettert war, stand er gegen Mittag wieder vor dem Schnabelfelsen. Er war im Kreis gelaufen! Aber wie war das möglich? Er hatte sich doch immer nur bergauf bewegt! Dabei konnte man nicht im Kreis laufen!

Oder etwa doch?

Niemals hätte er es laut ausgesprochen, nicht einmal im Flüsterton hätte er es geäußert – aber er wäre ganz froh gewesen, hätte er seinen Bruder nun an seiner Seite gehabt.

»Blödsinn!«, sagte er zu sich selbst. »Ich brauche Balbok nicht. Wahrscheinlich ist dieser *umbal* längst in eine Schlucht gefallen und hat sich sämtliche Knochen gebrochen. Oder er ist zurück ins Dorf gelaufen, und sie haben ihn erschlagen. Ohne mich hält dieser dämliche Kerl keine zwei Tage durch. Keine zwei Tage, das schwöre ich, so wahr …«

Plötzlich verstummte Rammar. Etwas kitzelte ihn in der

krummen Orknase, ein Geruch, der seinen Widerwillen erregte – Gnomen!

Rammar legte den Kopf in den Nacken und schnüffelte. Kein Zweifel. Er roch den fauligen Gestank der Grünhäutigen, und da sein Geruchssinn nicht sehr ausgeprägt war, bedeutete das, dass sich die Gnomen ganz in der Nähe befanden, sonst hätte er sie nicht gerochen.

Ein Knurren stieg aus seiner Kehle, und er griff nach dem *saparak*. Um den langen Speer mit der widerhakenbewehrten Spitze im Nahkampf einsetzen zu können, fasste er ihn in der Mitte des Schafts, dann taxierte er das umliegende Gebüsch.

Von den Gnomen war nichts zu sehen oder zu hören, dennoch waren sie da, Rammar war sich ganz sicher. Der Ork merkte, wie sich sein Pulsschlag beschleunigte, und seine Nase begann zu zucken, wie sie es bei seiner Rasse häufig tut, wenn Gefahr droht. Noch mehr als zuvor wünschte er sich, Balbok an seiner Seite zu haben, dessen Geschicklichkeit im Umgang mit Pfeil und Bogen schon manchem Gnom zum Verhängnis geworden war.

»Du elender Hohlkopf«, flüsterte Rammar vor sich hin. »Wo bist du, wenn ich dich brauche? Wo hast du dich nur wieder verkrochen? Wenn die Gnomen mich kriegen, ist es allein deine Schuld …«

Er verstummte, schlich bergauf und zwängte sich ins Unterholz. Das ihn umgebende Grün war so dicht, dass er keine zwei Schritte weit sehen konnte, aber die Gnomen konnten es umgekehrt auch nicht, und das beruhigte ihn ein wenig. Immer wieder schnupperte er und hatte das Gefühl, dass der Geruch der Gnomen schwächer wurde. Offenbar entfernte er sich von ihnen.

Hoffnung schöpfend, schlich Rammar weiter. So leise, wie es ihm möglich war, pirschte er sich durch das Dickicht, das sich schließlich ein wenig lichtete, sodass er rascher vorwärts kam. Trotz seiner kurzen, krummen Beine schritt er weit aus, um eine möglichst große Distanz zwischen sich und die Gnomen zu bringen – als ihm ein hässlicher Gedanke kam.

Er ging in die falsche Richtung!

Sein Überlebensinstinkt und der gesunde Orkverstand drängten ihn dazu, dem Feind den Rücken zu kehren und sich möglichst weit von ihm zu entfernen. Doch wollte er seine Mission erfüllen und das Haupt Girgas' nach Hause bringen, musste er genau in die entgegengesetzte Richtung, nicht weg von den Gnomen, sondern hin zu ihnen.

Zögernd verlangsamte Rammar seine Schritte – als etwas Unerwartetes geschah.

Der weiche Waldboden, auf dem er stand, gab plötzlich nach. Zweige knackten, und Äste splitterten unter dem Gewicht des Orks, als dieser jäh nach unten sackte. Einen dumpfen Schrei ausstoßend, versuchte sich Rammar irgendwo festzuhalten, aber seine Klauen griffen ins Leere.

Im nächsten Moment war um ihn herum nichts als zugige, nach Moder riechende Schwärze, während er senkrecht in die Tiefe stürzte.

In einem Pfuhl aus Schlamm endete sein Fall. Rammar landete mit seinem Allerwertesten mitten drin, sodass es nach allen Seiten spritzte und der Schlamm an den steilen Wänden des Schachts nach unten lief. Unter wüsten orkischen Verwünschungen versuchte sich der fette Ork zu erheben, was ihm seiner krummen Beine wegen nicht sofort gelang. Endlich schaffte er es doch. An die vier *knum'hai\** betrug der Durchmesser des Schachts, und Rammar blickte ebenso wütend wie ratlos zu dessen Rand empor, der unerreichbar für ihn war.

»Was, bei Torgas Eingeweiden …?«

Erschrocken sah er die Überreste dessen, was den Schacht bedeckt hatte und durch das er gebrochen war: ein Geflecht aus Ästen und Zweigen, über das man Moos gebreitet hatte. Eine Fallgrube, dämmerte es Rammar.

Darüber, wer die Falle errichtet hatte, brauchte er nicht lange nachzugrübeln, denn erneut nahm er den beißenden Gestank der Gnomen wahr. Von oben drang das Geräusch raschelnder Schritte zu ihm herab, und er hörte auch schrille,

---

\* unter Orks gültiges Längenmaß: 1 *knum* = ca. 30 cm

schnatternde Stimmen, die sich in einer fremden Sprache unterhielten. Dann erschienen am Rand der Grube zwei grün-gesichtige Köpfe, die grinsend zu ihm herabblickten und dabei schadenfroh kicherten.

»Ihr miesen, widerwärtigen Kreaturen!«, schrie Rammar, der nicht wusste, auf wen er wütender sein sollte – auf die Gnomen, die diese Falle errichtet hatten, oder auf sich selbst, dass er blindlings hineingetappt war. »Hört sofort mit dem dämlichen Gegacker auf! Holt mich hier raus, und ich werde euch beibringen, was es heißt, einem Ork eine Falle zu stellen. Ich werde euch eure kleinen grünen Schädel einschlagen, das schwöre ich euch!«

Doch das Gekicher brach nicht ab, wurde sogar lauter, und zu den beiden Gnomen gesellten sich fünf weitere.

»Ach so?«, brüllte Rammar wütend hinauf. »Es reicht euch wohl nicht, dass ich in eurer Falle sitze? In der Überzahl müsst ihr auch noch sein, sonst traut ihr euch nicht, euch mit mir anzulegen. Wie viele seid ihr denn dort oben?«

Die Anzahl der grünen Gesichter verdoppelte sich, und es entstand ein ziemliches Gedränge am Rand der Grube. Gno-mensäbel schimmerten im matten Licht, und Rammar sah auch Speere und Bogen, auf deren gespannten Sehnen giftge-tränkte Pfeile lagen. Sein Gezeter ließ nach und verstummte dann ganz, denn Furcht schnürte ihm die Kehle zu.

Ein schmaler, von Ästen und Zweigen befreiter Baum-stamm wurde herabgelassen. Man hatte Kerben in sein Holz gehackt, die als Trittstufen dienten. Dem Ork wurde befohlen, daran emporzuklettern, und widerwillig kam Rammar der Aufforderung nach, wobei der dünne Stamm unter seinem Gewicht bedenklich ächzte und knarrte. Keuchend vor An-strengung schob Rammar seinen fetten Leib schließlich über den Rand der Grube, und er wurde sofort von mehreren Gno-menkriegern in Empfang genommen. Ihre hässlichen Gesich-ter glänzten dabei vor Schweiß und vor Eifer. Rammar hätte sich am liebsten übergeben.

Es war ein ganzer Kriegstrupp, in dessen Gewalt er geraten war – ein rundes Dutzend grünhäutiger Gestalten in Rüstungen aus schwarzem Reptilienleder: In den Sümpfen, die sich nördlich des Schwarzgebirges erstreckten, hauste allerhand Viehzeug, das die Gnomen zu jagen pflegten und aus dessen Häuten und Knochen sie ihre Kleidung und Rüstungen herstellten. Rammar nahm an, dass das Leder auch einer der Gründe für den erbärmlichen Gestank war, den Gnomen auf Schritt und Tritt verbreiten.

Einen kurzen, wirklich sehr kurzen Augenblick lang erwog er, nach dem *saparak* zu greifen, den er wieder am Riemen auf dem Rücken trug, um sich einen wilden letzten Kampf mit den Gnomen zu liefern, wie es sich für einen Ork gehört. Schon im nächsten Moment aber besann er sich. Rammar hatte noch nie viel davon gehalten, sich sinnlos zu opfern, und noch sinnloser, als im tiefen Wald von einer Horde Gnomen abgeschlachtet zu werden, ging es nicht.

Als die Grünhäutigen seine Waffen verlangten, händigte er sie ihnen widerstandslos aus, und er unternahm auch nichts dagegen, als sie ihm die Hände auf den Rücken banden. Die Füße ließen sie ungefesselt, damit er marschieren konnte – vielleicht, dachte er, ergab sich dadurch eine Gelegenheit zur Flucht.

Er wurde von einigen Bogenschützen bedroht, deren Pfeilspitzen in Gift getränkt waren, während der Rest des Trupps zu beraten schien. Da Rammar die Sprache der Gnomen nicht beherrschte, verstand er nicht, was sie schnatterten. Aber ihrer Gestik und dem Ausdruck ihrer grünen Gesichter nach stritten sich zwei der Gnomen – offenbar der Anführer des Trupps und sein Stellvertreter – und verfielen schließlich in lautes Gezeter. Worum es dabei ging, konnte Rammar nur vermuten – wahrscheinlich darum, ob sie ihn auf der Stelle töten oder ihn vorher noch ein wenig foltern sollten.

Eine Weile lang ging es hin und her, dann schienen sich die beiden Anführer geeinigt zu haben. Befehle wurden erteilt, und der Kriegstrupp setzte sich in Bewegung. Eine kleine Vorhut ging voraus, dann folgte der Hordenführer mit den besten Kriegern, danach der von Bogenschützen bewachte Rammar, und der zweite Anführer bildete schließlich mit einigen Kriegern die Nachhut.

So ging es durch den Wald, stets nach Norden und immer weiter die steilen Hänge hinauf. Der Wald lichtete sich, der Baumbewuchs wurden spärlicher, und immer weniger Moos und Gras bedeckte den dunklen Boden. Nur einmal gönnten die Gnomen ihrem Gefangenen eine kurze Rast, dann wurde der Marsch fortgesetzt.

Die Disziplin, die die Gnomen an den Tag legten, verblüffte Rammar; bislang hatte er sie stets für primitive Wilde gehalten, die einer hochentwickelten Rasse wie den Orks weit unterlegen waren. Was er hier jedoch erlebte, schien das Gegenteil zu beweisen: Diese Gnomen waren alles andere als dumm (sonst wären sie wohl kaum in der Lage gewesen, *ihm* eine Falle zu stellen), und wie sie nahezu lautlos hintereinander hermarschierten, um ihre Stärke zu verbergen, hätte jeden orkischen Meuteführer beeindruckt.

Kurzum: Diese Gnomen waren anders als alle, denen Rammar je begegnet war. Ein strenger Wille schien sie zu lenken – oder Furcht.

Die Furcht vor irgendetwas.

Oder vor irgendjemandem …

Über einen steilen Pfad, der sich zwischen Felsnadeln und vereinzelten Bäumen schlängelte, führte der Marsch der Gnomen weiter bergauf. Die Sonne stand hoch am Himmel und verwandelte das karge Land in einen wahren Glutofen, und Rammar hatte Mühe, mit den Gnomen Schritt zu halten. Schweiß rann in Strömen über seinen Rücken. Orks mögen weder Sonnenlicht noch Wärme; viel lieber halten sie sich in Höhlen und Verliesen auf, wo es feucht ist und dunkel.

Aber die Gnomen nahmen weder darauf Rücksicht noch auf Rammars beträchtliche Leibesfülle. Unerbittlich trieben sie ihn an, und als sich der Tag dem Ende neigte, konnte sich Rammar kaum noch auf den Beinen halten. Wankend stolperte er vorwärts, schlug mehrmals der Länge nach hin.

Von dem Geröllfeld, das sie überquerten, bot sich ein weiter Ausblick auf das Umland; jenseits des Vorgebirges und des Dämmerwaldes konnte man im Westen die mattgraue Fläche der Modersee ausmachen. Doch das war Rammar reichlich egal. Alles, was er wollte, war eine Rast, um sich zu erholen und seine schmerzenden Beine auszuruhen.

Aber noch war es nicht so weit.

Im letzten Licht des Tages führten die Gnomen ihn über eine natürliche Felsbrücke, die sich über eine Schlucht spannte. In der Tiefe zwischen den senkrecht abfallenden Felswänden konnte Rammar die Wipfel von Bäumen sehen, aus denen modriger Dampf in den Abendhimmel stieg. Und während die untergehende Sonne den westlichen Horizont in blutiges Rot tauchte, das nach Überzeugung der Orks ein Vorbote für einen bevorstehenden Kampf ist, erklommen die Gnomen einen kahlen Bergrücken.

Von hier aus öffnete sich der Blick in die karge Landschaft des Schwarzgebirges: Scharfe Zacken, die wie das Gebiss eines Raubtiers wirkten, bildeten eine weite Arena, deren Hänge von Geröll und Felsnadeln übersät waren. Risse und Spalten durchzogen den Fels – aus der Ferne sahen sie aus wie erstarrte Blitze – und gaben dem Land ein lebloses, totes Aussehen. Bis auf Flechten und dürres Gestrüpp gab es hier keine Pflanzen mehr, und auch Tiere hielten sich von diesem Landstrich fern. Mit anderen Worten: Es war eine lauschige Gegend nach dem Geschmack eines Orks.

Dieses Land hatte einst Rammars Volk gehört. Die Klüfte des Schwarzgebirges, vom Dämmerwald im Westen bis zum Grenzfluss im Südosten, waren das Territorium der Orks gewesen, vor langer Zeit, noch vor dem Zweiten Krieg. Ihre Niederlage im Kampf gegen die Elfen und Zwerge hatte die Orks ihr angestammtes Gebiet gekostet, denn während sich die Menschen mit den Siegern einigten und Besserung gelobten, wurden die Orks verfolgt und über den Kamm des Schwarzgebirges getrieben bis tief hinein in den Dämmerwald. Da die meisten ihrer Anführer und Generäle im Kampf gefallen oder von den Siegern hingerichtet worden waren, war das einst riesige Heer der Orks in einzelne Stämme zerfallen. In den Jahren, die folgten, hatten die Orks immer wieder versucht, ihr einstiges Territorium zurückzuerobern, aber ihre

Anstrengungen waren nicht von Erfolg gekrönt gewesen – jeder Versuch war in einem blutigen Desaster geendet.

Anfangs hatten die Elfen die eroberten Festungen und Bollwerke, die einst den Orks gehörten, noch selbst verteidigt. Später zogen sie sich zurück und überließen das Land den Gnomen. In dieser Zeit war die Modermark die neue Heimat der Orks geworden, und es entstand die tiefe Feindschaft zwischen Gnomen und Orks.

Rammar überlegte fieberhaft, was die Gnomen wohl mit ihm vorhatten, und er zermarterte sich das Hirn darüber, wie er dieser unangenehmen Lage entkommen konnte. Dabei fiel ihm etwas auf.

Auf der anderen Seite des weiten Talkessels, an einer steilen Felswand, machte Rammar einzelne Lichter aus, Fackeln, die im einsetzenden Nachtwind flackerten. Der Ork verengte die Augen zu schmalen Schlitzen und glaubte, im schwachen Feuerschein schlanke Türme zu erkennen, die sich hoch über den Klüften an die Felsen schmiegten. Rammar war überzeugt davon, dass es die Türme eines *rark* waren, einer Zwingburg, die einst den Orks gehört hatte. Und wenn Rammar das aufgeregte Getuschel der Gnomen richtig deutete, so war dies das Ziel ihrer Reise; die alte Orkzitadelle war die Zuflucht der Gnomen.

Die Nacht senkte sich auf das Gebirge herab. Der blutrote Schein am Himmel verblasste, und die ferne Burg schien hinter einem schwarzen Vorhang zu verschwinden.

Da Gnomen im Dunkeln ungleich besser sehen konnten als Orks, marschierten sie noch eine Weile weiter, bis sie schließlich ein Plateau erreichten. Von dem führte eine weitere Brücke über einen gähnenden Abgrund, und diese Brücke war nicht natürlichen Ursprungs, sondern von Wesen errichtet, die lange vor den Orks das Schwarzgebirge besiedelten. Sie waren auch die Erbauer der Burgen, in denen die Orks in alter Zeit hausten, und auch auf dem Plateau hatten sie ihre Spuren hinterlassen.

Große steinerne Quader, auf denen hier und da noch die Zeichen einer längst vergessenen Schrift zu erkennen waren, umgaben das Plateau und schirmten es nach allen Seiten hin ab. Im Schutz der Felsblöcke ließen sich die Gnomen nieder und schlugen ihr Nachtlager auf. Rammar fesselten sie an einen der Quader, und zwar so, dass er stehen musste.

»Verdammt!«, stöhnte er. »Was macht ihr da? Ich bin den ganzen Tag marschiert – ich muss mich ausruhen! Legt mich gefälligst auf den Boden, wenn ihr mich unbedingt fesseln müsst! Ihr dämlichen grünen Kerle ...«

Die Gnomen ignorierten seine Beschwerden. Mit Riemen aus Trollsehnen banden sie ihn an den kalten Fels und zurrten die Fesseln so eng, wie sie nur konnten. Dann zogen sie sich kichernd zurück. Die beiden Anführer teilten die Nachtwache ein, worüber sie kurz wieder in Streit gerieten. Die übrigen Gnomen legten sich schlafen, und es wurde ruhig im Lager. Nur drei Fackeln, die zu einem Dreibein zusammengebunden waren und in der Mitte des Runds standen, spendeten Licht; der verhangene Himmel war mondlos, und nur vereinzelt blinzelten Sterne durch die grauen Schleier.

Rammars Laune fiel ins Bodenlose. Nicht nur, dass ihm die Beine wehtaten, dass Hunger und Durst ihn quälten und er seinem sicheren Ende entgegenblickte, nun bereitete ihm auch noch seine Verdauung Probleme. Nach dem beschwerlichen Marsch des Tages kündigte sich nun auch in seinen Gedärmen ein gewaltiger Durchmarsch an.

Vor den Gnomen jedoch wollte sich Rammar keine Blöße geben. Also biss er die Zähne zusammen, dass es knirschte, und wartete.

Wartete.

Wartete ...

Bis ihm Schweißperlen auf die Stirn traten und ihm ein hässlicher Druck in der unteren Leibeshälfte klar machte, dass er nicht länger warten konnte.

»He!«, rief er, um eine der beiden Wachen auf sich aufmerksam zu machen. Die übrigen Gnomen schliefen bereits, wie man an ihrem lauten Schnarchen hörte.

Der Wächter blickte auf und kam heran.

»Ich muss mal«, erklärte Rammar mit Flüsterstimme. Warum, in aller Welt, geriet er immer wieder in solche Situationen?

Der Gnom erwiderte etwas Unverständliches und rollte mit den Augen. Offenbar verstand er nicht.

»Ich muss mal«, wiederholte Rammar – und da seine Arme an den Felsblock gebunden waren und er damit nicht gestikulieren konnte, ahmte er entsprechende Geräusche nach, um dem Wächter verständlich zu machen, was er meinte.

Daraufhin hellten sich die grünen Gesichtszüge auf, und der Gnom kicherte schadenfroh. Anstatt Rammar loszubinden und ihn seine Notdurft verrichten zu lassen, wandte er sich an seinen Kumpanen.

»Nein«, beschwor ihn Rammar, »nicht …«

Als handelte es sich um einen guten Witz, den man unbedingt loswerden musste, erzählte der Gnom dem anderen Wächter von Rammars hochpeinlicher Not, und der zweite Gnom brach in wieherndes Gelächter aus.

»Toll«, kommentierte Rammar säuerlich. »Lacht noch lauter, damit es auch wirklich jeder erfährt.«

Die beiden prusteten, zeigten mit ihren grünen Fingern auf ihn und wollten sich ausschütten vor Lachen.

»Könnt ihr mir erklären, was daran so komisch sein soll? Ich muss mal, da ist nichts dabei. Müssen Gnomen etwa nicht?«

Die beiden Wächter lachten nur noch lauter, und einer von ihnen verfiel auf den Gedanken, das stumpfe Ende seines Speers in Rammars aufgeblähten Bauch zu stoßen.

»Nicht!«, rief der Ork entsetzt. »Was soll das? Lass das sofort bleiben!«

Als würde er verstehen, was Rammar sagte, ließ der Gnom seinen Speer augenblicklich sinken. Mehr noch, sein Gekicher verstummte, sein Gesicht wurde ausdruckslos – und dann kippte der Krieger plötzlich um.

In seinem Rücken steckte ein Pfeil.

Sein Kumpan kam noch dazu, einen verblüfften Laut auszustoßen, dann ereilte auch ihn der gefiederte Tod, der aus der Nacht geflogen kam.

»Wer, zum …?«

Rammar hatte noch nicht ganz erfasst, was geschehen war, da tauchte aus der Dunkelheit eine Gestalt mit einem vertrauten Gesicht auf: Für einen Ork war es ungewöhnlich blass und schmal, mit langem Kinn und großen, fast kindlich wirkenden Augen – und es grinste von einem Ohr zum anderen.

»Balbok, mein Bruder!«, flüsterte Rammar, völlig außer Acht lassend, dass er ja gar keinen Bruder mehr hatte. »Bist du es wirklich?«

»Klar bin ich es«, entgegnete der andere, während er seine Pfeile aus den toten Gnomen zog und sie zurück in den Köcher steckte. »Ich bin gekommen, um dich zu befreien.«

»Was du nicht sagst.« Sofort brodelte wieder die Wut in Rammar hoch. »Und warum, verdammt noch mal, hast du so lange damit gewartet? Diese Gnomen hätten mich töten können, war dir das nicht klar?«

»Entschuldige.« Das Grinsen verschwand aus Balboks Gesicht. »Ich musste doch warten, bis sie schlafen.«

»So, musstest du das?« Rammar schnaubte. »Na, meinetwegen. Dann binde mich jetzt los – obwohl ich eigentlich nicht mehr mit dir reden sollte.«

»Bist du mir denn immer noch böse?« Mit dem Dolch durchschnitt Balbok die Trollsehnen.

»Allerdings, das bin ich«, knurrte Rammar, während er seine schmerzenden Gelenke rieb. »Warte hier. Ich habe etwas Dringendes zu erledigen.«

»Ich soll hier warten?« Balbok schaute besorgt zu den schlafenden Gnomen. »Aber …«

»Du wartest!«, schärfte ihm Rammar ein und verschwand hinter einem der Steinblöcke. Einen Augenblick lang fragte sich Balbok, was sein Bruder dort treiben mochte – bis ein heiseres Stöhnen und Geräusche, die an ein mittelschweres Unwetter erinnerten, es ihm deutlich verrieten.

Erschreckt blickte sich Balbok nach den Gnomen um – schon war der Erste von dem Lärm erwacht. Benommen erhob er sich und sah die beiden leblos daliegenden Wachen.

Sein Mund öffnete sich zu einem lauten Schrei, aber noch

ehe er ihn ausstoßen konnte, bohrte sich Balboks Pfeil in seine Kehle.

Da Rammars Darmkonzert auf der anderen Seite des Felsens noch an Lautstärke zunahm, blieb der Gnom nicht der Einzige, der aus dem Schlaf erwachte. Ein weiterer schreckte hoch und sprang auf, einen wilden Kampfschrei ausstoßend.

Balbok blieb nicht mehr die Zeit, einen weiteren Pfeil auf die Sehne zu legen. Er ließ den Bogen fallen und griff nach dem Speer. Unter wütendem Geheul sprang der Gnom auf ihn zu – und pfählte sich selbst, indem er geradewegs in den *saparak* lief.

Während Balbok noch damit beschäftigt war, den tödlich verwundeten Gegner von der widerhakenbewehrten Spitze zu schütteln, erwachten die übrigen Gnomen. Das Kampfgeschrei ihres Gefährten hatte sie aus dem Schlaf gerissen. Sofort sprangen sie auf, griffen nach den Waffen und drangen auf Balbok ein.

»Rammar!«, rief der derart Bedrängte.

»Jetzt nicht«, kam es gepresst zurück. »Ich bin beschäftigt …«

Die Gnomen stürmten heran, und Balbok blieb nichts, als die gelben Zähne zusammenzubeißen und zu kämpfen. Mit dem *saparak* spießte er gleich zwei Angreifer auf einmal auf. Er ließ den Speer in den beiden zuckenden Leibern stecken und griff zur Axt, die für den Nahkampf weit besser geeignet war.

Ein weiterer Gnom – es war der zweite Anführer des Trupps – wollte sich von hinten an ihn heranschleichen, um ihm seinen Säbel in den Rücken zu stoßen, aber Balbok sah seinen Schatten in den Augenwinkeln und wirbelte herum. Das messerscharfe Blatt der Axt pfiff dabei durch die Luft und enthauptete den Unterführer, dessen Kopf in weitem Bogen davonflog.

Mit großen Sprüngen setzten die anderen Gnomen heran, grünhäutige Gestalten, die in ihren schwarzen Panzern wie Insekten wirkten. Entsprechend schwang Balbok wild die Axt, als wollte er damit Fliegen verscheuchen, und er stieß gellende Schreie aus. Die Gnomen, die eine solche Kampftechnik noch nie gesehen hatten, waren einen Augenblick lang verwirrt – einen Augenblick, der einige von ihnen das Leben kostete. Wo immer die mörderische Waffe niederging, schlug sie eine Bresche in den Haufen der Gegner und ließ grünes Blut spritzen.

Ein Spieß zuckte vor und verfehlte Balbok nur knapp. Der Ork revanchierte sich, indem er dem Angreifer das flache Schneideblatt der Axt auf den Schädel hieb. Auf dem zerschmetterten Kopf ein Helm, der so geplättet war wie die Modersee an einem klaren Wintermorgen, sank der Gnom nieder, direkt vor die Füße seines Anführers. Der verfiel in wütendes Geschrei, und erneut stürzten sich die Gnomen auf den hageren Ork, der inzwischen inmitten des Steinkreises stand und wild um sich schlug.

»Rammar?«, rief Balbok noch einmal nach seinem Bruder – aber die Geräusche, die hinter dem Quader hervordrangen, machten klar, dass mit diesem so bald nicht zu rechnen war.

Für Balbok wurde es brenzlig. Er hatte Mühe, sich seiner Haut zu erwehren. Die Gnomen schwangen ihre Klingen und hatten es nun auf seine Beine abgesehen. Die konnten sie am leichtesten treffen, denn die meisten der Grüngesichter reichten dem Ork kaum bis zur Hüfte. Lag der Gegner erst am Boden, war er so gut wie erledigt.

Indem er die Axt senkrecht niedergehen ließ, spaltete Balbok einem der heimtückischen Angreifer den Schädel, dann musste er zurückweichen. Funken schlagend traf Stahl auf Stahl, während die Augen der Gnomen vor Mordlust leuchteten.

Plötzlich stieß Balbok mit dem Rücken gegen ein Hindernis – es war der mit uralten Zeichen versehene Steinblock, auf dessen anderer Seite Rammar der Natur zu ihrem Recht verhalf.

»Rammar!«, rief Balbok. »Jetzt könnte ich etwas Hilfe gebrauchen!«

»Verdammt noch mal!«, tönte es hinter dem Quader hervor. »Kannst du nicht leiser sein? Ich muss mich konzentrieren!«

»'tschuldigung«, murmelte Balbok – und sprang zur Seite. Mit einem Spieß in den Händen war ein Gnom herangesprungen und hätte ihn durchbohrt, wäre Balbok nicht im letzten Moment ausgewichen. So traf die Waffe auf den nackten Stein und zerbarst, und ihr verblüffter Besitzer machte blutige Bekanntschaft mit Balboks Axt.

Nur noch vier Gegner waren übrig. Eine kurze Kampfpause trat ein, in der sie den Ork schnaufend belauerten – dann stieß der Anführer einen heiseren Schrei aus, und sie gingen zum letzten, verzweifelten Angriff über.

Das Aufeinandertreffen war so heftig wie kurz.

Zwei Gnomen, die ihn aus entgegengesetzter Richtung gleichzeitig angriffen und es dabei auf seine Oberschenkel abgesehen hatten, spießten sich gegenseitig auf, als Balbok nach vorne sprang. Einen weiteren traf das schartige Blatt der Axt mitten ins Gesicht, dass man die Knochen brechen hörte und das Blut spritzte; der Schädel wurde in zwei Hälften geteilt.

Nun war nur noch der Anführer übrig. Mit einem wilden Schrei, den Griff des Säbels beidhändig umklammernd, setzte der Gnom heran. Mit dem Schaft der Axt wehrte Balbok den wütenden Angriff ab, um den Feind im nächsten Moment mit einer Hand zu packen, hochzuheben und in weitem Bogen über sich hinwegzuschleudern, hinaus in die Nacht jenseits des Plateaus und in den gähnenden Abgrund.

Der gellende Schrei des Gnomenführers verhallte, und es kehrte Ruhe ein. Selbst der Orkan jenseits des Quaders hatte sich gelegt, dafür näherten sich knirschende Schritte über den felsigen Boden, und Rammar erschien, einen sichtlich erleichterten Ausdruck im Gesicht.

»Da bin ich wieder«, sagte er überflüssigerweise. »Habe ich etwas verpasst?«

»Überhaupt nicht«, erwiderte Balbok keuchend. Sein Gesicht und sein Brustpanzer waren über und über von grünem Blut besudelt, und im flackernden Schein der Fackeln sah Rammar die getöteten Gegner am Boden liegen.

»Verdammt!«, maulte er. »Warum konntest du nicht warten, *umbal*? Musstest wohl wieder den ganzen Spaß allein haben! Vielleicht hätte ich dir ja gern geholfen, diese hässlichen grünen Kerle zu erschlagen. Hast du daran mal gedacht?«

»Nein«, gestand Balbok schuldbewusst.

»Na ja ...« Rammar machte eine wegwerfende Handbewegung. »Ich will mal nicht so sein. Immerhin hast du es ja gut gemeint, auch wenn ich deine Hilfe nicht benötigt hätte.«

»Dann – bist du mir nicht mehr böse?«

»Nein.« Rammar schüttelte mürrisch den Kopf. »Sogar dein dämliches Gesicht ist mir lieber als diese grässlichen grünen Fratzen. Wie bist du überhaupt hierher gekommen?«

»Ich bin deiner Spur gefolgt. Sie führte in die falsche Richtung, also ...«

»Was soll das heißen, sie führte in die falsche Richtung?«

»Na, die Schlacht zwischen unserer Meute und den Gnomen hat viel weiter nördlich stattgefunden. Ich dachte also, ich folge dir lieber, ehe du dich verirrst. Und dann ...«

»Ehe ich mich verirre?« Rammar verzog zornig das Gesicht. »Davon kann keine Rede sein, Dummkopf. Ich wusste natürlich, dass ich zu weit südlich bin. Aber unterwegs entdeckte ich die Fährte dieser Gnomen, und ich dachte mir, es wäre eine gute Idee, ihnen zu folgen.«

»Ach, so war das ...« Balbok kratzte sich nachdenklich am Hinterkopf, wobei ihm der Helm vorne auf die krumme Nase rutschte. Er rückte ihn wieder zurecht, um Rammar erstaunt anzuglotzen. »Dann bist du also absichtlich in die Fallgrube gesprungen?«

»Natürlich, was hast du denn gedacht?«, schnappte Rammar. »Und jetzt hör auf, so dämliche Fragen zu stellen. Wir haben schließlich einen Auftrag auszuführen: Girgas' Haupt muss gefunden werden, und zwar so schnell wie möglich.«

»Das habe ich nicht vergessen«, versicherte Balbok breit grinsend und deutete mit einer Kralle auf sein Oberstübchen. »Und ich weiß auch, wo wir danach suchen müssen.«

»Ach? Wo denn?«

»Dort drüben!« Balbok wies zur anderen Seite des Talkessels, wo in der Dunkelheit die Zwingfeste lag.

»Wie kommst du denn darauf?«, fragte Rammar überrascht.

Balbok genoss es, dass er einmal mehr wusste als sein gescheiter Bruder. »Diese Gnomen«, erklärte er, »wollten offenbar zu dem *rark* dort. Und sie gehören zu jenem Stamm, gegen den wir im Grenzland gekämpft haben.«

»Was du nicht sagst. Und woher weißt du das nun wieder?«

»Die Standarte.« Balbok deutete auf das aus Knochen und einigen Stofffetzen zusammengeschusterte Gebilde. »Erkennst du sie nicht wieder?«

»Natürlich erkenne ich sie wieder!«, antwortete Rammar schroff. »Ich wollte dich nur prüfen. Ich habe sofort erkannt, dass das die Kerle waren, die uns überfallen haben, und auch, dass die Festung dort ihr Ziel war.«

»Und du hast dich von ihnen gefangen nehmen lassen, um in die Festung zu gelangen«, folgerte Balbok staunend. »Das war wirklich schlau von dir.«

»Nicht wahr?« Rammar schnaubte. »Alles lief bestens, aber dann musstest du ja auftauchen und mich befreien. Aber – ich weiß ja, du hast es nur gut gemeint, deshalb bin ich dir nicht böse.«

Rammar nickte seinem Bruder großmütig zu, und ehe es diesem in den Sinn kam, weitere unangenehme Fragen zu stellen, sagte er rasch: »Lass uns jetzt überlegen, wie wir in die Festung gelangen. Eins steht fest – wir werden verdammt vorsichtig sein müssen. Diese Gnomen sind anders als alle, denen ich je begegnet bin. Ich habe schon viele Grüne gesehen, aber noch nie welche, die sich so diszipliniert verhielten. Etwas stimmte nicht mit ihnen. Es war, als würde ein fremder Wille sie leiten. Verstehst du, was ich meine?«

»Nein.«

»Wie auch immer – des Rätsels Lösung werden wir nur dort drüben finden, auf der anderen Seite der Schlucht.«

»Des Rätsels Lösung?« Balbok runzelte die hohe Stirn. »Ich dachte, wir suchen nach Girgas' Haupt?«

»Dummbeutel!« Rammar schüttelte den Kopf. Bisweilen konnte Balbok ja ganz pfiffig sein, doch wie sagte ein altes

Sprichwort der Orks: *Kudashd darr chgul lorg alhark* – Auch ein blinder Ghul findet mal ein Horn.

»Wann werden wir aufbrechen?«, fragte Balbok.

»Der Pfad ist schmal und sehr gefährlich. Ihn bei Nacht zu beschreiten, wäre reiner Selbstmord. Wir werden also bis kurz vor Tagesanbruch warten und uns im Schutz des Morgennebels anschleichen. Wir werden Girgas' verdammten Schädel finden und ihn ins *bolboug* zurückbringen, und am Ende werden alle, die uns beschimpft haben, das mächtig bedauern.«

Rammar und sein Bruder nickten sich entschlossen zu – keiner von ihnen ahnte, dass sie beide längst zu Höherem auserkoren waren.

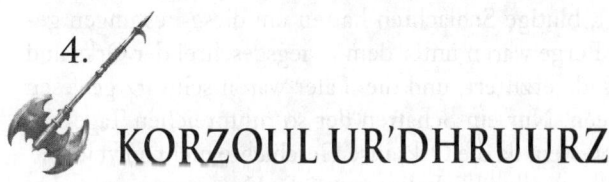

# 4.
# KORZOUL UR'DHRUURZ

Wie Rammars Plan es vorsah, brachen sie noch vor Morgengrauen auf.

Den Rest der Nacht hatten sie auf dem Plateau zugebracht und abwechselnd Wache gehalten. Nun überquerten Rammar und Balbok die steinerne Brücke und folgten dann dem Pfad, der an den steilen Felshängen entlang auf die andere Seite des Talkessels führte. Da der Weg an einigen Stellen abgerutscht war, mussten die beiden Orks mehrmals waghalsige Kletterpartien auf sich nehmen; sie stiegen über schroffe Felsen und überquerten unsichere Geröllfelder, auf denen jeder Fehltritt den Tod bedeuten konnte.

Rammar zwang sich, nicht in die gähnende Tiefe zu blicken, während er stur einen Fuß vor den anderen setzte, und als der Morgen dämmerte, hatten die beiden Orks die Strecke bereits zur Hälfte hinter sich gebracht. Bisher hatte sich der Nebel gehalten; in milchigen Fetzen hing er an den Felshängen und schützte sie vor Entdeckung. Je stärker die Sonne jedoch schien, desto mehr lichteten sich die wabernden Dunstschwaden und desto deutlicher zeichneten sich vor ihnen die Umrisse der Festung ab.

Die Türme der Feste ragten in den grauen Himmel wie riesige *saparak'hai*, und wie die Widerhaken eines Orkspeers wirkten auch die kantigen Vorsprünge an ihren Spitzen. Dazwischen erstreckten sich jahrhundertealte hohe Mauern, unterhalb der Pechnasen geschwärzt und teils von Rissen durchzogen, aber immer noch gewaltig und trutzig.

Die Orks versuchten sich vorzustellen, wie es wohl damals gewesen war, vor tausend Jahren, als ihre Art noch über das Schwarzgebirge geherrscht hatte. Von den Zwingburgen aus hatten die Orks ihr Land gegen die Angreifer aus dem Osten verteidigt, blutige Schlachten hatten um diese Festungen getobt, die Berge waren unter dem Kriegsgeschrei der Orks und ihrer Feinde erzittert, und die Täler waren schwarz gewesen vor Armeen. Nur ein Schatten der so ruhmreichen Tage war noch geblieben; da die Orks ihre Geschichte nicht aufzeichneten, verblasste allmählich die glorreiche Vergangenheit, und in ihren einstmaligen Zitadellen hausten nun Gnomen und andere hässliche Kreaturen. Auch Gnomen waren keine Baumeister und nahmen, was sie kriegen konnten; in dieser Hinsicht unterschieden sie sich nicht von den Orks. Dennoch – dass sie eine derart gewaltige Festung ihr Eigen nannten, während seinesgleichen in Erdspalten und Höhlen hausen musste, ärgerte Rammar gewaltig.

Je näher sie der Festung kamen, desto deutlicher wurde, in welch schlechtem Zustand sie sich befand. Nicht nur, dass das Mauerwerk rissig und brüchig war, die Dächer der Türme und Wehrgänge waren zum Teil eingestürzt, und nur der große Turm, der sich in der Mitte der Anlage erhob und wie eine Felsnadel vom Berghang abstand, war – so schien es – vom Zahn der Zeit verschont geblieben

Eindrucksvoll war auch das große Tor der Festung. Wie der Schädel eines riesigen *uchl-bhuurz* mutete es an, eines Ungeheuers aus grauer Vorzeit. Das Tor selbst bildete dabei den Rachen des Untiers, die beiden Fackeln, die unterhalb der wie spitze Ohren wirkenden Ecktürme loderten, die Augen. Im blassen Licht der Dämmerung sah es aus, als würde das Monstrum den beiden Orks entgegenstarren, was Balbok ganz und gar nicht behagte.

»Du, Rammar«, sagte er, »das gefällt mir nicht.«

»Was meinst du?«

»Die Festung – sie kann uns sehen.«

»Was soll der Blödsinn?« Rammar blieb stehen. »Das ist bloß ein Haufen alter Steine.«

»Ich fühle es, Rammar. Wir werden beobachtet.«

»Unsinn. Halt einfach das Maul und überlass das Fühlen und Denken mir, in Ordnung?«

»In Ordnung«, erwiderte der hagere Ork – ganz überzeugt war er jedoch nicht. Zu Recht, wie sich herausstellen sollte …

Sie näherten sich der Festung über den schmalen Pfad, der an der Felswand entlangführte und zur Talseite hin fast senkrecht abfiel. Der Nebel lichtete sich immer mehr, aber im fahlen Licht des Morgens waren die beiden schmutzig braunen Gestalten gegen den dunklen Fels kaum auszumachen.

Schließlich erreichten sie einen massigen Felsblock, um den herum sich der Pfad wand und auf dessen anderer Seite die Zitadelle lag.

Vorsichtig lugten die Orks um den Fels. Wie sie sehen konnten, endete der Pfad vor einem mörderisch tiefen Abgrund, auf dessen anderer Seite sich die alte Festung in Schwindel erregende Höhen erhob. Der Abgrund war zu breit, als dass man ihn mit einem Sprung hätte überwinden können. Doch zu ihrer maßlosen Verblüffung stellten Rammar und Balbok fest, dass die Zugbrücke, die wie eine große Zunge aus dem Maul des steinernen Ungeheuers ragte, heruntergelassen war. Mehr noch – auch das Tor stand weit offen und lud sie geradezu ein, die Zitadelle zu betreten. Wachen waren weit und breit nicht zu sehen, weder am Tor noch oben auf den Mauern.

»Das gefällt mir nicht«, wiederholte Balbok, nachdem sie wieder hinter den Felsen gekrochen waren.

»Wieso gefällt dir das nicht?«, maulte Rammar. »Wir haben eben Glück, das ist alles.«

»Großes Glück«, meinte Balbok, »oder großes Pech. Es könnte auch eine Falle sein.«

»Eine Falle? Blödsinn. Um uns eine Falle zu stellen, müssten die erst mal wissen, dass wir hier sind. Ich sag dir was, Dummkopf – die haben die Brücke runtergelassen und das Tor aufgemacht, weil sie die Rückkehr ihres Kriegstrupps erwarten. Aber der wird nicht kommen, so viel steht fest.« Er kicherte grollend.

»Trotzdem.« Balbok machte ein langes Gesicht. »Wir sollten einen anderen Weg suchen, um in die Festung zu gelangen.«

»Einen anderen Weg? Wie stellst du dir das vor?«

»Wir könnten es von Norden her versuchen.«

»Von Norden her? Du meinst, über die Steilwand? Hast du jetzt völlig den Verstand verloren?« Rammar bedachte seinen Bruder mit einem vernichtenden Blick. »Wir werden abstürzen und uns sämtliche Knochen brechen. Außerdem habe ich die Schnauze voll von der erbärmlichen Kletterei. Ich sage, wir nehmen das Haupttor.«

»Und ich sage, dass mir das nicht gefällt.«

»Na schön.« Rammar überlegte kurz, dann fragte er listig: »Wäre es dir lieber, wenn einer von uns draußen bleibt, als mögliche Verstärkung? Nur für den Fall, dass dem anderen etwas zustößt oder er in Gefangenschaft gerät? Dann kann der andere ihn befreien.«

»Das wäre eine tolle Idee.«

»Gut.« Rammar fletschte breit grinsend die gelben Zähne. »Dann wirst *du* gehen. Ich bleibe hier und halte die Stellung, um einzugreifen, sollte es Schwierigkeiten geben.«

»Ich – ich soll allein gehen?«

»Das habe ich gerade gesagt, oder nicht?«

»Warum gerade ich?«

»Nun geh endlich, wir haben nicht den ganzen Tag Zeit!«

Balbok legte die Stirn in Falten und kratzte sich einmal mehr am Hinterkopf, doch der Logik seines Bruders vermochte er nicht zu widersprechen. Also rückte er den Helm wieder zurecht und machte sich bereit: Seine Axt, die ihm beim schnellen Laufen behindert hätte, ließ er zurück, nur den Speer und seinen Dolch nahm er mit. Derart bewaffnet nickte er Rammar zum Abschied zu. Dann wagte er sich aus der Deckung und rannte in gebückter Haltung auf die Festung zu. Die mächtigen Bohlen der Zugbrücke donnerten unter seinen Tritten, und im nächsten Moment verschlang ihn der steinerne Rachen des Tors.

Als Rammar seinen Bruder in der Dunkelheit verschwinden sah, befiel ihn eine seltsame Unruhe, und eine (freilich recht leise) Stimme in seinem Inneren sagte ihm, dass es falsch gewesen war, Balbok allein loszuschicken.

»Unsinn!«, sagte er sich. »Dieser *umbal* hat mehr Glück als

Verstand, mir hingegen haftet das Pech an wie *shnorsh* am Hintern eines Trolls. Er ist alt genug, um auf sich selbst aufzupassen, und stark genug, um Girgas' Haupt allein zu tragen.«

Nachdem er sein Gewissen derart beruhigt hatte, hielt es Rammar in seinem Versteck schon sehr viel besser aus – allerdings nicht sehr lange. Denn plötzlich, als er wieder neugierig um den Felsen linste, spürte der Ork einen schmerzhaften Stich in seinem Rücken.

Er fuhr herum – und blickte in die grünen Gesichter von fünf Gnomen. Sie waren lautlos an Seilen die Felswand hinabgeklettert und bedrohten ihn nun mit ihren Waffen.

Rammar begriff noch, dass sein Bruder in tödlicher Gefahr schwebte, da zuckte eine Keule herab und traf ihn mit lautem Scheppern so heftig auf den Helm, dass er bewusstlos zusammenbrach.

Den Orkspeer beidhändig umklammert, arbeitete sich Balbok in das ungewisse Dunkel vor.

Jenseits des Tors lag ein großer kreisrunder Wachraum, in dessen Mitte sich eine gemauerte Zisterne befand. Vorsichtig schlich Balbok an den Brunnen heran und warf einen Blick hinein. Seine Nackenborsten sträubten sich, als er in die Schwärze schaute, denn er hatte das hässliche Gefühl, dass etwas aus der bodenlosen Finsternis zurückstarrte.

Er trat von dem Brunnen weg, und wachsam ließ er seine Blicke schweifen. Er konnte jedoch nichts Verdächtiges entdecken. Also rückte er weiter vor und passierte das Tor auf der gegenüberliegenden Seite. Es mündete in einen langen Stollen, in dem es so dunkel war, dass Balbok kaum die Klaue vor Augen sehen konnte. Dennoch schlich er vorsichtig weiter. Der Gestank, der ihn umwehte, drehte ihm fast den Magen um und verriet ihm, dass Gnomen in der Nähe waren.

Warum aber ließ sich keiner von den Grüngesichtern blicken?

Seine Befürchtung, direkt in eine Falle zu laufen, verstärkte sich und mahnte ihn noch mehr zur Vorsicht. Den *saparak* in beiden Klauen, tastete sich Balbok durch die Dunkelheit. Dabei stieß er mit dem Fuß gegen etwas, das auf dem Boden lag – etwas Dürres, Glattes, wie der Ork mit einem prüfenden Griff feststellte, nachdem er vorsichtig in die Knie gegangen war. Balbok hatte keine Ahnung, was es war, doch diese merkwürdigen Gegenstände bedeckten von nun an den gesamten Stollenboden.

Der Gang beschrieb eine enge Windung, und dahinter tauchte unvermittelt das Ende des Stollens auf. Dort lag der Innenhof der Festung. Fahles Morgenlicht flutete Balbok entgegen und blendete ihn für einen Moment. Als sich seine Augen an die Helligkeit gewöhnt hatten, sah er auch, was das für Gegenstände waren, die so zahlreich auf dem Boden des Stollengangs verstreut lagen.

Es waren Knochen.

Bleiche, abgenagte Knochen.

Knochen von Menschen und Zwergen waren darunter, was Balbok nicht weiter störte – aber als ihm auch der Totenschädel eines Orks aus leeren Augenhöhlen anstarrte, da empörte sich sein Innerstes. Wie, bei Kuruls Flamme, konnten Gnomen nur zu einer solchen Barbarei fähig sein? Jedermann weiß, dass Orks einfach scheußlich schmecken …

Vorsichtig, um kein unnötiges Geräusch zu verursachen, stieg Balbok über die Knochen hinweg und hielt sich eng an der Mauer, während er sich dem Ende des Stollens näherte.

Dort angekommen, verharrte er, um sich einen Überblick zu verschaffen. Der Innenhof vor ihm war rings von Mauern und Wehrgängen umgeben, und auch hier war weit und breit niemand zu sehen. In der Mitte des Hofs erhob sich ein steinernes Standbild. Es stellte ein Wesen dar, wie Balbok es noch nie zuvor gesehen hatte: Es hatte große Schwingen, Furcht erregende Klauen und ein zähnestarrendes Maul. Obwohl die Kreatur nur aus Stein gehauen und dieser alt und verwittert war, hatte Balbok das Gefühl, als könnte die Statue jeden Augenblick zum Leben erwachen.

»Ruhig«, mahnte er sich mit Flüsterstimme. »Wenn Rammar hier wäre, würde er sagen, dass ich elender Feigling mich zusammenreißen soll. Ich bin ein tapferer Ork und habe einen Auftrag durchzuführen …«

Balbok zwang sich, den Stollen zu verlassen. Er rannte über den Innenhof auf das Standbild zu und flüchtete sich in seinen Schatten, wo er erneut verharrte und sich umschaute.

Welchen der Gänge, die auf den Hof mündeten, sollte er nehmen? Wo sollte er nach Girgas' Haupt suchen? Und warum, bei Torgas Eingeweiden, hatte er noch nicht einen einzigen Gnom zu Gesicht bekommen? Wo steckten die hässlichen grünen Kerle?

Balbok blickte an dem Standbild hinauf, das nun, da der Ork zu seinen Füßen stand, noch eindrucksvoller und Furcht einflößender wirkte. Unwillkürlich fragte er sich, ob dieses Ding etwas mit dem Verschwinden der Gnomen zu tun hatte …

Im nächsten Moment beantwortete sich die Frage von selbst. Die Wehrgänge rings um den Innenhof waren noch vor einem Augenblick völlig verwaist gewesen, plötzlich aber tauchten auf allen vier Seiten grimmige grüne Mienen hinter der Brustwehr auf, und dutzendweise zielten gespannte Bogen mit ihren Pfeilen auf Balbok.

»Und es war doch eine Falle«, knurrte der hagere Ork und nickte trotz der bedrohlichen Situation voller Genugtuung, dass er Recht behalten hatte.

Mit gefletschten Zähnen blickte er zu den Gnomen hinauf und hob den *saparak*, um seinen letzten Kampf zu kämpfen – lebend sollten die Grünen ihn keinesfalls kriegen. Für einen Augenblick schien die Zeit auf dem Innenhof stillzustehen, und Balbok bereitete sich darauf vor, im Jenseits dem kopflosen Girgas zu begegnen, der ihn mit wüsten Vorwürfen überschütten würde.

Aber es kam anders – denn plötzlich traf Balbok ein schmetternder Schlag wie mit einem unsichtbaren Hammer. Sein Helm dröhnte, und der Ork wankte. Noch einen Moment lang hielt er sich auf den Beinen, dann kippte er um wie ein gefällter Baum und blieb auf dem Rücken liegen.

Entsetzt versuchte er zu begreifen, woher der Schlag gekommen war – und einen Augenblick, bevor er das Bewusstsein verlor, glaubte er, die steinerne Statue würde sich bewegen, ihm ihr grässliches Gesicht zuwenden und ihn aus glühenden Augen anstarren, während sich die schwarzen Schwingen auf ihn niedersenkten, bis ihn schließlich Dunkelheit umhüllte.

Es war ein böses Erwachen für Rammar. Erst glaubte er, in der riesigen Kloake zu schwimmen, der alle Orks irgendwann entsprungen waren. Dann machte ihm der hämmernde Schmerz in seinem Schädel klar, dass er längst geboren war, und er erinnerte ihn daran, dass der Feind ihn übertölpelt hatte.

Blinzelnd schlug der feiste Ork die Augen auf und versuchte festzustellen, wo er sich befand: Die Decke bestand aus grauen Steinplatten, in die fremdartige Symbole eingearbeitet waren, und an den ebenfalls steinernen Wänden hingen grässlich aussehende Götzenbilder kopfüber herab. Noch merkwürdiger aber war, dass die Flammen der Fackeln, die in den Wandhalterungen steckten, nach unten züngelten.

Es dauerte einen Moment, bis Rammar klar wurde, dass nicht die Welt Kopf stand, sondern er selbst. Verblüfft blickte er an sich herab (beziehungsweise hinauf) und stellte fest, dass er an einer rostigen Kette kopfüber von der Decke baumelte. Die Rüstung und den Helm und natürlich auch seine Waffen hatte man ihm abgenommen.

Da Rammars Arme nicht gefesselt waren, konnte er mit ihnen rudern, und es gelang ihm, seinen Körper zu drehen. Er sah Balbok, der neben ihm hing. Auch ihm hatte man Rüstung und Helm abgenommen, und eine blutverkrustete Wunde klaffte an seinem Schädel. Für einen Augenblick fürchtete Rammar schon, sein Bruder wäre in Kuruls finstere Grube gestürzt, dann aber sah er, dass Balboks Klauenhände zuckten, und er hörte ihn auch leise stöhnen. Rammar atmete erleichtert auf.

Allerdings nicht für lange, denn er sah noch mehr Ketten von der hohen Gewölbedecke baumeln, und es ließ sich kaum erkennen, welcher von den halb verwesten Körpern, die daran hingen, einmal Mensch, Gnom oder Ork gewesen war. Und das nicht nur auf Grund der fortgeschrittenen Verwesung; man hatte diese Wesen gefoltert und grauenvoll verstümmelt, bevor sie einen schrecklichen Tod gestorben waren.

Am ätzenden Fäulnisgeruch der Leichen störte sich Rammar nicht, wohl aber am höhnischen Gelächter, das plötzlich aufklang und von überallher zu kommen schien.

»Wer lacht da?«, fragte Rammar und ruderte wieder mit den Armen, um sich an der Kette zu drehen. »Wer wagt es …?«

Er stieß einen zischenden Laut aus, als er den Urheber des Gelächters erblickte – einen alten Mann, der eine Robe von solcher Schwärze trug, dass sie den Fackelschein zu schlucken schien. Selbst für einen Menschen war der Kerl hässlich; der graue Bart reichte ihm bis zum Bauch, seine Nase war scharf geschnitten, und die tief liegenden Augen hatten einen stechenden Blick. An dem langen Stab, den der Alte in der Rechten hielt, erkannte der Ork, dass er keinen gewöhnlichen Menschen vor sich hatte, sondern einen Zauberer. Der Stab war aus dunklem Holz geschnitzt, und eine Schlange schien sich darum zu winden, bis hinauf zum Knauf, der einen Totenschädel darstellte. In den Augenhöhlen des Schädels funkelten Smaragde.

Eine Schar bewaffneter Gnomen hatte zusammen mit dem Zauberer das Verlies betreten. Einige von ihnen trugen Teile von Rammars und Balboks Rüstungen. Sie traten an die Gefangenen heran, stachen mit langen Spießen nach ihnen und kicherten hämisch.

Balbok erwachte und stieß ein lautes Quieken aus. Nicht aus Schmerz – der schrille Laut war eher Ausdruck des Erstaunens auf Grund seiner ungewöhnlichen Lage.

»Verdammt, was soll das?«, zeterte Rammar. »Wollt ihr das wohl lassen, ihr miesen, elenden, zu kurz geratenen …«

»Genug damit!«, rief der Zauberer herrisch, und sofort hörten die Gnomen auf, die beiden Orks zu quälen.

Der Zauberer trat einen Schritt vor und betrachtete die beiden Gefangenen eine Weile lang. »Ihr müsst ihr Verhalten entschuldigen«, sagte er dann. »Meine Gnomen sind es gewohnt, anderen Kreaturen Schmerzen zuzufügen, und zumeist tun sie es in meinem Auftrag.«

»Wer seid Ihr?«, fragte Rammar verblüfft. Der Mensch in der schwarzen Robe machte nicht nur einen überaus mächtigen Eindruck auf ihn, sondern war auch eine ziemlich unheimliche Erscheinung. Rammar, der die Sprache der Menschen leidlich beherrschte, entschied sich deshalb, sich einer höflichen Anrede zu bedienen.

»Alles zu seiner Zeit«, erwiderte der Zauberer mit einer dunklen, tiefen Stimme, die den Ork erschaudern ließ. »Ich habe mit euch zu reden.«

»Mit uns?«, rief Rammar verblüfft. Er blickte zu seinem Bruder. »Hast du gehört, Schnarchsack? Man will mit uns reden!«

Wie zuvor Rammar war auch Balbok verwirrt darüber, dass er sich kopfüber von der Decke baumelnd wiedergefunden hatte. Außerdem machte ihm noch der Schlag auf den Kopf zu schaffen. Er hatte gar nicht mitbekommen, dass sein Bruder mit jemandem sprach. »W-was ist passiert?«, stammelte er.

»Dämliche Frage«, knurrte Rammar. »Du wurdest entdeckt und hast dich von den Gnomen überwältigen lassen, und nun befinden wir uns in der Gewalt eines Zauberers.«

»Eines Zauberers?« Balbok schaute sich um, und als er die düstere Gestalt des alten Mannes erblickte, zuckte er zusammen. »Rurak«, keuchte er entsetzt.

»Was faselst du da?«, knurrte Rammar.

»Rurak«, sagte Balbok noch einmal.

»Unsinn.« Rammar schüttelte den Kopf, obwohl das die Schmerzen in seinem Schädel noch verstärkte. »Rurak existiert nicht wirklich. Er ist nur eine Sagengestalt, mit der man kleine Orks erschreckt.«

»Bist du dir da so sicher, mein Freund?«, fragte der Zauberer mit seiner tiefen Stimme, und die Art, wie er Rammar dabei anstierte, gefiel diesem ganz und gar nicht.

Die Gnomen kicherten, die Spitzen ihrer Spieße weiterhin gegen die Orks gerichtet, um die Gefangenen damit erneut zu malträtieren, sobald ihnen ihr Herr und Meister dies erlaubte. Noch hielten sie sich zurück, aber aus ihrem hämischen Gekicher war die Lust herauszuhören, ihre Erzfeinde, die Orks, zu demütigen und ihnen grauenvolle Schmerzen zuzufügen.

»Ru-Rurak?«, fragte Rammar nun tonlos, während er den Zauberer ängstlich betrachtete.

»Das ist einer meiner Namen«, bestätigter dieser mit einem

würdevollen Nicken. »Einer der vielen, die ich angenommen und wieder abgelegt habe, seit ich auf dieser Welt wandle. Es freut mich, dass er bei den Orks nicht in Vergessenheit geriet.«

»Allerdings nicht«, versicherte Rammar.

Obwohl die Orks keine Geschichtsaufzeichnungen pflegen und sich kaum um die Vergangenheit scheren, war ihnen der Name des Zauberers noch immer bekannt. Im Zweiten Krieg war Rurak einer der Aufrührer gewesen, die gegen die Herrschaft der Elfen aufbegehrt hatten, und obwohl er im Krieg auf der Seite der Orks gestanden hatte, war er von diesen mehr gefürchtet worden als so mancher Feind. Rurak den Schlächter hatten sie ihn genannt, und das nicht von ungefähr. Der Zauberer war dafür bekannt gewesen, Ungehorsam oder Feigheit vor dem Feind grausam zu bestrafen, und man erzählte sich, dass er die Überlebenden einer verlorenen Schlacht aus Zorn allesamt hatte pfählen lassen.

»D-der Zweite Krieg ist lange vorbei«, stammelte Rammar und klammerte sich an die verzweifelte Hoffnung, dass sich der Finstere nur einen Scherz mit ihnen erlaubte. »Nicht einmal ein Zauberer lebt so lange. O-oder?«

»Es kommt darauf an, welchen Zaubers er sich bedient«, antwortete Rurak rätselhaft, und ein kaltes Lächeln spielte dabei um seine dünnen Lippen. »Aber seid unbesorgt, meine hässlichen Freunde. Es wird euch nichts zustoßen – solange ihr tut, was ich von euch verlange.«

»W-wirklich?« Rammar blinzelte ungläubig; die Gnomen hingegen wirkten enttäuscht, hatten sie doch gehofft, mit den beiden Gefangenen ihren Spaß haben zu können. »Und was verlangt Ihr von uns zu tun, erhabener Zauberer?«, fragte der Ork.

»Das will ich euch verraten«, sagte Rurak. »Aber vorher will ich euch zeigen, was euch erwartet, wenn ihr mein Angebot ausschlagt.« Unter dem schwarzen Gewand des Zauberers kam eine klauenartige Hand zum Vorschein; sie schien nur aus Knochen, faltiger Haut und spitzen langen Fingernägeln zu bestehen. Rurak machte mit ihr eine beiläufige Geste. »Schaut, was sich unter euch befindet!«

Rammar und Balbok warfen einen Blick zu Boden – doch da war kein Boden mehr, sondern eine tiefe Grube!

In ihr brodelte kochender Eiter, und widerlich stinkende, beißende Dämpfe quollen daraus hervor. Glitschige Tentakel reckten sich aus dem kochenden Schleim den beiden Brüdern entgegen, und durch die Dämpfe hindurch wurden sie von gierigen Augen monströser Kreaturen angeglotzt.

Die beiden Orks kreischten auf und begriffen nicht, warum sie die Grube nicht schon vorher gesehen hatten.

Ihr Kreischen wurde noch lauter, als Ruraks knochige Hand eine weitere Geste beschrieb. »Ich glaube«, sagte der Zauberer, »ich sollte euch jetzt von euren Fesseln befreien.«

Daraufhin rasselten die Ketten, an denen die beiden Orks hingen, von der Decke – und Rammar und Balbok stürzten dem brodelnden Schleim und den starrenden Augen entgegen. Ihre Stimmen überschlugen sich, so laut kreischten sie auf – und einen Herzschlag später schlugen sie auf den harten Steinboden.

Wären Orks nicht wesentlich robuster gebaut als beispielsweise Menschen, hätten sich Rammar und Balbok sämtliche Knochen gebrochen.

Die Grube mit dem kochenden Schleim und den widerlichen Monstern war verschwunden, und als die Brüder Ruraks schallendes Gelächter hörten, begriffen sie, dass sie einer Illusion erlegen waren, die der Zauberer kraft seiner Magie hervorgerufen hatte.

Zum Aufatmen bestand jedoch kein Anlass, denn schon waren sie wieder von den Spießen der Gnomen umgeben, deren Spitzen drohend auf sie zeigten.

»Sagt, meine ungeschickten Freunde«, sagte Rurak zu den beiden Gefangenen, während sie noch benommen auf dem Boden kauerten und sich die schmerzenden Schädel rieben, »habt ihr schon einmal von Shakara gehört?«

»Shakara?« Rammar überlegte kurz. »Nein«, sagte er dann. Die Antwort seines Bruders wartete er erst gar nicht ab; dieser *umbal* schien ohnehin noch damit beschäftigt, seine Knochen zu sortieren.

»Dann will ich euch verraten, was es damit auf sich hat«, erbot sich Rurak großmütig. »Shakara ist ein Ort, der weit im Norden liegt, jenseits des Schwarzgebirges und der Sümpfe, auf der anderen Seite des Nordwalls und ...«

»In der Weißen Wüste?«, fragte Rammar entgeistert – und schrie auf. Ein Gnom hatte ihn mit seinem Spieß gepiekt, weil er Rurak mit seiner Frage ins Wort gefallen war. »Kleiner Mistkerl!«, zischte Rammar.

»Ja, in der Weißen Wüste«, bestätigte Rurak und bedeutete den Gnomen mit einer herrischen Geste, sich zurückzuhalten; Rammar schoss einen vernichtenden Blick in Richtung des Gnomen ab, der ihn gepiekt hatte, und rieb sich den Oberarm. »Dort, wo der Winter nie zu Ende geht«, fuhr Rurak fort, »wo ein Leichentuch aus ewigem Schnee das Land überzieht. Shakara liegt inmitten dieses weiten Landes aus klirrendem Eis. Es ist die Letzte der heiligen Stätten, die die Elfen in dieser Welt noch haben.«

»E-ein Tempel?«, fragte Balbok.

»Genau das.«

»Wie interessant«, heuchelte Rammar; in Wahrheit war es ihm ziemlich schnurz, was die Elfen trieben. Nach der Niederlage im Zweiten Krieg hatten die Orks gelernt, die Schmalaugen zu meiden, und legten sich lieber mit Menschen an ...

»Ja, interessant – das ist es«, murmelte der Zauberer mit einem seltsamen Funkeln in den Augen. »Wie ihr vielleicht wisst, hält es die Elfen nicht länger in Erdwelt. Sie sehnen sich nach den Fernen Gestaden, jener entrückten Heimat, aus der sie einst kamen. Nicht wenige von ihnen sind bereits dorthin entschwunden, und wer von ihnen noch geblieben ist, der kann es kaum erwarten, Erdwelt zu verlassen. Lange haben die Elfen die Geschicke von Erdwelt bestimmt, aber nun geht ihre Zeit zu Ende. Immer mehr von ihnen verlassen Tirgas Dun, und mit ihnen entschwindet auch die Erinnerung an die Geheimnisse unserer Welt – bis auf eine Ausnahme.«

»Shakara«, riet Rammar. Das Gerede des Zauberers beeindruckte ihn wenig, zumal er nur die Hälfte davon verstand. Aber er wollte endlich wissen, was Rurak von ihnen wollte, was sie tun sollten, um diesen ungastlichen Ort wieder verlassen zu können.

»Ja, Shakara.« Rurak nickte bedächtig. »Der Tempel im ewigen Eis birgt ein Geheimnis aus alter Zeit: die sagenumwobene Karte von Shakara, die den Weg zur wahren Erkenntnis weist. Sie trachte ich in meinen Besitz zu bringen.«

»Die Karte von Shakara?« Rammar und Balbok blickten einander mit großen Augen an.

Erneut betrachtete einer der Gnomen Rammars Zwischenfrage als Störung und piekte ihn mit dem Spieß, und wieder schrie Rammar auf. Der Zauberer war es leid. Er machte eine strenge Handbewegung – und der Gnom, der zugestoßen hatte, verwandelte sich in eine Flammensäule!

Ein, zwei Herzschläge lang umloderten ihn grelle Feuerzungen, dann fielen seine verkohlten Knochen klappernd in sich zusammen, und der rauchende Totenschädel rollte Rammar vor die Füße.

Während Rammar und Balbok erschauderten und die restlichen Gnomen einen Schritt von den Gefangenen zurückwichen, sprach der Zauberer ungerührt weiter. »Es ist eine Landkarte, die zu einem verborgenen Ort und einem großen Geheimnis führt«, erklärte Rurak. »Der Handel, den ich euch vorschlage, ist folgender: Geht nach Norden in die Weiße Wüste, dringt in den Tempel der Elfen ein und bringt mir diese Karte. Sie und nichts anderes begehre ich – dafür bin ich bereit, euch das Leben zu schenken.«

Bei seinen letzten Worten warfen ihm die Gnomen enttäuschte Blicke zu.

»Schön und gut«, meinte Rammar und gab sich unbeeindruckt. »Nur ist uns damit nicht geholfen. Selbst wenn Ihr uns freilasst, ist unser Leben keine stinkende Morchel mehr wert.«

»Ich nehme an, du spielst damit auf das verschwundene Haupt eures Anführers an«, sagte Rurak mit einem kalten Lächeln. »Ihr sollt es bis zum vollen Blutmond in euer Dorf zurückbringen. Schafft ihr es nicht, wird man euch jagen und grausam bestrafen.«

»J-ja«, bestätigte Rammar verblüfft. »Woher wisst Ihr …?«

»Ich bin Zauberer«, sagte Rurak, als würde dies alles erklären. »Natürlich würde ich euch das Haupt eures Anführers aushändigen, wenn ihr eure Mission erfolgreich ausführt.«

»*Ihr* habt Girgas' Kopf?«

Rurak beantwortete die Frage mit einer erneuten Geste seiner knochigen Hand. Eine der steinernen Platten, die die Wände der Kammer bedeckten, glitt daraufhin geräuschvoll zur Seite und gab den Blick auf eine Nische frei. Darin stand ein Behälter, durchsichtig und gefüllt mit einer gelblichen Flüssigkeit – und in dieser Flüssigkeit befand sich zur Verblüffung der beiden Orks Girgas' Haupt.

Rammar und Balbok zuckten zusammen, denn der Ausdruck im Gesicht ihres Meuteführers wirkte so wütend und lebendig, dass sie schon befürchteten, der Kopf würde sie anbrüllen und verfluchen für ihre Nachlässigkeit, ihn einfach auf dem Schlachtfeld zurückgelassen zu haben. Aber Girgas war tot – so tot, wie man nur sein konnte –, doch sein Kopf befand sich nun in greifbarer Nähe.

»Wie ihr seht«, sagte Rurak, »spreche ich die Wahrheit. Das Haupt eures Anführers befindet sich in meinem Besitz. Es wird euch übergeben, sobald ihr die Mission erfüllt und mir die Karte gebracht habt. Habt ihr verstanden?«

»Klar!« Balbok war begeistert. »Wir holen die Karte und kriegen dafür Girgas' Kopf. Ist das nicht großartig, Rammar?«

»Ja, wirklich großartig«, brummte Rammar und schnaubte. »Noch großartiger wäre es, wenn du nur einmal nachdenken würdest, bevor du das Maul aufmachst. Streng dein bisschen Hirn an, *umbal*! Graishak hat uns eine Frist bis zum vollendeten Blutmond gesetzt. Hast du eine Ahnung, wie lange es dauert, die Sümpfe und den Nordwall zu überwinden? Ganz abgesehen von den Gefahren, die unterwegs auf uns lauern, und den Elfen, die den Tempel bewachen. Unter diesen Voraussetzungen könnten wir uns ebenso gut selbst den Wanst aufschlitzen.«

»Ihr könnt mein Angebot natürlich ausschlagen«, gestand Rurak ihnen zu. »Dann werde ich jetzt gehen, und meine Gnomen werden mit euch ähnlich verfahren wie mit diesen dort.« Er deutete auf die übel zugerichteten, halb verfaulten Gestalten, die an den Ketten baumelten, und die Gnomen verfielen in gemeines Kichern. »Oder ich werde wieder jenen dunklen Pfuhl öffnen, dem ihr um Haaresbreite entkommen seid.«

»D-der Pfuhl mit den Tentakelmonstern?«, fragte Rammar ängstlich. »I-ich dachte, das wäre nur eine Illusion gewesen.«

»Vielleicht.« Der Zauberer grinste undurchschaubar. »Vielleicht auch nicht. Es ist eure Entscheidung, nicht meine.«

Rammar und Balbok tauschten einen Blick. Lange zu beraten brauchten sie nicht. Wie sich die Lage darstellte, hatten sie keine Wahl. Kurul schien es in diesen Tagen nicht gerade gut mit ihnen zu meinen. Zuerst die Gnomen, die ihre Meute niedergemetzelt hatten, dann der Ärger mit Graishak und nun ein Zauberer, der sie schamlos erpresste. Was sie auch unternahmen, sie schienen in immer noch größere Schwierigkeiten zu geraten, und Rammar war sich nicht sicher, ob sein Bruder wirklich die alleinige Schuld daran trug. (Auch wenn Balbok bestimmt ein erheblicher Teil davon traf.)

»Großer Rurak, warum ist diese Karte für Euch so wichtig?«, wollte er wissen.

»Das hat euch nicht zu interessieren. Ich benötige die Karte, um meine Pläne in die Tat umsetzen zu können. Für euch Unwissende hingegen ist sie völlig wertlos. Ihr sollt sie mir nur bringen, das ist alles.«

»Und die Elfen? Wie viele von ihnen bewachen den Tempel? Es ist gefährlich, sich mit ihnen anzulegen.«

»Die Elfen sind schwach geworden, nur noch Schatten der Wesen, die sie einst waren. Mit ihnen solltet ihr keine Schwierigkeit haben. Die Zukunft in Erdwelt gehört anderen.«

»Vielleicht den Orks?«, fragte Balbok hoffnungsvoll.

»Ja.« Rurak lachte leise. »Vielleicht den Orks. In jedem Fall gehört die Zukunft denen, die sich beizeiten für die richtige Seite entscheiden – für die richtigen Verbündeten. Hätten die Orks dies schon früher getan, bräuchten sie heute nicht in finsteren Höhlen zu hausen, sondern würden die Paläste der Elfen ihr Eigen nennen.«

Weder Rammar noch Balbok konnten da widersprechen – das Bündnis mit den Menschen im letzten Krieg hatte sich tatsächlich als folgenschwerer Fehler erwiesen ...

»Warum gerade wir?«, stellte Rammar die letzte Frage, die ihm schon seit einiger Zeit auf der Zunge lag.

»Weil ihr dazu auserwählt wurdet«, lautete Ruraks so schlichte wie erschöpfende Antwort. »Nun, wie lautet euer Entschluss?«

Noch einmal tauschten die Brüder einen Blick, um sich dann entschlossen und mit grimmig verkniffenen Mienen zuzunicken. »Wir werden es tun«, erklärte Rammar feierlich, und ein wenig kleinlaut fügte er hinzu: »Eine andere Wahl haben wir ja nicht.«

»Gut so«, sagte Rurak. »Und denkt daran, ohne die Karte werdet ihr das Haupt eures Anführers nicht zurückerhalten. Man wird euch jagen und zur Strecke bringen, und was euer Häuptling Graishak dann mit euch anstellen wird ...« Er ließ den Satz unvollendet; vielleicht reichte nicht einmal die Fantasie von Rurak dem Schlächter aus, um sich das auszumalen.

Während Balbok noch überlegte, wie lange sie für den weiten Weg nach Norden wohl benötigten, beschäftigte sich Rammar mit weitaus praktischeren Belangen. »Wir brauchen Ausrüstung«, verlangte er. »Rüstungen, Waffen, Proviant.«

»Ihr werdet alles bekommen«, versicherte Rurak.

»Und wir brauchen eine Standarte«, fügte Balbok hinzu. »Kein Ork, der etwas auf sich hält, begibt sich ohne Standarte auf eine gefährliche Mission.«

»Was sollen wir denn noch alles mitschleppen?«, stöhnte Rammar und verdrehte die Augen.

»Keine Sorge, mein einfältiger Freund«, sagte Rurak an Balbok gewandt. »Du wirst deine Standarte bekommen. Ihr werdet das Feldzeichen von Rurak dem Schlächter mit euch führen, wenn ihr zum Eistempel aufbrecht, und jede feindselige Kreatur, die es erblickt, wird furchtsam zurückweichen. Seine magische Aura wird euch schützen.«

»Ist das wahr?«, fragte Rammar. »In diesem Fall muss ich meinem Bruder ausnahmsweise einmal zustimmen, großer

Zauberer. Kein Ork, der etwas auf sich hält, begibt sich ohne Feldzeichen auf eine gefahrvolle Mission. Wir werden Euer Zeichen mit großem Stolz tragen, das versichere ich Euch.«

»Ich habe nichts anderes erwartet. Und nun begebt euch zur Waffenkammer, wir haben schon genug Zeit vergeudet. Ein Zeitalter geht zu Ende, ein neues soll beginnen – und die Geschichte wartet nicht!«

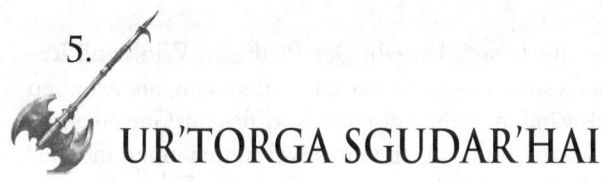

## 5.

# UR'TORGA SGUDAR'HAI

»Eine Standarte, wir brauchen eine Standarte!«, tönte Rammar, den singenden Tonfall seines Bruders imitierend. »Kein Ork, der etwas auf sich hält, würde sich ohne Standarte auf eine gefährliche Mission begeben!«

»Und?«, fragte Balbok, der hinter ihm auf dem schmalen Felspfad schritt. »Du warst doch auch dafür, dass wir Ruraks Zeichen mitnehmen.«

»Schon«, bekannte Rammar säuerlich, »aber da wusste ich noch nicht, dass das verdammte Ding *so schwer* ist!« Wutschnaubend blieb er stehen und blickte an dem langen hölzernen Schaft hoch, den er in den Händen trug. Am oberen Ende befand sich eine kopfgroße Kugel aus einem rätselhaften schwarzen Material, dessen Oberfläche glänzend und schimmernd war, die Umgebung jedoch nicht reflektierte. Dass Ruraks Standarte weder mit Trollhaaren noch mit Gnomenknochen verziert war und einfach lächerlich aussah, war eine Sache. Was Rammar aber wirklich störte, war das Gewicht der Kugel; sie zu tragen war eine Strapaze.

»Du wolltest das Ding unbedingt mitnehmen, also trag du es auch«, brummte er und drückte seinem verblüfften Bruder kurz entschlossen den Schaft in die Hand. Balbok, ohnehin schon beladen mit dem schweren Tornister, der Proviant für die Reise und warme Kleidung für den Norden enthielt, ließ ein leises Stöhnen vernehmen, hütete sich aber, seinem Bruder zu widersprechen. Wenn Rammar schlechte Laune hatte, war es besser, ihn nicht auch noch zu reizen.

Sie setzten ihren Marsch schweigend fort – Rammar nur noch den *saparak* an einem Lederriemen auf dem Rücken, der hagere Balbok beladen mit den übrigen Waffen und dem

Gepäck und mit beiden Händen die schwere Standarte tragend.

Ihr Weg führte steil bergab. Der Pfad, den Wind und Regen in das Gestein gegraben hatten, mündete in ein zwischen hohen Felswänden eingezwängtes Kar, dessen Geröllfeld in die Tiefe führte und sich irgendwo weit unter ihnen in einer engen Schlucht verlor. Jenseits der schroffen Felszacken, die das Kar nach Norden begrenzten, konnte man im Dunst die zerklüfteten Ausläufer des Schwarzgebirges ausmachen.

»Endlich«, murmelte Rammar. »Ich dachte schon, dieses verdammte Gebirge hört nie auf. Seit zwei Tagen sind wir nun schon unterwegs, und alles, was wir zu sehen kriegen, ist Nebel und Fels. Ich habe die Schnauze voll davon.«

»Dies ist das Land unserer Ahnen«, entgegnete Balbok vorwurfsvoll.

»Na und? Ich habe trotzdem die Schnauze voll davon. Ich will diese verdammten Berge endlich hinter mir lassen, damit wir unseren Auftrag ausführen können. Umso eher sind wir nämlich wieder zu Hause. Aber das geht wohl nicht in deinen dämlichen Schä…«

Weiter kam Rammar nicht, denn sein Wunsch nach einem raschen Abstieg wurde schneller erfüllt, als ihm lieb sein konnte. Während seines Lamentos war er unachtsam weitergegangen bis dorthin, wo der Fels zu Geröll wurde, und plötzlich verselbständigte sich der Boden unter seinen Füßen. Das Gestein rutschte und polterte talwärts – und Rammar, der mit rudernden Armen darauf stand, mit ihm!

»Verdammt!«, konnte der Ork noch rufen, während es mit ihm bergab ging. »Tu doch was, du elender *umbal* …!«

Einen Augenblick lang stand Balbok fassungslos und sah verblüfft zu, wie sein Bruder den Hang hinabrutschte, zunächst noch auf beiden Beinen stehend, dann auf dem Allerwertesten – und schließlich überschlug er sich und purzelte zu Tal wie einer der Gesteinsbrocken, die sich in seinem Gefolge lösten. Dabei schrie und zeterte er laut, dass es von den Felswänden widerhallte.

»Ich komme, Rammar!«, rief Balbok und eilte todesmutig

den Hang hinab. Anders als sein Bruder verlegte er jedoch sein Gewicht nach hinten, und indem er in rascher Folge die Hacken seiner Stiefel auf das Geröll schlug, gelang es ihm, sich einigermaßen auf den Beinen zu halten.

Es war dennoch ein wahrer Höllenritt, denn das lose Gestein gab nach und rutschte, sodass Balbok seine liebe Not hatte, nicht das Gleichgewicht zu verlieren und ebenfalls sich überschlagend nach unten zu purzeln wie sein Bruder, zumal er das schwere Gepäck auf dem Rücken trug. Die Standarte, die sein Bruder ihm aufgenötigt hatte, erwies sich nun jedoch als äußerst nützlich. Sie als Stock einsetzend, gelang es Balbok, sich einigermaßen aufrecht zu halten, und während Rammar mit einer kleinen Steinlawine den Hang hinunterpolterte, folgte sein Bruder ihm ungleich eleganter und auf beiden Beinen.

Am Fuß des Kars, am Eingang der Schlucht, trafen sie einander wieder. Rammar lag stöhnend am Boden. Nicht nur, dass er sich zahllose Blessuren zugezogen hatte, der nagelneue Brustpanzer aus Ruraks Waffenkammer war völlig zerbeult, und auch sein neuer Helm wies einige Dellen auf. Seine Kleidung, die aus einem ledernen Rock und einem wollenen Überwurf bestand, war schmutzig und zerschlissen, und ganz abgesehen davon fühlte sich Rammar erniedrigt und gedemütigt.

»Alles in Ordnung?«, erkundigte sich Balbok, der die Talsohle unbeschadet erreicht hatte und von einem Ohr zum anderen grinste, froh darüber, dass sein Bruder noch lebte.

»Nein, nichts ist in Ordnung«, kam es wutschnaubend zurück. »Ich bin gestürzt und habe mir wer weiß was gebrochen. Hilf mir gefälligst auf die Beine, du ungeschickter Trampel! Und hör verdammt noch mal auf zu grinsen!«

Balbok lud sein Gepäck ab und hielt seinem Bruder die Rechte hin, die dieser missmutig ergriff. Stöhnend ließ er sich auf die Beine ziehen und rieb sich den schmerzenden *asar*.

»Und?«, fragte Balbok. »Was gebrochen?«

»Nein, und das ist dein Glück. Andernfalls hätte ich dir die Ohren lang gezogen. Das ist allein deine Schuld. Hättest du mir nicht widersprochen, hätte ich auf den Weg achten können.«

»Immerhin«, meinte Balbok und blickte an dem Geröllhang empor, dessen oberes Ende im Dunst kaum noch zu erkennen war, »wir sind jetzt unten. Das wolltest du, oder nicht?«

Rammar blickte in die dunkle Schlucht. »Wenn es stimmt, was der Zauberer sagte, brauchen wir nur der Hauptschlucht zu folgen, um in die Sümpfe zu gelangen. Aber wir müssen uns vorsehen. Das Schwarzgebirge ist auf dieser Seite von unzähligen Schluchten und Klüften durchzogen. Schon mancher Wanderer hat sich in diesem Labyrinth verirrt. Kannst du dich an Ruchga erinnern?«

»Du meinst den Anführer der *nuarranash*-Meute?«

»Genau den. Eines Tages zogen er und seine Meute los, um auf der Nordseite des Schwarzgebirges zu jagen. Keiner von ihnen ist je zurückgekehrt. Torgas Eingeweide haben sie verschlungen.«

»Torgas Eingeweide?«

»Sag mal, weißt du eigentlich gar nichts?«, maulte Rammar vorwurfsvoll. »Der Sage nach war Torga ein Dämon, der mit dem grässlichen Kurul um die Herrschaft über die Schwarzen Berge stritt. Eines Tages bot er Kurul einen Handel an mit dem Ziel, ihn zu betrügen. Aber Kurul durchschaute den Plan, schlitzte Torga den Wanst auf und verstreute dessen Gedärme über die Nordseite des Gebirges. Giftig und ätzend, wie sie waren, fraßen sie sich in den Fels, und es entstanden diese Schluchten. Was sagst du nun?«

»Mein böser Ork«, gab Balbok bewundernd zurück. »Was du alles weißt.«

»Nicht wahr? Du kannst wirklich froh sein, mich bei dir zu haben, sonst wärst du wirklich verloren. Also nimm dein Gepäck und lass uns ...«

»Still«, sagte Balbok plötzlich und griff zum Speer.

»Was ist?«

»Ich habe etwas gerochen«, erklärte der Hagere und rümpfte die schiefe Nase. »*Namhal.*«

104

Rammars Pulsschlag beschleunigte sich, als sein Bruder das Wort für »Feind« ausstieß. Aber schon im nächsten Moment beruhigte er sich wieder und sagte: »Gib dir keine Mühe. Ich falle nicht darauf herein.«

»Was meinst du?«, fragte Balbok, der sich wachsam umblickte.

»Das tust du nur, weil es dich ärgert, dass ich mehr weiß als du.«

»Nein, Rammar, bestimmt nicht. Ich habe etwas gewittert ...«

»Es muss dich nicht ärgern, Bruder. Es war schon immer so – ich bin der Schlaue von uns beiden und du der Blöde. Finde dich damit ab, nimm dein Gepäck und lass uns gehen. Ich will diese Schlucht hinter mir haben, ehe es dunkel wird.«

Balbok richtete seinen Blick nach oben, zu den Rändern der Schlucht, und hielt die Nase in den leise pfeifenden Wind. Als er jedoch nichts Verdächtiges mehr witterte, ließ er den Speer sinken und nahm seine Last wieder auf, einschließlich der Standarte Ruraks des Zauberers.

Wie zuvor ging Rammar wieder voraus. Je dunkler es in der Schlucht allerdings wurde, desto geringer wurde der Abstand, den er zu seinem Bruder hielt.

Der Weg durch Torgas Eingeweide erwies sich als wesentlich länger und beschwerlicher, als die Orks angenommen hatten, und sie mussten auf der Hut sein, sich nicht in eine der zahlreichen Nebenschluchten zu verirren, die immer wieder abzweigten, während sich die Hauptschlucht im wilden Zickzack durch den Fels schlängelte. Mehrmals war sich Rammar nicht sicher, ob sie sich noch immer in der richtigen Schlucht befanden. Um sich jedoch vor Balbok keine Blöße zu geben, ging er weiter, als wüsste er genau, was er tat. Und Balbok wiederum vertraute auf seinen Bruder und trottete gehorsam hinter ihm her, Proviant und Standarte schleppend.

Gegen Nachmittag verschlechterte sich das Wetter zusehends; das Pfeifen des Windes, der durch die engen Klüfte wehte, wurde zu einem unheimlichen Heulen, und der Himmel, von dem die beiden Orks jeweils nur einen gezackten

Streifen sehen konnten, verfinsterte sich. Schon war in der Ferne dumpfes Donnergrollen zu hören, als Balbok plötzlich stehen blieb.

»Was ist nun wieder?«, fragte Rammar gereizt. »Komm schon, du *umbal*, wir müssen uns einen Unterschlupf suchen, ehe das Unwetter losbricht.« Wie um seine Worte zu bestätigen, zuckte über den schwarzen Himmel ein Blitz, der die Schlucht für einen Lidschlag taghell erleuchtete.

Balbok blieb weiterhin stehen. »Er ist wieder da«, stieß er hervor.

»Wer? Was?«

»Dieser Geruch. Der Feind, den ich bereits am Eingang der Schlucht gewittert habe.«

»Fängst du schon wieder damit an?«

»Er ist hier«, war Balbok überzeugt. »Ich bin ganz sicher.«

»So«, brüllte Rammar gegen den immer stärker werdenden Wind, »und warum sehe ich dann nichts von ihm? Ausgerechnet jetzt fängst du damit an. Lass uns lieber eine Höhle suchen, ehe es zu regnen beginnt.«

Balbok, der die Standarte abgelegt und zu seinem Speer gegriffen hatte, blickte sich misstrauisch um. Da er aber erneut nichts entdecken konnte und auch nichts mehr witterte, hängte er sich den Speer wieder am Lederriemen auf den Rücken, nahm die Standarte auf und folgte Rammar auf der Suche nach einem Unterschlupf.

Innerhalb kürzester Zeit verfinsterte sich der Himmel noch mehr. Der Tag wurde zur Nacht, doch wenn Blitze über das düstere Firmament zuckten, wurde es schlagartig hell. Infernalischer Donner erklang, der das ganze Gebirge zu erschüttern schien. Zwischen den Wänden der Schlucht geisterte das Echo hin und her, als wolle es gar nicht mehr aufhören. Auch wurde der Wind immer kälter und schärfer. Jeden Augenblick würde der Regen einsetzen, um den Grund der Schlucht in ein reißendes Flussbett zu verwandeln. Die Orks mussten zusehen, dass sie hier wegkamen.

»Dort oben!«, rief Rammar plötzlich. »Eine Höhle! Das ist unsere Rettung!«

Auch Balbok sah die dunkle Öffnung im Fels, und im Laufschritt setzten sie darauf zu – Rammar in seltener Behändigkeit, Balbok wegen des Gepäcks sehr viel schwerfälliger. Rasch erklomm Rammar den Felsvorsprung. Die Höhle lag hoch genug, dass sie nicht überflutet werden konnte. Dass Balbok mit dem Gepäck Mühe hatte, ihm zu folgen, kümmerte Rammar nicht. Er rettete sich ins Trockene – gerade, als es zu regnen begann.

Sintflutartig pladderte es auf den Grund der Schlucht, wo sich das Wasser augenblicklich zu sammeln begann. Balbok gelang es, sich in den Höhleneingang zu schleppen, wo er erschöpft liegen blieb.

Aber nicht für lange.

Der beißende Geruch, den er schon zuvor wahrgenommen hatte, drang erneut in seine Nase, diesmal jedoch um vieles stärker als zuvor.

Balbok sprang auf.

»Was denn?«, fragte Rammar. »Gibst du noch immer keine Ruhe? Ich sage dir, da ist nichts, wovor du dich fürchten musst. Außer vielleicht vor dem Unwetter. Nicht auszudenken, wenn wir jetzt noch da draußen wären …«

Balbok antwortete nicht. Er starrte nur entsetzt, und seine Augen wurden dabei immer größer.

»Allmählich habe ich genug von deinem eigenartigen Benehmen«, maulte Rammar. »Kannst du nicht einfach zugeben, dass es klug von mir war, uns einen Unterschlupf zu suchen? Musst du immer den wilden Ork spielen?«

Balbok erwiderte noch immer nichts, dafür legte er die Standarte ab, streifte sich das Gepäck langsam und bedächtig vom Rücken und hob seinen *saparak*.

Auf einmal begriff Rammar, dass sein Bruder nicht ihn anstarrte, sondern über ihn hinweg. Und auf einmal roch auch er den beißenden Gestank, und er spürte, wie etwas von oben herabtroff und auf seiner Schulter landete. Etwas Zähes, Klebriges, das langsam an seiner Rüstung herabrann.

Es kostete Rammar einige Überwindung, emporzuschauen – und als er es tat, blickte er in eine Ansammlung kalter schwarzer Augen und auf ein zahnloses, aber mit gefährlichen Beißwerkzeugen bewehrtes Maul. Die Kieferzangen zuckten auf einmal vor und zurück und schlugen dabei klappernd aufeinander. Die viergliedrigen Taster, die sich links und rechts des schrecklichen Mauls befanden und mit denen das Ungetüm seine Umgebung erkunden konnte, streckten sich zitternd in Rammars Richtung, als wollten sie nach ihm greifen. Der Vorderkörper des Monsters ruhte auf acht langen fünfgliedrigen Beinen an der Höhlendecke, und dahinter befand sich der mächtige, mit dicken schwarzen Borsten behaarte Hinterleib.

»*Cudach!*«, entfuhr es Rammar entsetzt. »Eine verdammte Spinne …!«

Es war bekannt, dass Spinnen in den kargen Klüften des Schwarzgebirges hausten, aber die beiden Orks hatten noch nie ein Tier gesehen, das *so* riesig war wie dieses – Vorder- und Hinterleib waren zusammen so groß wie ein Fuhrwerk. Auf seinen langen Beinen fuhr das Monstrum auf einmal an der Höhlendecke blitzschnell herum, und Rammar konnte den Giftstachel der Riesenspinne sehen, der sich aus dem Hinterleib schob – um dann erbarmungslos zuzustechen.

Instinktiv warf sich Rammar zur Seite, schneller, als man es dem Ork auf Grund seiner Fettleibigkeit zugetraut hätte. Der armlange Stachel verfehlte ihn, wenn auch nur knapp. Rammar stürzte zu Boden und sah, wie sich die Spinne an der Höhlendecke ungeheuer flink auf ihren acht Beinen bewegte; sie drehte sich einmal um sich selbst, um eine neue Angriffsposition einzunehmen.

»Achtung, Rammar!«, brüllte Balbok und warf seinen Speer, genau in dem Moment, als der Hinterleib der Spinne nach unten zuckte, auf seinen am Boden liegenden Bruder zu. Die mit Widerhaken versehene Spitze drang in eines der acht Augen, und eine gallertartige Masse spritzte auf Rammar herab. Der Giftstachel des Ungeheuers verfehlte ihn erneut, da die Spinne zurückzuckte. Im nächsten Moment war der dürre Balbok bei seinem Bruder, die Axt in den Klauenfäusten, und baute sich breitbeinig über Rammar auf.

»Zurück! Zurück, elendes Biest!«, rief er und hieb mit der Axt auf die Spinne ein, die ihrerseits mit dem Stachel nach ihm stach. Als dies nicht fruchtete, versuchte sie ihn mit den grässlichen Beißwerkzeugen zu erwischen; damit konnte sie ihm mit Leichtigkeit einen Arm oder sogar den Kopf abtrennen.

Über den Höhlenboden robbend, brachte sich Rammar in Sicherheit und kroch aus der Höhle; der Regen störte ihn plötzlich nicht mehr.

Balbok wagte eine erbitterte Attacke, und es gelang ihm, ein weiteres Auge der Monsterspinne zu zerstören, als das Schneideblatt seiner Axt über deren Vorderleib mit dem Augenhügel fuhr. Mit wütendem Zischen warf sich die Riesenspinne auf den Ork, um ihn unter ihrer Masse zu begraben und seinen Körper mit ihren Beißzangen in zwei Hälften zu zerteilen.

Doch mit einem schnellen Sprung nach hinten entging Balbok der Spinne, wobei er noch einmal mit der Axt zuschlug. Das Schneideblatt traf auf einen der Taster, ohne etwas auszurichten. Es gab nur ein klirrendes Geräusch, als hätte er auf Stein geschlagen. Sofort sprang er weiter zurück, stolperte, überschlug sich und kugelte mit einem Aufschrei aus dem Höhleneingang.

Er landete im strömenden Regen, wo Rammar stand. Sein Bruder hatte seinen *saparak* in den Händen, sich jedoch noch nicht dazu durchringen können, in den Kampf einzugreifen.

Die Spinne schob sich auf ihren acht Beinen und laut fauchend aus der Höhle. Dabei musste sich das riesige Tier regelrecht durch den schmalen Höhleneingang zwängen. Zuerst erschienen die beiden Taster, dann zwei Beine, dann zwei weitere, anschließend der Vorder- und der Hinterleib, und zuletzt zog die Spinne die beiden verbliebenen Beine nach.

Die flackernden Blitze am Himmel tauchten das Monster in zuckendes Licht, und während Rammar vor Entsetzen erstarrte, stürmte Balbok mit einem gellenden Kampfschrei auf das Untier zu. Die Axt mit beiden Händen schwingend, hieb der Ork nach der Spinne, die fauchend zurückzuckte. Schon im nächsten Moment aber ging sie zum Gegenangriff über und stieß mit dem Giftstachel zu.

Nur seinen angeborenen Orkreflexen verdankte es Balbok auch diesmal, dass er dem Stachel entging. Wieder hieb er mit der Axt zu – und diesmal drang das scharfe Blatt tief in den Hinterleib des Monsters, worauf sich ein Schwall übel riechender Flüssigkeit über den Ork ergoss.

Das Zeug rann Balbok in die Augen, sodass er für einen Moment nichts sehen konnte. Dafür hörte er den Kriegsschrei seines Bruders, der ihm endlich zur Hilfe eilte. Den *saparak* am hinteren Ende haltend, die Spitze nach vorn gerichtet, hatte Rammar ihn zum *kro-buchg*, zum Todesstoß, gehoben und stürmte heran. Doch mit einem der vorschnellenden Taster schlug die Spinne den *saparak* zur Seite und fälschte dadurch die Stoßrichtung ab. So rammte der Ork den Speer in eines der Spinnenbeine, mit aller Wucht.

Aufkreischend schnellte das Tier in die Höhe, und während es mit zitterndem Hinterleib erneut versuchte, Balbok mit dem Giftstachel zu erwischen, schlug es mit einem seiner dürren Beine nach Rammar. Der schwergewichtige Ork wurde von den Füßen gefegt und durch die Luft geschleudert, geradewegs gegen die Wand der Schlucht. Es krachte und schepperte, als der Ork gegen den Fels schlug; hätte er nicht seinen Helm getragen, die Wucht des Aufpralls hätte ihm den Schädel zerschmettert. Er rutschte benommen an der Felswand hinab und blieb kampfunfähig liegen, sodass die Spinne ein leichtes Opfer in ihm sah.

Balbok war überrascht, als der Giftstachel plötzlich von ihm abließ. Seine Erleichterung schlug jedoch in blankes Entsetzen um, als er sah, auf wen die Spinne es nun abgesehen hatte. Auf ihren langen Beinen stakste sie über ihn hinweg und stelzte auf Rammar zu, der seinen Speer verloren hatte und sich nicht mehr wehren konnte. Halb betäubt saß er da, den Oberkörper gegen die Schluchtwand gelehnt.

Mit einem wütenden Schrei lief Balbok der Spinne hinterher und schwang die Axt. Er traf eines der Hinterbeine knapp unterhalb des Vorderleibs, und das scharfe Axtblatt schnitt der Spinne das Bein glatt ab. Stinkender Lebenssaft spritzte aus dem Stumpf und vermischte sich mit dem strömenden Regen.

Immer mehr von dem Wasser, das an den schroffen Wänden herablief, sammelte sich auf dem Grund der Schlucht, sodass bereits ein kleiner Flusslauf entstanden war, in den das Blut der Kreatur spritzte.

Wenn Balbok jedoch annahm, dass die Spinne nun von seinem Bruder abließ, täuschte er sich. Unbeirrt hielt das grässliche Riesenvieh weiter auf Rammar zu, der soeben wieder zu sich kam und dem achtbeinigen Tod entsetzt entgegenstarrte.

Voller Verzweiflung sah Balbok, wie sich der Spinnenkörper über Rammar wälzte, und trotz des prasselnden Regens und des grollenden Donners hörte Balbok die verzweifelten, kreischenden Hilferufe seines Bruders.

Was sollte er tun?

So plötzlich wie das Wetterleuchten, das den Himmel erhellte, traf Balbok ein Geistesblitz. Hatte der Zauberer nicht gesagt, dass sein Feldzeichen sie vor Gefahren schützte? Dass sie es ihren Feinden nur zu zeigen bräuchten, um unbehelligt passieren zu können?

Balbok wusste sich keinen anderen Rat. Durch das bereits knöcheltiefe Wasser eilte er zur anderen Seite der Schlucht, wo sich der Höhleneingang befand und er die Standarte zurückgelassen hatte.

»Balbok!«, hörte er seinen Bruder schreien. »Elender Feigling! Lass mich nicht im Stich …!«

Balbok ließ sich nicht beirren. Mit ausgreifenden Schritten stürzte er in die Höhle und griff nach dem Stab mit der Kugel. Dann rannte er damit durch das immer tiefer werdende Wasser zum Kampfplatz zurück, wo die Spinne Rammar den Todesstoß versetzen wollte.

Balbok sah das spitze Ende des Stachels über dem runden Wanst seines Bruders zitternd verharren. Rammar schrie wie von Sinnen, aber weder konnte er den Spinnenbeinen entkommen, die wie Gitterstäbe rings um ihn aufragten, noch hatte Balbok die Möglichkeit, zu ihm zu gelangen. Hinzu kam, dass das Wasser immer weiter stieg. Wenn der Giftstachel des Untiers Rammar nicht tötete, würde er in seinem Käfig aus haarigen Spinnenbeinen ersaufen.

»He, du!«, schrie Balbok gegen den Donner und das Rauschen des Wassers an. »He, du!«, rief er erneut, als das Spinnenungetüm nicht reagierte. »He, schau her!« Er schwenkte die Standarte, während er versuchte, die Aufmerksamkeit der Spinne auf sich zu lenken. »Sieh mich gefälligst an, wenn ich mit dir rede!«

Die Spinne tat ihm endlich den Gefallen. Balbok schluckte das miese Gefühl hinunter, das ihn dabei überkam.

»Sieh her!«, rief er in einem Anflug schierer Verzweiflung und hielt ihr die Standarte entgegen. Aber wenn er geglaubt hatte, dass die Spinne die Kugel erblicken und panisch die Flucht ergreifen würde, wurde er bitter enttäuscht.

Das Untier schnaubte nur – jedenfalls hörte es sich für Balbok wie ein Schnauben an – und spie klebrigen Geifer in seine Richtung, der ihn traf. Über und über war er auf einmal mit dem stinkenden Sekret besudelt, und schon im nächsten Moment wurde das Zeug hart. Dies war die Geheimwaffe der Riesenspinne – mit ihrem Speichel hinderte sie ihre Opfer an der Flucht, mit dem Giftstachel tötete sie sie.

Balbok schaute an der Standarte hoch, entsetzt und verwirrt darüber, dass die Wirkung, die Rurak versprochen hatte, nicht eintrat. Hilflos hielt er das schwere Gebilde empor, während die Spinne nun auf ihn zukroch und immer näher kam, nicht blitzschnell wie zuvor, sondern langsam und bedächtig – es war die Arroganz eines Jägers, der seine Beute sicher wähnte.

Balbok stand im strömenden Regen, flackernde Blitze tauchten die Schlucht in zuckendes Licht, während das Wasser stieg und stieg. Der Ork war überzeugt, dass sein Ende gekommen war – als etwas Unerwartetes geschah.

Plötzlich war die schwarze Kugel der Standarte von einem rätselhaften Leuchten erfüllt – und im nächsten Moment brach aus ihr ein Strahl hervor, wie weder Balbok noch Rammar ihn je gesehen hatten. Er bestand nicht aus Licht, sondern aus dem genauen Gegenteil: Gebündelte Dunkelheit schoss aus der Kugel, die alle Helligkeit ringsum zu schlucken schien und die einen Lidschlag später das Spinnentier erfasste. Was dann geschah, war so unglaublich, dass Balbok und Rammar schon wenig später nicht mehr genau sagen konnten, wie es eigentlich vonstatten ging.

Der dunkle Strahl hüllte die Spinne ein, und wie gebannt sahen Balbok und Rammar, wie sich das Untier auf seinen dürren Beinen aufbäumte und sich wie toll gebärdete, umgeben von tiefschwarzen Blitzen, die es wie die Finger einer Titanenfaust umklammert hielten. Dabei zischte und spuckte und geiferte die Spinne, und es schien, als würde sie gegen einen unsichtbaren Gegner kämpfen. Aber dieser Gegner bestand allein aus dem Dunkelstrahl, der das Tier nun verzehrte.

Obwohl keine Hitze davon ausging und jedes Feuer im prasselnden Regen sofort verloschen wäre, wurden die Borsten am Hinterleib und an den acht Beinen versengt. Dann brachen die Beine wie morsches Holz, und der massige Körper zerfiel innerhalb weniger Augenblicke zu einer schwarzen, blubbernden Masse.

So plötzlich, wie er entstanden war, verlosch der Strahl aus Dunkelheit, und zurück blieben die schwelenden Überreste des Ungeheuers.

Es zischte, als der Regen auf die schwarz verbrannte Kreatur prasselte. Schon wollte sich Balbok dem Tier vorsichtig nähern, als es sich noch einmal aufbäumte, um dann mit hässlichem Knacken erneut zusammenzubrechen. Der Fluss, der sich auf dem Grund der Schlucht gebildet hatte, gurgelte um den Kadaver, bis er auseinander brach und die kleinen schwarzen Brocken, zu denen er zerfiel, vom Wasser hinfortgeschwemmt wurden.

»Jetzt weißt du, was passiert, wenn man sich mit mutigen Kriegern wie uns anlegt!«, maulte Rammar, der sich aufgerafft hatte und den Resten der Spinne mit erhobener Faust hinterher drohte. »Lass dich bloß nicht mehr blicken, hörst du?«

»Weißt du, Rammar«, sagte Balbok gedehnt, während er mit einer Mischung aus Erstaunen und Entsetzen am Schaft der Standarte emporblickte, »ich habe das Gefühl, dass wir diese Spinne tatsächlich nicht mehr wiedersehen.«

Völlig durchnässt, verdreckt, mit Blessuren am ganzen Körper und bis zu den Knien im Wasser stehend, schauten die beiden Orks einander an – um im nächsten Moment in brüllendes Gelächter auszubrechen. Grunzend verliehen sie ihrer Erleichterung darüber Ausdruck, noch am Leben zu sein. Und selten waren sich die beiden Brüder so einig wie in diesem Augenblick.

# 6.

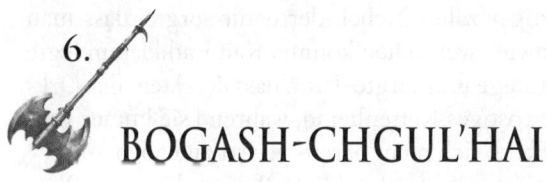

# BOGASH-CHGUL'HAI

Am Tag nach dem Kampf mit der Riesenspinne erreichten Rammar und Balbok das nördliche Ende des Schwarzgebirges. Sie verharrten kurz am Ausgang aus dem Labyrinth der Schluchten, das im Orkmaul als »Torgas Eingeweide« bezeichnet wurde. Da keiner der beiden Brüder je so weit nördlich gewesen war, waren sie sehr beeindruckt von dem Anblick, der sich ihnen bot: Karges Sumpfland erstreckte sich, so weit das Auge reichte.

»Und ich hatte gedacht, es gäbe hier irgendwo ein Wirtshaus, in dem wir einen guten Orkischen Magenverstimmer bekämen«, sagte Balbok voller Enttäuschung.

»Deinen Magenverstimmer kannst du dir sonstwo hinstecken«, antwortete Rammar verdrießlich. »Zwischen hier und den Bergen des Nordwalls befindet sich nichts als unwegsames Sumpfgebiet. Kaum eine Pflanze gedeiht hier, es gibt nur kahle Bäume und Moos, und es lauern eine Menge Gefahren, vor denen wir auf der Hut sein müssen ...«

Wie sich zeigte, war Rammars Beschreibung überaus zutreffend, denn das Land, das sich jenseits der Ausläufer des Schwarzgebirges erstreckte, war tatsächlich der trostloseste Flecken Erde, den Balbok je betreten hatte. Die Bäume, die sich aus dem morastigen braunen Boden erhoben, sahen aus wie Totengerippe, die ihre Glieder in den grauen Himmel reckten, und nur hier und dort bildeten Grasbüschel oder dunkles Moos Inseln im gluckernden Moor. Wesentlich zahlreicher waren die gefährlichen Sumpflöcher, mit denen die Ebene übersät war wie der *asar* eines Orks mit Furunkeln. Allzu leicht konnte man in dieser Umgebung die Orientierung verlieren, zumal sich die Sonne hinter der dichten Wolkendecke verbarg.

Und da war der Nebel.

Allgegenwärtiger zäher Nebel, der dafür sorgte, dass man nur einen Steinwurf weit sehen konnte. Kalt und klamm legte er sich auf die Lunge und sorgte dafür, dass der Atem der Orks rasselte wie ein rostiges Kettenhemd, während sie immer weiter gingen, hoffend, sich nicht bereits verirrt zu haben.

Ab und zu hörten sie unheimliche Laute, hier ein Plätschern, dort ein Blubbern. Auch wenn es auf den ersten Blick nicht so schien, der Sumpf war voll von Lebewesen, und die wenigsten davon waren Besuchern wohlgesonnen. Einst hatten die Gnomen in diesem elenden Landstrich gelebt, und wäre es nach Rammar gegangen, täten sie das noch immer, denn zu den Grünhäutigen passte diese trostlose sumpfige Gegend, nicht aber zu den Orks!

»Als ob es nicht schlimm genug wäre, dass die Gnomen in unseren Bergen hausen«, maulte Rammar missmutig vor sich hin, während er stumpfsinnig einen Fuß vor den anderen setzte. »Jetzt müssen auch noch zwei mutige Orks durch diese widerliche Kloake waten, die sie einst bewohnt haben.«

Gegen Abend suchten sich die Brüder einen Lagerplatz, wobei es ziemlich egal war, wo sie sich niederließen; eine Höhle oder einen Unterstand gab es nicht, und selbst wenn, hätte er nicht vor dem feuchten Nebel und der klammen Kälte geschützt. So blieb ihnen nichts, als ihre Umhänge eng um die Schultern zu ziehen und im Sitzen zu schlafen – eine Kunst, die jeder Ork beherrscht. Beim Wachehalten wechselten sie sich ab, schließlich wollten sie am Morgen auch wieder erwachen, ohne den eigenen Kopf vor den Füßen vorzufinden oder sich selbst im Magen eines gefräßigen Ungeheuers ...

Von den Kreaturen, die in den Sümpfen hausten, erzählte man im *bolboug* allerlei: von Sumpfkobolden und fliegenden Fischen, von riesigen Skorpionen und Schlangen, von orkgroßen Blutegeln und Schlammwürmern. Was davon der Wahrheit entsprach und was der wirren Fantasie eines Menschen entsprungen war, vermochte Rammar nicht zu sagen, denn soweit er sich erinnerte, hatte niemand, der in die Sümpfe aufgebrochen war, es je wieder zurückgeschafft. Er tröstete sich damit, dass sie in den vergangenen Tagen nicht ein einziges Tier oder sonst ein Wesen zu sehen bekommen hatten, und er hegte die Hoffnung, dass es auch so bleiben würde. Hätte er freilich die Wahl gehabt, er wäre sicher nicht auf den Gedanken verfallen, die Sümpfe zu durchwandern.

Einmal mehr nahm Balbok alles gelassener hin; das Gepäck auf dem Rücken und die Standarte über der Schulter marschierte er hinter Rammar her. Unruhe überkam ihn nur dann, wenn er glaubte, einen Feind aus dem Nebel auftauchen zu sehen; dann blieb er stehen, rammte das untere Ende der Standarte in den Morast, zückte die Axt und taxierte mit zu schmalen Schlitzen verengten Augen die Umgebung. Bisher hatte sich Balbok stets geirrt, und es waren nur karge Bäume gewesen, deren Umrisse sich aus dem Nebel schälten und deren abgespreizte Äste wie Arme wirkten. Aber Rammar bekam jedes Mal, wenn Balbok plötzlich stehen blieb und zur Waffe griff, einen Riesenschrecken.

»Bei Kuruls dunkler Grube!«, fluchte er deshalb, nachdem Balbok einmal mehr seine Axt zückte und fiebrig umherstarrte. »Wirst du das wohl endlich lassen? Allmählich müsstest du begriffen haben, dass wir hier ganz allein sind.«

»Ich habe etwas gehört«, rechtfertigte sich Balbok.

Rammar nickte. »Ich auch.«

»Ehrlich?«

»Natürlich. Ich höre ständig irgendwas. Mal ein Plätschern hier und ein Rascheln dort. Aber meist ist es nur das schmatzende Geräusch meiner eigenen Schritte im Morast und das erbärmliche Knurren meines Magens, der mir bis zu den Knien hängt.«

»Meiner knurrt und hängt auch«, gab Balbok zu. »Vielleicht hätten wir nicht den ganzen Proviant auf einmal essen sollen.«

»Unsinn. Schuld an unserer Misere hast nur du, weil du nicht mehr tragen wolltest. Hättest du mehr *baish* aus Ruraks Vorratskammer mitgenommen, hätten wir jetzt auch genügend zu essen und müssten nicht Hunger leiden.«

Einmal mehr wusste Balbok nichts zu seiner Verteidigung vorzubringen und blickte zerknirscht zu Boden. Sein ohnehin schon langes Gesicht wurde noch länger, seine Mundwinkel fielen nach unten.

»Nicht auch das noch!«, stöhnte Rammar. »Machst du mal wieder auf armer Ork? Ich mag mir das nicht mehr ansehen. Bleib hier und lass den Kopf hängen, wenn du willst. Ich gehe weiter und such mir was Essbares. Irgendwas wird es in diesem verdammten Sumpf doch zu beißen geben …«

Balbok hörte die Worte seines Bruders verhallen und blickte auf – um entsetzt festzustellen, dass Rammar verschwunden war!

Wie immer, wenn sich der Tag dem Ende neigte, war der Nebel noch dichter geworden; er lag um diese Tageszeit schwer und trübe über dem Land. Die Bäume ringsum waren nur noch schemenhaft zu erkennen, und auch die Geräusche drangen nur noch gedämpft an Balboks Ohr.

»R-Rammar?«, fragte er halblaut. Seine eigene Stimme hörte sich seltsam fremd und unheimlich an im dichten Nebel, und er erhielt auch keine Antwort.

»Rammar, bist du noch da?«

Balbok lauschte, und für einen kurzen Moment glaubte er, seinen Bruder maulen zu hören. Erleichtert rannte er in die entsprechende Richtung. Den Tornister und die Standarte nahm er mit, auch wenn sie ihn beim Laufen behinderten; hätte er sie abgelegt, hätte er sie im dichten Nebel nicht wiedergefunden.

»Rammar, warte auf mich!«, rief Balbok. »Es tut mir Leid, dass ich zu wenig Proviant mitgenommen habe. Ich werde dir helfen, etwas zu jagen, damit wir …«

Plötzlich sank er ein!

Im dichten Nebel, der den Boden bedeckte, war er vom festen Untergrund abgekommen und stand im nächsten Moment bis zu den Knien im Sumpf. Sofort sickerte die Nässe in seine Stiefel, und da Balbok wie alle Orks Hosen als eine Erfindung verweichlichter Menschen ansah, konnte er schon im nächsten Moment fühlen, wie sich Blutegel an seinen nackten Beinen festsaugten.

»Das trifft sich gut«, sagte er zu sich selbst, aus der Not eine

Tugend machend. »Saugt euch nur voll, ihr elenden Viecher, ihr werdet schon sehen, was ihr davon habt. Ich brauche nur zu warten, bis sich genug von euch festgebissen haben, dann werde ich euch alle abklauben und Rammar und mir eine deftige Mahlzeit aus euch zubereiten …«

Grinsend blieb der Ork stehen, den Schmerz, den die vielen saugenden Mäuler ihm zufügten, schlicht ignorierend. Die Standarte war ihm entfallen, als er so plötzlich im Sumpf eingesunken war; sie lag am Rande des Sumpflochs, wo sie sicher war. So begeistert war Balbok von seiner Idee mit dem Blutegeleintopf, dass er gar nicht merkte, dass der Sumpf ihn immer tiefer zog. Erst als das dunkle Wasser, dessen Oberfläche glatt war wie ein Spiegel, seine Leibesmitte erreichte, wurde er darauf aufmerksam.

»Was, zum …?«

Balbok warf sich herum, wollte sich aus dem Sumpfloch ziehen, aber am Ufer gab es nichts, woran er sich festhalten konnte. Im feuchten Morast fanden seine Krallen keinen Halt, nur ein einsames Grasbüschel versprach Rettung. Balbok klammerte sich daran fest und versuchte, sich herauszuziehen. Aber der Sog, der an ihm zerrte, war zu stark, und schon hatte Balbok das ausgerissene Grasbüschel in der Hand und sank noch ein Stück tiefer ein. Instinktiv ruderte er mit den Armen und strampelte mit den Beinen, aber dadurch beschleunigte er seinen Untergang nur.

»Rammar!«, rief er den Namen seines Bruders hinaus in den Nebel. »Rammar, hilf mir!« Aber diesmal war nicht einmal mehr ein fernes Lamento zu hören.

Balbok dämmerte, dass er einen Fehler begangen hatte. Den Egeln, die sich inzwischen zu Dutzenden an seinem Blut gütlich taten, schenkte er keine Beachtung. Der Sumpf war sein vorrangiges Problem. Wenn er es nicht schaffte, ihm zu entkommen, würde er in wenigen Augenblicken darin versunken sein. Schon reichte ihm das Wasser bis zur Brust, und je mehr von ihm unter der Oberfläche verschwand, desto schneller schien er zu sinken. Noch einmal unternahm er einen verzweifelten Versuch, sich am Ufer festzuklammern, aber wieder rutschte er ab und sank noch ein Stück tiefer ein. Das brackige Wasser erreichte schließlich sein Kinn und stieg ihm bis zu den Ohren.

Panik überkam ihn, und er begann noch wilder zu rudern und suchte verzweifelt mit den Füßen nach Halt. Aber da war nichts. Der Sumpf würde ihn unbarmherzig verschlingen und ihn nie wieder freigeben.

»Rammar, hilf mir! Rammar …!«

Balbok rief den Namen eher aus Gewohnheit als aus der Hoffnung heraus, dass sein Bruder ihm tatsächlich zur Hilfe eilen würde. Selbst wenn Rammar seine Schreie hörte, würde er ihn im dichten Nebel kaum finden. Balbok sah einem scheußlichen, entsetzlichen Ende entgegen.

Sein Geschrei ging in ein Gurgeln über, als sein Mund untertauchte. Er warf noch einen letzten verzweifelten Blick zum Rand des Sumpflochs, wo die Standarte des Zauberers lag, dann hatte der Sumpf ihn verschluckt. Seine Halt suchend erhobenen Arme waren das Letzte, was von ihm noch aus dem Sumpf ragte …

Plötzlich – Balbok konnte es nicht fassen – packte jemand seine rechte Klaue und zog mit aller Kraft daran.

Balbok tauchte wieder auf, und seine Erleichterung kannte keine Grenzen, als er Rammar erblickte, der am Rand des Sumpflochs stand und seine Fersen in den weichen Boden stemmte, während er bemüht war, Balbok herauszuziehen.

»Rammar …«

»Ich bin hier. Ich rette dich.«

Mit zusammengebissenen Zähnen und unter Aufbietung aller Kraft gelang es Rammar tatsächlich, Balbok aus der kalten Umklammerung des Sumpfs zu befreien. Keuchend lag der hagere Ork schließlich am Ufer, völlig verdreckt und durchnässt, und er konnte sein Glück kaum fassen.

»Rammar«, keuchte er, »das werde ich dir nie vergessen …«

»Schon gut.« Rammar fletschte die gelben Zähne, was ein Lächeln darstellen sollte. »Wofür sind Freunde schließlich da?«

»Freunde?« Balbok erwiderte das Zähnefletschen. »Wir sind Brüder, Rammar – und ich bin wirklich stolz darauf, einen Bruder wie dich zu haben, das kannst du mir glauben.«

»Natürlich.« Rammar nickte, und ein seltsamer Ausdruck huschte über sein Gesicht. »Brüder.«

»Weißt du«, sagte Balbok, »als du vorhin einfach gegangen bist, da dachte ich, ich würde dich nie wiedersehen. Wäre verdammt schade gewesen, denn ich … ich …« Balbok zierte sich. Er hätte seinen Bruder am liebsten umarmt und geherzt, wie die Menschen es tun, doch für einen Ork schickt sich so etwas nicht. Und jemandem zu sagen, dass man ihn mag, gilt unter ihnen als unsägliche Peinlichkeit.

Entsprechend kannte Balboks Verblüffung keine Grenzen, als ihm sein Bruder erneut ein entwaffnendes Zähnefletschen schenkte und sagte: »Ich weiß, Bruder. Ich kann dich auch gut leiden …«

Rammar war unterdessen unbeirrt weitermarschiert.

»Dieser Blödork! Dieser Versager!«, lamentierte er halblaut vor sich hin. »Ich hab die Schnauze voll von ihm! Warum muss ich der Bruder eines solchen *umbal* sein? Warum bin ich damit geschlagen, aus demselben Schoß gekrochen zu sein wie er? Ich habe genug von seiner dämlichen Visage, und ich habe auch genug davon, dass er mir auf Schritt und Tritt folgt. Ich mache mich lächerlich mit einem Bruder wie diesem. Kein Wunder, dass man uns aus dem *bolboug* verstoßen hat …«

Wutschnaubend unterbrach Rammar seine Tirade und wandte sich um, um seinem Bruder, den er einige Schritte hinter sich wähnte, einen zornigen Blick zuzuwerfen – aber Balbok war nicht mehr da! Ringsum war nichts als milchig weißer Nebel, in dem sich die Spuren verloren, die Rammars Schritte im Morast hinterlassen hatten.

»B-Balbok?«

Rammar fand, dass sich seine eigene Stimme ziemlich unheimlich anhörte, und auf einmal meinte er auch, dass die kargen Bäume, die im Nebel nur schemenhaft zu erkennen waren, recht bedrohlich wirkten. Instinktiv nahm er seinen *saparak* vom Rücken und umklammerte die Waffe mit beiden Klauen.

»Balbok, wo steckst du?«

Eben noch hatte Rammar seinen Bruder ans andere Ende

der Welt gewünscht – nun, da Balbok tatsächlich verschwunden war, sah es ganz anders aus. Die Aussicht, inmitten der Sümpfe völlig allein zu sein, behagte Rammar ganz und gar nicht. Eingeschüchtert blickte er sich um – bis ihm des Rätsels Lösung einfiel und sich ein Grinsen auf seine Züge legte.

»Balbok«, sagte er laut, »hör auf, dich vor mir zu verstecken. Ich weiß genau, dass du hier irgendwo bist, also komm schon raus. Mir kannst du damit keine Angst einjagen.« Erwartungsvoll blickte sich Rammar um, aber nichts regte sich in seiner Umgebung.

»Komm schon!«, rief der untersetzte Ork. »Ich verspreche dir auch, nicht mehr mit dir zu schimpfen, obwohl du es verdient hast!«

Wieder keine Antwort. Die Sache wurde Rammar nun doch unheimlich, und erneut versuchte er, seine Furcht durch Wut zu vertreiben. »Wahrscheinlich«, sagte er zu sich selbst, »ist dieser *umbal* irgendwo unterwegs in ein Sumpfloch gefallen und jämmerlich ersoffen. Geschieht ihm ganz recht, das hat er nun von seiner Dummheit.«

Geräuschvoll aus den Nüstern blasend, wie es sich für einen zornigen Ork gehört, wollte Rammar seinen Weg fortsetzen, als er hinter sich ein leises Knacken vernahm. Den *saparak* zum Stoß erhoben, wirbelte er herum.

»Wer ist da?«

Im dichten Nebel konnte er nichts erkennen, aber er hörte schmatzende Schritte im Morast. Und im nächsten Moment tauchte in den grauweißen Schlieren eine hagere Gestalt auf.

»Balbok …?«

Auch wenn Rammar sich lieber die Zunge abgebissen hätte, als es zuzugeben – er war froh, als sich der schlaksige Körper seines Bruders aus dem Nebel schälte und Balbok vor ihm auftauchte, im Gesicht eine Mischung aus Reue und Furcht.

»Da bist du ja. Wo hast du gesteckt?«, rief Rammar scharf.

»I-ich habe mich versteckt«, kam es kleinlaut zurück. »Ich hatte Angst vor dir.«

»Das solltest du auch, nach allem, was du dir geleistet hast!« Rammar ballte die Klaue zur Faust. »Vergiss nicht, ich bin immer noch der Ältere von uns beiden. Warum ich dich nicht längst erschlagen habe, weiß ich nicht, aber wenn du noch einmal versuchst, mich zum Narren zu halten, dann nehme ich keine Rücksicht mehr, verstanden?«

»Ja, Rammar.«

»Dann lass uns jetzt weitergehen. Ich weiß nicht, warum, aber diese Gegend hier gefällt mir nicht. Wir werden uns anderswo einen Platz zum Schlafen suchen – und als Strafe für dein dämliches Verhalten wirst du die erste Wache übernehmen. Was hast du dir nur dabei gedacht, hm?«

Rammar war wieder vorausgegangen, in der Überzeugung, dass Balbok ihm folgte. Als er jedoch erneut keine Antwort erhielt, dafür aber ein seltsames Schmatzen und Schlürfen hörte, blickte er zurück – und erschrak, als stünde er Kurul persönlich gegenüber.

Balbok war erneut verschwunden.

Wo er eben noch gegangen war, stand nun ein Wesen, das den wildesten Albträumen entsprungen sein musste – groß und gefährlich, mit einem gähnenden zahnlosen Maul und einer schleimigen Haut wie Schlamm.

»*Chgul*«, flüsterte er.

»Kann ich dir helfen?«, fragte Rammar fürsorglich seinen Bruder Balbok, der auf dem Boden hockte und die Blutegel von seinen Beinen pflückte. Sein Vorhaben, aus ihnen einen deftigen Eintopf zu machen, hatte Balbok verworfen; der Appetit war ihm vergangen. Dennoch schob er sich ab und zu eins der prall gefüllten Tiere zwischen die Zähne, um den Blutverlust auszugleichen.

»Bin gleich so weit«, erwiderte er und zog sofort den Kopf zwischen die Schultern in Erwartung des Donnerwetters, das nun gleich wieder über ihn hereinbrechen würde. In Gedanken hörte er Rammar schon wieder schimpfen, dass er – Balbok – an ihrer ganzen Misere schuld sei und dass er – Rammar – nicht noch länger warten wolle, bis sie ihren Marsch fortsetzen könnten. Wie immer, wenn sich Rammar aufregte, würden die Adern an seiner Stirn anschwellen, seine Nüstern würden sich blähen und …

Zu Balboks grenzenloser Überraschung sagte Rammar verständnisvoll: »Lass dir nur Zeit. Ich warte solange.«

Balbok war verwirrt, nickte jedoch und raffte sich auf. Dann allerdings musterte er Rammar aus zu Schlitzen verengten Augen, weil ihm dämmerte, dass hier etwas ganz und gar nicht stimmte.

Rammar war sein Bruder. Sie waren zusammen aufgewachsen und hatten so ziemlich alles gemeinsam getan – den ersten Gnom skalpiert, den ersten Blutbierrausch gehabt und den ersten Troll erschlagen. Aber in all diesen Jahren war Rammar nicht ein einziges Mal freundlich und verständnisvoll gewesen.

Balbok starrte den anderen forschend an. »Du bist nicht Rammar, oder?«, fragte er.

»Was?«

»Du bist nicht Rammar!«, sagte Balbok, jetzt absolut überzeugt, denn der echte Rammar hätte ihm schon für diese »unsinnige« Frage alles Mögliche an den Kopf geworfen.

Sein Gegenüber antwortete ihm mit hämischem Gelächter, und auf einmal begann sich sein Aussehen zu verändern. Rammars vertrautes Gesicht verschwand, und darunter kam eine schlammbraune Fratze zum Vorschein, die nichts Orkisches mehr – und auch sonst nichts – an sich hatte: Schwarze Augen starrten aus konturlosen Gesichtszügen, die aus nassem Lehm zu bestehen schienen und sich ständig veränderten. Das große Maul war weit aufgerissen; Zähne hatte die Kreatur keine, aber Balbok zweifelte nicht daran, dass sie ihn mit diesem gewaltigen Maul mit Haut und Haar verschlingen konnte. Die Gestalt des Wesens war fließend; Schlamm tropfte von den langen Armen zu Boden, um sich mit dem Morast zu vermischen, während an den Beinen beständig neuer Matsch emporkroch, um sich mit dem Körper der Kreatur zu vereinen.

Obwohl Balbok ein solches Wesen nie zuvor gesehen hatte, wusste er, womit er es zu tun hatte – mit einem Ghul!

Ghule, auch Sumpfgeister genannt, waren höchst gefährlich, und obwohl sie keine Geister im eigentlichen Sinne waren, waren sie doch Furcht erregende Kreaturen, denn sie hatten die Fähigkeit, sich zu verwandeln und ihr Aussehen beliebig zu verändern. In keinem der Kriege der Vergangenheit hatten sich die Ghule je für eine Seite entschieden; sie hausten in den Tiefen der Sümpfe und kümmerten sich nur um sich selbst. Ein Wanderer, der in ihre Fänge geriet, war verloren ...

»Bei Narkods Hammer!«, stieß Balbok hervor und zückte seine Axt, als sich die Arme seines Gegners in zuckende Tentakel verwandelten. Der Ghul wartete nicht länger und griff Balbok an, der seine Waffe emporriss, um die Attacke abzuwehren – vergeblich. Der eine Tentakel schlang sich um die Axt und versuchte sie Balbok zu entreißen, der andere brachte ihm einen schmerzhaften Hieb bei, der die dicke Orkhaut aufplatzen ließ.

Balbok zerrte an seiner Axt, und es gelang ihm, sie freizubekommen. Mit einem wütenden Knurren schwang das unheimliche Wesen wieder die langen Fangarme, zielte diesmal auf Balboks Hals, und der Ork musste sich ducken, damit ihm nicht der Kopf von den Schultern geschlagen wurde. Dann sprang er vor, und es gelang ihm, seinerseits einen Hieb auszuführen, der gegen die ungeschützte Brust des Ghuls gerichtet war.

Balbok war sicher, den Kampf damit zu beenden, doch dort, wo sich eben noch die Brust des Ghuls befunden hatte, war auf einmal kein Schlamm mehr – stattdessen klaffte ein Loch in der Leibesmitte der Kreatur, und Balboks Axt fuhr ins Leere!

Der Ork stieß einen überraschten Schrei aus, während der Ghul schadenfroh lachte. Von beiden Seiten flogen die Fangarme wie Peitschen heran, doch indem sich Balbok blitzschnell zu Boden fallen ließ, entging er der Attacke. Er warf sich herum und schlug mit der Axt zu, und es gelang ihm, einen der Tentakel abzutrennen.

Der Ghul ließ einen wehmütigen Laut vernehmen, als ein Teil seines Körpers davonflog – und zu Balboks heller Freude wuchs der Tentakelarm nicht nach. Das verlorene Stück schien zu groß zu sein, als dass das Sumpfwesen es einfach ersetzen konnte, und der Ork begriff, dass er gewinnen konnte, wenn es ihm nur gelang, den Ghul schwer genug zu verwunden. Die Sumpfkreatur blutete nicht und schien auch keinen Schmerz zu empfinden, aber sie war nicht unbesiegbar.

»Na warte!«, knurrte Balbok, die mörderische Axt schwingend. »Ich werde dir schon beibringen, was es heißt, sich mit einem Ork anzulegen. Ich werde dich Stück für Stück zerhacken, wenn es sein muss. Komm nur her!«

Bedauerlicherweise nahm der Ghul seine Aufforderung beim Wort und griff erneut an. Mit atemberaubender Schnelligkeit schoss die Kreatur auf ihn zu, vollführte eine Finte mit dem Armstumpf, von dem der Schlamm in weitem Bogen spritzte und Balbok in die Augen traf. Während sich der Ork mit einer schnellen Bewegung den Schlamm aus dem Gesicht wischte, schoss der noch vorhandene Tentakelarm heran und schlang sich um Balboks Hals. Wie eine Henkersschlinge zog er sich zu, und Balbok bekam von einem Augenblick zum anderen keine Luft mehr.

Der Kriegsschrei auf seinen Lippen erstarb in einem jämmerlichen Röcheln, während er verzweifelt versuchte, den Würgegriff des Ghuls zu sprengen. Die eine Klaue in den schlammigen Tentakel vergraben, führte er mit der anderen die Axt. Aber seine Hiebe waren zu ungezielt und zu hastig, als dass sie dem Ghul gefährlich werden konnten, und mit jedem Augenblick, der verstrich, wurden sie matter und kraftloser.

Vergeblich rang Balbok nach Atem. Schon sah er schwarze Flecken vor seinen Augen tanzen, und ihm dämmerte, dass er seinem Ende erneut gefährlich nahe war.

Er bedauerte, in seinem Leben nichts vollbracht zu haben, auf das er wirklich stolz sein konnte. Als junger Ork hatte er davon geträumt, eines Tages ein großer und mächtiger Krieger zu sein – stattdessen würde er als einer der beiden *umbal'hai* in Erinnerung bleiben, die zu dämlich gewesen waren, das gestohlene Haupt ihres Meuteführers zurück ins *bolboug* zu bringen.

Balbok merkte, wie seine Kräfte nachließen. Noch einmal schlug er mit der Axt halbherzig zu, dann war er zu schwach, die schwere Waffe zu halten. Sie entrang sich seinem Griff und fiel in den Morast, gleich darauf folgte ihr Besitzer, der sich nicht länger auf den Beinen halten konnte. Schlaff und kraftlos sank Balbok zu Boden, wissend, dass sein Kampf zu Ende war.

Der Ghul veränderte erneut seine Form. Seine Beine und sein Unterleib zerflossen zu einer breiigen Masse, die sich über den besiegten Feind ergoss. Nur der Oberkörper mit Kopf und dem Tentakelarm blieb bestehen.

Balbok spürte den lebenden Schlamm auf seiner Haut und musste an die Blutegel denken, denen er erlaubt hatte, sein Blut zu schlürfen. Da hatte er noch geglaubt, selbst am Ende der Nahrungskette zu stehen. Ein Irrtum, wie sich nun herausstellte; der Ghul würde sein Fleisch und seine Eingeweide aufsaugen, sodass am Ende nur noch Knochen von ihm übrig blieben.

Balbok wehrte sich ein letztes Mal mit aller verbliebener Kraft, aber der Ghul hatte ihn bereits zur Hälfte eingehüllt, und der Kampf war vorbei.

Jedenfalls dachte Balbok das.

Da brach plötzlich die Spitze eines *saparak* aus dem Brustkorb des Ghuls. Jäh löste das Sumpfwesen seine schlammige Umklammerung, und während es sich unter wütendem Kreischen wand, gelang es Balbok, sich zu befreien.

Er tastete um sich, bekam den Stiel der Axt zu fassen, und sofort holte er aus und schlug zu. Der senkrecht geführte Hieb, mit dem er den Ghul traf, spaltete diesen in der Mitte, und das Kreischen drang plötzlich aus zwei Kehlen. In zwei Hälften klappte der Ghul auseinander, und noch im Fallen zerfielen diese zu Schlamm und klatschten in den Morast, mit dem sie sich sogleich vermischten.

Balbok sah seinen Bruder Rammar, der hinter dem Ghul gestanden hatte, den Speer beidhändig umklammernd und ein grimmiges Grinsen im Gesicht.

»Rammar!«, rief Balbok erleichtert. »Ist das schön, dich zu sehen.«

»Kann ich mir vorstellen«, erwiderte der andere zähnefletschend. »Wäre ich ein paar Augenblicke später gekommen, hätte ich nur noch ein paar abgelutschte Knochen von dir gefunden. Du dämlicher Hohlkopf! Weißt du nicht, dass Ghule gefährlich sind?«

»Klar weiß ich das«, versicherte Balbok, während er mühsam auf die Beine kam. »Aber dieser sah aus wie du. Er hatte dein Gesicht und trug deine Kleidung. Verstehst du, was ich meine?«

Rammar nickte verdrossen. »Ich hatte es mit einem zu tun, der *dein* Aussehen angenommen hatte. Kannst du dir das vorstellen? Gleich zwei von deiner Sorte!« Er schüttelte den Kopf. »Bislang habe ich nicht glauben wollen, dass Ghule jedwede Gestalt annehmen können, aber offensichtlich entspricht es der Wahrheit. Ist alles in Ordnung mit dir?«

»Denke schon.«

»Was stehst du dann noch dumm rum? Pack deine Sachen zusammen, damit wir von hier verschwinden können. Ich habe keine Lust, noch mehr von diesen Kreaturen zu begegnen.«

Balbok nickte und wollte sein Gepäck wieder aufnehmen – als ihm ein beunruhigender Gedanke kam.

»Rammar?«, fragte er.

»Ja?«

»Wenn es stimmt, dass Ghule in der Lage sind, jedwede Gestalt anzunehmen ...«

»Ja?«

»... dann könntest auch du einer von ihnen sein, oder nicht?« Balbok hob drohend die Axt. »Immerhin hat es schon einer geschafft, mich zu täuschen. Und dich auch.«

»Was soll denn dieser Blödsinn jetzt?«, platzte es aus Rammar heraus. »Du elender, dämlicher Narr! Erkennst du deinen eigenen Bruder nicht mehr, du *umbal*?« Die Adern an seiner Stirn schwollen an, seine Nüstern blähten sich. »Muss ich dir erst den Schädel einschlagen, um dir zu beweisen, wer ich bin?«

»Nein«, entgegnete Balbok grinsend und ließ die Axt sinken, »das musst du nicht. Jetzt weiß ich, dass du der echte Rammar bist.«

»So? Und woher willst du das so plötzlich wissen?«

»Weil du mit mir schimpfst. Der andere Rammar hat sich ziemlich seltsam benommen. Er war viel zu freundlich und zu nett, als dass du es hättest sein können, denn du bist immer nur widerwärtig und schlecht gelaunt.«

»So, so …« Rammar fletschte geschmeichelt die gelben Zähne. Für einen Ork gab es kaum ein größeres Kompliment, als von jemandem als übellaunig und böse bezeichnet zu werden.

Balbok lud sich den Tornister auf den Rücken, und nachdem er Ruraks Feldzeichen aufgehoben und notdürftig vom Morast gereinigt hatte, war er zum Abmarsch bereit.

»Nur eins noch«, meinte er, als Rammar schon gehen wollte.

»Was denn?«

»Du sagtest, der Ghul, mit dem du es zu tun hattest, hätte ausgesehen wie ich …«

»Ja, und?«

»Wie hast du erkannt, dass du es mit einem falschen Balbok zu tun hattest?«

Rammars Grinsen war wölfisch. »Wer sagt, dass ich das gewusst habe?«, erwiderte er genüsslich. »Dieser Kerl sah aus wie du und ging mir schon allein deswegen auf die Nerven – also hab ich ihn erschlagen …«

Langeweile.

Dies war das Wort, das Alannahs Zustand am treffendsten beschrieb.

Eingesperrt zwischen steinernen Mauern, gefangen im ewigen Eis, schienen ihre Tage endlos zu sein, erfüllt von Ritualen, die ihren Sinn vor langer Zeit verloren hatten.

Zeit …

An diesem Ort am Ende der Welt bedeutete sie nichts; sie rann so zäh dahin wie das Blut in Alannahs Körper.

Bisweilen, wenn sie erwachte, hatte sie das Gefühl, ihr Herz hätte bereits aufgehört zu schlagen. Sie stellte sich dann vor, dass ihr Leben zu Ende wäre, dass sie die Fahrt nach den Ewigen Gestaden angetreten hätte und jenseits der Nebel der sterblichen Welt immerwährende Freude und Zerstreuung auf sie warteten.

Die Sache war nur – Alannah würde so bald nicht sterben. Sie war eine Elfe. Und sie war dazu verdammt, die immergleiche Routine zu vollziehen.

Tag für Tag.

Jahr für Jahr.

Jahrzehntelang.

Jahrhundertelang …

Es hatte eine Zeit gegen, da hatte Alannah sich glücklich geschätzt, zur Kaste Shakaras zu gehören und die eine zu sein, die auserwählt war, das Geheimnis in die Zukunft zu tragen. Nach der Zeitrechnung der Sterblichen war dies vor mehr als dreihundert Jahren gewesen – dreihundert Jahre, in denen Alannah kaum etwas anderes getan hatte, als die alten Zeremonien und Rituale durchzuführen und die Erinnerung zu wahren.

Aber wofür?

Und für wen?

Je mehr Alannah darüber nachdachte, desto schwieriger wurde es, Antworten auf diese Fragen zu finden. Zu Beginn ihrer Zeit im Tempel war sie überzeugt gewesen, eine wichtige Aufgabe zu erfüllen zum Wohle der Völker von *amber*, wie die Elfen Erdwelt nennen.

Aber schon nach den ersten hundert Jahren waren ihr Zweifel gekommen. Hatte das, was sie hier tat, tatsächlich einen Sinn? Die Prophezeiung, die vor vielen Zeitaltern gegeben worden war, hatte sich nicht erfüllt. Dabei sehnte sich Alannah so sehr danach, jenem zu begegnen, in dessen Person sich die Weissagung erfüllen sollte.

Sie hatte die Tage damit verbracht, am Fenster zu stehen und hinauszublicken auf das ewige Eis, so wie sie es gerade tat, in diesem Augenblick. Aber der Unterschied zu damals bestand darin, dass sie inzwischen nicht mehr daran glaubte, dass sich die Prophezeiung je erfüllte und die Weiße Wüste jenen hervorbrachte, der die Völker *ambers* vereinen und ein neues Zeitalter einleiten würde.

Niemand sprach es aus, aber Alannah war nicht die Einzige, die den Glauben verloren hatte. Früher hatte der Hohe Rat der Elfen jeden Monat eine Abordnung nach Norden geschickt, um den Stand der Dinge zu erfragen. In den letzten Jahrzehnten jedoch waren die Abstände, in denen die Gesandten zum Tempel kamen, immer größer geworden, und es war klar, was das bedeutete: Selbst die Ältesten rechneten nicht mehr damit, dass sich die Prophezeiung noch erfüllte. Sie hatten ihren Blick nach Süden gerichtet, auf die See, wo sie jenseits von Wellenbergen und Wogentälern die Fernen Gestade wussten. Dort lagen Sinn und Zuversicht, während die Welt der Sterblichen immer mehr im Chaos versank. Das Volk der Elfen spürte, dass seine Zeit zu Ende ging, und jeder von ihnen bereitete sich auf die letzte Reise vor. Zahlreiche Schiffe hatten den Hafen von Tirgas Dun bereits verlassen und die Überfahrt angetreten, um die Elfen dorthin zurückzubringen, wo einst alles begonnen hatte.

Auch Alannah fühlte tief in ihrem Inneren den Drang, *amber* zu verlassen. Aber anders als die übrigen ihres Volkes war sie dazu verdammt, auszuharren und auf die Erfüllung einer falschen Weissagung zu warten.

Sie wandte sich vom Fenster ab, als ihre Dienerin das Gemach betrat, das Haupt ehrerbietig gesenkt wie an jedem dieser unendlich vielen Tage.

»Herrin«, sagte sie leise, »es ist so weit. Die Priester erwarten Euch.«

»Natürlich.« Alannah seufzte resigniert. »Die Hohepriesterin des Tempels von Shakara muss bei der Zeremonie dabei sein. Wie jeden Tag.«

Die Dienerin hob den Kopf und schaute ihre Herrin voller Sorge an. »Ist etwas nicht in Ordnung, Herrin?«, erkundigte sie sich. »Ist Euch nicht wohl?«

»Es ist nichts«, erwiderte Alannah mit mattem Lächeln. »Es geht mir ausgezeichnet.«

In ihren Gedanken aber war es wieder, das hässliche Wort, das ihren Zustand so treffend beschrieb.

Langeweile …

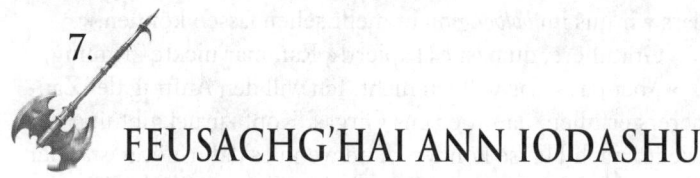

# 7.

# FEUSACHG'HAI ANN IODASHU

Am sechsten Tag ihres Marsches durch die Sümpfe erreichten Rammar und Balbok den Nordwall.

Schon am Morgen waren die majestätischen Berge als schemenhafte Umrisse jenseits der Nebelwand zu erkennen, und es sah so aus, als müssten die beiden Orks nur noch wenige Meilen zurücklegen, um sie zu erreichen. Aber es dauerte noch den ganzen Tag, bis der weiche Morast kargem Fels wich und sich der Nebel endlich lichtete. Im Sumpf hatte es noch dürre karge Bäume und vereinzelte Grasbüschel gegeben, doch hier wuchs gar nichts mehr. Der Nordwall stellte die Grenze zwischen der südlichen und der nördlichen Region von Erdwelt dar. Jenseits davon erstreckte sich die Weiße Wüste, dort gab es nur noch Schnee und Eis, und auch auf dieser Seite der Berge war die Kälte bereits deutlich zu spüren.

Aber es war nicht nur die Nähe des Eises, die die beiden Orks erschaudern ließ. Schweigend blickten sie an der grauen Felswand empor, die fast senkrecht vor ihnen aufragte und sich hoch über ihren Köpfen im Dunst verlor. Der Nordwall trug seinen Namen nicht von ungefähr.

»Bei Kuruls Flamme!«, stöhnte Balbok. »Wie sollen wir da jemals rüberkommen? Gibt es einen Pfad auf die andere Seite?«

»Sicher gibt es den«, knurrte Rammar verdrießlich, »aber ich habe keine Ahnung, wo wir den finden, und es erscheint mir völlig aussichtslos, danach zu suchen. Es wäre besser gewesen, der Zauberer hätte uns eine Landkarte mitgegeben statt der verdammten Standarte. Es bleibt uns wohl nichts anderes übrig, als umzukehren.«

»Umkehren?« Balbok schaute seinen Bruder voller Unglauben an. »Aber das würde bedeuten, Girgas' Haupt nicht zu

133

bekommen. Und Girgas' Haupt nicht zu bekommen, heißt, dass wir uns im *bolboug* nicht mehr sehen lassen können.«

»Gratuliere, du hast es kapiert!« Rammar nickte grimmig.

»Aber das – das will ich nicht. Ich will den Auftrag des Zauberers erfüllen, damit er uns Girgas' Kopf zurückgibt und wir wieder nach Hause können. Und wenn es dafür nötig ist, über diesen schroffen Berg zu klettern, dann …« – Balbok blickte an der steilen Felswand empor, bevor er weitersprach – »… dann werde ich es auch tun.«

»Du blödgesichtiger Schwachkopf!«, schnaubte Rammar. »Ich habe keine Lust, meinen Hals für nichts und wieder nichts zu riskieren.«

»Wie meinst du das?«

»Hast du dich nie gefragt, weshalb der Zauberer nicht einfach seine Gnomen nach Norden schickt, um ihm die Karte zu besorgen?«

»Ganz einfach«, entgegnete Balbok im Brustton der Überzeugung. »Weil wir Orks besser und tapferer sind, deshalb.«

»Unsinn! Der Kerl verarscht uns! Wir sollen für ihn die Kastanien aus dem Feuer holen, während er in seiner sicheren Festung sitzt und auf unsere Rückkehr wartet. Zu verlieren hat er nichts dabei. Wenn wir erfolgreich sind, bekommt er, was er haben will; wenn es uns erwischt, ist er auch nicht schlechter dran als jetzt. Die Einzigen, die hier etwas zu verlieren haben, sind wir – denn wer sagt dir, dass der Zauberer Wort hält, wenn wir ihm die Karte von Shakara übergeben?«

»Er hat es versprochen«, antwortete Balbok einfältig.

»Du weißt genau, dass man einem Versprechen nicht trauen darf. Dem eines Orks nicht, und erst recht nicht dem eines Menschen oder Zauberers. Seit wir Ruraks Festung verlassen haben, wären wir um ein Haar zu Tode gestürzt, von einer Riesenspinne gefressen, von den Sümpfen verschluckt worden und beinahe den Ghulen zum Opfer gefallen.«

»Und?«

»Ich will damit sagen, dass wir unser eigenes Todesurteil fällen, wenn wir weitergehen«, erklärte Rammar. »Bislang hatten wir Glück, aber dieses Glück kann ja nicht ewig anhalten.

Wenn wir uns jedoch vom Acker machen, können wir die Ost-lande erreichen, ehe Graishak seine *faihok'hai* auf uns hetzt.«

»Du willst fliehen?« Balbok war fassungslos. »Einfach ab-hauen wie ein Feigling?«

»Ich will überleben«, drückte Rammar es freundlicher aus, »und der Osten bietet dafür die beste Möglichkeit. Die Men-schen führen dort Krieg gegeneinander. Es heißt, in ihren Söldnerheeren findet jeder Aufnahme, der eine Waffe halten und kämpfen kann. Warum nicht auch zwei verstoßene Orks?«

»Ich weiß nicht ...«

»Da gibt es nichts zu überlegen«, gab sich Rammar über-zeugt. »Wenn wir versuchen, den Nordwall zu überklettern, werden wir uns mit ziemlicher Sicherheit das Genick brechen. Und selbst, wenn wir weiterhin Glück haben und wohlbehal-ten auf die andere Seite gelangen, verlieren wir zu viel Zeit. Bis zum vollen Blutmond müssen wir im *bolboug* zurück sein. Schon die Kletterei über den Nordwall wird uns zehn Tage kosten, vom Marsch durch die Weiße Wüste ganz zu schwei-gen. Das reicht nicht. Der Weg durch die Sümpfe hat länger gedauert, als ich angenommen habe. Es ist völlig unmöglich, dass wir das *bolboug* noch rechtzeitig erreichen.«

»Aber – wir sollten es wenigstens versuchen ...«

»Wozu? Selbst wenn wir es über die Berge schaffen, auf der anderen Seite erwarten uns immer noch die Barbaren und die Weiße Wüste. Von den Elfen im Tempel von Shakara mal ganz abgesehen.«

»Das wird Graishak nicht gefallen«, meinte Balbok.

»Weißt du was? Es schert mich einen *shnorsh*, ob es Graishak gefällt oder nicht. Er ist es ja nicht, der hier draußen sein Leben riskiert. Wir sind es – aber ich habe dazu keine Lust mehr. Soll er sich Girgas' verdammten Schädel selber holen, wenn er ihm so wichtig ist. Ich mach da nicht mehr mit!«

Entschlossen wandte sich Rammar ab und wollte wut-schnaubend davonstapfen. Da entdeckte Balbok etwas, das direkt vor seinen Füßen zwischen den Felsen lag. Es war ein kleiner Gegenstand aus Metall, der das Licht der untergehen-den Sonne reflektierte. Verblüfft griff Balbok danach und nahm das kleine Ding in Augenschein – um daraufhin wieder Hoffnung zu schöpfen.

»Rammar?«, rief er seinem Bruder nach.

»Was ist?«

»Und wenn es eine Möglichkeit gäbe, den Pass zu finden und rasch über die Berge zu gelangen?«

»Dann … na ja, dann sähe die Sache schon anders aus. Aber diese Möglichkeit gibt es nun mal nicht.«

»Bist du sicher?« Balbok hielt den Gegenstand hoch, sodass er erneut im Dämmerlicht blitzte.

»Was hast du da?« Rammar kam zurück und riss ihm das Ding aus der Hand. Es war eine kleine silberne Schnalle, die mit Ziselierungen verziert war. »Bei Kuruls Flamme!«, stieß Rammar hervor. »Das eitle Zwergenvolk pflegt so etwas an den Stiefeln zu tragen.«

»Sieht aus, als wäre das Ding frisch poliert«, meinte Balbok. »Lange kann es hier noch nicht liegen.«

»*Shnorsh!*« Rammar spie aus. »Das bedeutet, dass Zwerge in der Nähe sind. Diese elenden Orkhasser haben uns gerade noch gefehlt. Ein Grund mehr, rasch von hier zu verschwinden!«

»Aber die Zwerge kennen vielleicht den Weg über die Berge«, gab Balbok zu bedenken.

»Und? Willst du zu ihnen gehen und sie nach dem Weg fragen?«

»Das nicht. Aber wir könnten ihnen folgen. Vielleicht führen sie uns zum Pass.«

»Vielleicht, vielleicht auch nicht!«, schnappte Rammar. Es stimmte schon, die Zwerge kannten sich in den Bergen aus wie in ihren Rocktaschen. Andererseits versetzte Rammar der Gedanke, möglicherweise nähere Bekanntschaft mit einer Zwergenaxt zu machen, nicht gerade in Begeisterung. »Ich werde meinen *asar* nicht riskieren«, schnauzte er, »nur weil du mal wieder den Helden spielen wi…«

Er wurde mitten im Wort von seinem Bruder unterbrochen. »Dort!«, rief Balbok und deutete nach Nordosten, wo unterhalb der drohend aufragenden Berghänge auf einmal orangegelbe Lichter aufgeflammt waren.

Lagerfeuer ...

»Das müssen die Bartträger sein«, vermutete Rammar. »Nur Zwerge sind so dumm, in einer solchen Gegend ein Feuer zu entfachen, das weit und breit zu sehen ist.«

»Haben sie denn keine Angst, Feinde anzulocken?«

»Sicher, aber ihre Furcht vor der Dunkelheit ist noch größer.« Rammar grinste schief. »Schon seltsam – obwohl sich die Zwerge seit Jahrtausenden durch Gestein und Erdreich wühlen und in den Bergen nach Schätzen graben, können sie die Dunkelheit nicht ertragen. Deshalb führen sie in ihren Tunneln auch stets *Laternen* mit sich.« Rammar benutzte das Wort »Laternen« aus der Sprache der Menschen, denn in der Sprache der Orks gibt es keine Entsprechung dafür.

»*Laternen?*« Balbok schaute ihn erstaunt und reichlich verwirrt an. »Du meinst, die Zwerge gehen nicht einfach in den Wald, um zu ...«

Rammar unterbrach ihn unwirsch. »*Umbal!* Ich spreche nicht von einer *Latrine*, sondern von einer *Laterne* – so einem Glasding mit einer Kerze drin.«

»So was gibt es?« Balbok war beeindruckt.

Rammar nickte. »Eine Erfindung für verlauste *bog-uchg'hai*, die zu dämlich sind, eine Fackel zu halten. Du solltest deine Kenntnisse der Menschensprache ein wenig auffrischen, Bruder. Es kann nie schaden, wenn man versteht, was die Hutzelbärte und die Milchnasen\* miteinander bequatschen. Wie gut, dass du mich dabei hast, denn mein Menschisch ist ausgezeichnet.«

»Und?«, fragte Balbok. »Was werden wir nun tun?«

Rammar überlegte. Natürlich konnten sie alles stehen und liegen lassen und nach Osten fliehen. Aber zum einen wäre dann alles, was sie bislang hinter sich gebracht hatten, umsonst gewesen, und zum anderen war die Aussicht, als Söldner in die Dienste der Menschen zu treten, auch nicht gerade sehr verlockend. Auch wenn Rammar es nicht gern zugab, es sprach einiges für Balboks Plan, die Zwerge auszuspionieren. Immerhin

---

\* wenig schmeichelhafte Ork-Bezeichnungen für Zwerge und Menschen

wussten sie nun auf Grund des Feuerscheins, wo sich das Lager des Feindes befand, und wenn sie warteten, bis die Nacht hereingebrochen war, konnten sie sich ihm ohne größere Gefahr nähern ...

»Also gut«, erklärte sich Rammar nach einigem Zögern einverstanden. »Wir schleichen uns an und versuchen herauszufinden, was die Hutzelbärte vorhaben. Wenn sie über die Berge wollen, folgen wir ihnen heimlich.«

»Wir machen es also so, wie ich es vorgeschlagen habe?« Balboks Freude kannte keine Grenzen.

»Von wegen!«, blaffte Rammar. »Bilde dir nur nichts ein. Wenn diese Zwerge in eine andere Richtung gehen oder wir Gefahr laufen, von ihnen entdeckt zu werden, dann ist dein dämlicher Plan gescheitert und wir tun, was ich sage. Geht das in deinen Schädel?«

»Ja, Rammar.«

»Dann werden wir uns jetzt hinsetzen und warten. Sobald es dunkel ist, pirschen wir uns an die Bärtigen heran.«

Dem war nichts hinzuzufügen. Wo er gerade stand, ließ Balbok sich nieder, froh darüber, den Tornister und die schwere Standarte ablegen zu können. Sein Magen knurrte, aber er wagte es nicht, darüber ein Wort verlauten zu lassen, weil ihm Rammar sonst wieder vorgehalten hätte, dass er zu wenig *baish* eingepackt hätte. Insgeheim wunderte sich Balbok ohnehin darüber, dass Rammar nicht mit ihm schimpfte, weil er doch selbst Hunger haben musste. Aber er hütete sich, ihn darauf anzusprechen. Eine alte Ork-Weisheit besagt, dass man einen schlafenden Troll besser nicht weckt.

Wegen der hohen Gipfel der Berge, die im Westen den Nordwall mit den Ausläufern des Schwarzgebirges verbanden, dauerte es nicht lange, bis die Sonne untergegangen war. Glutrote Dämmerung setzte die Wolken in Brand, dann verschmolzen die länger werdenden Schatten mit der einbrechenden Nacht.

Als es finster war, brachen sie auf. Da auch die Kälte zugenommen hatte, warfen sie sich die wollenen Umhänge über, deren schmutzig graue Farbe sie mit dem dunklen Fels verschmelzen ließ. Von den nahen Sümpfen zog außerdem Nebel heran, der die Orks vollends unsichtbar machte.

Probleme, sich zu orientieren, hatten sie nicht; die Lagerfeuer, die inmitten des Nebels als verschwommene Lichtinseln auszumachen waren, wiesen ihnen den Weg, und schließlich konnten sie auch Stimmen hören: An einem der Lagerfeuer wurde eine Unterhaltung geführt – nicht in der Sprache der Zwerge, die weder Rammar noch Balbok verstand, sondern in der der Ostmenschen, die fast jeder Ork noch leidlich beherrscht, da sie und die Menschen im letzten Krieg Seite an Seite gekämpft haben.

Je mehr sich die Orks dem feindlichen Lager näherten, desto vorsichtiger wurden sie. Hinter einem Felsbrocken ließ Balbok das Gepäck und die Standarte zurück, und sie pirschten sich weiter an; zunächst auf allen vieren, dann, als sie den Lichtkreis der Feuer erreichten, auf dem Bauch. Lautlos wie Schlangen krochen sie über den kalten Boden, dann konnten sie Fetzen der Unterhaltung aufschnappen, die drüben am Feuer geführt wurde.

»… müsst euch vorsehen. Wenn die Spitzohren euch erwischen, werden sie euch alle hinrichten. Nicht, dass es mir etwas ausmachen würde, aber dann ist die gesamte Ladung verloren, und das kann ich mir nicht leisten.«

»Sei unbesorgt«, sagte eine andere, tiefere Stimme, die mit Zwergenakzent sprach. »Wir wissen, wie man die Wachen auf dem Nordwall umgehen kann. Die Ware wird pünktlich geliefert, darauf kannst du dich verlassen.«

»Das hoffe ich sehr – in deinem Interesse. Die Barbaren erwarten ihre Lieferung in drei Tagen. Wie du und deine Mannen es in dieser Zeit schaffen wollt, über die Berge zu gelangen, ist mir allerdings ein Rätsel.«

»Überlass das uns. Mein Volk kennt Wege, von denen dein Volk noch nicht einmal etwas ahnt. Wir können es locker in zwei Tagen schaffen …«

Es waren ein Zwerg und ein Mensch, die an einem der Feuer saßen und sich so laut unterhielten, als hockten sie in einer Taverne vor dem wärmenden Kamin. Wie hätten sie auch ahnen können, dass zwei Orks nur einen Steinwurf entfernt lauerten und jedes Wort mitanhörten?

Die übrigen Kerle, die an den Feuern kauerten, waren allesamt Zwerge, abgerissen aussehende Gestalten mit verwilderten Bärten und in rostigen Kettenhemden. Sie hatten Fässer neben den Feuern aufgestellt und sie aufgebrochen. Mit Bechern aus verbeultem Blech schöpften sie daraus Bier, um sich schweigend zu besaufen, während sie trübsinnig in die Flammen starrten, wohl in der Erinnerung an bessere Zeiten.

Der Zwerg, der die Unterhaltung mit der Milchnase führte, schien ihr Anführer zu sein; er war ein wenig größer und kräftiger gebaut als die anderen, und sein verbeulter Helm und die Schrammen an der Brünne verrieten, dass er schon einige wilde Kämpfe bestanden hatte. Die mächtige Axt, die der Zwerg bei sich hatte, gefiel Rammar nicht. Der abgewetzte Griff und das schartige Axtblatt mit den vielen Kerben ließen darauf schließen, dass sie schon manchen Ork um einen Kopf kürzer gemacht hatte.

Der Mensch, mit dem der Zwerg sprach, war groß und weißhäutig und hatte langes blondes Haar. Ein typischer Abkömmling der Ostlande. Seiner Kleidung nach war er ziemlich wohlhabend – ein Kaufmann aus einer der Grenzstädte vielleicht. Und es war offensichtlich, dass er und die Zwerge ein krummes Geschäft laufen hatten ...

Mit einem Nicken bedeutete Rammar seinem Bruder, sich wieder zurückzuziehen. Fürs Erste hatten sie genug gehört. Bäuchlings über den Boden kriechend, zogen sie sich hinter den Felsen zurück, wo Balbok das Gepäck abgelegt hatte.

»Hast du gehört, über was sich die beiden unterhalten haben?«, flüsterte Rammar atemlos.

»Ja.« Balbok nickte. »Aber ich habe nichts verstanden.«

»Wieder mal typisch für dich. Ist doch klar, dass diese Zwerge Schmuggler sind.«

»Schmuggler? So was gibt es?«

»Allerdings. Unter diesen bärtigen Kerlen gibt es viele Schmugglerbanden.«

»Aber ich dachte, Hutzelbärte wären Schmiede, Schatzsucher, Bergleute und ...«

»Das war einmal.« Balbok grinste hämisch. »Was an Schätzen zu holen war, das haben diese raffgierigen kleinen Kerlchen aus der Erde gebuddelt, sodass sich auch der Bergbau nicht mehr für sie lohnt. Und seit die Elfen immer weniger werden, gibt es auch niemanden mehr, der ihnen die überteuerten Waffen aus ihren Schmieden abkauft. Wer sich da über Wasser halten will, muss nach neuen Einnahmequellen Ausschau halten, und da die Zwerge schon immer ein geschäftstüchtiges Völkchen waren, haben sie den Schmuggel für sich entdeckt.«

»Verstehe. Und was schmuggeln die hier?«

»Was weiß ich? Waffen wahrscheinlich, vielleicht auch verbotenes Pfeifenkraut. Jedenfalls dürfen die Elfen davon nichts wissen. Offenbar soll es zu den Barbarenstämmen jenseits des Nordwalls gebracht werden.«

Balbok war begeistert. »Das ist unsere Richtung.«

»So ist es. Und wenn der Hutzelbart den Mund nicht zu voll genommen hat, wird die Reise nur ein, zwei Tage dauern.« Rammar zeigte seine gelben Zähne in einem listigen Grinsen. »Die kleinen Kerle wühlen sich seit Anbeginn der Zeit durch Fels und Stein. Wahrscheinlich führt einer ihrer geheimen Stollen auf die andere Seite des Gebirges.«

»Meinst du?«

»Es ist die einzige Erklärung.«

»Warum benutzen wir diesen Stollen dann nicht einfach auch?«, schlug Balbok mit einfältigem Zähnefletschen vor. »Wenn wir den Nordwall in zwei Tagen überwinden, können wir es noch bis zum vollen Blutmond schaffen.«

»Dazu müssten wir wissen, wo sich der Eingang zu diesem Tunnel befindet.«

»Das ist nicht schwer. Wir folgen einfach den Zwergen, dann werden sie uns geradewegs hinführen.«

»Blödhirn.« Rammar verdrehte die Augen. »Glaubst du wirklich, es wäre so einfach? Zwerge pflegen ihre Geheimgänge sorgfältig zu verschließen. Ohne den entsprechenden Schlüssel gelangt man nicht hinein.«

»Dann müssen wir eben mit den Zwergen zusammen durch den Tunnel gehen.«

»Das ist die dämlichste Idee, die ich seit langem von dir gehört habe«, schnaubte Rammar. »Wie stellst du dir das vor? Soll ich dir deine Hammelbeine kürzen, dir die Visage polieren und dir ein Trollfell vors Gesicht binden, damit du wie ein Zwerg aussiehst?«

»Ich denke, ich habe eine bessere Idee«, meinte Balbok und bedeutete seinem Bruder, ihm zu folgen.

Rammar verdrehte erneut die Augen und fragte sich, was für eine Schnapsidee seinem Bruder schon wieder durch den Hohlkopf ging. Ein wenig neugierig war er dennoch, deshalb folgte er Balbok, als sich dieser in Bewegung setzte.

Einer der Zwerge erhob plötzlich die Stimme und begann eines der alten Zwergenlieder zu singen, die von den glorreichen Tagen seines Volkes erzählten. Die anderen Zwerge stimmten mit ein, und dann sangen Dutzende rauer Kehlen, dass es von den Felswänden widerhallte. Rammar und Balbok schmerzte es in den Ohren.

Sie schlichen vorsichtig weiter, und schließlich deutete Balbok zum Rand des Lagers. Dort standen mehrere Ochsenkarren, außerhalb des Feuerscheins, sodass Rammar sie vorhin im Nebel nicht bemerkt hatte. Die Karren waren mit Fässern und Kisten beladen, die die Schmuggelware enthielten – und einige dieser Fässer und Kisten waren auch groß genug, um einen ausgewachsenen Ork aufzunehmen.

»Bist du so verrückt, wie ich denke?«, fragte Rammar seinen Bruder zweifelnd.

Balbok grinste nur.

Im Morgengrauen des neuen Tages waren sie aufgebrochen.

Orthmar von Bruchstein, des Orthwins Sohn, war froh darüber. Er mochte die Nähe der Sümpfe nicht, und er hasste es geradezu, sich unter freiem Himmel aufzuhalten. Die feuchte, modrige Luft, die von Süden heranzog und sich als zäher Nebel an den Hängen des Nordwalls festkrallte, machte ihn nervös, und die grauen Wolken, von denen man nie wusste, wann sie sich das nächste Mal mit Blitz und Donner entluden, behagten Orthmar noch weit weniger. Wie froh war er, nun tief unter der Erde zu sein, in dem alten Stollen, der unter dem Gebirge hindurchführte, auf die andere Seite des Nordwalls.

Der Name des Zwergenkönigs, unter dessen Herrschaft der Tunnel vor vielen Jahrhunderten angelegt worden war, noch vor den Tagen des Ersten Krieges, war längst vergessen, aber die technische Finesse, mit der man den Stollen in den Fels getrieben hatte, ließ darauf schließen, dass Meister ihres Fachs am Werk gewesen waren. Zunächst führte der Tunnel steil bergab, immer tiefer in die Erde, wo es weder Licht noch Schatten gab und wo einst Furcht erregende Kreaturen gehaust haben sollten.

Orthmar erinnerte sich an die Schauergeschichten, die man Zwergenkindern erzählte, um sie zu ängstigen – von Riesen, Drachen und anderen Ungeheuern, die einst in den Tiefen von Erdwelt gelebt und den Zwergen ihre Schätze streitig gemacht hatten. Schätze – das Wort klang bitter in Orthmars Ohren.

In seiner Jugend hatte er davon geträumt, eines Tages ein großer und wohlhabender Waffenschmied zu werden, genau wie sein Vater und dessen Vater vor ihm. Ein Zwergenschmied der alten Schule, der selbst in die Tiefen der Berge stieg, um ihnen Silber und Erz zu entreißen und prächtige Schwerter und mächtige Äxte daraus zu fertigen.

Aber dieser Traum war geplatzt wie so viele andere, die Orthmar in seinem Leben geträumt hatte. In der altehrwürdigen Schule von Anuil, wo schon sein Vater und dessen Vater in die Lehre gegangen waren, hatte er das Handwerk des Schmieds erlernt. Doch wofür?

Orthmar schnaubte verbittert, während er durch den Stollen schritt, die Laterne in der einen, die Axt in der anderen Hand. Hinter sich hörte er das Stampfen der Ochsen und das Ächzen der Karren, die mit Muril Ganzwars Waren beladen waren – noch etwas, das Orthmar ganz und gar nicht gefiel.

Ganzwar war ein Mensch durch und durch, ein typischer Vertreter seiner Rasse, eingebildet und ruchlos. Aber er zahlte gut, und so hatte es sich Orthmar nicht leisten können, ihn abzuweisen, als Ganzwar ihm seinen ersten Auftrag erteilt hatte.

Orthmar erinnerte sich noch genau daran. Es war kurz nach seiner Entlassung aus der Schule von Anuil gewesen, nachdem man bekannt gegeben hatte, dass längst nicht alle Schüler, denen man die Schmiedekunst beigebracht hatte, in der Schmiede gebraucht wurden. Weit im Osten hatten die Menschen große Erzvorkommen entdeckt, die sie ausbeuteten, um ihre eigenen Waffen zu schmieden – wertlose Nachahmungen, die es an Qualität und Schärfe nicht mit den Klingen der Zwerge aufnehmen konnten. Aber wen interessierte das schon? Ein Schwert war ein Schwert. Woher es kam, danach fragte niemand in diesen unruhigen Zeiten, und wenn es nicht so scharf und prächtig war wie eine Zwergenklinge, so glich ein niedriger Preis diesen Mangel mehr als aus. Ganze Armeen mussten mit Waffen ausgerüstet werden, da war der Preis wichtiger als die Qualität einer Waffe und die Anmut, mit der sie durch Fleisch und Knochen schnitt.

Also war Orthmar nichts anderes übrig geblieben, als mit der Familientradition zu brechen und einen anderen Beruf zu ergreifen als den des Schmieds. Einige Monate lang verdingte er sich als Söldner in einem der Ostheere, ehe er die Bekanntschaft von Muril Ganzwar machte. Der Kaufmann aus der Grenzstadt Sundaril bot ihm an, für ihn zu arbeiten: Einige Fässer mit Elfennektar, die auf dubiose Weise in Ganzwars Besitz gelangt waren, sollten über das Scharfgebirge nach Osten gebracht werden – natürlich ohne die Aufmerksamkeit der Elfen zu erregen. In seiner Not willigte Orthmar von Bruchstein ein, und indem er seine Kenntnisse um die geheimen Gänge und Stollen seines Volkes nutzte, erledigte er den Auftrag und wurde gut dafür bezahlt – besser als ein Söldner und beinahe so gut wie ein Waffenschmied.

Seither betätigte sich Orthmar als Schmuggler, nicht nur für Ganzwar, sondern für jeden, der bereit war, für seine Dienste den entsprechenden Preis zu zahlen. Und die Geschäfte liefen gut. In Zeiten wie diesen, in denen jeder nur an sich selbst dachte, in denen blutige Kämpfe an der Tagesordnung waren und die Welt im Begriff war, sich aufzulösen, schienen die Menschen besonderen Bedarf an geschmuggelten Waren zu haben, seien es nun Elfentränke aus dem Süden, Schwarzer Lotus aus dem Osten oder Waffen, mit denen sie sich gegenseitig oder andere Völker massakrieren konnten. Einst hatten die Elfen mit Argusaugen darüber gewacht, dass niemand Geschäfte mit verbotenen Waren betrieb, hatten Zölle erhoben und die Grenzen kontrolliert. Aber seit sie das Interesse an der Welt verloren hatten, machten die restlichen Völker, was sie wollten – und das war gut für Orthmars Geschäft.

Skrupel hatte der Zwerg längst nicht mehr. Er war bei weitem nicht der einzige Abkömmling seines Volkes, der sich durch Schmuggel seinen Lebensunterhalt verdiente. Tat er es nicht, machte es ein anderer. Wenn Menschen, Orks, Zwerge und Gnomen einander an die Gurgel gingen und sich gegenseitig die Schädel einschlugen, so war das nicht Orthmars Schuld. Er war nur schlau genug, daraus Profit zu schlagen. Allein im letzten Monat hatte er mehr verdient als im gesamten Vorjahr. Wenn es so weiterging, würde er dem Schmugglerdasein schon bald Lebewohl sagen und sich zurückziehen können. Vorausgesetzt, er blieb weiterhin wachsam und vorsichtig …

Plötzlich wurde der Anführer der Schmugglerkarawane aus seinen Gedanken gerissen. Abrupt blieb er stehen, blickte sich um, die Axt in seiner rechten Hand halb erhoben. Der Zug der Ochsenkarren kam augenblicklich zum Stehen.

»Was ist, Orthmar?«, erkundigte sich Thalin, sein Stellvertreter und Vertrauter (soweit ein Schmuggler Letzteres haben konnte).

»Ich weiß nicht.« Orthmar spuckte den Kautabak aus; dass die Hälfte davon an seinem rotblonden Bart hängen blieb, kümmerte ihn nicht. »Für einen Augenblick war mir, als würde ich etwas riechen.«

»Was denn?«

»Moder. Fäulnis.« Orthmars Augen blitzten. »Ich hatte den Gestank von Orks in der Nase.«

»Orks?« Allein die Erwähnung der Erzfeinde aller Zwerge genügte, um Thalin zu seinem Kurzschwert greifen zu lassen. »Wo sind sie?«

»Wenn ich das wüsste.« Orthmar hob die Laterne und

leuchtete damit den Stollen hinab. »Hier drin können sie nicht sein, sonst hätten wir sie längst bemerkt.«

»Wahrscheinlich hast du dich geirrt«, meinte Thalin bedächtig. »Du bist müde und erschöpft, Orthmar, so wie wir alle. Der lange Marsch den Eisfluss herauf hat dich geschwächt.«

»Vielleicht.« Orthmar nickte. »Obwohl ich mir für einen Augenblick ganz sicher war ...«

Noch einmal ließ er seinen Blick argwöhnisch über die Ochsenkarren schweifen, die mit Waffen für das Nordvolk voll beladen waren. Dann gab er Zeichen, den Marsch fortzusetzen. Die Peitschen der Treiber knallten, die Ochsen stemmten sich in die Geschirre, und die schweren Gefährte rollten wieder an. Orthmar von Bruchstein rümpfte die Knollennase, während die Karren an ihm vorbeirumpelten, aber diesmal konnte er nichts Verdächtiges mehr riechen. Alles, was seine empfindliche Nase wahrnahm, war der Gestank von Ochsendung und der herbe, saure Geruch der Tiefe.

Kopfschüttelnd setzte sich der Anführer der Schmuggler wieder an die Spitze des Zuges und schritt kräftig aus. Den Nordwall in nur zwei Tagen zu durchqueren, war schwierig, aber durchaus zu schaffen, wenn sie Tag und Nacht durchmarschierten. Hier unten spielte es keine Rolle, ob es draußen hell war oder dunkel, ob die Sonne schien oder der Mond am Himmel stand. Wenn sie immer einen Fuß vor den anderen setzten, würden die Zwerge das Gebirge in nur zwei Tagen durchqueren und am Morgen des dritten Tages die Weiße Wüste erreichen.

Bis dahin gab es keine Rast; Orthmars Leute waren es gewohnt zu marschieren, ihre kurzen Beine trugen sie auch im Schlaf, wenn es sein musste. Alles in allem waren es dreiundzwanzig Mann, die zu seiner Bande gehörten – Zwerge wie Orthmar, die nichts mehr zu verlieren hatten. Krieger waren darunter, aber auch ehemalige Steinmetze, Schmiede und Baumeister. Das Zwergenreich war im Niedergang begriffen, ihre Dienste wurden nicht mehr benötigt, und Gold und Silber gab es in den Bergen kaum noch zu finden. Also taten sie das, wozu ihr gesunder Zwergenverstand ihnen riet: Sie schlugen Kapital aus dem Chaos, das allenthalben um sich griff. Daran, was ihre Ahnen aus der glorreichen Zeit von ihrem Treiben halten mochten, daran wollte keiner der Schmuggler denken.

Schweigend setzten sie ihren Marsch durch den Tunnel fort, der vor undenklich langer Zeit in den Berg geschlagen worden war; damals war die Welt noch jung gewesen und die Taten groß. Unbeirrt schritten sie weiter und weiter und trieben die Ochsen zur Eile an. Als die Tiere erste Ermüdungserscheinungen zeigten, gönnte Orthmar ihnen nicht mehr als eine kurze Rast und etwas Heu. Danach ging es weiter, ungeachtet der Tageszeit, immer weiter hinein in die Tiefen der Welt.

Wie immer, wenn Zwerge einsame Stollen durchwandern, sangen sie dabei Lieder – dunkle Stimmen, die monoton in ihre Bärte murmelten und von alten Königen und Helden berichteten. Orthmar kam es vor wie bitterer Hohn, aber er ließ seine Männer gewähren. Mit dem Gesang pflegten die Zwerge von jeher ihre Furcht vor der Dunkelheit und der Tiefe zu vertreiben, und hin und wieder ertappte sich Orthmar dabei, dass er in die eine oder andere Strophe einfiel – wie beim Lied von Gruthin dem Verdammten, der in seiner Gier zu tief gegraben hatte und einem Ork begegnet war.

*In tiefsten Berges Tiefen steigt*
*Gruthin, Sohn des Gruthian,*
*voller Mut und voller Gier,*
*Gold hat es ihm angetan.*

*Und wie er gräbt und immer schürft*
*Geschmeide, Silber und auch Gold,*
*da merkt er nicht, wie leise schlurft*
*heran der finstere Unhold.*

*Schon hat der Ork die Axt erhoben,*
*Gruthin sich nicht umwendet.*
*Er ahnt nicht, dass sein Ende naht,*
*das Gold hat ihn geblendet.*

*Erst als des Unholds Waffe zuckt,*
*hat Gruthin ihn erkannt.*
*Geseh'n hat er sein Spiegelbild*
*in einem Diamant.*

*Gruthin noch zur Waffe greift,*
*indes er kann nichts tun.*
*Die Orkaxt ihm den Schädel spaltet.*
*Das hat er nun davon.*

*Gespalt'nen Hauptes sinkt er nieder,*
*und statt gefallener Helden Chor*
*ist das Letzte, was er hört,*
*des Orks Gelächter in seinem Ohr.*

*Darum lernt, ihr Zwergensöhne,*
*aus Gruthins traur'ger Kunde:*
*Seid wachsam, wenn ihr geht allein*
*im Berg zu dunkler Stunde.*

Der Text des Liedes brachte Orthmar dazu, sich einmal mehr wachsam im Stollen umzublicken, und er schickte auch Thalin als Späher voraus. Als dieser zurückkam und nichts Verdächtiges entdeckt hatte, ließ der Anführer der Schmuggler die Karawane weitermarschieren, während der Stollen von den dumpfen Gesängen widerhallte.

So ging es die Nacht hindurch, den darauf folgenden Tag und die nächste Nacht. Hin und wieder ließ Orthmar die Ochsen ausschirren, um ihnen ein wenig Ruhe zu gönnen, während die Karren unterdessen von seinen Leuten gezogen wurden; mit einer Zähigkeit, wie sie nur Zwergen zu eigen ist, arbeitete sich der Trupp der Schmuggler durch den Berg, gönnte sich weder eine längere Rast noch Schlaf – und als am Morgen des dritten Tages endlich der Ausgang am Ende des Stollens auftauchte, war die Erleichterung entsprechend groß.

Den Jubel, der unter den Zwergen ausbrechen wollte, erstickt Orthmar jedoch im Keim; die oberste Überlebensregel für Schmuggler besagt, sich unauffällig zu verhalten. Solange sie nicht wussten, ob draußen, auf der anderen Seite des Berges, die Luft rein war, mussten sie Ruhe bewahren.

Es war nicht das erste Mal, das Orthmar und seine Leute die Nordtour bestritten; da man es hier mit Barbaren zu tun hatte, mit Menschen also, die noch weit unzivilisierter waren als jene, die die Ostreiche bevölkerten, war äußerste Vorsicht geboten. Leicht konnte es sein, dass die Abmachung, die die Wilden mit Ganzwar getroffen hatten, schlichtweg ignoriert wurde. Wäre dies der Fall, empfahl es sich für Orthmar und seine Leute, rasch Fersengeld zu geben. Mit Barbaren über Dinge wie Zahlungsmodalitäten zu feilschen, endete zumeist damit, dass jemandem der Schädel zerschmettert oder das Genick gebrochen wurde. Die Zwerge würden nur die Ware abliefern und sich dann rasch zurückziehen, das war alles.

Orthmar ließ die Karawane bis auf zwanzig Schritte an den Stollenausgang ziehen. Der war von einem großen Tor verschlossen, dessen Außenseite vom Fels des Berges nicht zu unterscheiden war. Zusammen mit Thalin zog Orthmar los, um die Lage zu erkunden, während sich der Rest der Bande die erste längere Rast seit zwei Tagen gönnte. Die beiden Zwerge öffneten die Pforte einen Spalt und schlüpften hinaus. Eisig kalte Luft schlug ihnen entgegen und machte ihnen vollends klar, dass sie es geschafft hatten; der Nordwall lag hinter ihnen, das Eisland breitete sich vor ihnen aus.

Im Schatten der schneebedeckten Hänge eilten die beiden Zwerge zur Mündung des Taleinschnitts, an dessen rückwärtigem Ende der Stollenausgang lag. Jenseits der schroffen Felsen breitete sich das blendende Weiß der Eiswüste aus, die sich von hier bis ans Ende der Welt erstreckte. Manche behaupten, dass die Weiße Wüste einst ein Meer war, das die Kälte erstarren ließ, andere sagen, der beißende Nordwind hätte die Landschaft an dieser Stelle so glatt gefegt. Auf jeden Fall war der Anblick der weiten, nur von vereinzelten Eisnadeln durchbrochenen Fläche, die am Horizont mit dem blassgrauen Himmel verschmolz, geradezu atemberaubend. Zeit, ihn zu genießen, hatten die Zwerge allerdings nicht, denn ein Stück unterhalb des Taleinschnitts, wo die Weiße Wüste auf den grauen Fels der Berge traf, wurden sie bereits erwartet.

Ein großer Eissegler hatte dort festgemacht, ein Gefährt mit langem schiffsähnlichen Rumpf und zwei seitlichen Auslegern, an denen breite Kufen befestigt waren. Das große Rahsegel war gerefft, und über dem Bug und dem Heck ragten Furcht einflößende Galionsfiguren auf – der Kopf und der Schwanz einer Eisschlange, die in dunkles Holz geschnitzt waren.

Mit diesen abenteuerlichen Vehikeln – Eisschiffe genannt – pflegten sich die Barbaren fortzubewegen. Mir atemberaubender Geschwindigkeit fegten sie dabei über die endlos scheinende Eisfläche und lieferten einander blutige Schlachten von Deck zu Deck. Noch niemals hatte Orthmar den Kämpfen an Bord eines Eisschiffes beigewohnt, aber ihm war zu Ohren gekommen, dass es die Hölle auf Erden war.

Mit einem Blick schätzte der Zwerg die Lage ein; die meisten der Eisbarbaren hatten das Schiff bereits verlassen und waren an Land gekommen – grobschlächtige Krieger, deren Kleidung aus wollenen Röcken und Umhängen aus Eisbärenfell bestand. Bewaffnet waren sie mit riesigen Schwertern, die sie mit beiden Händen zu führen pflegten, und auf ihren Köpfen, von denen langes blondes Haar wallte, saßen gehörnte Helme.

Orthmar zählte zwanzig von ihnen, was ihn ein wenig beruhigte. Wenn die Übergabe der Ware nicht verlief wie geplant und es zu einer bewaffneten Auseinandersetzung kam, waren die Fronten ausgeglichen. Obwohl es hieß, dass es unter den Barbaren auch Berserker gab, deren Kampfkraft die eines gewöhnlichen Kriegers um das Fünffache übertraf …

Der Schmuggler wischte seine Bedenken beiseite. Mit einem Nicken bedeutete er Thalin, die anderen Zwerge herbeizuholen. Er selbst stieg den Pfad hinab, der aussah, als hätten Wind und Wetter ihn in den Fels gegraben – dabei waren es die geschickten Hände zwergischer Steinmetze gewesen.

Es war beißend kalt. Schon nach wenigen Schritten merkte Orthmar, wie sich kleine Eiszapfen an seiner Nase und seinem Bart bildeten, und er fragte sich, wie jemand diese unwirtliche Gegend seine Heimat nennen konnte. Die ausgemergelten, wettergegerbten Gesichter der Barbaren ließen darauf schließen, dass es hier wenig gab, woran sich das Herz erfreuen konnte. Keine hohen Hallen und keine Kamine, in denen lustige Flammen flackerten, kein über dem Feuer gewärmtes Bier und auch kein Pfeifenkraut.

Die Barbaren zogen die Schwerter, als sie ihn erblickten. Einer von ihnen, der mit Abstand Größte und Kräftigste, hob jedoch die Hand zum Gruß.

»Gut du hier«, sagte er in der Sprache des Ostvolks, wobei sein harter Barbarenakzent unüberhörbar war. »Wir gewartet.«

»Es tut mir Leid, wenn ihr warten musstet«, entgegnete Orthmar beflissen; Zuvorkommenheit gegenüber dem Kunden gehörte zum Geschäft, auch wenn es sich um eine Horde wilder Barbaren handelte. »Die Ware war für heute bestellt, und hier sind wir.«

»Wo Waffen?«, fragte der Barbar; alles andere schien ihn nicht zu interessieren.

»Da kommen sie schon«, erwiderte der Zwerg und deutete über die Schulter, und tatsächlich war im nächsten Moment das Rumpeln der Ochsenkarren zu hören, die den schmalen Pfad herunterrollten.

Als der Barbarenhäuptling die Fässer und Kisten auf den Karren erblickte, beruhigte er sich ein wenig. Gespannt warteten er und seine Krieger, bis die Karren bei ihnen angelangt waren. Die Zwerge begannen, die Ware abzuladen. Dabei hatte Orthmar erneut das Gefühl, den widerwärtigen Geruch von Orks in der Nase zu haben, aber er schalt sich einen Narren und nahm sich vor, nach Abwicklung dieses Geschäfts ein wenig auszuspannen. Schon wollten die Barbarenkrieger daran gehen, die Kisten an Bord des Eisseglers zu tragen. Ihr Anführer jedoch hielt sie zurück.

»Noch nicht!«, rief er. »Erst sehen.«

»Du willst die Ware sehen?«, fragte Orthmar verwundert. »Traust du mir nicht?«

Der Barbar lachte grollend. »Du Zwerg«, sagte er, als würde das alles erklären.

Orthmar beschloss, der Konfrontation aus dem Weg zu gehen, auch wenn es gemeinhin nicht üblich war, den Kunden die Ware inspizieren zu lassen. An weniger entlegenen Orten wie diesem konnte dies zu unangenehmen Verwicklungen führen, in der Einsamkeit der Nordlande jedoch war eine Patrouille der Elfen nicht zu befürchten. Also nickte er dem Barbaren zu, der sich daraufhin an einer der großen Kisten zu schaffen machte und sie aufbrach.

Der Barbarenhäuptling bekam große Augen, als er den Inhalt erblickte, und sein bleiches Gesicht wurde lang und länger.

»Ist etwas nicht in Ordnung?«, erkundigte sich Orthmar, dem plötzlich nicht mehr wohl in seiner Zwergenhaut war.

Der Eisbarbar antwortete nicht – dafür griff er in die Kiste, und er grinste von einem Ohr zum anderen, als er ein großes Zweihänder-Schwert herausholte, dessen Klinge im fahlen Licht der Morgensonne glänzte. Orthmar musste zugeben, dass die Waffenschmiede im Osten dazugelernt hatten – auch wenn sich ihre Schwerter freilich nicht mit denen messen konnten, die auf einem Zwergenamboss gehämmert wurden.

Die Barbaren ließen erfreute »Ahs« und »Ohs« hören, während ihr Anführer das Schwert durch die Luft pfeifen ließ. Seine mordlüstern glänzenden Augen mahnten Orthmar zur Vorsicht; offenbar wollte der Barbar die Waffe sogleich ausprobieren. Orthmar trat einen Schritt zurück – und einem jähen Drang gehorchend, erstach der Häuptling einfach denjenigen seiner Mannen, der ihm am nächsten stand. Die blitzende Klinge drang mit derartiger Wucht in die Brust des Kriegers, dass sie am Rücken wieder austrat, rot glänzend von Blut. Der Barbarenkrieger starrte seinen Häuptling mit einer Mischung aus Verblüffung und Ergebenheit an, dann brach er leblos zusammen.

»Und?«, fragte Orthmar ungerührt. »Bist du zufrieden?«

»Gut«, sagte der Häuptling mit Blick auf die blutbesudelte Klinge. Dann bedeutete er seinen Leuten, die Kisten an Bord zu bringen.

Obwohl sie müde waren vom langen Marsch, gingen die Zwerge ihnen dabei zur Hand. Keiner von ihnen hielt sich gern nördlich der Berge auf, jeder war erpicht, möglichst rasch in den schützenden Stollen zurückzukehren. So dauerte es nicht lange, bis die Karren entleert und die Kisten auf dem Oberdeck des Eisseglers verzurrt waren. Die Bezahlung erfolgte anderswo, und Orthmar würde seinen Anteil später von Muril Ganzwar erhalten.

»Das war's«, sagte der Zwerg zum Abschied. »Es war mir ein Vergnügen, mit euch Geschäfte zu machen.«

»Vergnügen«, echote der Häuptling und lachte grollend, und seine Mannen fielen in das raue Gelächter ein. Dann lösten sie die Leinen, gingen an Bord und holten den Landesteg ein. Sie setzten das Segel und stießen sich mit hölzernen Stangen vom Fels ab. Sofort blähten sich die zusammengenähten Tierhäute im Wind, und der Eissegler nahm Fahrt auf. Knirschend schnitt er durch Wellen von Eis und Schnee und rauschte davon.

Während sich seine Leute bereits wieder zum Abmarsch bereitmachten, blickte Orthmar den Barbaren nach. Der Ausdruck auf seinem Gesicht war dabei so grüblerisch, dass es Thalin auffiel.

»Was ist mit dir?«, fragte er. »Etwas nicht in Ordnung?«

»Ich weiß nicht«, murmelte Orthmar. »Es ist nur eine Ahnung – aber ich habe das Gefühl, dass wir mit diesen Barbaren das letzte Mal Geschäfte gemacht haben …«

# 8.

# DARR AOCHG'HAI

Gegen Mittag hielt es Balbok nicht mehr aus.

Als Ork war er von Natur aus genügsam und hatte nur wenig Ansprüche – aber zwei Tage und Nächte lang in eine Holzkiste gesperrt zu sein, durch deren Ritzen gerade genug Luft drang, dass man nicht erstickte, war auch für ihn zu viel.

Bei Nacht und Nebel hatten sich Rammar und er an das Lager der Zwerge herangeschlichen. Die Bärtigen hatten sich in Sicherheit gewähnt und keine Wachen aufgestellt, und so hatten die Orks zwei der Behältnisse auf den Ochsenkarren öffnen und leeren können. Wie Rammar vermutet hatte, waren es Waffen, die auf die andere Seite der Berge geschmuggelt werden sollten – Schwerter, Lanzen und Äxte für die Barbaren, die sich dort oben gegenseitig die Schädel einschlugen. Während sich die Zwerge an ihren Lagerfeuern literweise Bier in die Kehlen geschüttet und lauthals ihre grässlichen Lieder gegrölt hatten, hatten Balbok und Rammar den Inhalt einer Kiste und eines Fasses weggeschafft und versteckt, wobei es ihnen trotz Balboks Ungeschicklichkeit gelungen war, kaum ein Geräusch zu verursachen. Dann hatte sich Rammar in das Fass gezwängt, während sich Balbok mitsamt der Standarte und dem Gepäck in die Kiste verkrochen hatte. Und dort hockte er nun seit vielen, vielen Stunden, ohne sich zu rühren.

Die Kälte in der Tiefe des Berges und den schrägen Gesang der Zwerge hatte er noch über sich ergehen lassen. Aber schließlich schmerzte sein Rücken so sehr, dass er das Gefühl hatte, auseinander zu brechen, von seinem Hunger ganz zu schweigen; er befürchtete, sein Magen würde so laut knurren, dass die Zwerge es hören mussten.

Die Blutegel in den Sümpfen waren das Letzte gewesen,

was Balbok zwischen die Zähne bekommen hatte. Sobald er die Augen schloss, konnte er sie vor sich sehen: Fleischbrocken, groß wie Inseln, die in einem Meer aus Blutbier schwammen. Zusätzlich hatte er immerzu den würzigen Duft eines deftigen Magenverstimmers in der Nase. Das quälte ihn noch mehr und brachte ihn fast um den Verstand.

Zwei Tage lang hielt Balbok es aus – so lange brauchte die Schmugglerkarawane, um den Stollen, der auf die andere Seite des Berges führte, zu durchqueren. Auch am Morgen des dritten Tages, als die Zwerge ihre Ware übergaben, harrte er noch aus. Gegen Mittag jedoch musste er einfach raus aus der Kiste. Er wollte sich endlich wieder bewegen, und er musste seinen Magen mit irgendetwas füllen, und wenn es nur ein paar halb gefrorene Eisbarbaren waren.

In einem Ausbruch roher, verzweifelter Kraft stemmte er sich gegen den Deckel der Kiste. Laut splitternd barst das Holz, Bruchstücke flogen nach allen Seiten, und Balbok setzte wie ein Derwisch aus seinem engen Versteck, die Axt in den Klauen und die Zähne gefletscht – aber nicht ganz so gelenkig, wie er erwartet hatte.

Seine Beine, die steif und blutleer waren vom langen Ausharren in der gekrümmten Haltung, trugen ihn nicht. Fluchend brach Balbok zusammen, während rings um ihn entsetztes Geschrei aufgellte. Verzweifelt versuchte der Ork, sich wieder aufzuraffen, und als es ihm endlich gelang, sah er sich einer Meute Menschen gegenüber.

Eisig kalter Wind strich Balbok um die Nase. Er befand sich auf dem Oberdeck des Eisseglers, wo die Kisten lagerten. Das große Segel über ihm blähte sich und trieb das Gefährt mit atemberaubender Geschwindigkeit über die verschneite Ebene.

»Was ist los?«, rief Balbok den Kriegern entgegen, ungeachtet der Tatsache, dass sie seine Sprache nicht verstanden. »Habt ihr noch nie einen Ork gesehen?«

Die Barbaren glotzten ihn völlig verblüfft an. In ihren derben Umhängen aus Eisbärenfell und mit den gehörnten Helmen sahen sie aus wie zu klein geratene Trolle – lächerlich, wie

Balbok fand. Gegen Gnomen und Ostmenschen hatte er gekämpft, gegen Eisbarbaren allerdings noch nie. Aber das
machte wohl kaum einen Unterschied. Sie waren Menschen,
und abgesehen davon, dass Menschen rotes Blut haben,
glichen sie Balboks Meinung nach den Gnomen: Sie waren
ebenso schlechte Kämpfer …

»Worauf wartet ihr?«, rief er und bleckte die Zähne wie ein
Raubtier, während er ungelenk aus der Kiste sprang. »Nur zu!
Meine Axt kann es kaum erwarten, euch in mundgerechte
Stückchen zu hacken!«

Er musste nicht lange bitten, schon griff der Erste an. Ein
sehniger Hüne setzte auf Balbok zu, einen großen Bihänder
schwingend.

Für Orks sind alle Menschen hässlich mit ihrer glatten
milchweißen Haut, ihren schmalen Nasen und ihren grausigen
Augen. Dieses Exemplar jedoch war besonders scheußlich anzusehen, und der Kerl hatte seinen schmallippigen Mund auch
noch zu einem lauten Schrei geöffnet, sodass Balbok die kleinen stumpfen Zähnchen sehen konnte.

»Sei still!«, fuhr Balbok ihn an und schlug mit der Axt zu.
Der Hieb erwischte den Angreifer, noch bevor er richtig heran
war, und durchtrennte seine Unterarme. Daraufhin fing der
Kerl zwar erst recht an zu schreien, doch der Sturzbach von
rotem Blut, der sich aus seinen Armstümpfen auf die Planken
ergoss, lehrte seine Kumpane ein wenig Respekt.

Allerdings nicht für lange.

Schon hatten sie ihren Schreck überwunden. Diesmal sprangen drei Krieger gleichzeitig auf Balbok zu, während ein vierter auf den Stapel aus Kisten und Fässern kletterte, um ihn von
dort oben her anzugreifen.

Mit metallischem Klang traf die Axt des Orks auf die Klingen der Barbaren. Mit dem Fuß stieß Balbok den mittleren Angreifer zurück. Eine Schwertspitze zuckte vor, der Balbok nur
um Haaresbreite entging, und für einen Augenblick schien sich
die Sonne zu verfinstern, als ein mächtiger Kriegshammer auf
ihn herabfiel. Der Schlag galt Balboks Schädel, und hätte der
Ork nicht im letzten Augenblick die Axt emporgerissen und

den größten Teil des Hiebs mit dem Schaft geblockt, wäre sein Hirn zu Brei zerstampft worden. So bekam er nur einen Bruchteil der Wucht ab, der allerdings immer noch genügte, um seinen Helm gehörig zu verbeulen und ihn Sterne sehen zu lassen.

Benommen taumelte Balbok zurück und wusste sich nicht anders zu helfen, als mit der Axt blindlings um sich zu schlagen, wodurch er seine Angreifer auf Distanz hielt. Mehr noch, er landete sogar einen Treffer, denn einer der Krieger lief geradewegs in das Blatt der Axt und sank mit aufklaffendem Leib nieder. Der andere Krieger jedoch nutzte Balboks Benommenheit und sprang ihn an wie ein wildes Tier.

Rücklings schlug der Ork auf die Planken, die hässliche Visage des Menschen über sich. Mordlust blitzte in den stahlblauen Augen des Barbaren, sein Blondhaar umwehte seinen Kopf wie loderndes Feuer. Mit einem Triumphschrei wollte er Balbok das Schwert in den Leib rammen – als dieser die Silhouette gewahrte, die sich gegen den grauen Himmel abzeichnete. Es war der vierte Barbar, der auf die Kisten geklettert war und in diesem Moment herabsprang, die Klinge zum Todesstoß gesenkt.

Balbok reagierte mit den Instinkten eines Orks. Sich wie eine Schlange windend, konnte er dem Schwert des Barbaren, der über ihm stand, zwar nicht entgehen, aber er zwang den Krieger, sich zu drehen – geradewegs in die Klinge seines herabspringenden Kumpanen.

Der Barbar über Balbok wurde förmlich aufgespießt, als das Schwert zwischen seinen Schulterblättern ein- und unterhalb des Brustkorbs wieder austrat. Balbok schrie wütend auf, als sich ein ganzer Schwall ekelhaft roten Blutes über ihn ergoss. Entsetzt starrte der andere Mensch auf das Mordwerk, das er versehentlich begangen hatte – und dieser entsetzte Gesichtsausdruck verblieb in seinen Zügen, als sich sein Kopf von den Schultern trennte und über Bord flog. Balbok hatte es irgendwie geschafft, unter dem Sterbenden wegzukriechen und auf die Beine zu springen, und sofort hatte er mit der Axt zugeschlagen.

Dampfender Atem entwich seinen Nüstern, während er sich rückwärts gehend zum Vordeck zurückzog. Noch mehr Barbaren drängten von achtern heran, ungeachtet des hässlichen Schicksals, das ihre Kameraden ereilt hatte. Mit Schrecken hatte Balbok feststellen müssen, dass die Menschen bessere Kämpfer waren, als er angenommen hatte, und als sie erneut angriffen, sah er keine andere Möglichkeit, als seinen Bruder zu rufen.

»Rammar! Hilf mir!«

Von links stürmte ein Barbarenkrieger heran. Balbok parierte dessen Klinge und stieß ihn mit dem Fuß zurück, um dann sofort herumzufahren und den wütenden Hieb eines Angreifers zu blocken, der ihn von der anderen Seite attackierte. Funken schlagend trafen Orkaxt und Barbarenschwert aufeinander, und noch während Balbok und der Krieger miteinander kämpften, gesellte sich ein weiterer Eismensch hinzu und hieb erbittert drein.

»Rammar! Ich brauche dich …!«

Die Axt mit beiden Händen führend, wehrte Balbok die Angriffe ab. Für eine Weile konnte er seine Stellung behaupten, dann aber drängten noch mehr Krieger nach, und obwohl es Balbok gelang, einen weiteren Barbaren in Kuruls dunklen Pfuhl zu stürzen, wurden es allmählich zu viele. Von ihren Zweihändern getrieben, musste sich der Ork noch weiter zurückziehen. Schon stieß er gegen die Back des Eisseglers und konnte nicht mehr weiter. Er stand mit dem Rücken zur Wand. Ein erbittertes Hauen und Stechen begann, dem Balbok nur deshalb nicht gleich zum Opfer fiel, weil er seine Axt im weiten Halbkreis schwang und seine Gegner damit auf Distanz hielt.

Noch mehr Blut spritzte und besudelte die Planken, ein Schwert flog davon, dessen Griff die Hände des Besitzers noch umklammerten. Aber es war nur eine Frage der Zeit, bis es einem der Menschen gelingen würde, Balboks Verteidigung zu durchbrechen und seine Schwertklinge ins Ziel zu lenken …

»Rammar!«

In Balboks Schrei schwang erstmals Verzweiflung mit; Menschen, die derart zäh und wild kämpften, war er noch nie begegnet. Waffengeklirr hallte über das Deck – und wurde zu Balboks unsagbarer Erleichterung von einem wilden orkischen Fluch übertönt.

»Bei Morkars wilden Flammenzungen!«, wetterte es. »Bei allen geschrumpften Köpfen in Kuruls dunkler Höhle! Musst du denn immer Ärger machen? Kannst du nicht einfach mal das Maul und die Krallen still halten?«

Mit wutverzerrtem Gesicht tauchte Rammar aus seinem Fass auf, im Rücken der blutrünstigen Meute. Als die Barbaren begriffen, dass sich noch ein weiterer Ork an Bord ihres Schiffes befand, verfielen sie in zorniges Gebrüll. Einige der Krieger wandten ihre Aufmerksamkeit Rammar zu, wieder andere gingen daran, die übrigen Kisten aufzubrechen, um zu sehen, ob sich darin noch mehr blinde Passagiere versteckt hielten. Rammar nutzte die Verwirrung, um unter wüsten Verwünschungen aus dem Fass zu klettern. Dabei stieß er mit dem *saparak* zu und streckte seinen ersten Gegner nieder.

Gurgelnd brach der Barbar zusammen, die mit Widerhaken versehene Spitze in der Brust. Schon war Rammar über ihm und riss seinen Speer aus dem blutigen Leib – gerade rechtzeitig, um damit dem Angriff des nächsten Kriegers zu begegnen. Über ihre gekreuzten Waffen starrten die beiden Kontrahenten sich an, bis Rammar den Mund aufriss und kurzerhand zubiss.

Der Barbar heulte entsetzt auf. Wo eben noch seine Nase gewesen war, klaffte auf einmal ein blutiges Loch in seinem Gesicht. Mit einer krachenden Kopfnuss schickte Rammar den Menschen zu Boden. Der nachfolgende Krieger lief geradewegs in seinen *saparak*. Schreiend zappelte er an den Widerhaken, bis Rammar ihn hochhob und über Bord beförderte.

»Das ist wieder typisch für dich«, schalt er seinen Bruder, der vorn am Bug kämpfte. »Nun sieh dir das Durcheinander an, das du angerichtet hast!«

»E-es tut mir Leid«, versicherte Balbok einmal mehr, der sich unter den Hieben zweier Barbarenkrieger ducken musste.

»Warum haben sie dich entdeckt? Wie hast du dich verraten, du Unglücksork?«

160

»Man hat mich nicht entdeckt«, verteidigte sich Balbok. Er fällte den einen Barbaren mit der Axt, der andere bekam seinen Ellbogen ins Gesicht – der Krieger spuckte Zähne, während er rücklings über die Back fiel und jenseits des Schanzkleids verschwand.

»Was du nicht sagst! Und wie erklärst du dir dann dieses ganze Chaos?«

»Ich habe die Kiste freiwillig verlassen«, erklärte Balbok.

»Freiwillig?« Rammars Verblüffung kostete ihn beinahe das Leben, weil er vergaß, einen Schwerthieb zu blocken. Sein Glück war es, dass der Hieb ein wenig zu kraftlos geführt war und an seiner Rüstung abprallte – dafür machte der Barbarenkrieger verhängnisvolle Bekanntschaft mit dem *saparak*. »Du bist *freiwillig* aus deiner Kiste geklettert? Bist du noch zu retten?«

»Mein Rücken tat mir weh«, rechtfertigte sich Balbok, während seine Axt einem weiteren Gegner ein unglückliches Ende bescherte. »Außerdem hatte ich Hunger.«

»Hunger?«, echote Rammar. Ein Barbarenschwert sauste unmittelbar neben ihm nieder und zerschmetterte das Holz einer der auf Deck verzurrten Kisten. »Und deswegen fängst du gleich einen Krieg an? Du dämlicher Muskelberg! Wann wirst du endlich lernen, deinem Verstand zu gebrauchen?«

»Sobald mein Magen aufhört zu knurren«, erwiderte Balbok. Um seine Achse wirbelnd, erledigte er einen weiteren Gegner und beförderte ihn über Bord.

»Du denkst immer nur an deinen Magen«, schimpfte Rammar, und der Zorn, den er eigentlich gegen seinen Bruder verspürte, verlieh ihm die Kraft, zwei weitere Barbaren mit einem einzigen Streich niederzustrecken. Blutüberströmt brachen sie zusammen, und der Ork blickte sich keuchend nach dem nächsten Gegner um – aber zu seiner Überraschung war da niemand mehr. Tot oder schwer verwundet und verstümmelt lagen die Barbarenkrieger auf dem Deck des Eisseglers verstreut, nicht einer von ihnen stand mehr auf den Beinen.

»Nimm dir ein Beispiel an mir«, fuhr Rammar in seiner Strafpredigt fort, ohne auch nur ein Wort über ihren Sieg oder das angerichtete Blutbad zu verlieren. »Habe ich mich auch nur ein einziges Mal beschwert, dass ich hungrig bin?«

»Nun, ich ...«

»Ja oder nein?«, fragte Rammar und starrte seinen Bruder streng an.

»Nein«, sagte Balbok – denn wenn Rammar in dieser Laune war, war es vernünftiger, ihm nicht zu widersprechen, zumal wenn er Blut geleckt hatte und ...

Ein grässliches Brüllen riss Balbok aus seinen Gedanken und ließ ihn zusammenzucken.

Zuerst dachte er, Rammar hätte das Gebrüll ausgestoßen, aber dann sah er, dass auch sein Bruder verdutzt dreinschaute. Wieder brüllte jemand – oder etwas? – auf. Es kam von achtern, wo sich das Steuer des Eisseglers befand. Dort, hinter der mächtigen Ruderpinne, hatte sich ein letzter Barbarenkrieger verborgen gehalten, der an Größe und Körperkraft alle anderen weit übertraf. Fraglos war er der Anführer der Meute und der Kapitän des Seglers, und an den aufgedunsenen Zügen des Menschen und an seinen Augen, in denen nur noch das Weiße zu sehen war, konnten Rammar und Balbok erkennen, dass er kein gewöhnlicher Barbarenkrieger war, sondern ein Berserker.

In seiner Raserei übertrifft ein Berserker sogar einen Bergtroll, und er vermag derart zu wüten, dass es selbst den Orks vor ihnen graut. Rein äußerlich sind Berserker nicht von gewöhnlichen Menschen zu unterscheiden – bis die Bestie hervorbricht, die in ihnen schlummert.

Mit anzusehen, wie seine Männer niedergemetzelt wurden, hatte in dem Barbaren jene Bestie geweckt, und die wollte blutige Rache.

Mit gleich zwei Schwertern bewaffnet stürmte der Berserker über das Oberdeck, einen durchdringenden Kriegsschrei auf den Lippen, und ließ mit beiden Klingen seine Zerstörungswut an einem Fass aus, das ihm im Weg stand; es war dasjenige, in dem sich Rammar versteckt hatte. Holztrümmer und Späne regneten den beiden Orks entgegen. Und einige Stücke Dörrfleisch, die auf im Fass gelegen hatten.

»W-was ist *das*?«, fragte Balbok verwundert, auf die Brocken starrend.

»Nichts«, behauptete Rammar verdrießlich.

»Das ist Fleisch!«, rief Balbok. »Fleisch aus Ruraks Speisekammer, ich erkenne es am Geruch. Du hattest also noch etwas zu essen? Die ganze Zeit über!«

Ehe Rammar etwas erwidern konnte, fuhr der Berserker wie ein Blitz zwischen sie und unterbrach ihren Disput. Gleichzeitig gingen die beiden mörderischen Klingen nieder, und die Orks mussten ihr ganzes Geschick und Können aufbieten, um am Leben zu bleiben. Parieren konnten sie die Hiebe des Berserkers nicht, dafür waren sie mit zu großer Wucht geführt. Ihre einzige Chance bestand darin, nicht dort zu sein, wo die Klingen niedergingen.

Reaktionsschnell tauchte Balbok weg, als eines der Schwerter herabfiel und eine tiefe Kerbe in die Back schlug. Wütend brüllte der Berserker auf, fuhr herum und setzte sofort zu einem neuen Angriff an, während Balbok noch immer nicht glauben konnte, dass sein Bruder ihn derart verladen hatte.

»Du hattest die ganze Zeit über zu essen!«, rief er vorwurfsvoll. »Und mich hast du im Glauben gelassen, ich hätte zu wenig *baish* mitgenommen!«

»Das hast du auch!«, erwiderte Rammar, während der Berserker sie mit blutunterlaufenen Augen belauerte, die beiden Schwerter in den Fäusten. »Aber der kluge Ork sorgt eben vor. Außerdem hätte ich dir was abgegeben, wenn du nicht in deiner Kiste gesessen hättest.«

»Ehrlich?«

»Natürlich.« Rammar sandte seinem Bruder ein unschuldiges Grinsen. »Glaubst du denn, ich könnte dich belügen?«

Balboks Glück war es, dass er auf diese Frage nicht antworten musste, denn in diesem Moment griff der Berserker erneut an. Seine Schwerter wirbelten durch die eisige Luft, um alles kurz und klein zu hacken, was ihnen in die Quere kam.

Nur mit Mühe entgingen die Orks der Attacke – Balbok, indem er auf die Back sprang, Rammar, indem er sich zu Boden fallen ließ, sodass ihn die Klingen knapp verfehlten.

»Rammar?«, stieß Balbok atemlos hervor.

»Was?«, rief dieser.

»Lass uns nicht mehr darüber streiten, einverstanden?«

»Einverstanden«, erwiderte Rammar – dann musste er sich zur Seite rollen, weil die Schwertspitzen auf ihn niederstießen. Beide Klingen drangen durch die Planken, und eine davon rammte der Berserker so tief ins Holz, dass er sie nicht wieder herausbekam. Seine diesbezüglichen Bemühungen kosteten ihn die linke Hand – denn Balbok sprang herbei und schlug beherzt mit der Axt zu.

Der Berserker heulte auf, allerdings mehr vor Zorn als vor Schmerz. Sowohl der abgetrennten Hand als auch dem Schwert maß er keine Bedeutung mehr bei, sondern begnügte sich mit dem, was er noch hatte. Das verbliebene Schwert schwingend, trieb er Rammar vor sich her, der rücklings über den Boden kriechend in Richtung Bug zu entkommen suchte. Damit jedoch stellte er sich selbst eine Falle, denn zwischen den spitz zulaufenden Wänden der Back gab es schon bald kein Entkommen mehr. Im Bug des Schiffes eingezwängt, blickte Rammar dem sicheren Ende entgegen, das in Form eines weißhäutiges Ungeheuers, das vor Kraft und Zorn zu bersten schien, auf ihn zustapfte.

»Komm schon, Bastard!«, bellte Rammar ihm entgegen. »Tu, was du nicht lassen kannst. Aber wenn du denkst, ein Ork würde um Gnade winseln, hast du dich geschnitten!«

Der Berserker lachte nur grollend und holte mit dem Schwert aus. Sein Hieb würde Rammar geradewegs in zwei Hälften teilen.

»A-also gut«, rief Rammar plötzlich und warf sich auf die Knie. »Du hast gewonnen! Verschone mein nichtswürdiges Leben, mächtiger Krieger. Ich möchte nicht enden wie …«

Der Rest von Rammars Worten ging im zornigen Gebrüll des Berserkers unter, denn Balbok hatte ihn von hinten angesprungen und versuchte ihm mit dem Schaft der Axt die Luft abzudrücken. Aus dem Gleichgewicht gebracht, taumelte der Hüne zurück, dabei wild um sich schlagend – den Ork in seinem Rücken konnte er jedoch nicht treffen.

Rammar sprang auf und feuerte seinen Bruder an. »Gut so, Balbok! Mach den Mistkerl fertig!«

Unter wüstem Gebrüll wankte der Berserker über das Deck des Eisseglers, stieß gegen die Reling und gegen mit Waffen gefüllte Kisten, die unter seinem Gewicht zerbarsten. Sich noch immer an ihn klammernd, drückte ihm Balbok die Kehle zu, was sich jedoch bei der kräftigen Nacken- und Halsmuskulatur des Berserkers als schwierig erwies.

Schließlich kam dem Berserker die Idee, sich mit dem Rücken einfach auf die Planken fallen zu lassen und den lästigen Gegner unter sich zu zermalmen.

»Balbok, Vorsicht!«, schrie Rammar noch.

Zu spät.

Der Berserker ließ sich rücklings auf das Achterdeck fallen und begrub Balbok unter sich. Der gab noch einen quiekenden Laut von sich, dann war von ihm nichts mehr zu hören oder zu sehen.

Es war weniger der Gedanke, dass Balbok etwas zugestoßen sein könnte, als vielmehr die Aussicht, diese gefahrvolle Reise allein fortsetzen zu müssen, die Rammar in Rage versetzte. Mit einem Ausdruck im Gesicht, der sich von dem des Berserkers nur noch unwesentlich unterschied, und einen wilden Schrei ausstoßend, der ihn beinahe selbst erschaudern ließ, stürmte er über das Oberdeck, den *saparak* in der erhobenen Hand. Einige Schritte nahm er Anlauf, dann schleuderte er die Waffe. Wie ein Pfeil schwirrte der Speer nach achtern – und traf den Berserker, gerade als dieser sich wieder aufrichten wollte.

Die Waffe drang in seinen Hals und ertränkte sein Geschrei in einem Blutschwall. Von bloßer Wut am Leben gehalten, gelang es dem Rasenden noch, sich aufzuraffen und einige wankende Schritte in Rammars Richtung zu tun, ehe er zusammenbrach. Vornüber kippte er in eine Kiste, die unter seinem Gewicht zerbrach – und die Speere, die darin gestapelt waren, durchbohrten seine Brust und gaben ihm den Rest.

Rammar hatte keinen Blick für den getöteten Gegner – seine Sorge galt seinem Bruder, der reglos auf den Planken lag. »Balbok!« Wie ein Ball sprang der beleibte Ork über das Deck und beugte sich über ihn. »Was ist mit dir, Balbok? Bist du in Ordnung?«

Balbok rührte sich nicht. Mit geschlossenen Augen und heraushängender Zunge lag er da und sah alles andere als lebendig aus.

»Balbok! Komm schon, Bruder, tu mir das nicht an! Du darfst mich nicht verlassen, hörst du? Was soll ich denn dann anfangen? Ohne dich bin ich aufgeschmissen. Ich verspreche auch, nicht mehr mit dir zu schimpfen, wenn du dich nur bemühst, noch ein bisschen am Leben zu bleiben.«

»Ist das wahr?«, fragte Balbok auf einmal, allerdings ohne sich dabei zu bewegen und ohne die Augen zu öffnen.

»Du – du lebst!« Rammar atmete erleichtert auf.

»Ob das wahr ist, will ich wissen!«

»Was meinst du?«

»Dass du aufgeschmissen bist ohne mich. Dass du damit aufhören willst, mich ständig zu beschimpfen.«

»Wer hat das gesagt?«

»Du.« Nun schlug Balbok die Augen auf und schaute seinen Bruder herausfordernd an. »Gerade eben.«

»Blödsinn. Da hast du was Falsches gehört – so einen *shnorsh* würde ich nie von mir geben.«

»Aber ich dachte …«

»Du dämliches Blödhirn! Du sollst nicht denken, sondern gefälligst tun, was ich dir sage! Und ich sage dir, dass du deinen faulen *asar* endlich heben und aufstehen sollst. Während du dich in aller Ruhe schlafen gelegt hast, habe ich den Berserker ganz allein erledigt!«

Balbok setzte sich auf. Als er den Barbaren gewahrte, der von Speeren durchbohrt in den Trümmern der Kiste lag, staunte er nicht schlecht. »So was«, meinte er. »Und ich dachte, ich hätte dich um Gnade flehen gehört …«

»Ich und um Gnade flehen? Ha! Vielleicht sollte ich dir bei Gelegenheit mal die *kluas'hai* lang ziehen – du scheinst mir nicht mehr besonders gut damit zu hören. Wenn du es auch nur noch einmal wagst, zu behaupten, ich hätte beim Feind um Gnade gewinselt, dann werde ich dir …«

»Rammar!«

»Was denn?«

»Dort!«

Balbok deutete nach vorn zum Bug, das Gesicht bleich vor Entsetzen – und Rammar stieß einen gellenden Schrei aus, als er die schroffe Eisnadel heranfliegen sah.

Da wurde den Orks bewusst, dass der Segler noch immer über die Eisfläche dahinraste, führerlos, seit der Kapitän das Steuer verlassen hatte, aber mit unverminderter Geschwindigkeit. In der Hitze des Gefechts hatten Balbok und Rammar weder das Pfeifen des Fahrtwinds noch das Ächzen der Schiffskonstruktion wahrgenommen, dabei knarrten die Taue, und das Segel drohte fast zu platzen. Schnurgerade hielt der Segler auf eine der riesigen Eisnadeln zu, die vereinzelt aus der weiten Ebene der Weißen Wüste ragten und sich steil wie Klippen erhoben. Gleich würde das Gefährt in seiner rasanten Geschwindigkeit dagegenrammen und daran zerschellen.

Entsetzt starrten sich die beiden Orks an.

»Das Ruder!«, rief Balbok heiser.

Beide fuhren herum und sprangen zur Pinne. Für einen Moment gab es Zwist, weil Balbok nach Steuerbord, Rammar aber nach Backbord lenken wollte – ein Moment, der die Orks fast das Leben kostete, denn der Eissegler hielt auf gefährlichem Schlingerkurs auf das Hindernis zu, während die Orks um den Besitz des Ruders rangen. Dann gelang es ihnen, sich auf eine Richtung zu einigen – gemeinsam stemmten sie sich gegen die Pinne, und die Steuerkufe, die unterhalb des Hecks durch den Schnee glitt, drehte sich.

Das Eisschiff reagierte träge und von seiner eigenen Masse getrieben. Die Bohlen und Planken ächzten noch lauter, und der Mastbaum knarrte so laut, als wollte er bersten. Der Segler bekam Schlagseite, die Steuerbordkufe hob vom Boden ab, und das Gefährt stellte sich auf, worauf einige Kistentrümmer und erschlagene Barbaren über Bord gingen. Balbok und Rammar achteten nicht darauf – ihre Blicke waren wie hypnotisiert auf das Hindernis geheftet, das aus der Nähe noch Furcht erregender wirkte.

Jeden Moment würde der Bug des Schiffes auf die scharfen Kanten des hart gefrorenen Eises treffen. Rammar schrie und schloss die Augen, während er sich an die Ruderpinne klammerte. Schon erwartete er, ein entsetzliches Brechen und Bersten zu hören und von unwiderstehlicher Wucht durch die Luft geschleudert zu werden, um auf das Eis zu schlagen und sich sämtliche Knochen zu brechen …

… aber nichts dergleichen geschah.

Nur ein überlautes hässliches Scharren war zu hören, als der Rumpf um Haaresbreite an der Eisnadel vorbeischrammte. Ein harter Stoß erschütterte den Segler, als dieser wieder auf beide Kufen kippte, dann hatte er das gefährliche Hindernis passiert.

Rammar blinzelte, konnte nicht glauben, dass sie so viel Glück gehabt hatten. In einer spontanen Gefühlsaufwallung fiel er Balbok um den Hals, der ihn daraufhin nur befremdet anschaute.

»Du elender *umbal*!«, schnauzte Rammar deshalb. »Sei froh, wenn ich dich nicht erwürge dafür, dass du uns fast in Kuruls Pfuhl gestürzt hast!«

»Aber ich …«

»Halts Maul, oder muss ich es dir erst stopfen? Nicht viel hätte gefehlt, und wir wären draufgegangen. Deinetwegen. Los, lass mich ans Ruder, ich kann das besser als du – du machst derweil das Deck sauber. Für meinen Geschmack liegen mir zu viele Menschen hier rum. Wirf sie über Bord. Von den Waffen behalte, was du gebrauchen kannst, den Rest schmeiß hinterher. Je weniger Ballast wir haben, desto schneller sind wir.«

»Ich soll die Menschen über Bord werfen?«, fragte Balbok erstaunt. »Alle?«

»Ja, alle.«

»Auch die, die noch röcheln?«

»Was denn sonst?«

»Und die Toten?«

»Willst du sie etwa essen?«

Balboks hungriger Blick war eine deutliche Antwort.

»Du Made in Torgas Eingeweiden!«, wetterte Rammar.

»Graut dir eigentlich vor gar nichts? Sieh dir diese Barbaren nur mal an – sehnig und kalt, wie sie sind, schmecken sie noch schlechter als ein Ork.«

»Aber mein Hunger …«

»Wir werden uns über ihre Vorräte hermachen. Ich bin sicher, unter Deck finden wir jede Menge davon.«

»Einverstanden«, meinte Balbok. »Und dann?«

»Du kannst Fragen stellen.« Rammar grinste verwegen, die Ruderpinne in der Klaue. »Wir haben jetzt unser eigenes Schiff, das uns sicher nach Norden bringen wird – geradewegs zum Tempel von Shakara …«

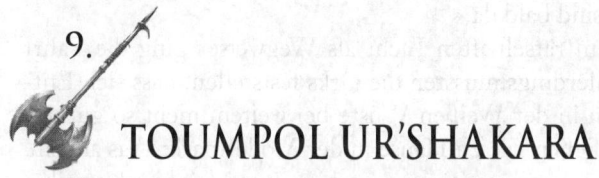

# 9. TOUMPOL UR'SHAKARA

Nur einen Tag lang dauerte die Fahrt durch Schnee und Eis – allerdings war es ein sehr langer Tag.

Am ersten Abend warteten Balbok und Rammar noch darauf, dass die Sonne endlich unterging. Aber sie blieb über dem Horizont stehen, als wäre sie dort festgenagelt, und als würden sie sich nicht darum scheren, gesellten sich der Mond und die Sterne hinzu. Es dauerte eine Weile, bis den Orks klar wurde, dass die Sonne nördlich des Gebirgswalls nicht unterging; anderswo in Erdwelt war es längst finstere Nacht, aber hier oben im Norden herrschte graues Dämmerlicht, sodass der Eissegler seine Fahrt fortsetzen konnte.

Anfangs glaubten die Orks noch an ein finsteres Omen, dachten, dass Kurul ihnen zürnte, weil sie sich Girgas' Kopf hatten stehlen lassen. Aber als weder Blitze am Himmel zuckten noch ein großes Maul erschien, um die Welt zu verschlingen, ging ihnen auf, dass die Nachtsonne kein Vorzeichen des Untergangs war, sondern ein natürliches Phänomen. Sicher hatten die Elfen, die immer alles und auch immer alles besser wussten, eine Erklärung dafür, dass die Sonne hier im Norden nicht unterging – den Orks war es egal. Hauptsache, sie wurden nicht vom Weltenfresser verschlungen.

Sich am Ruder abwechselnd, setzten sie die Fahrt durch die Weiße Wüste fort und stießen immer weiter nach Norden vor – bis Balbok in einer der dämmrigen Nächte ein blaues Leuchten am Horizont gewahrte. Beunruhigt weckte er seinen Bruder, der über die Unterbrechung seines Schlafs alles andere als erfreut war. Als er jedoch das blaue Leuchten sah, verstummte er in seinen Schimpftiraden, und ein grimmiges Lächeln legte sich auf seine dunklen Züge.

171

»Elfenfeuer«, knurrte er. »Genau wie der Zauberer gesagt hat. Wir sind bald da.«

Mit dem rätselhaften Licht als Wegweiser ging die Fahrt weiter. Allerdings mussten die Orks feststellen, dass sich Entfernungen in der Weißen Wüste bei weitem nicht so gut abschätzen ließen wie zu Hause in der Modermark. Was aussah, als wäre es nur einen Tagesmarsch entfernt, lag hier bisweilen noch in weiter Ferne – so auch die Quelle des mysteriösen Feuers.

Man hätte meinen können, es wäre nur noch ein Wargssprung bis zum Ziel der Reise, doch die beiden Orks mussten sich noch geraume Zeit gedulden. Fast hatte es den Anschein, als entfernte sich das Licht, je länger sie darauf zufuhren, und bisweilen flackerte es auch beunruhigend. Rammar fürchtete dann jedes Mal, es könnte verlöschen; dann wären sie wieder ohne Wegweiser inmitten der Weißen Wüste. Aber die blaue Flamme am Horizont blieb bestehen – und schließlich schälten sich die Umrisse schroffer Klippen aus dem nebligen Dunst.

Ob sie natürlichen Ursprungs oder künstlich waren, konnte Rammar nicht erkennen, aber auf ihn wirkten sie wie eine Festung. Ringsherum erhoben sich große Eisnadeln, ähnlich jener, die dem Eissegler um ein Haar zum Verhängnis geworden wäre. Und hoch über den weißen, von schimmerndem Eis überzogenen Klippen ragten mehrere Türme auf, und auf dem höchsten von ihnen loderte die Elfenflamme.

Es war kein Feuer, wie Sterbliche es entzünden konnten; weder war es gelb, noch stieg davon Rauch in den Himmel. Die Türme erstrahlten unter seinem Schein und erhoben sich unwirklich im nebligen Dunst.

Die Orks hatten ihr Ziel erreicht – den Tempel von Shakara!

»Eins muss man diesen verdammten Elfen lassen«, murmelte Rammar fast bewundernd. »Einen Sinn für Dramatik haben sie.«

»Blaues Feuer.« Balbok schürzte seine wulstigen Lippen. »Wie machen die das?«

»Woher, bei Torgas Eingeweiden, soll ich das wissen?«,

schnauzte Rammar ihn an. »Deine dämliche Fragerei geht mir allmählich auf die Nerven!«

»Aber ich dachte nur ...«

»Ich habe es dir schon mal gesagt, und ich sage es dir noch mal: Du hältst das Maul und überlässt das Denken mir, verstanden? Wir werden uns einen Plan zurechtlegen müssen, wie wir ins Innere des Tempels gelangen. So einfach wie die Zwerge werden sich die Elfen nicht überlisten lassen, das steht fest. Möglicherweise haben ihre Wachen uns bereits entdeckt.«

»Und wenn schon.« Balbok zuckte mit den Schultern. »Auf die Entfernung werden sie uns für Eisbarbaren halten.« Er dachte einen Augenblick lang nach, dann schlug er vor: »Am besten warten wir die Dämmerung ab. Wir verstecken den Eissegler und legen den Rest der Strecke zu Fuß und im Schutz des Nebels zurück.«

»Und wie gelangen wir in den Tempel, du Schlauberger?«

»Das werden wir sehen, wenn wir dort sind«, entgegnete Balbok nicht ohne Stolz, denn für einen Ork war das schon sehr sorgsam geplant. »Was meinst du?«

»Ich sage, du redest wie immer Blödsinn«, entgegnete Rammar. »Ich mache hier die Pläne, schon vergessen? Das Beste wird es sein, wenn wir die Dämmerung abwarten. Wir verstecken den Eissegler und legen den Rest der Strecke zu Fuß im Schutz des Nebels zurück. Wie wir in den Tempel gelangen, werden wir sehen, wenn wir dort sind.«

»Aber das habe ich doch gerade ges...«

»Steh hier nicht rum und halte Maulaffen feil!«, wies Rammar seinen Bruder zurecht. »Raff gefälligst das Segel und sorg dafür, dass wir langsamer werden – oder willst du doch noch gegen einen dieser Eiszapfen krachen?«

Balbok schüttelte den Kopf und trollte sich, einmal mehr der Meinung, dass sein Bruder ihn grob unterschätzte. Irgendwann, sagte er sich, würde sich schon noch Gelegenheit bieten, Rammar zu beweisen, was für ein schlauer Ork er war. Bis dahin aber galt es, den Weisungen des Bruders zu gehorchen – und das bedeutete, am Mastbaum emporzuklettern und an der Rah hängend das Segel einzuholen.

Es war eine halsbrecherische Arbeit, zumal der scharfe Fahrtwind an Balbok zerrte. Aber je mehr von dem großen Segel er einholte, desto weniger Angriffsfläche fand der Wind, und die Fahrt des Seglers verlangsamte sich merklich.

Immer höher ragte der Eistempel vor ihnen auf, und die Orks konnten erste Einzelheiten ausmachen. Auf den ersten Blick sah das Elfenheiligtum aus wie ein riesiger zerklüfteter Eisblock, aber bei näherem Hinsehen konnte man hohe Fenster und Balkone erkennen. Kaltes Licht drang aus dem Inneren, aber nirgends regte sich Leben.

»Wo sind die Spitzohren?«, fragte Balbok.

»Was weiß ich?«, erwiderte Rammar mürrisch. »Vielleicht meditieren sie gerade, oder sie halten eins ihrer Rituale ab. Elfen treiben öfter solchen Unfug. Uns soll es recht sein, denn je beschäftigter das Elfenpack ist, desto weniger wird es auf uns achten.«

Sie steuerten die nächste Eisnadel an, in deren Schutz sie den Eissegler vertäuten. Bevor sie jedoch das Schiff verließen, hielten sie noch eine ausgiebige Mahlzeit ab. *Faramh bru douk sabal'dok*, besagt ein altes Sprichwort der Orks – ein leerer Bauch kämpft nicht gern. Also taten sich Rammar und Balbok an dem Pökelfleisch gütlich, das sie im Bugraum des Eisseglers gefunden hatten. Dass es zum Teil schimmlig und angefault war, störte sie nicht. Im Gegenteil: Fäulnis beschert nach dem Geschmack eines Orks erst die rechte Gaumenfreude.

Anschließend stellten sie ihre Ausrüstung zusammen. Auch ein langes Seil befand sich darunter. Sie warteten bis zur Dämmerung, die einmal mehr die ganze Nacht andauern würde. Wie jeden Abend hier oben im Norden zog Nebel auf und legte sich wie ein grauer Schleier über die Eisfläche. Die beiden Orks verließen das Schiff und brachen in Richtung Tempel auf. Ihr Gepäck und die Standarte ließen sie auf dem Segler zurück.

Die grauweißen Umhänge aus Eisbärenfell, die vorher den Barbaren gehört hatten, schützten Rammar und Balbok nicht nur vor der klirrenden Kälte, sondern sorgten auch dafür, dass sie im Dämmerlicht mit ihrer Umgebung nahezu verschmolzen. Sich im Schutz der Eisnadeln haltend, die den Tempel wie riesige Palisaden umgaben, arbeiteten sich die beiden an ihr Ziel heran. Ihre Schritte knirschten im Firn, der Atem verließ ihre Nüstern als weißer Dampf.

»Weißt du, was ich mich frage?«, raunte Rammar seinem Bruder zu.

»Was?«, fragte Balbok.

»Ich frage mich, ob Girgas das ganze Theater zu schätzen wüsste, das wir seinetwegen veranstalten. Ich meine, hast du schon mal von Orks gehört, die sich bis ans Ende der Welt begaben, um das verlorene Haupt ihres Anführers zurückzuholen?«

Balbok überlegte kurz. »Nein«, gestand er dann.

»Wenn diese *umbal'hai* zu Hause im *bolboug* wüssten, was wir alles auf uns nehmen, um Girgas' dämlichen Schädel zu beschaffen … Wir haben gegen Ghule und eine Spinne gekämpft, haben uns bei den Zwergen eingeschlichen und dutzendweise Menschen erschlagen. Nicht schlecht für zwei Orks, die man unter Schimpf und Schande aus dem Dorf getrieben hat, oder?«

»Finde ich auch«, pflichtete Balbok seinem Bruder bei.

»Weißt du was? Erzählen sollte man es ihnen, Wort für Wort. Die ganze Geschichte, von Anfang an.«

»Du meinst eine Saga? So wie die Zwerge sie erzählen?«

»Schmarren. Ich rede nicht von einer Geschichte über bärtige kleine Kerle, die im Dreck nach Goldklumpen wühlen. Wen interessiert so was denn? Ich spreche von einer Saga über zwei Orks, die große Taten vollbringen und ihre Feinde das Fürchten lehren. Die Geschichte vom tapferen Rammar und seinem Helfer Balbok, die die Elfen bezwangen, um das Haupt des großen Girgas zurück ins *bolboug* zu bringen.«

»Klingt gut.« Balbok nickte eifrig. »Aber warum muss es heißen ›Der tapfere Rammar und sein Helfer Balbok‹? Warum nicht ›Der tapfere Balbok und sein Helfer Rammar‹?«

Rammar erwiderte nichts darauf, aber der Blick, den er seinem Bruder unter der Fellkapuze her zuwarf, war vernichtend.

»Und da ist noch etwas«, fuhr Balbok in seiner Kritik fort.

»Die Spinne, die Ghule und die Menschen haben wir besiegt, das stimmt. Aber an den Elfen sind wir noch nicht vorbei, und ich glaube nicht, dass sie die Karte freiwillig rausrücken werden.«

»Was du nicht sagst.«

»Ich habe gehört, dass Elfen ihre Festungen und Tempel mit Fallen sichern. Außerdem soll es dort endlos verzweigte Gänge geben, in denen man leicht die Orientierung verlieren und sich verirren kann. Und obwohl die Elfen allmählich aus unserer Welt verschwinden, sind sie doch noch immer die besten Schwertkämpfer überhaupt, und ihre Bogenschützen vermögen jedes Ziel zu treffen, ganz egal, ob ...«

»Schon gut«, fiel Rammar ihm verdrießlich ins Wort. »So genau will ich es gar nicht wissen.« Sein Bruder hatte eine unnachahmliche Art, einem die Laune zu verderben.

Sie erreichten eine letzte Eisnadel, hinter der sie Deckung suchten. Von hier aus hatten sie freien Blick auf den Tempel, der sich riesengroß und mächtig vor ihnen erhob. Die Orks erkannten, dass die Wände und Mauern nicht wirklich aus Eis bestanden, sondern aus weißem Gestein, das lediglich mit Eis überzogen war. Und dass es nicht die Kräfte der Natur gewesen waren, die das Bauwerk geformt hatten, sondern dass seine Linien einer strengen Geometrie folgten. Wer immer den Tempel errichtet hatte, hatte gewollt, dass er aus der Ferne wie ein riesiger Eisklotz wirkte. Erst, wer sich näherte, sah, dass es sich um eine Tempelfestung handelte.

Auch ein großes Tor gab es, dessen schneeweiße Flügel sich kaum von der Mauer abhoben. Es war verschlossen, und in den schmalen Fenstern oberhalb des Tors konnten Rammar und Balbok erstmals auch schemenhafte Gestalten erkennen. Wächter, die Alarm geben würden, sobald sie die beiden Orks entdeckten.

»Schöner Mist«, meinte Rammar. »Und was nun?«

»Das Tor ist verschlossen«, erklärte Balbok überflüssigerweise. »Wir werden einen anderen Weg hinein finden müssen.«

»Wie klug du bist.« Rammar schnitt eine Grimasse. »Und wie willst du das anstellen? Dich durch den Fels beißen?«

Balbok ließ sich so rasch nicht entmutigen – nicht nach allem, was sie durchgemacht hatten. Suchend blickte er an den eisigen Mauern des Tempels empor und entdeckte eine schmale Öffnung, die nach Südwesten blickte.

»Dort!«, rief er und wies hinauf.

»Was soll da sein?«

»Ein Fenster. Dort hinauf müssen wir.«

»Dort hinauf müssen wir«, äffte Rammar seinen Bruder nach. »Ist dir klar, wie hoch das ist? Das schaffen wir nie im Leben.«

»Du nicht«, stimmte Balbok ihm grinsend zu. »Aber ich.«

Rammar erwog für einen Augenblick, seinen Bruder für diese Frechheit zu erschlagen. Die Sache war nur – Balbok hatte Recht. Sehnig und kräftig, wie der jüngere Ork war, konnte es ihm durchaus gelingen, sich am Seil bis zum Fenster emporzuhangeln. Rammar hingegen würde mit seinem Körpergewicht keine zehn Mannshöhen weit kommen. Außerdem – war es nicht auch viel klüger, hier zu bleiben und abzuwarten, bis Balbok die Karte besorgt hatte? Schließlich hatte dieser ihm ja gerade einen Vortrag darüber gehalten, welch vortreffliche Schwertkämpfer und Bogenschützen die Elfen wären und dass sie ihre Festungen und Tempel mit Fallen sicherten. Dieser Angeber! Wenn er sich so gut mit den Elfen auskannte und angeblich sogar wusste, was ihn innerhalb ihrer Tempelmauern erwartete, sollte er die Sache ruhig allein erledigen …

»Ich verstehe«, sagte Rammar deshalb listig. »Du willst mich nicht dabeihaben. Bisher war ich dir mit meinem Verstand nützlich, aber jetzt bin ich nur noch ein Hindernis für dich, und du willst alles tun, damit die Saga, die dereinst in unserem *bolboug* erzählt wird, nicht heißt ›Der tapfere Rammar und sein Helfer Balbok‹, sondern ›Der tapfere Balbok und sein Helfer Rammar‹. Aber – nun gut …« Er zuckte mit den Schultern. »Ich bin dir nicht böse. Geh nur und hol die Karte. Ich werde so lange hier auf dich warten.«

»Du willst nicht mitkommen?«

»Bist du so dämlich, wie du aussiehst?«, schnaubte Rammar. »Ich würde gern mitkommen, aber ich *kann nicht*, das hast du selbst gesagt. Ich bin zu fett, um am Seil hochzuklettern.«

177

»Und wenn es eine andere Möglichkeit gäbe?«

Rammar bemerkte nicht das Blitzen in den Augen seines Bruders, sonst wäre er vorsichtig gewesen. So jedoch sagte er leichtsinnigerweise: »Wenn es eine Möglichkeit gäbe, würde ich nichts lieber tun, als dich zu begleiten. Schließlich haben wir dieses Abenteuer gemeinsam begonnen, und ich will es auch gemeinsam mit dir beenden.«

»*Korr*«, bestätigte Balbok grinsend. »Ich sage dir, wie wir es machen: Ich werde raufklettern und dich dann am Seil hochziehen.«

»D-du willst mich hochziehen?«

»Genau.«

»Und – wenn du mich fallen lässt?«

»Dann brauchst du dir keine Sorgen mehr wegen der Elfen zu machen«, erwiderte Balbok in seltener Schlagfertigkeit. »Was ist?«, fügte er hinzu, als sein Bruder zögerte. »Stimmt was nicht? Gerade noch wolltest du unbedingt dabei sein, und jetzt …«

»Ist ja schon gut, ich bin einverstanden«, wiegelte Rammar ab. »Und wie willst du das Seil oben befestigen, damit du selbst daran hochklettern kannst?«

»Indem ich das Seil an meinen *saparak* verknote und ihn durchs Fenster werfe«, antwortete Balbok.

»Und du triffst? Und kannst so hoch werfen?«

Balbok grinste nur.

»Hm.« Rammar schürzte die Lippen. »Der Einfall hätte von mir sein können. Aber ich warne dich: Wenn du *shnorsh* baust und wir entdeckt werden, werde ich viel schlimmere Dinge mit dir anstellen, als diesen Spitzohren einfallen könnte.«

»Schon gut.« Balbok zuckte gleichmütig mit den Schultern – hätte er jedes Mal, wenn sein Bruder ihm ein gewaltsames Ende androhte, eine Kerbe in den Griff seiner Axt geschnitten, die Waffe wäre mittlerweile nicht mehr zu gebrauchen gewesen.

Gelassen bereitete er sich auf die gefährliche Mission vor. Köcher und Bogen nahm er von seinen Schultern, griff nach dem Seil und entrollte es. Dann ging er daran, in regelmäßigen Abständen Knoten hineinzumachen.

»Wozu soll das denn gut sein?«, fragte Rammar mürrisch.

»Damit ich nicht abrutsche«, erklärte Balbok, und Rammar musste zugeben, dass auch diese Idee gar nicht mal so dämlich war. Nachdem er sein Werk beendet hatte, rollte Balbok das Seil wieder auf und schlang es sich über die Schulter. An das Ende knotete er den *saparak* fest.

»Bist du allmählich fertig?«, fragte Rammar ungeduldig.

»Fertig.«

»Dann los, du langes Elend. Und lass dich ja nicht erwischen, hörst du?«

Balbok murmelte etwas Unverständliches und setzte sich in Bewegung. In gebückter Haltung, die Kapuze des Umhangs über dem Kopf, rannte er auf die Mauer zu, die als steile Wand vor ihm aufragte und in der sich die Fensteröffnung befand.

Allein der Anblick der eisverkrusteten Wand ließ Rammar das Blut in den Adern stocken. Die Vorstellung, an einem Seil daran emporzuklettern, gefiel ihm ganz und gar nicht. Immer wieder blickte er zum Haupttor und zu den Fenstern mit den Wachen. Zwar war Balbok durch den Nebel und seinen Umhang gut getarnt, aber vorsichtig musste er trotzdem sein.

Glücklicherweise bemerkte keiner der Wächter, die in den Öffnungen nur schemenhaft auszumachen waren, den Ork, der endlich den Fuß der Mauer erreichte. Eilig warf Balbok den Umhang ab, nahm das Seil von der Schulter und legte es auf den Boden. Dann zielte er mit dem *saparak* nach oben, wo sich das Fenster befand.

»*Darr malash*«, knurrte Rammar. »Dieser blinde Hund trifft im Leben nicht …«

Balbok nahm drei Schritte Anlauf und schleuderte den *saparak* mit aller Kraft seines Wurfarms.

Fast senkrecht stieg der *saparak* nach oben, an der eisigen Wand entlang, das Seil hinter sich herziehend. Rammar hielt den Atem an, während er sich die Faust aufs Auge drückte.*

* orkisches Pendant zum Daumendrücken

Der Speer verlangsamte seinen Flug und drehte sich in der Luft – und zu Rammars maßlosem Erstaunen verschwand er im nächsten Moment tatsächlich in der Fensteröffnung.

»Dieser elende Bastard«, flüsterte Rammar in einem Anflug von Bewunderung. »Manchmal ist er wirklich ein ausgebuffter Schweinehund!«

Den Umhang ließ Balbok zurück, da der ihn beim Klettern nur behindert hätte. Mit beiden Händen umfasste der Ork das Seil und zog daran, bis es sich straffte. Mit einem Ruck prüfte er die Festigkeit und stellte zufrieden fest, dass sich der *saparak* an der steinernen Fensterbrüstung verkantet hatte. Balbok begann mit dem Aufstieg.

Anfangs versuchte er noch, sich mit den Füßen gegen die Mauer zu stemmen, aber da sie von Eis überzogen war, fand er keinen Halt. Also blieb Balbok nur, sich an den Armen emporzuziehen, die Beine um das Seil geschlungen – eine Kraftanstrengung, die Rammar schon beim Zuschauen den Schweiß aus allen Poren trieb. Die Faust weiterhin aufs Auge gedrückt und mit vor Staunen offenem Maul beobachtete der untersetzte Ork, wie sich sein Bruder emporzog. Dabei ertappte er sich dabei, dass er den Atem anhielt und um Balboks Leben bangte.

»Was soll das?«, fragte er sich selbst. »Was kümmert es mich, ob dieser *umbal* abstürzt und sich das Genick bricht? Solange es nicht mein Hals ... *Balbok!*«

Ein halblauter Schrei entfuhr Rammar, als er sah, wie sein Bruder den Halt verlor. Balbok griff ins Leere, bekam das Seil nicht mehr zu fassen – und stürzte ab!

Drei, vier Mannslängen tief fiel er, dann gelang es ihm, das Seil zu packen – über einem der Knoten, die er vorhin hineingeknüpft hatte.

»Du dämlicher, ungeschickter Dummkopf!«, wetterte Rammar erleichtert. »Musst du mich so erschrecken?«

Atemlos verfolgte er, wie Balbok wieder hinaufkletterte. Rammar erkannte, dass die Kräfte seines Bruders allmählich nachließen, trotzdem zog er sich weiter empor, Stück für Stück – und erreichte endlich das Fenster.

Die Öffnung war größer, als es von unten den Anschein

hatte, und Balbok konnte bequem hindurchsteigen. Für einen Augenblick verschwand er, und Rammar wusste nicht recht, was er sich wünschen sollte: Wenn Balbok nun von Elfenwachen entdeckt und erschlagen wurde, würde ihm selbst die waghalsige Kletterpartie erspart bleiben, aber dann würde er die Karte nicht bekommen und damit auch nicht Girgas' Haupt, und das wiederum würde doch recht unangenehme Folgen nach sich ziehen.

Zu seinem Verdruss wie zu seiner Erleichterung erschien Balbok kurz darauf wieder am Fenster. Er hatte die Zeit offenbar genutzt, das Seil irgendwo festzubinden. Nun war der Moment gekommen, vor dem sich Rammar bereits die ganze Zeit über gefürchtet hatte; Balbok winkte und bedeutete ihm, nachzukommen.

»*Shnorsh.*«

Einen Augenblick lang zögerte Rammar.

Was sollte er tun?

Er musste das nicht auf sich nehmen, niemand konnte ihn dazu zwingen. Dass er ein Ork von echtem Tod und Horn* war, hatte er bereits im Kampf gegen Ghule und Barbaren unter Beweis gestellt. Und seinem Bruder, diesem dämlichen Idioten, musste er sich ganz sicher nicht verpflichtet fühlen. Er brauchte sich nur umzudrehen und zu gehen. Dort drüben stand der Eissegler. Alles, was er tun musste, war, das Segel zu setzen und loszufahren, und schon in Kürze würde er den Tempel, die Elfen und alles andere weit hinter sich gelassen haben.

Und Balbok natürlich auch.

Schon wollte sich Rammar abwenden, um zu tun, wozu sein Verstand ihm riet. So hatte er es immer gehalten, und er würde auch diesmal gut damit fahren.

Die Sache war nur – er konnte es nicht.

»Verdammt, Rammar, was ist nur los mit dir?«, schalt er sich selbst. »Früher hättest du einfach kehrtgemacht und wärst abgehauen, hättest die Gelegenheit genutzt, deinen *asar* zu ret-

* Redensart

ten. Du wirst allmählich alt und sentimental. Das wird dich noch das Leben kosten!«

Obwohl ihm sein klarer, untrüglicher Orkverstand dringend davon abriet, verließ er sein Versteck und rannte auf die Mauer zu, gebückt und die Kapuze über den Kopf gezogen wie zuvor Balbok. Die Wächter konnte er nicht mehr sehen, und er hoffte, dass auch sie ihn nicht entdeckten. Auf das Dämmerlicht, den Nebel und seinen Tarnumhang vertrauend, lief er keuchend weiter und langte schließlich bei der Mauer an.

Nun, da er daran emporblickte, kam sie ihm noch um vieles höher vor als aus der Ferne, und beinahe hätte er es sich noch einmal anders überlegt. Wie um sich selbst an der Flucht zu hindern, griff er nach dem Seil, das schon fast steif gefroren war vor Kälte, schlang es sich um seinen feisten Wanst und verknotete es mehrmals. Dann winkte er Balbock – der zweifelhafte Spaß begann …

Erneut waren Tage vergangen – Tage, in denen nichts geschehen war und gähnende Langeweile Alannahs ständiger Begleiter gewesen war. Sich nach Ablenkung sehnend, verbrachte die Hohepriesterin von Shakara den weitaus größten Teil des Tages damit, am Fenster ihres Gemachs zu stehen und hinauszublicken in die Weite der Weißen Wüste, über der um diese Jahreszeit die Sonne nicht versank.

Nur zweimal am Tag – wenn Farawyns Horn geblasen wurde, um zum Gebet zu rufen, und wenn das Tempelritual vollzogen wurde – verließ Alannah ihr Gemach. Was der Tempel an Zerstreuung zu bieten hatte – von den Gärten des Miron über die heißen Quellen bis hin zur großen Säulenhalle, in der sie in jungen Jahren zu lustwandeln pflegte – hatte sie zur Neige ausgeschöpft. Es vermochte ihr keine Kurzweil mehr zu verschaffen, und sie begann zu verstehen, weshalb so viele ihres Volkes des Lebens in dieser Welt überdrüssig waren und sich nach den Fernen Gestaden sehnten.

Auch Alannah spürte tief in sich den Drang, die Welt der Sterblichen zu verlassen, und mit jedem Tag, der zu Ende ging, ohne dass sie etwas aus dieser ewig andauernden Lethargie riss, nahm dieser Drang noch zu. Es war grauenvoll, jahrhundertelang darauf zu warten, dass sich eine Prophezeiung erfüllte – vor allem dann, wenn sich diese am Ende als Lüge erwies. Großes hatte Farawyn der Seher vorausgesagt, doch war es nicht eingetroffen. Und jedes Jahr, das Alannah vergebens gewartet hatte, hatte ihre Geduld zermürbt und ihren Unmut wachsen lassen. Und offenbar nicht nur ihren.

Vor zwei Tagen war die Gesandtschaft aus Tirgas Dun eingetroffen, auf die die Priesterin und ihre Diener so sehnsüchtig gewartet hatten. Aber Alannahs anfängliche Freude darüber, dass dem bleiernen Alltag in Shakara endlich eine Abwechslung widerfuhr, war bald grausamer Ernüchterung gewichen: Fürst Loreto war nicht unter den Gesandten gewesen. Dafür hatte man ihr einen Brief übergeben, von eben jenem Elfenfürsten, dem Alannah in inniger Liebe zugetan war.

Den Brief brauchte Alannah inzwischen nicht mehr zu lesen, um sich seinen Wortlaut ins Bewusstsein zu rufen. Wieder und wieder waren ihre Augen über die Zeilen gewandert, ohne dass sie den Inhalt hatte begreifen können, sodass sie den Brief inzwischen auswendig kannte.

*Geliebte Alannah,*
*viel Zeit ist verstrichen seit meinem letzten Besuch in*
*Shakara – Zeit, die ich dazu genutzt habe, um in mich zu*
*gehen und nachzudenken über Euch und mich und das*
*Schicksal der Welt. Dabei bin ich zu einem Entschluss*
*gelangt, den ich Euch mitteilen möchte, in gebotener Kürze,*
*um Eure wertvolle Zeit nicht über Gebühr zu beanspruchen.*
*Nachdem der Hohe Rat mir wiederholt angetragen hat,*
*Tirgas Dun zu verlassen und mit dem nächsten auslaufen-*
*den Schiff zu den Fernen Gestaden aufzubrechen, habe ich*
*schließlich eingewilligt. Schon in Kürze werde ich diese Welt*
*verlassen und in der Heimat unseres Volkes ein neues Leben*
*beginnen, das mir weder Zwänge noch Verpflichtungen*
*auferlegt. Ich weiß, dass diese Entscheidung Euch zweifellos*
*treffen wird, aber ich bitte Euch, mich zu verstehen. Die*
*Heimat unseres Volkes bietet mir alles, was ich je zu erhoffen*

*wagte. Unsere Liebe hingegen muss unerfüllt bleiben, bis*
*sich eines fernen Tages jene Prophezeiung erfüllt, der Euer*
*Dasein gewidmet ist.*
*Doch viele von uns ahnen, dass dies wohl nie geschehen wird.*
*Für uns hat es nie eine Zukunft gegeben – für mich liegt sie*
*an den Fernen Gestaden.*
*Verzeiht, dass ich nicht erscheinen konnte, um Euch*
*meine Entscheidung persönlich mitzuteilen, aber meine*
*Anwesenheit in Tirgas Dun ist dringend erforderlich.*
*Noch viel ist zu tun, zu planen und vorzubereiten, bis ich*
*dorthin zurückkehren kann, wo alles begonnen hat.*

*In treuer Verbundenheit,*
*Loreto*
*Fürst von Tirgas Dun*

»Fürst von Tirgas Dun …«, flüsterte Alannah voller Bitterkeit. Er hatte noch nicht einmal mit seinem *Essamuin* unterschrieben. Jedem männlichen Elfen wird bei seiner Geburt ein geheimer zweiter Name mitgegeben, den er nur jenen verrät, die ihm nahe stehen. Alannah hatte zum Kreis jener Eingeweihten gehört – verbotenerweise.

Als Hohepriesterin von Shakara war es ihr untersagt, eine Verbindung einzugehen, sei es mit einem Sterblichen oder einem Abkömmling elfischen Gebüts. Auch war es ihr verboten, das Bett mit einem Mann zu teilen, solange sich nicht erfüllte, was Farawyn einst vorausgesagt hatte, denn ihr ganzes Trachten hatte einzig der Wahrung des Geheimnisses zu gelten. Loretos und ihre Liebe hatte daher unerfüllt bleiben müssen und nur auf geistiger Ebene bestanden. Der Fürst hatte stets behauptet, dass ihm dies genüge und es mehr wäre, als er sich je zu träumen erhoffte. Das hatte wohl nicht ganz der Wahrheit entsprochen.

Alannah war tief verletzt.

Der Fürst schien nur auf sein eigenes Wohl bedacht, auf die eigene Zukunft. Dabei hatte sie stets geglaubt, dass er anders wäre als jene bornierten Elfenfürsten, die die Sitze des Hohen

Rats besetzten und sich benahmen wie die Herren der Welt, die allmählich zu einem Scherbenhaufen zerfiel. Längst hatte das Elfenreich nicht mehr die alte Ausdehnung, beschränkte sich auf die Lande tief im Süden, die an die Ufer des Meeres grenzten. Das Geschlecht der Söhne Mirons war schwach geworden, und so sehr sehnte es sich nach der Entrücktheit der Fernen Gestade, dass es die alten Tugenden und Werte verloren hatte. Loreto war das beste Beispiel dafür.

Alannah hielt die Augen geschlossen, um die Tränen zurückzuhalten. Sie trug bereits ihr blütenweißes Festgewand und würde jeden Augenblick gerufen werden, um das tägliche Ritual zu vollziehen. Von der Hohepriesterin von Shakara wurde erwartet, dass sie dabei Selbstsicherheit und Zuversicht ausstrahlte, in der unerschütterlichen Erwartung, dass sich die Prophezeiung erfüllte. Tränen passten da nicht ins Bild.

Aber Alannah war nicht zuversichtlich, und ihr Herz war voller Trauer und Zorn. Zorn über den schmählichen Verrat, den Loreto an ihr verübt hatte, Trauer darüber, dass ihr Leben das einer Gefangenen war.

Obwohl ihr Amt und ihre Herkunft ihr alle denkbaren Privilegien zubilligten, war sie im Tempel gefangen, gekettet an eiserne Regeln und Rituale, die es ihr nicht erlaubten, das zu tun, was ihr Herz ihr befahl. Wäre es nach ihr gegangen, so hätte sie Shakara längst verlassen, wäre nach Süden gegangen und hätte das nächste Schiff zu den Fernen Gestaden bestiegen auf der verzweifelten Suche nach etwas, das ihrem eintönigen Leben eine andere Richtung gab. So betrachtet, konnte sie Loreto für seine Entscheidung nicht einmal zürnen, was sie nur noch verzweifelter machte.

Ein Angehöriger ihres Volkes nach dem anderen verließ diese Welt; schon bald würde keiner von ihnen mehr in *amber* weilen, und die stolzen Mauern von Tirgas Dun würden zerfallen. Der Elfen Stolz würde untergehen, und Alannah würde dazu verdammt sein, dem Untergang bis zum Ende beizuwohnen, während sie in den folgenden Jahrhunderten auf etwas wartete, das niemals eintreffen würde.

Wie sehnte sich Alannah danach auszubrechen.

Wie war sie es leid, ihre Pflicht zu tun.

Warum konnte nichts geschehen, das dies alles änderte?

Ihre Dienerin klopfte und betrat gleich darauf den Raum. Sie kam, um Alannah abzuholen.

Das Ritual begann erneut, zum ungezählten Mal ...

# 10.

# KIOD UR'SUL'HAI-COUL

Rammar starb tausend Tode.

Der Ork hing in Schwindel erregender Höhe an dem Seil, das er sich um den Bauch geschlungen hatte, und schloss allmählich mit seinem Leben ab. Wie Schlaglichter blitzten seine Ruhmestaten vor seinem inneren Auge auf (und er musste feststellen, dass es beschämend wenige waren). Hilflos in der Luft baumelnd, zwischen Leben und Tod, schwor sich Rammar, dies zu ändern, wenn er diesen Wahnsinn nur überlebte und nicht am Fuß der Mauer zu einem hässlichen Fettfleck zerklatschte.

Hätte die Situation es erlaubt, er hätte seine Todesangst lauthals hinausgeschrien. Aber selbst in seiner Panik war Rammar klar, dass er damit die Elfenwachen auf sich aufmerksam gemacht hätte, und das war noch ungesünder, als an einem Seil, das bei jedem Zug bedrohlich knirschte, über einem Abgrund zu hängen.

Rammar versuchte, seinen Bruder, der oben am Seil zerrte und zog, bestmöglich zu unterstützen, aber seine Stiefel fanden keinen Halt an der vereisten Wand, und so unterließ er lieber das hilflose Gestrampel. Es blieb ihm nichts anderes übrig, als seinem Bruder zu vertrauen – ein Albtraum nach Rammars Verständnis. Obwohl Balbok derjenige war, der sein Leben in Händen hielt, wuchs Rammars Wut auf ihn mit jedem Augenblick. Balbok allein war schließlich schuld daran, dass er in dieser misslichen Lage steckte – oder vielmehr hing. Was für eine verrückte Idee es doch war, ihn am Seil hinaufzuziehen!

Als Rammar endlich das Fenster erreichte, war er mit den Nerven am Ende und seine Gefühle zweigespalten. Einerseits war er unsagbar erleichtert, dieses halsbrecherische Abenteuer heil überstanden zu haben, andererseits kochte er fast über, als er Balboks grinsende Visage erblickte.

»Na?«, fragte der Hagere auch noch. »Hat Spaß gemacht, oder?«

»Ob es Spaß gemacht hat?« Mit einem Schwall der ärgsten orkischen Flüche zwängte sich Rammar durch die Fensteröffnung, die ihm auf einmal wieder sehr schmal erschien, und sprang mit den Füßen auf den Boden. Seine Knie waren weich wie Schneckenschleim. »Ob es Spaß gemacht hat, willst du wissen?«

Balbok nickte.

»Nein, du Holzkopf, es hat mir keinen Spaß gemacht! Wie würde es dir gefallen, an einen Strick gebunden in luftiger Höhe zu baumeln, während man dich Stück für Stück nach oben zieht? Das war entwürdigend, verstehst du?«

Balbok schaute ihn mit stierem Blick an. Würde war nicht gerade etwas, das unter Orks besonders hochgehalten wurde. Im Gegenteil, für gewöhnlich verwandten sie ihren ganzen Eifer darauf, die Würde anderer mit Füßen zu treten. Sich über seine eigene Würde Gedanken zu machen, galt sogar als menschlich und verweichlicht.

Das wurde auch Rammar in diesem Moment bewusst, denn er winkte schnaubend ab. »Schon gut«, knurrte er, »vergiss es. Hauptsache ist, dass du mich nicht fallen gelassen hast und wir beide jetzt hier sind. Das heißt – wo genau sind wir überhaupt?«

»Sieht wie ein langer Korridor aus«, antwortete Balbok und deutete den Gang aus weißem Stein hinab, auf den in regelmäßigen Abständen Quergänge mündeten. Säulen säumten die Wände, und der gleiche blaue Schein, der auf dem Turm des Tempels strahlte, sorgte auch hier für kaltes, unwirkliches Licht.

»Blödhirn – natürlich ist das ein langer Korridor«, entgegnete Rammar. »Die Frage ist, wo er hinführt. Und wie, bei Kuruls Flamme, sollen wir in diesem Labyrinth die Karte finden, die der Zauberer haben will?«

Statt zu antworten, rümpfte Balbok die Nase, schnupperte und stieß dann leise hervor: »Da kommt jemand!«

Sein Bruder und er tauschten einen Blick, dann versteckten sie sich zu beiden Seiten des Ganges hinter den Säulen.

Als Balbok ein paar Herzschläge später einen vorsichtigen Blick riskierte, entdeckte er einen Elfen. Er trug ein weites Gewand aus glänzender Seide, das im blauen Licht geheimnisvoll schimmerte. Sein helles Haar war kurz geschnitten, sodass die Markenzeichen seiner Rasse zu sehen waren: die spitz zulaufenden Ohren, die nicht vom Kopf abstanden wie die eines Orks, sondern eng anliegend waren.

Auch ansonsten wies er alle Merkmale seiner Art auf – jene Merkmale, die Elfen in den Augen eines Orks zu den hässlichsten Geschöpfen von ganz *sochgal* machten: die weiße Haut, die sie aussehen ließ wie wandelnde Tote, die schmalen wasserblauen Augen mit den hochgezogenen Brauen, die nach Meinung der Orks von der Hinterlistigkeit dieser Kreaturen zeugten, und schließlich ihre filigrane Gestalt und ihre Art, sich zu bewegen; Elfen schienen stets über dem Boden zu schweben statt zu gehen. Orks machte das halb rasend. Was war von einem Wesen zu halten, dessen Nahen sich nicht durch lautes Poltern und Stampfen ankündigte?

Das ewige Herumgeschleiche der Elfen und ihr weises Gequatsche, ihre bedeutungsschwangeren Andeutungen und ihr weibisches Gehabe – all das konnte einen anständigen Ork in die Verzweiflung treiben, und so war es auch nur allzu verständlich, dass sich beide Völker schon seit Anbeginn der Zeiten spinnefeind waren. Zwischen Menschen und Orks ließen sich immerhin noch ein paar Gemeinsamkeiten finden, nicht von ungefähr waren sie einst Verbündete gewesen, auch wenn dies in einem Debakel geendet hatte. Aber Elfen und Orks trennte eine Kluft, die weiter war als alle Meere und tiefer als der tiefste von Kuruls Pfuhlen. Sie waren wie Tag und Nacht, und nichts konnte darüber hinwegtäuschen.

Zu allem Überfluss kam der Elf geradewegs den Gang herab auf sie zu. Verstohlen lugten Rammar und Balbok aus ihren Verstecken hervor, und beide fassten sie einen spontanen Entschluss, über den sie sich mit einem schnellen Blick und einem Nicken einigten: Sie mussten sich nach dem Weg zu der Karte von Shakara erkundigen. Mit der ihrer Rasse eigenen Ungeduld warteten die beiden Orks ab. Als der Elf die Säulen passierte, hinter die sie sich geflüchtet hatten, sprangen sie beide wie ausgehungerte Raubtiere hervor.

Der Angriff traf den Elfen völlig überraschend. Mit seinem massigen Körper stürzte sich Rammar auf ihn und riss ihn von den Beinen. Sofort war auch Balbok herbei, um ihn zu entwaffnen. Aber alles, was der Elf bei sich trug, war ein mit geschnitzten Symbolen verzierter Stab, den der Ork achtlos beiseite warf. Dafür zückte Balbok einen Dolch und drückte die Klinge dem Elfen an die Kehle. Dessen schmale Augen wurden bemerkenswert groß und starrten die Orks panisch an.

»Sprichst du die Sprache der Menschen?«, schnauzte Rammar, der auf dem Elfen saß und ihn so zu Boden drückte.

Ein krampfhaftes Nicken war die Antwort.

»Dann sag uns, wo die Karte ist!«

»Die … Karte?« Der Elf sprach mit eigenartig singender Stimme – noch so etwas, das seiner Sorte zueigen und Orks zuwider ist.

»Ja doch, die Karte!«, blaffte Rammar. »Stell dich nicht dümmer an, als du bist, Spitzohr! Du weißt genau, wovon ich rede! Oder?«

»I-ich weiß es«, stammelte der Elf, während ein Kloß in seinem Hals auf- und abwanderte, sodass er mal ober- und mal unterhalb von Balboks Klinge zu sehen war.

»Sehr schön. Dann immer munter heraus damit – ehe wir unsere guten Manieren vergessen und dich der Länge nach aufschlitzen!«

»Was wollt ihr mit der Karte? Woher wisst ihr …?«

»Das geht dich einen feuchten Drachenfurz an, woher wir davon wissen. Du sagst uns einfach, wo wir das verdammte Ding finden, und wir holen es uns – und damit basta!«

»Ihr wollt die Karte?«

»Ruhe!«, befahl Rammar und ritt so auf dem armen Elfen herum, dass diesem die Luft wegblieb. »Hier stellt nur einer Fragen, und das bin ich. Also – wo finden wir die Karte von

Shakara? Spuck es aus, Elflein, oder dein langes Leben endet hier und jetzt!«

Die Blicke des Elfen zuckten entsetzt von einem Ork zum anderen. »E-es gibt keine Karte«, stieß er schließlich hervor.

»Was hat er gesagt?« Balbok schaute seinen Bruder fassungslos an. »Du hattest Recht, mein Menschisch ist wirklich schlecht geworden. Ich habe verstanden, dass es gar keine Karte gibt.«

»Das hat das Spitzohr auch gesagt«, murmelte Rammar und wandte sich wieder an den Elfen. »Du hältst dich wohl für besonders schlau, was? Glaubst, deine Sorte könnte sich gegenüber uns Orks jede Frechheit herausnehmen. Warte, Bürschchen, mein Bruder wird die den Bauch aufschlitzen und deine Innereien …«

»Aber ich sage die Wahrheit«, versicherte der Elf. »Die Karte von Shakara gibt es nicht. Jedenfalls nicht so, wie ihr euch das vorstellt.«

»Ach nein? Wie denn dann?«

»Es ist keine Landkarte wie andere«, erklärte der Elf in seiner Bedrängnis; sein Leben schien ihm wichtiger zu sein als die Wahrung alter Geheimnisse. »Sie ist nicht auf Pergament oder Leder gezeichnet und nicht in Stein gemeißelt. Die Karte von Shakara existiert nur im Bewusstsein der Hohepriesterin des Tempels.«

»Hä?« Die Falten auf Rammars Stirn wurden so tief, als wären sie mit einem Messer eingekerbt. »Was ist denn das jetzt für ein Mist?«

»Das ist die Wahrheit«, erklärte der Elf. »Über Generationen hinweg wurde das Geheimnis der Karte von Shakara von einer Hohepriesterin an die nächste weitergereicht. Nur in ihrem Geist hat die Karte die Jahrhunderte überdauert, und das allein ist der Grund dafür, dass sie nicht längst gestohlen wurde. Schon viele haben es versucht, Halsabschneider wie ihr, aber keinem ist es gelungen, das Geheimnis zu lüften.«

»So?« Rammar hatte ein Auge zugekniffen, das andere funkelte den Elfen argwöhnisch an. »Und warum verrätst du uns dann diesen ganzen Unsinn? Ihr Bleichgesichter seid doch sonst so schweigsam, wenn es um eure Geheimnisse geht.«

Der Elf lachte keuchend auf, und obwohl es zu seinen entrückten blassen Gesichtszügen nicht recht passen wollte, verzogen sich seine Mundwinkel in unverhohlenem Spott. »Weil es nicht mehr von Belang ist«, eröffnete er. »Unsere Zeit auf dieser Welt geht zu Ende. Andere werden kommen und die Macht an sich reißen – Kerle wie ihr, die sich für Reichtum und Macht gegenseitig an die Gurgel gehen. Die Prophezeiung, auf die wir alle gewartet haben, hat sich nicht erfüllt. Es spielt keine Rolle mehr, ob ihr das Geheimnis der Karte erfahrt oder nicht, denn es wird euch ohnehin nichts nützen. Menschen und Orks haben keine Zukunft – auf meinesgleichen und mich hingegen warten die Fernen Gestade.«

»Die fernen Kastrate?« Balbok hob die Brauen.

»Gestade«, verbesserte Rammar. »Das ist der Ort, wohin sich die Spitzohren alle verziehen. Ist doch so, oder nicht?«

Der Spott im Gesicht des Elfen blieb. »Unwissend seid ihr. Primitive Barbaren, nichts weiter.«

»Sei vorsichtig, was du sagst, Bleichgesicht! Wenn ich dir die Zunge erst herausgeschnitten habe, wirst du keine frechen Reden mehr führen.«

»Schon gut. Ich beuge mich der Gewalt«, sagte der Elf, der seine Überraschung verwunden und sich wieder einigermaßen gefasst hatte. »Aber lasst euch gesagt sein, dass es hier nichts für euch zu holen gibt. Unsere Ahnen haben Vorsorge getroffen gegen Räuber wie euch.«

»Die Karte existiert also nicht?«, fragte Balbok misstrauisch.

»Das sagte ich, oder nicht?«

»Und nur die Hohepriesterin kennt das Geheimnis?«

»So ist es.«

Balbok schaute seinen Bruder an. »Warum nehmen wir dann nicht einfach die Hohepriesterin mit? Der Zauberer wird schon aus ihr herausquetschen, was er wissen will.«

»Das ist eine ausgezeichnete Idee.« Rammar nickte. »Etwas in der Art hatte ich mir auch schon überlegt.«

»Also machen wir es so?«

»Worauf du einen lassen kannst.«

Da die letzten Worte in der Sprache der Orks gewechselt worden waren, hatte der Elf nichts davon verstanden, doch er sah das grinsende Zähnefletschen der beiden Brüder. »Was habt ihr vor?«, fragte er, nun wieder ein wenig aufgebracht. »Ich habe euch doch gesagt, dass es für euch hier nichts zu holen gibt.«

»Nein, Elflein«, widersprach Rammar. »Du hast nur gesagt, dass es keine Karte gibt, das ist alles.«

»Und?«, fragte der Elf mit banger Ahnung.

Rammars Grinsen wurde noch breiter. »Wo finden wir die Hohepriesterin von Shakara?«

»Ihr wollt doch nicht …?« Der Elf blickte von einem zum anderen. Als er die beiden grinsenden Orks nicken sah, verfiel er fast in Panik. »Das könnt ihr nicht!«, rief er. »Das dürft ihr nicht! Dazu habt ihr kein Recht …«

»Im Gegenteil, Spitzohr«, sagte Rammar. »Wir haben dazu das beste aller Rechte, nämlich das des Stärkeren. Deine Rasse hat die längste Zeit den Ton angegeben. Jetzt werden wir Orks uns nehmen, was uns zusteht. Und mit deiner Priesterin werden wir anfangen. Wo ist sie? Sag schon, oder willst du mit aufgeschnittenem Wanst enden, noch ehe du das Land deiner Ahnen gesehen hast?«

Rammar hatte mit seinen Worten den richtigen Ton getroffen. Der Widerstand des Elfen bröckelte wie altes Mauerwerk. Wenn er den Orks nicht verriet, wo die Hohepriesterin zu finden war, würde es ein anderer tun. Die Tempelwachen würden sich der beiden Orks annehmen müssen. Vielleicht fand er einen Weg, sie zu warnen …

»Also gut«, erklärte er sich bereit und gab sich dabei Mühe, den letzten Rest an Würde zu wahren. »Um sich die Karte von Shakara wieder und wieder ins Gedächtnis zu rufen, vollführt die Hohepriesterin einmal täglich das Ritual Enyalia.«

»Aha«, brummte Rammar, ohne wirklich verstanden zu haben. »Und wann und wo findet dieses Ritual statt?«

»Im Tempelraum – gerade in diesem Augenblick.«

»Dann sollten wir keine Zeit verlieren«, sagte Rammar. Balbok nickte, holte das Seil ein, wickelte es um den Elfen und fesselte ihn damit.

»W-was tut ihr da?«

»Was wohl? Wir packen dich zum Mitnehmen ein.«

»Zum Mitnehmen? Aber …«

»Du wirst uns zeigen, wie wir in diesem Wirrwarr von Gängen zum Tempelraum gelangen – hier sieht es ja noch schlimmer aus als in Torgas tiefsten Eingeweiden. Und wehe, du hältst uns zum Narren, Elflein. Dann kannst du was erleben.«

»I-ihr begeht einen großen F…« Der Elf verstummte, denn Balbok hatte ihm bereits einen Teil seines eigenen Gewandes als Knebel in den Mund gestopft. Dann lud er sich den Gefangenen wie einen Sack über die Schulter.

»Gut so.« Rammar war zufrieden. »Welche Richtung?«

»Mmh«, machte der Tempeldiener, der ziemlich unglücklich dreinblickte.

»Sprich gefälligst so, dass ich dich verstehen kann!«, verlangte Rammar und drohte mit der Faust.

»Mmh … mmh …« Der Elf deutete mit dem Kinn den Gang hinab.

Die beiden Orks nickten, und mit den Waffen in den Klauen eilten sie durch das schmale, von Säulen getragene Gewölbe.

An einem der Quergänge bedeutete ihnen der Elf, nach rechts zu gehen, nach einer Weile mussten sie sich nach links wenden. Einige Kreuzungen weiter hatten Rammar und Balbok bereits die Orientierung verloren und wussten nicht mehr, wo sie sich befanden – klar war ihnen nur, dass sie tiefer und tiefer ins Innere des Tempels vordrangen.

Plötzlich waren Stimmen zu hören.

Die Orks verharrten und lauschten. Ein Trupp Elfen kam den Gang entlang, auf sie zu, und dem Klirren nach zu urteilen, das ihre Stimmen untermalte, waren sie bewaffnet.

Tempelwachen.

»Rasch, da hinein!«, wies Rammar seinen Bruder an und deutete auf einen Nebengang. »Und keinen Mucks, Spitzohr, sonst ist's vorbei!«

Die Orks flüchteten sich mit ihrem Gefangenen in den Seitengang, die Waffen erhoben, um ihre Haut notfalls so teuer wie möglich zu verkaufen. Da das blaue Leuchten, das die Gänge erfüllte, überall gleich hell war, gab es keine Schatten, in die sie sich hätten verkriechen können. Ihnen blieb nur, sich eng an die Wand zu drücken und zu hoffen, dass die Wachen sie nicht entdeckten.

Die Stimmen und das Klirren wurden lauter. Ein gutes Dutzend mochten es wohl sein. Rammar und Balbok tauschten einen nervösen Blick, während die Klinge von Balboks Dolch an der Kehle des Gefangenen lag.

Im singenden Ton der Elfensprache wurden Befehle erteilt. Im nächsten Moment passierte der Trupp den Seitengang.

Die Orks hatten richtig vermutet.

Es waren Tempelwachen, ein ganzer Trupp. Über ihren Rüstungen aus blitzendem Silber trugen sie weiße Umhänge, unter denen die Griffe geschwungener Elfenklingen hervorschauten. Oben auf ihren Helmen, die die Gesichter freiließen, wippten weiße Federbüsche. Ihre Schilde zeigten einen stilisierten Eiskristall, das Symbol des Tempels von Shakara. Sie marschierten in Reih und Glied und bewegten sich mit grimmiger Entschlossenheit.

Rammar musste an das denken, was Balbok ihm über Elfenkrieger erzählt hatte. Der untersetzte Ork merkte, wie die Innenflächen seiner Klauen um den Schaft des *saparak* feucht wurden. Bang fragte er sich, wie viele von den Elfenwachen er in Kuruls Pfuhl würde stoßen können, ehe ihre Schwerter ihn in Stücke hackten – wohl nicht einen einzigen …

Den Orks blieb nur, sich völlig still zu verhalten, während der Wachtrupp an ihnen vorbeizog. Balboks Nüstern zuckten, während sich der Gefangene in seiner Umklammerung wand. Aber der Ork packte nur noch fester zu und drückte die Dolchklinge gegen die Kehle des Elfen, sodass dieser allen Widerstand aufgab.

Eine Ewigkeit schien zu verstreichen, bis die Wachen sie passiert hatten. Das Glück der Orks war es, dass die Krieger in ihrer Diszipliniertheit nur geradeaus, aber nicht zur Seite blickten, sodass sie weder die beiden Eindringlinge noch deren

Geisel bemerkten. Endlich war der Trupp vorbei, und Balbok wagte nicht nur, seufzend aufzuatmen, sondern verschaffte sich auch anderweitig Erleichterung.

»Verdammt!«, zischte Rammar ihn an. »Muss das sein? Wir können so schon von Glück sagen, dass uns die Langnasen nicht gerochen haben. Du wirst uns noch verraten mit deiner Furzerei!«

»'tschuldigung«, gab Balbok flüsternd zurück. »Mir war danach.«

»Wenn du das noch mal machst, wird mir danach sein, dir den Schädel einzuschlagen, du *umbal!*«, prophezeite Rammar mürrisch. Dann wandte er sich an den Gefangenen, dem Balboks Gase solche Übelkeit verursachten, dass er die Augen verdrehte. Rammar nahm ihm den Knebel aus dem Mund. »Wohin jetzt?«, wollte er wissen. »Und wage es nicht, uns irgendwohin zu führen, wo noch mehr Tempelwachen sind.«

»Do-dort entlang«, flüsterte der Elf tonlos. »Es ist nicht mehr weit bis zum Tempelraum.«

»Das will ich hoffen«, versetzte Rammar und stopfte ihm wieder den Mund. Erneut schlichen sie los, weiter den breiten Gang entlang und danach einer Reihe von Abzweigungen und Treppen folgend. Diesmal waren die Orks noch mehr auf der Hut als zuvor. Sobald sie ein verdächtiges Geräusch vernahmen, verharrten sie und warteten; erst wenn sie sicher waren, dass ihnen keine Gefahr drohte, setzten sie den Weg fort.

Endlich gelangten sie in einen Gang, der breiter und prächtiger war als alle anderen zuvor und dessen geschwungene Decke nicht von Säulen, sondern von Statuen getragen wurde. Ihr weißer Alabaster schimmerte im blauen Licht wie glänzendes Eis. Wen die Statuen verkörperten, wussten Rammar und Balbok nicht; es waren wahrscheinlich irgendwelche Wichtigtuer aus der Elfenhistorie, an denen in der Vergangenheit dieses Volkes ja nun wirklich kein Mangel herrschte. Für die Orks sahen die Kerle nicht nur alle gleich, sondern auch noch alle gleich hässlich aus – symmetrische Visagen mit hohen Wangen, langen Nasen und unverhohlener Arroganz im Blick.

Für Rammar verkörperten die Statuen alles, was er an den

Elfen noch nie hatte leiden können, und da ihn ohnehin ein dringendes Bedürfnis plagte, konnte er es sich nicht verkneifen, sich geradewegs zu Füßen eines besonders elegisch dreinblickenden Standbilds zu erleichtern. Dem Tempeldiener wollten die Augen aus den Höhlen quellen.

»Was glotzt du so, Bleichgesicht?«, fragte Rammar grinsend. »Hast du noch nie jemanden pinkeln sehen? Natürlich nicht – ich möchte wetten, bei euch Prachtburschen setzt es Eisbrocken und Rosenblüten.«

»Schhh«, machte Balbok mit einer energischen Handbewegung. »Hörst du das auch?«

Rammar packte seinen kleinen Ork wieder ein und spitzte die Ohren. Natürlich konnte er es hören – ätherische Gesänge in so hoher Tonlage, dass sich einem Ork die Nackenborsten sträubten.

»Verdammt!«, fluchte er. »Bei dem Gejammer rollen sich einem ja die Fußkrallen auf. Das kommt von da vorn, wahrscheinlich aus dem Tempelraum, oder?«

Der geknebelte Elf nickte widerstrebend.

»Die Zeremonie hat bereits angefangen«, folgerte Rammar. »Los, wir müssen uns beeilen.«

Die Orks liefen den breiten Gang entlang, ihren Gefangenen im Schlepp. Der Gesang wurde lauter, je weiter sie vordrangen, und je lauter er wurde, desto heller und durchdringender wurde das Leuchten, das den Gang erfüllte.

Blendend helles Licht strahlte ihnen vom Ende des Korridors entgegen. Ihre Augen schirmend, liefen sie weiter, eingehüllt von Licht und Gesang – beides Dinge, die ein Ork zutiefst verabscheut. Am liebsten hätte Rammar laut geschrien und kehrtgemacht, aber er riss sich zusammen.

Die Augen der Orks gewöhnten sich allmählich an das helle Licht, und sie erkannten, dass der Gang auf eine Art Galerie mündete, die von einer steinernen, kunstvoll behauenen Balustrade begrenzt war. Von hier aus konnte man hinunter in die Halle blicken, die an Prunk und Schönheit alles übertraf, was die beiden Brüder je gesehen hatten – nur haben Orks leider keinen Funken Sinn für Schönheit.

Fenster gab es nicht; das Licht strahlte von einem riesigen kreisrunden Leuchter, der von der hohen Decke hing und mit unzähligen Kristallen besetzt war. Künstlichen Gestirnen gleich verbreiteten sie gleißenden Schein und ließen den Marmor der Wände und des Bodens blendend hell erstrahlen.

Große Standbilder aus Alabaster, deren reglose Mienen noch gravitätischer wirkten als jene auf dem Gang, waren entlang der Seitenwände in schmale Nischen eingelassen. Die steinernen Schwerter, die sie zum Spalier erhoben hatten, formten ein zweites Dach über einem marmornen Weg, der von einem Ende der Halle zum anderen führte.

Die Stirnseite wurde von einem riesigen Kristall eingenommen, der gewiss an die zehn Mannslängen hoch war; anders als jene an der Decke leuchtete er nicht aus sich heraus, sondern reflektierte das Licht der kleineren Kristalle, sodass es tausendfach strahlte und glitzerte. Vor dem Kristall befand sich ein steinerner thronähnlicher Sitz, der wie die Balustrade der Galerie reich verziert war. Rings um den Thron hatten sich zahlreiche Elfen versammelt, die in wallende weiße Gewänder gekleidet waren. Zu beiden Seiten des Riesenkristalls gewahrten die Orks außerdem – sehr zu ihrem Missfallen – mehrere Wachen mit Schwertern und Schilden.

Die Seiten der Halle wurden von jungen Elfinnen gesäumt, deren anmutige Gestalten ebenfalls von Seide umflossen wurden, und langes Haar wallte auf ihre Schultern hinab. Sie waren die Urheberinnen des Gesangs, der in höchsten Tönen schwelgte und die Gehörgänge der Orks malträtierte.

Längst hatten Rammar und Balbok mit ihrem Gefangenen Deckung gesucht. Sie spähten durch das Geländer der Balustrade. Dabei waren ihre Gesichter zu leidvollen Grimassen verzogen; Elfengesang konnte einen Ork in den Wahnsinn treiben. Der Gesang schwoll noch an – und durch das Spalier der Steinfiguren schritt eine Frau, deren Gewand noch weißer und strahlender war als das aller anderen Elfen. Eine lange Schleppe hinter sich herziehend, deren hinterer Saum von zwei Tempeldienerinnen getragen wurde, schritt sie würdevoll zum Thron.

Für einen kurzen Moment konnten die Orks einen Blick auf ihr Gesicht erheischen. In Rammars und Balboks Augen war die Elfin ein abgrundtief hässliches Weib – was bedeutet, dass sie für Elfen und Menschen eine geradezu überirdische Schönheit war. Glattes, fast weißes Haar umrahmte ihre ebenmäßigen Züge, deren hohe Wangen ihr ein edles Aussehen verliehen. Ihre Augen waren schmal wie bei allen Elfen, ihr Blick wach und aufmerksam. Ein selbstsicheres Lächeln spielte um ihren schmalen Mund, das Rammar als Zeichen der Überheblichkeit ihrer Rasse deutete.

»Ist sie das?«, zischte er dem Tempeldiener zu, und als dieser nur wieder mit einem »Mmh« antwortete, nahm er ihm den Knebel aus dem Mund und wiederholte: »Ist das die Hohepriesterin?«

»J-ja. Ihr Name ist Alannah.«

»Ihr Name ist mir völlig schnurz. Mich interessiert nur, was sie im Kopf hat.«

Begleitet vom schauerlichen Gesang erreichte die Prozession das Ende der Halle. Die Tempeldiener, die dort gewartet hatten, verbeugten sich tief, und die Hohepriesterin nahm auf dem Thron Platz. Natürlich tat sie das nicht einfach so – selbst wenn sie sich nur auf den *asar* setzten, hatten Elfen dabei ein halbes Dutzend Formalien zu beachten, wie Rammar belustigt feststellte. Endlich endete der Gesang, und die Priesterin begann mit lauter Stimme zu sprechen.

»Was sagt sie?«, wollte Rammar von dem Gefangenen wissen.

»Sie spricht die Worte von Farawyn dem Seher.«

»Nie gehört. Wer ist der Armleuchter?«

Der Elf wirkte pikiert. »Farawyn der Seher war ein großer Gelehrter und Weiser, der zur Zeit des Zweiten Krieges lebte«, erklärte er. »Von ihm stammt die Weissagung, dass einst ein neuer Herrscher kommen und Erdwelt wieder vereinen wird.«

»Tatsächlich? Und an so einen *shnorsh* glaubt ihr?« Rammar ließ ein Knurren hören, das ein belustigtes Kichern sein sollte. »Vielleicht seid ihr Spitzohren ja doch nicht so schlau, wie immer behauptet wird …«

Er riskierte wieder einen Blick durch das Geländer. Die Priesterin hatte ihre Eröffnungsrede beendet und stimmte nun ihrerseits einen schrillen Gesang an.

»Aua«, knurrte Rammar. »Was macht das Weib denn jetzt?«

»Sie singt die erste Strophe der Enyalie. Das ist ein meditativer Gesang, der ihr hilft, sich das Geheimnis von Shakara zu vergegenwärtigen. Während sie singt, ruft sie sich jede Einzelheit der Karte ins Gedächtnis, deren Kenntnis von Generation zu Generation weitergegeben wurde und die zurückgeht auf die Tage Farawyns des Sehers und des Königs vom …«

Rammar winkte ab. »Schon gut, schon gut …« Elfen hatten seiner Meinung nach die nervende Angewohnheit, viel zu reden und dabei wenig zu sagen – bei Orks war es genau umgekehrt.

Die Priesterin sang weiter, und aller Augen waren dabei auf sie gerichtet. Selbst die Tempelwachen waren ganz auf das Ritual konzentriert.

»Jetzt oder nie«, flüsterte Rammar seinem Bruder zu. »Eine günstigere Gelegenheit als diese bekommen wir nicht.«

»Wie fangen wir es an?«, fragte der Hagere.

»Wir müssen einen Weg finden, dort hinunterzugelangen. Dann fallen wir in den Tempel ein, erschlagen ein paar Spitzohren, um Verwirrung zu stiften, schnappen uns die Priesterin, erschlagen noch ein paar Spitzohren nur so zum Spaß und hauen ab. Noch ehe die merken, dass wir da sind, sind wir schon wieder verschw…«

Der Rest von dem, was er sagen wollte, blieb Rammar förmlich im Hals stecken. Denn in diesem Moment erkannte er, dass er einen schweren Fehler begangen hatte: In seiner Aufregung hatte er vergessen, den Gefangenen wieder zu knebeln – und der Elf nutzte die Gunst des Augenblicks und stieß einen gellenden Warnruf aus.

Die Ereignisse überschlugen sich.

Während der Gesang der Priesterin jäh abbrach und sich die Tempelwachen alarmiert umblickten, tat Balbok das Einzige, was ihm auf die Schnelle einfiel, um den verräterischen Schreihals zum Schweigen zu bringen – er warf ihn kurzerhand über die Balustrade. Den gellenden Schrei noch auf den Lippen, stürzte der Elf in die Tiefe. Ein hässliches Klatschen folgte, worauf sein Geschrei die Tonart wechselte und in ein jammerndes Heulen überging. Panik brach unter den Elfen aus, und natürlich blickten die Tempelwachen empor zur Galerie, wo sie die beiden Orks gewahrten.

»*Shnorsh!*«, rief Rammar – dann stürmten die Wachen auch schon los, auf eine gewundene Treppe zu, die hoch zur Galerie führte.

Zum Nachdenken blieb keine Zeit. Balbok tat weiterhin das, wozu sein Instinkt ihm riet. Er sprang auf die Balustrade und setzte mit einem wagemutigen Hechtsprung hinaus in die Leere.

»Was, bei Kuruls Flamme …?« Rammar, der überzeugt war, dass sein einfältiger Bruder den Verstand verloren hatte, starrte über das Geländer – um verblüfft festzustellen, dass sich Balbok keineswegs vor Panik in den Tod gestürzt hatte. Mit seinen langen Beinen hatte er sich so kraftvoll abgestoßen, dass er den Rand des Kristalleuchters erreicht und zu fassen bekommen hatte. Verbissen klammerte er sich daran fest, während das riesige Gebilde hin- und herschwang. Einige Kristalle lösten sich, fielen in die Tiefe und zersprangen mit hellem Klirren in leuchtende Scherben.

Die Elfinnen schrien entsetzt, die Tempeldiener drohten empört mit den Fäusten. Bogenschützen waren plötzlich zur Stelle und legten auf Balbok an, aber noch ehe sie ihre Pfeile abschießen konnten, ließ der Ork den hin- und herpendelnden Lüster los, und in hohem Bogen flog er durch die Luft. Er überschlug sich dabei, vollführte einen mehr oder weniger eleganten Salto – um schließlich breitbeinig vor dem Thron zu landen, auf dem die entsetzte Elfenpriesterin saß.

Balbok, dem noch ein wenig schwindelig war von seinem waghalsigen Sprung, riss die Axt aus dem Gürtel und schlug damit um sich. Zwei Tempeldiener gingen blutüberströmt nieder, die anderen flüchteten unter panischem Geschrei. Dafür drängten die Tempelwachen mit ihren Schwertern und Schilden heran.

Schon erreichte die erste Tempelwache den Gegner und schlug zu. Balbok ging sofort zum Gegenangriff über. Die Schneide seiner Axt fraß sich in die Brust des Elfen, und das mit derartiger Wucht, dass sie dessen Rüstung mühelos durchdrang. Stöhnend brach der Elfenkrieger zusammen, und Balbok fuhr herum, gerade im rechten Augenblick. Eine gebogene Elfenklinge dürstete nach seinem Blut, und der Schaft der Axt konnte sie gerade noch abblocken, ehe sie ihm die Kehle durchschnitt, um ihren Durst zu stillen.

Balbok fletschte die Zähne und ließ ein wildes Knurren vernehmen, seine Augen rollten in den Höhlen. Er stieß den Angreifer zurück und setzte mit der Axt nach, aber der Hieb prallte wirkungslos am Schild des Tempelwächters ab. Das Gesicht unter der Helmhaube ließ weder Hass noch Abneigung erkennen, nicht einmal einen Hauch von Zorn. Der Elfenkrieger tat nur, was ihm befohlen war, wozu seine Disziplin ihn trieb und sein Kodex ihn verpflichtete.

»Sag mal«, rief Balbok ihm entgegen, »was für ein Volk seid ihr eigentlich? Warum brüllt ihr nicht, wenn es in den Kampf geht? Warum beschimpft ihr eure Gegner nicht?«

»Weil wir keine Barbaren sind, du primitive Kreatur, deshalb«, gab der Elf zurück und machte einen überraschenden Ausfall, dem Balbok blitzschnell begegnete. Indem sich der Ork zu Boden fallen ließ, entging er der Klinge, die knapp über ihn hinwegsengte. Sich herumwerfend, hieb er mit der Axt nach den Schienbeinen des Elfen, und da der Krieger keine Beinschienen trug, durchschnitt das scharfe Axtblatt Fleisch, Sehnen und Knochen. Kreischend fiel der Verstümmelte zu Boden, während Balbok blitzschnell wieder aufsprang.

»Primitive Kreaturen mögen wir sein!«, rief er auf den sich windenden Elfen hinab. »Dafür aber stehen wir mit beiden Beinen fest auf dem Boden!«

Die blutige Axt erhoben, wirbelte er herum, um sich nach neuen Gegnern umzuschauen – aber da war niemand mehr. Die Bogenschützen hatten Rammar unter Beschuss genommen, der sich daraufhin in Sicherheit gebracht hatte, und die Wachen von der anderen Seite der Halle waren noch nicht heran. Nur zwei Armlängen von Balbok entfernt saß die Hohepriesterin auf ihrem steinernen Thron und starrte ihn entsetzt an.

»Wer sagt's denn?«, meinte Balbok und zeigte breit grinsend die gelben Zähne.

Sie erwiderte etwas in der Sprache der Elfen, das der Ork nicht verstand, aber er nahm nicht an, dass es besonders schmeichelhaft war. Zumindest in den Adern der Priesterin schien noch wirkliches Blut zu fließen, denn ihre Züge waren zornverzerrt, und aus ihren Augen schlug ihm unverhohlener Hass entgegen.

Beides hielt den Ork nicht davon ab, die Stufen zum Thron zu erstürmen, die Elfin zu packten und sie sich kurzerhand wie einen Sack über die Schulter zu werfen. Daraufhin gab sie jede vornehme Zurückhaltung auf, kreischte wie von Sinnen und trommelte mit den Fäusten auf seinem Rücken herum, worüber der Ork nur schmunzeln konnte.

»Rammar, ich hab sie!«, rief er laut und wandte sich um. Er wollte durch den Tempelraum zum Ausgang laufen – aber eine Phalanx grimmiger Elfenkrieger versperrte ihm den Weg. Sie hatten im Halbkreis vor dem Thron Stellung bezogen.

»Keine Bewegung!«, rief einer der Elfen, wohl der Hauptmann, ihm entgegen. »Gib die Hohepriesterin sofort frei, grässlicher Wilder, oder du bist des Todes!«

Balbok biss sich auf die wulstigen Lippen.

Gegen einzelne Elfenkrieger zu kämpfen, indem man sich einen nach dem anderen vornahm, war eine Sache – sich gegen einen ganzen Trupp von ihnen gleichzeitig zu behaupten, etwas ganz anderes. Die messerscharfen Klingen ihrer Schwerter würden ihn in Stücke hacken, ehe es gelang, auch nur einem Einzigen von ihnen den Schädel zu spalten – oder?

Ein wölfisches Grinsen erschien auf Balboks Gesicht. Natürlich hatte er wenig Lust, von dem Elfenpack abgeschlachtet zu werden. Andererseits reizte es ihn herauszufinden, wer nun tatsächlich der bessere Kämpfer war, Elf oder Ork.

Balbok spürte, wie sein Blut in Erwartung des bevorstehenden Kampfes in Wallung geriet. Schon wollte er die sich noch immer heftig wehrende Gefangene einfach zu Boden fallen lassen, um sich ganz seinen Gegnern widmen zu können, als er plötzlich Rammar rufen hörte, der von der Galerie getürmt und unvermittelt im Eingang zur Tempelhalle aufgetaucht war.

»Halt!«, rief er so laut, dass es von der hohen Decke widerhallte. »Du hast eine Geisel, du dämlicher Hund! Du brauchst nicht zu kämpfen! Und ihr, Spitzohren, tretet zur Seite und lasst ihn passieren, dann wird eurer Priesterin kein Haar gekrümmt!«

»Und wenn wir uns weigern?«, fragte der Hauptmann, ohne seinen Blick von Balbok und seiner Gefangenen zu wenden.

»Dann werden wir ihr eine neue Visage schnitzen!«, entgegnete Rammar. »Habt ihr das kapiert?«

Die Wachen und ihr Hauptmann tauschten betroffene Blicke. Schließlich bedeutete der Offizier seinen Leuten, die Waffen zu senken und den Weg freizugeben – und das trotz des lauten Protests der Priesterin.

»Komm schon!«, rief Rammar und winkte seinem Bruder. Mit ausgreifenden Schritten und die Priesterin auf der Schulter durchmaß dieser den Tempel, vorbei an den Bogenschützen, die nicht mehr zu schießen wagten aus Furcht, das Leben ihrer Hohepriesterin zu gefährden. Dann erreichte Balbok den Ausgang, und gemeinsam mit Rammar trat er die Flucht an, voller Bewunderung für seinen gewitzten Bruder.

»Alle Achtung, Rammar!«, rief er, während sie im Laufschritt durch den Korridor eilte. »Die Gefangene als Geisel zu verwenden, darauf muss man erst mal kommen!«

»Nicht wahr?«, erwiderte Rammar stolz. »Gibst du jetzt zu, dass ich der bessere Ork von uns beiden bin?«

»Allerdings. Ich habe ja nur ein paar Elfen erschlagen, aber du hast uns beiden den Hals gerettet.«

»Na ja – wie du von der Galerie gesprungen bist, das war auch nicht übel. Nach mir, Balbok, bist du der beste Ork, den ich kenne.«

»Ehrlich, Rammar?«

»Ganz ehrlich, ich …«

»Sagt mal, ihr Komödianten!«, ließ sich auf einmal die

Priesterin vernehmen. »Könntet ihr mal kurz aufhören, Blödsinn zu quatschen, und mir verraten, was dieser ganze Unsinn eigentlich soll?«

Rammar und Balbok schauten sich erstaunt an. Sie hatten ihre Unterhaltung auf Orkisch geführt, und zu ihrer Überraschung hatte die Priesterin sie offenbar nicht nur verstanden, sie hatte auch selbst in gut verständlichem (wenn auch akzentbeladenem) Orkisch gesprochen.

»Du ... sprichst unsere Sprache?«

»Allerdings, Fettwanst«, schimpfte sie. »Und ich frage mich, ob ihr beiden abschätzen könnt, wie viel Ärger ihr euch mit dieser Sache eingehandelt habt.«

»Das lass ruhig unsere Sorge sein, Elfenweib!«, gab Rammar barsch zurück. Er mochte es nicht, wenn sich Fremde der Sprache der Orks bedienten. Wie, bitteschön, sollte man die verschiedenen Rassen denn noch auseinander halten, wenn jeder anfing, in eines jeden Zunge zu sprechen?

Abrupt blieb er stehen.

Der Gang, den sie entlanggeeilt waren, teilte sich vor ihnen, und Rammar wusste beim besten Willen nicht, ob sie den linken oder den rechten Weg nehmen sollten. Vorhin waren sie auf einem anderen Weg hergekommen, aber selbst wenn es derselbe gewesen wäre, hätten sich die Orks in dem Gewirr säulengesäumter Gänge und Korridore nicht zurechtgefunden.

»Verdammt!«, raunte er Balbok zu, während hinter ihnen bereits die Wachen zu hören waren, die sie verfolgten. »Hast du eine Ahnung, welcher der Weg nach draußen ist?«

»Nein.« Balbok machte ein langes Gesicht.

»Ihr Idioten!«, maulte die Priesterin, die so gar nichts von der salbungsvollen Art ihres Volkes zu haben schien. »Was für eine Art Entführung soll das denn sein? Hattet ihr keinen Plan für eure Flucht?«

»Und ob, den hatten wir«, versicherte Rammar und lachte rau. »Aber der hat sich leider die Knochen gebrochen. Sieht so aus, als müsstest du uns den Weg zum Ausgang zeigen.«

»Ich?«

»So ist es.« Rammar hielt ihr die Spitze seines *saparak* an die

Kehle. »Welchen Gang sollen wir nehmen? Nur immer frei raus damit.«

Die Priesterin presste störrisch die Lippen zusammen, und aus ihren schmalen Augen sprach pure Verachtung. In diesem Moment kam ein Trupp mit Schwertern bewaffneter Wächter um die Biegung gelaufen.

»Nun rede schon!«, drängte Rammar und verstärkte den Druck seiner Waffe.

»Dort entlang!« Sie deutete mit einem Kopfnicken hin zum linken Gang, worauf Balbok und Rammar ihre Flucht unverzüglich fortsetzten.

Die Elfenwachen blieben ihnen auf den Fersen, wagten allerdings nicht, die Orks anzugreifen, um das Leben der Hohepriesterin nicht zu gefährden. Da sie die Einzige war, die das jahrhundertealte Geheimnis von Shakara kannte, würde es unwiederbringlich verloren gehen, wenn sie starb, und daran wollte keiner von ihnen schuld sein.

Ihre Gefangene als lebenden Schild missbrauchend, flüchteten Rammar und Balbok durch den Gang. Als dieser sich erneut teilte und es sowohl eine Treppe nach oben als auch eine in die Tiefe gab, wies die Priesterin sie an, die Stufen nach unten zu nehmen. Nach einer Vielzahl weiterer Gänge und Treppen fand die Flucht der Orks allerdings vor einem riesigen Tor, dessen Flügel aus kunstvoll behauenem Stein bestanden, ein jähes Ende. Zweifellos war dies das Haupttor, das sie von draußen gesehen hatten.

Die Orks blickten an der Innenseite der Pforte empor. Jeder Versuch, den schweren Riegel zu heben, erschien ihnen aussichtslos.

»Und nun?«, fragte die Priesterin in unverhohlenem Spott. »Was gedenkt ihr jetzt zu tun, meine törichten Freunde?«

»Du wirst das Tor für uns öffnen«, verlangte Rammar, wild mit dem *saparak* fuchtelnd. Noch immer waren die Stimmen der Verfolger hinter ihnen, und mit jedem Augenblick wurden sie lauter. Gleich würden die Wachen sie erreichen …

»Ich?« Die Elfin lachte silberhell. »Niemals! Nicht einen Finger werde ich krümmen.«

206

»Dann wirst du sterben!«, drohte Rammar.

»Das müssen alle, wenn ihre Zeit gekommen ist«, entgegnete sie kaltschnäuzig, und an ihrem Blick konnte Rammar erkennen, dass sie sich tatsächlich nicht vor dem Tod fürchtete. Im Gegenteil, das Elfenweib schien mit ihrem Ende zu liebäugeln wie eine Menschenhure mit einem Freier.

Was tun?

Rammars Blicke glitten erneut an dem gewaltigen Tor empor. Einen Mechanismus, mit dem sich der mächtige Riegel heben ließ, schien es nicht zu geben, und aus eigener Kraft vermochten das selbst die beiden Orks nicht. Sie saßen in der Falle – und das Elfenweib trug Schuld daran.

»Du ...!«, schnaubte Rammar und richtete die Spitze des Speers erneut gegen sie. »Das hast du mit Absicht getan.«

»Ihr wolltet den Weg zum Ausgang wissen, oder nicht? Das ist der Ausgang, also beschwert euch nicht!«

»Aber das Tor lässt sich nicht öffnen.«

»Vom Öffnen war auch nicht die Rede. Du wolltest nur den Weg wissen.«

»Du elende, verdammte ...« Rammar wollte die Elfin mit den ärgsten Beleidigungen bedenken, die die Orksprache hergab – da erschienen die Verfolger in der Torhalle. Die Schilde mit dem Kristallsymbol erhoben, stürmten sie heran und bildeten einen Halbkreis um die Orks, die mit dem Rücken zum Tor standen.

»Gebt auf!«, verlangte der Hauptmann. »Ihr könnt nicht entkommen!«

»Das sehe ich anders«, entgegnete Rammar trotzig. Er verkrallte seine Linke im Haar der Geisel, die noch immer über Balboks Schulter lag, zerrte ihren Kopf hoch und hielt ihr die Speerspitze an die Kehle. »Wir haben die Priesterin, und nur sie kennt das Geheimnis. Wenn ihr euch nicht vorseht, ist sie tot und die Karte von Shakara für immer verloren.«

»Vielleicht. Aber du kannst auch nicht ewig hier stehen und ihr Leben bedrohen.«

Das war leider wahr, wie Rammar sich eingestehen musste. Früher oder später würde es zu einem Kampf kommen, und es bestand kein Zweifel daran, wie dieser Kampf ausgehen würde ...

»Da!«, flüsterte Balbok plötzlich.

»Stör mich jetzt nicht!«, knurrte Rammar. »Ich muss nachdenken!«

»Dort drüben!«, drängte sein Bruder.

»Was ist denn?«, fragte Rammar unwirsch.

»Die Vertiefung in der Wand ...«

Rammar folgte mit seinem Blick der ausgestreckten Klaue seines Bruders, und auch er entdeckte nun die Nische, die sich auf der linken Seite des Tors im Mauerwerk befand.

Der Öffnungsmechanismus?

»Übernimm du hier«, knurrte Rammar, und während nun Balbok die Gefangene bedrohte, lief er zu der Nische. Tatsächlich – in der Nische war eine viereckige Steinplatte versenkt, und in der wiederum sah er den eingemeißelten Abdruck einer schmalen Hand, offenbar einer Elfenhand.

Da sie nichts zu verlieren hatten, konnte es nicht schaden, das einmal auszuprobieren. Rammar hob die Klaue, um sie in den steinernen Handabdruck zu legen.

»Denk nicht mal dran!«, rief die Priesterin. »Dies ist ein Abdruck der rechten Hand Farawyns. Nur Könige des Elfengeschlechts vermochten die Pforte einst auf diese Weise zu öffnen, das letzte Mal vor mehr als achthundert Jahren!«

»Nur Könige des Elfengeschlechts – so, so ...«, sagte Rammar grinsend. Nun konnte er erst recht nicht widerstehen, und kaum hatte er seine Klaue in den Abdruck gelegt, glaubte er zu spüren, wie sich der kalte Stein auf einmal erwärmte.

Ein blaues Glühen wie das, das von den Kristallen ausgegangen war, umgab plötzlich das Tor und den schweren Riegel – und im nächsten Augenblick hob sich dieser wie von Geisterhand.

»Nein!«, rief Alannah entsetzt, und die Wachen, einschließlich ihres beherzten Hauptmanns, fuhren zurück.

Unter ohrenbetäubendem Knirschen und Kreischen, das den Tempel bis in seine Grundfeste erbeben ließ, öffnete sich das Tor! Langsam schoben sich die steinernen Flügel auseinander, Eis splitterte von ihnen ab und fiel nach unten, und klirrend kalte Luft fegte von draußen heulend und pfeifend herein. Das Dämmerlicht der langen Nordnacht drang durch den sich stetig verbreiternden Spalt, während die Torflügel unter lautem Getöse aufschwangen und den Orks den Weg in die Freiheit öffneten.

»Bei Kuruls dunkler Flamme!«, rief Rammar, und auch Balbok schüttelte sich vor Grauen. Obwohl die Orks Kreaturen der Finsternis sind, ist die Furcht vor allem Magischen und Übernatürlichen tief in ihnen verwurzelt, und dass es ausgerechnet fauler Elfenzauber war, der ihnen die Flucht ermöglichte, erschien den beiden Brüdern höchst verdächtig.

Auch die Elfen hatten sich noch nicht von ihrem Schrecken erholt; die Priesterin war derart überrascht, dass sie aufgehört hatte, sich zu wehren und ihre Entführer zu beschimpfen, und die Wachen standen wie angewurzelt, konnten nicht glauben, was sie sahen.

Balbok war der Erste, der die Fassung wiedererlangte. »Worauf warten wir?«, fragte er – und die Orks fuhren herum und wandten sich zur Flucht. Mit ihrer Gefangenen hetzten sie hinaus in die kalte Nacht.

»Das ist nicht möglich!«, rief die Priesterin und vergaß dabei ganz, sich Balboks Griff zu widersetzen. »Das ist einfach nicht möglich …«

»Mach den Mund wieder zu, Elfenweib – es zieht!«, versetzte Rammar brüsk, während sie über den gefrorenen Schnee rannten, der unter ihren Tritten knirschte. »Inzwischen solltest du begriffen haben, dass echten Orks nichts unmöglich ist!«

»Aber es ist die Pforte Farawyns, und es ist seine Hand, die in den Stein gemeißelt wurde. Niemand vermag das Tor zu öffnen …«

»Niemand außer uns!«, entgegnete Balbok grinsend.

»Es ist einfach nicht möglich«, beharrte die Priesterin trotzig und verfiel in grübelndes Schweigen.

Rammar war es nur recht. Das Gezeter der Elfin war ihm auf die Nerven gegangen, zudem hatten Balbok und er ganz andere Sorgen, als sich darüber den Kopf zu zerbrechen, weshalb sich das Tor plötzlich geöffnet hatte. Eine halbe Meile trennte sie von ihrem Eissegler, und natürlich würden die Tempelwachen nicht einfach so zuschauen, wie ihre Priesterin entführt wurde.

Durch die offen stehende Pforte drang aufgebrachtes Geschrei, das schließlich von einem gellenden Befehl zum Verstummen gebracht wurde. Augenblicke der Stille folgten, in denen Rammar und Balbok nichts hörten als das Knirschen ihrer eigenen Schritte und ihren keuchenden Atem.

Dann war es mit der Ruhe vorbei.

Markerschütterndes Gebrüll wie aus den Kehlen wütender Trolle zerriss die Stille der Dämmernacht. Erschrocken sahen sich Rammar und Balbok im Laufen um – und zu ihrem Erschrecken erblickten sie mehrere gewaltige Kreaturen, die aus dem offenen Tor der Tempelfestung stürmten.

»*Mathum-duuchg'hai*«, rief Balbok aus. »Es sind Eisbären …!«

Tatsächlich – was dort herankam, waren riesige Eisbären, und bei jedem Satz dieser schweren Kolosse schien die Weiße Wüste zu erzittern. Die beiden Orks kannten sie bisher nur vom Hörensagen, doch Rammar musste zugeben, dass die Schauergeschichten, die man über die *mathum-duuchg'hai* erzählte, keineswegs übertrieben waren: Zottiges weißes Fell, unter dem sich das Spiel enormer Muskeln abzeichnete, bedeckte ihre vor Kraft strotzenden Körper, und dampfender Atem wölkte aus ihren mit mächtigen Zähnen besetzten Mäulern, von denen jedes groß genug war, einen ausgewachsenen Ork mit ein, zwei Bissen zu verschlingen.

Und da waren auch noch die Elfenkrieger: Jeweils drei bis vier von ihnen saßen in den breiten Sätteln auf den Rücken der Bären und schwenkten ihre Waffen, während die eigentlichen Reiter vorne im Nacken der Tiere hockten und die Bestien mit Zügeln lenkten, in einer Faust ihre langen Lanzen.

»Keine Frage, die wollen ihre Priesterin zurück!«, bemerkte Rammar keuchend. »Was sie nur an ihr finden? Hätte ich so ein hässliches Weib in meinem Tempel, ich wäre froh, wenn es einer stehlen würde.«

»Das habe ich gehört!«, ließ sich die Gefangene vernehmen. »Dafür wirst du büßen, grässlicher Unhold. Ich werde dich enthaupten und deinen Schädel öffentlich zur Schau stellen lassen!«

»Versprich nichts, was du nicht halten kannst, Priesterin«, konterte Rammar, aber es klang nicht ganz so überzeugt, wie es hatte klingen sollen, denn die Eisbären machten auf ihn mächtigen Eindruck. Von ihren Reitern angetrieben, kamen die Tiere immer näher heran und fächerten dann auf, um in breiter Front anzugreifen.

»Lauf schneller!«, rief Rammar seinem Bruder zu. »Sonst haben sie uns gleich!«

»Das schaffen wir nicht«, entgegnete dieser. »Wenn wir nichts unternehmen, sind wir verloren.«

»Was du nicht sagst. Und was willst du tun?«

»Halt mal!«, rief Balbok und warf Rammar im Laufen die Gefangene zu, die entsetzt aufschrie.

Zu verblüfft, um zu widersprechen, fing Rammar die Elfin auf und lief mit ihr auf den Armen weiter. Balbok riss indessen den Bogen von der Schulter und legte einen Pfeil auf die Sehne. Zu zielen und das Geschoss auf den Weg zu bringen, war eine einzige fließende Bewegung.

Der Pfeil stieß durch die Dämmerung und traf den Reiter eines der mittleren Tiere in die Brust. Der Elf stieß einen spitzen Schrei aus, kippte seitlich vom Nacken des Bären, und der deutete dies als Signal seines Reiters: Er brach zur Seite hin aus und rammte das Tier neben sich, und das mit derartiger Wucht, dass beide Bären zu Fall kamen und die Elfen, die in ihren Sätteln gesessen hatten, durch die Luft geschleudert wurden.

Rammar stieß einen Triumphschrei aus – aber wenn er gedacht hatte, dass die Verfolger sich dadurch aufhalten ließen, hatte er sich getäuscht. Mit knallenden Peitschen trieben die verbliebenen Bärenreiter ihre Tiere weiter an und holten immer mehr auf.

»Lauf, Rammar!«, rief Balbok überflüssigerweise, während er hinter seinem Bruder herrannte und erneut einen Pfeil auf die Sehne legte.

»Dämlicher Hund!«, kam es keuchend zurück. »Was glaubst du wohl, was ich hier tue?«

Im Laufen wandte sich Balbok wieder um und ließ das Geschoss von der Sehne schnellen. Diesmal verfehlte es sein Ziel, aber der Ork schickte sofort einen weiteren Pfeil hinterher, und dieser traf: Er schlug in das Auge eines Eisbären, und mit hässlichem Knacken drang er tief in den Schädel des Tiers. Der Bär bäumte sich brüllend auf und schüttelte die vier Elfen, die auf seinem Rücken gesessen hatten, ab.

Die beiden verbliebenen Eisbären stoben weiter auseinander, um ein weniger leichtes Ziel abzugeben. Balbok konnte nur auf einen der Verfolger schießen, während der andere unaufhaltsam näher kam. Der Ork verzichtete darauf, noch einen weiteren Pfeil auf den Weg zu schicken, er nahm die Beine in die Hand und rannte, so schnell er konnte. Von seinem Bruder hatte er gelernt, dass es zwar ziemlich orkisch ist, bis zum bitteren Ende gegen den Feind zu kämpfen, aber auch ziemlich dämlich. Unter bestimmten Voraussetzungen war Flucht die bessere Wahl – es brauchte ja keiner zu erfahren.

Inzwischen hatten die Orks die erste Eisnadel passiert. Ihre Lungen brannten von der kalten Luft, und ihre Beine schmerzten, aber sie zwangen sich dazu, immer weiterzulaufen, was ihnen in Anbetracht der wütenden Verfolger nicht allzu schwer fiel.

Schon konnten sie den schnaubenden Atem der Eisbestien hören, die durch die dämmrige Nacht jagten. Mit Pfeilen zu schießen wagten die Elfen noch immer nicht, aus Sorge um ihre Hohepriesterin, aber Rammar war klar, dass diese Zurückhaltung nicht mehr lange andauern würde. Spätestens, wenn die Tempelwächter erkannten, was das Ziel der Orks war, würde ihnen klar werden, dass sie angreifen mussten, wollten sie nicht das Nachsehen haben.

Die Flüchtenden mit ihrer Geisel erreichten die große Felsnadel, hinter der sie den Eissegler versteckt hatten – und so gern Rammar sonst Recht behielt, dieses eine Mal hätte er nichts dagegen gehabt, sich zu irren. Aber es kam so, wie er vermutet hatte: Als die Elfen sahen, dass den Orks ein Fluchtvehikel zur Verfügung stand, mit dem sie den Eisbären mit Leichtigkeit entkommen konnten, legten sie die Pfeile an die Sehnen ihrer Langbogen, und die Reiter im Nacken der Tiere senkten ihre Lanzen.

»Sie greifen an!«, erkannte Rammar, während er und sein Bruder atemlos an Bord des Eisseglers sprangen. »Sie wissen, dass das ihre letzte Möglichkeit ist, uns noch zu kriegen.«

»*Shnorsh!*«, schimpfte Balbok und schoss zwei weitere Pfeile ab, aber beide verfehlten ihr Ziel.

»Die Leinen los!«, verlangte Rammar, worauf der Hagere mit der Axt kurzerhand die Seile kappte, mit denen der Eissegler festgemacht war. Anschließend durchtrennte er mit einigen gezielten Axthieben auch die Haltetaue, und das lederne Segel fiel geräuschvoll herab – um daraufhin nur schlaff an der Rah zu hängen.

»He, was ist los?«, wetterte Rammar. »Wo ist der verdammte Wind geblieben?«

»Ihr Dummköpfe müsst das Schiff mit den Lenkstangen in den Wind drehen!«, rief ihm die Priesterin zu.

»Hä? So ein Unsinn! Auf dem Weg hierher mussten wir das nicht.«

»Dann hattet ihr mehr Glück als Verstand, dass der Wind immer aus derselben Richtung blies. Jetzt hat er jedenfalls gedreht, und wenn ihr nicht allmählich etwas unternehmt, werdet ihr in ein paar Augenblicken tot sein!«

Wie um ihre Worte zu bestätigen, war plötzlich ein hässliches Sirren zu vernehmen – und noch ehe sich Rammar und Balbok zu Boden werfen konnten, schlug ein Dutzend Pfeile in das Deck und in die Back.

»*Shnorsh*, das Weibsbild hat Recht«, gab Rammar widerwillig zu. »Hilf mit, Dummkopf, sonst sind wir geliefert!«

Balbok tat wie ihm geheißen und griff nach einer der Stangen, die am Mastbaum in eisernen Klammern steckten.

»Rechts herum!«, rief er und stocherte drauflos.

»Nein, links herum!«, widersprach Rammar, während erneut ein Pfeilhagel den Eissegler überzog. »Und behalte verdammt noch mal deine Rübe unten!«

213

Einen Augenblick lang schlingerte der Eissegler hin und her, bis er plötzlich einen zusätzlichen Stoß erhielt. Gegen Rammars Widerstand drehte sich der Rumpf nach rechts, von der Eisnadel weg, bekam dadurch Wind in die Segel und rauschte nach vorn.

»Jaaa!«, schrie Rammar seine Freude und seinen Triumph laut hinaus – dann erkannte er, dass es keine andere als die Priesterin gewesen war, die selbst Hand angelegt und Balbok geholfen hatte, den Segler anzustoßen und in den Wind zu drehen.

Zeit, sich darüber Gedanken zu machen, hatten die Orks nicht; noch hatten die Tempelwächter ihre Herrin nicht aufgegeben. Der eine Eisbär lief am Steuerbord parallel zum Schiff, damit die Elfen ihre Pfeile auf die Gegner abschießen konnten, der andere versuchte, dem Segler den Weg abzuschneiden.

Ein weiterer Pfeilhagel zuckte durch die Luft und zwang sowohl die Orks als auch ihre Geisel dazu, sich bäuchlings auf die Planken zu werfen, damit sie hinter dem Schanzkleid in Deckung waren. Mit dumpfem Pochen schlugen die Pfeilspitzen in das Holz. Dann waren die Angreifer heran. Ihr mächtiges Reittier rammte den Segler von der Seite, sodass es gehörig rumpelte, und die Krieger setzten vom Rücken des Bären an Bord, die Schwerter mit den gebogenen Klingen schwingend.

Balbok sprang auf, stieß einen wütenden Schrei aus und warf sich ihnen entgegen. Zwei Elfenkrieger stieß er mit der quer in seinen Fäusten liegenden Axt von der Back, kaum dass sie einen Fuß aufs Deck gesetzt hatten, mit einem dritten kreuzte er die Waffen. Immer wieder schlugen die Elfenklinge und das Blatt der Orkaxt gegeneinander, während Balbok den Krieger mit wuchtigen Hieben Richtung Achterdeck trieb und ihn am Ruder stellte.

»Nein!«, schrie Alannah entsetzt – aber da sank der Tempelwächter auch schon mit klaffender Brust nieder, und Balbok beförderte auch ihn über die Reling.

Inzwischen hatte der Eissegler Fahrt aufgenommen. Knirschend glitten die Kufen über das Eis, während der Wind das Schiff mit geblähtem Segel davontrug. Der verbliebene Riesenbär stellte sich dem Eissegler schnaubend in den Weg – und wurde von dessen Bug beiseite gerammt. Jaulend überschlug sich die massige Kreatur und begrub die Elfen, die im Sattel auf ihrem Rücken gesessen hatten, unter sich.

Unaufhaltsam und selbst für die Langbogen der Elfen nicht mehr zu erreichen, schoss der Eissegler hinaus in die weiße, neblige Ödnis, die am Horizont mit dem grauen Himmel verschmolz.

Rammar und Balbok waren siegreich gewesen.

Die Karte von Shakara befand sich in ihrem Besitz.

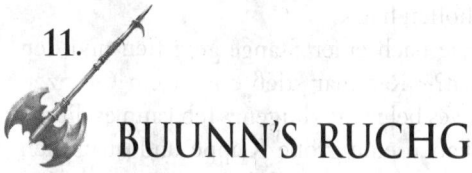

# 11.

# BUUNN'S RUCHG

Rammar war in Hochstimmung.

Breitbeinig an der Ruderpinne des Eisseglers stehend, dirigierte er das Gefährt über die spiegelglatte Fläche der Eiswüste. Den Tempel von Shakara hatten sie weit hinter sich gelassen, vor ihnen zeichnete sich bereits die drohende Silhouette des Nordwalls ab. Statt einfach auf südlichen Kurs zu gehen und dieselbe Route zu benutzen, auf der sie gekommen waren, hatte Rammar südöstliche Richtung eingeschlagen, und dafür hatte er einen Grund …

»Ich weiß nicht«, sagte Balbok auf einmal, der neben ihm auf dem Achterdeck stand und sich den eisigen Fahrtwind um die Nase wehen ließ.

»Was weißt du nicht?«, fragte Rammar gelassen. Nicht einmal das geistlose Gerede seines Bruders konnte ihm heute die Laune verderben.

»Die Sache gefällt mir nicht«, erklärte Balbok und sah seinem Bruder sorgenvoll an.

Rammar seufzte und schüttelte den Kopf. »Was gefällt dir daran nicht?«

Balbok zuckte mit den Schultern. »Es gefällt mir einfach nicht.«

Rammar stieß ein unwilliges Grunzen aus. »Und ich sage dir, es ist alles in bester Ordnung, du brauchst dir keine Sorgen zu machen. Wir haben Torgas Eingeweide hinter uns gelassen, haben die Sümpfe überwunden und die Ghule besiegt, wir haben die Zwerge überlistet und den Menschen dieses Schiff abgeknöpft, und schließlich sind wir in den Tempel von Shakara eingedrungen, haben die Hohepriesterin entführt und sind erfolgreich entkommen. Was also gefällt dir daran nicht?«

»Wir sind entkommen«, stimmte Balbok zu. »Aber nur, weil die Priesterin uns geholfen hat.«

»Du meinst, weil sie nach einer Stange gegriffen und den Segler losgestoßen hat?« Rammar stieß erneut ein Grunzen aus, und diesmal sollte es belustigt klingen. »Ich kann es dir erklären: Diese Elfen haben eine große Klappe und quatschen viel salbungsvolles Zeug, aber wenn es darauf ankommt, sind sie elende Feiglinge. Die Priesterin hat es in der Gefangenschaft zweier Orks einfach mit der Angst zu tun gekriegt. Also hat sie uns geholfen, in der Hoffnung, dass wir dann ihr Leben schonen, was wir ja auch getan haben. Fragt sich nur, für wie lange.« Rammar lachte grollend und fühlte sich in diesem Moment wie der Herr der Modermark.

Balbok konnte seine Euphorie nicht teilen. »Ich weiß nicht«, begann er wieder. »Auf mich macht die Elfin nicht den Eindruck, als hätte sie Angst. Ich denke, dass sie etwas im Schilde führt. Sie hat uns nicht nur geholfen, das Schiff loszustoßen, sondern uns auch verraten, wo wir den Pass über den Nordwall finden. Warum?«

»Ist doch klar. Um ihre Haut zu retten natürlich.«

»Hm.« Balbok schüttelte den Kopf. »Das ergibt keinen Sinn. Was bezweckt sie damit?«

»Was soll sie schon groß bezwecken? Sie ist bloß ein Weib, vergiss das nicht. Und ein Spitzohr noch dazu.«

»Und wenn sie uns in eine Falle locken will?«

»Blödsinn«, war Rammar überzeugt. »Glaub mir, ich kenne diese Elfen zur Genüge. Wenn es drauf ankommt, haben sie keinen Mumm.«

»Ich dachte, du hättest noch nie mit ihnen zu tun gehabt?«

»Das brauche ich auch nicht, um zu wissen, wohin der Gnom läuft«*, behauptete Rammar. Er deutete nach vorn zum Bug, wo die Gefangene an der Back stand; sie hatte ihnen den Rücken zugewandt. »Glaub mir, ich durchschaue diese Elfin. Alles, was sie will, ist überleben, und dafür würde sie so ziemlich alles tun.«

* orkische Redensart

»Was der Zauberer wohl mit ihr anstellen wird?«

»Wenn sie klug ist, verrät sie ihm freiwillig, was er von ihr wissen will. Wenn nicht, wird Rurak sicherlich geeignete Mittel kennen, eine verstockte Elfin zum Reden zu bringen.« Rammar kicherte boshaft. »Uns kann es egal sein. Hauptsache, wir bekommen Girgas' Haupt und können nach Hause zurückkehren.«

»Das ist wahr«, pflichtete ihm Balbok bei, schon wieder ein wenig beruhigter. »Der Eissegler hat uns viele Tage Fußmarsch erspart. Mit etwas Glück können wir es noch bis zum vollen Blutmond zurück ins *bolboug* schaffen.«

»So ist es. Und alle, die uns in den *asar* getreten und verhöhnt haben, werden vor uns im Staub kriechen«, knurrte Rammar. »Vielleicht ersteche ich einen oder zwei von diesen Armleuchtern, nur um zu zeigen, dass man Rammar den Rasenden nicht verspotten darf.«

»Rammar der Rasende?« Balbok schaute seinen Bruder überrascht an.

»Das ist der Kriegsname, den ich mir zugelegt habe. Klingt gut, nicht?«

»Sehr gut.« Balbok nickte. »Dann will ich künftig Balbok der Brutale sein.«

»Auch nicht schlecht.« Rammar fletschte grinsend die Zähne. »Auf den Knien werden sie uns um Verzeihung bitten, wenn wir mit Girgas' Haupt zurückkehren, und noch lange wird man im Dorf über uns sprechen.«

»Und du meinst wirklich, dass die Elfin nichts gegen uns im Schilde führt?«

»Verdammt noch mal!« Rammar stampfte mit dem Fuß auf, dass die Planken bebten. »Mit deiner ewigen Nölerei kannst du einem die beste Laune verderben. Aber bitte, wenn du unbedingt meinst, dann spreche ich jetzt mit ihr. Sollte sie tatsächlich etwas vor uns verheimlichen, dann werde ich das merken, verlass dich drauf ...«

*So* hatte sich Alannah ihre Befreiung aus Shakara gewiss nicht vorgestellt.

In den langen Jahren, in denen die Hohepriesterin des Tempels treu ihre Pflicht getan und den Willen Farawyns erfüllt hatte, hatte sie sich stets auszumalen versucht, wie es sein würde, wenn die Prophezeiung sich erfüllte und jener kam, von dem Farawyn geweissagt hatte, dass er die Völker *ambers* einen und eine neue Ära des Friedens und der Gerechtigkeit begründen würde. Später dann, als sich der hässliche Verdacht immer mehr in ihr verfestigte, dass sich Farawyns Worte nicht bewahrheiteten, hatte sie nur noch davon geträumt, dass wenigstens sie dereinst befreit werden würde aus jenen Fesseln, die ihr Amt ihr auferlegte.

In Loreto, dem vornehmen Elfenfürsten, dem sie ihr Herz geschenkt hatte, hatte sie all ihre Hoffnung gesetzt. Sie hatte sich eingeredet, dass auch er sie liebte und sie einst fortholen würde aus Shakara. Aber Loreto hatte sich von ihr abgewandt, hatte ihr in seinem Brief mitgeteilt, dass er nach den Fernen Gestaden aufzubrechen gedachte. Dennoch war Alannah aus Shakara befreit worden. Nicht von einem Elfen edlen Geblüts – sondern von Orks, den niedersten und verschlagensten Kreaturen von ganz *amber*.

Verschleppt hatten sie Alannah, und sie wusste nicht einmal, wohin die Reise ging. Aber so sehr sie sich vor dem fürchtete, was noch ihrer harrte, so aufgebracht sie zunächst über ihre Entführung gewesen war und so sehr sie ihre grobschlächtige Reisegesellschaft auch verabscheute – nach der stumpfsinnigen Langeweile, die die letzten dreihundert Jahre ihres Lebens bestimmt hatte, mit all den starren Regeln, die ihr sogar vorschrieben, wann sie zu essen und zu schlafen hatte, nach all dem war ihr sogar die Entführung durch die Orks eine willkommene Abwechslung. Alannah konnte es noch immer kaum glauben, dass sie selbst es gewesen war, die geholfen hatte, den Eissegler loszustoßen und vor den Wind zu bringen, aber in jenen Augenblicken war ihr der Gedanke, zurückkehren zu müssen in den Tempel, um dort ihr langweiliges Dasein fortzuführen, erschreckender erschienen als der, sich der Gewalt zweier Unholde zu beugen.

Neugier hatten Alannah getrieben. Die Neugier zu erfahren, was sich außerhalb der hohen Mauern des Tempels befand. Wer waren diese Orks? In wessen Auftrag handelten sie? Und wie war es ihnen gelungen, die Pforte Farawyns zu öffnen?

Hätte Alannah es nicht darauf angelegt, verschleppt zu werden, auch dieser Versuch, sie zu entführen, wäre gescheitert wie so viele zuvor. Schon mehrmals waren Barbarenkrieger in den Tempel eingedrungen, aber stets waren sie zurückgeschlagen worden. Die Orks jedoch hatten Erfolg gehabt. Weil die Priesterin ihnen geholfen hatte. Und das nicht nur bei der Flucht vor den Bärenreitern, nein, sie hatte ihnen anschließend auch noch verraten, wo die Südpassage zu finden war, die über den Nordwall führte. Überall entlang der Berge würde es schon bald von Elfenpatrouillen wimmeln, aber sicher nicht am Pass, dessen Lage geheim und nur wenigen Eingeweihten bekannt war.

Wie es hieß, kannten die Zwerge einen eigenen Weg, um den Nordwall zu überwinden; angeblich benutzten sie einen geheimen Tunnel. Die Südpassage hingegen kannten die Elfen seit jenen Tagen, da sie nach *amber* gekommen waren und das Land erkundet und es sich unterworfen hatten.

Am Bug des Eisseglers stehend, blickte Alannah nach Süden, wo die scharfen Zacken des Gebirges Eis und Himmel trennten. Trotz ihres dünnen Seidenkleids fror sie nicht. Der Fahrtwind spielte mit ihrem langen blondweißen Haar, doch ihre Miene war starr und ausdruckslos. Immerzu fragte sie sich, was sie dort im Süden erwartete, wohin man sie bringen würde. Zwei Orks waren sicher nicht die Gesellschaft, die sie sich ausgesucht hätte, wenn sie die Wahl gehabt hätte. Aber es war immer noch besser, als in Shakara die Gefangene einer Prophezeiung zu sein, an die Alannah längst nicht mehr glaubte. Die Unholde, denen sie ihre Freiheit verdankte, waren verschlagen und böse und noch dazu hässlich wie die Nacht, und Alannah war auch nicht wirklich frei. Aber im Verlauf ihres für Menschenbegriffe langen Lebens hatte sie gelernt, dass die Dinge selten vollkommen waren ...

Als die Planken hinter ihr knarrten, wandte sie sich um.

Einer der beiden Orks – der kleine Dicke, der sich Rammar nannte – war zu ihr getreten, ein listiges Zähnefletschen in der dunklen Visage.

»Nun, Priesterin?«, sagte er, dabei die Sprache der Menschen gebrauchend; dass sie seine Sprache beherrschte, überging er geflissentlich. »Wie schmeckt dir die Gefangenschaft?«

»Sie würde mir besser schmecken, wenn ich nicht deine Gesellschaft ertragen müsste, Ork«, antwortete Alannah kühl. »Du stinkst wie ein ganzer Schweinekoben.«

Der Ork hob die borstigen Brauen, schnupperte an seiner Rüstung und unter seinen Achseln und schüttelte dann verständnislos den Kopf. »Freundlich bist du nicht gerade«, stellte er fest. »Dabei solltest du mir dankbar sein. Ich könnte dich auch unter Deck sperren, in völlige Dunkelheit und ohne Essen und Trinken.«

»Das wäre wohl nicht zu empfehlen, schließlich muss ich am Leben bleiben. Wenn ich sterbe, nehme ich das Geheimnis der Karte von Shakara mit in den Tod, vergiss das nicht.«

»Keine Sorge.« Der Ork grinste über das ganze hässliche Gesicht. »Ich frage mich nur, was unser Auftraggeber mit dir anstellen wird, sobald du ihm erst verraten hast, was er wissen will.«

»Euer Auftraggeber – wer ist das?«

Rammar stieß ein heiteres Grunzen aus. »Das würdest du gern wissen, was? Aber ich werde es dir nicht verraten, Elfenweib. Ich will, dass du dir den Kopf darüber zermarterst, bis wir am Ziel unserer Reise angelangt sind.«

»Verstehe. Und wo liegt dieses Ziel?«

»Auch das werde ich dir nicht verraten.«

»Warum nicht?

Wieder stieß der Ork grunzende Laute aus, die wohl ein Lachen sein sollten. »Glaubst du, ich merke nicht, was du im Schilde führst?«

»Was meinst du?«

»Ich meine, dass du uns in eine Falle locken willst. Zuerst hilfst du uns, vor deinen eigenen Leuten zu fliehen, und dann verrätst du uns auch noch großzügigerweise, wo sich der Zugang zur Südpassage befindet. Das ist ziemlich befremdlich, oder?«

»Zugegeben«, gab Alannah zu, »aber ich habe meine Gründe dafür.«

»Dann«, meinte der Ork, und plötzlich hatte Alannah die Spitze seines Speers an der Kehle, »wäre es nett, wenn du mir diese Gründe verraten würdest, Spitzohr!«

»Du wirst mich nicht töten«, war sie überzeugt.

»Warum nicht?«

»Ich bin die Einzige, die das Geheimnis der Karte kennt. Schon vergessen?«

»Nein, das habe ich nicht vergessen«, konterte der Ork zähnefletschend. »Aber bisweilen kommt es vor, dass ich *mich* vergesse, und darauf solltest du es nicht ankommen lassen. Also?«

Alannah überlegte.

Dem Unhold ihr Seelenleben zu offenbaren, kam für sie nicht infrage. Ganz abgesehen davon, dass der Ork nichts begriffen hätte, denn Gefühle kannten diese primitiven, von Instinkten geleiteten Kreaturen nicht. Es war schon demütigend genug für Alannah, dass sie sich von zwei Orks hatte befreien lassen müssen. Noch mehr Erniedrigung ließ ihr Stolz nicht zu.

Andererseits war dieser Rammar dumm genug, seine Drohung wahr zu machen, wenn sie nicht einlenkte. Deshalb behauptete sie: »Ich bin neugierig darauf, wer euer Auftraggeber ist. Deshalb habe ich euch geholfen, von Shakara zu entkommen, und aus diesem Grund habe ich euch auch die Lage der Südpassage verraten.«

»Das ist alles?«, fragte Rammar skeptisch,

»Das ist alles. Es ist offensichtlich, dass ihr nicht auf eigene Rechnung arbeitet, und da ihr mir nicht verraten wollt, in wessen Diensten ihr steht, werde ich diese Reise wohl oder übel bis zum Ende mitmachen müssen, wenn ich eine Antwort auf diese Frage erhalten möchte.«

»Hmm …«, knurrte Rammar und musterte sie misstrauisch.

»Außerdem«, fügte sie hinzu, »bin ich beeindruckt.«

»Beeindruckt?« Er schaute sie verwundert an. »Wovon?«

»Bislang habe ich Orks für feige, verschlagene Kreaturen gehalten. Ihr beide jedoch – und besonders du, Rammar – seid tapfere Krieger, die den Kampf nicht scheuen. Ihr habt viel Wagemut bewiesen. Wenn ihr versprecht, mich anständig zu behandeln, versichere ich euch, dass ich nicht versuchen werde zu fliehen.«

Obwohl Alannah keine Übung darin hatte, das Mienenspiel eines Orks zu deuten, konnte sie erkennen, dass sich Rammar überaus geschmeichelt fühlte. Für derartige Komplimente und Schöngerede waren die Unholde schon immer empfänglich gewesen, das wusste sie. Und bei Rammar schien dies sogar in besonderem Maße zuzutreffen ...

»Gibst du mir dein Wort darauf, dass du nicht fliehen wirst?«, fragte er. »Es heißt, Elfen pflegen ihre Versprechen zu halten, da sie stets die Wahrheit sagen.«

»So heißt es«, bestätigte Alannah, auch wenn sie gerade dabei war, mit dieser Tradition zu brechen. Als Hohepriesterin von Shakara wissentlich die Unwahrheit zu sagen, selbst wenn ihr Leben davon abhing, war eine Ungeheuerlichkeit und ein Verstoß gegen alle Sitten und Regeln. Nun tat sie es zum zweiten Mal kurz hintereinander: Das erste Mal hatte sie gelogen, als sie dem Ork geschmeichelt hatte, und nun versprach sie ihm auch noch, nicht zu fliehen.

Natürlich hatte Alannah genau dies vor.

Ganz am Anfang hatte sie sich gegen ihre Entführung gewehrt und gehofft, dass die Orks gefasst und für ihre Frechheit bestraft wurden. Aber als es den Unholden – aus welchem Grund auch immer – gelungen war, das Tor Farawyns zu öffnen, war ihr ein tollkühner Gedanke durch den Kopf geschossen.

Hatte sie sich nicht die ganze Zeit über nach Abwechslung gesehnt, nach einem Ausbruch aus ihrer erdrückenden Langeweile? Hatte sie nicht verzweifelt darauf gewartet, dass jemand kam und sie aus der Eintönigkeit ihres Daseins befreite? Gewiss, diese Befreiung war anders verlaufen, als sie sich das vorgestellt hatte, und ihre Retter waren keine edlen Recken, sondern zwei stinkende Orks. Aber Alannah hatte erkannt, dass ihre Verschleppung durch diese beiden Kreaturen eine hervorragende Möglichkeit war, den Mauern von Shakara zu entkommen, ohne dass ihr eigener Name dabei Schaden nahm. Wäre sie mit einem edlen Helden geflohen, zudem noch mit einem Elfen wie Fürst Loreto, dem ihr Herz gehörte, wäre sie bei den anderen Elfen für immer in Ungnade gefallen, wäre auf ewig eine Verbannte und Ausgestoßene gewesen. Nun aber mussten alle annehmen, dass sie gezwungen worden war, Shakara zu verlassen, dass sie es gegen ihren Willen getan hatte. So stand sie nicht als Täterin da, sondern war in den Augen der anderen ein bemitleidenswertes Opfer.

Sie hatte nicht vor, sich an das Versprechen zu halten, das sie dem Ork gegeben hatte. Sobald sie den Nordwall hinter sich gelassen hatten und außer Reichweite der Tempelwachen waren, würde sie fliehen und sich auf eigene Faust nach Süden durchschlagen. Ihr Ziel war Tirgas Dun, die Elfenstadt an der Meeresküste. Dort würde sie Loreto zur Rede stellen, ihren lieblosen Geliebten, der sie so schmählich im Stich gelassen hatte.

Die Zeit drängte. Loreto hatte ihr geschrieben, dass er schon bald nach den Fernen Gestaden aufbrechen wollte. Alannah musste sich also beeilen. Nur wenige Tage würde sie in der Gesellschaft der beiden Orks verbringen und ihre hässlichen Visagen, ihren beißenden Gestank und ihr geistloses Gerede ertragen müssen.

Dann würde sie fliehen.

Die Weiße Wüste lag hinter ihnen. Am Fuß des Nordwalls, unweit der Schlucht, die, wie Alannah behauptete, den Zugang zum Pass darstellte, ließen die Orks den Eissegler zurück. Und das schweren Herzens, denn das bequeme Fortbewegungsmittel hatte sie auf sehr komfortable Weise über Eis und Schnee getragen. Vor allem Rammar verspürte einen starken Widerwillen, sich wieder auf Stiefelmachers Rappen zu begeben, zumal in Anbetracht des steilen Aufstiegs, der vor ihnen lag. Zwar würden sie nun eine Passage benutzen können, aber der Marsch über die Berge war nichtsdestotrotz beschwerlich.

Aus den Beständen der Eisbarbaren nahmen sie alles Dörrfleisch mit, das noch übrig war, und ihre Wasserschläuche füllten sie mit Eisbrocken; da sie diese nah am Körper trugen, würde das Eis schon bald geschmolzen sein. Alannah bestand darauf, ebenfalls einen der Proviantsäcke zu tragen, was Rammar ihr nur zu gern zugestand – seine Last war dafür umso geringer. Balbok hatte einmal mehr den Großteil des Gepäcks zu schleppen. Neben dem Tornister, der bis unter den Rand mit *baish* gefüllt war, musste er auch noch die Standarte des Zauberers tragen, dazu Pfeil und Bogen und seine Axt.

Derart ausgerüstet, traten sie den Weg durch die Berge an. Rammar ging vor, nicht weil er der Mutigere war, sondern weil er auf diese Weise das Marschtempo bestimmen konnte. Ihm folgte Alannah, und hinter ihr kam Balbok, der mit der Elfin durch ein Seil verbunden war, das er ihr und sich um die Hüfte geschlungen hatte. Zwar hatte die Priesterin versprochen, dass sie nicht versuchen würde zu fliehen, aber Balboks angeborenes Misstrauen riet ihm, den Worten der Elfin nicht zu trauen. Sie hatte gezetert und protestiert, als er ihr das Seil umgebunden hatte, aber Balbok hatte sich nicht davon abbringen lassen.

Durch die Schlucht gelangten sie zu einem schmalen Pfad, der an vereisten Klippen immer weiter emporführte. Die Wanderer mussten sich vorsehen; je höher sie kamen, desto schmaler wurde der Pfad und desto tiefer die Kluft, die zur Linken des Weges abfiel.

Unvermittelt endete der Pfad vor einer Felswand, und Rammar beschwerte sich lauthals, bis Alannah ihn anwies, einfach weiterzugehen, geradewegs durch den Fels hindurch. Zweifelnd und maulend tastete Rammar sich voran – und stellte verblüfft fest, dass der Fels nichts als Blendwerk war, eine Luftspiegelung, die Unberechtigte davon abhielt, den Pfad zu benutzen.

»Nun?«, fragte Alannah voller Genugtuung. »Was sagst du dazu, Ork? Sind eure Schamanen auch zu so etwas in der Lage?«

»Elfenzauber«, murrte Rammar abfällig und würgte das Wort hervor, als hätte er etwas Unrechtes gegessen.

Auf der anderen Seite der Barriere setzte sich der Weg fort wie zuvor, nur dass er noch steiler wurde und entsprechend schwieriger zu begehen war. Trotz der eisigen Kälte und des scharfen Windes, der hier wehte und ihnen Schnee und Eiskristalle in die Gesichter blies, trieb es Rammar den Schweiß auf die Stirn, und er begann so laut zu keuchen, dass man es selbst bei dem pfeifenden Wind hörte.

»Was ist denn?«, stichelte die Elfenpriesterin. »Geht dir schon die Puste aus, Ork? Dann kannst du dich auf was gefasst machen, denn es wird ein sehr langer und beschwerlicher Aufstieg werden.«

Die Elfin sollte Recht behalten.

Den ganzen ersten Tag ging es nur bergauf, meist auf schmalen Pfaden, auf denen sich die Wanderer sehr vorsichtig bewegen mussten, wenn sie nicht ausgleiten und in die Tiefe stürzen wollten. Nur wenige Verschnaufpausen gönnten sie sich, dann ging es wieder steil den Pfad hinauf.

Wenn die Wanderer sich umdrehten, konnten sie hinter sich die weite Ebene des Eislandes sehen, die sich Richtung Norden schier endlos zu erstrecken schien. Je weiter sie allerdings hinaufgelangten, desto dichter wurden die Schleier über dem Flachland, und dies umso mehr, als sich der Tag dem Ende neigte und die Nacht mit ihrem Dämmerlicht hereinbrach.

Rammar, der nicht mehr konnte, beschloss schließlich, dass es Zeit war, das Nachtlager aufzuschlagen. In einer Felsenge, die vor Wind und Wetter Schutz bot, suchten sie Zuflucht. Als Balbok jedoch ein Feuer entzünden wollte, fuhr Rammar ihn scharf an.

»Halt, lass das!«

»Wieso?«

»Willst du uns unbedingt verraten, *umbal*? Der Feuerschein wird meilenweit zu sehen sein.«

»Aber wir sind hier sicher«, widersprach Balbok, und er deutete in die Runde und auf die sie umgebenden Felswände. »Außerdem werden wir elend erfrieren, wenn wir uns nicht an einem Feuer wärmen.«

»Dein dürrer Freund hat Recht, Ork«, stimmte Alannah zu.

»Ohne Feuer werden wir in dieser Eiseskälte zu Grunde gehen.«

»Dich hat niemand gefragt, Elfenweib!«, stellte Rammar klar. »Glaubst du, ich wüsste nicht, was du vorhast? Du willst uns an deine elende Sippschaft verraten. Aber nicht mit mir! Rammar der Rasende hat deinen Plan durchschaut und wird ihn vereiteln.«

»Rammar der Rasende?« Sie hob die schmalen Brauen und schaute ihn verwundert an.

»Das ist mein Kriegsname. Du wirst noch lernen, ihn zu fürchten.«

»Wie du meinst. Aber passender wäre, wenn du deinen Namen in Rammar der Eiszapfen ändern würdest – denn bis zum Morgengrauen wird genau das aus dir geworden sein. Wirklich schade, dass die ganze Schinderei umsonst war.«

»Was meinst du?«

»Nun – eure beschwerliche Reise nach Norden, der Kampf gegen die Tempelwachen, meine Entführung und die erfolgreiche Flucht. All das war völlig vergebens, wenn wir heute Nacht hier erfrieren. Wegen der Elfenkrieger brauchst du dir keine Sorgen zu machen. Wollte ich sie euch auf den Hals hetzen, hätte ich das längst tun können.«

Rammar starrte zuerst sie, dann seinen Bruder wütend an. Er konnte es nicht leiden, wenn ihm Balbok, dieser *umbal*, widersprach, aber noch viel mehr ärgerte es ihn, dass sich nun auch noch die Elfin auf seine Seite stellte. Das Weib hatte etwas an sich, das Rammar in den Wahnsinn trieb. Ihr hochmütiges Getue, ihre geschraubte Sprechweise, ihre unsägliche Arroganz – all das ärgerte ihn maßlos. Doch er tröstete sich damit, dass der Zauberer schon wissen würde, wie er mit ihr zu verfahren hatte.

»Also schön«, erklärte er sich einverstanden. »Mach ein Feuer, Balbok. Aber wenn wir entdeckt und geschnappt werden, ist es allein deine Schuld.«

Balbok murmelte eine Erwiderung, dann griff er zum Tornister, öffnete ihn und holte zwei Feuersteine heraus.

Rammar und Balbok wechselten sich darin ab, Alannah zu

bewachen, während die Priesterin die ganze Nacht hindurch reglos am Feuer saß und in die züngelnden Flammen starrte. Ihre schmalen Augen waren geöffnet, aber ihr Brustkorb hob und senkte sich so gleichmäßig, als würde sie schlafen – und wieder einmal sagten sich Rammar und Balbok, was für eigenartige Wesen diese Elfen doch waren.

Früh am nächsten Morgen – das Feuer war längst heruntergebrannt und eisige Kälte in die Felskluft gekrochen – setzten sie ihren Marsch fort. Balbok und Rammar fraßen zum Frühstück von dem angeschimmelten Dörrfleisch, das streng roch und ranzig schmeckte, Alannah verzichtete auf dieses für die Orks so schmackhafte Mahl. Egal, sagte sich Rammar, musste das Elfenweib eben hungern! So dürr, wie sie aussah, war sie es wohl gewohnt, mit wenig Nahrung auszukommen.

Danach machten sich die drei Wanderer wieder auf den Weg. Steil wie eine Mauer ragte die Felswand vor ihnen auf, die es zu überwinden galt, und wie eine Schlange, die an dem schroffen Gestein hinaufkroch, wand sich der Pfad daran empor.

Je höher sie marschierten, desto dunstiger wurde es. Das Eisland im Norden war schließlich nur noch zu erahnen, und auch der Weg vor ihnen versank zusehends in milchigem Weiß, was Rammar ganz und gar nicht gefiel.

»Verdammter Nebel!«, schimpfte er. »Wenn das so weitergeht, können wir bald nicht mehr die Klaue vor Augen sehen.«

»Das ist kein Nebel«, belehrte ihn Alannah. »Das sind Wolken.«

»So hoch sind wir inzwischen?«, fragte Balbok staunend. »Ich habe mich immer gefragt, wie Wolken aus der Nähe aussehen. Ich dachte, man könnte sich hineinlegen wie in ein weiches Bett aus fauligem Heu.«

»Typisch für dich!«, beschwerte sich Rammar. »Jeder Dorftrottel weiß, dass Wolken nichts anderes als Rauch sind, der aus Kuruls dunklen Pfuhlen aufsteigt, um das Licht der Sonne zu verfinstern. Jede Wolke steht für eine verlorene Seele, die von Kurul verschlungen wurde.«

»Und so etwas glaubt ihr tatsächlich?«, fragte Alannah spöttisch.

»Natürlich!« Rammar ließ ein missmutiges Grunzen hören. »Aber ihr Elfen habt sicherlich eine andere Erklärung dafür, nicht wahr? Ihr haltet Wolken wahrscheinlich für verzauberte weiße Pferdchen, die am Himmel dahinziehen auf der ewigen Suche nach Glück und Erfüllung.«

»Ein schöner Gedanke, der so gar nicht zu einem Ork passt«, erwiderte Alannah mit freudlosem Lächeln. »Aber eigentlich sind Wolken das, was entsteht, wenn kalte und warme Luft aufeinander treffen, nämlich Wasserdampf.«

»Wasserdampf?« Rammar blieb stehen, drehte sich um und starrte die Priesterin fassungslos an. »Das ist der größte *shnorsh*, den ich je gehört habe«, tönte er. »Wenn das die Weisheit von euch Elfen ist, dann wundert es mich nicht, wenn ihr zu euren entlegenen Gestaden flüchtet.«

»Es sind die Fernen Gestade«, verbesserte Alannah. »Und ich sage die Wahrheit.«

»Aber sicher doch. Und Blitz und Donner rühren in Wirklichkeit auch nicht von Kuruls Zorn, sondern sind eine ganz natürliche Sache, richtig?«

»Richtig.«

»Klar doch«, brummte Rammar, und an Balbok gewandt machte er eine unmissverständliche Handbewegung, die bedeutete, dass im Kopf der Elfin seiner Meinung nach einiges durcheinander war.

Sie folgten weiterhin dem Pfad. Zu sehen war jeweils nur der kurze Abschnitt, auf dem sie sich bewegten, vor und hinter ihnen lag der Weg in dichtem Dunst.

Erst gegen Mittag riss die Wolkendecke ein wenig auf. Da erreichte der kleine Trupp gerade ein Joch. Es erstreckte sich zwischen zwei bizarren felsigen Überhängen, die die Form riesiger Raubvogelköpfe hatten. Im fahlen Sonnenlicht, das zwischen den Wolken hindurchsickerte und auf die karge Senke traf, sahen die Orks jedoch noch etwas anderes, das ihnen ganz und gar nicht gefallen wollte: Entlang des Pfades, der das Joch überquerte, waren steinerne Säulen errichtet, die mit elfischen Schriftzeichen versehen waren.

»Verdammtes Elfenwerk!«, maulte Rammar und griff nach

dem *saparak*, den er am Riemen auf seinem Rücken trug. »Ich wusste, dass uns das Weib in eine Falle lockt!«

»Diese Säulen sind jahrtausendealt«, erklärte Alannah gelassen. »Vor ihnen brauchst du dich nun wirklich nicht zu fürchten.«

»Wer sagt, dass ich mich fürchte?«

»Du brauchst es nicht zu sagen, ich sehe es dir an. Diese Anhöhe wurde in alter Zeit Falkenjoch genannt. Als die Welt noch jung war, trafen Trolle und Elfen hier in einer erbitterten Schlacht aufeinander. Wäre es in jener Schlacht nicht gelungen, die Trolle zurückzuschlagen, hätten sie *amber* überrannt. Zum Andenken an die siegreichen Helden hat man die Säulen errichtet.«

»Was du nicht sagst«, brummte Rammar, während er sich weiterhin wachsam umschaute. »Weißt du, es schert mich nicht, was vor ein paar Tausend Jahren hier geschehen ist, Elfenpriesterin. Wir Orks geben nämlich nichts auf die Vergangenheit. Uns kümmert nur die Gegenwart.« Er wandte sich an seinen Bruder. »Kannst du was riechen, Balbok?«

Der hagere Ork legte den Kopf in den Nacken, hielt die krumme Nase in den Wind und schnupperte geräuschvoll.

»Nichts«, erklärte er schließlich.

»Bist du sicher?«

»Ich denke schon.«

»Gut. Gehen wir weiter.«

»Was sollte das eben?«, fragte Alannah fassungslos. »Willst du behaupten, dein einfältiger Kumpan könnte Elfen riechen?«

»Er kann so ziemlich alles riechen«, bestätigte Rammar. »Außerdem ist er nicht mein Kumpan, sondern mein Bruder.«

»Dein Bruder?«

»Das sagte ich gerade, oder nicht?« Er musterte sie aus blitzenden Augen. »Warum musst du immer alles wiederholen, was ich sage?«

»Ich bin nur überrascht, das ist alles. Ich dachte, Orks pflegen keine verwandtschaftlichen Beziehungen.«

»Du scheinst ja schlichtweg alles zu wissen, was?« Rammar baute sich wütend vor ihr auf. »Weißt du was, Priesterin?

Warum kümmerst du dich nicht einfach um deinen eigenen Kram und behältst deine Weisheiten für dich? Dein Gequatsche geht mir auf die Nerven, und meinem Bruder auch. Richtig, Balbok?«

»Ich, äh ...«

»Wir sind, was wir sind«, fuhr Rammar in seiner Erregung fort, »nämlich Orks. Keine Elfen, keine Zwerge und auch keine Menschen. Wenn dir das nicht passt, ist das deine Sache, aber hör auf, so zu tun, als wüsstest du über uns Bescheid. Du weißt nämlich nichts, das kann ich dir versichern.«

Damit drehte er sich um und stampfte verärgert voraus, ungeachtet des Nebels, der den Pfad verhüllte.

Die Dämmerung brach erneut herein, und die kleine Gruppe schlug wieder ihr Nachtlager auf. Ein Felsüberhang, der ein natürliches Dach bildete, bot ihnen Unterschlupf, und das war gut so, denn kaum war das Tageslicht verblasst, setzte ein wütender Schneesturm ein, der die Felsen in bizarre Eisskulpturen verwandelte.

Die Eisbärenfelle eng um die Schultern gezogen, drängten sich die drei Wanderer um das knisternde Feuer, das Balbok entzündet hatte. Regelmäßig griff der hagere Ork in seinen Tornister und legte nach, damit die Flammen nicht ausgingen; in einer Nacht wie dieser ohne Feuer zu sein, hätte den sicheren Tod bedeutet.

»Sag mal«, fragte Alannah, nachdem sie eine Weile lang gedankenverloren in die Flammen gestarrt hatte, »was legst du da eigentlich ins Feuer? Hier oben gibt es weit und breit kein Holz.«

»Das ist auch kein Holz«, erwiderte Balbok, »sondern getrockneter Orkdung.«

»Getrockneter ...?« Alannah machte große Augen. »Heißt das, ihr trocknet eure eigene ...? Und benutzt sie, um ...?«

»Was sonst?«, antwortete Balbok, als wäre es das Selbstverständlichste der Welt. »Alle Orks heizen ihre Höhlen damit. Das sorgt nicht nur für Wärme, sondern auch für den heimeligen Geruch, der abends über dem *bolboug* liegt.«

»Darauf möchte ich wetten.«

»Verbrennen Elfen ihren *shnorsh* etwa nicht?«

»Natürlich nicht.« Alannah schüttelte heftig den Kopf. »In zivilisierten Städten gibt es unterirdische Flüsse, Kanäle genannt, die derlei Hinterlassenschaften davontragen.«

Balbok grunzte. »Und was passiert dann damit?«

»Nun – durch die Kanäle gelangt es in den Fluss.«

»Und von dort?«

»Ins Meer.«

»Und das soll zivilisiert sein? Ihr werft euren *shnorsh* einfach ins Meer?« Nun war es Balbok, der große Augen machte. »Schade drum. Man könnte viele Höhlen damit heizen.«

»Elfen pflegen nicht in Höhlen zu hausen«, belehrte ihn Alannah. »Sie sind Erbauer großer Städte und leben in lichtdurchfluteten Hallen.«

»Eine grässliche Vorstellung«, ließ sich Rammar vernehmen. »Nichts geht über eine dunkle, feuchte Höhle, in der es nach Moder und Fäulnis riecht. Aber davon versteht eine Elfin nichts.«

»Allerdings nicht – und ich danke meinen Ahnen, dass es so ist.«

»Deinen Ahnen brauchst du nicht mehr zu danken, Elfin. Sie sind längst tot und haben den Würmern als Nahrung gedient. Warum nur redet ihr Spitzohren immerzu von eurer Vergangenheit?«

»Weil große Taten es wert sind, dass man sie in Erinnerung hält.«

Rammar schüttelte den klobigen Schädel. »Das ist nicht der Grund. Ihr redet unentwegt von der Vergangenheit, weil ihr keine Zukunft habt, richtig?«

»Das ist nicht wahr!«

»Nein?« Rammars Augen funkelten listig. »Warum verlassen dann immer mehr von euch diese Welt? Warum zieht es euch nach den Fernen Gestaden, wenn hier angeblich alles in bester Ordnung ist? Ich will es dir sagen: Dein Volk hat seinen alten Glanz verloren und ist schwach und willenlos geworden. Die Zukunft gehört uns Orks, denn wir sind jung und stark.«

»Das ist nicht wahr«, wiederholte Alannah, aber diesmal klang es eher trotzig als überzeugt.

»Und ob es wahr ist. Du willst es nur nicht einsehen. Warte nur, bis du unseren Auftraggeber kennen lernst – er wird dir bestätigen, was ich sage. Das Zeitalter der Elfen geht zu Ende, du selbst bist der beste Beweis dafür.«

»Ich selbst? Wie meinst du das?«

Das listige Funkeln in Rammars Augen blieb. »Woran glaubst du?«, fragte er und blickte sie unverwandt an.

»Ich bin die Hohepriesterin von Shakara«, lautete die Antwort, »Erbin Farawyns und Hüterin des Geheimnisses. Ich brauche einem hergelaufenen Ork keine Rechenschaft abzulegen über das, woran ich glaube.«

»Wir Orks brauchen nicht zu *glauben*«, erklärte Rammar stolz, während außerhalb des Unterstands der eisige Wind pfiff und Schneeflocken zu ihnen wirbelte, die über den Flammen sofort schmolzen. »Wir *wissen*, dass Kurul in den Tiefen von *sochgal* haust, jener Dämon, der einst aus dem Kampf unter seinesgleichen als Sieger hervorging und uns alle in die Welt gespien hat. Er war es, der uns das Licht nahm und uns die Finsternis brachte.«

»Und wenn schon«, sagte Alannah. »Als Priesterin von Shakara glaube ich an die Weissagung Farawyns, der zufolge ein Retter kommen und *amber* wieder Frieden und Einheit schenken wird.«

»Unsinn«, widersprach Rammar erneut. »Daran glaubst du nicht.«

»Woher willst du das wissen?«

»Ganz einfach – weil die meisten deiner Leute den Glauben an diese dämliche Weissagung längst verloren haben, sonst würden sie die Welt nicht verlassen. Und wenn du ehrlich wärst, würdest du zugeben, dass auch du schon lange nicht mehr daran glaubst. Das war auch der Grund dafür, dass du uns geholfen hast, den Bärenreitern zu entkommen. Habe ich Recht?«

»Was fällt dir ein!« Trotz der bitteren Kälte warf Alannah das Eisbärenfell ab und sprang auf. »Wie kannst du so etwas behaupten?« Sie blitzte Rammar zornig an.

»Mit dem Recht des Stärkeren. Du befindest dich in unserer Gewalt, Priesterin, nicht umgekehrt, verstanden? Hämmer dir das in deinen hässlichen Schädel.«

»Und ob ich das verstanden habe«, schnaubte Alannah, die sich nicht erinnern konnte, dass jemals zuvor in ihrem langen Leben so mit ihr umgesprungen worden war. »Und du hämmere dir auch etwas in deinen hässlichen Schädel, Ork: In meinen Adern fließt das Blut der Söhne Mirons, und ich kann dir versichern, dass seine Kraft noch nicht erloschen ist. Wenn dir dein Leben lieb ist, dann solltest du deinen Kurul anflehen, dass niemals eine Waffe in meine Hände gelangt, wenn du in meiner Nähe weilst, denn sonst sind deine Tage gezählt.«

»Was denn?« Rammar hob eine borstige Braue. »Willst du mir etwa drohen? Ausgerechnet du? Ein Weib?«

»Für einen Feigling wie dich ist eine Frau Gegner genug.«

»Sag das noch mal«, verlangte Rammar knurrend und erhob sich ebenfalls.

»Was genau meinst du, rasender Rammar? Dass du ein Feigling bist oder dass eine Frau als Gegner gut zu dir passt?«

»Na warte! Das büßt du mir!«, heulte Rammar, während seine Nase zuckte und seine Augen wild in ihren Höhlen zu rollen begannen. Ein *saobh* war im Anzug, einer der berüchtigten orkischen Tobsuchtsanfälle, die zumeist damit endeten, dass jemand erstochen oder erschlagen wurde oder man ihm zumindest ein paar Knochen brach. Voller Sorge sah Balbok, wie sein Bruder nach dem *saparak* griff, und als Rammar sich damit auf die Hohepriesterin stürzen wollte, warf er sich dazwischen und umklammerte Rammar mit seinen langen Armen.

»Lass mich!«, keifte dieser und wand sich in Balboks Griff. »Ich werde ihr das freche Maul stopfen. Ich muss …«

»Du musst dich wieder beruhigen«, beschwor ihn Balbok. »Wenn du sie umbringst, kann sie das Geheimnis der Karte nicht mehr preisgeben. Dann wird der Zauberer böse auf uns sein, und wir werden Girgas' Haupt nicht bekommen. Und das bedeutet, dass wir nie wieder ins *bolboug* zurück können. Das ist sie nicht wert!«

Balbok sprach eindringlich auf seinen Bruder ein, und dieser beruhigte sich tatsächlich. Schließlich legte sich auch das zornige Zucken seiner Nase, und Balbok ließ ihn frei.

»Na schön«, knurrte Rammar und setzte sich wieder ans Feuer. »Bringen wir zuerst unsere Mission zu Ende. Danach kann ich das Weibsbild ja immer noch umbringen. Weißt du, Priesterin«, fügte er an Alannah gewandt hinzu, »bisweilen erinnerst du mich mehr an einen Ork als an eine Elfin – und das nicht nur, weil du unsere Sprache sprichst.«

»Schwachsinn!«, kam es wütend zurück.

Rammar nickte und sagte: »Genau das meine ich ...«

Sie brachen am frühen Morgen auf. Wegen des Schnees, der in der Nacht gefallen war, wurde es nicht nur ein höchst beschwerlicher, sondern auch ein halsbrecherischer Marsch. Die Orks glaubten schon mehrmals, den Pfad unter der Schneedecke verloren zu haben. Meist war es dann Alannah, die ihnen den Weg wies, und wo auch sie nicht mehr weiterwusste, half Balboks feiner Geruchssinn.

Über steile Serpentinenpfade und durch enge Schluchten erreichten die Wanderer schließlich steinerne Stufen, die durch einen schmalen Felskamin führten. Das Ende der in den Fels gehauenen Treppe war nicht zu erkennen, weil einmal mehr dichte Wolken die Berge einhüllten.

Immerhin standen die Felswände hier so dicht, dass kaum Schnee den Grund der Kluft erreicht hatte, und so konnten Rammar, Balbok und Alannah ungehindert hinaufsteigen. Die Treppe führte sie auf ein in Dunst gehülltes Plateau. Dort stand eine steinerne Säule, die mit Elfenrunen verziert war; wie Alannah sagte, hieß sie die Wanderer auf dem Pass willkommen und wünschte ihnen eine glückliche Reise. Wären die Wolken weniger dicht gewesen, hätte sich von der Passhöhe aus ein überwältigender Ausblick auf die schneebedeckten Gipfel und eisigen Hänge des Nordwalls geboten. So jedoch konnten die Orks die schroffen Felszacken, die das Plateau zu allen Seiten umgaben, allenfalls erahnen, aber nicht wirklich sehen.

Sie ruhten sich ein wenig aus und nahmen eine karge Mahlzeit zu sich. Auch Alannah, die sich bislang geweigert hatte, von den Orks Essen anzunehmen, kaute widerwillig auf einem Stück Dörrfleisch. Dann setzten sie ihren Marsch fort, und während sie sich der Südseite der Berge näherten, ließen sie die Kälte des Nordens mit jedem Schritt hinter sich zurück. Noch vor ein paar Tagen war Rammar und Balbok die Gegend nördlich der Sümpfe kalt und unwirtlich erschienen – nun kam es ihnen vor, als kehrten sie nach Hause zurück.

»Willkommen im Süden«, rief Rammar in seltenem Überschwang, »wo die Nächte wirklich dunkel sind und einem nicht der *asar* gefriert.«

»Ja«, erwiderte Alannah in undeutbarem Tonfall. »Willkommen im Süden ...«

Sie marschierten weiter, bis es dunkelte, dann suchten sie sich einen Lagerplatz im Schutz einiger Felsen. Da Balbok keinen Dung mehr hatte, den er verfeuern konnte – jene eisige Nacht im Schneesturm hatte alles aufgebraucht –, setzte sich Rammar diesmal durch, und es wurde kein Feuer gemacht. Erneut wechselten Balbok und er sich beim Wachehalten ab. Den Elfen waren sie entkommen, aber nun waren sie wieder im Süden, und hier hausten Trolle, Zwerge, Gnomen und anderes Gezücht.

Dennoch blieb es die Nacht über ruhig.

Am Morgen folgten sie dem Pfad weiter in die Tiefe. Die Wolken blieben über ihnen zurück, und zum ersten Mal konnten sie wieder mehr als einen Steinwurf weit sehen. Ein atemberaubendes Panorama breitete sich vor ihnen aus: Schroffe Bergriesen, die sich aus dunklen Tälern erhoben und in den Himmel ragten, bizarre Felsformationen, die Wind und Wetter aus dem Gestein gemeißelt hatten, Wasserfälle, die rauschend aus großer Höhe in die Tiefe stürzten, und schließlich, weit im Südwesten, die fernen Ausläufer des Scharfgebirges, die sich wie das Gebiss eines Drachen am fernen Horizont erhoben.

Rammar und Balbok jedoch stand der Sinn nicht nach majestätischer Landschaft. Ihnen war nur wichtig, dass sie ihre

Beute wohlbehalten – oder zumindest lebend – in Ruraks Festung ablieferten.

Zur Verwirrung der Brüder schien die Gefangene jeden Augenblick der Reise zu genießen, ungeachtet der Tatsache, dass sie eine Gefangene war. Alannahs Unbekümmertheit gab ihnen Rätsel auf, und Rammar machte dies noch misstrauischer gegen die Elfin. Sie führte etwas im Schilde, das stand für ihn fest – aber was?

Gegen Mittag vernahmen sie ein stetiges Rauschen, und schließlich gelangten sie an einen steilen Abbruch. Vorsichtig lugten Rammar und Balbok über die Kante. Tief unter ihnen toste ein reißendes, graublaues Gewässer, das sich im Laufe von Jahrtausenden einen Weg in den harten Stein gegraben hatte.

»Das ist der Eisfluss«, erklärte Alannah. »Weit oben an den Hängen des Nordwalls entspringt er und stürzt donnernd nach Süden, wo er das Scharfgebirge durchfließt und das Reich der Zwerge teilt.«

»Was du nicht sagst«, entgegnete Rammar grimmig, dem diese blumige Redeweise zuwider war. »Und wie sollen wir auf die andere Seite gelangen?«

»Es gibt eine Brücke«, behauptete die Elfin. »Zwerge, die dem Elfenkönig treu ergeben waren, haben sie einst errichtet.«

Über den schmalen Pfad, der an der Abbruchkante entlangführte, setzten sie ihren Weg fort, und nur wenig später stießen sie tatsächlich auf die Brücke – ein schmales Gebilde, errichtet aus grobem Stein, das die Schlucht in weitem Bogen überspannte. Sie war alles andere als Vertrauen erweckend und nur an die zwei *knum'hai* breit – also breit genug für einen Zwerg, für einen Ork aber gefährlich schmal. Eine Brüstung gab es nicht.

Balbok stellte denn auch gleich die entscheidende Frage: »Da sollen wir rüber?«

»Nie und nimmer!« Rammar schüttelte heftig den Kopf. »Euch wird das Ding tragen, aber unter meinem Gewicht wird es einstürzen.«

»Selbst schuld«, sagte Balbok voller Genugtuung. »Was musstest du auch fressen, während ich hungerte? Geschieht dir ganz recht.«

»Es geschieht mir recht? Du willst, dass ich in die Tiefe stürze? Nach allem, was ich für dich getan habe?«

»Ich habe auch meinen Beitrag geleistet«, stellte Balbok klar. »Und ich habe *baish* für uns alle über den Pass geschleppt, anstatt mich allein daran satt zu fressen.«

»Na und? Dafür hatte ich stets ein Auge auf die Elfin.«

»Wie denn das? Du bist die ganze Zeit vorausgegangen und konntest sie nicht sehen!«

Das war leider wahr, und Rammar fühlte sich von seinem Bruder in die Enge gedrängt. In einer solchen Situation ging er stets zum Gegenangriff über. »Du hässlicher Hundsfott von einem Bruder!«, legte er los. »Ohne mich wärst du von dem Ghul gefressen worden. Und ich war es auch, der …«

»Seid ihr beiden bald fertig?«, fragte Alannah so scharf, dass Rammar vor Staunen verstummte. »Man könnte meinen, zwei junge Zwerge vor sich zu haben, die sich darum balgen, wer seine Saga zuerst erzählen darf.«

»Du vergleichst uns mit Zwergen?«, schnaufte Rammar. »Willst du uns beleidigen, Weib?«

»Durchaus, wenn ihr euch danach wieder wie denkende Wesen benehmt. Wenn ihr euch nicht ständig streiten würdet, hätten wir den Fluss längst hinter uns gebracht.«

»Ihr vielleicht, aber ich nicht«, widersprach Rammar verdrießlich. »Die Brücke wird mich nicht tragen, das habe ich im Gefühl.«

»Dann lass Balbok und mich die Schlucht zuerst überqueren«, schlug die Elfin vor. »Wenn sie unser gemeinsames Gewicht aushält, wird sie auch dich tragen.«

»Hm«, machte Rammar nur, während er Alannah von Kopf bis Fuß musterte. Der Vorschlag hatte etwas für sich, keine Frage. Rammar dachte angestrengt nach und kam dann zu dem Schluss, dass dies die beste (weil für ihn ungefährlichste) Lösung war.

»Also gut, so machen wir's«, entschied er. »Balbok, du wirst mit der Elfin zuerst die Brücke überqueren. Wenn sie nicht einstürzt, dann wird sie auch mein Gewicht aushalten.«

»U-und wenn sie einstürzt?«, fragte Balbok.

»Dann werde ich mir wohl oder übel einen anderen Weg suchen müssen«, entgegnete Rammar achselzuckend. »Also los.«

»Darf ich wenigstens den Sack mit dem Proviant dalassen?«, fragte Balbok, den bangen Blick auf die schmale Steinbrücke gerichtet.

»Bist du verrückt? Ich bin so schon schwer genug, auch ohne dass ich unseren *baish* auf dem Rücken trage. Und jetzt will ich kein Widerwort mehr hören. Rasch, über die Brücke mit dir. Und nimm das Weibsbild mit!«

Wenn Rammar so redete, hielt Balbok lieber den Mund und tat, was sein Bruder verlangte. Zwar schien auch ihm die Brücke nicht gerade Vertrauen erweckend, aber vor der Elfin wollte er sich keine Blöße geben. Also nickte er nur und zerrte sie am Seil zur Brücke. Dann setzte er vorsichtig seinen Fuß darauf.

»Warum so zögerlich?«, fragte Alannah provozierend. »Bist du ein Ork oder eine Made?«

»Ei-ein Ork natürlich!«, stammelte Balbok.

»Dann benimm dich auch so!«, erwiderte sie mit bösem Lächeln, und noch ehe sich die beiden Orks versahen, war sie schon an dem jüngeren der beiden Brüder vorbei und trat leichtfüßig hinaus auf die Brücke. »Siehst du? Es ist ganz einfach!«

»Du hast gut reden!«, maulte Balbok. »Glaubst du, ich hätte nicht gesehen, dass deine Füße keine Abdrücke im Schnee hinterlassen haben? Ihr Elfen seid leicht wie Federn, wenn ihr euch bewegt.«

Alannah lachte nur – und zum Verdruss der Orks löste sie den Knoten des Seils, das ihr Balbok um die Hüften gebunden hatte.

»Halt!«, rief Rammar vom Rand des Abgrunds. »Das darfst du nicht!«

»Mit Verlaub, mein hässlicher Freund – wer sollte mich daran hindern? Du vielleicht?« Unbeirrt ging sie weiter.

»Worauf wartest du?«, fuhr Rammar seinen Bruder an. »Bleib ihr auf den Fersen, Blödsack! Oder willst du, dass sie uns entkommt?«

Schon hatte die Elfin die Mitte des Brückenbogens erreicht und überquerte tänzelnd den schmalen Scheitel. Angetrieben vom aufgebrachten Geschrei seines Bruders gab sich Balbok einen Ruck und trat hinaus auf die schmale Brücke, die weder Brüstung noch Geländer hatte und unter der in Schwindel erregender Tiefe der Eisfluss toste.

Einen Augenblick lang glaubte er, das Gestein verdächtig knirschen zu hören, aber die Brücke hielt – noch –, und Balbok fasste ein wenig Zuversicht. Den Tornister auf dem Rücken, benutzte er die Standarte des Zauberers als Balancierstange, um nicht das Gleichgewicht zu verlieren, während er einen Fuß vor den anderen setzte und der Elfin folgte. Diese hatte inzwischen fast die gegenüberliegende Seite erreicht und beschleunigte ihre Schritte.

»Halt!«, kreischte Rammar, dem Übles schwante. »Bleib stehen!«

»Fangt mich, wenn ihr könnt!«, rief sie zurück und stimmte einmal mehr ihr silberhelles Lachen an – worauf Rammar der Zorn packte.

»Das könnte dir so passen, Elfenweib!«, kreischte er außer sich, und seine Rage ließ ihn jede Vorsicht vergessen. Mit zu Fäusten geballten Klauen stürmte er hinaus auf die Brücke – und unter dem Gewicht der beiden Orks gab das uralte, von Wetter und Wind zermürbte Bauwerk plötzlich nach.

Es knirschte und knackte, und ein Riss zeigte sich zwischen den Steinen, der sich rasch vertiefte und verbreiterte. Es folgte ein lautes Krachen und Bersten, und einen Augenblick später verlor Rammar den Boden unter den Füßen, als die Brücke unter ihm einbrach, und während er in die Tiefe stürzte, wurde ihm bewusst, dass er eine ziemliche Dummheit begangen hatte.

Auch Balbok fiel kopfüber nach unten, dabei aus Leibeskräften brüllend. Und ebenso Alannah, die schon fast die andere Seite erreicht hatte – aber eben nur fast. Vergeblich versuchte die Elfin noch, sich an der Abbruchkante festzuklammern, doch ihre zarten Hände griffen ins Leere, und die gähnende Tiefe verschluckte auch sie.

Die schroffen Wände der Schlucht hallten von den gellenden Schreien der drei Wanderer wider, die der weißen Gischt entgegenstürzten, inmitten eines Hagels aus Gesteinsbrocken, aus denen die Brücke einst errichtet worden war – dann empfing sie das eisige Wasser des Flusses.

Rammar schwanden die Sinne. Benommen wähnte er sich wieder im rauen Nordland und glaubte zu erfrieren – ehe er wieder zu sich kam und sich daran erinnerte, was geschehen war. Seine Lungen brannten bereits wie Feuer, und die Trümmer der Brücke rauschten rings um ihn in die Tiefe. Er begann mit den Armen um sich zu schlagen, strampelte mit den Beinen, um an die Oberfläche zu gelangen. Ein unheimliches Rauschen und Blubbern und Gurgeln umgab ihn, das Rammar einen Augenblick lang für Kuruls dumpfes Gelächter hielt.

Im nächsten Augenblick durchstieß er die Oberfläche und sog gierig Luft in seine Lungen.

»Balbok!«, schrie er, während die reißende Strömung ihn mit sich riss. »Balbok, wo bist du …?«

Er warf gehetzt einen Blick hinauf zu den gezackten Rändern der Schlucht, zwischen denen ein Streifen grauer Himmel zu sehen war. Der Gedanke, von dort oben herabgestürzt zu sein, entsetzte ihn für einen Augenblick so sehr, dass er vergaß, mit den Armen zu paddeln, und ein Strudel erfasste ihn und zog ihn wieder unter Wasser.

Orks waren keine sehr guten Schwimmer. Das feuchte Element war ihnen zutiefst suspekt, und es kam ihnen weder in den Sinn, sich damit zu waschen, noch sich aus purem Vergnügen hineinzustürzen. Dass Rammar schon im nächsten Moment wieder an die Oberfläche schoss wie ein Korken, verdankte er nur den Fettschichten seines gedrungenen Körpers.

Rasch entledigte er sich des metallenen Brustpanzers. Dabei achtete er darauf, den *saparak*, den er am Riemen auf dem Rücken trug, und den Wasserschlauch nicht zu verlieren. Anschließend streckte er alle viere von sich und ließ sich von der Strömung den Fluss hinabtreiben, während sein Bauch wie eine kleine Insel aus dem Wasser ragte.

»Balbok!«, rief er dabei immerzu, dass sich seine Stimme fast überschlug. »Balbok …!«

»Ich bin hier!«, kam es kläglich zurück, und zwischen zwei schäumenden Wellen sah Rammar für einen Augenblick seinen Bruder paddeln.

Auch Balbok war nicht gerade ein begnadeter Schwimmer. Den Tornister mit dem *baish* hatte er sich vom Rücken gestreift, aber die Standarte des Zauberers umklammerte er noch immer mit einer Klaue, als hinge sein Leben davon ab. Mehrmals verschwand sein Kopf unter Wasser, um im nächsten Moment wieder prustend aufzutauchen.

»Dämlicher *umbal*!«, rief Rammar ihm über das Tosen des Flusses hinweg zu. »Lass die alberne Standarte los!«

»Nein!«, gurgelte die entschiedene Antwort. »Ein echter Ork lässt sein Feldzeichen nicht im Stich!«

»Du blöder Hund wirst noch jämmerlich ersaufen!«

»Ein Ork lässt sein Feldzeichen nicht im …«, wollte Balbok trotzig wiederholen, als ihn ein gellender Hilfeschrei unterbrach. Rammar erkannte die Stimme sofort – es war die der Elfenpriesterin.

In der Hitze des Überlebenskampfes hatte er die Gefangene fast vergessen. Sie hatte versucht zu fliehen, war dann aber mit ihnen in den Abgrund gestürzt. Gehetzt blickte er sich nach ihr um, während die Strömung ihn und Balbok weiter davontrug. Rammar konnte nicht ausmachen, woher ihre Hilferufe kamen, denn sie hallten von den Wänden der Schlucht wider und trafen von allen Seiten seine Ohren.

»Dort drüben!«, ließ sich Balbok gurgelnd vernehmen, ehe er wieder unter Wasser verschwand – und endlich entdeckte Rammar die Elfin.

Sie war ein gutes Stück vor ihm in einen gefährlichen Strudel geraten, der sich in einer Felsnische gebildet hatte und sie mit unwiderstehlicher Kraft nach unten zog. Erbittert wehrte sie sich dagegen, aber der Gewalt des Flusses hatte sie nichts entgegenzusetzen.

»Helft mir! Ich ertrinke …!«

Trotz der brenzligen Lage huschte ein hämisches Grinsen über Rammars Orkgesicht. *K'uule tog'dok tog, tutoum'dok eh-fhuun,* lautete das alte Orksprichwort – wer anderen eine Grube gräbt, fällt selbst hinein. Selten hatte darin mehr Wahrheit gelegen.

Rammar wünschte der Elfin alles Schlechte, einen eisigen Tod in den tosenden Fluten und in der nächsten Welt einen Zwerg zum Ehemann. Aber dann kam ihm ein schrecklicher Gedanke. Nein, er durfte sie nicht ertrinken lassen! Wenn die Elfin auf den Grund des Flusses gezogen wurde, versank mit ihr auch das Wissen um die Karte von Shakara – und damit jede Hoffnung für die Orkbrüder, jemals wieder ins *bolboug* zurückkehren zu können, wo der vertraute Mief ihrer Höhle auf sie wartete.

Rammar schaffte es irgendwie, sich im reißenden Fluss zu drehen, dann versuchte er zu Alannah zu gelangen, indem er mit den Armen ruderte und mit den Beinen strampelte.

»Hilfe!«, rief sie noch einmal – dann versank ihr hellblonder Schopf unter Wasser.

»Nein!«, schrie Rammar, und wild paddelnd legte er die letzten *knum'hai* zurück. Aber die Elfin war nicht mehr zu sehen. Dafür packte der Strudel nun auch Rammar, und rasend schnell ging es im Kreis herum, dass ihm davon ganz elend wurde, und schließlich verschluckte ihn der Trichter aus eisig kaltem Wasser. Er konnte nicht einmal mehr nach seinem Bruder rufen, der sicherlich schuld war an diesem Unglück. So sehr er sich auch dagegen wehrte, der Sog zog ihn nach unten.

Unter Wasser riss er die Augen auf, und hinter einem Schleier aufsteigender Luftblasen sah er die halb bewusstlose Alannah. Rammar streckte seine kurzen Arme nach ihr aus, und es gelang ihm, sie zu packen und an sich zu ziehen, während der Strudel sie weiter in die Tiefe zog. Dadurch, dass Rammar seinen Widerstand aufgegeben hatte, ging es noch schneller hinab, und im nächsten Moment war der Grund des Flusses erreicht.

Rammar war klar, dass er dem mörderischen Sog entkommen musste. Kaum berührten seine Füße das Flussbett, stieß er sich ab, aber der Strudel ließ seine beiden Opfer nicht los, und wieder ging es hinab zum Grund. Erneut stieß sich Rammar mit aller Kraft vom Boden ab, Alannah wie eine Traglast unter den Arm geklemmt. Doch trotz seiner Fettmassen sank er abermals wie ein Stein in die Tiefe, während die Luft in seinen Lungen allmählich knapp wurde.

Ertrunken bei dem Versuch, einen Elf zu retten – das wäre ein ziemlich unrühmliches Ende für einen Ork. Und das, nachdem er es in seinem Leben stets verstanden hatte, den Kopf einzuziehen und sich herauszuhalten, sobald es brenzlig wurde. Vielleicht war dies Kuruls Strafe für seine Feigheit ...

Rammar sah bereits schwarze Flecke vor seinen Augen. Mit dem freien Arm paddelte er wie von Sinnen, aber seine Kräfte schwanden. Erneut spürte er den Fels des Flussbetts unter seinen Füßen, und wieder stieß er sich ab, seitlich diesmal, um der Kraft des Sogs vielleicht so zu entkommen.

Für einen Augenblick schöpfte er Hoffnung, denn diesmal kam er der Oberfläche näher als zuvor. Schon glaubte er, sie mit ausgestrecktem Arm durchstoßen zu können, als ihn der Sog abermals zurück auf den Grund des Flusses zog.

Seine Lungen brannten wie Feuer, Rammar paddelte und strampelte panisch und setzte alle Kraft ein, die ihm noch verblieben war.

Sie reichte nicht.

Er wollte endgültig aufgeben, als er unmittelbar vor sich etwas im kristallklaren Wasser gewahrte. Es war eine schwarz schimmernde Kugel am Ende eines langen hölzernen Stabes, und Rammars letzter klarer Gedanke riet ihm, danach zu greifen. Mit der freien Klaue bekam er den Stab zu fassen, und eine Kraft, die größer war als die des Strudels, zog ihn und die bewusstlose Elfin nach oben; Rammar und Alannah wurden dem tödlichen Sog entrissen, und im nächsten Moment durchstießen sie die schäumende Oberfläche.

Rammar schnappte nach Luft und spürte, wie das Leben zu ihm zurückkehrte. Er sah nun auch, was es war, woran er sich in seiner Verzweiflung festgeklammert hatte – das obere Ende der Standarte, die Rurak der Zauberer ihnen gegeben hatte. Das andere Ende hielt Balbok, der sich ans felsige Ufer geschleppt und seine Gefährten mithilfe der Standarte vor dem Ertrinken gerettet hatte.

»Festhalten!«, rief er Rammar zu, und man konnte sehen, wie sich die Muskeln unter seinem durchnässten Lederrock anspannten. Den Helm hatte er beim Sturz in den Fluss verloren und den Brustpanzer im Wasser abgestreift, um nicht unterzugehen – die Standarte jedoch hatte er behalten.

Rammar verzichtete dieses eine Mal darauf, Balbok deswegen einen *umbal* zu schelten, immerhin hatte der Eigensinn seines Bruders ihm (und der Elfin) das Leben gerettet. Mit enormer Kraftanstrengung zog Balbok sie ans Ufer, bis Rammar endlich Boden unter sich spürte. Auf wackeligen Beinen erhob er sich und schleppte sich aufs Trockene, die Gefangene unter dem Arm. Erschöpft ließ er sie aufs steinige Ufer fallen, sank selbst nieder, und keuchend rang er nach Atem, während sich Balbok um die Gefangene kümmerte, die scheinbar leblos und mit geschlossenen Augen dalag.

»Sie rührt sich nicht«, stellte der hagere Ork bekümmert fest. »Ich glaube, sie ist tot, Rammar.«

»*Waaas?*« Trotz seiner Erschöpfung richtete sich Rammar halb auf und kroch auf allen vieren zu ihr. »Das – das darf nicht sein! Verdammtes Elfenweib, ich habe doch nicht meinen *asar* riskiert, damit du uns …«

»Sie lebt!«, unterbrach ihn Balbok. Er hatte sein Ohr auf ihre Brust gepresst und horchte. »Aber ihr Herzschlag ist kaum zu vernehmen.«

»Verflucht«, knurrte Rammar. Er beugte sich vor und versetzte der Elfin einen Satz schallender Ohrfeigen. »Aufwachen!«, rief er zornig. »Hörst du nicht? Du sollst aufwachen!«

»Sinnlos«, meinte Balbok. »Wahrscheinlich hat sie Wasser geschluckt und kriegt deshalb keine Luft mehr.«

»Und?«

»Vielleicht sollten wir versuchen, ihr ein wenig von unserer Luft abzugeben.«

»Hä? Was ist denn das für eine bescheuerte Idee! Wie willst du das denn anstellen?«

»Lass mich nur machen.« Balbok beugte sich über Alannah, presste seine Lippen auf die ihren und pustete seine eigene, modrige Atemluft in die Lungen der Elfin.

»Uuuh!«, machte Rammar. »Hör auf damit, das ist ja widerlich.« Bei dem Gedanken, die Lippen einer Elfin mit dem eigenen Mund zu berühren, drehte sich ihm fast der Magen um.

Balbok jedoch machte weiter. Seine Lippen auf die der Elfin pressend, blies er Luft in ihre Lungen.

»Komm schon, lass gut sein«, murrte Rammar. »Es ist schlimm genug, dass sie in Kuruls Grube gesprungen ist, ehe sie das Geheimnis ausplaudern konnte. Da musst du nicht auch noch ihre Leiche schänden ...«

Plötzlich – Rammar konnte es nicht fassen – regte sich die Elfin. Ihre Arme zuckten, im nächsten Moment hustete sie, und ein Schwall geschluckten Flusswassers brach aus ihr hervor. Keuchend sog sie die Luft ein, schlug die Augen auf und starrte die beiden Orks verwundert an. Ein paar Worte in der Elfensprache kamen ihr über die bleichen, blutleeren Lippen, dann schien sie sich zu erinnern, wo sie war und in wessen Gesellschaft sie sich befand.

»Was – was ist passiert?«, fragte sie in ihrem akzentbeladenen Orkisch.

»Was passiert ist?«, rief Rammar erbost. »Ich werde dir sagen, was passiert ist, Elfenweib. Du wolltest uns verladen, das ist passiert. Du hattest vor, dich über die Brücke abzusetzen, während mein Bruder und ich in die Tiefe stürzen und wie Ratten ersaufen sollten.«

»Ich ...« Zuerst wollte sie alles leugnen, aber schlagartig verstummte sie. Sie sah wohl ein, dass es zwecklos war, und fragte stattdessen: »Wie bin ich hierher gekommen?«

»Wie wohl? *Ich* habe dich aus dem Fluss gezogen«, antwortete Rammar.

»*Du* hast *mich* gerettet?«

»So könnte man es ausdrücken.«

»D-danke«, sagte die Elfin verblüfft; sie bediente sich dabei der Menschensprache, denn in der Sprache der Orks gibt es keine Entsprechung für ein derart überflüssiges Wort.

»Bilde dir nur keine Schwachheiten ein«, entgegnete Rammar ungerührt. »Ich hab das nur getan, weil mit dir auch das

Wissen um die Karte abgesoffen wäre. Und Rurak will diese Karte nun einmal unbedingt haben.«

»Rurak?«

Rammar seufzte. »Der Zauberer, in dessen Auftrag wir unterwegs sind.«

»Ich habe nie von ihm gehört.«

Rammar schaute sie ungläubig an. »Du hast noch nie von Rurak dem Schlächter gehört?«

»Sollte ich das?«

»Das will ich meinen. Rurak ist ein großer Zauberer und war zu Zeiten des Zweiten Krieges ein gefürchteter Feldherr«, erklärte der Ork. »Ich dachte, Ihr Elfen pflegt das Andenken an die Vergangenheit?«

»An *unsere* Vergangenheit«, erwiderte Alannah. »Die Belange der Orks kümmern uns nicht.«

»Also hatte Rurak Recht«, versetzte Rammar gehässig. »Er sagte uns, dass ihr Elfen nur noch Augen und Ohren für euch selbst habt. Und dass euer Zeitalter zu Ende geht. Die Zukunft gehört denen, die sich die richtigen Verbündeten suchen.«

»Und Rurak ist ein machtvoller Verbündeter«, fügte Balbok hinzu. »Du magst ihn nicht kennen, aber er kennt dich dafür umso besser. Er wusste von dem Tempel, und er kannte auch den Weg dorthin. Nicht wahr, Rammar?«

»So ist es. Und er hat das Haupt unseres Anführers Girgas, das dieser im heldenhaften Kampf gegen die Grüngesichter verloren hat, und das brauchen wir, um wieder zu unserem Stamm zurückkehren zu können.«

Alannah richtete sich auf. »Soll das heißen, ihr habt all die Gefahren nur auf euch genommen, um einen abgeschlagenen Kopf in euren Besitz zu bringen?«

»Nicht irgendeinen abgeschlagenen Kopf«, verbesserte Balbok, »sondern den von Girgas, unserem tapferen Anführer. Die Gnomen haben ihn um genau diesen Kopf kürzer gemacht, aber wir werden sein Haupt zurück ins Dorf bringen, wo es geschrumpft wird, wie es sich gehört.«

»Ihr habt mich also entführt wegen eines ... Schrumpfkopfs?«

»So sieht es aus, Elfin«, knurrte Rammar verdrießlich. »Aber solltest du noch einmal versuchen zu fliehen oder auch nur uns zu täuschen, dann ist es dein Kopf, der geschrumpft wird. Hast du das verstanden?«

Alannah schaute entsetzt von einem zum anderen, antwortete aber nicht. Es war ihr anzusehen, wie sehr das Scheitern ihres Fluchtplans sie bedrückte, und fast hätte man meinen können, sie wäre lieber ertrunken, als von den Orks gerettet zu werden. Zudem schien ihr die Sache mit Rurak nicht sehr zu gefallen.

»Ob du mich verstanden hast, will ich wissen?«, schrie Rammar sie an.

»Ja doch«, entgegnete sie unwirsch. »Ich bin nicht schwerhörig, und begriffsstutzig wie dieses lange Elend da« – sie wies auf Balbok – »bin ich auch nicht.«

»Dieses lange Elend da«, fauchte Rammar, »hat uns beide aus dem Fluss gezogen. Bisweilen mag er ein dämlicher Hund sein, und ich gebe gern zu, dass ich schon ein paarmal mit dem Gedanken gespielt habe, ihn zu erschlagen. Aber er ist mein Bruder, und es steht dir nicht zu, ihn zu beleidigen.«

»Rammar«, sagte Balbok verblüfft, »so was Nettes hast du noch nie über mich gesagt.«

»Schnauze!«, schnappte Rammar. »Du hältst verdammt noch mal das Maul, wenn ich rede!«

An diesem Tag setzten sie ihren Marsch nicht mehr fort. Der halsbrecherische Sturz in die Tiefe hatte ihnen ohnehin viele Wegstunden erspart, sodass sie gleich ihr Nachtlager aufschlagen konnten.

Bis zum Ende der Schlucht war es nicht mehr weit. Dort, wo Balbok seine Gefährten aus dem Wasser gefischt hatte, wurde sie auch schon breiter, und zu beiden Seiten befanden sich von Geröll übersäte Ufer. Das Wasser floss von dieser Stelle an weitaus ruhiger und schlängelte sich als türkisblaues Band durch das Flussbett.

Oberhalb eines Geröllfelds, wo eine Nische im Fels Schutz vor Wind und Wetter bot und es abgestorbene Bäume gab, deren Äste gutes Feuerholz hergaben, schlugen die drei Wanderer ihr Nachtlager auf. Rammar widersprach diesmal nicht, als Balbok ein Feuer entzünden wollte. Alle drei waren durchnässt bis auf die Haut; am Feuer konnten sie sich wärmen und ihre Kleidung trocknen. Anfangs zögerte Alannah, sich vor den beiden Unholden zu entblößen, aber dann tat sie es doch – und Rammar und Balbok verkniffen es sich sogar, sich darüber auszulassen, wie hässlich diese Elfenfrauen mit ihren schlanken, sanft geschwungenen Körpern und ihrer alabasterfarbenen Haut doch waren.

Zu dritt kauerten sie am Feuer, während die Berge ringsum in Dunkelheit versanken. Jedem der drei stand der Schrecken noch ins Gesicht geschrieben, und obwohl sie dem Tod mit knapper Not entronnen waren, gab es nicht wirklich Anlass zur Freude. Alannah war in düstere Gedanken versunken, weil ihre Flucht misslungen und ihr Plan, sich allein nach Tirgas Dun durchzuschlagen, kläglich gescheitert war; die beiden Orks machten lange Gesichter, weil es nichts zu essen gab, und Rammar beschimpfte seinen Bruder, dem er wieder mal die Schuld daran gab. Sowohl Balbok als auch Alannah hatten sich der Proviantsäcke entledigt, um von ihnen nicht auf den Grund des Flusses gezogen zu werden, und so war ihnen nicht viel geblieben: in Balboks Fall die Axt und der Dolch, die er im Gürtel stecken hatte, sein Wasserschlauch und sein abgetragener Lederrock; bei Alannah war es nur das seidene Kleid, das trotz allem noch immer strahlend weiß war und wie unberührt aussah. Rammar hatte ohnehin nicht mehr bei sich gehabt als seinen Wasserschlauch und den *saparak*; beides hatte er an Lederriemen auf dem Rücken getragen, als er in den Fluss gestürzt war.

»Es ist wieder einmal typisch für dich blöden Hund!«, beschimpfte er seinen Bruder. »Den Sack mit dem Proviant überlässt du dem Fluss, aber dieses dämliche Ding da« – er deutete auf die Standarte des Zauberers, die Balbok am Rand ihres Nachtlagers mit dem unteren Ende in den Boden gerammt hatte – »hast du aus den Fluten gerettet.«

»Du solltest froh darüber sein«, entgegnete Balbok. »Denn hätte ich die Standarte nicht festgehalten, hätte ich nichts gehabt, womit ich euch aus dem Fluss hätte ziehen können. Oder wäre es dir lieber gewesen, ich hätte dir ein Stück Dörrfleisch zugeworfen?« Dieses Argument hatte zweifellos etwas für sich, und Rammar erwiderte nichts darauf. »Weißt du, Rammar«, sagte Balbok kleinlaut, »vielleicht tröstet es dich ja, wenn du weißt, dass auch ich Hunger habe.«

Rammar verdrehte die Augen. »Warum sollte mich das trösten? Es geschieht dir ganz recht, wenn dein Magen knurrt. Warum sollte es dir besser gehen als mir?«

Balbok seufzte sehnsuchtsvoll. »Was würde ich jetzt darum geben, zu Hause in unserer Höhle zu sitzen, die nach Fäulnis und Moder riecht. Dort würde ich mir dann einen guten Orkischen Magenverstimmer kochen …«

»Hör auf«, sagte Rammar leise.

»… so einen mit allem Drum und Dran«, fuhr Balbok fort, »mit gefüllten Gnomendärmen drin und Augäpfeln von Riesenschlangen …«

»Hör auf!«, wiederholte Rammar energisch. »Dein dämliches Gequatsche bringt uns nicht weiter. Ich habe auch so schon Hunger genug.«

»Ich kann ihn direkt riechen«, schwärmte Balbok versonnen, »und wenn ich die Augen schließe, kann ich ihn sogar sehen, einen ganzen dampfenden Kessel voll …«

»Wenn du nicht augenblicklich das Maul hältst, werde ich dir deine verdammte Standarte in den Schlund stopfen. Dann gibt dein Magen endlich Ru… Was ist denn?«

Rammar hatte gemerkt, dass seine Begleiter plötzlich unruhig geworden waren. Balbok hatte den Kopf in den Nacken gelegt und schnupperte in die kühle Nachtluft, die Elfin schien ihre ohnehin schon spitzen Ohren noch mehr gespitzt zu haben und lauschte.

»Ich rieche was«, verriet Balbok flüsternd. »Da ist jemand in der Nähe.«

»Bist du sicher?«

»Er hat Recht«, stimmte Alannah zu. »Wer immer es ist, er bewegt sich sehr leise, selbst ich kann ihn kaum hören. Aber er ist da. Und er beobachtet uns.«

»Wer?«, fragte Rammar.

»Schwer zu sagen.« Balbok schnupperte abermals. »Vielleicht ein Zwerg. Oder ein Mensch.«

»Und wo steckt er?«

»Dort hinter den Felsen, glaube ich«, gab Balbok Antwort.

»Balbok«, knurrte Rammar, »schnapp dir deine Axt und greif dir den dreisten Schweinehund, der es wagt, uns zu belauschen. Er soll den Zorn von Rammar dem Rasenden kennen lernen.«

»*Korr!*« Balbok griff nach der Axt, und nur mit seinem knappen Lendenschurz bekleidet, an dem sich die Motten bereits gütlich getan hatten, verließ er den Platz am Feuer.

Rammar und Alannah blieben zurück. Ihre Blicke begegneten sich, und da sich keiner die Blöße geben wollte, wegzuschauen, starrten sie einander an.

»Warum hilfst du deinem Bruder nicht?«, fragte Alannah.

»Damit du unbewacht bist und wieder fliehen kannst?« Grinsend fletschte Rammar die gelben Zähne und schüttelte den Kopf. »Ob es dir passt oder nicht, Elfin – mein Bruder und ich werden dich zu Rurak bringen, um von ihm unsere Belohnung zu erhalten!«

»Und nur deshalb hast du mir das Leben gerettet?«

»Natürlich, warum sonst?«

»Ich verstehe.« Alannah nickte, und es war ihr anzusehen, wie schwer es ihr fiel, die nächsten Worte auszusprechen. »Dennoch möchte ich dir *danken*, Ork. Du hast dein Leben riskiert, um mich zu retten. Ich stehe in deiner Schuld.«

Rammar riss die Augen auf und starrte sie begriffsstutzig an. »He?«

»Ich stehe in deiner Schuld«, wiederholte Alannah widerstrebend.

»A-aber ich bin ein Ork ...«

»Ich weiß, dass du ein Ork bist. Das ändert nichts daran, dass du mein Leben gerettet hast. Und nach dem Gesetz meines Volkes bin ich dir zu ewigem Dank verpflichtet.«

»Dieses Gesetz trifft auf Orks nicht zu«, erklärte Rammar, der sich sichtlich unwohl fühlte.

»O doch, das tut es.«

»Aber ich will nicht, dass du mir zu – wie heißt der Quatsch? – *Dank* verpflichtet bist«, sagte Rammar energisch; die Sache war ihm unangenehm. »So etwas gehört sich nicht für einen Ork. Wir sind wüste Kerle, die saufen, morden und zerstören. Elfen das Leben zu retten – so was kommt für uns nicht infrage.«

»Dennoch hast du es getan.«

»Damit ich dich an Rurak ausliefern kann, nur deshalb«, sagte er, und in seinen blutunterlaufenen Augen blitzte es zornig. »Wenn du es wagst, irgendjemandem davon zu erzählen, dann werde ich dich …«

Er unterbrach sich, nicht nur, weil ihm auf die Schnelle keine passende Drohung einfiel, sondern auch, weil aus der Richtung, in der Balbok verschwunden war, plötzlich Geräusche zu hören waren – ein Ächzen, dann das Poltern von Geröll und sich hastig entfernende Schritte.

Rammar griff nach dem *saparak*. »Balbok? Bist du das?«

Erneut waren Schritte zu hören, langsam und schwerfälliger diesmal, und aus der Dunkelheit jenseits des Feuerscheins schälte sich eine vertraute hagere Gestalt.

»Da bist du ja«, knurrte Rammar. »Was ist passiert?«

»Er ist mit entwischt«, gestand Balbok betreten.

»*Umbal!*«, schnauzte Rammar. »Konntest du wenigstens sehen, wer es war?«

»Ein Mensch«, antwortete Balbok eingeschüchtert. »Er war gekleidet wie ein Waldläufer.«

»Ein Mensch. Das auch noch.« Rammar schnitt eine Grimasse. »Vor diesem elenden Pack hat man wirklich nirgends seine Ruhe. Überall schleichen sie herum, und auf Orks sind sie nicht gerade gut zu sprechen.«

»Tatsächlich?« Alannah hob eine der geschwungenen Brauen. »Gibt es in ganz *amber* denn *irgendjemanden*, der auf Orks gut zu sprechen ist?«

»Nein, und wir sind stolz darauf«, antwortete Rammar giftig. »*Iomash namhal, iomash unur,* heißt es bei uns – viel Feind, viel Ehr.«

Noch vor ein paar Tagen hätte Alannah laut aufgelacht, das Wort »Ehre« aus dem Maul eines Orks zu hören. Sie unterließ es und erkundigte sich stattdessen: »Was wollt ihr jetzt tun?«

»Hm«, machte Balbok. »Diese Waldläufer sind gute Bogenschützen. Wenn er es darauf angelegt hätte, uns zu töten, wäre es bereits um uns geschehen.«

»Vielleicht war er nur ein Späher«, vermutete Rammar. »Vielleicht treiben sich dort draußen noch mehr von seiner Sorte herum. Als würde eine dieser hinterhältigen Kreaturen nicht schon Ärger genug bedeuten. Wir müssen die Augen offen halten und wachsam sein – und vor allem müssen wir das Feuer löschen ...«

# BUCH 2

## BOURTAS UR'TIRGAS LAN
### (DER SCHATZ VON TIRGAS LAN)

# 1.

# KOMANASH UR'BOURTAS-KOUM

Grimmig betrachtete Corwyn seine Ausbeute. Er hatte sie vor sich auf dem Waldboden ausgebreitet.

Es waren acht.

Acht Haarschöpfe. Einige davon kurz und borstig, andere lang und zu Zöpfen geflochten. Alle hatten sie gemein, dass sie noch an der blutigen Kopfhaut hingen.

Corwyn spuckte aus. Acht Skalpe.

Das war nicht gerade viel, wenn man bedachte, dass er bereits seit zwei Monaten die Hänge und Wälder des Scharfgebirges durchstreifte. Hinzu kam, dass seine Auftraggeber früher ungleich mehr dafür bezahlt hatten, dass er das Gebiet östlich des Eisflusses von diesem Ungeziefer säuberte. Wenn er gut verhandelte, würde Corwyn für die acht Skalpe gerade mal ein Silberstück bekommen. Rechnete er davon die Kosten ab für das Schärfen seines Schwertes, für zwei Dutzend Pfeile und den Kauf eines neuen Netzes, dann blieb nicht allzu viel übrig. Dabei hatte es eine Zeit gegeben, da war für die hohen Herren in Sundaril und Andaril nur ein toter Ork ein guter Ork gewesen. Aber dies hatte sich geändert.

In den östlichen Reichen war Krieg ausgebrochen. Barone und Fürsten lieferten sich mit den Städten blutige Kämpfe um die Vorherrschaft. Diese Kämpfe forderten immer mehr Menschenleben, und daher wusste man lebende Orks mehr zu schätzen als tote: Man versklavte sie und setzte sie entweder als Soldaten ein oder in den Bergwerken, denn neues Eisen musste herangeschafft werden, damit auf den Schlachtfeldern das »Werkzeug« nicht ausging. Dafür waren die Orks gut zu gebrauchen. Fünf Silberstücke wurden für ein lebendes Exemplar gezahlt.

Corwyn lachte bitter. Acht erschlagene Orks waren kaum dazu geeignet, seinen Geldbeutel zu füllen, dafür aber befriedigten sie seine Rachegelüste – wenn auch nur für kurze Zeit.

Er hatte den Blick des letzten Orks noch vor Augen. Corwyn hatte ihn mit Pfeilen gespickt, und es war ihm eine Freude gewesen, den Unhold in ein wandelndes Nadelkissen zu verwandeln; jeder einzelne Schrei aus der Kehle der verhassten Kreatur hatte Corwyns Herz mit Genugtuung erfüllt. Oder der andere, dessen Gedärme ihm geräuschvoll entgegengequollen waren, als er ihn der Länge nach aufgeschlitzt hatte. Oder der, den er mit der eigens gebauten Trickfalle gepfählt hatte, um anschließend zuzusehen, wie dieses Biest langsam verendete.

Für einen lebenden Ork mochte in diesen verrückten Tagen gut bezahlt werden – nur konnte Corwyn der Versuchung einfach nicht widerstehen, ihnen ihre fahlen Lebenslichter auszublasen.

Dennoch, er würde sich zusammenreißen müssen, nur dieses eine Mal. Der Gedanke, gleich zwei dieser Viecher zu fangen und am Leben zu lassen, widerstrebte ihm zwar, aber ihn reizte auch die Aussicht auf die zehn Silberstücke, die ihm seine Zurückhaltung einbringen würde.

Normalerweise waren Orks außerhalb der Modermark nur vereinzelt anzutreffen; jene, die das angestammte Orkgebiet verließen, waren entweder Narren, die sich verlaufen hatten, Einzelgänger auf der Suche nach Abenteuern oder solche, die ihr Stamm verstoßen hatte. Gleich zwei von ihnen in dieser Gegend zu begegnen – und dann auch noch solchen Prachtexemplaren –, war, als hätte man in der Lotterie von Sundaril das große Los gezogen.

Am Ufer des Eisflusses hatte Corwyn ein durchnässtes Gepäckstück gefunden. Der Inhalt des Rucksacks – ein Haufen angegammeltes Dörrfleisch – sowie die Art und Weise, wie er gepackt war – alles war einfach hineingeschmissen worden –, hatten Corwyn sofort verraten, dass es sich um den Proviantsack eines Orks handelte. Möglicherweise, so hatte er gedacht, war eine der dämlichen Kreaturen am Oberlauf des Flusses ertrunken und sein Kadaver ans Ufer geschwemmt worden, sodass Corwyn ohne großes Risiko zu seinem nächsten Skalp gekommen wäre. Zwar hätte ihn das um das Vergnügen gebracht, den Ork selbst zu massakrieren, aber die langen Jahre, in denen er nun schon als Kopfgeldjäger das Scharfgebirge durchstreifte, hatten ihn gelehrt, dass man eben nicht alles haben konnte und genügsam sein musste.

Corwyn war flussaufwärts gezogen und hatte das Ufer abgesucht, allerdings ohne die Leiche des Orks zu finden. Dafür hatte er bei Einbruch der Nacht Feuerschein ausgemacht. Er hatte sich angeschlichen, um zu sehen, wer oder was ihm in der Wildnis Gesellschaft leistete – und hatte nicht schlecht gestaunt: Zwei Orks im Lendenschurz und eine splitternackte Elfin sah man nun wirklich nicht alle Tage friedlich zusammen um ein Feuer hocken.

Corwyn hatte die abenteuerlichsten Vermutungen angestellt, was diese illustre Gruppe wohl so weit im Norden zu suchen hatte. Dann war ihm aufgefallen, dass die Elfin an den Fußgelenken gefesselt war. Sie war also eine Gefangene! Corwyns Innerstes hatte sich empört – nicht weil er Mitleid mit der Elfin empfunden hätte, sondern weil er die Orks schlicht und ergreifend um ihre Gesellschaft beneidete.

Von Marena abgesehen war diese Frau das schönste Wesen, das er je erblickt hatte; ihre Haut war wie Alabaster, ihre Züge so ebenmäßig, als hätte ein begnadeter Künstler sie modelliert. Von ihren anderen Vorzügen ganz zu schweigen. Es war das erste Mal, dass Corwyn eine Elfin so, wie ihr Schöpfer sie geschaffen hatte, erblickte, und er verstand auf einmal, warum es hieß, dass es die schönsten Menschenfrauen nicht mit einer Elfin aufnehmen konnten. Corwyn, der die letzten Monate allein in der Wildnis zugebracht hatte, ertappte sich dabei, dass seine Gedanken auf gefährlichen Pfaden lustwandelten: Wenn er die Elfenfrau aus den Fängen der beiden Orks befreite, würde ihre Dankbarkeit ihm gegenüber sicherlich unermesslich sein, und er wusste auch schon, wie sie die Schuld bei ihm würde abtragen können …

Mit trockenem Mund und begehrlich blitzenden Augen war

Corwyn drauf und dran gewesen, aus seinem Versteck zu stürmen und sich auf die Orks zu stürzen. In diesem Moment war einer der Orks auf ihn aufmerksam geworden – der Hagere war aufgestanden und herübergekommen, eine riesige Axt in den Klauen.

Noch einen Augenblick hatte Corwyn ausgeharrt, dann war er zu dem Schluss gelangt, dass es besser war zu fliehen. Das Überraschungsmoment war nicht mehr auf seiner Seite, zudem wusste er nicht, mit was für Orks er es zu tun hatte: mit welchen, die so plump und dumm waren, dass man ohne weiteres mit ihnen fertig wurde, oder mit solchen, die sich gewitzt und kampfesstark zu verteidigen wussten. Immerhin waren es zwei von ihnen, da wollte er kein unnötiges Risiko eingehen.

Also hatte er sich davongemacht, aber noch auf dem Weg zurück zu seinem Lager hatte Corwyn einen Plan gefasst; einen Plan, wie er die Elfin befreien und sich ihrer Dankbarkeit versichern und gleichzeitig die Orks lebendig fangen konnte, um sie auf dem Sklavenmarkt von Andaril zu verkaufen.

Er musste nur alles gut vorbereiten.

Und abwarten …

Als der neue Tag heraufdämmerte, fand er die Orks und ihre Gefangene schon wieder auf den Beinen vor.

Balbok hätte nichts dagegen gehabt, noch ein wenig länger zu dösen, aber Rammar, der die Wache in der zweiten Nachthälfte übernommen hatte, riss ihn und Alannah unbarmherzig aus dem Schlaf – vorausgesetzt natürlich, die Elfin hatte überhaupt geschlafen. Einmal mehr hatte sie mit offenen Augen an der erloschenen Feuerstelle gekauert und vor sich hingestarrt, dabei aber ruhig und gleichmäßig geatmet. Und einmal mehr war Rammar überzeugt davon, dass er aus diesen Elfen wohl niemals schlau werden würde.

Nach den Ereignissen des Vortags gab es nichts, das die Orks noch im Scharfgebirge hielt. Und einem Waldläufer, die dafür bekannt waren, dass sie nichts auf der Welt mehr hassten als Orks, wollten sie erst recht nicht begegnen. Auch Zwerge trieben sich in dieser Gegend herum, die Orks ebenfalls nicht gerade zu ihren Freunden zählten. Rammar und Balbok wollten also rasch weiter.

Nur zwei Wege gab es, die aus dem Scharfgebirge führten – der eine steil und beschwerlich, der andere ein sehr langer Weg und mit unwägbaren Risiken. Rammar hatte jedoch die Schnauze voll von den Bergen, also nahmen sie nicht den steilen Narbenpass, sondern würden dem Eisfluss folgen, um unter Umgehung der Sümpfe nach Süden vorzustoßen, wo sich das Scharfgebirge in der Ebene von Scaria verlor. Dort würden sie sich nach Westen wenden, wo die heimischen Gefilde der Modermark lagen.

Was die Zeit betraf, die ihnen noch blieb, hatten die beiden Orks ein wenig die Orientierung verloren. Sie wussten nicht mehr, wie lange es noch bis zum vollen Blutmond war, aber Balbok schätzte, dass ihnen noch eine gute Woche blieb.

»Noch eine ganze Woche?«, fragte Rammar skeptisch. »Bist du dir da auch ganz sicher?«

Auf einmal wirkte Balbok nicht mehr ganz so überzeugt. Er hob eine Klaue, begann die Tage an den Krallen abzuzählen und murmelte: »Also – eine Woche des Orkmonats hat fünf bis sechs Tage … und jeder zweite oder dritte Tag wird nicht mitgezählt, weil man einen Blutbierschädel vom Abend zuvor hat … Das ergibt … also … mmh …« Seine hohe Stirn zerknitterte sich, und es dauerte eine Weile, bis sich seine Züge wieder erhellten. »Ich hab's«, verkündete er stolz. »Ich denke, es sind *bougum*.«

»*Bougum*?«, brauste Rammar auf. »Du meinst, es sind nur noch wenige Tage?«

»Genau«, bestätigte Balbok zufrieden.

»Du dämlicher *umbal*! Und um das festzustellen, musstest du so lange grübeln?«

»Nun, ich …«

»Wenn wir Girgas' Haupt nicht rechtzeitig ins *bolboug* zurückbringen, ist die Frist, die uns Graishak gesetzt hat, abgelaufen, und dann lässt er uns unsere Bäuche mit Zwiebeln und Knoblauch stopfen und bei einem Gelage zu Girgas' Ehren als

Hauptgang servieren!« Er starrte seinen Bruder wütend an. »Was ist los mit dir, Balbok? Vor Girgas und der ganzen Meute hast du noch damit angegeben, zählen zu können! Kannst du es nun oder nicht? Wie viele Tage waren es noch bis zum vollen Blutmond, als wir das *bolboug* verließen? Du brauchst doch nur die Tage, die wir schon unterwegs sind, hinzuzuzählen, dann hast du die Frist, die uns noch bleibt!«

Unterdessen versuchte Balbok erneut, die verbliebenen Tage an seinen Krallenfingern abzuzählen, doch je lauter sein Bruder mit ihm schimpfte, desto hektischer wurde er dabei. »Also ... wenn ich vier Gnomen-Skalpe habe«, murmelte er, »und mein Bruder klaut mir drei, dann bleiben mir ... mmh ... den Skalp meines Bruders dazugerechnet ... mmh ...«

Schweiß perlte auf Balboks Stirn, hinter der sein Gehirn Höchstleistungen vollbrachte. Dennoch kam er zu keinem Ergebnis, und schließlich gab er es auf.

»Das ist rechnen, Rammar, nicht zählen«, rechtfertigte er sich kläglich. »Und rechnen ist viel schwieriger als zählen!«

Rammar schnaubte verächtlich. Aber er sagte sich, dass es auf ein paar Tage mehr oder weniger sicherlich nicht mehr ankam. Sie hatten ihren Auftrag ausgeführt und die Karte von Shakara besorgt (wenn auch in etwas anderer Form als erwartet), und sie brauchten sie nur noch dem Zauberer zu bringen, um im Austausch dafür Girgas' Kopf zu erhalten. Wenn sie danach Graishaks Mordkommando begegneten, konnten sie ihren Stammesbrüdern ja das Haupt ihres Meuteführers zeigen. Sicher würden sich die *faihok'hai* in diesem Fall einsichtig zeigen und nur einen von ihnen töten. Und Rammar hatte auch schon eine ziemlich genaue Vorstellung, wer dieser Jemand sein würde ...

Je weiter sie nach Süden gelangten, desto üppiger wurde der Pflanzenwuchs: Zu Moos und Flechten, über denen sich hier und dort kahle Baumgerippe erhoben, gesellten sich schon bald einzelne Sträucher und Farne, dann säumten die ersten Nadelbäume das Flussbett, und schon bald waren die drei Wanderer von Hochwald umgeben, dessen schlanke Fichten und Tannen es zwar nicht mit den herrlich wuchernden Wäldern der Modermark aufnehmen konnten, den Orks jedoch das beruhigende Gefühl vermittelten, auf dem richtigen Weg zu sein. Den modrigen, vom beständigen Verfall zeugenden Geruch des Waldes geräuschvoll durch die Nüstern saugend, schritt Rammar schon kräftiger aus als zuvor, und seine Laune besserte sich merklich.

»Nun, Balbok, was sagst du?«, rief er seinem Bruder zu. »Ist das nicht fast wie zu Hause?«

»Ja«, antwortete Balbok, der wie immer am Ende des kleinen Trupps marschierte. »Fehlen nur noch ein paar Pilze mit fetten Engerlingen drin – das wäre ein Festmahl für heut Abend.«

»Ist das dein Ernst?« Alannah schüttelte sich vor Abscheu.

»Natürlich. Wenn du keinen Ärger machst, kriegst du auch was ab. Aber die ganz fetten kriegt immer Rammar, und die nicht ganz so fetten kriege ich. Und du, Elflein, kannst von mir aus die faden Pilze es…«

»Ruhe!«, zischte Rammar und hob den Arm.

Sein Bruder erstarrte, auch Alannah verhielt sich ganz still. Seit das Zwergenreich im Niedergang begriffen war, galt das Scharfgebirge als unsichere Gegend. Bei den beiden Orks wusste die Elfin wenigstens, woran sie war. Doch wer konnte sagen, was für Abschaum sich sonst noch in den Tälern herumtrieb?

»Was ist?«, flüsterte Balbok in die Stille. »Hast du was gewittert?«

»Nein.«

»Hast du was gehört?«

»Nein.«

»Hast du was gesehen?«

»Verdammt, was soll die dämliche Fragerei? Komm gefälligst her und sieh es dir selbst an!«

Balbok machte ein schuldbewusstes Gesicht. Dann pirschte er leise zu seinem Bruder. Alannah, die er wieder mit einem Seil an sich gebunden hatte, zog er dabei mit sich.

»Da!«, sagte Rammar und deutete auf eine Stelle vor ihm am Boden. Ganz deutlich war der Abdruck eines Stiefels zu sehen. Eines Stiefels mit genagelter Sohle, wie Menschen und insbesondere Soldaten sie tragen.

Oder Waldläufer …

»*Shnorsh*«, sagte Balbok leise. »Das könnte er sein.«

»Wer?«, wollte Alannah wissen.

»Das Milchgesicht«, knurrte Rammar missmutig. »Der Armleuchter von Mensch, der uns am Oberlauf des Flusses beobachtet hat.«

»Ihr meint, er ist uns gefolgt?«

»Jedenfalls ist er nicht weit entfernt«, meinte Balbok, der sich gebückt hatte, um den Abdruck genauer in Augenschein zu nehmen. Schließlich schnupperte er daran und sagte: »Der Abdruck ist noch frisch.«

»Das hat uns gerade noch gefehlt«, murrte Rammar. »Das Letzte, was wir jetzt brauchen, ist Ärger mit einem Menschen. Diese Kerle sind noch unberechenbarer als Gnomen, noch blutrünstiger als Zwerge und noch bescheuerter als Elfen.«

»Da stimme ich dir ausnahmsweise einmal zu«, bemerkte Alannah trocken.

»Die Spuren führen nach Süden«, stellte Balbok fest, der inzwischen weitere Abdrücke entdeckt hatte. »Wenn wir ein Stück nach Westen gehen, können wir ein Zusammentreffen vielleicht vermeiden.«

»*Korr.*« Rammar nickte. »Schlagen wir einen weiten Bogen um den Menschen. Diese Milchgesichter bedeuten nur Ärger.«

Auch Alannah hatte dagegen nichts einzuwenden. In ihren Augen waren die Menschen eine noch junge und unreife Rasse, deren Machthunger und Besitzstreben allenfalls noch von ihrer Gewalttätigkeit übertroffen wurde. Nicht von ungefähr hatten sie sich im letzten Krieg mit den Orks verbündet; mit falschen Versprechungen und Schmeicheleien waren sie ebenso leicht zu ködern wie diese Unholde. Seit sich die Elfen mehr und mehr aus der Welt zurückzogen, versank auch das Ostreich der Menschen in Krieg und Gesetzlosigkeit. Die Herzoge bekämpften die Fürsten, die Fürsten die Ritter und die Ritter die Städte. Jeder war nur auf den eigenen Vorteil bedacht, es gab keinen König, der das Land regierte. Keinen König und keine Hoffnung – und es würde sie auch in Zukunft nicht geben ...

Wie Balbok vorgeschlagen hatte, schlugen sie westliche Richtung ein und nahmen damit einen Umweg in Kauf. In einem weiten Bogen würden sie zum Fluss zurückkehren und hofften, auf diese Weise den Menschen zu umgehen.

Aber die Orks und ihre Gefangene kamen nicht so weit.

Das Unheil kündigte sich in Form eines Knackens an, das ein wenig so klang, als würde ein morscher Ast zerbrechen. Instinktiv blieb zuerst Rammar stehen und hinter ihm seine Begleiter – und einen Lidschlag später wurden alle drei gepackt und emporgerissen!

Schlagartig verloren sie den Boden unter den Füßen, raue Seile zogen sich um sie zusammen und verschnürten sie zu einem zappelnden Bündel. Balbok hatte Rammars Ellbogen im Rücken und Alannahs Fuß im Gesicht. Sein eigenes Bein war grotesk nach hinten verdreht, und seine rechte Klaue war im Ausschnitt der Elfin gelandet, ohne dass er sie von dort entfernen konnte.

»Nur eine dämliche Bemerkung von dir, Ork«, knurrte Alannah, »und es ist um dich geschehen ...«

Erst allmählich begriffen die drei, was passiert war: Sie waren blindlings in eine Falle getappt und in einem Netz gefangen, das unter dem Laub des Waldes verborgen gewesen war. Unfähig sich zu befreien, baumelten sie in luftiger Höhe.

»Da hast du uns wieder einen schönen Magenverstimmer eingebrockt, Balbok!«, rief Rammar wütend. »Das alles ist allein deine Schuld!«

»Wie-wieso denn das?«

»Weil du die Falle hättest riechen müssen!«

»Ich hätte sie riechen müssen? Wie soll das denn gehen?«

»Was weiß ich? Sonst erschnuppert dein dämlicher Rüssel doch alles Mögliche!«

»Aber ganz bestimmt kein verstecktes Netz!«

»Das hab ich gemerkt ...«

»Sagt mal, ihr beiden Streithähne«, unterbrach Alannah

das Gezänk der Brüder, »wollt ihr euer bisschen Hirn nicht lieber darauf verwenden, darüber nachzudenken, wie wir uns aus dieser misslichen Lage befreien können?«

»Ein guter Vorschlag«, erklang es plötzlich von unten. »Dann lasst mal hören. Ich bin sehr gespannt.«

Die Orks und ihre Gefangene zuckten zusammen. Durch die Maschen des Netzes sahen sie eine schlanke Gestalt, die unvermittelt zwischen den Bäumen aufgetaucht war.

Es war ein Mensch.

Seine langen, für Ork-Verhältnisse geradezu spinnendürren Beine steckten in braunen Lederstiefeln, deren gestülpte Schäfte bis zu den Knien reichten, und dunkelgrünen Hosen. Darüber trug er einen ebenso dunkelgrünen Rock mit breitem Waffengurt, in dessen Scheide ein Anderthalbhänder steckte. Der dunkle Umhang ließ den Fremden noch bedrohlicher wirken. Die Kapuze hatte er zurückgeschlagen, und stahlblaue Augen blitzten in einem von schulterlangem schwarzen Haar umrahmten Gesicht, über dessen linker Wange eine hässliche Narbe verlief.

»Das ist er!«, hauchte Balbok seinem Bruder zu.

»Wer?«

»Der Mensch«, kam es flüsternd zurück. »Der Waldläufer, den ich am Fluss gesehen habe.«

»*Shnorsh!*«, schimpfte Rammar – denn in diesem Moment wurde ihm klar, dass sich sein Bruder und er wie blutige Anfänger verhalten hatten. Die Fährte, auf die sie gestoßen waren, war mit Absicht gelegt worden, um sie in die entgegengesetzte Richtung zu locken.

Indem sie einen Umweg gegangen waren, um ein Zusammentreffen mit dem Menschen zu vermeiden, hatten sie genau das getan, was das Milchgesicht von ihnen gewollt hatte, und sie waren blindlings in die Falle getappt – sie waren gefangen und befanden sich in seiner Gewalt.

»Sieh an«, spottete der Mensch in der Sprache seines Volkes. »Nun sind die Jäger auf einmal zur Beute geworden.«

Den Spruch fand er lustig, und er lachte schallend, goss seinen ganzen Spott über Rammar und Balbok aus, die vor Wut kaum an sich halten konnten. Andererseits konnten sie auch nichts gegen ihre missliche Lage unternehmen, denn in der Enge des Netzes war es ihnen unmöglich, an ihre Waffen zu gelangen.

»Verdammt, Mensch!«, rief Alannah hinab, die als Erste die Sprache wiederfand. »Wie lange willst du dich noch über uns amüsieren, ehe du uns wieder hinunterlässt?«

»Ihr wollt runter?«, fragte der Mensch und zog sein Schwert, dessen Klinge gefährlich blitzte. »Nun gut, Elfin – Euer Wunsch ist mir Befehl.«

Im nächsten Moment hieb er auf das Seil ein, das das Netz in der Luft hielt. Es verlief über einen Ast hoch in den Bäumen und von dort wieder nach unten und war an den Stamm eines weiteren Baums gebunden. Da es straff gespannt war, genügte ein einziger Hieb, um es zu durchtrennen – und schon fiel das Netz samt seines zeternden und strampelnden Inhalts in die Tiefe.

Das Geschrei seiner Gefährten in den Ohren, stürzte Rammar dem Waldboden entgegen. Hart schlug er auf, stieß sich den Kopf an einer Wurzel, und jäh verstummte das Geschrei der anderen – und auch sein eigenes –, und Rammar war es, als würde Kurul die Sonne verschlingen, so schwarz wurde es auf einmal um ihn herum.

Als Rammar wieder zu sich kam, war es Nacht.

Er lag, zu einem handlichen Bündel verschnürt, auf dem Boden, und Balbok lag neben ihm. Er war wach, und der Ausdruck in seinem langen Gesicht war alles andere als zuversichtlich.

Rammar brauchte nicht erst zu fragen, wieso. Nur wenige *knum'hai* von ihnen entfernt knisterte ein Lagerfeuer und verbreitete flackernden Schein. Auf der anderen Seite der Flammen sah Rammar durch den wabernden Hitzeschleier den Menschen, dem sie diese be*shnorsh*te Lage zu verdanken hatten, und neben ihm saß Alannah, ihrer Fesseln ledig und bester Dinge.

Die beiden unterhielten sich angeregt miteinander, und die

Priesterin schien wie ausgewechselt; sie zeigte einen Liebreiz und eine Freundlichkeit, die die Orks an ihr nie entdeckt hatten.

»Wie soll ich Euch nur danken?«, hörten die Brüder Alannah säuseln. »Als diese Unholde mich gefangen nahmen, glaubte ich schon, es wäre mein Ende.«

»Ihr habt nichts mehr zu befürchten, meine Liebe. Ich werde dafür sorgen, dass sie ihre gerechte Strafe erhalten für das, was sie Euch angetan haben.«

»Ich bin ja so dankbar für Eure Hilfe. Ich war der Verzweiflung nahe ...«

»Das ist typisch«, maulte Rammar leise vor sich hin. »Sie war der Verzweiflung nahe. Dass sie uns bei ihrem dämlichen Fluchtversuch beinahe in den Tod gestürzt hätte, davon redet sie natürlich nicht.«

Der Mensch schien ein hervorragendes Gehör zu haben. Sofort wurde er auf die beiden Orks aufmerksam und blickte zu ihnen hin. Als er sah, dass nun auch Rammar erwacht war, erhob er sich und kam um das Feuer herum. Alannah folgte ihm, ein genüssliches Grinsen im Gesicht.

»So«, sagte der Mensch mit einer Stimme, die kalt und schneidend war wie die Klinge einer Zwergenaxt. »Bist du also endlich aufgewacht, Fettsack?«

»Sieht so aus«, entgegnete Rammar. Äußerlich reagierte er nicht auf die Beleidigung, innerlich hielt er es damit wie alle Orks: Er merkte sie sich genau und beschloss, es dem Menschen zigfach heimzuzahlen, sobald er die Gelegenheit dazu bekam. Orks pflegen nachtragend zu sein ...

»Du bist also Rammar«, sagte das Milchgesicht; die Elfin schien ihm so einiges verraten zu haben. »Und der Lange dort ist Balbok, dein Bruder. Komisch. Ich dachte immer, Orks pfeifen auf verwandtschaftliche Beziehungen.«

»Daran kannst du erkennen, wie wenig ihr über uns wisst, Mensch«, entgegnete Rammar bissig.

»Mein Name ist Corwyn«, stellte sich der Mensch vor. »Ich bin Kopfgeldjäger.«

Rammar zuckte zusammen, und Balboks Gesicht wurde

noch länger. Sollte das ihr Schicksal sein? Nach allem, was sie überstanden und durchgemacht hatten, einem Kopfgeldjäger in die Hände gefallen zu sein und einen völlig sinnlosen Tod zu sterben? Was für einen merkwürdigen Humor Kurul doch zuweilen hatte …

»Was hast du, Ork?«, fragte Corwyn grinsend. »Das ist ein ehrbarer Beruf, und das da« – er deutete auf die andere Seite des Feuers – »beweist, dass ich mein Handwerk verstehe.«

Rammar folgte mit seinem Blick der ausgestreckten Hand des Menschen und sah den Speer, der dort im Boden steckte. An seinem Schaft hingen blutige Haarschöpfe. Rammar erkannte, dass es sich allesamt um Orkskalpe handelte.

»Barbar«, knurrte er angewidert.

»Ich soll ein Barbar sein? Du nennst mich einen Barbaren?« Das Grinsen verschwand aus den Zügen des Kopfgeldjägers. Seine Hand glitt zum Waffengurt und legte sich um den Griff des Schwerts, und einen Augenblick lang schien er mit dem Gedanken zu spielen, es einfach zu ziehen und den Ork damit abzuschlachten.

In Gedanken biss sich Rammar in den *asar*, dass er nicht das Maul gehalten hatte. Wollte er sich um Kopf und Kragen reden? Wenn der Kopfgeldjäger Balbok und ihn bislang nicht getötet hatte, dann hatte er sicherlich einen Grund dafür. Vielleicht, dachte Rammar, war noch nicht alles verloren, aber sie durften den Menschen nicht provozieren, sonst …

»Los doch, Mensch!«, plärrte Balbok in Rammars Gedanken hinein. »Tu, was du nicht lassen kannst! Erschlage meinen Bruder, aber dann erschlage mich gleich mit! Denn wenn du einen von uns am Leben lässt, dann …«

»Schnauze, Balbok!«, rief Rammar dazwischen.

»Aber Rammar! Er ist ein Mensch, und dazu noch ein Kopfgeldjäger! Abschaum der übelsten Sorte!«

»Unsinn«, widersprach Rammar entschieden. »Ein Mensch mag er sein, aber er geht einem ehrbaren Gewerbe nach und versteht sein Handwerk. Hast du denn nicht zugehört?«

»A-aber …« Balbok wandte den Kopf und starrte seinen Bruder an, als hätte dieser den Verstand verloren.

»Kein Aber. Ich will nichts mehr hören«, blaffte dieser. »Wir befinden uns in der Gewalt des Kopfgeldjägers – und Schluss. Er hat zu bestimmen, was mit uns geschieht, nicht du!«

Balbok schwieg verblüfft, und Rammar brachte es fertig, obwohl er gefesselt am Boden lag, ehrerbietig das Haupt zu senken. Einen Augenblick lang schien Corwyn nicht zu wissen, was er davon halten sollte. Dann lachte er spöttisch auf und schüttelte den Kopf.

»Versteht Ihr jetzt, was ich meinte?«, fragte ihn Alannah.

»Allerdings.« Er nickte. »Die beiden sind völlig durchgeknallt. Der eine ein Großmaul und dumm wie Bohnenstroh, der andere ebenso fett wie feige.«

»So ist es«, bestätigte Rammar, während er in Gedanken eine weitere Scharte ins Kerbholz des Kopfgeldjägers schnitzte; nichts würde vergessen sein, wenn es irgendwann ans Abrechnen ging. »Du hast uns gefangen, und wir befinden uns in deiner Gewalt. Was also wirst du mit uns tun, Kopfgeldjäger? Uns töten?«

»Ehrlich gesagt, ich würde das sogar liebend gern tun«, gestand Corwyn grimmig. »Aber in dieser verrückten Welt, in der nichts mehr ist, wie es sein sollte, ist ein lebender Ork nun mal mehr wert als ein toter.«

In Rammars Schweinsäuglein blitzte es hoffnungsvoll. »Du lässt uns also am Leben?«

»So ist es. Ich lasse euch am Leben – um euch in Andaril auf dem Sklavenmarkt zu verkaufen. Für Orks, die in den Minen arbeiten, wird gutes Geld gezahlt. Für zwei Prachtexemplare wie euch kriege ich zehn bis zwölf Silberstücke.«

Mit einem Ausdruck im Gesicht, der seine Worte Lügen strafte, erwiderte Rammar: »Freut mich, das zu hören.« In den Minen sollte er schuften. Sich durch den Stein fressen und im Dreck buddeln wie ein verdammter, verhasster Zwerg. Das war eine demütigende, geradezu abscheuliche Vorstellung!

»Oje«, seufzte Balbok düster. »Das war's dann wohl. Gute Nacht, Rammar. Lebe wohl, Girgas' Haupt. Auf Nimmerwiedersehen, *bolboug*.«

»Das geschieht euch ganz recht!«, beschied ihnen Alannah. »Was musstet ihr mich auch entführen?«

»Tu doch nicht so!«, zischte Rammar, dem allmählich dämmerte, dass seine Kriecherei völlig vergebens war. Wenn er die Wahl hatte zwischen kaltem Stahl und Zwangsarbeit in den Minen, war ihm das Schwert weitaus willkommener; schließlich war er ein Ork und kein Zwerg, der sich wie ein blinder Maulwurf durch den Dreck wühlte und dabei der widernatürlichsten aller Tätigkeiten nachging – einer Tätigkeit, für die es in der Sprache der Orks nicht einmal eine Entsprechung gibt: der *Arbeit*. Zwerge mussten *arbeiten*, weil sie zu feige waren, Gold und Silber im Kampf zu erbeuten. Für einen Ork jedoch kam ein so jämmerliches Dasein nicht infrage. In den Minen der Menschen als Zwerg missbraucht – eine grässliche Vorstellung für Rammar!

»Was meinst du damit, ich soll nicht so tun?«, fragte Alannah und riss Rammar damit aus seinen düsteren Gedanken. Sie legte den Kopf schief, während sie ihn betrachtete.

»Du weißt, was ich meine«, erwiderte Rammar. »Wenn du ehrlich wärst, würdest du zugeben, dass dir unsere Entführung sehr gelegen kam.«

»Wie bitte? Ich höre wohl nicht recht!«

»Ist doch wahr«, maulte Rammar. Er hielt sich nicht mehr länger zurück, nun, da es nichts mehr zu verlieren gab. »Eins habe ich dir sofort angemerkt: Du bist nicht wie andere Elfen. Nicht nur, dass du Orkisch sprichst, du bist auch unbeugsam und hast mehr Feuer unterm Hintern als deine verschlafenen Artgenossen. Das meinte ich, als ich sagte, dass mehr von einem Ork in dir sei, als dir klar ist.«

»Du redest Unsinn!«, empörte sich Alannah.

»Ach ja? Und warum hast du uns dann geholfen, als wir auf der Flucht vor den Tempelwachen waren? Warum hast du uns verraten, wo der Pass über dem Nordwall liegt? Gib es zu, Priesterin – du hattest es nicht eilig damit, zu deinen Pflichten zurückzukehren. Unsere Entführung kam dir sehr gelegen. Du hattest schon seit geraumer Zeit vor zu fliehen, und wir beide waren für dich nur Mittel zum Zweck. Ist es nicht so?«

»Und wenn?« Alannah lachte silberhell auf. »Mir kommen gleich die Tränen, Ork. Wie schaffen Kreaturen wie du es nur immer wieder, Täter zu sein und sich trotzdem als Opfer zu fühlen?« Sie wandte sich wieder an den Menschen. »Glaubt ihnen kein Wort, Corwyn. Der Dicke ist ebenso verlogen, wie er feige ist, und ich kann nicht … Corwyn?«

Alannah unterbrach sich, als sie sah, wie der Kopfgeldjäger sie anstarrte.

»Was ist?«, wollte sie wissen.

»Tempelwachen?«, fragte Corwyn. »Priesterin? Kann es sein, dass Ihr vergessen habt, mir etwas zu erzählen?«

»Nun, ich …«, stammelte Alannah und verstummte, weil ihr so schnell keine glaubhafte Ausrede einfallen wollte.

»Aha!«, rief Rammar triumphierend. »Sie hat also auch dich getäuscht, Kopfgeldjäger. Betrogen hat sie dich, genau wie uns.«

»Genau wie uns«, echote Balbok zur Bekräftigung.

»Wer seid Ihr?«, wollte Corwyn von der Priesterin wissen.

»Ich bin eine Elfin, und mein Name ist Alannah«, erwiderte sie. »Ich habe Euch nicht belogen.«

»Aber Ihr habt mir auch nicht die ganze Wahrheit gesagt, oder? Ich frage Euch noch einmal: Wer seid Ihr, verdammt? Und warum haben diese Orks Euch entführt?«

»Ich sagte schon, dass ich es nicht weiß. Mit einer Abordnung meines Volkes habe ich die Berge überquert, als wir von Trollen angegriffen wurden. Mir blieb nur die Flucht, und ich irrte tagelang durch die Wildnis, ehe ich diesen beiden Unholden in die Hände fiel. Anstatt mir zu helfen, verschleppten sie mich.«

»Das Weib lügt wie in Stein gemeißelt!«*, ereiferte sich Rammar. »Jedes einzelne Wort von ihr ist Lüge!«

»Jedes einzelne Wort«, bekräftigte Balbok.

»Ihr Name ist Alannah«, fuhr Rammar fort, »aber sie ist nicht, was sie zu sein vorgibt, sondern die Hohepriesterin des Elfentempels von Shakara.«

---

* orkisches Pendant zu »lügen wie gedruckt«

»Von Shakara«, wiederholte Balbok.

»Von dort und von nirgendwo sonst haben mein Bruder und ich sie geraubt!«, rief Rammar. »Das schwöre ich bei Kuruls Flamme!«

»Bei Kuruls Flamme.«

»Schweigt, nichtswürdige Orks!« Alannah lachte spöttisch. »Wem, meint ihr, wird Corwyn wohl Glauben schenken – zwei hergelaufenen Wilden oder einer schönen Frau, die noch dazu Spross eines alten Elfengeschlechts ist?«

Siegesgewiss wandte sie sich zu Corwyn um. Als sie jedoch seinen grimmigen Blick gewahrte, bröckelte das Lächeln auf ihrem bleichen Gesicht.

»W-was?«, fragte sie verunsichert. »Glaubt Ihr diesen grässlichen Kreaturen dort etwa mehr als mir? Habt Ihr vergessen, was ich Euch als Belohnung in Aussicht gestellt habe, wenn Ihr mich wohlbehalten nach Tirgas Dun bringt?«

»Nein«, antwortete Corwyn mit rauer Stimme. »Aber ich frage mich, was Euer Versprechen wert ist, wenn es zu Euren Gepflogenheiten gehört, die Unwahrheit zu sprechen. Also – zum letzten Mal: Wer seid Ihr und woher kommt Ihr?«

Die Elfin hielt seinem prüfenden Blick eine Weile stand. Dann ließ sie resignierend den Kopf sinken, denn sie sah ein, dass es keinen Zweck hatte, ihre Herkunft weiterhin zu leugnen. »Nun gut«, gestand sie leise, »es stimmt: Ich bin – oder besser: *war* – die Hohepriesterin von Shakara, bis diese beiden mich aus dem Tempel verschleppten.«

»Dann kennt Ihr das Geheimnis der Karte«, sagte Corwyn, und er sagte es so rasch und bestimmt, dass Alannah vor Schreck zusammenzuckte.

»Ihr – Ihr wisst um die Karte von Shakara?«, fragte sie erstaunt.

»Beantwortet meine Frage. Kennt Ihr die Karte – ja oder nein?«

»Nun, äh … ja«, bestätigte Alannah. »Sie ist der Grund, weshalb diese beiden Unholde mich entführt haben. Sie stehen im Dienste irgendeines Scharlatans, der davon träumt, sich alter elfischer Geheimnisse zu bemächtigen, die zu erfassen sein Verstand kaum in der Lage sein dürfte, und ich weiß nicht, ob … Was habt Ihr?«

Corwyn antwortete nicht. Mit undeutbarem Blick starrte er Alannah an, eine endlos scheinende Weile lang – ehe er in schallendes Gelächter ausbrach. Die Elfin und die Orks glaubten, er hätte den Verstand verloren, während er laut und ausdauernd lachte und sich schließlich wieder ans Feuer niederließ.

»Das muss gefeiert werden!«, rief er und griff nach seinem Beutel, kramte eine tönerne Flasche daraus hervor und entkorkte sie mit den Zähnen. Er nahm einige kräftige Schlucke, konnte sich daraufhin aber noch immer nicht beruhigen und setzte sich die Flasche erneut an den Hals.

Rammar und Balbok konnten nur vermuten, was sich in der Flasche befand: Menschen und Zwerge haben die eigenartige Angewohnheit, sich mit vergorenen Essenzen aus Pflanzen zu betrinken – Alkohol nennen sie das. Orks hingegen pflegen zu Blutbier zu greifen, wenn sie sich besaufen wollen, und nichts, was der Alkohol hervorruft, ist auch nur annähernd mit einem ausgewachsenen Blutrausch zu vergleichen.

Bei Corwyn hingegen zeigte der Inhalt der Flasche bereits Wirkung. Sein Blick wurde glasig, und allmählich beruhigte er sich. Sein irrsinniges Gelächter verstummte, und Schweigen kehrte ein. Schließlich setzte sich Alannah zu ihm und bedachte ihn mit einem langen prüfenden Blick.

»Alles in Ordnung?«, wollte sie wissen.

»Natürlich«, entgegnete er, die Zunge schwer vom Alkohol. »Ich weiss jetzt, wer Ihr in Wirklichkeit seid. Warum sollte das nicht in Ordnung sein?«

»Verzeiht, dass ich Euch über meine Herkunft im Unklaren gelassen habe. Meinem Befreier gegenüber hätte ich ehrlich sein sollen.«

»Euer Befreier …!« Der Kopfgeldjäger schnaubte verächtlich und nahm noch einen Schluck. »Denkt nicht zu hoch von mir, Elfenpriesterin.«

»Keine Sorge, das …«, begann Alannah, stockte dann aber,

274

legte die Stirn in Falten und fragte: »Woher kennt Ihr das Geheimnis von Shakara? Nur wenige Sterbliche wissen davon.«

Corwyn schnaubte erneut. Wieder wollte er die Pulle ansetzen, doch Alannahs zarte Hand hielt ihn mit sanfter Gewalt davon ab. »Also schön«, knurrte er, »ich werde es Euch erzählen. Ihr habt ein Anrecht darauf, es zu erfahren.«

»Und was ist mit uns?«, rief Rammar dazwischen.

»Ja, was ist mit uns?«, wiederholte Balbok.

»Was soll mit euch sein?«

»Wenn wir dich nicht darauf gebracht hätten, dass die Elfin dich belogen hat, wüsstest du noch immer nicht, wer sie ist«, antwortete Rammar. »Du könntest uns die Fesseln abnehmen und uns einen Platz am Feuer anbieten.«

»Jawohl, einen Platz am Feuer könntest du uns anbieten!«

»Ihr haltet das Maul!«, schnauzte Corwyn barsch. »Am liebsten würde ich euch einen Platz *im* Feuer anbieten, also seid verdammt noch mal still. Andernfalls werde ich eure Skalpe an diesen Speer dort hängen!«

»Dann kriegst du keine Belohnung mehr für uns«, konterte Rammar. »Lebend sind wir mehr wert als tot, vergiss das nicht.«

»Wer sagt, dass ich euch töten werde, ehe ich euch skalpiere?«, fragte Corwyn mit einem Grinsen, das Rammar ganz und gar nicht gefiel. So beschloss er, dass es besser war zu schweigen und zuzuhören. Der Ork spitzte also die Ohren, denn im Gegensatz zu seinem Geruchssinn funktionierte sein Gehör ganz ausgezeichnet …

»Ihr müsst wissen, ich bin nicht immer Kopfgeldjäger gewesen«, erklärte Corwyn an Alannah gewandt, die ebenfalls aufmerksam zuhörte. »Schon viele Berufe habe ich ausgeübt, die meisten davon mit dem Schwert in der Hand.«

»Ihr wart ein Söldner?«

»Die meiste Zeit über. Meine Klinge gehörte dem, der mich am besten bezahlte, ob Fürst oder Stadt, das war mir gleich. In vielen Kriegen kämpfte ich, bis ich schließlich *sie* traf.«

»Wen?«

»Marena«, antwortete Corwyn mit zitternder, leiser Stimme. »Ihr Haar war rot wie die untergehende Sonne, und ein Blick ihrer Augen genügte, um einen Mann um den Verstand zu bringen. Bei einer mörderischen Schlacht begegneten wir uns. Wir kämpften für verschiedene Seiten. Im dichten Wald trafen wir aufeinander, fernab vom eigentlichen Kampfgeschehen. Nachdem wir eine Weile miteinander gefochten hatten, wurde uns klar, dass es sinnlose Verschwendung wäre, würde einer von uns fallen. Also haben wir an Ort und Stelle Frieden geschlossen – und wie!« Die Erinnerung zauberte ein lüsternes Grinsen auf Corwyns Züge, das erst verschwand, als er Alannahs tadelnden Blick bemerkte.

»Schon gut«, murmelte er, »ist nicht wichtig. Jedenfalls waren wir von diesem Tag an unzertrennlich. Wir quittierten unsere Dienste als Söldner und verdingten uns fortan als Kopfgeldjäger. Die Lords im Osten bezahlten in jenen Tagen gut für einen Orkskalp, und so hatten wir jede Menge Geld und lebten ohne Sorge – bis wir *dem Ork* begegneten.«

»Dem Ork? Welchem Ork?«, wollte Alannah wissen, und auch Rammar und Balbok lauschten voller Neugier.

»Er trieb sich allein im Wald herum, und wir fingen ihn. Um seine Haut zu retten, erzählte er uns allerlei wirres Zeug – von einer geheimnisvollen Landkarte, die nur im Kopf einer Elfenpriesterin existiere und die zu einem sagenumwobenen Schatz führe. Ich gab nicht viel auf sein Geschwätz, aber Marena wurde neugierig. Indem sie ihm die Freiheit versprach, entlockte sie ihm das Geheimnis. Demnach lebt hoch oben im Norden, im Eistempel von Shakara, eine Elfenpriesterin, die das Geheimnis einer alten Landkarte hütet – einer Karte, die nach Tirgas Lan führt, der alten Königsstadt der Elfen, die tief in den Wäldern von Trowna verborgen ist und wo sich ein Schatz von unermesslichem Wert befinden soll.«

Rammar und Balbok tauschten einen staunenden Blick.

Ein Schatz von unermesslichem Wert?

Allmählich wurde ihnen klar, weshalb der Zauberer die Karte unbedingt haben wollte …

»Und?«, fragte Alannah mit unbewegter Miene.

»Ich habe dieser Ratte von einem Ork kein einziges Wort geglaubt, aber Marena schon. Sie ließ sich von ihm den Weg nach Shakara beschreiben und brach dorthin auf, und ich begleitete sie, obwohl ich nicht an diesen Unsinn glaubte.«

»Und der Ork?«, fragte Balbok neugierig.

»Marena hielt ihr Versprechen und ließ ihn frei«, antwortete Corwyn düster, »und ich verfluche mich bis zum heutigen Tage dafür, dass ich es zugelassen habe. Ich hätte diese hässliche Missgeburt erschlagen sollen. Denn schon am nächsten Tag rächte sich Marenas Milde. Ein Pfeil, feige aus dem Hinterhalt geschossen, traf sie in den Rücken. Sie starb in meinen Armen.«

»Das tut mir Leid«, sagte Alannah leise.

»Es war der Ork, den sie am Tag zuvor freigelassen hatte«, knurrte Corwyn. »Ich verfolgte ihn, aber er entkam mir. Das Letzte, was ich von ihm hörte, war sein grollendes Lachen; unter Tausenden würde ich es wiedererkennen. Seither töte ich Orks nicht mehr, um meinen Lebensunterhalt zu verdienen – ich tue es zu meinem Vergnügen. Schändliche Kreaturen sind sie, die es nicht verdienen, am Leben zu sein. Ich rotte sie aus, einen nach dem anderen.«

Rammar und Balbok machten bekümmerte Gesichter – das klang nicht so, als würde der Kopfgeldjäger in absehbarer Zeit Frieden mit ihnen schließen …

»Es kommt mir vor, als wäre es eben erst gewesen«, sagte Corwyn mit glasigem Blick. »Die Narben sind noch immer tief.«

»Ja, tiefer Schmerz spricht aus Euch, die Trauer um einen geliebten Menschen«, sagte Alannah. »Aber Ihr solltet Euch hüten, Corwyn.«

»Mich hüten? Wovor?«

»Dass Eure Rachsucht aus Euch nicht das macht, was Ihr bekämpft. Es ist wahr, die Orks sind niederträchtige Kreaturen, die nur zerstören können, keinen Verstand haben, aber …«

»Einen Augenblick«, warf Rammar ein, der das nicht so einfach auf sich sitzen lassen wollte. »Niederträchtig mögen wir sein, und auch zu zerstören macht uns Freude. Aber wir haben durchaus Verstand, das könnt ihr uns glauben!«

»... aber wer sie mit ihren eigenen Waffen zu bekämpfen versucht«, fuhr Alannah unbeirrt fort, »der droht ihnen gleich zu werden.«

»Ihr habt leicht reden«, sagte der Kopfgeldjäger. »Ihr wisst nicht, was es heißt, jemanden zu verlieren, den man mehr liebt als sein Augenlicht.«

»Täuscht Euch nicht, Corwyn. Ihr solltet nicht vorschnell über andere urteilen. Die Wahrheit liegt oft verborgen.«

»Was Ihr nicht sagt!«, sagte Corwyn verächtlich. »So wie die Wahrheit über Eure Herkunft? Was für ein eigenartiger Zufall – nachdem ich das Gerede dieses Orks damals als dummes Geschwätz abgetan und in all den Jahren nicht mehr an Shakara und die verdammte Karte gedacht habe, treffe ich ausgerechnet Euch, die Hohepriesterin des Tempels. Also sagt schon, Alannah: Hat der Ork damals die Wahrheit gesagt? Kennt Ihr das Geheimnis der Karte?«

»Ich kenne es.«

»Und? Führt sie tatsächlich zu einem Schatz von unermesslichem Wert?«

»Der Eid, den ich einst schwor, verbietet mir, Euch etwas darüber zu erzählen. Ihr dürftet nicht einmal von der Karte wissen.«

»Und dennoch habe ich davon erfahren.« Corwyn grinste freudlos. »Ist es nicht eigenartig, welche Streiche uns das Leben bisweilen spielt? Gerade als ich anfange, die ganze Sache allmählich zu vergessen, lauft ausgerechnet Ihr mir über den Weg, Elfenpriesterin, und die alte Wunde reißt wieder auf.«

»Das tut mir Leid«, sagte Alannah, und Rammar fand, dass es ausnahmsweise einmal ehrlich klang.

»Das braucht es nicht. Aber es liegt an Euch, Priesterin, ob ich Marenas Tod im Nachhinein einen Sinn geben kann.«

»Was meint Ihr damit?«, fragte sie verwundert.

»Ihr wisst, was ich meine. All die Jahre habe ich im Glauben gelebt, dass sie für eine Lüge ihr Leben ließ, und nun erfahre ich, dass der Schatz, den sie finden wollte, tatsächlich existiert. Wenn ich ihn hebe, führe ich zu Ende, wofür sie starb.«

»Nein!« Die Elfin schüttelte entschieden den Kopf. »Das ist keine gute Idee. Vergesst, dass Ihr mir begegnet seid und was die Orks Euch erzählt haben. Tut einfach so, als ob ...«

Sie unterbrach sich – weil sie plötzlich die Spitze von Corwyns Schwert an ihrer Kehle spürte. Er war aufgesprungen, hatte blitzschnell die Waffe gezogen.

»Vergessen? Glaubt Ihr denn, das könnte ich so einfach?«, fragte er grimmig. »Lasst Euch von der Tatsache, dass ich Euch aus den Klauen der Orks befreit habe, nicht täuschen, Priesterin. Wie ich schon sagte: Meine Treue gehört dem, der mich am besten bezahlt. Also baut nicht auf meinen Edelmut. Ich kann ebenso skrupellos sein wie diese beiden nutzlosen Wichte dort.«

»Offensichtlich«, sagte Alannah tonlos. Jedes Mitgefühl war aus ihrem Blick verschwunden und eisiger Kälte gewichen. »Aber ich bezweifle, dass Marena gutheißen würde, was Ihr hier tut.«

»Nenne nie wieder ihren Namen, Elfin«, knurrte Corwyn. »Ich will nicht, dass du ihn in deinen verlogenen Mund nimmst.«

»Zeigt Ihr jetzt Euer wahres Gesicht, Kopfgeldjäger?«, sagte Alannah. »Versucht Ihr mir Angst einzujagen? Ihr werdet mich nicht dazu zwingen können, Euch zu verraten, was ich weiß. Ich habe einen Eid geschworen – ich schwor, eher zu sterben, als das Geheimnis von Shakara zu verraten.«

»Da siehst du es, Kopfgeldjäger!«, rief Rammar, und er fletschte genüsslich die gelben Zähne. »Die Elfin ist dein Feind, nicht wir! Binde uns los, dann werden wir dir helfen, das Geheimnis aus ihr herauszukitzeln. Mein Bruder und ich kennen viele lustige Methoden, verstockte Münder zu öffnen.«

»Jawohl, zu öffnen.«

»Darauf möchte ich wetten, Orks, aber eure Dienste sind hier nicht gefragt«, entgegnete Corwyn. »Die Priesterin wird auch so ihr Schweigen brechen.«

»Ganz sicher nicht«, versprach Alannah. »Eher sterbe ich.«

»Schmarren!«, rief Rammar dazwischen. »Das wird sie nicht. Das verlogene Biest hat ihre eigenen Leute verraten, um mit uns über die Berge zu fliehen. Sie wird ihr Leben in der gerade gewonnenen Freiheit ganz sicher nicht für eine Sache opfern, an die sie nicht mehr glaubt.«

»Schweig, Ork!«, fuhr sie ihn an. »Was weißt du schon, geistlose Kreatur?«

»Genug, um dich zu durchschauen, Elfin. Dein ganzes Dasein lang hast du auf etwas gewartet, das nicht eingetreten ist. Dein Leben war bisher stumpf und langweilig. Bis zu dem Augenblick, da wir aufgetaucht sind, nicht wahr? Deshalb hast du uns bei der Flucht geholfen, und deshalb wirst du auch nicht sterben wollen. Nicht um ein Geheimnis zu hüten, an das du längst nicht mehr glaubst.«

»Du redest Unsinn«, beharrte Alannah, aber sie klang längst nicht mehr so überzeugend.

»Sieh an«, meinte Corwyn grinsend. »Verstand mag der fette Ork nicht haben, aber er scheint dich tatsächlich zu durchschauen. Vielleicht hast du ja wirklich mehr mit den Unholden gemein, als dir klar ist. Bist du wirklich bereit zu sterben? Ich weiß, dass ihr Elfen euch über das Sterben nicht den Kopf zerbrecht. Ihr lebt nahezu ewig und macht euch über den Tod keine Gedanken.« Er drückte die Schwertspitze etwas fester gegen ihren alabasterweißen Schwanenhals. »Aber dieser Stahl, das versichere ich dir, kann auch deinem Leben ein Ende setzen, Elfin. Also überlege dir gut, was du tust.«

»Wenn du mich tötest, wirst du nie erfahren, wo sich der Schatz befindet.«

»Dann wäre ich auch nicht schlechter dran als jetzt«, konterte Corwyn. »Ich habe nichts zu verlieren. Du hingegen verlierst Jahrhunderte deines Lebens, wenn ich jetzt zustoße.« Und mit einer Stimme, die dem Knurren eines Wolfes glich, fügte er hinzu: »Also gib mir die Karte!«

»Was erwartest du? Dass ich sie dir aufzeichne?« Alannah lachte freudlos. »Du bist ebenso dumm und einfältig wie die Orks, die du so sehr hasst. Die Karte von Shakara kann nicht aufgezeichnet werden, denn sie ist ungleich mehr als die Beschreibung eines Weges. Verwunschen ist die Festung von Tirgas Lan, zu der die Karte führt, belegt mit einem alten Fluch.«

»Was redest du da?«, rief Corwyn mit zornfunkelnden Augen. »Das ist doch Elfengeschwätz!«

»Du zweifelst an meinen Worten? Dann solltest du die Reise nach Trowna gar nicht erst antreten, Kopfgeldjäger, denn noch viel unglaublichere Dinge erwarten dich dort. Gefahren, wie du sie dir in deinen kühnsten Träumen nicht vorzustellen vermagst.«

»Was für Gefahren? Wovon sprichst du?«

»Der Wald von Trowna ist ebenso verflucht wie die Festung selbst. Böse Mächte lauern dort, die jeden Eindringling verderben.«

»Oh, oh«, machte Rammar. »Das klingt nicht gut. Dann doch lieber in die Minen …«

»Von einem fetten Feigling wie dir habe ich nichts anderes erwartet«, knurrte Corwyn. »Ich jedoch habe keine Angst.« Er wandte sich wieder der Elfin zu, unverhohlene Gier in den Augen. »Wenn du mir den Weg nach Tirgas Lan nicht beschreiben kannst, Priesterin, dann wirst du mich eben auf meiner Reise nach Süden begleiten. Dorthin wolltest du doch sowieso, oder nicht?«

»Gewiss hatte ich nicht vor, durch den Wald von Trowna zu marschieren«, entgegnete Alannah giftig.

»Sei's drum. Ich werde endlich erfahren, ob Marena wirklich einer Lüge wegen starb oder nicht. Und du wirst auf diese Weise erfahren, ob du all die Jahre einem Ammenmärchen aufgesessen bist oder ob tatsächlich etwas dran ist an euren alten Legenden. Ist doch auch etwas, oder?«

»Mistkerl.«

»Das klingt tatsächlich mehr nach einem Ork als nach einer Elfin«, meinte Corwyn und grinste schief. »Der Fette hat Recht, du bist anders als die Übrigen deines Volkes. Also, wie steht's? Wirst du mir den Weg nach Tirgas Lan zeigen – oder willst du lieber sterben?«

Alannah schwieg. Corwyn hielt das Schwert noch immer gegen die Elfin gerichtet, sie spürte die Spitze der Klinge an ihrem Hals und starrte dem Kopfgeldjäger in die eisblauen Augen, und die Luft zwischen ihnen schien zu gefrieren.

»Vertraue nicht darauf, dass ich dein Leben schone«, knurrte Corwyn. »Es gab Zeiten, da habe ich schon für eine warme Mahlzeit getötet, also zweifle nicht daran, dass ich es für einen Schatz von unermesslichem Wert tun werde. Du hast die Wahl zwischen einem sinnlosen Tod und einem echten Abenteuer. Wofür entscheidest du dich?«

Ein endlos scheinender Augenblick verstrich, in dem selbst Rammar und Balbok vor Spannung den Atem anhielten.

»Also schön«, sagte Alannah schließlich. »Ich werde dir den Weg zeigen und dich begleiten. Aber danach wirst du mich nach Tirgas Dun bringen. Und eins sage ich dir gleich, Kopfgeldjäger: Deine Belohnung kannst du vergessen.«

»Und wenn schon.« Er ließ das Schwert sinken. »Mit dem Zaster aus der alten Königsstadt der Elfen kann ich mir alle Freudenmädchen der Welt leisten.«

»Vielleicht«, erwiderte Alannah ohne mit der Wimper zu zucken, »aber keine davon wird dir bieten können, was ich dir geboten hätte.« Mit dem letzten Wort drehte sie sich um und entfernte sich vom Lagerfeuer, um in der Dunkelheit zu entschwinden.

Corwyn steckte das Schwert zurück in die Scheide und ließ sich wieder am Feuer nieder.

»Vorsicht, Kopfgeldjäger«, riet ihm Rammar. »Das Weib ist ebenso hinterlistig wie verlogen. Sie wird ihr Wort brechen und bei der erstbesten Gelegenheit fliehen.«

»Nein, wird sie nicht«, murmelte Corwyn gedankenverloren, »denn sie ist ebenso erpicht darauf, das Geheimnis zu ergründen, wie ich es bin ...«

Versonnen starrte er dorthin, wo Alannahs schlanke Gestalt in der Dunkelheit verschwunden war. Ihre letzten Worte hatten mehr Eindruck auf ihn gemacht, als er sich eingestehen wollte.

»Sag mal ...«, brachte sich Rammar erneut in Erinnerung.

»Was denn?«, schnappte er barsch.

»Wenn du vorhast, mit der Elfin nach Süden zu gehen, dann hast du sicher keine Zeit, uns nach Osten zum Sklavenmarkt zu schleppen. Da könntest du uns doch ebenso gut auch laufen lassen, oder?«

»Jawohl, laufen lassen könntest du uns«, echote Balbok.

»Falsch geraten, Freunde. Ich werde euch beiden die Kehle durchschneiden, dann hat es wenigstens ein Ende mit eurem bösen Treiben.«

»Du – du willst uns töten?«

»Genau das.«

»Aber – wir haben dir geholfen.«

»Aber nur zu eurem eigenen Nutzen. Wie oft habt ihr schon anderen geschadet? Wie viele Dörfer habt ihr überfallen und gebrandschatzt? Wie vielen arglosen Wanderern habt ihr aufgelauert und sie erschlagen, um sie dann zu fressen?«

»Vielen«, antwortete Balbok, nicht ohne Stolz. »Ich erinnere mich da an einen verirrten Wanderer, der …«

»Verdammt, halts Maul, du Unglücksork!«, fiel Rammar ihm ins Wort. »Du redest uns um Kopf und Kragen!«

»Keine Sorge, Fettsack. Ich weiß auch so, dass ihr beide Abschaum seid. Bei Tagesanbruch werde ich euch daher in Kuruls dunkle Grube stoßen – so sagt ihr doch, oder nicht? Bei dem anstrengenden Marsch nach Süden kann ich keinen Ballast brauchen.«

»Aber du wirst jemanden brauchen, der dir beim Tragen des Schatzes hilft!«, rief Balbok spontan.

»Schnauze, Balbok!«, wetterte Rammar. »Habe ich dir nicht eben gesagt, dass du dein dämliches Maul halten so…« Er verschluckte den Rest des Wortes, denn wie der Keulenschlag eines Trolls traf ihn die Bedeutung dessen, was Balbok gerade gesagt hatte. »Mein Bruder hat Recht!«, rief er hastig, an Corwyn gewandt. »Wenn die Reichtümer in der Elfenstadt tatsächlich so unermesslich sind, dann wirst du jemanden brauchen, der dir hilft, sie fortzutragen – zum Beispiel zwei kräftige Orks.«

»Red keinen Unsinn!« Der Kopfgeldjäger schüttelte den Kopf. »Dazu brauche ich keine Orks. Jede Zwergenkarawane würde mir diesen Dienst erweisen.«

»Vielleicht.« Rammars Gesicht verzog sich zu einem grinsenden Zähnefletschen. »Aber wie das Leben so spielt – wenn man eine Zwergenkarawane braucht, ist meist keine zur Stelle.«

Das war nun allerdings unbestreitbar, und wenn Rammar das Mienenspiel des Menschen richtig deutete, dann brachte ihn das tatsächlich zum Grübeln.

»Hmm – also gut«, sagte Corwyn schließlich und zu Rammars und Balboks grimmigem Entzücken. »Ich werde euch beide vorerst am Leben lassen. Ihr werdet die Elfin und mich nach Süden begleiten – als meine Gefangenen. Und versucht ihr zu fliehen oder unternehmt ihr irgendetwas, das der Elfin oder mir schaden könnte, dann drehe ich euch eure hässlichen Hälse um, habt ihr verstanden?«

Rammar und Balbok nickten einander zu und entblößten dabei ihre gelben Hauer.

»Natürlich haben wir verstanden«, bestätigte Rammar.

»Verstanden«, echote Balbok.

Für die Orks war es ein guter Handel. Fürs Erste würden sie am Leben bleiben und brauchten sich keine Sorgen zu machen, dass sie als Sklaven in die Minen verkauft wurden. Natürlich hatte Rammar keineswegs vor, sich an die Abmachung zu halten. Sollten der Mensch und die Elfin ihnen ruhig den Weg zur alten Elfenstadt zeigen. Wenn sie erst dort waren, würden die Orks den Spieß umdrehen.

Ein Schatz von unermesslichem Wert – das also war es, worauf der alte Rurak aus war. Um Girgas' Haupt zu bekommen, hatte sich Rammar tatsächlich an die Abmachung mit dem Zauberer halten wollen. Nun jedoch, da er wusste, worum es bei der ganzen Sache wirklich ging, betrachtete er den Handel als gegenstandslos. Rurak hatte ihnen gegenüber nicht mit offenen Karten gespielt, weshalb also sollten sie sich an den Pakt mit ihm gebunden fühlen?

Wenn sie mit Elfenschätzen beladen ins *bolboug* zurückkehrten, würde sie dort keiner mehr nach Girgas' hässlichem Schädel fragen …

»Keine Sorge, Kopfgeldjäger«, versicherte Rammar deshalb beflissen, »du kannst dich voll und ganz auf uns verlassen.«

»Jawohl, verlassen kannst du dich auf uns.«

Rammar wandte sich grinsend an seinen Bruder. »Und – Balbok?«

»Ja, Rammar?«

»Hör verdammt noch mal damit auf, ständig meine letzten Worte zu wiederholen, du elender *umbal*!«

»*Umbal* …«

Aylonwyrs Züge hatten sich verfinstert.

Als Vorsitzender des Hohen Rates lenkte er die Geschicke jenes Teils des Elfenvolks, das noch in Erdwelt weilte. Er saß auf seinem Alabasterthron, ringsum versammelt waren die übrigen Angehörigen des Rates, allesamt verdiente Mitglieder der Elfengemeinschaft; sie repräsentierten die gesamte Weisheit ihres Volkes. Nur hier und dort klafften Lücken, von jenen hinterlassen, die bereits nach den Fernen Gestaden aufgebrochen waren.

Auch Aylonwyrs Sinne waren auf die Unendlichkeit gerichtet, aber etwas hatte sich ereignet, das seine Abreise verhindert und seine Aufmerksamkeit noch einmal auf die Welt der Sterblichen gelenkt hatte.

Der Rat tagte nicht mehr oft; man überließ es den Menschen, die Dinge selbst zu regeln, und als logische Konsequenz waren jene Ruhe und Ordnung, die seit dem Ende des Zweiten Krieges in *amber* geherrscht hatten, Aufruhr und Gesetzlosigkeit gewichen. Die Menschen bekriegten sich gegenseitig, das Reich der Zwerge verfiel in Gesetzlosigkeit, und die Völker des Chaos, allen voran die Gnomen und Orks, bedrohten die Grenzen. Es war absehbar, dass alles, was die Elfen einst aufgebaut hatten, zerfallen würde, aber die Söhne und Töchter Mirons hatten aufgehört, sich darüber Gedanken zu machen. Über Tausende von Jahren hatten sie Erdwelt beschützt vor den Mächten der Finsternis – nun mussten die Sterblichen selbst sehen, wie sie zurechtkamen.

Umso mehr wunderte sich Fürst Loreto darüber, dass diese außerordentliche Ratsversammlung einberufen worden war. Etwas Bedeutsames musste vorgefallen sein, etwas, das Aylonwyr und die anderen Ratsmitglieder dazu zwang, sich noch einmal mit den Belangen der Sterblichen zu befassen …

»Ihr habt mich rufen lassen«, sagte Loreto, als er in die Mitte des weiten Runds trat. Über ihm wölbte sich das kuppelförmige kristallene Dach der Ratshalle, durch das die Strahlen der untergehenden Sonne fielen, um die Versammelten in unwirkliches Licht zu tauchen.

»Das haben wir«, bestätigte Aylonwyr. Äußerlich wirkte der Vorsitzende des Hohen Rates jung und schön wie alle Elfen; langes glattes Haar umrahmte ein kantiges, asketisch wirkendes Gesicht, das ohne Makel war. Aber in seinen Augen spiegelte sich die Last jener Jahrhunderte wider, die Aylonwyr nun schon der Vorsitzende des Hohen Rates war, und ebenfalls die stille Trauer über das, was er in dieser langen Zeit gesehen hatte – blutige Schlachten, Intrigen und Verrat. Aylonwyr hatte die Welt der Sterblichen von ihrer dunkelsten Seite kennen gelernt, aber er hatte auch die Herrschaft des Lichts in *amber* miterlebt. Nichts, was die Sterblichen taten, war ihm noch fremd – und dennoch schien ihm etwas große Sorge zu bereiten.

»Wie kann ich Euch helfen, Hoher Rat?«, erkundigte sich Loreto beflissen. Er ließ es sich nicht anmerken, aber die Aufforderung, bei der Ratssitzung zu erscheinen, war ihm alles andere als gelegen gekommen. Er hatte gerade für die große Reise gepackt. Das Schiff, das ihn nach den Fernen Gestaden bringen sollte, legte in wenigen Tagen ab …

»Loreto«, begann Aylonwyr, »wir haben nach dir schicken lassen, weil du der letzte Spross aus Farawyns Geschlecht bist. Das Blut des Sehers fließt in dir.«

»Nur ein wenig davon«, schwächte Loreto ab. Er mochte es nicht, wenn man ihn an seinen großen Vorfahren erinnerte. Für gewöhnlich trug ihm das nur Verpflichtungen ein.

»Dennoch bist du der Letzte seines Geschlechts, und du sollst wissen, was hoch im Norden vorgefallen ist, im Eistempel von Shakara.«

»Im Tempel von Shakara?« Loreto gab sich Mühe, sich sein Erschrecken nicht anmerken zu lassen. Mit einer fahrigen Bewegung strich er sein blondes Haar zurück und atmete tief durch. »Was ist geschehen?«, fragte er dann.

Aylonwyr ließ sich mit der Antwort Zeit. Gespanntes Schweigen herrschte, bis er wieder das Wort ergriff.

»Alannah, die Hohepriesterin von Shakara, wurde entführt«, eröffnete er dem Fürsten von Tirgas Dun.

»Alannah – entführt?«, rief Loreto entsetzt – um dann noch einmal zu fragen, leiser und beherrschter diesmal: »Alannah wurde entführt? Von wem?«

»Zwei Unholde wagten es, Orks aus der Modermark. Mehr wissen wir bislang nicht.«

»Aber – wie konnte das passieren?«, fragte Loreto, noch immer ziemlich verwirrt.

»Die Wachen sind nachlässig geworden«, erklärte Aylonwyr mit trauriger Stimme. »Sie sind müde, genau wie wir alle. Trotzdem – es ist schlimm, dass dies geschehen konnte. Ein Adler brachte uns die Nachricht.«

Loreto nickte, ein dicker Kloß hatte sich in seinem schlanken Hals gebildet. »Ja, es ist schlimm«, sagte er gepresst.

»Nur die Priesterin von Shakara weiß, wo die Verborgene Stadt zu finden ist, und nur dem Auserwählten, den Farawyn in seiner Prophezeiung ankündigte, darf sie das Geheimnis verraten und ihm den Weg nach Tirgas Lan weisen. Dennoch – wir fürchten, dass die Orks in den Besitz des geheimen Wissens gelangen könnten ...«

»Wie das?«, fragte Loreto. »Vertraut Ihr der Hohepriesterin nicht? Hoher Rat, ich kenne Alannah gut. Sie hat ihr Leben der Wahrung des Geheimnisses von Shakara geweiht. Niemals würde sie etwas tun, was ihrem Volk schaden könnte. Lieber würde sie sterben, als das Wissen um die Verborgene Stadt preiszugeben.«

»Können wir da ganz sicher sein?«, fragte Aylonwyr, und

sowohl der Vorsitzende als auch die anderen Ratsmitglieder bedachten Loreto mit Blicken, die diesem nicht gefallen wollten.

»Ich denke doch«, antwortete der Elfenfürst, aber wirklich überzeugt klang er nicht.

»Vor langer Zeit«, sagte Aylonwyr leise, »als die ersten Elfen nach *amber* kamen, war Trowna ein fruchtbares Land. Es gab dort keinen Wald, sondern weite Felder. Dort errichteten wir Tirgas Lan, die alte Königsstadt, von der aus die Elfenkönige *amber* mit Milde und Weisheit regierten, zum Wohle aller Völker der sterblichen Welt. Aber der Friede währte nicht ewig. Denn einer aus unserer Mitte – und ich schäme mich zu sagen, dass er diesem Rat angehörte – missbrauchte sein Wissen um das Wesen der Welt, um es zu seinem eigenen Nutzen einzusetzen. Er fiel von der wahren Lehre ab und wandte sich dunklen Künsten zu, trachtete danach, seine eigene Macht und seinen Einfluss zu mehren. Nachdem er ertappt wurde bei frevlerischen Experimenten, verbannte man ihn aus Tirgas Lan. Viele Jahre hörten wir nichts von ihm – Jahre, in denen dunkle Wolken über Erdwelt heraufzogen. Die Orks tauchten auf, und aus dem Osten und Norden bedrohten Gnomen und Trolle unsere Grenzen.

Schließlich, als wir ihn schon fast vergessen hatten, kehrte der Dunkelelf zurück – an der Spitze eines riesigen Heeres von Orks und Trollen und anderen niederen Kreaturen. Seinen wahren Namen hatte er abgelegt – Margok nannte er sich nun, Herrscher der Finsternis, und er überzog ganz *amber* mit einem blutigen Krieg. Lange Jahre währte der Kampf, in dem viele Helden der alten Zeit ihr Leben ließen, aber am Ende schafften wir es, Margok zu besiegen.«

»Aber nicht endgültig«, wandte Loreto ein.

»Nein, nicht endgültig.« Aylonwyr nickte. »Nachdem es uns nicht vergönnt war, seiner habhaft zu werden, kehrte Margok Jahrhunderte später zurück. Mithilfe falscher Versprechungen schmiedete er ein Bündnis aus Orks und Menschen, und es begann, was wir den Zweiten Krieg nennen. Erneut tobte der Kampf viele lange Jahre, ehe es Margok durch Verrat gelang, das Große Tor zu öffnen. Auf den Mauern von Tirgas Lan kam es zum entscheidenden Kampf, und nur durch Anwendung von Zauber und Magie konnten wir die Bedrohung abwenden und Margok erneut bezwingen. Auf dass er nie wieder Schaden anrichte, wurde sein Körper dem Feuer übergeben und sein unsterblicher Geist in die Mauern von Tirgas Lan gebannt. Das ganze Land belegten wir mit einem Fluch, der auf Feldern und Äckern einen schier undurchdringlichen Geisterwald wachsen ließ, damit es keinem gelänge, die Verborgene Stadt, wie wir Tirgas Lan seither nennen, je wieder zu betreten. Nur für den einen, von dem Farawyns Weissagung berichtet und der einst kommen wird, Tirgas Lan zu befreien und *amber* wieder zu vereinen, wurde das Geheimnis all die Jahre bewahrt, hoch oben im Norden, im Tempel von Shakara. Der Geist Margoks jedoch weilt noch immer in Tirgas Lan, gebannt seit Jahrhunderten, aber so böse und verdorben wie damals. Verstehst du nun, weshalb wir uns sorgen, Loreto?«

»Ich kenne die Geschichte Margoks«, erklärte Loreto, »und natürlich weiß ich, warum Ihr Euch sorgt, erhabene Mitglieder des Hohen Rates. Aber ich versichere Euch, dass keine Gefahr besteht. Ihr ganzes Leben hat Alannah stets ihre Pflicht erfüllt. Sie würde lieber sterben, als hergelaufenen Unholden den Weg nach Tirgas Lan zu weisen. Niemals würde sie das Geheimnis verraten.«

»Auch nicht unter Folter?«

»Nie.«

»Nicht unter magischem Bann?«

»Auch das nicht.«

»Nicht aus Verzweiflung?

»Nein.«

»Und aus zurückgewiesener Liebe?«

Loreto wollte mit der gleichen Überzeugung antworten wie zuvor – da wurde ihm die Bedeutung von Aylonwyrs Worten klar. Die Blicke, mit denen die Ratsmitglieder ihn betrachteten, erschienen ihm mit einem Mal anklagend. Verunsichert schaute er zu Boden, und er errötete auch, was bei einem Elfen nur selten vorkommt.

»Hoher Rat«, sprach er leise, »ich weiß nicht, was man Euch zugetragen hat, aber ...«

»Loreto«, unterbrach ihn Aylonwyr streng, »wir wissen, was du für Priesterin Alannah empfindest.«

Erschrocken blickte er auf. »I-Ihr wisst es?«

»Schon längst. Leugne es nicht, es hätte keinen Sinn.«

»A-aber wenn Ihr davon wusstet ...«, stammelte Loreto.

»Du willst wissen, weshalb wir dich nicht zur Rede stellten?«

Loreto nickte.

»Die Welt verändert sich, Loreto. Die Dinge sind im Umbruch, ein neues Zeitalter beginnt. Was wir gestern noch als gesicherte Erkenntnis betrachteten, kann sich schon heute als unwahr erweisen. Niemand vermag in diesen Tagen zu sagen, was richtig ist und was falsch. Nur eines ist sicher: Tirgas Lan darf nicht entdeckt, die Macht des Dunkelelfen nicht entfesselt werden.«

»Ich weiß«, sagte Loreto leise.

»Fürst Loreto, was ich dir nun sage, wird dir nicht gefallen, aber wir haben Grund zu der Annahme, dass Priesterin Alannah selbst zu ihrer Flucht aus Shakara beigetragen hat.«

»Was?«, stieß Loreto entsetzt hervor. Hatte er sich gerade verhört?

»In der Nachricht, die uns der Adler brachte, heißt es, sie habe den Orks geholfen. Durch Farawyns Pforte seien sie entkommen, die nur ein Eingeweihter zu öffnen vermag – wer anders könnte dies bewerkstelligt haben als die Hohepriesterin?«

»Das ist nicht möglich ...«

»Es ist so«, beharrte Aylonwyr, »und ich überlasse es dir, deine Gefühle zu erforschen und dich zu fragen, wie viel du selbst zu diesem Unglück beigetragen hast. Wir wissen von deinem Brief an die Hohepriesterin und dass du dich entschieden hast, deiner Liebe zu ihr zu entsagen, um nach den Fernen Gestaden zu segeln. Zurückgewiesene Liebe, Loreto – sie ver-

290

mag tiefere Wunden zu schlagen als das schärfste Schwert. Selbst unter unseresgleichen.«

»Das mag zutreffen, ehrwürdiger Aylonwyr, aber Alannah wird uns niemals verraten!«

»So sicher bist du dir?« Der Ratsvorsitzende lachte freudlos. »Ich wünschte, ich könnte deine Zuversicht teilen, Fürst Loreto, doch befürchte ich, die Hohepriesterin ist nicht mehr die, die sie einst war, und ich habe meine Bedenken, ob wir ihr noch trauen können. Das Wissen, das sie hütet, darf keinesfalls in fremde Hände gelangen, Loreto – und es wird deine Aufgabe sein, dafür Sorge zu tragen.«

»M-meine?« Der Elfenfürst glaubte, nicht recht zu hören.

»Als Fürst von Tirgas Dun und Oberster Schwertführer des Rates ist es deine Pflicht, uns in Krisen beizustehen – und dies ist eine Krise, Loreto, ganz ohne Zweifel.«

»Aber ich werde *amber* schon bald verlassen«, wandte Loreto ein, in dem die Panik hochbrodelte wie eine verdorbene Speise. »Mein Platz ist auf dem nächsten Schiff, meine Habe ist schon gepackt ...«

»Fürst Loreto, du hast hier noch Pflichten, die es zu erfüllen gilt«, sagte Aylonwyr, und seine Stimme bebte vor Autorität. »Ich fürchte, ich muss dich noch einmal daran erinnern, dass du an dem, was geschehen ist, nicht ganz unschuldig bist.«

Loreto widersprach nicht.

Resigniert blickte er zu Boden, und ein leichtes Zittern durchlief seinen Körper. In Gedanken hatte er sich schon am Heck der Barke stehen sehen, die ihn den Fernen Gestaden entgegentrug. Er hatte Erdwelt bereits Lebewohl gesagt, und es war ihm keineswegs schwer gefallen. Selbst die Trauer darüber, Alannah niemals wiederzusehen, wog nichts im Vergleich zur ewigen Jugend und Freude, die an den Fernen Gestaden auf ihn warteten.

In aller Eile überschlug der Elfenfürst seine Möglichkeiten. Was konnte er tun? Wie sich der Pflicht entziehen, die sein Amt ihm auferlegte? Es gab keinen Ausweg. Nicht, wenn er sein Gesicht wahren und nach erfüllter Mission doch noch die ersehnte Reise antreten wollte.

»Wie Ihr wünscht, ehrwürdige Ratsmitglieder«, sagte Loreto deshalb und verbeugte sich tief. »Euer Wille ist auch der meine.«

»Der Hohe Rat nimmt deine Entscheidung mit Wohlwollen zur Kenntnis, Loreto«, sprach Aylonwyr. »Nichts anderes haben wir erwartet. Niemand darf erfahren, wo sich die Verborgene Stadt befindet. Du musst verhindern, dass Hohepriesterin Alannah ihr Geheimnis verrät – um jeden Preis!«

»Wann soll ich aufbrechen?«

»Noch heute. Eine Legion unserer besten Krieger wird dich begleiten. Im Hafen stehen mehrere Trieren bereit, die euch den Ostfluss hinauftragen werden. In der Ebene von Scaria haltet Ausschau nach Alannah und ihren Häschern. Findet sie oder folgt ihrer Spur – und befreit die Hohepriesterin aus der Gewalt der Unholde.«

»Und … wenn das nicht möglich ist?«

»Das Geheimnis muss gewahrt bleiben, dies ist das oberste Gebot. Wenn es nicht möglich ist, die Priesterin zu retten, so musst du alles unternehmen, damit sie ihr Wissen nicht verrät. Und ich meine *alles*, Loreto. Habe ich mich deutlich ausgedrückt?«

»Allerdings, erhabener Aylonwyr«, bestätigte Loreto mit unbewegter Miene. Natürlich wusste er nur zu gut, was der Ratsvorsitzende damit meinte, und der Gedanke, Alannah etwas antun zu müssen, verursachte ihm Übelkeit. Andererseits ging es bei dieser Mission um das Wohl des Elfenvolkes – und damit nicht zuletzt auch um sein eigenes: Erfüllte er den Auftrag nicht zur vollsten Zufriedenheit des Rates, konnte er seine Passage nach den Fernen Gestaden vergessen …

»Dann geh jetzt, Loreto. Du hast keine Zeit zu verlieren. Unsere besten Wünsche und Hoffnungen begleiten dich.«

»Danke, Hoher Rat«, erwiderte der Elfenfürst beflissen und verbeugte sich noch einmal, ehe er sich umdrehte und die Ratshalle mit wehendem Umhang verlassen wollte.

»Loreto?«, rief Aylonwyr ihn auf der Schwelle noch einmal an.

Fürst Loreto wandte sich um. »Ja?«

»Da deine Mission zweifellos etwas Zeit in Anspruch neh-
men wird, hast du sicher nichts dagegen, wenn ich deinen
Platz auf jenem Schiff einnehme, das dich nach den Fernen
Gestaden bringen sollte, oder?«

Loreto hatte das Gefühl, in einen gähnenden Abgrund zu
stürzen. »N-natürlich nicht«, zwang er sich zu sagen und
senkte sein Haupt.

Dann verließ er den Saal.

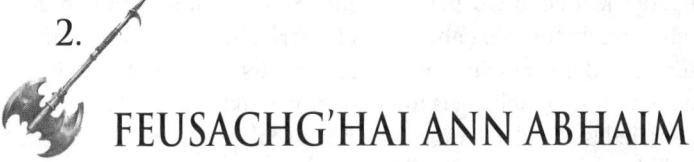

## 2.
# FEUSACHG'HAI ANN ABHAIM

Es war eine eigentümliche Gesellschaft, die dem Hauptarm des Eisflusses entlang nach Süden zog: zwei Orks, die Rücken an Rücken aneinander gefesselt waren, sodass das Marschieren für sie eine einzige Tortur war; eine Elfin, die zwar ohne Fesseln ging, aber trotzdem ganz den Eindruck machte, als würde sie jeden Schritt gegen ihren Willen tun; und schließlich ein Mensch in der dunklen Kleidung eines Waldläufers, der sowohl die eigenen Waffen als auch die der Orks trug.

Indem sie dem Fluss folgten, stießen die unfreiwilligen Gefährten weiter nach Süden vor. Noch immer befanden sie sich in den Ausläufern des Scharfgebirges, die sich jedoch mehr und mehr im flachen Land verloren. Bald erstreckte sich zu ihrer Rechten die endlos weite Ebene von Scaria, links von ihnen befanden sich die Hügel, jenseits derer der Herrschaftsbereich der Menschen begann. Sie selbst befanden sich jedoch dazwischen, im Niemandsland, in dem es weder Recht noch Gesetz gab und wo sich zwielichtige Gestalten herumtrieben und wilde Bestien hausten. Und inmitten dieses Niemandslandes, weit im Süden, erstreckte sich der Wald von Trowna und bildete einen unüberwindlichen dunklen Wall, der das Elfenreich vom Rest der Welt trennte.

Einst, das wusste Rammar, hatte das Reich der Elfen fast ganz Erdwelt umfasst, vom Ozean im Süden bis ins raue Nordland, von den Hügeln des Ostens bis an die Hänge des Schwarzgebirges. Nur die Modermark hatte ihnen nie gehört, und darauf war der untersetzte Ork stolz – es war das letzte bisschen Stolz, das ihm noch geblieben war in der entwürdigenden Lage, in der Balbok und er sich befanden.

Rücken an Rücken aneinander gefesselt, hatten sie anfangs

noch versucht, seitlich zu gehen. Da sich Rammar und sein Bruder jedoch in Körpergröße und Statur grundlegend unterschieden, hatten sie dabei einen bizarren Tanz aufführen müssen, und Balboks schlaksige und Rammars kurze, krumme Beine hatten sich mehrmals ineinander verhakt, sodass die Brüder dann jedes Mal der Länge nach hingeschlagen waren – sehr zur Erheiterung des Kopfgeldjägers.

Daraufhin hatten sie sich für eine andere Technik entschieden: Jeweils nur einer von ihnen ging und trug den anderen dabei Huckepack. Allerdings wollte auch das nicht recht funktionieren; wegen Rammars beträchtlichem Gewicht konnte Balbok immer nur kurze Strecken zurücklegen, ehe sein Bruder ihn wieder ablösen musste. Und da sich Balbok zu allem Überfluss weiterhin weigerte, die schwere Standarte zurückzulassen, musste Rammar wohl oder übel beides schleppen, sowohl seinen Bruder als auch das verhasste Feldzeichen in dessen Klauen.

Es war ein mühsames Vorankommen, dennoch beschwerte sich Rammar nicht – jedenfalls nicht so laut, dass Corwyn ihn hören konnte. Der Kopfgeldjäger hatte bewiesen, dass ihm jede Menscherei zuzutrauen war. Mühsam hatten sie ihn überzeugen können, dass es besser war, sie am Leben zu lassen. Da wollte ihm weder Rammar noch sein Bruder einen Anlass geben, seine Meinung zu ändern.

Den ganzen Tag über marschierten sie und rasteten jeweils erst, wenn die Dämmerung hereinbrach und es wegen der vielen Gefahren, die im Niemandsland lauerten, zu riskant wurde, den Weg fortzusetzen. Rammar und Balbok mussten dann jedes Mal mit einem Platz abseits des Lagers vorlieb nehmen, wo Corwyn sie an einen Baum oder Felsen band. In einer Grube im Boden, damit man es aus der Ferne nicht sehen konnte, pflegte er anschließend ein Feuer zu machen, an dem die Elfin und er sich wärmten, während sie zu Abend aßen. Der Duft von geröstetem Fleisch zog dann herüber und brachte die Orks fast um den Verstand.

Am vierten Tag ihrer Reise konnte sich Rammar nicht mehr zurückhalten. »He, Kopfgeldjäger!«, rief er, als Corwyn und Alannah am Feuer saßen und aßen. »He, Kopfgeldjääägaaaar!«

»Dämliche Kreatur!«, kam es barsch zurück. »Was fällt dir ein, so herumzubrüllen? Willst du die Trolle auf uns hetzen? In dieser Gegend sollen sie besonders zahlreich sein.«

»Warum nicht?«, erwiderte Rammar entrüstet. »Von einem Troll zerfetzt zu werden oder dein Gefangener zu sein, das kommt für uns aufs Gleiche hinaus – es ginge nur schneller.«

Corwyn grinste ihn frech an. »Was willst du? Ich habe euch am Leben gelassen, oder nicht?«

»Das hast du. Die Frage ist nur, wie lange wir noch am Leben bleiben, wenn das so weitergeht.«

»Was denn?« Das Grinsen des Menschen wurde noch breiter, noch gehässiger. »Gefällt es euch etwa nicht, wie ich euch behandle?«

»Allerdings nicht. Den ganzen Tag sind wir gefesselt und können uns kaum bewegen …«

»Marschieren könnt ihr, das genügt. Ich an deiner Stelle würde lieber still sein und keine große Lippe riskieren, nach allem, was ihr auf dem Kerbholz habt.«

»Was wir auf dem Kerbholz haben?« Rammar schnappte nach Luft. »Wir sind es gewesen, die dir gesagt haben, was es mit dem Elfenweib auf sich hat! Wir ganz allein! Du wärst sonst ihrer Lügengeschichte aufgesessen.«

»Blödsinn.«

»Das ist kein Blödsinn, und das weißt du. Aber anstatt *sie* zu fesseln, lässt du sie frei herumlaufen, und uns hältst du gefangen. Hör auf meine Worte, Kopfgeldjäger: Sie wird dich hintergehen, genau wie sie uns hintergangen hat.«

Corwyn warf Alannah, die neben ihm am Feuer saß und wieder einmal ausdruckslos in die Flammen starrte, einen beiläufigen Blick zu. »Nein«, war er überzeugt, »das wird sie nicht.«

»Was macht dich da so sicher?«

»Ganz einfach, Ork – weil sie im Gegensatz zu dir und deinem verlausten Bruder ein empfindendes, denkendes Wesen ist. Und weil sie erfahren will, ob das Geheimnis, das sie ein Leben lang gehütet hat, das wirklich wert war.«

Rammar seufzte. Es gab für ihn kaum eine Rasse, die so kompliziert und undurchschaubar war wie diese Menschen. Übertroffen wurden sie nur noch von den Elfen, diesen verschlagenen, hinterhältigen Kreaturen, die nie klar und für jeden verständlich sagen konnten, was sie meinten, und sich stattdessen in vagen Andeutungen ergingen. Rammar hatte viel von ihnen gehört, und nun, da er es mit einer leibhaftigen Vertreterin dieser Rasse zu tun hatte, erkannte er, dass alles – aber auch wirklich alles! –, was man im *bolboug* über Elfen erzählte, zutraf.

Schon ihre geschwollene Art sich auszudrücken … Orks waren da ganz anders: Was ihnen in den Sinn kam, das sagten sie auch, und wenn sie auf jemanden wütend waren, dann bekam der das auch zu spüren. Das war stets schmerzhaft und manchmal auch tödlich – aber es war ehrlich. Die Elfen hingegen, die ständig von Wahrhaftigkeit faselten, schienen es damit selbst nicht so genau zu nehmen. Alannah hatte sie eiskalt belogen, und das nicht nur einmal. Dabei hatte es eine Zeit gegeben – Rammar schalt sich deswegen selbst einen Narren –, da hatte er sie ganz sympathisch gefunden.

Das war gewesen, als sie sich dafür bedankt hatte, dass er ihr das Leben gerettet hatte. Ein Ork hätte so etwas nie getan, doch irgendwie hatte es Rammar gefallen. Aber die Elfin hatte ihn nur getäuscht, und nun zeigte sie schon wieder ein anderes ihrer vielen Gesichter. Statt dem Kopfgeldjäger gram zu sein, weil er sie erpresste und zwang, ihr Geheimnis preiszugeben, hatte sie sich mit ihm verbündet.

Warum?

Was sollte das?

Was war da zwischen dem Menschen und der Elfin, dass sie so gut miteinander auskamen, obwohl sie einander eigentlich hassen mussten? So sehr Rammar die wenigen grauen Zellen seines Orkhirns auch bemühte, er kam nicht darauf. Irgendetwas schien Corwyn richtig zu machen, das Balbok und er falsch gemacht hatten. Aber was?

»Kopfgeldjäger«, knurrte Rammar resigniert, »wenn du uns schon nicht losbinden willst, dann gib uns wenigstens was zu essen. Mein Bruder und ich sind halb verhungert.«

»Ihr bekommt zu essen, wenn wir am Ziel sind!«, lautete die barsche Antwort. »Vorher nicht!«

»Aber das kann noch Tage dauern.«

»Das kommt ganz darauf an, wie schnell ihr marschiert.«

»Aber ...« Rammar wollte erneut widersprechen, doch ein Argument fiel ihm nicht mehr ein.

»Das ist dumm von dir«, sprang Balbok für ihn in die Bresche.

»Was?«, fragte Corwyn gereizt.

»Es ist dumm von dir, uns hungern zu lassen«, erklärte der hagere Ork, der in den letzten Tagen noch dürrer geworden war. »Schließlich sollen wir für dich den Schatz aus der Verborgenen Stadt tragen. Wie sollen wir das schaffen, wenn wir uns vor Schwäche kaum auf den Beinen halten können?«

»Jawohl, wie sollen wir das schaffen, wenn wir uns vor Schwäche kaum auf den Beinen ha...«, stimmte Rammar lauthals zu, bis ihm klar wurde, dass nun er es war, der sich als lebendes Echo betätigte. »Ich meine: Mein Bruder hat Recht. Gib uns etwas zu essen, Kopfgeldjäger, sonst wird es dein eigener Schaden sein.«

Corwyn knurrte und murmelte dann: »Na schön, von mir aus.« Er warf den Orks einen Brocken Fleisch hin. Erst am Vortag hatte er einen Hasen erlegt, dies war eine der Keulen.

Heißhungrig wollten Rammar und Balbok darüber herfallen. Sie waren jedoch an den Baum gebunden, und als ihre Mäuler gierig nach der Hasenkeule schnappten, schlugen ihre Köpfe mit einem dumpfen Krachen gegeneinander.

»Au!«, schrie Rammar wütend. »Verdammter *umbal*! Wer hat dir erlaubt, vor deinem älteren Bruder zuzubeißen?«

»Aber ich habe Hunger!«

»Das ist kein Grund, so gierig zu sein!«

»Außerdem war ich es, der dem Kopfgeldjäger das Fleisch abgeschwatzt hat.«

»Na und? Was habe ich nicht schon alles für uns herausgeschunden! Und musstest du dabei jemals zurückstehen?«

»Allerdings. Wenn ich nur an das Dörrfleisch denke ...«

»Na schön, aber diesmal wollte ich ehrlich mit dir teilen.«

Erneut schnappte Rammar nach dem Fleisch – und musste feststellen, dass er an die Hasenkeule nicht herankam. Seine

Zähne schlugen aufeinander und bissen ins Leere, und auch Balbok, von dessen Lefzen bereits der Geifer tropfte, konnte das Fleisch nicht erreichen.

»Das haben wir nun davon«, jammerte er. »Jetzt wird keiner von uns satt.«

»Das wollen wir erst mal sehen«, schnauzte Rammar. »He, Kopfgeldjäger! Das hast du mit Absicht getan, nicht wahr? Es macht dir Spaß, uns zu quälen.«

Corwyn grinste breit. »Ihr wolltet was zu essen, und das da ist was zu essen. Also beschwert euch nicht.«

»Aber wir kommen nicht ran.«

»Das ist euer Problem, nicht meins.«

Rammar verfiel in wüste orkische Verwünschungen, während Balbok zu jaulen begann wie ein geprügelter Hund – ein knurrender Magen kann selbst den hart gesottensten Orkkrieger in tiefste Verzweiflung stürzen, und es gibt nicht wenige, die sich in ähnlichen Situationen schon den eigenen Arm oder das Bein abgefressen haben.

Es war Alannah, die das Gezeter der Orks schließlich nicht mehr mit anhören konnte. Entnervt stand sie auf und ging zu ihnen, hob die Hasenkeule auf und hielt sie den beiden so hin, dass sie davon abbeißen konnten.

»Was soll das?«, rief der Kopfgeldjäger, wütend und erstaunt zugleich.

»Wenn du sie auf diese Weise quälst, Corwyn, bist du nicht besser als sie. Ich tue das nicht für sie, sondern für dich.«

»Wie freundlich von dir«, höhnte der Kopfgeldjäger. »Aber diese Kreaturen verdienen dein Mitgefühl nicht. Schon in Kürze werden sie vergessen haben, dass du gut zu ihnen warst, und bei der erstbesten Gelegenheit werden sie dich verraten. Ihre Sprache kennt das Wort ›Dank‹ nicht einmal. Ist es nicht so?«

»Natürlich nicht«, schmatzte Rammar, der die Frage reichlich seltsam fand. »Für derlei Blödsinn haben wir in unserer Sprache keine Verwendung.«

Corwyn sah Alannah mit blitzenden Augen an. »Was habe ich gesagt?«

»Dafür kennen wir zehn verschiedene Ausdrücke für ›Jemandem den Schädel einschlagen‹«, verteidigte Balbok die orkische Sprache, und er klang sehr stolz dabei.

»So ist es«, stimmte Rammar zu. »Die Kultur der Orks ist höher entwickelt, als ihr glaubt. Wir kennen zig verschiedene Worte für den Tod, je nachdem, auf welche Weise jemand in Kuruls Grube stürzt. Und wir haben sogar mehrere Worte für das Furzen. Was einen quält, wenn man zu viel Blutbier getrunken hat, nennt man *pochga*. Wenn man dagegen Blähungen vom langen Marschieren hat …«

»Hör schon auf, das ist ja widerlich!«, rief Alannah – und nach einer kurzen Pause betretenen Schweigens brachen alle in Gelächter aus: Corwyn lachte ein derbes, höhnisches Lachen, Alannah kicherte verlegen, und die Orks ließen ein nervöses, nicht ganz echt klingendes Geschnatter hören.

Es war ein kurzer Moment der Einigkeit, ehe sie wieder zu Feinden wurden und zu dem, wozu das Schicksal einen jeden von ihnen gemacht hatte:

Ein mit Rachsucht erfüllter Kopfgeldjäger, den seine Gier nach Süden trieb.

Eine Elfin auf der Suche nach Wahrheit und auf der Flucht vor ihrer Bestimmung.

Und zwei Orks, die eigentlich nur nach Hause wollten, zurück in den vertrauten Gestank ihrer Höhle.

Ihr Marsch führte sie weiter nach Süden.

Wo sich die letzten Ausläufer des Scharfgebirges in der weiten Ebene von Scaria verloren und sich der Eisfluss in mehrere Arme verzweigte, die seichter waren und weniger wild als sein ungestümer Oberlauf, ließ Corwyn die Gruppe rasten. Rammar, der Balbok einmal mehr auf dem Rücken hatte schleppen müssen – mitsamt der Standarte, die der hagere Ork noch immer krampfhaft umklammerte –, war völlig erschöpft und sank stöhnend nieder. Alannah, der auch Märsche über weite Strecken nichts auszumachen schienen, setzte sich auf einen Felsblock und ließ ihren Blick über das weite Land schweifen, das sich im Süden erstreckte.

Nur an den Ausläufern des Gebirges, die die Ebene hier und dort noch mit grauem Fels durchbrachen, gab es Bäume; nach Süden hin verlor sich die Vegetation zusehends, und schließlich wuchsen dort nur noch braune Grasbüschel und dunkles Gestrüpp. Und jenseits der Steppe, mit bloßem Auge kaum zu erkennen, trennte ein dunkler Strich am Horizont den bewölkten Himmel und die karge Landschaft.

Der Wald von Trowna …

»Endlich«, stöhnte Rammar. »Nun ist es nicht mehr weit.«

»Täusche dich nicht, Ork«, sagte Alannah zu ihm. »Deinen Augen darfst du nicht trauen, denn in der Ebene von Scaria sind Entfernungen unmöglich zu schätzen. Bis zum Waldrand sind es drei bis vier Tagesmärsche.«

Der Ork seufzte und schüttelte den Kopf. »Das überlebe ich nicht. Kopfgeldjäger, wenn du tatsächlich willst, dass ich danach noch deinen Schatz schleppe, wirst du meinen Bruder und mich voneinander losbinden müssen.«

Corwyn hatte sich am nahen Flussufer bäuchlings auf den Boden gelegt, um einige Schlucke von dem kühlen Nass zu trinken. Nun erhob er sich und schaute in Rammars Richtung. »Gut, Fettsack – ich binde euch los.«

»Du – du bindest uns los?« Rammars Schweinsäuglein blitzten. »Dann – dann – dann lässt du uns laufen?«

»Von Laufenlassen habe ich nichts gesagt. Nein, dein Bruder und du, ihr werdet uns ein Floß bauen, auf dem wir die Reise fortsetzen werden. Hier im Süden gibt es keine Strudel und gefährliche Strömungen, sodass wir es wagen können, den Fluss zu befahren.«

»Ein Floß?«, rief Balbok mit schriller Stimme. Wusste der Mensch denn nicht, dass Orks Wasser hassten und sich lieber die Beine abhackten, als schwankende Planken zu betreten?

»Uns soll es recht sein, Kopfgeldjäger«, beeilte sich Rammar zu versichern.

»Aber Rammar!«, beschwerte sich Balbok. »Wir sind Orks und keine Matrosen!«

»Und ich bin dein Bruder und nicht dein Träger«, konterte Rammar. »Es wird gemacht, was der Mensch sagt, verstanden? Und wenn er will, dass wir ein Floß bauen, dann bauen wir ein Floß!«

»Also … also gut«, murrte Balbok. »Da ist nur eine Sache, Rammar …«

»Ja?«

Balbok schaute seinen Bruder verständnislos an. »Wir wissen doch gar nicht, wie man ein Floß …«

»Hebt euch euer geistloses Geschwätz für später auf«, sagte Alannah plötzlich und sprang von ihrem Fels auf. »Wir bekommen Gesellschaft.«

»Gesellschaft?« Balbok schnüffelte. »Wer …? Was …?«

»Zwerge«, sagte Rammar nur.

»Was denn?« Balbok schnüffelte noch einmal. »Kannst du sie riechen? Ich dachte, du …«

»Nein, Schmalhirn. Ich kann sie *sehen* – dort!«

Balbok blickte in die Richtung, in die sein Bruder mit einem Kopfnicken deutete, und sah die vier Boote, die aus Richtung der Berge um die von Felsen gesäumte Flussbiegung kamen. Die Boote waren aus Eichenholz und hatten Galionsfiguren an Bug und Heck, denen des Eisseglers nicht unähnlich. In den Booten saßen gedrungene bärtige Gestalten in Kettenhemden, die die Ruder gleichmäßig hoben und senkten. Und am Heck des vordersten Bootes stand – Rammar und Balbok trauten ihren Augen nicht – kein anderer als Orthmar von Bruchstein, des Orthwins Sohn!

»Wir sollten verschwinden!«, sagte Rammar.

»Zu spät«, knurrte der Kopfgeldjäger. »Sie haben uns gesehen. Wenn wir jetzt die Flucht ergreifen, machen wir uns verdächtig. Wenn sie uns dann über Land verfolgen, holen sie uns bald ein, denn du und dein Bruder seid nicht schnell genug.« Er wandte den Kopf und sah Rammar an. »Es sei denn, die Elfin und ich lassen euch hier zurück.«

»Nein, das besser nicht«, sagte Rammar hastig. Lieber blieb er ein Gefangener des Menschen, als in die Gewalt der grimmigen Bartträger zu geraten.

Schon hatte das erste Boot das Ufer erreicht, und Orthmar sprang an Land. Das Wenige, das Helm und Bart von seinem

Gesicht freiließen, war grimmig verkniffen, die Augen des Zwergenführers loderten in stillem Zorn.

Auch Corwyn schien über das Auftauchen der Zwerge nicht sonderlich glücklich zu sein. Er bedeutete Alannah mit einem knappen Handzeichen, das Reden ihm zu überlassen, und trat den Zwergen entgegen, die Hand am Griff seines Schwerts.

»Guten Tag, ehrbare Bürger des Zwergenreichs«, grüßte er. »Was führt Euch in diese entlegene Gegend?«

»Dasselbe könnten wir dich fragen, Mensch«, gab Orthmar barsch zurück. »Außerdem wüsste ich nicht, was an diesem Tag oder irgendeinem anderen gut sein sollte.«

»Ihr scheint Kummer zu haben«, stellte Corwyn fest.

»Kummer?« Der Zwerg lachte grollend. »Ihr Menschen habt die seltsame Neigung, stets zu untertreiben. Große Sorge plagt mich, Mensch. Ein Geschäft, das ich oben im Norden laufen hatte, wurde mir zunichte gemacht, sodass ich mich mit meinen Leute nach Süden wenden musste.«

Rammar und Balbok wussten sofort Bescheid, und keinem von ihnen gelang es, sich das Grinsen zu verkneifen. Mit dem »zunichte gemachten Geschäft« war mit Sicherheit die Waffenlieferung an die Eisbarbaren gemeint. Und so war es tatsächlich: Da der Berserkerhäuptling und seine Mannschaft nicht mehr unter den Lebenden weilten, hatten sie Orthmars Auftraggeber, den menschlichen Waffenhändler Muril Ganzwar, nicht mehr bezahlen können, und dafür, dass er sein Geld nicht erhalten hatte, machte dieser die Zwerge verantwortlich. Schuldeneintreiber, in Ganzwars Auftrag, waren ihnen auf den Fersen, die den ausstehenden Betrag von ihnen einkassieren sollten. Daher Orthmars schlechte Laune …

»Wenn der wüsste«, raunte Balbok, der sich etwas in dieser Art zusammenreimen konnte, seinem Bruder zu.

»Und du, Mensch?«, wandte sich der Zwergenführer an Corwyn. »Was hat dich hierher verschlagen? Wir Zwerge mögen es nicht, wenn sich Fremde in unserem Land herumtreiben.«

»Mit Verlaub, Herr Zwerg – dies ist nicht Euer Land.«

»Aber es hat uns einst gehört, und es wird uns auch wieder

gehören, so wahr ich Orthmar von Bruchstein bin, des Orthwins Sohn.«

»*Ihr* seid Orthmar?« Die Gesichtsfarbe des Kopfgeldjägers wurde um ein paar Nuancen blasser.

»So ist es. Habt Ihr von mir gehört?«

»Beiläufig«, murmelte Corwyn mit einem Seitenblick auf die Zwergenkrieger, die inzwischen an Land gegangen waren und sich zu ihrem Anführer gesellten. Alle sahen sie ziemlich heruntergekommen aus, aber der grimmige Ausdruck in ihren Gesichtern verriet, dass mit ihnen nicht zu spaßen war.

»Nur Gutes, will ich hoffen.«

»Natürlich.« Der Kopfgeldjäger deutete eine Verbeugung an. »Die Taten Orthmars von Bruchstein werden in den Tavernen des Ostens laut gerühmt.«

»Nun hör dir diesen Heuchler an«, flüsterte Rammar seinem Bruder zu. »Wenn der Kopfgeldjäger mal nicht der Stärkere ist, windet er sich wie ein Schlammwurm. Irgendwas hat er ausgefressen.«

»Meinst du?«

»Vertrau mir. Bei *solchen* Dingen funktioniert mein Riecher ganz ausgezeichnet …«

Die letzten Worte hatte er ein wenig zu laut gesprochen, denn Orthmar wurde auf die beiden Brüder aufmerksam. Die Augen des Zwergenführers weiteten sich, als er die Orks erblickte.

»Natürlich«, knurrte Orthmar. »Ich hätte mir denken können, dass ein solcher Gestank nicht natürlichen Ursprungs ist.«

Seine reich verzierte Zwergenaxt in der Hand, stapfte er auf die beiden Gefesselten zu und schnupperte. »Seltsam«, knurrte er. »Ich könnte schwören, dass ich diesen Geruch schon mal in der Nase hatte. Ich frage mich nur, wo das gewesen sein könnte.«

»Das kann unmöglich sein«, beeilte sich Rammar zu versichern. »Wir sind uns noch nie begegnet.«

»Natürlich nicht, sonst hätte meine Axt dir schon längst deinen hässlichen Schädel gespalten. Trotzdem kommt mir dein Gestank bekannt vor. Wo kommt ihr her?«

»Der Kopfgeldjäger hat uns oben am Eisfluss gefangen«, sagte Rammar schnell.

»Kopfgeldjäger?« Orthmar drehte sich nach Corwyn um.

»Das – das ist mein Beruf«, gestand dieser ein wenig widerstrebend.

»Wie ist dein Name?«

»Leander Orktöter, wenn's beliebt.« Corwyn verbeugte sich abermals.

Im Gesicht des Zwergs zeigte sich keine Regung. Rammar aber triumphierte innerlich. Der Kopfgeldjäger schien tatsächlich etwas ausgefressen zu haben. Etwas, das mit den Zwergen zu tun hatte. Welchen Grund konnte er sonst haben, einen falschen Namen zu nennen?

»Und du?«, wandte sich Orthmar an Alannah. »Wer bist du, wenn ich fragen darf?«

»Mein Name ist Alannah, und ich bin von elfischem Geblüt«, kam die Antwort voller Stolz. »Das sollte Euch genügen, Herr Zwerg.«

»Bah!« Orthmar spuckte aus, wobei die Hälfte davon in seinem Bart hängen blieb. »Je weniger es von eurer Sorte gibt, desto eingebildeter werdet ihr. Es ist kaum zu glauben, dass unsere Völker einst gemeinsam in den Krieg zogen.«

»Seid versichert«, sagte Alannah mit Blick auf den Speichel in seinem Bart, »dass es auch mir ziemlich schwer fällt, dies zu glauben.«

Der Zwergenführer lachte daraufhin. Dann grölte er: »Ein Kopfgeldjäger, eine Elfin und zwei gefangene Orks. Was soll ich davon halten?«

»Macht Euch über uns keine Gedanken, Herr Zwerg«, sagte Corwyn schnell. »Wir sind nur Wanderer auf der Durchreise, die hier ihr Nachtlager aufschlagen wollen. Schon morgen werden wir diese Gegend verlassen und weiter nach Süden ziehen.«

»Nach Süden, was?« Die Augen des Zwergenführers zuckten in ihren Höhlen umher, während er beiläufig mal hierhin und mal dorthin blickte. Mit Unbehagen begriff Rammar, dass er damit seine Leute dirigierte, die sie langsam einkreisten. Corwyn jedoch schien es nicht zu bemerken.

»Weißt du, Kopfgeldjäger«, sagte der Zwerg an Corwyn gewandt, »ich habe den Eindruck, dass du mir nicht die Wahrheit sagst. Wie ihr sicher wisst, hat mein Volk ein gewisses Talent dafür, das Verborgene hinter dem Offensichtlichen zu entdecken. Wäre es anders, wäre es uns nie gelungen, der tiefen Erde ihre Schätze zu entreißen.«

»Das glaube ich gern«, erwiderte Corwyn, und er wurde sichtlich nervös. »Dennoch wüsste ich nicht, was ...«

»Aber ich kann es dir sagen, Zwerg!«, hörte sich Rammar plötzlich rufen, noch ehe er darüber nachdenken konnte, was er da eigentlich tat. Sein Instinkt witterte eine Möglichkeit, die Freiheit zurückzuerlangen, und diese einmalige Gelegenheit wollte er nicht ungenutzt verstreichen lassen.

»Was?« Orthmar fuhr herum. In seinen Augen schien ein Feuerwerk abzubrennen. »Was kannst du mir sagen, Missgeburt?«

»Der Kopfgeldjäger belügt dich, Zwerg!«, verkündete Rammar laut und vernehmlich. »Er hat dir einen falschen Namen genannt, weil er etwas vor dir zu verbergen hat.«

»So?«

»Hört nicht auf ihn«, sagte Corwyn hastig. »Er ist nur ein rachsüchtiger fetter Unhold. Und du, Ork, halt gefälligst den Rand, oder ich stopfe dir dein hässliches Maul mit deinen eigenen Gedärmen! Hast du verstanden?«

»Verstanden hab ich dich, Mensch, aber schweigen werd ich deshalb nicht«, erwiderte Rammar genüsslich. »Der Zwerg soll die Wahrheit erfahren.«

»Die Wahrheit?«, fragte Orthmar. »Und was ist die Wahrheit?«

»Die werde ich dir verraten, wenn du versprichst, meinen Bruder und mich laufen zu lassen.«

»Von mir aus.« Der Zwergenführer lachte in seinen langen Bart. »Lasse ich euch eben laufen. Weit werdet ihr in diesem Landstrich ohnehin nicht kommen. Wir sind nicht die einzigen Zwerge in dieser Gegend.«

»Und wir wollen die Elfin«, fügte Rammar mit listigem Augenblitzen hinzu.

»Das kommt nicht infrage!«, riefen Corwyn und Alannah wie aus einem Mund – und allein das genügte, um Orthmar auch in diese Forderung einwilligen zu lassen.

»Warum nicht?«, antwortete er mit verschmitztem Grinsen. »Ich bin sicher, eine hohe Dame des Elfenreichs wird die Gesellschaft zweier Orks durchaus zu schätzen wissen.«

»Abgemacht, Zwerg.« Rammar nickte. »Also – schneide uns los, dann werden wir dir verraten, wer dieser da ist und was ihn in diese Gegend treibt.«

»Nein!«, rief Alannah, ihren flehenden Blick auf den dicken Ork gerichtet. »Tu es nicht, Rammar!«

»Sieh an, jetzt kennst du plötzlich meinen Namen«, beschwerte sich Rammar. »Vorhin war ich nur ein hässlicher Unhold für dich. Wie rasch sich die Dinge ändern, nicht wahr?«

Mit einem Wink bedeutete Orthmar seinen Leuten, die Orks von ihren Fesseln zu befreien. »Also, Ork«, forderte er dann. »Nun verrate mir, was es mit dem Kopfgeldjäger auf sich hat.«

»Nichts lieber als das.« Rammar grinste, als seine Fesseln fielen. »Sein wirklicher Name ist Corwyn, und in Wahrheit ist er längst nicht so harmlos, wie er tut, sondern ein brutaler, grausamer Kerl.«

»Wusste ich's doch!«, rief Orthmar, und blanker Hass loderte in seinen Augen. »Corwyn der Kopfgeldjäger!« Grimmig starrte er den Menschen an. »Was für eine Fügung des Schicksals, ausgerechnet dir hier zu begegnen!«

»Du kennst ihn?«, fragte Balbok verblüfft.

»Allerdings«, bestätigte Orthmar, und noch ehe Corwyn reagieren konnte, war er von Zwergenkriegern mit drohend erhobenen Äxten umringt. »Wage es nicht, einen Fluchtversuch zu unternehmen«, grollte Orthmar. »Meine Leute mögen zu klein sein, um dir den Kopf vom Rumpf zu schlagen, aber für deine Manneszier reicht es allemal.«

»Was hat Corwyn Euch getan?«, wollte Alannah wissen. »Ihr behandelt ihn wie einen Verbrecher.«

»Das ist er auch. Dieser da« – der kurze Zeigefinger des Zwergs wies anklagend auf Corwyn – »hat vor einem Jahr eines meiner Lager ausgeraubt und alle Waffen gestohlen, die er dort finden konnte. Zuvor hat er noch meine Tochter verführt, die ich dort als Wache zurückgelassen hatte.«

»*Was?*«, rief Alannah, und sie war sichtlich schockiert. Auch Rammar und Balbok tauschten einen verwunderten Blick – Zwergenfrauen waren nicht gerade für ihren Liebreiz bekannt.

»Das ist nicht wahr!«, erklärte Corwyn entschieden.

»Hundsfott, willst du es leugnen?«

»Die Waffen mag ich gestohlen haben, aber deine Tochter ist ein hässliches Weib, das so bärtig ist wie du. Sie hat dir eine faustdicke Lüge aufgetischt, um nicht zugeben zu müssen, dass sie bei der Wache eingeschlafen ist.«

»So, meine Tochter ist also hässlich?«, rief Orthmar erzürnt. »Nur weiter so, mein Freund. Dafür wirst du büßen, und zwar auf sehr, sehr grausame Weise, das kann ich dir versprechen. Und ihr beide« – damit wandte er sich an Rammar und Balbok – »nehmt die Elfin und verschwindet, aber sofort. Ich will eure hässlichen Visagen nicht länger sehen.«

»Aber mit dem größten Vergnügen«, versicherte Rammar, und während sein Bruder nach der Standarte griff, schnappte er sich Alannah, die sich heftig zur Wehr setzte. Nur nutzte ihr das nichts. Rammar warf sie sich kurzerhand über die Schulter, hielt sie fest und ignorierte ihre Fäuste, mit denen sie auf seinem Rücken herumtrommelte. »Es war schön, mit dir Geschäfte zu machen, Zwerg.«

»Ganz meinerseits, Ork«, erwiderte Orthmar, während sich die beiden Brüder bereits davonmachen wollten. »Nur eins verrate mir noch.«

»Ja?« Rammar blieb stehen.

»Wieso habe ich das Gefühl, euch beide zu kennen?«

Rammar machte ein langes Gesicht und tat, als würde er angestrengt nachdenken. »Weißt du was?«, sagte er dann. »Ich habe keine Ahnung.«

»Ich auch nicht«, fügte Balbok hinzu. »Am Nordwall sind wir nämlich nie gewesen.«

»So ist es«, bestätigte Rammar siegesgewiss, dann wandte er sich um und marschierte davon. Allerdings nur ein paar Schritte weit. Dann nämlich dämmerte ihm, was sein Bruder eben gesagt hatte.

»Einen Augenblick noch, Ork!«, rief Orthmar, und seine Stimme klang wie das Knurren eines Wolfes. »Woher wisst ihr, dass wir am Nordwall waren?«

»Wir … äh …«

»Jetzt können wir es euch ja sagen«, schnatterte Balbok drauflos. »Wir sind in zwei eurer Kisten gekrochen und haben uns von euch als blinde Passagiere durch den Berg bringen lassen. Ich kann euch sagen, das war ganz schön mies, weil ich nämlich nichts zu essen hatte und Rammar das ganze Dörrfleisch für sich allein … *Was denn?*«, fragte er, als er den mörderischen Blick seines Bruders bemerkte.

»Männer!«, brüllte in diesem Moment der Zwergenführer. »Ergreift sie! Fesselt sie und bringt sie zu mir!«

»A-aber …«, stammelte Balbok – da hatten die Zwerge sie bereits eingeholt und eingekreist.

»*Ihr* wart es!«, war Orthmar überzeugt. »*Ihr* habt mir mein Geschäft mit den Eisbarbaren zunichte gemacht! Ich weiß nicht, was ihr getan habt, aber von jenem Tage an, an dem ihr euch heimlich von uns durch den Berg habt schaffen lassen, sind die Eisbarbaren am Nordwall nie wieder aufgetaucht. Und mir gab man die Schuld für das geplatzte Geschäft! Oh, ich werde mir für euch eine Todesart ausdenken, die so grausam ist, dass sie … dass sie …« – ihm fehlten die Worte, um es zu beschreiben – »… dass sie einfach nur als grausam zu bezeichnen ist«, vollendete er schließlich. »Aus eurem Haar werde ich Taue flechten, aus eurer Haut mir einen neuen Gürtel machen, und eure Zähne werde ich an einer Kette um den Hals tragen – so wahr ich Orthmar von Bruchstein bin, des Orthwins Sohn!«

Inzwischen waren die beiden Orks von den Zwergenkriegern überwältigt und verschnürt worden – in Balboks Fall zu einem handlichen und in Rammars zu einem weniger handlichen Bündel. Es bedurfte der vereinten Kräfte von vier Zwergen, Letzteren zu Orthmar zurückzuschleppen. Dabei schimpfte und zeterte Rammar in einem fort, sich der Sprache der Orks bedienend.

»Warum hat Kurul mir ausgerechnet einen Bruder wie dich ans Bein gekettet? Was habe ich nur verbrochen? Bin ich denn nett und freundlich, dass Kurul mich derart strafen muss?«

»Was denn, Ork?«, fragte Alannah gehässig, die jedes Wort verstand. »Bist du mit deinem Schicksal unzufrieden? Das kommt davon, wenn man zu viel will.«

»Zu viel? Alles, was ich will, ist zurück nach Hause!«

»Genau wie ich«, erwiderte Alannah. »Doch habe ich das Gefühl, dass ich meinem Ziel gerade ein Stück näher gekommen bin – während die Reise für deinen Bruder und dich hier endet. Ich werde den Zwergen eine hohe Belohnung versprechen, damit sie mich nach Tirgas Dun bringen. Sie sind Schmuggler, und für Gold tun sie so ziemlich alles. Ihr beide hingegen solltet euch bereit machen, eurem Kurul gegenüberzutreten – und macht euch auf etwas gefasst, denn er soll ziemlich hässlich sein.«

Damit stimmte sie ihr silberhelles Lachen an, Rammar war es, es müsse er jeden Moment platzen; er fühlte sich von allen verraten.

Seine Gedanken jagten sich. Er musste etwas unternehmen, sonst würde er nicht mehr lange genug leben, um Balbok für diese unsägliche Dummheit den Kopf von den Schultern reißen zu können. Und zumindest dies wollte Rammar noch tun, ehe er in Kuruls dunkle Grube stürzte. Und vielleicht auch noch ein bisschen mehr.

»Hör mich an, großer Zwergenführer!«, rief er laut. »Ich muss dir noch etwas sagen. Etwas, das dich über Nacht zum reichsten Zwerg von ganz Erdwelt machen wird!«

»Nein!«, riefen Alannah und Corwyn erneut wie aus einem Mund, denn natürlich ahnten sie, was Rammar vorhatte.

»Was war das?« Orthmar starrte den Ork an, in seinen Augen das Blitzen unverhohlener Gier.

»Ich weiß von einem Schatz«, verkündete Rammar. »Von einem Schatz von unermesslichem Wert!«

»Natürlich.« Der Zwerg spuckte aus. »Die üblichen Lügen eines Unholds, der versucht, seine Haut zu retten.«

»Nein, ich sage die Wahrheit«, beteuerte Rammar. »Dieser

da« – er deutete mit einem Kopfnicken in Corwyns Richtung – »trieb sich nicht zufällig in dieser Gegend herum. Er war auf dem Weg nach Trowna, um den sagenumwobenen Schatz von Tirgas Lan zu heben.«

»Potztausend!«, polterte der Zwerg. »Dieser Schatz existiert nicht, ebenso wenig wie die Verborgene Stadt. Das ist nur ein Mythos, nichts weiter.«

»Da irrst du dich«, versicherte Rammar. »Ich kann dir sagen, wie du nach Tirgas Lan gelangen und dir den Schatz unter den Nagel reißen kannst. Aber im Gegenzug musst du versprechen, mich freizulassen.«

Des Orthwins Sohn dachte einen Augenblick lang nach. Dann kam er zu dem Schluss, dass er nichts zu verlieren hatte. »Also gut«, erklärte er sich bereit. »Spuck aus, was du weißt, Ork, dann werde ich dein lausiges Leben schonen. Kennst du etwa den Weg nach Tirgas Lan?«

Rammar schüttelte den Kopf. »Ich nicht – aber die Elfin kennt ihn! Sie ist keine andere als die Hohepriesterin von Shakara, deren Aufgabe es war, das Geheimnis der Verborgenen Stadt zu bewahren.«

»Ist das wahr?«, wandte sich Orthmar an Alannah.

»Und wenn?«, erwiderte sie kühl.

»Du solltest keine Spielchen mit mir treiben, Elfin! Das ist schon ganz anderen schlecht bekommen. Ich frage dich also: Weißt du, wo die Verborgene Stadt zu finden ist?«

»Ja«, gestand sie resignierend. »Und?«

»Nun, da unser Freund, der Kopfgeldjäger, nicht mehr allzu lange unter den Lebenden weilt, hat er keine Verwendung mehr für den Schatz. Mich hingegen würde der Zaster auf einen Schlag von allen Sorgen befreien.«

»Würdet Ihr Euch im Gegenzug auch bereit erklären, mich nach Tirgas Dun zu bringen?«

»An jeden Ort der Welt«, versicherte der Zwerg beflissen.

»Also gut«, seufzte Alannah zu Rammars Entzücken, »der Handel gilt.«

»Nein!«, rief Corwyn. »Das darfst du nicht tun!«

»Und warum nicht, Kopfgeldjäger?«, wollte sie wissen.

»Weil du versprochen hast, *mich* zu der Verborgenen Stadt zu führen. Und weil *ich* dich zu deinen Leuten nach Tirgas Dun bringen sollte.«

»Das können die Zwerge ebenso gut. Nicht wahr, Orthmar, des Orthwins Sohn?«

»Aber mit dem größten Vergnügen.« Der Zwerg verbeugte sich grinsend.

»Aber du kannst ihm nicht trauen!«, warnte Corwyn. »Er ist ein Schmuggler und Halsabschneider!«

»Und du ein Kopfgeldjäger.« Sie zuckte mit den Schultern. »Ehrlich gesagt, ich sehe keinen großen Unterschied.«

»Verräterin!«, brüllte Corwyn.

Sie schüttelte den Kopf. »Ich wüsste nicht, dass wir einen Vertrag geschlossen hätten, an den ich mich halten müsste.« Sie schaute wieder Orthmar an. »Der Handel gilt, Herr Zwerg. Wir sind im Geschäft.«

»Ausgezeichnet«, meinte Orthmar und rieb sich die kurzfingrigen Hände. »Ganz ausgezeichnet!«

»Nun hast du, was du wolltest«, meinte Rammar. »Dann kannst du mich ja jetzt freilassen.«

»Das könnte ich.« Der Zwerg nickte. »Aber ich werde es nicht.«

»*Waaas?*« Rammars Stimme überschlug sich fast. »Warum nicht?«

»Weil du das Geheimnis der Elfin kennst. Das Risiko, dich am Leben zu lassen, wäre zu groß. Du und der andere Ork werdet bei Tagesanbruch hingerichtet, zusammen mit dem Kopfgeldjäger.«

»Aber … du hast uns dein Wort gegeben!«

»Ein Wort, das einem Ork gegeben wird, ist nichts wert«, entgegnete Orthmar grinsend, dann wandte er sich an Alannah: »Und du, Elfin, sieh dich vor. Falls du vorhast, mich übers Ohr zu hauen, lass dir das eine Warnung sein. Ich verstehe keinen Spaß, wie du siehst.«

»Offensichtlich«, erwiderte die Elfin, und in ihren schmalen Augen funkelte es gefährlich …

Rammar schwelgte in düstersten Gedanken.

Es waren wüste Blutfantasien, in denen er seinem Bruder Balbok Todesarten angedeihen ließ, die so ausgefallen waren, dass Rammar über seinen eigenen Einfallsreichtum staunte.

»Rammar?«, flüsterte Balbok kleinlaut, der neben ihm im Gras lag, verschnürt wie sein Bruder und unfähig, sich zu rühren. Die Standarte steckte neben ihnen im kargen Boden; voller Hohn hatten die Zwerge sie dort hineingerammt. »Rammar, bist du mir noch böse?«

Rammar sagte keinen Ton, und für seinen Bruder war das noch schlimmer, als wenn er ihn mit den wüsten Beschimpfungen überhäuft hätte, wie er es sonst zu tun pflegte. Diesmal, das war Balbok klar, war Rammar *richtig* böse auf ihn. *Saobh* heißt das in der Orksprache – jener blindwütige Zustand, aus dem man normalerweise nur herausfindet, indem man jemandem den Schädel einschlägt. Und Balbok hatte eine ziemlich genaue Vorstellung davon, wer dieser Jemand sein würde, falls Rammar wieder freikam ...

Abgesehen von den zwei Zwergenkriegern, die eingeteilt waren, um die gefangenen Orks und den Kopfgeldjäger zu bewachen – Corwyn lag unmittelbar neben Balbok und Rammar, gefesselt und verschnürt wie die Orks –, saß der Rest von Orthmars Haufen um ein großes Feuer, das die Zwerge entzündet hatten. Ihre gedrungenen Körper warfen verblüffend lange Schatten, während sie krügeweise Bier in sich hineinschütteten, um die für sie so glückliche Wendung der Dinge gebührend zu feiern.

Rammar und Balbok hatten richtig vermutet; dadurch, dass die Eisbarbaren die Waffenlieferung nicht bezahlt hatten, war Orthmar bei seinem Auftraggeber in Ungnade gefallen und wurde von dessen Geldeintreibern gejagt. Die Aussicht auf einen Schatz von unermesslichem Wert kam ihm da gerade recht. Und der Umstand, dass sie bei Sonnenaufgang drei ihrer Feinde in Kuruls Grube stürzen würden, war für die Zwerge ein zusätzlicher Grund für ein ausgelassenes Besäufnis.

»Trinkt und feiert, meine Freunde!«, hörte man Orthmar grölen. »Eine Nacht lang sitzen wir zu Gericht, wie es Sitte ist bei uns Zwergen – aber beim ersten Licht des Tages werden wir demonstrieren, wozu Zwergenäxte taugen!«

Er bediente sich der Menschensprache, damit die Gefangenen ihn auch verstanden. Rammar war nicht besonders erpicht darauf, dass man ihm bewies, wie scharf das Schneideblatt einer Zwergenaxt war. Corwyn hingegen schien seinem Schicksal gefasst entgegenzublicken.

»Was guckst du denn so, Orkfresse?«, fragte er, als Rammar zu ihm herüberschaute. »Hattest wohl noch nie das Vergnügen mit einer Zwergenaxt, wie?«

»Nein«, knurrte Rammar. »Und meiner Meinung nach kann das auch so bleiben.«

»Das hättest du dir überlegen sollen, bevor du uns alle ins Verderben geritten hast, elender Haderlump. Bis du dein loses Maul aufgerissen hast, hatte ich nämlich alles wunderbar im Griff.«

»Was du nicht sagst. Hast du nicht gemerkt, dass der Zwerg dir von Anfang an kein Wort geglaubt hat?«

»Natürlich habe ich das«, murrte Corwyn.

»Du bist ein Dieb!«, sagte Rammar und fletschte die Zähne. »Und mich nennst du einen Lump?«

»Dieser Orthmar ist ein Schmuggler, ein ruchloser Kerl, der selbst unter Zwergen einen zweifelhaften Ruf genießt«, verteidigte sich Corwyn. »Was ich ihm abgenommen habe, hatte er zuvor anderen gestohlen.«

»Und seine Tochter?«

»Eine böswillige Unterstellung!«, behauptete Corwyn. »Aber ich bin dir keine Rechenschaft schuldig, Ork. Du hast schließlich *mich* verraten und nicht umgekehrt, und das, obwohl ich eure Leben geschont habe.«

»Das hast du – um uns Rücken an Rücken gefesselt durch die Lande zu hetzen.«

»Was denn? Habe ich es hier mit einem empfindlichen Ork zu tun? Das ist ja lächerlich!«

»Nicht lächerlicher als ein Kopfgeldjäger, der nicht über den Tod seiner Geliebten hinwegkommt.«

»Vorsicht«, warnte Corwyn. »Pass auf, was du sagst.«

»Wieso? Was willst du mir antun?« Rammar grinste ihn frech an. »Ob es dir gefällt oder nicht, Kopfgeldjäger, im Augenblick bist du nicht besser dran als wir. Der verbitterte Orktöter teilt sein Schicksal mit zwei Unholden. *Das* nenne ich lächerlich.«

»Da hat er Recht«, pflichtete ihm Balbok bei, in der Hoffnung, dass sein Bruder dann nicht mehr böse auf ihn war.

»Halt bloß die Klappe, du langes Elend!«, knurrte Corwyn. »Du magst nicht ganz so verschlagen sein wie dein fetter Bruder, dafür bist du so dämlich, wie die Nacht finster ist.«

»Hüte deine Zunge, bevor sie dir jemand aus dem Maul reißt!«, schnauzte Rammar. »Balbok ist mein Bruder und ein tapferer Krieger. Er ist eine Zier des Orkgeschlechts. Noch ein Wort von dir, und ich schlage dir die Zähne ein.«

»Wie denn, Fettsack? Du bist gefesselt, genau wie ich. Und selbst, wenn du nicht gefesselt wärst, du wärst wohl kaum in der Lage, mich zu kriegen, mit deinem dicken Wanst und deinen krummen, kleinen Beinen.«

»Na warte!«, schnaubte Rammar, für den damit die Grenze überschritten war. Blanker *saobh* schoss ihm in die Adern, und er wand sich wie von Sinnen in seinen Fesseln. »Das reicht jetzt!«, zeterte er. »Ich werde dir zeigen, was es heißt, Rammar den Rasenden zu beleidigen, du mieser, verkommener, hinterhältiger, bleichhäutiger, stinkender ...«

Er verstummte jäh, als die Fesseln auf einmal nachgaben. Verblüfft starrte Rammar auf seine Klauen, die er plötzlich heben konnte, da sie nicht mehr von Stricken gehalten wurden. In seinem Zorn war es ihm gelungen, diese zu zerreißen – was für ein Prachtbild von einem Ork er doch war!

»Sei still!«, raunte ihm jemand ins Ohr.

In den Augenwinkeln sah er eine helle Gestalt lautlos an sich vorbeihuschen, und im nächsten Moment registrierte er, dass auch Balbok und Corwyn nicht mehr gefesselt waren. Da erst begriff Rammar, dass es nicht der *saobh* gewesen war, der seine Fesseln gesprengt hatte, sondern dass sie schlicht und einfach durchschnitten worden waren – von keiner anderen als Alannah.

»Rasch!«, raunte die Elfin den drei Gefangenen zu. »Beeilt euch. Ich weiß nicht, wann die Wachen wieder zu sich kommen.«

»Die Wachen?« Verblüfft blickte sich Rammar um. Die Zwergenwachen waren verschwunden – erst bei näherem Hinsehen erkannte er, dass sie noch immer da waren. Allerdings lagen sie bewusstlos und jeder mit einer Beule an der Stirn im hohen Gras. Und der Rest des Zwergenhaufens, der drüben am Feuer feierte, kümmerte sich nicht um die Gefangenen; dort herrschte ein fröhliches Trinkgelage.

»Danke.« Corwyn bedachte die Elfin mit einem verwegenen Grinsen. »Das ist Rettung zur rechten Zeit.«

Sie erwiderte sein Grinsen mit einem Lächeln. »Freut mich, wenn ich helfen kann.«

»Ich dachte, wir hätten keinen Vertrag?«

»Haben wir auch nicht.« Sie zuckte mit den schmalen Schultern. »Aber ich suche mir meine Reisegesellschaft nun einmal gerne selbst aus.«

»Guter Standpunkt – aber warum hast du dann die beiden Orks befreit? Du hättest sie gefesselt lassen sollen, dann wären wir sie los.«

Alannah zwinkerte Rammar und Balbok zu. »Die beiden haben mir oben am Eisfluss das Leben gerettet. Ich stand in ihrer Schuld.«

Die Orks tauschten einen verwunderten Blick. Nein, Elfen würden sie wohl nie verstehen.

Rasch und so lautlos, wie es nur irgend ging, stahlen sie sich aus dem Lichtkreis des Feuers. Plötzlich, sie hatten die schützende Dunkelheit schon fast erreicht, machte Balbok noch einmal kehrt.

»Was ist?«, flüsterte Rammar.

»Ich habe was vergessen«, erwiderte Balbok und huschte in gebückter Haltung davon, zurück zu der Stelle, wo sie gefesselt im Gras gelegen hatten – und Rammar griff sich an die Stelle am Hinterkopf, wo sich bei Orks das Hirn befindet, als er sah, dass sein Bruder die Standarte holte, die dort noch im Boden gesteckt hatte.

In diesem Moment kam einer der Posten wieder zu sich. Grummelnd erwachte der Zwerg und hob sein Haupt – worauf Balbok ihm kurzerhand den Schaft der Standarte über den Schädel zog. Es gab einen dumpfen Laut, der Zwerg verdrehte die Augen und tauchte wieder ein ins Reich der Träume, und Balbok gesellte sich auf leisen Sohlen zurück zu den anderen.

»Bist du verrückt?«, zischte Rammar. »Unsere Entdeckung zu riskieren nur wegen dieses dämlichen Dings?«

»Ein Ork marschiert nicht ohne Standarte!«, stellte Balbok klar. »Außerdem haben wir keine Waffen – und du weißt, wozu dieses Ding fähig ist.«

»Die Waffen holen wir uns zurück«, flüsterte Alannah. »Auf der anderen Seite des Lagers werden sie aufbewahrt, in der Nähe der Boote.«

»Dann nichts wie hin«, knurrte Corwyn, und sie schlichen davon.

»Rammar?«, flüsterte Balbok.

»Ja?«

»Meinst du das wirklich?«

»Was?«

»Dass ich eine Zierde des Orkgeschlechts bin?«

»Verdammt noch mal, halt die Klappe, du elender *umbal!* Ich rede nicht mehr mit dir, schon vergessen?«

# 3.

# KOLL UR'TROWNA

Bevor sie aus dem Lager der Zwerge flüchteten, holten sie sich noch ihre Waffen. Oder besser gesagt: Corwyn übernahm dies nach einem kurzen, aber heftigen Streit, und er gab Rammar und Balbok danach ihre Waffen nicht zurück, sondern behielt die Axt und den *saparak* – als Pfand, wie er es nannte. Natürlich protestierte Rammar, fügte sich dann aber aus Sorge, doch noch die Zwerge auf ihre Flucht aufmerksam zu machen, wenn sie erneut stritten.

Leise bestiegen sie eines der Boote, machten es los und ließen sich von der Strömung treiben. Erst als sie den Schein des Zwergenfeuers und das Gegröle der Betrunkenen weit in der Dunkelheit zurückgelassen hatten, griffen sie nach den Rudern.

Mit kurzen, aber kräftigen Schlägen trieben sie das Boot flussabwärts, bis zu jener Biegung, wo sich der Eisfluss nach Osten wendet und Andaril entgegenstrebt. Ein schmaler Nebenarm jedoch führte weiter nach Süden in die Ebene von Scaria.

Sie folgten diesem Wasserlauf, froh darüber, dass er ihnen viele mühsame Wegstunden ersparte; es entging ihnen jedoch nicht, dass etwas ganz und gar nicht stimmte: Je weiter sie nach Süden gelangten, desto weniger Wasser führte der Fluss. Immer weiter verzweigte er sich, bis er schließlich in der Weite der Steppe zu versickern schien und das Boot schabend auf Grund lief.

»Verflucht!«, murrte Corwyn. »Wie ist das möglich? Ein Fluss kann nicht einfach verschwinden, das ist gegen jedes Gesetz der Natur.«

»Es ist die Nähe des Waldes, die dies bewirkt«, erklärte Alannah. »Der Fluch, der über Trowna liegt, wirkt auch hier im Norden und hält das Wasser, das Urelement des Lebens, fern. *Vanyanen* nennen wir den Eisfluss in unserer Sprache – das Verschwundene Wasser.«

»Bah«, machten Rammar und Balbok wie aus einem Munde. Der Hagere fügte ein verächtliches »Elfenzauber!« hinzu, was nichts daran änderte, dass die vier ihre Reise zu Fuß fortsetzen mussten. Das Boot ließen sie zurück und schulterten das wenige Gepäck, das sie hatten. So ging es weiter.

Es war eine seltsame Gruppe, die dem großen Wald entgegenmarschierte: zwei Orks, ein Mensch und eine Elfin, von einer eigenartigen Laune des Schicksals zusammengeführt und aneinander gekettet durch ein gemeinsames Ziel – Tirgas Lan, die Verborgene Stadt.

Rammar und Balbok wollten dorthin, weil sie wieder die Möglichkeit witterten, sich selbst des Schatzes zu bemächtigen. Corwyn, weil er in der Verborgenen Stadt nicht nur den Schatz, sondern auch den Sinn seines schäbigen Daseins zu finden hoffte. Alannah, weil sie einerseits wissen wollte, was es mit dem Geheimnis auf sich hatte, das sie ihr Leben lang gehütet hatte – und weil sie andererseits etwas verspürte, das ihren müden Geist mit neuer Lebensfreude erfüllte …

Die Hügel und Felsen des Scharfgebirges lagen inzwischen weit hinter ihnen. Durch karges Grasland marschierten sie nach Süden. Da sie keinen Proviant bei sich führten – den Orks knurrten schon wieder die Mägen – legten sie am Morgen nur eine kurze Rast ein. Sobald Orthmar und seine bärtigen Spießgesellen merkten, dass die Gefangenen und die Elfin getürmt waren, würden sie die Verfolgung aufnehmen, und inmitten der weiten Steppe gab es nirgends einen Ort, an dem man Zuflucht finden und wo man sich verbergen konnte. Die Flüchtlinge mussten also weitermarschieren, ob es ihnen gefiel oder nicht; erst wenn die schützenden Bäume des Waldes sie umgaben, durften sie sich ausruhen. Selbst Rammar leuchtete das ein, der in der kleinen Kolonne hinter Alannah marschierte. Hinter ihm kam Balbok, während Corwyn die Nachhut bildete, denn obwohl Rammar und Balbok unbewaffnet waren, wollte er die beiden Orks immer im Blick haben.

Rammar latschte hinter der Elfin her und versuchte einmal

320

mehr, aus ihr schlau zu werden. Ihr Gewand war noch immer weiß und wirkte völlig unberührt, und es flatterte wie ein Banner in dem Wind, der beständig über die Steppe wehte. Warum, in aller Welt, hatte Alannah seinen Bruder und ihn befreit? Hätte ihr Hass auf ihre Entführer nicht ungleich größer sein müssen als die Schuldigkeit, die sie ihnen gegenüber empfand, weil sie ihr das Leben gerettet hatten? Ein Ork wäre niemals auf den Gedanken verfallen, jemandem zu helfen, nur weil der ihm geholfen hatte. Ein jeder muss selbst sehen, wo er bleibt – das ist etwas, das kleinen Orks schon ganz früh beigebracht wird.

Vielleicht war die Elfin für sich ja zu dem Schluss gelangt, dass die Gesellschaft einer Horde Zwerge tatsächlich noch schlimmer war als die zweier Orks und dass es ärgere Verbrechen gab als ein bisschen Entführung hier und ein wenig Plünderung dort. Schließlich hatte sie auch Corwyn befreit, obwohl Alannah allen Grund gehabt hätte, ihm zu zürnen. In Ermangelung einer entsprechenden Vokabel hatten Rammar und Balbok sich nicht für ihre Befreiung bedankt – was nicht bedeutete, dass sie nicht froh darüber waren. Doch Rammar wusste einfach nicht, welche Laune die Elfin dazu getrieben hatte; sie und ihre Beweggründe waren noch immer undurchschaubar für ihn.

Rätselhaft war das …

Den ganzen Nachmittag über sann Rammar über das merkwürdige Verhalten von Elfen und Menschen nach, und als sich aus dem dunkelgrünen Band im Süden endlich die Formen einzelner Bäume schälten, da traf ihn die Erkenntnis wie ein Axthieb.

»Das ist es!«, zischte er Balbok zu. »Ich denke, ich weiß jetzt, was hier los ist.«

»Du sprichst wieder mit mir?«, fragte Balbok verwundert. Seit sie aus dem Lager der Zwerge geflohen waren, hatte Rammar kein Wort mit ihm gewechselt.

»Das muss ich wohl, *umbal*. Ist ja sonst keiner da, mit dem ich reden könnte!«

»Das freut mich.« Balbok lachte gurrend.

»Freu dich nicht zu früh«, erwiderte Rammar so leise, dass Corwyn und Alannah ihn nicht hören konnten. »Wenn es stimmt, was ich vermute, haben wir beide nichts zu lachen.«

»Wieso? Was ist denn los?«

»Sag bloß, du hast es nicht bemerkt.«

»Nein, was denn?«

»Das sieht dir mal wieder ähnlich. Rennst mit offenen Augen blind durch die Gegend. Ich habe selbst eine Weile gebraucht, um darauf zu kommen, aber inzwischen bin ich mir ziemlich sicher: Das Milchgesicht und das Spitzohr haben sich ineinander verschossen.«

»Verschossen?« Balboks hohe Stirn zerknitterte sich. »Aber ich sehe nirgends Pfeile ...«

»*Umbal*, so meine ich das nicht. Es ist diese seltsame Sache, von der bei den Menschen immerzu die Rede ist. In unserer Sprache gibt es kein Wort dafür, aber die Menschen nennen es ... nennen es ... Verdammt, wie war doch gleich das Wort? Es beginnt mit L, wenn ich mich recht entsinne ...«

»*Lüge?*«, nannte Balbok das erste Wort, das ihn in der Menschensprache einfiel und das mit L begann.

»Nein.«

»*Lanze?*«

»Auch nicht.«

»*Leberwurst?*«

»Schmarren. Jetzt weiß ich's wieder: *Liebe* nennen sie es. Es verwirrt ihre Sinne und sorgt dafür, dass sie sich völlig entgegen ihrer Natur benehmen. So verschlagen und widerwärtig sie sonst sind, wenn sie verliebt sind, werden Menschen und Elfen zu sanften Lämmern.«

»Du meinst, es ist eine Art Krankheit?«

»Natürlich«, zischte Rammar. »Und es erklärt, weshalb die Elfin den Kopfgeldjäger nicht hasst, obwohl sie allen Grund dazu hat. Dieser Mistkerl hat ihr den Kopf verdreht.«

»Den Kopf verdreht?«, wunderte sich Balbok.

»Bildlich gesprochen.«

»Du bist neidisch«, stellte Balbok fest.

»Was bin ich?«

»Neidisch«, wiederholte der Hagere überzeugt.

»So ein Schwachsinn! Du hast Glück, dass ich vom Marschieren müde bin, sonst würde ich dich für diese Frechheit erwürgen. Die Elfin ist mir völlig gleichgültig, kapiert? Soll sie doch mit diesem elenden Orktöter Corwyn ... du weißt schon.«

»Nein.« Balbok schüttelte den Kopf. »Was meinst du denn?«

»Weißt du's wirklich nicht?«

»Was soll ich nicht wissen?«

»*Shnorsh!*«, schnaufte Rammar. Dies war weder der richtige Zeitpunkt noch der richtige Ort, um seinen Bruder über die Tatsachen des Lebens aufzuklären. Andererseits, früher oder später musste er es ja erfahren, und sollten die Zwerge sie doch noch erwischen oder sollten sie in die Gewalt von Graishaks Häschern fallen, sollte Balbok nicht ganz so dumm sterben, wie er geboren worden war.

Rammar ging etwas langsamer, um den Abstand zu der Elfin zu vergrößern, dann erklärte er seinem Bruder mit Flüsterstimme ein paar Dinge, wobei er sich anschaulicher Gesten bediente. Balboks Gesicht wurde dabei lang und länger. Schließlich verzerrte es sich vor Abscheu.

»Das ... ist ja widerlich!«, ächzte er entsetzt.

»Findest du? Was meinst du denn, wie du zur Welt gekommen bist, Schwachkopf?«

»Wie jeder Ork«, war Balbok überzeugt. »Ich sprang aus einer platzenden Eiterbeule Kuruls.«

»Und das glaubst du wirklich?«

»Natürlich – du etwa nicht?«

»Nicht ganz«, brummte Rammar und ging weiter. »Und ich fürchte, es gibt da noch ein paar Dinge, die ich dir bei Gelegenheit erklären muss.«

»Was für Dinge?«

»Sagt mal, ihr beiden!«, rief Corwyn, der hinter ihnen marschierte. »Wofür haltet ihr das hier? Für einen Spaziergang? Schwingt gefälligst die Beine!«

Um seinen Worten Nachdruck zu verleihen, zückte er sein

Schwert und piekte Rammar damit in den *asar* – und der schnitzte in Gedanken eine weitere Scharte in das Kerbholz des Kopfgeldjägers. Wehe, er bekam eine Waffe in die Finger …

»Was für Dinge?«, wiederholte Balbok seine Frage.

»Später!«, vertröstete ihn Rammar.

Alannah war vorausgegangen und wartete bereits am Waldrand, eine helle Lichtgestalt mit wehendem Haar vor dem Dunkel der Bäume. Sie wirkte auf einmal noch um einiges anmutiger und schöner, wie sie so dastand, und ihr Anblick entlockte Corwyn ein leises Keuchen.

»Worauf wartet ihr?«, rief sie ihnen entgegen. »Seht ihr nicht die Wolken, die sich am Himmel zusammenballen? Jeden Augenblick wird es ein Unwetter geben!«

Rammar legte den Kopf in den Nacken und blickte nach oben. Die Elfin hatte Recht: Der Himmel hatte sich zugezogen und verdüstert. Hier und dort war bereits Wetterleuchten zu sehen, und Donner grollte.

»Kurul ist mächtig wütend«, folgerte Balbok.

»Ja«, stimmte Rammar zu. »Vielleicht erschlägt er ja mit ein paar seiner Blitze unsere Feinde.«

Im nächsten Moment zuckte tatsächlich ein Blitz aus den düsteren Wolken hernieder, aber er traf weder Corwyn noch Alannah, sondern eine der hohen Eichen, die den Waldrand säumten. Mit lautem Bersten brach der Baum auseinander, Rauch stieg auf von dem verkohlten Holz.

»Und ihr haltet es für eine gute Idee, jetzt in den Wald zu gehen?«, fragte Balbok.

»Sei unbesorgt«, erwiderte Alannah mit mildem Lächeln. »Trowna ist kein Wald wie andere.«

Damit wandte sie sich um und ging ihnen voraus durch das natürliche, aus Ästen und herabhängendem Moos geformte Tor, durch das sie die dunkle Welt des Waldes betrat. Die Orks wollten ihr folgen, zögerten jedoch plötzlich, denn etwas hielt sie zurück.

Es war wie eine Mauer, die sie spürten – eine Mauer, die sie weder sehen noch ertasten konnten, aber ihre Instinkte signalisierten ihnen mit aller Deutlichkeit, dass da etwas war. Eine unsichtbare Barriere, die den Wald von der Außenwelt trennte und auf deren anderer Seite Tod und Verderben lauern mochten.

»Was ist jetzt wieder?«, fragte Corwyn genervt.

»Gefahr«, sagte Balbok nur.

»Blödsinn, das bildest du dir nur ein, Ork.«

»Er hat Recht«, stimmte Rammar seinem Bruder ausnahmsweise zu. »Ich würde vorschlagen, Kopfgeldjäger, du gibst uns unsere Waffen zurück, damit wir uns verteidigen können, wenn es darauf ankommt.«

»Für wie dämlich hältst du mich, Fettsack? Ihr würdet im nächsten Moment versuchen, mir das Fell über die Ohren zu ziehen, wenn ich euch die Waffen gebe.«

»Mein Wort drauf, dass es nicht so ist«, versicherte Rammar.

»Das Wort eines Orks!« Corwyn schüttelte den Kopf. »Und du erwartest, dass ich darauf vertraue?« Er lachte freudlos auf.

Im nächsten Moment brach das Gewitter los. Heftiger Wind kam auf, die Himmelsschleusen öffneten sich und schickten prasselnden Regen. Es donnerte, dass man meinen konnte, Kurul wollte das Ende der Welt herbeiführen, und blauweiße Blitze zuckten aus den Wolken – sie gingen jedoch alle über der Ebene von Scaria nieder und nicht über dem Wald. Dass das nicht mit rechten Dingen zuging, begriffen selbst die beiden Orks, und mit einem Wort brachte es Balbok auf den Punkt.

»Elfenzauber«, sagte er verächtlich.

»Und wenn schon«, knurrte Corwyn. »Entweder, ihr bewegt euch endlich, oder ich werde euch hier und jetzt erschlagen. Mir ist es egal, aber entscheidet euch rasch, denn ich habe keine Lust, euretwegen bis auf die Haut durchnässt zu werden.«

Rammar und Balbok tauschten einen Blick – und beschlossen, es lieber mit den drohenden Gefahren des Waldes aufzunehmen als mit einem offenbar verrückten Kopfgeldjäger. Indem sie ihren ganzen Willen aufboten, setzten sie einen Fuß vor den anderen und überwanden die Barriere, und im nächsten Moment umfing sie die modrige Dunkelheit des Waldes.

Als hätten sie eine Festung betreten, blieb das Gewitter hinter ihnen zurück. Das Blätterdach war so dicht, dass es den prasselnden Regen fern hielt, das Rauschen des Windes wurde zu einem leisen Wispern, und selbst der Donner war nur noch ein fernes Rumoren. Moos dämpfte jeden Schritt, den die Orks taten, während sie zwischen uralten knorrigen Stämmen marschierten, deren Rinde aussah wie der Panzer eines Drachen.

In ihrem weißen Gewand, das sich leuchtend vom Halbdunkel des Waldes abhob, ging Alannah voraus. Rammar und Balbok folgten ihr zögernd, Corwyn bildete erneut die Nachhut. Rammar, der kurz den Kopf drehte, sah ihm an, dass auch er nervös war. Sein Schwert hatte Corwyn nicht wieder in die Scheide gesteckt, und er blickte sich jedes Mal argwöhnisch um, wenn er ein Geräusch vernahm.

Und es gab viele Geräusche in Trowna.

Anfangs war ab und an noch der Schrei eines Vogels zu vernehmen, aber je tiefer die Wanderer in den Wald vordrangen und je dunkler es wurde, desto unheimlicher und ungewohnter wurden die Laute: dumpfes Gebrüll, das von einem grässlichen Raubtier stammen mochte, dazu der gellende Schrei seines Opfers, hier ein lang gezogenes Kreischen, das den Orks durch Mark und Bein fuhr, dort ein Kichern, das zwischen den hohen Bäumen verhallte. Dazu kamen Geräusche, die der Wald selbst verursachte: ein beständiges Rauschen und Knarren, das daran erinnerte, dass Bäume lebende Wesen sind. Die beiden Orks hassten diesen Wald geradezu. Nicht dass dunkle, modrige Orte ihnen nicht gefielen, aber dieser Wald jagte jedem anständigen Unhold kalte Schauer über den Rücken.

»Das gefällt mir nicht, Rammar«, äußerte Balbok sein Unbehagen, während er widerwillig einen Fuß vor den anderen setzte.

»Ich weiß, Bruder. Mir gefällt es auch nicht.«

»Was habt ihr denn?«, erkundigte sich Corwyn grinsend, obwohl auch in seinen Augen die Angst nistete. Der Kopfgeldjäger hatte sie, obwohl sie sich auf Orkisch unterhalten hatten, verstanden. »Hier ist es feucht und dunkel, und es stinkt nach Fäulnis – da müsstet ihr euch doch wie zu Hause fühlen.«

»*Douk*«, sagte Balbok und schüttelte den Kopf. »Das ist überhaupt nicht wie zu Hause. Das hier ist Elfenwerk!«

»Elfenwerk?« Corwyn lachte auf und sagte wider seine eigene Überzeugung: »Du spinnst doch. Das ist ein Wald wie jeder andere.«

»Der Ork hat Recht«, sagte Alannah, die stehen geblieben war, um auf ihre Gefährten zu warten. »In alter Zeit, noch vor den Tagen des Zweiten Krieges, reichte die Ebene von Scaria bis hinunter zur See. Der Wald entstand erst später – als Bollwerk, um das Reich der Elfen vom Rest der Welt zu trennen, aber auch, um die alte Königsstadt Tirgas Lan zu verbergen.«

»Soll das heißen«, fragte Corwyn verblüfft, »ihr habt einen ganzen Wald wachsen lassen?«

»Keinen gewöhnlichen Wald«, brachte Alannah in Erinnerung. »Trowna ist verwunschenes Land. Ein Fluch lastet auf ihm, der Frevler und Räuber fern halten soll – Frevler und Räuber, wie wir welche sind.«

»Ja«, räumte Corwyn ein. »Aber im Gegensatz zu irgendwelchen dahergelaufenen Frevlern und Räubern kennen wir den Weg.«

»Das ändert nichts an unseren Absichten«, erklärte Alannah. Sie wandte sich wieder um und suchte einen Pfad zwischen den eng stehenden, von Schlinggewächsen und Moos überwucherten Bäumen.

Mit Unbehagen stellten Rammar und Balbok fest, dass in Trowna alles noch einmal so groß war wie anderswo. Die Blätter der riesigen Farne wölbten sich wie ein zweites Dach über ihren Häuptern, und viele Pilze reichten ihnen bis zur Hüfte. Die Orks hofften, dass sich der Riesenwuchs der Pflanzenwelt nicht auch auf die Bewohner des Waldes übertragen hatte. Die Begegnung mit der Riesenspinne steckte ihnen noch in den Knochen.

Verschlungen wand sich der Pfad durch den Wald, und schon bald wurde es so dunkel, dass man keine zehn *knum'hai* weit sehen konnte. Zudem hatten die Orks inmitten all der fremden und verwirrenden Gerüche längst die Orientierung verloren. Wäre Alannah ihnen nicht in ihrem strahlend weißen Kleid vorausgegangen, sie hätten sich längst verirrt.

Schließlich wurde das Gewirr der Schlingpflanzen so dicht, dass kein Weiterkommen mehr möglich war. Corwyn wollte ihnen mit dem Schwert einen Weg bahnen, aber Alannah hielt ihn zurück. »Der Wald selbst muss uns den Weg öffnen«, sagte sie. »Es ist besser, den nächsten Tag abzuwarten.«

Da sie alle müde waren vom langen Marsch, hatte keiner etwas dagegen einzuwenden. Die Orks mussten es sich gefallen lassen, dass der Kopfgeldjäger ein Seil aus Lianen flocht, mit dem er sie an einen Baum band. Corwyn selbst setzte sich mit der Elfin abseits, wo Rammar sie bis spät in die Nacht miteinander tuscheln hörte. Der Ork konnte nicht verstehen, was sie sagten, aber er fühlte sich in seiner Vermutung bestätigt. Zwischen dem Kopfgeldjäger und der Elfin lief diese grässliche Sache ab, die es unter Orks nicht gab und die unter Menschen immer wieder für Ärger sorgte ...

Irgendwann fiel er in einen unruhigen Schlaf, und er wurde von Albträumen geplagt. Darin sah er sich und Balbok wieder in Ruraks Festung. Wieder hingen sie kopfüber von der Decke, und der Zauberer stand vor ihnen, mit wutverzerrtem Gesicht. Er beschuldigte sie, ihn verraten zu haben, und prophezeite ihnen ein übles Ende, und im nächsten Moment ging mit dem Magier eine grausige Verwandlung vor. Die ohnehin dünne Haut in seinem Gesicht platzte weg, verwesendes Fleisch kam darunter zum Vorschein. Seine Augäpfel wurden zu breiigem Schleim, der aus den Höhlen tropfte, und Rurak stieß ein so grässliches Gelächter aus, dass Rammar in Panik zu schreien begann.

Es war sein eigener Schrei, der ihn aus dem Schlaf riss.

Unvermittelt fand er sich auf einer kleinen Waldlichtung wieder. Zu seiner Verblüffung saß er an einen Baum gefesselt, Balbok neben sich. Von Rurak war weit und breit nichts zu sehen, dafür sah Rammar die verständnislosen Gesichter von Corwyn und Alannah.

»Was soll das Geschrei, Fettwanst?«, fuhr der Kopfgeldjäger ihn an. »Willst du jede Kreatur in diesem verdammten Wald auf uns hetzen?«

»Hattest du einen bösen Traum?«, erkundigte sich Alannah

mit wissendem Lächeln, und Rammar war sich auf einmal sicher, dass sie ihnen noch längst nicht alles über den Wald von Trowna erzählt hatte.

»Unsinn!«, log er und schüttelte unwillig den klobigen Schädel. »So pflegen wir Orks am Morgen immer zu erwachen, wenn wir gut geschlafen haben.«

»Wirklich?« Balbok machte ein langes Gesicht. »Dann habe ich noch nie im Leben gut geschlafen ...«

»Tut mir einen Gefallen und erspart mir euer Gequatsche«, murrte Corwyn, während er ihre Fesseln löste. »Alannah sagt, wir haben noch einen weiten Weg vor uns, also werden wir jetzt aufbrechen.«

»Aufbrechen? Wohin?«, maulte Rammar. »Gib es zu, Elfin: Wir haben uns in diesem be*shnorsh*ten Wald verlaufen, und wir sind rings von Schlingpflanzen umgeben.«

»Ach ja?«, entgegnete Alannah. »Hast du dich schon einmal umgeschaut?«

Rammar blickte auf – und zu seinem maßlosen Erstaunen stellte er fest, dass sich ihre Umgebung über Nacht verändert hatte. Die Schlinggewächse waren verschwunden, und die Bäume schienen nicht nur weiter auseinander zu stehen, sondern wirkten auch weniger bedrohlich. Und gewissermaßen als Dreingabe fielen hier und dort einzelne Schäfte von grün schimmerndem Sonnenlicht durch das Blätterdach.

»Wie – wie ist das möglich?«, fragte Rammar verblüfft. Auch Balbok machte große Augen.

»Ich sagte es schon: Der Wald öffnet uns den Weg. Wir mussten ihm nur genügend Zeit lassen.«

»Aber wie ...?«, fragte Rammar, um sich verdrießlich selbst die Antwort zu geben. »Elfenzauber.«

Alannah lächelte. »Für euch Orks ist alles tot, was sich nicht bewegt, nicht wahr?«

»Und nicht nur das«, bestätigte Balbok nickend. »Auch was nicht rauft, säuft und meuchelt lebt nicht wirklich.«

»Ansichtssache«, knurrte Corwyn.

»Schnauze«, brummte Rammar.

»Der Wald lebt«, fuhr Alannah fort, ohne auf Balboks Einwurf einzugehen, »und er wurde nur aus einem Grund zum Leben erweckt: um zu verbergen, was nicht entdeckt werden darf. Der Zweck seines Daseins ist es, Eindringlinge aufzuhalten und ihnen den Weg zu versperren, dafür zu sorgen, dass sie niemals finden, was verborgen bleiben soll. Nur die eine, die den wahren Weg kennt, lässt er passieren, wie es von Farawyn und den Sehern beabsichtigt war.«

»Dich«, mutmaßte Rammar.

»So ist es. Ich kenne den Weg, und der Wald kennt mich, deshalb lässt er uns ungehindert passieren. Verstehst du nun, weshalb die Schlinggewächse über Nacht verschwunden sind?«

Rammar und Balbok tauschten einen missmutigen Blick. »Ja«, antworteten sie einhellig. »Elfenzauber!«

Alannah seufzte und wandte sich um …

Sie packten das wenige, das sie bei sich hatten, zusammen und setzten ihren Marsch fort. In welche Himmelsrichtung sie sich bewegten, war nicht festzustellen, trotz des Sonnenlichts, das hin und wieder durch das Blätterdach sickerte. Erneut ließ Corwyn die Orks vorausgehen, damit er sie im Auge behalten konnte, und an diesem Morgen nahmen Rammar und Balbok noch nicht einmal Anstoß daran, denn die Orks hatten andere Sorgen.

»Ich habe Hunger«, murrte Balbok. »Wenn ich nicht bald was zu essen kriege, kann ich nicht weiter.«

»Ach, du verdammter Vielfraß!«, maulte Rammar. Und etwas leiser fügte er hinzu: »Ich könnte auch einen Happen vertragen.«

»Genau wie ich«, hörten sie Corwyn sagen, der Rammars leise gesprochene Worte vernommen hatte. »Ausnahmsweise sind wir einmal einer Meinung, Fettsack. Wir haben schon seit Tagen nichts Anständiges mehr zwischen die Zähne gekriegt. Wir sollten nach einem Hasen Ausschau halte oder …«

»Hüte dich!«, rief Alannah, die abrupt stehen geblieben war und sich nach ihnen umgedreht hatte. »Das Leben im Wald von Trowna ist heilig. Keiner unschuldigen Kreatur darf ein Leid zugefügt werden – das wäre Frevel!«

»Du hast leicht reden«, entgegnete Rammar. »Du musst ja anscheinend nicht essen, wenn du nicht willst – aber wir. Womit sollen wir deiner Ansicht nach unsere knurrenden Mägen füllen, he?«

»Die Wurzeln dieser Pflanze« – sie deutete auf ein Gewächs mit langen grünen Blättern – »sind überaus wohlschmeckend und sehr gesund. Auch viele Pilze und Beeren, die hier im Wald wachsen, sind essbar.«

»Ach ja? Und wie finden wir heraus, welche genießbar sind und welche nicht?«

»Ganz einfach«, versetzte Corwyn gehässig. »Wir lassen dich vorkosten. Wenn du dann draufgehst, wissen wir zum einen, dass wir von dieser Sorte die Finger lassen sollten, zum anderen haben wir dann endlich Ruhe vor dir.«

Rammar fletschte wütend die gelben Zähne. »Das kommt überhaupt nicht infrage. Balbok – du wirst das Zeug probieren, verstanden?«

Ehe ein neuer Streit ausbrechen konnte, sagte Alannah rasch: »Ich werde euch zeigen, welche Pilze man essen kann und welche nicht. Dieser dort zum Beispiel ...«

»Der hier?« Rammar riss das kopfgroße Gewächs aus dem Waldboden und wollte sogleich seine Hauer hineinschlagen.

»... ist so giftig, dass selbst der Magen eines Orks ihn nicht verträgt. Innerhalb von Augenblicken führt sein Gift zu einem qualvollen Tod.«

»Na los, worauf wartest du?«, forderte Corwyn grinsend. »Beiß schon hinein!«

»*Douk.*« Rammar ließ den Pilz fallen. »Hast du einen besseren Vorschlag, Elfin?«

»Jene dort«, gab Alannah zur Antwort und deutete unter einen Farn, wo gut zwei Dutzend winzig kleiner Pilze auf einer grünen Moosdecke wuchsen, »schmecken nicht sehr gut, sind aber immerhin nicht giftig.«

»Aha«, machte Balbok ein wenig enttäuscht. »Gibt es nicht auch große Pilze, die ungiftig sind?«

Sie schüttelte den Kopf. »Trowna ist ein Ort der Prüfung. Bescheidenheit wird hier belohnt, hingegen führt Gier in jeder

Form früher oder später zum Tod. Das solltet ihr alle euch merken.«

Murrend machten sich die Orks und der Kopfgeldjäger über die kleinen Pilze her, auch wenn sie freilich kaum mehr waren als ein kleiner Appetitanreger – so glaubten die drei jedenfalls. Sobald sie jedoch darauf herumkauten, schienen sich die Bissen auf wundersame Weise im Mund zu vermehren, und nachdem sie einige davon gegessen hatten, fühlten sie sich, als hätte jeder von ihnen einen halben Eber verschlungen.

»Und?«, erkundigte sich Alannah, die ihnen beim Essen zugeschaut hatte. »Geht es euch besser?«

»Und ob«, versicherte Balbok. »Mein Magen gibt nicht mehr einen einzigen Ton von …«

In diesem Moment war ein Laut zu hören, unmenschlich und durchdringend. Ein Gebrüll, wie keiner der vier Wanderer es je zuvor vernommen hatte.

»Bei Kuruls Flamme!«, stieß Rammar hervor. »Dafür, dass er angeblich keinen Ton mehr von sich gibt, rumort dein Magen aber ganz schön.«

»Das war nicht mein Magen«, widersprach Balbok. »Ich weiß nicht, was …«

Erneut war das markerschütternde Gebrüll zu hören, gleichzeitig erzitterte der Boden des Waldes. Und als das scheußliche Gebrüll zum dritten Mal erklang, war es noch lauter als zuvor.

»Es kommt hierher!«, rief Corwyn und riss sein Schwert heraus. »Was immer es ist, es kommt auf uns zu!«

Erneut ein Brüllen, wild und schrecklich, begleitet von Bersten und Krachen. Irgendetwas bahnte sich machtvoll einen Weg durch den Wald. Etwas sehr Großes …

»Du hast Recht«, flüsterte Alannah atemlos. »Bleibt, wo ihr seid, und bewegt euch nicht. Verhaltet euch ganz still, hört ihr? Wagt nicht einmal zu atmen.«

»Wieso?«, fragte Balbok. »Was ist das?«

»Etwas Böses«, erwiderte die Elfin mit Flüsterstimme.

Das Bersten und Krachen und Splittern näherte sich immer mehr, der Boden erzitterte unter stampfenden Schritten, und noch einmal war das urweltliche Gebrüll zu vernehmen – dann brach das blanke Grauen aus dem Wald!

»Ein Troll!«, rief Rammar mit heiserer Stimme. Aber das war nur die halbe Wahrheit – denn die riesige Kreatur, die umstehende Baumstämme knickte wie morsche Äste, war der größte und fürchterlichste Troll, dem der Ork je begegnet war.

Trolle sind an sich schon Furcht erregende Kreaturen – beinahe dreimal so groß wie ein Ork, mit wild wucherndem Haar und einer dicken grauen Haut, die sie gegen Pfeile und *saparak'hai* schützt. Vor diesem Troll jedoch hätten vermutlich sogar seine eigenen Artgenossen aus dem nördlichen Schwarzgebirge Reißaus genommen.

Es war kein Bergtroll und auch keiner von den Eistrollen, die sich weit im Norden herumtrieben, sondern ein Waldtroll von geradezu riesenhafter Größe; Rammar schätzte, dass er rund doppelt so groß war wie ein gewöhnliches Exemplar. Seine Hornhaut war so dick, dass sie an vielen Stellen seines muskulösen, vor zerstörerischer Kraft strotzenden Körpers einen Panzer bildete. Hier und da war sie von Moos überwuchert, was darauf schließen ließ, dass dieser Troll schon sehr, sehr alt war. Seine Arme waren im Gegensatz zu seinen kurzen säulenartigen Beinen sehr lang und reichten selbst bei aufrechter Haltung bis zum Boden. Die linke Pranke war zu einer mörderischen Faust geballt, mit der der Troll wütend um sich hieb und den Wald ringsum zu Kleinholz schlug, die rechte hielt eine Keule, und wo sie niederging, blieb ein erdiger Krater zurück.

Aus dem riesigen Maul seines breiten Schädels drang nicht nur markerschütterndes Gebrüll, sondern auch grässlich stinkender Atem, und zwischen den gelben Zähnen steckten noch die Überreste vorangegangener Mahlzeiten. Trolle sind dafür bekannt, dass sie alles fressen, was sie zwischen die mächtigen Kiefer bekommen: Menschen, Tiere, Gnomen – und sogar Orks.

Vor Entsetzen wie erstarrt standen die vier unfreiwilligen Gefährten auf der Lichtung, während das Auge des Trolls auf sie starrte – anders als seine Artgenossen im Gebirge hatte dieser Troll nämlich nur ein einziges, das in der Mitte seiner Stirn saß, blutunterlaufen und mit mordlüsternem Blick.

Vielleicht hatte der Troll mit einem größeren Gegner gerechnet. Denn die Keule zum vernichtenden Schlag erhoben, hielt er für einen Moment inne und grunzte verächtlich.

»*Shnorsh!*«, knurrte Rammar.

Dann fiel die Keule herab, und in die vier Wanderer, die bisher reglos dagestanden hatten, kam schlagartig Leben. Rammar und Balbok ließen sich nach der einen Seite fallen, Corwyn nach der anderen, Alannah riss er dabei mit sich.

Die Gefährten spürten den Luftzug der Keule, die sie nur um Haaresbreite verfehlte, und ebenso das Beben, als die mächtige Trollwaffe einen Krater in den Waldboden schlug; dort würde so bald nichts mehr wachsen.

Mit wüsten Verwünschungen auf den Lippen rollte sich Rammar ab und sprang wieder auf die kurzen Beinen, ebenso Balbok, die Standarte in den Klauen.

Wieder flog die Keule heran, diesmal in einem waagerecht geführten Schlag, der alles Leben vom Waldboden wischen sollte. Während Alannah in die Höhe sprang und sich zu aller Verblüffung mit einem Salto außer Reichweite der Keule brachte, wichen die Orks und der Kopfgeldjäger dem Hieb auf weniger elegante Weise aus; sie warfen sich zu Boden – wobei die Orks in einer großen Schlammpfütze landeten.

Der stinkende Pfuhl hieß die beiden willkommen, aber anstatt sich darüber zu ärgern, wirkte das unfreiwillige Bad im Schlamm wie ein Lebenselixier auf die Orks. Der Gestank erinnerte sie an zu Hause und bestärkte sie in ihrem Wunsch, in die Modermark zurückzukehren – und dieser Wunsch war so stark, dass er die Furcht vor der grässlichen Kreatur besiegte.

Triefend vor Schlamm schossen die Orks wieder in die Höhe, bereit, sich dem Troll zum Kampf zu stellen – aber wie, ohne Waffen?

»Kopfgeldjäger!«, schrie Rammar über das wütende Gebrüll des Trolls hinweg, der sich zu einem neuerlichen Angriff herumwarf und dabei eine ganze Reihe Bäume entwurzelte. »Gib uns unsere Waffen zurück! Rasch!«

»Vergiss es, Ork!« Corwyn griff nach Pfeil und Bogen. »Mit diesem Ungetüm werde ich allein fertig!«

Schon ließ er zwei Pfeile in rascher Folge von der Sehne schnellen. Sie trafen die Brust des Trolls, vermochten die dicke Panzerhaut dort jedoch nicht zu durchdringen und prallten wirkungslos ab.

»Was du nicht sagst«, versetzte Rammar säuerlich.

Im nächsten Augenblick flog die Keule wieder heran, diesmal begleitet von der Faust des Trolls, und eine wahre Kanonade an Schlägen setzte ein. Nicht nur, dass die Gefährten den mörderischen Hieben ausweichen mussten, auch Bruchstücke von Bäumen und Wurzeln flogen durch die Luft, einige davon so spitz, dass sie einen Menschen oder Ork mühelos pfählen konnten.

Balbok bückte sich und entging so einem der tödlichen Geschosse, das über ihn hinwegsauste. Als er wieder hochkam, hatte er plötzlich einen Geistesblitz: Noch immer hielt er die Standarte Ruraks des Zauberers, und hatte die seinem Bruder und ihm nicht schon zweimal das Leben gerettet? Den Schaft mit beiden Klauen umklammernd, sprang Balbok kurz entschlossen auf den Troll zu, hielt ihm die schwarze Kugel am Ende des Stabs entgegen.

»Sieh her, du hässlicher *umbal*!«, brüllte der hagere Ork, insgeheim ganz glücklich darüber, dass ausnahmsweise einmal *er* jemanden einen Idioten schimpfen konnte. »Siehe die magische Kugel und verzweifle, Elender!«

Der Troll, der gerade auf den am Boden liegenden Corwyn hatte einschlagen wollen, fuhr herum. Dampfender Atem drang aus seinen Nüstern, und offenbar wusste die riesige Kreatur nicht, ob sie bei Balboks Anblick lachen oder einfach nur zuschlagen sollte. Sie entschied sich für Letzteres und hob die Keule, um Balbok mitsamt der Standarte zu zermalmen.

»Balbok!«, brüllte Rammar aus Leibeskräften. »Hau da ab!«

»Nein!«, widersprach Balbok tapfer. »Das Feldzeichen des Zauberers wird mich schützen!«

Doch die Kugel am Kopf der Standarte zeigten nicht den Hauch einer Reaktion, und schon ging die Keule des Unholds nieder.

»*Shnooorsh …!*«, hörte man Balbok noch brüllen, dem in diesem Moment klar wurde, dass er einen der wichtigsten

Grundsätze eines Orkkriegers missachtet hatte – nämlich den, sich niemals, niemals, niemals auf Zauberkraft zu verlassen.

Die Keule fiel auf ihn herab, und Balbok sah bereits seine eigenen zermatschten Überreste daran kleben – als etwas, das aussah wie eine große Kugel, heranschoss, gegen ihn prallte und ihn von den Füßen riss.

Balbok wurde zur Seite geschleudert, schlug der Länge nach hin, und nur wenige Handbreit neben ihm krachte die Keule in den Waldboden, der unter dem entsetzlichen Hieb erbebte. Kein Zweifel: Es wäre Balboks Ende gewesen, hätte ihn die Keule getroffen. Aber zu seiner Verblüffung stellte der hagere Ork fest, dass er noch lebte – und neben ihm lag derjenige, der ihn im letzten Augenblick zur Seite gestoßen hatte.

»Rammar?«, entfuhr es Balbok. Er konnte es kaum fassen, dass sein Bruder die eigene Haut riskiert hatte, um ihn zu retten.

»Das Feldzeichen des Zauberers wird mich schützen!«, äffte Rammar seinen Bruder nach, während er sich auf den Armen hochstemmte. »Das Feldzeichen des Zauberers wird mich schützen!«

»Na ja ...« Balbok zuckte mit den Schultern. »Ich dachte ...«

»Pass auf, *umbal*!«

Wieder fiel die Keule herab. Die beiden Orks spritzten auseinander wie aufgescheuchtes Federvieh – und das keinen Augenblick zu früh. Wie einer von Kuruls vernichtenden Blitzen ging das Holz zwischen ihnen nieder und schlug einen weiteren Krater.

Ein Pfeil, von Corwyn abgeschossen, traf den Troll im Genick, doch erneut prallte das Geschoss an der harten Panzerhaut ab.

»Was bezweckst du damit, Kopfgeldjäger?«, rief Rammar, während er sich auf allen vieren in Sicherheit zu bringen suchte. »Soll sich das Monstrum totlachen?«

»Meine Pfeile treffen ihn«, keuchte Corwyn verblüfft, »doch sie sind wirkungslos!«

»Gib mir den Bogen!«, forderte Balbok. »Ich weiß, wohin ich zielen muss!«

»Kommt nicht infrage! Für wie dämlich ...«

»Gib ihm schon den verdammten Bogen!«, kreischte Alannah, die halb hinter einem riesigen Baum kauerte. »Oder sollen wir alle wegen deines Starrsinns sterben?«

Corwyn starrte unschlüssig zu ihr hinüber, dann zu Balbok, und als sich der Troll mit der freien Faust auf die Brust trommelte und erneut in markerschütterndes Gebrüll verfiel, warf der Kopfgeldjäger dem hageren Ork den Bogen und den Köcher mit den Pfeilen zu, und Rammar erhielt nur ein paar Herzschläge später seinen *saparak* zurück.

»Das wurde auch Zeit«, grunzte der feiste Ork. »Bereit, Balbok?«

»Bereit, Rammar!«

Dann gingen die beiden zum Gegenangriff über. Balbok legte einen Pfeil auf die Sehne und schoss ihn auf den Troll ab.

»Ha!«, rief Corwyn. »Pfeile sind wirkungslos gegen dieses Biest, das siehst du doch!«

Doch der Ork hatte nicht vorgehabt, den Troll mit dem Pfeilschuss zu erlegen, sondern wollte ihn zu sich und seinen Bruder locken, und das gelang ihm. Wutentbrannt fuhr der Troll herum, schwang dabei die Keule und fällte damit einen weiteren Baum, der der mörderischen Waffe im Weg gestanden hatte. Dann stampfte er auf die Orks zu, schnaubend und mit blutunterlaufenem Auge.

»Balbok?«, fragte Rammar, der neben seinem Bruder stand und in dessen Hals sich ein dicker Kloß bildete.

»Keine Sorge!«, erwiderte der Hagere. Einen weiteren Pfeil auf der Sehne, wartete er ab, als hätte er alle Zeit der Welt und als gäbe es keinen wilden Waldtroll, der sie zerschmettern und fressen wollte. Der Wald erzitterte unter jedem Schritt des Ungetüms, und schließlich erhob sich der Troll riesenhaft und bedrohlich vor ihnen.

»Balbok!« Rammar, der bereits zurückwich, wollte sich gerade herumwerfen und Hals über Kopf die Flucht ergreifen – als Balbok den Pfeil endlich von der Sehne schnellen ließ.

Sirrend überwand das Geschoss die kurze Distanz – und bohrte sich geradewegs in das Auge des Trolls!

Es gab ein hässliches Geräusch, als der große Augapfel platzte wie eine überreife Frucht. Blut spritzte fontänenartig aus der Augenhöhle, und der geblendete Troll verfiel in wüstes Geheul. Die eine Pranke auf die Wunde gepresst, aus der das dunkle Blut schoss, und mit der Keule blindlings um sich schlagend, vollführte der Troll einen bizarren Tanz auf der Lichtung, die er zuvor gerodet hatte.

»Worauf warten wir noch?«, brüllte Rammar, dessen Mut schlagartig zurückgekehrt war. »Auf ihn mit Gebrüll!«

Den *saparak* beidhändig und mit der Spitze voraus erhoben, stürmte er mit wildem Geschrei auf den sich wie von Sinnen gebärdenden Troll zu. Der war zwar schwer verletzt, aber noch wilder und unberechenbarer als zuvor. Schon zischte die Keule wieder durch die Luft.

»Rammar!«, rief Balbok warnend.

Im nächsten Moment war ein lautes Klatschen zu hören, als die Keule den fetten Ork erwischte und ihn zur Seite fegte wie ein lästiges Insekt. Kreischend flog Rammar durch die Luft und schlug gegen den Stamm einer mächtigen Eiche. Benommen rutschte er daran nach unten. Der Troll, der registrierte, dass er mit der Keule etwas getroffen hatte, stieß trotz der Schmerzen, die ihn plagten, ein triumphierendes Gelächter aus – aber nicht für lange.

Auf flinken Beinen war Balbok zu Corwyn geflitzt und hatte sich seine Axt geholt. Ausnahmsweise verzichtete er auf einen Kriegsschrei, weil er den Troll nicht vorwarnen wollte.

Im nächsten Moment hatte er das rechte Bein des riesigen Unholds erreicht, und wie ein Holzfäller schwang er die Axt und grub das Blatt tief in das Fleisch des Trolls.

Der kreischte vor Wut und Schmerz. Pfeilspitzen konnten seine Hornhaut nicht durchdringen, doch dem scharfen Blatt einer kräftig geschwungenen Orkaxt vermochte sie nicht zu widerstehen; es durchschnitt nicht nur die Haut, sondern auch Muskeln und Sehnen. Als Balbok die Axt wieder herausriss, spritzte das Blut aus der tiefen Wunde, und sofort schlug der Ork ein zweites und ein drittes Mal zu.

Der Troll hieb um sich, sich wie wild gebärdend, konnte das verletzte Bein jedoch nicht mehr bewegen. Mit der Keule versuchte er, den Angreifer zu treffen, aber auch das gelang ihm nicht, da Balbok sich jedes Mal geschickt zwischen die Beine des Trolls flüchtete, wenn die Keule heranflog – dabei musste er sich hüten, nicht vom gewaltigen Gemächt des Trolls erschlagen zu werden.

Immer wieder hieb der Ork auf das verletzte Bein des Unholds ein, vergrößerte die Wunde mit jedem Hieb – und langte endlich beim Knochen an.

»Achtung, Troll fällt!«, stieß Balbok den traditionellen Warnruf aus, und weit holte er aus, um die Axt ein letztes Mal mit voller Wucht ins Ziel zu senken.

Es gab ein markiges Knacken, als das Axtblatt den Unterschenkelknochen zerschmetterte. Das Bein brach, und der Troll fiel tatsächlich wie ein gefällter Baum.

Mit dumpfem Aufschlag krachte die riesige Kreatur rücklings auf den Boden, noch immer brüllend und wie von Sinnen um sich schlagend. Aber die Reichweite ihrer Hiebe war ungleich geringer geworden.

Unter wütendem Kampfgeschrei stürmten Rammar und Corwyn heran und fielen über den Troll her. Dabei mussten der Ork und der Kopfgeldjäger aufpassen, dass sie nicht auf dem glitschigen Boden ausrutschten, denn aus dem Beinstumpf der Kreatur stürzte literweise dunkles Trollblut, das den Waldboden tränkte und die Lichtung in eine Matschgrube verwandelte.

Während Corwyn ein gutes Dutzend Pfeile in den weit aufgerissenen Rachen des Trolls schoss, sprang Rammar mit einem Satz auf die Brust der am Boden liegenden Kreatur und rammte ihr den *saparak* mit aller Kraft dorthin, wo er ihr Herz vermutete. Wenn er jedoch glaubte, dem Troll damit den Rest zu geben, war er im Irrtum; der stieß ein noch wütenderes Gebrüll aus und bäumte sich mit verzweifelter Kraft auf. Rammar wurde von seiner Brust geschleudert und landete im blutigen Matsch.

»Dummkopf!«, rief Alannah ihm zu. »Weißt du nicht, wo sich bei einem Troll das Herz befindet?«

»Nein«, antwortete Rammar verblüfft und zog den Kopf

ein, um nicht von der ziellos um sich schlagenden Pranke des Trolls erwischt zu werden.

»Egal, wo sein Herz ist!«, brüllte Balbok, und nun sprang er auf den Troll. »Ohne Hirn kann nichts leben!«

Er holte weit aus, ließ die Axt mit aller Kraft niedergehen – und spaltete mit einem Schlag den Schädel des Trolls!

Blut spritzte, Hirnmasse quoll aus dem Spalt im Kopf des Trolls, und dieser bäumte sich noch ein letztes Mal auf, dann sank er zurück und blieb reglos liegen.

Der Kampf war vorbei.

Blutbesudelt und schwer atmend starrten die beiden Brüder auf den Kadaver der Kreatur, die ihrer Reise beinahe ein jähes Ende gesetzt hätte.

»Ohne Hirn kann nichts leben?«, fragte Corwyn listig in die Stille.

»So ist es, oder nicht?«, entgegnete Balbok.

Der Kopfgeldjäger schüttelte den Kopf. »Du selbst bist der beste Gegenbeweis.«

Wieder herrschte für einige Augenblicke Schweigen. Dann konnte Rammar nicht länger an sich halten und prustete los (obwohl es sich für einen Ork nicht schickt, über den Witz eines Menschen zu lachen). Auch Corwyn lachte, und sogar Alannah fiel mit heiserem Kichern ein. Und schließlich musste auch Balbok grinsen, obwohl der Scherz einmal mehr auf seine Kosten gegangen war.

Die Anspannung und die Todesangst, unter der die Gefährten gestanden hatten, brachen sich in erleichtertem Gelächter Bahn, und in der allgemeinen Heiterkeit klopfte der Kopfgeldjäger Rammar versöhnlich auf die Schulter, während der feiste Ork ihm mit der Faust auf die Brust hieb, was unter seinesgleichen als Zeichen der Anerkennung gilt – bis ihnen beiden klar wurde, was sie da taten. Corwyns Hand zuckte zurück, als ihm bewusst wurde, dass er dabei war, sich mit Marenas Mördern zu verbrüdern, und der Ork spuckte aus, als er erkannte, dass er drauf und dran gewesen war, mit einem Menschen Freundschaft zu schließen, noch dazu mit einem, der es auf seinen Skalp abgesehen hatte.

Als wäre ein Blitz zwischen sie gefahren, zuckten sie auseinander, und einen Herzschlag später hatten sie wieder die Waffen erhoben, an deren Klingen noch dunkles Trollblut klebte. Axt und *saparak* auf der einen und Corwyns Anderthalbhänder auf der anderen Seite standen sie sich gegenüber.

»Wusste ich's doch«, zischte der Kopfgeldjäger. »Mir war klar, dass euch hässlichen Mistkerlen nicht zu trauen ist.«

»Und mir war klar, dass es einem nichts einbringt, einem Menschen die Haut zu retten«, hielt Rammar dagegen. »Ohne meinen Bruder wärst du tot.«

»Drauf geschissen. Lieber soll mir ein Troll den Kopf abbeißen, als dass ich mich von einem fetten Ork hinterrücks ermeucheln lasse.«

»Der fette Ork wird dir gleich die Spitze seines *saparak* in die Eingeweide rammen und das gute Stück genüsslich umdrehen.«

»Versuch's nur, Fettsack – vorher hacke ich dir die Arme ab und hole mir deinen Skalp, noch während du krepierst.«

»Nur über meine Leiche!«, stieß Balbok zwischen gefletschten Zähnen hervor und stellte sich schützend vor seinen Bruder.

»Das ist dein Stichwort, Bohnenstange!«

»Milchnase!«

»Hackfresse!«

»Blauauge!«

Einander wie Raubtiere belauernd, traten der Ork und der Kopfgeldjäger aufeinander zu und wollten im nächsten Moment übereinander herfallen, noch immer aufgestachelt von dem Kampf, der hinter ihnen lag – als sich eine in strahlendes Weiß gewandete Gestalt zwischen sie stellte und beide mit tadelnden Blicken bedachte.

»Seid ihr fertig?«, erkundigte sich Alannah.

»Noch nicht«, erwiderte Corwyn, knurrend wie ein hungriger Wolf. »Erst wenn der Skalp dieses Großmauls an meinem Gürtel hängt.«

»Hör auf damit, Mensch!«, wies sie ihn streng zurecht. »Und steck dein Schwert wieder weg!«

»*Korr*«, stimmte Balbok zu. »Gegen mich kommst du ohnehin nicht an, also versuch's erst gar nicht.«

»Und du«, wandte sich Alannah mit nicht weniger strafendem Tonfall an den Ork, »senk deine Axt, und zwar sofort!«

»Was? Aber …«

»Wofür haltet ihr euch eigentlich? Übersteht den Angriff eines Waldtrolls, um im nächsten Moment wie von Sinnen übereinander herzufallen? Habt ihr noch immer nicht begriffen, dass wir aufeinander angewiesen sind? Ob es euch gefällt oder nicht, das Schicksal hat euch zu Verbündeten gemacht. Entweder ihr akzeptiert das endlich, oder ihr werdet schon bald tot sein. Im Vergleich zu den Gefahren, die innerhalb der Mauern von Tirgas Lan lauern, ist der Kampf gegen einen Waldtroll nämlich reiner Zeitvertreib.«

Alannah hatte mit eindringlicher Stimme gesprochen, und weder die Orks noch Corwyn wagten es, ihr zu widersprechen. Noch einen Augenblick zögerten sie, dann ließen sie die Waffen sinken.

»So ist es gut«, sagte Alannah. »Niemand hat etwas davon, wenn ihr euch gegenseitig umbringt. Wir haben ein gemeinsames Ziel, also vergesst euren kleinlichen Streit und denkt daran, weshalb wir hier sind. Noch nie zuvor ist es jemandem gelungen, derart tief in den Wald von Trowna vorzustoßen. Es ist nicht mehr weit bis Tirgas Lan, das kann ich fühlen. Lasst nicht zu, dass euer Hass aufeinander unsere Mission gefährdet.«

»Also schön«, murrte Corwyn und rammte das Schwert in die Scheide zurück.

»Schön«, murrten auch Balbok und Rammar.

Dann setzten sie ihren Weg fort auf dem Pfad, den der Wald ihnen wies.

»Eins verstehe ich nicht, Elfin«, sagte Rammar, während sie an dem toten Troll vorbeischritten. »Wenn der Wald dir den Weg zur Verborgenen Stadt zeigt und angeblich nichts gegen dich hat, weshalb wurden wir dann angegriffen?«

Alannah sandte ihm einen vieldeutigen Blick. »Ich habe nur von *mir* gesprochen«, erwiderte sie. »Von zwei Orks und einem Kopfgeldjäger war nie die Rede.«

»Willst du damit sagen, der Troll hatte es nur auf uns, nicht aber auf dich abgesehen?«, fragte Rammar erstaunt.

Alannah lächelte. »Genau das.«

Den ganzen Tag lang dauerte der Marsch. Zwischen mächtigen Bäumen, von denen dichte Vorhänge aus feuchtem Moos hingen, und unter Wurzeln hindurch, vorbei an riesigen Pilzen und Farnen, die wie bizarre Torbögen über den Pfad rankten, führte der verschlungene Pfad immer tiefer hinein in den Wald.

Jedes Mal, wenn der Weg vor einer undurchdringlichen Wand aus Dickicht und Moos endete, legte Alannah eine Pause ein, setzte sich auf den weichen Waldboden, schloss die Augen und meditierte eine Weile. Und ohne dass Rammar, Balbok und Corwyn es bewusst wahrnehmen konnten, veränderte sich der Wald und öffnete ihnen einen Weg, auf dem sie ihre Reise fortsetzen konnten.

Das Ganze war den Orks äußerst suspekt.

Und nicht nur, dass sie längst die Orientierung verloren hatten, auch das beständige Knacken und Rauschen, das die modrige Luft erfüllte, beunruhigte sie. Außerdem hatten beide das unbestimmte Gefühl, beobachtet zu werden, doch weder waren Spuren im weichen Boden auszumachen, noch konnte Balbok verdächtige Gerüche aufschnappen.

Unbeirrt schritt Alannah ihnen voraus. Die Elfin schien weder Rast noch Ruhe zu brauchen, im Gegenteil, sie wirkte um so ausgeruhter und erholter, je weiter sie sich der Verborgenen Stadt näherten. Mit einem Troll bekamen die vier Wanderer es zu Rammars Erleichterung nicht mehr zu tun, dafür gab es im Wald allerlei Kleingetier – Schlangen, die sich auf dem feuchten Boden ringelten und die Gefährten anzischten, und Giftspinnen, die zwischen den Bäumen ihre Netze gewoben hatten (aber zu Rammars und Balboks Erleichterung nur die Größe von Kaninchen hatten).

Gegen Abend jedoch – die Dämmerung sorgte bereits dafür, dass der Wald in grauer Dunkelheit versank – kam es zu einem höchst unheimlichen Ereignis.

Müde und erschöpft vom langen Marsch trotteten die Orks und der Kopfgeldjäger hinter der Elfin her, als diese plötzlich stehen blieb, den Kopf in den Nacken legte, die Augen schloss und dann ein einziges Wort flüsterte: »Gefahr!«

In nächsten Moment hatte Balbok ihn in der Nase – den beißenden Geruch von Tod und Verwesung.

Auf einmal war es, als hätte ein riesiger Rachen die untergehende Sonne verschluckt, und ein dunkler Schatten fiel auf die Wanderer. Die Bruchstücke des blutroten Abendhimmels, die hier und dort durch das dichte Blätterdach blitzten, waren plötzlich weg, und ein dumpfes Rauschen erfüllte die Luft.

Das Geräusch verstärkte sich, und die Orks und ihre Gefährten spürten, wie etwas über sie hinwegzog – etwas, das mit riesigen Flügeln durch die Lüfte glitt.

Todesangst griff mit eisiger Klaue nach Rammar, senkte sich in seine Brust, wühlte darin herum und packte schließlich sein Herz. Der feiste Ork gab ein gequältes Ächzen von sich, während er panisch hinaufstarrte zum finsteren Himmel, wo das riesige, bedrohliche Etwas auf einmal zu kreischen begann.

Rammar riss das Maul auf, wollte sein Entsetzen hinausbrüllen – aber ehe auch nur ein Laut seiner Kehle entrinnen konnte, schoss Balboks Pranke heran und versiegelte seinem Bruder den Mund.

»Still!«, zischte Alannah. »Wenn es uns hört, sind wir verloren ...«

Rammar merkte, wie ihm Schweiß auf die Stirn trat, aber er begriff, dass er Ruhe bewahren musste, auch wenn es ihm schwer fiel. Denn die Nähe des ... *Dings* (was immer es auch sein mochte) bewirkte, dass er sich hilfloser fühlte und ängstlicher war denn jemals zuvor: Noch niemals in seinem Leben, weder beim Angriff der Gnomen noch beim Kampf gegen die Riesenspinne oder als er mit dem Berserker die Waffen kreuzte, und auch nicht, als der Eisfluss sie um ein Haar verschlungen hatte, hatte der Ork eine derartige heillose Angst verspürt. Wie ein glühendes Eisen fraß sie sich durch sein bisschen Verstand und schien dort alles auszumerzen, bis nur noch er selbst zurückblieb, allein und nackt und wehrlos.

Obwohl Balbok ihm noch immer die Klaue aufs Maul presste, gelang es Rammar, den Kopf zu drehen, sodass er im Halbdunkel die Gesichter seiner Kameraden sehen konnte – und wie er feststellte, erging es ihnen nicht besser als ihm.

Balboks Visage war lang, seine Wangen hohl und eingefallen, und seine Augen drohten fast aus den Höhlen zu quellen. Corwyns Brauen waren sorgenvoll zusammengezogen, seine Stirn von tiefen Falten zerfurcht. Selbst die Elfin hatte – so schien es – einiges von ihrer Selbstsicherheit verloren; die Schrecken von Trowna hatten es zwar angeblich nicht auf sie abgesehen, sondern nur auf ihre Begleiter, aber wer vermochte zu sagen, ob dieses *Etwas*, was immer es auch war, diesen feinen Unterschied kannte?

Augenblicke verstrichen, die den vier Gefährten wie eine Ewigkeit vorkamen. Das bedrohliche Rauschen kreiste über ihnen, wurde mal leiser und dann wieder lauter – und plötzlich war der Schatten verschwunden und das düstere Rot über den Bäumen wieder zu sehen.

Atemlose Stille blieb zurück, selbst der Wald mit seinem Gesang vom unablässigen Werden und Vergehen schwieg: Das Knarren der Bäume war nicht mehr zu hören, die unheimlichen Kreaturen, die unsichtbar im dichten Unterholz hausten, waren verstummt, das Wispern und Flüstern des Windes schwieg. Erst nach einer Weile fand der Wald zu seiner alten Gewohnheit zurück und Rammar seine Sprache wieder.

»Was, in aller Welt, war das?«, fragte er leise.

»Ich weiß es nicht«, antwortete Alannah. »Der Wald von Trowna birgt viele Geheimnisse, einige davon so alt und schrecklich, dass nicht einmal mein Volk sich daran erinnern mag.«

»Verdammt!«, knurrte der dicke Ork. »Ich hätte mich beinahe ange*shnorsh*t.«

»Ich ebenfalls«, flüsterte Corwyn heiser.

Die beiden schauten sich an, und es dämmerte ihnen, dass sie sich voreinander eine Blöße gegeben hatten. Eine spöttische Bemerkung lag Rammar auf der Zunge, aber er schluckte sie hinunter, zusammen mit dem bitteren Nachgeschmack, den das unheimliche Ereignis hinterlassen hatte.

»Was tun wir jetzt?«, wandte er sich an Alannah.

»Wir werden hier bleiben und unser Nachtlager aufschlagen«, bestimmte die Elfin. Dieser Schatten, dieses seltsame Etwas, schien auch sie beunruhigt zu haben, und möglicherweise wusste sie mehr darüber, als sie zugeben wollte. »Diese Kreatur ist noch immer hier draußen«, sagte sie nur. »Wenn wir weitergehen, laufen wir Gefahr, von ihr entdeckt zu werden. Außerdem wird es bald völlig dunkel sein.«

Keiner ihrer drei Begleiter widersprach; wenn schon die Elfin nicht erpicht darauf war, bei Dunkelheit durch den Wald zu marschieren, so waren es die Orks und der Kopfgeldjäger erst recht nicht. Schon am Tage trieben grässliche Kreaturen im Wald von Trowna ihr Unwesen – wie mochte es dann erst nach Einbruch der Nacht sein?

Da abgemacht war, dass Corwyn die erste Wache übernahm, konnten sich Rammar und Balbok zunächst aufs Ohr legen, wenngleich es nicht einfach sein würde, Schlaf zu finden, nach allem, was sie erlebt hatten. Rammar war sicher, dass er von gefräßigen Trollen und riesigen Schatten träumen würde, es sei denn …

»Was ist mit Feuer?«, fragte er.

»Nicht heute Nacht.« Alannah schüttelte den Kopf. »Es würde die Kreatur anlocken. Das hier« – sie nahm einen Stock, bückte sich und zog einen Kreis um ihr behelfsmäßiges Lager – »wird uns die Nacht über schützen und Unheil von uns fern halten.«

»Wenn du es sagst«, meinte Rammar skeptisch. Insgeheim sagte er sich, dass es besser war, von Elfenzauber beschützt zu werden als überhaupt nicht. Auch Balbok nahm es gleichmütig hin.

Die Elfin bettete sich auf weiches Moos, während sich die Orks ein Lager aus fauligem Laub bereiteten.

»Verdammt«, knurrte Corwyn. »Das stinkt. Müsst ihr elenden Kerle euch immerzu in Schlamm und Fäulnis wälzen?«

»Was hast du dagegen?«, fragte Balbok verwundert. »Schlamm und Fäulnis sind sehr gesund.«

»Für einen Ork vielleicht«, entgegnete der Kopfgeldjäger

übellaunig, »ich muss davon kotzen. Ich hätte dich erschlagen sollen, als ich die Gelegenheit dazu hatte. Oder noch besser wäre es gewesen, ich hätte euch im Lager der Zwerge zurückgelassen.«

»Es lag nicht an dir, das zu entscheiden«, brachte Alannah in Erinnerung.

»Stimmt, sonst wären die beiden Stinker gar nicht hier«, schimpfte Corwyn. »Dabei ist doch völlig klar, weshalb wir von dem Troll angegriffen wurden und warum es diese seltsame Schattenkreatur auf uns abgesehen hat – die Orks sind daran schuld!«

»*Wir* sollen daran schuld sein?«, fragte Rammar entrüstet. »Wieso das denn?«

»Weil ihr Ausgeburten des Bösen seid, deshalb. Die Wächter des Waldes können eure Anwesenheit spüren und versuchen, euch aufzuhalten. Wären die Elfin und ich allein, hätten wir Tirgas Lan vermutlich längst erreicht.«

»Irrtum«, sagte Alannah, noch ehe Rammar etwas erwidern konnte. »Die Orks können nichts dafür, Corwyn.«

»Was? Aber …?«

»Weißt du nicht mehr, was ich euch über Trowna sagte? Der Wald betrachtet *jeden* als Eindringling, egal, ob es sich um einen Menschen, einen Ork oder sonst jemanden handelt. Nur die Hüterin der Karte kann den Wald ungehindert passieren. So steht es in Farawyns Prophezeiung.«

»Das hat mir gerade noch gefehlt«, stöhnte Corwyn. »Tu mir einen Gefallen und verschone mich mit Prophezeiungen. Was als Nächstes kommt, will ich gar nicht wissen.«

Alannah lächelte, dann fragte sie ihn: »Weißt du, was ich denke?«

»Was?«

»Ich denke, dass du in Wirklichkeit ein sehr ängstliches Wesen bist, Corwyn. Und dass deine Furcht der Grund dafür ist, weshalb du dich so feindselig verhältst.«

»Unsinn!«

»Das ist kein Unsinn, und das weißt du. Auch wenn es dir nicht gefällt, Corwyn – du bist nur ein Mensch, und Menschen fürchten sich. Und wenn es dich beruhigt, auch ich hatte Angst, als dieses Ding über uns schwebte, Hüterin hin oder her.«

»Dein Pech.« Corwyn zuckte mit den Schultern. »Ich habe jedenfalls keine Angst. Weder vor diesem Ding noch vor irgendetwas sonst.«

»Sturer Kerl! Wieso willst du es nicht zugeben?«

»Weil es nichts zuzugeben gibt, deshalb.«

»Das ist nicht wahr! Ich kann deine Furcht spüren, und ich spüre auch, dass da noch mehr ist – Wehmut und Trauer ...«

»Elfin!«, knurrte der Kopfgeldjäger drohend. »Ich wäre dir dankbar, wenn du diese Dinge für dich behalten würdest ...«

»Du hast gelernt, deinen Schmerz sorgsam zu verbergen, aber er ist noch immer da. Solange du dich ihm nicht stellst, wirst du ihn nie überwinden.«

»Danke«, knurrte er. »Noch mehr kluge Ratschläge?«

»Wieso hörst du mir nicht zu? Ich will dir helfen.«

»Freundlich von dir, aber ich brauche keine Hilfe.«

»Hohlkopf!«

»Eingebildete Schnepfe.«

»Rohling!«

»Arrogantes Miststück!«

Rammar und Balbok staunten nicht schlecht – der Kopfgeldjäger und die Elfin warfen sich gegenseitig Schimpfworte an den Kopf wie zwei Orks. Dabei war für Rammar ganz klar, warum sich die beiden derart angingen, und aus irgendeinem Grund gefiel ihm der Gedanke nicht.

Damit die beiden Streithähne mit ihrem Gezeter nicht die unheimliche Schattenkreatur anlockten, fuhr er dazwischen. »Sagt mal, ihr beiden«, zischte er, »was soll dieses dämliche Gebalze?«

»Gebalze?«, fragte Corwyn und starrte ihn an.

»Natürlich«, knurrte der Ork. »Ist doch offensichtlich, dass du ein Auge auf die Elfin geworfen hast, und die Elfin findet dich sonderbarerweise nicht so hässlich, wie du tatsächlich bist.«

»Das – das ist Unsinn!«, widersprach Corwyn unbeholfen, aber der Blick, den er und Alannah tauschten, bewies Rammar, dass er ins Schwarze getroffen hatte.

»Anstatt euch zu streiten«, fuhr der dicke Ork fort, »solltet ihr es lieber gleich tun, hier und jetzt. Dann habt ihr's hinter euch.«

»Was meinst du?«, fragte Corwyn, peinlich berührt.

»Was sollen wir tun?«, fragte Alannah errötend.

»Was wohl?« Der Ork grinste schmutzig.

»Du – du meinst ...?«

Rammar nickte. »Am besten tut ihr's in der Schlammgrube dort drüben. Sicher fallen euch da ein paar nette Dinge ein.«

»Was für Dinge?«, fragte Balbok.

»Schnauze!«, brummte Rammar.

»Hab ich dich richtig verstanden?«, fragte Alannah fassungslos. »Du – du drängst uns nicht nur dazu, den Liebesakt zu vollziehen, sondern wir sollen uns dabei auch noch in einer Schlammgrube wälzen?«

»So wie Orks es tun«, bestätigte Rammar, und sein Grinsen wurde noch dreister.

»Du widerwärtige Kreatur!«, rief sie. »Wie kannst du es wagen, einen solch hehren Akt derart in den Schmutz zu ziehen?«

»Nicht Schmutz«, korrigierte der Ork. »Von Schlamm war die Rede.«

»Hast du denn gar kein Feingefühl?«, empörte sich die Elfin.

»Natürlich nicht«, sagte Corwyn. »Er ist ein Ork, und Orks folgen nur ihren Trieben.«

»Was bei dieser Sache auch sinnvoll ist«, meinte Rammar, noch immer breit grinsend.

»Niedere, verabscheuungswürdige Triebe sind das.« Alannahs Züge verzerrten sich vor Verachtung.

»Allerdings«, pflichtete Corwyn ihr bei. »Sie sind primitive Wilde, und sie werden auch nie etwas anderes sein.«

Der Kopfgeldjäger und die Elfin waren sich plötzlich wieder einig. Ihr Streit von vorhin war vergessen – nichts anderes hatte Rammar erreichen wollen.

»*Korr*, ich bin also ein primitiver Wilder«, murmelte er. »Die beiden balzen, dass selbst ein Ork davon rote Ohren bekommt, aber der primitive Wilde bin ich. Verstehst du das, Balbok?«

»Nein«, entgegnete sein Bruder, der reglos auf dem Rücken lag. »Ich verstehe überhaupt nichts. Ich habe Hunger.«

»Ich auch. In diesem verdammten Wald gibt es nichts als zähe Wurzeln und winzige Pilze. Sie hängen mir zum Hals raus.«

»Mir ebenso. Wenn ich da an einen großen Kessel Magenverstimmer denke ...«

»Halts Maul!«, knurrte Rammar.

»Ich kann nichts dafür. Ich sehe ihn schon wieder vor mir, einen riesigen Kessel, mit Ghulaugen und Gnomendärmen drin und ...«

»Halts Maul!«, sagte Rammar, diesmal energischer, und Balbok verstummte tatsächlich. Seinen blitzenden Augen war allerdings anzusehen, dass er sich weiterhin ausmalte, welche Köstlichkeiten der Kessel noch enthalten mochte.

»Eins schwöre ich dir, Rammar«, ergriff er noch einmal das Wort. »Wenn wir hier jemals rauskommen, werde ich den größten Kessel anheizen, den du je gesehen hast, und uns den besten Magenverstimmer kochen, den du je gegessen hast. *Korr*?«

Rammar seufzte – was sollte er darauf erwidern?

»*Korr*«, sagte er leise.

# 4.

# BOL UR'SUL'HAI-COUL

Schmal und scharf wie Schwertklingen durchschnitten die Schiffe der Elfen die Fluten des Ostflusses. Angetrieben von gleichmäßigen Ruderschlägen brauchten die vier Trieren nur wenige Tage, um jene Gegend am Fuß des Schwarzgebirges zu erreichen, wo sich Ostfluss und Westfluss zu jenem Gewässer vereinten, das von Alters her als Grenze zwischen der Modermark und dem Elfenreich galt und daher auch seinen Namen hatte – *glanduin* nannten es die Elfen in ihrer Sprache, *abhaimkroiash* die Orks, Grenzfluss die Menschen.

Zwischen den düstergrauen Hängen des Schwarzgebirges auf der einen und dem drohend grünen Band des Waldes von Trowna auf der anderen Seite wand sich der Grenzfluss nach Norden, durch totes Niemandsland, in das sich nur selten ein Sonnenstrahl verirrte. Graue Wolken, die Überreste eines Unwetters, das weiter im Osten gewütet hatte, verliehen dem Himmel eine Düsternis, die der in Loretos Herzen glich.

Schwermütig stand der Elfenfürst am Bug des Schiffes, das den Verband anführte. Die Galionsfigur, die Hals und Kopf eines Schwans darstellte, erhob sich majestätisch über die Fluten, die vom messerscharfen Bug fast geräuschlos geteilt wurden; zu hören war nur das schlagende Geräusch, mit dem die Ruder der Triere ins Wasser gesenkt und wieder angehoben wurden.

Drei mal dreißig Ruderer auf jeder Seite des Schiffes sorgten dafür, dass es sich mit erstaunlicher Geschwindigkeit gegen die Strömung bewegte – zu schnell für Loretos Geschmack.

Er selbst hatte keine Eile, die Ebene von Scaria zu erreichen, jenes leblose Land, das einst im Herzen des Elfenreichs gelegen hatte. Für ihn war es unverständlich, dass seine Vorfahren ihr Leben gelassen hatten, um diesen trostlosen Flecken Erde den Mächten des Bösen abzutrotzen; seiner Meinung nach hätte man das Land östlich der Modermark den Finsteren überlassen können. Mehr noch: Man hätte ihnen ganz Erdwelt als Dreingabe dazuschenken sollen.

Loreto hatte nie verstanden, was sein Volk an den Sterblichen fand. Ihre Dummheit und Gier – vor allem die der Menschen – waren enorm, und noch nie hatten sie sich dankbar gezeigt für eine der Wohltaten, die die Elfen ihnen angedeihen ließen. Hätte Loreto zu entscheiden gehabt, sein Volk hätte schon vor langer Zeit *amber* verlassen und Glück und Zufriedenheit an den Ufern der Fernen Gestade gesucht.

Immerhin war das Schicksal gnädig genug, ihn in einer Zeit leben zu lassen, in der auch unter den Idealisten seines Volkes allmählich Ernüchterung eintrat. Den Elfen war bewusst geworden, dass sie ihre Zeit verschwendet hatten, dass man Menschen und Zwerge, Orks und Gnomen besser sich selbst überließ, und endlich kehrten sie zu jenem Ort zurück, von dem sie einst gekommen waren.

Diese neue Nüchternheit unter den Elfen hatte freilich auch ihre Nachteile. Loreto blutete das Herz, wenn er daran dachte, dass das Schiff, mit dem er nach den Fernen Gestaden hatte aufbrechen wollen, ohne ihn auslief und dass der Vorsitzende des Hohen Rats der Elfen seinen Platz einnahm, während er selbst diese Mission zu erfüllen hatte.

Wo waren die alten Werte geblieben?

Loreto verwünschte Aylonwyr für seine Dreistigkeit, und er ertappte sich dabei, dass ihm Gedanken kamen, die eines Elfenfürsten nicht würdig waren. Nicht nur, dass der Ratsälteste ihn dazu nötigte, zurückzubleiben, während er sich selbst nach den Fernen Gestaden absetzte – er zwang ihn auch noch zu einem Wiedersehen mit Alannah, und das war fast noch schlimmer. Genau das hatte Loreto nämlich vermeiden wollen, aus diesem Grund hatte er seiner Geliebten ja den Brief geschickt, in dem er ihr erklärt hatte, dass es aus war zwischen ihnen und er sein Glück in einer neuen Welt suchen wollte.

Er wollte nicht in ihr entsetztes Gesicht blicken und die

Tränen der Enttäuschung und Verzweiflung sehen. Auf diese Weise war es um vieles einfacher, ein reines Gewissen zu behalten, das Voraussetzung war, wollte man den Fuß auf die Fernen Gestade setzen. Wer nämlich kein reines Gewissen hatte, der wurde von den Hütern des Eilands zurückgewiesen.

Aber es war alles anders gekommen: Alannah war aus Shakara entführt worden, und Loretos Auftrag lautete eigentlich nicht, sie aus der Gewalt der Unholde zu befreien. Nein, Aylonwyrs Anweisungen waren in dieser Hinsicht eindeutig gewesen: Die Hohepriesterin musste *um jeden Preis* daran gehindert werden, ihr Geheimnis zu verraten – auch wenn dies bedeutete, ihren Mund für immer zu versiegeln!

Der Gedanke ließ Loreto bis ins Mark erschaudern. Würde er es tun können? War seine Loyalität Aylonwyr und dem Rat gegenüber groß genug für einen Mord?

Entschieden schüttelte der Elfenfürst den Kopf.

Die Frage stellte sich nicht.

Er hatte einen Befehl des Hohen Rates auszuführen, und es kam ihm nicht zu, diesen infrage zu stellen. Wenn Alannah tatsächlich mit dem Feind kollaborierte und das Geheimnis verraten wollte, das sie ihr Leben lang gehütet hatte, so hatte sie den Tod verdient – er, Loreto, war dabei nicht mehr als der ausführende Arm der Gerechtigkeit. Wenn er den Wunsch des Rates zu dessen vollster Zufriedenheit ausführte, würde er sich zudem an Bord des nächsten Schiffes befinden, das den Hafen von Tirgas Dun verließ.

Nur darum ging es.

Das Ziel waren die Fernen Gestade.


Die Mauern von Tirgas Lan tauchten so unvermittelt aus dem Grün des Urwalds auf, dass die Wanderer wie versteinert verharrten.

Der unsichtbare Pfad schien sich in Dickicht und Schlinggewächsen zu verlieren, doch im nächsten Moment war es, als würde ein Vorhang aus Moos und grünen Blättern beiseite gezogen, um sodann den Blick auf etwas freizugeben, das größer und eindrucksvoller war als alles, was Rammar und Balbok je gesehen hatten.

Keine Orkfeste, und war sie noch so mächtig und finster, konnte es mit Tirgas Lan aufnehmen: Mauern, so riesenhaft und trutzig, dass es einem den Atem raubte, wuchsen vor ihnen in die Höhe, gekrönt von schlanken Zinnen. Dahinter ragten Türme auf, deren Kronen teils eingefallen waren; einst hatten bunte Banner auf ihnen im Wind geflattert und von der Macht der Elfen gekündet – geblieben waren nur leere Fahnenstangen, die sich wie knochige Finger in den dunklen Himmel reckten.

Das Gestein der Festungsmauer war schwarz und von Rissen durchzogen; es erinnerte mit seiner löchrigen Oberfläche an einen Schwamm. Ein Feuer, das heißer gewesen war als alles, was Orks oder Menschen entfachen konnten, musste diesen Schaden angerichtet haben.

Die gesamte Festung schien von teeriger Schwärze überzogen; durchbrochen wurde sie nur dort, wo der Urwald begonnen hatte, das Terrain zu erobern: Dort wucherten Moosflechten und Wurzeln an der Festungsmauer empor, und von den Türmen hingen Schlinggewächse herab. Fast hatte es den Anschein, als wollte der Wald die Anlage ersticken; von allen Seiten drängte die grüne Flut heran, schien die Festung ausmerzen und für alle Zeiten vergessen machen zu wollen.

»Bei den Würmern in Torgas Gedärmen!«, stieß Rammar atemlos hervor. »Das ist wirklich die größte Festung, die man je in *sochgal* errichtet hat.«

»Da bin ich zur Abwechslung mal deiner Meinung, Orkfresse«, stimmte Corwyn nicht weniger staunend zu.

»Dies ist Tirgas Lan«, sagte Alannah, »die alte Königsfestung, Stadt und Burg zugleich, die einst das Zentrum des Elfenreichs war.«

Selbst aus ihrer sonst so ruhigen Stimme war die Aufregung herauszuhören. Zum ersten Mal in ihrem Leben sah die Hohepriesterin von Shakara jene Feste, deren Schutz ihr ganzes bisheriges Leben gegolten hatte. Der Zahn der Zeit hatte an den Mauern und Türmen genagt, aber noch immer umwehte die Festung ein Hauch der alten Macht.

»Farawyn«, flüsterte Alannah ehrfürchtig. »Hier war es, wo die letzte Schlacht gegen Margok geschlagen wurde. Hier trafen die Streiter des Guten und die Diener des Chaos zum letzten Mal aufeinander. Ihr Blut tränkte diesen Boden, und dieser Saat entwuchs der Wald von Trowna.«

»Kein Wunder«, kommentierte Balbok, »wenn in diesem verdammten Wald so viel Ungeziefer unterwegs ist.«

»Warum ist der Stein so brüchig?«, wollte Balbok wissen.

»Lass dich von deinen Augen nicht täuschen, mein einfältiger Begleiter«, riet ihm die Elfin. »Die Mauern von Tirgas Lan haben Drachenfeuer und schwärzester Magie getrotzt, und sie stehen noch immer. Selbst die Zerstörungswut der Orks vermochte sie nicht einzureißen.«

»Das wollen wir mal sehen«, brummte Rammar trotzig. »So baufällig, wie das aussieht, brauche ich nur mal kräftig dagegenzuschlagen!«

»Wie ich schon sagte: Trau deinen Augen nicht«, mahnte ihn die Elfin. »In Farwyns Weissagung heißt es, dass derjenige, der Einlass in Tirgas Lan begehrt, ohne auserwählt zu sein, die Stadtfestung niemals betreten kann.«

»Was soll das Gerede?«, maulte Rammar. »Wo ist der Eingang, dann zeige ich dir …«

»Nach einem Eingang brauchen wir nicht lange zu suchen«, unterbrach ihn Corwyn. »Wir werden uns ein Tau aus Lianen flechten und daran über die Mauer klettern.«

»Das wäre nicht ratsam«, meinte Alannah.

»Weshalb nicht?«

»Seit Jahrhunderten hat niemand mehr die Verborgene Stadt betreten. Ein Fluch liegt über ihr, der erst gebrochen wird, wenn das Große Tor von dem Auserwählten geöffnet wird. Dann erlischt auch der Fluch des Waldes. Das Tor ist der einzige Weg ins Innere der alten Königsstadt. Jeder andere Versuch, hineinzugelangen, endet tödlich.«

»Na schön«, brummte Corwyn. »Und wo finden wir dieses Tor?«

»Irgendwo entlang dieser Mauer«, vermutete die Elfin. »Ich schlage vor, dass wir uns trennen. Die Orks gehen links,

Corwyn und ich nehmen uns die rechte Seite vor. Wer das Tor zuerst findet, der wartet auf den jeweils anderen.«

»Von wegen«, widersprach Rammar. »Wir sind ja nicht dämlich. Als Priesterin von Shakara kennst du den Laden hier doch in- und auswendig. Sobald ihr das Tor findet, wirst du es öffnen und dich mit dem Milchgesicht verdrücken, und mein Bruder und ich haben dann das Nachsehen.«

»Nein, ich …«

»Ich sage dir, wie wir es machen, Elfin – wir bleiben alle zusammen, ob es euch passt oder nicht.«

Alannah seufzte und warf Corwyn einen bedauernden Blick zu, der deutlich verriet, dass sie nichts dagegen gehabt hätte, eine Weile mit ihm allein zu sein. Schließlich jedoch willigte sie ein, und auch der Kopfgeldjäger hatte keine Einwände – wohl weil er die Orks auf diese Weise weiterhin unter seiner Aufsicht hatte.

Entlang der von üppigem Grün bewachsenen Mauer, die sich zu ihrer Linken erstreckte, begannen die vier ungleichen Gefährten ihre Suche nach einem Eingang ins Innere der Stadtfestung.

Unterwegs dämmerte Rammar, weshalb Tirgas Lan sowohl Festung als auch Stadt gewesen war. Die Anlage war befestigt wie eine Burg, mit hohen Mauern und Wehranlagen; ihre Abmessungen jedoch waren so riesig, dass eine ganze Stadt darin Platz fand. In regelmäßigen Abständen waren Türme in die Mauer eingelassen, nach außen gewölbte Bauwerke, deren Gestein ebenfalls schwarz und grobporig war. Auf den hohen Mauern ragten Zinnen auf, und Rammar befürchtete fast, von dort oben aus unter Beschuss genommen zu werden.

Alannah ging dem kleinen Trupp voraus. Gesprochen wurde nur wenig, und die Gefährten blickten sich wachsam um. Etwas hatte sich verändert: Kein Windhauch regte sich in unmittelbarer Nähe der Mauer, die allgegenwärtigen Geräusche des Urwalds waren verstummt.

»Bei Kuruls dunkler Flamme!«, maulte Rammar verdrießlich vor sich hin. »Jede andere Kreatur in diesem Wald scheint klug genug zu sein, sich von diesen Mauern fern zu halten. Nur wir müssen unbedingt unsere Rüssel hineinstecken.«

»Niemand zwingt dich, Ork«, sagte Corwyn grinsend. »Du kannst auch draußen bleiben und den Schatz von Tirgas Lan mir überlassen.«

Rammar spuckte verächtlich aus. »Eher würde ich allein und unbewaffnet gegen einen Waldtroll kämpfen, als dir diesen Triumph zu gönnen, du elender ...«

Von der anderen Seite der Mauer drang plötzlich ein Laut, der den vier ungleichen Gefährten durch Mark und Bein ging – ein lang gezogenes unmenschliches Ächzen, gefolgt von einem heiseren Schnauben.

»Sei vorsichtig mit dem, was du sagst, Ork«, sagte Alannah leise. »Allzu leicht könnte es in Erfüllung gehen ...«

Rammar beschloss, den Mund zu halten und es seinem Bruder gleich zu tun, der mit unbewegter Miene hinter ihm herschritt. Einmal mehr schien Balbok nichts aus der Ruhe bringen zu können, und Rammar fragte sich, woher sein einfältiger Bruder diese Gelassenheit nahm. Schließlich waren sie nicht mehr weit von dem Schatz entfernt, dessentwegen sie den ganzen weiten Weg über die Ebene von Scaria und durch den Wald von Trowna gelatscht waren, und überall konnten hier tödliche Gefahren lauern.

Zunächst jedoch fanden die Gefährten genau das, wonach sie suchten: Zwischen zwei hohen, trutzigen Türmen, die in luftiger Höhe durch eine mit Zinnen bewehrte Brücke miteinander verbunden waren, befand sich das Tor – eine riesige Pforte, in deren steinerne Torflügel Symbole der alten Elfenschrift gemeißelt waren.

»Mein böser Ork«, brach Balbok nun doch sein Schweigen, während er staunend an der Pforte emporblickte. »Wenn das Tor schon so groß ist, wie mag es da erst auf der anderen Seite der Mauer aussehen?«

»Tirgas Lan wurde einst ›Perle des Elfenreichs‹ genannt«, erklärte Alannah. »Es war der prunkvollste Ort, den *amber* je gesehen hat, mit lichtdurchfluteten Hallen, blühenden Gärten und Säulenhallen, in denen man lustwandeln konnte, wenn einem der Sinn danach war ...«

»Bah!«, machte Balbok und verzog das Gesicht. »Licht und Farben überall. Eine entsetzliche Vorstellung.«

»Keine Sorge«, sagte Alannah, und Bitterkeit schwang in ihrer Stimme mit. »Es ist nichts mehr davon übrig. Hier an diesem Tor wurde einst schändlicher Verrat begangen, und es waren Kreaturen wie du und dein Bruder, die den Glanz und den Stolz von Tirgas Lan in Feuer und Blut versinken ließen.«

»Korr«, stimmte Balbok begeistert zu, »wo unsere Orkbrüder hintrampeln, da wächst so schnell nichts mehr. Ich finde, wir sollten ...«

Er verstummte, als Rammar ihm einen harten Rippenstoß versetzte. Selbst der dicke Ork hielt es für wenig taktvoll, ausgerechnet an diesem Ort die Bluttaten ihrer Vorfahren zu rühmen. Alannah war ihre Betroffenheit deutlich anzusehen, und aus unerfindlichem Grund wollte Rammar ihr nicht noch weiter zusetzen.

»Wie öffnet man das Tor?«, fragte er, um das Thema zu wechseln.

Gedankenverloren blickte Alannah an der verschlossenen Pforte empor, deren unteres Drittel mit Moos und Wurzeln bedeckt war. Die Elfin schien sich für einen kurzen Moment an einem ganz anderen Ort zu befinden, zu einer anderen Zeit. Es war Corwyn, der neben sie trat und sie ins Hier und Jetzt zurückholte, indem er ihr sanft die Hand auf die Schulter legte.

»Der Ork hat dich etwas gefragt«, brachte er in Erinnerung – nicht um Rammar einen Gefallen zu tun, sondern weil er selbst darauf brannte, die Verborgene Stadt zu betreten.

»Ich weiß«, erwiderte sie leise. »Die Antwort habe ich längst gegeben: Es gibt keine Möglichkeit, das Tor von außen zu öffnen. Ein Fluch liegt darauf, und dieser lässt nur denjenigen passieren, den das Schicksal dazu ausersehen hat.«

»Und dich«, mutmaßte Rammar. »Schließlich bist du die Hüterin des Geheimnisses. Der Wald hat dir den Weg hierher gezeigt, also wird man dir auch die Pforte öffnen.«

»Es wäre möglich.« Alannah nickte. »Aber es kann auch sein, dass der Weg der Hüterin hier endet.«

»Es gibt nur eine Möglichkeit, das herauszufinden«, meinte

Rammar grinsend, und wie ein Höfling, der seiner Herrin den Vortritt lässt, verbeugte er sich und fuchtelte einladend mit den kurzen Armen.

Alannah atmete tief durch. Es schien sie einige Überwindung zu kosten, sich der Pforte zu nähern – gerade so, als würden unsichtbare Hände sie zurückhalten wollen. In Wirklichkeit, dachte Rammar, war es wohl eher das schlechte Gewissen, das die Elfin plagte. Immerhin verriet sie gerade die letzten dreihundert Jahre ihres Lebens, und das war – so glaubte Rammar zumindest – selbst für einen Elfen eine lange Zeit.

Alannah trat vor die mächtige Pforte, vor der ihre leuchtende Gestalt fast winzig erschien. Der Odem der Vergangenheit schien die Elfin in den Bann zu schlagen. Sie verharrte, schloss die Augen und breitete die Arme aus.

»Was soll das denn jetzt wieder?«, flüsterte Rammar. »Können diese Elfen denn nicht einmal etwas tun, ohne vorher lange rumzumeditieren?«

»Klappe!«, zischte Corwyn. Der Kopfgeldjäger konnte seinen Blick nicht von Alannah lösen, und Rammar fragte sich, ob es die Gier nach dem Schatz oder die Begehrlichkeit nach der Elfin war, die den Menschen wie einen Ölgötzen starren ließ.

In der weichen, singenden Elfensprache, bei deren Klang sich einem Ork die Nackenborsten sträuben, sprach Alannah einige Worte, die jedoch wirkungslos verhallten. Die Elfin hob darauf ihre Stimme und sprach lauter, vollführte dabei effektheischende Gesten – das Ergebnis jedoch war dasselbe.

Das Große Tor von Tirgas Lan blieb verschlossen.

Über die Schulter warf Alannah ihren Gefährten einen verunsicherten Blick zu, der deutlich verriet, dass sie nicht mehr weiterwusste. Noch einmal versuchte sie es, legte dabei ihre rechte Hand auf das Tor – und diesmal gab es eine Reaktion, auch wenn diese anders ausfiel als erhofft.

Die Elfenrunen, die in die riesigen Torflügel eingearbeitet waren, leuchteten auf einmal in jenem blauen Licht, das Rammar und Balbok schon in Shakara gesehen hatten. Schon glaubten die Gefährten, wieder hoffen zu dürfen – als sich das Leuchten plötzlich zu einem Blitz konzentrierte, der aus dem Gestein stach und Alannah traf.

Die Elfin schrie auf und wurde zurückgeschleudert. Benommen blieb sie im Moos liegen. Sofort war Corwyn bei ihr.

»Alannah! Bist du in Ordnung?«, rief er sorgenvoll.

»I-ich glaube schon«, antwortete sie leise, verletzt nicht am Körper, sondern in ihrem Stolz. »Für einen Augenblick konnte ich etwas fühlen ...«

»Was meinst du?«

»Es war, als öffnete sich das Tor, nur einen Spalt weit, und als spähe jemand aus dem Inneren. Ich wurde gemustert und für unwürdig befunden, genau wie ich dachte.«

»Verdammt«, knurrte Corwyn. »Und was jetzt?«

Alannah schüttelte traurig den Kopf. »Ich weiß es nicht.«

»Einen Augenblick«, sagte Balbok trotzig, »so leicht lassen wir uns nicht abweisen. Ich bin doch nicht den ganzen weiten Weg durch Steppe und Wald gelatscht und habe gehungert, um jetzt vor einem albernen Tor zu kapitulieren.«

»Für einen Ork sprichst du erstaunlich vernünftig«, stellte Corwyn fest. »Aber was sollen wir tun?«

»Was wohl?«, erwiderte Balbok und brüllte zornig: »Dieses verdammte Ding öffnen natürlich!«

Die Axt in der Faust stampfte er wutschnaubend auf die Pforte zu, entschlossen, sie notfalls in tausend Stücke zu schlagen. Rammar hielt sich im Hintergrund. Der feiste Ork hütete sich, Balbok in seinem Anfall von *saobh* beschwichtigen zu wollen – ihm war es lieber, sein Bruder wurde vom Blitz getroffen als er von Balboks Axt.

Balbok beschleunigte seine Schritte, während er sich der Pforte näherte, senkte das Haupt und wollte sich, einen heiseren Schrei auf den Lippen, mit aller Kraft gegen die steinernen Torflügel werfen – ein aussichtsloses Unterfangen, das Alannah mit einem Stirnrunzeln und Corwyn mit einer unmissverständlichen Handbewegung kommentierten. Auch Rammar war der Ansicht, dass sich sein Bruder ein wenig zu lang von

Beeren und kleinen Pilzen ernährt und darüber wohl den Verstand verloren hatte.

»Bei Kuruls dunkler Flamme!«, brüllte Balbok aus Leibeskräften – und krachte im nächsten Moment mit voller Wucht gegen das Tor.

Es gab einen hohlen, dumpfen Laut, und natürlich rührte sich das Tor kein Stück. Balbok aber wurde zurückgeworfen und torkelte benommen – seine Wut jedoch war noch nicht verraucht.

»Na warte, du Mistding!«, rief er. »Wäre doch gelacht, würde ich dich nicht aufkriegen!« Und mit erhobener Axt stürmte er abermals vor und schlug auf das Tor ein.

Funken stoben, als das scharfe Blatt der Orkaxt auf das Gestein der Pforte traf, aber es hinterließ nicht einen Kratzer. Noch einmal schlug Balbok zu und noch einmal – was schließlich nachgab, war nicht das Tor, sondern der Schaft der Axt, der krachend brach.

Mit einer Verwünschung auf den Lippen warf Balbok den nutzlosen Rest der Waffe von sich. Seine Raserei aber war nur noch größer geworden. Wütend sprang er vor dem Tor auf und ab und trommelte mit bloßen Fäusten dagegen – ein erbärmliches Schauspiel, das Rammar beenden wollte. Die Meinung des Kopfgeldjägers und der Elfin über die beiden Orks war schon gering genug, auch ohne dass sich Balbok gebärdete wie von Sinnen.

»Was soll das, *umbal*?«, rief Rammar, während er zu seinem Bruder stapfte. »Musst du unbedingt aller Welt beweisen, dass wir Orks zu nichts anderem fähig sind als …?«

Er verstummte jäh, denn erneut leuchtete die Inschrift des Tors blau auf. In der Erwartung, dass wieder ein Blitz daraus hervorzuckte, der ihn treffen könnte, warf sich Rammar zu Boden.

Aber es kam anders.

Das Leuchten wurde noch intensiver, hüllte das ganze Tor ein und wurde so grell, dass die vier Wanderer ihre Augen dagegen schirmen mussten. Ein markiges Knacken erklang, und plötzlich entstand inmitten des blauen Leuchtens ein schwarzer Spalt. Der Spalt vergrößerte sich, und ähnlich wie in Shakara öffnete sich das Tor wie von Geisterhand. Seine schweren Flügel schwangen ächzend und knirschend nach innen, um den Weg freizugeben in die Verborgene Stadt.

»Endlich!«, rief Balbok, noch immer auf- und abspringend. »Wurde auch höchste Zeit!«

Rammar, der nicht glauben konnte, was er sah, raffte sich auf und starrte blinzelnd zum Tor hin. Auch Corwyn und Alannah kamen ungläubig heran und konnten nicht fassen, was geschah.

»D-das ist unmöglich«, hauchte die Elfin. »Ein Ork kann die Pforte von Tirgas Lan nicht öffnen.«

Alannahs Erstaunen half Rammar, die eigene Überraschung zu überwinden. »Warum nicht?«, rief er. »Das hättest du uns wohl nicht zugetraut, was?«

»Genau wie in Shakara«, flüsterte Alannah, während sie zusah, wie sich das Tor vollends öffnete. Das Leuchten war verblasst, man konnte die Türme und Gebäude sehen, die sich jenseits des Tors erhoben. »Auch Farawyns Pforte habt ihr geöffnet.«

»Nicht schlecht, was?«, feixte Rammar, obwohl ihm nicht ganz klar war, was genau die Elfin so in Erstaunen versetzte. Balbok hatte das Tor geöffnet – na und? Wenn er es geschafft hatte, konnte es solch ein Kunststück nicht sein …

Zögernd, als trauten sie der Sache nicht, traten die Elfin und der Kopfgeldjäger näher. Corwyn hatte einen gierigen Glanz in den Augen, gemischt mit einer gehörigen Portion Neid. Dass es ausgerechnet seinen Erzfeinden gelungen war, den Zugang zur Verborgenen Stadt zu öffnen, passte ihm offenbar nicht – was Rammar nur noch mehr freute. Der feiste Ork ließ sich sogar dazu herab, seinem Bruder anerkennend gegen die Brust zu klopfen. »Nicht schlecht, Balbok, das muss ich sagen. Obwohl ich es natürlich auch gekonnt hätte.«

»Meinst du?« Balbok bedachte ihn mit einem zweifelnden Blick.

»Hundsfott!«, rief Rammar empört. »Glaubst du das etwa nicht?«

Balbok schüttelte den Kopf. »Ich frage mich nur, warum du es dann nicht getan hast.«

»Das ist wieder typisch für dich.« Rammar stampfte zornig mit dem Fuß auf. »Da lasse ich dir mal den Vortritt, und wieder beschwerst du dich. Wann bist du eigentlich mal zufrieden?«

»Wenn ich den Schatz von Tirgas Lan in meinen Besitz gebracht habe«, gab Corwyn ungefragt Antwort.

Der Kopfgeldjäger und die Elfin waren hinzugetreten, und alle vier standen sie im Tor zur Stadt, die seit Jahrhunderten niemand mehr betreten hatte. Unmittelbar hinter dem Tor befand sich eine große Halle, in der einst die Stadtwache ihren Dienst versehen hatte, jenseits davon begann eine breite Straße, wie man durch ein zweites, offenstehendes Tor sehen konnte. Zu beiden Seiten der Straße standen Gebäude mit hohen Bögen und Säulen, deren Gestein ebenso geschwärzt war wie das der Festungsmauer und der Türme. Dahinter erhob sich, trutzig und eindrucksvoll, die Königszitadelle.

»Worauf warten wir?«, drängte Corwyn, das Schwert in der Hand.

»Es – es kann nicht sein«, stammelte Alannah, noch immer völlig verwirrt. »Niemand außer dem Auserwählten vermag die Pforte von Tirgas Lan zu öffnen. So steht es in der Prophezeiung.«

»Nun ja«, meinte Rammar nicht ohne Stolz, »dann muss wohl einer von uns dieser Auserwählte sein.«

Die Elfin sandte dem Ork einen vernichtenden Blick, und mit einer Stimme, die diesen erschaudern ließ, stieß sie hervor: »Du primitiver Narr! Was weißt du schon? Mit derlei Dingen spaßt man nicht.«

»Mir ist auch nicht zum Spaßen zu Mute«, versicherte Rammar. »Holen wir uns endlich den verdammten Schatz und verschwinden wir wieder.«

»Ganz meine Meinung«, pflichtete Corwyn bei.

»Balbok?«

»Ich bin bereit«, versicherte der hagere Ork.

»Also los«, knurrte Corwyn und trat durchs Tor. »Für Marena.«

»Für die Wahrheit«, sagte Alannah und folgte ihm.

Rammar und Balbok tauschten einen Blick.

»Für uns«, sagten sie gleichzeitig.

Dann betraten auch sie die Verborgene Stadt.

Orthmar von Bruchstein, des Orthwins Sohn, war übler Laune. Die elenden Orks und der Kopfgeldjäger waren entkommen, und wie es aussah, hatte die Elfin ihnen auch noch bei der Flucht geholfen.

Was das zu bedeuten hatte, darauf konnte sich der Zwergenführer keinen Reim machen. Er wusste nur, dass er die Elfin zurückhaben wollte, weil sie die Einzige war, die den Weg zum Schatz kannte – und dass er die Orks und den Menschen bei lebendigem Leib rösten würde, wenn er ihrer habhaft wurde.

Dass sie sich nach Süden gewandt hatten, zum Wald von Trowna, stand für Orthmar fest, und so schlugen auch seine Mannen und er südliche Richtung ein. Sie fanden am Ufer des Flusses das gestohlene Zwergenboot, ließen daraufhin ihre eigenen Boote zurück und nahmen die Verfolgung zu Fuß auf, getrieben von Rachsucht und Gier; Orthmar wäre nicht des alten Bruchsteins Sohn gewesen, hätte ihn die Aussicht auf einen Schatz von unermesslichem Wert kalt gelassen.

Auf dem kargen Boden der Steppe waren Spuren kaum zu erkennen, doch in dem Wissen, dass der Wald von Trowna das Ziel der Flüchtlinge war, marschierten die Zwerge einfach immer weiter nach Süden, dem dunkelgrünen Band entgegen, das irgendwann am Horizont aufgetaucht war.

Bis sie Gesellschaft bekamen …

»Orthmar«, sagte Thalin, der neben ihm an der Spitze des Zuges schritt. »Sieh dort!«

Der Blick des Zwergenführers folgte dem Fingerzeig seines Stellvertreters, der nach Westen deutete. Dort zeichneten sich jenseits der kargen Ebene die schroffen Zinnen des Schwarzgebirges ab. Was Thalins Aufmerksamkeit erregte, waren jedoch nicht die fernen Berge, sondern das Blitzen, das im fahlen Tageslicht davor auszumachen war, und die Staubwolke, die dem Blitzen folgte.

»Da kommt jemand«, stellte Thalin überflüssigerweise fest.

»Nicht nur einer«, brummte Orthmar. »Das ist ein ganzes verdammtes Heer, das sich da nähert!«

Der Zwergenführer ließ sich auf die Knie nieder und legte das Ohr auf den staubigen Boden. Was er hörte, ließ ihn erschaudern, denn es war der Tritt von Hunderten von Stiefeln. Und die absolute Gleichförmigkeit, mit der sich die Herannahenden bewegten, ließ nur einen Schluss zu:

»Elfen«, stellte Orthmar verächtlich fest, als er sich wieder erhob.

»Elfen?« Thalin schaute wieder gen Westen. Das Blitzen, das von Waffen und Rüstungen kündete, war heller geworden, und Konturen schälten sich bereits aus dem Staub. »Aber das ist unmöglich!«

»Zweifelst du an meinen Worten? Dann horche selbst!«, knurrte Orthmar. »Seit meiner Jugend habe ich solchen Gleichklang bei einer Armee nicht mehr vernommen. Nur Elfen bewegen sich in großer Zahl wie ein einziger Mann.«

Thalin wollte Orthmars Worte nicht anzweifeln. Zum einen war der Zwergenführer für seine ausgeprägten Sinne bekannt, zum anderen war es der Gesundheit nicht zuträglich, ihm zu widersprechen. Vor allem dann nicht, wenn des Orthwins Sohn so schlechter Laune war wie dieser Tage.

»Verdammt!«, maulte der Zwergenführer in seinen Bart, während das wenige, das von seinem Gesicht zu sehen war, puterrot anlief. »Das hat mir gerade noch gefehlt. Seit hundert Jahren wurde kein Elfenheer mehr in *durumin* gesichtet – ausgerechnet jetzt kehren sie zurück!«

»Glaubst du, das hat etwas mit der entführten Priesterin zu tun?«, fragte Thalin besorgt.

»Nicht doch.« Orthmar schnitt eine Grimasse. »Die machen nur einen Spaziergang, um sich die Beine zu vertreten.« Dann brauste er auf: »Natürlich hat es etwas mit der entführten Priesterin zu tun, Dummkopf! Sie wollen sie befreien, damit sich keiner den Schatz unter den Nagel reißt. Aber worauf des Orthwins Sohn einmal sein Auge geworfen hat, das nimmt ihm keiner mehr weg!«

»Was hast du vor? Bis zum Wald ist es noch weit, und die Elfen sind verdammt schnell. Sie werden uns eingeholt haben, noch ehe wir den Wald erreichen.«

»Du glaubst doch nicht, dass ich vor diesem Elfenpack davonlaufe, hm?«, brummte Orthmar, und er rammte den spitzen Sporn am Ende seiner Axt in den Boden. Auf seine Waffe gestützt, blickte der Zwergenführer dem herannahenden Zug der Elfen gefasst entgegen.

»Was willst du tun?«

»Was wohl?« Orthmar grinste breit. »Verhandeln und das Beste für uns herausschlagen, wie immer.«

Dagegen gab es nichts einzuwenden, und obwohl den übrigen Zwergen ihre Nervosität deutlich anzumerken war, warteten sie ab, gespannt darauf, was ihr Anführer für sie herausholen würde. In der Vergangenheit hatten sie keinen Grund gehabt, sich über Orthmars Verhandlungsgeschick zu beklagen (von dem missglückten Handel mit Muril Ganzwar einmal abgesehen).

Eine Vorhut zu Pferd ritt der nahenden Armee voraus, deren stampfender Gleichschritt bereits in der Ferne zu hören war, und erreichte den Trupp der Bärtigen. Die Elfenkrieger zügelten ihre großen, schlanken Tiere, die nicht weniger hochmütig und erhaben wirkten als sie selbst, und blickten mit unverhohlener Geringschätzung auf die Zwerge herab.

»Wer seid Ihr?«, fuhr einer der Elfenkrieger Orthmar an; sie alle trugen wehende weiße Umhänge und Brustpanzer aus blitzendem Silber, dazu Helme mit weißen Federbuschen – nur der Elf, der sprach, hatte einen blauen –, und an ihren Lanzen flatterte das Banner von Tirgas Dun. »Erklärt Euch, Zwerg, oder Ihr seid des Todes!«

»Warum droht Ihr mir, Herr Elf?«, fragte Orthmar pikiert. Er stand an der Spitze seines Trupps, und so hatte der Elf ihn als Anführer erkannt. Beide bedienten sie sich der Sprache der Menschen. »Gehört das Land nördlich von Trowna nicht allen Völkern? Und habt nicht Ihr selbst dieses Gesetz erlassen?«

»Das stimmt wohl«, entgegnete der Elf, »aber es herrschen dunkle Zeiten. Wir müssen vorsichtig sein in diesen Tagen.«

»Genau wie wir.« Der Zwerg deutete eine Verbeugung an. »Dennoch darf ich Euch versichern, dass Orthmar von Bruchstein, des Orthwins Sohn, keinen Groll hegt gegen das edle Volk von Tirgas Dun.«

»Es freut mich, dies zu hören«, erwiderte der Elf ungerührt. »Im Namen Fürst Loretos entbiete ich Euch meinen Gruß.«

»Seid Ihr Loreto?«

»Nein. Ich bin sein Heermeister und Stellvertreter. Ithel werde ich genannt.«

»So sagt mir, vortrefflicher Ithel, weshalb spricht Fürst Loreto nicht selbst zu mir? Ich bin ein Führer wie er und von edlem Geblüt. Gehört es sich da nicht, von Gleich zu Gleich zu sprechen?«

»Ich bin Loreto«, sagte jemand, noch ehe der Heermeister antworten konnte. Die Reihen der Berittenen (Orthmar hatte auf die Schnelle zwei Dutzend gezählt) teilten sich, und ein junger Elf lenkte sein Tier heran – wobei Orthmar klar war, dass dieser Eindruck täuschen konnte. Der Bursche konnte gut und gern fünfhundert Jahre alt sein. Der Federbuschen auf seinem Helm war ebenfalls blau.

»Ich entbiete Euch meinen Gruß, Fürst Loreto«, sagte Orthmar überschwänglich und verbeugte sich abermals. »Ist die Frage gestattet, was eine solch stolze Ansammlung von Kriegern so weit nördlich von Tirgas Dun zu suchen hat?«

»Die Frage sei gestattet, Herr Zwerg«, erwiderte der Elf gelassen, »aber erwartet von mir keine Antwort. Weder bin ich Euch Rechenschaft schuldig, noch ist unser Geschäft für Euch von Belang.«

»Natürlich nicht«, versicherte Orthmar beflissen, mit listigem Funkeln in den Augen. »Wahrscheinlich hat es ja auch nichts mit der entführten Elfenpriesterin zu tun, der wir begegnet sind ...«

Des Orthwins Sohn genoss es zu sehen, welche Wirkung seine Worte in den Zügen des Elfen hervorriefen. Zuerst machte Fürst Loreto nur ein langes Gesicht, dann weiteten sich seine schmalen Augen.

»Ihr ... Ihr wisst von der Entführung?«

»Das will ich meinen.« Orthmar nickte.

»Woher?«, fragte Loreto argwöhnisch, und es entging dem Zwerg nicht, dass die Begleiter des Elfenfürsten drohend die Lanzen senkten.

Orthmar blieb dennoch gelassen. »Woher ich davon weiß?«, fragte er gedehnt. »Ganz einfach: Noch vor kurzem befand sich die Priesterin in meiner Gesellschaft.«

»War sie allein?«

»Durchaus nicht. Zwei Orks und ein Mensch waren bei ihr, in deren Gewalt sie geraten war. Der Mensch ist ein übler, verbrecherischer Zeitgenosse, der sich seinen Lebensunterhalt als Kopfgeldjäger verdient.« Orthmar verzog demonstrativ das Gesicht – es war allgemein bekannt, dass Elfen nicht viel von diesem Berufsstand hielten. Nicht einmal dann, wenn es gegen so ehrlose Kreaturen wie die Orks ging …

»Ich verstehe«, sagte der Elfenfürst ruhig; er schien seine anfängliche Überraschung verwunden zu haben. »Und wo sind sie jetzt?«

»Das, hoher Herr, ist eine ziemlich traurige Geschichte«, entgegnete Orthmar, »und ich bin nicht sicher, ob ich sie Euch erzählen soll.«

»Zögert nicht und sprecht.«

»Nun gut«, erklärte sich Orthmar bereit, und nach einer kurzen Kunstpause legte er dem Elfen seine Version der Geschehnisse dar. »Da sich die Elfin in der Gewalt der Unholde befand, setzte ich alles daran, sie zu befreien. In heldenhaftem Kampf gelang es mir, die Orks und ihren menschlichen Herrn zu besiegen und alle drei gefangen zu nehmen. Mein Vorsatz war es, sie bei Anbruch des nächsten Tages hinzurichten, wie es von Alters her Brauch ist bei meinem Volk.«

»Und?«

»Dazu kam es nicht«, gestand Orthmar verdrießlich. »Noch in der Nacht gelang den Gefangenen die Flucht. Jemand muss ihnen geholfen haben – und ich fürchte, dass es die Priesterin selbst war.«

»Das ist unmöglich!«

»Es spricht alles dafür. Jemand schlug die Wachen hinter-

rücks nieder und durchschnitt die Fesseln der Gefangenen –
aus eigener Kraft wären sie nicht in der Lage gewesen, sich zu
befreien.«

»Dann wurde sie dazu gezwungen!«

»Wer hätte das tun sollen? Drei Gefangene, die ihrem sicheren Ende entgegenblickten?«

Der Elfenfürst widersprach nicht mehr, und obwohl Orthmar
keine Übung darin hatte, das Minenspiel im blassen makellosen
Gesicht eines Elfen zu deuten, erkannte er, dass Loreto an dieser
Nachricht zu beißen hatte.

Von dem Elfenschatz und davon, dass er Kenntnis hatte von
der Verborgenen Stadt, sagte Orthmar wohlweislich nichts,
zumal auch der Elf offensichtlich nicht mit offenen Karten
spielte.

»Diese Priesterin …«, begann Loreto.

»Alannah«, half Orthmar aus.

»Du kennst sogar ihren Namen?«

»Sie hat ihn mir verraten.«

Wieder Grübeln und Sorge auf der Seite des Elfen.

»Wisst Ihr, wohin sich die Orks, der Mensch und Priesterin
Alannah wandten?«

»Nach Süden, Fürst Loreto. Dies ist auch der Grund dafür,
dass ich mit meinen Männern hier bin. Seit Tagen verfolgten
wir die Spur der Entführer, um sie für ihre Untaten zur Rechenschaft zu ziehen, nur konnten wir sie bislang nicht stellen.«

»Das wird sich ändern«, war der Elfenfürst überzeugt. »Unter meinem Banner marschieren die besten Fährtenleser, die
treffsichersten Bogenschützen und die geschicktesten Schwertkämpfer meines Volkes. Ihnen wird gelingen, was euch versagt
blieb, nämlich die Entführer einzuholen und ihrer habhaft zu
werden.«

»So gebt Ihr zu, dass Ihr der Priesterin wegen hier seid?«,
fragte Orthmar, erneut ein listiges Funkeln in den Augen.

»Ich habe es nicht nötig, vor Euch etwas zuzugeben«, stellte Loreto klar. »Aber es könnte durchaus sein, dass wir dasselbe Ziel haben, wenn auch aus unterschiedlichen Gründen. Mir

geht es einzig und allein um das Wohlergehen der Priesterin –
Ihr hingegen scheint auf Rache aus zu sein.«

»So ist es. Der Kopfgeldjäger, von dem ich sprach, ist ein
alter Feind, der mir in der Vergangenheit übel mitspielte. Und
um einen Ork zu erschlagen, bedarf es keines besonderen
Grunds. Aber wollt Ihr mir ernsthaft erzählen, Ihr wärt mit
jener riesigen Streitmacht ausgerückt, um einem Frauenzim-
mer beizustehen?« Mit dem Kinn deutete Orthmar zum Elfenheer hin, das sie inzwischen fast erreicht hatte. Schnell überschlug er dessen Stärke und kam zu dem Ergebnis, dass es an
die tausend Kämpfer waren.

»Wir haben unsere Gründe, Herr Zwerg«, erwiderte der
Elfenfürst ausweichend. »Das zu wissen, sollte Euch genügen.«

Orthmar grinste. »Und Ihr solltet wissen, dass wir Euch auf
Eurer Suche von Nutzen sein könnten.«

»Inwiefern?«

»Wie ich schon sagte: Ich kenne den Kopfgeldjäger und seine Schliche. Und ich kann diese verdammten Orks zehn Meilen gegen den Wind riechen. Außerdem bin ich der Letzte, der
mit Eurer Priesterin sprach – vielleicht hat sie mir ja Dinge
verraten, die von Interesse für Euch sind.«

»Wovon sprecht Ihr?«

»Alles zu seiner Zeit, Elfenfürst«, stellte Orthmar klar. »Des
Orthwins Sohn lässt sich nicht übervorteilen.«

»Was fällt Euch ein?« Loretos Pferd spürte die Wut seines
Herrn und tänzelte nervös. »Ist Euch nicht klar, dass es nur
eines einzigen Fingerzeigs von mir bedarf, und Ihr und Eure
Leute sinken mit Pfeilen gespickt zu Boden?«

»Wohl wahr – aber dann würdet Ihr nie erfahren, was die
Priesterin sagte, ehe sie sich bei Nacht und Nebel davonstahl.«

In Loretos makellosen Zügen zuckte es, sein Mund war zu
einem schmalen Strich geworden. Dass ihm ein Zwerg Bedingungen stellte, ärgerte ihn maßlos, aber die Mission, die er zu
erfüllen hatte, war ihm wichtig.

»Wohlan denn«, meinte er schließlich. »Kommt mit uns,
wenn Ihr wollt. Helft Ihr uns, die Priesterin zu finden, werdet
Ihr eine fürstliche Belohnung erhalten.«

»Was ich bei einem Fürsten auch voraussetze«, erwiderte Orthmar grinsend. »Und der Kopfgeldjäger?«

»Ihr könnt ihn haben, wenn Euch so viel an ihm liegt – die Priesterin und die Unholde jedoch gehören uns.«

»Nichts dagegen einzuwenden«, log des Orthwins Sohn – und ganz nebenbei, dachte er, würde er nach der Verborgenen Stadt Ausschau halten. Welcher Zwerg von Welt gab sich schon mit einem Finderlohn zufrieden, wenn er einen ganzen Schatz in seinen Besitz bringen konnte?

Für Orthmar stand nämlich fest, dass es den Elfen in Wahrheit nicht um die Priesterin ging, sondern um eben diesen Schatz. Aus welchem Grund hätten sie sonst ein ganzes Heer schicken sollen? An der Geschichte, die der fette Ork ihm aufgetischt hatte, schien also einiges dran zu sein.

»Schließt Euch uns an!«, rief Heermeister Ithel den Zwergen zu. »Aber ich warne Euch, das Marschtempo wird kurzer Zwergenbeine wegen nicht verringert.«

»Keine Sorge, hoher Herr, wir sind schnell genug«, versicherte Orthmar und zwinkerte Thalin zu.

Wenn es um Gold und Geschmeide ging, hatten es Gruthians Erben noch nie an Eifer fehlen lassen.

# 5.

## KORZOUL UR'BAS

Sie schritten über die alte Hauptstraße von Tirgas Lan. Einst hatte hier geschäftiges Treiben geherrscht, hatten Händler ihre Waren feilgeboten und waren Gelehrte in weiten Roben durch die Säulenhallen flaniert, um über das Wesen des Kosmos zu rätseln. Stimmengewirr und Gelächter waren aus den Gassen gedrungen, plätschernde Brunnen hatten frisches Wasser gespendet, das in der Sonne glitzerte.

Nichts war davon geblieben.

Die Straßen der Stadt waren verwaist, nicht einmal Tiere schienen sich hierher zu verirren. Die Brunnen waren versiegt, und die hohen Fenster der Häuser wirkten wie die leeren Augenhöhlen riesiger Totenschädel; Rammar schauderte, als ihm der Gedanke kam, dass jemand – oder etwas – dort in der Dunkelheit lauern könnte und sie vielleicht beobachtete.

Das Torhaus hatten sie hinter sich gelassen und strebten der Königszitadelle entgegen. Sie bildete das Zentrum der Anlage; von ihr aus verliefen die Straßen sternförmig nach allen Seiten, hin zu den Türmen, die die Stadtmauer in regelmäßigen Abständen durchbrachen. Die ausgeprägte geometrische Ordnung, die selbst unter all den wuchernden Schlingpflanzen noch zu erkennen war, war typisch für die Bauweise der Elfen – und Rammar und Balbok war sie geradezu verhasst, denn Orks ist das elfische Streben nach Ordnung zutiefst zuwider. Es steigerte noch das Unbehagen, das die beiden Brüder ohnehin verspürten, seit sie die Verborgene Stadt betreten hatten.

Ein seltsamer Geruch lag in der Luft, der von Tod und Untergang kündete, und am liebsten hätte Rammar die Flucht ergriffen. Nur zwei Dinge hielten ihn davon ab: Zum einen wollte er sich vor dem Menschen und der Elfin keine Blöße geben, zum anderen war da die Aussicht auf den Schatz, der sich hier angeblich irgendwo befinden sollte.

Die Waffen halb erhoben – Balbok, der seine Axt kaputtgeschlagen hatte, hatte sich Corwyns Pfeile und Bogen geborgt –, schlich die kleine Gruppe vorbei an den geschwärzten Fassaden verlassener Bauten, und es bereitete Rammar ein wenig Genugtuung, dass sich auch der Kopfgeldjäger offensichtlich nicht sehr wohl fühlte. Sein Schwert in der Hand, sandte Corwyn nervöse Blicke nach allen Seiten, jederzeit damit rechnend, angegriffen zu werden.

Die Bedrohung, die in der Luft lag, war beinahe körperlich zu spüren – nur Alannah schien nichts davon zu merken.

Staunend schaute sich die Elfin um, und sie entdeckte immer wieder Dinge, die sie aus der Überlieferung Farawyns kannte: hier einen Brunnen, dort ein Tor oder eine Statue, von der allerdings kaum noch etwas zu erkennen war, da dicke Moosflechten sie bedeckten. Für die abtrünnige Priesterin wurde im Nachhinein all das bestätigt, woran sie zuletzt gezweifelt hatte, und die dreihundert Jahre, die sie im Tempel von Shakara zugebracht hatte, bekamen dadurch einen Sinn.

Sie erreichten die Zitadelle, die die Form eines großen Oktogons aufwies, mit einem zinnenbewehrten Turm an jeder der acht Ecken. In der Mitte wölbte sich eine große steinerne Kuppel, von acht weiteren schlanken Türmen umgeben, die sie wie eine gigantische Krone aussehen ließen. Das Tor der Zitadelle stand weit offen und starrte den Besuchern erwartungsvoll entgegen. Jenseits davon herrschte tiefe, unheilvolle Dunkelheit.

»Ist das nicht großartig?«, fragte Alannah zum ungezählten Mal. »Alles ist genau so, wie es in Farawyns Büchern beschrieben steht!«

»*Korr*, wirklich großartig«, murmelte Rammar säuerlich. »Ich frage mich, was in der Dunkelheit dort lauern mag. Die ganze Stadt stinkt nach Tod und Verwesung.«

»Ich dachte, Orks mögen den Geruch von Tod und Verwesung«, stichelte Corwyn gehässig.

»Schon«, räumte Rammar ein, »solange es nicht *mein* Tod und *meine* Verwesung ist!«

374

»Wirklich, es ist großartig!«, gab sich Alannah selbst die Antwort auf ihre Frage, die Einwürfe ihrer Begleiter überhörend. »Von dieser Zitadelle aus wurde in alter Zeit nicht nur die Stadt Tirgas Lan, sondern das gesamte Elfenreich regiert, von weisen und gütigen Herrschern, die die Elfenkrone auf ihren ehrwürdigen Häuptern trugen.«

»War diese Krone aus Gold?«, fragte Balbok, sofort neugierig.

»Allerdings«, bestätigte Alannah, »und dazu noch mit den wertvollsten Edelsteinen des Reiches verziert. Warum interessiert dich das?«

»Na ja, weil das Ding vielleicht noch da ist«, sagte der Ork schulterzuckend, »und weil die Krone vielleicht zu dem Schatz gehört, dessentwegen wir hier sind. Richtig?«

Alannah gab ihm keine Antwort – sie war so fasziniert von diesem Ort mit seiner glorreichen Vergangenheit, dass nicht einmal die plumpe Gier eines Orks ihr die Laune verderben konnte. »Hier ist es gewesen«, hauchte sie immer wieder. »Heller Gesang über glitzerndem Wasser, sanfter Schein vergessener goldener Zeiten. Könnt ihr es nicht fühlen? Seht ihr nicht, was dieser Ort einst war?«

Balbok schüttelte den Kopf. »Ich sehe nichts als schwarze Ruinen und eine Menge Unkraut.«

»Ja«, pflichtete Corwyn ihm voller Bitterkeit bei, »eure Vorfahren haben hier wirklich ganze Arbeit geleistet. Denn es waren Orks, die Tirgas Lan einst überfielen und zu dem hier machten, das ist allgemein bekannt.«

»Richtig!« Balbok nickte stolz.

»Nicht nur Orks sind es gewesen«, verbesserte Alannah, »auch Menschen, die sich mit den Unholden verbündeten. Sie ließen sich von Margoks Versprechungen verführen, wechselten auf seine Seite und marschierten unter seinem dunklen Banner nach Süden. Lange Zeit tobte der Kampf an den Mauern Tirgas Lans, bis durch Verrat das Große Tor geöffnet wurde. In einer beispiellosen Schlacht, wie sie niemals da gewesen war und wie es sie auch nie wieder geben wird, gelang es meinen Ahnen, die Schergen des Chaos zurückzuschlagen und ihren Anführer zu bezwingen. Gänzlich besiegt wurde Margok jedoch nicht; der Überlieferung zufolge ist sein böser Geist nach wie vor innerhalb dieser Mauern gefangen. Er ist es, dessen bedrohliche Gegenwart euch ängstigt und die euch das Gefühl gibt, auf Schritt und Tritt beobachtet zu werden.«

»Wer hat hier Angst?«, brauste Rammar auf. »Balbok, weißt du, wovon sie spricht?«

»Hab keinen Schimmer«, behauptete Balbok, und beide zwinkerten einander zu.

»Wie auch immer«, meinte Alannah, »wir müssen vorsichtig sein, wenn wir die Zitadelle betreten. In Farawyns Prophezeiung heißt es, dass Unheil und Gefahr in der Dunkelheit lauern.«

»Farawyns Prophezeiung?«, sagte Corwyn. »Ich dachte, du glaubst nicht mehr daran?«

Die Elfin sandte ihm einen traurigen Blick. »Das dachte ich auch ...«

Noch immer ging Alannah voraus, als die Gefährten das Tor der Zitadelle und das hochgezogene Fallgitter passierten, dessen eiserne Spitzen drohend über ihnen schwebten.

Das sanfte Leuchten ihres Kleides reichte bei weitem nicht aus, um die Dunkelheit, die hier herrschte, zu vertreiben. So griffen Corwyn und die Orks nach einigen Fackeln, die in den Wandhalterungen steckten, und entzündeten sie. Ihr flackernder Schein warf zuckende Schatten.

Vorsichtig arbeiteten sich die Gefährten weiter voran, durchquerten die Eingangshalle, deren Boden mit Unrat und Staub bedeckt war. Das Grün des Urwalds war nicht bis hierher vorgedrungen, und Rammar bezweifelte, dass dies eine natürliche Ursache hatte. Mehr noch als die Stadt selbst schien die Zitadelle von einer Aura drohenden Unheils erfüllt zu sein – eine unheimliche Macht, die alles Leben fern hielt.

Die Gefährten gelangten zu einer breiten Treppe, deren staubbedeckte Stufen nach oben führten. Die Orks, der Mensch und die Elfin tauschten mahnende Blicke, dann stiegen sie langsam hinauf, der Ungewissheit entgegen.

376

Rammar merkte, wie sich seine Nackenborsten sträubten und die Innenflächen seiner Klauen feucht wurden; auch wenn er es sich nicht gern eingestand – er hatte Angst.

Menschenmäßige Angst ...

Der Treppe schloss sich ein breiter, von Säulen gesäumter Korridor an, der die Orks in seiner Bauweise an die Tempelfestung von Shakara erinnerte. In den Nischen zwischen den Säulen standen steinerne Monumente, die zwar mit einer klebrigen schwarzen Schicht überzogen waren, die einstige Gravität und Würde jedoch noch immer erahnen ließen. Ob es an Rammars Furcht lag oder daran, dass er tatsächlich ein dringendes Bedürfnis verspürte – jedenfalls übermannte den dicken Ork plötzlich der Drang, sich zu erleichtern, und in alter Gewohnheit trat er an eine der Statuen, um dem hehren elfischen Vermächtnis im wahrsten Sinne des Wortes ans Bein zu pinkeln.

Rammar stellte sich breitbeinig hin und wollte es ungehemmt plätschern lassen – als er plötzlich blanken Stahl zwischen seinen Beinen spürte.

»Wenn du das tust, Ork«, zischte eine Stimme in scharfem Ton, »werde ich dafür sorgen, dass du rinnst wie ein gesprungenes Gefäß.«

Rammar gab ein erschrecktes Keuchen von sich und wandte den Kopf – um in die funkelnden Augen Alannahs zu blicken. Die Elfin hatte Corwyns Dolch in der Hand, und die Klinge war gefährlich nah an Rammars besten Körperteilen.

»W-was denn?«, fragte er, und er brachte ein unschuldiges Grinsen zustande. »Versteht ihr Elfen denn überhaupt keinen Spaß?«

»Nicht, wenn es um Blasphemie geht«, wies sie ihn zurecht. »Jene, die hier verewigt sind, lebten, als deine Rasse noch nicht mal existierte, und als ihre Züge in Stein gemeißelt wurden, wälzte sich deinesgleichen noch in stinkendem Morast. Ein wenig Respekt würde dir also gut zu Gesicht stehen – selbst wenn es so hässlich ist wie deines.«

»Was immer du sagst, Elfin«, gab Rammar eingeschüchtert zurück. »Du hast das stichhaltigere Argument.«

»So ist es«, bestätigte Alannah. Noch einmal blitzte sie ihn wütend an, dann ließ sie die Klinge sinken und wandte sich ab.

»Was hat sie denn?«, fragte Balbok verwundert.

»Was weiß ich denn?«, fauchte Rammar, dem noch die Knie zitterten. »Diese Elfenweiber sind unberechenbar. Der Kopfgeldjäger ist nicht zu beneiden.«

»Sieht so aus.« Balbok nickte nachdenklich. »Wenn ich nur wüsste, was sie gegen das Wälzen in stinkendem Morast hat …«

Die Orks beeilten sich, zu den beiden anderen aufzuschließen. Schon hatte Corwyn das Ende des Ganges erreicht, wo ein riesiges Tor den Weg versperrte. Wie die Statuen war es mit einer teerigen schwarzen Masse überzogen, die im Licht der Fackeln widerwärtig glänzte. Mit der Spitze seines Schwerts stocherte Corwyn darin herum.

»Das Zeug ist weich«, stellte er fest und wagte nicht, es mit der Hand zu berühren. »Was das nur sein mag?«

»Ich weiß es nicht«, erwiderte Alannah. »Möglicherweise befindet sich die Antwort hinter diesem Tor.«

»Dann sollten wir rasch mal nachschauen«, meinte Balbok. »Dort oben ist ein Riegel. Wenn ich hinaufklettere, müsste ich ihn öffnen können.«

»Die Frage ist nur«, flüsterte Alannah, »ob dies ratsam wäre.«

»*Karsok?*«, fragte Rammar.

»Weil der Riegel dort oben ganz sicher seine Berechtigung hat«, erklärte die Elfin, »und weil das Tor nicht von innen, sondern von außen verschlossen ist.«

»Du meinst …?«, folgerte Corwyn.

Sie nickte. »Ich denke, dieses Tor dient nicht dazu, Eindringlingen den Weg hinein zu versperren, sondern um etwas daran zu hindern, herauszukommen. Etwas – oder jemanden.«

»Einen Augenblick mal!«, warf Rammar schaudernd ein. »Nur, damit wir Klarheit haben: Sprechen wir hier etwa von Margok?«

»Nur von seinem Geist«, antwortete Alannah. »Sein Körper wurde seinerzeit verbrannt, auf dass sein böser Wille keine Zuflucht mehr hat.«

»Dann muss sein Geist aber ziemlich riesig sein«, meinte

Balbok, an der Pforte emporblickend, die an die zehn Mannslängen hoch und an die fünf Mannslängen breit war.

»Ja«, sagte Alannah nur, und ihr Tonfall wollte keinem ihrer Begleiter recht gefallen.

»Gibt es einen anderen Weg hinein?«, fragte Corwyn.

»Dort drüben ist wieder eine Treppe«, stellte Rammar fest, der sich bereits umgeschaut hatte.

»Versuchen wir unser Glück«, schlug Alannah vor.

Sie bedachten die unheimliche Pforte noch mit einem letzten misstrauischen Blick, dann wandten sich die Gefährten um und gingen zu der Treppe, die sich nach oben schraubte. Je weiter es hinaufging, desto enger wurde die Treppe, sodass vor allem Rammar in Nöte kam. Leise vor sich hinmaulend, zwängte sich der dicke Ork immer weiter vor, wobei ihm die Vorstellung, in diesem düsteren Gemäuer zwischen den schwarzen Mauern stecken zu bleiben, ganz und gar nicht behagte.

Schließlich musste er die Zähne zusammenbeißen und sich so dünn machen, wie es nur irgend ging – und wie ein Korken, der aus einem Flaschenhals schießt, platzte er durch die Tür am Ende der Treppe, um dabei gegen Balbok zu stoßen, der einfach stehen geblieben war.

»*Darr malash!* Siehst du nicht, dass ich direkt hinter dir komme? Musst du mir immer im Weg …?«

Er unterbrach sein Lamento, als er sah, wo sie sich befanden. Es war eine weite Halle mit niedriger Decke, die von zahlreichen Säulen getragen wurde. An der Stirnseite des Raums befanden sich kleinere Torbögen, die von Metallplatten verschlossen waren. Diese waren weder rostig, noch zeigten sie sonstige Anzeichen ihres Alters, sondern schimmerten matt im Licht der Fackeln.

»Die Pforten zur Schatzkammer«, hauchte Alannah.

»Bist du sicher?«, fragte Corwyn beeindruckt.

»Jedenfalls werden sie so in den Büchern Farawyns beschrieben.«

»Großartig.« Der Kopfgeldjäger schnitt eine Grimasse. »Und wieder gibt es weder einen Riegel noch einen Hebel, um die Pforten zu öffnen. – Los, worauf wartet ihr?«, wandte er sich an die Orks. »Jetzt könnt ihr beweisen, ob ihr die Auserwählten seid oder nicht.«

»Was soll das heißen?«, zischte Alannah. »Du glaubst doch nicht im Ernst, dass …?«

»Was ich glaube ist einerlei. Tatsache ist, dass es den Unholden gelungen ist, das Große Tor zu öffnen. Ob es die Vorsehung war, die sie dazu befähigt hat, oder ob sie einfach mehr Glück als Verstand haben, weiß ich nicht. Aber ich will sehen, was sich hinter diesen Toren befindet.«

Rammar und Balbok verständigten sich mit einem schnellen Blick, dann schritten sie gemeinsam auf die mittlere der Pforten zu. Rammar ließ sich dabei Zeit und genoss es, dass der Mensch und die Elfin auf sie angewiesen waren. Theatralisch breitete er die Arme aus und murmelte einige zusammenhanglose Worte in der Orksprache, die zwar keinen Sinn ergaben, der Sache jedoch mehr Gravität verliehen.

Balbok und er legten gleichzeitig ihre Klauen auf das Tor – und tatsächlich, blaues Licht flammte auf und hüllte sowohl das Metall als auch die beiden Orks ein!

Im nächsten Moment hob sich nicht nur jene Pforte, auf die Rammar und Balbok ihre Klauen gelegt hatten, sondern auch die anderen, die in die Wand eingelassen waren.

»Das kann nicht sein!«, rief Alannah in einer Mischung aus blankem Entsetzen und fassungslosem Staunen.

Aber es war so. Mit lautem Knirschen, das verriet, dass sie sich seit einem Zeitalter nicht mehr bewegt hatten, schoben sich die gepanzerten Platten in die Decke. Da Rammar der Kleinste der seltsamen Truppe war, konnte er als Erster sehen, was sich jenseits der Tore befand – und er stieß einen heiseren Schrei aus.

»*Oir!*«, rief er laut. »*Orchgoid! Smarachg'hai!*«

Und noch ehe Corwyn oder irgendjemand sonst etwas unternehmen konnte, war der dicke Ork schon unter dem sich öffnenden Tor hindurch und auf die andere Seite gehuscht, wo er noch lauter und aufgeregter schrie.

Balbok bückte sich und folgte ihm, und auch die Elfin und

der Kopfgeldjäger schlüpften unter dem Tor hindurch, sobald die Öffnung groß genug für sie war. Was sie auf der anderen Seite erwartete, überstieg ihre kühnsten Träume.

Sie gelangten auf eine steinerne Plattform mit einer Balustrade – und jenseits davon erstreckte sich eine riesige Halle, deren halbrunde Kuppel so gewaltig war, das die gegenüberliegende Seite vom Licht der Fackeln nicht erhellt wurde. Dazwischen häuften sich – die Gefährten trauten ihren Augen nicht – bergeweise Gold, Silber, Edelsteine und Geschmeide, dass es im Fackelschein glitzerte und gleißte. Die Schätze des Elfenreichs breiteten sich vor ihnen aus: goldene Truhen, die bis zum Rand gefüllt waren mit Juwelen, Smaragden und blitzenden Diamanten; Rüstungen und Helme aus purem Silber, das im gelben Schein der Fackeln glänzte; herrlich geschmiedete Äxte und Schwerter, deren Griffe mit Edelsteinen besetzt waren; ein Streitwagen aus purem Gold und mit Rädern aus Silber; goldene Standbilder und Büsten, dazu kunstvoll geformte Schmuckstücke, Vasen, Kelche, Teller …

All dies schwamm auf einem unermesslich tiefen Meer aus Münzen verschiedenster Währungen und Epochen; auch Zwergenmünzen waren darunter – Tributzahlungen, die die Bewohner des Scharfgebirges einst an den Elfenkönig entrichtet hatten. Am meisten jedoch nahm Rammar der Anblick der juwelenbesetzten goldenen Krone gefangen, die über dem Gipfel des zentralen Schatzberges schwebte, von nichts in der Luft gehalten als einem Schaft blauen Lichts, der durch eine Öffnung im Zenit der Kuppel in die Halle fiel.

»Die Krone Sigwyns!«, flüsterte Alannah. »Sie wartet hier auf den Auserwählten. Also ist es wahr. Es ist alles wahr …«

»Unglaublich …«, kommentierte Corwyn mit heiserer Stimme. »Warum, in aller Welt, haben deine Leute diese Schätze nicht mitgenommen, als sie Tirgas Lan verließen?«

»Weil Blut an diesen Reichtümern klebt«, antwortete Alannah leise, die selbst für eine Elfin merklich blass geworden war. Allmählich begriff sie, dass sie nicht nur das Geheimnis verraten hatte, das zu hüten ihre Bestimmung gewesen war, sondern auch die letzten dreihundert Jahre ihres Lebens.

»Meine Ahnen waren zu der Überzeugung gelangt, dass der Besitz von Gold und Silber die Sterblichen nur verdirbt. Ihnen ging es nicht darum, sich zu bereichern.«

Corwyn warf ihr einen Blick von der Seite zu – und dann ging ein Ruck durch seine breitschultrige Gestalt. »Ihnen vielleicht nicht«, schnaubte er. »Aber mir auf jeden Fall!« Und noch ehe Alannah etwas erwidern konnte, setzte er über die Balustrade hinweg und sprang hinab in das mit unermesslichen Reichtümern gefüllte Rund.

»Nein, Corwyn!«, rief Alannah entsetzt. »Tu das nicht! Dieser Schatz ist verflucht, er wird dir kein Glück bringen!«

»Das hättest du dir überlegen sollen, bevor du uns hierher geführt hast«, entgegnete der Kopfgeldjäger kaltschnäuzig. Der gierige Glanz in seinen Augen war zu einem lodernden Feuer geworden.

»Was habe ich nur getan?«, flüsterte Alannah mit bebenden Lippen – um im nächsten Moment von Rammar und Balbok ausgelacht zu werden.

»Das sieht euch Elfen ähnlich«, tönte Rammar. »Zuerst eine große Klappe haben und dann die Reumütige spielen! Aber nun ist es zu spät, Elfenweib. Was du getan hast, hast du getan. Du hast jetzt deine Wahrheit, und wir haben den Schatz.«

Und damit setzten auch er und Balbok über die Balustrade, landeten auf glänzenden Münzen und funkelnden Edelsteinen und federten in den Knien ab. Dann sprang Rammar unter irrsinnigem Gelächter umher, riss mal ein juwelenbesetztes Schwert hervor, jonglierte mit faustgroßen Smaragden oder badete in Goldmünzen. Auch Balbok freute sich und grinste übers ganze Gesicht – schon allein deshalb, weil sich sein Bruder freute. Dass diejenige, die sie zum Schatz geführt hatte, dem Zusammenbruch nahe war, kümmerte weder die Orks noch den Kopfgeldjäger.

»Was habe ich nur getan?«, flüsterte Alannah immer wieder. »Was habe ich nur getan …?«

Corwyn war kaum wiederzuerkennen, Balbok stand breit grinsend und mit gierig funkelnden Augen da, und Rammar war völlig außer Rand und Band. Innerhalb von Augenblicken hatte der Schatz allen dreien den Verstand geraubt, ihr ganzes Streben richtete sich darauf, ihn zu besitzen.

»Sieh dir das an, Balbok!«, rief Rammar, während er einen Haufen Goldmünzen in die Luft warf und sie sich auf Kopf und Schultern prasseln ließ. »Wer braucht noch Girgas' Schädel, wenn er solche Schätze zurück ins *bolboug* bringen kann? Graishak wird vor uns am Boden kriechen und um Gnade winseln, wenn er …«

Der feiste Ork unterbrach sich, als plötzlich etwas anderes seine Aufmerksamkeit erregte – es war die Elfenkrone, die umgeben von blauem Licht über dem Schatz schwebte. Mehr noch als alle anderen Reichtümer, die die Elfen zusammengetragen hatten, schlug ihn dieses Kleinod in den Bann, und eine Gier, wie selbst er sie noch nie verspürt hatte, erwachte in ihm. Dies und nichts anderes wollte er besitzen!

Ein irres Lodern in den Augen ging er daran, den mittleren Goldberg zu besteigen, über dem die Krone schwebte. Das war alles andere als einfach, weil er in den goldenen Münzen, Kelchen, Tellern und Schmuckstücken immer wieder nach unten rutschte. Auf allen vieren musste er nach oben krabbeln.

Weder Corwyn, der sich die Taschen mit Münzen voll stopfte, noch Balbok, der den Bogen geschultert hatte und seine Klauen mit goldenen Ringen verzierte, schenkten ihm Beachtung – einzig Alannah sah, was die Stunde geschlagen hatte.

»*Neeeiiin!*«, rief sie in einem Ausbruch blanken Entsetzens. »Das nicht! Nicht die Elfenkrone!«

»Warum nicht?«, rief Rammar zurück und lachte meckernd. »Eine Krone wollte ich schon immer mal tragen. Ich bin sicher, sie steht mir gut zu Fratze.«

»Nur der Auserwählte darf nach der Krone greifen!«, rief Alannah, und ihre Stimme überschlug sich fast. »Wer sie berührt, ohne dazu ausersehen zu sein, den trifft der Fluch von Tirgas Lan!«

»Ha!«, stieß Rammar hervor und schüttelte den Kopf. »Du machst mir keine Angst mehr, Elfenweib! Was faselst du da von Schicksal und Auserwählten? Hast du vergessen, dass es mir gelungen ist, die Tore zu öffnen? *Ich* bin der Auserwählte!«

Die Worte lauthals brüllend, erklomm Rammar den Gipfel des Schatzberges und streckte seine kurzen Finger nach der Krone aus. Er erreichte sie nicht und musste den *saparak* zur Hilfe nehmen, um sie sich zu angeln. Aber dann hielt er sie in seinen Klauen und schwenkte sie triumphierend über dem Kopf.

»Nein!«, ächzte Alannah verzweifelt.

»Ich hab sie!«, schrie Rammar laut und hohnlachend. »Seht alle her – ich bin der König des Elfenreichs. Von jetzt an müsst ihr alle vor mir zittern, denn Rammar der Rasende wird der Gefürchtetste aller Herrscher sein!«

Mit diesen denkwürdigen Worten setzte er sich die Elfenkrone aufs Haupt, die zuletzt die sorgenumwölkte Stirn Farawyns des Weisen geschmückt hatte.

»Frevel!«, schrie Alannah, und es war nichts Sanftes mehr in ihrer Elfenstimme. »Ein Unhold trägt die Zier des Elfenreichs!«

»Nicht schlecht, was?« Rammar lachte laut. »Und weißt du, was das Beste daran ist, Elfenweib? Du selbst hast Schuld, denn ohne deine Hilfe hätten wir diesen Ort niemals gefunden!«

Alannahs entsetzter Schrei ging in ein Ächzen über, denn sie wusste nur zu gut, dass der Ork Recht hatte.

Es wäre nie so weit gekommen, hätte sie nicht ihrer unermesslichen Selbstsucht nachgegeben, hätte sie nicht alles verraten, was in ihrem Leben bis dahin wichtig gewesen war, nur um ihre leichtfertige Abenteuerlust und ihre kindliche Neugier zu befriedigen. Was hatte sie nur geritten, den Tempel von Shakara zu verlassen? Warum, in aller Welt, hatte sie den Orks bei der Flucht geholfen? Was war es nur gewesen, das sie gedrängt hatte, der Legende von Tirgas Lan auf den Grund gehen zu wollen, statt einfach das zu tun, was sie dreihundert Jahre lang getan hatte, nämlich widerspruchslos dem Protokoll und der Tradition zu folgen?

Warum hatte sie gezweifelt? Sie hatte keinen Grund dazu gehabt. Alles hatte sich als wahr erwiesen, war genau so, wie es in den Büchern der Geschichte geschrieben stand. Farawyn hatte die Wahrheit verkündet, mit jedem einzelnen Wort. Aber in ihrer Selbstverliebtheit hatte Alannah dies alles verraten –

das wurde ihr in dem Augenblick klar, als sie den widerwärtigen fetten Ork mit der Elfenkrone sah.

Der schändliche Frevel blieb jedoch nicht ohne Folgen. Rammar sprang noch immer auf dem Gipfel des Goldbergs herum und gebärdete sich wie von Sinnen, als plötzlich ein Rumoren erklang, das aus den Tiefen der Welt zu kommen schien. Die Schatzkammer erbebte, und Rammar verlor das Gleichgewicht. Erschrocken schrie er auf und purzelte kreischend und sich überschlagend den Goldberg hinab, während es um ihn herum klimperte und klirrte. Zwischen Münzen und Geschmeide und zwei goldenen Götzenstatuen, die einst eine längst untergegangene Rasse als Tribut an das Elfenreich entrichtet hatte, bleib er liegen. Die Krone hatte er verloren.

»W-was war das?«, fragte er verblüfft.

»Der Fluch«, antwortete Alannah, und obwohl sie leise sprach, hallten ihre Worte von der Kuppeldecke wider, so still war es auf einmal geworden. Jeder hatte sie gehört; auch Corwyn und Balbok starrten sie verdutzt an.

»Welcher Fluch?«, keuchte Rammar.

»Frevlerhände haben nach der Krone Sigwyns gegriffen. Eine solche Untat kann nicht ungesühnt bleiben.«

Wie um die Worte der Elfin zu bestätigen, durchlief ein weiterer Erdstoß die Schatzkammer. Diesmal war er noch heftiger, und ein Fauchen und Schnauben erklang, das aus tiefsten Tiefen zu kommen schien und schlagartig alle Reichtümer vergessen ließ.

»Was ist da los?«, wollte Corwyn wissen.

»Etwas ist erwacht«, antwortete Alannah mit bebender Stimme. »Etwas Dunkles, Schreckliches, das besser weitergeschlafen hätte.« Dann schrie sie: »Wenn euch euer Leben lieb ist, dann flieht!«

»Was? Ich soll fliehen?«, rief der Kopfgeldjäger. »Aber ich habe mir noch nicht mal alle Taschen gefüllt und ...«

»Bleib und stirb – oder flieh und lebe!«, schrie die Elfin. »Es ist deine Entscheidung, du Narr!«

Für einen Augenblick standen der Kopfgeldjäger und die beiden Orks unentschlossen da, tauschten verwirrte Blicke.

Dann aber zwinkerte Rammar seinem Bruder zu – und sie waren sich sofort einig darin, was zu tun war: Schon als der Kopfgeldjäger sie, Rücken an Rücken gefesselt, durch die Ausläufer des Scharfgebirges getrieben hatte, hatten die beiden Orks einen Plan gefasst, und die Zeit war gekommen, ihn in die Tat umzusetzen!

Rammar hob den *saparak*, Balbok, der sich ein Dutzend prächtiger Perlenketten um den langen Hals gewickelt hatte, griff mit goldberingten Fingern nach dem Bogen, und ehe Corwyn sich's versah, zeigten die Spitzen eines Orkspeers und eines Pfeils auf ihn.

»W-was soll das?«, stammelte er.

»Was wohl?«, entgegnete Rammar grinsend. »Glaubst du im Ernst, wir würden den Schatz mit dir teilen? Wir sind Orks – und Orks teilen nicht, wenn sie alles haben können!«

Corwyn starrte Rammar gehetzt an. »Habt ihr denn nicht gehört, was Alannah gesagt hat? Dort unten in den Tiefen ist irgendwas erwacht, und wir müssen fliehen, wenn es uns nicht vernichten soll.«

»Ha!«, stieß Rammar hervor, und seine blutunterlaufenen Augen leuchteten vor Gier. »Auf so einen Schwachsinn fallen wir nicht rein. Ich weiß doch, was die Elfin und du hinter unserem Rücken getuschelt habt!«

»Verdammt, Orkfresse!«, schrie Corwyn mit heiserer Stimme. »Was faselst du da?«

»Balbok und ich wussten die ganze Zeit über, dass ihr versuchen würdet, uns übers Ohr zu hauen. Aber ihr habt nicht mit der Schläue von uns Orks gerechnet, und das wird euch jetzt zum Verhängnis. – Los, Balbok, verpass dem Kerl einen seiner eigenen Pfeile!«

»Frevel! Frevel!«, schrie Alannah von der Plattform her, völlig außer sich. »Flieht, ihr Narren – oder der Fluch von Tirgas Lan wird euch treffen. Der Wächter ist erwacht!«

»Welcher Wächter?« Rammar in seiner Gier schnaubte verächtlich. »Glaubst du, so ein bisschen Gerumpel und Geächze würde Eindruck auf mich machen? Rammar der Rasende hat Ghulen und Berserkern getrotzt – von faulem Elfenzauber wird er sich ganz sicher nicht einschüchtern lassen. – Los jetzt, Balbok!«

»*Korr*«, bestätigte sein Bruder, zog die Sehne des Bogens zurück und zielte auf die Brust des Kopfgeldjägers.

»Ihr elenden Verräter!«, wetterte Corwyn. »Ihr erbärmlichen Dreckskerle! Alannah hätte euch bei den Zwergen zurücklassen sollen!«

»Das hätte sie«, bestätigte Rammar, »aber nun ist es zu spät für solche Überlegungen – wenn hier irgendjemand zurückgelassen wird, dann bist du das, du elender *umba*...«

Er brach mitten im Wort ab, als plötzlich etwas direkt vor seiner Schnauze vorbeiflog und nur zwei Schritte von ihm entfernt zwischen Goldmünzen und Geschmeide stecken blieb.

Es war ein Pfeil – und Rammar erkannte sofort, dass es sich um einen Gnomenpfeil handelte!

Mit einem verblüfften Grunzen fuhr der feiste Ork herum – und stellte fest, dass Alannah Gesellschaft bekommen hatte. Von den Orks und dem Kopfgeldjäger unbemerkt war ein halbes Dutzend Gnomen auf der steinernen Plattform erschienen. Sie bedrohten die Elfin mit ihren Spießen und starrten feindselig zu den Orks und dem Kopfgeldjäger herüber. Hätte Rammar ihre Visagen zu unterscheiden gewusst, wäre ihm der eine oder andere vielleicht bekannt vorgekommen – so sah er nichts als gefletschte Zähne und eitrig gelbe Augen, und er hörte das hasserfüllte Grunzen der grünen Brut.

»Eine Falle!«, schrie Corwyn entsetzt, und auch Balbok war völlig aufgebracht.

»Gnomen!«, rief er angewidert und vergaß darüber ganz, dem Kopfgeldjäger einen Pfeil in die Brust zu jagen. »Wo kommen die plötzlich her?«

»Mir egal«, knurrte Rammar und hob den *saparak*. »Viel wichtiger ist, wo sie hingehen werden – nämlich in Kuruls dunkle Grube! Los, Balbok!«

Diesmal zögerte der hagere Ork nicht – sein Pfeil schnellte von der Sehne und bohrte sich in die Kehle eines Gnomen, der gurgelnd über die Balustrade fiel und auf Gold gebettet verendete.

Seine Artgenossen brüllten wütend auf und setzten über das steinerne Geländer, um sich auf ihre Erzfeinde zu stürzen. Rammar und Balbok erwarteten ihren Ansturm, und auch Corwyn zog sein Schwert.

»Verschwinde, Kopfgeldjäger!«, rief Rammar ihm zu. »Wir brauchen deine Hilfe nicht, um mit ein paar lächerlichen Gnomen fertig zu werden!«

In diesem Moment war aus dem Vorraum der Schatzkammer gellendes Geschrei zu vernehmen, und gut zwei Dutzend weitere Gnomen drängten auf die Plattform.

Rammar überlegte es sich anders. »Na schön, Mensch. Du kannst bleiben. Aber nur, weil ich heute gut gelaunt bin …«

Dann waren auch schon die ersten Gnomen heran, und der Ork stieß mit seinem *saparak* zu, rammte dem ersten Angreifer die Spitze der Waffe in die Kehle. Eine Kaskade grünen Gnomenbluts spritzte aus der Wunde und besudelte das Elfengold. Ein zweiter Gnom büßte seine Vorderzähne ein, als Rammar mit dem Speerschaft zuschlug und dem Feind mitten ins Gesicht traf. Sogleich bohrte ihm Rammar den *saparak* in den Bauch, um sein hässliches Kreischen zu beenden.

Balbok ließ unterdessen weitere Pfeile von der Sehne schnellen und erwischte zwei Gnomen, noch bevor sie ihn erreichten. Corwyn hingegen benutzte seinen Anderthalbhänder; die wuchtige Klinge pfiff durch die Luft und durchtrennte einen Angreifer in der Leibesmitte. Die dünnen Beine des Gnomenkriegers stolperten noch ein paar Schritte weiter, als hätten sie nicht mitbekommen, welch unrühmliches Ende ihren Besitzer ereilt hatte, dann knickten sie ein.

»Wartet, ihr grüngesichtiges Pack!«, brüllte der Kopfgeldjäger. »Ihr habt es gewagt, die Elfenpriesterin anzufassen – das wird euch verdammt Leid tun!«

Um seinen Worten Nachdruck zu verleihen, enthauptete er sogleich einen weiteren Angreifer, dessen Schädel kreischend davonflog. Drei Schwerthiebe später hatte Corwyn die steinerne Plattform erreicht und zog sich an der Balustrade empor, ungeachtet der Klingen und Spieße, die von oben nach ihm stachen.

Balbok schickte ein halbes Dutzend Pfeile über das Geländer, und ebenso viele Gnomen sanken getroffen zu Boden. Da der Köcher auf seinem Rücken damit leer war, warf er den Bogen von sich und griff kurzerhand nach einer goldenen Axt, die auf einem Juwelenhaufen lag. Sie war kunstvoll verziert und mit Edelsteinen besetzt, doch Balbok schwang sie wie einen klobigen Kriegshammer und verfiel dabei in wildes, ungezügeltes Geschrei.

Die Elfenwaffe mochte weniger wuchtig sein, als seine Orkaxt es gewesen war, und ihr Blatt war auch nicht annähernd so scharf – aber wenn ein hünenhafter Ork im Kampf einem Gnom gegenübersteht, der gerade mal eine halbe Mannslänge misst, spielt die Schärfe der Waffe keine allzu große Rolle. Das vor Edelsteinen funkelnde Axtblatt ging nieder, und wer sich von den Gnomen nicht rasch genug in Sicherheit bringen konnte, sank mit zerschmettertem Haupt nieder.

»Los, Bruder!«, schrie Rammar. »Der Kopfgeldjäger und die Elfin dürfen uns nicht entkommen!«

»Warum?«, fragte Balbok in der Hitze des Gefechts.

»Blöde Frage – irgendjemand muss uns schließlich helfen, den Zaster zu tragen!« Rammar grinste dreist, und beide stürmten sie auf die Plattform zu. Zwei Gnomen, die ihnen im Weg standen, wurden einfach überrannt und fanden sich unter trampelnden Orkfüßen wieder, was bei Rammars Gewicht tödlich war.

Die Orks erreichten die Plattform. Balbok setzte mit einem gewaltigen Sprung hinauf, Rammar zog sich zappelnd und mit aller Kraft an der Balustrade hoch. Gnomenspieße wollten ihn willkommen heißen, als ein wuchtiger Axthieb ihre Träger allesamt beiseite wischte. Balbok räumte auf der Plattform mit der Gnomenbrut auf, und Corwyn stand ihm dabei zur Seite. Dass sich der Kopfgeldjäger und der Ork eben noch als Feinde gegenübergestanden hatten, war kaum mehr zu glauben.

Mit vereinten Kräften machten sie die Feinde nieder, noch ehe Rammar das Geländer ganz überwunden hatte (wobei er sich ein wenig mehr Zeit ließ, als es notwendig gewesen wäre). Grünes Blut besudelte die steinerne Plattform, die Körper erschlagener Feinde und abgehackte Gliedmaßen lagen überall herum. Und inmitten des ganzen Durcheinanders standen die letzten beiden Gnomen.

Hasserfüllt zischend, bedrohten sie Alannah mit ihren Spießen. Deren Spitzen waren in Gift getränkt; eine Kratzer genügte, um selbst bei einem Elfen augenblicklich zum Tod zu führen. Die Speerspitzen befanden sich gefährlich nah an Alannahs Hals.

»Vorsicht!«, rief Corwyn den Orks zu, als sich diese auf die verbliebenen Feinde stürzen wollten. »Wenn wir angreifen, werden sie Alannah töten!«

»Na und?«, stieß Rammar hervor, keuchend nicht vor Blutdurst, sondern vom Erklimmen der Balustrade. »Lieber die Elfin als mich!«

»Verdammte Made!«, wetterte Corwyn. »Sie hat dir das Leben gerettet, und du willst sie einfach opfern?«

»Auch ich habe ihr das Leben gerettet«, entgegnete Rammar. »Damit wären wir dann wohl quitt!«

»Das gibt dir nicht das Recht, ihr Leben zu gefährden!«

»Und du hast mir nichts vorzuschreiben, Milchgesicht!«

»Dafür wirst du büßen!«

»Und du erst, du …«

Die Gnomen, die verwirrt von einem zum anderen blickten, wurden sichtlich unruhig. Es war abzusehen, dass sie jeden Augenblick die Nerven verlieren und das tun würden, wozu ihre niederen Instinkte sie trieben – nämlich einfach zuzustechen und möglichst viel Blut zu vergießen, ehe sie selbst in Kuruls dunkle Grube stürzten.

»Sagt mal, ihr Streithähne!«, wandte sich Alannah an ihre vermeintlichen Retter und stürzte die Gnomen damit nur noch mehr in Verwirrung. »Denkt ihr nicht, dass ich bei dieser Sache auch ein Wörtchen mitzureden habe?«

Die Orks und der Kopfgeldjäger unterbrachen ihren Disput. »Was gibt es denn da mitzureden?«, fragte Corwyn verblüfft. Rammar und Balbok nickten beifällig.

»Nun, zum Beispiel stellt sich mir die Frage, ob zwei hergelaufene Gnomen überhaupt in der Lage sind, eine Elfenpriesterin zu bedrohen«, gab Alannah keck zur Antwort – und im nächsten Moment geschah etwas, womit niemand, am allerwenigsten die beiden Gnomenkrieger, gerechnet hatten.

Denn aus den Handflächen der Elfin flammte plötzlich blaues Licht, das so grell war, dass es alle Anwesenden für einen Augenblick blendete. Diesen Augenblick nutzte Alannah, um sich blitzschnell um ihre Achse zu drehen, und als das Licht wieder verblasste, lagen die beiden Gnomenkrieger zuckend am Boden und verendeten qualvoll.

»W-was war das?«, fragte Corwyn verblüfft.

Alannah sandte ihm ein Lächeln. »Unsere orkischen Freunde würden es wohl Elfenzauber nennen.«

»*Korr*«, stimmte Rammar begeistert zu, »das ist das erste Mal, das euer Zauber zu etwas nütze ist. Kannst du mir das bei Gelegenheit beibringen?«

»Dazu wird es nicht kommen, Orkfresse«, knurrte Corwyn und stellte sich neben Alannah. »Denn jetzt sind wir zu zweit, und es wird euch nicht gelingen, uns heimtückisch zu ermeucheln. So wie ich das sehe, gibt es noch eine offene Rechnung zu begleichen!«

»In der Tat, Kopfgeldjäger!«, rief in diesem Moment eine heisere, hässliche Stimme, die alle vier zusammenzucken ließ und die Rammar und Balbok ziemlich bekannt vorkam.

Zu aller Überraschung bekamen sie auf der Plattform noch mehr Gesellschaft. Aber diesmal waren es keine Gnomen, die aus dem Vorraum der Schatzkammer drängten. Es waren Orks – und nicht irgendwelche.

Rammar und Balbok erkannten einige der gelbäugigen, rüsselnasigen, zähnefletschenden und oftmals von feindlichen Waffen verunstalteten Visagen wieder. Es waren – so unglaublich es auch sein mochte – Orks aus ihrem Dorf, die mit blanken Schwertern und Äxten aufmarschierten.

Und das Kommando führte – Rammar und Balbok trauten ihren Augen nicht – kein anderer als Graishak, der Häuptling ihres *bolboug*. Die metallene Platte an seinem Schädel schimmerte im Licht der Fackeln …

»*Achgosh douk*«, entbot Graishak ihnen grinsend seinen Gruß.

»*A-achgosh douk kudashd*«, kam die gestammelte Erwiderung.

»Seid ihr überrascht?«, fragte Graishak und genoss offenbar die Wirkung seines Auftritts.

»E-ein wenig«, gab Rammar zu, obwohl das eine krasse Untertreibung war. Graishak an diesem Ort anzutreffen war ungefähr so, als würde man Kurul persönlich begegnen.

»Das wundert mich nicht. Ich dachte mir, dass ihr den Plan nicht durchschauen würdet, dämlich und einfältig, wie ihr nun mal seid.«

»Dämlich und …?« Rammars Verstand schlug Purzelbäume, während er versuchte, auch nur annähernd dahinterzukommen, was Graishak in Tirgas Lan zu suchen hatte und wie er und seine Krieger die Verborgene Stadt gefunden hatten. Was, bei allen Würmern in Torgas Eingeweiden, ging hier vor? Nur eins war Rammar klar: dass sein Bruder und er bis zum Hals in der *shnorsh* steckten …

»I-ich kann dir alles erklären, Graishak«, stammelte er. »Ei-eigentlich … nun, wir hatten Girgas' Haupt schon so gut wie sicher, aber da war dieser Zauberer, und wir hatten es mit Eisbarbaren und Elfen zu tun, und dann war Balbok auch noch so dämlich, den Zwergen alles zu verraten und … und … alles ist nur seine Schuld, ohne ihn wäre ich längst ins *bolboug* zurückgekehrt und hätte dir Girgas' Haupt …«

»Girgas' Haupt?« Graishak schnaubte verächtlich. »Glaubst du wirklich, dass ich deswegen gekommen bin? Dass ich die weite Reise auf mich genommen habe wegen des abgehackten Schädels eines *umbal*, der zu dämlich war, auf seinen eigenen Kopf aufzupassen?«

»Nun … ja«, erwiderte Rammar verunsichert, während Balbok nur noch dastand und ein unglückliches Gesicht machte. »Ich dachte, wenn wir nicht bis zum vollen Blutmond zurück wären, würdest du die *faihok'hai* auf uns hetzen, damit sie sich *unsere* Köpfe holen …«

»Die *faihok'hai* sind meine besten Krieger, Stinkmaul«, knurrte Graishak. »Sie haben Besseres zu tun, als zwei *umbal'hai* nachzujagen, die nicht einmal den Orkkalender kennen. Wenn ich euch töten wollte, hätte ich es längst getan. Aber das Schicksal hatte nun einmal etwas anderes mit euch vor. Bei dieser Sache geht es um mehr, als in eure hässlichen Schädel geht – nicht wahr, großer Meister?«

»So ist es!«, erklang die Antwort, mit einer Stimme, die Rammar und Balbok abermals auf hässliche Weise vertraut war.

Die Reihen der Orks teilten sich, und zu Rammars und Balboks maßlosem Erstaunen tauchte noch jemand auf, den die beiden an diesem Ort am allerwenigsten erwartet hätten.

Rurak der Schlächter.

Der Zauberer, der sie auf die gefahrvolle Mission zum Tempel von Shakara geschickt hatte und dem sie irgendwann unterwegs untreu geworden waren. Aus gutem Grund, wie Rammar fand, doch er bezweifelte, dass Rurak dafür Verständnis aufbringen würde.

Der Zauberer trug seine schwarze Robe und schien über den steinernen Boden zu schweben, während er die Reihen der Orks passierte, den Zauberstab in der klauenartigen Hand. Die bärtigen Gesichtszüge unter der Kapuze waren so hager und knochig wie die eines Toten, der Blick seiner Augen kalt und stechend.

Die Orks erschauderten bis ins Mark. Ein jäher Drang wollte Rammar einfach davonlaufen lassen. Sollte Balbok selbst sehen, wie er zurechtkam. Aber da Graishaks *faihok'hai* sie eingekreist hatten und daher jeder Fluchtversuch blutig enden würde, entfiel diese Möglichkeit. Rammar konnte nichts tun als abzuwarten, während er in den dunklen Windungen seines Orkgehirns verzweifelt nach Antworten suchte.

Wie war das alles möglich?

Wo kamen Graishak und Rurak plötzlich her?

Und wie, bei Torgas Eingeweiden, hatten sie die Verborgene Stadt gefunden?

So sehr er sich bemühte, Rammar begriff einfach nicht, wie das alles zusammenpasste. Nur eines war sicher: Nichts war so, wie sein Bruder und er geglaubt hatten …

# 6.

# R'DHRUURZ TULL

»So sehen wir uns also wieder, meine einfältigen Freunde«, sagte der Zauberer mit jener abgrundtiefen Stimme, die selbst Orks erschaudern ließ, und strich sich mit einer Klauenhand durch den langen grauen Bart. »Später als erwartet und an ganz anderem Ort.«

»I-ich kann alles erklären«, versicherte Rammar schnell. »Wir haben alles genauso gemacht, wie Ihr es uns aufgetragen habt, großer Zauberer. Durch die Schluchten sind wir nach Norden gelangt, haben die Sümpfe durchquert und den Nordwall überwunden – oder vielmehr durchquert –, und das war alles andere als einfach, das könnt Ihr mir glauben.«

»Und?«, fragte Rurak ungerührt.

Ein dicker Kloß hatte sich in Rammars Kehle gebildet, und er musste sich räuspern. »Nun«, fuhr er dann fort, »nachdem wir den Nordwall hinter uns gelassen hatten, haben wir in mutigem Kampf einen Eissegler gekapert, mit dem wir nach Shakara gelangten. Und stellt Euch vor, mächtiger Zauberer – die Karte von Shakara existiert nicht wirklich, sondern nur im Kopf dieser Elfin da.« Rammar deutete auf Alannah, die bislang nur dagestanden hatte und kein Wort sagte; sie musterte Rurak nur mit kühlem Blick.

»Ich weiß«, sagte der Zauberer.

»I-ihr wisst es?«, stotterte Rammar. »S-soll das heißen, I-ihr habt es von Anfang an gewusst?«

»Natürlich, mein einfältiger Lakai.«

»Aber – warum habt Ihr nicht …? Ich meine, Ihr hättet uns doch … Oder führtet Ihr etwas anderes im Schilde? Ging es euch in Wahrheit gar nicht darum, die Karte zu bekommen?«

»Was das Schicksal dir an Verstand zugeteilt hat, ist wahrlich nicht viel«, spottete Rurak, »aber immerhin fängst du allmählich an, dies wenige zu gebrauchen. In der Tat wusste ich genau, was es mit der Karte von Shakara auf sich hat, und ich war mir auch bewusst, dass Ihr beiden versuchen würdet, mich zu hintergehen, sobald Ihr erfahrt, wohin die Karte führt.«

»A-aber nein, großer Zauberer!«, versicherte Rammar schnell. »Wir – wir …«

»Leugne es erst gar!«, sagte Rurak mit eisigem Blick. »Oder wollt ihr wieder über der Grube baumeln? Diesmal jedoch werden die Kreaturen in der Tiefe keine Hirngespinste sein.«

»N-nicht nötig«, sagte Rammar, der mit Balbok einen schuldbewussten Blick tauschte. Für gewitzt und durchtrieben hatten sie sich gehalten, für Orks aus echtem Tod und Horn – und nun stellte sich heraus, dass ihr Handeln offenbar Teil eines größeren Plans gewesen war, von dem sie beide nichts geahnt hatten.

»Das alles ist deine Schuld, elender *umbal*!«, fiel Rammar in seiner Not über seinen Bruder her. »Ich habe von Anfang an gesagt, dass einem Zauberer nicht zu trauen ist!«

»Du hast doch damit angefangen, ihm um den Bart zu gehen«, widersprach Balbok, »nicht ich!«

»Das ist nicht wahr!«

»Ist es wohl!«, begehrte Balbok auf. »Und ich habe es endgültig satt, ständig von dir als *umbal* beschimpft zu werden!«

»Dann solltest du aufhören, dich wie einer zu benehmen!«

»Und du solltest aufhören, mich immer zu bevormunden. Der bessere Ork von uns beiden bin nämlich ich, jawohl!«

»Du schlammgesichtige Made! Du dreckfressender Wurm! Wenn du es noch einmal wagst, so mit mir …«

»Nicht zu glauben!«, fiel Rurak dem älteren der Orkbrüder kopfschüttelnd ins Wort. »Selbst jetzt habt ihr nichts Besseres zu tun, als euch zu streiten – so wie ihr es auf der ganzen langen Reise getan habt. Sind alle Abkömmlinge deines Volkes so dämlich, Graishak?«

»Glücklicherweise nicht, Meister«, antwortete der Orkhäuptling.

»Auf der ganzen langen Reise?«, echote Balbok und starrte Rurak erstaunt an. »Soll das heißen, du hast uns beobachtet?«

»Natürlich.« Rurak grinste und nickte langsam. »Oder hältst du mich für so töricht, zwei Orks zu vertrauen?«

»Aber wie ...?«, stammelte Balbok. »Ich meine, woher ...?«

»Kannst du dir das nicht denken, Einfaltspinsel? Du selbst bist es doch gewesen, der es möglich machte, indem du die ganze Zeit über mein Auge trugst.«

»Dein Auge?« Verwirrt schaute sich Balbok um – und sein Blick fiel auf die Standarte, die er an die Balustrade gelehnt zurückgelassen hatte, und auf die mattschwarze Kugel am Kopf des Feldzeichens.

»Du vermutest richtig«, sagte Rurak, und sein Grinsen wurde noch breiter. »Durch das magische Auge konnte ich all das sehen, was ihr getrieben habt. Auf Schritt und Tritt habe ich euch beobachtet und war zu jeder Zeit über euer Tun informiert – und auch über euren Verrat.«

»*Tornoumuch!*«, stieß Balbok staunend hervor – darauf wäre er nie gekommen!

Für Rammar hingegen gab es kein Halten mehr, nun, da er wusste, was es mit der verhassten Standarte auf sich hatte. Er schnappte keuchend nach Luft, dann übergoss er seinen Bruder mit einem Schwall wüster Beschimpfungen.

»Schwammkopf! Blödgesicht! Unbegreiflicher *umbal*! Ich sollte dir den Schädel aufschlagen, dir das Hirn rauspulen und es an die Gnomen verfüttern – aber wahrscheinlich würde ich es nicht mal finden! Habe ich dir nicht gesagt, dass wir keine dämliche Standarte brauchen? Dass wir das Ding zurücklassen sollen? Aber nein, wir mussten es ja mit uns schleppen, den ganzen weiten Weg! Wenn ich daran denke, dass du bei den Zwergen sogar unser aller Leben dafür riskiert hast! Und dass ich dich zusammen mit dem be*shnorsh*ten Ding getragen habe! Ich – ich – ich könnte vor *saobh* platzen!«

Wie unter Peitschenhieben zuckte Balbok bei jedem von Rammars Worten ein wenig mehr zusammen. Immer tiefer rutschte sein Kopf zwischen die Schultern, immer zerknirschter wurde sein Gesichtsausdruck, bis er einen ziemlich elenden Anblick bot.

»Zürne deinem Bruder nicht zu sehr«, sagte Rurak großmütig. »Ohne das Auge hättet ihr die Begegnung mit der Spinne wohl kaum überlebt, oder?«

»Das wart Ihr, der uns geholfen hat?«, fragte Rammar.

»Natürlich. Ihr musstet doch euer Ziel erreichen.«

»Und warum hast du uns dann nicht geholfen, als wir gegen den Troll gekämpft haben?«, fragte Balbok.

»Warum wohl«, gab Rammar seinem Bruder die Antwort. »Weil wir zu diesem Zeitpunkt das Ziel längst erreicht und den Zweck unserer Reise erfüllt hatten.«

»Nicht ganz«, widersprach Rurak. »Sondern weil ich nichts dagegen gehabt hätte, wäre dieser da« – er deutete auf Corwyn – »auf der Strecke geblieben. Er ist ebenso überflüssig wie nutzlos.«

»Soll das heißen, ich kam nicht vor in deinem großen Plan?«, knirschte der Kopfgeldjäger bissig.

»So ist es«, gestand Rurak gleichmütig. »Eine Laune des Schicksals hat dich herbeigeweht wie ein Blatt welken Laubs.«

»Nichts in diesem Universum geschieht zufällig, Zauberer«, wandte Alannah ein, »alles ist sorgfältig geplant.«

Der Zauberer seufzte und setzte eine mitleidige Miene auf. »Die Elfen und ihr unerschütterlicher Glaube an die Ordnung. Selbst jetzt, da Euer Volk schwach geworden ist und sich aus dieser Welt zurückzieht, haltet Ihr daran fest – wie ein Schiffbrüchiger, der sich an eine Planke klammert, während die Sonne auf ihn niederbrennt und Bluthaie ihn umkreisen. Die Mächte des Chaos triumphieren, Elfin, nicht die der Ordnung. Diese beiden Orks hier sind der beste Beweis dafür. Jahrhundertelang haben die Elfen darauf gewartet, dass sich die Prophezeiung Farawyns erfüllt – wer hätte gedacht, dass es zwei Orks sein würden, die zu Ende bringen, was vor langer Zeit begonnen wurde?«

»Was wisst Ihr schon von diesen Dingen?«, versetzte Alannah.

»Seid versichert, meine Teure, dass ich *alles* weiß«, gab Rurak mit einer Selbstsicherheit zurück, die weder der Elfin noch ihren Gefährten recht behagen wollte. »Rurak den Schlächter nannte man mich einst, und gefürchtet war ich nicht nur bei meinen Feinden, sondern auch bei meinen Verbündeten und Lakaien. Es enttäuscht mich, dass mein Name bei euch Elfen keinen Ruf mehr hat. Aber vielleicht kennt Ihr mich ja besser unter dem Namen, den euer Volk mir einst gab.«

»Wie lautet er?«, wollte Alannah wissen.

»Gwantegar.«

Alannah zuckte zusammen, als hätte man ihr einen Fausthieb versetzt. Schlagartig schwand all ihr Mut, und ihr Widerstand zerbarst.

Gwantegar.

In die Sprache der Menschen übersetzt lautete der Name »Todbringer«, und zu grässlich waren die Geschichten, die man mit ihm in Verbindung brachte.

»Das ist unmöglich …«, hauchte sie. »Gwantegar ist tot, schon seit langer Zeit …«

»Das haben auch meine einfältigen Helfer hier angenommen«, sagte der Zauberer mit Blick auf Rammar und Balbok. »Doch sicherlich seid Ihr klüger als sie, oder?«

»Wie konnte es Euch gelingen …?«

»Es bedarf dazu eines Zaubers, der zurückgreift auf die Anfänge der Welt und auf die Geheimnisse des Seins. Indem ich anderen ihre Lebenskraft nahm, konnte ich selbst weiterexistieren. Ein Elixier aus der Quintessenz ihres Seins half mir, die Jahrhunderte zu überstehen, genau wie Margok es mich gelehrt hatte.«

»Margok?«

»Gewiss, meine Teure. Wer sonst, glaubt Ihr, hätte mir das Geheimnis des ewigen Lebens verraten? In wessen Auftrag, denkt Ihr, bin ich hier? Welchem Zweck, nehmt Ihr an, dient all dies hier? Ich weiß alles, Elfenpriesterin, denn kein anderer als der Dunkelelf selbst offenbarte es mir. Mich benannte er zu seinem Vertrauten, als alle anderen von ihm abfielen und die Flucht ergriffen. Deshalb kenne ich das Geheimnis, das dieser Ort birgt. Ich weiß um die Macht von Tirgas Lan und welchen unheimlichen Gast die alte Königsstadt beherbergt. Nach all der Zeit, die seit den Tagen des Zweiten Krieges verging, ist Margoks Geist noch immer hier, gefangen in diesen dunklen Gemäuern. Die Stunde, ihn zu befreien, ist nun gekommen.«

»Nein!«, schrie Alannah entsetzt.

»Warum seid Ihr so erschüttert? Ihr selbst habt Euren Teil dazu beigetragen, Elfenpriesterin. Eurer Unzufriedenheit und Eurer Neugier ist es zu verdanken, dass es überhaupt so weit kommen konnte – so wie Margok es einst vorausgesehen hat!«

»Nein! Nein! Nein …!«

»Der Dunkelelf wird zurückkehren und die Welt mit Finsternis überziehen!«, rief der Zauberer mit donnernder Stimme. »Doch um seinen Geist ins Leben zurückzuholen, brauche ich die Lebensenergie einer Elfin!« Er machte eine kurze Pause, starrte Alannah mit brennenden Augen an und fuhr dann leiser fort: »Nachdem Ihr schon so viel für mich getan habt, Priesterin, wird es Euch sicherlich nichts ausmachen, auch noch dieses Opfer für mich zu bringen.«

»Bitte nicht …«

»Vergiss es, Zauberer!«, rief Corwyn und stellte sich schützen vor Alannah, das Schwert in der Faust. »Wer Hand an sie legen will, muss zuerst an mir vorbei!«

»Tatsächlich?« Rurak schnalzte mitleidig mit der Zunge. »Wie rührend. Es stimmt also – der einsame Kopfgeldjäger hat sich in die Elfenpriesterin verliebt. Und sie sich in ihn, wenn ich ihre Blicke richtig deute. Ihr seid so leicht zu durchschauen.«

»Und du bist verrückt, wenn du glaubst, dass ich mich kampflos ergebe!«, entgegnete Corwyn bissig.

»Was du nicht sagst …« Mit einer beiläufigen Geste gab Rurak den *faihok'hai* ein Zeichen, worauf Graishaks Krieger den Kopfgeldjäger umstellten. Der machte sich zum Kampf bereit, hob das Schwert und erwartete ihren Angriff.

Doch die Orks erwiesen ihm nicht die Ehre, mit ihm die Klingen zu kreuzen. Einer der *faihok'hai*, der in Corwyns Rücken stand, schlug ihm den *saparak* in die Kniekehlen, sodass Corwyns Beine unter ihm einknickten. Der Kopfgeldjäger schrie auf und stürzte auf die Knie. Im nächsten Moment traf ein *saparak* seine Rechte und drosch ihm das Schwert aus der Hand.

Dann stürzten sich die Orks auf ihn und bearbeiteten ihn mit nietenbesetzten Fäusten. Von allen Seiten prasselte es auf den Wehrlosen ein. Seine Unterlippe platze auf, sein Nasenbein brach, mehrmals wurde er am Kopf getroffen, bevor er die Fäuste hochbekam, um sich zu verteidigen. Unter einer Lawine wütender Orks und in einem Hagel furchtbarer Schläge ging er nieder, und als die brutale Meute schließlich von ihm abließ, krümmte er sich als blutiges Bündel am Boden.

»Ihr scheußlichen Kreaturen!«, schrie Alannah und fiel neben Corwyn auf die Knie. Der Kopfgeldjäger lebte noch, aber er wand sich wie ein Wurm am Boden. Sein Gesicht war zerschlagen und kaum noch wiederzuerkennen.

Auch Rammar und Balbok schauten betroffen drein. Ihren Intimfeind am Boden zu sehen, hätte sie eigentlich mit Freude erfüllen müssen, aber aus irgendeinem Grund war dies nicht der Fall …

»Wie Ihr seht«, wandte sich Rurak wieder an die Orkbrüder, »seid ihr beiden nicht die Einzigen, die von meinen Plänen überrumpelt werden. Es war ein Komplott, meine einfältigen Freunde, von Anfang an: der Überfall auf Girgas' Meute, der Kampf gegen die Gnomen … Und ebenso gehörte dazu, dass euer Anführer den Kopf verlor und der Tapferste von euch beiden die Schlacht überlebte.«

»Der Tapferste?«, fragte Rammar staunend.

Rurak nickte. »Als ihr dann zu zweit in meiner Festung auftauchtet, wusste ich sofort, dass einer von euch beiden mich belog. Aber da ich nicht feststellen konnte, wer die Wahrheit sprach und wer nicht, beschloss ich, euch beide nach Shakara zu schicken. Kaum hattet ihr meine Festung verlassen, sandte ich einen Boten zu Graishak: Mit seiner Leibgarde verließ er euer Dorf und traf sich mit meinen Gnomen und mir, und gemeinsam warteten wir, bis ihr aus dem Norden zurückkehrtet, zusammen mit der Elfin. Dann folgten wir euch, den ganzen weiten Weg bis hierher.«

»Verräter!«, krächzte Corwyn, der sich noch immer am

Boden wand, und er funkelte Rammar und Balbok aus halb zugeschwollenen Augen an. »Ihr elenden Verräter ...!«

»Nicht doch, Kopfgeldjäger.« Rurak schüttelte den Kopf. »Die beiden wussten ebenso wenig von meinen Plänen wie du.«

Graishak betrachtete die beiden Orkbrüder voller Hohn. »Was ist das für ein Gefühl, wenn man glaubt, der große *gosgosh* zu sein«, fragte er spöttisch, »und am Ende feststellen muss, dass man der letzte *asar* ist?«

»Kein schönes«, gab Balbok zu, in dessen Augen es plötzlich listig blitzte. »Aber ihr müsst uns erst mal davon überzeugen, dass wir wirklich mit beiden Klauen in die *shnorsh* gegriffen haben.«

Graishak runzelte verwirrt die Stirn. »Wie meinst du das?«

»Was, wenn du gar nicht echt bist?«, fragte Balbok. »Wenn du nur ein Trugbild bist, das dieser da« – er zeigte auf den Zauberer – »hervorgerufen hat?«

»Ist das dein Ernst?« Graishak starrte ihn verwundert an.

»Natürlich, er hat Recht!«, pflichtete Rammar, der plötzlich wieder Hoffnung witterte, seinem Bruder bei. »In der Festung des Zauberers haben wir gesehen, wozu er fähig ist. Er kann einen ganzen Pfuhl mit hässlichen *uchl-bhuurz'hai* erscheinen und wieder verschwinden lassen, einfach so. Warum dann nicht auch dich, Graishak?«

»Willst du damit sagen, ich wäre ein *uchl-bhuurz*?« Graishaks Stimme klang gefährlich ruhig.

»Nein«, widersprach Rammar, und ein überlegenes Grinsen ließ seine feisten Wangen anschwellen. »Ich will damit sagen: Du bist nicht echt. Andernfalls würde ich mich wohl kaum *das hier* trauen!« Und mit diesen Worten rammte er Graishak die Faust mitten in die hässliche Visage.

Graishak taumelte zwei, drei Schritt nach hinten, Blut sprudelte aus seinem Rüssel.

»Das ist der Beweis!«, rief Rammar triumphierend. »Der echte Graishak würde sich das niemals gefallen lassen.«

»So?«, näselte der Orkhäuptling – und im nächsten Moment hatte Rammar dessen Dolch an der Kehle. »Ich *lasse* mir das nicht gefallen, dessen sei versichert, Fettsack! Wenn du jetzt nicht augenblicklich das Maul hältst, schlitze ich dich der Länge nach auf und lasse deinen Bruder deine stinkenden Eingeweide fressen. Was hältst du davon?«

»*Shnorsh*«, würgte Rammar hervor. »Schlechte Idee.«

»*Korr*«, knurrte Graishak und ließ von ihm ab. »Dann glaubt ihr jetzt, dass ich es wirklich bin?«

»D-das müssen wir wohl«, ächzte Rammar, sich die Stelle am Hals reibend, wo die scharfe Klinge seine Haut geritzt hatte. »Aber – aber wieso bist du hier? Woher kennst du den Zauberer?«

Rurak, den das Geplänkel der Orks zu amüsieren schien, lachte auf. »Könnt ihr euch das nicht denken, nach allem, was ich euch erzählt habe?« Er wandte sich dem Orkhäuptling zu. »Du hattest Recht, Graishak: Diese beiden sind wirklich die dämlichsten Vertreter deiner Art, die mir jemals untergekommen sind – und das will bei eurer Rasse schon was heißen.«

»Nicht wahr?« Graishak nickte beflissen. »Aber sie sollen nicht so dämlich sterben, wie sie in die Welt gespuckt wurden. Also werde ich ihnen erzählen, wie es zu unserem Bündnis kam. Erlaubt Ihr es?«

»Aber natürlich, mein treuer Diener.«

»Diener? Meister?« Rammars Schweinsäuglein zuckten verwirrt hin und her, während Balboks Gesicht so lang wurde, dass sein Unterkiefer auszuhängen drohte.

»Ihr unwissenden Kreaturen, ihr hirnlosen Maden!«, begann Graishak seine Erklärung. »Begreift ihr denn nicht? Meister Rurak war es, der mich einst fand und mir das Leben rettete, nachdem mich meine eigene Meute schmählich in Stich ließ.«

»Du … du meinst …?«

»Das und nichts anderes«, bestätigte Graishak, während er mit einer Kralle auf seine stählerne Glatze tippte. »Er hat meinen *koum* wieder zusammengeflickt und mir diese Platte eingesetzt. So überlebte ich, obwohl der Feind mir den Schädel gespalten hatte.«

»*Korr*«, murrte Balbok halblaut, »aber manches ist dabei kaputtgegangen …«

»Was hast du gesagt?«, brauste Graishak auf.

»Nichts, gar nichts«, versicherte Rammar schnell. »Mein Bruder redet oft gedankenloses Zeug. Er ist ein *umbal*, gib nichts darauf.«

»Na schön … Jedenfalls bin ich seither Gefolgsmann des Zauberers, denn ihm verdanke ich nicht nur mein Leben, sondern auch alles, was ich bin. Er hat mir beigebracht, was ich weiß, und als ich dann ins *bolboug* zurückkehrte, war ich der stärkste und schrecklichste Ork von allen.«

»Das stimmt«, bestätigte Rammar lakonisch – jemandem mit bloßen Klauen den Kopf von den Schultern zu reißen, wie Graishak es bei seinem Vorgänger getan hatte, war selbst für einem Ork ein starkes Stück.

»Rurak hat mich zu dem gemacht, was ich bin«, fuhr Graishak kriecherisch fort. »Er ist nicht nur *mein* Anführer, sondern der *aller* Orks.«

»Ein schöner Anführer ist das«, ereiferte sich Balbok. »Einer, der mit Gnomen gemeinsame Sache macht und unseren Meuteführern die Köpfe stehlen lässt.«

»Hast du denn noch immer nicht begriffen, du *umbal*?«, schrie Graishak ihn an. »Ein neues Zeitalter ist angebrochen. Es geht nicht mehr gegen die Gnomen und auch nicht gegen die Trolle, sondern einzig und allein gegen – *diese da!*« Graishak, mit mordlüsternem Glanz in den Augen, deutete auf Corwyn und Alannah, die neben dem blutenden Kopfgeldjäger kniete. »Menschen und Elfen sind es, gegen die unser Hass sich richtet, denn sie stehen für all das, was wir verabscheuen.«

»So ist es«, pflichtete ihm Rurak wohlwollend bei. »Einst hat Margok versucht, ein Bündnis aus Menschen und Orks zu schmieden, aber dieses Ansinnen war von Anfang an zum Scheitern verurteilt. Nun habe ich, sein treuester Diener, eine Streitmacht aus Orks und Gnomen geformt. Trolle, Kobolde und Ghuls werden sich uns anschließen und unserem Banner folgen, und eine Armee der Finsternis und des Chaos wird Erdwelt überrennen. Das Elfengeschlecht ist schwach geworden, die Menschen sind untereinander zerstritten; niemand wird uns Widerstand entgegensetzen – vor allem dann nicht, wenn Margok wieder unter uns weilt und die Heerscharen des Chaos anführt.«

»Nein«, hauchte Alannah entsetzt. »Das dürft Ihr nicht!«

»Mit Verlaub, meine Teure – wer sollte mich daran hindern? Ihr bestimmt nicht.« Er kicherte boshaft. »Wer hätte gedacht, dass die Neugier einer gelangweilten Elfin das Schicksal der Welt besiegelt!« Schallend lachte Rurak auf, und seine Orks und Gnomen fielen in sein Gelächter ein; nur Graishak blieb stumm.

Alannah jedoch ertrug den Spott des Feindes nicht länger. Leichenblass brach sie zusammen und blieb ohnmächtig neben Corwyn liegen.

»Alannah! Nein!«, schrie dieser, das zerschlagene Gesicht blutverschmiert. »Du elender Bastard von einem Zauberer, was hast du ihr angetan?«

»Nichts«, antwortete Rurak ungerührt. »Was geschehen ist, hat sie sich ganz allein selbst zuzuschreiben. Jeder ist verantwortlich für das, was er tut – wusstest du das nicht, Kopfgeldjäger?«

»Alannah! Nein!«, brüllte Corwyn mit heiserer Stimme, als Graishaks Orkkrieger die Elfin mit groben Pranken emporrissen, um sie davonzuschleppen. »Alannah! Nicht noch einmal! Das ertrage ich nicht …«

Auch er, Rammar und Balbok wurden ergriffen und fortgezerrt – und niemand merkte, wie es in den Tiefen der alten Zitadelle erneut rumorte.

# 7.

# ANN KUNNART UR'KRO

Zu behaupten, dass Rammars Laune im Keller war, wäre eine krasse Untertreibung gewesen – und trotzdem traf es doch irgendwie die Situation …

Der feiste Ork und sein Bruder hatten Torgas Eingeweide und die Sümpfe durchquert, hatten es mit einer Riesenspinne, Ghulen, Zwergen und Eisbarbaren aufgenommen, hatten gegen Elfen und Trolle gekämpft, hatten Naturgewalten getrotzt, waren der Gefangenschaft der Zwerge ebenso entwischt wie der des Kopfgeldjägers und hatten Hunderte von Meilen hinter sich gebracht – und das alles nur, um sich nun in der gleichen be*shnorsh*ten Lage wiederzufinden, in der sie sich schon zu Beginn ihres Abenteuers befunden hatten: Kopfüber baumelten sie von der Decke eines düsteren Gemäuers.

Irgendwo plätscherte Wasser, und wenn die Orks versuchten, sich zu bewegen, dann klirrten die Ketten, an denen sie hingen. Die Hände hatte man ihnen diesmal auf den Rücken gefesselt, sodass sie sich vorkamen wie zwei Brocken Fleisch, die man in die Speisekammer gehängt hatte.

»Ehrlich, Rammar«, raunte Balbok seinem Bruder zu. »Wenn wir gewusst hätten, dass die Sache so endet, hätten wir uns nicht so abgeplagt, oder? Da hätten wir auch gleich in der Festung des Zauberers bleiben können.«

»Klugscheißer!«, fauchte Rammar. »Von dir will ich nichts mehr hören. Das alles wäre nicht passiert, hättest du nicht darauf bestanden, die verdammte Standarte mitzunehmen!«

»Aber du wolltest sie doch auch mitnehmen!«

»Wenn es nach mir gegangen wäre, hätten wir sie unterwegs weggeworfen und nicht …«

Ein gellender Schrei, der kaum etwas Menschliches an sich hatte, hallte plötzlich durch das unterirdische Gewölbe.

»Der Kopfgeldjäger«, sagte Rammar ungerührt. »Sie foltern ihn.«

»Aus welchem Grund?«, fragte Balbok.

»Seit wann braucht Graishak einen Grund, um jemanden zu quälen?« Rammar knurrte verdrießlich. »Allerdings – diesmal hat er durchaus einen: Dieser Corwyn ist schließlich ein Mensch, und dazu noch einer, der seinen Lebensunterhalt verdient, indem er Orks jagt.«

Erneut war ein durchdringender Schrei zu hören, lauter und verzweifelter noch als zuvor.

»Geschieht ihm recht«, meinte Rammar. »Was musste dieser *umbal* auch seine Milchnase in unsere Angelegenheiten stecken. Er hat den Tod mehr als verdient.«

»*Korr*«, bestätigte Balbok, und dann lauschten sie den furchtbaren Schreien des Kopfgeldjägers, die gar nicht mehr aufhören wollten. Graishak war ein wahrer Meister der Folter, sein diesbezüglicher Einfallsreichtum war weithin berüchtigt.

»Nicht!«, hörten sie Corwyn auf einmal brüllen. »Nicht mein Auge! Nicht mein Auge …!« Das hässliche Geräusch, das darauf folgte und sich anhörte, als würde eine überreife Tomate zerquetscht, verriet, dass sich Graishak nicht hatte erweichen lassen.

Die Orks tauschten einen Blick.

»Er hat's verdient, nicht wahr?«, fragte Balbok.

»Natürlich«, brummte Rammar. »Dieser elende Orkschlächter hat uns gequält und bis aufs Blut gereizt, und er hat uns bei jeder sich bietenden Gelegenheit gedemütigt. Allerdings …«

»… gefällt es dir nicht, dass er von Graishak gefoltert wird«, vervollständigte Balbok.

»Nein«, gab Rammar zu.

»Mir gefällt es auch nicht«, gestand Balbok. »Corwyn mag ein Orkschlächter sein und unser Feind, aber wenigstens hat er nie ein Geheimnis daraus gemacht. Graishak hingegen …«

»… hat so getan, als wäre er unser Anführer, dabei stand er in Wirklichkeit die ganze Zeit über in den Diensten des Zauberers.«

»Genau.« Balbok schnaubte wütend. »Gemeinsam haben sie die Sache ausgeknobelt und uns nach Strich und Faden belogen und manikürt.«

»Manipuliert«, verbesserte Rammar.

»Be*shnorsht*«, drückte Balbok es treffender aus. »Weißt du, Rammar, ich hätte gute Lust, Graishak den Schädel einzuschlagen, Stahlplatte hin oder her.«

»Kann ich verstehen«, meinte Rammar, während weiterhin die Schreie des Kopfgeldjägers zu hören waren, die jedoch bald in ein Heulen übergingen – lange würde Corwyn es wohl nicht mehr machen. »Das Problem ist nur, dass wir wohl kaum die Gelegenheit dazu bekommen. Und außerdem …«

Er verstummte, als plötzlich auf dem Gang vor der rostigen Gittertür ihres Kerkers Schritte aufklangen. Ein Schatten erschien an der Wand, die Gittertür wurde geöffnet, und im nächsten Moment betrat die hagere Gestalt Ruraks das Gewölbe, von dessen hoher Decke die Orks baumelten.

»*Achgosh douk*, meine einfältigen Freunde«, grüßte er hämisch. »So heißt es doch in eurer Sprache, oder nicht?«

»Und?«, fragte Rammar nur. Er dachte nicht daran, den Gruß zu erwidern; sein ehrfurchtsvoller Respekt vor dem Zauberer war blankem Zorn gewichen.

»Ich komme, um euch Grüße von eurem Freund dem Kopfgeldjäger zu bestellen. Es geht ihm nicht so besonders.«

»Was hast du mit ihm gemacht?«

»Ich?« Rurak lachte leise. »Du meinst wohl, was euer Häuptling Graishak mit ihm gemacht hat. Aber an eurer Stelle würde ich mich lieber fragen, was das Schicksal für euch bereithält.«

»Was immer es ist«, maulte Balbok verdrossen, »es kann nicht so schlimm sein, wie die Gesellschaft eines verräterischen Zauberers ertragen zu müssen. Richtig, Rammar?«

»Verdammt richtig, Balbok.«

»Ihr seid beleidigt«, stellte Rurak fest, »in eurem Stolz gekränkt. Sieh an – ich wusste nicht, dass Orks so etwas haben. Aber vielleicht ist es in eurem Fall ja auch etwas anderes. Immerhin seid ihr nicht irgendwelche Orks.«

»Das stimmt«, bestätigte Rammar. »Mach mich los, Zauberer, und ich schwöre dir, dass ich dir deine hässliche Visage nach allen Regeln der Kunst zertrümmern werde. Dann wirst du wissen, zu welcher Sorte Ork ich gehöre.«

»Große Worte aus dem Maul eines Feiglings, der sich beim Kampf gegen die Gnomen verkrochen hat.«

»Waaas?« Balbok horchte auf.

»Wusstest du das etwa nicht?«, gab sich Rurak erstaunt. »Dein Bruder ist sehr darauf bedacht, am Leben zu bleiben ...«

»Ist das wahr?«, fragte Balbok und starrte Rammar streng an. »Du hast dich feige verkrochen?«

»Ja«, gestand Rammar zerknirscht, »es ist wahr. Ich bin tatsächlich ein verdammter Feigling gewesen ...« Er wandte den Blick von seinem Bruder und starrte Rurak an. »Aber ich habe mich geändert, Zauberer, und wenn ich auf dieser elenden Reise, auf die du uns geschickt hast, etwas gelernt habe, dann dass Kriechen und Speichellecken zu nichts führt. Ich bin ein Ork, genau wie mein Bruder!«

»Sieh an, eine bemerkenswerte Entwicklung.« Rurak wurde auf einmal ernst. »Anfangs wollte ich es nicht wahrhaben, aber nun scheint es sich zu bestätigen ...«

»Was?«, schnauzte Rammar, der so in Fahrt war, dass ihm sogar Balbok warnende Blicke zuwarf. »Was wolltest du nicht wahrhaben, du mieser, hinterhältiger, schlammfressender Hundsfott von einem Zauberer?«

Rurak grinste wieder und überging die Beleidigungen, die der feiste Ork ihm an den Kopf warf. »Habt ihr euch nie gefragt, wie es euch gelingen konnte, Farawyns Pforte im Tempel von Shakara zu öffnen? Weshalb das Große Tor von Tirgas Lan, das über tausend Jahre verschlossen war, sich bei eurer Ankunft öffnete? Warum es euch keine Mühe bereitete, euch Zugang zur Schatzkammer zu verschaffen?«

»Lenk gefälligst nicht vom Thema ab!«, maulte Rammar ungehemmt weiter. »Du hast uns hintergangen und verraten, hast unsere Notlage ausgenutzt, nur um deine Pläne zu …« Er stockte. »Was hast du gesagt?«

»Es gibt einen Grund dafür, dass ihr all diese Tore, die seit Jahrhunderten verschlossen waren, mühelos öffnen konntet«, erklärte Rurak. »Wollt ihr ihn nicht erfahren?«

»I-ist es, weil wir die Auserwählten sind?«, fragte Balbok hoffnungsvoll.

»Die Auserwählten?« Rurak lachte höhnisch. »Aber nein. So theatralisch ist es nicht.«

»Woran lag es dann?«, wollte Rammar wissen.

»Ich will es euch sagen«, antwortete der Zauberer rundheraus. »Es liegt daran, dass ihr Elfen seid.«

Eine Pause entstand, in der keiner der drei etwas sagte. Dann – prusteten Rammar und Balbok los.

»Wir und Elfen! Der Witz ist gut!«, amüsierte sich Balbok.

»An dir ist ein Hofnarr verloren gegangen, Zauberer!«, versetzte Rammar und schüttete sich aus vor Lachen.

»Ich scherze nicht!«, versicherte Rurak. »Alle Orks waren einst Elfen. Folter, Verstümmelung und dunkler Zauber haben sie zu dem gemacht, was sie heute sind – entstellte, verabscheuungswürdige Kreaturen, die das Licht scheuen und nur dem Chaos dienen.«

»Und darauf sind wir stolz!«, rief Balbok dazwischen, Tränen vor Lachen in den Augen.

»Der Dunkelelf selbst hat sie ins Leben gerufen«, fuhr Rurak unbeirrt fort, »vor langer Zeit, als seinesgleichen ihn verstieß, weil er sich dunklen Künsten und verbotenen Experimenten zugewandt hatte – Experimente, die zum Ziel hatten, eine neue Rasse zu erschaffen, Dunkelelfen, wie er selbst einer war. Er träumte davon, sein eigenes Heer aufzustellen, eine Armee aus Kriegern, die ihm bedingungslos folgten, und nach einigen Fehlversuchen gelang es ihm: Aus gefangenen Elfenkriegern, die er folterte und mit dunklem Zauber belegte, züchtete er die ersten Dunkelelfen. *Margoks Brut* nannte er sie – sie selbst jedoch, unfähig, diesen Namen auszusprechen, nannten sich *Orks*.«

»Siehst du, Rammar«, meinte Balbok wenig überrascht,

»also ist die Geschichte von der platzenden Eiterbeule, der wir alle entsprungen sind, gar nicht so falsch.«

»Blödsinn!«, rief Rammar. »Das alles ist Blödsinn!«

»Durchaus nicht«, versicherte der Zauberer. »Und was euch beide betrifft, so geht die Geschichte noch weiter. Denn im Laufe der Zeit hat Margok viele Elfen verstümmelt und zu Kreaturen der Finsternis gemacht – ihr beide jedoch geht auf den allerersten Dunkelelfen zurück, den Margok erschuf. Ein Königssohn namens Curran war es, den Margok gefangen nehmen und foltern ließ, um ihn mit dunkler, grausamer Magie zu seinem Diener zu machen. Und wie das Schicksal es will, hatte jener Curran einen Zwillingsbruder mit Namen Cullan, der nach dem Tod seines Vaters den Königsthron von Tirgas Lan bestieg. Und aus dem Stamm jenes Cullan ging in späteren Tagen kein anderer als Farawyn der Seher hervor.«

»Häh?«, rief Rammar, während es in seinem Orkhirn fieberhaft arbeitete. »Aber das würde ja bedeuten, dass ...«

»Ganz recht, meine einfältigen Freunde – in euren Adern fließt das Blut der Vorväter Farawyns, des Verteidigers von Tirgas Lan. Er war es, der dafür sorgte, dass diese Mauern für Margoks Geist zum Gefängnis wurden, und der den Fluch über die Stadt legte, auf dass kein anderer als der Auserwählte ihre Tore öffnen könne. Aber«, fügte der Zauberer mit mitleidigem Lächeln hinzu, »wie das bei Elfen so ist, war der gute Farawyn auch ein eingebildeter Schnösel. Der Fluch galt nicht für die Angehörigen seines eigenen Geschlechts, denn Farawyn war davon überzeugt, dass der Befreier von Tirgas Lan einst seiner Blutlinie entspringen würde – und in gewisser Weise hatte er ja sogar Recht damit. Denn ihr beiden seid die letzten Abkömmlinge seines Geschlechts.«

»Dann sind wir also doch die Auserwählten«, meinte Balbok.

»Das würde ich so nicht sagen. Ihr seid mehr das, was ich eine Laune des Schicksals nenne, ein Sandkorn im Getriebe der Zeit, denn vor allen Dingen seid ihr Orks. Deswegen nahm der verfluchte Wald euch zunächst als Eindringlinge wahr und schickte euch den Troll.«

»Was du nicht sagst«, entgegnete Rammar und gab sich alle Mühe, unbeeindruckt zu klingen. »Und woher willst du das alles wissen?«

»Nachdem der Dunkelelf Margok im Ersten Krieg vertrieben wurde, zog er sich in jene Festung zurück, die nun meine Zuflucht ist«, erklärte Rurak bereitwillig. »Dort führte er seine verbotenen Experimente fort, bis seine Versuche schließlich von Erfolg gekrönt waren und er zu dem rüsten konnte, was als der Zweite Krieg in die Geschichte von Erdwelt einging. Wie ihr wisst, kämpfte auch ich in jenem Krieg, aber als die Schlacht um Tirgas Lan verloren war, musste ich fliehen. Bis tief in die Modermark zog ich mich zurück, wo ich jene Festung bezog, die zuvor Margoks Domizil war. In den tiefen Kerkern des Gemäuers stieß ich eines Tages auf seine geheimen Aufzeichnungen. Ich erfuhr, dass es Orks gibt, in deren Adern das Blut Farawyns fließt, und nachdem ich einige Jahrhunderte gewartet hatte, beschloss ich, die Sicherheit meines Verstecks zu verlassen und wieder Kontakt zu den Orks aufzunehmen. Ich hatte Glück, denn ich fand einen von ihnen halb tot und mit zerschmettertem Schädel …«

»Graishak«, knurrte Rammar.

»So ist es. Ich rettete ihm das Leben und nahm die eine oder andere Veränderung an seinem Verstand vor, sodass er mein treuer und verlässlicher Diener wurde. Bereitwillig half er mir, euch ausfindig zu machen und meinen Plan in die Tat umzusetzen.«

»So war das also«, murmelte Rammar mit finsterem Blick.

Der Zauberer nickte, wieder ein boshaftes Grinsen im Gesicht. »Ich war der Ansicht, ihr solltet das erfahren, ehe man euch den Wanst mit Zwiebeln und Knoblauch stopft und euch bei einem Gelage zu Margoks Ehren als Hauptgang serviert.«

Die Orks hatten keine Gelegenheit, darauf etwas zu erwidern, denn erneut waren Schritte zu hören. Zwei *faihok'hai* erschienen, die den halb toten Corwyn schleppten.

Der Kopfgeldjäger sah fürchterlich aus. Verbrennungen und blutige Striemen bedeckten seinen nackten Oberkörper. Sein

Gesicht war vorhin schon kaum wiederzuerkennen gewesen, nun klaffte dort, wo sein linkes Auge gewesen war, ein blutiges Loch, das mit einem schmutzigen Lappen notdürftig verbunden war. Corwyns Zustand war erbärmlich.

Graishak folgte ihm. Ein sadistisches Grinsen im Gesicht, schaute er zu, wie Corwyn an die Zellenwand gekettet wurde.

»Nun?«, erkundigte er sich dann bei Rammar und Balbok. »Wie fühlt ihr euch?«

»Verraten und verkauft«, gab Rammar zu.

»Nicht doch. Ich bin sicher, Girgas wäre stolz auf euch«, höhnte Graishak. »Was habt ihr nicht alles getan, um sein Haupt wiederzubeschaffen. Keine Mühe habt ihr gescheut – und seid dennoch in der Speisekammer gelandet. So spielt das Leben.«

»Nein«, widersprach Balbok, »das warst du, der uns so übel mitgespielt hat. Und dafür werde ich dir den Schädel einschlagen, das schwöre ich dir.«

»Tatsächlich?« Graishak schnalzte mitleidig mit der tätowierten Zunge. »Da bin ich aber gespannt, wie du das anfangen willst. Aber vielleicht fragst du einfach euren Freund, den Kopfgeldjäger, um Rat.«

Damit brach der Orkhäuptling in grollendes Gelächter aus – ein Gelächter, das deutlich erkennen ließ, wie es um seinen Geist bestellt war. Von der Gewölbedecke hallte es wider, und Rurak und die *faihok'hai* fielen mit ein.

Auf einmal kam Leben in Corwyn, der eben noch matt und kraftlos in seinen Ketten gehangen hatte. »Dieses Gelächter!«, schrie er in einem Ausbruch von Wut und Kraft, den ihm niemand mehr zugetraut hätte. »Ich – ich kenne dieses Gelächter! Unter Tausenden würde ich es wiedererkennen. *Du* warst es! *Du* hast es getan …!«

Graishak unterbrach sein Geschrei und wandte sich dem Menschen zu. »Was soll ich getan haben?«

»*Du* hast die Frau getötet, die ich liebte!«, schrie Corwyn mit kreischender Stimme. »*Du* bist der Ork, dessen Gelächter mich bis in meine Träume verfolgt!«

»Schon möglich.« Der Orkhäuptling zuckte mit den Schultern. »Ich habe zahllose Menschen getötet, darunter auch viele Weiber. Warum also nicht auch deins.«

»Bastard!«, brüllte Corwyn und zerrte an seinen Ketten, dass die Spangen in seine Handgelenke schnitten. »Elendes Schwein! Ich werde dich töten, hörst du?«

»Stell dich hinten an, Kopfgeldjäger«, versetzte der Orkhäuptling grinsend. Dann wandte er sich um, und im Gefolge des Zauberers und der *faihok'hai* verließ er die Zelle.

»Verfluchter Mörder!«, schrie Corwyn ihm in seiner Verzweiflung und seinem Schmerz hinterher – aber alles, was er zur Antwort erhielt, war höhnisches Gelächter.

»Halt!«

Fürst Loreto hob die Rechte, worauf das Heer der Elfen zum Stillstand kam. Lediglich die Zwerge, deren wirrer Haufen im Verband der Elfenkrieger marschierte, brauchten einen Moment, um das Signal mitzubekommen. Und selbst dann reagierte nicht jeder von ihnen darauf.

»Was gibt's, Herr Elf?«, erkundigte sich Orthmar von Bruchstein, des Orthwins Sohn. Seit vielen Stunden marschierte der Tross nun schon durch den Wald, ohne auf die geringste Spur der Elfin, des Kopfgeldjägers oder der beiden Orks gestoßen zu sein. Dabei verriet der Gestank, der allenthalben in der Luft lag, überdeutlich, dass Unholde in der Nähe waren.

Mit einer Handbewegung gebot ihm Loreto zu schweigen. Der Elfenfürst führte sein Reittier am Zügel, weil der von Wurzeln und Schlingpflanzen übersäte Boden ein Fortkommen zu Pferd unmöglich machte. Das Tier hob und senkte unentwegt den Kopf und schnaubte unruhig – offenbar behagte ihm dieser Ort ebenso wenig wie dem Anführer der Zwerge.

Orthmar dachte nicht daran, sich von einem Elfen den Mund verbieten zu lassen, und mochte der noch so vornehmes Blut in seinen Adern haben. Seine Leute und er hatten Loreto keinen Treueid geleistet; sie waren vielmehr gleichberechtigte Partner. »Was gibt es?«, fragte er deshalb noch einmal, nur etwas leiser diesmal.

»Gefahr«, erwiderte der Elf. »Heermeister Ithel und einige Späher sind uns vorausgeeilt, um das Gelände zu erkunden, und sie sind noch nicht zurückgekehrt.«

»Was Ihr nicht sagt«, meinte Orthmar und hob die Axt, um auf alle Eventualitäten vorbereitet zu sein. Seine Leute taten es ihm gleich, und die Elfenkrieger hatten ihre Schilde angehoben und die Schwerter gezogen. »Ihr seid sicher, dass die Priesterin und ihre Komplizen hier vorbeigekommen sind? Ich kann nämlich nicht die geringste Spur entdecken, und ich habe den Eindruck, dass …«

»Schhh«, machte der Elfenfürst und gebot ihm erneut mit erhobener Hand zu schweigen.

In diesem Moment bewegten sich auf der anderen Seite der Lichtung plötzlich die riesigen Farnblätter.

Orthmar murmelte eine Verwünschung in seinen Bart und stellte sich kampfbereit hin – aber es waren nur Heermeister Ithel und die übrigen Späher, die von ihrer Erkundungsmission zurückkehrten. Fürst Loreto atmete auf, sichtlich erleichtert.

»Und?«, erkundigte er sich bei seinem Stellvertreter. »Was habt Ihr gefunden?«

»Dies«, erwiderte Ithel und zeigte einen kleinen Gegenstand, der in etwa die Größe einer geballten Faust hatte. Es war eine Gürtelschnalle aus rostigem Metall, verbeult und mit kleinen Stacheln besetzt. Weder Elfen noch Zwerge noch Menschen pflegten derlei Schmuckstücke zu tragen.

»Orks«, stellte Loreto angewidert fest. »Also sind sie in der Nähe.«

»Natürlich sind sie in der Nähe«, tönte Orthmar. »Das habe ich euch doch gesagt.«

»Dies stammt nicht von den Orks, die Ihr erwähnt habt, Herr Zwerg«, belehrte ihn Ithel. »Ein gutes Stück voraus haben wir Spuren im Morast gefunden. Viele verschiedene Fährten, die darauf hindeuten, dass wir es mit einer großen Anzahl Unholde zu tun haben. Mit einem ganzen Heer.«

»Was?«, rief Orthmar fassungslos. »Aber das ist doch Unfug! Wo sollen die denn plötzlich alle herkommen?«

»Aus der Modermark«, vermutete Loreto. »Oberhalb der Flussgabel gibt es eine seichte Stelle. Möglicherweise haben die Unholde sie als Furt benutzt und setzten mit einer Streitmacht über.«

»Einer Streitmacht?« Der Zwerg horchte auf. »Wie viele mögen das sein?«

»Schwer zu schätzen«, gab Ithel zur Antwort. »Zweitausend, vielleicht auch etwas mehr. Außerdem haben wir Spuren von Gnomenkriegern gefunden.«

»Gnomenkrieger? Aber Orks und Gnomen sind bis aufs Blut verfeindet. Die würden niemals …«

»Ich kann nur sagen, was ich gesehen habe«, verteidigte sich Ithel. »Zudem schulde ich Euch keine Rechenschaft, Herr Zwerg. Fürst Loreto ist mein Anführer, nicht Ihr.«

Orthmar blickte von einem zum anderen. Am liebsten hätte er den blasierten Spitzohren nach Zwergenart den Marsch geblasen. Andererseits – wenn Ithel Recht hatte und sich tatsächlich zweitausend Orks und Gnomen in diesem Wald herumtrieben, konnte es kein Fehler sein, eintausend Elfenkrieger auf seiner Seite zu haben.

»Natürlich«, sagte er deshalb und deutete beflissen eine Verbeugung an. »Dennoch – gestattet mir, dass ich mir Gedanken darüber mache, was eine solch große Streitmacht der Orks in diesem Wald zu suchen hat. Steht ihr Hiersein in Verbindung mit Eurer Mission?«

»Das befürchte ich, mein zu kurz geratener Freund«, sagte Loreto mit nach innen gekehrtem Blick. »Wir wurden von Tirgas Dun ausgesandt, um ein großes Unglück zu verhindern – um eine drohende Gefahr im Keim zu ersticken. Wie es nun aber den Anschein hat, kommen wir zu spät. Das Böse hat bereits einen Weg nach …«

Er unterbrach sich, als ihm bewusst wurde, dass er um ein Haar das Ziel der Expedition verraten hätte. Orthmar hingegen sah seine Annahme bestätigt: Die Elfen betrieben nicht nur einer verräterischen Priesterin wegen diesen Aufwand. Es ging dabei um die Verborgene Stadt und um den Schatz, dessen war sich der Zwergenführer ganz sicher, und sein Verlangen, sich dieses Schatzes zu bemächtigen, war größer denn je.

»Was wollt Ihr jetzt unternehmen?«, fragte er deshalb vorsichtig.

Loreto zögerte. »Was wohl?«, sagte er schließlich. »Wir werden die Suche fortsetzen und tun, was getan werden muss. Auch wenn es bedeutet, dass viele von uns die Fernen Gestade wohl niemals sehen werden.«

Ithel und einige Elfenkrieger zuckten bei diesen Worten merklich zusammen, sagten jedoch nichts. Die viel gepriesene Disziplin der Elfen war stärker als alle Zweifel und Ängste.

»Dann lasst Euch gesagt sein, Fürst Loreto«, erklärte Orthmar von Bruchstein feierlich, »dass meine Leute und ich auch in der Gefahr bei Euch stehen. Einst gab es ein Bündnis zwischen Zwergen und Elfen, und dieses Bündnis wird jetzt erneuert. Oder seid Ihr der Ansicht, dass Ihr ein paar scharfe Zwergenäxte gegen die Übermacht der Orks nicht gebrauchen könntet?«

Loreto bedachte ihn mit einem langen prüfenden Blick. Schließlich aber erschien ein Lächeln auf seinen blassen Zügen, und in einer spontanen Geste hielt er Orthmar die Hand hin.

»Dann lasst Euch willkommen heißen, Bruder«, sprach er. »Das Volk der Zwerge wird oft geschmäht, seiner Gier wegen und seines Strebens nach Gewinn. Der Name Orthmar von Bruchstein jedoch wird weithin gerühmt werden ob seiner Tapferkeit und seines selbstlosen Einsatzes für das Wohl dieser Welt. Wären Sterbliche Eures Schlages zahlreicher, mein Freund, so würden die Elfen *amber* nicht verlassen.«

»Ich danke Euch, Fürst Loreto«, erwiderte des Orthwins Sohn und verbeugte sich – und so sah Loreto nicht das listige Grinsen, das über sein bärtiges Gesicht huschte, während seine fleischige Rechte die weiße Hand des Elfen drückte.

Noch immer waren sie in der »Speisekammer« gefangen: Rammar und Balbok, die kopfüber von der Decke hingen, und Corwyn, der an die Kerkerwand gekettet war.

Verstümmelt und aus zahlreichen Wunden blutend bot der Kopfgeldjäger einen erbärmlichen Anblick, und nur noch der Hass schien ihn am Leben zu halten. Unermüdlich zerrte er an den Ketten, achtete nicht darauf, dass die Metallspangen um seine Handgelenke dadurch immer noch tiefer in sein Fleisch schnitten. Er maulte unentwegt vor sich hin und wünschte seinen Peinigern Tod und ewige Verdammnis.

»Das Weltengericht komme über diese verdammten Orks! Kuruls Grube verschlinge jeden Einzelnen von dieser elenden Brut! Ich schwöre, wenn ich es irgendwie hier rausschaffe, wird dieser Bastard Graishak von meiner Hand sterben …«

Rammar und Balbok tauschten betretene Blicke. Da sie nun schon eine ganze Weile kopfüber hingen, hatten sich ihre Gesichter dunkel verfärbt, und dickes Orkblut sickerte aus ihren Nasen. Einen klaren Gedanken zu fassen, fiel ihnen in dieser Lage schwer, aber die Vorstellung, dass Graishak für seinen Verrat büßen musste, hatte etwas für sich.

Die Brüder hatten es immer noch nicht verwunden, dass vornehmes Elfenblut in ihren Adern fließen sollte. Für einen Ork war das ungeheuerlich – deshalb wohl wollte Graishak ihnen auch das schändlichste Ende zukommen lassen, das einem Ork widerfahren konnte, nämlich von seinesgleichen gefressen zu werden, trotz des widerlichen Geschmacks. Zu gern hätten Rammar und Balbok die Enthüllung des Zauberers als dummes Geschwätz abgetan, aber das konnten sie nicht, immerhin war es ihnen tatsächlich gelungen, jene Tore zu öffnen, die seit Jahrhunderten verschlossen gewesen waren …

»Rammar?«, fragte Balbok, während Corwyn unentwegt weiterlamentierte.

»Was?«

»Sind wir nun eigentlich Orks – oder sind wir keine?«

»Was meinst du damit, Blödschädel?«

»Nun ja, wenn es stimmt, was der Zauberer sagt, dann sind wir keine Orks, sondern Elfen, oder nicht?«

»Sag mal, was hast du eigentlich in deinem Kopf? Einen stinkenden Haufen *shnorsh*? Natürlich sind wir Orks – und

419

nichts anderes! Du hast doch gehört, was der Zauberer gesagt hat: Der Dunkelelf hat uns zu dem gemacht, was wir sind.«

»Ich verstehe«, murmelte Balbok, aber seinem langen Gesicht konnte man deutlich ansehen, dass das noch nicht alles war, was ihn beschäftigte.

»Was ist denn noch?«, fragte Rammar ungeduldig.

»Na ja, ich …« Balbok verstummte; er traute sich nicht, es auszusprechen.

»Spuck's schon aus – wenn Graishaks Köche uns erst den Wanst mit Zwiebeln und Knoblauch füllen, ist es zu spät dafür.«

»Eigentlich ist es gar nicht wichtig«, meinte Balbok. »Es ist nur so, dass ich …«

»Was denn?«

»… dass ich schon manches Mal das Gefühl hatte, dass wir beide irgendwie anders sind als der Rest des *bolboug*«, flüsterte Balbok, als hätte er Angst, belauscht zu werden.

»Wie meinst du das?«

»Weißt du noch, als wir klein waren? Als alle jungen Orks auf die Trolljagd gingen und nur wir im *bolboug* bleiben mussten? Oder als alle ihre erste Narbe erhielten, nur uns schnitt man gleich zwei? Oder als …«

»Worauf willst du hinaus?«, fragte Rammar scharf.

»Vielleicht«, meinte Balbok, »haben die anderen schon immer geahnt, dass etwas mit uns nicht stimmt. Dass wir anders sind, meine ich.«

»So ein Schmarren! Wirklich, Bruder, du hast auf unserer Reise viel Blödsinn geredet, aber das setzt allem die Krone auf. Wir sind Orks – und damit fertig. Etwas anderes will ich nicht hören.«

»Und – wenn ich dir sage, dass ich *es* weiß?«

»Dass du was weißt?«

»Ich kenne dein Geheimnis«, verriet Balbok.

»Was denn für ein Geheimnis?« Rammar gab sich ahnungslos, schaukelte jedoch nervös an seiner Kette hin und her.

»Ich habe es schon immer gewusst«, gestand Balbok. »Eigentlich wollte ich es dir nicht sagen, aber da wir nicht mehr lange zu leben haben …«

»Was für ein Geheimnis?«, verlangte Rammar mit lauter Stimme zu wissen – das verschwörerische Getue seines Bruders machte ihn wahnsinnig.

»Ich weiß, dass du anders bist als die übrigen Orks«, eröffnete Balbok leise. »Ich weiß, dass du ... dass du kein Menschenfleisch isst.«

»Wer sagt das?«, blaffte Rammar.

»Ich habe dich beobachtet. Immer wenn es Menschenfleisch gibt, hast du entweder keinen Hunger oder besorgst dir etwas anderes zu essen – so wie nach dem Kampf gegen die Eisbarbaren.«

»Du widerwärtiger, mieser, verlogener ...«, legte Rammar voller Entrüstung los, überlegte es sich dann aber anders. »Wie lange weißt du es schon?«, fragte er vorsichtig.

»Schon immer.«

»Und wem hast du davon erzählt? Wahrscheinlich weiß es das ganze *bolboug*, oder?«

»Niemandem.« Balbok schüttelte sein dröhnendes Haupt. »Du bist mein Bruder, Rammar, dein Geheimnis ist bei mir gut aufgehoben ...«

»Da bin ich froh.«

»... und abgesehen davon ist es mir peinlich, einen Bruder zu haben, der kein Menschenfleisch isst«, fuhr Balbok fort.

»Es ist dir peinlich?« Rammar glaubte, nicht recht zu hören. »Du elender *umbal*, was bildest du dir eigentlich ein? Glaubst du, du wärst etwas Besseres? Ich habe mich nie daran gestört, dass sich zwischen deinen Ohren nur leere Luft befindet, und wenn es hart auf hart kommt ...«

Schallendes Gelächter unterbrach ihn – es war Corwyn, der sich trotz seines kläglichen Zustands glänzend amüsierte.

»Was gibt es denn da so dämlich zu lachen?«, fragte Rammar pikiert.

»Ihr beiden solltet euch hören«, spottete Corwyn. »Zwei Orks, die sich darüber Sorgen machen, ob sie überhaupt zu ihrer Sippe gehören, und dazu noch einer, der kein Menschenfleisch mag. Was für Figuren seid ihr eigentlich?«

»Sei vorsichtig, was du sagst, Kopfgeldjäger«, knurrte Rammar, »sonst könnte es sein, dass ich meine Essgewohnheiten für dich ändere.«

»Ihr Orks seid so dämlich, wie ihr gierig seid. Euer Häuptling hat euch verraten, und eure verkommene Sippschaft hat vor, euch aufzufressen – und alles, was euch dazu einfällt, ist, darüber zu lamentieren, ob ihr echte Orks seid oder nicht.«

»Das würdest du an unserer Stelle auch tun.«

»Ganz sicher nicht. Ich an eurer Stelle würde mir überlegen, wie ich dem Bratspieß entgehen und aus diesem Dreckloch entkommen könnte.«

»Entkommen?« Rammar stieß eine orkische Verwünschung aus. »So dumm kann auch nur ein Mensch daherreden. Hast du gesehen, wie die *faihok'hai* uns verschnürt haben? Ist nicht so, dass wir nur einfach hinausspazieren müssten.«

»Und deswegen gebt ihr schon auf? Was für Einfaltspinsel ihr seid. Kein Wunder, dass wir den Krieg mit euch als Verbündeten verloren haben.«

»Nicht die Orks haben den Krieg verloren, sondern die Menschen«, stellte Balbok klar. »Das ist allgemein bekannt.«

»Ach ja? Ich sag euch was – ehe man Verbündete wie euch hat, kämpft man lieber allein.«

»Ist das so?«, schnaubte Rammar. »Dann lass *dir* gesagt sein, Kopfgeldjäger, dass du ein Haderlump bist und wir lieber sterben würden, als noch einmal auf deiner Seite zu kämpfen.«

»Dann nur immer weiter so, Orkfresse. Ihr seid auf dem besten Weg dazu.« Corwyn stieß ein verbittertes Lachen aus, dann kehrte Schweigen ein in der Kerkerzelle, die von Ruraks Schergen kurzerhand zur Speisekammer umfunktioniert worden war.

Eine Weile lang sagte keiner der drei Gefangenen ein Wort.

»Kopfgeldjäger?«, fragte Rammar schließlich, und es klang ein wenig kleinlaut.

»Ja?«

»Hast du denn einen Plan?«

»Möglicherweise.«

»Dann lass hören«, verlangte Rammar und reckte seinen klobigen Schädel vor. »Ich bin ganz Ork.«

»Seid ihr sicher?«, fragte Corwyn spöttisch. »Ihr müsstet damit rechnen, noch schlechtere Orks zu sein als bisher. Und ihr könntet nie wieder in euer *bolboug* zurück.«

Rammar und Balbok brauchten nicht lange zu überlegen. Sie hatten nur die Wahl zwischen Flucht und der Aussicht, von ihren Artgenossen gefressen zu werden; den vertrauten Mief ihrer Höhle würden sie so oder so nie wieder schnuppern. Mit einem kurzen Blick verständigten sie sich und nickten einander grimmig zu (was beiden ziemlichen Kopfschmerz bereitete).

»Dann hört gut zu«, flüsterte Corwyn. »Ich habe nicht vor, in diesem verdammten Gemäuer zu verrecken, und ich bin auch nicht gewillt, Alannah diesem verrückten Zauberer zu überlassen.«

»Du willst sie befreien?«, fragte Rammar skeptisch.

»Genau das. Und ich will mir Graishaks Kopf holen. Das Schwein hat meine Geliebte auf dem Gewissen und den Tod mehr als verdient.«

»*Korr*«, pflichtete ihm Rammar bei. »Ganz meine Meinung.«

»Wir müssen zusammenhalten, wenn uns die Flucht gelingen soll«, schärfte Corwyn den beiden Orks ein und offenbarte ihnen dann den Plan, den er sich in aller Eile ausgedacht hatte.


Flackernder Fackelschein tauchte den Thronsaal der alten Königszitadelle in unheimliches Schattenlicht.

In lange zurückliegenden Tagen hatten der Elfenkönig und sein Gefolge in dieser Halle Hof gehalten, hatten zu Gericht gesessen und die Geschicke des Reiches gelenkt, das sich einst von den südlichen Gestaden der See bis an die Hänge des Nordwalls erstreckte, von der Modermark im Westen bis weit ins östliche Hügelland.

All das lag lange zurück. Das Elfenreich war zerfallen; ein riesiger Wald wucherte dort, wo einst das Zentrum des Reiches war, und seine einstige Perle war eine Ruine, die einstmals stolzen Türme und Zinnen von teeriger Schwärze überzogen, die von der Gegenwart des Bösen zeugte. Wo einst der Elfenkönig gethront hatte, saß nun eine hagere Gestalt in einem

Umhang von tiefster Schwärze, und in den Augen, die unter der Kapuze hervorstarrten, glitzerte unverhohlene Bosheit. Ein langer Bart reichte der Gestalt bis auf den Bauch. An den Thron gelehnt stand der Zauberstab, aus dunklem Holz geschnitzt und mit einem Totenschädel am oberen Ende, in dessen Augenhöhlen Smaragde funkelten.

Alannah stöhnte leise, als sie zu sich kam. Das Erste, was sie sah, war der stechende Blick, mit dem Rurak der Zauberer auf sie hinabstarrte. Dann erst gewahrte sie, dass sie auf einem Altar aus glatt gehauenem Stein lag, dessen Oberfläche ihr so kalt erschien wie das Eis von Shakara. Ihr schneeweißes Kleid hatte man ihr ausgezogen und sie stattdessen in eine unansehnliche schwarze Kutte gesteckt. Man hatte ihr Hände und Füße gefesselt und sie mit einem schmutzigen Lappen geknebelt, der sie daran hinderte, vor Entsetzen aufzuschreien.

Rurak wartete, bis sie ganz zu sich gekommen war. Dann griff er nach seinem Zauberstab, erhob sich vom Alabasterthron des Elfenkönigs und schritt die Stufen hinab. Drohend baute er sich vor Alannah auf.

Sie starrte ihn aus weit aufgerissenen Augen an, während ihr all die schrecklichen Dinge, die in den letzten Stunden vor ihrer Ohnmacht geschehen waren, wieder zu Bewusstsein kamen. Sie erinnerte sich auch daran, was Rurak vorhatte. Sie wollte etwas sagen, aber wegen des Knebels brachte sie nicht mehr als einen erstickten Laut hervor.

»Ihr fragt Euch, was hier vor sich geht«, riet der Zauberer, und mit seiner knochigen Rechten machte er eine Handbewegung, die den gesamten Thronsaal einschloss; wie die Schatzkammer wurde der Saal von einer hohen Kuppel überspannt, an den Wänden standen geschwärzte Statuen, und die Dunkelheit jenseits der schmalen Fenster ließ erkennen, dass draußen die Nacht hereingebrochen war.

Von der gewölbten Decke tropfte jene teerige schwarze Masse, die Alannah und ihre Gefährten schon andernorts in der Zitadelle vorgefunden hatten, und in der Mitte der kreisrunden Halle klaffte eine ebenso kreisrunde Öffnung im Boden, von einer niedrigen Brüstung umgeben, und durch diese

Öffnung fiel ein blauer Lichtstrahl, der seinen Ursprung am höchsten Punkt der Deckenkuppel hatte.

Es war jener Lichtstrahl, in dessen Schein die Elfenkrone geschwebt hatte. Der Thronsaal, so folgerte Alannah, befand sich also genau über der Schatzkammer, so wie Farawyn es beschrieben hatte, und der Schacht im Boden führte geradewegs hinab zu dem Gold und zu den Edelsteinen ...

Alannah schaute sich um, bis Rurak spöttisch auflachte. »Ihr habt Recht, Elfenpriesterin. In den alten Tagen war dies ein Ort des Glücks und der Freude, des Friedens und der Gerechtigkeit. Ein Teil von mir kann sich gut daran erinnern. Was Glück und Freude betrifft, so bin ich mir nicht sicher – aber Frieden und Gerechtigkeit werden hier erneut einkehren, sobald Margok wieder unter den Lebenden weilt.«

Alannah konnte nicht länger an sich halten. Sich in ihren Fesseln windend, wollte sie aufs Heftigste protestieren, aber erneut brachte sie nicht mehr als ein paar dumpfe Laute zustande.

»Könnt Ihr seine Präsenz spüren?«, fragte Rurak. »Sein Geist ist hier. Alles, was er benötigt, um auszubrechen aus dem Exil, in das Farawyn ihn einst verbannte, ist die Lebensenergie eines Elfen von edlem Geblüt – oder einer Elfin. Als ich Euch sah, Alannah, wusste ich, dass Ihr für diese Aufgabe vorherbestimmt seid. In dem Augenblick, in dem Ihr auf diesem Altar Euer Leben lasst, wird der Dunkelelf zurückkehren, um die Mächte des Chaos zum Sieg zu führen.«

»Mhm«, machte Alannah wieder und schüttelte heftig den Kopf. Rurak kicherte und winkte einige Orks herbei, die sich bislang im Hintergrund gehalten hatten. Sie kamen heran, packten Alannah und lachten mit ihren dunklen Stimmen. Alannah wehrte sich, so gut sie konnte – gefesselt und geknebelt, wie sie war, hatte sie den Unholden freilich nichts entgegenzusetzen.

»Haltet sie gut fest, meine brutalen Freunde«, sagte Rurak zu den *faihok'hai* – und dann zog er unter seiner Kutte einen Dolch hervor, dessen Klinge nach Elfenart gebogen, jedoch absolut schwarz war. »Sobald der Mond am Himmel steht, ist die Zeit für Margoks Rückkehr gekommen, und wir alle werden von ihm tausendfach belohnt für unsere Treue.«

Die Orks schnaubten; wenn sie Gelegenheit erhielten, nach Herzenslust zu morden und zu brandschatzen, war das für sie Belohnung genug. Entsprechend angewidert waren die Blicke, mit denen Alannah ihre Häscher bedachte.

»Schaut nicht allzu sehr auf meine Helfer herab«, wurde sie von Rurak ermahnt, »denn sie sind Euch ähnlicher, als Ihr ahnt. Elfen und Orks haben denselben Ursprung – und wenn Margok erst zurückgekehrt ist, wird er fortführen, was er einst begonnen hat: Nicht länger wird es Elfen, Orks, Menschen, Zwerge und Gnomen geben, sondern alle werden verschmelzen zu einer einzigen Rasse, die über Erdwelts Angesicht wandeln und dem dunklen Herrscher gehorchen wird ...«

Mit der Kraft der Verzweiflung gelang es Alannah, den Knebel auszuspucken, den man ihr in den Mund gestopft hatte. »Nein!«, rief sie entsetzt. »Das dürft Ihr nicht! Das bedeutet den Untergang!«

»Ganz recht«, sagte Rurak und begann, eine Beschwörungsformel in einer Sprache zu murmeln, deren bloßer Klang der Elfin Schauer über den Rücken jagte ...

Plötzlich drang von außerhalb des Thronsaals lautes Geschrei herein, hektische Stiefeltritte waren zu hören, und die Nacht, die eben noch jenseits der hohen Fenster geherrscht hatte, wurde erhellt von flackerndem Feuer.

»Was geht hier vor?«, rief Rurak scharf und starrte die *faihok'hai* an. Antwort erhielt er von ihnen nicht, dafür wurde die Pforte des Thronsaals aufgerissen, und kein anderer als Graishak erschien. Der Ork mit der stählernen Schädelplatte eilte heran, die überhebliche Selbstsicherheit war aus seinen Zügen gewichen.

»Meister!«, rief er so laut, dass es von der hohen Decke widerhallte. »Großer Zauberer, hört mich an!«

»Was?«, fragte Rurak unwillig. »Wie kannst du es wagen, mich ausgerechnet jetzt zu stören, nichtswürdiger Wurm?«

»Ich bin ein Wurm, ich weiß«, versicherte Graishak und warf sich vor dem Zauberer auf die Knie. »Zürnt mir nicht, erhabener Meister, auch wenn ich schlechte Nachrichten bringe.«

»Schlechte Nachrichten? Wovon sprichst du?«

»Die Zitadelle wird angegriffen.«

»Angegriffen?« Der Zauberer streifte die Kapuze seiner Kutte zurück und enthüllte seinen kahlen, kantigen Schädel, dessen Haut hier und dort weggefault war; darunter kam der blanke Schädelknochen zum Vorschein.

»Es sind Elfen und Zwerge«, sagte Graishak mit jammervoller Stimme. »Im Schutz der Dunkelheit haben sie das Große Tor passiert und sind plötzlich vor der Zitadelle aufgetaucht.«

»Unsinn!«, rief Rurak aufgebracht. Seine Stimme ließ die von Moder und Verfall stinkende Luft zittern. »Du redest wirres Zeug!«

»Seht selbst, Meister«, forderte Graishak und deutete auf eine schwarze Kugel, die auf einem Dreibein ruhte und so aussah wie jene, die Balbok auf seiner weiten Reise getragen hatte.

Rurak trat an die Kugel, wischte mit knochigen Fingern darüber hinweg und murmelte eine magische Formel. Daraufhin begann die Kugel von innen her zu leuchten, und die Schwärze der Oberfläche verblasste. Bilder wurden in der Kugel sichtbar, zunächst noch undeutlich und verschwommen, dann immer deutlicher. Und diese Bilder zeigten einen Zug von Elfenkriegern, die mit Fackeln in den Händen die Hauptstraße von Tirgas Lan entlangzogen.

»Bei Margoks finsterem Geist!«, rief der Zauberer. »Wie konnte das geschehen? Wie kommt diese verdammte Elfenbrut hierher?«

»Ich weiß es nicht«, gestand Graishak zerknirscht.

»Wie viele sind es?«

»Viele«, antwortete Graishak hilflos.

Rurak seufzte, aber er wusste ja, dass Orks Probleme im Umgang mit Zahlen haben. »Sind es mehr als wir?«, formulierte er seine Frage deshalb anders.

»Nein, Meister.«

»Dann gibt es keinen Grund zur Sorge.« Rurak beruhigte sich ein wenig. »Steh auf, Dummkopf! Und verteidige die Zitadelle! Bis zum letzten Tropfen deines schwarzen Blutes, wenn es sein muss! Keines Elfen Fuß darf diesen Saal betreten, solange die Zeremonie nicht abgeschlossen ist. Hast du verstanden?«

»*Korr.*«

»Wenn Margok erst zurückgekehrt ist, wird er die Diener des Lichts mit seiner dunklen Zauberkraft auslöschen – aber bis dahin liegt es an dir, Graishak, die Zitadelle gegen unsere Feinde zu verteidigen!«

»Natürlich, Meister.«

»Dieser Angriff kommt unerwartet, das gebe ich zu. Aber wie auch immer die Elfen von meinen Plänen erfahren haben – sie kommen zu spät, um mich noch aufzuhalten. Alles ist vorbereitet, und wenn das bleiche Mondlicht durch die Wolken bricht, wird Margoks Dolch die Rückkehr des Meisters in diese Welt besiegeln. Der Herr der Orks wird zurückkehren – und Ihr, meine Teure« – sein vor Wahnsinn fiebernder Blick fiel auf Alannah – »werdet dabei sterben ...«

# 8. OINSOCHG!

Fürst Loreto von Tirgas Dun kam sich vor, als befände er sich in einem Traum, und es war sowohl ein faszinierender als auch ein unsagbar böser Traum.

Obwohl er die Geschichte des Zweiten Krieges kannte, obwohl er gewusst hatte, welches Geheimnis im Tempel von Shakara gehütet worden war und was der verwunschene Wald von Trowna verbarg, war der Elfenfürst tief bewegt und über alle Maßen beeindruckt, als er vor dem Großen Tor von Tirgas Lan stand.

Den ganzen Tag über war der Heereszug der Elfen der Spur der Orks gefolgt, die sich als breite Schneise durch den Urwald zog, und im letzten Licht des Tages waren sie auf jene riesige steinerne Pforte gestoßen, die Farawyn selbst einst versiegelt hatte.

Doch Loreto war nicht nur wie verzaubert von ihrem Anblick, er war auch entsetzt – denn das Große Tor stand weit offen, und dafür gab es nur eine Erklärung: Alannah hatte das Geheimnis von Shakara verraten, und das ausgerechnet an die Orks, den Abschaum von *amber*!

Der Fürst von Tirgas Dun und Oberster Schwertführer des Hohen Rates gestand sich ein, dass er niemals wirklich an die Weissagung geglaubt hatte. Farawyns Prophezeiung war etwas, das jedem Elfen von frühester Jugend an eingetrichtert wurde, doch jahrhundertelang hatte man so entschieden daran festgehalten, dass es nur natürlich war, dass irgendwann Zweifel aufgekommen waren. Und Loreto hatte diese Zweifel sogar hin und wieder geäußert, zwar hinter vorgehaltener Hand, doch war es nicht auszuschließen, dass er die Hohepriesterin von Shakara damit angesteckt hatte. Insofern war es eine Ironie des

Schicksals, dass ausgerechnet er Alannah daran hindern sollte, das Geheimnis Tirgas Lans an die Gegenseite zu verraten.

Allerdings sah alles danach aus, als wäre er zu spät gekommen, und zugleich wurde ihm auch klar, warum sie den Wald von Trowna ungehindert hatten durchqueren können: Die Pforte von Tirgas Lan war geöffnet worden, und damit war Farawyns Fluch aufgehoben. Aber wie, so fragte sich Loreto, hatte das Tor geöffnet werden können, wenn nur der Auserwählte dies vermochte?

Während der Elfenfürst darüber grübelte, fällten seine Krieger und die Zwerge schlanke Bäume, um behelfsmäßige Sturmleitern daraus zu fertigen. Heermeister Ithel hatte Loreto diesen Vorschlag unterbreitet. Er befürchtete nämlich, dass die Orks die alte Königszitadelle im Zentrum der Verborgenen Stadt besetzt hatten und dass sie sich darin verschanzen würden, sobald sie das Heer der Elfen gewahrten. Dann könnte es nötig werden, die Zitadelle zu erstürmen. Loreto fand das einen sehr vorausschauenden Gedanken; er selbst war wahrlich ein sehr kluger und weiser Oberster Schwertführer, dass er einen Elfen wie Ithel zu seinem Heermeister gemacht hatte.

Schließlich wurden Fackeln entzündet und neue Aufstellung genommen. Eine berittene Vorhut unter Ithels Führung passierte als Erstes das offen stehende Tor der Stadtfestung. Ihr folgte die Hauptstreitmacht von eintausend Elfenkriegern, je zur Hälfte Bogenschützen und Schwertkämpfer, in die sich auch Orthmar von Bruchstein und seine Zwerge reihten. Der flackernde Schein ihrer Fackeln vertrieb die Dunkelheit und beleuchtete die Straßen der Geisterstadt.

Fürst Loreto ritt an der Spitze des Hauptheeres. Nie zuvor war er in Tirgas Lan gewesen, und es hatte ihn auch – trotz seiner Alannah gegenüber geäußerten Zweifel an Farawyns Prophezeiung – nie wirklich interessiert, ob die alte Königsstadt überhaupt existierte. Sich mit der Vergangenheit zu beschäftigen, entsprach nicht seiner Philosophie, lieber richtete er sein Streben und seinen Verstand nach vorn, auf die Zukunft, die er stets fernab von allen sterblichen Belangen an den Fernen Gestaden vermutet hatte.

Doch die Fernen Gestade waren weit entfernt, und das Schiff, das ihn dorthin bringen sollte, war ohne ihn ausgelaufen. Statt an Bord dieses Schiffes zu sein, befand er sich in Tirgas Lan, in dunkler Nacht und an der Spitze eines Heeres, und der Geruch von Fäulnis und Verfall, der die Luft schwängerte, ließ nichts Gutes erahnen; das Böse wirkte an diesem Ort. Loreto zürnte Alannah, dass sie ihn in diese missliche Lage gebracht hatte, indem sie aus dem Tempel von Shakara geflohen war und hergelaufenen Unholden den Weg zur Verborgenen Stadt gewiesen hatte. Der Elfenfürst schwor sich, dass er seine einstige Geliebte dafür zur Rechenschaft ziehen würde …

Loreto und sein Heer näherten sich immer mehr der Zitadelle. Auf deren Zinnen loderten plötzlich gelbe Flammen auf. Zuerst zählte der Elfenfürst ein Dutzend, aber in Windeseile verdoppelte und verdreifachte sich ihre Zahl – und dann stiegen sie steil in den dunklen Himmel, feurige Spuren in die Schwärze der Nacht ziehend.

Der Anblick war faszinierend – bis Loreto mit einem Mal begriff, was da geflogen kam:

Brandpfeile!

»In Deckung!«, schrie er mit schriller Stimme, woraufhin sich die Fußkämpfer hinter ihre Schilde kauerten – keinen Augenblick zu früh.

Schon prasselten die lodernden Geschosse nieder und überzogen die Straße mit einem tödlichen Feuerregen. Einige Elfenkrieger, die zu lange gezögert hatten, wurden von den Brandpfeilen getroffen, die meisten aber wehrten sie mit ihren Schilden ab. Nur wenige Augenblicke später war der Spuk vorbei, aber Loreto sah, dass auf den Wehrgängen der Zitadelle schon die nächste Attacke vorbereitet wurde.

»Orks!«, rief jemand mit krächzender Stimme – es war kein anderer als Heermeister Ithel, der an der Spitze der Vorhut zurück zur Hauptstreitmacht preschte. »Es sind Orks! Ein ganzes Heer von ihnen!« Er zügelte sein edles Pferd neben dem noch edleren von Fürst Loreto und stieß hervor: »Die Unholde sind bis an die Hauer bewaffnet, Herr, und sie halten wie vermutet die Zitadelle besetzt!«

»Wusst ich's doch!«, zischte Loreto, und im nächsten Moment drang von den Zinnen der Zitadelle das wütende Gebrüll der Orks herüber. Der Elfenfürst erschauderte. Er wollte es nicht, wollte nicht kämpfen, wollte nicht sein Leben riskieren für eine Sache, an die er nicht glaubte. Was scherte es ihn, was der Welt der Sterblichen widerfuhr? Sollte sich Alannah mit den Finsterlingen verbünden, ihn brauchte es nicht zu kümmern; er wollte ohnehin der Enge der sterblichen Welt entfliehen, um an den Fernen Gestaden eine neue Heimat zu finden.

»Was sollen wir tun, Fürst Loreto?«, verlangte Ithel zu wissen. »Soll ich den Angriff befehlen?«

»Den Angriff?« Loreto zögerte. Sicher, ein Teil von ihm, jener, der zu Pflichterfüllung und Gehorsam erzogen war, wollte dem Drängen des Heermeisters nachgeben – ein anderer hingegen sah den Kampf um *amber* längst als verloren an: Wozu sein Leben aufs Spiel setzen, um eine Welt zu retten, die nicht gerettet werden wollte?

»Nein«, sagte Loreto deshalb und schüttelte den Kopf. »Wir werden nicht angreifen.«

»Was?« Der Heermeister starrte ihn ungläubig an.

»Ordnet den Rückzug an, vortrefflicher Ithel.«

»Aber …«

»Unser Auftrag lautete, die Priesterin von Shakara aus der Gewalt ihrer Entführer zu befreien, *bevor* sie ihnen den Weg nach Tirgas Lan weist. Offensichtlich ist es zu spät dafür, also gibt es hier nichts mehr für uns zu tun.«

»Aber Fürst Loreto! Wir dürfen nicht zulassen, dass Unholde die alte Königsstadt besetzt halten. Ihr wisst, wessen Geist in den Mauern von Tirgas Lan nach alter Sage gefangen ist!«

»Und? Erwartet Ihr, dass ich das Leben meiner Männer opfere einer alten Geistergeschichte wegen?«

»Aber in den Schriften Farawyns …«

»Ich weiß, was in den Schriften Farawyns geschrieben steht, Heermeister Ithel. Dennoch bin ich nicht gewillt, mein Leben und das meiner Krieger …«

»Mit Verlaub, Fürst Loreto«, fiel Orthmar von Bruchstein ihm ins Wort; der Anführer der Zwerge hatte alles mitangehört, und so einfach wollte er nicht auf den Schatz verzichten. »Macht Ihr es Euch nicht zu leicht? Ist es nicht Eure heilige Pflicht, die alte Königsstadt mit Eurem Leben zu schützen?«

»Wie könnt Ihr es wagen, mir Vorhaltungen zu machen, Herr Zwerg?«, entrüstete sich der Elfenfürst. »Mit welchem Recht nehmt Ihr Euch heraus, darüber zu befinden, was meine Pflicht ist und was nicht?«

»Mit dem Recht dessen, der bereit ist, sein eigen Blut und das seiner Leute zu opfern, um die Mächte der Finsternis in ihre Schranken zu weisen«, versetzte Orthmar mit fester Stimme. »Des Orthwins Sohn hat Euch sein Wort gegeben, dass er gemeinsam mit Euch gegen die Unholde kämpfen wird. Und auch Ihr gabt mir Euer Wort. Wollt Ihr nun behaupten, dass das Wort eines Elfen keinen Wert mehr hat in diesen Tagen?«

»Der Zwerg hat Recht, mein Fürst«, pflichtete Ithel des Orthwins Sohn bei. »Ihr müsst an Euren Ruf denken, an die Ehrhaftigkeit Eures Namens. Wenn Ihr jetzt den Rückzug befehlt, wird der Hohe Rat dies als Versagen und Feigheit deuten, und man wird Euch nicht erlauben, die Reise nach den Fernen Gestaden anzutreten.«

Loreto sog scharf die Luft ein, roch den Gestank von Brand und Tod. Orthmars hehre Worte hatten ihn nicht umstimmen können, Ithels Mahnung hingegen brachte ihn zum Grübeln. Sein Heermeister hatte Recht: Wenn er Tirgas Lan kampflos den Mächten des Chaos überließ, würde man ihm die Reise nach den Fernen Gestaden verweigern. Zumindest zum Schein musste Loreto so tun, als wollte er alles daran setzen, die von den Orks besetzte Zitadelle zurückzuerobern und …

»Brandpfeile!«, schrie jemand – und erneut prasselten Dutzende feuriger Geschosse hernieder, graue Rauchschwaden hinter sich herziehend.

In Loretos unmittelbarer Nähe wurde ein junger Elfenkrieger in die Brust getroffen. Er stürzte zu Boden, laut kreischend, den noch brennenden Pfeil im zuckenden Leib.

Loreto spürte einen Kloß in der Kehle.

»Also gut«, sagte er tonlos. »Wir greifen an!«

»Wache! Waaache! Sofort zu mir!«

Rammar brüllte so laut, dass sich seine Stimme fast überschlug, und dies, obwohl der Lärm des Kampfes, der vor den Toren der Zitadelle tobte, nicht bis in den Kerker drang.

»Was soll das?«, fragte Corwyn entsetzt. »Warum rufst du die Wache?«

»Schnauze!«, versetzte Rammar derb. »Wache! Verdammt noch mal, komm her! Ich habe dir etwas Wichtiges zu sagen! Hier ist ein Gefangener, der fliehen will!«

»Verräter!«, schrie Corwyn außer sich. »Elende Orkfresse! Ich wusste, dass dir nicht zu trauen ist!«

»Das hättest du dir früher überlegen sollen«, sagte Rammar, der noch immer kopfüber an der Kette hing, und dann schrie er wieder: »Wache! Waaaache!«

Endlich waren draußen vor der Gittertür Schritte zu vernehmen. Ein Gnomenkrieger erschien, den man zur Bewachung der Gefangenen abgestellt hatte – ein hässlicher, für seine Rasse ungewöhnlich großer Kerl, mit vorstehenden gelben Hauern im grünen Gesicht.

»Endlich«, murrte Rammar. »Das wurde auch Zeit. Komm her, ich muss dir etwas Wichtiges sagen!«

»Verräter!«, tobte Corwyn und zerrte an seinen Ketten. »Elendes Dreckschwein!«

Dem Gnom schien es zu gefallen, dass sich die Gefangenen untereinander stritten, und er kicherte schadenfroh. Er öffnete die Zellentür und trat ein, den Speer halb erhoben.

»Ich habe eine wichtige Mitteilung für Graishak«, plapperte Rammar drauflos. »Dieser Mensch dort plant, aus dem Kerker auszubrechen und sich blutig an unserem geliebten Häuptling zu rächen. Außerdem will er die Elfenpriesterin befreien, der einäugige Lump!«

Der Gnom hatte offenbar jedes Wort verstanden und schnaubte wütend. Er wandte sich dem Kopfgeldjäger zu, um ihn mit der Spitze des Speers zu malträtieren. Immer wieder stieß er zu, und Corwyn schrie auf.

»Dafür wirst du büßen, Ork!«, wetterte er. »Kurul selbst wird lodernde Blitze schicken, um dir deinen verdammten *asar* abzufackeln, und es wird nichts von dir zurückbleiben als eine stinkende, schwelende ...«

Weiter kam er nicht – denn in diesem Moment handelte Balbok.

Der hagere Ork, der mit geschlossenen Augen von der Decke gehangen hatte, als hätte er das Bewusstsein verloren, bäumte sich so plötzlich an seiner Kette auf, dass er einen kräftigen Schwung bekam – und dann sauste er geradewegs auf den Gnom zu.

Der Grüne, der seine ganze Aufmerksamkeit Corwyn zugewandt hatte und diesen wieder mit dem Speer stechen wollte, sah Balbok nicht kommen. Der hatte sein Maul weit aufgerissen – und biss mit aller Kraft zu!

Die messerscharfen Zähne des Orks schnitten durch ledrige Haut und gruben sich in zähes Fleisch. Grünes Gnomenblut spritzte, als Balboks Hauer die Schlagader des Wärters zerfetzten. Der Gnom kreischte wie von Sinnen und zappelte wild, aber Balbok ließ nicht los.

An der Kette hin- und herbaumelnd, riss er den Gnomenkrieger mit sich und schüttelte ihn wie ein gefräßiges Raubtier seine Beute. Der Geschmack des warmen ungesalzenen Gnomenbluts drehte ihm fast den Magen um, aber er zwang sich, noch kräftiger zuzubeißen – bis das Genick des Gnomen mit hässlichem Knacken brach. Jäh verstummte das Gekreische, und schlaff und leblos hing der Gnom in Balboks Fängen.

»Endlich«, knurrte Rammar. »Ich dachte schon, du würdest dir bis morgen früh Zeit lassen, elender *umbal*!«

»Du bist gar kein schlechter Schauspieler, Fettwanst«, sagte Corwyn anerkennend. »Ich war mir für einen Moment nicht sicher, ob du es dir nicht anders überlegt hast.«

»Damit du es nur weißt, Mensch – wir Orks stecken voller Überraschungen.«

»Offensichtlich«, murmelte Corwyn mit Blick auf den leblosen Gnom in Balboks Fängen. »Jetzt wirf ihn rüber, Langer, damit ich mir die Schlüssel greifen kann.«

»Mhm«, machte Balbok zur Bestätigung und begann erneut, an der Kette hin- und herzupendeln, diesmal in Corwyns

Richtung. Er benutzte den Leichnam des Wärters, um noch mehr Schwung zu nehmen, dann schleuderte er Corwyn den kleinen grünen Wicht zu, so gut gezielt, dass der Mensch ihn mit seinen über dem Kopf gefesselten Händen zu packen bekam, und irgendwie gelang es Corwyn auch, sich den Schlüsselbund zu krallen, der am Gürtel des Gnomen befestigt war.

Es war alles andere als einfach, mit den sowohl vom eigenen als auch vom Gnomenblut glitschigen Händen den Schlüssel ins Schloss der Handschellen zu führen und sie zu öffnen – aber schließlich war Corwyn frei, und er konnte sein Glück kaum fassen.

»He!«, rief Rammar ihm zu, hilflos an der Decke baumelnd. »Vergiss uns nicht, *korr*?«

»*Korr*«, bestätigte Corwyn und betätigte die Winde, mit der die Ketten herabgelassen wurden. Rammar und Balbok schlugen mit den Köpfen auf den Boden und fluchten und schimpften, aber als Corwyn sie schließlich von ihren Fesseln befreit hatte und sie auf wackeligen Beinen standen, beruhigten sie sich wieder.

»Und jetzt?«, fragte Balbok und rieb sich den schmerzenden Schädel.

»Zu Alannah!«, sagte Corwyn, während er den herrenlosen Speer des Gnomen an sich nahm. »Dieser Zauberer hat irgendeine Schweinerei mit ihr vor, doch das werde ich nicht zulassen.«

»Geh nur«, redete Rammar ihm zu. »Balbok und ich werden uns inzwischen zur Schatzkammer durchschlagen.«

»Kommt nicht infrage«, widersprach Corwyn. »Wir bleiben zusammen, für den Fall, dass wir einer Horde Orks begegnen.«

»Gut, dann gehen wir alle zur Schatzkammer«, entschied Rammar. »Um die Elfin kümmern wir uns später.«

»Später wird es *zu* spät sein, geht das nicht in deinen hohlen Schädel?«, schrie Corwyn ihn an. »Alannah braucht unsere Hilfe, wir dürfen sie nicht im Stich lassen. Immerhin verdanken wir es *ihr*, dass wir überhaupt hier sind.«

»Das stimmt«, räumte Balbok ein.

»Außerdem wird auch dieser Graishak bei ihr sein«, fuhr

Corwyn mit ruhigerer Stimme fort, »und wenn ich richtig verstanden habe, bin ich nicht der Einzige, der eine Rechnung mit ihm offen hat.«

»Nein«, gab Rammar zu und schnaubte, dass Dampf aus seinen Nüstern quoll. »Allerdings nicht.«

»Also?«

»Kümmern wir uns um die Elfin«, erklärte sich Rammar grimmig einverstanden. »Und anschließend holen wir uns den Schatz …«

Die Hauptstraße von Tirgas Lan erbebte unter dem Gleichschritt, mit dem die Elfen gegen das Haupttor der Zitadelle vorrückten. Die Orks hatten das Fallgitter herabgelassen, jedoch nicht die Torflügel geschlossen – eine knurrende, zähnefletschende Meute, die blutrünstig mit den Augen rollte, drängte sich jenseits des Gitters, begierig und wild darauf, sich auf die Angreifer zu stürzen.

Der Elfenfürst hatte Heermeister Ithel die Führung des Angriffs überlassen; Loreto selbst befehligte die Bogenschützen. So schätzte er seine Möglichkeiten, den bevorstehenden Kampf zu überleben, als ungleich höher ein.

»Pfeile – jetzt!«, befahl er, und die Elfenkrieger ließen die schlanken Geschosse von den Sehnen schnellen.

Anders als die Orks benutzten sie keine Brandpfeile, sodass die Unholde das Verderben in der nächtlichen Dunkelheit nicht kommen sahen. Nur das vielstimmige Sirren, das für einen Moment in der Luft lag, warnte sie vor, dann brach der gefiederte Tod hundertfach über sie herein.

Von seiner Position aus konnte Loreto nicht erkennen, wie viele der Orks im Pfeilhagel fielen – aber dem Geschrei der Unholde entnahm er, dass so manches Geschoss ein Ziel gefunden hatte. Vielleicht, so hoffte er, ließ sich die Schlacht ja aus der Distanz schlagen …

Heermeister Ithel gab sich dieser Illusion nicht hin, ebenso wenig wie Orthmar von Bruchstein. Seite an Seite rückten der Heermeister der Elfen und der Anführer der Zwerge gegen die Zitadelle vor und führten ihre Leute an – wobei die Elfenkrieger diszipliniert in ihrer Phalanx marschierten, die Zwerge hingegen unter wildem Gebrüll vorwärts stürmten, um mit den langen Schritten ihrer Waffenbrüder mithalten zu können.

Die Orks auf den Wehrgängen hießen sie mit Brandpfeilen willkommen, die zumeist an den Schilden der Elfenkrieger abprallten oder von den Äxten der Zwerge abgewehrt wurden. Aber immer wieder durchdrang auch eines der schlecht gezielten Geschosse die Deckung der Angreifer – hier und dort schrien Elfenkämpfer auf, von brennenden Geschossen in Brust oder Hals getroffen.

Sofort rückten ihre Kameraden nach, um die entstandene Lücke in den Angriffsreihen zu schließen. Im Gleichschritt näherten sie sich der Mauer, ungeachtet des schrecklichen Feindes, der sie dort erwartete – und endlich hatten Elfen und Zwerge das Tor der Zitadelle erreicht.

Ithel hob sein Schwert und gab einen gellenden Befehl – und die Phalanx seiner Krieger teilte sich. Sich gegen die Pfeile und Steinbrocken, die von der Mauer auf sie herabprasselten, mit ihren Schilden schirmend, richteten die Elfen die provisorischen Sturmleitern auf, und eine schlanke Säule, die vor Urzeiten aus weißem Marmor geschlagen worden war, wurde zum behelfsmäßigen Rammbock.

Geschützt von einem weiteren Schwarm Pfeile, den Loretos Bogenschützen über die Mauer der Zitadelle jagten, rannten die Elfenkrieger mit der Säule gegen das Fallgitter an, hinter dem die geifernde Orkmeute brüllte und tobte. Durch einen Vorhang aus Funken und Rauch stürmten die beherzten Kämpfer vor, und mit furchtbarer Wucht krachte der behelfsmäßige Rammbock gegen das Hindernis. Das Gitter erbebte, und einige der Orks, die daran emporgeklettert waren, verloren den Halt und stürzten in die *saparak'hai* ihrer Kumpane – aber das rostige Metall hielt dem Aufprall stand.

Sofort zogen sich die Elfen zurück und nahmen abermals Anlauf. Nicht wenige wurden dabei von den Steinen erschlagen, mit denen die Orks sie vom Wehrgang aus bewarfen. Wieder und wieder rannten die Elfenkrieger gegen das Fallgitter an, während ihre Kameraden versuchten, über die Leitern die Mauer der Zitadelle zu erstürmen. Ithel selbst war es, der den Angriff führte; wie ein Banner eilte sein blauer Helmbuschen den Kriegern voraus.

Zu den Orks auf der Mauer hatten sich auch einige Gnomen gesellt. In gebückter Haltung kauerten sie auf den Zinnen und schickten Schwärme von Giftpfeilen auf die Angreifer hinab. Dutzende tapferer Elfenkrieger wurden getroffen und stürzten schreiend zu Boden. Ithel jedoch trieb seine Krieger unbeirrt an, legte selbst Hand an, als es darum ging, die provisorischen Leitern aufzurichten, und war auch der Erste, der nach oben stieg, den geifernden Unholden entgegen.

Aus sicherer Distanz beobachtete Loreto die Schlacht, die an der Mauer der Zitadelle tobte. Und obwohl er Krieg und Kampf verabscheute, erfüllte auf einmal Stolz seine Brust – Stolz auf seine Krieger, die sich so wacker im Kampf gegen die Unholde schlugen. Mit Ithels Hilfe, da war er sicher, würde es ihm gelingen, die Zitadelle einzunehmen. Sollte der Heermeister sein Leben ruhig riskieren – er, Loreto, würde den Ruhm dafür ernten …

Gefolgt von einigen Zwergen und Elfenkriegern erklomm Ithel die Leiter, ein strahlender Erbe Farawyns auf dem Weg zum Sieg. Schon hatte er die Mauerkrone erreicht, bereit zum Sprung über die Zinne, um den Mächten des Chaos mit blitzender Klinge Einhalt zu gebieten – als das rostige Blatt einer Orkaxt heranfegte und ihm mit einem einzigen Hieb den Kopf von den Schultern schlug.

Entsetzt sah Loreto, wie der Helm mit dem blauen Buschen davonflog, während Ithels kopfloser Torso nach hinten fiel und alle, die ihm gefolgt waren, von der Leiter fegte. Auf den Zinnen der Zitadelle aber erhob sich der Ork, der Ithel enthauptet hatte – ein hässlicher, grobschlächtiger Kerl, dessen Augen in nacktem Wahnsinn leuchteten und dessen linke Schädelhälfte aus einer schimmernden Stahlplatte bestand.

Der Unhold verfiel in wüstes, markerschütterndes Gebrüll und schwenkte die blutige Axt – und Loreto hatte das Gefühl, dass der Blick des Rasenden über das Kampfgetümmel hinweg geradewegs auf ihn gerichtet war.

»Bei den Fernen Gestaden«, murmelte er leise – und dann war es, als würde sich der Schlund der Finsternis öffnen und das Heer der Elfen verschlingen.

Auf den Wehrgängen der Zitadelle hatte man große Kessel herangeschafft – und noch ehe Loreto oder irgendjemand sonst eine Warnung rufen oder den Befehl zum Rückzug geben konnte, ergoss sich siedendes Pech auf die Elfen, die den Rammbock trugen.

Das Geschrei der Krieger war entsetzlich. Im nächsten Moment flackerte erneut Feuer auf den Zinnen auf, und Brandpfeile zuckten herab. Von einem Augenblick zum anderen verwandelte sich der Platz vor dem Tor in ein loderndes Flammenmeer, das zornig alles verschlang, dessen es habhaft wurde.

Loreto sah Elfenkrieger als lebende Fackeln umherrennen, sah einen Zwerg, dessen Bart Feuer gefangen hatte und der gellend schrie und kreischte, während die Flammen sein Gesicht zerstörten. Der Geruch von verbranntem Fleisch stieg dem Elfenfürsten in die Nase und verursachte ihm Übelkeit. Fassungslos schaute er zu, wie die Erben Farawyns in Feuer und Rauch untergingen.

Panik ergriff ihn und sorgte dafür, dass er keinen klaren Gedanken mehr fassen konnte. Reglos stand der Anführer des Elfenheers da. Längst erfolgte kein Angriff mehr, die Heeresordnung der Elfenkrieger hatte sich aufgelöst. Die einen waren tot oder lagen verwundet und sich windend am Boden, die anderen ergriffen schreiend die Flucht. Nur ein paar wenige hielten noch die Stellung, aber auch sie fanden im brennenden Pech oder im Pfeilhagel ihr Ende.

»Herr!«, drang eine Stimme wie aus weiter Ferne an Loretos Ohr. »Herr, was befehlt ihr …?«

Loreto brauchte einen Moment, um durch die Nebel des Entsetzens zu erkennen, dass ein Bogenschütze vor ihn getreten war, ein blutjunger Kerl von vielleicht siebzig oder achtzig Jahren, der ihn fragend und verunsichert anschaute.

»Was befehlt Ihr, Herr?«, wiederholte der Bogenschütze. »Unsere Schwertkämpfer und unsere Verbündeten aus dem

Zwergenreich sind in Bedrängnis. Wir müssen angreifen, Herr, und unseren Waffenbrüdern Beistand leisten!«

»Beistand leisten ...« Das Echo aus Loretos Mund klang tonlos und sinnentleert. Nach all dem Grauen, das er gesehen hatte, stand dem Elfenfürsten nicht mehr der Sinn danach, anderen beizustehen oder gar das Geschick in diesem ungleichen Kampf noch wenden zu wollen. Er wollte nicht enden wie Ithel, wollte nicht das Opfer eines barbarischen Orks werden, dessen Axt keinen Respekt kannte vor der Überlegenheit und dem Alter der elfischen Kultur.

Alles, was Loreto wollte, war ein Schiff zu den Fernen Gestaden besteigen – und dazu musste er überleben ...

»Nein«, sagte er deshalb, und seine Stimme klang so fest und entschlossen, dass es ihn selbst überraschte.

»Nein?« Der junge Bogenschütze hob die Brauen. »Was bedeutet das, Herr?«

Loreto wandte den Blick zum Tor, wo weiterhin gekämpft und gestorben wurde. Das heisere Gebrüll der Orks erfüllte die Nacht, beantwortet vom Geschrei der Verwundeten und von den verzweifelten Rufen derer, die um ihr Leben kämpften.

»Das bedeutet, dass die Schlacht verloren ist«, erklärte der Elfenfürst mit ruhiger Stimme. »Wir ziehen uns zurück.«

# 9.

# OUNCHON-AIRUN

Der flackernde Schein der Flammen, die vor der Zitadelle loderten, drang durch die hohen Fenster des Thronsaals und ebenso das Geschrei der Orks, das Klirren der Waffen und das Kreischen der Sterbenden. Rurak der Schlächter jedoch nahm nichts davon wahr.

Mit geschlossenen Augen stand der Zauberer da, in tiefe Meditation versunken, während er Worte in einer alten, verbotenen Sprache murmelte. Die schwarze Klinge des magischen Dolchs zeigte auf Alannah, die auf dem Opferstein lag, im harten, unerbittlichen Griff ihrer Bewacher.

Die *faihok'hai* hatten nichts als Hohn für sie übrig. Grollend lachten sie, während sich die Elfin verzweifelt in ihren Pranken wand. Mit vor Furcht geweiteten Augen starrte Alannah auf die Klinge, die drohend über ihr schwebte, und sie schalt sich selbst eine Närrin, Shakara den Rücken gekehrt und ihr altes Leben verlassen zu haben. Warum nur hatte sie sich nach Abwechslung gesehnt, nach Aufregung und Abenteuern? In ihrem Leichtsinn hatte sie alles verraten: Statt das Geheimnis von Tirgas Lan zu hüten, das ihr anvertraut worden war, würde ausgerechnet sie es sein, die durch ihr Opfer den Geist des Dunkelelfen erneut entfesselte. *Amber* würde in Finsternis versinken, so wie schon einmal – und eine Elfenpriesterin von vornehmem Geblüt trug Schuld daran ...

Ihre Augen schwammen in Tränen der Verzweiflung und der Reue, und in Gedanken flehte sie ihre Ahnen und die kosmische Ordnung um Vergebung an für alles, was sie in ihrem Hochmut und ihrer Leichtfertigkeit getan hatte. Aber das hämische Gelächter der Orks und die schwarze Klinge über ihrer Brust schienen ihr sagen zu wollen, dass es keine Vergebung für sie gab ...

Auf einmal erfüllte blasses Licht den Thronsaal. Der Mond war zwischen den Wolken hervorgekommen, schien fahl und kalt auf die Verborgene Stadt hinab – und einen Herzschlag später zuckte ein Blitz durch den Raum, der geradewegs aus dem Nichts entstanden war.

Jäh verstummte das Gelächter der Orks. »Kurul! Kurul!«, murmelten die Unholde, und Furcht war in ihren blutunterlaufenen Augen zu erkennen.

Ein eisig kalter Hauch durchwehte den alten Thronsaal, der Kleidung und Haut durchdrang und die Elfin bis auf die Knochen frösteln ließ. Er wurde zu einem unnatürlichen Wind, der sich zu einem Tosen steigerte – ein Sturm brach in dem alten Gemäuer los. Und im klagenden Jaulen des Windes glaubte Alannah schallendes, triumphierendes Gelächter zu vernehmen – oder irrte sie sich?

Jahrhunderte alter Staub, Trümmer von morschem Holz, Kerzen und kleine Gesteinsbrocken wurden emporgerissen, drehten sich in einem wilden Orkan, dessen Zentrum der Altar war. Rurak mit seinem schwarzen Dolch, der über Alannah gebeugt stand, schien im Auge des Wirbelsturms zu stehen; ihn berührte der Wind nicht einmal. Die Orks jedoch blickten sich panisch um, verfielen in wildes Geschrei – und schließlich, als erneut grelle Blitze aus dem Nirgendwo zuckten, ergriffen sie Hals über Kopf die Flucht. Die *faihok'hai* mochten die tapfersten und besten Krieger ihres Stammes sein, aber wenn Kurul selbst seine Macht zeigte und lodernde Blitze schleuderte, dann packte auch sie die nackte Furcht.

Rurak achtete nicht auf sie. Der Zauberer hatte noch immer die Augen geschlossen und murmelte frevlerische Worte. Alannah bezweifelte, dass er überhaupt mitbekam, was um ihn herum geschah, und in ihrer Angst und ihrer Verzweiflung sah sie eine Chance zu entkommen. Gefesselt, wie sie war, wollte sie sich vom Altar rollen, um der tödlichen Klinge, die jeden Augenblick auf sie herabstoßen konnte, zu entgehen.

Es gelang ihr, sich herumzudrehen, und sie wollte sich über die Kante des Steinblocks schieben – als etwas Unerwartetes geschah. Wieder zuckten Blitze durch den Saal, aber diesmal konzentrierten sie sich auf den Dolch, den Rurak mit einer Hand erhoben hielt, während die andere den Zauberstab umklammerte.

Von mehreren Seiten gleichzeitig schlugen die grellen Blitze in die schwarze Klinge und schienen mit ihr zu verschmelzen – und ein Blitz, der nicht hell und gleißend war, sondern im Gegenteil von furchtbarer Schwärze, stach aus der Spitze der Waffe und traf Alannah. Von einem Augenblick zum anderen war die Elfin nicht mehr in der Lage, sich zu rühren. Die verderbliche Energie des Blitzes hüllte sie ein, und Krämpfe schüttelten sie.

»Nein!«, brüllte sie, gepeinigt von Schmerz und gepackt vom Entsetzen, denn ihr war klar, dass es die Macht des Dunkelelfen war, die sie spürte.

Rurak riss die Augen auf und starrte wie ein Wahnsinniger auf Alannah hinab. »Margok!«, rief er, das Brausen und Tosen des Sturmwinds übertönend. »Herrscher der Dunkelheit – erscheine!«

»*Ich bin hier, mein treuer Diener!*«, scholl eine Stimme zurück, die keinen Körper hatte und auf den Schwingen des Orkans zu reiten schien. »*Tu, was getan werden muss! Nimm ein Leben, um mir die Rückkehr in die sterbliche Welt zu ermöglichen!*«

»So sei es!«, schrie Rurak – und er wollte den Dolch ins Herz der Elfin senken …

So schnell ihre gepeinigten Glieder es zuließen, eilten Rammar, Balbok und Corwyn durch die Gänge.

Die beiden Orks waren noch immer benommen und hatten weiche Knie, nachdem sie stundenlang kopfüber von der Decke gehangen hatten. Und auch der Kopfgeldjäger hatte Mühe, sich auf den Beinen zu halten nach der Folter, die Graishak ihm hatten angedeihen lassen; der Stofffetzen in seinem Gesicht war blutdurchtränkt.

Aber die drei ungleichen Gefährten eilten immer weiter, getrieben vom Willen, sich an ihren Peinigern zu rächen und deren Pläne zu vereiteln.

Bewaffnet waren sie nur mit dem Gnomenspeer des Wächters, den Corwyn bei sich trug – die beiden Orks mussten sich auf ihre Hauer, Klauen und Fäuste verlassen, wenn sie auf Gegner trafen. Dass sie dabei gegen ihresgleichen kämpfen würden, kümmerte Rammar und Balbok wenig. Rurak und Graishak hatten den Fehler begangen, sie zu verraten – in solchen Dingen versteht ein Ork keinen Spaß ...

Über eine steile Wendeltreppe gelangten sie in die Zitadelle. Herauszufinden, wohin sie sich zu wenden hatten, war nicht weiter schwer – Sturmbrausen und der flackernde Widerschein knisternder Blitze durchdrangen die Gänge der alten Königsburg, und selbst Balbok war klar, dass kein anderer als Rurak dafür verantwortlich sein konnte.

»Die Zeremonie hat bereits begonnen«, keuchte Corwyn atemlos. »Wir müssen uns beeilen!«

Sie liefen einen langen, von hohen Fenstern gesäumten Korridor entlang. Im Vorbeilaufen sah Rammar durch die Fenster das Feuer, das draußen loderte, und die bis an die Zähne bewaffneten Gestalten, die sich auf den Wehrgängen drängten.

»Da draußen wird gekämpft!«, rief er seinen Gefährten zu. »Irgendwer greift die Zitadelle an!«

»Umso besser«, knurrte Corwyn. »Gegen diese elenden Bastarde können wir jede Hilfe brauchen ...«

Sie näherten sich dem Ende des Korridors – und auch dem Ausgangspunkt des Orkans, der innerhalb der Burgmauern tobte. Solch ein Sturm konnte unmöglich natürlichen Ursprungs sein, und Rammar und Balbok sträubten sich alle Nackenborsten, weil ihnen bewusst wurde, dass sie es mit Zauberei zu tun bekamen.

Eisiger Wind fegte ihnen entgegen, der immer stärker wurde. Die Tür am Ende des Korridors war zerstört, die hölzernen Türflügel lagen in Trümmern, auseinander gerissen von der Kraft des Orkans. Holzsplitter und kleines Gestein hagelten den drei Gefährten entgegen, sodass sie die Gesichter mit den Armen schützen mussten, während sie sich Schritt für Schritt vorarbeiteten.

Auf einmal stellte sich ihnen eine mächtige Gestalt entgegen,

mit Hauern, von denen der Geifer tropfte, und blutunterlaufenen gelben Augen – und mit einer stählernen Schädelplatte.

Unerwartet war Graishak aus einem Nebenkorridor getreten, zähnefletschend und eine blutige Axt in den Klauen. Ein
flackernder Blitz riss seine hässliche Visage aus der Dunkelheit.

»Wohin des Weges?«, fragte er grinsend.

»Zu Rurak«, antwortete Corwyn grimmig, der als Erster
seinen Schreck überwunden hatte.

»Dann haben wir denselben Weg«, erklärte Graishak. »Gerade wollte ich dem Zauberer die Nachricht von unserem Sieg
überbringen ...«

»Noch hast du nicht gewonnen, Eisenhirn!«, versetzte Corwyn – und er griff mit dem Gnomenspeer an, dessen Spitze in
Gift getränkt war; auch ein Ork musste sich davor in Acht
nehmen.

Graishak wich instinktiv zurück und gab damit den Korridor
frei.

»Jetzt!«, rief Corwyn seinen orkischen Gefährten zu. »Lauft,
so schnell ihr könnt! Befreit die Elfin, ehe es zu spät ist!«

Rammar stürzte Hals über Kopf an Graishak vorbei den
Gang hinab, während Balbok noch zögerte.

»Willst du wohl laufen?«, herrschte Rammar ihn an. »Hast
du nicht gehört, was der Mensch gesagt hat?«

»Seit wann tun wir, was ein Mensch uns sagt?«, rief Balbok,
der sich nun doch in Bewegung setzte und zu seinem Bruder lief.

»Seit wir dadurch am Leben bleiben«, antwortete ihm Rammar. In seinem eigentümlichen Schweinsgalopp rannte er weiter, und Balbok war ihm dicht auf den Fersen.

Graishak und der Kopfgeldjäger blieben zurück und gingen
mit ihren Waffen aufeinander los. Ein Gnomenspeer gegen eine
schwere Orkaxt – Rammar befürchtete zu wissen, wie dieser
Kampf ausgehen würde.

»Befreit Alannah!«, rief ihnen der Kopfgeldjäger noch nach,
dann hatten sie den Durchgang passiert, dessen Türflügel in
Trümmern lagen.

Wind schlug ihnen entgegen, noch um vieles heftiger als auf
dem Gang. Sie gelangten in einen weiten Saal, in dem fauchend

ein Wirbelsturm tobte. Holztrümmer, metallene Kerzenständer und noch vieles mehr flogen durch die Gegend, sodass die Orks die Köpfe zwischen die Schultern ziehen und sich ducken mussten, um nicht getroffen zu werden. Der tosende Orkan wirbelte um die Mitte des kreisrunden Saals, wo ein Schacht im Boden klaffte und es einen steinernen Thron gab. Dazwischen befand sich ein Altar, auf dem Rammar und Balbok Alannah entdeckten.

Und die Elfin war nicht allein.

Rurak stand über sie gebeugt, einen Dolch in der einen, den Zauberstab in der anderen Hand. Aus der Spitze der Dolchklinge stach eine Entladung tiefster Schwärze, die die Priesterin von Shakara einhüllte. Alannah schien unfähig, sich zu bewegen – und gerade, als die Orks in den Thronsaal stürmten, wollte Rurak die Klinge in ihr Herz stoßen!

»*Douk!*«, brüllte Balbok aus Leibeskräften, während er sich auf seinen langen Beinen quer durch den Saal katapultierte, ungeachtet des scharfen Windes, der nach ihm griff.

Schon fiel der Dolch herab, scharf und tödlich, um dem Leben der Elfin ein Ende zu setzen und ein anderes beginnen zu lassen.

Doch die schwarze Klinge erreichte Alannah nicht.

Getrieben von seiner Wut und dem festen Willen, dem Zauberer, der sie so schmählich hintergangen hatte, in seinen *brumill* zu spucken, legte der hagere Ork die Entfernung zwischen sich und dem Magier in einem tollkühnen Hechtsprung zurück, und im buchstäblich letzten Moment, ehe sich die Klinge Margoks in die Brust der Elfin bohren konnte, stieß er den Zauberer beiseite.

Rurak, die Augen geschlossen und in dunkle Beschwörungen versunken, traf der Angriff völlig überraschend. Mit einem Aufschrei taumelte er zurück, auf den Elfenthron zu, den er widerrechtlich in Besitz genommen hatte. Sein Zauberstab, den er vor Schreck losgelassen hatte, klapperte zu Boden.

Da die Dolchspitze nicht mehr auf Alannah gerichtet war, gab der schwarze Blitz die Elfin frei, zuckte suchend umher – und fand ein neues Ziel!

Es war Rurak selbst, der im nächsten Moment von dunkler Energie eingehüllt wurde. Von Krämpfen geschüttelt, fiel der Zauberer vor den Stufen des Elfenthrons nieder, kreischend wie jemand, der bei lebendigem Leib verbrennt. Er versuchte, seinen Zauberstab zu erreichen – vergeblich. Schreiend wand sich der Zauberer am Boden.

»Du Unglücksork«, rief Rammar, der nun den Opferstein erreichte. »Was hast du nun wieder angerichtet?«

»I-ich weiß nicht ...«, stammelte Balbok.

Rammar zwinkerte ihm zu. »Gut gemacht, Bruder. Und jetzt lass uns die Elfin nehmen und verschwinden!«

Wenn Rammar so sprach, bedeutete das freilich, dass Balbok die Priesterin tragen musste. Deren Züge waren aschfahl, und sie war kaum noch bei Bewusstsein. Noch immer knisterten vereinzelt schwarze Entladungen um ihre anmutige Gestalt, die erst erloschen, als Balbok sie hochhob und sie sich über die Schulter lud – so wie er es getan hatte, als sein Bruder und er sie aus dem Tempel von Shakara entführten. Ewigkeiten schien das her zu sein ...

»Nichts wie weg!«, rief Rammar, und durch den Sturm, der noch wütender und zerstörerischer tobte als zuvor, kämpften sich die Orks mit der Elfin zum Ausgang. Rammar bekam dabei ein morsches Brett vor den Kopf und stieß wüste Flüche aus, Balbok fing einen Kandelaber auf, der ihm andernfalls den Schädel zerschmettert hätte. Das Ding war gut vier *knum'hai* lang, hatte einen breiten tellerförmigen Sockel und ließ sich notfalls auch als Waffe verwenden, also behielt es Balbok vorerst.

Als sie den Durchgang erreichten, wandten sich die Orks noch einmal um und blickten zurück zu dem Zauberer, der wie von Sinnen kreischte und aus dessen weit aufgerissenen Augen schwarze Blitze stachen.

»*Shnorsh*«, knurrte Rammar. »Nur schnell weg ...«

»Nun, Kopfgeldjäger? Hast du schon genug?« Das Grinsen in Graishaks grässlichem Gesicht war so breit, dass es seine vernarbte Visage in zwei Hälften teilte.

»Noch lange nicht!«, entgegnete Corwyn – und das, obwohl

zu den Wunden, die die Folter hinterlassen hatte, noch einige mehr hinzugekommen waren.

Mehrmals war der Kopfgeldjäger den wütenden Attacken des Orkhäuptlings nur mit knapper Not entgangen, und ein paarmal hatte er nicht vermeiden können, dass ihn das messerscharfe Blatt der Axt noch gestreift hatte. Auch hatte er ein paar gebrochene Rippen, dort, wo ihn Graishak mit dem Stiel der Axt erwischt hatte. Zudem klaffte ein Schnitt in seinem rechten Oberschenkel, sodass sich Corwyn kaum noch auf den Beinen halten konnte.

All das versuchte der Kopfgeldjäger zu ignorieren, indem er die Zähne zusammenbiss, sich ganz auf seinen Gegner konzentrierte und sich von seiner Rachsucht treiben ließ.

Mit dem Handrücken wischte er sich zum ungezählten Mal das Blut aus dem verbliebenen Auge, das den Ork hasserfüllt taxierte. Dann umklammerte er wieder den Gnomenspeer mit beiden Händen, dass die Knöchel weiß hervortraten.

»Angst?«, fragte Graishak genüsslich. Der Ork schwang die Axt, dass es nur so pfiff, und ließ keinen Zweifel daran, wer seiner Überzeugung nach als Sieger aus diesem Duell hervorgehen würde.

»Vor dir ganz sicher nicht«, erwiderte Corwyn trotzig. »Du hast die Frau, die ich liebte, hinterrücks ermordet, und du hast mich gefoltert, nur zu deinem Vergnügen. Du bist ein verkommener, widerwärtiger Bastard, Ork – und dafür wirst du sterben!«

»Was du nicht sagst«, höhnte Graishak. »Ich glaube vielmehr, dass dein blutiger Skalp in wenigen Augenblicken an meinem Gürtel hängen wird.«

»Du bist ein *asar-tul*«, erwiderte Corwyn – und unternahm erneut einen Ausfall, die Speerspitze auf die Brust des Orks gerichtet. Natürlich hätte er den Speer auch werfen können, aber wenn er sein Ziel dann verfehlte, wäre er waffenlos, und das hätte seinen sicheren Tod bedeuten.

Corwyns Überraschungsangriff, der schwerfällig und auf wankenden Beinen erfolgte, beeindruckte Graishak nicht. Der Orkhäuptling schnaubte spöttisch, während er der zustoßenden Speerspitze auswich, sich dabei um die eigene Achse drehte und dem Kopfgeldjäger mit dem Schaft der Axt einen Hieb versetzte.

Der Stoß traf Corwyn in den Rücken und war so hart, dass er weiter vorwärtstaumelte und gegen die schwarze Wand des Korridors prallte. Der Gnomenspeer zerbarst dabei, und die in tödlichem Gift getränkte Spitze verfehlte nur knapp Corwyns Gesicht.

»Sachte, Kopfgeldjäger!«, höhnte Graishak. »Willst du auch noch dein anderes Auge verlieren? Das wäre schade. Ich würde es gern schmoren und fressen. Wusstest du, dass geschmorte Menschenaugen nach Honig schmecken?«

»Nein«, erwiderte Corwyn grimmig, »aber ich wollte schon immer wissen, wie geschmorte Orkaugen schmecken …«

Mit diesen Worten wollte er sich wieder aufraffen, um erneut anzugreifen. Aber Graishak schien zu dem Schluss gelangt zu sein, dass das ungleiche Duell lange genug gedauert hatte. Des unterlegenen Gegners überdrüssig, warf sich der Ork nach vorn, und mit einem wilden Fauchen, das sich wie das eines tollwütigen Wargs anhörte, holte er mit der Axt aus, um seinen Gegner in zwei Hälften zu teilen.

Schon fiel das Axtblatt herab, und Corwyn, zu erschöpft und kraftlos, um ihm noch auszuweichen, fügte sich in sein Schicksal, tröstete sich damit, dass er Marena wiederbegegnen würde in der Ewigkeit, die jenseits des Lebensflusses lag.

Er erwartete, dass ihm die Axt mit brachialer Gewalt den Schädel spalten würde – aber es gab einen hässlichen metallenen Klang, und der tödliche Hieb der Axt wurde knapp über Corwyns Kopf abgefangen.

Corwyn riss irritiert das verbliebene Auge auf und sah, dass es ein eiserner Kandelaber war, der ihm das Leben gerettet hatte. Kein anderer als Balbok hielt das klobige Ding und hatte Graishaks Axt damit abgeblockt, kurz bevor sie den Schädel des Kopfgeldjägers erreicht hätte.

»Du!«, stieß Graishak hervor und verfiel in wütendes Gebrüll. »Warum bist du noch am Leben? Ist der Zauberer nicht mit euch beiden hirnlosen *umbal'hai* fertig geworden?«

»Der Zauberer hat zu tun«, entgegnete Balbok. »Ihr beide habt verloren, Stinkmaul!«

»Bei allen Würmern in Torgas fauligen Eingeweiden!«, schrie Graishak, während seine ohnehin schon abgrundtief hässlichen Züge zu einer wutverzerrten Fratze wurden. »Dafür wirst du büßen – niemand nennt mich ungestraft ein Stink...«

Der Orkführer brach mitten im Wort ab. Ein stechender Schmerz wollte seine Leibesmitte schier zerreißen. Für einen Augenblick hatte er seinen am Boden kauernden menschlichen Gegner nicht beachtet – und Corwyn hatte diese Unaufmerksamkeit genutzt, um Graishak die Spitze des geborstenen Gnomenspeers mit aller Kraft in den Bauch zu rammen.

»Stinkmaul!«, knurrte der Kopfgeldjäger trotzig.

Mit Augen, die aus ihren Höhlen zu fallen drohten, schaute Graishak an sich herab und sah den abgebrochenen Schaft aus seinem Wanst ragen.

»G-Gnomengift«, stammelte er, während die hässliche Erkenntnis in sein Bewusstsein sickerte, dass diese Wunde seinen Tod bedeutete. Ungläubig starrte er zuerst Corwyn und dann Balbok an – und in einem plötzlichen Ausbruch blanker Wut holte er mit der Axt aus, um wenigstens den Kopfgeldjäger mit in Kuruls dunkle Grube zu reißen.

Aber Balbok hatte damit gerechnet.

Kaum hatte Graishak seine Deckung oben, rammte der hagere Ork das untere Ende des Kerzenleuchters gegen die Brust seines verräterischen Häuptlings. Graishak verlor das Gleichgewicht und geriet ins Taumeln – und Balbok holte weit aus und schlug zu!

Der tellerförmige Fuß des Kandelabers traf Graishak mit voller Wucht am Schädel. Es gab ein widerliches knackendes Geräusch, und dort, wo die Stahlplatte in Haut und Knochen überging, spritzte graue Hirnmasse hervor, in größerer Menge, als irgendjemand bei Graishak vermutet hätte.

Wie vom Donner gerührt blieb dieser stehen, den stieren Blick auf seine Gegner geheftet. Für einen Augenblick sah es so aus, als wolle er, wie schon einmal, allen Gesetzen der Natur zum Trotz weiterleben – dann entwand sich die Axt seinem

Griff und fiel klirrend zu Boden, gefolgt von ihrem Besitzer, der zertrümmerten Hauptes niedersank und reglos liegen blieb.

»Komisch«, meinte Balbok, während sich eine Lache aus schwarzem Orkblut um den Kopf Graishaks bildete, »ich dachte immer, so ein Stahlschädel würde mehr aushalten ...«

»Kommt her, ihr beiden! *Luark!*«

Es war Rammar, der gerufen hatte. In einiger Entfernung kauerte der dicke Ork am Boden, neben der bewusstlosen Alannah, die Balbok zuvor dort abgelegt hatte.

»*Rushoum'dok kro'dok!*«, rief Rammar. »Ich glaube, sie stirbt!«

»Nein!« Trotz seiner Erschöpfung und seiner zahlreichen Verwundungen gelang es Corwyn, sich aufzuraffen. Er wankte auf die Elfin zu, die wie leblos dalag, das blonde Haar versengt und in den schwarzen Sack gehüllt, den Ruraks Schergen ihr übergezogen hatten. »Nicht noch einmal!«, stieß Corwyn hervor, während er neben ihr auf die Knie niedersank. »Du darfst nicht sterben, hörst du?«

Alannah regte sich nicht. Ihre aschfahle Miene wirkte, als wäre alles Leben bereits aus ihr gewichen.

»Du musst leben!«, flehte Corwyn, der ihren Kopf in seinen Schoß bettete und ihr mit blutigen Händen durchs Haar strich. »Du musst leben! Ich will dich nicht verlieren, wie ich Marena verloren habe! Nicht noch einmal, hörst du? Das ertrage ich nicht!«

Tränen schossen ihm aus dem verbliebenen Auge und rannen über seine Wange. Balbok und Rammar tauschten einen bekümmerten Blick.

»Lebe, hörst du? Du musst leben!«, sprach Corwyn auf Alannah ein, die er in seinen Armen hielt – aber die Elfin rührte sich nicht, und ihre Züge schienen mit jedem Augenblick noch blasser zu werden. »Nein, nein! Das darf nicht sein! Du darfst nicht sterben!« Corwyn redete unentwegt weiter, am ganzen Körper zitternd und bebend vor Schmerz und Verzweiflung, die Reglose in seinen Armen wiegend.

Schließlich berührte Rammar ihn an der Schulter. »Es ist vorbei, Kopfgeldjäger«, sagte der Ork leise. »*Kriok'dok.* Sie ist tot.«

»*Neeeiiin!*«, schrie Corwyn so laut, dass sich seine Stimme überschlug, und er stieß die Hand des Orks zurück. »Sie ist nicht tot! Sie muss leben, verstehst du, du hässlicher Kerl? Sie muss leben – denn ich liebe sie!«

Als wäre dies die Zauberformel, um die Macht des Bösen zu brechen und Leben zu retten, holte Alannah plötzlich keuchend Atem. Die Brust der Elfin hob sich, sie schlug die Augen auf und starrte Corwyn fragend an. »Was ...? Wie ...?«

Corwyn atmete auf, unendlich erleichtert, und wischte sich rasch die Tränen aus dem blutigen Gesicht. »Ich ... ich dachte, wir hätten dich verloren ...«

Alannah, noch von Benommenheit umfangen, betrachtete ihn mit einem seltsamen Blick. »Und der Auserwählte wird Leben spenden, wo sich bereits der Schatten des Todes geneigt hat«, zitierte sie aus dem Text, den zu bewahren dreihundert Jahre lang ihre Aufgabe gewesen war – Farawyns Prophezeiung. »Du hast mir das Leben gerettet, Corwyn«, flüsterte sie. »Du bist der Auserwählte!«

Corwyn schüttelte den Kopf und half ihr aufzustehen, obwohl er sich selbst kaum auf den Beinen halten konnte. »Sicher nicht«, sagte er milde. »Nur könnte ich ... ich ... ich könnte es nicht ertragen, dich zu verlieren.«

»Was redest du? Ich bin eine Verräterin«, sagte Alannah mit trauriger Stimme. »Ich bin es nicht wert, weiterzuleben!«

»Das sehe ich anders«, erklärte Corwyn, »denn ich liebe dich!« Und er presste kurzerhand seine Lippen auf die ihren, die ihm in einem leidenschaftlichen, innigen Kuss begegneten.

»Schön, ihr Turteltauben«, ließ sich Rammar vernehmen. »Fein, dass ihr euch endlich gefunden habt. Aber wenn ihr mich fragt, ist das nicht der richtige Zeitpunkt, um kleine Elfenmenschbabys zu machen. Wir sollten zusehen, dass wir von hier fortkommen, ehe ...«

»Zu spät!«, sagte eine Stimme, die wie grollender Donner klang.

Rammar fuhr herum – und zu seinem Entsetzen sah er Rurak vor sich stehen.

Das Gewand des Zauberers hing in Fetzen, seine Haut war an vielen Stellen schwarz verkohlt, sein langer Bart war weggebrannt und sein blutverschmiertes Gesicht eine unbewegte Maske, aus der ein loderndes Augenpaar starrte.

Und im nächsten Moment ging mit ihm eine grässliche Verwandlung vor …

# 10.

# UR'KURUL LASHAR'HAI

Es war kein geordneter Rückzug.

Hals über Kopf rannten die Bogenschützen der Elfen die Hauptstraße von Tirgas Lan hinab, um nur möglichst rasch eine möglichst große Distanz zwischen sich und den furchtbaren Gegner zu bringen, der die Zitadelle besetzt hielt.

Als die Elfenkrieger, die noch an den Mauern kämpften, sahen, wie ihre Waffenbrüder davonliefen, verließ auch sie der Mut, und sie wandten sich zur Flucht – und nicht wenige von ihnen wurden dabei von vergifteten Gnomenpfeilen in den Rücken getroffen.

»Wo wollt ihr hin?«, rief Orthmar von Bruchstein mit donnernder Stimme. Breitbeinig und die Axt in den Händen stand des Orthwins Sohn wie ein Fels, der tosenden Wassermassen trotzt. »Wollt ihr wohl bleiben und kämpfen?«, schrie er zornig und weigerte sich zu glauben, dass sein Traum vom großen Schatz ausgeträumt sein sollte. Zwei seiner Leute kamen ihm entgegen, mit verbeulten Helmen und angesengten Bärten und aus einem Dutzend Wunden blutend.

»Warum lauft ihr davon?«, herrschte er sie an. »Bleibt gefälligst hier und kämpft! Sonst werde ich Thalin anweisen, dass man euch allen die Bärte stutzt!«

»Thalin ist tot!«, berichtete ihm einer der Zwerge. »Ein Ork hat ihn enthauptet und seinen Kopf auf einen Spieß gesteckt.«

»Und Marwin? Ragnar? Edwin?«

»Tot, tot, tot!«, erhielt er Antwort, und während seine Leute panisch an ihm vorbeistürzten, um das nackte Leben zu retten, dämmerte auch Orthmar, dass die Schlacht um Tirgas Lan geschlagen war. Er sandte der Mauer, vor der loderndes Feuer brannte, einen letzten sehnsüchtigen Blick und sah die Köpfe, die die Orks entlang der Zinnen aufgespießt hatten. Und nachdem sich sein Magen umgedreht und sich der Inhalt über seinen langen Bart ergossen hatte, wandte sich auch des Orthwins Sohn zur Flucht.

In diesem Moment öffnete sich ratternd das Fallgitter der Zitadelle, und eine Meute keifender, schreiender und bis an die Hauer bewaffneter Orks stürzte daraus hervor. Im Laufschritt nahmen die Unholde die Verfolgung auf – ihr Blutdurst war noch nicht gestillt ...

Die von Falten zerfurchte und an altes Leder erinnernde Gesichtshaut des Zauberers platzte an verschiedenen Stellen auf, das Fleisch darunter verfaulte und gab den Knochen frei, und Ruraks Augen zerschmolzen zu einer breiigen Masse, die zähflüssig aus den Höhlen tropfte – genau wie in jenem Traum, den Rammar in der ersten Nacht im Wald von Trowna gehabt hatte.

Auch die Hände des Zauberers, die dieser ausgestreckt hatte, um Beschwörungsformeln in die Luft zu zeichnen, während er finstere Flüche murmelte, zerfielen vor den Augen der Gefährten; die pergamentartige Haut brach auf, und unter faulendem Fleisch kamen die blanken Knochen zum Vorschein.

Schließlich stand Rurak vor ihnen als lebendes Skelett, an dem hier und dort noch verrottende Fleischfetzen hingen und in dessen leeren Augenhöhlen orangerot flackerndes Feuer glomm.

»*Ihr Einfältigen!*«, höhnte er mit Donnerstimme, und sein knochiger Kiefer klappte dabei auf und zu – aber die Worte drangen nicht wirklich aus seinem Mund. Die Gefährten hörten jene Stimme, die Alannah schon im Thronsaal vernommen hatte und die vom Sturmwind getragen worden war. »*Habt Ihr wirklich geglaubt, ihr könntet mir entkommen?*«

»Es ist Margok!«, rief Alannah, während Corwyn ihr auf die Beine half. »Sein Geist hat von dem Zauberer Besitz ergriffen!«

»So ist es«, bestätigte die grässliche Gestalt, »*aber Ruraks Körper ist alt, und der Zauber, der ihn bisher am Leben hielt, wirkt nicht mehr. Was ich brauche, ist die Lebensenergie eines Elfen – deine Energie, Priesterin.*«

»Vergiss es, Knochenmann!«, entgegnete Corwyn entschieden. »Alannah gehört zu mir!«

»*Wie rührend, Kopfgeldjäger*«, höhnte die grässliche Gestalt. »*Und du glaubst, das hielte mich auf?*«

Margok lachte grollend, und sein Gelächter schien die Zitadelle in ihren Grundfesten zu erschüttern. Dann hob er seine Knochenhände, und verderbliche schwarze Blitze zuckten daraus hervor.

Corwyn riss Alannah reaktionsschnell zu Boden, konnte aber nicht verhindern, dass ihn selbst einer der Blitze erwischte. Der Kopfgeldjäger schrie auf wie unter einem Schwertstreich. Auch Rammar, der auf Grund seiner Fettleibigkeit nicht schnell genug war, wurde getroffen und brüllte wie von Sinnen; ein Gewitter aus schwarzer Energie umzuckte ihn.

Balbok jedoch, der sich rasch aus der Gefahrenzone gebracht hatte, griff nach Graishaks Axt, die herrenlos am Boden lag, um dem Zauberer damit den Kopf von den Schultern zu schlagen.

»*Dummkopf!*«, dröhnte dieser – und ehe Balbok seinen Gegner erreichte, zuckte ihm ein schwarzer Blitz entgegen, der ihn zurückschleuderte: Als hätte die Keule eines Trolls ihn getroffen, flog Balbok durch die Luft, landete hart auf dem Boden und überschlug sich.

»*Shnorsh!*«, schrie Rammar. »Wir müssen weg, nur weg …!«

Nicht einmal Corwyn widersprach ihm, und so rannten, humpelten und schleppten sie sich den Gang entlang – auf den Thronsaal zu.

Der Zauberer folgte ihnen, hohnlachend und auf klappernden Knochenbeinen. Immer wieder schleuderte er dunkle Blitze und trieb die vier Gefährten damit vor sich her, um sie in die Falle zu treiben. Sie dachten nicht daran, dass es aus dem Thronsaal kein Entrinnen mehr gab, sie wollten nur einfach dieser grausigen Erscheinung entkommen.

Im Thronsaal wütete nicht mehr der Sturm. Trümmer lagen überall verstreut. Verzweifelt blickten sich Rammar und Corwyn nach einem Fluchtweg um, als Margok die alte Königshalle betrat. Mit einer herrischen Geste seiner Knochenhände hob der Dunkelelf die Naturgesetze auf, und alle Trümmer, die umherlagen, schwirrten hoch und sausten auf den Ausgang zu, durch den Margok gerade geschritten war, um ihn zu verbarrikadieren.

Es gab kein Entkommen mehr.

Die Gefährten, die einst Feinde gewesen waren, flüchteten sich zum Elfenthron.

»*Ihr müsstet euch sehen*«, höhnte Margok. »*Da kauerte ihr nun, zitternd vor Angst. Lasst euch gesagt sein, ihr Einfältigen, dass das Elfenreich nicht länger Bestand hat. Ich jedoch, Margok der Finstere, bin zurückgekehrt, um mir zu nehmen, was mir zusteht. Erdwelt wird mir gehören – und niemandem wird es diesmal gelingen, mich aufzuhalten!*«

Damit vollführte er erneut eine effektheischende Geste – und Rammar verlor den Boden unter den Füßen. Eine unwiderstehliche Kraft riss ihn nach oben, der Kuppeldecke entgegen. Er schrie vor Angst und Entsetzen, überschlug sich in der Luft – und verteilte den kargen Inhalt seines Magens nach allen Seiten.

»Schluss damit, Zauberer! Lass ihn in Ruhe!«, forderte Corwyn.

Balbok holte mit finsterem Blick und gefletschten Zähnen aus und schleuderte Graishaks Axt. So gut hatte er gezielt, dass das Axtblatt Margok in zwei Hälften geteilt hätte – aber eine Handbreit vor dem Zauberer stoppte die Axt ihren Flug und blieb einfach in der Luft hängen.

»*Ist das alles?*«, fragte der Zauberer und lachte auf. »*Ist das alles, was ihr aufbieten könnt, um euch dem großen Margok zu widersetzen? Ihr dummen Kreaturen! Ihr werdet alle sterben, und die Welt wird sich nicht an euch erinnern. Sinnlos war eure weite Reise, sinnlos all euer Streben – denn ich, Margok, werde triumphieren. Und nun komm, Elfin – lass uns zu Ende bringen, was mein treuer Diener Rurak begonnen hat.*«

Mit diesen Worten ließ der Zauberer von Rammar ab, der wie ein Stein in die Tiefe fiel, geräuschvoll vor den Füßen einer mächtigen Statue aufschlug und bewusstlos liegen blieb – und im nächsten Moment wurde Alannah von derselben unheimlichen Macht gepackt, die Rammar eben noch durch die Luft gewirbelt hatte, und aus Corwyns Armen gerissen.

»Nein!«, rief der Kopfgeldjäger und versuchte, sie festzuhalten. Aber er war zu geschwächt und die Kräfte des Zauberers zu groß. Die Elfin wurde von einer unsichtbaren Titanenfaust ergriffen und flog Margok entgegen, der sie mit grinsender Schädelfratze erwartete.

Plötzlich erbebte der Boden des Thronsaals. Wie zuvor in der Schatzkammer rumorte es in den Tiefen der Zitadelle, und der Erdstoß, der im nächsten Moment die alte Königshalle erschütterte, war so heftig, dass er Corwyn und Balbok von den Beinen riss. Nur Rammar, der reglos am Boden lag, zu Füßen der mächtigen Statue, bekam nichts davon mit.

»*Was war das?*«, entfuhr es Margok.

»Das war der Wächter, frevlerische Kreatur!«, antwortete ihm Alannah, die noch immer in der Luft schwebte, eine Armeslänge von Margok entfernt. »Über Hunderte von Jahren hat er geschlafen. Die Gier eines Orks hat ihn erweckt, und er wird kommen, um die Pflicht zu erfüllen, die ihm einst auferlegt wurde.«

»*Der Wächter?*«, fragte der Zauberer, und obwohl es in seinem Gesicht kein Fleisch und keine Haut mehr gab, wirkte er für einen Moment verunsichert. »*Welcher Wächter? Ich erinnere mich an keinen Wächter …*«

Erneut ließ eine schwere Erschütterung den Thronsaal erbeben, Putz und Gesteinsbrocken prasselten von der vom Sturm beschädigten Decke.

»Du magst dich nicht an ihn erinnern, aber er kennt dich gut«, rief Alannah. »Einst, bevor die Elfen kamen, gehörte ihm dieses Land. Als Hüter des Schatzes diente er den Königen der alten Zeit – du jedoch hast ihn verraten.«

»*Aber das ist unmöglich!*«, schrie Margok, dem aufging, wovon die Elfin sprach. »*Es kann nicht sein. Er ist nicht mehr am Leben. Ich selbst habe ihn getötet …*«

»Du hast es versucht«, entgegnete Alannah, während sich das Rumoren und Beben steigerte, sodass ihre Worte kaum noch zu verstehen waren. »Dabei hättest du wissen müssen, dass man nicht töten kann, was schon seit Anbeginn der Zeit existiert. Der Drache, der den Schatz von Tirgas Lan einst hütete, mag nicht mehr am Leben sein – trotzdem kehrt der Dragnadh zurück!«

Aus dem Schacht zur Schatzkammer drang plötzlich lautes Lärmen, ein Klimpern, Klirren und metallisches Rauschen, als sich etwas Ungeheures, das tief unter den Schatzbergen verborgen gewesen war, emporarbeitete zur Oberfläche, von roher Kraft getrieben, und dabei alles Gold und Geschmeide achtlos zur Seite wühlte.

»*Nein!*«, brüllte Margok entsetzt.

Der Schaft aus blauem Licht, der vom Zenit der Kuppeldecke in den Schacht fiel, erlosch, ein Schnauben war zu hören, das das Rumoren aus der Tiefe noch übertönte, und Dampf quoll aus der Öffnung. Balbok und Corwyn tauschten einen entsetzten Blick und wussten nicht, was sie davon halten sollten.

Im nächsten Moment rammte etwas mit ungeheurer Wucht gegen den Boden des Thronsaals. Wieder war die Erschütterung so stark, dass die Statuen an den Wänden der Halle ins Wanken gerieten. Mit Entsetzten sah Balbok, dass das Standbild, zu dessen Füßen sein bewusstloser Bruder lag, umzukippen drohte – es würde Rammar zerquetschen!

Als ein neuerlicher Stoß den Thronsaal erschütterte, rannte Balbok los. Putz und Gestein prasselten auf ihn herab, und er warf einen gehetzten Blick zurück zum Schacht, dessen Balustrade bereits halb eingerissen war – und er sah eine riesige knochige Klaue aus der Schatzkammer auftauchen, die sich am Rand der Öffnung festklammerte.

»*Shnorsh!*«, stieß er hervor und beschleunigte seine Schritte, denn der Klaue folgte eine zweite, und was sich gleich darauf aus dem Schacht erhob, war ohne Frage das riesigste und grässlichste Antlitz, das Balbok je erblickt hatte: zwei leere Augenhöhlen, umrahmt von bläulich leuchtendem Gebein, darunter ein riesiger Kiefer, mit Zähnen bestückt, von denen jeder so groß war wie ein ausgewachsener Gnom.

Margok stieß einen entsetzten Schrei aus – und im nächsten Moment brach die riesige Kreatur mit Urgewalt durch den Boden des Thronsaals!

Da sie größer war als der Schacht, sprengte sie dessen Rand. Gesteinsbrocken flogen nach allen Seiten, und Margok musste seine Zauberkraft einsetzen, um sie abzuwehren. Von der Elfin ließ er ab, sodass sie schreiend zu Boden stürzte. Sogleich war Corwyn bei ihr.

In einem Regen aus Gold und glitzernden Edelsteinen schoss der Dragnadh aus der Tiefe und erhob sich bis zur Kuppeldecke – eine riesige, Furcht einflößende Kreatur, die mit den Flügeln schlug und deren langer Schweif mit mörderischer Wucht hin- und herpeitschte. Es war ein Drache – nur hatte der Dragnadh keine geschuppte Reptilienhaut mehr; nicht einmal Fleisch und Sehnen spannten sich über seine Knochen. Was Corwyn und Alannah sahen, war das riesige Skelett eines Drachen, das von blauem Leuchten umgeben war und von magischer Kraft am Leben gehalten wurde. In gewisser Hinsicht stellte es das Gegenstück zu dem untoten Zauberer dar.

Margok verfiel in hasserfülltes Geschrei, als er den Dragnadh erblickte. Schon einmal, vor vielen Jahrhunderten, waren sie einander begegnet: Sie hatten sich in der Schlacht um Tirgas Lan einen dramatischen Kampf über den Türmen und Kuppeln der Stadt geliefert. Damals war Margok aus diesem Kampf als Sieger hervorgegangen, aber offensichtlich hatte er seinen Gegner nicht endgültig bezwungen …

Unter kraftvollem Flügelschlag stieg der Dragnadh zum Zenit der Kuppel auf. Dort verharrte er für einen Moment und starrte aus leeren Augenhöhlen hinab in den Thronsaal, als wollte er sich einen Überblick verschaffen. Er gewahrte den Zauberer in seiner zerfetzten Kutte, und aus unsichtbaren Lungen drang ohrenbetäubendes wütendes Gebrüll.

Corwyn und Alannah pressten die Hände auf die Ohren, um nicht taub zu werden. Balbok, dessen Orkgehör weit weniger empfindlich war, langte in diesem Moment bei Rammar an. Das Gebrüll des Dragnadh brachte den dicken Ork zwar halbwegs zu Bewusstsein, jedoch schien er nicht zu wissen, wo er sich befand und was geschehen war. Balbok packte ihn und riss ihn hoch, schleppte ihn trotz des beträchtlichen Gewichts, das sein Bruder aufwies, beiseite – und das keinen Augenblick zu früh, denn das durchdringende Gebrüll des Dragnadh ließ die Statue vollends umkippen, und das riesige Standbild zerschellte genau dort, wo Rammar eben noch gelegen hatte.

Inzwischen hatte sich Margok von seinem Schrecken erholt, und er stieß ein hohes, spöttisches Lachen aus. »*Du bist also noch am Leben, Drache!*«, rief er zur Kuppeldecke hinauf. »*Dann lass es uns zu Ende bringen. Ich kann es kaum erwarten!*«

Damit hob er die Knochenhände und schleuderte schwarze Blitze, die den Dragnadh trafen. Augenblicke lang war das untote Monstrum von einer dunklen Korona umgeben, gegen die das Elfenfeuer, das den Dragnadh am Leben hielt, anzukämpfen schien. Grässliches Gebrüll drang aus dem Schlund der Kreatur, während sie wild mit den knochigen Flügeln schlug.

Schließlich schaffte sie es, sich von der verderblichen Macht der schwarzen Blitze zu befreien. Noch einen Augenblick verharrte der Drache unter der Kuppeldecke – dann legte er die Flügel an wie ein Raubvogel, der eine Beute erspäht hat, und stieß senkrecht hinab. Margok, der das Ziel seines Angriffs war, schrie kreischend auf. Noch einmal hob er die Hände und schleuderte einen nachtschwarzen Blitz, der jedoch ungenau gezielt war und den Dragnadh verfehlte.

»*Neeein!*«, brüllte der Zauberer aus Leibeskräften – ehe ihn ein lodernder Flammenspeer aus kaltem blauen Feuer traf.

Mit einem Fauchen, das lauter war als das Brausen aller Stürme, hüllte das Elfenfeuer Margok ein. Der Zauberer schrie und schlug wild mit den Armen um sich – aber es half nichts. Sein Knochenkörper fing Feuer, und einer blau lodernden Fackel gleich sprang Margok umher, brüllte und gebärdete sich wie von Sinnen und kam dabei der Abbruchkante des Schachts gefährlich nahe.

Als der Dragnadh, der mit mächtigem Flügelschlag über ihm schwebte, eine weitere Feuerlohe nach dem Zauberer spie, trat Margok ins Leere. Einen gellenden Schrei ausstoßend, verlor er das Gleichgewicht und stürzte in die Tiefe, dem Gold der Schatzkammer entgegen.

Balbok und Rammar, den das Fauchen und Tosen vollends aus der Bewusstlosigkeit gerissen hatte, wechselten einen verblüfften Blick. Dann konnten sie nicht anders, als in lauten Jubel auszubrechen, ungeachtet des Dragnadh, der noch über der Schachtöffnung schwebte. Falls der untote Drache die Orks gewahrte, so zeigte er es nicht; andere, wichtigere Dinge nahmen seine Aufmerksamkeit in Anspruch. Er stieg erneut hinauf zur

Kuppeldecke. Diesmal jedoch verharrte er nicht darunter, sondern spie wieder zerstörerisches Feuer.

Die Flamme jagte zur Kuppel hinauf und sprengte sie. Gesteinsbrocken regneten hinab, um auf dem Boden des Thronsaals zu zerschellen, und der bleiche Mond wurde zwischen den gezackten Rändern der Öffnung sichtbar. Unter Furcht erregendem Gebrüll schlüpfte der Dragnadh hinaus und entschwand – wohin, das war den Orks reichlich egal.

»*Shnorsh*«, sagte Balbok leise. »Was war denn das?«

»Was weiß ich?« Rammar zuckte mit den Schultern. »Wenigstens wissen wir jetzt, was sich hinter jenem Tor befand, von dem die Priesterin nicht wollte, dass wir es öffnen.«

»Und was jetzt?«, fragte Balbok mit Blick auf die beschädigte Kuppeldecke.

»Da fragst du noch?« Rammar grinste verwegen, sich seinen schmerzenden Schädel reibend. »Auf zur Schatzkammer …«

Beleuchtet vom flackernden Schein der Flammen tauchte das Große Tor am Ende der Hauptstraße auf. Loreto atmete auf, denn jenseits des Tores lag der nächtliche Wald, der nun, da Farawyns Fluch erloschen war, nicht mehr Tod und Verderben bedeutete, sondern rettende Zuflucht.

Die Straßen von Tirgas Lan hallten wider vom Geschrei der Orks, die die Zitadelle verlassen und die Verfolgung aufgenommen hatten. Immer wieder prasselten Pfeile auf die flüchtenden Elfen und Zwerge nieder, und nicht wenige von ihnen endeten mit einem der gefiederten Schäfte im Rücken. Jene, die verletzt waren und daher nicht schnell genug fliehen konnten, metzelten die Orks gnadenlos nieder. Die Unholde waren unersättlich in ihrer Gier nach Blut und Gewalt.

Loreto schlug das Herz bis in den Hals, und er fragte sich, ob er die Fernen Gestade jemals sehen würde. Furcht schnürte ihm die Kehle zu, und er gab seinem Pferd die Sporen, was allerdings wenig nutzte, denn vor dem Elfenfürsten drängte sich die Masse des fliehenden Heeres, sodass es kein Durchkommen gab, während sich die Krieger in wilder Panik durch das Nadelöhr des Tors zwängten.

Immer wieder blickte sich Loreto um, sah die Horde der Orks näher und näher kommen. Schon hatten die Unholde die nächsten Flüchtenden eingeholt und hackten sie kurzerhand nieder. Kopflose Körper blieben zurück; die Häupter der Ermordeten aber warfen die Orks den Elfen und Zwergen hinterher, als wollten sie ihnen damit zu verstehen geben, was sie erwartete.

Der Blutdurst dieser Bestien kannte keine Grenzen, und Loreto kam die schreckliche Erkenntnis, dass er es trotz aller Versuche, am Leben zu bleiben, nicht nach den Fernen Gestaden schaffen würde …

»Fürst Loreto! Seht!«

Es war Eilan, der diese Worte rief, der junge Bogenschütze, der treu an der Seite seines treulosen Herrn geblieben war. Mit zitternder Hand deutete er die Straße hinab zur Zitadelle.

Etwas brach mit Urgewalt aus der von Türmen gekrönten Kuppel. Etwas, das hoch in die mondbeschienenen Wolken stieg und dort für einen Moment verharrte. Etwas, das aussah wie …

»Der Dragnadh«, flüsterte Loreto und konnte nicht glauben, dass er diese Kreatur, die er sein Leben lang für einen Mythos gehalten hatte, tatsächlich mit eigenen Augen sah. Dann wiederholte er, diesmal rufend: »Der Dragnadh!«

Einige der Soldaten blieben stehen und wandten sich um, und alle erblickten sie die riesige Kreatur, die nur aus blanken Knochen bestand und sich nichtsdestotrotz mit beängstigender Kraft bewegte. Ein durchdringender Schrei drang aus der hohlen Brust des untoten Drachen, und er stieß hinab auf die Wehrgänge der Zitadelle, wo sich johlende und kreischende Orks zu Hunderten drängten – und mit gleißend blauem Feuer, das er aus seinem Rachen spie, fiel der Dragnadh über sie her.

»Der Dragnadh! Der Dragnadh …!«

Immer mehr Elfenkrieger hielten in ihrer Flucht inne und beobachteten fassungslos, was auf den Festungsmauern vor sich ging. Schreiende Orks und Gnomen sprangen auf den Zinnen umher, eingehüllt von kaltem Feuer, das sie bei lebendigem Leib verzehrte. Ihr Zetern und Kreischen war fürchterlich, noch schrecklicher aber war das Gebrüll, das der Dragnadh jeder seiner Attacken folgen ließ. Immer wieder stieg der untote Drache auf, um erneut wie ein Raubvogel hinabzustoßen und den Unholden auf den Wehrgängen Tod und Verderben zu bringen.

Loreto war stumm vor Staunen.

Der Sage nach war der Dragnadh einst ein mächtiger Drache gewesen, der in uralter Zeit vom Elfenkönig Sigwyn bezwungen worden war. Auf seinem Hort hatte man die Stadt Tirgas Lan errichtet, und im Gegenzug dafür, dass Sigwyn ihn am Leben ließ, hatte der Drache den Königsschatz bewacht. Einen feierlichen Eid hatte er darauf geleistet, der ihn der Überlieferung nach selbst über den Tod hinaus an seine Pflichten band.

Wie es hieß, hatte der Drache in der letzten Schlacht um Tirgas Lan den Tod gefunden …

Als die Elfenkrieger und Zwerge begriffen, dass sie unerwartete Hilfe erhalten hatten, und als sie sahen, wie ihre unbarmherzigen Feinde auf den Mauern der Zitadelle ebenso unbarmherzig dahingerafft wurden, verfielen sie in lauten Jubel. Fäuste wurden triumphierend emporgereckt und Waffen zum nachtgrauen Himmel gehoben.

Inzwischen stand die Zitadelle in blauen Flammen, von den Orks auf den Wehrgängen war nichts mehr zu sehen. Mit seinen weiten knochigen Flügeln schlagend, setzte der Dragnadh über die Mauer und flog fauchend die Hauptstraße hinab, den Orks hinterdrein, die die flüchtenden Elfenkrieger und Zwerge verfolgt hatten. Längst hatten die Unholde begriffen, dass ihnen ein neuer, mächtiger Feind erwachsen war, aber ihr Verstand war zu tumb und zu sehr im Blutrausch gefangen, als dass sie die Flucht ergriffen. Zähnefletschend stellten sie sich dem Dragnadh entgegen – um im nächsten Moment von einem blauen Feuerball verzehrt zu werden, der durch die Straße rollte.

Reihenweise fielen die Unholde dem kalten Drachenfeuer zum Opfer. Es gab kein Entrinnen. Einige, die doch noch die Flucht ergreifen wollten, packte der Dragnadh mit knochigen Klauen und zerfetzte sie. Es war ein entsetzliches Massaker, das auf der Hauptstraße von Tirgas Lan tobte, und es dauerte nur wenige Augenblicke – dann war kein Ork und kein Gnom mehr am Leben. Wo sich eben noch Hunderte blutrünstiger Unholde gedrängt hatten, schwelten schwarze Haufen, von denen bestialischer Gestank ausging.

Der Dragnadh betrachtete sein Werk und knurrte vor grimmiger Genugtuung. Dann wandte er sich den Elfen und Zwergen zu.

Loreto erschrak.

Seine Freude darüber, die Orks untergehen zu sehen, war so groß gewesen, dass er nicht auf den Gedanken gekommen war, der Dragnadh könnte auch ihn und seine Leute angreifen – schließlich waren sie Elfen und damit Nachkommen der rechtmäßigen Herren dieser Stadt. Andererseits, so dämmerte Loreto, waren sie ebenso widerrechtlich in Tirgas Lan eingedrungen wie die Unholde, und es war fraglich, ob der Dragnadh einen Unterschied zwischen ihnen machte.

Die Elfenkrieger schrien entsetzt, als der untote Drache auf seinen Knochenschwingen heranflog. Dicht über ihre Köpfe zog er hinweg, geradewegs auf Loreto zu.

Der Elfenfürst bedauerte, sein Pferd bestiegen zu haben, sodass er weithin sichtbar aus der Masse ragte, und ihm war klar, dass es für eine Flucht zu spät war. Entsetzt starrte er dem Dragnadh entgegen, der sich fauchend näherte – um nur eine Lanzenlänge von ihm entfernt zu verharren. Mit den Flügeln schlagend, hielt sich der Dragnadh in der Luft, und der Blick seiner leeren Augenhöhlen, in denen blaues Feuer glomm, richtete sich auf Loreto.

Der Elfenfürst hatte das Gefühl, als würde die untote Kreatur bis auf den Grund seiner Seele blicken und ihn genaustens durchschauen. Einen endlos scheinenden Augenblick lang starrten der Dragnadh und der Elf einander an. Dann erhob sich der Dragnadh wieder, um unter wütendem Fauchen zur Zitadelle zurückzukehren – und Loreto wusste, was er zu tun hatte.

»Zum Angriff!«, befahl er mit lauter Stimme und zog sein Schwert.

»Was?«, fragte Eilan verwirrt. »Aber, Herr …«

»Zum Angriff!«, wiederholte Loreto und riss sein Pferd herum. »Die Unholde sind vernichtet, Tirgas Lan ist unser!«

Damit gab er seinem Tier die Sporen, und eine Gasse bildete sich in den Reihen der Krieger. Auf klappernden Hufen jagte Loreto an ihnen vorbei, die Elfenklinge hoch erhoben, der Zitadelle entgegen.

Nur einen kurzen Augenblick zögerten seine Leute, dann gaben die Unterführer den Befehl, ihm zu folgen, und unter markerschütterndem Gebrüll stürmten die Elfen – und unter ihnen auch die Zwerge – die Straße entlang, diesmal nicht in wilder Flucht, sondern siegesgewiss, vorbei an den schwelenden Überresten der Orks.

Der Dragnadh jedoch war zur Zitadelle zurückgekehrt …

In der Schatzkammer war das Unterste zuoberst gekehrt.

Die Goldberge, die sich in der weiten Halle getürmt hatten, waren eingeebnet, Standbilder und Schatztruhen unter Lawinen aus Münzen und Edelsteinen begraben, und in der Mitte der Schatzkammer klaffte ein riesiger Krater, wo sich der Dragnadh aus der Tiefe seines Hortes emporgewühlt hatte.

Dass es in der Schatzkammer nach Tod und Schwefel stank, kümmerte Rammar und Balbok nicht. Vom eingerissenen Rand des Schachts im Thronsaal waren sie hinabgesprungen, um in den Knien federnd auf Münzen aus Gold und Silber zu landen.

Balbok raffte alles an sich, was in greifbarer Nähe war, und prüfte nicht erst nach, ob es sich um wertvolle oder weniger wertvolle Stücke handelte. Rammar hingegen schaute sich alles genau an, ehe er es in der Tasche seines Lederrocks verschwinden ließ, Münzen und Diamanten, Ringe und Ketten. Die Elfenkrone, die er für einen kurzen Moment getragen und die ihm so sehr gefallen hatte, konnte er nirgends entdecken. Der blaue Lichtstrahl, in dem sie geschwebt hatte, war erloschen, und Rammar nahm an, dass das gute Stück irgendwo unter dem Silber und Gold begraben war. Danach zu suchen lohnte sich nicht in Anbetracht all der anderen schönen Stücke, die nur darauf warteten, von ihm eingesteckt zu werden.

Um Corwyn und Alannah kümmerten sich die Orks nicht mehr. Nach Rammars Ansicht hatten sie den beiden genug geholfen; sollten sie sehen, wo sie blieben.

Lodernde Gier in den Augen und geblendet vom Glanz des Goldes und der Edelsteine, merkten die Orks nicht, wie sich eine schaurige Gestalt aus dem Krater erhob – bis auf einmal eine Stimme donnerte, so finster und unheimlich, als käme sie direkt aus Kuruls rauer Kehle:

*»Ihr einfältigen Narren! Am Elfengold vergreift ihr euch?«*

Rammar ließ vor Schreck die goldene Kugel fallen, die einfach nicht in seine Rocktasche hatte passen wollen, und auch Balbok fuhr herum. Vor ihnen stand – Margok. Oder besser das, was das Drachenfeuer von ihm übrig gelassen hatte.

Der Zauberer hatte keine Füße mehr, auf denen er stehen konnte, und so schwebte er zwei *kum'hai* über dem Boden. Und er war grässlich anzusehen: Sein knöcherner Körper war schwarz verbrannt, sein Schädelgesicht eine verkohlte Fratze, doch noch immer leuchtete in den Augenhöhlen ein verderbliches Feuer. Die Beine des Zauberers endeten in Stümpfen, doch Hände hatte er noch – geschwärzte Knochenfinger, die sich auf bizarre Weise bewegten. Margoks böser Geist hielt ihn am Leben, allen Gesetzen der Natur zum Trotz.

»Ehrlich, Zauberer«, knurrte Rammar mit einer Kaltschnäuzigkeit, die ihn selbst überraschte. »Du hast schon besser ausgesehen.«

*»Langweile mich nicht mit Nebensächlichkeiten, Ork«*, antwortete ihm Margok höhnisch. *»Oder glaubst du, es interessiert mich, was ein fetter Unhold von meinem Aussehen hält? Ich, Margok, habe die Macht, euch zu vernichten!«*

Damit hob er eine seiner Knochenhände, und erneut zuckte ein dunkler Blitz daraus hervor.

Er hätte Rammar getroffen, hätte sich Balbok nicht dazwischengeworfen. Der hagere Ork hatte wieder nach Graishaks Axt gegriffen, und er brachte deren großes Blatt wie einen Schild zwischen seinen Bruder und die tödlichen Entladungen.

Knisternd schlug der Blitz auf das Schneideblatt der Orkwaffe. Der Griff in Balboks Händen stand plötzlich in Flammen, sodass er ihn loslassen musste, und die Axt landete klirrend in den Münzen.

Die Orks standen der Macht des Zauberers schutzlos gegenüber. Sie erstarrten, standen wie Statuen da und wagten nicht, sich zu bewegen, aus Furcht, von den dunklen Blitzen vernichtet zu werden.

»*Nun*«, tönte Margok genüsslich, »*da seid ihr also. Habt all die Mühen nur aus einem einzigen Grund auf euch genommen – um hier und jetzt zu sterben. Aber tröstet euch, denn einer von euch wird zumindest körperlich weiterexistieren.*«

»Warum nur einer?«, fragte Rammar, bemüht, das ängstliche Zittern seiner Stimme zu unterdrücken.

»*Weil ich nur einen von euch brauche, Dummkopf, um meinen Geist auf seinen Körper zu übertragen. Und wenn ich mir euch beide so anschaue, weiß ich auch, wen von euch ich wähle.*«

»M-mich?«, fragte Rammar hoffnungsvoll.

»*Natürlich deinen Bruder!*«, donnerte die entmutigende Antwort. »*Er ist groß und stark und …*«

»Und ebenso dämlich«, entgegnete Rammar verdrießlich.

»*Verstand braucht er nicht zu haben, denn mein Geist wird seinen Körper übernehmen. Margok wird zurückkehren – in der Gestalt Balboks des Orks.*«

»Und wenn ich nicht will?«, fragte Balbok hilflos.

»*Törichter Unhold! Du hast keine Wahl.*«

Und mit diesen Worten hob der Zauberer beide Skeletthände. Aus den gespreizten Fingern würden die Blitze zucken, die Rammar töten und Margoks Geist auf Balbok übertragen würden …

Gepackt von Furcht und Entsetzen gewahrten die Orks nicht den riesigen Schatten, der sich durch den Schacht vom Thronsaal in die Schatzkammer senkte. Lautlos schwebte er auf Margok hinab und breitete seine Schwingen aus.

In dem Moment, als es in Margoks Augenhöhlen glühend aufloderte und er die verderblichen Blitze schleudern wollte, stürzte ein riesiger Rachen auf den Zauberer zu, stülpte sich über ihn – und verschlang ihn!

Es war der Dragnadh, der gekommen war, um das Böse von Tirgas Lan endgültig zu vernichten.

Unter wüstem Gebrüll warf der untote Drache sein Haupt zurück, und im halb offenen Maul des Dragnadh konnten die beiden Orks den Zauberer sehen, der sich verzweifelt zu wehren versuchte, schwarze Blitze schleuderte und dabei Worte in einer fremden Sprache schrie – Zaubersprüche, die den Dragnadh verderben sollten!

Aber der untote Drache ließ sich nicht mehr so einfach bezwingen. Ein Grollen drang aus seiner Brust, und blaues Feuer schoss aus seinem Rachen, um auch die Überreste des Zauberers zu verbrennen. Noch einen kurzen Blick erheischten die Orks auf den Schurken – dann klappten die Kiefer des Dragnadh wieder krachend aufeinander, und Margok verschwand zwischen den mörderischen Zähnen.

Für einen Augenblick lag noch ein durchdringender Schrei in der Luft, der jedoch jäh erstarb – und was der Dragnadh schließlich ausspuckte, erinnerte in keiner Weise mehr an den Dunkelelfen, der Erdwelt ein weiteres Mal mit Furcht und Schrecken hatte überziehen wollen.

Rammar und Balbok starrten auf die zerbrochenen und verkohlten Gebeine, die von Margok geblieben waren. Wenn sie jedoch glaubten, aufatmen zu dürfen, so wurden sie abermals enttäuscht – denn der Dragnadh wandte seine Aufmerksamkeit ihnen zu. Der riesige Schädel senkte sich herab, und der Rachen, der eben erst den Zauberer verbrannt und vermalmt hatte, öffnete sich erneut.

Balbok und Rammar begannen wie Espenlaub zu zittern, in ihrer Furcht klammerten sie sich hilflos aneinander. Wenn es dem mächtigen Margok nicht möglich gewesen war, den Dragnadh zu besiegen, würde ihnen das erst recht nicht gelingen.

»R-Rammar?«, fragte Balbok.

»Ja, Balbok?«

»Da ist etwas, das ich dich schon die ganze Zeit über fragen wollte.«

»Ja?« Rammar bebte am ganzen Körper, als ein drohendes Grollen aus dem Schlund des Dragnadh erklang, genau wie vorhin.

»Was für Dinge?«, stellte Balbok die Frage, die er noch geklärt haben wollte, ehe er in Kuruls dunkle Grube stürzte.

»Wovon sprichst du?«, fragte Rammar verwirrt. »*Dinge?*«

»Du hast mir im Wald weismachen wollen, ich wäre nicht einer geplatzten Eiterbeule Kuruls entsprungen«, erinnerte ihn Balbok, »und dass es da noch mehr Dinge gäbe, die du mir beizeiten erklären willst. Ich denke, die Zeit ist jetzt gekommen, sonst schaffst du es nicht mehr. Also – was für Dinge?«

Eine Antwort erhielt Balbok auch diesmal nicht, denn Rammar verfiel in heiseres Geschrei, als der untote Drache scharf die Luft einsog. Rammar schloss die Augen, und zitternd erwartete er das grässliche Fauchen und das kalte blaue Feuer, das ihn verzehren würde.

Aber beides blieb aus …

»*Ol'dok*«, rief stattdessen eine silberhelle Stimme – und als Rammar die Augen wieder öffnete, war von dem untoten Drachen nichts mehr zu sehen.

Der Dragnadh war spurlos verschwunden, und hätten nicht hier und dort die kläglichen Überreste des Zauberers gelegen, hätte man meinen können, er hätte nie existiert.

Statt seiner standen plötzlich Alannah und Corwyn da, die beide ziemlich mitgenommen und lädiert aussahen – aber auch überglücklich.

»Keine Sorge, meine hässlichen Freunde«, rief die Elfin den Orks lächelnd zu. »Es ist vorbei!«

»Es ist vorbei?«, fragte Rammar verwirrt. »Es ist vorbei? Man braucht nur *verschwinde* auf Orkisch zu rufen, und der ganze Spuk ist vorbei? So einfach ist das?«

»Als ehemalige Priesterin von Shakara kenne ich natürlich das Zauberwort, das in der Lage ist, den Bann zu brechen und den Dragnadh unschädlich zu machen«, erklärte ihm Alannah mit unschuldigem Lächeln.

»Aha«, sagte Rammar, dem noch immer die Knie zitterten. »Und warum ist dieses Zauberwort orkisch?«

»Wie ihr nun wisst«, antwortete die Priesterin mit sanfter Stimme, »haben Elfen und Orks dieselben Wurzeln, und ebenso verhält es sich mit ihren Sprachen. Und Farawyn und die Seinen waren davon überzeugt, dass niemand je auf die Idee kommen würde, der Bannspruch des Dragnadh könnte der Sprache des Feindes entliehen sein.«

»Das stimmt«, stimmte Balbok dem zu und deutete auf die Überreste des Zauberers. »Margok jedenfalls ist nicht darauf gekommen.«

»Ist das der Grund, weshalb du unsere Sprache sprichst, Elfin?«, fragte Rammar.

»So ist es«, bestätigte sie, und dann fügte sie noch hinzu: »Jede Sache auf dieser Welt hat zwei Seiten, eine helle und eine dunkle. Man tut gut daran, dies nie zu vergessen.«

Rammar und Balbok schauen sich an. »Verrückt«, sagten sie dann wie aus einem Munde.

»Wir sollten zusehen, dass wir von hier verschwinden«, drängte Corwyn, der noch immer geschwächt und mitgenommen wirkte. Allerdings hatten seine Wunden aufgehört zu bluten – Rammar nahm an, dass die Elfin dies mit einem Zauber bewirkt hatte.

»Warum?«, fragte Alannah gelassen.

»Weil wir nicht sicher sein können, dass der Zauberer nicht zurückkehrt.« Corwyn blickte sich misstrauisch um. »Dieser Mistkerl hat das Drachenfeuer schon einmal überlebt, warum also nicht auch ein zweites Mal?«

»Weil sein Körper vernichtet wurde«, gab die Elfin zur Antwort. »Er kann nicht zurückkehren.«

Corwyn schüttelte den Kopf. »Das verstehe ich nicht. Wurde nicht auch nach der Schlacht von Tirgas Lan im Zweiten Krieg sein Körper vernichtet? Sagtest du nicht, er sei verbrannt worden? Dennoch überdauerte Margoks Geist die Jahrhunderte …«

»Weil Margoks eigener Körper der eines Elfen war«, erklärte Alannah schulterzuckend. »Und wäre sein Geist wieder in den Körper eines Elfen übertragen worden, hätte Margoks Geist auch diesmal überlebt. Rammar und Balbok aber störten die Zeremonie, die bereits begonnen hatte, und Margoks Geist blieb nichts anderes übrig, als in den einzigen Körper zu schlüpfen, der für ihn auf die Schnelle greifbar war.«

»Den von Rurak«, sagte Rammar.

»Richtig«, bestätigte Alannah. »Der Zauberer aus der Modermark hat viele Jahrhunderte lang gelebt, trotzdem war er

474

nur ein Mensch. Und als sein sterblicher Körper vernichtet wurde, starb auch Margok, und zwar endgültig, denn sein Geist befand sich ja in Ruraks Körper und war damit den Gesetzen der Sterblichkeit unterworfen.«

Wieder wechselten Rammar und Balbok einen langen Blick. Dann kam ihnen beiden jenes Wort über die Lippen, das solchen Wahnsinn erklären konnte.

»Elfenzauber.«

Sie wollten gerade die Schatzkammer verlassen, als sie Gesellschaft erhielten. Instinktiv wichen die Gefährten zurück, weil sie glaubten, es wieder mit Orks und Gnomen zu tun zu bekommen, die den Feuersturm des Dragnadh überlebt hatten. Aber es waren keine Orks, die die Vorkammer der Schatzhalle stürmten, sondern Elfen.

Und auch ein paar Zwerge waren darunter ...

»Der Schatz!«, rief einer von ihnen, dessen Gesicht Corwyn trotz des angesengten Barts sofort erkannte. »Wir haben ihn gefunden ...!« Orthmar von Bruchstein, des Orthwins Sohn, wollte sogleich die Brüstung erklimmen und sich in die glitzernde Pracht stürzen. Die Elfen jedoch hielten den Zwergenführer in der rußgeschwärzten Rüstung zurück.

Stattdessen trat ein Elf vor, dessen Rüstung keinerlei Spuren eines Kampfes aufwies und dessen edle und auch ein wenig arrogante Erscheinung auf vornehme Herkunft schließen ließ. Rammar und Balbok bemerkten, dass Alannah zusammenzuckte, als sie ihn sah.

»Loreto ...«

»Ja, Loreto«, erwiderte der Elf mit fester Stimme, »Fürst von Tirgas Dun und aus Brychans Geschlecht, Oberster Schwertführer des Hohen Rates – der Tirgas Lan von den Mächten des Chaos befreite!« Um seine Worte zu unterstreichen, hob er das Elfenschwert in seiner Hand. Es klebte kein einziger Spritzer schwarzen Ork- oder grünen Gnomenbluts an der gebogenen Klinge.

»Was machst du hier?«, fragte Alannah verblüfft; ihren einstigen Geliebten hatte sie an diesem Ort am allerwenigsten erwartet.

»Ha!«, rief Loreto triumphierend aus. »Dasselbe könnte ich dich fragen, Verräterin!«

»Ich kann alles erklären«, versicherte Alannah.

»Das bezweifle ich«, versetzte der Elfenfürst streng. »Ich bin über deine Untaten im Bilde, Alannah. Du hast die Lage der Verborgenen Stadt dem Feind verraten und Tirgas Lan den Unholden preisgegeben. Wäre ich nicht gewesen, hätte das Böse gesiegt, und alles, wofür unsere Vorfahren so tapfer kämpften, wäre verloren gewesen.«

»Du?«, mischte sich Corwyn ungefragt ein. »Was redest du da? Es war der untote Drache, der Margok und seine Orkbrut bezwang.«

Loreto bedachte Corwyn mit einem abfälligen Blick. »Willst du frech werden, Mensch?«, fragte er. »Wer bist du überhaupt? Und wer hat dir erlaubt, mich auf so vertrauliche Weise anzusprechen?«

»Corwyn ist mein Name«, knurrte der einäugige Kopfgeldjäger. »Und ich rede so, wie es mir passt – und ich kann es auf den Tod nicht ausstehen, wenn Tatsachen verdreht werden.«

»Willst du mich der Lüge bezichtigen?«, fragte Loreto spitz. »Das wird dich teuer zu stehen kommen, Mensch. Genau wie die Priesterin und die beiden Unholde dort bist auch du ein Verräter, und ich werde dafür sorgen, dass ihr eure gerechte Strafe erhaltet. – Hauptmann, nehmt sie fest!«

»Jawohl, mein Fürst«, bestätigte der Offizier und bedeutete einigen seiner Elfenkrieger, ihm zu folgen. Geschickt überwanden sie die die Balustrade und traten auf die vier Gefährten zu.

»Ergreift sie!«, befahl Loreto und erklärte mit lauter Stimme: »Hochverrat wird ihnen zur Last gelegt, und wir wissen alle, welche Strafe darauf steht!«

»Nein, Loreto!«, widersprach Alannah entschieden. »Auf mich mag der Vorwurf des Verrats zutreffen, aber nicht auf meine Begleiter. Dieser Mensch und die beiden Orks sind tapfere Kämpfer, die sich dem Bösen entgegenstellten und ...«

»... und sich anschließend am Elfenschatz bereichern wollten«, fuhr Loreto ihr ins Wort. »Ich weiß, was ich gesehen habe,

Alannah. Versuche erst gar nicht, mich umzustimmen. Der Befreier von Tirgas Lan kennt keine Gnade mit dem Feind!«

»So ist es«, stimmte Orthmar von Bruchstein gehässig zu. »Nun ereilt dich deine gerechte Strafe, Corwyn! Du hast die längste Zeit rechtschaffener Leute Besitz geraubt und ihre Töchter verführt!«

Entschlossen rückten die Elfen gegen die Gefährten vor. Alannah, die nur zu gut wusste, dass die Krieger ihres Volkes die Kunst des Schwertkampfs vortrefflich beherrschten, wich furchtsam zurück und zog Corwyn am Arm mit sich. Rammar und Balbok jedoch blieben stehen, stellten sich sogar schützend vor die Elfin und den Menschen.

»Was ist?«, tönte Loreto spöttisch. »Habt ihr einfältigen Unholde es so eilig mit dem Sterben?«

»Durchaus nicht, Spitzohr«, entgegnete Balbok trotzig. »Aber die Priesterin hat uns gerettet und der Kopfgeldjäger an unserer Seite gekämpft. Wenn du sie haben willst, müssen deine Stiefellecker erst mal an uns vorbei. Richtig, Rammar?«

»Verdammt richtig, Balbok«, stimmte Rammar zu – und konnte selbst nicht glauben, dass er dies sagte. Was trieb ihn dazu, sich ausgerechnet für eine Elfin und einen Menschen einzusetzen, wo er doch stets klug genug gewesen war, sich zu verziehen, wenn es gefährlich wurde?

»Meinetwegen«, erwiderte Loreto gelangweilt und rief seinen Kriegern zu: »Massakriert die beiden Narren, wenn sie es unbedingt so wollen, und nehmt dann die Priesterin und den Menschen gefangen!«

»Nein!«, rief Alannah beschwörend. »Glaube mir, Loreto, diese beiden sind keine gewöhnlichen Orks. Es ist ihnen gelungen, Farawyns Pforte zu öffnen!«

»Natürlich«, erwiderte Loreto. »Mit deiner Hilfe!«

»Wie hätte ich ihnen denn dabei helfen sollen? Solchen Zauber vermag die Priesterin von Shakara nicht zu wirken. Und die Orks waren es auch, die das Große Tor von Tirgas Lan geöffnet haben – denn das Schicksal hat sie zu Höherem erwählt!«

»Zu Höherem erwählt? Zwei Orks?« Loreto lachte mitleidig. »Ich fürchte, teure Alannah, die Zeit, die du in der Gesellschaft dieser Unholde verbracht hast, hat deinen Verstand getrübt. Aber ich bin kein Unelf, wie du weißt. Der Befreier von Tirgas Lan gewährt dir die Möglichkeit, dein Handeln zu bereuen. Ich verspreche dir, dich zurück nach Tirgas Dun zu bringen und dafür zu sorgen, dass dir vor dem Hohen Rat ein fairer Prozess gemacht wird. Vorausgesetzt, du sagst dich hier und jetzt von deinen unwürdigen Begleitern los.«

Alannah schüttelte den Kopf. »Das kann ich nicht.«

»Sei keine Närrin, Alannah, ich beschwöre dich ...«

Die Gesichtszüge der Elfin wurden auf einmal hart. »Eine Närrin?«, sagte sie leise. »Ja, eine Närrin war ich, als ich dich liebte und glaubte, dass du meiner Liebe wert wärst, Loreto. Aber ich habe mich in dir getäuscht. Nicht vornehme Herkunft, sondern allein unsere Taten sind es, die uns zu höheren Geschöpfen machen. In deinen Augen mögen diese Orks und dieser Mensch nichts wert sein – ich hingegen betrachte sie als meine Freunde.«

»Diese Barbaren?«, rief Loreto entnervt. »Diese Schmach kannst du mir unmöglich antun wollen ...«

»Mehr noch, Loreto«, widersprach Alannah und schmiegte sich eng an Corwyn, der seinen Arm schützend um sie legte. »Ich liebe diesen Sterblichen.«

»Du ... liebst ihn?«

»Mehr als ich dich je geliebt habe«, versicherte Alannah. »Denn Corwyn hat mir ein neues Leben gezeigt und mir beigebracht, was Liebe und Loyalität wirklich bedeuten – im Gegensatz zu einem gewissen Elfenfürsten, der sich mit großen Worten, aber feige nach den Fernen Gestaden verabschieden wollte.«

Rammar schnaubte laut durch die Nüstern, und Balbok konnte sich ein leises Kichern nicht verkneifen, so sehr amüsierte es die Orks, wie Alannah den hochnäsigen Elfenführer abfertigte. Für Rammar bestätigte sich damit endgültig, was er schon von Anfang an vermutet hatte – dass die Hohepriesterin von Shakara mehr von einem Ork an sich hatte, als sie sich eingestehen wollte.

Loreto jedoch konnte darüber ganz und gar nicht lachen. Seine vornehm blassen Gesichtszüge verfärbten sich dunkel, und Zorn funkelte in seinen schmalen Augen. »Das genügt!«, brüllte er wütend. »So etwas braucht sich der Befreier von Tirgas Lan nicht bieten zu lassen! Vorwärts, meine Krieger! Ergreift sie, und wenn sie Widerstand leisten, so lasst keinen von ihnen am Leben!«

Die Elfenkrieger nickten entschlossen und schritten mit blanken Klingen auf die unbewaffneten Gefährten zu. Ein geflüstertes »Oje-oje« kam Rammar über die Lippen, dann waren die Elfen heran – und …

Ein gleißender Blitz flackerte grell durch die Schatzkammer, blendete sie alle für einen kurzen Augenblick, dann leuchtete auf einmal wieder der Strahl aus blauem Elfenlicht, der durch den Schacht zum Thronsaal fiel – und in diesem Strahl und aus dem Krater, den der untote Drache hinterlassen hatte, stieg die Elfenkrone empor!

Alle Anwesenden – die Elfen, die Zwerge und auch die vier Gefährten – waren wie gebannt von ihrem Anblick. Doch diesmal verharrte die Krone Sigwyns nicht in der Mitte der Kammer, sondern schwebte weiter, auf die Versammelten zu, geradeso als würde sie einen neuen Besitzer suchen, auf dessen Haupt sie sich niederlassen konnte.

Unwillkürlich streckte Rammar seine kurzen Finger nach ihr aus, aber die Krone glitt über ihn und seinen Bruder hinweg. Auch Orthmar von Bruchstein, der mit gierigem Blick nach den Juwelen schielte, mit denen die Krone besetzt war, wurde von ihr übergangen. Zielstrebig näherte sich die Elfenkrone keinem anderen als Loreto, in dessen Augen es zu funkeln begann.

»Ja!«, rief er laut. »Komm zu mir, Schmuckstück des Elfenreichs. Komm zu Fürst Loreto, dem Befreier von Tirgas Lan und Bezwinger Margoks, und lasse dich nieder auf sein Haupt! Denn ich bin der Auserwählte, von dem die Prophezeiung kündet, und damit der rechtmäßige Erbe von Sigwyns Thron!«

Und in stiller Erwartung schloss Loreto die Augen …

Doch die Krone änderte ihren Kurs, entfernte sich wieder von ihm – und schwebte geradewegs auf Corwyn und Alannah zu.

Und zu aller Überraschung senkte sie sich auf das Haupt des Kopfgeldjägers!

»W-was hat das zu bedeuten?«, fragte Corwyn verblüfft.

»Das bedeutet, dass du der Auserwählte bist«, antwortete Alannah und löste sich aus seiner Umarmung, um respektvoll vor ihm zurückzuweichen.

»Aber – das kann nicht sein. Das ist ein Irrtum!«

»Verrat!«, schrie Loreto, außer sich vor Zorn. »Das ist ein Trick, ein übler Trick! Welchen faulen Zaubers hast du dich nun wieder bedient, Verräterin?«

»Desselben Zaubers, mit dessen Hilfe du dich eben noch zum König von Tirgas Lan ausrufen wolltest«, versetzte Alannah. »Würdest du das Urteil der Krone auch anzweifeln, hätte sie dich erwählt?«

Die meisten der Elfenkrieger waren offenbar der Meinung, dass dies ein berechtigter Einwand sei, denn Loreto sah ihre missmutigen Blicke auf sich gerichtet. Und selbst Orthmar von Bruchstein schaute den Elfenfürsten zweifelnd an.

»A-aber dieser da kann nicht der neue König von Tirgas Lan sein!«, widersprach Loreto. »Er ist nur ein unwürdiger Mensch – und noch dazu ein Kopfgeldjäger.«

»Wo in Farawyns Prophezeiung steht geschrieben, dass der Auserwählte ein Elf sein muss?«, fragte Alannah. »Wir alle haben das immer angenommen, und auch Farawyn selbst war wohl dieser Meinung. Doch ich kenne nicht eine Zeile seiner Weissagung, die ausschließt, dass ein Mensch die Krone von Tirgas Lan erlangen kann – und du kannst mir glauben, dass ich den Wortlaut der Prophezeiung sehr genau kenne, schließlich habe ich dreihundert Jahre damit zugebracht, sie wieder und wieder zu studieren. Dies also ist das Geheimnis von Farawyns Prophezeiung: Nicht ein Elf ist es, der den Alabasterthron besteigen und *amber* vereinen wird, sondern ein Mensch – denn den Menschen gehört die Zukunft!«

»B-bist du sicher?«, fragte Corwyn, und er wirkte noch immer völlig verwirrt.

»Farawyns Prophezeiung entspricht der Wahrheit, das weiß ich jetzt«, antwortete ihm die Priesterin lächelnd – und dann senkte sie vor ihm das Haupt und kniete vor ihm nieder.

»Alannah, was …?«, rief Loreto verzweifelt – aber niemand wollte seine Einwände hören.

Die Elfenkrieger, die sich eben noch mit blanken Waffen auf Corwyn und seine Gefährten hatten stürzen wollen, waren die Ersten, die das Knie vor dem neuen König beugten. Ihre Kameraden an der Balustrade folgten ihrem Beispiel; einer nach dem anderen ließ sich nieder, um dem neuen Herrscher von *amber* Respekt zu erweisen. Sogar Orthmar, dessen flinker Zwergenverstand ihm sagte, dass es vernünftiger war, mit den Wargen zu heulen, sank aufs Knie.

»Wir etwa auch?« Balbok warf Rammar einen unsicherten Blick zu.

»Warum nicht?« Der feiste Ork seufzte und zuckte mit den Schultern. »Ich schätze, nach allem, was geschehen ist, kommt's darauf auch nicht mehr an.«

Und damit beugten sogar die beiden Orks die Häupter und erwiesen dem neuen Herrscher von Erdwelt ihre Achtung.

Nur einer stand noch aufrecht, als hätten Stolz und Trotz ihm die Gelenke versteift.

Fürst Loreto …

»Was ist, Loreto?«, fragte ihn Alannah spöttisch. »Willst du deinem König nicht huldigen?«

»Mei-mei-meinem König?«, stammelte der Elfenfürst verdutzt. »Einem Menschen?«

»Er trägt die Krone Sigwyns, oder nicht?«, fragte Alannah. »Und dieser Krone hast du Treue geschworen, wie du dich erinnern wirst.«

Beifälliges Gemurmel war unter den Elfenkriegern zu vernehmen. Loretos Gesicht wurde noch um ein paar Nuancen dunkler, selbst der Gedanke an die Fernen Gestade konnte ihn nicht mehr trösten. Als König von *amber* hätte er es sich durchaus vorstellen können, noch eine Weile in der Welt der Sterblichen zu verweilen. Daraus würde wohl nichts mehr werden.

Geschlagen und unter den grimmigen Blicken der Elfenkrieger beugte auch Loreto das Knie.

Corwyn stand wie vom Donner gerührt.

Den Blick seines verbliebenen Auges auf die Menge der Knienden gerichtet, konnte der Kopfgeldjäger noch immer nicht fassen, was vor sich ging. Er war stets ein Heimatloser gewesen, ein Vagabund, der seine Dienste dort angeboten hatte, wo man am besten dafür bezahlte. Warum, in aller Welt, war ausgerechnet er dazu auserwählt, den Königsthron zu besteigen?

Dennoch spürte er, seit sich die Elfenkrone auf seinem Haupt niedergelassen hatte, eine innere Stärke und Zuversicht, wie er sie noch nie zuvor empfunden hatte – nicht einmal, als Marena noch gelebt hatte.

Corwyn hatte das Gefühl, nach langer Irrfahrt nach Hause zurückzukehren, und in seinem Innersten verspürte er etwas, das ihm bislang fremd gewesen war: Dankbarkeit.

Er war Alannah dankbar dafür, dass sie in sein Leben getreten war, und er ertappte sich dabei, dass er auch Dankbarkeit für die beiden Orks empfand, mit denen er sich gestritten und gezankt hatte, während sie in Wahrheit die ganze Zeit über seine wertvollsten Verbündeten gewesen waren. Und er dankte Marena dafür, dass sie ihm den Weg gewiesen hatte.

Der Fluch war gebrochen, und eine neue Zeit begann.

# 11.

# UR'MOROR TULL

Der neue Tag fand alles verändert vor.

Noch unter dem Mantel der Nacht war eine Verwandlung mit der alten Königsstadt vor sich gegangen; die allgegenwärtige Schwärze, die noch am Tag zuvor jeden Turm, jedes Haus und jede Mauer von Tirgas Lan überzogen hatte, war verschwunden, und Alabaster, Granit und Marmor erstrahlten wieder in alter Pracht. Auch die teerige Masse in den Innenräumen der Zitadelle, die eine Hinterlassenschaft des Dragnadh gewesen war, war am nächsten Morgen nicht mehr da. Der Glanz vergangener Tage war zurückgekehrt, und die Straßen und Gassen der Königsstadt schienen nur darauf zu warten, sich mit neuem Leben zu füllen.

Und das war nicht die einzige Veränderung, die über Nacht eingetreten war: Auch der Wald von Trowna, dessen undurchdringliches Dickicht Tirgas Lan jahrhundertelang verborgen und vor jedem Eindringling geschützt hatte, war ein anderer, als die Sonne ihre ersten Strahlen über den Horizont schickte. Nicht länger dominierten Schlinggewächse und abgestorbene Wurzeln den Wald; befreit von seinem uralten Fluch, erblühte er in neuer Pracht. Das dichte Blätterdach ließ wärmenden Sonnenschein bis auf den Boden strahlen, und Moose und Flechten, die noch am Vortag alles Leben zu ersticken drohten, wichen bunten Blüten, die sich beim ersten Tageslicht öffneten und süßlichen Duft verströmten. Und auch die Straßen des alten Elfenreichs, zuvor unter dichtem Gestrüpp verborgen, traten wieder zu Tage, nicht alt und brüchig, sondern so, als hätten ihre Baumeister sie eben erst fertiggestellt.

Es war keine Ruine mehr, die aus dem Dunkel der Nacht ins Licht eines neuen Zeitalters trat, sondern eine stolze Stadt, die

einst das Zentrum und die Zier von ganz Erdwelt gewesen war –
und dies auch wieder sein würde.

Geblieben waren jedoch die Spuren, die der Kampf um Tirgas Lan hinterlassen hatte und die auch Elfenzauber nicht entfernen konnte. Die verkohlten Körper unzähliger Orks übersäten die Hauptstraße und lagen in den angrenzenden Gassen,
und der bittere Geruch des Todes zog noch ein letztes Mal
über die Zitadelle hinweg, als die Elfenkrieger Feuer entzündeten, um die Überreste ihrer Feinde gänzlich zu Asche zu verbrennen.

Ebenso erinnerten die Zerstörungen, die der Dragnadh in
seiner Raserei angerichtet hatte, vor allem das große gezackte
Loch in der Kuppeldecke, an den erbitterten Kampf, der noch
vor wenigen Stunden um die Zitadelle und auch in ihr getobt
hatte. Nun jedoch war dieser Kampf zu Ende, und auf dem
Alabasterthron, auf dem Herrscher von Sigwyn bis Farawyn
regiert hatten, saß ein neuer König, der zum ersten Mal Hof
hielt in seinem neuen Reich.

Corwyn trug ein Gewand, das die Elfen ihm gegeben hatten –
eine weiße Tunika mit reichlich verzierten Borten. Seine Wunden hatte man gewaschen und mit heilenden Salben versorgt,
sodass er sie kaum noch spürte. Dort, wo sich einst sein linkes
Auge befunden hatte, trug der ehemalige Kopfgeldjäger eine
Klappe aus Leder; der Verlust seines Auges würde ihn stets
daran erinnern, wie er zur Macht gekommen war und worin
seine Pflicht als König von Tirgas Lan bestand.

Eine Krönungszeremonie gab es nicht; die Krone selbst hatte entschieden, auf wessen Haupt sie ruhen wollte. Noch immer konnte Corwyn kaum begreifen, was in der vergangenen
Nacht geschehen war, aber als Mann der Tat stellte er sich der
neuen Herausforderung.

Der Hofstaat, der sich aus den besten und eldelsten Kämpen
des Elfenheers zusammensetzte, säumte das weite Rund und
blickte erwartungsvoll zu Corwyn auf. Dass er ein Mensch war
und kein Elf, schien zumindest sie nicht sehr zu stören; ihr
Verlangen nach einem gerechten und loyalen Anführer war
weit größer als ihr Hochmut.

Corwyn fühlte aller Blicke auf sich lasten und begriff, dass er etwas sagen musste. Er war kein großer Redner und hatte zudem nicht viel Zeit gehabt, sich seine Worte zurechtzulegen. Dennoch sprach er laut und mit Entschlossenheit, als er sagte: »Krieger des Elfenreichs, hört mich an! Wundersames ist geschehen, das keiner von uns begreifen kann. Ein Mensch, noch dazu einer, der sich schwerlich als würdig erachtet hat, wurde zum neuen Herrscher von Tirgas Lan erwählt, und alles, was er euch versichern kann, ist, dass er sich dieser Aufgabe mit ganzer Kraft widmen wird.

Nicht länger soll Erdwelt regiert werden von Krieg und Hass. Ein neues Bündnis wird geschmiedet, dem nicht nur Elfen und Menschen angehören, sondern auch alle anderen, die friedlichen Willens sind. Ich werde Boten aussenden in jeden noch so entlegenen Winkel dieser Welt – zu den Elfen, den Menschen, den Zwergen und sogar zu den Orks. Die Nachricht, dass die Macht von Tirgas Lan neu erstrahlt, soll überall verkündet werden, und ich lade Anführer, Fürsten und Häuptlinge ein, hierher zu kommen und sich mir anzuschließen, damit nach Jahren des Krieges und des Chaos wieder Frieden und Ordnung in Erdwelt einkehren, so wie es einst gewesen ist.«

Corwyn blickte in die Runde, gespannt, ob seine Rede eine Reaktion hervorrufen würde. Aber die Elfenkrieger schwiegen, was unter ihresgleichen ein Zeichen einmütiger Zustimmung ist.

»Und um dieses neue Bündnis zu besiegeln«, fuhr Corwyn fort und erhob sich vom Alabasterthron, »erwähle ich Alannah, die Hohepriesterin von Shakara, zur Königin von Tirgas Lan.« Er schaute Alannah, die seitlich vor dem Thron stand und wieder ein strahlend weißes Gewand trug, fragend an und fügte hinzu: »Vorausgesetzt natürlich, sie will mich.«

Die Elfin, der die Schrecken der vergangenen Nacht noch immer anzusehen waren, antwortete mit einem zaghaften Lächeln. »Sie will dich«, versicherte sie. »Aber sie ist deiner nicht würdig. Sie hat Schuld auf sich geladen.«

»Und alles hundertfach wieder gutgemacht«, erwiderte

Corwyn. »Ich liebe dich, Alannah. Und ich brauche dich – mehr noch als die Luft zum Atmen.«

Er beugte sich vor und reichte ihr die Hände, und sie stieg zu ihm auf das Thronpodest. Elfisches Zeremoniell mochte in Augenblicken wie diesen vornehme Zurückhaltung vorschreiben – dem neuen König von Tirgas Lan war das egal. Er erhob sich, schloss Alannah kurzerhand in die Arme und küsste sie lang und innig.

Es war ein junger Elfenkrieger namens Eilan, der entgegen der sonstigen Gewohnheiten seines Volkes in lauten Jubel ausbrach. Viele seiner Kameraden stimmten ein, und die Elfen ließen das Königspaar hochleben, bis Corwyn ihnen schließlich Einhalt gebot.

»Mit einer Hochzeit, wie sie noch nie gefeiert wurde in Erdwelt, soll unser Bündnis besiegelt werden«, kündigte er an. »Vorher jedoch heißt es zu Gericht zu sitzen über jene, die versucht haben, sich auf Kosten anderer einen Vorteil zu verschaffen. Margok mag besiegt sein, dennoch gibt es Urteile zu fällen.« Er ließ sich wieder auf den Thron nieder und befahl: »Bringt die Gefangenen!«

Die Reihen der Elfenkrieger teilten sich, und zwei Gestalten wurden hereingeführt, die eine groß und hager, die andere klein und untersetzt.

Man hatte den beiden die Schmach erspart, Fesseln zu tragen, aber die grimmigen Blicke der Krieger, die sie begleiteten, machten Loreto von Tirgas Dun und Orthmar von Bruchstein auch so klar, dass jeder Fluchtversuch sinnlos war.

»Orthmar von Bruchstein, des Orthwins Sohn«, begann Corwyn die Anklage. »Dir wird zur Last gelegt, ein Schmuggler und Räuber zu sein und aus schnöder Gewinnsucht gestohlen und betrogen zu haben. Im Wissen, dass ein Schatz von unermesslichem Wert in Tirgas Lan verborgen war, hast du dir das Vertrauen des Elfenführers erschlichen und ihn getäuscht. Hast du etwas zu deiner Verteidigung vorzubringen?«

Um Orthmars kleine Augen zuckten die Muskeln. Des Orthwins Sohn war eigentlich nicht auf den Mund gefallen, und es gab noch manches, das er dem Kopfgeldjäger sagen wollte. Das Problem war nur: Corwyn war kein Kopfgeldjäger mehr. Und wenn es eine Tugend gab, die Orthmar von Bruchstein mehr als jede andere beherrschte, so war es die, im richtigen Augenblick zu schweigen. Also tat er dies und schüttelte nur grimmig den Kopf.

»Das dachte ich mir«, versetzte Corwyn. »Aber wie ich hörte, Orthmar, haben du und deine Leute in der Schlacht um Tirgas Lan tapfer gekämpft. In dunkler Stunde, als andere kopflos die Flucht ergriffen, habt ihr Mut und Herz bewiesen und euch trotz eurer Gier als würdige Vertreter eures Volkes erwiesen. Ich werde euch deshalb gestatten, Tirgas Lan als freie Zwerge zu verlassen und nach Hause zurückzukehren.«

»W-wir dürfen gehen?«, fragte der Zwergenführer ungläubig.

»So ist es. Kehrt ins Scharfgebirge zurück und berichtet euren Leuten, was sich hier zugetragen hat. Ich erwarte, dass der König des Zwergenreichs mir einen Boten schickt. Das Schweigen zwischen unseren Völkern hat viel zu lange gedauert.«

»I-ich werde es ihm bestellen«, erwiderte Orthmar und verbeugte sich tief – und man hatte nicht einmal den Eindruck, dass er sich dazu besonders überwinden musste. Der Mensch, der dort auf dem Alabasterthron saß, hatte mit dem Kopfgeldjäger, dem sein Hass gegolten hatte, kaum noch etwas gemein. »Darf ich noch eine Bitte äußern, Majestät?«

»Was willst du?«, sagte Corwyn. »Sprich.«

»Nun ja …« Der Zwerg zupfte nervös an seinem Bart. »Die Schatzkammer von Tirgas Lan ist bis zum Rand gefüllt, und nachdem wir so tapfer gekämpft haben, wie Ihr sagtet, könnte doch vielleicht eine kleine Belohnung für meine Leute und mich …«

»Übertreib es nicht, Orthmar«, warnte Corwyn. »Und jetzt sieh zu, dass du verschwindest.«

»Sehr wohl, Majestät«, erwiderte der Zwerg und zog sich eilig zurück, während er sich sagte, dass der neue König von Tirgas Lan wohl doch noch ein paar Gemeinsamkeiten mit einem gewissen Kopfgeldjäger hatte.

»Orthmar?«, rief Corwyn ihn noch einmal an, als er schon fast die Pforte des Thronsaals erreicht hatte.

»Ja, mein König?« Der Zwerg wandte sich zu ihm um.

»Ich habe deine Tochter nicht angerührt.«

Ein breites Grinsen huschte über die bärtigen Züge des Zwergs. »Ich weiß«, sagte er leise.

Dann verließ er den Thronsaal von Tirgas Lan, begleitet von den Getreuen, die ihm geblieben waren.

Daraufhin war nur noch Loreto übrig. Der hatte die Nacht in einer wenig komfortablen Kerkerzelle verbracht und sah entsprechend zerknittert aus. Dass er es als tiefe Schmach empfand, hier zu stehen, war seinen geröteten Zügen deutlich anzusehen.

»Fürst Loreto von Tirgas Dun«, begann Corwyn. »Würde es nach mir gehen, ich würde Euch nach allem, was Ihr Alannah und Euren Leuten angetan habt, zum Duell fordern, Mann gegen Mann. Ihr habt stets nur Euer eigenes Wohl im Sinn – das ist eines Fürsten unwürdig, sei er nun Mensch oder Elf.«

Loretos schmale Lippen öffneten sich und murmelten einige Worte, keines davon laut genug, als dass man es verstanden hätte.

»Dennoch«, fuhr Corwyn fort, »ich maße mir nicht an, über einen Fürsten von vornehmem elfischen Geblüt zu urteilen. Der Hohe Rat der Elfen soll erfahren, was sich hier in Tirgas Lan zugetragen hat, und er wird es auch sein, der über Eure Strafe zu befinden hat. In Begleitung einer Eskorte sende ich Euch deswegen zurück nach Tirgas Dun.«

»Und du tust gut daran, Kopfgeldjäger!«, konterte Loreto hochmütig. »Denn bald schon wird sich dieser aberwitzige Irrtum aufklären, und man wird dir die Elfenkrone wieder nehmen, die du dir so schändlich und widerrechtlich angeeignet hast.«

»Oh, Loreto.« Alannah schüttelte traurig den Kopf. »Selbst jetzt, da du verloren hast, weigerst du dich, die Wahrheit anzuerkennen. König Corwyn hat nicht widerrechtlich nach der Krone gegriffen. Er und kein anderer ist der Auserwählte, von dem in Farawyns Prophezeiung die Rede ist. Er wird ein weiser und gütiger Herrscher sein, denn anders als du, Loreto, hat er das Leben kennen gelernt, und das Blut, das in seinen Adern fließt, ist vornehmer, als deines jemals sein wird.«

»Was?« Loreto schnaubte entrüstet. »Was erlaubst du dir …?«

»Dein Leben lang hast du dich selbst betrogen, Loreto, hast auf ein Erbe geschielt, das andere mit ihrem Fleiß und ihrem Blut errungen haben. Auch mich hast du geblendet mit guten Manieren und schönen Worten. In der Schlacht um Tirgas Lan jedoch hast du dein wahres Gesicht gezeigt. Nicht nur mich hast du im Stich gelassen, sondern auch jene, die deinem Befehl unterstanden, um dich selbst zu retten. So wirst du nie nach den Fernen Gestaden gelangen, Loreto – niemals.«

Sie bedachte den Fürsten mit einem Blick, der weder Hass noch Genugtuung, sondern nur Trauer und Mitleid enthielt. Loreto holte tief Luft und schien etwas erwidern zu wollen, überlegte es sich dann aber anders. Seiner Überzeugung nach hatte er es nicht nötig, sich vor Alannah und erst recht nicht vor Corwyn zu verteidigen; was er zu sagen hatte, würde er vor dem Hohen Rat der Elfen erklären.

Auf einen Wink Corwyns hin traten die Wachen heran und führten Loreto ab, und die Elfenkrieger, die die Halle säumten, drehten sich um und wandten ihrem ehemaligen Anführer den Rücken zu – ein Zeichen höchster Verachtung.

»Alles in Ordnung?«, erkundigte sich Corwyn bei Alannah, die ihrem einstigen Geliebten nachschaute, Tränen in den Augen.

Die Elfenpriesterin nickte. »Alles in Ordnung«, versicherte sie und versuchte ein Lächeln. »Wer hätte das gedacht? Die Prophezeiung, an der wir alle schon gezweifelt haben, hat sich schließlich doch noch erfüllt, allerdings ganz anders, als wir es erwarteten. Kein Elf, sondern ein Mensch hat den Thron von Tirgas Lan bestiegen – mithilfe zweier Orks, die dazu ausersehen waren, das Tor zur Verborgenen Stadt zu öffnen.«

»Verrückt, nicht wahr?« Corwyn lächelte. »Elfenzauber, würden Rammar und Balbok jetzt wohl sagen.«

»Da wir gerade von ihnen sprechen – wo sind die beiden? Sollten sie nicht dabei sein, wenn du das erste Mal als König auftrittst?«

»Sie haben die Stadt schon im Morgengrauen verlassen«, erklärte Corwyn schulterzuckend. »Orks schätzen es wohl nicht, sich zu verabschieden.«

»Sie sind gegangen?« Alannah schaute Corwyn erschrocken an. »Einfach so? Ohne eine Belohnung zu verlangen?«

»So ist es.« Corwyn nickte. »Allerdings haben sie dabei einen kleinen Umweg gemacht.«

»Einen Umweg?«

Corwyn grinste so breit, dass für einen kurzen Moment wieder der Kopfgeldjäger durchblitzte. »Einen Umweg über die königliche Schatzkammer ...«

# EPILOG

Die Straße, die sich quer durch den Wald von Trowna erstreckte, führte geradewegs nach Westen. Als die Sonne sich erhob und ihre Strahlen das grüne Blätterdach durchdrangen, fand sie den Wald völlig verändert vor: Leben wimmelte überall dort, wo tags zuvor noch Leblosigkeit geherrscht hatte, der modrige Geruch der Fäulnis war dem süßen Duft bunter Blüten gewichen, und die Vögel, die über Nacht zurückgekehrt waren, zwitscherten fröhlich im Geäst der Bäume.

Normalerweise wäre ein solches Idyll Rammar zutiefst zuwider gewesen. Doch der untersetzte Ork war so mit grimmiger Freude erfüllt, dass er das bunte Leben um sich herum nicht einmal bemerkte.

Gemeinsam mit Balbok stemmte er sich in das Geschirr, das sie sich umgelegt hatten und mit dem sie einen goldenen Streitwagen über das holprige Pflaster zogen – einen Streitwagen, der voll beladen war mit goldenen Krügen und Tellern, silbernen Bechern und Statuen und mit Kisten, die überquollen von Diamanten, Saphiren und Smaragden, in denen sich das Sonnenlicht glitzernd brach.

»Weißt du, Rammar«, sagte Balbok gedehnt. »Ich denke immer noch, wir hätten uns von Corwyn und Alannah verabschieden sollen. Immerhin sind sie unsere Fr…«

»Sprich es nicht aus!«, fiel sein Bruder ihm ins Wort. »Denk es nicht mal! Orks haben keine Freunde, erst recht keine unter Elfen und Menschen. Willst du unseren schlechten Ruf vollständig ruinieren? Es ist schon schlimm genug, dass wir ihnen überhaupt geholfen haben – und das, obwohl sie wie immer die Dinge verdrehen und alles anders darstellen werden, als es in Wirklichkeit gewesen ist. Ich versichere dir, niemand wird je erfahren, dass es in Wahrheit zwei Orks gewesen sind, die diese be*shnorsh*te Welt gerettet haben.«

»Kann schon sein«, sagte Balbok nachdenklich.

»Aber das braucht uns nicht zu kümmern, denn wir haben selbst für unsere Belohnung gesorgt. Dieser dämliche Kopfgeldjäger und seine Elfenfreunde haben es gar nicht gemerkt, als wir den Wagen direkt unter ihren Nasen aus der Schatzkammer gezogen haben.«

»Weil du gerade vom Ziehen sprichst«, keuchte Balbok. »Vielleicht hätte ich Graishak doch nicht erschlagen sollen.«

»Wieso nicht?«

»Weil wir dann den Wagen nicht selber ziehen müssten. Wir hätten Graishak in das Geschirr spannen und gemütlich auf dem Gold sitzen können.«

»*Douk*«, widersprach Rammar und winkte ab, »da schleppe ich das Gold schon lieber selber nach Hause. Stell dir doch nur mal vor, was die im *bolboug* sagen, wenn wir mit Elfenschätzen beladen zurückkehren.«

»Sie werden uns huldigen«, war Balbok überzeugt. »Und wahrscheinlich werden sie mich zum neuen Häuptling machen.«

»Dich?« Rammar starrte seinen Bruder von der Seite her an. »Warum ausgerechnet dich?«

»Weil ich es war, der Graishak erschlagen hat«, antwortete Balbok ohne lange zu überlegen. »Unserer Tradition nach werde ich der neue Häuptling des *bolboug*.«

»Hm«, machte Rammar – dagegen ließ sich nicht einmal etwas einwenden.

»Aber weißt du was?«, fragte Balbok.

»Was denn noch?«

»Ich werde sagen, dass wir es gemeinsam getan haben. Dann werden wir beide Häuptlinge. *Korr?*«

»*Korr.*«

Schweigend zogen sie den mit Gold beladenen Streitwagen weiter über die Straße, die sich durch den Wald von Trowna zog. Schließlich ergriff Balbok wieder zaghaft das Wort.

»Rammar?«

»Ja, Balbok?«

»Da ist etwas, das ich noch immer nicht verstehe.«

Rammar seufzte, aber da sein Bruder ihn zum Mithäuptling machen wollte, verzichtete er dieses eine Mal darauf, ihn einen *umbal* zu schelten. »Was willst du wissen?«, fragte er deshalb, sich zur Ruhe zwingend.

Balbok zögerte einen unmerklichen Augenblick.

»Was für Dinge?«, fragte er dann.

# DER SCHWUR
DER ORKS

# INHALT

BUCH 2

# MOROR UR'KAL ANAR
## (DER HERRSCHER VON KAL ANAR)

# PROLOG

Weiter.

Immer weiter.

Ohne Rast und ohne Ziel.

Einfach nur einen Fuß vor den anderen setzen – wie lange er das bereits tat, wusste er nicht.

Eines jedoch wusste er genau: dass jene Zeiten, in denen er als Fürst von edler Herkunft Reichtum und hohes Ansehen genossen hatte, unwiderruflich vorbei waren.

Ein Blick auf seine zerbrechlich wirkende Gestalt genügte, um dies zu bestätigen: Seine einstmals noble Kleidung hing in Fetzen, seine Stiefel aus feinstem Leder waren abgetragen und zerschlissen, seine früher so vornehm blasse Haut war zerkratzt und wund. Und als Loreto, Fürst von Tirgas Dun, sein Elend erneut betrauerte, kehrte die Erinnerung zurück zu jenem Augenblick, als über sein Schicksal entschieden worden war.

»Loreto«, hatte Ulian gesagt, Vorsitzender und Sprecher des Hohen Rates der Elfen, seit der Weise Aylonwyr nach den Fernen Gestaden aufgebrochen war, »du hast Schande über dich und dein Volk gebracht. Nicht nur uns hast du verraten, sondern auch deine Ahnen und alle Elfen, die jemals auf Erden gewandelt sind. Daher wird deine Strafe hart sein: Auf immer wirst du aus Tirgas Dun verbannt. Das Feuer des Lebens und das Wasser der Unsterblichkeit seien dir verwehrt – die Fernen Gestade wirst du niemals sehen …«

Die Worte hallten in Loretos Bewusstsein nach wie der Kehrvers eines Tavernenschlagers, der sich in seine Gehörgänge verirrt hatte und nicht wieder hinausfand. In seiner Erinnerung sah er die uralten und dennoch jugendlich wirkenden Züge Ulians, während er diese Worte gesprochen hatte, und der Ausdruck in seinen Augen schien Loreto Beweis dafür, dass der Vorsitzende des Elfenrates innerlich triumphierte, als er das Urteil verkündet hatte. Mehr als das – es hatte sogar den Anschein gehabt, als hätte es ihm diebische Freude bereitet, einen der größten und trefflichsten Söhne des Elfengeschlechts in die Verbannung zu schicken wie einen hergelaufenen Verbrecher.

»Wer hat wen verraten?«, fragte Loreto zum ungezählten Mal und erschrak über den brüchigen, krächzenden Klang seiner Stimme, die nichts mehr von der samtenen Weichheit von einst hatte.

Für einen Augenblick war der verbannte Elfenfürst unaufmerksam. Einer seiner Füße, müde vom langen Marsch, blieb an einer Wurzel hängen, und Loreto stürzte. Er schlug der Länge nach hin und stieß sich das Kinn an einem Stein, der aus dem Waldboden ragte. Er berührte es mit der Hand, besah sich die Fingerspitzen und stellte fest, dass er blutete. Das Blut erinnerte ihn an seine Sterblichkeit und daran, dass er nun niemals die Fernen Gestade sehen und dort ein Leben in immerwährender Harmonie und Freude verbringen durfte – dabei war es gerade das gewesen, was er sich am meisten gewünscht hatte.

So sehr, dass er bereit gewesen war, alles andere dafür zu opfern. Selbst seine Liebe zu Alannah, der Hohepriesterin von Shakara. Aber das Schicksal hatte es anders gewollt …

»Kurz vor deiner Abreise nach den Fernen Gestaden«, hörte er Ulian in seiner Erinnerung weiterreden, »hatte dir der Hohe Rat der Elfen einen Auftrag erteilt – einen Auftrag, den zu erfüllen du feierlich geschworen hast, Loreto.

Du solltest die verbotene Stadt Tirgas Lan vor Eindringlingen schützen, denn Alannah, die Priesterin von Shakara und Hüterin des Geheimnisses von Tirgas Lan, war von zwei Unholden entführt worden, und Wir, der Hohe Rat, hatten allen Grund zu der Annahme, dass sie sich mit ihnen verbündet hatte. Wie sich jedoch herausstellte, war alles noch viel schlimmer: Eine Intrige war gesponnen, deren Ziele und Konsequenzen von apokalyptischen Ausmaßen waren. Der Dunkelelf war zurückgekehrt, und das Heer des Bösen war in die alte Elfenstadt Tirgas Lan eingefallen. Doch statt dich dem Feind tapfer zu stellen und Tirgas Lan zurückzuerobern, hast du deiner Armee den Rückzug befohlen und bist feige geflohen.«

»Das ist nicht wahr!«, hatte Loreto entschieden widersprochen. »Bei meiner Ehre, ich schwöre, dass ich den Kriegern befahl, den Kampf mit den Orks und den anderen Dunkelmächten zu suchen.«

»Aber erst, als die Schlacht bereits entschieden war und du dich der Elfenkrone bemächtigen wolltest. Widerrechtlich hast du versucht, sie dir anzueignen, nachdem sich Farawyns Prophezeiung bereits erfüllt hatte.«

»Ja, aber erfüllt an einem *Menschen*!«, rief Loreto laut, ungeachtet der Tatsache, dass ihn Ulian nicht mehr hören konnten und nur die Bäume Zeugen seiner Verteidigungsrede wurden. »Ich wollte nicht wahrhaben, dass sich die Weissagung Farawyns auf einen … einen *Menschen* bezieht, noch dazu auf einen nichtswürdigen Kopfgeldjäger, der seinen Lebensunterhalt damit verdiente, andere Kreaturen ihrer Skalpe zu berauben, während ich, Loreto, die Zierde des Elfengeschlechts, leer ausgehen sollte! Das konnte nicht, das durfte nicht sein! Und es *kann* und *darf* auch nicht sein! Ich bin König, nicht er! Warum nur wollt ihr das nicht begreifen? Seht ihr denn nicht, was hier vor sich geht? Versteht ihr mich denn nicht …?«

Seine Stimme überschlug sich, Tränen des Zorns und der Verzweiflung traten ihm in die Augen wie so viele Male zuvor. Doch niemand hörte sein Flehen; ringsum war nichts als dichter Wald, der Loretos Rufe gleichgültig schluckte. Eine Straße oder einen Pfad gab es nicht. Aus der Elfenstadt verstoßen, war Loreto einfach nur immer weitergelaufen. Die Richtung war ihm egal gewesen, und jedes Mal, wenn er auf eine Siedlung gestoßen war, hatte er sich sofort wieder verkrochen in die Einsamkeit der Wälder und Berge. Er brauchte keine Gesellschaft, schon gar nicht die der Menschen. Und die der Orks, die einen nicht unwesentlichen Teil der Schuld an seinem Schicksal trugen, am allerwenigsten.

Seine ziellose Flucht hatte zur Folge, dass er inzwischen keine Ahnung mehr hatte, wo er sich befand, doch das scherte ihn nicht. Er irrte immer nur weiter, gejagt von grenzenloser Wut, die ebenso wenig wusste wie er selbst, wohin sie sich richten sollte, und von seinem eigenen verletzten Stolz.

Anfangs hatte sich Loreto gewünscht, ein Troll würde auftauchen und sein elendes Dasein mit einem Hieb seiner mächtigen Keule beenden – doch wenn es dann tatsächlich im Unterholz knackte und krachte, war er rasch in eine andere Richtung geflohen. Er hatte verloren – das ließ sich nicht bestreiten. Man hatte ihm alles genommen, was ihm je etwas bedeutet hatte – auch das war eine Tatsache. Aber das bedeutete nicht, dass er nicht irgendwann zurückkehren würde. Zurückkehren, um sich zu holen, was ihm zustand, und sich an jenen zu rächen, die ihm all dies angetan hatten: an dem Menschen Corwyn, der sich widerrechtlich der Krone bemächtigt hatte, an der Elfin Alannah, die einst seine Geliebte gewesen war und ihn schmählich verraten hatte, und an zwei widerwärtigen Orks, die seine Pläne hinterlistig durchkreuzt hatten.

An ihre Namen erinnerte sich Loreto nicht mehr, aber ihr Aussehen hatte sich unauslöschlich in sein Bewusstsein gebrannt; unter Tausenden hätte er den Dicken und den Hageren erkannt. Die Vorstellung, sie eines Tages zu finden und sich an ihnen zu rächen, erfüllte ihn mit einer geradezu unheimlichen Kraft, die noch von Tag zu Tag zu wachsen schien. Zu seiner anfänglichen Wut hatte sich schon bald abgrundtiefer Hass gesellt – etwas, das einem Elfen nicht zustand und von dem Loreto früher angenommen hatte, dass er nicht fähig wäre, etwas Derartiges zu empfinden. Inzwischen wusste er es besser, und mit jedem Schritt, den er auf feuchten, modrigen Waldboden setzte, mit jedem Sturz, bei dem er sich blutig schlug, mit jedem Atemzug, bei dem er den bitteren Odem der Verbannung schmeckte, wuchs dieser Hass.

Während er immer weiterirrte, malte sich Loreto in den blutigsten Farben aus, was er mit den Orks anstellen würde, sollte er ihrer habhaft werden. Er würde sie demütigen, sie foltern und quälen – jeden Schmerz und jede Erniedrigung, die er ihretwegen hatte erleiden müssen, würde er ihnen mit Zins und Zinseszins zurückzahlen.

Und nicht nur ihnen.

Auch auf Corwyn brannte unbändiger Hass in Loretos schmaler Brust. Und auf Alannah, seine abtrünnige Geliebte, die lieber mit einem Menschen gemeinsame Sache machte, als zu ihm zu stehen. Und natürlich auch auf all die anderen Elfen, die ihn verstoßen hatten und seinen legitimen Anspruch auf die Krone leugneten. Sollten sie ruhig nach den Fernen Gestaden reisen – wenigstens war er sie dann los und brauchte auf sie keine Rücksichten mehr zu nehmen. »Ich bin König, damit ihr es wisst!«, schrie er empor zu den dunklen Baumkronen. »Ich und niemand sonst! Ich bin der rechtmäßige Erbe Tirga Lans!«

Kalter Schweiß perlte auf seiner Stirn, seine Augen hatten einen fiebrigen Glanz angenommen. Der anstrengende Marsch und das monatelange Exil hatten Spuren hinterlassen: Wunden, die tiefer waren als jene oberflächlichen Kratzer, die die bleiche Haut des Elfen überzogen. Auch Loretos Verstand hatte Schaden genommen, und mit jedem Auflodern unbändigen Hasses, mit jedem Zornesausbruch, mit jedem keifenden Geschrei wurde der Faden dünner, der das Bewusstsein des Elfen vor dem Absturz in dunkle Tiefen bewahrte.

So war es um Loreto bestellt, als er plötzlich zu seiner Linken ein Geräusch vernahm.

Der Verstand des verstoßenen Fürsten mochte gelitten haben, seine Sinne jedoch waren durch die Zeit der Verbannung sogar geschärft worden. Schlagartig verharrte er, um mit spitzen Ohren zu lauschen.

Das Geräusch wiederholte sich – ein markiges Knacken, gefolgt von einem Schlurfen, das geradezu unheimlich klang.

Ein Waldtroll?

Trotz seines Zustands war Loreto klar, dass die Begegnung mit einem Troll das Ende seiner Rachepläne bedeuten würde. Wie so viele Male zuvor versuchte er also, sich leise davonzustehlen, aber das Knirschen und Knacken blieb dicht hinter ihm.

Bei Farawyns geistlosem Geschwätz, dachte der Elf fiebernd, was ist das? Was verfolgt mich durch das Unterholz ...?

Mit hektischen Blicken versuchte er, das Dickicht zu durchdringen – vergeblich. Im schummrigen Halbdunkel war nichts zu erkennen, auch der geschärfte Elfenblick half ihm nicht. Loreto bewegte sich schneller, bahnte sich einen Weg durch Farne und Sträucher, die ihm wieder Hände und Gesicht zerkratzten. Zunächst schien ihm der Verfolger – wer oder was es auch immer war – auf den Fersen zu bleiben.

Gehetzt schaute Loreto über die Schulter zurück, konnte jedoch noch immer nichts ausmachen. Dann verstummte das Geräusch, so plötzlich wie es aufgeklungen war.

»Wer oder was auch immer du bist«, zischte Loreto, »du hast Glück, dass du den Weg des Elfenkönigs nicht kreuzt. Mit einem einzigen Schlag, einem einzigen Blick könnte ich dich vernichten. Unsagbar großes Glück hast du …«

Es blieb still im Unterholz, und nachdem er noch einen Moment gewartet hatte, ging Loreto schließlich weiter. Schon bald setzte die Dämmerung ein, und durch das dichte Blätterdach drang nur noch wenig Licht. Über den Wipfeln der Bäume war ein sich blutrot verfärbender Himmel zu sehen, ein schlechtes Omen von Alters her.

»Blut wird fließen heute Nacht«, war Loreto überzeugt und kicherte albern. Dann schaute er sich nach einem Lagerplatz für die Nacht um. Baumkronen hatten sich während seiner Monate währenden Wanderung als nächtliche Ruhestätte bewährt, aber auch hohle Stämme oder felsige Überhänge, die Schutz vor Wind und Wetter boten. Zwischen einigen dicken, abgestorbenen Wurzeln fand der verstoßene Elf schließlich einen Schlafplatz – und dazu noch ein willkommenes Nachtmahl in Form halb verfaulter, von Maden durchsetzter Pilze, die er in seinem Wahn für ein königliches Festmahl hielt. Gierig schlang er sie in sich hinein, worauf ihn Übelkeit befiel. Stöhnend wollte er sich auf dem feuchten Moos zur Ruhe betten – als er erneut jenes alarmierende Knirschen vernahm, das ihn vorhin verfolgt hatte.

»Was ist da los?«, zischte Loreto und fuhr herum. »Wer erlaubt sich, die Ruhe des Königs zu stö…?«

Er verstummte mitten im Wort, als sich das Unterholz teilte und *etwas* daraus hervorkam, so grotesk und unbegreiflich, dass selbst Loreto in seinem Wahn begriff, dass es etwas Derartiges eigentlich nicht geben durfte.

Der verstoßene Elfenfürst verharrte, war wie versteinert,

denn die abartige Kreatur ängstigte ihn geradezu zu Tode. Blutunterlaufene Augen starrten auf ihn herab, aber in ihren Blicken war eine seltsame Gleichgültigkeit – die träge Ruhe eines Wesens, das unsagbar alt war und bereits alles gesehen hatte. Womöglich durchstreifte es schon seit den Anfängen der Welt diese Wälder, nur hatte es noch niemand zu sehen bekommen, weil es sich fernhielt vom sinnlosen Streben der Sterblichen – genau wie Loreto.

Die Erkenntnis traf den verstoßenen Elfenfürsten wie der Schlag eines Zwergenhammers: So unterschiedlich er und diese Kreatur rein äußerlich auch waren – in gewisser Hinsicht waren sie einander sehr ähnlich.

Loreto hatte das Gefühl, die Kreatur zu verstehen, deren ungeheurer Körper sich aus dem Dickicht wälzte. Er spürte, dass sie etwas gemein hatten und dass es kein Zufall war, der sie an diesem Ort zu dieser Stunde zusammengeführt hatte.

Er streckte seine Hand aus, berührte die Kreatur, die vieläugig auf ihn herabstarrte …

Und im diesem Moment fühlte er den Hass!

Wie ein Sturm brandete er über ihn hinweg – Hass in einer Reinheit, wie er ihn nie zuvor verspürt hatte. Sein eigener Zorn und sein Durst nach Rache verloren sich darin wie eine einzelne Flamme in einer lodernden Feuersbrunst. Loreto hatte das Gefühl, sich aufzulösen und eins zu werden mit der abscheulichen Kreatur, und obwohl er sein Leben lang nur an sich selbst gedacht und seinem eigenen Vorteil gedient hatte, störte er sich nicht daran. Er war überzeugt, die Erfüllung gefunden zu haben, gerade so, als hätte er nach langer Fahrt das Ufer der Fernen Gestade erreicht …

In diesem Moment klappte unterhalb der starrenden Augen ein Schlund auf, mit mörderischen Zähnen versehen, der einen Elfen mit einem einzigen Zuschnappen verschlingen konnte.

In dem Augenblick, da Loreto in das weit geöffnete Maul

der Kreatur blickte, riss der dünne Faden, der seinen Verstand noch über dem Abgrund des Wahnsinns gehalten hatte.

Der Elfenfürst schrie wie von Sinnen, während der dunkle Schlund auf ihn zustürzte, sich über ihn stülpte und ihn mit Haut und Haaren verschlang…

An einem anderen, weit entfernten Ort schreckte Alannah, Königin von Tirgas Lan, aus dem Schlaf.

Sie brauchte einige Augenblicke, um sich im Halbdunkel ihres Schlafgemachs zurechtzufinden. Ihr Atem ging heftig, kalter Schweiß stand ihr auf der hohen Stirn. Erst als sie neben sich die vertraute Gestalt ihres Gatten Corwyn erblickte, der tief und fest schlief und dessen Brustkorb sich in regelmäßigen Atemzügen hob und senkte, beruhigte sie sich ein wenig.

Wieder hatte sie diesen Traum gehabt, der sie schon seit einiger Zeit verfolgte und der über sie kam, Nacht für Nacht, sobald sie die Augen schloss.

Loreto …

Der Gedanke an ihren ehemaligen Geliebten, den abtrünnigen Elfenfürsten, betrübte Alannah, und sie fragte sich, was jener Traum zu bedeuten hatte. Zu lange war sie die Hüterin der Geheimnisse ihres Volkes gewesen, zu sehr wurde sie von ihren Erfahrungen geprägt, zu umfangreich war ihr Wissen um die Vergangenheit, als dass sie nicht gewusst hätte, dass Träume bisweilen mehr waren als bloßer Zufall.

Lichtfeuer im Dunkel der Geschichte – so hatte Farawyn der Seher sie einst genannt. Wenn seine Worte stimmten – so wie *alles* gestimmt hatte, was er niedergeschrieben hatte –, standen Erdwelt dunkle Zeiten bevor.

Alannah schaute Corwyn an, der neben ihr lag, und bedachte den König von Tirgas Lan mit einem liebevollen, fast bedauernden Blick.

Sie würde handeln müssen …

# BUCH 1

## KUNNART ANN OUR
### (GEFAHR IM OSTEN)

# 1.

# DA KOUN-KINISH'HAI

Langeweile.

Dies war das Wort, das ihren Zustand am treffendsten beschrieb.

Eingesperrt zwischen steinernen Wänden, schienen ihre Tage endlos zu sein, erfüllt von Fressen und Saufen, von wüsten Gelagen, die ihren Sinn vor langer Zeit verloren hatten.

Zeit ...

An diesem Ort der Welt bedeutete sie nichts, plätscherte so belanglos dahin wie das Blut aus der durchschnittenen Kehle eines Gnomen.

Bisweilen, wenn sie erwachten, hatten sie das Gefühl, den Schlag ihrer Herzen nicht mehr zu hören, weil ihre Schädel vom vielen Blutbier so laut dröhnten, als würden tausend verrückte Zwerge darin auf tausend Ambosse hämmern. Sie stellten sich dann vor, dass Kuruls dunkle Grube sie längst verschlungen hätte und dass ihre Taten zu Sagen geworden wären.

Die Sache war nur – sie würden nicht in Kuruls Grube stürzen, jedenfalls vorerst nicht. Schon deshalb nicht, weil sie ihr Leben nicht mehr riskieren mussten. Ihr großes Abenteuer hatte vor mehr als zwölf Monden ein glückliches Ende gefunden, und wenn überhaupt, dann würden sie an Verfettung sterben. Oder am Blutbier, das ihre Sinne so benebelte, dass sie nicht mehr zurückfanden nach *sochgal*. Oder sie würden sich bei einem der ausgiebigen Gelage so überfressen, dass kein noch so breiter Gürtel mehr reichte, ihre prall gefüllten Mägen am Platzen zu hindern; dann würde es einen dumpfen Knall geben, und von Balbok und Rammar, den Häuptlingen des *bolboug*, würde nichts übrig bleiben als faltige, ledrige, mit Geschwüren übersäte Haut, geborstene Rippen und eine Menge matschiger Innereien.

Keine sehr erbauliche Aussicht.

Zu Beginn ihrer Regentschaft hatte es Rammar genossen, auf dem mit Wargenfell bezogenen Thron in der größten und dunkelsten Höhle des Dorfes zu sitzen, umgeben von Unmengen Gold und Edelsteinen, die sein Bruder und er »erbeutet« hatten. Ein Mensch hätte es vielleicht anders ausgedrückt und von »gestohlen« gesprochen; jedenfalls hatten sie es sich mit List und Raffinesse *verdient*!

Das Dasein eines Ork-Häuptlings bestand im Wesentlichen darin, Kriegstruppen auszusenden und darauf zu warten, dass sie zurückkehrten. In der Zwischenzeit war es üblich, seinen Launen freien Lauf zu lassen und sich nach Lust und Laune mit Leckereien aller Art vollzustopfen – von frisch gefüllten Blutegeln, gesottenem Gnomenfleisch und Trollgehacktem bis hin zum *bru-mill*, dem traditionellen Leib- und Magengericht der Orks. Dazu setzte es fassweise Blutbier, altgelagert und in großen Schädelkrügen kredenzt. Rammars ohnehin schon fetter Wanst hatte sich auf Grund dieser Lebensweise noch mehr geweitet, sodass ihm zuletzt kein Kettenhemd mehr passte und er sich mit einem Harnisch aus Leder begnügen musste, unter dem seine Leibesfülle allerdings mehr als üppig hervorquoll.

Die kleinen Schweinsäuglein in Rammars klobigem Schädel, der halslos auf seinem fetten Körper zu sitzen schien, hatten ihren listigen Glanz verloren. Ihr Blick war müde geworden, hatte sich sattgesehen am erbeuteten/gestohlenen/verdienten Gold, und Gaumen und Magen waren abgestumpft hinsichtlich der Spezereien, die die Küche der Orks hergab. Der fette Häuptling sehnte sich nach einer Abwechslung – auch wenn er das im Leben nicht zugegeben hätte.

»Was sagst du dazu, Faulhirn?«, wandte er sich an seinen Bruder. Der fläzte sich ebenfalls auf einem mit Wargenfell bezogenen Thron, der allerdings etwas niedriger war als der Rammars und auch nicht das Original, auf dem bis vor einem Jahr noch Häuptling Graishak seinen stinkenden *asar* platziert hatte. Aber der Umstand, dass Balbok seinen Bruder um Haupteslängen überragte, machte den Größenunterschied ihrer hoheitlichen Sitzgelegenheiten wieder wett. Balbok war außerdem nicht nur größer, sondern trotz der Völlerei der zurückliegenden Monate auch immer noch ungleich schlanker als Rammar.

»Was soll ich sagen, Rammar?«, fragte Balbok zurück, auf dessen Stirn eine verbeulte, mit Edelsteinen geschmückte goldene Krone schwankte. Sein schmales Gesicht wirkte länger als sonst, und auch in seinen Blicken spiegelte sich unverhohlen Langeweile.

»Ist das nicht ein Leben?«, sagte Rammar, seinen eigenen Zweifeln zum Trotz. »Wir sitzen den ganzen Tag auf unseren *asar'hai* und erteilen Befehle. Wenn wir Durst oder Hunger haben, brauchen wir nur nach Blutbier oder *bru-mill* zu schreien. Und wenn wir Blähungen haben, furzen und rülpsen wir munter drauflos. Was kann es Schöneres geben für einen Ork aus echtem Tod und Horn?«

»Ich weiß nicht, Rammar«, entgegnete Balbok nachdenklich. »In letzter Zeit muss ich ziemlich viel Blutbier trinken, ehe ich einen ordentlichen Rausch kriege, und der *bru-mill* hat auch schon mal heftiger im Rachen gebrannt. Ja, und wenn ich ganz ehrlich sein soll – das Rülpsen und Furzen hat mir früher mehr Freude gemacht.«

»Was redest du denn da?« Rammar schaute ihn verständnislos an. »Hast du den Verstand verloren, du elender *umbal*?

Hast du dir das einzige bisschen Grips, das du hattest, weg-
gesoffen?«

»*Douk*«, sagte Balbok und senkte ein wenig schuldbewusst
den Blick. »Aber wenn ich dir die Wahrheit sagen soll, Rammar ...«

»Nein, sollst du nicht!«, blaffte der andere. »Orks sagen
nicht die Wahrheit – sie lügen und betrügen. Die Wahrheit
interessiert mich einen feuchten *shnorsh* – erst recht, wenn
sie aus deinem hässlichen Maul kommt!«

Balbok war unter jedem der scheltenden Worte seines
Bruders ein wenig mehr zusammengezuckt, bis sein Kopf
fast so unmittelbar auf den Schultern zu sitzen schien wie
der von Rammar. Da eine gewisse Beharrlichkeit jedoch
schon immer zu Balboks hervorstechendsten Eigenschaften
gehörte, brachte er seinen Satz dennoch zu Ende: »... langweile ich mich ein bisschen«, gestand er leise, fast flüsternd.

»Du tust – *was?*«

»Ich langweile mich«, wiederholte Balbok, diesmal lauter
und deutlicher. »Wir waren lange nicht mehr draußen, um
Trolle zu jagen und Gnomen zu massakrieren.«

»Aus gutem Grund.« Rammar nickte. »Hast du vergessen, wie gefährlich so was ist? Trolle pflegen mit Orks kein
Federlesens zu machen und sie mit ihren Keulen zu erschlagen. Und Gnomen schießen mit vergifteten Pfeilen und
finden es spaßig, unsereins zu fressen.«

»So wie wir sie.« Balbok grinste breit. »Das macht die
Sache ja so interessant.«

»Interessant?« Rammar schüttelte den Kopf. »Was soll
interessant daran sein.«

»Na ja ...« Balbok schob die Krone nach vorn und kratzte
sich nachdenklich am spärlich behaarten Hinterkopf. »Mal
fressen wir sie, mal fressen sie uns. So ist es immer gewesen.«

»Aber jetzt nicht mehr.« Rammar hob belehrend einen
Krallenfinger. »Das haben wir hinter uns. Durch den Wald

514

zu rennen und die Grünblütigen zu jagen, überlassen wir jetzt anderen. Bei all den tapferen Taten, die wir begangen haben, brauchen wir uns damit nicht mehr abzumühen.«

»Ich weiß«, seufzte Balbok.

»Schau dich nur um. Schau dir nur all das Gold und die Edelsteine an. Das Zeug ist nicht von selbst zu uns gekommen – wir haben hart dafür gekämpft. Gegen Gnomen, Trolle, Elfen, Eisbarbaren und was weiß ich noch alles. Und am Ende haben wir diesem verdammten Kopfgeldjäger und seiner Elfenfreundin sogar noch dabei geholfen, ein ganzes verdammtes Königreich zu erobern.«

»Ich weiß«, sagte Balbok noch einmal. Die Wehmut in seiner Stimme war unüberhörbar.

»Verdammt, was ist nur los mit dir?«, wetterte Rammar. »Wir brauchen uns nichts mehr zu beweisen. Triumphierend und mit einem Berg Schätze sind wir ins *bolboug* zurückgekehrt. Da wir den Verräter Graishak besiegt hatten, stand uns der Häuptlingsthron zu, und weil ich von Natur aus großzügig bin, habe ich zugestimmt, dass du als mein Bruder mit mir zusammen herrschen darfst.«

»Das ist so nicht ganz wahr«, widersprach Balbok. »*Ich* war es, der Graishak erschlagen hat, das weißt du genau.«

»Ach ja?« Rammar starrte seinen Bruder finster an und reckte das Kinn mit den Hauern angriffslustig vor. »Und wieso sitze *ich* dann hier, wenn es so gewesen ist, du elender *umbal*?«

»Weil ich nach unserer Rückkehr ins *bolboug* behauptet habe, dass wir es beide gewesen sind, deshalb«, erklärte Balbok offenherzig. »Wir haben darauf verzichtet, den Namen unseres Vorgängers anzunehmen, weil der ein stinkender Verräter war, der mit Gnomen gemeinsame Sache machte, und herrschen seitdem gemeinsam über den *bolboug* – das weißt du doch.«

Rammars breite Stirn schlug Falten. Ob er diesen kleinen, aber entscheidenden Unterschied tatsächlich vergessen oder bewusst unter den Tisch hatte fallen lassen, war seinem Mienenspiel nicht anzusehen. »Von mir aus«, schnaubte er. »Tatsache ist, dass wir gesiegt haben und dieses ganze Zeug nicht hier wäre«, – er deutete auf die goldenen, mit Diamanten und anderem Geschmeide gefüllten Vasen und Gefäße aus Edelmetallen, die ziemlich verbeult waren, da die beiden Brüder mit ihrem Reichtum im wahrsten Sinne des Wortes um sich zu werfen pflegten –, »wenn wir beide nicht außerordentlichen Mut und Tapferkeit bewiesen hätten.«

»*Korr*«, stimmte Balbok zu.

»Was sollte uns also dazu bewegen, wieder wie früher durchs Unterholz zu kriechen und unsere *asar'hai* auf der sinnlosen Jagd nach Gnomen zu riskieren? Das liegt unter unserer Häuptlingswürde.«

»Leider«, seufzte Balbok so leise, dass sein Bruder ihn nicht verstehen konnte.

»Unsere Aufgabe ist es, hier zu sitzen und darauf zu warten, dass die Kriegshorden zurückkehren. Wir nehmen uns von der Beute, was uns gefällt, und wenn es einen der Anführer erwischt hat, dann schrumpfen wir seinen Kopf zu Kuruls Ehren. Das ist alles.«

»Ich weiß.« Balbok seufzte erneut.

»Weißt du nicht mehr? Es hat eine Zeit gegeben, da konnten wir nur davon träumen, in dieser Höhle zu sitzen und von früh bis spät zu saufen und zu fressen – und nun, da all das für uns Wirklichkeit geworden ist, werde ich es mir von dir gewiss nicht mies machen lassen, du elender *umbal*!«

Rammar war aufgebracht ... nein, geradezu wütend darüber, dass sein Bruder auszusprechen wagte, was er selbst sich zu denken verboten hatte. Er blickte sich in der Höhle um und beschwerte sich: »Verdammt, warum ist es hier so still? Wo ist der Barde? Sofort den Sänger her, oder ich verfalle augenblicklich in *saobh*!«

Ob es Rammars Autorität war oder die Befürchtung, er könnte tatsächlich in jenen berüchtigten Zustand der Raserei verfallen, aus dem ein Ork für gewöhnlich nur dann herausfand, wenn er entweder selbst ums Leben kam oder jemanden erschlug – jedenfalls eilte einer der *faihok'hai*, der besten und stärksten Krieger des Stammes, die die Leibgarde der Häuptlinge stellten, herbei, lauschte dem Wunsch Rammars, verbeugte sich beflissen und verschwand wieder, und tatsächlich tauchte kurz darauf ein ziemlich zerlumpt aussehender Ork in der Höhle auf, dessen haarloser Schädel von zahlreichen Blessuren übersät war und der in seinen Händen eine goldene Leier hielt.

»Da bist du ja«, knurrte Rammar übellaunig. »Los, spiel etwas, um mich zu erheitern. Stimme den Ruhmesgesang von Rammar dem Rasenden an – sofort!«

»*K-korr*«, bestätigte der Ork-Barde eingeschüchtert, und schon im nächsten Moment begann er, das Instrument zu bearbeiten, das allerdings nicht für die Klauen eines Orks, sondern für die filigranen Hände eines Elfen gefertigt war. Und da der »Barde« auch nicht unbedingt viel von Musik verstand – Rammar hatte ihn in Ermangelung eines echten Sängers kurzerhand dazu ernannt –, waren die Töne, die er der Leier entlockte, entsprechend schräg. Zum ungezählten Mal trug er krächzend das Lied vor, das von den großen Taten Rammars kündete und das dieser selbst verfasst hatte – in fortgeschrittenem Blutbierrausch …

*Tief in der Modermark, da lebt ein Krieger tapfer und groß.*
*Rammar ist sein Name, der Rasende wird er genannt.*
*Gefürchtet wird er von Gnomen und von Trollen,*
*von Menschen, Elfen und auch von Zwergen.*
*Rot ist sein Speer vom Blut der Feinde*
*oder schwarz oder grün, je nachdem.*
*Tapfer kämpfte er gegen die Gnomen,*
*als diese das Haupt von Girgas raubten.*
*Rammar und sein Bruder, Balbok der Brutale,*

*folgten den Grünblütigen bis zu ihrer Festung,*
*wo sie Rurak den Zauberer trafen, den geifernden,*
*der ihnen …*

Der Barde brach jäh ab, als eine goldene Vase quer durch die Höhle flog und ihn am Schädel traf. Die Edelsteine, mit denen sie gefüllt gewesen war, spritzten nach allen Seiten davon, der Ork ließ die Leier sinken, taumelte zurück und hatte Mühe, sich auf den Beinen zu halten.

»Wie oft muss ich dir noch sagen, dass ich diese Zeile geändert habe?«, fauchte Rammar, der die Vase geworfen hatte. »Es muss heißen ›den geifernden, den stinkenden, den verschlagenen‹. Alles andere wäre viel zu gut für dieses Stinkmaul von einem Zauberer. Hast du das endlich kapiert?«

»J-ja, großer Rammar«, antwortete der »Barde«, der sich bemühte, Haltung zu bewahren. Er hob die Leier, nahm erneut Aufstellung und setzte seine Darbietung fort.

*… wo sie Rurak den Zauberer trafen,*
*den geifernden, den stinkenden, den verschlagenen,*
*der ihnen einen Handel vorschlug:*
*zu tauschen die Karte von Shakara*
*gegen den Schädel von Girgas.*
*Unerschrocken brach Rammar auf,*
*kämpfte siegreich gegen Ghule und Barbaren*
*und durchquerte Torgas Eingeweide.*
*Im ewigen Eis traf er auf Elfen und musste erfahren,*
*dass Rurak, der geifernde, der stinkende, der verschlagene,*
*ihn hereingelegt hatte und es die Karte von Shakara*
*gar nicht wirklich gab, sondern dass …*

Erneut wurde der Sänger in seinem Vortrag gestört – diesmal allerdings nicht von Rammar, sondern von dem Tumult, der plötzlich draußen vor der Häuptlingshöhle losbrach.

Aufgeregtes Geschrei war zu hören, Flüche und wüste Beschimpfungen, dazu noch das angriffslustige Gebrüll der *faihok'hai*. Etwas musste passiert sein …

»Was ist da los?«, rief Rammar verärgert und wollte sich wütend erheben – seine immense Leibesfülle allerdings hielt seinen *asar* auf dem Thron, als wäre er dort festgewachsen. »Wer wagt es, den Gesang meines Barden zu stören? Haben diese verdammten *umbal'hai* denn gar keinen Sinn für Kunst?«

Die Antwort gab einer der Leibwächter, der aufgeregt in die Höhle gelaufen kam. »Große Häuptlinge«, sagte er und verbeugte sich, »es gibt Neuigkeiten.«

»Welcher Art?«, verlangte Rammar zu wissen.

»Kursa und sein Kriegstrupp sind zurückgekehrt. Sie haben einen Gefangenen bei sich.«

»Einen Gefangenen?« Rammar hob die Brauen. »Seit wann machen Orks Gefangene?«

»Was ist es denn?«, erkundigte sich Balbok, dem die Abwechslung gefiel. »Ein Gnom? Ein Troll?«

»Ein Mensch«, erwiderte der Wächter, was beide ziemlich überraschte – denn dass sich ein *achgosh-bonn*, ein Milchgesicht, in die Modermark verirrte, kam in letzter Zeit nur noch sehr selten vor. Zu selten für Balboks Geschmack, der Menschenfleisch für eine wahre Delikatesse hielt.

Rammar teilte diese Leidenschaft nicht. Anders als die meisten Orks konnte er Menschenfleisch nichts abgewinnen – er verabscheute es sogar. Doch das war ein Geheimnis der beiden Brüder, das niemand anderen etwas anging. Schließlich wollte Rammar nicht, dass man ihn hinter seinem Rücken als *lus-irk*, als Gemüsefresser, verspottete …

»Bringt den Menschen rein!«, verlangte er mit herrischer Stimme, und der *faihok* verschwand augenblicklich, um den Befehl auszuführen.

»Ist das nicht aufregend?«, fragte Balbok und rutschte erwartungsvoll auf seinem Thron hin und her. »Endlich ist mal wieder was los im *bolboug*.«

Rammar schüttelte missmutig das Haupt. »Das Auftauchen eines Milchgesichts in der Modermark hat noch selten etwas Gutes bedeutet.«

Balboks einfältige Züge dehnten sich zu einem breiten Grinsen. »Genau das meine ich ...«

# 2.

## SGOL'HAI UR'KURSOSH

Der Mensch, den Kursas Kriegstrupp aufgegriffen hatte, sah ziemlich lädiert aus.

Kursa und seine Leute waren anscheinend nicht gerade sanft mit ihm umgesprungen. Seine Kleidung hing in Fetzen, ebenso wie der Umhang, den er um die Schultern trug. Seine Hände hatte man ihm auf den Rücken gefesselt, und er war geknebelt. Sein Gesicht war blutig und verschwollen, und da auch der Knebel voller Blut war, war anzunehmen, dass ihm auch der ein oder andere Zahn ausgeschlagen worden war; offenbar hatte er mächtig Prügel bezogen. Aber selbst in unversehrtem Zustand wäre seine Visage an Hässlichkeit kaum zu übertreffen gewesen. Rammar hatte ganz vergessen, wie abscheulich diese Milchgesichter aussahen, und ihm graute, als er in das bärtige bleiche Gesicht mit den blauen Augen schaute.

»Wo hast du ihn aufgegriffen, Kursa?«, wollte er vom Anführer des Kriegstrupps wissen, der die Beute persönlich in die Häuptlingshöhle geschleppt (oder vielmehr getreten) hatte, begleitet von einigen *faihok'hai*, Kriegern der Leibgarde der beiden Häuptlinge, die nun abwartend im Hintergrund standen und aufpassten.

»An den westlichen Hängen des Schwarzgebirges«, antwortete Kursa; er war ein kräftiger Ork mit graugrüner Haut, dessen Eckzähne weit vorstanden.

»So wie der *achgosh-bonn* aussieht, hattet ihr nicht viel Mühe mit ihm«, stellte Rammar fest, der den Menschen gelangweilt musterte. »Der Kerl ist ja ganz dürr und völlig abgemagert.«

»Es scheint, als habe er sich schon länger im Gebirge herumgetrieben.« Kursa lachte rau. »Hat wohl den Verstand verloren.«

»Was bringt dich darauf?«

»Nun, als er uns sah, schien er sich darüber zu freuen. Er faselte davon, dass er uns gesucht habe.«

»So? Und was hast du daraufhin getan?«

»Was für eine Frage, Häuptling – ich hab ihm eins aufs Maul gehauen.« Erneut lachte Kursa, und Balbok fiel in sein Gelächter ein.

Anders als Rammar, den eine dunkle Ahnung beschlich. »Was hat der Mensch dann gesagt?«

»Nichts mehr«, antwortete Kursa. »Wir haben ihn gefesselt und ihm einen Knebel in die Schnauze gestopft. Dann haben wir ihn geradewegs ins *bolboug* gebracht.«

»Geradewegs?«

»Na ja – der Kerl hatte ein Pferd, und das haben wir zuvor noch gefressen. Schließlich ist es ja verboten, sich an Menschen zu vergreifen und sie …«

»Es ist verboten?« Eine Mischung aus Unglauben und Entsetzen schwang in Balboks Worten mit. »Seit wann?«

»Seit ich es befohlen habe«, antwortete Rammar unwirsch. »Diese Milchgesichter verbreiten einen fürchterlichen Gestank, wenn sie gekocht werden. Außerdem wird der Geschmack von Menschenfleisch weit überschätzt.«

»Das ist ungerecht«, eiferte sich Balbok. »Nur weil du kein Menschenfleisch …«

»*Kriok!*«, fuhr Rammar ihn an. »Ich will nichts mehr hören. Holt den Folterknecht, dann werden wir das Milchgesicht aufs Rad flechten und einer hübschen Befragung unterziehen. Wollen doch sehen, ob er uns nicht verrät, was er …«

Er unterbrach sich, als der Gefangene plötzlich hektische

Laute ausstieß, die durch den Knebel allerdings völlig unverständlich waren.

»Was hat er?«, wollte Rammar wissen.

»Ich glaube, er will freiwillig reden«, antwortete Kursa.

»Wie schade.« Rammars Mundwinkel fielen enttäuscht nach unten. »Von mir aus, dann lass ihn reden, Kursa. Aber mach rasch, verdammt. Oder soll ich dich an seiner Stelle foltern lassen?«

Dieses Angebot begeisterte Kursa ganz und gar nicht, und so war der Gefangene im Nu von dem Fetzen befreit, den ihm seine Häscher in den Schlund gestopft hatten. Kaum war der Knebel entfernt, stellten Rammar und Balbok zu ihrer Überraschung fest, dass der Mensch fließend Orkisch sprach, wenn auch mit unverkennbar menschischem Akzent.

»*Achgosh douk!*«, entbot er ihnen seinen Gruß, wie es sich unter Orks gehörte.

»*Achgosh douk kudashd*«, erwiderte Rammar, um in der Menschensprache fortzufahren: »Auch ich mag deine Visage nicht, Milchgesicht, das kannst du mir glauben.«

»Seid Ihr Rammar der Rasende?«, erkundigte sich der Mensch zur erneuten Verblüffung des dicken Häuptlings.

Rammar nickte. »Der bin ich.«

»Dann müsst Ihr Balbok sein«, folgerte der Mensch und schaute den Hageren an. »Balbok der Brutale, der Große, der Tapfere, dessen Namen man auch bei uns Menschen mit Respekt und Hochachtung …«

»Balbok reicht völlig«, schnaubte Rammar genervt. »Was soll das Theater? Wer bist du, Mensch? Wieso sprichst du unsere Sprache? Und woher kennst du unsere Namen?«

»Jeder Mensch im Königreich kennt Eure Namen, großer Rammar.«

»In welchem Königreich?«

»Im Reich von Tirgas Lan natürlich, großer Rammar«, antwortete der Bote, als wäre dies das Selbstverständlichste der Welt. Schlimmer noch, er schien nicht mal Angst vor den Orks zu haben. »Das Reich von König Corwyn, das aus den Klauen des Bösen zu befreien Ihr geholfen habt.«

*Corwyn!*

Bei der Erwähnung dieses Namens verschluckte sich Rammar an seinem eigenen Geifer. Er hustete, dass es sich anhörte, als wollte der *bru-mill*, den er zum Frühstück verschlungen hatte, wieder zu seinem kurzen Hals hinaus. Balbok reagierte weniger heftig, aber auch bei ihm weckte die Nennung des Namens allerhand Erinnerungen. Erinnerungen an eine Zeit, die undenklich lang zurückzuliegen schien – und an ein großes Abenteuer.

Nicht nur, dass Corwyn ein Mensch war, er war damals auch Kopfgeldjäger gewesen, ein übler Bursche, der im Scharfgebirge Orks gejagt hatte. Nur tote Orks waren in seinen Augen gute Orks gewesen – bis zu jenem Tag, an dem er Balbok und Rammar begegnet war.

Corwyn hatte ihnen aufgelauert und sie um ihre Beute gebracht: die Elfenpriesterin Alannah. Das hatten ihm die Orks übel vermerkt. Dass sich die Elfenkrone am Ende ausgerechnet auf seinen Dickschädel niederlassen würde, hatte zu diesem Zeitpunkt ja noch niemand ahnen können. Um einen gemeinsamen, noch bedrohlicheren Feind zu bekämpfen, hatten sich die Orks und Corwyn verbündet – allerdings war dieses Bündnis in jenem Augenblick erloschen, als Balbok und Rammar die königliche Schatzkammer geplündert hatten und aus Tirgas Lan getürmt waren.

Jedenfalls hatten sie bisher gedacht, dass das Bündnis nicht mehr existierte.

Anders als Corwyn, wie es schien ...

»Mein König hat mich zu Euch gesandt«, fuhr der Mensch fort. »Lange bin ich durch die Schluchten des Schwarzgebirges geirrt auf der Suche nach Eurem *bolboug*. Es zu finden, war nicht einfach.«

»Das wundert mich nicht«, bemerkte Rammar trocken – alle Orks pflegten ihr Heimatdorf als *bolboug* zu bezeichnen, insofern machte es wenig Sinn, nach dem Weg zu fragen. Ganz abgesehen davon, dass Auskunft suchende Reisende bei den Orks im Kessel zu landen pflegten ...

»Umso glücklicher bin ich, Euch endlich gefunden zu haben«, verkündete der Bote.

Nun wurde es auch Balbok zu bunt – eine schlimmere Beleidigung konnte es aus dem Mund eines Menschen kaum geben. Empört fragte er: »Du bist *glücklich*, uns gefunden zu haben?«

»Wohl wahr, denn nun kann ich endlich meinen Auftrag erfüllen und Euch die Nachricht überbringen, die mir mein Herr und König für Euch mitgegeben hat.« Der Bote brachte trotz seiner malträtierten Visage ein Lächeln zustande, und nun sah man, dass ihm tatsächlich zwei Vorderzähne fehlten.

»Ich will aber nichts hören!«, rief Rammar so laut und aufgebracht, dass sogar die *faihok'hai* zusammenzuckten, die Kursa und den Menschen in die Häuptlingshöhle gebracht hatten. Ob er nun Kopfgeldjäger war oder König – dieser Mensch namens Corwyn bedeutete nichts als Ärger. Rammar hatte keine Lust, seinetwegen erneut in Schwierigkeiten zu geraten, und er hatte das untrügliche Gefühl, dass sein beschauliches Leben ein jähes Ende finden würde, sobald der Bote Corwyns Botschaft vortrug.

»Stopft ihm das Maul, am besten mit einer Zwiebel!«, wies er seine Leibgarde daher an. »Anschließend steckt ihn in einen Kessel und lasst ihn zu Kuruls Ehren als Hauptgang zubereiten.«

»Aber Rammar!« Balbok war sichtlich verwirrt. »Du selbst hast doch gesagt, dass wir kein Menschenfleisch mehr zubereiten dürfen.«

»Aber jetzt sage ich etwas anderes«, schnauzte Rammar

ihn an. »Was ist schon dabei? Ein Häuptling wird seine Meinung doch mal ändern dürfen, oder nicht? Also heizt gefälligst den Kessel an und stopft den dämlichen Menschen hinein!«

»Mmh ... einverstanden«, meinte Balbok, der sich in Erwartung des bevorstehenden Festfressens schon die Klauen rieb. »Bis es so weit ist, kann er uns ja noch sagen, was Corwyn von uns will.«

»*Nein!*«, ächzte Rammar entsetzt – aber es war schon zu spät, denn auf ein Nicken Balboks hin begann der Bote erneut zu sprechen.

»Mein Herr und meine Herrin, König Corwyn und Königin Alannah von Tirgas Lan, entbieten Euch ihren Gruß. Sie hoffen, dass es Euch im zurückliegenden Jahr wohl ergangen ist und Ihr Euch erfreuen konntet an den Schätzen, die Euch überlassen wurden ...«

»Die uns *überlassen* wurden?« Rammar glaubte, ihn nicht richtig verstanden zu haben. Vielleicht war sein Menschlich doch nicht so gut, wie er dachte. »Wir haben die Schätze *geraubt*, dass das klar ist! So wie es sich für richtige Orks gehört!«

»Wie Ihr meint.« Der Bote verbeugte sich ehrfürchtig, bevor er fortfuhr. »Der König und die Königin hoffen jedenfalls, dass der Transport des Schatzes auf dem goldenen Streitwagen nicht zu beschwerlich war – gern hätten sie Euch geeignetere Transportmittel zur Verfügung gestellt, aber Ihr habt Tirgas Lan seinerzeit sehr überstürzt verlassen ...«

»Die wissen von der Sache mit dem Streitwagen?« Balbok sandte seinem Bruder einen verblüfften Blick, dann schauten beide hinüber zur anderen Seite der Höhle, wo der gestohlene Wagen stand, auf dem sie damals das Gold ins *bolboug* gebracht hatten. Da Rammar sich bisweilen von den *faihok'hai* damit durchs Dorf ziehen ließ, hatten Achse und Räder ein wenig gelitten ...

»Jedoch«, sprach der Bote weiter, »sind die Zeiten in Tirgas Lan nicht so glücklich, wie sie es sein sollten. Zwar hat König Corwyn die Nachfolge der Elfenkönige angetreten, jedoch weigern sich einige Machthaber beharrlich, seinen Herrschaftsanspruch anzuerkennen.«

»Sag bloß«, brummte Rammar.

»Der Elfenrat von Tirgas Dun hat die Rechtmäßigkeit seiner Regentschaft bestätigt, worauf sich nicht nur die Zwergenfürsten, sondern auch die von Menschen bewohnten Städte Sundaril und Andaril dem neuen König unterwarfen. Im Osten jedoch, wo die Reiche der Menschen liegen, gibt es Potentaten, die König Corwyn nicht als ihren Herrn anerkennen wollen und gar zum Krieg gegen Tirgas Lan rüsten.«

»Ist ja interessant«, sagte Rammar gelangweilt und gähnte herzhaft. »Aber warum erzählst du uns das alles? Was geht uns das an?«

»König Corwyn und Königin Alannah sandten mich zu Euch, um Eure Hilfe im Kampf gegen die Feinde Tirgas Lans zu erbitten.«

»Was?« Rammar starrte den königlichen Boten erstaunt an. »Ich höre wohl nicht recht.« Er schüttelte heftig das Haupt. »Was bildet sich dieser einäugige Bastard ein?«

»König Corwyn weiß, dass Ihr keine sehr hohe Meinung von ihm habt«, räumte der Bote ein. »Aber er erinnert Euch daran, dass er Euch das Leben schenkte und …«

»Und was?«, rief Rammar erzürnt. »Auch wir haben ihm den Hals gerettet. Damit sind wir quitt.«

»… und dass Ihr und er Verbündete wart im Kampf gegen den finsteren Margok«, fuhr der Bote fort. »Sich auf dieses alte Bündnis berufend, bittet der König von Tirgas Lan um Eure Unterstützung. Das ist eine große Ehre für Euch.«

»Mir kommen die Tränen«, knurrte Rammar.

Balbok hingegen schien wirklich beeindruckt. »Mein böser Ork«, meinte er. »Ist das nicht nett von Corwyn? Statt den Kampf gegen seine Feinde allein zu führen und all den Ruhm und die Beute selber einzusacken, denkt er an seine alten *karal'hai*.«

»Was ist los mit dir? Hast du den Verstand verloren?«, maulte Rammar. »Menschen und Orks sind keine Freunde, noch nie gewesen. Und dieser elende Corwyn ruft uns nicht deshalb zu Hilfe, weil er uns einen Gefallen tun will, sondern weil er uns braucht!«

»Ist doch egal.« Balbok grinste breit. »Zumindest werden wir Gelegenheit bekommen, unsere *saparak'hai* mal wieder in Blut zu tauchen. Und da es gegen Menschen geht, wird es auch mehr als genug zu essen geben und ...«

»Du und dein Magen!«, unterbrach ihn Rammar. »Könntest du zur Abwechslung auch mal mit einem anderen Körperteil denken? Mit deinem Hirn zum Beispiel? Nenn mir einen guten Grund, weshalb wir dem Hilferuf dieses elenden Tunichtguts folgen sollten. Hast du vergessen, wie viel Ärger er uns eingebrockt hat?«

»*Korr*, eine Menge Ärger«, stimmte Balbok zu, »aber auch eine Menge Beute – und einen Haufen Spaß. Weißt du nicht mehr, wie wir gegen den Dragnadh kämpften?«

»Und ob«, versicherte Rammar verdrießlich – in seiner Erinnerung allerdings war die Konfrontation mit dem untoten Drachen keineswegs spaßig gewesen; sein Bruder und er wären dabei immerhin fast draufgegangen. Andererseits hatte Balbok nicht unrecht – immer nur im *bolboug* zu sitzen und von früh bis spät zu fressen und zu saufen wurde auf längere Sicht ein wenig eintönig. Aber Rammar war nicht der Typ Ork, der sich zu irgendetwas drängen ließ, weder von einem hergelaufenen Menschen noch von seinem depperten Bruder ...

»Lass uns nach Tirgas Lan gehen!«, rief Balbok begeistert. »Das wird großartig! Wir treten als Söldner in Corwyns Dienste, hauen seinen Feinden eins aufs Maul und sind schon bald wieder zurück, mit jeder Menge Beute und genug Menschenfleisch, um sämtliche Vorratshöhlen damit zu füllen!«

»Und was habe *ich* davon?«, fragte Rammar.

»Vielleicht«, machte der Bote sich vorsichtig bemerkbar, »sollte ich die Botschaft erst zu Ende bringen ...«

»Das war noch nicht alles?« Rammar hob eine seiner borstigen Brauen.

»Nicht ganz. Im Gegenzug für Eure Hilfe garantiert König Corwyn, die Grenzen der Modermark anzuerkennen und diese auf ewig festzulegen.«

»Was bedeutet das?«, wollte Balbok wissen.

»Das bedeutet, dass Tirgas Lan den Fluss und das Schwarzgebirge als seine westliche Grenze anerkennt«, führte der Bote aus. »Die Orks brauchen also niemals zu fürchten, dass König Corwyn zum Krieg gegen sie rüstet, solange sie in der Modermark bleiben.«

»Das *garantiert* uns Corwyn also?« Rammar schnaubte. »Ist das nicht großzügig von Seiner Majestät, Balbok? Als Gegenleistung dafür, dass wir für ihn den *asar* riskieren, schenkt uns dieser Halsabschneider das Gebiet, das uns ohnehin schon gehört!«

»Mein böser Ork«, staunte Balbok.

»Weißt du was, Bote? Du kannst zurückkehren zu deinem König und ihm sagen, dass er sich seine Garantien sonst wo hin stecken kann. Aber vorher werden wir dich noch um einige deiner Gliedmaßen erleichtern. Zum Reden brauchst du sicherlich keine Arme und Beine.«

»Königin Alannah hat vorausgesehen, dass Ihr so reagieren würdet«, entgegnete der Bote unbeeindruckt. »Sie lässt Euch daher Folgendes ausrichten: Nie zuvor ist Menschen durch Orks eine größere Wohltat widerfahren als durch Euch, die Ihr geholfen habt, Tirgas Lan vom Bösen zu befreien. Auch eine noch so grässliche Bluttat wird den Ruhm, den Ihr Euch dadurch bei den Menschen erworben habt, nicht schmälern können.«

»*Das* lässt die Königin uns sagen?«, blaffte Rammar erbost.

»Wort für Wort.«

»Verdammt noch mal! Bei Kuruls Flamme! Bei Torgas stinkenden Eingeweiden und Girgas' verschwundenem Schädel! Das ist doch die Höhe! So eine Unverschämtheit!«

»Wieso?«, fragte Balbok.

»Närrischer *umbal*, begreifst du denn nicht, was dieses elende Weibsstück uns damit zu verstehen gibt?«

»Äh …« Balbok überlegte kurz. »Nein«, gestand er dann.

»Indem wir ihr und Corwyn geholfen haben, haben wir unseren schlechten Ruf verspielt. Diese elenden Menschen denken jetzt, sie hätten es mit einer Horde netter Orks zu tun. Wissen sie denn nicht, dass wir die wildesten, grässlichsten und blutrünstigsten Kreaturen von ganz Erdwelt sind?« Um seine Worte zu unterstreichen, fletschte er die Zähne und verfiel in Furcht erregendes Gebrüll.

»Genau«, stimmte Balbok zu und ließ ein markiges Knurren vernehmen.

»Das können wir nicht auf uns sitzen lassen. Wir werden nach Tirgas Lan gehen und diesem Schnösel auf dem Thron sagen, was wir von ihm halten!«, verkündete Rammar wütend und völlig außer sich. »Dann werden wir ihm zum Schein helfen, und wenn er es am wenigsten erwartet, werden wir uns gegen ihn wenden und ihm zeigen, wozu Orks aus echtem Tod und Horn fähig sind. Auf diese Weise werden wir unseren schlechten Ruf wiederherstellen, und auch ohne die großzügige Garantie des Königs wird es keinem Menschen mehr einfallen, seine neugierige Nase über den Grat des Schwarzgebirges zu stecken. Hast du kapiert, was ich meine?«

»Ich denke schon.« Balbok nickte. »Es gibt jede Menge Keilereien und Menschenfleisch.«

»So ungefähr«, bestätigte Rammar, dann wandte er sich wieder dem Boten zu. »Also, *achgosh-bonn*, du hast es gehört – wir werden dem Ruf deines Königs folgen.«

»Nichts anderes habe ich erwartet«, erwiderte der Bote mit einer Selbstverständlichkeit, die Rammar noch mehr verärgerte.

»Aber vorher«, kündigte er deshalb an, »werden mein Bruder und ich noch ein großes Gelage geben, um unseren Abschied aus dem Dorf zu feiern. Aus diesem Anlass werden wir dich nach allen Regeln der Kunst massakrieren, dir den Wanst mit Zwiebeln und Knoblauch stopfen und dich uns zu Ehren als Hauptgang servieren lassen.«

»Ihr wollt mich ... *auffressen?*«, fragte der Bote.

»*Korr.*«

»Mit Verlaub, werte Orks, das solltet Ihr nicht.«

»So? Und warum nicht?«

»Weil Königin Alannah auch das vorausgesehen und Vorsorge getroffen hat.«

»Inwiefern?«

»Ich bin Euer Passierschein«, eröffnete der Bote.

»Du bist – *was?*«

»Auf dem Weg nach Tirgas Lan müsst Ihr an mehreren Grenzposten vorbei. Und Ihr werdet doch hoffentlich nicht annehmen, dass man zwei Orks so mir nichts dir nichts in die Hauptstadt marschieren lässt. Es sei denn, sie haben jemanden dabei, der für sie bürgt und die Losungen kennt.«

»Die Losungen? Was denn für Losungen?«

»Bei jedem Posten muss man eine bestimmte Losung nennen, um passieren zu können«, antwortete der königliche Bote und tippte sich gegen die Stirn. »Und hier drin sind sie sicher aufbewahrt. Wenn Ihr mir also etwas antut, werdet Ihr es nie bis nach Tirgas Lan schaffen.«

»Wir könnten dich foltern, bis du uns die Losungen verrätst«, schlug Rammar vor.

»Aber es sind eine Menge Losungen«, erklärte der Bote, »und man braucht für jeden Posten genau die richtige; nennt man die falsche Losung, ist's vorbei. Glaubt Ihr, die genaue Reihenfolge behalten zu können, mal vorausgesetzt, ich würde Euch unter der Folter die richtigen Losungen nennen und auch nicht belügen, damit Ihr in Euren Untergang lauft?«

»Verdammt«, knurrte Rammar fassungslos. »Woher hat das elende Weibsbild nur diese Ideen?«

»Ich fürchte also, Ihr habt keine andere Wahl, als mich am Leben zu lassen und mit nach Tirgas Lan zu nehmen«, sagte der königliche Bote.

»Was soll das heißen?« Balbok schaute Rammar aus großen Augen an, und Enttäuschung lag in seinem Blick. »Dass wir ihn nicht massakrieren dürfen? Dass wir ihm nicht den Wanst mit Zwiebeln und Knoblauch stopfen lassen, und dass wir ihn nicht zu unseren Ehren serviert bekommen?«

»Genau das«, knurrte Rammar zähneknirschend, und er sah all seine Befürchtungen bestätigt: Der Kopfgeldjäger und seine Elfenfreundin brachten tatsächlich nichts als Ärger.

»*Snorsh*«, sagte Balbok leise.

# 3.

# OLK OIGNASH

Das Gelage anlässlich ihres Abschieds fiel kleiner aus, als Balbok es sich gewünscht hätte – als Hauptgang wurde in Ermangelung des Boten ein großer Kessel *bru-mill* serviert, mit gestopften Gnomendärmen, Trollaugen und allem, was sonst noch hineingehörte. Dazu floss Blutbier in Strömen, sodass so mancher Ork am nächsten Morgen nicht mehr aus seinem Rausch erwachte. Auch Rammar und Balbok dröhnte der Schädel, als sie die Augen aufschlugen, aber immerhin waren sie nicht in Kuruls dunkle Grube gestürzt, an deren Rand man im Zuge eines Blutbierrauschs gefährlich nahe wandelte.

Nachdem sie noch einmal ihre Höhle aufgesucht hatten, um sich von ihrem Gold zu verabschieden, gingen sie in die Waffenkammer, und erstmals seit dem letzten Blutmond griffen die beiden wieder zu Axt und Speer.

Um in Tirgas Lan möglichst viel Eindruck zu schinden, entschloss sich Rammar, zu seiner ledernen Rüstung einen goldenen Helm mit Nasen- und Wangenschutz zu tragen, Balbok hingegen entschied sich für ein schlichteres Modell aus Eisen und schnappte sich eine klobige Ork-Axt als Waffe, während Rammars Wahl auf einen *saparak* fiel, dem traditionellen, mit Widerhaken versehenen Kampfspeer der Orks. Balbok, der ein guter Bogenschütze war, nahm zusätzlich einen Bogen und einen mit Pfeilen gefüllten Köcher mit, und Rammar schob sich einen aus Tirgas Lan stammenden Elfendolch mit goldenem Griff in seinen Gürtel, mehr der Wirkung auf etwaige Bewunderer halber als um sich damit zu verteidigen. Sein Leben bei einem Kampf zu riskieren, das hatte der feiste Ork nicht vor; das war, würden sie unterwegs in Bedrängnis geraten, die Aufgabe der *faihok'hai*, die Balbok und ihn nach Tirgas Lan begleiteten.

Gegen Mittag, als sich fahles Sonnenlicht durch die Wolken über der Modermark kämpfte und in die Schlucht des *bolboug* fiel, brachen Balbok und Rammar auf. Es war ein triumphaler Abschied, der sich grundlegend von dem unterschied, den die Brüder vor einem Jahr erlebt hatten. Damals waren sie in Schimpf und Schande aus dem Dorf gejagt worden, und die Orkkinder hatten ihnen von den hölzernen Stegen, die die Höhlen zu beiden Seiten der Schlucht miteinander verbanden, auf den Kopf gepinkelt.

Diesmal waren die Stege überfüllt mit Orks, die grunzend ihre Begeisterung zum Ausdruck brachten über Rammar und Balbok, die den *bolboug* verließen, um in der Fremde Kriegsruhm zu erlangen und Beute zu machen. Die Standarte stolz vor sich hertragend – einen klobigen, bunt bemalten Trollschädel, der auf einer langen Stange steckte –, eskortierten die *faihok'hai* ihre beiden Häuptlinge. Nicht weniger als zwölf ihrer besten Krieger hatten Rammar und Balbok dafür ausgewählt, sie zu begleiten. In der Mitte der *faihok'hai* schritten sie mit dem königlichen Boten, zufrieden grinsend und mit hoch erhobener Schnauze. Und als er das begeisterte Grölen ihrer Untertanen durch die Schlucht hallen hörte, da war auch Rammar überzeugt, die richtige Entscheidung getroffen zu haben.

Vorerst jedenfalls …

Sie verließen die Schlucht über den Felsweg, vorbei an den Posten, die dort Wache hielten. Als sie die Höhlen hinter sich hatten, verebbte schließlich der Jubel, und der faulige Gestank des *bolboug* verlor sich in der Ferne.

»Nun kann man es nicht mehr leugnen«, seufzte Rammar, »wir haben unsere Heimat verlassen. Ungewissheit und tausend Gefahren harren unser.«

»*Korr*«, stimmte Balbok zu, während es in seinen Augen abenteuerlustig funkelte.

Der königliche Bote, den Corwyn und Alannah geschickt hatten, marschierte direkt hinter ihnen. Da Kursas Leute sein Pferd gefressen hatten, musste er wie die Orks zu Fuß reisen, und es zeigte sich bald, dass er mit dem Marschtempo der *faihok'hai* nicht mithalten konnte. Rammar verspottete ihn deshalb – nur um zu verbergen, dass er selbst auch nicht schneller konnte. Die zusätzlichen Pfunde, die er als Häuptling angesetzt hatte, rächten sich bei dem anstrengenden Fußmarsch, und er nahm sich vor, in Zukunft weniger zu fressen.

Entsprechend kam der Trupp nur langsam voran; einen ganzen Tag lang marschierten die Orks durch das Dickicht des Dämmerwalds, ohne dass sie die Gipfel des Schwarzgebirges zu sehen bekamen. Erst gegen Abend, als die Sonne weit im Westen über der Modersee versank, zeigten sie sich als ferne Zacken, die sich scharf vor dem rot gefärbten Himmel abhoben.

Im Gedenken an den Proviant, den die *faihok'hai* mitführten – neben einem Fass Blutbier hatten sie auch gepökelten Trollschinken und Gnomenkutteln dabei – beschloss Rammar, die Sache mit dem Abnehmen um einen Tag zu verschieben. Hungern, sagte er sich, konnte er auch morgen noch.

Die Häuptlinge machten es sich also an dem Feuer bequem, das ihre Leibgarde für sie entzündete, und ließen sich reichlich Fleisch reichen und Bier einschenken. Der Bote aus Tirgas Lan, der zwischen ihnen eingekeilt saß und wie ein Zwerg zwischen zwei Riesen wirkte, hielt sich bei den Leckereien der Ork-Küche merklich zurück, was Rammar mit weiterem Hohn quittierte.

Irgendwann – der Mond war aufgegangen und schimmerte totenbleich durch die Wolken – stellte sich bei den Brüdern eine gewisse Sättigung ein. Mit dem Vorsatz, den Rest der Mahlzeit gleich nach dem Aufwachen als Frühstück zu sich zu nehmen, legten sie sich aufs Ohr. Während sich Balbok mit dem nackten Boden begnügte, bettete sich Rammar auf ein weiches Wargenfell, das seine Leibgarde für ihn mitschleppte. Kaum hatte er die Augen zugemacht, schnarchte er auch schon wie ein ganzer Zug betrunkener Zwerge. Auch Balbok hatte die Augen geschlossen, aber anders als sein Bruder schlief er nicht.

Und das rettete ihm das Leben ...

Es war lange nach Mitternacht, das Feuer war fast heruntergebrannt, und das leise Knurren, mit dem sich die *faihok'hai* miteinander unterhalten hatten, war verstummt. Zu hören war nur noch das ferne Heulen der Warge und die unheimlichen Schreie anderer Kreaturen der Nacht – und Rammars lautes Schnarchen.

Ansonsten war alles still, und genau diese Stille war es, die Balboks natürliches Misstrauen weckte.

Der hagere Ork rührte sich nicht, hatte die Augen geschlossen, dafür aber die Ohren gespitzt. Von den *faihok'hai* war tatsächlich kein Laut mehr zu vernehmen. Wo, bei Torgas Eingeweiden, waren sie auf einmal hin?

Balbok wagte es nicht, die Augen zu öffnen, aber er lauschte mit all seinen Sinnen – und dann reagierte er!

Plötzlich wälzte er sich zur Seite – keinen Augenblick zu früh! Auch wenn seine Reflexe während der vergangenen Monde ein wenig eingerostet waren, sie waren noch immer vorhanden und auch noch immer schnell genug, um ihm das Leben zu retten.

Wo er eben noch gelegen hatte, steckte auf einmal ein *saparak* im weichen Boden. Es war der Kampfspeer eines *faihok*, und der hünenhafte Krieger stand direkt neben Balboks Nachtlager. Sofort riss er den *saparak* aus dem Boden und stieß ein zweites Mal zu.

Balbok warf sich abermals herum, und wieder verfehlte ihn der Speer nur um Haaresbreite.

»Rammar!«, schrie Balbok aus Leibeskräften – aber die einzige Antwort, die er erhielt, war lautes Schnarchen; berauscht vom vielen Blutbier schlief der feiste Ork einfach weiter. Nur die Tatsache, dass er sich im Schlaf herumwälzte, bewahrte ihn vor dem Tod – denn ein weiterer *saparak* durchbohrte unmittelbar neben ihm das Wargenfell, auf das er seine Leibesmassen gebettet hatte.

»*Shnorsh!*«, stieß Balbok hervor, und während er sich erneut herumwarf, packte er den Stiel der Axt, die aus Gewohnheit griffbereit neben seinem Schlafplatz lag – und trieb ihr Schneideblatt tief in den Unterleib des *faihok*, der es auf sein Leben abgesehen hatte.

»Verdammt, Rammar!«, schrie Balbok, während der Attentäter mit einem schmerzerfüllten Ächzen auf die Knie sackte und die Eingeweide aus seinem aufklaffenden Bauch quollen. »Wach endlich auf, Bruder!«

»Hm ...?« Der dicke Ork brabbelte etwas im Schlaf, schlug jedoch nicht die Augen auf, sondern ließ ein Schmatzen hören und schnarchte dann weiter.

Mit einer Verwünschung auf den Lippen griff Balbok nach einem noch halb gefüllten Blutbierkrug und warf ihn kurzerhand ins Feuer. Die schwelende Glut entzündete das feurige Gesöff, und eine lodernde Stichflamme fauchte empor, die das ganze Lager für einen Augenblick taghell erleuchtete und die Ork-Krieger aus dem Schutz der Dunkelheit riss.

Einer stand neben dem schnarchenden Rammar, hatte den *saparak* erhoben und wollte erneut zustoßen, um dem Leben des feisten Häuptlings ein Ende zu bereiten. Die anderen *faihok'hai* standen am Rand des Lagers, die Waffen in den Klauen, doch sie dachten nicht daran, den Meuchelmörder an seinem feigen Tun zu hindern.

Balbok fackelte nicht lange. Er sprang auf, holte mit der Axt aus, und obwohl die klobige Waffe eigentlich nicht zum Werfen gedacht war, schleuderte er sie durch die Luft. Sein Ziel war der üble Halunke, der Rammars Leben wollte – ein *faihok*, der sich gegen seine Häuptlinge wandte.

Balboks Strafe traf ihn augenblicklich – und zwar in Form seiner Axt. Das schartige Schneideblatt der schweren Waffe drang dem *faihok* durch Helm und Schädelknochen und teilte seinen Kopf fast in zwei Hälften. Der Ork ließ den *saparak* fallen, dann kippte er wie ein gefällter Baum zu Boden.

Balbok stürzte zu ihm, um sich die Axt zurückzuholen. Doch ehe er sie erreichte, trat ihm ein weiterer *faihok* in den Weg – ein hoch gewachsener Kerl, der einen Schuppenpanzer trug und dessen Visage von unzähligen Narben übersät war (und den Balbok stets für einen der loyalsten Leibwächter gehalten hatte). Mit seinem *saparak* griff er Balbok an.

Der schaffte es im allerletzten Moment, dem tödlichen Stoß auszuweichen.

»Rammar!«, bellte Balbok abermals.

Nun endlich regte sich der Bruder – und das war gut so, denn vier weitere *faihok'hai* wollten mit blanken Klingen über ihren fetten Anführer herfallen.

Balbok handelte mit dem Mut der Verzweiflung. Als der *saparak* seines Gegners abermals heranzuckte, tat er nur so, als wollte er ausweichen. Der *faihok* änderte im letzten Augenblick die Stoßrichtung, und Balbok bekam den Schaft knapp unterhalb der mit Widerhaken versehenen Spitze zu fassen.

In einem jähen Kraftausbruch riss er seinem verblüfften Gegner die Waffe aus den Klauen, und noch ehe der Verräter begriff, was geschehen war, hatte Balbok den Speer herumgedreht und die Spitze mit Wucht in die Brust des *faihok* gerammt.

Im nächsten Augenblick war Balbok bei seinem Bruder, bekam den Stiel seiner Axt zu packen, die noch immer im Schädel des niedergestreckten Leibwächters steckte, und riss das Schneideblatt mit einem schmatzenden Knirschen frei, just in dem Augenblick, als die anderen vier *faihok'hai* über Rammar herfallen wollten.

»Zurück, ihr *umbal'hai*!«, schrie Balbok so laut, dass sich seine Stimme überschlug, und führte die Axt in einem weiten Bogen.

Eine Hand wurde abgetrennt und flog davon, den Griff des Schwerts, dessen Spitze auf Rammars Kehle gezielt hatte, noch umklammernd. Auf den blutenden Stumpf seines Arms starrend, brach der Meuchelmörder in heulendes Geschrei aus – das Rammar vollends aus dem Schlaf riss, bevor Balbok es mit einem wuchtigen Hieb seiner Axt verstummen ließ.

»Bei Torgas Eingeweiden!«, blaffte Rammar und schoss in die Höhe. »Könnt ihr keine Ruhe geben, ihr elenden …?«

Er verstummte, und seine Augen weiteten sich, als er vor sich einen der Ork-Krieger sah, der ihm eine Schwertklinge in den Leib rammen wollte. Dass es nicht dazu kam, lag daran, dass sich der Kopf des Angreifers plötzlich verselbständigte und davonflog. Der kopflose Torso fiel dem verblüfften Rammar geradezu in die Arme, der daraufhin das Gleichgewicht nicht mehr halten konnte und nach hinten kippte. Nur mit Mühe gelang es ihm, sich von dem Leichnam zu befreien. Was er dann sah, erfüllte ihn gleichermaßen mit Erstaunen wie mit Wut: Orks tobten um das lodernde Lagerfeuer und bekämpften sich gegenseitig.

Genauer gesagt: Es war Balbok, der sich mit drei *faihok'hai* ein mörderisches Hauen und Stechen lieferte!

»Was machst du denn, du elender *umbal*?«, fuhr Rammar seinen Bruder an. »Hast du zu viel Blutbier gesoffen? Die *faihok'hai* gehören zu uns!«

»Ach ja?«, schrie Balbok zurück und musste dem wütenden Angriff eines der Ork-Krieger ausweichen. »Warum
versuchen sie dann, uns umzubringen?«

Rammar kam nicht zu einer Antwort. Zwei weitere An-
greifer wandten sich ihm mit blankgezogenen Waffen zu.
Als der Lichtschein des Feuers ihre Gesichter traf, erkannte
Rammar die beiden.

»Pisok! Drusa! Wo habt ihr gesteckt, ihr elenden Maden?«, raunzte er die beiden Ork-Krieger an. »Kommt gefälligst her und helft uns! Eure Häuptlinge sind in Bedrängnis!«

»Und ob du in Bedrängnis bist, Fettsack!«, entgegnete
Pisok. »Doch natürlich werden wir dir helfen – nämlich dabei, in Kuruls dunkle Grube zu springen!«

Die beiden *faihok'hai* verfielen in höhnisches Gelächter,
und Rammar begriff, dass er seinen Bruder diesmal zu Unrecht einen *umbal* gescholten hatte. Ihre Leibwächter stellten sich tatsächlich gegen sie und versuchten sie umzubringen!

»W-wieso das?«, rief Rammar verblüfft. »Wa-was haben
wir euch getan? Waren wir euch nicht gute Häuptlinge?«

»Darum geht es nicht«, entgegnete Drusa. »Es gibt einfach jemanden, der uns besser entlohnt als ihr.«

»Wer ist es?«, wollte Rammar wissen. »Etwa Kursa? Ich
weiß, er ist schon lange scharf auf den Thron und ...«

Pisok und Drusa lachten nur.

»Ich zahle euch das Doppelte!«, versicherte Rammar
wimmernd. »Auch das Dreifache, wenn es sein muss!«

Erneut lachten die beiden Orks – dann griffen sie an!

»*Trurkor'hai!*«, wetterte Rammar. »Verdammte Verräter ...!«

Er wollte zurückweichen – und stolperte über die Leiche
jenes *faihok*, dem Balbok mit der Axt den Schädel gespalten
hatte.

Das rettete ihm das Leben!

Indem Rammar nach hinten kippte und auf seinen Hintern plumpste, entging er den Schwerthieben der Angreifer. Im nächsten Moment hielt der dicke Häuptling den *saparak* des toten *faihok* in den Klauen, der neben seinem Lager im Boden gesteckt hatte, und ihm war, als umklammerte er seine eigene Vergangenheit: Die Erinnerung an zahlreiche überstandene Abenteuer und Gefahren kehrte schlagartig zurück, gab ihm Selbstvertrauen, und kraftvoll stieß er mit dem Speer zu.

Der großmäulige Pisok bekam den *saparak* in den weit aufgerissenen Schlund. So heftig hatte Rammar zugestoßen, dass die Speerspitze durch den Schädelknochen schlug, und Pisok sank auf die Knie, gurgelte mit Blut und Gehirn und kippte dann zur Seite hin um.

Sein Kumpan Drusa verfiel daraufhin in lautes Gebrüll und stürzte sich auf Rammar, das Schwert in der Hand. Der hatte sich inzwischen aufgerappelt, warf sich nach vorn und mit seiner ganzen Körpermasse gegen den verräterischen *faihok*, wodurch er dessen Angriff stoppte und ihn aus dem Gleichgewicht brachte – und Drusa taumelte zurück, geradewegs in das lodernde Blutbierfeuer!

Die Fetzen, die er als Kleidung unter seiner ledernen Rüstung trug, fingen sofort Feuer, zumal sie mit Blutbier besudelt waren. Als lebende Fackel rannte der Ork kreischend davon.

Rammar war durch den Aufprall wieder zu Boden geworfen worden und wollte sich gerade erneut aufraffen, als ihm eine helfende Klaue hingehalten wurde.

Sie gehörte keinem anderen als Balbok!

»Alles in Ordnung?«, erkundigte sich der hagere Ork, dessen grimmig-einfältige Züge blutbesudelt waren.

»So eine Frage kann auch nur ein zu groß geratener Blödkopf wie du stellen!«, maulte Rammar, während er sich schwerfällig auf die Beine ziehen ließ. »Nichts ist in Ordnung, gar nichts! Unsere Leibwache hat uns verraten, weil irgendein Stinkmaul sie bestochen hat – geht das nicht in deinen Dummschädel?«

»Doch, ich glaube schon«, sagte Balbok völlig naiv. »Eins frage ich mich allerdings ...«

»Was denn?«

»Ich frage mich, wo der Rest der *faihok'hai* geblieben ist. Ein Dutzend Krieger haben uns begleitet, das wären zwölf. Zehn haben wir erschlagen ...«

»Fängst du schon wieder mit der verdammten Rechnerei an?«, beschwerte sich Rammar, der dies für bloße Angeberei hielt.

»Zwei sind also noch übrig«, verkündete Balbok, der seine Krallenfinger beim Zählen zur Hilfe genommen hatte. »Fragt sich nur, wohin sie sich verkrochen haben.«

»*Korr*«, bestätigte Rammar und blickte sich misstrauisch um. »Und weißt du, wer seltsamerweise auch verschwunden ist?«

»Wer?«

»Der Mensch. Dieser verdammte Bote, den Corwyn uns geschickt hat und ohne den wir noch immer zu Hause in unserer gemütlichen Höhle wären. Womöglich steckt er hinter all dem Ärger und ...«

Ein dünnes Hüsteln erregte die Aufmerksamkeit der beiden Orks. Beide fuhren herum, die Waffen kampfbereit erhoben – aber es war nur der königliche Bote, der hinter einem Felsen hervorkam, das zuvor so milchig-blasse Gesicht rot vor Scham.

»I-ich bin hier«, sagte er leise.

»Was machst du hinter dem Stein?«, wollte Rammar wissen.

Der Mensch zögerte mit der Antwort, dann gestand er zerknirscht: »Als ich merkte, dass es gefährlich wurde, zog ich es vor, mich zu verbergen.«

»Du hast dich verkrochen?« Rammar lachte grollend auf.
»Das sieht euch Menschenpack ähnlich! Einem Ork käme es
niemals in den Sinn, vor einem Kampf zu fliehen und sich
feige hinter einem Felsen zu verstecken. Niemals, hörst
du?«

»Ich wollte Euch beim Kampf nicht stören, große Häuptlinge«, erklärte der Bote beflissen. »Außerdem seid Ihr ohne
meine Hilfe sehr gut zurechtgekommen, oder nicht?«

»Das will ich meinen – allerdings ...« Plötzlich hielt ihm
Rammar die Spitze seines *saparak* an die Kehle und blitzte
ihn misstrauisch an. »Ich frage mich, warum die *faihok'hai*
dir nicht einfach die Kehle durchgeschnitten haben. Sowas
wie dich fressen sie normalerweise zum Frühstück.«

»Ich habe einfach so getan, als würde ich schlafen«, erklärte der Bote und schluckte nervös. »Offen gestanden hinderte mich Euer beißender Geruch daran, Schlaf zu finden.«

»Wieso?« Balbok hob den Arm und schnupperte unter
seiner Achsel. »Was stimmt nicht mit unserem Geruch?«

»Unwichtig – weiter!«, verlangte Rammar. »Was geschah
dann?«

»Ich merkte, dass Eure Leibgarde etwas im Schilde führte, und sah, wie Eure Krieger immer wieder verstohlen zu
Euch hinüberschauten. Und als sie schließlich zu ihren Waffen griffen, da hielt ich es für besser, zu verschwinden. Und
genau das sollten wir jetzt alle drei tun, denke ich.«

»*Korr.*« Balbok nickte. »Wir sollten zurückkehren ins *bolboug* und sehen, was dort los ist. Ich denke, jemand hat es auf
unseren Thron und auf den Goldschatz abgesehen. Also
werden wir umkehren und ...«

»Mit Verlaub, tapferer Balbok, das wäre nicht ratsam«,
unterbrach ihn der Bote hastig.

»Nein?«, fragte Rammar erstaunt und drückte dem Boten
die Speerspitze noch ein wenig fester gegen die Kehle.
»Und warum nicht?«

»Ihr sagtet gerade, dass zwei Eurer Leibwächter fehlen«, erklärte der königliche Bote nervös. »Bestimmt sind sie ins Dorf zurückgekehrt, um die Nachricht Eures Todes zu verbreiten.«

»Ein wenig voreilig von ihnen«, brummte Rammar verdrießlich. »Hätten wenigstens so lange warten können, bis wir tatsächlich in Kuruls dunkle Grube gestürzt wären.«

»Fürwahr«, stimmte Balbok zu und nickte eifrig.

»Wie dem auch sei«, meinte der königliche Bote, »inzwischen sitzt mit großer Wahrscheinlichkeit bereits ein anderer Ork auf dem Thron, und würdet Ihr Euch dort blicken lassen, würde er den ganzen Stamm gegen Euch hetzen.«

»Das stimmt«, sagte Rammar beklommen und ließ den Speer endlich sinken.

»Trotzdem«, beharrte Balbok. »Wir müssen unseren Thron zurückerobern. Oder willst du diese *mashlu* auf dir sitzen lassen?«

»Natürlich nicht«, maulte Rammar, und plötzlich hatte der Bote die Speerspitze wieder an der Kehle – eine völlig unbewusste Drohgebärde des feisten Orks, denn er sprach nicht mit dem Menschen, sondern zu seinem Bruder. »Aber wir machen diesen Verrat nicht dadurch ungeschehen, dass wir uns massakrieren lassen. Du kennst doch die Regeln: Wenn ein neuer Häuptling auf dem Thron sitzt, hält ihm der Stamm die Treue ...«

»... so lange bis ein anderer kommt und ihm den Kopf vor die Füße legt«, vervollständigte Balbok grimmig und befühlte das Blatt seiner Axt. »Und genau dazu habe ich größte Lust.«

»Glaubst du, ich nicht?«, schnaubte Rammar, wenngleich ihm die Vorstellung eines weiteren Kampfes gegen die *faibok'hai* ganz und gar nicht gefiel.

»Das alles ist sehr tapfer von Euch«, sagte der Bote nervös und schob die Spitze von Rammars *saparak* vorsichtig mit

zwei Fingern von seinem Kehlkopf, »aber auch ziemlich …
dumm.«

»Hmm«, schnaubte Rammar. »Dumm sagst du?«

Der königliche Bote trat erschrocken einen Schritt zurück, als der fette Ork wieder gefährlich mit seinem *saparak*
herumzufuchteln begann. »Äh … nun, ich meine …«

»Was meinst du, Mensch?«, grollte Rammar und fixierte
den königlichen Boten aus blutunterlaufenen Augen. »Was
schlägst du vor, he?«

»Zuerst solltet Ihr in Ruhe nachdenken: Eure Leute haben
sich gegen Euch gewandt, Ihr habt all Euren Besitz verloren
und seid ganz auf Euch gestellt. In einer solchen Lage ist's
doch unklug, eine erneute Konfrontation zu suchen. Klüger
wär's, sich an jemanden zu wenden, der Euch in Freundschaft
und Treue verbunden ist und Euch helfen kann.«

Rammar und Balbok überlegten kurz. »So jemanden gibt
es nicht«, stellten sie dann übereinstimmend fest.

»Ihr vergesst König Corwyn und Königin Alannah«, erinnerte der königliche Bote. »Sie haben Euch um Hilfe gebeten – helft Ihr ihnen, ihre Feinde zu bezwingen, werden sie
sicher auch Euch zum Sieg verhelfen.«

»Glaubst du?«, fragte Balbok.

»Ich bin davon überzeugt.«

»Na ja …« Balbok kratzte sich nachdenklich an der Schläfe. »Vielleicht hat der Mensch nicht unrecht, Rammar. Vielleicht sollten wir einfach weiter nach Tirgas Lan gehen …«

»… und darauf hoffen, dass uns ein ehemaliger Kopfgeldjäger und eine verdammte Elfenbraut dabei helfen, unseren
Thron zurückzuerobern?«, schnappte Rammar. Diese Aussicht gefiel ihm ganz und gar nicht, zumal er auf diese Weise
seinen Plan, Corwyn nur zum Schein zu helfen und so seinen schlechten Ruf wiederherzustellen, vergessen konnte;
wenn sie wollten, dass der König ihnen beistand, würden sie
Corwyn wohl oder übel tatsächlich unterstützen müssen …

»So ein verdammter *shnorsh*!«, fuhr Rammar seinen hageren Bruder an. »Das alles ist nur deine Schuld. Hättest du nicht ständig darüber lamentiert, wie langweilig dir sei und dass du neue Abenteuer erleben wolltest, hätten wir den *bolboug* nie verlassen!«

»Es tut mir leid …«

»Wie oft muss ich dir noch sagen, dass sich ein echter Ork nicht entschuldigt?«, maulte Rammar noch lauter. »Er erträgt allenfalls die gerechte Bestrafung, wie man es von ihm erwarten kann, verstanden?«

»Ja, Rammar. Entschuldige.« Balbok nickte niedergeschlagen. »Und was machen wir jetzt?«

Rammar legte die dunkle Stirn in Falten und schien nachzudenken – in Wirklichkeit hatte er seinen Entschluss längst gefasst. Nur mit Mühe und viel Glück hatten sie die Meuterei der *faihok'hai* überlebt. Zurück zum *bolboug* zu marschieren und den Rest der Krieger zum Kampf herauszufordern, wäre einem Selbstmord gleichgekommen. Da waren ihre Aussichten, am Leben zu bleiben, wesentlich höher, wenn sie sich nach Tirgas Lan wandten. Auch wenn es der Art eines Orks mehr entsprochen hätte, umzukehren und den Pfad der Rache zu beschreiten – Rammar zog den Weg nach Osten vor …

»Wir gehen nach Tirgas Lan«, entschied er für seinen Bruder mit. »Wir können uns ja mal anhören, was Corwyn von uns will, dann sehen wir weiter.«

»Und wenn das alles erledigt ist, gehen wir zurück ins *bolboug*«, beharrte Balbok, »und treten diejenigen in den *asar*, die uns so übel mitgespielt haben, richtig?«

»Darauf kannst du einen lassen, Bruder«, versicherte Rammar grimmig, und für einen kurzen Augenblick waren sie sich einig wie selten. »Mensch«, wandte er sich dann an den königlichen Boten, während im Osten bereits der neue Tag heraufdämmerte und die schroffen Spitzen des Scharfgebirges mit geheimnisvollem Leuchten umgab, »führe uns zu deinem König.«

»Euer Wunsch ist mir Befehl«, erklärte der königliche Bote und verbeugte sich beflissen, und nachdem die Orks ihre wenige Habe eingesammelt und ein karges Frühstück eingenommen hatten, brachen sie auf.

Sie ahnten nicht, dass sie beobachtet wurden – von jemandem, dem es ganz und gar nicht gefallen wollte, dass der Meuchelmord der Leibwächter fehlgeschlagen war ...

# 4.

# TULL ANN TIRGAS-LAN

Die weitere Reise nach Tirgas Lan brachte keine Abenteuer und Gefahren mehr, was Balbok höchst bedauerlich fand. Denn beim Kampf gegen die *faihok'hai* hatte der hagere Ork seit langer Zeit wieder Blut geleckt und festgestellt, wie sehr ihm das gefehlt hatte.

Der Kampf, das Geschrei, die Hitze des Gefechts – all das erfreute sein schlichtes Gemüt. Lange hatte Balbok keinen solchen Spaß mehr gehabt, und hätte sein Bruder nicht den Missmutigen gespielt, hätte auch er zugegeben, dass das Gemetzel im Wald eine wahre Freude gewesen war – jedenfalls war es ein größerer Spaß gewesen, als auf dem Thron im *bolboug* zu sitzen und mit goldenen Vasen um sich zu werfen.

Seit Monden hatte sich Balbok nicht mehr derart lebendig gefühlt, und das, obwohl sie so nah am Rand von Kuruls dunkler Grube gewandelt waren. Genau dieses Gefühl hatte Balbok in letzter Zeit so schmerzlich vermisst.

In einem mehrere Tage dauernden Marsch, bei dem Rammar einige überzählige Pfunde verlor, gelangten die Orks und ihr menschlicher Führer auf die Ostflanke des Schwarzgebirges. Sie folgten dem Grenzfluss und überquerten ihn an der Großen Furt, wo sich im Ersten Krieg die Heere der Orks und der Menschen vereint hatten.

Dort trafen sie zum ersten Mal auf Grenzposten.

Corwyns Bote nannte den Wachen – schwer bewaffneten, hünenhaften Kriegern aus dem östlichen Hügelland – die entsprechende Losung, worauf man die Orks zwar unter misstrauischen Blicken, aber unbehelligt passieren ließ. Danach ging es weiter nach Süden, an den Ausläufern der Ebene von Scaria entlang, die die Orks als karges, unfruchtbares Land in Erinnerung hatten. Seit Rammars und Balboks großem Abenteuer hatte sich dort allerdings einiges verändert.

Nachdem der Fluch von Tirgas Lan erloschen und der Wald von Trowna nicht länger Hort einer dunklen, unheimlichen Macht war, war das Leben nach Scaria zurückgekehrt. Büsche und gelbgrünes Gras bedeckten die Ebene, Vögel zogen in Schwärmen darüber hinweg. Vereinzelt gab es auch schon Ansiedlungen – Kolonisten aus den östlichen Grenzstädten, die nach Westen gekommen waren, um hier ihr Glück zu suchen und sich als Bauern, Handwerker oder Wirte niederzulassen.

»Noch ist das alles hier wildes, ungezähmtes Land«, erklärte der Bote, »aber wenn Erdwelt erst unter einer Herrschaft vereint ist, werden Straßen die Städte und größeren Siedlungen des Reiches miteinander verbinden. Dann wird eine Zeit des friedlichen Miteinanders anbrechen. Handel und Zivilisation werden erblühen, und es wird fast so sein wie zur Zeit der Elfenkönige.«

»Ach«, sagte Balbok unbeeindruckt, »wie langweilig ...«

Der Rest der Reise verlief ohne Zwischenfälle, abgesehen von einer wüsten Keilerei in einem Wirtshaus am Westrand von Trowna. Ein wohlhabender Reisender aus Andaril hielt Rammar irrtümlich für einen Höhlentroll und wollte ihn mieten, um sein Gepäck zu tragen. Die Schlägerei, die sich daraus ergab, brachte dem Reisenden zwei gebrochene Arme ein, und er konnte noch von Glück sagen, dass König Corwyns Bote mäßigend auf die Ork-Brüder einwirkte.

Durch den Wald von Trowna, der nichts mehr mit jenem dunklen, bedrohlichen Urwald gemein hatte, durch den sich die Orks noch vor einem Jahr gekämpft hatten, und über die

Straßen des alten Elfenreichs, die unter Flechten und Moos wieder zu Tage getreten waren und gesäumt wurden von grünenden Hainen und farbenfrohen Blüten, die betörenden Duft verströmten – jedenfalls für die Nase eines Menschen –, gelangten sie endlich nach Tirgas Lan.

Auch die ehemalige Elfenstadt hatte sich verändert.

Die Mauern und Türme, die sich unvermittelt aus dem üppigen Grün der Bäume erhoben, lagen im hellen Sonnenlicht. Marmor und Alabaster erstrahlten in altem Glanz, nichts erinnerte mehr an die allgegenwärtige Schwärze, die damals die Stadt überzogen hatte.

Außerhalb der Mauern waren Zelte und Hütten errichtet. Nachdem sich die Kunde, dass ein neuer König in Tirgas Lan eingezogen sei, wie ein Lauffeuer in Erdwelt verbreitet hatte, waren viele Menschen gekommen, Flüchtlinge aus dem Osten zumeist, die die beständigen Kriege der dortigen Potentaten satt hatten und die sich nach Frieden sehnten. So große Anziehung übte die alte Königsstadt aus, dass immer mehr von ihnen kamen und die Mauern Tirgas Lans schon nicht mehr ausreichten, um sie zu fassen.

Wohin Rammar und Balbok auch schauten, sahen sie Menschen, die voller Hoffnung waren. Es ließ sich nicht leugnen, dass aus der einstmals verschollenen Elfenstadt das geworden war, was man ein blühendes Zentrum nannte.

Entsprechend verhasst war die Stadt den Orks.

»Ehrlich, Rammar«, raunte Balbok seinem Bruder zu, während sie das große Haupttor passierten, »vorher hat es mir hier besser gefallen. Die Mauern waren schwarz und brüchig, und an allen Ecken und Enden stank es nach Fäulnis und Verwesung. Aber jetzt ...«

»Du hast recht«, stimmte ihm Rammar griesgrämig zu. »Seit diese elenden Menschen hier das Sagen haben, hat die Stadt ihr gewisses Etwas verloren. Wie langweilig diese Milchgesichter doch sind.«

Wie so viele Male zuvor, wenn sie Wachtposten passierten, nannte der Bote die entsprechende Losung. Auch diesmal war es so, aber zu Rammars und Balboks Entsetzen zeigte sich in den Gesichtszügen der Wachen kein Misstrauen, sondern unverhohlene Bewunderung, als sie die beiden Orks erblickten.

»Sind sie das?«, hörte Rammar einen von ihnen seinem Kameraden zuraunen.

»Bestimmt«, erwiderte der andere. »Der eine groß und hager, der andere klein und stark. Dies sind Balbok und Rammar, die Retter der Krone ...«

Die Retter der Krone!

Rammar spuckte aus und bedachte die Wachen mit einem hasslodernden Blick, dann marschierten sie weiter, die Hauptstraße von Tirgas Lan entlang und auf die große Zitadelle zu, die vor nicht allzu langer Zeit noch Schauplatz eines dramatischen Kampfes zwischen Licht und Finsternis gewesen war. Schade nur, dass die beiden Orks dabei auf der falschen Seite gestanden hatten, nämlich auf der des Lichts.

Wieder in Tirgas Lan zu sein, weckte Erinnerungen, und es kam den beiden Brüdern vor, als hätten sie der ehemaligen Elfenstadt eben erst den Rücken gekehrt. Natürlich, so belebt waren die Straßen und Gassen zuvor nicht gewesen; sie quollen schier über vor Menschen verschiedenster Herkunft und unterschiedlichster Kleidung, und sie schienen aus sämtlichen Himmelsrichtungen in die Königsstadt zu strömen. Hier priesen Kaufleute mit lauter Stimme ihre Waren an, dort saßen Gäste vor einer Taverne; hier wurde ein Markt abgehalten, dort boten Töpfer und Tischler ihre Dienste feil.

»Sag mal, Rammar«, knurrte Balbok, »hast du gewusst, dass sich die Milchgesichter farblich unterscheiden?«

»Nein«, entgegnete Rammar verdrießlich.

»Nicht nur ihre Skalpe und das Fell in ihren Gesichtern sind mal dunkel und mal hell ...«, murmelte Balbok.

»Mal davon abgesehen, dass viele von ihnen gar kein Fell im Gesicht haben«, ergänzte Rammar, »und ein paar von ihnen haben offenbar bereits ihren Skalp verloren, marschieren aber trotzdem noch quicklebendig herum.«

»… auch die Farbe ihrer Haut ist sehr unterschiedlich«, fuhr Balbok fort, »mal blutleer und blass, dann schmutzig, dann wieder völlig verkohlt oder krankhaft gelb.«

Rammar seufzte. »Wir können sie nicht einmal mehr Milchgesichter schimpfen …«

Sie näherten sich der Zitadelle mit der großen Kuppel, die sich weithin sichtbar aus dem Häusermeer der Stadt erhob. Tirgas Lan war gleichermaßen Stadt wie Festung, in uralter Zeit dazu errichtet, Zentrum eines riesigen Reiches zu sein, das ganz *sochgal* beherrscht hatte. Im Laufe der Zeit jedoch und im Zuge zweier Kriege war dieses Reich allmählich zerfallen, woran die Orks nicht unerheblichen Anteil gehabt hatten. Rammar wäre es lieber gewesen, die Menschen hätten sich *daran* erinnert als an die unrühmliche Rolle, die sein Bruder und er bei der Befreiung Tirgas Lans gespielt hatten.

Auch die Wachen am Tor der Zitadelle hatten jene unausgesprochene Bewunderung in den Visagen, für die Rammar ihnen am liebsten selbige zertrümmert hätte. Konnte es eine größere Demütigung geben für einen Ork, als dass Menschen bewundernd zu ihm aufblickten? Natürlich hätte Rammar es auch nicht gern gesehen, hätten die Wachen auf Balbok und ihn herabgeschaut. Furcht war die einzig angemessene Empfindung, die ein Mensch einem Ork gegenüber verspüren sollte.

»Was ist?«, blaffte Rammar die Posten an. »Wollt ihr nicht wenigstens *versuchen*, uns die Waffen abzunehmen?«

»Nicht nötig«, sagte der königliche Bote beschwichtigend. »Von guten Freunden hat weder Tirgas Lan noch sein König etwas zu befürchten.«

»Von guten Freunden?«, maulte Rammar. »Wer, bei Torgas stinkenden Eingeweiden, hat behauptet, dass wir Freunde sind? Ich stopfe dir deine Freundschaft gleich in den Schlund, du hässliches Milchgesicht ...«

Die große Eingangshalle hatte nichts mehr von der alten Düsternis und wurde von den Bannern all jener Städte gesäumt, die sich dem neuen Reich angeschlossen hatten. Sie zu durchschreiten, glich für die beiden Orks einem Spießrutenlauf: Wachen in grünen Waffenröcken und silbernen Kettenhemden, den Farben Tirgas Lans, präsentierten grüßend ihre Waffen, als die Orks an ihnen vorbeischritten.

Dass Corwyns Bote das Zeremoniell genoss, konnte Rammar noch verstehen; Menschen fanden – so wie Elfen und Zwerge – zuweilen Gefallen an derlei Gehampel. Aber dass Balbok dabei grinste wie ein frisch kastrierter Wiesentroll, konnte er einfach nicht fassen.

»Hör auf, deine Visage so dämlich zu verziehen, *umbal*!«, zischte Rammar seinem Bruder zu. »Dieses Menschenpack verspottet uns, und du fühlst dich auch noch geschmeichelt?«

»*Douk*«, verneinte Balbok entschieden.

»Warum grinst du dann?«

»Weil ich gerade an unseren letzten Besuch hier denken musste. Weißt du noch? An dieser Stelle habe ich Graishaks Schädel mit einem orkgroßen Kerzenständer bearbeitet ...«

Ja, Balbok hatte recht. Rammar hätte den Schauplatz ihres schicksalhaften Kampfes nicht wiedererkannt, hätte Balbok ihn nicht darauf aufmerksam gemacht. Der Gang lag nicht mehr in schummriger Dunkelheit – helles Sonnenlicht strahlte durch die hohen Fenster an der einen Seite. Aber es war unleugbar auf diesem Korridor gewesen, wo sie auf den Verräter getroffen und mit ihm die Klingen gekreuzt hatten – und noch manches andere.

Der Gang führte zum großen Saal unter der Kuppel – dort residierten der König und die Königin, genau wie vor tausend Jahren.

554

Rammar zuckte zusammen und stieß einen wüsten Fluch aus, als schmetternde Fanfaren erklangen. Seine Nackenborsten sträubten sich unter dem blechernen, scheppernden Klang.

»*Shnorsh!*«, maulte er. »Diese Milchgesichter haben von Musik noch weniger Ahnung als unser verdammter Barde!«

Durch die weit geöffnete Pforte betraten die drei Neuankömmlinge den Thronsaal – die beiden Brüder und der Bote, der sie laut ankündigte: »Königliche Hoheiten! Ihr habt mich ausgesandt, um jene zu finden, die Euch in der Stunde höchster Not beistanden, als es um das Schicksal dieser Stadt und der ganzen Welt ging. Berge habe ich erklommen, Täler habe ich durchwandert, Flüsse und Seen überquert, um Euren Auftrag auszuführen. Bis tief in die Modermark bin ich vorgedrungen, und dort habe ich sie gefunden. Eure Hoheiten, hier sind sie – die beiden mutigen, heldenhaften Ork-Krieger Balbok und Rammar!«

Tosender Beifall brandete auf, der von allen Seiten auf die Orks einstürzte. Balbok und Rammar zückten instinktiv ihre Waffen und verfielen in lautes Kriegsgeschrei. Augenblicklich verstummte der Applaus, und im nächsten Moment waren Balbok und Rammar von Wachen umringt, die ihnen mit Hellebarden drohten.

Die Orks tauschten einen missmutigen Blick, sahen angesichts der erdrückenden Übermacht jedoch ein, dass sie wohl etwas überreagiert hatten, und ließen die Waffen sinken. Daraufhin hoben die Wächter die Hellebarden wieder und öffneten ihren Kordon. Indem sie zurückwichen, schufen sie einen Weg zur Mitte des Saales, wo ein kreisrundes Loch im marmornen Boden klaffte. Wie Rammar und Balbok wussten, führte dieser Schacht zur Schatzkammer von Tirgas Lan, aus der sie damals den vollgeladenen Streitwagen hatten mitgehen lassen – mit Einverständnis des königlichen Paares, wie sie nachträglich erfahren hatten …

Auf der gegenüberliegenden Seite des Schachts, auf einem steinernen Podest, standen zwei mit reichen Schnitzereien und dem Wappen Tirgas Lans verzierte Throne – und auf den Thronen saßen zwei alte Bekannte.

»Sieh an«, raunte Rammar seinem Bruder zu. »Da sind ja die Herrschaften des Hauses …«

Unter den Augen des gesamten Hofstaats, der sich wohl gerade zu einer Versammlung eingefunden hatte, durchmaßen die Orks die Halle mit großen Schritten. Dabei gab sich Rammar alle Mühe, einen möglichst grimmigen Eindruck zu machen – schließlich war er nicht irgendein hergelaufener Unhold, sondern ein Häuptling der Modermark. Den goldenen Helm auf dem Kopf, stolzierte er an den vornehm gekleideten Fürsten und ihren Damen vorbei, die lange Kleider trugen und ihre kleinen blassen Nasen rümpften, als die Orks sie passierten; der strenge Geruch, der die Brüder begleitete, war ihnen offenbar unangenehm.

Endlich erreichten Balbok und Rammar das Königspaar. Der Bote, der ihnen vorangeschritten war, verbeugte sich tief und brachte seine Ehrerbietung dar. Rammar sah dazu keinen Anlass, und als auch Balbok eine Verbeugung andeuten wollte, versetzte ihm sein Bruder einen so harten Rippenstoß, dass der Hagere einen erstickten Schmerzenslaut ausstieß.

Sicher, man hatte sich eine Weile nicht gesehen, und wenn Rammar ehrlich zu sich selbst war, musste er eingestehen, dass es in seinem finsteren Inneren einen kleinen Teil gab, der sich über das Wiedersehen freute. Allerdings hätte er sich lieber die Zunge herausgerissen, als dies offen zuzugeben. Er kannte die beiden zur Genüge, die dort vor ihnen saßen, und obwohl sich viel verändert hatte, sah er in ihnen immer noch einen heruntergekommenen Kopfgeldjäger und ein hochnäsiges Elfenweib …

»Guten Tag, Balbok«, begrüßte Alannah den hageren der

beiden Orks, und ein freudiges Lächeln legte sich auf ihre vornehm blassen Züge. »Ich danke dir und deinem Bruder, dass ihr unserem Ruf gefolgt seid. Es ist schön, euch wiederzusehen.«

»Und ich danke dir, Königin«, erwiderte Balbok in der Sprache der Menschen, denn im Orkischen gab es kein Wort, mit dem sich Dank ausdrücken ließ, und zu Rammars größter Verärgerung verbeugte er sich nun doch.

»Dämlicher Schwachkopf! Verdammter *umbal*!«, raunte Rammar ihm zu. »Du brauchst vor ihr nicht zu buckeln. Du bist selbst ein Häuptling, vergiss das nicht.«

»Nicht mehr ...«, brachte der Bote flüsternd in Erinnerung.

»Schnauze!«, knurrte Rammar ihn an.

»Mir ist bewusst, dass ihr beide aus freien Stücken hergekommen seid«, ergriff Corwyn das Wort, dessen Stimme Rammar weniger sonor und Respekt gebietend in Erinnerung hatte. »Dafür stehe ich in eurer Schuld.«

»Genau so ist es, Kopfgeldjä-*äh-äh* ... König«, verbesserte sich Rammar schnell. »Vergiss das nicht gleich wieder, *korr*?«

»*Korr*«, bestätigte Corwyn und grinste – und wären da nicht der samtene, mit goldenen Borten verzierte Rock und die Elfenkrone auf seiner Stirn gewesen, Rammar hätte geschworen, es noch immer mit demselben schlitzohrigen Schurken zu tun zu haben, der Balbok und ihn beinahe skalpiert hätte. Die markanten, wettergegerbten Züge, das verwegene Grinsen, die Klappe über dem rechten Auge – all das passte mehr zu jenem Kopfgeldjäger als zu dem Regenten eines Weltreichs.

Ganz anders verhielt es sich mit Alannah. Ihre Erscheinung hatte schon etwas Hoheitliches gehabt, lange bevor Corwyn sie zu seiner Gemahlin gemacht hatte. Als Hohepriesterin hatte sie im Eistempel von Shakara das Geheimnis der Elfen bewahrt. Anmut und Würde schienen ihr in die Wiege gelegt zu sein, wie so vielen Vertretern ihrer Rasse. Und genau das war es, was Orks an Elfen nicht ausstehen konnten (auch wenn beide Rassen, wie Rammar und Balbok hatten erfahren müssen, dieselben Wurzeln hatten und voneinander abstammten – schlimmer noch: Die Orks waren Abkömmlinge dieser überheblichen Besserwisser). Alannahs zerbrechlich wirkende Gestalt und ihre sanften Züge mit den hohen Wangenknochen und den spitzen Ohren täuschten leicht darüber hinweg, dass sie ausgesprochen zäh und hart im Nehmen war. Und dazu listig wie eine Schlange, wie Rammar und Balbok damals zu spüren bekommen hatten.

»Wollt ihr beiden uns die Ehre erweisen, heute Abend beim Bankett unsere Gäste zu sein?«, erkundigte sich Corwyn.

»*Korr*«, antwortete Balbok, bevor Rammar etwas erwidern konnte, »wenn's was Anständiges zu futtern gibt! Der Magen hängt mir nämlich bis zu den Knien.«

»*Umbal!*«, rügte ihn Rammar und fletschte die Zähne. »Hast du vergessen, was für ungenießbares Zeug Menschen fressen?« Und völlig außer Acht lassend, dass er selbst Menschenfleisch verabscheute, fügte er hinzu: »Ich glaube kaum, dass Corwyns Gastfreundschaft so weit geht, seinesgleichen mit Knoblauch und Zwiebeln stopfen zu lassen, nur um uns angemessen zu verköstigen.« Er lachte grollend, worauf einige der Höflinge furchtsam zusammenzuckten oder gar einen Schritt zurückwichen.

»Das stimmt«, entgegnete Alannah, »aber wir haben den königlichen Leibkoch angewiesen, einen *bru-mill* zuzubereiten – so nennt ihr doch euren berühmten Eintopf, oder nicht?«

»Es gibt *bru-mill*?« Balbok warf den Kopf in den Nacken und schnüffelte laut, ob er sein Leibgericht schon riechen konnte.

»Da bin ich aber sehr gespannt«, meinte Rammar, der die Begeisterung seines Bruders augenscheinlich nicht teilte, obwohl ihm, ausgehungert wie er war, der Gedanke an einen *bru-mill* den Geifer im Maul zusammenlaufen ließ.

»Es wäre uns ein Vergnügen, euch als unsere Gäste zu bewirten«, versicherte Alannah mit jenem Lächeln, das auf den ersten Blick so freundlich wirkte, nach Rammars Erfahrung jedoch selten Gutes verhieß. »Wir werden beisammensitzen und über die guten alten Zeiten plaudern.«

»*Korr*«, stimmte Rammar zu. »Und danach werdet ihr beiden uns endlich sagen, was ihr von uns wollt …«

Es war kein *bru-mill*, wie Orks ihn zubereiteten – der königliche Leibkoch hatte frisches Trollfett hinzugegeben statt ranziges, das in der Ork-Küche bevorzugt Verwendung fand. Dennoch mussten Balbok und Rammar eingestehen, dass der Eintopf einigermaßen schmeckte – wenn man berücksichtigte, dass ein *achgosh-bonn* ihn zubereitet hatte. Ein Ork-Häuptling hätte *seinen* Leibkoch dafür erschlagen und dessen Innereien dem *bru-mill* hinzugefügt.

In weitem Rund um die Öffnung zur Schatzkammer waren lange Tafeln aufgestellt, an denen König und Königin mit ihrem gesamten Hofstaat Platz genommen hatten und natürlich auch die Ehrengäste: die beiden Orks Balbok und Rammar. Immer wieder versuchten diese während des Mahls einen begehrlichen Blick in die Tiefe zu werfen, wo noch immer Unmengen von Silber, Gold und Edelsteinen funkelten.

Tänzerinnen traten auf, und Barden gaben ihre Sangeskünste zum Besten. Balbok bekam kaum etwas davon mit, denn er war ganz darauf konzentriert, seinen Teller mit dem *bru-mill* immer wieder in Windeseile zu leeren und bei der Dienerschaft Nachschub zu fordern. Rammar hingegen fand, dass die Sänger grottenschlecht waren. Er erwog, eines der von ihm selbst verfassten Lieder vorzutragen, entschied sich dann aber dagegen. Bestimmt wussten die Menschen die Kunst eines Orks nicht zu schätzen; ihnen die Saga von Rammar dem Rasenden vorzutragen, hieße Goldklumpen vor die Trolle zu werfen.*

Nachdem das Bankett beendet und das grässliche Geschrei der Barden verstummt war, verließen die Höflinge nach und nach den Thronsaal; ein Hofschranze nach dem anderen erhob sich, verbeugte sich tief und empfahl sich für die Nacht.

»Was soll das denn?«, wandte sich Balbok schmatzend an Rammar. »Warum gehen die denn schon alle? Die Fresserei hat doch noch nicht mal richtig angefangen!«

»Nicht jeder ist so ein Gierschlund wie du«, konterte sein dicker Bruder.

»Aus diesen Milchgesichtern werde ich einfach nicht schlau«, lamentierte Balbok. »Da reden sie großspurig von einem Festmahl, und dann verziehen sie sich gleich nach der Vorspeise.«

»Normalerweise würde ich dir recht geben«, erwiderte Rammar, der sich aufmerksam umschaute, »aber in diesem Fall kann ich mir den Grund denken, warum die Milchgesichter den Saal schon verlassen.«

»So? Und was ist das für ein Grund?«

»Sieh dir Corwyn an. Er schaut immer wieder zu uns herüber – jedenfalls mit dem einen Auge, das er noch hat. Ich wette, er kann es kaum erwarten, mit uns zu sprechen.«

»Meinst du?«

»Was immer es ist, weswegen er uns gerufen hat, er scheint ziemlich in der *shnorsh* zu sitzen. Ein Mensch braucht einen guten Grund dafür, dass er einen Ork zur Hilfe ruft, das kannst du mir glauben.«

---

* orkische Redensart

»Hm«, machte Balbok und widmete sich wieder seinem *bru-mill* – da der Verwendungszweck eines Löffels dem Ork völlig schleierhaft war, schlürfte er den Eintopf direkt aus dem Teller, wobei er ziemlich unappetitliche Laute von sich gab; Rammar musste jedes Mal breit grinsen, wenn einer der Höflinge deshalb angewidert herüberschaute.

Es dauerte nicht lange, da hatte sich der Thronsaal fast gänzlich geleert, und nur noch Balbok und Rammar saßen auf der einen und Corwyn und Alannah auf der gegenüberliegenden Seite der der kreisrunden Tafel.

»Es ist lange her, nicht wahr?«, fragte Corwyn in die Stille, die einzig von Balboks Schlürfen unterbrochen wurde.

»So lange nun auch wieder nicht«, antwortete Rammar. »Ich jedenfalls kann mich noch ganz gut erinnern.«

»Genau wie ich«, sagte Alannah und nickte. »Und in dieser Erinnerung sehe ich uns gemeinsam im Kampf gegen das Böse, das Tirgas Lan in seinen Klauen hielt.«

»*Douk.*« Rammar schüttelte entschieden den Kopf. »Vielleicht habt *ihr* gegen das Böse gekämpft, das mag sein, aber Balbok und ich haben nur das getan, was jeder andere Ork an unserer Stelle getan hätte: Wir haben jeden erschlagen, der dumm genug war, sich uns in den Weg zu stellen, haben ein paar Verräter massakriert, die uns einen Schatz streitig machen wollten und die sich mit elenden Gnomen verbrüdert hatten, und haben versucht, einen möglichst guten Schnitt bei der ganzen Sache zu machen.«

»Und ganz nebenbei seid ihr zu Helden geworden«, fügte Alannah hinzu.

Der feiste Ork zuckte wie unter einem Peitschenhieb zusammen. »Was habt ihr Spitzohren und Milchgesichter nur immer mit eurem Heldentum?«, knurrte er aggressiv. »Was, bitte sehr, soll denn so toll daran sein, sich für andere einzusetzen oder gar noch für sie ins Gras zu beißen?«

»Alles«, antwortete Alannah.

»Nichts«, widersprach Rammar. »Auch wir Orks haben Helden, zu denen wir aufschauen, aber die haben sich nicht so dämlich angestellt wie eure. Gulz der Schlächter beispielsweise wurde berühmt, weil er ein ganzes Heer von Feinden aufschlitzen und mit Zwiebeln und Knoblauch stopfen ließ. Und Hirul der Kopflose hat seinen Namen nicht von ungefähr – er kämpfte selbst dann noch weiter, nachdem ihm ein Troll das Haupt von den Schultern gerissen hatte. Und Koruk der Giftpisser wird so genannt, weil er ...«

»Es reicht.« Alannah hob abwehrend die Hände. »Mir ist klar, was du meinst. Unsere Vorstellungen von Heldentum und großen Taten mögen nicht übereinstimmen, dennoch könnt ihr nicht bestreiten, dass ihr euren Teil zur Befreiung Tirgas Lans beigetragen habt, ob das nun in eurer Absicht lag oder nicht. Ihr habt tapfer gekämpft und euch als gute Verbündete erwiesen – und aus diesem Grund haben wir euch hergebeten.«

»Aha«, schnaubte Rammar. »Jetzt kommen wir langsam zur Sache. Was ist los? Wofür braucht ihr unsere Hilfe?«

Corwyn runzelte die Stirn. Die Antwort schien ihn, wie Rammar zufrieden feststellte, einige Überwindung zu kosten, und er sprach erst, nachdem ihm Alannah einen auffordernden Blick zugeworfen hatte. »Wie würdet ihr ein Feuer löschen?«, erkundigte er sich schließlich.

»Ein Feuer? Mit Wasser natürlich! Seid ihr Menschen schon derart verblödet, dass ihr einen Ork rufen müsst, um Antwort auf eine derart banale Frage zu erhalten?«

»Wasser ist eine Möglichkeit, aber es gibt noch andere«, erwiderte Corwyn, die Beleidigung überhörend. »Die Völker des Ostens beispielsweise pflegen Steppenbrände zu bekämpfen, indem sie ein Gegenfeuer legen und den Flammen dadurch die Nahrung nehmen. Die beiden Brände bewegen sich aufeinander zu und verzehren sich schließlich gegenseitig.«

»Was du nicht sagst«, knurrte Rammar – davon hatte er noch nie gehört. Orks waren ohnehin nicht besonders interessiert am Bekämpfen von Bränden, sondern viel eher daran, sie zu legen. Wenn in der Modermark ein Feuer ausbrach, dann freuten sich alle über das Werk der Zerstörung. Nur einem ausgesprochenen *umbal* wäre es in den Sinn gekommen, die Flammen löschen zu wollen. »Und warum erzählst du uns das alles?«

»Wie viel hat mein Bote euch bereits berichtet?«, fragte Corwyn.

»Genug, um zu wissen, dass du in Schwierigkeiten steckst«, entgegnete Rammar unumwunden, während sein Bruder weiterhin schmatzte und schlürfte. Inzwischen hatte Balbok den Teller weggeworfen und sich den Kessel bringen lassen, den er wie einen riesigen Becher angesetzt hatte und aus dem er in gierigen Schlucken trank.

»Schwierigkeiten – in der Tat.« Corwyn nickte. Dann erhob er sich, durchmaß die Halle mit bedächtigen Schritten und begann mit seiner Erzählung: »Zu Beginn war es leicht. Die Kunde, dass die Elfenkrone einen Menschen zum König von Tirgas Lan erwählt hatte, der eine Elfin zu seiner Gemahlin nahm, verbreitete sich rasch, und viele kamen, um ihm ihre Gunst zu erweisen, und nicht wenige von ihnen blieben auch. Innerhalb weniger Monate wurde Tirgas Lan, die so lange eine Geisterstadt war, zum Zentrum der Welt und zur neuen Hoffnung. Die Zwergenfürsten und viele der Herzogtümer in den nordöstlichen Hügellanden haben mich als König anerkannt und sich dem neuen Reich angeschlossen, zum Wohle Erdwelts und zum Segen all ihrer Bewohner.«

»Aber nicht alle«, riet Rammar.

Corwyn schüttelte den Kopf. Er war inzwischen stehen geblieben. »Anfangs waren es nur wenige, die meine Regentschaft nicht akzeptieren wollten. Ich hätte sie nicht weiter beachtet, hätten sie nicht ihre Nachbarn angegriffen, die sich unter den Schutz von Tirgas Lan gestellt hatten. Also kam es zum Krieg …«

»Was ist daran neu? In den Ostlanden schlagen sich die Menschen gegenseitig die Schädel ein, so weit man zurückdenken kann. Die Zwerge liefern ihnen Waffen, Orks verdingen sich in ihren Heeren als Söldner. So ist es immer gewesen, und so wird es auch immer sein. Alle sind damit zufrieden, warum also etwas dran ändern?«

»Längst nicht alle sind damit zufrieden«, widersprach Corwyn. »Du vergisst den hohen Preis, den der Krieg fordert. Frauen werden zu Witwen und Kinder zu Waisen. Und Männer, die als mutige Kämpfer in die Schlacht ziehen, kehren – wenn überhaupt – verkrüppelt zurück.«

Rammar verstand nicht, was Corwyn so schlimm daran fand, und zuckte mit den breiten Schultern. »Ja und?«

»Das muss ein Ende haben«, sagte Corwyn entschieden.

»Hä?«, machte Rammar verständnislos. »Warum das denn?«

»Du hast recht mit dem, was du sagtest«, fuhr Corwyn fort, ohne auf Rammars Frage einzugehen. »Der Krieg gehört zu den Ostlanden wie die Sonne zum Tag. Jahrzehntelang haben sich die Menschen dort gegenseitig bekämpft im Streit um die Vorherrschaft. Aber damit soll es nun vorbei sein. Der König ist nach Tirgas Lan zurückgekehrt, genau wie Farawyn es weisgesagt hat, und mit ihm auch Gesetz und Ordnung. Nur gibt es eine Macht, die sich gegen die Prophezeiung und gegen Tirgas Lan stellt.«

»*Eine* Macht?«, hakte Rammar nach. »Ich dachte, es wären mehrere, die sich deiner Herrschaft widersetzten …«

»Mit den Clanlords des Nordostens werden wir fertig«, erklärte Alannah. »Sie agieren auf eigene Faust und oft genug ohne Verstand. Jemand anderes – oder *etwas* anderes – bereitet uns wesentlich größere Sorge.«

»Und das wäre?«

»Im fernen Südosten, in der Stadt Kal Anar, scheint es einen neuen Herrscher zu geben. Wir wissen nicht genau, was dort vor sich geht, aber wie es aussieht, rüstet man dort zum Krieg gegen Tirgas Lan.«

»Woher wisst ihr das?«

»Wir folgern es aus den wenigen Nachrichten, die von dort zu uns dringen. Es sind sogar weniger Nachrichten als Gerüchte. Zuverlässige Berichte erhalten wir schon längst nicht mehr, denn die Spione, die wir aussandten, kehrten nur teilweise zurück.«

»Teilweise?« Balbok, der seine Mahlzeit inzwischen beendet hatte – nicht so sehr, weil er genug gehabt hätte vom *bru-mill*, sondern einfach deshalb, weil der Kessel leer war – hob eine Braue. »Was bedeutet das?«

»Das bedeutet, dass nur ihre Köpfe zurückgeschickt wurden, der Rest blieb in Kal Anar«, antwortete Corwyn im harten Tonfall. »Der Feind kennt keine Gnade.«

»Na ja, das mit den Köpfen ist ja nichts Besonderes«, war Rammars Meinung. »Du erwartest also wahrscheinlich, dass wir dich unterstützen gegen wer auch immer in Kal Asar das Sagen hat.«

»Es heißt Kal Anar«, verbesserte Corwyn, »und ihr sollt nicht *mir* helfen, sondern Tirgas Lan.«

»Wo ist der Unterschied?«

»Es geht hier nicht um mich«, erklärte Corwyn. »Nur die Krone auf meinem Kopf ist es, was zählt. In den ersten Monaten meiner Regentschaft habe ich kaum eine Nacht geschlafen, sondern mich im Bett hin und her gewälzt und mich immer wieder gefragt, warum sie sich ausgerechnet auf mein Haupt niedergelassen hat.«

»Das würde ich auch gern wissen«, sagte Balbok und seufzte.

»Ich konnte nicht begreifen«, fuhr Corwyn fort, »warum

ausgerechnet mir diese Ehre und diese hohe Verantwortung zuteil wurden, doch Alannah machte mir klar, dass es nicht darauf ankommt, auf wessen Haupt die Königskrone sitzt, sondern darauf, dass ihr Träger das Richtige tut. Diese Krone zierte einst die Häupter von Elfenkönigen, die ganz Erdwelt regierten, in Frieden und Eintracht – und das ist es, was auch ich will. Ihr habt recht, wenn ihr sagt, Krieg wäre in den Ostlanden an der Tagesordnung. Doch jetzt ist die Gelegenheit gekommen, dieses sinnlose Blutvergießen zu beenden. Die Einheit des Reiches ist in greifbarer Nähe. Aber wenn es uns nicht gelingt, die Flammen des Krieges einzudämmen, wird sich dieses verderbliche Feuer immer weiter ausbreiten und unsere Vision verschlingen, bevor sie Wirklichkeit werden kann.«

»Ich verstehe.« Rammar nickte, ein breites Grinsen im Gesicht. »Deswegen das ganze Gequatsche von wegen Feuer und so. Du willst, dass *wir* dein Gegenfeuer sind.«

»Rohe Gewalt, um rohe Gewalt zu bekämpfen«, bestätigte Alannah. »Das Gesetz der Kräftegleichheit.«

»Von Gesetzen verstehe ich nicht viel«, antwortete Balbok und fügte nicht ohne Stolz hinzu: »Aber ich kann zählen. Und ich verstehe nicht, was zwei Orks gegen eine ganze Stadt ausrichten sollen. Noch dazu, wenn man dort ein ganzes Heer aufstellt, um es gegen Tirgas Lan zu schicken.«

»Siehst du?« Rammar grinste den ehemaligen Kopfgeldjäger an. »Sogar mein dämlicher Bruder hat begriffen, dass dein Plan Schwachsinn ist. Ein *kro-truuark* nennen wir Orks so etwas – ein Unternehmen, von dem niemand lebend zurückkehrt.«

»Ihr wärt nicht allein«, widersprach Corwyn. »Ein Kommandotrupp würde unter eurem Befehl stehen.«

»Befehl? Kommandotrupp?« In Rammars Schweinsäuglein blitzte es begehrlich – über andere zu bestimmen, ihnen zu sagen, was sie zu tun hatten und was gefälligst nicht, war schon eher nach seinem Geschmack. Allerdings hatte die Sache noch immer einen Haken. Nicht nur, dass das Unternehmen höchst riskant und gefährlich war – Rammar hatte auch den Eindruck, dass Corwyn ihm noch nicht alles gesagt hatte …

»Das klingt nicht schlecht«, äußerte er deshalb. »Trotzdem, etwas stimmt nicht an dieser Sache, das kann ich fühlen. Du magst jetzt eine Krone tragen, aber darunter bist du noch immer dasselbe Schlitzohr wie damals, Corwyn.«

»Du hast recht«, gab Alannah unumwunden zu. »Eine wichtige Information hat mein Gemahl dir vorenthalten.«

Der dicke Ork schnitt eine Grimasse. »Warum bin ich nicht überrascht?«

»Und was für eine Information ist das?«, wollte Balbok wissen.

Corwyn sandte seiner Königin einen warnenden Blick, aber die Elfin war offenbar dazu entschlossen, den Orks die ganze Wahrheit zu offenbaren. »Kal Anar«, eröffnete sie, »ist nicht *irgendeine* Stadt. Heutzutage ist sie eine Siedlung der Menschen, aber früher lebten dort Elfen – und einer von ihnen erlangte später traurige Berühmtheit. Kal Anar war die Heimat von Margok!«

»Von Margok?«, fragte Balbok.

»Sprechen wir von *dem* Margok?«, fragte Rammar.

Alannah nickte. »Ja, von *dem* Margok.«

»Von dem Dunkelelfen?« Furcht schwang auf einmal in Balboks Stimme mit. »Von demjenigen, der die Orks geschaffen hat? Der den Körper Ruraks übernahm und auf diese Weise nach *sochgal* zurückkehren wollte?«

»Genau der«, bestätigte Corwyn.

»Aber … aber Margok wurde vernichtet!«, rief Balbok. »Der Dragnadh hat ihn gefressen. Ich habe selbst gesehen, wie er …«

»Habt keine Sorge – Margok ist tot«, versicherte Alan-

567

nah. »Dennoch ist nicht auszuschließen, dass jene dunkle Macht, die in Kal Anar regiert …« Sie verstummte, suchte nach den richtigen Worten und sprach den Satz dann zu Ende: »… in einer gewissen Verbindung mit ihm steht.«

»Einer gewissen Verbindung? Verdammtes Elfengeschwätz!«, ereiferte sich Rammar. »Was hat das zu bedeuten?«

»Genau das sollt ihr herausfinden«, erklärte Corwyn.

»Bis heute wissen wir nicht, was es war, das Margok zum Dunkelelfen werden ließ – damals, vor langer Zeit«, fügte Alannah hinzu. »Möglicherweise liegen die Wurzeln des Übels in Kal Anar, ohne dass jemand je auf den Gedanken kam, dort danach zu suchen. Die Streiter des Lichts waren so sehr damit beschäftigt, Margok zu bekämpfen, dass ihnen dies gar nicht in den Sinn kam. Aber nun regt sich etwas in Kal Anar – etwas sehr Altes und Böses … Ich kann es fühlen, aber ich kann es nicht genau bestimmen. Was wir brauchen, sind Informationen – und nur ihr könnt sie uns beschaffen, meine Freunde.«

»Vielleicht«, räumte Rammar ein. »Aber mit Margoks böser Macht will ich's nicht noch einmal zu tun kriegen. Du etwa, Balbok?«

»Na ja, ich …«

»Balbok hat auch die Schnauze voll davon, für euch den Schädel hinzuhalten«, fiel Rammar ihm kurzerhand ins Wort. »Du kannst reden, was du willst, Elfenweib. Und du auch, Kopfgeldjäger. Unsere Antwort lautet Nein.«

»Ist das dein letztes Wort?«, fragte Alannah.

Rammar nickte grimmig. »Worauf du einen lassen kannst.«

»Und was ist mit dem *bolboug*?«

»Was soll damit sein?«

»Unser Bote hat uns berichtet, dass es nicht allzu gut um euren Häuptlingsstand bestellt ist«, erklärte Corwyn. »Angeblich gab es eine Meuterei unter den *faihok'hai*, und man hat euch als Führer des *bolboug* abgesetzt.«

»*Korr*«, bestätigte Balbok, noch ehe Rammar etwas anderes behaupten konnte.

»Und wollt ihr euch das gefallen lassen?«, fragte der ehemalige Kopfgeldjäger. »Sollen die Verräter in den Reihen der Orks triumphieren?«

»Bestimmt nicht«, blaffte Rammar, »da kannst du ganz sicher sein!«

»Ihr wollt euch also an ihnen rächen?«

Rammar fletschte die gelben Zähne. »Genau das.«

»Und wie wollt ihr das anstellen? Zwei Orks gegen ein ganzes Dorf – das stelle ich mir ziemlich schwierig vor.«

»Das geht dich nichts an!«, blaffte Rammar ihn an. »Ich habe dich nicht gebeten, dir unseretwegen den Schädel zu zerbrechen.«

»Was, wenn ich euch helfen würde? Als Gegenleistung dafür, dass ihr nach Kal Anar geht?«

»Klar würdest du uns helfen«, tönte Rammar mit vor Sarkasmus triefender Stimme. »Indem du ein Menschenheer auf die andere Seite des Schwarzgebirges schickst, den *bolboug* befreist und dabei ganz nebenbei noch die Modermark deinem Reich einverleibst. Glaubst du, ich weiß nicht, wie so was läuft? Ich mag fett und blöde sein, aber ich bin nicht blöde und fett. Ich merke genau, worauf du es abgesehen hast.«

»Du missverstehst meine Absichten«, beteuerte Corwyn. »Das Angebot, das ich dir durch meinen Boten überbringen ließ, nämlich die Grenzen der Modermark zu garantieren, gilt auch weiterhin. Aber ich könnte euch helfen, indem ich euch Gold aus dem Schatz von Tirgas Lan gebe. Reichtum genug, um ein Heer von Ork-Söldnern aufzustellen, sodass ihr den *bolboug* selbst zurückerobern könnt.«

»Gold aus dem Schatz von Tirgas Lan?« Aus Balboks fiebrigen Blicken sprach unverhohlene Gier. Der Gedanke an all die schönen glitzernden und funkelnden Sachen, die dort unten im Schatzgewölbe lagerten und die sie bei ihrem letzten Besuch hatten zurücklassen müssen, ließ sein Orkherz höher schlagen.

Auch Rammar bekam große Augen, und Speichel tropfte ihm von der wulstigen Unterlippe. »Das … das würdest du für uns tun?«, fragte er.

»Es wäre die angemessene Belohnung für einen Dienst von unschätzbarem Wert«, meinte Alannah.

»Und worin genau besteht dieser Dienst?«

»Ganz einfach: Ihr geht nach Kal Anar und schaut euch dort um. Versucht, möglichst viel an Informationen zu sammeln und die Stärke des Feindes auszukundschaften. Und wenn möglich, bringt in Erfahrung, welche dunkle Macht in Kal Anar ihr Unwesen treibt.«

»Das ist alles?«, fragte Balbok ungläubig.

»Das ist alles«, behauptete Alannah.

»Und wenn wir den Urheber des ganzen Durcheinanders zufällig vor den *saparak* bekommen?«

»Euer Auftrag besteht vor allem darin, euch ein Bild von der Lage zu machen«, erklärte Corwyn. »Aber wenn ihr das Problem gleich aus der Welt schaffen könnt, solltet ihr euch keinen Zwang antun.«

»Einen Augenblick«, ging Rammar dazwischen und strafte seinen vorlauten Bruder mit einem scharfen Blick, dann wandte er sich wieder Seiner Majestät König Corwyn zu. »Wenn wir das Problem für dich endgültig beseitigen sollen, dann kostet dich das ein bisschen mehr als nur ein paar Pötte Gold und Edelsteine.«

»Was wollt ihr dafür haben?«

»Den ganzen Elfenschatz!«, eröffnete Rammar unumwunden.

»Ausgeschlossen«, lehnte Corwyn kategorisch ab.

»In diesem Fall, fürchte ich, könnt ihr beide die Sache vergessen«, sagte Rammar. »Schickt jemand anderen nach Kal Asar oder wie das Kaff heißt und lasst euch von *ihm* erzählen, was dort gebacken ist. Und wenn er zurückkehrt, bereitet euch schon mal auf einen langen und sinnlosen Krieg vor, der viele unschuldige Milchgesichter das Leben kosten wird.« Damit erhob er sich. »Komm, Balbok, wir gehen.«

»Aber Rammar, vielleicht haben sie noch *bru-mill* in der Küche und ...«

»Wir gehen!«, wiederholte der feiste Ork so energisch, dass sein Bruder nicht mehr zu widersprechen wagte. Mit gesenktem Kopf stand auch er auf und watschelte hinter Rammar her, der erhobenen Hauptes und stolzen Schrittes auf die große Pforte der Halle zuging.

Doch Rammar ließ sich dabei Zeit. Er hatte es nicht eilig, den Thronsaal zu verlassen. Und er wollte Corwyn und Alannah Gelegenheit geben, ihre Meinung zu ändern. Er ahnte, dass sie in seinem Rücken einen hastigen Blick tauschten und angestrengt überlegten, was zu tun war. Er hatte alles auf eine Karte gesetzt, wie die Milchgesichter zu sagen pflegten, und war überzeugt, damit auch durchzukommen.

Ziemlich überzeugt sogar.

Je näher die Orks allerdings der Pforte kamen, desto mehr verlangsamte Rammar seine Schritte. Er wollte nichts überstürzen, dem Menschen und der Elfin Zeit geben, die richtige Entscheidung zu treffen.

Und wenn sie es nicht taten?

Es waren nur noch wenige Schritte bis zur Pforte. Wenn er sie erst erreicht hatte, gab es kein Zurück mehr.

Hatte er den Bogen überspannt? Hätte er nehmen sollen, was man ihm angeboten hatte, und ansonsten seine vorlaute Schnauze halten?

Der Ork bereute seine Worte fast, und er legte sich bereits ein paar Argumente zurecht, die es ihm ermöglichen würden, seine Meinung zu ändern, ohne wie ein jämmerlicher *goultor* dazustehen. Er stand unmittelbar vor der Pforte, hob die Krallenhände, um sie aufzustoßen ...

»Einen Augenblick!«, rief Corwyn.

Rammar fiel ein ganzer Steinschlag vom schwarzen Herzen. »Was ist?«, fragte er hoffnungsfroh und fuhr herum, um sogleich noch verdrießlich hinzuzufügen: »Es ist spät. Ich bin müde und will schlafen!«

»Wir sind einverstanden«, eröffnete Alannah. »Im Auftrag Tirgas Lans geht ihr nach Kal Anar. Kehrt ihr mit nützlichen Informationen zurück, erhaltet ihr dafür genug Gold, um damit ein Söldnerheer aufstellen zu können und euren *bolboug* zurückzuerobern. Gelingt es euch zudem, die Bedrohung zu beseitigen, gehört euch der gesamte Elfenschatz.«

»Und daran ist keine weitere Bedingung geknüpft?«, fragte Rammar scharfsinnig.

»Nur eine einzige«, erwiderte Corwyn. »Ihr müsst euch feierlich verpflichten, das Gold nicht gegen Tirgas Lan zu verwenden und die Grenzen des Reiches unangetastet zu lassen. Andernfalls wäre nichts gewonnen.«

Rammar zögert einen Augenblick. »Klar verpflichten wir uns dazu«, versicherte er schließlich. »Sogar feierlich, wenn es sein muss, nicht wahr, Balbok?«

»*Korr.*« Der Hagere grinste. »Die haben ja gar keine Ahnung, *wie* feierlich wir Orks sein können.«

»Vor allem, wenn es darum geht, sich einen ganzen Schatz unter den Nagel zu reißen.« Rammar grinste breit. »Aber eigentlich gehört der Elfenschatz ja ohnehin uns. Schließlich sind wir die letzten Nachkommen des Elfengeschlechts, die noch in *sochgal* weilen, oder?«

Alannah presste die Lippen fest zusammen und erwiderte nichts darauf. Obwohl Rammars letzte Worte voller Spott und Hohn gewesen waren, entbehrten sie nicht einer gewissen

Logik. Alannah selbst war streng genommen keine Elfin mehr, nachdem sie der Unsterblichkeit entsagt und einen Menschen zum Mann genommen hatte, und da die Orks durch die dunkle Magie des Frevlers Margok einst aus den Elfen hervorgegangen waren, hatte Rammar – *gewissermaßen* – recht.

Natürlich hatte der feiste Ork nicht vor, sich an die Absprache mit Corwyn zu halten, wie feierlich auch immer sein Wort ausfallen mochte. Nach Meinung der Orks gibt es Versprechen nur aus einem einzigen Grund: nämlich um sie zu brechen. Nicht, dass Orks keine Ehre hätten, aber sie stellen sich eben etwas völlig anderes darunter vor als die Menschen. Einen Feind zu hintergehen, ihn mit List und Tücke in Sicherheit zu wiegen, um ihm dann in den Rücken zu fallen – *das* ist für einen Ork äußerst ehrenhaft und gilt unter ihnen sogar als besonders schlau und raffiniert. Und Rammar hielt sich sogar für einen ganz besonders ehrenhaften, schlauen und raffinierten Ork. In Windeseile hatte er einen Plan geschmiedet, wie er nicht nur den Elfenschatz in seinen Besitz und den *bolboug* zurückerobern, sondern ganz nebenbei auch noch König von Tirgas Lan werden konnte.

Zuerst würden Balbok und er sich in die fremde Stadt begeben und sich anschauen, was dort vor sich ging. Dann würde Rammar seinen Bruder vorschicken, um den unheimlichen Feind zu vernichten, wer immer das auch sein mochte. Anschließend würde er selbst im Triumphzug nach Tirgas Lan zurückkehren, wo er die Belohnung kassieren und die Menschen ihn einmal mehr als ihren Retter feiern würden – so lange bis er mit dem Gold ein Söldnerheer aufgestellt hatte, um damit die Königsstadt zu überrennen. Wenn er erst Feuer vom Himmel regnen ließ und seine Ork-Söldner jeden Menschen innerhalb der Stadt erschlugen, würde sicherlich niemand mehr an seinem bösen Willen zweifeln, und sein schlechter Ruf und seine Ehre wären wiederhergestellt ...

Ein hinterhältiges Grinsen huschte für einen kurzen Moment über Rammars Züge. Alles entwickelte sich, wie er es sich nur wünschen konnte, und für einen Augenblick war er in solcher Hochstimmung, dass man meinen mochte, nichts und niemand könnte ihm die gute Laune mehr verderben. Allerdings währte dieser Augenblick nicht allzu lange …

»Dann sind wir uns also einig«, fasste Corwyn zusammen. »Ihr tretet in meinem Auftrag die Reise nach Kal Anar an – bei der euch übrigens ein alter Bekannter als euer Führer begleiten wird.«

»Ein alter Bekannter?« Rammar horchte auf. »Wer?«

»Jemand, an den ihr euch bestimmt gut erinnern werdet. Die geheimen Routen in die Ostlande kennt er wie kaum ein anderer, da er sie lange Zeit dazu benutzte, verbotene Waren zu transportieren. Inzwischen ist er jedoch geläutert – jetzt arbeitet er für die Krone und hat seinem Dasein als Schmuggler abgeschworen.«

»Als Schmuggler?«, fragte Rammar, während ihn eine unheilvolle Ahnung beschlich. Es konnte doch nicht sein, dass …

Oder doch?

Balbok neben ihm warf den Kopf in den Nacken und begann zu schnüffeln, und Rammar wusste nur zu gut, was sein Bruder zu erschnuppern versuchte – den widerlichen Gestank eines Zwergs.

»Ihr vermutet richtig«, erklärte Alannah mit einem amüsierten Lächeln. »Der wackere Kämpfer, der euch nach Kal Anar führen wird, ist Orthmar von Bruchstein …«

# 5.

# AN-DA FEUSACHG'HAI-SHROUK

Rammars Laune war in ungeahnte Tiefen gesackt – und sie verschlechterte sich noch, als der Ork am nächsten Tag mehr über die Bedingungen erfuhr, unter denen Balbok und er das Todesunternehmen antreten sollten.

Dass ein Zwerg, ein elender Hutzelbart, die Mission begleiten sollte, war an sich schon schlimm genug. Aber dass sich Corwyn und Alannah erdreisteten, ausgerechnet Orthmar von Bruchstein, den verschlagensten und hinterhältigsten aller *feusachg'hai-shrouk*, den Orks als Führer mitzugeben, das war wie ein Schlag ins Gesicht.

Orthmar war der Anführer jener Zwerge gewesen, die damals ebenfalls nach Tirgas Lan gesucht hatten – natürlich nur, um sich den Schatz der Elfen unter den Nagel zu reißen. Dazu hatte er vor nichts zurückgeschreckt, und hätte er sich in der Schlacht um die verschollene Stadt nicht als so tapferer Kämpfer erwiesen, hätte man ihn wohl um einen Kopf kürzer gemacht, und das wäre dann selbst für einen Zwerg zu kurz. Im Nachhinein konnte Rammar dieses Versäumnis nur bedauern, als er in das faltige, von wucherndem Haar- und Bartgestrüpp umrahmte Gesicht des Zwergs blickte, aus dem ihn ein winziges Augenpaar feindselig anblitzte.

Weder die Orks noch der Zwerg brachten ein Wort des Grußes hervor, als sie einander gegenübertraten. Jedem war anzusehen, dass er am liebsten nach der Waffe gegriffen und den anderen kurzerhand erschlagen hätte.

»Vorzustellen brauche ich euch einander ja wohl nicht mehr«, meinte Corwyn. »Ihr kennt euch gut genug.«

»Allerdings«, antwortete Rammar mit grummelnder Stimme, während sie einander weiterhin misstrauisch taxierten.

»Ich kann nicht glauben, dass Ihr sie gerufen habt, Hoheit«, knurrte Orthmar, der nicht mehr eine abgewetzte Lederrüstung und Kettenhemd trug wie damals, sondern einen seidenen Rock und einen weiten Umhang, der ihn als Angehörigen des Hofstaats kennzeichnete. »Wir brauchen keine Unholde, um unsere Feinde zu besiegen.«

»Und ich kann nicht glauben, dass du hier bist«, versetzte Balbok verdrießlich. »Das letzte Mal, als ich dich sah, hat man dich aus Tirgas Lan fortgejagt.«

»Viel hat sich seither geändert«, erklärte Alannah. »Die Zwergenfürsten haben Corwyns Herrschaft anerkannt, und Orthmar ist ihr Botschafter hier in Tirgas Lan. Dass er sich freiwillig für diese Mission gemeldet hat, geht weit über seine eigentlichen Aufgaben hinaus, und wir sind ihm sehr dankbar dafür.«

»Er hat sich freiwillig gemeldet?«, schnappte Rammar. »Wieso das?«

»Ganz einfach, Unhold«, giftete Orthmar. »Weil diese Mission von großer Wichtigkeit ist und sie ohne meine Hilfe kaum Aussicht auf Erfolg hätte.«

»Was du nicht sagst.« Rammar grinste Orthmar bissig an. »Wer hat dir denn diesen *shnorsh* eingeredet?«

»Ohne mich habt ihr keine Chance, unbehelligt ins Feindesland zu gelangen«, gab sich der Zwerg überzeugt. »Vergesst nicht, dass ich jahrelang als Schmuggler tätig war. Ich kenne in den Ostlanden jeden versteckten Winkel, und ich weiß um die geheimen Stollen und Gänge, die meine Vorfahren einst angelegt haben. Schon einmal habt ihr sie benutzt, wisst ihr noch?«

»Natürlich weiß ich das noch«, zischte Rammar. »Ich bin

ja kein *umbal*. Aber wer sagt uns, dass du uns nicht in die Irre führst? Dass du uns nicht im nächstbesten Stollen zurücklassen wirst, womöglich mit einer Spitzhacke im Schädel oder eingeschlossen von Felsen, die du selber losgeschlagen hast?«

»Was einmal war, ist vergessen«, sagte Alannah beschwichtigend. »Orthmar hat Corwyn die Treue geschworen, so wie es auch seine Fürsten taten. Er ist ein ergebener Untertan der Krone und verdient unser Vertrauen.«

»Der und treu ergeben?«, rief Balbok. »Da lachen ja die Gnomen.«

»Hüte deine Zunge, du langes Elend!«, knurrte Orthmar, der seinen Kopf weit in den Nacken legen musste, um den Ork anzuschauen. »Sonst könnte es sein, dass ich dir die Beine abhacke, um dich auf handliche Größe zu stutzen.«

»Auch du solltest dich mäßigen, Orthmar!«, rief Corwyn den Zwerg zur Vernunft. »Der unbekannte Feind, der im Osten zum Krieg rüstet, bedroht uns alle gleichermaßen. Wir müssen zusammenstehen und unsere alten Feindschaften beilegen, sonst hat er gewonnen, noch ehe die erste Schlacht geschlagen wurde.«

»Na schön«, brummte der Zwerg, während er die Orks weiterhin mit finsteren Blicken bedachte. »Keiner soll sagen, es hätte an Orthmar von Bruchstein gelegen. Ich bin bereit zu vergessen, wenn die Unholde es auch sind.«

»Nun?«, wandte sich Corwyn daraufhin an Balbok und Rammar.

»Was soll ich sagen?« Rammar schaute Corwyn mürrisch an. »Es gefällt mir nicht, dass du ausgerechnet unseren alten Feind zu unserem Führer bestellt hast. Aber wenn er uns bei unserer Mission von Nutzen sein kann, soll er uns meinetwegen begleiten. Doch wehe …«

»Ihr könnt euch voll und ganz auf ihn verlassen«, versicherte Alannah. »Nicht wahr, Orthmar?«

»Natürlich, meine Königin«, erwiderte der Zwerg beflissen und verbeugte sich. »Meine ganze Loyalität gehört nun Euch, das wisst Ihr. Und auch, wenn ich für Unholde nichts übrig habe, vertraue ich auf Eure Entscheidung und darauf, dass diese beiden hier zu ihrem Wort stehen.«

Rammar lachte meckernd auf und wandte sich wieder an Corwyn. »Und dieses Gesäusel glaubst du, König Kopfgeldjäger?«

»Warum sollte ich ihm nicht glauben?«

»Bei Torgas Eingeweiden – als ich dich gestern sah, da hatte ich das Gefühl, es hätte sich nichts verändert. Dass du noch immer derselbe bist wie damals, auch wenn du jetzt diese Krone trägst. Aber jetzt glaube ich, dass ich mich getäuscht habe. Corwyn den Kopfgeldjäger gibt es nicht mehr – denn er hätte niemals einem Zwerg vertraut, der ihn noch vor nicht allzu langer Zeit meucheln lassen wollte.«

»Du hast recht, Rammar«, gab Corwyn unumwunden zu. »Den Kopfgeldjäger gibt es nicht mehr, nur noch den König. Und der versucht, stets das Gute in einem jeden Wesen zu sehen. Die Zeiten haben sich geändert, Rammar.«

»Nein, haben sie nicht«, widersprach der Ork. »Ihr Menschen glaubt nur immer, dass sie das tun. Deswegen begeht ihr die gleichen Fehler wieder und immer wieder.«

»Wie dem auch sei, Rammar, es ist entschieden«, stellte Corwyn klar, als wollte er nicht zugeben, dass auch ihn Zweifel plagten hinsichtlich Orthmars Loyalität.

»Eines haben wir noch nicht geklärt«, wandte sich Orthmar von Bruchstein an den König.

»Und das wäre?«

»Wer den Oberbefehl führt bei dieser Mission«, erklärte der Zwerg. »Da ich den Trupp führen werde, ist es nur recht und billig, wenn ich auch …«

»Schlag dir das aus deinem haarigen Schädel, Hutzelbart!«, fuhr Balbok ihn an. »Corwyn hat Rammar und mir den Oberbefehl übertragen!«

»Rammar und dir?« Orthmar lachte auf. »Wohl eher Rammar allein, denn du begnügst dich ja damit, zu allem zu nicken, was dein fetter Bruder sagt. Ich aber kann mir nicht vorstellen, unter seinem Befehl zu dienen.«

»Dann, Zwerg, wirst du zu Hause bleiben müssen«, versetzte Rammar genüsslich, »denn König Kopfgeldjäger hat in dieser Sache bereits entschieden.«

»Hoheit«, wandte sich Orthmar daraufhin flehend an Corwyn, »das kann unmöglich Euer Ernst sein.

»Es ist mein Ernst«, bekräftigte der König, »und es bleibt dir nichts anderes übrig, als meine Entscheidung zu akzeptieren, wenn du mir dienen und an diesem Unternehmen teilhaben willst. Nur, wenn wir unsere alten Feindschaften vergessen und bereit sind, gegen unsere neuen Feinde gemeinsam zu kämpfen, können wir erfolgreich sein.«

Orthmar von Bruchstein gab sich erstaunlich schnell geschlagen. »Dann ernennt mich wenigstens zum Stellvertreter der beiden!« Der Zwerg schien nur noch wenig mit jenem Schmuggler gemein zu haben, der damals alles unternommen hatte, um den Elfenschatz in seinen Besitz zu bringen. »Falls ihnen etwas zustößt oder sie sich entschließen sollten, die Mission nicht bis zum Ende durchzuführen – immerhin sind und bleiben sie Orks, Sire –, so werde ich das Kommando übernehmen und in Eurem Sinne tun, was zu tun ich vermag. Auf diese Weise werde ich Euch und allen anderen beweisen, dass ich ein treuer Untertan von Tirgas Lan geworden bin.«

Alannah und Corwyn tauschten einen Blick, ehe der König antwortete: »Also gut, Orthmar, so soll es sein. Rammar und Balbok führen den Befehl, aber du bist ihr Stellvertreter.«

»Was heißt das schon?«, knurrte Rammar und funkelte den Zwerg feindselig an. »Du wirst keine Gelegenheit bekommen, den Anführer zu spielen, darauf kannst du dich verlassen.«

»Abwarten«, zischte Orthmar.

»Nachdem wir das geklärt hätten«, meinte Alannah, »werden wir euch nun die übrigen Mitglieder des Kommandotrupps vorstellen. Kommt mit.«

»Wohin?«, wollte Balbok wissen.

»Dumme Frage – zur Kaserne natürlich«, blaffte Rammar. »Sie werden uns ihre größten und stärksten Krieger mit auf den Weg geben, das versteht sich ja wohl von selbst.«

»Ich fürchte, da irrst du dich, mein Freund«, dämpfte Corwyn die Euphorie des Orks.

»Was – was soll das heißen, ich irre mich?« Rammar watschelte hinter ihm her. »Und nenn mich verdammt noch mal nicht deinen Freund!«

»Nun, ich dachte, da ihr in meinen Diensten steht …«

»Wir haben einen Handel, das ist alles«, erklärte Rammar. »Orks haben keine Freunde – unter Menschen schon gar nicht, vergiss das nicht.«

»Natürlich, wie du meinst.«

»Also, wohin gehen wir?«

»In den Kerker«, antwortete Alannah knapp, die Rammar folgte, Balbok und Orthmar an ihrer Seite.

»In den Kerker?« Rammars Blick verriet eine gewisse Panik. »A-aber wieso das denn? H-haben wir einen Fehler gemacht? Haber wir etwas Verbotenes getan? Ich da-dachte, wir wären alte Verbündete und …«

»Beruhige dich«, beschwichtigte ihn Corwyn. »Ich habe nicht vor, euch in den Kerker zu werfen. Aber dort werden wir jene treffen, die euch auf eurer Mission begleiten werden.«

»Folterknechte?«, fragte Balbok interessiert – vielleicht ergab sich ja die Möglichkeit zum Erfahrungsaustausch.

»Nein – Häftlinge.«

»Häftlinge?« Nicht nur die Orks, auch Orthmar von Bruchstein machte große Augen.

»Gesetzlose, die in Tirgas Lans Kerkerzellen eingesperrt wurden«, erläuterte Alannah. »Sie werden euch auf eurer Mission begleiten – im Gegenzug versprach man ihnen dafür den Erlass ihrer Strafe.«

»Verstehe«, knurrte Rammar. »Der Auftrag ist so gefährlich, dass ihr dafür keine eigenen Leute riskieren wollt, sondern ein paar Selbstmordkandidaten aus dem Kerker nehmt.«

»Keineswegs«, widersprach Alannah mit einem wissenden Lächeln. »Die Erfahrung des vergangenen Jahres hat gezeigt, dass niemand so verbissen kämpft wie jemand, dem es um die eigene Freiheit geht.«

Durch mehrere Korridore, die von grün gewandeten Wächtern gesäumt wurden, erreichten sie schließlich eine Treppe, die sich steil in die Tiefe wand. Zwei Fackelträger gingen ihnen voraus in die Dunkelheit. Je weiter sie hinabstiegen, desto kühler wurde es und desto durchdringender wurde auch der modrige Geruch, der ihnen entgegenschlug. Endlich erreichten sie das Ende der Treppe und standen in einem niedrigen Gang. Der Schein der Fackeln spiegelte sich in den Wasserlachen am Boden.

»Nicht schlecht«, sagte Balbok anerkennend. »Ihr Milchgesichter wisst ja doch, wie eine gemütliche Behausung auszusehen hat …«

Sie passierten den Gang und gelangten in ein von Fackeln beleuchtetes Gewölbe. Ein grob gezimmerter Tisch und ein dazugehöriger Hocker bildeten die einzigen Einrichtungsgegenstände. In Halterungen steckten brennende Fackeln an den Wänden. Ein Wachmann, der eben noch auf dem Hocker gekauert hatte, sprang auf, als die Besucher eintraten. An seiner Seite, an einem breiten Gürtel, hing ein riesiger Schlüsselbund, und mit klirrendem Rasseln schlugen die großen Schlüssel gegeneinander, als der Wächter aufsprang.

»Mein König!«, rief er beflissen und verbeugte sich. »Ich habe Euch bereits erwartet.«

»Sind die Gefangenen so weit?«, erkundigte sich Corwyn.

»Gewiss, mein König«, antwortete der Wachmann, ein Menschlein, das Rammar – da war er sich sicher – einfach umgepustet hätte, hätte man ihn in eine dieser Kerkerzellen gesperrt und hätte sich die Gelegenheit zur Flucht ergeben. Vielleicht sollte er mit König Kopfgeldjäger einmal über die sichere Bewachung von Gefangenen reden. Am sichersten war es – das hatte sich im Krieg gegen die Gnomen gezeigt –, ihnen beide Füße abzuhacken; das erschwerte eine Flucht ungemein.

»Dann holt sie her!«, befahl König Corwyn.

»Sofort, mein König.«

Der Wärter verbeugte sich noch einmal, dann verschwand er den schmalen Gang hinab, der sich an das Gewölbe anschloss und an dem die Türen zu den einzelnen Zellen lagen. Man hörte Klirren und Rasseln, und nach einer Weile kehrte der Wärter mit einer Reihe von Gestalten zurück, die selbst in Balboks und Rammars Augen wenig vertrauenswürdig wirkten.

Es waren zwei Menschen, ein Zwerg und – zu Rammars und Balboks größtem Missfallen – ein Gnom, mit Eisenspangen um die Fußgelenke und an einer Kette miteinander verbunden.

»Sind sie das?«, erkundigte sich Corwyn.

»Ja, mein König.« Der Wärter nickte. »Dieser hier« – er deutete auf den ersten Menschen, einen bärtigen Hünen mit loderndem Blick, der mit schmutzigen Fellen bekleidet war – »ist Gurn, ein Barbar aus dem hohen Norden – ein Eisbarbar, der in die Überfälle im Grenzland verwickelt war. Acht unserer Leute hat er mit bloßer Faust erschlagen, ehe man ihn überwältigen konnte.«

Corwyn, der selbst alles andere als klein geraten war,

musste den Kopf in den Nacken legen, um Gurn ins Gesicht zu schauen. »Man hat dir gesagt, worum es geht?«

Der Barbar nickte.

»Wenn du gut kämpfst und dazu beiträgst, dass die Mission ein Erfolg wird, bist du ein freier Mann und kannst gehen, wohin du willst. Bist du damit einverstanden?«

Gurn sandte ihm einen undeutbaren Blick und ließ ein markiges Grunzen vernehmen, das Corwyn als Zustimmung nahm.

Der andere Mensch in der Reihe war das krasse Gegenstück des Barbaren, klein und schmächtig, mit kahlem Schädel und verschlagenem Blick. »Wie ist dein Name?«

»Nestor von Taik – zu Euren Diensten.« Der Schmächtige verbeugte sich wie ein Höfling oder Lakai. Rammar war diese menschliche Unterwürfigkeit einfach zuwider.

»Er ist ein mehrfacher Auftragsmörder«, erklärte der Wärter. »Hat seine Klingen an den vermietet, der am besten dafür bezahlte – bis er eines Tages geschnappt wurde.«

»Ein Versehen«, beteuerte Nestor mit unschuldigem Blick, wobei er Alannah ein Lächeln schenkte. »Die Schönheit einer Frau blendete mich …«

»Er hat in ihrem Auftrag ihren Ehemann erstochen und sich dann gleich noch auf ihr Lager gelegt«, übersetzte der Wärter. »Dort fanden ihn die Wachen, als sie kurz darauf eintrafen.«

»Und du hast dich freiwillig für diese Mission gemeldet?«, fragte Corwyn zweifelnd nach.

»So ist es, mein König.«

»Warum?«

»Nun …« Nestor grinste breit. »Weil die Aussicht zu überleben, und ist sie noch so gering, stets besser ist als der sichere Strick des Henkers, nicht wahr?«

Rammar konnte erkennen, wie es in Corwyns Miene zuckte. Es schien dem König ganz und gar nicht zu gefallen,

Diebes- und Mordgesindel zu begnadigen, aber eine andere Möglichkeit sah er offenbar nicht. Das ließ erahnen, wie verzweifelt Corwyn in Wirklichkeit war. So verzweifelt, dass er sogar den Königsschatz herzugeben bereit war …

Der Nächste in der Reihe war der Zwerg, ein kleiner Kerl mit Armen, die so dick waren wie seine Beine, und mit einem Gesicht wie zersprungenes Gestein. Wie's schien, saß er schon eine ganze Weile im Kerker, denn sein rotes Haar und sein Bart waren völlig verwildert, und sein Rock war schmutzig und zerschlissen.

»Kibli der Zwerg«, stellte ihn der Wächter vor, »ein Schmuggler und Menschenhändler, der Flüchtlinge aus dem Osten nach Sundaril schleuste – Frauen zumeist, die er dann in seinen Freudenhäusern für sich arbeiten ließ. Er wurde geschnappt, als er in Tirgas Lan ein weiteres Bordell eröffnen wollte.«

»Leider«, kommentierte der Zwerg, ohne eine Miene zu verziehen.

»Bereust du deine Vergehen?«, fragte Alannah.

»Welche Vergehen? Das alles ist ein schreckliches Missverständnis. Diese armen Frauen hatten in ihrer Heimat keine Zukunft mehr, ich jedoch gab ihnen ein Dach über dem Kopf und zu essen und zu trinken.«

»Du vergreifst dich an den Schwachen und Hilflosen, statt deine Klinge mit gleichstarken Gegnern zu kreuzen und auf ehrliche Weise zu rauben und zu plündern!«, empörte sich Balbok. »Du bist ein *muk*!«

»Ein was?«, fragte Kibli. »Was bedeutet das?«

»Es bedeutet ›Schwein‹«, übersetzte Rammar.

»Verdammte Orkfresse!«, brauste Kibli auf. »Willst du mich beleidigen?«

»Immerhin hat er recht«, pflichtete Orthmar von Bruchstein zur großen Überraschung den beiden Orks bei. »Wer sich an wehrlosen Frauen vergreift, der ist tatsächlich ein

Schwein, sei er nun dem Äußeren nach ein Zwerg oder sonst etwas. Du tust gut daran, an dieser Mission teilzunehmen, Kibli, denn auf diese Weise erhältst du Gelegenheit, deine Ehre wiederherzustellen.«

»Ich werde dir zeigen, wie groß meine Ehre ist, Bruder«, versicherte der andere grimmig. »Verlass dich drauf.«

»Und wen haben wir hier?«, fragte Corwyn und wandte sich dem letzten Gefangenen zu, dessen Haut so grün war wie die eines Froschs. Lidlose schwarze Augen starrten aus dem knochigen Gesicht, das statt einer Nase nur zwei Löcher aufwies und an den Seiten zwei spitze Ohren hatte.

»Einen Gnom«, erklärte der Wärter überflüssigerweise. »Er gehörte zu einer Horde, die marodierend durch die Ebene von Scaria streifte. Seinen Namen kennen wir nicht, weil niemand aus dem Kauderwelsch schlau wird, das er spricht. Er hingegen scheint uns sehr gut zu verstehen, und er hat deutlich gemacht, dass er an der Mission teilnehmen will.«

»Wie das, wenn er unsere Sprache nicht spricht?«, wollte Alannah wissen.

»Indem er kurzerhand dem Häftling, der zuvor für das Unternehmen vorgesehen war, die Kehle durchbiss.«

Rammar konnte nicht länger an sich halten. »Verdammt, was soll das?«, platzte es aus ihm heraus. »Reicht es nicht, dass wir uns in Begleitung von Milchgesichtern und Zwergen auf diese gefährliche Mission begeben müssen? Muss auch noch ausgerechnet ein Gnom dabei sein? Die Grüngesichter sind die Erzfeinde aller Orks!«

»Dessen sind wir uns bewusst«, antwortete Alannah. »Doch vergesst nicht, was Corwyn euch im Thronsaal sagte: Nur, wenn die alten Feindschaften beigelegt werden und alle zusammenstehen, kann derjenige besiegt werden, der sich fern im Osten gegen uns erhebt.«

»Wer sagt das?«, blaffte der dicke Ork.

Alannah hielt Rammars bohrendem Blick stand, zögerte jedoch mit der Antwort.

»Alles, was zählt«, kam Corwyn ihr zur Hilfe, »ist das Gelingen der Mission. Wir müssen erfahren, was jener geheimnisvolle Feind im Schilde führt. Was sind seine Pläne? Wie groß ist seine Macht? Wie stark ist das Heer, das er gegen uns ins Feld führen kann? Nur mit verlässlichen Informationen wird es uns gelingen, die Bedrohung abzuwenden und zu siegen.«

»Oder mit einer verlässlichen Axt«, sagte Balbok trocken.

»Ich weiß zu schätzen, dass ihr versuchen wollt, das Problem auf eure Art zu lösen«, erwiderte Corwyn. »Als König muss ich jedoch Vorsorge treffen, dass meinem Reich auch dann kein Unheil widerfährt, sollte euer Vorhaben scheitern. Aus diesem Grund stelle ich euch diese Gefährten zur Seite.«

»Gefährten?« Rammar ließ einen geringschätzigen Blick über die Gefangenen schweifen. »Das sind keine Gefährten, das ist ein elender Sauhaufen. Eine Horde volltrunkener Orks wäre besser.«

»Das bezweifle ich«, entgegnete Corwyn. »Jeder von denen, die du hier siehst, hat sein Leben verwirkt, hat Verbrechen begangen, auf die nach den alten Gesetzen der Tod als Bestrafung steht. Aber das Gesetz sieht auch vor, dass jemand, der sich in besonderer Weise um das Reich und seine Untertanen verdient macht, von der Todesstrafe verschont wird und begnadigt werden darf.« Der König wandte sich den Gefangenen zu.

»Begleitet die Orks auf ihrer Mission. Folgt ihren Befehlen und dient ihnen treu. Kämpft tapfer und tragt dazu bei, dass sie ihren Auftrag erfüllen können, und ich schenke jedem von euch die Freiheit. Seid ihr damit einverstanden?«

Die Gefangenen reagierten auf unterschiedliche Weise. Während der Eisbarbar wiederum nur ein Knurren vernehmen ließ, verbeugte sich Nestor unterwürfig. Der Zwerg schlug sich mit der Faust vor die Brust, und der Gnom fletschte die gelben Zähne, als könnte er es kaum erwarten, sie ins Fleisch eines Feindes des Reichs zu graben.

Ob es Abenteuerlust, Blutdurst oder der Drang nach Freiheit war, der die Gefangenen antrieb, wusste Rammar nicht zu sagen. Aber der Ork verspürte einmal mehr dieses hässliche Ziehen in seiner Magengegend, das sich immer dann bemerkbar machte, wenn ihn der Hunger überfiel oder wenn sich Schwierigkeiten anbahnten. Und Hunger hatte er ganz gewiss nicht mehr nach der halben Sau, die er zum Frühstück verspeist hatte, roh und mit Haut und Borsten …

»Dann ist es beschlossen«, sagte Alannah und nickte Corwyn aufmunternd zu. Hinter dessen gekrönter Stirn schienen sich nicht weniger Sorgen zu verbergen als in Rammars klobigem Schädel.

»Bleibt nur noch eins zu klären«, wandte der dicke Ork dann auch ein. »Könnt ihr mir verraten, wie ein bunter Haufen aus Orks, Zwergen, Menschen und einem verdammten Gnom es schaffen soll, unbemerkt ans Ziel zu gelangen? Wir werden auffallen wie *dark malash'hai.*«

»Nicht, wenn ihr euch verkleidet«, wandte Alannah ein.

»Wir sollen uns … *verkleiden?*« Rammar reckte empört die Schnauze vor. »Das kommt nicht in Frage! Orks treiben keinen Mummenschanz!«

»*Korr*«, stimmte Balbok zu, der zwar nicht wusste, wovon die Rede war, aber eine ebenso verbissene Miene zeigte wie sein Bruder.

»Es wird euch nichts anderes übrig bleiben, wenn ihr ungesehen das Feindesland erreichen wollt«, sagte Orthmar von Bruchstein nicht ohne eine gewisse Schadenfreude in der Stimme. »Zumal wenn wir die verborgenen Gänge und Stollen meines Volkes benutzen wollen.«

»Ach ja?«, murrte Rammar unwillig. »Als was sollen wir uns denn verkleiden, Faulhirn? Als Zwerge vielleicht?«

»Genau das«, antwortete Corwyn an Orthmars Stelle.

»Wa-wa-was?«, stammelte Rammar, dann schaute er zuerst Corwyn, dann Alannah und schließlich von Bruchstein fassungslos an.

»Du hast richtig gehört«, bestätigte der Zwerg. »Wenn wir die Pfade der Schmuggler benutzen wollen, müsst ihr so tun, als wärt ihr wackere Zwergensöhne.«

»Das ... das ist unerhört!«, stieß Rammar hervor und schnappte empört nach Luft. Schon allerlei Beleidigungen hatte er über sich ergehen lassen müssen, seit sie in Tirgas Lan angekommen waren, aber das übertraf nun wirklich alles. Von einem Ork zu verlangen, sich als Zwerg auszugeben, war ungefähr so, als wenn man einen mutigen Krieger zwang, in Frauenkleider zu schlüpfen.

Es war eine Schande!

Eine riesige, ungeheuerliche, unverschämte, noch nie da gewesene, alles in den Schatten stellende und vermutlich nicht einmal durch Ströme von Blut wieder auszumerzende Schande, die ...

»Kann mir mal jemand verraten, wie ich als Zwerg durchgehen soll?«, erkundigte sich Balbok, ehe Rammar seiner maßlosen Entrüstung freien Lauf lassen konnte.

Aller Augen richteten sich auf den Ork, der wie immer nach vorn gebeugt dastand und trotzdem alle Anwesenden überragte. Es stimmte: Ihn zum Zwerg zu machen, würde nicht ganz einfach sein ...

»Wir werden sehen«, meinte Orthmar, wobei ein schadenfrohes Grinsen durch seinen Bart blitzte. »Das Beste wird sein, wenn wir deine elend langen Beine mit einer Axt auf ein vernünftiges Maß kürzen. Dann siehst du wenigstens halbwegs passabel aus.«

»Gute Idee, Zwerg«, konterte Rammar. »Und was wir bei ihm abschneiden, das setzen wir bei dir unten dran, damit du im Kampf keine Leiter mehr brauchst.«

»Hört auf damit!«, wies Alannah sie tadelnd zurecht. »Wenn ihr eure Meinungsverschiedenheiten nicht allmählich beilegt, ist eure Mission gescheitert, noch ehe sie begonnen hat.«

»Aber es stimmt doch, Königin«, wandte Balbok ein. »Wie soll ein *famhor* wie ich als Hutzelbart durchgehen? Das kann nicht gut gehen.«

»Seid unbesorgt«, beschwichtigte die Elfin. »Ihr werdet Kettenhemden tragen und die Röcke und Mützen des Zwergenvolks. Für den Rest werde ich mit einem Blendzauber sorgen.«

»Elfenmagie – auch das noch!« Rammar fand aus dem Maulen nicht mehr heraus. »Ich wusste, dass uns dieser Auftrag nichts als Ärger einbringen wird. Vom ersten Augenblick an habe ich es gewusst!«

»Ärger«, räumte Corwyn ein, »und mehr Gold und Edelsteine, als du es dir je zu träumen gewagt hättest. Aber bitte – wenn du nicht willst, werde ich eben Orthmar das Kommando übertragen. Ich bin sicher, er wird es zu schätzen wissen und sein Bestes geben, um …«

»Ist ja schon gut.« Rammar hob abwehrend die Klauen. »Ich habe verstanden.«

»Dann werdet ihr euch verkleiden?«

Die beiden Orks tauschten missmutige Blicke.

»Wenn es unbedingt sein muss«, knurrte Rammar.

»Aber keine Zipfelmützen«, fügte Balbok hinzu.

»So sei es. Wir werden weite Umhänge mit Kapuzen für euch schneidern lassen.«

Orthmar von Bruchstein verzog das faltige Gesicht zu einem spöttischen Grinsen. »Auf einem so hässlichen Schädel zu sitzen wäre ohnehin eine Beleidigung für jede ehrbare Zwergenmütze.«

»Aber dir die Zähne einzuschlagen wäre eine Befriedigung für meine ehrbare Faust«, konterte Balbok und hob drohend die geballte Rechte.

»Ich sehe, ihr versteht euch«, stellte Corwyn fest, und in seiner Stimme klang eine widersprüchliche Mischung aus Hoffnung und Resignation. »Und nun kommt, es gibt noch viel zu tun. Die Zeit drängt. Je eher ihr aufbrecht, desto besser …«

Corwyn stand am Fenster des königlichen Gemachs. Lauer Nachtwind strich über die Mauern und Dächer der Stadt und wehte dem König ins Gesicht, Mondlicht tauchte die Baumwipfel von Trowna in silbernen Schein. Unendlich weit schien sich der Wald in alle Himmelsrichtungen zu erstrecken. Nachdenklich hatte Corwyn den Blick hinauf zu den Sternen gerichtet, deren Glanz sich in seinem verbliebenen Auge spiegelte.

Früher, wenn er allein und unter freiem Himmel übernachtet hatte, hatte er oft die Sterne betrachtet, hatte die Bilder studiert, zu denen sie sich gruppierten, und darüber nachgesonnen, welchen Einfluss sie wohl auf das Leben der Sterblichen haben mochten. In letzter Zeit jedoch war er kaum mehr dazu gekommen; seine Pflichten als König hielten ihn von derlei Müßiggang ab. Fand er doch einmal Zeit dazu, musste er jedes Mal feststellen, dass die Sternbilder von Tirgas Lan aus weniger deutlich zu erkennen waren als von den Hängen des Nordwalls oder den Gipfeln des Scharfgebirges aus. Die zahllosen Lichter der Stadt – Fackeln und Öllaternen, die die Straßen und Gassen beleuchteten, aber auch die Feuer der Wachen auf den Türmen – sorgten dafür, dass die Sterne weniger hell und greifbar schienen als dort, wo er sich früher als Kopfgeldjäger herumgetrieben hatte.

Sie wirkten blass und unscheinbar, wie so vieles andere in seinem Leben, seit er den Thron der Elfenstadt bestiegen hatte. Denn die Krone brachte ihrem Träger nicht nur Privilegien, sondern vor allem Pflichten und Verantwortung.

Bisweilen empfand er sie sogar als schwere Bürde. Er war König eines Reichs, das in kleine Fürstentümer zerfallen und bis zum letzten Mann zerstritten gewesen war. Erdwelt zu einen war eine große Aufgabe, vielleicht zu groß für ihn. Und zum ungezählten Mal fragte er sich, weshalb die Krone damals ausgerechnet auf seinem Haupt gelandet war – zumal er noch nicht einmal zum Volk der Elfen gehörte!

Plötzlich wusste Corwyn, dass er nicht mehr allein war. Nicht, weil er etwas gehört hätte, sondern weil er Alannahs beruhigende Präsenz fühlen konnte.

»Weißt du, dass ich sie beneide?«, sagte er, ohne seinen Blick von den Sternen zu wenden.

»Wen?«, fragte sie zurück.

»Balbok und Rammar. Die beiden sind ihre Verantwortung als Häuptlinge los. Ihre eigenen Leute haben sich gegen sie erhoben und sie fortgejagt. Nun sind sie frei und können tun und lassen, was ihnen beliebt.«

»Und?« Alannah trat auf ihn zu und umarmte ihn von hinten, wobei sich ihre schlanken Arme um seine breite Brust schlossen. »Wünschst du dir, ebenfalls aus deinem Amt verjagt zu werden?«

»Manchmal«, gab er zu. »Dann könnte ich selbst nach Kal Anar gehen und bräuchte mich nicht feige zu verstecken, während gedungene Söldner und überführte Schwerverbrecher für mich die Kastanien aus dem Feuer holen.«

»Das macht dir zu schaffen, nicht wahr?« Sie schmiegte ihre Wage zärtlich gegen seinen breiten Rücken.

»Ich hätte selbst gehen sollen, Alannah. Es ist nicht recht, dass andere ihr Leben für mich wagen.«

»Sie tun es nicht für dich, sondern für ihre Freiheit«, rief ihm die Elfin mit leiser Stimme in Erinnerung, »und es geht dabei nicht um *dein* Wohl, sondern um das des Reiches. Du kannst nicht nach Kal Anar gehen, Corwyn. Du bist der König. Du bist der Auserwählte, von dem die Prophezeiung

591

sprach. Du und niemand sonst kann Erdwelt einen und den Völkern wieder Frieden bringen.«

»Glaubst du das wirklich?« Er wandte sich halb zu ihr um.

»Ich bin überzeugt davon.« Sie lächelte ihn an.

»Und wenn ich falsch entschieden habe? Wie richtig kann es sein, das Schicksal des Reichs in die Hände von Orks und Verbrechern zu legen?«

»Wir müssen Feuer mit Feuer bekämpfen, wie es in der Prophezeiung geschrieben steht. Es heißt, nur ein Bündnis aus Feinden kann das Reich retten. Bis vor kurzem glaubte ich, diese Worte Farawyns hätten sich auf uns damals bezogen und auf die Befreiung von Tirgas Lan. Die beiden Orks, Loreto, Orthmar von Bruchstein, selbst du und ich – wir alle waren damals Feinde und Gegenspieler, die sich jedoch schließlich gegen einen einzigen Feind stellten … Doch ich bin inzwischen zu der Überzeugung gelangt, dass sich diese Weissagung Farawyns auf die Zeit des neuen Reiches bezieht, auf die Bedrohung, die fern im Osten entstanden ist.«

»Aber ich weiß nicht, ob ich ihnen trauen kann …«

»Das musst du auch nicht«, sagte Alannah mit mildem Lächeln. »Vertraue der Prophezeiung. Schon einmal hat sie sich als wahr erwiesen, und sie wird es wieder tun. Wenn jemand Aussicht auf Erfolg hat, dann sind es Balbok und Rammar. Aus irgendeinem Grund hat das Schicksal sie zu Höherem berufen als den Rest ihrer sonderbaren Art. Doch solange wir diesen Grund nicht kennen, bleibt uns nur, uns auf Farawyns Weisheit zu verlassen. Mach dir keine Sorgen deshalb.«

»Du kennst mich gut.« Corwyn rang sich ebenfalls ein Lächeln ab. »So gut, dass es mir manchmal fast Angst macht. Aber die Orks sind nicht der einzige Grund, der mir Anlass zur Sorge gibt.«

»Was noch?«

»Ich weiß es nicht.« Er schüttelte den Kopf, und sein

eines Auge blickte düster vor sich hin. »Etwas stimmt nicht. Als ob ich etwas übersehen hätte. Etwas Wichtiges, von dem unser aller Überleben abhängen kann ...«

»Das glaubst du nur, weil du es nicht gewohnt bist, Befehle zu erteilen und andere an deiner Stelle handeln zu lassen«, vermutete Alannah. »Noch vor nicht allzu langer Zeit warst du selbst ein Mann des Schwertes, und der Gedanke, zur Untätigkeit verdammt zu sein, während andere für Tirgas Lan kämpfen, macht dir schwer zu schaffen.«

»Wahrscheinlich hast du recht ...«

»Du wirst sehen, es kommt alles in Ordnung. Gräme dich nicht, mein Geliebter.« Indem sie sich auf die Zehenspitzen stellte, hauchte sie einen blütenzarten Kuss auf seine Lippen, so süß wie junger Honig. »Hast du nichts Besseres zu tun in einer sternklaren Nacht, als am Fenster zu stehen und zu grübeln?«, fragte sie ihn verführerisch.

»Ist das Grübeln nicht eine elfische Eigenheit?«, fragte er dagegen. »Warum grübelst du nicht mit mir?«

»Weil es etwas gibt, das ich jetzt unendlich lieber täte«, erwiderte sie und küsste ihn noch einmal, während sie ihren grazilen Körper verlangend gegen seinen drängte.

»Alannah«, flüsterte er mit rauer Stimme, während er bereits fühlte, wie Sorge und Anspannung von ihm abfielen, »was würde ich nur ohne dich tun?«

Die Elfin lächelte ebenso zauberhaft wie hintergründig. »Orks jagen«, sagte sie leise und zog ihn weg von Fenster.

Sie ahnten nicht, dass sich hoch über der Stadt dunkle Schwingen ausgebreitet hatten und hasserfüllte Augen auf sie hinabstarrten ...

# 6.

## KULACH-KNUM

Die Abreise aus Tirgas Lan fand in aller Heimlichkeit statt. Bei Nacht, um kein Aufsehen zu erregen, verließ ein Zug von sieben Zwergen die Zitadelle – gedrungene Gestalten mit Mützen auf den Köpfen oder Umhänge tragend, deren Kapuzen sie sich tief in die Gesichter gezogen hatten.

Die Rucksäcke, die sie unter ihren Umhängen trugen und die neben ihrem Proviant auch einige nützliche Gegenstände enthielten, sorgten dafür, dass sie auf den ersten Blick tatsächlich wie gedrungene Söhne des Zwergenreichs wirkten, die gebeugt gingen unter der Last der schweren Arbeit unter Tage. Doch dies und der Elfenzauber, den Königin Alannah gewirkt hatte, täuschten: In Wirklichkeit waren es nur *zwei* Zwerge, die in der eigentümlichen Karawane marschierten – der Rest der Truppe bestand aus Gestalten, die mit einem Zwerg ungefähr so viel gemein hatten wie ein großer Blom mit einem Fliegenpilz. Zwei der Gefährten war diese Maskerade zudem mehr als peinlich – Rammar und Balbok hatten die Gesichter angewidert verzogen und grummelten unaufhörlich in ihre falschen Bärte.

»Verdammt«, knurrte Rammar zum ungezählten Mal, »wie kann uns dieser elenden Kopfgeldjäger nur eine solche Schmach zufügen?«

»Vielleicht findet er so was lustig«, brummte Balbok.

»Ich sollte ihm den Kopf von den Schultern reißen und

eine Weile damit Ball spielen«, gab Rammar verdrießlich zurück. »*Das* wäre lustig ...«

Der Abschied vom Königspaar war nur kurz gewesen. Immerhin waren Corwyn und Alannah zur Pforte gekommen und hatten der Truppe persönlich Glück gewünscht. Und natürlich hatte die Elfin wieder einige kluge Ratschläge zum Besten gegeben: Sie sollten zusammenarbeiten »zum Zwecke eines höheren Ziels« – so hatte sie sich ausgedrückt. Doch was für höhere Ziele konnte es für einen Ork geben als seine Klinge in Blut zu tauchen, sich die Taschen vollzustopfen und nach Herzenslust zu fressen und zu saufen?

Auch Corwyn hatte sie noch einmal an die Wichtigkeit ihrer Mission erinnert und gesagt, das Schicksal von ganz Erdwelt würde in ihren Händen beziehungsweise Klauen liegen. »Erzähl mir zur Abwechslung mal was Neues«, hatte Rammar daraufhin knurrend geantwortet, dann waren sie aufgebrochen.

Es ging über die alte Elfenstraße, die Tirgas Lan mit dem Norden des Reichs verband, an den südöstlichen Ausläufern des Scharfgebirges vorbei und zu den einstigen Grenzstädten Sundaril und Andaril. Ohne den schwerfälligen Rammar wäre der Trupp schneller vorangekommen; zu Fuß war der fette Ork noch nie sehr flink gewesen, und obendrein verging ihm schon bald die Lust am Marschieren.

»Wieso müssen wir eigentlich die ganze Strecke laufen?«, murrte er, während er lustlos einen Fuß vor den anderen setzte. »Das ist eines Häuptlings unwürdig.«

»Wie mir zu Ohren kam, seid ihr keine Häuptlinge mehr«, versetzte Orthmar von Bruchstein gehässig. »Außerdem wüsste ich nicht, wie wir sonst von der Stelle kommen sollten. Soll ich dich etwa tragen?«

»Es wäre nicht das erste Mal«, meinte Balbok grinsend und in Anspielung auf ihre allererste Begegnung – damals hatten sein Bruder und er sich in Transportkisten versteckt, die Orthmar und seine Schmugglerbande durch einen geheimen Stollen auf die andere Seite des Nordwalls gebracht hatten.

»Warum haben wir kein Schiff genommen?«, blaffte Rammar. »Diese Stadt, Kal Asar, liegt schließlich an der Küste, richtig?«

»Das stimmt«, antwortete Orthmar. »Aber es heißt Kal Anar und nicht Asar.«

»Ist doch egal. Jedenfalls würde ich gern wissen, warum wir uns hier die *kas'hai* breit latschen, statt mit einem verdammten Schiff über die Ostsee zu setzen.«

»Aus drei Gründen«, erklärte der Zwerg. »Erstens: Auf offener See wären wir leicht zu entdecken und anzugreifen. Zweitens: Mit Ausnahme des Hafens von Kal Anar, der stark befestigt und gut bewacht ist, kann man nirgends an der Küste anlegen; sie ist von Riffen und Klippen gesäumt, die die Seeleute ›Pfeiler des Todes‹ nennen. Wer sich dort nicht genau auskennt, ist verloren.«

»*Korr*«, knurrte Rammar verdrießlich, den das schon hinreichend überzeugte.

»Nur aus reiner Neugier«, fragte Balbok, »was ist der dritte Grund?«

»Nun, unser Plan sieht vor, die verborgenen Stollen meiner Zwergenbrüder zu benutzen, um ins Land des Feindes zu gelangen.«

»Und?«

»Unter der Ostsee gibt es keine Stollen«, entgegnete Orthmar achselzuckend, und dieses Argument leuchtete sogar Balbok ein.

Die Diskussion war damit beendet, und sie marschierten weiter. Bis zum Einbrechen der Nacht wurde nur noch das Notwendigste gesprochen.

Gurn der Eisbarbar, der am Ende der Kolonne marschierte, begnügte sich damit, finster dreinzublicken, auf seinem Rücken die Scheide mit dem klobigen Zweihänder, den er sich als Waffe für diese Mission ausgesucht hatte.

Kibli der Zwerg, der vor ihm ging und mit einer Axt bewaffnet war, murrte wie Rammar und Balbok unentwegt in seinen (bei ihm echten) Bart; ebenso wie die beiden Orks nahm er nur widerwillig an diesem Unternehmen teil. Aber er hatte keine Wahl, wollte er wieder ein freier Zwerg sein und in die Heimat zurückkehren können, deren Fürsten König Corwyn die Treue geschworen hatten.

Nestor von Taik schließlich hatte seit ihrer Abreise aus Tirgas Lan ein schmieriges Grinsen im Gesicht. In dem breiten Gürtel unter seinem Umhang steckten zahlreiche Wurfklingen – der gedungene Mörder wusste damit meisterlich umzugehen.

Vor ihm marschierte Balbok, dann kam Rammar; dieser hatte darauf bestanden, am Anfang des Zuges zu gehen – nicht so sehr, weil er der Anführer war oder besonders mutig gewesen wäre, sondern weil er auf diese Weise das Marschtempo vorgeben konnte und nicht hinter den anderen herhecheln musste, wie es früher oft der Fall gewesen war, als er einer von vielen Orks in Girgas' Haufen gewesen war.

Orthmar von Bruchstein war der Gruppe stets ein Stück voraus. Mal ging er direkt vor Rammar her, dann verschwand er wieder und sondierte das Terrain, um schon kurz darauf wieder zurückzukehren. Meist hatte er dann ein wissendes Lächeln im Gesicht, für das ihm Rammar am liebsten die Zähne eingeschlagen hätte.

Die erste Nacht verbrachten sie in einem Unterstand am Rand der Straße; hier roch es zwar nicht nach Fäulnis und Moder, und es gab auch kein Wargenfell, auf das man das müde Haupt hätte betten können, aber immerhin bot das grob gezimmerte Dach Schutz vor dem Regen, der kurz nach Sonnenuntergang einsetzte.

Schweigend hockten die sieben Gefährten in dem Unterstand, der normalerweise Kurierreitern und Händlern Schutz vor Wind und Regen bot. Ihre Umhänge hatten sie eng um die Schultern gezogen, weil es empfindlich kalt geworden war, und alle blickten missmutig vor sich hin. Während sich Nestor und die Orks über ihren Proviant hermachten, schärfte Gurn mit gleichmütiger Miene die Klinge seines Zweihänders, und Kibli der Zwerg gab sich alle Mühe, ein Feuer zu entfachen.

»Zwecklos«, sagte Rammar schmatzend. »Da könntest du genauso gut versuchen, einem Warg den Schwanz anzuzünden.«

»Keine Sorge, das wird schon«, war Kibli überzeugt, während er weiterhin mit der Zunderbüchse hantierte.

»*Douk*, das klappt nicht«, widersprach Rammar. »Das Holz ist nass, und bei dem Wind schaffst du es niemals, eine Flamme ...«

Er verschluckte die letzten Worte, als es in dem Häufchen Blätter und trockenen Grases plötzlich leise knisterte. Rauch kringelte empor, und im nächsten Moment züngelte eine kleine Flamme auf. Mit einem triumphierenden Grinsen griff Kibli nach dem Holz, das er gesammelt hatte – aber wie Rammar vorausgesagt hatte, waren die Zweige zu feucht und drohten das kleine Feuer zu ersticken.

»Ha!«, machte Rammar, und der Gnom, der ganz am Rand saß, brach in wieherndes Gelächter aus.

»Rasch!«, zischte Kibli. »Wir brauchen etwas, das brennt.«

»Werfen wir doch unsere Mützen ins Feuer«, schlug Nestor vor. »Ich kann das blöde Ding nicht ausstehen.«

»*Korr*«, stimmte Rammar zu, »und die dämlichen falschen Bärte gleich mit.«

»Das würde ich euch nicht raten«, mahnte Orthmar. »Ohne Tarnung würde man euch allzu rasch erkennen, und dann säßen eure Schädel nicht mehr lange auf euren Schultern.«

Sowohl Rammar als auch Nestor gefiel diese Aussicht ganz und gar nicht, also behielten sie Mütze und Kapuze auf und die falschen Bärte an, während Kibli mit wachsender Verzweiflung auf das kleine Feuer starrte, das qualmend zu erlöschen drohte.

Plötzlich schwirrte etwas durch die Luft, das die Form eines großen Fladens hatte. Es flog über die Köpfe der Gefährten hinweg und landete mitten in der Feuerstelle. Funken stoben nach allen Seiten, Qualm wölkte auf.

»W-was war das?«, rief Kibli erschrocken. »Wer wagt es, mein Feuerchen …?«

Er unterbrach sich, als er sah, dass sein »Feuerchen« von dem Fladen keineswegs erstickt worden war, sondern ihn im Gegenteil gierig als Nahrung nahm. Schon leckten die Flammen ringsum darüber hinweg, und im nächsten Moment hatte sich das jämmerliche kleine Flämmchen in ein ansehnliches Lagerfeuer verwandelt.

Staunend blickten die Gefährten in die Richtung, aus der das eigentümliche Gebilde geflogen gekommen war. Balbok stand dort, seinen Rucksack in den Klauen und ein breites Grinsen im Gesicht.

»Getrockneter Orkdung«, erklärte er stolz. »Nichts brennt besser.«

Während der Gnom erneut draufloswieherte, verfielen die anderen Mitglieder des Trupps in spontanen Beifall – sehr zu Rammars Missfallen. Während der dicke Ork schon den ganzen Tag den Anführer zu spielen versuchte und dabei nur recht durchwachsenen Erfolg verzeichnet hatte, verschaffte sich sein dämlicher Bruder Respekt und Anerkennung, indem er seinen *shnorsh* ins Feuer warf! Einmal mehr musste sich Rammar eingestehen, dass Menschen und Zwerge überaus eigenartige Kreaturen waren – Orks allerdings pflegten bisweilen sogar noch eigenartiger zu sein …

Mit Befremden beobachtete Rammar, wie Balbok, der sich am Feuer niedergelassen hatte, in seinem falschen Zwergenbart herumfummelte. Hin und wieder schien er dabei fündig zu werden, und ein Grinsen zeigte sich dann jedes Mal auf seinen einfältigen Zügen.

»Verdammt«, schnauzte Rammar ihn an, »kannst du das dämliche Ding nicht mal nachts ablegen?«

»*Douk*«, erwiderte Balbok, der so vertieft war in das, was er tat, dass er nicht einmal aufblickte.

»Was, bei Kuruls dunkler Grube, machst du da?«, verlangte Rammar zu wissen.

»Ich suche und finde«, erwiderte sein Bruder rätselhaft.

»Was suchst und findest du?«

»Zecken, Flöhe, Fliegen – einfach alles, was sich tagsüber in meinen Bart verfangen hat.« Balbok blickte auf und ließ eine ganze Klaue des Gesammelten in seinem Mund verschwinden.

»Du frisst Zecken, Flöhe und Fliegen?«, fragte Rammar.

»Und ob«, knusperte Balbok begeistert. »Schmecken nicht mal schlecht, weißt du.«

Rammar verdrehte die Augen. Seine einzige Antwort war ein Stöhnen, mit dem er sich zur Ruhe legte und sich herumdrehte, um möglichst nichts mehr hören und sehen zu müssen.

Abwechselnd übernahmen sie die Wache. Das heißt: Alle bis auf Rammar übernahmen eine Schicht, denn der zog es vor, am Feuer zu liegen und die Nacht durchzuratzen.

Ein ausgeruhter Anführer, so sagte er sich, war schließlich unverzichtbar für das Gelingen der Mission …

Am nächsten Morgen, nach einem kargen Frühstück aus den Proviantbeuteln, das Balbok wiederum mit Vorräten aus seinem in mancher Hinsicht lebendigen Zwergenbart ergänzte, setzten sie den Marsch fort. Immer weiter wanderten die ungleichen Gefährten auf der Elfenstraße nach Norden, und immer, wenn sie Händlern oder Reisenden begegneten, die Richtung Süden nach Tirgas Lan wollten, senkten sie die Häupter und zogen sich die Mützen und Kapuzen tiefer in die Gesichter. Doch wahrscheinlich lag es eher an dem Elfenzauber, den Alannah gewirkt hatte, dass nicht einer, dem sie unterwegs begegneten, auch nur einen Funken Verdacht schöpfte. Man betrachtete sie als Zwerge, und das war wichtig. Denn wenn sie das Reich von Tirgas Lan erst verlassen hatten und sich ins Feindesland begaben, würde ihre Tarnung überlebenswichtig sein.

Am Abend des zweiten Tages lichtete sich das Grün der Bäume, und der Trupp erreichte den Rand des Waldes von Trowna. Im Licht der Dämmerung konnten sie im Westen die Ebene von Scaria erkennen, während sich im Nordosten die Ausläufer der Hügellande erhoben. Dazwischen zeichnete sich das Scharfgebirge als ferne gezackte Linie ab, das angestammte Gebiet der Zwerge.

»Brauchst gar nicht so sehnsüchtig nach Norden zu gaffen«, versetzte Rammar genüsslich, als er Orthmars wehmütigen Blick bemerkte. »Unser Weg führt nach Osten, klar?«

»Das stimmt«, entgegnete der ehemalige Schmuggler. »Und dennoch werden wir unsere Schritte zunächst in Richtung auf das Scharfgebirge lenken. Denn dort befindet sich der Eingang zu einem geheimen Stollen, den wir nehmen werden.«

»Und dafür sollen wir einen solchen Umweg in Kauf nehmen?« Rammar schüttelte den Kopf. »Hast du einen Trollfurz im Hirn?«

»Ich bin euer Führer«, stellte der Zwerg klar.

»Na und? Ich bin euer *An*führer«, konterte Rammar,

»und ich sage, dass ich keine Lust habe, zuerst meilenweit nach Norden zu latschen, nur um in einem von euren verlausten Stollen den ganzen Weg wieder zurückzulegen.«

»Aber Rammar, der Stollen bietet uns Schutz«, gab Balbok zu bedenken.

»Schutz? Wovor?« Rammar sandte ihm einen verärgerten Blick. »Streng dein bisschen Verstand doch mal an, Faulhirn. Wovor sollten wir uns in Acht nehmen? Noch befinden wir uns in Corwyns Reich, und der Zauber der Elfin bewahrt uns vor Entdeckung. Ich weiß nicht, wie sie es geschafft hat, aber selbst dich langes Elend scheint jeder für einen Zwerg zu halten.«

»Dennoch«, beharrte Orthmar, »dein Bruder hat recht. Wir sollten Vorsicht walten lassen. Wie es heißt, hat der Herrscher von Kal Anar Spione ausgesandt, die überall im Land unterwegs sind.«

»Spione?« Rammar horchte auf.

»Natürlich. Hätten dein einfältiger Bruder und du zugehört, als König Corwyn uns die Lage erklärte, anstatt euch mit *brunhild* vollzustopfen ...«

»*Bru-mill*«, verbesserte Balbok.

»... wüsstet ihr, wovon ich spreche«, fuhr Orthmar unbeirrt fort. »Die Spione des Bösen lauern überall, und diesen hinterlistigen Agenten und Meuchelmördern ist es auch zuzuschreiben, dass bislang jeder Versuch, die Stärke des Feindes auszukundschaften, kläglich fehlschlug.«

»Und wenn schon.« Rammar schüttelte unwillig den Kopf. »Sollten uns diese Spione sehen, werden sie uns für Zwerge halten. Und es ist ja nicht weiter ungewöhnlich, dass sich deinesgleichen so weit südlich herumtreiben, oder?«

»Das nicht, aber ...«

»Damit ist es entschieden«, blaffte Rammar und warf einen aggressiven Blick in die Runde. »Wir nehmen den kürzesten Weg nach Osten. Oder ist jemand anderer Ansicht?«

Niemand widersprach: Während Balbok betreten zu Boden schaute wie immer, wenn sein Bruder ihn gescholten hatte, starrte Gurn nur dumpf vor sich hin und sagte kein Wort. In Nestors blassen Zügen zuckte es, aber auch er wagte es nicht, sich zu äußern. Kibli war wie meist damit beschäftigt, Unverständliches in seinen Bart zu murmeln. Und der Gnom kicherte nur – er fand das alles offenbar sehr spaßig.

»Na also«, knurrte Rammar zufrieden. »Dann lagern wir hier an der Straße und setzen unseren Marsch bei Sonnenaufgang fort.«

»Das wäre nicht klug«, wandte Orthmar erneut ein.

»Fängst du schon wieder an?«, schrie Rammar. »Ihr bärtigen kleinen Kerle habt die Weisheit wohl mit Löffeln gefressen, was?«

»Das nicht, aber in Anbetracht der Spione sollten wir bei Nacht marschieren, wenn wir schon keinen Stollen benutzen.«

»Willst du damit sagen, wir sollten noch weiterlatschen? Jetzt? Nachdem wir uns den ganzen Tag die *kas'hai* wund gelaufen haben?«

»Es wäre ratsam«, war Orthmar überzeugt. »Die Spione des Feindes sind überall, angeblich sogar in der Luft …«

»Verdammt, ich will nichts mehr hören von Spionen!«, rief Rammar und fuchtelte drohend mit dem *saparak*. »Noch ein Wort davon, und ich spieße dich auf, hast du verstanden? Schau her, ich verlasse jetzt das Unterholz und trete unter freien Himmel! Ich bin jetzt völlig schutzlos, siehst du? Wo sind denn deine Spione, hä? Zeig sie mir doch, du zottelbärtiger kleiner Wichtigtuer …«

Rammar sprang von einem Bein aufs andere auf der Wiese umher und gebärdete sich wie ein liebestoller Oger. Seine Gefährten schauten ihm zu, in ihren Blicken eine Mischung aus Verwunderung und Betroffenheit – die zu blankem Entsetzen wurde, als sich etwas finster und drohend aus dem orangeroten Abendhimmel senkte. Ein dunkler Schatten fiel über Rammar, dazu erklang ein grässlicher Schrei, so laut und durchdringend, dass selbst einem Unhold davon das Blut in den Adern gefrieren konnte.

»Was war das?«, fragte Rammar verwirrt und schaute Balbok und die anderen erstaunt an. Sie stierten auf etwas, das über Rammar in der Luft hängen musste und seinen dunklen Schatten auf ihn warf. Dabei standen sie so unbewegt, als wären sie zu Götzenbildern erstarrt. »Verdammt«, flüsterte Rammar ihnen zu, »warum rührt ihr euch nicht mehr …?«

Er erhielt keine Antwort – und indem er seinen ganzen Mut zusammennahm, überwand er sich, um ebenfalls nach oben zu schauen.

Was er sah, raubte ihm seinen fauligen Atem.

Es war ein *snagor* – und auch wieder nicht.

Denn nur die untere Hälfte der Kreatur, die bedrohlich über ihm am glühenden Himmel hing und mit den Flügeln schlug, glich einer Schlange – der Rest sah aus wie ein Vogel, dessen schwarzes Gefieder in der Körpermitte in schuppige Schlangenhaut überging. Der Kopf mit den glühenden Augen hatte einen scharfen Hakenschnabel und der Schlangenleib ein gefährlich anmutendes Zackenmuster. Die Flügel der Kreatur hingegen sahen aus wie die einer Fledermaus, nur dass sie mit einer Spannweite von drei oder vier Orklängen riesengroß waren.

Mit den ledrigen Schwingen schlagend, schwebte das Ungeheuer, dessen Schwanzende sich unentwegt ringelte, über Rammar. Der Vogelschnabel öffnete sich zu einem weiteren grässlichen Schrei, und als Rammar in die rot glühenden Augen blickte, packte ihn Furcht und Panik, und der Ork hatte das Gefühl, als würde sein Innerstes erstarren. Doch nicht nur die Angst lähmte ihn, er konnte sich tatsächlich nicht mehr bewegen. Gehetzt starrte er auf seine Klauen, sah, wie sie die Farbe verloren und grau wurden – und ihm nächsten Moment begriff er.

Balbok und die anderen bewegten sich nicht, weil der Blick des *uchl-bhuurz* sie zu Stein hatte werden lassen!

Die Kreatur über ihm riss wieder den Schnabel auf, und eine gespaltene Zunge kam zum Vorschein. Rammar stand da und starrte empor zu dem Monstrum, konnte seinen Blick nicht von ihm wenden.

Plötzlich schoss die untere, sich ständig ringelnde Körperhälfte der Kreatur auf den Ork zu und legte sich um seinen Hals.

»Hilfehhh …!«

Der Schrei des dicken Ork ging in heiseres Krächzen über, als sich der Schlangenschwanz zuzog wie die Schlinge eines Henkers. Rammars ohnehin schon dunkelgraues Gesicht wurde noch dunkler, und die Schlangenkreatur schlug noch heftiger mit den Flügeln, denn sie wollte sich mit ihrer Beute in die Lüfte schwingen – dass es ihr nicht gelang, lag an Rammars beträchtlicher Leibesfülle und dem daraus resultierenden Körpergewicht. Hektisch und kraftvoll zugleich schlug das Ungeheuer mit den Flügeln, um Rammar vom Boden fortzureißen, aber der dicke Ork erwies sich als zu schwer.

»Rammar! Verdammt!«

Balbok begann sich wieder zu regen – und erfasste die Situation mit einem Blick. Die Starre ließ von ihm ab, und er stürmte los, die Axt in beiden Klauen erhoben, während das Ungeheuer sich weiterhin vergeblich mit Rammar abmühte.

Dann war Balbok heran, und mit einem durchdringenden orkischen Kriegsschrei schwang er die Axt. Das Blatt erwischte einen der Flügel, und die ledrige Haut riss wie Papier, worauf die Kreatur einen heiseren Schrei ausstieß.

Balbok hieb ein zweites Mal auf das Monstrum ein – diesmal hatte er es auf den Schlangenkörper abgesehen. Das Axtblatt schnitt durch Schuppen und Fleisch und brachte der Kreatur eine klaffende Wunde bei.

Daraufhin gab das Ungeheuer seine Beute frei. Wie ein Stein fiel Rammar zu Boden und blieb nach Atem ringend liegen, während sich das Untier Balbok zuwandte und rasend vor Wut über ihn herfiel.

Der hagere Ork blickte in den tödlichen Schlund, der sich über ihm öffnete. Erneut schwang er die Axt, diesmal in einem seitlichen Bogen, um dem Ungeheuer den Hakenschnabel zu stutzen. Tatsächlich erwischte er dessen untere Hälfte und zertrümmerte ihn.

Die Bestie zuckte zurück, und Balbok, der einen johlenden Siegesschrei ausstieß, war für einen Moment unaufmerksam. Das rächte sich, denn der Ork wurde vom Schwanz des Tiers getroffen, der wie eine Peitsche ausschlug und ihn mit ganzer Wucht erwischte.

Balbok kam zu Fall, richtete sich jedoch sofort wieder auf. Da schoss der scheußliche Schlangenschwanz erneut heran und peitschte in seinen Rücken, sodass Balbok aufschrie vor Schmerz. Fast zeitgleich schnappte das Untier mit dem, was von seinem Schnabel geblieben war, zu, und nur deshalb, weil ihn der Schlag in den Rücken zur Seite geworfen hatte, entging Balbok der mörderischen Attacke. Die Axt noch in den Klauen, schlug er zu Boden – und zum dritten Mal traf ihn der Schwanz der Kreatur.

Benommen blieb Balbok liegen, war nicht mehr in der Lage, sich auf die Beine zu raffen oder die Axt zur Verteidigung zu heben. Einen Augenblick lang schien es, als wollte der Schlangenvogel seinen Triumph auskosten. Sein gefiederter Schädel verharrte über dem Ork, den er mit hassglühenden Augen betrachtete.

»R-Rammar!«, stieß Balbok in seiner Not hervor, aber von seinem Bruder war weit und breit nichts zu sehen.

Drohend schwebte das Haupt der Bestie über ihm, und Balbok schloss mit dem Leben ab. Gefasst sah er seinem Ende entgegen – als plötzlich Blut und eine gallertartige Flüssigkeit dem Ork entgegenspritzte!

Dort, wo eben noch das Auge der Kreatur gewesen war, steckte ein Wurfmesser im Schädel des Monstrums.

Der Kopf des Ungeheuers zuckte zurück – woraufhin blitzender, mindestens fünf *knum'hai* langer Stahl mit vernichtender Wucht in die Kehle des Tieres schnitt. Es war der Zweihänder Gurns des Eisbarbaren.

Der Hieb war mit derartiger Kraft geführt, dass er dem Schlangenvogel glatt den Kopf abschlug. Das Haupt flog davon, den halb zertrümmerten Schnabel weit aufgerissen.

Ein Sturzbach von Blut ergoss sich aus dem verstümmelten Körper, der noch immer mit den Flügeln schlug, allerdings nicht mehr kontrolliert und wuchtig wie zuvor, sondern in wilder Panik und mit versiegender Kraft.

Schließlich erlahmte das Schlagen der Flügel. Die Bestie schlug auf den Boden, der lange Schweif zuckte noch einmal, dann lag die Kreatur still.

Balbok kam schwerfällig wieder hoch und sah seine Gefährten, die auf den Kadaver des Untiers starrten – Gurn mit fiebrig glänzenden Augen, den Beidhänder mit der blutbesudelten Klinge noch in den Händen, und Nestor, in dessen Gürtel ein Wurfmesser fehlte, mit einem breiten Grinsen im Gesicht.

»Verdammt!«, hörten sie plötzlich jemanden zetern. »Kommt mir vielleicht mal jemand von euch elenden *umbal'hai* zur Hilfe ...?«

Es war unverkennbar Rammars Stimme. Erleichtert darüber, dass sein Bruder offenbar keinen größeren Schaden genommen hatte, schaute sich Balbok nach ihm um – und fand ihn einige Schritte abseits im hohen Gras am Boden liegend. Zwar hatte die Starre inzwischen auch bei Rammar nachgelassen, jedoch hatte er auf Grund seiner Leibesfülle noch Probleme, auf die Beine zu kommen. Wie ein Käfer lag er auf dem Rücken, mit zappelnden Armen und strampelnden Beinen, was recht drollig aussah. Der Gnom brach in gackerndes Gelächter aus, während sich Balbok lieber beeilte, seinem Bruder aufzuhelfen. Kaum hatte er ihn auf die Beine gezogen, war dieser wieder ganz der Alte.

»Ha!«, rief er aus, packte das Haupt der Schlangenkreatur, das unweit von ihm am Boden gelegen hatte, und hielt es triumphierend empor. »Habt ihr das gesehen? Rammar der Rasende im Kampf gegen das grässliche Untier! Ich habe dem Monstrum mutig ins Auge geschaut und ihm getrotzt!«

»Na ja«, wandte Balbok leise ein, »eigentlich waren's die beiden Menschen, die dem Viech den Garaus gemacht haben, und nicht du ...«

Rammar schnappte entgeistert nach Luft. Er ließ das Schlangenhaupt achtlos fallen, und seine Augen verengten sich zu schmalen Schlitzen. »Willst du mich einen Lügner nennen? Willst du bestreiten, dass ich es war, der von der Kreatur angegriffen wurde?«

»Das nicht, aber ...«

»Dann halts Maul!«, versetzte der dicke Ork und wechselte schleunigst das Thema, indem er sagte: »Und jetzt will ich, bei Torgas stinkenden Eingeweiden, wissen, woher dieses elende *uchl-bhuurz* gekommen ist!«

»Das was?«, fragte Nestor.

»Das Ungeheuer«, übersetzte Balbok.

»Keine Ahnung.« Der Attentäter aus der fernen Stadt Taik schüttelte den Kopf. »In meinem Beruf bin ich ja schon weit herumgekommen, denn allzu oft musste ich einen Ort Hals über Kopf verlassen, aber einer fliegenden Schlange bin ich noch nie begegnet. Nur gut, dass sie sich wenigstens töten ließ.«

Gurn grunzte zustimmend.

»Auch ich habe solch eine Kreatur noch nie gesehen«, erklärte Kibli. »Halb Vogel, halb Schlange, mit einem Blick, der einen erstarren und zu Stein werden lässt.«

»Niemand von uns hat so etwas je gesehen«, sagte Orthmar. »Es ist ein Basilisk.«

»*Shnorsh!*«, maulte Rammar. »Basilisken gibt es längst nicht mehr. Kurul hat sie verschlungen, lange bevor das Zeitalter der Sterblichen begann.«

»Unsinn!« Kibli schüttelte entschieden den Kopf. »Es war der Urhammer der Zwerge, der das Schlangengezücht zermalmte, als er die Welt formte.«

»Jedes Volk hat seine eigene Vorstellung davon, wie Erdwelt entstand«, räumte Orthmar ein, »dennoch haben wir es hier unleugbar mit einer Kreatur zu tun, die eigentlich nicht mehr existieren dürfte. Und ich denke, es ist ziemlich klar, woher sie gekommen ist – aus Kal Anar.«

»Was willst du damit sagen?«, fauchte Rammar.

»Was ich auch vorhin schon sagte und was du dummer Dickschädel mir nicht glauben wolltest – dass der Feind überall ist und dass er im ganzen Land Spione hat. Diese Kreatur aus grauer Vorzeit« – er stieß mit dem Fuß gegen den Kadaver, worauf sich das Schwanzende noch einmal ringelte und der Gnom ein entsetztes Kreischen ausstieß – »stand in seinen Diensten.«

Rammar betrachtete den Zwerg grimmig. »Und woher willst du das wissen?«

»Du weißt wohl nicht sehr viel über Kal Anar, was?« In Orthmars kleinen Äuglein blitzte es listig. »Dann will ich dir mal was erzählen, Ork: Die Zivilisation und Kultur Kal Anars unterscheidet sich von der Tirgas Lans grundlegend. Die Menschen dort sind von gedrungener Postur, ihre Haut ist gelblich, und sie haben kleine Nasen und schmale Augen. Und der Basilisk« – er deutete auf den Torso – »ist ihr Wappentier.«

»Im Ernst?«, fragte Balbok.

»Nicht doch, ich treibe Scherze«, entgegnete der Zwerg bissig – worauf der Gnom einmal mehr wiehernd zu lachen begann.

»Du behauptest also, der Herrscher von Kal Asar hätte diese Kreatur auf uns gehetzt«, stellte Rammar fest.

»Anar«, verbesserte Orthmar. »Mit allem anderen hast du recht. Viele Geschichten, die noch aus der Zeit vor dem Ersten Krieg stammen, ranken sich um die Basilisken. In manchen davon wird behauptet, dass einige von ihnen durch dunklen Zauber überlebt und die Zeitalter überdauert haben.«

»Dunkler Zauber«, knurrte Balbok und machte ein angewidertes Gesicht – Magie aller Art war den Orks zutiefst verhasst.

»Unsinn!«, widersprach Gurn mit grollender Stimme. »Das doch nur sein Märchen.« Es war das erste Mal, dass er überhaupt etwas sagte.

»Vielleicht«, räumte Orthmar ein, »vielleicht aber auch nicht.«

»Gibt es noch mehr von diesen Schlangendingern?«, erkundigte sich Rammar schaudernd.

»Anzunehmen«, meinte der Zwerg.

»Dann müssen wir davon ausgehen, dass uns unser Feind aus der Luft beobachten kann«, folgerte Rammar und blickte misstrauisch zum Himmel. Der rote Schein der Dämmerung hatte sich inzwischen in ein düsteres Purpur gewandelt, das immer dunkler wurde. »Er kann uns sehen und weiß zu jedem Zeitpunkt, wo wir uns gerade befinden.«

»So ist es«, vermutete Orthmar.

»Dann müssen wir uns unverzüglich nach Norden begeben«, entschied Rammar. »Wir nutzen den Schutz der Dunkelheit, um den nächstgelegenen Zwergenstollen zu erreichen. Wenn wir die geheimen Stollen und unterirdischen Gänge des Zwergenvolks nutzen, können uns diese fliegenden Biester nicht sehen.«

»Wie du befiehlst, erhabener Anführer.« Das Grinsen in Orthmar von Bruchsteins Gesicht war trotz seines dichten Barts nicht zu übersehen. »Ein hervorragender Einfall, wirklich.«

»Aber Rammar«, wandte Balbok ein, »sagtest du nicht vorhin, dass du zu müde wärst, um weiterzumarschieren?«

»Na und?«, schnauzte sein Bruder ihn an. »Inzwischen habe ich mich ausgeruht, und jetzt sage ich was anderes. Hat jemand ein Problem damit? Ist jemand zu erschöpft, um seinen *asar* weiterzuschleppen? Dann nur frei heraus damit – ich werde ihm schon Beine machen!«

Er funkelte angriffslustig in die Runde, und niemand widersprach – nicht deshalb, weil der dicke Ork ihnen so einen Respekt einflößte, sondern weil sie schon genug wertvolle Zeit verloren hatten und es noch ein weiter Weg bis zum Scharfgebirge war.

»Dann bewegt euch gefälligst!«, trieb Rammar seine Gefährten unnötigerweise an, während er einen furchtsamen Blick empor zum nachtschwarzen Himmel warf. »Schwingt die Hufe, ihr müdes Pack, ehe ich mich vergesse! Mach nicht so ein Gesicht, Barbar! Grins nicht so dämlich, Gnom! Und ihr, Zwerge, seht euch vor, dass ihr mit uns Schritt haltet! Wir werden nicht langsamer marschieren, nur weil einer von euch nicht mitkommt.«

»Natürlich nicht«, bemerkte Balbok halblaut, worauf Rammar erst recht aus dem Häuschen geriet.

»Was hast du gesagt?«

»Nichts«, behaupte Balbok. »Nur, dass wir alle deine Klugheit bewundern.«

»Lass die Schmeicheleien – du weißt genau, dass das bei mir nicht zieht. Und jetzt los, Schmalhirn, oder muss ich dir erst in den *asar* treten? Ich bin hier der Anführer, das solltet ihr niemals vergessen!«

»Ja«, flüsterte jemand, »es fragt sich nur, für wie lange noch ...«

Es war Orthmar von Bruchstein, der diese Worte sprach, aber der Einzige, der sie hörte, war der Gnom, der daraufhin einmal mehr in meckerndes Gelächter verfiel, das plärrend in die anbrechende Dunkelheit hallte.

# 7.

# ARTUM-TUDOK!

Sie marschierten die ganze Nacht hindurch – genau wie Rammar es befohlen und Orthmar von Bruchstein es zuvor geraten hatte. Der Zwerg, der an der Spitze des Trupps marschierte, dicht gefolgt von dem dicken Ork, dessen Keuchen und Stöhnen ihm in den Ohren klang, war schlechter Laune.

Orthmar durfte gar nicht daran denken, dass er einst ein stolzer Zwergensohn gewesen war, ein Abkömmling von Orthwins Haus und Lehrling einer der besten Waffenschmieden des Scharfgebirges. In einer anderen Welt, zu einer anderen Zeit, hätte er ein wohlhabender und mächtiger Zwerg sein können, eine Zier seiner Rasse, von allen bewundert und umworben.

Doch was war aus ihm geworden?

Seine Ausbildung in der legendären Schule von Anuil, in der die besten und größten Schmiede des Zwergenreichs ausgebildet wurden, war völlig für den Ork gewesen,* weil niemand mehr Äxte und Schwerter aus den Zwergenschmieden kaufen wollte, seit billige Imitate aus den Ostreichen auf den Markt drängten. So hatte wirtschaftliche Not Orthmar gezwungen, das Handwerk seiner Väter niederzulegen und sich als Schmuggler zu verdingen. Zwar war er nicht erfolglos gewesen in diesem Metier, jedoch hatte er sich dann irgendwann mit den falschen Gegnern

---

* zwergische Redensart

angelegt – nämlich mit zwei Orks namens Balbok und Rammar.

Und ausgerechnet diese beiden waren ein zweites Mal ganz unverhofft in sein Leben getreten und drohten erneut, alles zunichte zu machen, was er mühevoll geplant hatte.

Als ob es nicht schwer genug gewesen wäre, sich nach dem, was während des Kampfes um Tirgas Lan und danach vorgefallen war, bei Alannah und Corwyn einzuschmeicheln. Als ob er nicht schon genug Schmach und Unbill hätte erleiden müssen! Auf einmal hatten sich die Orks zurückgemeldet und waren plötzlich wieder da – wie eine verdorbene Speise, die man ahnungslos verzehrte und kurz darauf wieder hervorwürgte. Aber Orthmar gab sich nicht so schnell geschlagen; er würde die beiden Orks schon wieder loswerden.

»He, Zwerg!«, maulte Rammar ihn plötzlich von hinten an. »Wie weit ist es noch?«

»Noch ein Stück«, erwiderte Orthmar, sich zur Ruhe zwingend.

»Das hast du auch schon gesagt, als der Mond noch vier Klauen hoch stand. Wo ist nun dein elender Stollen?«

»Keine Sorge«, versicherte Orthmar, »wir werden ihn rechtzeitig vor Tagesanbruch erreichen.«

»Das will ich hoffen, Zwerg – in deinem eigenen Interesse. Denn andernfalls stopfe ich dir deinen Bart in den Schlund, dass du daran erstickst – hast du verstanden?«

»Natürlich«, erwiderte Orthmar, während sich alles in ihm empörte. Wie er diesen fetten, dreisten Ork verabscheute!

Orthmar hasste einfach alles an ihm: sein Gebaren, seine großtuerische Art, den bestialischen Gestank, der ihn und seinen Bruder allenthalben umgab wie eine Wolke fauliger Sumpfdämpfe. Zwerge pflegten nach Metall und Erdreich zu riechen, gelegentlich auch nach Kautabak und Bier. Aber der Mief der Unholde war mit nichts zu vergleichen, was Orthmars Knollennase kannte.

Was fanden der König und die Königin nur an ihnen?

Obwohl Orthmar alles daran gesetzt hatte, es ihnen auszureden, waren Corwyn und Alannah nicht davon abzubringen gewesen, die Orks in Sachen Kal Anar zur Hilfe zu rufen. Mit allen Mitteln hatte Orthmar es versucht: mit Argumenten, mit Flehen und Bitten und zuletzt sogar mit diplomatischem Druck durch die Zwergenfürsten – vergeblich. Die beiden waren felsenfest davon überzeugt, dass nur zwei Orks nach Kal Anar gehen und den Auftrag erledigen konnten, so als hätte ihnen jemand dazu geraten.

Aber wer?

Orthmar durchschaute nicht, was in Tirgas Lan vor sich ging. Die Elfin war ihm schon immer ein Rätsel gewesen, und der Kopfgeldjäger konnte sich in Samt und Seide hüllen, wie er wollte, er blieb doch immer nur ein Mensch, und ein höchst verschlagener noch dazu. Was auch immer Alannah und ihn dazu bewogen hatte, die Orks um ihre Unterstützung zu bitten, es war ein Fehler gewesen – ein Fehler, den Orthmar so rasch wie möglich würde gutmachen müssen.

Er konnte es kaum erwarten, die beiden Unholde loszuwerden. Nicht nur, dass sie ihm auf die Nerven gingen mit ihrem albernen Geschwätz – sie waren auch seinen Plänen im Weg. Und Orthmar von Bruchstein mochte es nicht, wenn jemand seine Pläne störte oder sie gar durchkreuzte. Schon andere und wesentlich mächtigere Gegner als zwei hergelaufene Orks hatten das versucht und dafür mit dem Leben bezahlt.

Noch lange waren sie nicht in Kal Anar, und des Orthwins Sohn hatte das unbestimmte Gefühl, dass Rammar und Balbok das Ziel auch nie erreichen würden. Die Reise war lang und voller Gefahren. Allzu leicht konnte eine davon den

Orks zum Verhängnis werden, und dann würde auch der König von Tirgas Lan ihnen nicht mehr beistehen können. Einmal hatten die Unholde Orthmars Pläne zunichte gemacht und ihn um die Früchte all seiner Bemühungen gebracht – ein zweites Mal würde ihnen das nicht gelingen

Dafür hatte der Zwerg vorgesorgt ...

Es war ein wahrer Gewaltmarsch, den die ungleichen Gefährten und insbesondere Rammar nur deswegen bis zum Morgengrauen durchhielten, weil die Erinnerung an den Basilisken ihnen noch immer höchst lebendig vor Augen stand.

Als im Osten der neue Tag heraufdämmerte und lange Schatten über die Ebene von Scaria warf, erreichten sie die Furt über den Nordfluss, auf dessen anderer Seite sich die ersten Ausläufer des Scharfgebirges befanden. Kaum hatten die Gefährten den Fluss überquert, erhob sich vor ihnen schroffer Fels, zwischen dem sich ein schmaler Pfad in engen Windungen emporwand, und je höher es ging, desto steiler wurden die steinernen Wände, die den Pfad säumten; schon bald konnten die Gefährten über sich nur noch einen gezackten Strich Himmel ausmachen, während Orthmar sie immer weiter hinaufführte.

Der Zwerg schien den Weg genau zu kennen. Durch enge Schluchten und über Pfade, die nur das geübte Auge noch zu finden vermochte, lotste er den Trupp durch die südlichen Ausläufer des Zwergenreichs. Östlich davon erhoben sich die Hügel des Hochlands; dort lagen die Städte Andaril und Sundaril, die einst die Grenze gebildet hatten zwischen dem Machtgebiet der Zwerge und jenem der Menschen.

Balbok hatte sich nie besonders für diese Dinge interessiert. Für Geschichte vermochten sich die Orks nicht zu begeistern, auch nicht für Politik und Diplomatie. Viel zu reden und dabei wenig zu sagen entsprach nicht dem Wesen eines Orks, ebenso wenig wie die Kunst, das eine zu sagen und dabei etwas ganz anderes zu meinen. Orks pflegten ihre Ansichten frei heraus zu äußern – wer damit Probleme hatte, dem brachen sie die Knochen, und gut war die Sache.

Wenn Menschen gegeneinander Kriege führten, dann redeten sie gern von abstrakten Dingen wie Freiheit und Gerechtigkeit, was wohl daran lag, dass sie irgendeinen moralischen Grund brauchten, um einander die Kehlen aufzuschlitzen. Orks waren da weitaus unkomplizierter, fand Balbok. In der Modermark war schlechte Laune Grund genug, jemandem an die Gurgel zu gehen; wenn einem danach war, seine Klinge in Blut zu tauchen, musste man nicht erst einen Anlass dafür suchen.

Balbok hatte auch festgestellt, dass Menschen häufig von Frieden redeten, wenn sie einen Krieg von Zaun brechen wollten – wobei sie dann ebenso erbarmungslos aufeinander einschlugen wie die Orks, wenn die ein wenig Spaß haben wollten.

Die Milchgesichter waren eine seltsame Rasse, die Balbok wohl niemals ganz verstehen würde. Er spielte mit dem Gedanken, Nestor von Taik, der vor ihm in der Kolonne marschierte, mit der Axt zu erschlagen, nur um zu sehen, was dann geschehen würde. Vielleicht würde Gurn seinen Artgenossen rächen wollen und über Balbok herfallen. Nun, nach der eintönigen Latscherei des Tages würde ein kleines Gemetzel eine willkommene Abwechslung sein. Zwar hatten ihm die beiden Milchgesichter das Leben gerettet, aber das war kein Grund, sie nicht umzubringen.

Vielleicht würde sein Bruder Rammar den Spaß nicht verstehen, überlegte Balbok. Der hatte ja manchmal eine seltsame Art von Humor. Vielleicht würde er sich beschweren, dass Balbok einen ihrer Gefährten erschlagen hatte, und wieder loszetern. Deshalb entschloss sich Balbok, dem Menschen vor ihm den Schädel nicht mit der Schneide der Axt zu spalten, sondern selbigen mit dem flachen Axtblatt zu zertrümmern. Wenn Rammar das nicht lustig fand und losschimpfte, konnte er immer noch behaupten, die Axt wäre ihm ausgerutscht und hätte Nestor zufällig den Kopf zerschmettert.

Ja, das war eine prima Idee!

Noch einen kurzen Augenblick zögerte er, dann gab er der Versuchung nach. Er hob die Axt, die er über der Schulter getragen hatte, und ließ sie mit dem flachen Blatt nach unten klatschen, um seinem Vordermann den Schädel einzuschlagen. Da Nestor keinen Helm, sondern nur eine Filzmütze trug, würde das flache Axtblatt sein Menschenhaupt zermatschen und ...

»Aua! Hast du jetzt völlig den Verstand verloren, du nichtsnutziger *umbal*?«

Ein heiser keifendes Organ, das keineswegs das des mageren Nestor war, sondern das seines Bruders Rammar, brachte Balbok wieder zu Besinnung. Erschrocken schnappte er nach Luft und riss die Augen auf – und begriff, dass er beim Marschieren eingeschlafen war und geträumt hatte. In Wirklichkeit war es nicht Nestor, der in der Kolonne vor ihm ging, sondern Rammar. Den Hieb mit dem flachen Axtblatt allerdings hatte Balbok nicht geträumt ...

»Du hirnloser Madenfresser! Du lausige Erscheinung!«, wetterte Rammar, dessen Kapuze von dem Hieb völlig geplättet war. »Was fällt dir ein?«

»Verzeih, Rammar, ich bin eingeschlafen.«

»Wie oft soll ich dir noch sagen, dass sich ein Ork nicht entschuldigt? Warum nur musste mich Kurul mit einem Bruder wie dir ...? Du bist *eingeschlafen*?«, unterbrach sich Rammar selbst, als ihm klar wurde, was sein Bruder gerade gesagt hatte.

Balbok nickte betreten.

»Du kannst schlafen, während du marschierst?«, fragte Rammar fassungslos nach.

Balbok nickte erneut.

»Wie lange geht das schon so?«

»Ich weiß nicht.« Der Hagere zuckte mit den Schultern. »Ich war müde, also tat ich es.«

»Ich war müde, also tat ich es«, äffte Rammar den Tonfall seines Bruders nach. Es war der pure Neid, der ihn so in Rage versetzte, denn er selbst hatte die ganze Nacht über kein Auge zugetan und war zum Umfallen müde. »Was fällt dir ein? Habe ich dir etwa erlaubt, während des Marschierens zu ratzen?«

»*D-douk.*«

»Du kannst von Glück sagen, dass so ein Orkschädel einiges aushält – andernfalls läge ich jetzt mit zerschmettertem Haupt am Boden!«

Über die Züge einiger der Umstehenden huschte ein flüchtiger Ausdruck des Bedauerns, was Rammar allerdings nicht mitbekam. Er war ganz darauf konzentriert, seinen Bruder zu schelten, der tatsächlich ziemlich geknickt schien.

»Halt gefälligst die Augen offen, du verdammter *umbal*«, herrschte Rammar ihn so laut an, dass es von den fast senkrecht aufragenden Wänden der Schlucht widerhallte, »sonst werde ich dir …«

»Still!«, sagte plötzlich jemand.

Es war Gurn der Eisbarbar, der diese Worte hervorgestoßen hatte.

Aller Blicke richteten sich auf ihn, während er den Kopf in den Nacken legte und die Augen zu schmalen Schlitzen verengte. Zudem schien er angestrengt zu lauschen.

»Hast du was gehört?«, erkundigte sich Rammar.

Der Barbar nickte und ließ ein leises Knurren vernehmen. »Gehört – und gesehen …«

»Was? Wo?«

»Schatten – dort oben!«, lautete die knappe Antwort.

Gurn deutete empor zum oberen Rand der schmalen

Schlucht, durch die sie gerade marschierten. Sie bildete eine gezackte Linie, als hätten die Kiefer eines riesigen Ungeheuers sie in den Stein gefressen. Die Felswände links und rechts waren so glatt und senkrecht, dass niemand sie erklimmen konnte. Der schmale Strich Himmel über dem Trupp war dicht bewölkt und düster.

Ein eisiger Wind fegte in die schmale Kluft und ließ die Gefährten schaudern. Fast ängstlich starrten sie hinauf zum Rand der Schlucht, konnten jedoch keine Gefahr entdecken.

»Da ist nichts«, gab sich Orthmar überzeugt. »Du musst dich irren, Barbar.«

»Kein Irrtum, Zwerg.« Gurn schüttelte den Kopf.

»Vielleicht waren es ein paar Krähen, die du gesehen hast. Oder ein Adler oder ein Falke oder …«

»Schluss damit!«, beendete Rammar die Diskussion. »Ich will nichts hören von irgendwelchen Schatten. Schauen wir lieber zu, dass wir den verdammten Zwergenstollen erreichen. Als ob wir nicht schon genug Ärger am Hacken hätten!«

Der Gnom lachte wiehernd, während sich Gurns ohnehin nicht eben freundliche Züge noch mehr verfinsterten.

»Schatten«, beharrte er, bevor er sich wieder in Bewegung setzte und weitermarschierte.

Die übrigen Mitglieder des Trupps folgten seinem Beispiel, um Rammars Zorn nicht noch mehr zu erregen – nicht, weil sie ihn fürchteten, sondern weil Rammar ihnen gehörig auf die Nerven ging.

Kibli murmelte wieder leise vor sich hin. Rammar bemerkte es, und da er gerade so richtig in Fahrt war, nahm er sich den Zwerg gleich einmal vor.

»Kannst du nicht das Maul halten wie alle anderen?«, fuhr er ihn an. »Was brabbelst du da die ganze Zeit in deinen Bart?«

Erschrocken blickte der Zwerg auf. »Namen«, antwortete er ein wenig eingeschüchtert.

»Namen? Was für Namen?«

»Was für Namen wohl?«, stichelte Nestor, der hinter dem Zwerg ging und über dessen Mütze hinweggrinste. »Die Namen seiner Mädchen natürlich.«

»Sie bringen mir Glück«, behauptete Kibli versonnen. »Sie haben mich alle geliebt.«

»Moment mal«, sagte Rammar. »Hieß es nicht, du hättest die Weiber scharenweise aus dem Hochland verschleppt und in den Städten der Milchgesichter verkauft?«

»Nicht doch«, widersprach der Zwerg, und ein Grinsen zeigte sich in seinem struppigen Bart. »Sie sind alle freiwillig mit mir gegangen.«

»Aber dann hast du sie gezwungen, ihre Körper zu verkaufen«, sagte Rammar.

»Auch das haben sie aus freien Stücken getan«, versicherte der Zwerg. »Aus Liebe zu mir.«

»Weißt du«, meinte Balbok, »wir Orks verstehen nicht viel von dieser Sache, die ihr Zwerge und Milchgesichter Liebe nennt – aber wenn du so was mit einer Orkin machen würdest, würde sie dir das Herz aus deiner schäbigen kleinen Brust reißen und es auffressen, während es noch schlägt.«

»Und zwar aus reiner Liebe«, fügte Rammar trocken hinzu und schickte seinem Bruder ein breites Grinsen – der Hieb auf den Kopf und der Streit von vorhin waren damit vergessen.

Kiblis Gesicht wurde ein paar Nuancen blasser, das Grinsen verschwand wieder hinter seinem Bart, als hätte man einen Vorhang zugezogen.

Rammar wollte noch etwas hinzufügen, kam aber nicht mehr dazu, denn plötzlich war ein dumpfes Rumpeln zu hören, das von nirgendwo und von überall zugleich zu kommen schien – und im nächsten Augenblick stürzten Felsbrocken auf den Trupp herab!

»Ein Steinschlag!«, rief jemand.

»Vorwärts!«, befahl Rammar laut.

»Zurück!«, schrie Balbok aus Leibeskräften.

Polternd und krachend schlugen die Gesteinsbrocken neben den Wanderern auf den Grund der Schlucht. Für eine Flucht war es bereits zu spät. Instinktiv riss Rammar seine kurzen Arme schützend über den Kopf, obwohl dies bei den riesigen schweren Brocken natürlich wenig nutzen würde. Infernalisches Tosen erfüllte die Schlucht, grauer Staub wallte auf, so dicht, dass man die Klaue nicht mehr vor Augen sah.

Der Ork hörte seine Gefährten entsetzt schreien und Balbok eine laute Verwünschung rufen. In dichter Folge hagelten die Felsen in die Schlucht, und Rammar zuckte zusammen, als dicht neben ihm ein großer Steinblock niederkrachte.

Dann … war es vorbei. Hier und dort klickerten noch ein paar Steinchen, und allmählich lichtete sich auch der Staub.

Hustend und fluchend raffte sich Rammar, der an die Felswand gekauert zu Boden gesunken war, wieder auf. Mit unbeholfenen Bewegungen klopfte er den Staub von seinem Umhang und aus seinem falschen Bart und schaute sich um. Er sah, wie sich auch seine Gefährten rührten, und hörte ihr leises Stöhnen.

»Balbok?«, rief Rammar besorgt. »Bist du verletzt?«

»Ich bin hier!«, kam es zurück, doch Rammar konnte nicht ausmachen, aus welcher Richtung die Antwort sein Ohr erreichte.

»Und? Noch alle Knochen beisammen?«, rief er.

»I-ich denke schon …«

»Hirnloser *umbal*!«, wetterte Rammar auf einmal. »Worauf wartest du dann noch? Komm sofort her und sieh zu, dass du mir hilfst. Wir müssen …«

Er verstummte, weil er sah, dass unter dem Felsblock, der unmittelbar neben ihm niedergegangen war, etwas hervorlugte. Es war der Zipfel einer Zwergenmütze, deren Besitzer unter dem großen Stein zermalmt worden war. An der Farbe erkannte Rammar, dass es Kiblis Mütze war – der Zwerg hatte kurz vor dem Steinschlag genau neben ihm gestanden ...

»Da waren's nur noch fünf«, bemerkte Balbok trocken, der plötzlich neben Rammar aufgetaucht war.

»Sechs«, verbesserte Nestor, der sich ebenfalls zu Rammar gesellte.

»Hört mit der saudummen Zählerei auf!«, fuhr der dicke Ork die beiden an. »Nicht viel hätte gefehlt, und der Felsen hätte statt des dämlichen Zwergs mich getroffen. Wie hättet ihr dagestehen ohne mich als Anführer – könnt ihr mir das verraten?«

Sowohl Balbok als auch Nestor zogen es vor, darauf nicht zu antworten, sondern schauten sich nach ihren anderen Gefährten um. Der Gnom hatte sich auf Grund seiner schmächtigen Postur in eine Felsspalte zwängen können, wo er den Steinschlag unbeschadet überstanden hatte, während Orthmar von Bruchstein ein Stück vorausgegangen und deshalb nicht in unmittelbarer Gefahr gewesen war. Gurn der Barbar war von einem kantigen Stein an der Schläfe getroffen worden. Er blutete heftig, und an seinen rollenden Augen war zu erkennen, dass er ziemlich angeschlagen war.

Nachdem sie alle ihre Knochen sortiert und den Staub von ihrer Kleidung geklopft hatten, wurde es Zeit für eine Bestandsaufnahme, und Rammar wurde klar, dass sie mehr Glück als Verstand gehabt hatten. Zwar war die schmale Schlucht übersät von Gesteinsbrocken, aber abgesehen von wenigen leichten Blessuren hatte es nur Kibli erwischt, und dieser Verlust war zu verschmerzen. Außerdem war der Zwerg ein übler Zuhälter gewesen, und derartige Geschäfte gingen sogar einem Ork gegen den Strich.

Dennoch hatte Rammar eine Stinkwut im Bauch, denn

der Fels hatte ihn selbst nur knapp verfehlt, und ein übler Verdacht keimte in ihm auf …

»Von Bruchstein!«, herrschte er ihren Führer an. »Was, bei Torgas stinkenden Eingeweiden, war das?«

»Was soll das schon gewesen sein?«, erwiderte der Zwerg und zuckte mit den breiten Schultern. »Ein Steinschlag natürlich. Damit muss man im Gebirge rechnen.«

»So, damit muss man also rechnen!«, schnaubte Rammar. »Und warum hat es uns dann völlig unvorbereitet erwischt?«

»Weil ihr das Scharfgebirge nicht kennt und hier fremd seid«, erklärte Orthmar kaltschnäuzig.

»Mit Verlaub, der gute Kibli war hier zu Hause«, wandte Nestor ein, »aber der Steinschlag hat auch ihn ziemlich überrascht. Der Gute ist – wie heißt es so schön? – völlig platt.«

»Für einen Menschen bist du ziemlich zynisch«, lobte ihn Rammar mit breitem Grinsen.

Der Attentäter grinste zurück und erwiderte: »Liegt am Beruf.«

»Der gute Kibli stand eben zur falschen Zeit am falschen Fleck«, erklärte Orthmar unbeholfen. »Es war ein … ein Unfall.«

»Was du nicht sagst.« Rammar reckte angriffslustig die Schnauze vor. »Ich frage mich nur, warum ausgerechnet du nicht eine einzige Schramme abbekommen hast, während wir alle nur knapp an Kuruls Grube vorbeigetorkelt sind.«

»Ich hatte eben Glück«, erklärte der Zwerg und zuckte erneut mit den Schultern.

»Glück«, murmelte Rammar. »So kann man es auch nennen.«

»Was willst du damit sagen?«

»Dass will ich dir verraten, Zwerg«, sagte Rammar, und seine Stimme nahm einen gefährlichen Unterton an. »Ich will damit sagen, dass dieser Felsen hier« – er deutete auf den mächtigen, tonnenschweren Steinblock, der Kibli zum Verhängnis geworden war – »in Wahrheit *mir* gegolten hat!«

»Sei nicht albern«, entgegnete Orthmar. »Wer sollte es auf dich abgesehen haben?«

»Du zum Beispiel. Es passt dir nicht, dass Balbok und ich diesen Trupp befehligen, richtig?«

»Das stimmt«, gab der Zwerg unumwunden zu. »Aber von hier unten aus kann ich wohl keinen Steinschlag ausgelöst haben, oder?«

»Du nicht«, knurrte Rammar und nickte. »Aber der Barbar will vorhin dort oben Schatten gesehen haben, und du warst es, der so vehement dagegensprach!«

»Ich? *Du* hast ihm doch auch nicht geglaubt!«

»Vorhin nicht«, gestand Rammar. »Aber jetzt glaube ich ihm. Weißt du was, Hutzelbart? Ich denke, dass dort oben Kumpane von dir lauern. Gedungene Mörder, die den Auftrag hatten, mir dieses Ding auf den *koum* fallen zu lassen.«

»So ein Unsinn!« Das Wenige, das der prächtige Bart von Orthmars Gesicht sehen ließ, zerknitterte sich zu einem Unschuldslächeln, das allerdings nicht sehr aufrichtig wirkte. »Ich gebe zu, ich habe mich geärgert, dass König Corwyn euch und nicht mir die Befehlsgewalt über die Mission übertragen hat, aber ich würde deswegen niemanden hinterrücks umbringen oder ermorden lassen. Nicht mal einen Ork.«

»Warum nur glaube ich dir nicht?«, fragte Rammar, der den Zwerg aus zu schmalen Schlitzen verkniffenen Augen taxierte. Balbok stand an seiner Seite, die Axt in den Klauen, und blickte nicht weniger finster drein als sein dicker Bruder.

»Ich weiß nicht, warum du mir nicht glaubst«, verteidigte sich Orthmar. »Vielleicht, weil du nur das siehst, was du sehen willst.«

»Oder aber weil ich dich gut genug kenne, um zu wissen,

dass du ein hinterhältiger und mieser *bruchgor* bist! Ich habe nicht vergessen, was du meinem Bruder und mir einst antun wolltest.«

»Das ist lange her«, gab Orthmar zu bedenken.

»So lange nun auch wieder nicht. Und wie sagt ein altes Sprichwort bei uns Orks? *Anur murruchg, komhal murruchg* – einmal eine Made, immer eine Made.«

»Du nennst mich eine Made?«, brauste Orthmar auf.

Rammar fletschte angriffslustig die Zähne. »Wie sonst?«

»Das wirst du bereuen!« Der Zwerg griff zur Axt, deren kurzer Stiel in seinem breiten Gürtel steckte. »Sieht so aus, als müsste ich dir Manieren beibringen!«

»Versuch's doch!«, sprang Balbok seinem Bruder bei. »Wenn du ihm auch nur eine Borste knickst, fresse ich dich mit Haut und Bart. Ich habe schon lange kein Zwergen-fleisch mehr gekostet!« Und drohend fügte er hinzu: »Ich bevorzuge es schön blutig!«

»Natürlich, ich hätte es wissen müssen – die unzertrenn-lichen Brüder«, spottete Orthmar, der allerdings einsah, dass er gegen die beiden Orks den Kürzeren ziehen würde. »Die ganze Zeit über streitet ihr euch wie das letzte Bett-lerpack, aber wenn es hart auf hart kommt, dann haltet ihr zusammen.«

»Was sonst?«, entgegnete Rammar mit breitem Grinsen. »Schwarzes Blut ist nun mal dicker als rotes.«

»Mal schauen, ob es auch so herrlich spritzt«, konterte der Zwerg und wandte sich dann an Gurn, Nestor und den Gnom, die den Streit wortlos verfolgt hatten. »Was ist mit euch? Glaubt ihr auch, dass ich den fetten Ork umbringen wollte?«

»Ehrlich gesagt, mich kümmert das einen Dreck«, ant-wortete Nestor gelangweilt. »Aber ich wäre euch dankbar, wenn ihr euren Disput rasch beilegen würdet, damit wir weiterkönnen.«

»Keine Sorge«, beschwichtigte Rammar. »Die Sache wird nur einige Augenblicke in Anspruch nehmen.«

»Und dann?«, fragte Nestor.

»Haben wir ein Lästermaul weniger in unseren Reihen.«

»Aber auch einen Kämpfer weniger, wenn es hart auf hart kommt«, wandte der Attentäter ein.

»Der Kerl hat versucht, mich in Kuruls Grube zu stoßen!«, brauste Rammar erneut auf.

»Dafür gibt es keinen Beweis. Zudem ist der Zwerg der Einzige, der die geheimen Stollen kennt«, gab Nestor zu bedenken. »Ohne ihn sind wir den Basilisken ausgeliefert, das solltest du nicht vergessen.«

Die Basilisken!

In seiner Wut hatte Rammar die geflügelten Schlangen fast vergessen. Der Gedanke an sie dämpfte seinen Zorn auf den Zwerg erheblich.

»Also schön«, knurrte er, und indem er so tat, als kostete es ihn große Überwindung, ließ er seinen *saparak* sinken. »Ich lasse dich am Leben, Zwerg. Aber ich werde dich haarscharf beobachten, und wenn du auch nur einen schiefen Blick in meine Richtung wirfst, wickle ich deine Eingeweide um diesen Speer hier, hast du verstanden?«

»Völlig«, versicherte Orthmar.

»Ich werde von jetzt an genau einen Schritt hinter dir bleiben. Sollte es noch mal einen Steinschlag geben und werde ich von einem Felsblock erschlagen, dann stirbst du mit mir.«

»Bezaubernde Vorstellung.« Der Zwerg schnitt eine Grimasse unter seinem Bart. Dann ließ auch er die Waffe sinken und steckte die Axt wieder in den Gürtel.

»Was denn?«, fragte Balbok wenig begeistert. »Kein blutiges Zwergenfleisch?«

»Nicht heute«, erwiderte Rammar.

# 8.

# KRUTOR'HAI UR'DORASH

Sie folgten den Felspfaden noch eine Weile, dann stießen sie tatsächlich auf den Einstieg in einen Stollen.

Wer nicht wusste, dass sich unter den dichten Flechten, die die Felswand überwucherten, ein verborgener Eingang befand, der hätte ihn nie gefunden. Unter Orthmar von Bruchsteins Führung jedoch betraten die Orks und ihre Begleiter den dunklen Gang. Aus ihren Rucksäcken holten sie in Talg getunkte Fackeln hervor, die sie entzündeten und deren flackernder Schein die Finsternis vertrieb – allerdings nur wenige Schritte weit; jenseits davon herrschte abgründige Schwärze, in der alles Mögliche lauern mochte. Dennoch wurde Rammar wieder misstrauisch, als Orthmar vollmundig ankündigte, vorausgehen zu wollen.

»Warum gerade du?«, fragte er den Zwerg.

»Weil ich den Weg kenne.«

»Der Stollen ist gerade zwei Mann breit. Viel Platz, sich zu verlaufen, ist da nicht.«

»Trotzdem würde ich gern an der Spitze marschieren, wenn du gestattest.«

»Wozu? Um uns in eine Falle zu führen?«, fragte Rammar. »Um den Stollen hinter dir einstürzen zu lassen und uns alle darunter zu begraben?«

»Du traust mir noch immer nicht«, sagte Orthmar mürrisch. »Obwohl ich mein Wort gehalten und euch unbeschadet hierher gebracht habe.«

»Ork recht«, knurrte Gurn. »Du hinter uns gehen, damit wir sicher.«

»Vielleicht ist es ja genau das, was der Zwerg will«, wandte Nestor ein. »Möglicherweise will er ja, dass wir ihn am Ende des Zuges marschieren lassen, weil etwas im Tunnel lauert, das uns mit Haut und Haaren verschlingt, sobald wir ihn betreten.«

»Unsinn!« Orthmar schüttelte den Kopf und schaute dann eindringlich von einem zum anderen. »Warum sollte ich so etwas tun?«

Balbok ließ ein unwilliges Knurren vernehmen. Er begriff nicht, wie Nestor das meinte. Orthmar bestand darauf, am Anfang des Zuges zu gehen, weil er in Wirklichkeit an dessen Ende marschieren wollte? Ein Trick sollte das sein, eine Falle? Für Balbok war das zu verworren, und es erschien ihm irgendwie auch widersinnig ...

»Ich hab's«, verkündete er in einem plötzlichen Geistesblitz. »Wir könnten den Zwerg doch einfach in der Mitte teilen. Dann marschiert ein Teil von ihm am Anfang des Zuges und ein anderer am Ende, und wir sind auf jeden Fall sicher. Und außerdem gibt's nach dem Marsch noch für jeden einen anständigen Happen Zwergenfleisch zwischen die Zähne, und wir ...«

Balbok hatte immer leiser und langsamer gesprochen, je mehr sich Rammars Brauen zusammenzogen. Schließlich – die Augen seines Bruders waren zu schmalen lodernden Schlitzen geworden – verstummte er ganz.

»Dich sollte man erschlagen«, brummte Rammar, »und zwar zusammen mit dem Zwerg. Wir werden es anders machen: Der Zwerg marschiert vor mir her, und sollte mir auch nur der geringste Verdacht kommen, dass er uns in eine Falle führt, spieße ich ihn auf!«

Orthmar seufzte. »Nun gut ...«

»Worauf warten wir dann noch? Beweg dich gefälligst, du hinterhältiger kleiner *shnorsher*!«

Rammar stieß dem Zwerg das stumpfe Ende des *saparak* in den Rücken, worauf dieser den Stollen betrat. Der Ork folgte ihm auf dem Fuß, nach ihm kamen Gurn, Nestor und der Gnom, und den Schluss der kleinen Kolonne bildete Balbok, der die Schnauze vorgestreckt hatte und unentwegt schnupperte. Abgesehen vom sauren Duft der Tiefe konnte er jedoch nur den erdigen Schweiß derer riechen, die den Gang vor langer Zeit gegraben hatten.

Rammar, dessen Geruchssinn bei weitem nicht so ausgeprägt war wie der seines Bruders, nahm davon nichts wahr. Dennoch wurde auch er nach wenigen Schritten daran erinnert, wer die Erbauer dieses Stollens gewesen waren. Da er selbst keine Fackel trug – eine solch niedere Arbeit überließ er lieber den anderen –, konnte der dicke Ork nicht genau sehen, was auf ihn zukam. Mit angestrengt verengten Augen blickte er in das Halbdunkel und konnte plötzlich nicht mehr erkennen als abgründige Schwärze – gegen die er im nächsten Augenblick mit voller Wucht prallte.

Es knirschte dumpf, als Rammar gegen massiven Fels stieß, der ihm urplötzlich den Weg versperrte!

Der dicke Ork verfiel in böse Verwünschungen, während er seine Schnauze befühlte, um zu prüfen, ob sie gebrochen war. Im Licht der Fackeln sahen seine Begleiter, was geschehen war, und der Gnom ließ einmal mehr sein schadenfrohes Gelächter hören.

Das Gewölbe, das sie als Erstes durchquert hatten, war nicht der Stollen selbst, sondern lediglich eine Art Vorraum vor dem eigentlichen Gang. Dieser war gerade so hoch, dass ein durchschnittlicher Zwerg aufrecht darin stehen konnte, während der ahnungslose Rammar mit dem Gesicht gegen den Fels oberhalb des Stollens gelaufen war, wo geschickte Hände vor langer Zeit das bärtige Antlitz eines Zwergs eingemeißelt hatten.

Als jemand mit einer Fackel leuchtete, hatte Rammar den

Eindruck, dass sich der steinerne Hutzelbart über ihn lustig machte, denn in seinem Bart war eindeutig ein listiges Grinsen zu sehen. Der Ork ballte die Rechte zur Faust und drosch kurzerhand auf das Bildnis ein. Das einzige Ergebnis war jedoch, dass ihm außer seiner Schnauze auch noch die Klaue wehtat und er sich erneut in wüsten Flüchen erging.

»Was ist jetzt?«, fragte Orthmar von Bruchstein ungeduldig aus dem Stollen. »Können wir endlich losgehen?« Hätte er anständig mit der Fackel geleuchtet, wäre Rammar nicht gegen den Fels gelaufen. Wahrscheinlich hatte Orthmar dies mit Absicht getan.

»Na warte«, murmelte Rammar, »das wirst du mir noch büßen ...«

Am liebsten hätte er den Zwerg für seine Frechheit an Ort und Stelle erschlagen, aber er beherrschte sich. Nestor hatte recht, wenn er sagte, dass sie von Bruchstein brauchten.

Noch.

Wenn sie ihr Ziel erst erreicht hatten und der Zwerg seine Schuldigkeit getan hatte, würde sich Rammar seiner entledigen.

Während er sich stöhnend auf alle viere niederließ und in den Stollen kroch, der gerade breit genug war für Rammars Leibesfülle, da fielen dem Ork auch schon die ersten möglichen Todesarten für Orthmar ein – eine qualvoller als die andere ...

Der Marsch durch den Stollen war beschwerlich, und das nicht nur, weil der Weg weit war, sondern auch, weil ihn die meisten der Gefährten auf Klauen (beziehungsweise Händen) und Knien zurücklegen mussten.

Nur Orthmar, der dem Trupp vorausging, und der Gnom konnten den Stollen auf zwei Beinen passieren. Entsprechend zäh gestaltete sich das Vorankommen. Gurn der Eisbarbar und Balbok mussten an einigen Stellen gar bäuchlings durch die dunkle Röhre kriechen, und Rammar geriet ein paar Mal ins Schwitzen, weil er stecken blieb und die anderen ihn dann vorwärts schieben mussten, wobei ihm irgendwer – keiner wollte anschließend zugeben, wer es gewesen war – versehentlich mit der Fackel den *asar* verbrannte.

Nur einmal gab es eine Möglichkeit für Menschen und Orks, sich aufzurichten – als der Tunnel in eine Höhle mündete, die teils natürlichen Ursprungs, teils von Zwergenhand geformt war und einen Ziehbrunnen beherbergte.

Die Orks und ihre Gefährten schöpften Wasser aus der Zisterne und erfrischten sich, und Rammar beschloss, eine längere Rast einzulegen.

»Wir werden hier unser Lager aufschlagen«, verkündete er kurzerhand. »Für heute habe ich die Schnauze voll, wie ein Wurm durch die Dunkelheit zu kriechen.«

»Hier zu bleiben wäre nicht klug«, wandte Orthmar von Bruchstein ein.

»Wer hat dich denn gefragt?«

»Niemand«, gab der Zwerg zu, »aber ihr *solltet* mich fragen. Sonst beschwert ihr euch nachher wieder, ich hätte euch nicht gewarnt.«

»Gewarnt? Wovor?«

»Vor den Gefahren der Tiefe«, erklärte Orthmar. »Sinterwürmer und Höhlenegel lauern hier überall. Normalerweise saugen sie das Salz, das sie zum Leben brauchen, aus den Felsen – aber wenn sie Blut riechen, geben sie sich auch damit zufrieden.«

»Was du nicht sagst.« Rammar schnaubte laut. »Glaubst du, ich fürchte mich vor ein paar Egeln?« Er streckte die Klaue aus und ballte sie demonstrativ zur Faust. »Solches Viechzeug pflege ich zu zerquetschen – merk dir das!«

»Wie du meinst.« Orthmar zuckte mit den Schultern. »Dann bleiben wir eben hier – du bist schließlich der Anführer.«

Niemand widersprach, und so schlugen sie ihr Nachtlager auf. Auf dem nackten Steinboden der Höhle entrollten sie ihre Decken und verzehrten eine weitere Ration ihres Proviants. Sogar ein kleines Lagerfeuer konnten sie entfachen, da Balboks Vorrat an getrocknetem Orkdung noch nicht aufgebraucht war und der beständige Luftzug im Stollen dafür sorgte, dass der Rauch abzog. So konnten sie die Fackeln, die sie bei sich führten, sparen und saßen um das Feuer, das flackernde Schatten auf ihre Gesichter warf: zwei Orks, zwei Menschen, ein Zwerg und ein Gnom. Während Gurn wieder mal die Schneide seines Zweihänders schärfte, der ihm beim Kriechen durch den Gang hinderlich gewesen war, begnügten sich die anderen damit, gedankenverloren in die Flammen zu starren. Bis Nestor von Taik schließlich das Schweigen brach.

»Wie steht's?«, erkundigte er sich mit listig funkelnden Augen und zauberte unter seinem Umhang einen ledernen Becher hervor. »Sind Orks eigentlich Spieler?«

»Natürlich«, erwiderte Rammar grinsend. »Aber Menschen überleben es meist nicht, wenn wir mit ihnen spielen.«

»Das stimmt«, bestätigte Balbok und begann aufzuzählen: »Da gibt es Knochenbrechen, Kieferrenken, Magenfüllen und ...«

»Und das?«, fragte Nestor und drehte den Becher um. Würfel purzelten heraus und klickerten über den Boden. »Kennt ihr das auch?«

»Klar«, versicherte Balbok. »Allerdings sehen die Dinger bei uns ein bisschen anders aus und werden aus Knochen geschnitzt.«

»Hättest du Lust auf ein Spiel?«

»Warum nicht?« Balbok nickte.

»Sei vorsichtig«, mahnte ihn sein Bruder. »Wenn ein Mensch zu Würfeln greift, will er dich betrügen.«

»Aber nicht doch.« Nestor schüttelte den Kopf. »Ihr missversteht meine Absichten. Nur ein kleines Wettwürfeln unter Freunden. Wer die höhere Zahl würfelt, gewinnt.«

»Das ist alles?«, fragte Balbok.

»Das ist alles.« Nestor steckte die Würfel in den Becher und reichte diesen dem Ork. »Du fängst an.«

Balbok nahm den Becher entgegen, und indem er eine Klaue auf die Öffnung presste, schüttelte er ihn, als wollte er die Würfel darin pulverisieren. Dann klatschte er den Becher auf den Boden und blickte Beifall heischend in die Runde, ehe er ihn anhob.

Jeder der Würfel zeigte genau ein Auge.

»Fünf«, zählte Nestor zusammen. »Jämmerlich.«

Balbok machte ein einfältiges Gesicht und warf einen Blick in den Becher, als könnte er nicht glauben, dass das schon alles gewesen war. Nestor nahm ihm das Ding aus der Hand und würfelte seinerseits – sein Wurf brachte satte dreiundzwanzig.

»Wie überraschend«, kommentierte Rammar bissig.

Nestor ging nicht darauf ein. »Tja, mein guter Ork«, meinte er. »Sieht so aus, als hätte ich gewonnen. Da wirst du wohl beizeiten deine Spielschuld einlösen müssen.«

»Spielschuld?« Balbok machte große Augen. »Was ist das?«

»Der Preis, den du zahlen musst, weil ich gegen dich gewonnen habe«, erklärte Nestor. »Gib mir etwas aus deinem Besitz. Aber es muss etwas Wertvolles sein. Spielschulden sind Ehrenschulden, mein Lieber.«

»A-aber ich habe nichts«, entgegnete Balbok völlig verwirrt, und das war nicht einmal gelogen. Denn nach der Revolte der *faihok'hai* und der Flucht aus der Modermark war den beiden Brüdern tatsächlich nur das geblieben, was sie am Leib trugen.

»Deine Axt könntest du mir geben«, schlug Nestor vor.

»Dann hätte ich nichts mehr, um mich zu verteidigen«, wandte Balbok ein. »Außerdem ist sie viel zu schwer für dich.«

»Das ist wahr.« Nestor tat so, als würde er angestrengt nachdenken, dabei hatte für ihn der Einsatz des Spiels von vornherein festgestanden. »Wie wäre es stattdessen mit einer Blutschuld?«, fragte er unvermittelt.

»Einer Blutschuld?«

»Bei uns Menschen gibt es das ungeschriebene Gesetz, dass jemand, dessen Leben gerettet wurde, bei seinem Retter in der Schuld steht – und zwar so lange, bis er seinem Retter ebenfalls das Leben gerettet hat.«

»Ein idiotisches Gesetz«, stellte Rammar fest, noch ehe Balbok etwas erwidern konnte. »Orks würden so etwas nie tun. Das Leben eines anderen Orks zu retten, ist das dämlichste, was man tun kann – schließlich weiß man nie, ob er einem hinterher nicht den Schädel einschlägt.«

»Vielleicht«, räumte Nestor ein, »aber unter uns Menschen hat das Gesetz Gültigkeit, und da du mit einem Menschen gespielt hast, Balbok, gilt es auch für dich.«

»Echt?« Balbok musste schlucken.

»Ich habe dir gleich gesagt, dass du dich nicht mit einem Menschen einlassen sollst«, wetterte Rammar. »Dieses hinterhältige Milchgesicht stinkt fünfzig *knum'hai* gegen den Wind nach Betrug und Täuschung! Aber du musstest ja unbedingt ...«

»Spielschulden sind Ehrenschulden«, beharrte Nestor. »Von nun an ist es so, als ob ich dir das Leben gerettet hätte, Balbok. Und sollte ich je in Gefahr geraten, musst du im Gegenzug mein Leben retten.«

»Schwachsinn!«, zischte Rammar und wandte sich ab.

Balbok hingegen nahm seine Spielschuld ernst. Nestor hatte ihn an der Ehre gepackt, und obwohl Orks so etwas wie Ehre dem Bekunden nach nicht kannten, wollte der hagere

Ork beweisen, dass auch seinesgleichen Anstand hatte – auch wenn Orks darunter etwas ganz anderes verstanden als Menschen ...

»Genug gequatscht«, entschied Rammar. »Ich will jetzt schlafen, also haltet gefälligst die Klappe! Balbok – du hast die erste Wachschicht!«

»Ich? Wieso ausgerechnet ich?« Balbok schüttelte unwillig den Kopf. »Ich bin müde. Der Zwerg soll Wache halten.« Er deutete auf Orthmar, der schweigend am Feuer saß.

»Du willst mein Leben in die Hände eines Hutzelbarts legen, der mich zudem noch um ein Haar ermordet hätte?« Rammar bedachte seinen Bruder mit einem scharfen Blick. »Sei froh, dass Kurul dich hier unten tief in der Erde nicht finden kann, sonst würde er dich auf der Stelle mit einem Blitz erschlagen für diese Dummheit.«

»Aber ich ...«

»Und wenn du nicht augenblicklich Ruhe gibst, wirst du *von mir* erschlagen!«, fügte Rammar energisch hinzu. Damit legte er sich hin und drehte sich um – und schon im nächsten Moment kündete ein lautes Schnarchen davon, dass der dicke Ork eingeschlafen war.

Die übrigen Kämpfer folgten seinem Beispiel und legten sich ebenfalls aufs Ohr. Erschöpft vom langen Marsch und den anderen Strapazen des Tages verabschiedeten auch sie sich augenblicklich ins Reich der Träume. Nur der Zwerg und der schmale Ork blieben am Feuer sitzen.

Balbok saß ihm gegenüber, mit dem Rücken zum Brunnen und die Axt quer über den Knien. Dass sie einander anstarrten und dabei kein Wort sprachen, störte den Ork nicht weiter. Er war ohnehin kein großer Redner, und sich in der Sprache der Menschen zu unterhalten, kostete ihn ziemliche Mühe. Er begann bereits damit, Wörter der beiden Sprachen durcheinanderzubringen. Wahrscheinlich, so sagte er sich, würden ihn irgendwann weder die Menschen noch die Orks verstehen ...

»Müde?«, fragte ihn der Zwerg plötzlich.

Balbok zuckte mit den Schultern. »Es geht.«

»Wenn du willst, kannst du dich hinlegen und schlafen. Ich werde Wache halten.«

»*Douk.*« Balbok schüttelte den Kopf. »Rammar würde mir den *asar* aufreißen, wenn ich das täte.«

»Er braucht es ja nicht zu erfahren. Ich wecke dich, bevor er aufwacht.«

Balboks Augen verengten sich zu schmalen Schlitzen. »Sag mal«, fragte er, »für wie dämlich hältst du mich eigentlich? Ihr glaubt wohl, mit Balbok könnt ihr alles machen. Zuerst der Mensch und seine blöden Spiele, jetzt du mit deinem dämlichen Geschwätz. Aber lass dir gesagt sein, dass Balbok der Brutale nicht auf so etwas hereinfällt. Ich werde hier sitzen bleiben und Wache halten, und wenn dir das nicht passt, kannst du von mir aus ...«

Er unterbrach sich, weil sich Orthmars Gesichtsausdruck während seiner Worte immer mehr verändert hatte. Die Augen des Zwergs hatten sich geweitet, sein Mund war zu einem lautlosen Schrei geöffnet.

»Mir kannst du nichts vormachen«, stellte Balbok klar. »Glaubst du, ich falle auf jeden Blödsinn herein? Lass dich von meinem Namen nicht täuschen, Zwerg – selbst ein dummer Ork ist noch tausendmal schlauer als einer von euch.«

Orthmar erwiderte nichts darauf. Stattdessen starrte er immer noch mit weit aufgerissenen Augen auf Balbok, der sich darüber schrecklich ärgerte.

»Was glotzt du denn so, *umbal*?«, fuhr er den Zwerg an. Er bediente sich nicht nur Rammars Wortwahl, sondern versuchte auch dessen Tonfall nachzuahmen, denn beides machte auf ihn selbst immer großen Eindruck. »Wenn du nicht auf der Stelle damit aufhörst, mich anzustarren, mache ich dich mit meiner Axt bekannt und ...«

Orthmar reagierte nicht. Weder machte er den Mund zu, noch unterließ er sein stieres Starren, sodass Balbok sich genötigt sah, seine Ankündigung wahr zu machen. Schon wollte er sich erheben – als er spürte, wie sich etwas von hinten auf seine Schulter legte.

Etwas, das kalt war und feucht – und das sich bewegte ...

Balbok erstarrte.

Ganz langsam wandte er den Kopf – und zu seinem blanken Entsetzen sah er, wie sich zwei weißliche Fühler über seine linke Schulter schoben und suchend umhertasteten. Und als wäre das noch nicht genug, folgte den Fühlern das faustgroße weißliche Haupt einer schleimigen Kreatur, die weder Augen noch Ohren hatte, dafür aber ein zähnestarrendes kreisrundes Maul.

Balbok reagierte mit den Instinkten eines Ork – seine geballte Klaue schlug zu, noch ehe er einen klaren Gedanken fassen konnte. Sie traf die Kreatur mit aller Wucht – und zermatschte sie!

Es gab ein hässlich schmatzendes Geräusch, und Balbok merkte, wie das Ding seinen Rücken hinabrutschte, den es gerade erst hinaufgekrochen war. Angewidert wandte sich der Ork um – und begriff, dass Orthmar von Bruchsteins stierer Blick keineswegs ihm gegolten hatte ...

Balbok traute seinen Augen nicht.

Aus dem offenen Brunnenschacht kamen noch mehr Kreaturen gekrochen, die weder Arme noch Beine hatten und riesigen fetten Würmern glichen. Ihre Fühler zuckten unentwegt hin und her, und mit jedem Augenblick, der verstrich, quollen mehr von ihnen aus der Tiefe. Erschrocken stellte Balbok fest, dass das Ding, das er erledigt hatte, ein besonders kleines Exemplar gewesen war – die übrigen Viecher, die dort aus dem Brunnen drangen, hatten die Größe eines ausgewachsenen Orks und waren schätzungsweise ebenso schwer – und sie krochen geradewegs auf die schlafenden Kameraden zu.

»*Shnorsh*, was ist das?«, rief Balbok entsetzt.

»Frag nicht so blöd!«, entgegnete Orthmar von Bruchstein mit kreischender Stimme. »Das sind Höhlenegel – und sie haben es auf unser Blut abgesehen ...!«

Rammar schlief den Schlaf der Ungerechten.

Während des zurückliegenden Tages hatte er seine Untergebenen beschimpft, beleidigt und schikaniert – mit anderen Worten: Er hatte all das getan, was nach Ansicht eines Orks einen guten Anführer auszeichnete. Zufrieden mit sich selbst war er eingeschlafen, und auf Grund der überstandenen Strapazen war sein Schlaf so tief, dass er auch dann nicht erwachte, als die Stille in dem alten Gewölbe längst von lautem Geschrei vertrieben worden war.

Rammar träumte.

Der dicke Ork wähnte sich weit entfernt in der Modermark, wo er als mächtiger Häuptling nicht nur über den *bolboug* herrschte, sondern über alle Orks in *sochgal*. Entsprechend groß war die Ehrerbietung, die man ihm entgegenbrachte, insbesondere von Seiten des anderen Geschlechts.

Eine üppig gewachsene Orkin, die sich die Rüstung vom Körper gerissen hatte und nur noch ein paar mottenzerfressene Fetzen am Leib trug, machte sich gerade über ihn her. Langsam kroch sie an ihm empor, dabei leise lechzend und ihn mit lustvollen Blicken taxierend.

Rammar verdrehte die Augen und verfiel in heiseres Stöhnen, während sie sich auf ihn wälzte und mit ihrer *tounga* seinen Hals zu bearbeiten begann.

»Komm, komm nur ...«

Er spürte ihr beträchtliches Gewicht, fühlte ihr hemmungsloses Verlangen. Sie befühlte sein Gesicht, und zu seiner Überraschung stellte Rammar fest, dass ihre Klaue nicht hart und schwielig war, wie es hätte sein sollen, sondern kalt und schleimig.

Er stutzte, doch schon im nächsten Moment machte sich das Weib wieder an seinem Hals zu schaffen, woraufhin sich der Ork wieder stöhnend zurückgleiten ließ und einfach nur genoss – bis ihn etwas in den Hals biss!

Dutzende kleiner Zähne durchbohrten seine Haut, gruben sich in eine Schlagader – und Rammar schreckte aus dem Schlaf.

Das Erste, was er wahrnahm, war bestialischer Gestank.

Dann registrierte er den Lärm und das Geschrei ringsum.

Und als er die Augen aufriss, sah er, dass es keineswegs eine paarungswillige Orkin war, die auf ihm lag, sondern eine wabernde, weißliche Masse, die zu Rammars Entsetzen auch noch Fühler und ein mörderisches Maul hatte, aus dem schwarzes Blut rann.

Sein Blut ...

Ein gellender Schrei entrang sich seiner Kehle, und er wollte aufspringen – das Gewicht der grässlichen Kreatur jedoch hielt ihn am Boden. In heilloser Panik ballte Rammar die Fäuste und schlug auf das Ding ein, aber seine Hiebe zeigten keine Wirkung.

Dafür kam das Maul wieder heran. Rüsselförmig stülpte es sich nach außen und wollte sich erneut an seinem Blut gütlich tun.

Mit einem lauten Schrei und getrieben von der Kraft der Verzweiflung gelang es Rammar, sich herumzuwälzen, sodass er auf der Kreatur zu liegen kam, deren weiche Formen unter seinem Gewicht nachgaben. Indem er panisch umhertastete, bekam Rammar den Schaft seines *saparak* zu fassen, den er neben seiner Schlafstatt liegen hatte, und ohne lange zu überlegen, stach der Ork mit der Waffe zu.

643

Die Haut der Kreatur platzte, und ihre glibberigen Innereien spritzten nach allen Seiten.

Unter wüsten Verwünschungen raffte sich Rammar auf und schaute sich im flackernden Schein des Lagerfeuers um. Auch seine Gefährten hatten alle Klauen damit zu tun, sich die riesigen glitschigen Blutsauger vom Leib zu halten.

Gleich zwei von ihnen hatten sich an den Beinen Gurns festgesogen, der in wütendes Gebrüll verfallen war und mit bloßen Fäusten auf sie einschlug, nachdem sich gezeigt hatte, dass sein Zweihänder mit der langen Klinge in der niederen Höhle eher hinderlich denn nützlich war. Nestor von Taik lag am Boden und war nicht viel besser dran als Rammar vor einigen Augenblicken – ein riesiger Egel hatte sich auf ihn gewälzt, um ihn auszusaugen, aber der Mensch wehrte sich, indem er mit zweien seiner Wurfmesser auf das Tier einstach. Auch der Gnom entledigte sich eines Angreifers, indem er ihn zunächst mit dem Säbel aufschlitzte und sich danach an seinen Innereien gütlich hat – ein Anblick, der sogar einem Ork den Magen umdrehen konnte.

Auf der anderen Seite des Brunnens, wo die Schatten dichter waren, weil der Feuerschein kaum dorthin reichte, ließ Orthmar von Bruchstein seine Axt kreisen und erledigte gleich zwei Egel mit einem Schlag seiner wuchtigen Waffe. In weitem Bogen wurden die Tiere weggeschleudert und klatschten mit offenen Leibern gegen die Höhlenwand.

Den bei weitem eindrucksvollsten Anblick jedoch bot Balbok.

Inmitten eines ganzen Kordons der gierigen Blutsauger, die von allen Seiten an ihn herandrängten, stand der große Ork, in den Augen ein zorniges Leuchten. Unablässig die Axt schwingend, verwandelte er die Kreaturen, die ihn umringten, in glibberige Schleimfetzen.

»Dieser elende *umbal*!«, maulte Rammar. »Warum nur muss er immer dort sein, wo es am gefährlichsten ist?«

So heldenhaft sich Balbok auch schlug – es war abzuse-hen, dass er den Kampf am Ende verlieren würde. Denn für jede Kreatur, die er erschlug, krochen zwei weitere aus dem Brunnenschacht. Nach allen Seiten breiteten sie sich aus, und es schien vor ihnen kein Entrinnen mehr zu geben …

Zwei kleinere Exemplare stürzten sich gleichzeitig auf Rammar: Das eine sog sich an seinem rechten Stiefel fest, das andere schaffte es irgendwie, seine glitschige Körper-masse aufzurichten, und Rammar schrie auf, als er das Ding auf sich zuschnellen sah. Indem er die Klauen in einem jä-hen Reflex hochriss, schaffte er es, zu verhindern, dass sich das Tier in seinem Gesicht festbiss. Dafür zerbiss das Biest die Schlagader an seinem Klauengelenk, worauf Rammar in noch lauteres Zetern verfiel.

Wie im Blutbierrausch sprang er umher, schüttelte Arm und Bein, um die zudringlichen Kreaturen loszuwerden, aber es wollte ihm nicht gelingen. Schließlich stach er mit dem *saparak* zu und durchbohrte den Egel, der an seinem Stiefel hing. Eine glibberige eiterähnliche Masse quoll aus dem larvenartigen Körper. Der sterbende Egel wand sich um den Schaft des Speers, der ihn durchbohrt hatte, und Rammar ließ den *saparak* los, packte mit der einen Klaue beherzt zu und riss das verbliebene Viech von seinem ande-ren Handgelenk, den beißenden Schmerz ignorierend. In seiner Wut warf Rammar das Tier klatschend gegen die Felswand, dann trat er auf das Biest zu und zerstampfte es, dass Schleim nach allen Seiten spritzte.

Keuchend wirbelte der Ork herum und sah im flackern-den Schattenspiel des Feuers, dass immer noch mehr von den Egeln durch den Brunnenschacht in die Höhle dran-gen. Inzwischen hatten sich schon vier von ihnen an Gurn festgesetzt, sodass er sich kaum noch auf den Beinen halten konnte, und von Nestor und dem Gnom war nichts mehr zu sehen. Einzig Orthmar und Balbok konnten sich noch frei bewegen, aber sie hatten sich zur hinteren Höhlenwand zurückgezogen und waren praktisch eingekesselt.

Gehetzt blickte sich Rammar um. Auch auf ihn krochen schon wieder neue Blutsauger zu. Was sollte er tun?

Rammars Blick glitt hinauf zur Höhlendecke. Er sah die riesigen Tropfsteine, die von dort herabhingen und im Feuerschein lange Schatten an die Decke warfen – und mit einem Mal hatte er eine Idee. Es war kein besonders ausgefeilter Plan, nicht einmal für das Verständnis eines Orks, aber er konnte funktionieren.

Unmittelbar über dem Brunnenschacht, aus dem sich die widerlichen Viecher ergossen, hing ein ganzes Bündel Tropfsteine von der Decke. Wenn es Rammar gelang, sie zu lösen und zum Herabfallen zu bringen ...

Er dachte nicht lange nach, sondern hob kurzerhand einen kopfgroßen Stein vom Boden auf und warf ihn. Der Stein flog zur Höhlendecke und traf tatsächlich die Tropfsteine – jedoch ohne Erfolg.

Rammar fluchte laut. Auf diese Weise ließen sich die Tropfsteine nicht von der Höhlendecke lösen, um die Kreaturen zu erschlagen und den Brunnenschacht zu verschließen. Er brauchte etwas Schwereres, das er ...

Ein Urschrei erklang und machte Rammar auf Balbok aufmerksam, der seine klobige Axt kreisen ließ und auf diese Weise gleich mehrere der widerlichen Viecher auf einmal in Kuruls dunkle Grube beförderte.

Die Axt!, schoss es dem dicken Ork durch den Kopf. Sie war eine recht schwere Waffe, und wenn sie mit Wucht geschleudert wurde, konnte man vielleicht damit erreichen, was er mit dem Stein nicht geschafft hatte.

Aber wie sollte Rammar seinem dämlichen Bruder auf die Schnelle den Plan in seiner ganzen genialen Komplexität mitteilen? Balbok war mindestens zwanzig Schritte von ihm entfernt und noch dazu von wilder Kampfeslust erfüllt. Wahrscheinlich war es völlig zwecklos, ihm etwas erklären zu wollen, aber Rammar wollte es zumindest versuchen.

»Balbok!«, schrie er. »Dort oben! Die Tropfsteine …!«

Die Stimme des Bruders ließ Balbok, der in einem wilden Zustand von *saobh* verfallen war, aufblicken, und er sah Rammar hinauf zur Decke weisen. Balboks schlichter Verstand begriff sofort. Er packte die Waffe ganz am Ende des Schafts, holte aus und nahm auch zwei Schritte Anlauf.

Im nächsten Moment verließ die Axt Balboks Klauen.

Sich einmal überschlagend, durchschnitt die schwere Waffe pfeifend die Luft – und traf die Tropfsteine unmittelbar unterhalb der Decke.

Es gab ein hässliches Knacken und Knirschen, und im nächsten Moment lösten sich die Stalaktiten und rauschten senkrecht nach unten, geradewegs auf den Brunnen zu.

Die ersten beiden Tropfsteine, kleinere Exemplare, spießten zwei besonders fette Egel auf und beförderten sie zurück in die Tiefe. Dann folgten größere Steinpfähle, die nicht nur weitere der ekelhaften Kreaturen ins Verderben schickten, sondern die Brunnenöffnung polternd und krachend verschütteten.

Schreckliches Getöse erfüllte das Gewölbe, dichter Staub wallte auf und schien die Flammen des Lagerfeuers zu verschlucken; es wurde so düster, dass man die Klaue kaum noch vor Augen sehen konnte. Rammar schlug wahllos um sich, weil er nicht wusste, von welcher Seite ihn die Viecher als Nächstes angreifen würden. Als sich der Staub dann allmählich legte, sah er, dass sein Bruder ganze Arbeit geleistet hatte.

Die heruntergebrochenen Tropfsteine hatten die Öffnung der Zisterne verstopft, hatten nicht nur ein Dutzend Egel erschlagen, sondern sorgten auch dafür, dass keine weiteren dieser Kreaturen mehr in den Brunnenraum gelangen konnten. Nun kam es nur noch darauf an, unter den verbliebenen Biestern aufzuräumen ...

Nicht nur Rammar und Balbok, auch ihre Begleiter erkannten dies. Orthmar von Bruchstein stieß einen durchdringenden Zwergenkampfschrei aus und schlug mit der Axt einen Egel entzwei, während Balbok zu dem Eisbarbaren Gurn eilte, den das Gewicht der Blutsauger zu Boden gezogen hatte. Rammar indess holte sich seinen Speer zurück und eilte Nestor von Taik zur Hilfe, der von Egeln förmlich begraben war.

Der ohnehin schon blasse Attentäter war noch um einiges bleicher geworden, da sich die Tiere an einigen Stellen durch seine Kleidung gebissen und ihn zur Ader gelassen hatten. Schreiend lag er auf dem Boden und wehrte sich nach Kräften – auch dann noch, als Rammar ihn längst von den Egeln befreit hatte.

Mit einem unwilligen Knurren packte der dicke Ork den Menschen und zog ihn auf die Beine. Obwohl ihn der Blutverlust schwächte, schaffte es Nestor, aufrecht stehen zu bleiben. Er riss sogar zwei Klingen aus seinem Gürtel und schickte die Wurfmesser auf den Weg, um die verbliebenen Egel zu dezimieren.

Diese hatten keine Chance mehr und fielen den wütenden Klingen von Orks, Menschen und Zwerg zum Opfer, bis der Boden der Höhle von stinkenden, wabernden Kadavern bedeckt war, die im flackernden Licht des Lagerfeuers scheußlich glänzten.

Schwer atmend hielten die Gefährten inne und betrachteten ihr tödliches Werk.

»Das wäre erledigt«, meinte Balbok grimmig.

»*Korr*«, stimmte Rammar zu.

»Gute Idee, das mit den Tropfsteinen«, meinte Nestor mit Blick auf den verschütteten Brunnen. »Alle Achtung, mein guter Balbok.«

»Balbok? Was heißt hier Balbok?«, wetterte Rammar. »*Ich* hatte die Idee, diesen elenden Drecksviechern den Weg zu verstopfen. *Ich* ganz allein! Oder traust du es etwa einem baumlangen *umbal* zu, einen solch genialen Plan zu schmieden?«

Nestor schüttelte nur den Kopf und ließ sich dann nieder, um sich die zahlreichen Wunden zu verbinden, aus denen er blutete. Das Speichelsekret der Egel sorgte dafür, dass der Lebenssaft nicht gerann, also musste der Attentäter etwas unternehmen, wenn er nicht verbluten wollte. Auch Rammar, Balbok und Gurn hatten Bisswunden davongetragen, allerdings bei weitem nicht so viele.

»Wo ist der Gnom?«, fragte Rammar plötzlich.

»Ich weiß nicht«, antwortete Orthmar von Bruchstein. »Vorhin habe ich ihn noch gesehen …«

Suchend schauten sich die Gefährten um, aber wohin sie auch blickten, sie sahen nichts als glitschige Kadaver. Nicht, dass es Rammar viel ausgemacht hätte, wenn die Biester den Gnom völlig ausgesaugt hätten, aber es beunruhigte ihn, nicht zu wissen, wo der grünhäutige Kerl steckte.

»Dort!«, rief Balbok plötzlich und deutete in den hintersten Winkel der Höhle.

In den dichten Schatten, wo man kaum noch die Hand vor Augen sah, hockte kein anderer als der Gnom. Und es war nicht etwa so, dass die glibberigen Biester ihn ausgelutscht hätten – sondern genau umgekehrt.

Mit unschuldigem Blick (so unschuldig, wie ein Gnom eben dreinblicken konnte) kauerte der sehnige grüne Kerl am Boden und schlabberte die Innereien eines Egels in sich hinein, den er der Länge nach aufgeschlitzt hatte. Als er die Gefährten gewahrte, beendete er seine unappetitliche Mahlzeit, gab ein helles Kichern von sich und gesellte sich zu den anderen.

»Schön«, murmelte Rammar, »wir sind also noch vollzählig.«

»Was wir nicht gerade dir zu verdanken haben«, beschwerte sich Orthmar. »Hatte ich dir nicht gesagt, dass es gefährlich ist, hier ein Nachtlager aufzuschlagen? Die Höhlenegel hätten uns beinah den Garaus gemacht.«

»Pah«, machte Rammar verächtlich. »Es ist genau, wie ich sagte – Egel pflege ich zu zerquetschen.«

»Na ja«, schränkte Balbok ein, »es kommt halt immer auf die Größe der Viecher an.«

»Wir sollten aufbrechen«, schlug Nestor vor; er hatte seine Wunden bereits versorgt, was darauf schließen ließ, dass er einige Übung darin hatte. »Vielleicht gibt es außer dem Brunnen noch einen weiteren Weg, auf dem die Biester in den Stollen gelangen können. Ich habe keine Lust, mich von denen vollends aussaugen zu lassen.«

Gurn schnaubte eine Zustimmung. Auch Balbok und Orthmar nickten, und nicht einmal Rammar hatte etwas einzuwenden. Noch immer schaudernd bei dem Gedanken, dass er einen vier Zentner schweren Höhlenegel für ein rassiges Ork-Weib gehalten hatte, befahl er den Abmarsch, und nachdem sie in aller Eile ihr Gepäck zusammengerafft hatten, zwängte sich der Trupp erneut durch den Stollen.

Was Orthmar von Bruchstein betraf, so hatte Rammars Misstrauen ein wenig nachgelassen. Für den Überfall der Blutsauger war der Zwerg gewiss nicht verantwortlich, denn immerhin hätte er dabei genauso draufgehen können wie jeder andere. Zwar blieb Rammar auch weiterhin dicht hinter ihm, aber er behielt von Bruchstein nicht mehr ganz so scharf im Auge wie am Tag zuvor.

Ein Versäumnis, das sich rächen sollte …


Je weiter sie der beschwerliche Weg führte, desto tiefer schien es hinabzugehen, und mehrmals hatten sie den Eindruck, dass die Atemluft im Stollen knapp wurde. Rammar begann dann jedes Mal laut zu keuchen, und seine Begleiter hinter ihm gerieten an den Rand einer Panik, weil sie fürchteten, der dicke Ork könnte stecken bleiben und ihnen den Weg versperren.

Aber Rammar riss sich immer wieder zusammen, schon deshalb, weil er nicht in einem Zwergenstollen sterben wollte – eine größere Schmach für einen Ork war schwerlich vorstellbar. Auf schmerzenden Knien und aufgerissenen Klauen, die blutige Spuren auf dem nackten Fels hinterließen, arbeiteten sich er und seine Begleiter voran, Stück für Stück, Meile für Meile.

Wie lange das so ging, wusste hinterher keiner mehr zu sagen, aber als ein Stück voraus endlich mattes Licht zu erkennen war, war die Erleichterung groß.

»Das Ende des Stollens«, krächzte Rammar. »Ich kann es sehen …«

»Hm-hm«, machte Balbok, der wie die anderen seine Fackel zwischen den Zähnen hielt – die falschen Bärte hatten sie längst abgenommen, da sie ihnen beim Kriechen nur hinderlich waren und im Inneren des Stollens ohnehin keinen Zweck erfüllten.

In spontaner Freude wollte er aufspringen – und stieß sich hart den Schädel. Er fühlte sich wie von einer Trollfaust niedergeschmettert, dann aber kroch der hagere Ork bäuchlings weiter, seinen Gefährten hinterher, die nacheinander das Stollenende erreichten. Einer nach dem anderen schlüpfte hinaus und ließ die Enge der Tunnelröhre hinter sich.

Balbok konnte es kaum erwarten, bis auch er an der Reihe war, denn jeder Augenblick länger in diesem engen Stollen kam ihm vor wie eine Ewigkeit.

Endlich hatte auch er es geschafft. Der hagere Ork zwängte sich durch den schmalen Ausgang nach draußen. Zunächst konnte er nichts sehen, weil ihn das Tageslicht blendete. Dafür roch er frische, von süßlichem Blütenduft durchsetzte Luft – die er ziemlich widerlich fand.

Er richtete sich zu seiner vollen Größe auf, wobei seine Knochen ein markiges Knacken von sich gaben.

»Endlich draußen«, sagte er erleichtert, und nachdem sich seine Augen allmählich an die veränderten Lichtverhältnisse gewöhnt hatten, schaute er sich um.

Wie er feststellte, befand er sich auf einer weiten, von Felsbrocken übersäten Waldlichtung. Es war Abend, von Osten zog die Nacht heran, und im Westen erinnerte ihn orangeroter Schein an die ferne Heimat. Für einen kurzen Moment dachte der Ork an die Modermark, wenn dort die Sonne blutrot im Westen versank und dabei die Modersee in Flammen setzte, und Balbok wurde ganz wehmütig ums Herz. Auf einmal fühlte er sich einsam und verlassen ...

Und dann wurde ihm jäh bewusst, dass er sich nicht nur so fühlte, sondern tatsächlich allein *war*!

»Rammar?«

Balbok schaute sich gehetzt um. Von seinem Bruder und den anderen war nichts zu sehen.

»Rammar! Gurn! Nestor!«

Heiser rief er die Namen seiner Gefährten, aber die einzige Antwort, die er erhielt, war der Schrei eines Käuzchens irgendwo in den Bäumen.

Was hatte das zu bedeuten?

Balboks schmales Gesicht zerknitterte sich, und er kratzte sich nachdenklich am Kinn. Plötzlich glaubte er die Lösung zu kennen – natürlich, was sonst? Rammar und die anderen erlaubten sich einen Scherz mit ihm. Bestimmt hockten sie hinter den Felsen und amüsierten sich auf seine Kosten. Sah ihnen ähnlich. Aber diesmal würde Balbok nicht mitspielen. Er würde ihnen den Spaß gründlich vergällen.

Ein listiges Grinsen spielte um seine Züge. Er würde den Spieß einfach umdrehen und so tun, als ob er seine Gefährten nicht im Geringsten vermisste. Diesmal sollten sie es sein, die am Ende lange Gesichter machten.

Mit einem entschlossenen Nicken setzte sich Balbok in Bewegung, im festen Glauben daran, dass sich Rammar und die anderen in der Nähe versteckten und darauf warteten, dass er in Panik geriet.

Schon nach wenigen Schritten jedoch stieß er im Gras auf etwas, das seine Überzeugung ins Wanken brachte.

Es war ein glänzender Gegenstand, der den Schein der untergehenden Sonne reflektierte und deshalb Balboks Aufmerksamkeit erregte. Der Ork bückte sich und hob das Ding auf. Zu seiner Verblüffung erkannte er, dass es der Elfendolch mit goldenem Griff war, den Rammar bei sich getragen hatte.

Wieso lag das Ding hier herum? Um ihn auf eine falsche Fährte zu lenken?

Nein. Balbok schüttelte entschieden den Kopf. Rammar hielt ihn gern und oft zum Narren, aber niemals hätte er sich dafür von seinem geliebten Gold getrennt. Dass der Dolch hier lag, musste einen anderen Grund haben.

In diesem Moment witterte Balboks empfindliche Nase den charakteristischen, wenn auch in dieser Wildnis völlig unerwarteten Geruch von …

»Menschenfleisch!«, rief Balbok und fuhr herum – um sich zwei Dutzend gepanzerter Krieger gegenüberzusehen. Sie waren ringsum hinter den Felsen versteckt gewesen. Bewaffnet waren sie mit Keulen und Schwertern, doch auch einige Armbrustschützen waren unter ihnen, deren Bolzen geradewegs auf Balbok zielten. Ihre Gesichter waren unter den geschlossenen Visieren der Helme nicht zu erkennen.

»Keine Bewegung, Unhold!«, scholl es ihm hochmütig entgegen. »Entweder, du ergibst dich, oder du bist des Todes!«

Balboks Antwort war ein wütendes Knurren. Eins war sicher – dies war kein Scherz, den sich sein Bruder ausgedacht hatte. Schon eher hatten diese hinterhältigen Milchgesichter Rammar und den anderen aufgelauert …

Trotz der eindeutigen Übermacht und der Armbrüste, die auf ihn zielten, packte der Ork den Stiel seiner Axt mit beiden Klauen und trat den fremden Kriegern mutig entgegen. Wer sie waren oder was sie wollten, interessierte ihn nicht. Sie hatten den Fehler begangen, ihn herauszufordern, das genügte.

Der Wortführer der Menschenkrieger lachte höhnisch, als Balbok drohend Kampfhaltung annahm. Als der Ork jedoch blitzschnell seine Axt schwang und einen seiner Leute mit einem einzigen Hieb enthauptete, lachte er nicht mehr.

Mit wildem Gebrüll wollte sich der Ork auf die Übermacht seiner Gegner stürzen – da schnappte die Falle zu!

»Jetzt!«, schrie der Anführer, und die Armbrustschützen schossen ihre Bolzen ab.

Sie zuckten heran, waren jedoch viel zu hoch gezielt, um Balbok zu treffen. Der Ork wollte schon seinerseits ein höhnisches Gelächter ausstoßen – als er erkannte, dass an den Armbrustbolzen Schnüre befestigt waren, die ein Netz vor ihm in die Höhe schnellen ließen. Im nächsten Moment fiel es über ihn hinweg und auf ihn herab.

»Was …? Wie …?«

Noch ehe der Ork recht begriff, wie ihm geschah, war er in den aus Rosshaar geflochtenen Maschen gefangen. Vergeblich versuchte er, sich daraus zu befreien, doch je mehr er daran zerrte und riss, desto mehr verhedderte er sich im Netz. Hilflos sah er, wie die Menschen herankamen und ihn einkreisten. Sie warfen zu Schlingen gebundene Seile um ihn, und im nächsten Moment wurden Balbok die langen Beine unter dem Körper weggezogen.

Er stürzte und schlug hart auf. Schon waren die Menschen über ihm, und obwohl er sich wie von Sinnen gebärdete, gelang es ihnen, noch weitere Seile um ihn zu schlingen, und sie zogen diese so fest, dass er sich kaum noch rühren konnte.

»Na wartet!«, rief er in seiner eigenen Sprache, weil ihm

in der Rage die passenden Menschenwörter nicht einfallen wollten. »Dafür werdet ihr bezahlen! Grausam und blutig werdet ihr dafür bezahlen, hört ihr?«

Aber die Menschen kümmerten sich nicht um das, was er sagte, und da die Visiere vor ihre Gesichter geklappt waren, konnte er noch nicht einmal sehen, ob seine Worte *irgendeine* Wirkung hervorriefen.

»Rammar!«, rief er in seiner Not, aber er ahnte natürlich, dass seinem Bruder ein ähnliches Schicksal widerfahren war wie ihm. Offenbar hatte man ihnen aufgelauert – und das bedeutete, dass diese Menschen genau gewusst hatten, wann und wo die Orks und ihre Begleiter den Stollen verlassen würden.

Die Erkenntnis, dass Rammar offenbar recht gehabt hatte und Orthmar von Bruchstein tatsächlich ein Verräter sein musste, durchzuckte Balbok nahezu schmerzhaft.

Der Anführer der Menschen tauchte über ihm auf, klappte das Helmvisier zurück, und Balbok schaute in ein bärtiges blasses Gesicht, das in seinen Augen ungemein hässlich war.

Im nächsten Moment krachte eine Keule mit Wucht herab und erwischte Balbok an der Schläfe.

Der Ork zuckte zusammen.

Dann wurde es dunkel um ihn.

# 9.

## TRURK

»Wacht endlich auf!«

Balbok hörte die Stimme, die seine Ohren wie durch dichten Nebel erreichte, aber er konnte sie nicht zuordnen.

»Verdammt, ihr elenden Orkfressen! Wollt ihr wohl endlich wieder zu euch kommen!«

Ein Tritt traf Balbok in den Leib, und der jähe Schmerz ließ ihn erwachen. Verblüfft sah er sich keinem anderen als Orthmar von Bruchstein gegenüber.

»Endlich!«, blaffte der Zwerg mürrisch. »Ich hatte schon gedacht, ihr wollt meinen ganzen Tag vergeuden!«

Neben Balbok regte sich stöhnend ein weiterer Ork, den Orthmar offenbar ebenfalls mit Tritten traktiert hatte. Es war Rammar, dessen Visage ziemlich malträtiert aussah.

»Verdammt, wo bin ich?«, fragte er benommen.

»Wo du bist? Ich werde dir sagen, wo du bist, Fettsack!«, schnauzte Orthmar ihn an. »Du befindest dich in Gefangenschaft – und zwar in meiner Gewalt, um genau zu sein!«

Der Zwerg brach in schallendes Gelächter aus, und die beiden Orks blickten an sich herab. Ebenso verblüfft wie erschüttert stellten sie fest, dass sie an Hand- und Fußgelenken dicke Eisenspangen trugen, die durch Ketten miteinander verbunden waren. Selbst der Zorn eines Orks vermochte sie nicht zu sprengen.

»*Trurkor*«, stieß Rammar zwischen gefletschten Hauern

657

hervor. »Elender Verräter! Ich wusste, dass dir nicht zu trauen ist!«

Orthmar wollte sich ausschütten vor Lachen. »Warum hast du dann eingewilligt, dass ich euch begleite?«

»Weil dieser verdammte Einfaltspinsel von Corwyn darauf bestanden hat – deshalb!«

»Nein.« Orthmar, der abrupt aufhörte zu lachen und auf einmal ernst wurde, schüttelte den Kopf. »Das war nicht der Grund, Fettsack. Du wolltest von meinem Wissen um die Geheimgänge der Zwerge profitieren, um unbeschadet nach Kal Anar zu gelangen – aber daraus wird nichts werden.«

»Was hast du mit uns vor?«, wollte Balbok wissen.

»Ich werde dafür sorgen, dass ihr beide keinen Schaden mehr anrichtet«, gab der Zwerg zur Antwort. »Unser einfältiger König mag der Ansicht sein, zwei Unholde könnten auf dieser Mission von Nutzen sein – ich dagegen bin anderer Meinung. Deshalb werde ich dafür sorgen, dass ihr beide auf Nimmerwiedersehen verschwindet, und werde selbst das Kommando über den Trupp übernehmen.«

»Du selbst?« Rammars gelbe Augen weiteten sich, und dunkle Adern wurden darin sichtbar, als der Ork den Zusammenhang begriff. »Du hast das alles von Anfang an geplant, deshalb hast du dich zu unserem Stellvertreter ernennen lassen – nur um uns bei passender Gelegenheit abzuservieren und unsere Stelle einzunehmen!«

»Wie?«, fragte Balbok verständnislos. »Was ist?« Er legte die hohe Stirn in Falten; das alles ging ihm doch etwas zu schnell …

»Ganz recht«, bestätigte Orthmar grinsend und nickte Rammar zu. »Und diese Gelegenheit ist nun gekommen. Darf ich euch einen alten Freund von mir vorstellen?«

Er wandte sich halb um und wies auf den Menschen, der hinter ihm gestanden hatte und nun vortrat. Er war den bei-

den Orks auf den ersten Blick unsympathisch. Der Kerl war von mittlerer Größe und trug einen grünen Umhang, der ihm im Wald wohl eine gewisse Tarnung verlieh. Die Kleidung darunter war aus feinstem Zwirn und verriet, dass der Mann zur begüterten Schicht gehörte. Dazu passten auch seine gut genährten Züge, in denen allerdings unverhohlene Gier zu lesen war. Das selbstsichere Lächeln, das er zur Schau trug, empfand Rammar als beleidigend.

Noch unsympathischer als dieser Kerl waren den Orks jedoch seine Begleiter, denn es handelte sich um jene schwer Bewaffneten, die Balbok – und vor diesem auch Rammar – am Stollenausgang in Empfang genommen hatten. Sie nahmen im Halbkreis Aufstellung. Selbst, wenn es den Orks gelungen wäre, ihre Ketten zu sprengen, gegen die Übermacht ihrer Feinde wären sie kaum angekommen.

»Darf ich vorstellen?«, fragte Orthmar und deutete auf den Mann mit dem Umhang. »Dies ist Muril Ganzwar, ein erfolgreicher Kaufmann, der in den Grenzstädten gut gehende Geschäfte betreibt. Meister Ganzwar und ich kennen uns von früher.«

»Was soll das heißen, ihr kennt euch von früher?«, stieß Rammar hervor. »Du hast für ihn geschmuggelt, das ist es, nicht?«

»Die Königin sagt, man soll die Vergangenheit ruhen lassen«, erwiderte der Zwerg mit höhnischem Grinsen. »Inzwischen habe ich ein weit einträglicheres Geschäft entdeckt als den Schmuggel. Meister Ganzwar, wenn Ihr die Freundlichkeit hättet …«

»Gewiss«, erwiderte der zwielichtige Geschäftsmann mit eigenartig singender Stimme. Er griff unter seinen Umhang und händigte dem Zwerg einen ledernen Beutel aus, der gut gefüllt war und dessen Inhalt verdächtig klimperte.

»Was ist das?«, fragte Balbok, obwohl sogar er sich die Antwort denken konnte.

»Das, meine hässlichen Freunde, ist der Preis, den Meister Ganzwar mir für euch bezahlt.«

»Für uns?« Rammar schnappte nach Luft. »Du elende Mistratte hast uns *verkauft*?«

»Für acht Silberstücke«, bestätigte Ganzwar, »und wenn ihr mich fragt, seid ihr beide ein echtes Schnäppchen. Die Menschen in Sundaril werden Schlange stehen, um zuzuschauen, wie ihr beide in der Arena um euer Leben kämpft.«

»Was werden wir?« Rammar glaubte, sich verhört zu haben.

»Ihr werdet kämpfen – in der Arena von Sundaril«, gab der Geschäftsmann mit überheblichem Grinsen zur Antwort. »Kämpft tapfer und bietet den Leuten gute Unterhaltung, dann bekommt ihr genug zu essen und führt ein nicht wirklich allzu schlechtes Leben. Zumindest bis ihr auf jemanden trefft, der besser ist als ihr.«

»*Korr*«, bestätigte Balbok.

»*Korr*?« Rammar warf ihm einen ungläubigen Blick von der Seite her zu. »W-was soll das heißen?«

»Na ja, klingt doch ganz vernünftig.«

»*Das* soll vernünftig klingen?«, kreischte Rammar und konnte es nicht fassen. »Hast du dein letztes bisschen Verstand verloren, du Furunkel am runzligen Hintern eines Trolls? Was für eine Sorte Ork bist du eigentlich?«

»Aber die Sache hört sich doch ganz in Ordnung an«, war Balbok überzeugt. »Wir kämpfen jeden Tag und bekommen dafür zu essen und zu trinken ...«

»Kämpfen, fressen und saufen – ich verstehe.« Rammar nickte verdrießlich. »Das ist alles, woran du denken kannst. Dass uns dieser miese Tunichtgut von einem Zwerg verraten und verschachert hat, ist dir wohl gleichgültig?«

»Nein, aber ...«

»Dass er jetzt an unserer Stelle den Trupp nach Kal Anar führen und den ganzen Ruhm und vermutlich auch die Belohnung selbst einstreichen wird, wo wir doch die Mission schon so gut wie ausgeführt haben, ist dir egal?«

»Nein, aber …«

»Dass er uns feige in die Falle gelockt hat und mit einem Menschen gemeinsame Sache macht, kümmert dich wohl auch nicht?«

»Doch«, widersprach Balbok, »aber wie es aussieht, können wir nichts dagegen unternehmen.«

»Ganz recht«, stimmte ihm Orthmar von Bruchstein zu und rieb sich triumphierend die Hände. »Meister Ganzwars Leute werden euch nach Sundaril bringen, wo ihr den Rest eurer Tage in der Arena verbringen werdet. Und grämt euch nicht, denn sehr viele Tage werden es bestimmt nicht werden.« Er lachte dröhnend in seinen Bart.

»Was ist mit den anderen?«, wollte Balbok wissen.

Orthmar lachte erneut. »Als Meister Ganzwar und seine Leute sie aus dem Hinterhalt überfielen, rief ich laut, die Angreifer wären Kopfgeldjäger, worauf diese heldenhaften, mutigen Kämpfer vor der Übermacht die Flucht ergriffen. Rammar war bereits von einem Keulenschlag betäubt, und ich blieb zurück und tat so, als wollte ich mich für den Ork opfern. Ich werde die beiden Menschen und den Gnom suchen und ihnen erzählen, dass ihr beide von den Kopfgeldjägern geschnappt wurdet, und behaupten, dass ich alles Zwergenmögliche getan hätte, euch zu befreien, aber dass es mir leider nicht möglich gewesen wäre – und schweren Herzens werde ich den Befehl über den Trupp übernehmen.«

»Verdammter *shnorsher*!«, wetterte Rammar und wand sich in seinen Ketten. »Elender Wicht! Ich werde dir deinen Bart in den Schlund stopfen und dir die Gedärme damit ausputzen, du widerwärtiger, mieser, hinterhältiger …«

»Es war mir ein Vergnügen«, sagte Orthmar, der Schelte ungeachtet, und verbeugte sich. »Habt Dank, werter Ganzwar«, fügte er in Richtung des Anführers der Menschen hinzu, und im nächsten Moment war er im Unterholz verschwunden.

»Warte nur!«, rief Rammar ihm in hilflosem Zorn hinterher. »Ich finde dich, und dann werde ich dir eigenhändig deinen steinernen kleinen *asar* aufreißen, hörst du?«

Aber der Zwerg antwortete nicht mehr – und sowohl Rammar als auch Balbok war klar, dass sie tief in der *shnorsh* saßen …

Die düstere Grube wurde nur vom Fackelschein erhellt, der durch die runde Öffnung fiel. Auf ihrem Grund lag eine sich windende Gestalt.

Alt war sie – so alt, dass sich ein Teil von ihr an den Anbeginn der Zeit erinnern konnte, an Tage, in denen die Mächte des Kosmos miteinander im Widerstreit gelegen und um die Herrschaft dieser Welt gerungen hatten.

In Anbetracht der jüngsten Ereignisse jedoch war jene ferne Vergangenheit, von der nur noch Mythen und Legenden erzählten, bedeutungslos geworden.

Lange Zeit hatte die Kreatur geschlafen, niedergestreckt und dazu verdammt, die Jahrtausende dahinzudämmern. Doch sie war nicht wirklich bezwungen worden, und ihr Schlaf war auch nicht fest und tief gewesen. Im Gegenteil, immer wieder hatte sie sich geregt, hatte den letzten Funken Lebens, der noch in ihr war, dazu genutzt, um die Dunkelheit zu verlassen und hinauszugehen in die Welt der Sterblichen, auf der Suche nach neuer Nahrung, um sich zu stärken. Nur einmal jedoch war sie fündig geworden und auf ein Wesen gestoßen, das noch boshafter war als sie selbst und dessen Wille nur auf die Mehrung der eigenen Macht gerichtet war.

Ihm hatte die Kreatur ihre Stärke verliehen – und war bitter enttäuscht worden. Denn der Diener, so stark er auch gewesen war, hatte versagt im Kampf gegen das Licht. In zwei blutigen Kriegen hatte er sich erhoben und war zweimal geschlagen worden – und so war die Kreatur gezwungen gewesen, zurückzukehren in die Dunkelheit, verwundet und fast sterbend ...

Jahrhundertelang hatte sie wieder warten müssen.

Jahrhunderte, in denen die Elfen über die Welt herrschten und das Licht die Finsternis verdrängt hatte.

Doch wo Licht war, war auch Schatten ...

Vor sich hindämmernd und dem Vergehen näher als dem Sein, hatte die Kreatur eine Erschütterung im Gefüge des Kosmos wahrgenommen, die auf ein Erstarken der Dunkelheit hindeutete. Etwas, das lange geschlummert hatte, hatte sich geregt, und so erwachte auch die Kreatur aus ihrer Lethargie, um noch einmal – ein letztes Mal – hinauszuziehen in die Welt.

Und dort, an einem dunklen, verborgenen Ort, wo sie es am wenigsten erwartet hatte, war sie auf einen Geist gestoßen, dessen Denken und Streben mehr noch als das jenes anderen darauf bedacht war, zu herrschen und zu unterwerfen, zu rächen und zu zerstören.

An seiner dunklen Kraft labte sich die Kreatur und erstarkte. Dann begann sie Pläne zu schmieden – Pläne, wie sie das Licht bekämpfen und der Finsternis zum Sieg verhelfen könnte.

Ein Konflikt dämmerte herauf, in dem sich das Schicksal von Erdwelt erneut entscheiden würde. Die Kreatur war inzwischen darauf vorbereitet. Ihre Kinder waren überall und berichteten ihr – alles entwickelte sich genau so, wie sie es beabsichtigte.

Ein leises Lachen geisterte durch das Gewölbe.

Der Trupp aus Tirgas Lan war unterwegs.

Der Kampf hatte begonnen ...

# 10.

# OINSOCHG ANN IODASHU

Vier Tage waren vergangen, seit der Trupp unter der Führung von Balbok und Rammar Tirgas Lan verlassen hatte – vier Tage, in denen König Corwyn viel Zeit damit verbracht hatte, auf dem Söller zu stehen und gen Osten zu blicken, wohin er jenes Aufgebot geschickt hatte, dem gelingen sollte, was zuvor noch keinem gelungen war: Informationen über jene dunkle Macht zu beschaffen, die dort immer mehr erstarkte – und sie vielleicht sogar unschädlich zu machen.

Noch immer konnte sich Corwyn mit dem Gedanken, das Schicksal des Reiches in die Klauen zweier Orks gelegt zu haben, nicht recht anfreunden. Obwohl er selbst erfahren hatte, dass die Prophezeiungen Farawyns des Sehers ungleich mehr waren als das Geschwätz eines alten Mannes, ging sein Vertrauen in die Weissagungen nicht so weit, dass es seinen Argwohn gegenüber den Orks überwogen hätte. Am liebsten wäre er selbst aufgebrochen, um zu tun, was getan werden musste, aber sein Platz war hier in Tirgas Lan; die Macht des neuen Königs war noch nicht gefestigt genug, als dass er seinen Thron für längere Zeit hätte verlassen können. Wenn er ging, riskierte er, dass alles zerfiel, was er in den vergangenen Monaten aufgebaut und mit dem Blut seiner Soldaten erkauft hatte.

Der König schlief wenig in diesen Tagen, und wenn er es tat, plagten ihn meist Albträume, in denen er sah, wie dunkle

Schatten das Land überzogen – Schatten, die menschliche Gestalt annahmen, die Mauern der Stadt überwanden und wie Totengeister durch die Straßen wandelten. Wohin sie auch kamen, verbreiteten sie Furcht und Schrecken, und stinkender Pesthauch begleitete sie.

Unaufhaltsam schlichen, wankten und krochen sie heran, Kreaturen, die mehr tot als lebendig waren und sich dennoch bewegten, von einem dunklen, grausamen Willen erfüllt, der ihre Schritte lenkte und sie befehligte. Sie näherten sich der Zitadelle, die sich in der Mitte der Stadt erhob, schlurften auf das große Tor zu, in den Knochenhänden schartige Säbel und Schwerter.

Im Traum sah Corwyn sie heranrücken und spürte, wie eisiges Grauen ihn erfasste.

Dann ein gellender Schrei …

Jäh schreckte Corwyn aus dem Schlaf und fuhr hoch, um sich verwirrt umzuschauen. Er befand sich im königlichen Schlafgemach, durch dessen hohe, mit bunten Scheiben besetzte Fenster fahles Mondlicht fiel – aber mit den Instinkten des ehemaligen Kopfgeldjägers erkannte Corwyn sofort, dass etwas nicht stimmte.

Alannah neben ihm war ebenfalls erwacht, und auch sie schien es zu spüren. Mit zu schmalen Schlitzen verengten Augen kauerte sie im Bett und schien mit ihren spitz geformten Ohren angestrengt zu lauschen.

»D-der Schrei«, brachte Corwyn atemlos hervor. »Hast du ihn auch …?«

Mit einer Handbewegung bedeutete sie ihm zu schweigen. Ein knappes Nicken musste reichen als Antwort auf seine Frage, dann lauschte sie wieder.

»Eindringlinge befinden sich in der Zitadelle«, flüsterte sie, und der Blick, mit dem sie ihren Gemahl bedachte, verhieß drohendes Unheil.

»Eindringlinge? Was für Eindringlinge?«

»Du hast sie gesehen«, war Alannah überzeugt. »Im Traum.«

»I-im Traum? Aber ... ich habe nicht ...« Corwyn unterbrach sich selbst, denn er erinnerte sich, tatsächlich geträumt zu haben, und sogleich kehrten auch die schrecklichen Bilder zu ihm zurück, von den unheimlichen, schattenhaften Gestalten, die durch die Straßen und Gassen der Stadt wandelten und Angst und Schrecken verbreiteten.

»Auch ich habe von ihnen geträumt«, sagte Alannah, als könnte sie in seinen Gedanken lesen. »Es sind keine Traumgestalten, Corwyn. Sie sind wirklich. Und sie sind hier. Jetzt, in diesem Augenblick ...«

Ein weiterer fürchterlicher Schrei hallte durch die Korridore der Zitadelle, wie ihn die Kehle eines Menschen unmöglich zustande bringen konnte. Corwyn sprang aus dem Bett, mit nichts anderem bekleidet als einem Lendenschurz, und hetzte zu einer Truhe, schleuderte den Deckel hoch, griff hinein und holte eine Schwertscheide hervor. Er zog die Klinge blank und schleuderte die Scheide von sich. Eigentlich hatte er gehofft, das Schwert nicht mehr führen zu müssen, aber noch schien die Zeit des Friedens, von der Farawyns Prophezeiung kündete, nicht angebrochen zu sein.

»Sei vorsichtig«, beschied ihm Alannah, deren blütenweißes Nachthemd im einfallenden Mondlicht zu leuchten schien. »Dieser Feind ist anders als jeder, mit dem du es je zu tun hattest.«

»Inwiefern?«

»Er ist bereits tot«, erwiderte die Elfin mit belegter Stimme. »Es gibt nur einen Weg, ihn zu besiegen – du musst Haupt und Körper voneinander trennen.«

»Daran soll's nicht liegen!« Ein verwegenes Grinsen huschte über die Züge des Königs, die einmal mehr den Abenteurer und Kopfgeldjäger durchblitzen ließen. Dann wandte er sich

667

zum Gehen. »Bleib hier und verriegle die Tür!«, wies er Alannah an.

»Du scheinst vergessen zu haben, dass ich mich meiner Haut zu wehren weiß, Corwyn.« Sie lächelte, und einmal mehr ging ihm auf, wie schön sie war. Der Drang überkam ihn, sie in die Arme zu schließen und sie zum Abschied zu küssen, aber ein neuerlicher Schrei gellte durch das Gemäuer und machte ihm klar, dass er keine Zeit zu verlieren hatte. Er antwortete auf ihr Lächeln mit einem knappen Nicken, dann stürmte er auch schon durch die Tür und hinaus auf den Gang.

Die beiden Leibwächter, die vor dem königlichen Schlafgemach Wache hielten, waren aschfahl im Gesicht. Mit vor Schreck geweiteten Augen starrten sie den Korridor hinab, von wo die grässlichen Laute kamen.

»Was geht da vor sich?«, erkundigte sich Corwyn grimmig.

»Wir wissen es nicht, Sire.«

»Wurde Alarm gegeben?«

»Noch nicht, Sire.«

»Dann werden wir das augenblicklich nachholen – Eindringlinge befinden sich in der Zitadelle!«

»Eindringlinge, Sire? Aber wie …?«

»Glaubt mir einfach«, sagte Corwyn mit einer Stimme, die keinen Widerspruch duldete. »Craig?«

»Ja, Sire?«

»Alarmiere die Stadtwache! Wir brauchen jeden Mann. Jetzt gleich!«

»Zu Befehl, Sire.« Der Leibwächter nickte und eilte im Laufschritt davon.

»Bryon – du begleitest mich«, beschied Corwyn dem anderen Wächter, und gemeinsam zogen sie in die entgegengesetzte Richtung, der Quelle der unheimlichen Laute entgegen, die sich in diesem Augenblick wiederholten.

Wenn man genauer lauschte, war es weniger ein Schreien, das durch die Gänge und Gewölbe hallte, sondern vielmehr ein Stöhnen und Wimmern. Es klang, als würde es aus abgründigen Tiefen dringen, und je öfter Corwyn es hörte, desto überzeugter war er davon, dass es keine Menschen waren, die diese Laute von sich gaben. Schaudernd musste er an den Traum denken, den er gehabt hatte, an die dunklen Gestalten, die durch die Gassen der Stadt gekrochen waren, und an den Pesthauch, der ihnen gefolgt war …

Sie erreichten die große Treppe und folgten ihr hinab in die Halle – und was sie im Lichtschein der Fackeln dort vorfanden, ließ sie vor Entsetzen für Sekunden erstarren!

Es waren Mitglieder der königlichen Garde, und sie waren tot. Jemand – oder *etwas* – hatte sie ohne Erbarmen massakriert. Mit durchschnittenen Kehlen, durchbohrter Brust oder aufgeschlitzten Bäuchen lagen Menschen und Zwerge in ihrem Blut, und ihnen allen stand der Schrecken noch in die bleichen Gesichter geschrieben.

»W-wer hat das ge-getan?«, stammelte Bryon erschüttert, der viele Freunde unter den Gefallenen entdeckte. Corwyn wusste ihm keine Antwort zu geben.

Aus einem der Gänge, die in die Halle mündeten, war plötzlich lautes Geschrei zu hören – und diesmal waren es eindeutig menschliche Stimmen, die der König und sein Begleiter vernahmen.

»Bei den Götzen der Altvorderen!«

»Was ist das?«

»Wer zum – *Arrrgh!!!*«

Die Stimmen erstickten in schrillem Geschrei und dem Klirren von Waffen.

Corwyn und der Leibwächter zögerten keinen Augenblick und stürzten den Gang hinab, die Schwerter in den Händen.

Schließlich sahen sie weitere Angehörige der königlichen

Garde, die mit Klingeln und Fackeln um sich schlugen und sich erbittert gegen schaurige Gestalten zur Wehr setzten, die sie umzingelt hatten und von allen Seiten bedrängten.

Corwyn stockte der Atem, sein Begleiter gab einen entsetzten Schrei von sich – denn die Eindringlinge waren Krieger, die ihre letzte Schlacht längst geschlagen hatten, vor langer, sehr langer Zeit. Kaum mehr als Knochengerippe waren noch von ihnen übrig, von denen hier und dort noch faulige Fleischfetzen hingen – Skelette, die mit rostigen Harnischen, Beinschienen und Helmen bewehrt waren und in deren knochigen Händen schartige Schwerter, Äxte und Kriegshämmer lagen. Und obwohl sie eigentlich reglos in dunklen Grüften hätten liegen sollen, führten sie mit erschreckender Kraft ihre Klingen, drangen mit wuchtigen Hieben auf die Kämpfer der königlichen Garde ein – und Corwyn begriff, was Alannah gemeint hatte, als sie sagte, diese Gegner wären bereits tot …

Während der König und sein Gefolgsmann den Gang hinuntereilten, dem grausigen Gemetzel entgegen, sahen sie, wie zwei weitere Soldaten unter den Streichen der Angreifer fielen. Zwar gaben die erfahrenen Krieger alles, um sich ihrer Haut zu erwehren, doch wohin ihre Schwerter und Speere auch stachen, eine Wirkung blieb aus. Sie durchbohrten Brustkörbe, trennten knochige Gliedmaßen ab – die unheimlichen Angreifer jedoch ließen sich davon nicht aufhalten und hieben unnachgiebig auf die Menschen und Zwerge der königlichen Garde von Tirgas Lan ein. Woher sie kamen oder in welcher Schlacht sie einst gefallen waren, ließ sich nicht feststellen, aber es musste vor sehr, sehr langer Zeit gewesen sein …

»Die Schädel!«, rief Corwyn seinen Leuten zu in Erinnerung an das, was Alannah ihm gesagt hatte. »Ihr müsst ihnen die Schädel abschlagen …«

Im nächsten Moment erreichten Bryon und er das Kampfgeschehen, und wie um seine eigenen Worte zu belegen, ließ der König seine Klinge in weitem Rund kreisen und trennte einem der schaurigen Krieger das Haupt vom Rumpf. Der Schädel flog davon, und einen Lidschlag später brach der knochige Rumpf, auf dem er gesessen hatte, in sich zusammen.

Sofort stürzte sich Corwyn auf den nächsten Gegner, und seine Leute, die gesehen hatten, wie der unheimliche Feind zu besiegen war, folgten seinem Beispiel.

Köpfe rollten, und ein Eindringling nach dem anderen brach zusammen und rührte sich nicht mehr.

Sir Lugh, der Hauptmann der königlichen Garde, stürzte sich auf einen Untoten, dessen reich verzierte Rüstung und mit Rosshaar versehener Helm verrieten, dass sein Träger einst reich und mächtig gewesen war. Offenbar war er der Anführer der untoten Horde, doch ebenso wie seine Untergebenen war er Sklave einer dunklen Macht, die ihn und seine Mannen aus den Gräbern gezerrt hatte, um sie ihre allerletzte Schlacht schlagen zu lassen.

Beidhändig und mit aller Kraft führte Sir Lugh sein Schwert, um den grauenhaften Gegner zu enthaupten – aber dieser blockte den Hieb, indem er seine Waffe emporriss, einen fürchterlichen Kampfhammer, der besudelt war vom Blut und Gehirn derer, die er bereits erschlagen hatte.

Sir Lugh, der alle Wucht in den Schwertstreich gelegt hatte, geriet ins Wanken. Eine Hand nahm er vom Griff der Waffe und streckte den linken Arm aus, um das Gleichgewicht wiederzufinden – als er plötzlich einen scharfen Schmerz verspürte!

Einen Herzschlag später starrte er auf den blutigen Stumpf, wo einmal seine linke Hand gewesen war. Ein weiterer untoter Krieger, der im Rücken des Hauptmanns aufgetaucht war, hatte ihm mit einem Hieb seines schartigen Schwertes den Unterarm durchtrennt.

»Sir Lugh!«

Bryon, der mitbekommen hatte, was seinem Anführer widerfahren war, eilte diesem zu Hilfe. Den hinterhältigen Gegner, der dem Hauptmann die Hand abgeschlagen hatte, köpfte der junge Soldat mit einem einzigen Streich, konnte aber nicht verhindern, dass Sir Lugh im nächsten Augenblick vom mörderischen Kriegshammer des untoten Hünen getroffen wurde.

Mit zertrümmertem Schädel ging der wackere Hauptmann der Garde nieder.

In einem Ausbruch nackter Wut sprang Bryon vor und senkte seine Klinge in die Brust des erbarmungslosen Feindes. Der scharfe Stahl durchdrang mühelos den rostigen Harnisch, allerdings richtete die Klinge ansonsten keinen Schaden an. Zu spät dämmerte Bryon, dass er im Zorn den Rat seines Königs missachtet hatte, und verzweifelt versuchte er, sein Schwert wieder freizubekommen, aber es steckte fest im Harnisch und zwischen den Rippen des Knochenkriegers, dessen Kiefer auf einmal aufklappten.

Obwohl die Stimmbänder des Untoten seit langem vermodert waren, stieß er etwas hervor in einer Sprache, die heute niemand mehr verstand, dann holte er aus, um auch Bryon mit einem einzigen fürchterlichen Hieb dorthin zu befördern, wo er und seine Untergebenen eigentlich längst hätten sein sollen.

Diesmal jedoch war es der Hieb seiner Waffe, der abgeblockt wurde.

Mit einem heiseren Kampfschrei war kein anderer als Corwyn dazwischengefahren und hatte seinem Leibwächter das Leben gerettet. Inmitten all der Harnische und Brustpanzer wirkte der König, der nicht mehr als einen Lendenschurz am sehnigen Körper trug, seltsam fehlplatziert. Sein offenes Haar umflatterte seine kantigen Züge, die Zähne hatte er gefletscht wie ein Wolf, und sein einziges Auge starrte in feurigem Zorn, während er dem Anführer der Untoten gegenübertrat.

»Wie wär's«, fauchte er, »wenn du es mit mir versuchst?« Der Knochenkrieger ließ ein wütendes Knurren vernehmen, das auf unbegreifliche Weise in seiner fleischlosen Knochenkehle entstanden war. Ungeachtet des Schwerts, das noch immer in seinem Brustkorb steckte, sprang er zurück und fasste den Hammer mit beiden Klauen, um damit schon einen Lidschlag später auf Corwyn einzuschlagen.

Diesmal führte er das mit Blut und Hirnmasse verschmierte Mordinstrument nicht senkrecht von oben nach unten, sondern waagerecht und dicht über dem Boden. Mit den Reflexen des erfahrenen Kämpfers sprang Corwyn in die Höhe und entging so dem Hieb, der ihm die Beine zerschmettert hätte. Noch in der Luft schlug er zu und kappte dem Skelettkrieger mit einem Schwertstreich die Zierde aus Rosshaar vom Helm, bevor er auf seinen nackten Füßen landete.

Der Untote knurrte und fuhr herum. Obwohl sich über seinen Knochen keine Muskeln mehr spannten, gelang es ihm mühelos, den Hammer erneut zu heben und niederfahren zu lassen. Corwyn entging dem wuchtigen Hieb, indem er sich zur Seite fallen ließ. Blitzschnell rollte er sich über die Schulter ab und stand sofort wieder auf den Beinen.

Die Instinkte des Kämpfers mochten in den letzten Monaten in ihm geschlummert haben, aber sie waren längst nicht verloren – er duckte sich blitzschnell und spürte den tödlichen Luftzug im Nacken, als der Kriegshammer des Untoten über ihn hinwegwischte.

Corwyn warf sich nach vorn, geradewegs gegen die knochige Gestalt. Der Untote taumelte zurück, als der König mit dem ganzen Gewicht seines Körpers gegen ihn rammte, konnte sich nicht mehr auf den Beinen halten und stürzte. Klappernd schlug er auf den steinernen Boden.

Sein rostiger Harnisch barst in der Mitte entzwei, und auch das Brechen morscher Knochen war zu vernehmen. Die Bosheit des Kriegers jedoch war ungebrochen. Unter grässlichen Lauten schüttelte und wand er sich, um wieder hochzukommen – und war dadurch für einen Augenblick schutzlos.

Es mochte unter der Würde eines edelmütigen Königs sein, die momentane Schwäche eines Feindes schamlos auszunutzen, doch der ehemalige Kopfgeldjäger Corwyn hatte damit kein Problem.

Mit einem wilden Schrei schwang er die Klinge und schlug zu – und das Haupt des knöchernen Hünen rollte über den kahlen Stein davon.

Schwer atmend fuhr Corwyn herum, um sich nach dem nächsten Gegner umzuschauen. Erleichtert durfte er jedoch feststellen, dass der Kampf zu Ende war.

Von Craig, einem der beiden Leibwächter, alarmiert, waren die Soldaten der Stadtwache herbeigeeilt und hatten der königlichen Garde geholfen, die letzten Untoten zu enthaupten. Nur morsche Knochenhaufen und rostige Rüstungen waren von den untoten Kriegern geblieben. Corwyn wollte aufatmen, als er die entsetzten Züge Craigs bemerkte, der aufgeregt auf ihn zutrat.

»Sire! Sire!«

»Was ist los?«, fragte Corwyn.

»Die Königin …!«

»Was ist mit ihr?« Corwyn ahnte Böses.

»Sie … sie ist – *verschwunden*!«

»Was?«

»Verzeiht, Sire!«, sagte Corwyns Leibwächter zerknirscht. »Ich wusste nicht, was ich tun sollte! Ihr gabt mir Weisung, die Stadtwache zu alarmieren! Als ich danach auf meinen Posten zurückkehrte, fand ich die Tür des Schlafgemachs offen vor, und die Königin war …«

Corwyn hörte schon gar nicht mehr hin. Hals über Kopf hastete er den Korridor entlang bis zur Halle und danach die Stufen der großen Treppe hinauf. Seine Gedanken überschlugen sich, und obwohl er so schnell lief, wie er konnte, hatte er das Gefühl, sich kaum vom Fleck zu bewegen.

Endlich erreichte er die Tür zum königlichen Schlafgemach. Wie der Leibwächter berichtet hatte, stand sie offen. Eiskalte Luft wehte Corwyn aus dem Inneren entgegen.

»Alannah! *Alannaaah!*«

Er stürzte regelrecht in den Raum, schaute sich gehetzt um. Das Bett war leer, ebenso die beiden Sessel, aber die Tür zum Balkon stand weit offen. Kalte Nachtluft wehte herein und ließ die Vorhänge wie Leichentücher flattern.

»Nein!«, stöhnte Corwyn, eilte auf den Balkon, beugte sich über die Brüstung und blickte hinab – aber von Alannah war weit und breit nichts zu sehen.

Stoßweise atmend und mit hämmerndem Herzen fuhr Corwyn herum. Noch immer hoffte er, dass es eine andere Möglichkeit gäbe, dass sich seine Gemahlin vielleicht noch irgendwo in den Mauern der Zitadelle aufhielt, auch wenn er keine Antwort auf die Frage fand, warum sie das Schlafgemach verlassen hatte. Auch konnte er sich die offene Balkontür nicht erklären.

Die beiden Leibwächter Craig und Bryon sowie einige Soldaten der königlichen Garde stürzten ins Schlafgemach. Sie blickten gleichermaßen entsetzt wie betreten.

»Die Königin ist nirgendwo aufzufinden, Sire«, berichtete Craig atemlos.

Corwyn erwiderte nichts. Er hätte seine Trauer, seine Wut und seinen Schmerz am liebsten laut hinausgebrüllt, doch zwang er sich vor seinen Untertanen zur Ruhe.

»W-was hat das zu bedeuten, Sire?«, unterbrach Bryons bange Frage die Stille.

»Das bedeutet«, sagte der König zögernd und mit rauer

Stimme, »dass die Königin entführt wurde. Wie es aussieht, war der Angriff auf die königliche Garde nur ein Ablenkungsmanöver – und wir sind darauf reingefallen.«

»Nicht Ihr, Sire.« Craig senkte betreten den Blick, dann fiel er auf die Knie. »Wenn, dann trage *ich* Schuld an dem, was geschehen ist. Ich bin nicht rasch genug auf meinen Posten zurückgekehrt. Wäre ich hier gewesen, hätte ich vielleicht verhindern können, dass man die Königin entführte. Bitte vergebt mir ...«

»Mein guter Craig.« Trotz des tiefen Schmerzes, der in seiner Brust tobte und der ihm das Herz zu zerreißen drohte, war Corwyn von der Treue seines Leibwächters geradezu gerührt. »Da ist nichts zu vergeben. Ich war es, der dich fortschickte. Nur mich allein trifft die Schuld – und jene, die meine Gemahlin entführt haben und in deren Gewalt sie sich nun befindet.«

»Wer, Sire?«, fragte Bryon flüsternd. »Wer hat das getan? Wer verfügt über die Macht, tote Krieger aus dem Grab zu rufen und sie seinem Willen zu unterwerfen?«

Corwyn holte tief Luft, wissend, dass es nur eine Antwort auf diese Frage gab.

Gemessenen Schrittes trat er zur Balkontür und blickte hinaus auf die nächtlichen Häuser und Dächer der Stadt und auf den neuen Tag, der sich fern im Osten mit blutrotem Leuchten ankündigte.

»Der unbekannte Feind«, erwiderte er mit bebender Stimme, und seine Hände ballten sich zu Fäusten, dass die Knöchel weiß hervortraten. »Kal Anar ...«

676

# 11.

# GOSGOSH'HAI UR'ORUUN

*Gong!*

Der gewölbte Metallschild, unter den sich Rammar in seiner Not verkrochen hatte, hallte unter den wüsten Hieben wieder, mit denen auf den fetten Ork eingeschlagen wurde. Jedes Mal, wenn die Keule des Gegners herabfiel, hatte Rammar das Gefühl, bis ins Mark durchgeschüttelt zu werden. Der Schild, den er mit beiden Händen verzweifelt über dem Kopf hielt, dröhnte dann wie eine Glocke, und der Ork fürchtete schon, darunter taub zu werden.

*Gong!*

Nur noch wie von fern drang das Grölen der Menge an Rammars spitze Ohren. Die Schaulustigen auf den Rängen der Arena schrien und lachten vor Vergnügen, tranken Bier und stopften Nüsse und Naschzeug in sich hinein, während Rammar und sein Bruder um ihr Leben kämpften.

*Gong!*

Der nächste Schlag war mit derart vernichtender Wucht geführt, dass Rammar herumgerissen wurde, das Gleichgewicht verlor und mit dem Gesicht voran im Sand der Arena landete, was schallendes Gelächter von den Rängen hervorrief.

An einem anderen Tag hätte sich Rammar nicht nur schrecklich darüber geärgert, sondern sich wie von Sinnen gebärdet und wäre vielleicht sogar in *saobh* verfallen – an diesem Tag aber war er schon froh, wenn ihn der nächste

Keulenschlag nicht zermalmte. Er hob die Schnauze aus dem Sand, drehte sich herum und kroch auf den Knien davon, während er sich mit dem Schild verzweifelt zu schützen versuchte. Fürchterliches Gebrüll war von oberhalb des völlig verbeulten Metalls zu vernehmen, und Rammar erheischte einen Blick daran vorbei auf riesige, stämmige Beine, die in furchtbar großen Füßen endeten. Mit beängstigender Geschwindigkeit setzten sie heran, und als die Keule erneut zuschlug, kam sie nicht von oben, sondern von der Seite.

Der Schild flog in die eine Richtung, Rammar in die andere. Der Ork überschlug sich und prallte gegen die Ummauerung des Kampfplatzes. Benommen sank er daran nieder und blieb am Fuß der Mauer liegen. Schwarzes Orkblut quoll ihm aus der Nase. Seinen Gegner sah er nur noch durch trübe Schleier – einen Bergtroll, der beinahe so breit war wie hoch und dessen graue Haut wie verwittertes Gestein aussah. Eiserne Ketten mit Gliedern so groß wie Rammars Fäuste waren um die Brust des Trolls geschlungen. Die Kettenenden waren an der Arenenmauer verankert und hinderten den Troll daran, die Ummauerung zu überspringen und sich an den Zuschauern zu vergreifen. Aber selbst mit dieser Einschränkung war der Troll noch immer ein tödlicher und bei weitem zu mächtiger Gegner.

Seinen *saparak* hatte Rammar längst verloren – mit dem Speer hätte er die Haut des Trolls auch kaum mehr als nur ritzen können. Stattdessen hatte sich der Ork unter den Schild zurückgezogen, aber auch diese Taktik würde nicht lange von Erfolg gekrönt sein.

»Geschätzte Zuschauer!«, scholl die Stimme des Arenensprechers laut und spöttisch durch das Rund. »Sollte das etwa schon das Ende dieses dramatischen Kampfes sein? Sollte unser fetter Unhold nicht länger bestehen können gegen die rohe Urgewalt des Trolls?«

»Ooooh!«, scholl es in geheucheltem Mitleid von den Rängen.

»Niemand soll behaupten, dass in der Arena von Sundaril ungleiche Kämpfe stattfänden!«, fuhr der Sprecher fort. »Wir werden dem Unhold daher eine kleine Unterstützung zuteil werden lassen. Begrüßen Sie mit mir den aufgehenden Stern in der Arena! Vor wenigen Tagen kam er zu uns als ein Unbekannter, in dieser kurzen Zeit jedoch hat er sich mit Mut und Tapferkeit in unsere Herzen gekämpft. Hohe Herren und edle Damen, heißen Sie ihn auf dem Kampfplatz willkommen. Hier ist – *Balbok der Brutale*!«

Tosender Beifall brandete ringsum auf. Eine der vergitterten Pforten zur Arena wurde geöffnet, und Rammars Bruder trat auf den Kampfplatz, gemessenen Schrittes und mit vor Stolz fast berstender Brust.

»Bal-bok! Bal-bok!«, scholl es begeistert von den Rängen, zur hellen Freude des Hageren und zu Rammars größtem Verdruss.

Acht Tage befanden sie sich bereits als Arenenkämpfer in Sundaril, weil dieser verdammte von Bruchstein sie verraten hatte – acht Tage, in denen Balbok nichts unversucht gelassen hatte, um sich das Wohlwollen der Milchgesichter zu erschleimen. Rammar fragte sich, was sein dämlicher Bruder denn getan hatte, um einen solchen Empfang zu verdienen. Gewiss, er hatte einen Oger in Stücke gehackt, mehrere Gladiatoren auseinandergenommen und ihre zuckenden Leiber in der Arena zur Freude des Publikums ausgeweidet, einen Ghul erledigt (obwohl dieser seine Gestalt gewandelt und sich als Rammar ausgegeben hatte) und eine Riesenschlange mit bloßen Händen erwürgt. Aber das rechtfertigte nicht, dass man ihn derart überschwänglich feierte – oder?

»Pfff!«, machte Rammar verächtlich und voller Eifersucht – während er gleichzeitig heilfroh war, dass ihm sein zwar ungemein einfältiger, aber nichtsdestotrotz recht nützlicher Bruder zu Hilfe kam. »Worauf wartest du, *umbal*?«, rief er ihm quer durch die Arena entgegen. »Sieh zu, dass du diesen stinkenden Fleischberg erschlägst, damit wir für heute Feierabend machen können!«

Verwirrt durch die Ankündigung des Arenensprechers und den tosenden Beifall von den Rängen war der Troll in der Mitte des Kampfplatzes stehen geblieben. Argwöhnisch starrten seine kleinen Augen aus dem Schädel, der wenig mehr war als eine hügelförmige Erhebung auf dem unförmigen Oberkörper des Monsters. Durch Rammars Zuruf wurde er auf Balbok aufmerksam, der sich noch immer im Beifall sonnte, ungeachtet des gefährlichen Gegners – und im nächsten Augenblick stürzte der Troll auf ihn zu.

»Vorsicht, *umbal*!«

Erst auf Rammars neuerlichen Ruf hin wandte Balbok seine Aufmerksamkeit von den Rängen ab, zu denen er breit hinaufgegrinst hatte, und sah den Troll heranstürmen, der ihn an Körpergröße fast um das Doppelte überragte. Der Bergtroll schwang die hölzerne Keule, dass es nur so pfiff, die Ketten um seine Brust schleppte er, als wögen sie nichts. Balbok reagierte augenblicklich. Das Grinsen verschwand aus seinen Zügen, die Einfalt blieb – aber als die Keule des Trolls krachend niederging, fand sie den Ork nicht mehr dort vor, wo er eben noch gestanden hatte.

Leichtfüßig war Balbok zur Seite gesprungen und dem mörderischen Hieb, der im Sand der Arena einen tiefen Krater hinterließ, auf diese Weise entgangen. Der Troll brüllte wütend auf, der Beifall von den Rängen schwoll noch mehr an.

»Bal-bok! Bal-bok! Bal-bok …!«

Der Ork schwang seine Axt und schlug damit nach dem Gegner, mehr, um die Distanz zu prüfen, denn um ihn wirklich anzugreifen. Der Troll antwortete darauf mit markerschütterndem Gebrüll und einem weiteren Hieb, der in die Arenenmauer krachte, dass Gesteinssplitter nach allen Seiten davonspritzten.

Balbok war dem mörderischen Angriff erneut entkommen, wenn auch nicht mehr ganz so leichtfüßig wie zuvor. Er taumelte zurück und verlor das Gleichgewicht, landete rücklings im Staub der Arena, und der Troll tauchte als riesiger drohender Berg über ihm auf. Stampfend wollte der Gigant den Ork unter seinem Tritt zermalmen, aber reaktionsschnell schwang der Ork die Axt, traf den Fuß des Trolls und hieb ihm den großen Zeh ab.

Der Troll, heulend vor Wut und Schmerz, machte einen Satz nach vorn, geradewegs über Balbok hinweg. Er wäre auch noch weiter gesprungen, hätten ihn die Ketten, die um seine Brust geschlungen und in der Arenenmauer verankert waren, nicht zurückgerissen. Er fuhr herum und fletschte die Zähne, während seine Augen wutentbrannt nach dem Gegner suchten, ihn aber nicht fanden.

Balbok hatte die Zeit nämlich genutzt, um sich aufzuraffen und in den Rücken des Trolls zu gelangen. Von dort griff er an, die Axt in hohem Bogen schwingend, um die Schneide zwischen die Schulterblätter des riesigen Fleischbergs zu senken.

Aber es kam nicht dazu.

Einem jähen Instinkt gehorchend, ließ sich der Troll nach hinten fallen, geradewegs gegen die Ummauerung. Balbok wurde davon so überrascht, dass er weder dazu kam, den Schlag auszuführen, noch sich in Sicherheit zu bringen. Der massige Körper des Trolls schleuderte ihn gegen die Mauer, wo er zwischen hartem Stein und dem nicht weniger harten Rücken des Trolls eingequetscht wurde.

Balbok hörte seine eigenen Knochen knacken und hatte plötzlich ein Brausen in den Ohren, das nichts Gutes verhieß. Ein Stöhnen entrang sich seiner Kehle, begleitet von einem Blutschwall, der ihm aus dem Mund spritzte.

»Bal-bok ...?«

Die Zurufe der Zuschauer verstummten jäh, als sie ihren Helden hinter der Masse des Trolls verschwinden sahen. Unter wildem Geschrei warf sich der Bergtroll mehrmals gegen die Wand, während von seinem bedauernswerten Gegner jeweils nur ein Arm oder ein Bein zu sehen war und das Publikum zu fürchten begann, dass dies vielleicht Balboks letzter Kampf sein könnte.

Allmählich schlug die Stimmung zu seinen Ungunsten um.

»Troll! Troll! Troll!«, begannen die Ersten zu rufen, und mehr und mehr fielen auch die Übrigen in den Chor ein.

Dem Bergtroll, der die Sprache der Menschen ohnehin nicht verstand, war es reichlich egal, was dort oben gerufen wurde – ihm kam es nur darauf an, sich des Gegners zu entledigen, der ihn auf so unverschämte Weise verstümmelt hatte.

Wie ein Bär, den Flöhe quälen, wetzte er seinen Rücken an der Mauer – aber Balbok war zäher, als der Troll und selbst die Zuschauer es vermutet hatten, obwohl seine Knochen knirschten und er das Gefühl hatte, Stück für Stück zermalmt zu werden. Die Wut, die er darüber empfand, steigerte sich in einen ausgewachsenen *saobh*, der ihm für einen Augenblick überorkische Kräfte verlieh.

Indem er sich mit dem Rücken gegen die Mauer und mit den Beinen gegen den Troll stemmte, gelang es ihm, diesen ein Stück von sich wegzustoßen. Dadurch kam Balbok frei und fiel zu Boden – benommen landete er im Sand.

Ein erstauntes Raunen ging durch die Reihen der Zuschauer, und von der anderen Seite der Arena, wo Rammar in sicherem Abstand wartete, scholl ein entnervtes »Na endlich, du Schnarchsack! Ich hatte schon gedacht, du willst dich wie eine Made zerquetschen lassen!« herüber.

Der Troll fuhr wütend herum und hieb mit der Keule

nach Balbok, und der Ork, dem jeder einzelne Knochen im Leib wehtat und der keuchend nach Atem rang, hatte kaum noch die Kraft, um auszuweichen – erst im letzten Augenblick gelang es ihm, sich zur Seite zu werfen. Zwar streifte ihn der Keulenhieb noch, aber nicht heftig genug, um ihn ernstlich zu verletzen.

Schwerfällig und wankend kam Balbok auf die Beine. Seinen Helm hatte er längst verloren, Blut rann ihm aus den Mundwinkeln. Mit verschleierten Blicken sah er den Troll erneut angreifen und wusste, dass er den Kampf rasch beenden musste – oder *sein Leben* würde beendet werden …

Was die Zuschauer betraf, so hatten sie trotz Balboks unverhoffter Befreiungsaktion inzwischen einen neuen Favoriten in diesem Kampf. »Troll! Troll! Troll!«, feuerten sie den grauen Muskelberg immerzu an, der in seiner Raserei sicherlich keinen Ansporn mehr brauchte. Heulend und brüllend holte er aus, um Balbok mit einem weiteren Schlag ungespitzt in den Sand der Arena zu rammen – aber der Ork war plötzlich verschwunden.

Innerhalb von Augenblicken hatte sein einfach strukturierter Verstand einen ebenso einfachen Plan ersonnen, und Balbok setzte ihn sogleich in die Tat um. Die schwere Axt, die er kaum mehr heben konnte, hinter sich herschleifend, lief er um den Troll herum und eilte zu jener Stelle an der Mauer, wo eine der Ketten verankert war.

»*Bog-uchg!*«, rief Rammar ihm aufgebracht zu. »Elendes Weichei! Willst du jetzt etwa feige fliehen?«

Balbok war zu beschäftigt, um auf den Vorwurf des Bruders einzugehen. Stattdessen nahm er die metallene Öse ins Visier und schlug darauf ein.

»Was machst du denn, du verdammter *umbal*? Hat der Troll dir dein bisschen Hirn zermatscht?«, schrie Rammar verzweifelt. »Nicht auf die Wand sollst du eindreschen, sondern auf ihn!«

Balbok ließ sich nicht beirren. Wieder und wieder schlug er zu, während der Troll noch immer rätselte, wohin sein Gegner verschwunden war. Mit jedem Hieb der riesigen Axt spritzte mehr Mauerwerk davon und legte die Verankerung der Öse frei.

Daraufhin lief Balbok los, rannte und stolperte auf die gegenüberliegende Seite der Arena.

»Elende Hackfresse! Die Milchgesichter lachen bereits über dich!«, beschwerte sich Rammar. »Muss ich erst herüberkommen und dir zeigen, wie man mit einem lächerlichen Bergtroll fertig wird?«

In der Tat setzte sich bei den Zuschauern die Ansicht durch, der Ork hätte beim Kampf gegen den Troll zu viel auf den Kopf bekommen – entsprechend laut und schadenfroh war ihr Gelächter. Balbok störte sich nicht daran. Er war es gewohnt, als Dummkopf verspottet zu werden. So, wie er es sah, war nur derjenige dumm, der am Ende den Kürzeren zog ...

Der Troll brüllte wütend auf, als er Balbok entdeckte. Mit ausgreifenden Schritten setzte er heran, dabei die Keule schwingend. Unter seinen enormen Körpermassen strafften sich die Ketten und gerieten unter Zug – und mit einem hohlen Geräusch brach die Öse, die Balbok bearbeitet hatte, aus dem Mauerwerk.

In hohem Bogen flog das lose Ende der Kette durch die Arena. Der Troll, der eine seiner lästigen Fesseln los war, nutzte seine neu gewonnene Freiheit, um sich wie irr zu gebärden und mit der Keule um sich zu schlagen. Die Anfeuerungsrufe auf den Rängen verstummten jäh, als den Zuschauern klar wurde, dass ihr Leben keinen Silbertaler mehr wert war, wenn sich der Troll ganz losriss, und hier und dort wurden panische Rufe laut.

»Keine Sorge, verehrtes Publikum!«, fühlte sich der Arenensprecher genötigt zu versichern. »Das gehört alles zu der Vorführung, die wir zu Ihrer Kurzweil inszeniert haben und ...«

Ein grimmiges Grinsen huschte über Balboks Züge, dann machte er sich auf den Weg, um den zweiten Teil seines Plans in die Tat umzusetzen. Wie ein Raubtier, das einem fliehenden Opfer nachjagt, setzte er hinter dem losen Ende der Kette her und bekam es auch zu fassen. Die Axt in der einen, die Kette in der anderen Klaue, wandte der Ork seine letzte verbliebene Kraft auf und umrundete den Troll, der noch immer hin und her stampfte und sich wie ein Berserker aufführte.

Einmal umrundete Balbok ihn mit der Kette, dann noch einmal – und schließlich zog der Ork die Schlinge zu!

Balboks Sehnen und Muskeln spannten sich bis zum Zerreißen, als er sich in das schwere Eisen stemmte. Die Kette klirrte laut, straffte sich – und im nächsten Moment waren die Beine des Trolls gefesselt.

»Achtung, Troll fällt!«, rief Balbok nach alter Sitte – dann war es auch schon geschehen.

Der Gigant wollte gerade wütend in die Höhe springen und merkte zu spät, was geschehen war. Vergeblich ruderte er noch mit den langen Armen, dann schlug er rücklings in den aufwirbelnden Staub der Arena.

Ein erleichtertes Seufzen ging durch das Rund der Tribünen, hier und dort wurden wieder Balbok-Rufe laut, leise und verhalten zunächst, dann immer lauter werdend: »Balbok! Bal-bok! Bal-bok ...!«

Der Troll wand sich am Boden und schlug dabei so wild um sich, dass er sich auch noch in den übrigen Ketten verheddert, deren Enden um seine Brust geschlungen waren. Balbok eilte zu ihm und musste sich vorsehen, nicht noch von der ziellos umherschlagenden Keule getroffen zu werden.

Das hasserfüllte, zornige Gebrüll des Trolls verstummte jäh, als ihm die herabfahrende Axt des Orks den Schädel spaltete. Hirnmasse quoll hervor – freilich in bedenklich geringer Menge – und klatschte in den Sand der Arena.

Noch einmal bäumte sich der Troll auf und schlug blindlings mit der Keule um sich, dann verdrehte er die Augen, fiel zurück und blieb reglos liegen.

»Bal-bok! Bal-bok! Bal-bok …!« Der Jubel, der aufbrandete, kannte keine Grenzen.

Normalerweise genoss es Balbok, nach dem Sieg über einen Gegner – zumal, wenn es ein so knapper Sieg gewesen war wie dieses Mal – den Beifall der Menge entgegenzunehmen und sich darin zu suhlen wie eine Sau im Schlamm. Diesmal jedoch war er dafür zu geschwächt und entkräftet. Einen Augenblick lang konnte er sich noch aufrecht halten, indem er sich auf seine blutbesudelte Axt stützte – dann kippte er um, mit einem breiten Grinsen im Gesicht und froh darüber, noch am Leben zu sein.

Ins Leere gingen die Ovationen der Menge dennoch nicht, denn ein anderer war gern bereit, sie entgegenzunehmen.

Kaum war er sicher, dass der Troll tatsächlich tot war, eilte Rammar herbei, sprang mit einem für seine Statur bemerkenswert eleganten Satz auf den leblosen Fleischberg und reckte in triumphaler Pose die Arme in die Höhe.

»Seht her, ihr Milchgesichter!«, rief er grimmig hinauf zu den Rängen. »So ergeht es jedem, der sich mit einem Ork anlegt! Merkt euch das und verbreitet es überall: Rammar der Rasende ist der Held der Arena – und er hat einen Bruder, der ihm gelegentlich zur Klaue geht!«

# 12.

# SOCHGOUD'HAI ANN DORASH

In den acht Tagen, die seit dem Abenteuer im Tunnel und der Gefangennahme Rammars und Balboks vergangen waren, hatte das Kommando aus Tirgas Lan seinen Weg nach Osten unbeirrt fortgesetzt – unter einem neuen Anführer.

Es war nur noch ein kleiner Trupp, der unter dem Befehl Orthmar von Bruchsteins die geheimen Stollen unter den Hügellanden durchwanderte und auf diese Weise zwar auf Umwegen, aber unbehelligt das Hammermoor und die üppigen Wälder des Südostens erreichte – aber dafür, so sagte sich Orthmar, war es *sein* Kommando!

Noch immer war der Zwerg stolz darauf, wie er die Orks losgeworden war, und dabei hatte es zunächst gar nicht so ausgesehen, als wollte sein Plan gelingen. Als Gurn der Eisbarbar während des Marsches durch das Scharfgebirge verdächtige Schatten bemerkte, hatte Orthmar schon befürchtet, alles könnte vorbei sein. Denn natürlich waren es seine Leute gewesen, die sich dort oben herumgetrieben und just in dem Moment, als er sich in sicherem Abstand von den anderen befunden hatte, einen Steinschlag ausgelöst hatten. Dass dabei nicht die beiden Orks, sondern ein Zwerg draufgegangen war, war eine der kleinen Widrigkeiten, an denen sich Orthmar schon in seinen Zeiten als Schmuggler hatte gewöhnen müssen und von denen er sich nie hatte einschüchtern lassen.

Unbeirrt hatte er sich zusammen mit den Orks und den

anderen in den Stollen begeben. Dass sie dort von Höhlenegeln angegriffen worden waren, war freilich auch nicht so geplant gewesen, schließlich hatte Orthmar selbst die Begegnung mit den glibberigen Viechern nur knapp überlebt. Dass am Ausgang des Stollens Muril Ganzwars Schergen gelauert hatten, war hingegen wieder ganz nach Plan gewesen – und die Orks waren blindlings in die Falle getappt.

Rammar, der darauf bestanden hatte, den Stollen als Erster zu verlassen, war von Ganzwars Leuten in Empfang genommen und überwältigt worden, noch ehe der fette Unhold recht begriffen hatte, wie ihm geschah. Orthmar hatte die übrigen Mitglieder des Kommandos rasch fortschicken können mit der Begründung, dass Kopfgeldjäger in großer Überzahl ihnen aufgelauert hätten – nur Balbok, der als Letzter aus dem Tunnel geschlüpft war, wurde ebenfalls geschnappt, zu Orthmars heller Freude.

Mit jedem Tag, der seither verstrichen war, fühlte sich der Zwerg mehr als Anführer. Tiefe Zufriedenheit erfüllte ihn, wenn er andere herumkommandierte, wie er es als Anführer einer zwergischen Schmugglerbande getan hatte, und er kostete es weidlich aus. Bis irgendwann der Augenblick kam, in dem Nestor von Taik das Schweigen brach.

»Heda, Zwerg!«, rief er Orthmar zu, der wie immer die Führung innehatte und vorn an der Spitze des kleinen Trupps marschierte. »Wo führst du uns eigentlich hin?«

Orthmar, der seine Axt dazu benutzte, einen Pfad durch das dichte Gewirr von Schlingpflanzen und Vorhängen aus Moos zu schlagen, das sich zwischen knorrigen Bäumen und riesigen Farnen erstreckte, hielt in dieser Tätigkeit inne. Bedächtig wandte er sich um und sandte dem Menschen einen verächtlichen Blick. »Bist du schon so alt, dass du dich nicht mehr an unseren Auftrag erinnerst?«, fragte er. »Unser Ziel heißt Kal Anar.«

»Dann ist es ja gut«, meinte Nestor. »Ich wollte nur sichergehen – dieser Pfad macht nämlich nicht den Eindruck, als würde er irgendwohin führen.«

»Vertraut mir«, sagte Orthmar grinsend. »Vor langer Zeit, zwischen den Kriegen, sind Angehörige meines Volkes hier gewesen und haben die Gegend erkundet. Dabei haben sie ausführliche Landkarten angefertigt, die sich noch immer im Besitz der Zwergenfürsten befinden. In diese Karten durfte ich vor Beginn der Reise Einsicht nehmen. Ich weiß also genau, wohin ich euch führe.«

»Beruhigend, das zu wissen.« Nestor nickte. »Diese Zwerge, die einst hier waren …«

»Was ist mit ihnen?«

»Sie hatten es auf Bodenschätze abgesehen, nicht wahr? Auf Gold und Silber und Edelsteine.«

Orthmar zuckte mit den Schultern. »Was sonst?«

»Und? Haben sie etwas gefunden?«

»Nein.« Der Zwerg, dessen Bart durch die feuchte Luft und den Schweiß zu klebrigen Strähnen geworden war, schüttelte den Kopf. »Der ganze verdammte Boden hier ist wertlos. Er besteht nur aus dem, was von den Bäumen fällt und was die Viecher fallen lassen, nachdem sie gefressen haben.«

»Fäulnis und Scheiße«, drückte es Gurn der Eisbarbar weitaus krasser aus.

»So ist es. Die Expedition war damals ein finanzielles Fiasko, das einige wohlhabende Zwergenfamilien in den Ruin trieb. Gold, Silber und Edelsteine fanden sie hier nicht – nur der Name, der diesen Wäldern verliehen wurde, erinnert noch daran.«

»Die Smaragdwälder.« Nestor rümpfte die Nase und schaute sich inmitten des dichten Dickichts um, in dem sie sich befanden. »Und ich dachte, der Name käme vom Grün der Pflanzen.«

»Das denken viele, weil sie die Wahrheit nicht kennen.«

Orthmar wandte sich wieder seiner vorherigen Tätigkeit zu. Eine armdicke Liane durchtrennte er mit einem einzigen Axthieb.

»Und was ist die Wahrheit?«, erkundigte sich Nestor.

»Dass es hier nichts weiter gibt als Bäume, Pilze und wieder Bäume – und dazu zahllose Schlangen und anderes Gewürm, von den Fleisch fressenden Pflanzen ganz zu schweigen.«

»Fleisch fressende Pflanzen?« Nestor blickte sich erneut um, diesmal sichtlich beunruhigt.

»Allerdings. Am meisten jedoch müsst ihr euch vor den Echsen in Acht nehmen. Die Biester sind verdammt groß und gefräßig. Die beißen euch die Köpfe von den Schultern, noch ehe ihr sie kommen seht. Also haltet die Augen offen, verstanden?«

»Was ist mit den Orks?«

»Was für Orks?«

»Rammar und Balbok!«

»Was soll mit ihnen sein?«

»Wir hätten sie aus der Hand der Kopfgeldjäger befreien sollen«, war Nestor überzeugt, weniger aus Sorge um Balbok und Rammar, als vielmehr deshalb, weil die Orks gute und auch raffinierte Kämpfer waren, vor allem Balbok, das hatte der Kampf im Stollen deutlich gezeigt.

»Bist du verrückt geworden?« Orthmar schüttelte den Kopf. »Auf diese Unholde ist kein Verlass. Ich für meinen Teil bin froh, dass wir sie los sind – und du solltest dich glücklich schätzen, dass die Kopfgeldjäger euch nicht auch noch geschnappt haben, denn sie hätten euch wohl kaum abgenommen, dass ihr in königlichem Auftrag unterwegs seid. Wahrscheinlich hättet ihr euch inzwischen bereits in irgendeinem Steinbruch halb zu Tode geschuftet.«

Dies war in der Tat kein sehr erfreulicher Gedanke, und so widersprach Nestor nicht mehr, sondern tauschte einen undeutbaren Blick mit Gurn, der sein klobiges Schwert wie immer in der Scheide am Rücken trug, sodass der Griff über die Schulter ragte. Ihre schweren Mützen und Zwergenumhänge hatten sie längst abgelegt – in der feuchtschwülen Wärme, die immer noch zunahm, je weiter sie nach Südosten gelangten, hätten sie sich darin zu Tode geschwitzt.

Anfangs hatte Orthmar erwogen, ein Floß zu bauen und die Reise auf dem Fluss fortzusetzen, der das Land von Norden durchfloss und in den Smaragdsee mündete – in Hinblick auf die gefährlichen Strömungen und auf die Echsen, die dort lauerten, hatte er sich jedoch dagegen entschieden. Die Reise zu Fuß mochte länger dauern, dafür war sie ungleich sicherer.

Ihr Nachtlager pflegten sie auf Lichtungen aufzuschlagen; in den alten Expeditionsberichten wurde ausdrücklich davor gewarnt, auf Bäumen zu nächtigen. Auf ein Lagerfeuer verzichteten Orthmar und seine Begleiter – nicht nur aus Furcht vor Entdeckung, sondern auch, weil es weit und breit kein Holz gab, das trocken genug gewesen wäre.

Und Balbok, der sie mit jenem ganz besonderen Brennstoff versorgt hatte, den nur Orks zu verwenden pflegten, befand sich nicht mehr unter ihnen …

Es blieb ihnen also nichts, als auch an diesem Abend, als sie ihr Lager aufgeschlagen hatten, ohne Feuer auszukommen. Orthmar teilte jeweils zwei seiner Leute zum Wachdienst ein, während die anderen beiden schliefen, und so kam es, dass Gurn und der Gnom Wache hielten, während Nestor und Orthmar schon nach wenigen Augenblicken in trägen, tiefen Schlaf fielen.

Das lange Schwert neben sich in den Boden gerammt, hockte der Barbar aus dem Nordland da und schaute zu, wie sich der Dschungel verfärbte, wie das leuchtende Grün des Tages verblasste und in mattes Blau überging, das umrahmt wurde von lilaschwarzen Schatten. Schlagartig wurde es kühler, und mit der Dunkelheit, die über den Smaragdwäldern heraufzog, kamen auch die Geräusche der Nacht.

Gurn gab sich alle Mühe, das Unwohlsein zu unterdrücken, das ihn befallen hatte, denn ihm, der an die Einsamkeit und Stille der Eiswüste gewöhnt war, erschien die Vielfalt des Lebens im Dschungel ebenso verwirrend wie bedrohlich. Unentwegt regte sich etwas unter den fauligen Blättern und entlang der knorrigen Rinden der Bäume; es krabbelte, kroch und schlängelte überall um ihn herum. Dazu knackte und raschelte es unentwegt im Unterholz, und hin und wieder waren rot leuchtende Augenpaare zu sehen, die auf die Lichtung starrten, um dann sofort wieder zu verschwinden. Schreie waren zu hören und grässliches Gekreische; die Jäger der Nacht machten Jagd auf ihre Opfer, und Gurn konnte nur hoffen, dass seine Gefährten und er nicht dazugehörten.

Der Gnom ertrug es mit weitaus größerem Gleichmut – vielleicht deshalb, weil er den Bestien des Dschungels ungleich ähnlicher war als Menschen und Zwerge. Seine grüne Haut gab ihm in dieser Umgebung eine natürliche Tarnung, und weder die Hitze des Tages noch die Kälte der Nacht schienen ihm etwas auszumachen. Auch die allgegenwärtige Feuchtigkeit störte ihn nicht, im Gegenteil – in Sümpfen und modrigfeuchten Wäldern fühlte seinesgleichen sich zuhause.

Gurn war nicht wohl in Gegenwart des Grünhäutigen. Als Bewohner des Nordlands hatte er nicht viel übrig für Gnomen, Orks und anderes Gesocks; sogar die Menschen der Ostreiche waren ihm suspekt. Einzig Balbok hatte ihm gefallen – vielleicht deshalb, weil der Eisbarbar und der hagere Ork einander im Wesen nicht ganz unähnlich waren. Er bedauerte ein wenig, dass Balbok den Trupp nicht mehr begleitete. Sein dicker, unentwegt schwatzender Bruder hingegen war kein großer Verlust, aber der Hagere vermochte meisterlich mit der Axt umzugehen und hatte Mut, wofür Gurn ihm Respekt zollte.

Für den Gnom hingegen hatte der Eisbarbar nichts übrig, zumal man nie sicher sein konnte, was hinter den grünen Fratzen dieser Kerle vor sich ging.

Obwohl ringsum tiefe Finsternis herrschte, konnte Gurn den Grünhäutigen recht gut beobachten, denn die Lichtung wurde ein wenig erhellt vom Licht der Sterne, und dieser schwache Schein genügte den scharfen Augen des Barbaren.

Offenbar bemerkte der Gnom, dass er angestarrt wurde, denn er kicherte auf einmal leise und schickte Gurn einen provozierenden Blick, während sich seine grünhäutigen Züge zu einem Feixen verzerrten.

»Du nur warten«, murrte der Barbar leise, »dir Grinsen vergehen. Nur falsches Wort oder du mich anschauen mit Blick, mir nicht gefallen, dann ich dir drehen Hals um. Du verstanden, missraten Kreatur?«

Ob der Gnom ihn verstanden hatte oder nicht, war schwer zu sagen. Jedenfalls riss er das zähnestarrende Maul auf und ließ einmal mehr ein wieherndes Gelächter hören, das sich in die Geräusche des nächtlichen Dschungels mischte und von diesen kaum zu trennen war. Dazu rollte er mit den lidlosen Augen und klopfte sich vor Vergnügen auf die Schenkel. Für den Grünen, dachte Gurn, schien dieses Unternehmen ein einziger Spaß zu sein. Was daran so komisch sein sollte, konnte der Eisbarbar beim besten Willen nicht nachvollziehen – und plötzlich war es, als würde sich auch der Gnom eines Besseren besinnen.

Schlagartig brach sein Gelächter ab, und er verstummte. Mit weit aufgerissenem Maul und Augen, die fast aus den Höhlen quollen, schien er angestrengt zu lauschen.

In nächsten Moment registrierte es auch der Barbar.

Nicht, dass er tatsächlich irgendetwas gesehen oder gehört hätte – das war in der ringsum herrschenden Dunkelheit und bei der nächtlichen Geräuschkulisse des Urwalds so gut wie unmöglich. Es waren seine Instinkte, die Gurn aufmerken ließen. Jene Instinkte, die ihm in der kalten Wildnis der Eiswüste oft genug das Leben gerettet hatten.

Etwas hatte sich verändert.

Gurn vermochte es nicht zu begründen, aber er spürte, dass sie nicht mehr allein waren. Etwas – oder jemand – hatte sich ihnen genähert und beobachtete sie ...

Der Barbar gab sich alle Mühe, es sich nicht anmerken zu lassen. In aller Eile überlegte er, was zu tun war. Er musste die anderen wecken, aber so, dass der oder die Angreifer keinen Verdacht schöpften. Er schaute erneut den Gnom an, der noch immer unbewegt am Boden kauerte. Seine Zunge hing weit aus dem offenen Schlund, seine Augen hatten einen glasigen Ausdruck angenommen.

Mit einem lauten Räuspern wollte sich Gurn erheben und wie beiläufig nach dem Schwert greifen, als sich auf der gegenüberliegenden Seite der Lichtung etwas regte. Für einen kurzen Moment glaubte der Barbar, im spärlichen Mondlicht eine schattenhafte Gestalt zu erkennen. Beherzt riss er das Schwert aus dem Boden und fuhr herum, um den Gnom zu warnen.

In diesem Augenblick sah er das Blut, das aus dem weit aufgerissenen Schlund des Gnomen rann, der sich noch immer kein Stück bewegt hatte und mit starren Augen dasaß.

»Verdammt, was ...?«

Plötzlich sprang der Gnom auf und begann wie von Sinnen zu schreien und mit den Armen und Beinen zu schlenkern – jedenfalls sah es in dem Halbdunkel, das auf der Lichtung herrschte, zunächst so aus. Gurn brauchte einen Moment, um zu begreifen, dass sein grünhäutiger Gefährte keineswegs gesprungen, sondern nach oben gerissen worden war – von einem Speer, der in seinem Rücken steckte und an dem er kreischend zappelte.

Das Kreischen des Gnomen riss die anderen aus dem Schlaf. Nestor schreckte hoch und griff nach den Messern in seinem Gürtel, und auch Orthmar von Bruchstein wurde wach. Während der Gnom pfeifend die letzten Töne von sich gab, riss Gurn den Zweihänder aus dem Boden und wollte ins Dickicht stürmen, um sich dem unsichtbaren Feind zu stellen.

Aber der Barbar kam nicht dazu.

Ein helles Sirren drang an sein Ohr, und fast im selben Augenblick spürte er einen Stich in seinem rechten Oberschenkel. Mit einem wütenden Knurren blickte er an sich herab und sah den dünnen, bunt gefiederten Pfeil, der dort steckte.

Gurn packte den Schaft und zog den Pfeil aus seinem Schenkel, ohne mit der Wimper zu zucken – aber schon trafen ihn zwei weitere Pfeile.

Einer bohrte sich in seinen rechten Oberarm, worauf der Barbar das Schwert nicht mehr halten konnte, ein dritter traf seine linke Schulter. Mit einer Verwünschung auf den Lippen wollte Gurn auch diese Geschosse entfernen – gleichzeitig nahm er ein Rascheln und eine flüchtige Bewegung wahr.

Er fuhr herum, aber alles, was er sah, war wiederum nur ein Schatten, der geschmeidig an ihm vorbeiglitt – und im nächsten Moment wurde ihm schwarz vor Augen.

Die Pfeile – sie waren vergiftet!

Die Erkenntnis traf Gurn wie ein Hammerschlag, aber es war bereits zu spät. Er konnte das Gift, mit dem die Pfeilspitzen getränkt waren und das verderblich durch seine Adern floss, beinahe fühlen, und er merkte, wie sich sein Verstand eintrübte – er war nicht mehr in der Lage, einen klaren Gedanken zu fassen, geschweige denn, sich gegen den unsichtbaren Angreifer zu verteidigen.

Er wankte und fiel nieder.

Indem er alle verbliebene Kraft zusammennahm, bäumte er sich noch einmal gegen die Macht des Giftes auf und versuchte, sich aufzuraffen – vergeblich.

Erneut brach er zusammen und blieb auf dem feuchten Waldboden liegen. Gellende Schreie, die wie ein nächtlicher Sturmwind über die Lichtung brausten, waren das Letzte, was er hörte.

# 13.

# ANKLUAS

Rammar hasste den Tag nach einem Kampf – dann dröhnte einem der Schädel, und man war kaum zu was anderem zu gebrauchen, als seine eigenen Wunden zu lecken.

Nicht, dass Rammars Schädel diesmal besonders gedröhnt oder er sehr viele Wunden zu lecken gehabt hätte. Aber Balbok hatte es ziemlich schlimm erwischt. Im Kampf gegen den Troll hatte sich der hagere Ork einige üble Quetschungen und Blessuren zugezogen, und zwei seiner Rippen waren angeknackst. Hinzu kam, dass er sich im Zuge des *saobh* mehrmals auf die Zunge gebissen hatte, sodass diese dick geschwollen war und er nicht mehr richtig sprechen konnte.

»Diegem verlaugtem Troll habe ich eg gegeigt, *douk*?«

»*Korr*«, stimmte Rammar missmutig zu, »das hast du. Allerdings erst, nachdem er dich ziemlich übel zugerichtet hatte. Was hast du dir nur dabei gedacht? Findest du es in Ordnung, den ganzen Tag auf der faulen Haut zu liegen, während ich die ganze Arbeit erledigen muss? Die Schwerter müssen gewetzt und geölt werden, von der Sauerei auf deiner Rüstung ganz zu schweigen ...«

»Guldigung«, drang es von dem Lager aus Stroh herüber, auf dem Balbok lag. Die Zelle, in die man die Orks gesperrt hatte und die sich in den unterirdischen Katakomben der Arena befand, war wenig mehr als ein dunkles Loch, feucht und modrig und gerade hoch genug, dass Rammar darin stehen konnte. Mit anderen Worten: Sie war unerwartet gemütlich ...

Rammar seufzte und schüttelte resignierend den Kopf. »Wie oft muss ich dir noch sagen, dass sich ein Ork nicht entschuldigt?«

»Na ja, ig dagte nur, wo ig dir dog den *agar* gerettet habe ...«

»Du willst mir den *asar* gerettet haben?«, rief Rammar aufgebracht und blitzte ihn an. »Ha, dass ich nicht lache! Ich wäre auch ohne dich mit diesem Monstrum fertig geworden, das kannst du mir glauben.«

»Egt?« Balbok starrte ihn ungläubig an.

»Egt«, bestätigte Rammar, die Sprechweise seines Bruders nachäffend. »Ich hatte einen ausgeklügelten Plan, und der wäre auch aufgegangen, wenn du dich nicht eingemischt hättest.«

»Und wie gah der Plan aug? Wolltegt du dig zum Gein erglagen laggen?« Trotz seiner Schmerzen und seiner ramponierten Visage verfiel der hagere Ork in glucksendes Gelächter.

»Sehr witzig. Warum lässt du dich nicht als Hofnarr anstellen? Möglicherweise gibt es unter den Milchgesichtern ja einen oder zwei, die dein dämliches Gequatsche komisch finden. Ich weiß nur, dass ich auch ohne dich zurechtgekommen wäre, und wenn du mir nicht glaubst, kann ich dir gern den *saparak* in den ...«

»Seid ihr Rammar und Balbok?«

Rammar unterbrach sich und fuhr herum. Ohne dass sein Bruder oder er es bemerkt hätten, war jemand an die Gittertür ihrer Zelle getreten. Sie wurde entriegelt und geöffnet, doch von dem fremden Besucher, der auf der Schwelle verharrte, konnten die Orks nur die Silhouette erkennen, die sich gegen den Fackelschein auf dem Gang abzeichnete.

»Wer will das wissen?«, schnappte Rammar nicht eben freundlich. Ungebetenen Besuch schätzte er nicht besonders, und er konnte es nicht leiden, wenn man ihn belauschte.

»*Karal*«, drang es zu seiner und Balboks Verblüffung auf Orkisch zurück.

»Das glaube ich nicht!«, schnauzte Rammar in seiner Muttersprache, seine Überraschung geschickt verbergend. »Orks haben in dieser Gegend keine Freunde, und an einem Ort wie diesem schon gar nicht.«

»Unter den Milchgesichtern sicher nicht«, gab der fremde Besucher zu und trat ein – und Rammar und Balbok erkannten staunend, dass sie es mit einem Artgenossen zu tun hatten.

Es war ein Ork – allerdings einer, der ziemlich zerfleddert und mitgenommen aussah. Sein grünbraunes Gesicht war von zahlreichen Narben übersät, von seinem linken Ohr war nur noch ein unförmiger Rest übrig. Seine Augen glommen in gelbem Argwohn, und der Gestank, den er verbreitete, war zugleich Ekel erregend und vertraut. Bekleidet war er mit einem zerschlissenen Mantel aus speckigem Leder, den nur noch zahlreiche Nieten zusammenhielten.

Mit anderen Worten: Er war ein Unhold, wie er im Buche stand.

»Deine Visage gefällt mir nicht«, entbot ihm Rammar den traditionellen Gruß.

»Auch mir gefallen eure Visagen nicht«, entgegnete der fremde Ork grinsend.

»Von welchem Stamm bist du?«

»Von welchem Stamm? Bei Torgas Eingeweiden, ist das nicht völlig gleichgültig? Müssen an diesem Ort nicht alle Söhne der Modermark zusammenstehen?«

»Göhne der Modermark?« Trotz seiner Schmerzen betrachtete Balbok den Fremden voller Staunen – für einen

Ork redete der ganz schön geschwollen daher. »Hagt du gu lange mit den Milggegichtern rumgehangen?«

»Kann man wohl sagen.« Der fremde Ork nickte. »Mein Name ist Ankluas.«

»Ich bin Rammar, den man den Rasenden nennt«, stellte sich Rammar großtuerisch vor. »Und dies ist Balbok, mein etwas einfältiger Bruder ...«

»... der allerdings mutig zu kämpfen versteht«, fügte Ankluas mit einem anerkennenden Grinsen hinzu, das seine vernarbten Züge in die Breite zog. »Ich habe deinen Kampf gegen den Troll gesehen, Balbok, und ich bewundere dich ob deiner Tapferkeit. Dieser Kampf wird lange in Erinnerung bleiben. Noch in vielen Jahren werden die Milchgesichter davon sprechen.«

Balbok verzog das Gesicht und schnaubte nur, wie es unter Orks üblich war – ein Wort des Dankes existiert bekanntlich nicht im Dialekt der Modermark.

»Was willst du hier?«, fragte Rammar, um das Thema zu wechseln – es passte ihm nicht, dass sein Bruder in seiner Gegenwart derart gelobt wurde, auch wenn Balbok es noch so sehr verdiente. »Wenn du nur gekommen bist, um Süßholz zu raspeln, dann kannst du gleich wieder verschwinden.«

»Ich wollte mich euch nur vorstellen«, entgegnete Ankluas und hob abwehrend die Klauen. Auf Streit schien er nicht aus zu sein, dennoch hatte er etwas an sich, das Rammar missfiel.

»Bigt du aug Arenenkämpfer?«, wollte Balbok wissen.

»Ich war es einst«, antwortete Ankluas und deutete unbeholfen auf den kläglichen Fleischfetzen an seinem Schädel. »Bis so ein verdammter Troll mir den halben Kopf weghaute, bevor ich ihn erledigen konnte. Seitdem habe ich Schwierigkeiten mit dem Gleichgewicht.«

»Und?«

»Ganzwar, dieser alte Orkschinder, war der Ansicht, dass er zu viel für mich bezahlt hätte, um mich in der Arena vor die Gnome gehen zu lassen. Also begnadigte er mich und ernannte mich zum Waffenknecht.«

»Du – du bist Waffenknecht?«, fragte Rammar ungläubig, noch immer Balboks Axt über den Knien, an der er lustlos herumpolierte.

»Allerdings.«

»Dann nur immer herein mit dir«, lud Rammar ihn ein und winkte ihn heran; alles Misstrauen war vergessen. »Die Axt meines Bruders muss von Trollhirn gereinigt werden, und zwar bis auf den letzten Rest. Anschließend soll sie geschliffen und geölt werden, wie es der Waffe eines Meisters der Arena zukommt, hast du verstanden?«

»Ja, aber ...«

»Anschließend kümmerst du dich um unsere Speere und sorgst dafür, dass ich einen neuen Schild bekomme – mein letzter hat den Einsatz in der Arena nicht überstanden. Und wir brauchen verdammt noch mal neue Helme und Rüstungen – geht das in deinen Schädel?«

»Natürlich«, versicherte Ankluas und nickte ergeben, während er die Axt entgegennahm, die Rammar ihm reichte. »Ich werde alles zu eurer Zufriedenheit ausführen, meine Freunde. Wenn es nur das ist, was ich für euch tun kann, werde ich euch sofort wieder verlassen.«

Mit der Axt in den Klauen wandte er sich zum Gehen und hatte die Schwelle bereits überschritten, als Balbok ihm hinterherrief: »Gibt eg denn nog etwag, dag du für ung tun könntegt?«

Da Ankluas den Brüdern den Rücken zuwandte, konnten sie nicht sehen, wie ein Grinsen über seine narbigen Züge glitt. Bedächtig wandte er sich zu ihnen um.

»Nun«, meinte er und hatte wieder diesen Ausdruck im Gesicht, der Balbok nicht recht gefallen wollte – vielleicht, weil er tief in seinem Inneren Erinnerungen weckte. »Ich könnte euch beispielsweise zeigen, wie man hier rauskommt.«

»Wie man …?« In Rammars kleinen Äuglein blitzte es. Argwöhnisch blickte er sich um, als befürchtete er, sie könnten in der Enge ihrer Zelle belauscht werden. Dann trat er vor, packte Ankluas an den Aufschlägen des Mantels und zerrte ihn wieder herein. »Sag das noch mal«, forderte er flüsternd.

»Ich könnte euch zeigen, wie man hier rauskommt«, kam es ebenso flüsternd zurück.

»Schmarren!«, blaffte Rammar. »Hier kommt man nicht einfach raus. Die Ausgänge sind alle vergittert, von den Wachen, die davorstehen, ganz zu schweigen. Ich habe schon Bekanntschaft gemacht mit Ganzwars Schergen, und ich kann dir sagen, dass mit denen nicht zu spaßen ist.«

»Ich weiß«, entgegnete Ankluas unbeeindruckt.

»Und dennoch behauptest du, einen Weg nach draußen zu kennen?«

»Ich habe *das hier*«, erwiderte der Einohrige und griff in seine rechte Manteltasche. Als er seine Klaue wieder hervorzog, hielt er darin einen großen Schlüssel mit breitem, rostigem Bart.

»Was, bei Kuruls übler Laune, soll das sein?«

»Dag igt ein Glüggel«, stellte Balbok fest.

»Faulhirn, ich sehe auch, dass das ein Schlüssel ist«, fuhr Rammar ihn an. »Aber zu welchem Schloss?«

»Zu dem einer Nebentür, die aus den Katakomben führt«, erklärte Ankluas mit nahezu feierlicher Miene. »Ich entdeckte sie durch Zufall auf dem Weg zur Waffenkammer.«

»Und der Schlüssel lag einfach so herum?«, fragte Rammar misstrauisch.

»Das gerade nicht – ich musste den Besitzer überreden, ihn mir zu überlassen.«

»Überreden?«

»Na ja, du weißt schon …«

»Du hast einen Wächter erschlagen?«

Ankluas' Antwort war ein breites Zähnefletschen.

»Bei Kuruls Zorn! Bei Torgas stinkenden Eingeweiden! Bei Ludars Donnerbalken!« Rammars Gesichtszüge wurden dunkel, wie immer, wenn er sich aufregte. »Reicht es nicht, dass ich mit der Gesellschaft *eines* Idioten geschlagen bin? Muss jetzt auch noch ein zweiter dazukommen?«

»Wieso? Was hast du?«

»Was ich habe? Ich werde dir sagen, was ich habe! Du *umbal* hast einen Wärter in Kuruls Grube geschubst. Wie lange, glaubst du, wird das unbemerkt bleiben? Und wen, meinst du, wird man als Erstes verdächtigen? Natürlich uns, die Unholde, das liegt auf der Klaue!«

»Keine Sorge«, beschwichtigte Ankluas gelassen.

»Du hast gut reden. Begreifst du nicht, wie tief wir in der *shnorsh* sitzen?«

»Es wird nichts geschehen«, war Ankluas überzeugt.

»Warum nicht?«

»Ganz einfach – weil bislang auch nichts geschehen ist.«

»Was soll das heißen?«

»Das heißt, dass ich diesen Schlüssel schon eine ganze Weile bei mir habe.«

»Wie lange?«, wollte Balbok wissen.

»Lass mich überlegen.« Ankluas' Narbenfresse zerknitterte sich nachdenklich. »So fünfzig, sechzig Monde werden's wohl sein. Ehrlich gesagt bin ich im Zählen nie sehr gut gewesen …«

»Fünfzig, sechzig Monde?« Rammar staunte nicht schlecht. »So lange bist du schon hier?«

Ankluas nickte.

»Und die ganze Zeit über schleppst du den Schlüssel mit dir herum? Warum bist du nicht längst geflohen?«

»Ich habe immer auf eine Gelegenheit gewartet, ihn zu benutzen, aber sie ist nicht gekommen. Nun jedoch seid ihr hier, Artgenossen aus der Modermark, und zum ersten Mal habe ich das Gefühl, dass meine Flucht tatsächlich gelingen könnte, wenn ich sie mit euch wage.«

»Na ja ...« Rammar kratzte sich verlegen in seinem wulstigen Nacken. Ankluas' Worte schmeichelten ihm, noch mehr jedoch gefiel ihm die Aussicht, dem Dasein als Arenenkämpfer zu entkommen, das nur sehr beschränkte Zukunftsaussichten bot – früher oder später würde jemand kommen, der ihm in der Arena so den *asar* versohlte, dass ihm davon Hören und Sehen verging, und Rammar hatte nicht vor, so lange zu warten.

Balbok hingegen schien weniger angetan vom Vorschlag des fremden Orks. »Warum?«, erkundigte er sich argwöhnisch.

»Warum was?«, fragte Ankluas.

»Warum willgt du ung helfen? Du kenngt ung gar nigt.«

»Ihr seid Orks, oder nicht?« Ankluas lächelte schwach. »Unter all den Milchgesichtern hier ist das schon eine ganze Menge. Und ich tue das nicht aus reiner Freundschaft, das könnt ihr mir glauben. Schon sehr lange warte ich auf eine Gelegenheit wie diese, denn wie ihr kann ich es kaum erwarten, aus diesem stinkenden Gnomenloch zu entkommen.«

»Gnomenlog?« Balbok schnüffelte. »Igt dog gang gemütlig. Augerdem bin ig der Meigter der Arena ...«

»Hör nicht auf ihn«, sagte Rammar schnell. »Er war schon immer ein dämlicher Hund, und bei seinem letzten Kampf in der Arena hat er zu viel auf den Schädel gekriegt.«

»Dann seid ihr dabei?«, fragte Ankluas und blickte dabei so hoffnungsvoll, wie es die gelben Augen eines Orks zustande brachten.

»Worauf du einen lassen kannst«, versicherte Rammar und rieb sich die Klauen. »Es gibt da draußen nämlich noch eine offene Rechnung, die wir zu begleichen haben.«

»Eine offene Rechnung?«

»Allerdings. Ein Zwerg, der uns verraten und an diesen Orkschinder Ganzwar verkauft hat. Seinetwegen sind wir hier, und dafür wird er büßen, und wenn ich ihn bis ans Ende der Welt jagen muss.«

»Ein Hutzelbart also.« Ankluas machte eine Miene, die sich unmöglich deuten ließ. »Wie ist sein Name?«

»Von Bruchstein.« Es sah fast so aus, als wollte sich Rammar übergeben. »Orthmar von Bruchstein.«

Ankluas nickte bedächtig. »Sieh an.«

Rammar riss erstaunt die Augen weit auf. »Du kennst den Kerl?«

»Flüchtig. Auch ich hatte schon mit ihm zu tun, und auch ich habe ihn nicht gerade in guter Erinnerung. Wisst ihr was? Wenn ihr erlaubt, werde ich euch auf eurem Rachefeldzug begleiten. Wie heißt es so schön? Je mehr Klingen, desto mehr Blut.«

»Diesen Spruch habe ich noch nie gehört«, gestand Rammar grinsend, »aber er gefällt mir. Also abgemacht: Du hilfst uns hier raus, und im Gegenzug erlauben wir dir, an der Jagd auf den Hutzelbart teilzunehmen.«

»*Korr*«, bestätigte Ankluas mit markigem Knurren, in ⸢ auch Balbok einfiel – auch wenn das bedeutete, dass ⸢ Dasein als umjubelter Champion der Arena damit ⸢ würde. Doch die Aussicht, Orthmar von Bruchst⸢ kleinen Kragen umzudrehen, war einfach zu verlo⸢

Normalerweise verlangte es die Sitte der ⸢ Racheschwur mit Blut zu besiegeln, aber R⸢ schied, dies auf später zu verschieben. Der d⸢ nichts dagegen, wenn Blut floss, es sei de⸢ eigenes …

»Wann geht es los?«, fragte er Ankluas, damit dieser erst gar nicht auf den Gedanken kam, dass sie sich alle drei zur Ader lassen sollten.

»Noch heute Nacht«, kündigte der Einohrige an. »Auf den Botengängen, die ich bis dahin zu erledigen habe, werde ich alles vorbereiten. Außerdem werde ich dafür sorgen, dass eure Waffen bis dahin geschärft und auch ansonsten im tadellosen Zustand sind.«

»*Korr*«, stimmte Balbok zu.

»Gute Idee«, war auch Rammars Meinung.

»Kurz nach Mitternacht werde ich zu euch kommen. Bis dahin verhaltet euch so unauffällig wie möglich, verstanden?«

»Kein Problem.« Balbok grinste einfältig. »Ig werde einfag hier gitzen und go tun, alg ob ig gang ahnunglog wäre.«

»Das dürfte dir ja nicht weiter schwerfallen«, sagte Rammar gehässig.

»Also einverstanden?«, fragte Ankluas.

»Einverstanden. Wir treffen uns nach Mitternacht.«

»*Achgosh douk, karal'hai.*«

»*Achgosh douk.*«

Ankluas ließ sie allein, jedoch nicht, ohne vorher die Zellentür zu verschließen, damit keine der Wachen misstrauisch wurde. Nachdenklich schaute Balbok, der sich auf seinem Lager halb aufgerichtet hatte, ihm hinterher.

»Und?«, fragte Rammar. »Was hältst du von ihm.«

»Weig nigt.« Balbok schob sein breites Kinn vor. »Etwag mit ihm gtimmt nigt.«

»Unsinn.« Rammar schüttelte den Kopf. »Ich kenne Ankluas' Sorte genau. Er ist ein tapferer Krieger, dem Begriffe wie Ehre und Anstand noch etwas bedeuten.«

»Aber Rammar!« Balbok blickte ihn überrascht an. »Diege Dinge haben in der Modermark nog nie etwag bedeutet.«

»Hohlkopf!«, schnarrte sein Bruder. »Du weißt genau, was ich meine. Ankluas wird uns nicht hintergehen, das kannst du mir glauben – andernfalls darfst du mir noch mal deine Axt überbraten, *korr?*«

»*Korr*«, bestätigte Balbok nickend.

# 14.

# KOMHORRA UR'SUL'HAI-COUL

Corwyn mochte den Ort nicht besonders.

Tirgas Dun war eine Hafenstadt der Elfen, erbaut in alter Zeit, noch vor den Tagen des Ersten Krieges. Stolz erhoben sich ihre Mauern an den südlichen Gestaden Erdwelts, die hohen Türme an der nördlichen Mauer errichtet, sodass man das Land weit überblicken konnte, während die schimmernden Kuppeln an der Seeseite lagen.

Obwohl die Stadt von denselben Baumeistern geplant worden war, die auch Tirgas Lan entworfen hatten, gab es dennoch Unterschiede, die sich aus der Geschichte der beiden Städte erklärten: Anders als die Königsfeste im Herzen von Trowna war Tirgas Dun während der beiden großen Kriege niemals belagert worden oder gar in Feindeshand gefallen. In all den Jahrtausenden, die die Elfen in Erdwelt geweilt hatten, war Tirgas Dun ihre Zuflucht gewesen, das Zentrum elfischen Denkens und Wirkens. In Tirgas Dun hatten sich ihre Dichter und Sänger getroffen, um einander in ehrenhaftem Wettstreit zu begegnen, hatten sich ihre Gelehrten zum Austausch von Wissen und Erfahrung zusammengefunden, hatten sich ihre Anführer mit flammenden Reden an das Volk gewandt und hatte auch der Hohe Rat getagt, dessentwegen Corwyn die Reise nach Süden auf sich genommen hatte, denn dieser Rat trat noch immer in Tirgas Dun zusammen.

Schon einmal hatte Corwyn der Stadt Tirgas Dun einen

Besuch abgestattet – vor rund einem Jahr, nachdem die Elfenkrone ausgerechnet ihn dazu auserwählt hatte, der neue König zu sein und Erdwelt zu einen.

In einer feierlichen Zeremonie hatte der Hohe Rat der Elfen die Wahl bestätigt und Corwyn damit zum Nachfolger der großen Elfenkönige ernannt, die einst über Erdwelt geherrscht hatten. Allerdings hatte Corwyn den Eindruck gehabt, dass die Zeremonie für die Elfen nur eine lästige Pflichtübung gewesen war – nicht wenige Ratsmitglieder hatten währenddessen gelangweilt zum Ausgang geschielt und das Ende herbeigesehnt.

Es war kein Geheimnis, dass sich die Elfen nicht mehr für die Vorgänge in Erdwelt interessierten. Nachdem sie über Generationen hinweg für Frieden und Einheit gesorgt und sie in zwei langen und blutigen Kriegen verteidigt hatten, kehrten sie seit einiger Zeit dorthin zurück, woher sie einst gekommen waren. Die meisten der Schiffe, die in Tirgas Dun vor Anker gelegen hatten, waren bereits ausgelaufen – schlanke Segelschiffe und schwere Triremen, vom gleichmäßigen Schlag der Ruder über das Wasser getrieben, den Fernen Gestaden entgegen.

Schon bei Corwyns letztem Besuch in Tirgas Dun war unübersehbar gewesen, dass die Stadt der Elfen sehr bald schon ein verlassener Ort sein würde. Längst nicht mehr auf allen Türmen wehten Fahnen, viele Tore waren verschlossen und nicht mehr mit Wachtposten besetzt; die Säulenhallen, in denen einst angeregt diskutiert worden war, standen leer, und auf den Plätzen, wo einst Sänger und Dichter ihre Werke vorgetragen hatten, war das Pfeifen des Windes die einzige Melodie, die man noch zu hören bekam.

Viele Häuser standen bereits verlassen, einige davon so, als wären ihre Besucher nur für einen kurzen Moment weggegangen. Kunstvoll gearbeitete und mit Bildern aus buntem Glas versehene Fenster standen weit offen, durch die mit reichen Schnitzereien verzierte Möbel zu sehen waren und gläserne Karaffen und tönerne Krüge, die noch auf den filigran gearbeiteten Tischen standen. Weltliche Dinge waren den Elfen gleichgültig geworden; sobald sie der Ruf zur Rückkehr nach den Fernen Gestaden erreichte, ließen sie alles stehen und liegen und folgten ihm zu jener fernen Insel, die ihnen Erfüllung und ewiges Glück versprach und wo sie keiner materiellen Dinge bedurften.

Fast beneidete Corwyn sie darum, und vielleicht war es dieser Neid, der seine Abneigung gegenüber diesem Ort begründete. Vielleicht lag es aber auch daran, dass Tirgas Dun ein Ort des Niedergangs geworden war und des Verfalls. Die Elfen entsagten der Welt und zogen sich zurück.

*Sollen sie*, dachte Corwyn, während seine Begleiter und er die breite Hauptstraße hinabritten. *Aber noch sind sie nicht alle fort, und ich bin hier, um sie an ihre Pflicht zu erinnern …*

Die Hafenstadt war ähnlich angelegt wie Tirgas Lan: Um ein zentrales Bauwerk, auf das die Hauptstraße zulief, gruppierte sich kreisförmig die Stadt mit ihren Häusern und Kuppeln. Mit dem Unterschied, dass sich im Zentrum von Tirgas Dun keine Zitadelle erhob, sondern ein riesiges Gebäude aus weißem Marmor, dessen gewaltige Kuppel sich strahlend und hell in den blauen Himmel wölbte und dessen Portal von prächtigen Säulen getragen wurde. In der Sprache der Elfen wurde die Zitadelle *tellumagûr* genannt – das Gebäude, in dem der Rat der Ältesten tagte.

Zur Zeit der Elfenkönige hatte der Senat nur eine beratende Funktion gehabt, später dann war ihm die Entscheidungsbefugnis übertragen worden. Dringliche Fragen über Krieg und Frieden waren unter der riesigen Kuppel erörtert worden, und lange Zeit waren von dort aus die Geschicke Erdwelts gelenkt worden – freilich ohne dass die meisten Menschen der Ostlande davon etwas gewusst oder auch nur geahnt hätten. Über Jahrhunderte hinweg war es eine der

Eigenheiten der Menschen gewesen, sich nach außen zu verschließen und nur auf sich selbst bedacht zu sein – ein Grund, weshalb die Menschen im Zweiten Krieg ein so leichtes Opfer für die Mächte des Bösen gewesen waren.

Viel hatte sich seither geändert.

Die Königskrone ruhte auf eines Menschen Haupt, und nicht mehr die Sterblichen waren es, die sich ihrer Verantwortung für die Welt entzogen, sondern die Elfen. Aber Corwyn war sicher, dass die Nachrichten, die er zu überbringen hatte, alles ändern würden.

Nicht von ungefähr hatte er keine Gesandtschaft geschickt, sondern war selbst gekommen, um den Hohen Rat über die jüngsten Ereignisse in Kenntnis zu setzen. Corwyn hatte nur seine zwei Leibwächter und eine Handvoll Krieger der königlichen Garde mitgenommen, während seine Berater und Vertrauten in Tirgas Lan geblieben waren, um an seiner statt die Regierungsgeschäfte fortzuführen.

Es gab keine Eskorte, die den König und seinen Tross zum Ratsgebäude geleitete. Auch waren die Straßen längst nicht mehr erfüllt von Leben, wie sie es noch vor einem Jahr gewesen waren. Drückendes Schweigen lag über der Stadt, verlassen und stumm lagen die Wege und Gassen. In einer seltsamen Verkehrung der Ereignisse war binnen eines Jahres aus der verborgenen Stadt Tirgas Lan ein neuer Hort des Lebens und der Hoffnung geworden, während Tirgas Dun zusehends zu einer Geisterstadt wurde.

Der Gedanke deprimierte Corwyn, aber er schob ihn beiseite. Er war nicht gekommen, um über Vergänglichkeit zu philosophieren, sondern um den Senat um Hilfe zu bitten. Dies und nichts anderes wollte er tun, und er war sicher, dass sich die Elfen seinem Ersuchen nicht verschließen würden.

An den Stufen, die hoch zum Portal der Ratskuppel führten, trafen die Besucher endlich auf einen Abkömmling des

Elfenvolks – ein dem Aussehen nach noch junger Mann, der dennoch schon viele Winter gesehen haben mochte. Er war bekleidet mit einer weiten Toga, die um seine Brust geschlungen war, in seiner Hand hielt er einen kunstvoll verzierten hölzernen Stab, den er den Menschen wie eine Waffe entgegenstreckte – und Corwyn zweifelte nicht daran, dass das Ding tatsächlich gefährlicher war, als es auf den ersten Blick erscheinen mochte.

»Halt!«, rief der Elf ihnen entgegen, dass es von den umliegenden Mauern widerhallte. »Wer seid ihr und was wollt ihr?«

»Ich bin Corwyn, König von Tirgas Lan«, stellte sich der ehemalige Kopfgeldjäger vor – allmählich kam ihm der Satz über die Lippen, ohne dass er sich dabei wie ein Betrüger vorkam. »Ich wünsche den Hohen Rat zu sprechen.«

»Der Hohe Rat ist nicht zu sprechen«, erwiderte der Elf unbeeindruckt ob des Titels, den Corwyn genannt hatte.

»Auch nicht für den König?«

»Für niemanden«, lautete die schlichte Antwort.

Aber Corwyn war nicht gewillt, sich damit abzufinden. »Verdammt noch eins!«, rief er aus, und ungeachtet jeden Protokolls, das in solchen Fällen gelten mochte, glitt er geschmeidig vom Pferd und marschierte die Stufen hinauf und auf den Kastellan zu. »Soll das heißen, dass meine Leute und ich den ganzen weiten Weg umsonst auf uns genommen haben? Dass ich für nichts und wieder nichts meinen Thron verlassen und mein Reich gefährdet habe?«

»Wir haben dich nicht gerufen, Corwyn, König von Tirgas Lan«, entgegnete der Elf, dessen entrückter Gesichtsausdruck vermuten ließ, dass auch er all seine Interessen längst den Fernen Gestaden zugewandt hatte.

Wie Corwyn das hasste …

»Nein, das habt Ihr nicht«, räumte er schnaubend ein, »aber Ulian, der Vorsitzende des Hohen Rates, hat mir einst

Beistand versichert für den Fall, dass die Krone Tirgas Lans in Gefahr gerät.«

»Und das ist geschehen?« Der Kastellan holte tief Luft und gähnte, wofür Corwyn ihn am liebsten am Kragen gepackt und heftig durchgeschüttelt hätte.

»Allerdings«, bestätigte er stattdessen, sich mühsam zur Ruhe zwingend. Er wusste, dass es unklug war, vor den Elfen die Beherrschung zu verlieren. In ihren Augen entwürdigte man damit seine Seele und verlor das Gesicht. Jemand, der sich im Ton vergriff, war für einen Elfen kein ernstzunehmender Verhandlungspartner mehr.

Der Kastellan schien einen Augenblick nachzudenken – nicht unbedingt über Corwyns Belange, sondern über alles Mögliche, das ihm gerade durch den Kopf gehen mochte. Schließlich willigte er dennoch ein, mit einem Gesichtsausdruck, der verriet, dass er den irdischen Geschehnissen keine große Bedeutung mehr beimaß.

»Gut«, erklärte er sich großmütig bereit. »Nicht, dass es noch eine große Rolle spielt, aber es sei dir gestattet, vor dem Hohen Rat der Elfen zu sprechen. Tritt ein, König von Tirgas Lan, und man wird dir Gehör schenken.«

Elfen liebten es, sich blumiger Formulierungen und theatralischer Gesten zu bedienen – so klopfte er mit dem Holzstab auf den Boden, wandte sich daraufhin um und schritt die restlichen Stufen des Säulenportals hinauf.

Corwyn bedeutete seinen Leibwächtern Bryon und Craig und zwei Hauptmännern der königlichen Garde, ihn zu begleiten. Die übrigen Soldaten sollten bei den Pferden bleiben und auf seine Rückkehr warten. Nicht, dass er den Elfen misstraute, denen er immerhin die Krone auf seinem Haupt zu verdanken hatte, aber die Gleichgültigkeit, mit denen die Erben Farawyns den menschlichen Belangen begegneten, störte Corwyn so sehr, dass er sich fast schon von dieser Haltung bedroht fühlte.

Während er die breiten Stufen hinaufstieg und die gewaltigen Säulen passierte, die das gewölbte Vordach des Ratsgebäudes trugen, fragte er sich, ob es klug gewesen war, nach Tirgas Dun zu kommen. Waren die Elfen überhaupt noch in der Lage, ihm zu helfen? Gewiss, einst waren sie einflussreich und mächtig gewesen, aber das war lange her – die Söhne Farawyns waren ein Volk im Niedergang.

Andererseits hatte Corwyn keine andere Wahl gehabt. Nicht, wenn er das Versprechen erfüllen wollte, das Alannah ihm einst abgenommen hatte.

»Wenn mir ein Feind jemals Leid zufügen sollte«, hatte sie ihm mit jener Stimme ins Ohr geflüstert, der sich weder Corwyn noch sonst ein sterblicher Mann hätte verschließen können, »so bitte mein Volk um Hilfe.«

»Sei nicht albern«, hatte Corwyn geantwortet. »Du bist die Gemahlin des Königs von Tirgas Lan. Welcher Feind würde es wagen, dir ein Leid zuzufügen?«

»Versprich es«, hatte sie ihm abverlangt – und Corwyn, mehr, um ihr den Gefallen zu tun, denn aus wirklicher Überzeugung, hatte sein Wort gegeben.

Erneut fragte sich Corwyn, ob Alannah schon damals etwas geahnt hatte. Bisweilen pflegten Elfen erstaunliche Fähigkeiten an den Tag zu legen, und auch Alannah hatte es schon wiederholt verstanden, ihn zu verblüffen. Vielleicht hatte sie tatsächlich etwas gewusst – aber warum, in aller Welt, hatte sie ihn dann nicht gewarnt?

Solche und ähnliche Fragen beschäftigten Corwyn, während er und die vier Krieger durch das Portal traten und dem Kastellan durch hohe, von riesigen Standbildern gesäumte Gänge folgten.

Wie hatte er sich nur so übertölpeln lassen können? Wie sollte ein König sein Reich verteidigen, wenn er nicht einmal in der Lage war, seine eigene Frau zu schützen?

In Selbstvorwürfe versunken, betrat Corwyn das weite

Rund des Ratsaals, gefolgt von seinen Mannen. Über ihnen wölbte sich die eindrucksvolle Kuppel, von der das Pochen des Stabes widerhallte, mit dessen unterem Ende der Kastellan abermals auf den marmornen Boden klopfte.

»Ihr hohen Herren, Ihr Weisen des Elfenvolks! Ich melde Euch Corwyn, den Träger der Krone und König von Tirgas Lan!«

Wieder ein Klopfen, dann verbeugte sich der Elf und trat beiseite, um Corwyn Platz zu schaffen. Forsch trat dieser vor, in der Erwartung, sich der voll besetzten Ratstafel gegenüberzusehen – aber er wurde bitter enttäuscht. Denn an dem langen halbrunden Tisch in der hinteren Hälfte der Halle saß nur ein einzelner Elf. Ein Elf zwar, der die Senatsrobe trug und in dessen jugendlich wirkenden Augen unendliche Weisheit lag, aber dennoch nur ein einziger Vertreter seines Volkes …

»Sprich, Corwyn, König von Tirgas Lan«, verlangte er, wobei ein mildes Lächeln um seine alten und zugleich jungen Züge spielte. »Der Hohe Rat ist bereit, sich dein Anliegen anzuhören.«

»Der Hohe Rat?« Corwyn kannte den Elfen an der Tafel – es war Ulian der Weise, der damals seine Krönung bestätigt hatte. »Mit Verlaub, ehrwürdiger Ulian, aber ich sehe nur ein einziges Ratsmitglied …«

»Dein Auge täuscht dich nicht«, stimmte der Elf gelassen zu. »In der Tat bin ich der Letzte, der noch geblieben ist. Der Letzte, mit dem du sprechen kannst. Der Letzte, der noch hier ist, um Entscheidungen zu treffen.«

»Dann ist es also wahr. Die meisten Elfen haben Erdwelt bereits den Rücken gekehrt.«

»Viele Schiffe haben den Hafen von Tirgas Dun verlassen, und nicht ein einziges ist zurückgekehrt«, erwiderte Ulian in der ausweichenden Art seines Volkes. »Die fernen Gestade locken mit Unsterblichkeit und vollkommener Erfüllung – nichts, was die Welt der Menschen bieten könnte, kann sich damit messen.«

»Das mag ja sein«, gestand Corwyn ein, »aber Farawyns Volk wird hier noch gebraucht.«

»Gebraucht?« Der Blick, den Ulian ihm sandte, war müde und verzagt. »Wozu? Über Generationen haben wir Elfen geholfen, das Böse zu bekämpfen, haben ein Reich des Friedens und der Gerechtigkeit errichtet. Mit welchem Ergebnis? Die Sterblichen sind noch immer selbstsüchtig und voller Hass. Alle Bestrebungen, sie zu ändern und zum Besseren zu bekehren, waren vergeblich.«

»Nicht ganz«, widersprach Corwyn. »Tirgas Lan erstrahlt schon bald in neuem Licht, und ein neuer König sitzt auf dem Elfenthron.«

Ulian lächelte nachsichtig. »Was du Licht nennst, König, ist nur ein schwacher Abglanz dessen, was Tirgas Lan einst war. Und ob ein Sterblicher stark genug sein wird, das Reich zu einen, wagen Wir zu bezweifeln.«

»Farawyn war davon überzeugt«, gab Corwyn zur Antwort.

»Farawyn. Einer von jenen, die sich opferten im Kampf für eine bessere Welt. Hätte er gewusst, dass der Dunkelelf einst zurückkehren würde …«

»Er *hat* es gewusst«, entgegnete Corwyn. »In seiner Prophezeiung hat er es vorausgesagt. Aber er glaubte auch daran, dass die Macht des Bösen für immer besiegt werden kann.«

»Dann war er ein Narr«, sagte Ulian leise, aber mit einer Überzeugung in der Stimme, die nicht zu überhören war. Für Träume und Visionen schien in der Vorstellung der Elfen kein Platz mehr zu sein. »Aber sicherlich hast du die weite Reise nicht auf dich genommen, um mit Uns über Farawyn zu philosophieren, oder?«

»Nein«, gab Corwyn zu.

»Also, was führt dich zu Uns, König von Tirgas Lan?«, fragte Ulian, und obwohl er dieses »Uns« im Pluralis Majestatis gebrauchte, da er für den Hohen Rat der Elfen und für sein Volk sprach, lag nach Corwyns Empfinden eine gehörige Portion Spott in seinen Worten, war Ulian doch der Einzige, der von dem Rat noch übrig war. »Trage dein Anliegen vor, solange noch jemand hier ist, es sich anzuhören.«

»Tirgas Lan wird bedroht!«, brachte Corwyn hervor.

»Von wem?« Ulian wirkte weder überrascht noch beunruhigt. »Von Menschen, die deinen Herrschaftsanspruch nicht anerkennen wollen? Von Zwergen, die nach Schätzen gieren? Von den finsteren Kreaturen der Modermark?«

»Weder noch.« Corwyn schüttelte den Kopf. »Fern im Osten, in der Stadt Kal Anar, ist uns eine Bedrohung erwachsen, die ihren Ursprung nicht in Erdwelt hat. Deshalb bin ich hier.«

»Im Osten? In Kal Anar, sagst du?« Zum ersten Mal zeigte sich in Ulians blassen Zügen ein Hauch von Interesse. Natürlich wusste er, welche Rolle die Stadt in der Vergangenheit gespielt hatte; natürlich kannte er die Geschichte des Dunkelelfen Margok, der sich gegen sein eigenes Volk erhoben und die Rasse der Orks gezüchtet hatte, um Erdwelt mit Zerstörung und Krieg zu überziehen. In Kal Anar hatte diese Geschichte einst ihren Anfang genommen – und erst vor einem Jahr in Tirgas Lan ihr Ende gefunden. »Bist du sicher?«

»So sicher man sein kann«, gab Corwyn zur Antwort. »Obwohl es bis vor kurzem nichts weiter gab als Gerüchte und vage Andeutungen. Nicht ein Spion, den ich aussandte, um mir Informationen über den Feind zu beschaffen, kehrte zurück.«

»Welch ein Jammer. Und was verlangst du von Uns, König von Tirgas Lan?«

»Ich bin hier, um Euch um Unterstützung gegen diesen Feind zu ersuchen«, antwortete Corwyn unumwunden, »denn ich fürchte, dass ein Reich, das noch so jung ist und ungefestigt wie das meine, dem Ansturm einer dunklen Macht nicht standhalten wird.«

»Was bringt dich auf den Gedanken, dass in Kal Anar dunkle Kräfte wirken? Gewiss, auch Wir wissen, wessen Heimat die Stadt im Osten einst war. Aber deshalb geht nicht alles, was dort geschieht, von einer dunklen Macht aus.«

»Das mag richtig sein. Jedoch hat sich vor kurzem etwas zugetragen, das mir unwiderlegbar bestätigte, dass sich der Feind, der im Verborgenen zum Krieg gegen uns rüstet, aus unheilvollen Quellen nährt.«

»Tatsächlich?«

»Vor wenigen Tagen«, führte Corwyn aus, mit Bitterkeit in der Stimme, »war die Zitadelle von Tirgas Lan Ziel eines feigen Überfalls. Ohne Vorwarnung und im Schutz der Nacht haben sich feindliche Krieger an unsere Mauern herangeschlichen und sie überwunden, und sie haben viele Zwerge und Menschen der königlichen Garde getötet. Es waren keine lebenden Wesen, die ruchlos und aus dem Hinterhalt über meine Soldaten herfielen – sondern untote Krieger, aus ihren Gräbern gerissen von dunkler Magie!«

»Untote, sagst du?« Corwyn glaubte, dass sich Ulians Blässe auf einmal verstärkt hatte, denn seine Gesichtsfarbe glich schon fast dem Weiß der Wände.

»Skelettkrieger waren es, am Leben gehalten nicht durch Blut und göttlichen Odem, sondern von bloßer Bosheit. Alannah, meiner Gemahlin, schienen Gegner wie diese nicht unbekannt, denn sie riet mir, die Knochenmänner zu enthaupten und ihrem frevlerischen Dasein auf diese Weise ein Ende zu bereiten. So gelang es uns, ihren Angriff abzuwehren, jedoch zu einem hohen Preis.«

»Was ist geschehen?«, wollte Ulian wissen. Jeder Spott und selbst die Gleichgültigkeit waren auf einmal aus seiner Stimme gewichen.

»Alannah …«, brachte Corwyn stockend hervor. »Sie … sie haben die Königin entführt.«

Unter der hohen Kuppel kehrte Stille ein, die so vollkommen war, dass man die Nadel einer Fibel hätte fallen hören. Weder Ulian noch Corwyn sprachen ein Wort, während der Letzte des Elfenrats die jüngste Enthüllung zu verarbeiten suchte.

»Also ist es wahr«, brachte er schließlich flüsternd hervor.

»Was?«, wollte Corwyn wissen.

»Was von jeher vermutet, aber nie bewiesen wurde. Was schon unsere Ahnen befürchteten …«

»Dass sich hinter Margoks Erstarken mehr verbarg als die Bosheit eines einzelnen Abtrünnigen?«, sprach Corwyn das aus, was der Elf nicht zu äußern wagte. »Dass sich eine böse Kraft seiner bemächtigt und ihn stark gemacht hat?«

Ulian nickte nur.

»Ja, es sieht so aus«, bestätigte Corwyn. »Nun werdet Ihr sicherlich auch verstehen, weshalb ich nach Tirgas Dun gekommen bin: um die Hilfe des stolzen Elfenvolks zu erbitten im Kampf gegen einen Gegner, der älter ist als alles, was wir kennen. Älter als das Menschengeschlecht und sogar noch älter als die Söhne und Töchter des Elfenstamms. Möglicherweise älter als Erdwelt selbst.«

»I-ich verstehe«, stammelte Ulian, der ganz vergaß, weiterhin im Pluralis Majestatis zu sprechen, so sehr hatten ihn Corwyns Worte erschreckt. Seine Augen blickten nicht mehr ruhig und überlegen, sondern starrten ruhelos umher, als gelte es, etwas zu finden, was längst verloren war.

»Um Gewissheit zu erlangen, was in Kal Anar vor sich geht, habe ich eine weitere Expedition losgeschickt«, erklärte Corwyn, »eine Expedition, von der ich annehme, dass ihr gelingen wird, was anderen verwehrt blieb. Aber nach den jüngsten Ereignissen kann und will ich nicht länger warten. Ein Heer muss ausgerüstet und nach Kal Anar entsandt werden, und zwar sofort! Ein vereintes Heer aus Menschen, Zwergen und Elfen, das gegen Kal Anar ziehen und das Übel dort ausrotten muss – ein für alle Mal!«

»Ein vereintes Heer aus Elfen und Menschen …«, murmelte der Elf versonnen.

»Die zivilisierten Völker Erdwelts sollten zusammenstehen«, sagte Corwyn entschieden, »denn nur, wenn wir alte Gegensätze überwinden, sind wir in der Lage, unsere Feinde zu besiegen.« Wehmut überkam ihn für einen Moment, denn dies waren nicht seine, sondern Alannahs Worte. Erneut musste er an seine Geliebte denken, von der er nur hoffen konnte, dass sie noch lebte.

Dann verdrängte er den Gedanken an sie und rief sich seine Pflichten in Erinnerung.

»Dies ist kein Kampf, den die Menschen allein austragen können«, fügte er entschieden hinzu, »denn dieser Kampf nahm seinen Anfang, als das Geschlecht der Menschen noch nicht Fuß auf diese Welt gesetzt hatte. Ein Krieg, den das Elfenvolk vor vielen Jahrhunderten geführt hat, findet nun seine Fortsetzung, und wir sollten ihn gemeinsam beenden.«

»Ich … Wir verstehen«, sagte Ulian mit tonloser Stimme. »Doch obwohl Wir dir zustimmen, können Wir dir keine Unterstützung gewähren und dir nicht …«

»Alannah«, fiel Corwyn ihm ins Wort, »hat fest daran geglaubt, dass ihre Brüder uns in einer solch dunklen Stunde beistehen würden. Deshalb nahm sie mir das Versprechen ab, hierher zu kommen und um Hilfe zu bitten, sollte dem Reich Gefahr drohen. Wenn Ihr wollt, dass ich vor Euch auf die Knie falle und Euch anbettle, werde ich auch das tun!«

Tatsächlich sank er auf die Knie, was seine Begleiter in

blankes Entsetzen stürzte. »Sire!«, rief Bryon aufgebracht. »Nicht ...«

»Lass gut sein, mein Junge«, knurrte Corwyn. »Hier geht es nicht um den Stolz eines einzelnen Mannes oder eines Volkes, sondern um das Wohl einer ganzen Welt. Niemand soll sagen, ich wäre zu hochmütig gewesen, sodass mir die Unterstützung der einstigen Herren Erdwelts versagt wurde.« Und damit senkte er das Haupt wie ein Vasall vor seinem Herrn.

Ulians leichenblasses Gesicht jedoch blieb eine steinerne Maske. »Was auch immer du tust, König von Tirgas Lan«, sagte er leise, »worum auch immer du bittest und wie sehr du dich dazu erniedrigen magst – dieser Rat kann deinem Ersuchen nicht entsprechen.«

»Was?« Corwyn blickte auf. »Warum nicht.«

»Hast du dich auf dem Weg hierher nicht umgeschaut? Ist dir entgangen, wie es um diese Stadt bestellt ist? Die meisten Häuser stehen leer, die Straßen und Gassen sind verwaist. Die letzten Schiffe zu den Fernen Gestaden werden in den nächsten Tagen den Hafen verlassen, dann wird Tirgas Dun eine Geisterstadt sein. Nur noch kalter Stein wird an den Ruhm des Elfenvolks erinnern, und es wird niemand mehr hier sein, der dir und den Deinen Hilfe und Unterstützung gewähren könnte.«

»Dann holt sie zurück!«, forderte Corwyn, noch immer kniend.

»Von den Fernen Gestaden?« Ulian lachte auf, heiser und freudlos. »Wir haben den Eindruck, du überschätzt den Reiz eurer sterblichen Welt ...«

»Mir ist es gleich, woher eure Krieger kommen«, stellte Corwyn klar. »Wir brauchen sie hier und jetzt und nicht an entlegenen Orten.«

»Mein Freund«, sagte Ulian und schüttelte den Kopf, »niemand, der die Fernen Gestade erblickt hat, wird jemals wieder von dort zurückkehren.«

»Nicht einmal, um eine verdiente Tochter des Elfenge-
schlechts zu retten?«, fragte Corwyn. »Alannah war die
Hohepriesterin von Shakara. Über Jahrhunderte hat sie
Eure Geheimnisse bewahrt.«

»Und sie hat ihre Sache gut gemacht«, räumte der Weise
ein. »Aber als sie sich für das Leben an der Seite eines Sterblichen entschied, hörte sie auf, eine von uns zu sein. Es war
ihre freie Entscheidung, und nun kann der Rat nichts mehr
für sie tun.« Ulian schüttelte den Kopf. »Unser Volk hat der
sterblichen Welt entsagt. Auf ihr zukünftiges Schicksal hat
es keinen Einfluss mehr.«

»Aber die Menschen haben nicht die Macht der Elfen«,
wandte Corwyn ein. »Wenn alle Elfen Erdwelt verlassen,
wird es keinen Zauber mehr geben, der die Menschen beschützt. Die Magier der alten Zeit leben nicht mehr. Wir
haben der Macht des Bösen nichts entgegenzusetzen als tapfere Herzen und blanken Stahl.«

»So mag es sein.« Ulian nickte. Es war nicht zu erkennen,
was hinter seiner unbewegten Miene vor sich ging. Wenn er
mit den Menschen fühlte, so vermochte er es geschickt zu
verbergen.

Corwyn erhob sich, seine Züge nicht weniger steinern
als die des Elfen. »Ich verstehe.« Eine Zornesfalte hatte
sich auf seiner Stirn gebildet, und Unbeugsamkeit sprach
aus seiner Stimme, als er sagte: »So wird Erdwelt zu Grunde gehen, weil die Elfen damals nachlässig waren und die
wahren Gründe hinter Margoks Aufstieg nicht durchschau-
ten!«

»Du sprichst wie ein Kind«, erwiderte Ulian ungerührt.
»Was du mit Bitten nicht zu erreichen vermagst, willst du nun
durch Trotz erzwingen. Unser Volk hat viel geopfert, um die
Welt vor dem Bösen zu bewahren. Viele tapfere Helden, die
noch heute in Liedern besungen werden, sind gefallen. Es
steht dir nicht zu, Uns zu beschuldigen oder der Untätigkeit

zu bezichtigen. Das Elfengeschlecht ist deiner Welt nichts schuldig.«

»Verzeiht«, bat Corwyn, dem klar wurde, dass er in seiner Enttäuschung zu weit gegangen war, »ich wollte nur ...«

»Die Audienz ist beendet«, beschied Ulian knapp.

»Beendet?«, fragte Corwyn bestürzt. »Und es besteht keine Aussicht, dass Ihr Eure Meinung noch ändert?«

»Nein.« Ulian schüttelte entschieden den Kopf. »Geh, König Corwyn. Verlasse Tirgas Dun und kehre in dein eigenes Reich zurück. Tue dort, was du tun musst, aber zähle dabei nicht auf die Hilfe meines Volkes, denn du kannst sie nicht bekommen.«

»Ich wusste es!«, rief Corwyn aus. Wütend ballte er die Hände zu Fäusten, und für einen Moment war es nicht mehr der König, sondern der Kopfgeldjäger, der aus ihm sprach. »Ich ahnte, dass ihr Elfen uns im Stich lassen würdet, schon als ich das Tor dieser Stadt durchritt. Hätte ich Alannah nicht mein Versprechen gegeben, ich hätte hier nicht um Hilfe ersucht. Was wird Alannah denken, wenn sie erfährt, dass ihre eigenen Leute nicht bereit waren, etwas zu ihrer Rettung zu unternehmen?«

»Wie Wir schon sagten – sie gehört nicht mehr zum Geschlecht der Elfen. Die Hohepriesterin von Shakara zog es vor, bei den Sterblichen zu leben.«

»Ja«, versetzte Corwyn, »und ich verstehe immer mehr, warum sie das tat.«

»Geh!«, forderte Ulian ihn auf, energischer diesmal.

»Aber ...«

Corwyn verstummte, als der Kastellan vor ihn trat, den Stab, mit dem er ihr Kommen angekündigt hatte, beidhändig erhoben. Corwyn hatte also richtig vermutet – das Ding ließ sich auch als Waffe einsetzen.

Der Abenteurer in ihm, der ungehobelte Bursche, der seine Dienste meistbietend verkauft hatte, wollte dem Kastellan den Stab entwinden und ihn niederschlagen. Aber Corwyn rief sich zur Räson, und der König in ihm gewann wieder die Oberhand. Mit einem knappen Nicken, das als Abschied genügen musste, wandte er sich um und stapfte wutentbrannt zum Ausgang, gefolgt von seinen Mannen.

Ihre Umhänge bauschten sich hinter ihnen, während sie mit raschen Schritten die Korridore durchmaßen. Durch den unbewachten Eingang stürmten sie nach draußen und die Stufen hinab, zum Fuß der Treppe, wo die Soldaten bei ihren Pferden warteten. Corwyn gewahrte ihre hoffnungsvollen Blicke.

»Und, Sire?«, erkundigte sich Rhian, ein verdienter Recke, der seit dem Tod Sir Lughs die königliche Garde befehligte. »Werden die Elfen uns beistehen?«

»Nein, das werden sie nicht«, sagte Corwyn und schwang sich aufs Pferd, dessen Zügel ein anderer Soldat gehalten hatte und ihm nun reichte.

Corwyn schalt sich selbst einen Narren. Die ganze Zeit über, seit er von der neuen Macht in Kal Anar erfahren hatte, hatte er in Tirgas Lan gesessen und wertvolle Zeit mit Warten vergeudet. Warten worauf? Dass zwei Unholde aus der Modermark die Arbeit für ihn erledigten, die er längst selbst hätte in Angriff nehmen müssen? Dass untote Feinde, wieder zum Leben erweckt durch frevlerische Magie, in sein Haus eindrangen und seine Gemahlin raubten? Dass eine fremde Macht ein Heer ausrüstete, um Erdwelt mit Krieg und Zerstörung zu überziehen?

Nein.

Ulians Worte hatten Corwyn klar gemacht, dass es nur einen gab, der ihm beistehen würde und auf dessen Hilfe er sich verlassen konnte – er selbst.

Wenn die Elfen ihn nicht unterstützen wollten, so musste er selbst sowohl Alannahs Befreiung als auch die Verteidigung seines Reiches übernehmen. Schließlich war er der

König. Die Zeit der Elfen mochte zu Ende sein – seine hingegen war eben erst angebrochen ...

»Und nun, Sire?«, fragte Bryon mit bekümmertem Blick. »Was soll nun werden?«

»Wir werden zurückkehren nach Tirgas Lan und eine Heerschau einberufen«, gab Corwyn entschlossen zur Antwort.

»Eine Heerschau, Sire?«

»So ist es. Ich werde alle meine Vasallen zu den Waffen rufen, und ich werde Boten aussenden in alle Teile des Reiches und unsere Verbündeten um Unterstützung bitten: die Fürstentümer, die Clanlords, selbst die Zwerge. Mit ihrer Hilfe werde ich ein Heer unter dem Banner Tirgas Lans aufstellen – ein Heer, wie Erdwelt es seit den Tagen des Zweiten Krieges nicht gesehen hat. Und mit diesem Heer werde ich gen Osten marschieren und den Feind, der sich bislang feige verborgen hält, zum Kampf herausfordern.«

»Und ... und die Königin?«

»Sei unbesorgt, mein guter Bryon«, sagte Corwyn und gab sich zuversichtlich. »Unser Feind wähnt sich in Sicherheit, weil er eine Geisel von vornehmem Geblüt in seiner Gewalt hat. Aber da irrt er. Die Elfen mögen zu schwach sein oder zu sehr auf sich selbst bedacht, um uns zu helfen – doch wir brauchen sie nicht. Wir werden aus eigener Kraft ein Heer aufstellen und die Herausgabe der Königin erzwingen. Und sollte der Feind unserem Ersuchen nicht nachkommen, werden wir ihn zerschmettern.«

»Der Feind ist mächtig, mein König«, wandte Bryon ein. »Vergesst nicht, es steht in seiner Macht, die Gefallenen aus den Gräbern zurückkehren zu lassen ...«

»Und wenn schon!« Das eine Auge Corwyns blitzte in grimmiger Entschlossenheit. »Wir wissen, wie die Untoten zu besiegen sind. Was auch immer jener unbekannte Feind uns entgegenstellt, wir werden es mit kaltem Stahl und tapferem Herzen bekämpfen und besiegen.«

Daraufhin zog er sein Schwert und stieß die Klinge dem Himmel entgegen.

»Tirgas Lan oder der Tod!«, rief er laut, und daraufhin zogen auch seine Soldaten ihre Schwerter, reckten sie empor und wiederholten den Schwur: »Tirgas Lan oder der Tod!«

Dann ließen sie ihre Pferde lospreschen und trieben sie hinaus aus Tirgas Dun, ohne noch einmal zurückzuschauen.

Das Zeitalter der Elfen war zu Ende.

Jenes der Menschen hatte begonnen.

# 15.

# OR KUL UR'OUASH

Kurz nach Mitternacht kam Ankluas zu den beiden Ork-Brüdern, um sie wie vereinbart abzuholen. Rammar wartete ungeduldig an der Zellentür, während sich Balbok noch ein wenig aufs Ohr gelegt hatte.

Nachdem Ankluas die Zellentür entriegelt und die beiden befreit hatte, schlichen sie zunächst zur Waffenkammer, wo sie sich Balboks frisch geschärfte Axt und Rammars *saparak* zurückholten. Der goldene Elfendolch war, sehr zu Rammars Verdruss, spurlos verschwunden. Auch Ankluas bewaffnete sich zur Verblüffung der Brüder mit einer langen Klinge, die für die Pranken eines Orks eigentlich viel zu schlank und elegant war, die er aber gut zu beherrschen schien.

Leise – jedenfalls so leise, wie die klobigen Füße eines Orks es vermochten – folgten die drei Flüchtlinge einer Reihe von Treppen und gelangten in den Gang, der sie in die Freiheit führen sollte – ein kaum benutzter Nebengang, der völlig unbeleuchtet war. Eine Fackel zu entzünden wagten die Orks nicht, also mussten sie sich Stück für Stück durch die Dunkelheit tasten. Dabei stieß sich Balbok auf Grund seiner Körpergröße mehrmals den Schädel.

»Ist es noch weit?«, zischte Rammar in die Finsternis. »Wenn sich mein dämlicher Bruder noch öfter den Kopf anhaut, geht sein letztes bisschen Verstand auch noch flöten.«

»Geduld«, gab Ankluas flüsternd zurück. »Wir haben es bald geschafft ...«

In gebückter Haltung durch einen stollenartigen dunklen Gang zu schleichen, weckte unangenehme Erinnerungen in Rammar, aber er riss sich zusammen. Immerhin, sagte er sich, war es diesmal kein verschlagener Zwerg, der sie führte, sondern einer der ihren. Ob das allerdings einen großen Unterschied machte, musste sich erst noch zeigen.

»Da!«, ließ sich Ankluas vernehmen. »Das ist die Tür, von der ich euch erzählt habe.«

»Wo?«, fragte Rammar noch – um im nächsten Moment gegen das Türblatt aus massivem Holz zu laufen. Es krachte dumpf, und einmal mehr hielt sich der dicke Ork die schmerzende Schnauze. Den wüsten Fluch, der ihm über die wulstigen Lippen wollte, hielt er jedoch aus Angst vor Entdeckung zurück.

Ankluas griff nach dem Schlüssel, den er angeblich schon vor so langer Zeit entwendet hatte. Im Halbdunkel – durch die Ritzen der Tür drang von draußen spärliches Mondlicht – dauerte es einen Moment, bis er das Schlüsselloch gefunden hatte. Dann ein metallisches Ratschen und Klicken, und die Pforte zur Freiheit schwang mit leisem Quietschen auf.

»Seht ihr«, sagte Ankluas, »ich habe nicht zu viel versprochen.«

»*Korr*«, stimmte Balbok zu und drängte sich an den anderen vorbei – nach seinen schlechten Erfahrungen im Zwergenstollen wollte er diesmal als Erster in die Freiheit huschen. Rammar, der es nicht leiden konnte, wenn sich sein Bruder vor ihn drängte, packte ihn an der Schulte und riss ihn zurück. Eine kurze, aber handfeste Rangelei setzte daraufhin zwischen den beiden ein – bis es Ankluas zu dumm wurde und er mit geballter Klaue zuschlug.

»Was soll das?«, beschwerte sich Rammar. »Bist du verrückt geworden, mir eins aufs Maul zu hauen?«

»Wenn hier einer verrückt geworden ist, dann seid ihr

das! Wie Idioten führt ihr euch auf? Ist euch nicht klar, dass wir jederzeit entdeckt werden können? Noch sind wir nicht in Sicherheit!«

Ein wenig schuldbewusst schauten sich die beiden Streithähne an, jeder mit einem geschwollenen Auge. Ankluas war schließlich der Erste, der nach draußen schlich, um das Terrain zu sondieren. Nachdem er sich vergewissert hatte, dass die Luft rein war, bedeutete er den Brüdern nachzukommen. Rammar folgte zuerst, Balbok – wieder einmal – als Letzter. Hinter einem Stapel Kisten fanden sie Deckung. Von dort aus konnten sie die von blassem Mondschein beleuchtete Umgebung gut überblicken.

Sie befanden sich auf einem Hof, der auf drei Seiten von niedrigen, in Fachwerkbauweise errichteten Gebäuden umgeben war. Dem Geruch nach handelte es sich um Stallungen für die Tiere, die in der Arena zum Einsatz kamen – gleich am zweiten Tag hatte Balbok zur Freude der grölenden Menge einen wütenden Stier mit bloßen Klauen niedergerungen und ihm dann die Kehle aufgebissen.

»Das nennt man Glück«, meinte Ankluas flüsternd.

»*Korr.*« Rammar nickte. »Es sind weit und breit keine Wachen zu sehen.«

»Nicht nur das. Wir befinden uns auch in unmittelbarer Nähe des Pferdestalls.«

»Und?«

»Was wohl – wir werden uns Reittiere besorgen.«

»Bist du übergeschnappt?«, entfuhr es Rammar lauter, als es gut für sie war. »Orks reiten nicht, sie gehen zu Fuß. Grundsätzlich. Schon immer.«

»*Korr*«, bekräftigte Balbok.

Ankluas war wenig beeindruckt. »Sagtet ihr nicht, ihr hättet noch eine Rechnung mit von Bruchstein zu begleichen?«

»*Korr.*«

»Schön, dann verratet mir doch mal, wie ihr ihn ohne

Pferde einholen wollt. Wahrscheinlich ist er längst über alle Berge.«

»Eher *durch* alle Berge, der elende Zwerg«, brummte Rammar verdrießlich. »Aber zufällig wissen wir genau, wohin er will. Wir brauchen nur östliche Richtung einzuschlagen, und schon haben wir ihn.«

»Aber Rammar«, wandte Balbok ein, dessen Zungenschwellung weitgehend abgeklungen war, sodass er wieder normal sprechen konnte, »was, wenn der Hutzelbart das Ziel inzwischen schon erreicht hat? Wenn er den Typen, um den es geht, vor uns abmurkst, wird der Kopfgeldjäger *ihm* den Schatz überlassen. Hast du daran mal gedacht?«

»Verdammt«, zischte Rammar, »du hast recht.«

»Also nehmen wir die Pferde?«, fragte Ankluas.

»Meinetwegen«, knurrte Rammar. »Vorausgesetzt, du findest einen Gaul, der stark genug ist, um meine eindrucksvolle Erscheinung zu tragen.«

»Wir werden sehen«, sagte Ankluas gelassen. »Wartet hier.«

Damit schlich er davon, leiser und geschmeidiger, als man es ihm auf Grund seiner abgerissenen Erscheinung und seiner grobschlächtigen Postur zugetraut hätte. Lautlos huschte er zur Stallmauer und war schon kurz darauf mit den Schatten der Nacht verschmolzen.

»Das muss man ihm lassen«, stellte Balbok anerkennend fest, »dieser Ankluas hat echt was drauf.«

»Dieser Ankluas hat echt was drauf«, echote Rammar gehässig. »Undankbarer Hohlkopf! Nimm doch ihn zum Bruder und nicht mich, wenn du ihn so großartig findest.«

»Geht das denn?«, fragte Balbok in ehrlicher Verwunderung – und bekam dafür einen knochenharten Stoß zwischen jene Rippen, die vom Kampf gegen den Troll noch immer ziemlich lädiert waren. Balbok gab ein jämmerliches Jaulen von sich, das von irgendwo jenseits der Stallungen vom Heulen eines streunenden Hundes beantwortet wurde. Rammar gönnte sich daraufhin ein zufriedenes Grinsen, und gemeinsam warteten sie, bis Ankluas zurückkehrte.

Sehr lange dauerte das nicht.

Schon bald wurde das Tor des Stallgebäudes von innen geöffnet, und aus der Dunkelheit trat eine breitschultrige Gestalt, die drei Pferde am Zügel führte. Allerdings schienen es auf den ersten Blick nur zwei Pferde zu sein – das dritte Tier hatte kurze, stämmige Läufe und einen röhrenförmigen Körper, sodass es eher wie ein zu groß geratener Hund aussah. Jedoch waren alle drei Tiere gesattelt und gezäumt, und die Feldflaschen und Proviantsäcke waren gefüllt, wie sich die beiden Ork-Brüder später versichern konnten.

»Das ging aber schnell«, meinte Balbok. »Wie hast du es denn geschafft, die Pferde in so kurzer Zeit zu satteln?«

»Gar nicht«, gab Ankluas zurück. »Ich habe die Tiere bereits heute Vormittag gesattelt.«

»Ohne uns vorher zu fragen?« Rammar war verblüfft und wütend zugleich.

»Ich war sicher, dass ihr mir zustimmen würdet«, erklärte Ankluas mit einem unschuldigen Grinsen, das von einem Ohr bis zu jenem abgebissenen Lappen reichte, der einmal sein anderes Ohr gewesen war, und schwang sich elegant in den Sattel.

Orks waren eigentlich keine Reiter. Nicht nur, dass das unwegsame Gelände der Modermark mit seinen dichten Wäldern und schroffen Felsen fürs Pferdereiten ungeeignet war, es war das Reiten an sich, das einem Ork widerstrebte. Zwar hatte es während des Zweiten Krieges, als Orks und Menschen Verbündete gewesen waren, Versuche gegeben, eine Ork-Kavallerie aufzustellen, doch die Orks hatten sich als unfähig erwiesen, den Tieren ihren Willen aufzuzwingen, ohne dabei brutalste Gewalt anzuwenden. Das Ende vom Lied war gewesen, dass die meisten Orks ihre Pferde erschlugen und anschließend einfach auffraßen. Wenn überhaupt, ritten Orks auf Wargen oder anderen Kreaturen aus den Klüften des Westgebirges; aber auch hier hatten die Gnome es zu ungleich mehr Geschick im Umgang mit den Tieren gebracht als Rammars und Balboks Artgenossen.

Entsprechend gemischte Gefühle hatte Rammar, als er sich seinem Reittier näherte.

»Was soll das überhaupt sein?«, maulte er. »Der dämliche Gaul ist mehr breit als hoch.«

»Er passt zu deiner würdevollen Erscheinung«, versetzte Balbok grinsend, während er selbst mühelos in den Sattel seines Pferdes stieg.

Sein Bruder hatte ungleich mehr Probleme, den Rücken des Tieres zu erklimmen, was schon damit begann, dass er seinen klobigen Fuß nur mit Mühe in den Steigbügel zwängen konnte. Unter Stöhnen, Keuchen und unzähligen wüsten Verwünschungen gelang es ihm schließlich, seinen *asar* in die Höhe zu hieven und ihn in den Sattel fallen zu lassen, was das arme Tier mit einem heiseren Ächzen quittierte.

Die Pferde waren starke, ausdauernde Tiere, wie die Menschen in den Hügellanden sie ritten. Sie schnaubten unruhig, akzeptieren aber offenbar die fremden Reiter. Schon das war ungewöhnlich – gemeinhin mochten Pferde den Geruch von Orks nicht, und umgekehrt verhielt es sich genauso.

Ankluas warf Balbok und Rammar wollene Decken zu.

»Was ist das?«, fauchte Rammar, der seine mitten ins Gesicht bekommen hatte.

»Zieht sie euch über und benutzt sie als Kapuzen«, verlangte Ankluas, »damit man euch nicht auf den ersten Blick als das erkennt, was ihr seid.«

»Und du?«

»Ich mach's genauso«, versicherte Ankluas und warf sich

seinerseits eine Decke über. Rammar und Balbok taten es ihm widerstrebend gleich, und alle drei lenkten sie ihre Tiere vom Hof und auf die nächtlichen Straßen Sundarils.

Bei ihrer »Anreise« hatten sie Säcke über den Köpfen getragen und waren in einen Käfig auf einem Karren eingesperrt gewesen. Daher hatten die beiden Ork-Brüder von der Stadt der Menschen bisher kaum etwas mitbekommen, und auch in der Dunkelheit konnten sie kaum etwas davon sehen. Rammar hatte jedoch den Eindruck, dass die Städte der Menschen mit ihren steinernen Mauern, ihren Fachwerkbauten und spitzen Türmen ohnehin alle gleich aussahen. Zudem verspürte er nicht die geringste Lust, einen Augenblick länger als nur irgend nötig in Sundaril zu verweilen, wo der Tod in der Arena seine einzige Zukunftsaussicht gewesen war.

Die beiden Brüder lenkten ihre Tiere durch die Straßen, Ankluas hinterher, der den Weg genau zu kennen schien. Wie Rammar, der nie zuvor in seinem Leben auf dem Rücken eines Pferdes gesessen hatte, es fertigbrachte, sein Pferd zu dirigieren, wusste er selbst nicht. Irgendwie schien das Tier von sich aus Ankluas' Pferd hinterherzulaufen. Rammar war das nur recht. Ein eigensinniger Bruder genügte ihm vollauf, er brauchte nicht auch noch einen störrischen Gaul.

In den Straßen Sundarils war um diese späte Stunde nicht viel los. Viele der schmalen Gassen, die die Orks passierten, waren menschenleer, nur ab und zu drangen gedämpfte Stimmen aus den Tavernen: hier das Gegröle eines Betrunkenen, dort das helle Gelächter einer Kellnerin. Ansonsten war es still in den Straßen.

Rammar wusste, dass dies nicht immer so gewesen war.

Kibli und Nestor hatte ihm erzählt, dass die Grenzstädte früher geradezu berüchtigt gewesen waren für Laster und Unzucht aller Art: Glücksritter, Söldner, Schmuggler, Mörder und Diebe waren aus allen Himmelsrichtungen gekommen, um in den Tavernen und Bordellen der Stadt ihr Geld zu verprassen. Seit sich die Magistrate der beiden Städte allerdings dem neuen König von Tirgas Lan unterworfen hatten, hatte sich dies grundlegend geändert. Sundaril und Andaril waren von zwielichtigem Volk gesäubert worden, das man kurzerhand nach Tirgas Lan gebracht und dort vor Gericht gestellt hatte – auf diese Weise waren Nestor und Kibli in den Kerker der Königsburg gelangt.

»Wohin dieser verdammte Corwyn auch kommt«, murmelte Rammar, »bringt er alles durcheinander.«

Ankluas drehte sich im Sattel seines Pferdes zu ihm um und flüsterte: »Wie meinst du das?«

»Das wunderbare Chaos hier hat er über Nacht beseitigen lassen«, erklärte Rammar mit leiser Stimme. »Statt Mord und Totschlag herrschten auf einmal Recht und Ordnung, seit der Mensch König ist!«

»Und das gefällt dir nicht?«, fragte Ankluas.

Rammar nickte verdrossen. »Allerdings ist er nicht allein schuld daran«, flüsterte er. »Mehr noch als ihn vermute ich seine Königin Alannah hinter dieser elenden Spaßverderberei.«

»Dann kennst du sie?«

Wieder nickte Rammar und brummte: »Das Elfenweib hat uns beiden wiederholt bewiesen, dass es keinen Funken Humor hat.«

Ankluas bedachte Rammar mit einem undeutbaren Blick, dann wandte er sich wortlos wieder um.

Stadtwachen patrouillierten in den Straßen, um dafür zu sorgen, dass sich jeder an die Gesetze hielt, die der König erlassen hatte und die so vergnügliche Dinge wie Duelle und Prügeleien auf offener Straße bei Strafe untersagten.

Vor den Nachtwächtern mussten sich die drei Flüchtlinge vorsehen – nicht, weil sie nicht mit einem oder zwei der mit

Hellebarden bewaffneten Kerle fertig geworden wären. Aber wenn auch nur einer der Stadtwachen Alarm gab, würde man die Stadttore schließen, und der Weg nach draußen wäre ihnen versperrt.

Ein Vorteil war immerhin, dass die Stadtwachen mit ihren hellen Umhängen und den schimmernden Helmen schon von weitem auszumachen waren; wann immer sich einer von ihnen zeigte, schlug Ankluas sofort eine andere Richtung ein – aber auch er konnte nicht verhindern, dass sie an einer Straßenecke plötzlich heiser angerufen wurden: »Halt! Ihr da, erklärt euch! Wer seid ihr und was treibt ihr zu dieser späten Stunde in den Straßen der Stadt?«

Rammar, die Decke über dem Kopf, stieß eine halblaute Verwünschung aus. Aus einer dunklen Nische trat einer der Stadtwachen, die Hellebarde mit beiden Händen umklammernd.

»Erklärt euch!«, wiederholte er seine Forderung. »Und zwar augenblicklich, ehe ich euch festnehme und in den Kerker werfe! Wer seid ihr und was wollt ihr? Und schlagt gefälligst die Kapuzen zurück, damit ich eure Gesichter sehen kann!«

Das war nun etwas, das die Orks auf gar keinen Fall tun wollten. Reglos hockten sie auf ihren Pferden und warteten ab, was geschehen würde.

»Verdammt, stinkt das hier!«, ereiferte sich der Nachtwächter, als er näher kam. »Sind die Gäule schon tot und verwesen bereits?«

Rammar war klar, dass es der Geruch der Orks war, der den Menschen derart störte, und er erwog, ihm für diese Frechheit den Schädel einzuschlagen. Allerdings war das für den Augenblick wohl keine so gute Idee.

Auch Balbok wurde unruhig. Von so einem dahergelaufenen Milchgesicht beschimpft zu werden, stellte die Selbstbeherrschung des hageren Orks auf eine harte Probe.

Da aber lenkte Ankluas sein Pferd geradewegs auf den Wächter zu.

»Ihr sollt die Kapuzen zurückschlagen, hab ich gesagt!«, wiederholte der Mensch energisch. »Und steigt, verdammt noch mal, von den Gäulen, ehe ich mich vergesse und ...«

Weiter kam er nicht. Mit einer Schnelligkeit, die weder Balbok noch Rammar ihm zugetraut hätten, katapultierte sich Ankluas aus dem Sattel und sprang den Wächter an wie ein hungriges Raubtier. Der Mensch kam nicht mal mehr dazu, seine Hellebarde auf den Ork zu richten. Ehe der Wächter sich's versah, landete die geballte Rechte des Orks mitten in seinem Gesicht. Die Nase des Mannes platzte auf wie eine überreife Frucht. Blut spritzte, und er fiel um wie ein nasser Sack. Einzig seine Hellebarde blieb stehen, denn die hatte Ankluas ihm aus der Hand gerissen, damit sie nicht laut scheppernd zu Boden schlug.

Sorgfältig lehnte er die unhandliche Waffe an die Mauer, dann packte er den Bewusstlosen und schleppte ihn in die Nische zurück, aus der er hervorgetreten war und wo man ihn nicht gleich sehen würde. Danach kehrte der Ork zu seinen staunenden Artgenossen zurück.

»Gut gemacht«, sagte Rammar anerkennend. »Das wird diesem unverschämten Kerl eine Lehre sein. Ich hätte ihm ja selbst Manieren beigebracht, aber ...«

»Ich verstehe schon«, entgegnete Ankluas, während er wieder in den Sattel stieg.

»Warum hast du ihn nicht gleich umgebracht?«, fragte Balbok erstaunt. »Der Skalp des Milchgesichts gehört dir, damit kannst du dich brüsten.«

»*Korr*«, stimmte Rammar zu.

»Ich soll mich damit brüsten, einen *bog-uchg* umgehauen zu haben?« Ankluas schüttelte den Kopf. »Was für ein elender kleiner *shnorsher* wäre ich, würde ich das tun?«

Damit lenkte er sein Pferd an ihnen vorbei. Die beiden

Brüder wechselten unter ihren Kapuzen einen beschämten Blick – so hatten sie die Sache noch nie betrachtet. Ankluas schien in der Tat ein besonderer Ork zu sein. Sie trieben ihre Gäule wieder an und folgten ihm.

Sie ritten durch die dunkle Straße, vorbei an einer Horde Betrunkener, die singend durch die Gassen zog. Die Kerle waren so besoffen, dass sie die Orks keines Blickes würdigen. Schließlich erreichten sie das Osttor der Stadt; an dem trutzigen, von zwei hohen Türmen gesäumten Torhaus standen acht schwer bewaffnete Posten, vier auf jeder Seite.

»Was nun?«, raunte Rammar ihrem einohrigen Führer zu. »Willst du die auch umhauen?«

»Kaum«, gab Ankluas zurück.

»Zusammen schaffen wir diese Schwächlinge«, war Balbok überzeugt. »Nehmt ihr euch die beiden auf der linken Seite vor, ich übernehme den Rest.«

»Tu nicht so, als ob du wüsstest, wo links und wo rechts ist«, wies Rammar ihn zurecht. »Außerdem – hast du dir die Kerle mal angeschaut? Die sind bis an die Zähne bewaffnet und sehen nicht so aus, als ob mit ihnen gut Augäpfel essen wäre.* Wenn die uns in einen längeren Kampf verwickeln, und Verstärkung eilt herbei, ist unsere Flucht zu Ende, noch bevor sie richtig begonnen hat.«

»Da hast du recht«, stimmte Ankluas ihm zu – und dirigierte sein Pferd aus der dunklen Gasse und hinaus auf den freien Platz vor dem Tor, wo ihn die Wächter schon von weitem sehen konnten.

»Bist du übergeschnappt?«, zischte Rammar ihm hinterher. »Was machst du denn …?«

»Beim donnernden Kurul, der hat wirklich Mut«, meinte Balbok bewundernd. Seine Axt hatte er schon in der Klaue

---

* orkische Redensart

und war drauf und dran, hinter Ankluas herzureiten. »Los, wir müssen ihm beistehen!«

»Einen *shnorsh* müssen wir«, widersprach Rammar. »Wenn sich dieser *umbal* unbedingt umbringen lassen will, soll er. Wir werden so lange hier bleiben und warten.«

»Aber, beim donnernden Kurul …«

»Du kannst dir deinen donnernden Kurul sonst wo hinstecken«, unterbrach Rammar ihn barsch. »Wir bleiben hier und warten, und damit Schluss!«

Obwohl es Balbok widerstrebte zu gehorchen, hielt er sich dennoch zurück, weil er den Zorn seines Bruders ungleich mehr fürchtete, als vor Ankluas als *goultor* dazustehen. Gebannt warteten die beiden Brüder und schauten zu, wie Ankluas sich den Wachen näherte. Natürlich sahen die Milchgesichter ihn kommen, und natürlich streckten sie ihm feindselig ihre Speere und Hellebarden entgegen; der Hauptmann des Wachtrupps zückte gar sein Schwert.

»Halt! Wer bist du und was willst du? Erkläre dich …«

Rammar und Balbok hielten den Atem an, rechneten damit, dass jeden Augenblick ein wüstes Gemetzel losbrechen würde. Stattdessen geschah etwas, womit die Orks nie und nimmer gerechnet hatten: Ankluas beugte sich zu dem Hauptmann hinab und wechselte einige Worte mit ihm – und zu Rammars und Balboks größter Verblüffung begann der Mensch daraufhin schallend zu lachen.

Die Ork-Brüder wechselten einen ratlosen Blick, während sie sich fragten, ob der Mensch den Verstand verloren hatte. Als dann auch noch die übrigen Wachen in das Gelächter einfielen, waren Rammar und Balbok vollends der Ansicht, dass die Milchgesichter verrückt geworden waren.

Ohne Ankluas auch nur im Geringsten zu behelligen, ließen sie ihn zu seinen Gefährten zurückkehren – mehr noch, der Hauptmann der Wache wies seine Untergebenen an, das Fallgitter zu heben und das Tor zu öffnen, damit Ankluas und seine Gefährten die Stadt verlassen konnten. Mit einem breiten Grinsen im Gesicht forderte Ankluas die beiden Ork-Brüder auf, ihm zu folgen, worauf Rammar und Balbok zögernd ihre Gäule antrieben und dem offenen Tor entgegentrabten.

Die Wachen hatten inzwischen aufgehört zu lachen, aber es war ihnen anzusehen, dass sie sich nur mühsam beherrschten. Unter der Decke, die er sich übergeworfen hatte, hielt Balbok die Axt umklammert, und auch Rammar hatte seinen *saparak* parat für den Fall, dass die Milchgesichter sie nur täuschten und plötzlich angriffen. Aber die Wachen machten keinerlei Anstalten, sie am Verlassen der Stadt zu hindern, und so ritten die Orks unbehelligt durch Sundarils Osttor.

Offenes Hügelland, dessen Gras sich sanft im Nachtwind wiegte und vom silbrigen Mondlicht beschienen wurde, erwartete sie auf der anderen Seite des Stadttors.

Kaum hatten die Orks das Tor passiert, verloren die Wachen hinter ihnen jegliche Beherrschung und begannen erneut lauthals zu lachen, worauf Rammar sich nicht länger zurückhalten konnte.

»Verdammt!«, beschwerte er sich bei Ankluas. »Worüber lachen diese *umbal'hai*?«

»Wer weiß?« Ankluas zuckte mit den breiten Schultern.

»Wie hast du das gemacht? Ich meine, was hast du ihnen gesagt? Wieso haben sie uns so einfach durchgelassen?«

»Das ist mein Geheimnis«, erklärte Ankluas und gebrauchte dabei nicht das Wort *domhor*, das in der Sprache der Orks ein Geheimnis allgemeiner Natur kennzeichnet, sondern *sochgor*, womit er dem Fragenden zu verstehen gab, dass er es auf gar keinen Fall preisgeben würde. Wer sich weiter danach erkundigte, musste mit ernsten Folgen für Leib und Leben rechnen, und darauf war Rammar ganz und gar nicht erpicht.

Lieber trieb er sein Pferd zur Eile an, die Häuser und

Türme Andarils blieben allmählich hinter ihnen zurück, und erstmals nach Orthmar von Bruchsteins schändlichem Verrat und der Gefangennahme durch Muril Ganzwar schnupperten die Orks wieder Freiheit.

Nachdem sie eine Weile geritten waren, zügelten sie in einer Senke die Pferde.

Während Ankluas und Balbok mit dem Reiten keine Probleme zu haben schienen, kam sich Rammar schon nach den ersten Meilen wie gerädert vor. Nur mit Mühe hatte sich der dicke Ork im Sattel gehalten und es geschafft, nicht seitlich vom Gaul zu fallen. Am schlimmsten aber tat ihm der *asar* weh, der bei jedem Schritt des Pferdes hart auf den Sattel klatschte.

»Ich hätte es wissen müssen!«, maulte er drauflos. »Niemals hätte ich mich von dir dazu überreden lassen dürfen, dieses verdammte Vieh zu besteigen!«

»Hör auf, dich zu beschweren«, hielt Ankluas dagegen und grinste ihn an. »Wir haben es geschafft! Die Flucht aus Sundaril ist uns gelungen, und das habe ich nur euch zu verdanken.«

»Uns? Wieso?« Balbok machte große Augen – so wie er das sah, hatte Ankluas seinen Bruder und ihn befreit und nicht umgekehrt.

»Halts Maul, *umbal*!«, zischte Rammar. »Wenn Ankluas sagt, dass er uns seine erfolgreiche Flucht verdankt, dann wird es auch so sein. Schließlich sind wir nicht von ungefähr die ungeschlagenen Champions der Arena von Sundaril, nicht wahr?«

»*Korr*«, stimmte Ankluas zu, noch ehe Balbok etwas einwenden konnte, »und nachdem ihr euren Teil der Abmachung erfüllt habt, will ich nun meinen erfüllen und euch bei eurer Rache helfen.«

»Von Bruchstein«, knurrte Rammar voller Hass und Abscheu. »Ich will diesen miesen kleinen Verräter haben, um jeden Preis. Ich werde ihn zweiteilen, ihn zerstampfen und was weiß ich noch alles. Bezahlen soll dieser kleine *shnorsher* für das, was er uns angetan hat!«

»*Korr*«, stimmte Balbok erbittert zu.

»Und ich will euch dabei nach Kräften unterstützen«, versprach Ankluas. »Wo finden wir diesen von Bruchstein?«

»Er ist nach Osten gegangen«, antwortete Rammar, »nach Kal Asar.«

»Anar«, verbesserte Balbok.

»Mir egal«, knurrte Rammar. »Aber dort werden wir ihn finden.«

»Dann ist Kal Anar unser Ziel«, sagte Ankluas mit fester Stimme. »Kennt ihr den Weg?«

»Nicht direkt. Der Zwerg hätte ihn uns zeigen sollen.«

»Dann werde ich euch führen«, erklärte Ankluas kurzerhand. »Ich bin schon einmal in Kal Anar gewesen.«

»Wirklich?«, fragte Balbok erstaunt, und auch Rammar blickte verblüfft.

»Ist lange her.« Ankluas machte eine wegwerfende Klauenbewegung. »Damals hatte ich noch beide Ohren.«

»Und?«, wollte Balbok wissen. »Ist es weit bis Kal Anar?«

»Weit«, bestätigte Ankluas, »und ziemlich gefährlich. Zuerst führt der Weg durch das Hügelland der Menschen, dann durch das trügerische Hammermoor und schließlich durch die Gefilde der Smaragdwälder, wo es vor fremdartigen Kreaturen nur so wimmelt.«

»Wenn schon.« Rammar, der nur halb zugehört und die Sache mit den fremdartigen Kreaturen nicht richtig mitbekommen hatte, nickte grimmig. »Wenn wir mit von Bruchstein fertig sind, wird ihm mehr fehlen als nur ein Ohr, das verspreche ich euch.«

»*Korr*«, stimmte Balbok nicht weniger entschlossen zu. »Das ist der richtige Zeitpunkt.«

»Der richtige Zeitpunkt?«, wiederholte Rammar. »Wofür?«

»Für unseren Racheschwur«, brachte Balbok in Erinnerung. »Damit er gilt, muss er mit Blut besiegelt werden, das wisst ihr doch. Jetzt endlich können wir so schwören, wie es sich für Orks aus echtem Tod und Horn gehört.«

Rammar versteifte in seinem Sattel und wäre fast vom Pferd gekippt. Er verwünschte seinen dämlichen Bruder und suchte zugleich verzweifelt nach einer Ausrede, den Schwur nicht leisten zu müssen, ohne sich vor Ankluas lächerlich zu machen – doch dieser kam ihm zuvor.

»Soweit es mich betrifft, brauche ich meinen Schwur nicht mehr zu besiegeln«, sagte der Einohrige rasch. »Ich sagte, dass ich euch helfen werde, also tue ich das auch – oder zweifelst du an meinem Wort, Schmalhans?«

»*Douk*«, beeilte sich Balbok zu versichern, verwundert über die heftige Reaktion des anderen Orks. »Und was ist mit dir, Rammar? Zumindest wir beide könnten doch …«

»*Umbal!*«, fiel Rammar ihm brüsk ins Wort, dem die Vorstellung, sich eines dämlichen Schwures wegen eine Verletzung zuzufügen, überhaupt nicht gefiel. »Wir beide brauchen keinen Blutschwur zu leisten, weil in unseren Adern ohnehin der gleiche Saft fließt. Außerdem hat Ankluas völlig recht – oder zweifelst du vielleicht an *meinem* Wort?«

»*Douk*«, verneinte Balbok kleinlaut und eingeschüchtert.

»Unser Schwur gilt auch so«, war Rammar überzeugt. »Von Bruchstein wird bekommen, was er verdient. Die Rache der Orks wird ihn treffen, und dann wird sich dieser hinterlistige kleine Hutzelbart wünschen, nie in diese Welt gespuckt worden zu sein.«

»*Korr*«, bestätigten Balbok und Ankluas wie aus einem Mund, dann trieben die Orks ihre Pferde wieder an, den nächsten Hügel hinauf und nach Osten, immer tiefer hinein ins Reich der Menschen und dem fernen Kal Anar entgegen.

744

Weder dachten Rammar und Balbok an den Auftrag, den Corwyn ihnen erteilt hatte, noch an die Gefahren, auf die sie während ihrer Reise treffen mochten.

Ihre Gedanken kreisten nur noch um die Rache an von Bruchstein, und in ihrer blinden Wut ahnten sie nicht einmal, dass sie erneut getäuscht wurden.

# BUCH 2

## MOROR UR'KAL ANAR

### (DER HERRSCHER VON KAL ANAR)

# 1.

# SAMASHOR UR'OUASH'HAI

Vier Tage oder vielmehr Nächte währte der Ritt der Orks –
Nächte, in denen sie ihre Pferde durch endlos scheinendes
Hügelland lenkten. Nur vereinzelt waren Spuren von Zivilisation auszumachen. Das Ostland befand sich zwar im Besitz der
Menschen – die zahlreichen Clansführer und Adelsfürsten be-
zeichneten ihre Ländereien gern als »Reiche«, doch diese bestanden oft genug aus wenig mehr als einer Burg und einigen
Gehöften drumherum –, dennoch war das Land nur dünn besiedelt. Der größte Teil der Milchgesichter lebte in den Grenzstädten Sundaril und Andaril sowie in den Nordsiedlungen,
von denen Taik, Girnag und Suln die bedeutendsten waren.

So weit nördlich kamen die Orks auf ihrer Reise jedoch
nicht – die Weiße Wüste mit ihrer eisigen Kälte und ihren
Gefahren war Rammar und Balbok noch zu lebhaft in Erinnerung, als dass es sie dorthin gezogen hätte. Zudem war
Orthmar von Bruchstein nach Osten gezogen, und ihm allein galt ihr Interesse.

Da es nur sehr wenige Siedlungen in dieser Gegend gab,
blieben die Orks auf ihrer Reise unentdeckt. Nur von fern
bekamen sie hin und wieder ein Dorf oder eine Burg zu
sehen, und sobald sie irgendwo Menschen erblickten, verbargen sie sich – nicht weil sie die Konfrontation mit den
Milchgesichtern scheuten, sondern weil ihnen die Rache an
dem verräterischen Zwerg wichtiger war als Abwechslung
und Kurzweil auf der Reise.

So hielten sich die drei Orks abseits der Straßen, und in Erinnerung an die Begegnung mit dem Basilisken, die Rammar und Balbok ihrem neuen Gefährten in den grausigsten Farben geschildert hatten, ritten sie meist nur bei Nacht. Tagsüber hielten sie sich unter Felsvorsprüngen oder unter Bäumen verborgen, von denen es im Nordosten nur ein paar karge Exemplare gab.

Nachdem sie vier Nächte geritten waren – Rammars Hintern hatte sich inzwischen, wie er behauptete, in eine einzige harte Hornplatte verwandelt – erreichten sie den Übergang zum Hammermoor. Die Hügel des Nordostens verflachten zusehends und verloren sich in der kargen, von harten Gräsern bewachsenen Ebene, über der sich ein wolkenverhangener Morgenhimmel spannte.

»Und du bist sicher, dass wir da durchmüssen?«, erkundigte sich Rammar missmutig bei Ankluas, während er mit dem *saparak* wedelte, um ein paar lästige Fliegen zu verscheuchen.

»Allerdings. Jenseits des Hammermoors liegen die Smaragdwälder, die im Südosten bis an die Grenzen Kal Anars reichen.«

Rammar nickte grimmig. »Dorthin ist von Bruchstein gegangen. Also ist das auch unsere Richtung.«

»Hammermoor«, murmelte Balbok. »Komischer Name.«

»Er stammt von den Zwergen«, erklärte Ankluas. »Sie glauben, dass der große Urhammer am Anbeginn der Zeit Löcher in das Land geschlagen und es auf diese Weise unpassierbar gemacht hat.«

»Was für ein Schmarren!« Rammar gluckste amüsiert. »Sind die Hutzelbärte wirklich so dämlich, dass sie an so was glauben?«

»Äh ... Rammar?«, meldete sich Balbok zögerlich zu Wort.

»Was willst du?«, schnauzte Rammar.

»Glauben wir Orks denn nicht, dass die Schluchten nördlich des Schwarzgebirges entstanden sind, als Kurul den Dämon Torga abgemurkst hat? Dass er Torgas Gedärme über die Felsen verstreute, wo sie sich in den Stein geätzt haben? Nennen wir die Schluchten nicht deshalb ›Torgas Eingeweide‹?«

»Das ist etwas völlig anderes!«, ereiferte sich Rammar. »Kurul hat Torga *wirklich* erschlagen und seine Innereien über das Gebirge verteilt, sodass sie sich in das Gestein fraßen! Das ist eine überlieferte *Tatsache*! Aber wer glaubt denn, dass ein blöder Hammer riesige Löcher ins Land schlagen kann? Außerdem wirst du uns Orks doch wohl nicht mit diesem niederträchtigen Zwergenpack vergleichen wollen, oder?«

»*Douk*«, versicherte Balbok schnell.

»Die Elfen haben einen anderen Namen für diese Gegend«, sagte Ankluas, als wollte er dem Hageren aus der Klemme helfen. »Sie nennen sie *talath arceif* – Land ohne Boden. Und das trifft es ziemlich genau, das könnt ihr mir glauben.«

»Wieso?«, wollte Rammar wissen.

»Weil das Hammermoor tückisch ist. Was ihr vor euch seht, mag wie fester Grund aussehen, wenn ihr jedoch die Hufe eurer Pferde darauf lenkt, werdet ihr merken, dass es in Wirklichkeit weicher Morast ist, der Ross und Reiter gnadenlos verschlingt, wenn man einen falschen Schritt tut. Schon mancher, der sich in das Hammermoor begeben hat, ist nie wieder herausgekommen.«

»*Shnorsh!*«, knurrte Rammar. »Gibt es denn keinen Weg um das verdammte Gebiet herum?«

Ankluas schüttelte den Kopf. »Im Süden grenzt das Moor an die See, im Norden an die Berge. Um es zu umgehen, müssten wir einen Umweg von mehreren Wochen in Kauf nehmen.«

»So viel Zeit haben wir nicht«, entgegnete Rammar, dem zudem die Vorstellung wenig gefiel, schon wieder über Felsen kraxeln zu müssen. »Von Bruchstein hat ohnehin schon zu viel Vorsprung. Wenn wir ihm noch mehr Zeit lassen, kommt er am Ende noch ungeschoren davon.«

»*Korr*«, stimmte Balbok zu. »Also suchen wir uns ein Versteck und warten bis zum Einbruch der Dunkelheit – dann reiten wir weiter.«

»Das Moor bei Nacht zu durchreiten, wäre eine ausgemachte Dummheit«, wandte Ankluas ein. »Schon bei Tag ist kaum festzustellen, wo sich fester Boden befindet und wo nicht.«

»Und die Schlangenvögel?«, wandte Balbok ein.

»Wir werden den Himmel im Auge behalten müssen«, meinte Ankluas schulterzuckend, und ehe noch einer der Brüder etwas erwidern konnte, lenkte er sein Tier auch schon in die trostlose Weite hinaus.

Rammar und Balbok tauschten einen etwas ratlosen Blick. Dann wollte Balbok sein Pferd wieder antraben lassen, aber Rammar hielt ihn noch zurück. »Sag mal, denkst du eigentlich immer nur an dich selbst? Ist dir nicht klar, dass ich mit großem Abstand der Schwerste von uns bin?«

»Äh – schon, aber ...«

»Wenn der Boden dich und Ankluas trägt, heißt das doch noch lange nicht, dass er auch mich tragen wird«, erklärte Rammar, »und wenn ich hinter euch versinke, merkt ihr *umbal'hai* das vielleicht nicht. Also reite gefälligst hinter mir, verstanden?«

Mit einem wütenden Schnauben stieß der dicke Ork seinem Pferd die Fersen in die Flanken, worauf sich sein gedrungenes Tier in Bewegung setzte und Ankluas hinterhertrabte. Mit Argusaugen beobachtete Rammar dabei seinen Vorderork, um sein Pferd sofort zum Stehen zu bringen, falls dieser im Moor versank.

Eine endlos scheinende Weile ritten sie so: Ankluas an der Spitze, Rammar in der Mitte und Balbok einmal mehr am Ende des kleinen Zugs. Dunstschleier legten sich über das Moor, je später es wurde, und die Orks sahen ringsum nichts als trostlose graue Weite, in der hin und wieder vereinzelte Grasflecken auftauchten.

Die Strahlen der Sonne drangen nicht durch die dichte Wolkendecke, dennoch hatte Rammar das Gefühl, dass es mit jedem Augenblick, der verstrich, heißer wurde und auch feuchter. Der dicke Ork begann zu schwitzen, und je mehr er schwitzte, desto mehr Moskitos umschwirrten ihn. Unentwegt surrten sie um ihn herum, während er wütend nach ihnen drosch und sich dabei mehr als einmal selbst mit der Faust ins Gesicht schlug. Balbok und Ankluas hingegen schienen von den Biestern verschont zu bleiben, was Rammar nur noch wütender machte.

Gegen Mittag legten die Orks eine Rast ein. Proviant, den sie verzehren konnten, hatten sie kaum noch; in den Satteltaschen der Pferde aus Sundaril hatten sich einige Rationen befunden, und zusätzlich hatten sie sich über eine Kuh hergemacht, die sie einsam und unbewacht auf einer Weide entdeckt hatten (und deren Fleisch ziemlich zäh gewesen war); inzwischen waren diese Vorräte jedoch aufgezehrt, sodass den Orks der Magen bis zu den Knien hing. Immerhin fanden sie ein Wasserloch, an dem sie ihren Durst löschen konnten. Die trübe Brühe, die Balbok und Rammar geräuschvoll schlürften, schmeckte herrlich brackig und faulig.

»Was ist mit dir?«, erkundigte sich Rammar bei Ankluas. »Willst du nicht auch saufen?«

Ankluas verzog das Gesicht. »Diese Jauche?«

»Sie hält uns am Leben«, entgegnete Rammar grinsend. »Außerdem schwappt in der Brühe so einiges schmackhafte Kleinzeug, sogar ein paar leckere Fliegenlarven.«

»Schön für dich.« Der Einohrige lächelte schwach, schien

aber keinen Durst zu haben, woraufhin ihn Balbok mit einem prüfenden Blick bedachte.

»Was hast du?«, wollte Ankluas wissen.

»Nichts.« Balbok griff bedächtig nach seiner Axt. »Ich frage mich nur, ob du der bist, für den du dich ausgibst.«

»Was meinst du damit?«, fragte Ankluas schnell.

»Hör nicht auf ihn«, wiegelte Rammar ab. »Balbok hat nur ein paar schlechte Erfahrungen gemacht, das ist alles.«

»Erfahrungen? Womit?«

»Als wir vor einiger Zeit in den Nordsümpfen unterwegs waren, hatten wir es mit Ghulen zu tun, die bekanntlich ihre Gestalt verändern können«, erklärte Rammar. »Einer von ihnen hatte Balboks Aussehen angenommen, ein zweiter hatte die bodenlose Frechheit, mich nachzuäffen. Wir haben sie natürlich entlarvt und ihnen den Garaus gemacht, aber mein dämlicher Bruder glaubt jetzt offenbar, du wärst ebenfalls nicht das, was du zu sein vorgibst. Daran kannst du sehen, wie beschränkt er ist.«

Ankluas' Gesicht zeigte einen Ausdruck, den Balbok nicht richtig einzuschätzen wusste, den Rammar aber für Erstaunen hielt. Im nächsten Moment brach der Einohrige in schallendes Gelächter aus, und Rammar fiel mit ein, schadenfroh auf seinen Bruder deutend. Einen Augenblick stand Balbok unentschlossen, die Axt in den Klauen, und wusste nicht, was er tun oder sagen sollte.

»War nur Spaß«, behauptete er schließlich ein wenig hilflos und beteiligte sich an der allgemeinen Heiterkeit. Dass ihr Gelächter weithin zu hören war, daran dachten die Orks nicht – als einen Herzschlag später jedoch ein durchdringendes Kreischen über dem Moor zu hören war, verstummten sie augenblicklich.

»Was war das?«, fragte Ankluas erschrocken.

Rammar und Balbok wechselten einen furchtsamen Blick. Sie erinnerten sich noch sehr gut an diesen Schrei, der durch

Mark und Bein ging und sich selbst in den spitzen Ohren eines Ork ziemlich schrecklich anhörte.

»*Uchl-bhuurz*«, erwiderte Rammar tonlos. »Ein verdammter Basilisk ...«

Auf das Schlimmste gefasst blickten die drei Orks hinauf zum grauen Himmel. Zunächst konnten sie dort nichts ausmachen, aber nachdem erneut ein durchdringender Schrei erklungen war, noch lauter und näher diesmal, schälten sich plötzlich die Formen eines riesigen bizarren Vogels aus den Wolken.

Die weiten ledrigen Flügel des Wesens glichen denen einer Fledermaus, dazwischen ringelte sich ein Körper, dessen untere Hälfte einer Schlange glich, während der schwarz gefiederte Rest wie der eines riesigen Raubvogels aussah. Der mörderische Schnabel des Ungeheuers war weit aufgerissen, sodass die gespaltene Zunge zu sehen war, die Augen der Bestie waren suchend auf den Boden gerichtet – und der geflügelte Schrecken hielt direkt auf die Orks zu!

»Verdammt!«, stieß Rammar hervor. »Das Biest wird uns jeden Augenblick entdecken! Was jetzt?«

»Wir kämpfen!«, verkündete Balbok wild entschlossen und hob die Axt.

Da erklang ein weiterer Schrei – und zum Entsetzen der Orks stieß eine zweite geflügelte Schlange aus dem dunstigen Grau der Wolken, um mit ausgebreiteten Schwingen dicht über dem Boden hinwegzugleiten. Und als wäre das noch nicht genug, tauchte im nächsten Augenblick noch ein dritter Basilisk auf, der die feuchte Luft mit wuchtigen Schlägen geißelte.

Mit ihren grässlichen Schreien schienen sich die Kreaturen zu verständigen, denn sie schwenkten auf einmal in dieselbe Richtung ein – auf die drei Orks zu!

»Es sind drei«, hauchte Rammar entsetzt, »und sie haben uns entdeckt!«

»Das glaube ich nicht«, widersprach Ankluas. »Dann würden sie ausschwärmen, um keinen von uns entkommen zu lassen!«

»Die sollen nur kommen«, knurrte Balbok. Das eine Auge hatte er zusammengekniffen, mit dem anderen taxierte er die herannahenden Kreaturen mit grimmigem Blick.

»Bist du verrückt?«, zischte Rammar. »Hast du vergessen, dass wir bei der Begegnung mit nur einem Basilisken fast draufgegangen wären? Gegen eins dieser Viecher haben wir mit Mühe und Not bestehen können – drei davon werden uns den *asar* aufreißen, das steht fest.«

»Du hast recht«, war Ankluas überzeugt. »Wir müssen verschwinden.«

»Verschwinden?«, rief Rammar. »Wohin?«

»Wir verteilen uns, machen uns in verschiedene Richtungen davon – auf diese Weise gehen wir wenigstens nicht alle drauf, wenn uns die Biester entdecken.«

Rammar verzog das Gesicht. »Schöner Trost.«

»Beschmiert euch mit Schlamm und buddelt euch darin ein, damit euch die Biester nicht sehen!«, wies der Einohrige sie an. Er klatschte sich selbst eine Klaue voll Moorerde ins Gesicht, dann fuhr er herum und huschte davon.

Rammar, dem der Gedanke überhaupt nicht gefiel, einsam und allein im Dreck zu liegen und darauf zu warten, dass er von einer der fliegenden Schlangen zerrissen und gefressen wurde, wollte etwas einwenden, aber Ankluas war bereits in den Dunstschwaden verschwunden, und als sich der dicke Ork zu seinem Bruder umwandte, war auch von diesem nichts mehr zu sehen.

»Balbok ...?«

Die einzige Antwort, die Rammar erhielt, war ein erneutes Kreischen, das die Luft über dem Moor erzittern ließ, und mit einem erschrockenen Blick zum Himmel stellte er fest, dass die drei Basilisken bereits sehr nah heran waren; möglicherweise konnten sie ihn bereits sehen ...

Rammar überlegte nicht mehr lange, sondern hetzte einige Schritte weit, sprang mit erstaunlicher Behändigkeit über ein paar Grasbüschel – und warf sich bäuchlings in den Schlamm. Indem er die Schnauze tief hineinsteckte und sich anschließend wie ein Schwein darin suhlte, schaffte er es im Handumdrehen, dass er kaum noch von dem feuchtbraunen Untergrund zu unterscheiden war, wäre da nicht das blinzelnde gelbe Augenpaar gewesen, das wieder furchtsam zum Himmel blickte – und das sich vor Entsetzen weitete, als die Basilisken unter grässlichem Kreischen heranflatterten.

Im ersten Moment glaubte Rammar schon, er wäre entdeckt worden. Der jähe Drang, aufzuspringen und davonzulaufen, überkam ihn, aber er hielt still und blieb reglos liegen, tat einfach so, als wäre er ein (allerdings ziemlich großer) Erdhaufen. Zudem schloss er die Augen, damit er nicht wieder in vorübergehende Starre verfiel, wenn er ins Antlitz eines der Basilisken blickte.

Dann hörte Rammar die grässlichen Schreie der Untiere direkt über sich, und er musste alle Beherrschung aufwenden, um nicht seinerseits einen kreischenden Laut auszustoßen, denn zu seinem maßlosen Entsetzen flogen die mörderischen Kreaturen in nur wenigen *knum'hai* Höhe über ihn hinweg.

Rammar glaubte, sein letztes Stündlein hätte geschlagen, und einmal mehr lief die beschämend kurze Ansammlung großer und mutiger Taten, die er in seinem Leben vollbracht hatte, vor seinem geistigen Auge ab. Er erwartete, dass sich jeden Moment der Hakenschnabel einer der Bestien in seinen Wanst graben oder sich einer der Schlangenschwänze um seinen Hals winden und ihn in die Höhe reißen würde.

Weder das eine noch das andere geschah – dafür waren plötzlich andere grässliche Laute zu hören. Zunächst ein trompetendes Wiehern, dann ein markiges Knacken und schließlich ein klatschender Aufschlag.

Die Pferde!, schoss es Rammar durch den klobigen Schädel. Die Basilisken hatten nicht ihn entdeckt, sondern die Pferde gesehen!

Jähe Hoffnung schöpfend, wagte er es sogar zu blinzeln, um zu sehen, was geschehen war.

Tatsächlich.

Jeder der Schlangenvögel hatte sich auf eines der Reittiere gestürzt, und obwohl Rammar für die Gäule nicht viel übrig hatte, drehte sich ihm fast der Magen um, als er sah, was den Tieren widerfuhr. Eines der Pferde – es war Balboks Hengst – war in die Luft gerissen und zu Boden geschmettert worden, wo es laut wiehernd mit den Hufen um sich schlug, während ihm eine der Schlangenkreaturen mit dem grässlichen Schnabel die Gedärme aus dem Bauch riss. Ankluas' Pferd wurde von dem zweiten Basilisken der Kopf abgebissen, dann stürzte sich das Ungeheuer auf Rammars stämmigen Gaul, den sich bereits die dritte Schlangenkreatur als Beute ausgesucht und seine Krallen in den Hals und in die Brust des Pferdes geschlagen hatte. Der andere Basilisk verbiss sich im Hinterteil des Pferdes, und beide schlugen wild mit den Flügeln, zerrten in entgegengesetzte Richtungen – und rissen das Pferd in der Mitte auseinander.

Rammar wurde speiübel, als er sah, wie die Innereien des Tiers in den Morast klatschten. Ein letztes heiseres Wiehern, dann kehrte tödliche Stille ein – eine Stille, die der dicke Ork beinahe als noch schlimmer und bedrohlicher empfand als das panische Wiehern und die schrecklichen Laute zuvor.

Rammar lag unbewegt im Morast und wagte kaum zu atmen. Aus dem Augenwinkel konnte er die Basilisken sehen. Zwei von ihnen waren gelandet und thronten über den dampfenden Kadavern, der dritte kreiste wieder in der Luft. Schaudernd stellte Rammar fest, dass sich keine der Schlangenkreaturen am Fleisch der Beute gütig tat. Sie hatten die

Pferde nicht gerissen, um sie zu fressen, sondern aus purer Lust am Töten. Oder vielleicht auch aus Wut darüber, dass sie nicht gefunden hatten, wonach sie eigentlich suchten. Was diese Bestien mit den drei Orks anstellen würden, wenn sie diese vor die Schnäbel bekamen, darüber wollte Rammar lieber nicht nachdenken.

Er schloss die Augen und blieb liegen, hoffend, dass die Basilisken, wenn sie schon einen der Orks entdeckten, nicht ausgerechnet ihn fanden. Ankluas aber brauchte er, wenn er aus dem Hammermoor wieder herausfinden wollte. Blieb also nur Balbok – Rammar war sicher, dass dieser dafür Verständnis aufbringen würde, wenn sein Bruder ihm unter diesen Umständen nicht zu Hilfe kam.

Wie Espenlaub zitternd lag Rammar im Morast und lauschte – aber alles blieb still.

Nicht nur die Pferde, auch die Basilisken waren nicht mehr zu hören, und als der dicke Ork nach einer endlos scheinenden Weile wieder einen Blick riskierte, stellte er fest, dass die Bestien verschwunden waren. Die Kadaver der Reittiere hatten sie zurückgelassen.

Zuerst wagte es Rammar kaum, sich zu rühren. Dann hob er zaghaft den Kopf, um sich weiter umzuschauen – von den Ungeheuern war tatsächlich nichts mehr zu sehen.

Endlich gönnte sich der Ork ein erleichtertes Seufzen, während er sich in Gedanken zu seiner Tapferkeit und seinem besonnenen Handeln beglückwünschte. Nur seiner Beherrschung und seiner Geistesgegenwart war es zu verdanken, dass die Basilisken nicht auf ihn und seine Gefährten aufmerksam gewor...

In dem Moment, als Rammar sich aufrichten wollte, merkte er, dass etwas nicht stimmte. Sein Wanst, mit dem er sich förmlich in den Boden gewühlt hatte, schien irgendwie ... *festzustecken*, und so sehr sich der Ork auch mühte, er bekam ihn nicht mehr frei.

»Bei Kuruls Donner!«, wetterte er. »Was ist denn los? So viel hab ich in letzter Zeit doch gar nicht gefressen …«

Er unternahm einen neuerlichen Versuch, der allerdings nichts brachte – und nicht nur das: Auf einmal hatte Rammar das Gefühl, dass auch seine Arme und Beine irgendwie mit dem Boden verschmolzen waren. Endlich begriff er: Auf seiner wilden Flucht vor den Basilisken war er versehentlich ins Moor gesprungen, das ihn unbarmherzig zu verschlingen drohte.

Rammar gab eine Verwünschung von sich und bewegte wild Armen und Beinen. Dadurch brachte er sich jedoch nur noch mehr in Schwierigkeiten, denn mit jeder Bewegung versank er tiefer. Solange er reglos gelegen hatte, war er sozusagen obenauf geschwommen – nun jedoch kroch der Morast kalt und klamm an ihm empor.

In seiner Not hätte Rammar am liebsten laut um Hilfe gerufen, aber das wagte er nicht aus Furcht, die Basilisken könnten ihn hören und zurückkommen – und vor den Schlangenkreaturen fürchtete er sich noch mehr, als auf Nimmerwiedersehen im Moor zu versinken.

»*Shnorsh*«, knurrte Rammar leise.

Balbok hatte es gut erwischt.

Seinen orkischen Instinkten vertrauend, hatte er sich ein Stück weit in die Dunstschwaden geflüchtet und sich dann hinter einer Ansammlung hoher Grasbüschel in Deckung geworfen. Anschließend hatte er Ankluas' Ratschlag befolgt und sich mit Moorerde getarnt, die er sich ins Gesicht und über die Arme geschmiert hatte. Er war gerade noch damit fertig geworden, ehe sich die Schlangenvögel auf die Pferde gestürzt hatten.

Bäuchlings in seinem Versteck liegend, hatte Balbok zwischen den Grashalmen hindurchgespäht und alles genau beobachtet. Nachdem sie die Pferde zerfetzt und eine Riesensauerei angerichtet hatten, hatten sich die Basilisken wieder in die Lüfte geschwungen und waren im grauen Dunst verschwunden – und Balbok atmete auf. Zwar hatte er seine Axt bei sich und hätte seine Haut notfalls so teuer wie möglich verkauft, aber nachdem er bereits einmal gegen einen Basilisken gekämpft hatte, war sogar ihm ziemlich klar, wie der Kampf gegen drei dieser Biester ausgegangen wäre.

Er wartete noch einige Augenblicke, um ganz sicher zu sein, dass die Bestien wirklich fort waren, dann erhob er sich und ging dorthin zurück, wo er seine Gefährten verlassen hatte und die Kadaver der Pferde verstreut lagen. Ankluas kam ihm entgegen.

»Pfff«, machte Balbok, »das war knapp.«

»Kann man wohl sagen«, bestätigte Ankluas und nickte. »Wo ist dein Bruder?«

»Weiß nicht.« Der Hagere blickte sich um, konnte Rammar jedoch nirgends entdecken. »Wo er nur stecken mag?«

Balbok legte die Stirn in Falten und dachte nach. Er erinnerte sich gesehen zu haben, wie die Schlangen Rammars Pferd – im wahrsten Sinn des Wortes – in der Luft zerrissen hatten, aber soweit er sich entsann, hatte Rammar nicht darauf gesessen. Sein Bruder musste den Angriff der Basilisken also unbeschadet überstanden haben. Aber wo war er?

Balbok holte tief Luft, um nach Rammar zu rufen, aber Ankluas' Klaue schoss heran und versiegelte ihm den Mund. »Nein«, sagte der Einohrige beschwörend. »Die Basilisken könnten dich hören und zurückkommen. Wir müssen deinen Bruder suchen. Geh du in diese Richtung, ich werde mir die andere vornehmen.«

»*Korr*«, stimmte Balbok zu, und die beiden stapften los, um nach Rammar Ausschau zu halten.

Suchend blickte sich Balbok um, aber er entdeckte nichts als braune Erde und gelbe Grasbüschel. Weit und breit keine Spur von Rammar. Vorsichtig ging Balbok weiter.

»*Umbal!*«, schimpfte plötzlich eine vertraute Stimme dicht vor ihm. »Noch einen Schritt weiter, und du versinkst bis zu deinem verlausten Skalp im Dreck.«

Balbok blieb jäh stehen und blickte sich verblüfft um. Er war sicher, dass es Rammars Stimme gewesen war, die er gehört hatte – aber woher war sie gekommen?

Der hagere Ork merkte, wie sich seine Nackenborsten sträubten. Übersinnliche Dinge waren seiner Rasse gleichermaßen verdächtig wie verhasst – und eine körperlose Stimme, die zu ihm sprach, gehörte ganz sicher dazu.

»R-Rammar«, flüsterte Balbok ängstlich. »B-bist du es, Bruder?«

»Wer soll es denn sonst sein, du dämlicher Kerl?«

»A-aber wo bist du? Haben die Basilisken dich gefressen? Oder haben dich doch die Ghule geholt? Bist du ein Geist und ...?«

»*Darr malash!* Das kommt davon, weil du so ein langes Elend bist! Schau gefälligst nach unten! Hier bin ich, du verdammter Schwachkopf!«

Von den Beschimpfungen seines Bruders genötigt, nahm Balbok den Boden zu seinen Füßen in Augenschein. Zunächst konnte er auch dort nichts Auffälliges entdecken – dann jedoch sah er, dass ihn aus dem feucht glänzenden Morast ein gelbes Augenpaar in unverhohlenem Ärger anblitzte. Die Augen starrten aus einem unförmigen Erdbatzen, in dem man – allerdings nur mit viel gutem Willen – Rammars Kopf erkennen konnte.

»Bruder!« Balboks Entsetzen war echt. »Wer hat dich so zugerichtet? Wenn ich den Kerl erwische, der dir hinterrücks den Kopf abgeschlagen hat ...«

»Blöder Sack! Mein Kopf sitzt auf meinen Schultern!«, maulte Rammar.

»Echt?« Balboks Blick verriet Zweifel. »Aber wie kommt es dann, dass er am Boden ...?«

»Ich bin ins Moor geraten und versinke, du nichtsnutziger, Maden fressender, krummbeiniger Trottel! Also unternimm gefälligst etwas und zieh mich raus, ehe ich ganz verschwunden bin und du nur noch um mich trauern kannst!«

»Wieso trauern?«, fragte Balbok.

»Was willst du damit sagen?«

»Nun, ich …«

»Du widerwärtiger Bruderschänder! Wahrscheinlich würdest du tatenlos zusehen, wie ich draufgehe, und dabei noch den *knomh-kur**\* tanzen, was? Jetzt sieh zu, dass du mich aus der *shnorsh* ziehst, ehe ich mich vergesse und … und …« Rammar verstummte, weil ihm klar wurde, dass jede Drohung ziemlich nutzlos war, solange er bis zum Hals feststeckte.

Einen Augenblick lang tat Balbok so, als müsste er sich die Sache überlegen – dann jedoch drehte er seine Axt herum, sodass er das Blatt in den Händen hielt, und streckte Rammar das Ende des Schafts entgegen. »Hier, nimm!«, rief er seinem Bruder zu, dem es mit Mühe gelang, einen Arm aus dem zähflüssigen Morast zu heben und sich an der Axt festzuklammern.

Balbok zog mit aller Kraft, und als das nichts nutzte, stemmte er sich mit dem ganzen Gewicht seines hageren Körpers gegen das seines Bruders, aber auch dies brachte nichts; Rammar regte sich keinen Fingerbreit.

»Was ist, du fauler Hund?«, schalt der Dicke seinen Bruder. »Streng dich gefälligst an!«

Balbok biss die Zähne zusammen und gab sein Bestes, aber das einzige Ergebnis war, dass Rammar noch ein Stück tiefer einsank und ein gurgelndes Geräusch von sich gab, als er eine Ladung Moorerde verschluckte.

»Oje«, entfuhr es Balbok.

---

\* wörtl. »Knochenverrenker«; bei den Orks beliebter, wilder Tanz

»Was soll das heißen?«, schimpfte Rammar, als er das Maul wieder frei hatte. »*Willst* dich wohl nicht anstrengen, was? Wozu hast du all den *bru-mill* gefressen, wenn dir jetzt die Kräfte fehlen, um mich rauszuziehen?«

»Das ist lange her«, verteidigte sich Balbok, »und seitdem hab ich nichts Anständiges mehr zwischen die Zähne gekriegt.«

»Glaubst du, mir ginge es besser? Ich bin völlig abgemagert!«

»Davon merke ich nichts«, knurrte Balbok halblaut und unternahm einen weiteren Versuch, den fetten Bruder aus dem Moor zu ziehen.

Da kam Ankluas hinzu.

Als er sah, was Rammar widerfahren war, konnte er nicht anders als schallend zu lachen – was der dicke, stets auf seine Würde bedachte Ork ganz und gar nicht komisch fand.

»Wenn du fertig bist, dann hilf meinem nichtsnutzigen Bruder!«, brüllte er, und zwar doppelt so laut wie bisher, damit Ankluas, der ja nur noch ein Ohr hatte, ihn auch verstehen konnte.

»Mit bloßer Körperkraft ist da nichts zu machen«, wusste Ankluas. »Je mehr wir an dir herumzerren und du dich bewegst, desto schneller versinkst du.«

»Großartige Aussichten.« Rammar schnitt eine Grimasse. »Was also schlägst du vor?«

»Wir werden warten, bis du versunken bist, und dich *anschließend* rausziehen.«

»Was? Bist du verrückt?«

»Vertrau mir«, sagte Ankluas, ungeachtet der Tatsache, dass kein Ork einem anderen vertraute, und grinste ihn an.

Rammar beschwerte sich bitter, aber sein Lamento ging in einem erneuten Gurgeln unter, als er noch weiter in die Tiefe sank. Sein Unterkiefer verschwand in der braunen Masse, dann seine Schnauze – und dann ging es blitzschnell.

Noch ein letztes Mal blitzten die kleinen gelben Äuglein ängstlich aus dem Morast, und wenige Herzschläge später zeugten nur noch ein paar blubbernde Blasen davon, dass soeben ein dicker Ork im Hammermoor versunken war.

»U-und jetzt?«, fragte Balbok bang. »Wir werden ihn doch nicht einfach …?«

»Abwarten«, sagte Ankluas. Er ließ sich bäuchlings nieder und kroch bis an den Rand der Moorgrube, steckte seine Rechte in den Morast, rührte suchend darin herum – und packte zu, als er Rammars Schopf zu fassen bekam. Nicht ruckartig, wie Balbok es getan hatte, sondern ruhig und gleichmäßig zog er daran – und tatsächlich tauchte wenig später Rammars schlammbesudelte Fratze wieder auf.

»Das wurde auch Zeit!«, schimpfte Rammar sofort los.

Balbok ließ sich ebenfalls nieder und packte zu, und gemeinsam gelang es ihnen, Rammar Stück für Stück aus der Moorgrube zu ziehen: Sein Kopf tauchte wieder auf, dann sein kugelförmiger Wanst, der sich mit einem satten Schmatzen aus dem Morast löste, und zuletzt die Beine.

Schwer atmend blieben die drei Orks zunächst liegen, einer wie der andere so verdreckt, dass sie weder voneinander noch vom schlammigen Boden zu unterscheiden waren. Irgendwann rafften sie sich wieder auf und streiften sich, so gut es ging, den Morast von Haut und Kleidern. Dennoch waren sie natürlich noch immer über und über mit Schlamm beschmiert, dafür aber ließen die Stechmücken Rammar endlich in Ruhe.

Vorsichtig und darauf bedacht, nicht noch einmal ins Moor zu geraten, kehrten die drei dorthin zurück, wo die Reste ihrer Pferde am Boden verstreut lagen. »Seht euch diese Menscherei an!«, ereiferte sich Rammar. »Was sind das nur für elende Biester? In der ganzen Modermark habe ich so was noch nicht gesehen!«

Ankluas schüttelte den Kopf. »Derartige Kreaturen hat

keiner mehr seit Tausenden von Jahren gesehen. Es heißt, die Basilisken wären längst ausgestorben, zu der Zeit, als die ersten Elfen nach Erdwelt kamen – aber offenbar haben ein paar von ihnen überlebt.«

»Offenbar.« Rammar nickte grimmig. »Fragt sich nur, was sie hier treiben – und wonach sie gesucht haben.«

»Wie meinst du das?«, fragte Ankluas und wurde auf einmal hellhörig.

»Na ja …« Rammar zuckte ein wenig hilflos mit den breiten Schultern. »Es – es könnte sein, dass …«

»Dass was?«, verlangte Ankluas zu wissen.

»Dass die Schlangenviecher hinter uns her sind«, rückte Balbok anstelle seines Bruders mit der Sprache heraus, worauf Rammar ihm einem zornig-warnenden Blick zuwarf; Rammar hatte eigentlich nicht vor, Ankluas in *alles* einzuweihen – schließlich war es für einen Ork nicht gerade schmeichelhaft, in den Diensten eines Menschen zu stehen, selbst wenn der eine Krone trug und der König von Tirgas Lan war. Und von dem Schatz sollte Ankluas schon gar nichts erfahren …

»Da ist also noch mehr an der Sache dran, nicht wahr?«, hakte Ankluas sofort nach. »Es geht nicht nur um den Zwerg, richtig?«

Der Blick, den Rammar und Balbok daraufhin tauschten, wirkte irgendwie betroffen. Beide waren sie so versessen darauf gewesen, Orthmar von Bruchstein zu erwischen, um ihm den verräterischen Hals umzudrehen, dass sie den eigentlichen Zweck ihrer Reise fast vergessen hatten …

»Wir sollten es ihm sagen, Rammar«, war Balbok überzeugt.

»Hm«, machte Rammar und schüttelte mürrisch den Kopf.

»Er könnte ein wertvoller Verbündeter sein«, fügte Balbok hinzu – und dieses Argument fiel selbst bei Rammar auf fruchtbaren Boden. Er und sein Bruder konnten wirklich jede Unterstützung gebrauchen, denn immerhin wussten sie nicht einmal, welche Gefahren außer den Basilisken sie am Ende ihrer Reise erwarteten ...

»Also schön«, erklärte er sich einverstanden und wandte sich direkt an Ankluas, »aber nichts von dem, was ich dir sage, darfst du jemals weitererzählen, hast du verstanden? Sonst reiße ich dir die Zunge raus und wische den Boden meiner Höhle damit, kapiert?«

»Natürlich«, versicherte Ankluas, und daraufhin schilderte Rammar in knappen Worten, was sich seit ihrer Abreise aus der Modermark zugetragen hatte. Nur die Sache mit dem Elfenschatz, den man ihnen als Belohnung versprochen hatte, überging er geflissentlich. Schließlich – so gut konnte auch Rammar rechnen – blieb weniger übrig, wenn man den Schatz durch drei teilte statt durch zwei ...

Ankluas hörte sich alles an. Weder unterbrach er Rammar noch zeigte er irgendeine Reaktion auf dessen Erzählung. Er schien noch nicht einmal besonders überrascht darüber, dass Rammar und Balbok zwei Orks auf geheimer Mission im Dienste eines Milchgesichts waren.

»*Korr*«, sagte er schließlich nur. »Und diese Basilisken stehen in den Diensten des Herrschers von Kal Anar?«

»Das nehmen wir an«, antwortete Rammar. »Einem der Biester haben wir den Garaus gemacht, wie wir ja schon erzählten, und das war ein verdammt hartes Stück Arbeit. Wenn die einen anschauen – ich kann dir sagen ...«

»Es ist, als würde man innerlich zu Stein werden.« Ankluas nickte wissend. »Man ist nicht mehr in der Lage, sich zu bewegen, geschweige denn sich zu verteidigen.«

»*Korr*, genauso ist es«, bestätigte Rammar. »Aber ... woher weißt du das? Bist du doch schon mal einem solchen Biest begegnet?«

»Nein«, antwortete Ankluas schnell, wobei es in seinen narbigen Zügen seltsam zuckte, »noch nie.«

»Woher weißt du dann …?«

»Ihr habt mir doch erzählt, wie ihr und eure Gefährten gegen den Basilisken gekämpft habt«, erinnerte der Einohrige und wechselte dann das Thema. »Also – ihr habt wirklich ein weit größeres Problem als nur einen verräterischen Zwerg.«

»Unsere Mission ist unwichtig geworden«, widersprach Rammar. »Von Bruchstein ist es, den ich will, dann sehen wir weiter.«

»Und der Schatz?«

Rammars Augen verengten sich zu schmalen Schlitzen. »Ich erinnere mich nicht, etwas von einem Schatz gesagt zu haben«, sagte er lauernd.

Für einen kurzen, wirklich sehr kurzen Moment – oder war es nur eine Täuschung? – verrieten Ankluas' Züge Unsicherheit, dann entgegnete der Einohrige mit fester Stimme: »Jeder weiß von dem Schatz, den die Stadt Kal Anar birgt.«

»Die Stadt Kal Anar?« Erneut blitzte es in Rammars Augen, diesmal jedoch war es unverhohlene Gier. »Ist das dein Ernst?«

»Allerdings.«

Fast hätte man hören können, wie die Gedanken in Rammars Kopf knirschend ineinandergriffen, und auf einmal glaubte er zu wissen, weshalb Corwyn so leichtherzig bereit gewesen war, sich von dem Elfenschatz von Tirgas Lan zu trennen – ganz einfach deshalb, weil er in Kal Anar einen womöglich noch viel größeren Schatz wusste, den er in seinen Besitz bringen wollte. Das hatte sich König Kopfgeldjäger ja fein ausgedacht – aber was, wenn die Orks dabei nicht mitspielten?

Um zu begreifen, dass *zwei* Schätze mehr als einer waren, auch dafür reichten Rammars Rechenkünste, und in den zugigen Windungen seines Gehirns nahm ein verwegener Plan

Gestalt an. Wieso, bei Torgas Eingeweiden, sollte er sich mit *einem* Schatz zufriedengeben, wenn er *zwei* haben konnte?

»*Korr*«, knurrte er und schaute den Einohrigen mit listigem Grinsen an, »wir machen es so: Du hilfst uns, von Bruchstein zu jagen, und im Gegenzug unterstützt du uns bei unserer Mission. Sobald wir den Herrscher von Kal Anar erledigt haben – und das wird ja wohl ein Kinderspiel sein –, schnappen wir uns seinen Schatz, und du kriegst einen Anteil davon. Einverstanden?«

»Einverstanden«, erklärte Ankluas, und zu Rammars Entzücken tat er dies, ohne nach der Größe seines Anteils zu fragen.

»Bleibt nur eine Sache, die wir klären müssten«, wandte Balbok ein.

»Nämlich?«, schnappte Rammar – sein Bruder würde doch wohl nicht so dämlich sein und Ankluas mit dem Rüssel auf sein Versäumnis stoßen?

»Wie wir ohne unsere Pferde weiterkommen«, sagte Balbok.

Rammar atmete innerlich auf.

»Zu Fuß – vorerst«, erwiderte Ankluas. »Einen Tagesmarsch nordöstlich von hier verläuft ein Fluss, der weiter südöstlich die Smaragdwälder durchquert. Wenn wir uns ein Floß bauen, können wir die verlorene Zeit rasch aufholen.«

»Ich bin dabei«, sagte Balbok, dann starrte er gierig die Kadaver der Pferde an. »Aber vorher werden wir uns die Bäuche vollschlagen.«

»Du willst die Pferde fressen?«, rief Ankluas ungläubig.

»*Korr*«, stimmte Rammar zu, »was sonst? Oder hast du was dagegen?«

»*Douk.*« Ankluas schüttelte den Kopf. »Natürlich nicht …«

# 2.

# KUNNART'HAI UR'KOLL

Wie Ankluas angekündigt hatte, erreichten die Orks nach zwei Tagen anstrengenden Marsches tatsächlich den Fluss, der vom Ostgebirge her nach Süden verlief, das Moor durchquerte und schließlich im Dickicht der Wälder verschwand.

In Flussnähe gab es auch mehr Vegetation: Magere Birken säumten das Ufer zu beiden Seiten, sodass die Orks genug Material fanden, um sich ein Floß zu bauen. Das Fällen der Bäume besorgte Balbok, der mit der schweren Ork-Axt nur jeweils einen Streich brauchte, um den Stamm einer Birke durchzuhauen.

Rammar fiel die Aufgabe zu, die gefällten Stämme zum Ufer zu schleppen, wo Ankluas sie mit einem Seil zusammenband, das zu ihrer Ausrüstung gehörte und das sie wie die Satteltaschen ihrer toten Pferde mitgenommen hatten. Auf diese Weise entstand ein ziemlich abenteuerliches Gefährt, das sie alle drei trug, auch wenn das Wasser über die Baumstämme schwappte, nachdem Rammar das Floß bestiegen hatte.

Balbok stand am Heck und Ankluas am Bug, sodass sie das Floß mit langen Holzstangen vom Ufer abstoßen und lenken konnten; Rammar hatte die strikte Anweisung erhalten, seinen *asar* in der Mitte des Floßes zu platzieren und dort sitzen zu bleiben, damit sie nicht kenterten.

Der Strömung folgend, durchquerten die Orks die östlichen Ausläufer des Hammermoors, verfolgt von Schwärmen von Moskitos. Vor allem Rammar, der wie ein fetter Blom auf dem Floß hockte und sich kaum bewegen durfte, litt unter den fortwährenden Attacken der blutdürstigen Biester, die immer noch größer und angriffslustiger zu werden schienen, je weiter die Orks nach Osten vorstießen. Schon bald war Rammars Gesicht von Pusteln übersät und hatte mehr Ähnlichkeit mit dem eines Trolls als mit dem eines Orks, aber immerhin musste er nicht zu Fuß gehen, und wann immer Balbok und Ankluas das Floß ans Ufer lenkten, um eine Rast einzulegen, konnte Rammar die Gelegenheit nutzen, die schmerzenden Stiche mit Moorerde zu kühlen.

Anfangs behielten die Orks den grauen Himmel über ihren Köpfen misstrauisch im Auge aus Sorge darum, dass die Basilisken noch einmal auftauchen würden; keiner der drei hatte Lust, wie die unglücklichen Pferde zu enden. Je weiter sie jedoch nach Südosten gelangten, desto dichter wurde der Baumbewuchs, sodass sie aus der Luft nicht mehr so leicht zu entdecken waren.

Allerdings hatten die Orks solche Bäume noch nie zuvor gesehen, weder zu Hause im Dämmerwald noch in der grünen Wildnis von Trowna, die sie seinerzeit auf der Suche nach Tirgas Lan durchquert hatten. Riesige urtümliche Gewächse, die aussahen, als wären sie aus mehreren Bäumen zusammengewachsen, säumten den Fluss zu beiden Seiten und streckten ihr grünes Blätterdach weit über das Wasser. Teilweise steckten ihre Wurzeln nicht im Boden, sondern wuchsen darüber, sodass es aussah, als würden sie auf dürren knorrigen Beinen ruhen. Dazwischen wucherten riesige Farne und Schachtelhalme, und es gab Pilze und Morcheln, die so groß waren wie ein ausgewachsener Ork.

»Bei Kuruls Flamme!«, stieß Rammar hervor. »Was ist das für ein seltsamer Ort?«

»Dies sind die Smaragdwälder«, erklärte Ankluas. »Den Namen haben ihnen die Zwerge gegeben, die einst herkamen in dem Glauben, auf Schätze von unermesslichem Wert zu stoßen – aber alles, was sie fanden, war Schrecken und Tod.«

»Inwiefern?«, fragte Rammar, dessen kaum vorhandenen Hals ein dicker Kloß hinabwanderte.

»Hofft, dass wir das nicht herausfinden müssen«, entgegnete der Einohrige düster, und weder Rammar noch sein hagerer Bruder wollte nachfragen, wie er das meinte.

Die letzten Flecken Moor verloren sich, während der Wald immer dichter wurde. Das Blätterdach schloss sich schließlich ganz über dem Fluss und wurde so dicht, dass man den Himmel darüber nicht mehr ausmachen konnte. Seltsam grünes Dämmerlicht herrschte unterhalb der Baumkronen und ließ das von Farnen und Fels gesäumte Ufer unheimlich wirken. Selbst das Wasser des Flusses und die Gesichter der Orks schimmerten in fahlem Grün.

Plötzlich ein lang gezogener Schrei und ein Rascheln auf der linken Flussseite. Rammar wandte den Schädel und sah etwas, das unzählige Beine zu haben schien, aber keinen Kopf. Es huschte die Uferböschung hinauf und verkroch sich unter riesigen Farnblättern. Unweit davon tauchte aus dem grünen Wasser ein gezackter breiter Rücken auf, um schon im nächsten Moment wieder zu verschwinden.

»Was, bei Ludars stinkendem Vermächtnis, ist das eben gewesen?«, rief Rammar.

»Wer weiß?« Ankluas zuckte mit den Schultern. »In den Tiefen der Smaragdwälder leben Kreaturen, die so alt sind wie die Welt – und nicht wenige davon trachten arglosen Wanderern nach dem Leben.«

»Warum wurden sie nicht längst ausgerottet?«, beschwerte sich Rammar.

»In der Zeit vor dem Ersten Krieg gab es Pläne, die Territorien östlich der Hügellande zu kolonisieren und urbar zu machen«, erklärte Ankluas. »Die Zwerge gingen voraus, um das Land zu erkunden und nach Gold und Edelsteinen zu suchen, aber kaum einer von ihnen kehrte zurück. Dann erhob sich Margok, und die Elfen hatten andere Sorgen, als sich um neue Kolonien zu kümmern. Erst später wurde das Land im Osten von Menschen besiedelt.«

»Ich verstehe«, knurrte Rammar.

»Sag mal«, fragte Balbok vom Heck des Floßes her, »wie kommt es eigentlich, dass du so viel über Hutzelbärte, Schmalaugen und Milchgesichter weißt? Egal, was man dich fragt, du scheinst immer eine Antwort parat zu ha...«

Der Hagere kam nicht dazu, die Frage zu beenden, denn plötzlich traf etwas das Floß, und nur weil er sich an der langen Ruderstange festklammerte, ging Balbok nicht über Bord. »Was, bei Torgas Eingeweiden ...?«

Die Antwort erfolgte, noch ehe der Ork die Frage ausgesprochen hatte: Unmittelbar neben dem Floß tauchte erneut jener breite, mit einem stacheligen Panzer versehene Rücken auf, der beinahe so lang war wie das Floß. Offenbar hatte dieses Tier – eine an die zwanzig *knum'hai* lange Echse, die sich mit heftigen Schwanzschlägen durchs Wasser bewegte – das Floß gerammt und hielt es für eine lohnenswerte Beute ...

Im nächsten Moment erhob sich auch das Haupt der Bestie aus dem Wasser. Das lange, spitz zulaufende Maul klappte auf und zeigte Reihen mörderischer Zähne. Flusswasser spritzte in die Höhe und gischtete auf die Orks nieder.

»Vorsicht!«, rief Ankluas überflüssigerweise, denn dass das Tier gefährlich war, hatten Rammar und Balbok längst erkannt.

Das Maul der Riesenechse schnappte zu, schlug seitlich ins Floß, und es knackte laut, als sich die Zähne ins Holz gruben. Sofort begann sich das Floß in seine Bestandteile aufzulösen.

»Verdammtes Mistvieh, hau ab!«, empörte sich Rammar und griff nach seinem *saparak* – indem er dies jedoch tat, brachte er das ohnehin schon schlagseitige Floß vollends aus dem Gleichgewicht!

Wo die Echse ins Holz gebissen hatte und mit dem ganzen Gewicht ihres massigen Körpers daran zog, tauchte das Floß unter, und entsprechend stellte sich seine gegenüberliegende Seite auf. Balbok gab einen erschreckten Laut von sich, und diesmal half ihm die Ruderstange wenig – mit einem lauten Aufschrei wurde er ins Wasser geschleudert und versank!

Rammar und Ankluas blieb keine Zeit, sich um ihn zu kümmern, sie hatten genug mit sich selbst zu tun. Während es Ankluas allerdings gelang, sich irgendwo festzuhalten, verlor Rammar den Halt und rutschte über die glitschigen Baumstämme der Echse genau entgegen.

Die Bestie starrte ihn aus kalten Augen an und riss das Maul mit einem zischenden Laut weiter auf, um Rammar gebührend zu empfangen, während es der dicke Ork zumindest schaffte, seine Rutschpartie zu verlangsamen, indem er mit den Beinen strampelte und mit den Fersen gegen das glitsche Holz trommelte, wobei er aussah wie ein auf dem Rücken liegender Käfer.

Die Echse schnappte nach seinen Beinen, und nur weil Rammar so hektisch zappelte, entgingen seine Füße den mörderischen Kiefern.

»Verschwinde!«, rief er in seiner Bedrängnis und bediente sich dabei der Sprache der Menschen, denn die hausten ja ganz in der Nähe, also war's immerhin möglich, dass die Panzerechse deren Sprache besser verstand als das Orkische. »Hau gefälligst ab, hörst du?«

Die Echse scherte sich nicht darum, doch da erinnerte sich Rammar an den *saparak* in seiner Rechten, und als er damit nach dem Tier stocherte, machte das schon eher Eindruck. Für einen kurzen Moment ließ die Echse von ihrer sicher geglaubten Beute ab, worauf sich Rammar von dem gefräßigen Tier wegwälzte – und mit einem erstickten Schrei ins Wasser plumpste!

Nur Ankluas hielt sich noch auf dem Floß, klammerte sich mit beiden Händen fest.

Erneut griff die Echse an, katapultierte sich geradezu aus dem Wasser und landete mit der vorderen Hälfte ihres walzenförmigen Körpers auf dem Floß, worauf dieses wieder waagerecht ins Wasser klatschte. Auch diesmal schaffte es Ankluas irgendwie, sich auf dem Floß zu halten, was schon an ein Wunder grenzte. Gierig schnappte die Echse nach ihm – er wich reaktionsschnell aus und setzte sich zur Wehr, indem er sein Schwert zog und mit der Klinge nach der Echse stach. Es gelang ihm sogar, dem Tier eine Stichwunde beizubringen, die das Ungetüm allerdings noch rasender machte.

Es verfiel in heiseres Gebrüll, warf sein längliches Haupt hin und her – und gab dem Floß damit den Rest. Die Verschnürungen lösten sich, und sowohl Ankluas als auch das vor Wut rasende Reptil fanden sich auf einmal inmitten treibender Baumstämme im Fluss wieder.

Balbok und Rammar befanden sich ganz in der Nähe. Während sich der dicke Ork an ein paar lose Birkenstämme klammerte, weil er wie die meisten seiner Art nicht schwimmen konnte, schien sich Balbok mit Leichtigkeit über Wasser zu halten und glitt mit kräftigen Zügen seiner langen Arme durch die Fluten. Die Strömung war deutlich stärker geworden. Durch den Angriff der Echse waren die Orks abgelenkt gewesen und hatten nicht bemerkt, wie sich der vorhin noch so sanfte Fluss in ein reißendes Gewässer verwandelt hatte. Von fern war auch ein donnerndes Rauschen zu hören.

Noch ehe jedoch Ankluas oder einer der anderen dazu

kam, die richtigen Schlüsse zu ziehen, griff die Echse wieder an. Für einen kurzen Moment war sie untergetaucht, um dann erneut nach oben zu stoßen und wütend nach Rammar zu schnappen.

»Bleib mir bloß von der Pelle, *uchl-bhurz* ...!« Rammar klammerte sich am Stamm fest und versuchte sich die Echse mit strampelnden Beinen vom Leib zu halten. Da er auf Grund seiner Leibesfülle die lohnendste Beute zu sein schien, hatte es das Tier auf ihn abgesehen und an den beiden anderen das Interesse verloren.

Die tödlichen Kiefer des Reptils schnappten nach Rammar und bissen ihm fast ein Bein ab.

Balbok sah, in welcher Bedrängnis sich sein Bruder befand, und verfiel prompt in *saobh* – nicht nur, weil er Rammar retten wollte, sondern auch, weil es ihn reizte, dieser Riesenechse den Garaus zu machen. Gegen Menschen, Trolle, Gnomen und Elfen hatte er gekämpft, aber noch nie gegen eine Panzerechse ...

Trotz der reißenden Strömung und das Donnern, das inzwischen ohrenbetäubend war, ignorierend, schwamm er auf das Reptil zu. Aus dem Augenwinkel sah er, wie Anklaus an ihm vorbeitrieb und sich sein Mund bewegte, weil er ihm etwas zurief, aber Balbok konnte ihn nicht verstehen.

Stattdessen schnappte er nach Luft und tauchte unter. Mit einem Mal umgab ihn Stille. Er konnte Rammars kurze Beine sehen, die panisch das Wasser traten – und erblickte die Echse als dunklen, drohenden Schatten direkt neben seinem Bruder.

Zwischen gefletschten Zähnen stieß Balbok Luftblasen aus – und als der Schwanz der Echse an ihm vorbeiwischte, griff er zu.

Kaum hatte Balbok den Schwanz des Tiers gepackt, begann dieses sich wie irr zu gebärden und seinen Schweif hin und her zu schleudern. Balbok klammerte sich unnachgiebig daran fest. Es war wie der Ritt auf einem tollwütigen Warg – bis Balbok schließlich die Luft ausging. Statt jedoch von der Echse abzulassen, zog er sich an ihrem wulstigen Körper hoch und schaffte es auf diese Weise, den Kopf aus dem Wasser zu heben und kurz Atem zu holen.

Er erheischte einen Blick auf Rammar, der etwas brüllte, das sich wie *usganash* anhörte, aber Balbok war zu sehr auf die Echse fixiert, als darauf reagieren zu können.

Wie eine Klette hing er an dem Tier, hatte sich an dessen stacheligen Rücken geklammert, indem er Arme und Beine um den Echsenkörper geschlungen hatte. Um ihn loszuwerden, tauchte das Biest erneut unter und begann, sich um seine Längsachse zu drehen – was das Theater sollte, war Balbok schleierhaft.

An die Axt, deren Schaft in seinem breiten Gürtel steckte, kam er nicht heran – die schwere Waffe wäre im Wasser auch völlig ungeeignet gewesen. Bloße Klauen mussten im Kampf gegen das Reptil genügen. Während der Schwanz des Tiers unaufhörlich umherpeitschte und die Kiefer auf- und zuschnappten, zog Balbok seine Arme enger und enger um den Hals des Reptils, um es zu erwürgen.

Es schien, als ob die Echse merkte, was ihr ungewohnter Gegner vorhatte, und sie begann sich noch schneller zu drehen. Balbok, der sich wohl oder übel jedes Mal mitdrehen musste, wenn das Tier eine Rolle vollführte, wurde allmählich schwindlig. Schwarze Flecken tanzten bereits vor seinen Augen, aber er ließ nicht locker, drückte immer noch fester zu – und tatsächlich begannen die Kräfte der Echse allmählich zu erlahmen.

Sie stieg wieder hoch und tauchte auf, und Balbok schnappte gierig nach Luft. Dabei vernahm er ein Tosen und Brausen, das er allerdings immer in den Ohren hatte, wenn er in *saobh* verfallen war. Die reißende Strömung riss den Ork und die Echse mit sich, die Balbok erst wieder loslassen wollte, wenn er das letzte bisschen Leben aus ihr herausgequetscht hatte.

Aber es kam anders.

Die Uferböschung und die Bäume wischten an ihm vorbei, und da dämmerte es Balbok, dass das Rauschen nicht nur in seinen Ohren war – es war so wirklich wie der Wald, der Fluss und die Echse! Aber ehe der Ork noch dazu kam, sich zu fragen, was es zu bedeuten hatte, spuckte der Fluss ihn und die Echse aus!.

Jedenfalls kam es Balbok so vor, denn sie beide flogen durch die Luft und stürzten dann in gähnende Leere. In diesem Moment wurde Balbok auch klar, was das Wort bedeutet hatte, das sein Bruder ihm zugerufen hatte.

Wasserfall …

Jäh endete der Fluss und stürzte an die zwanzig Orklängen senkrecht in den Abgrund. Die Echse überschlug sich mit Balbok auf ihrem Rücken, und trotz der Raserei, in die er verfallen war, ließ der Ork vor Schreck los. Echse und Ork trennten sich – um einen Augenblick später inmitten eines Nebels aus weißer Gischt in die tosenden Wasser einzutauchen.

Balbok sank so tief, dass er sich auf dem felsigen Grund den Schädel stieß und für einen Moment das Bewusstsein verlor. Die Strömung erfasste ihn, und er trieb reglos davon, erwachte aber schon Augenblicke später.

Benommen blinzelte er – um einen zähnestarrenden Rachen zu sehen, der durch grünblaue Schlieren heranschoss.

Nur seinem *saobh* verdankte es Balbok, dass er die Attacke unbeschadet überstand, denn während sich jede andere vernunftbegabte Kreatur instinktiv zur Flucht gewandt hätte, sodass ihr die Beine abgebissen worden wären, griff Balbok zu und bekam die beiden Kiefer des Reptils zu fassen.

Die Echse wollte zubeißen, aber mit seinen Orkkräften hinderte Balbok die Bestie daran und hielt ihr das klaffende

Maul auf. Erbittert rangen Balbok und die Echse unter Wasser miteinander, wobei seine brennenden Lungen dem Ork ebenso zusetzten wie das Untier, das erneut mit dem Schwanz um sich schlug und sich aus seinem Griff zu befreien suchte.

Wieder merkte Balbok, wie ihm die Sinne schwanden, aber er gab nicht auf und bog die Kiefer der Echse weiter auseinander. Es war klar, dass nur einer von ihnen das Wasser lebend verlassen würde.

Balboks Lungen begannen bereits zu brennen, als stünden sie in Flammen. Tapfer biss er die Zähne zusammen, wandte seine ganze verbliebene Kraft auf – und endlich schaffte er es, den Kiefer der Echse zu brechen.

Daraufhin bog der Ork den losen Unterkiefer mit Gewalt noch weiter – bis er abriss!

Blut wölkte im Wasser auf, und der Bestie gelang es endlich, sich zu befreien – doch tödlich verwundet trudelte sie davon und sank auf den Grund, während der Ork mit letzter Kraft nach oben an die Oberfläche paddelte.

Balbok sah über sich das grünliche Schimmern, das Luft und Leben versprach, aber er war so weit nach unten getaucht, dass die Oberfläche unerreichbar für ihn schien ...

Wieder tanzten dunkle Flecke vor seinen Augen, und er musste an Rammar denken, der ihn sicher schelten würde für seine Dummheit. Dann verließen ihn die Kräfte, und er hörte auf, mit den Armen zu rudern. Wie die Echse wäre er sterbend dem Grund entgegengesunken – hätte ihn nicht plötzlich eine Klaue gepackt und emporgerissen!

Einen Herzschlag später durchstieß Balboks Kopf die Wasseroberfläche, und er sog mit gierigem Keuchen Luft in seine gequälten Lungen, während ihn jemand durchs Wasser zog, aufs Ufer zu.

Erst als er sich auf allen vieren an Land geschleppt hatte, froh darüber, noch am Leben zu sein, registrierte er, dass es kein anderer als Ankluas gewesen war, der ihn gerettet hatte.

Keuchend sank Balbok nieder und spuckte das Wasser aus, das er geschluckt hatte. Sein *saobh* hatte sich inzwischen gelegt – immerhin hatte er der Echse den Garaus gemacht –, und er erholte sich allmählich wieder. Obwohl – dieses eigenartige Geräusch, dieses seltsame Pfeifen und Rasseln ...

Er brauchte einen Moment, um zu begreifen, dass es nicht seine Lungen waren, die solche Laute von sich gaben. Er wälzte sich herum und sah Rammar neben sich liegen – ein ächzendes, prustendes Fleischgebirge.

»Das war das zweite Mal, dass ich euch beide gerettet habe«, stellte Ankluas fest, der über ihnen stand, durchnässt wie sie, aber in ungleich besserer Verfassung. »Vergesst es nicht, verstanden?«

»*Korr*«, erwiderte Balbok und richtete sich auf den Ellbogen auf. Wie er feststellte, lagen sie am Ufer eines kleinen Sees, in den die Wassermassen herabstürzten. Als Balbok sah, wie hoch der Wasserfall war, wurde ihm im Nachhinein noch schwindlig. Nur gut, dass er in seiner Raserei davon nichts mitbekommen hatte.

Rammar allerdings war beim Absturzes über die Kante bei vollem Bewusstsein gewesen. Noch immer ging sein Atem pfeifend und schwer, als er sich halb aufrichtete, und seine verkniffene Miene zeigte deutlich, wie wütend er war.

»Alles in Ordnung?«, erkundigte sich Balbok schnell bei ihm.

»*Korr*«, brachte Rammar hervor, noch immer keuchend und schnaubend, »was ich allerdings nicht dir zu verdanken habe. Ankluas hat mich aus dem Wasser gezogen, während du mit dieser verdammten Kreatur gespielt hast. Ich hätte dabei draufgehen können, weißt du das?«

Balbok nickte schweigend.

»Dabei fällt mir ein – woher kannst du eigentlich schwimmen? Als wir das letzte Mal ins Wasser fielen, wärst du beinah ebenso jämmerlich ersoffen wie ich.«

»Ich habe zu Hause geübt«, antwortete Balbok nicht ohne Stolz.

»Du hast geübt? Wo?«

»In der Modersee.«

»Du bist in die Modersee gesprungen und hast heimlich schwimmen geübt?«

»*Korr.*«

»Sag mal, graut dir denn vor gar nichts?« Rammar schüttelte verständnislos den Kopf. Ein Ork, der freiwillig Wasser an seinen Körper ließ, war eine Schande, nicht nur für sich selbst, auch für seine Familie.

Schon wollte er zu einer wüsten Schimpftirade ansetzen, doch Ankluas entriss ihm das Wort, indem er sagte: »Wir haben jetzt andere Sorgen. Unser Floß ist verloren, und die Nacht bricht bald herein. Wenn wir nicht ein sicheres Versteck für uns finden, werden wir den nächsten Tag vermutlich nicht erleben.«

Wie um seine Worte zu bestätigen, hallte markerschütterndes Gebrüll durch den Urwald, gefolgt von einer Reihe entsetzter Schreie.

Rammar nickte. »Ich weiß, was du meinst …«

Sie waren übereingekommen, die Nacht im Geäst eines der von Moosen und Flechten bewachsenen Baumriesen zu verbringen, von denen es in den Smaragdwäldern so viele gab.

Balbok suchte einen Baum aus, an den man leicht hinaufklettern konnte, was allerdings nicht bedeutete, dass Rammar ohne fremde Hilfe nach oben gekommen wäre – seine Begleiter mussten mit Klaue anlegen, um seinen breiten *asar* hinaufzuhieven. Eine große Astgabel bot ihnen genügend Platz, und schwer atmend ließ sich Rammar nieder, innerlich noch immer aufgewühlt von den Ereignissen des Tages. Um ein Haar wäre er ertrunken, von einer Panzerechse gefressen worden und zu Tode gestürzt – das war sogar für einen Ork zu viel.

Hätte er nicht den Schwur geleistet, es Orthmar von Bruchstein heimzuzahlen und ihn für seinen Verrat zur Rechenschaft zu ziehen, Rammar hätte dieses ganze Unternehmen
vielleicht vergessen und wäre in die Modermark zurückgekehrt. Aber – verdammt! – ins *bolboug* konnten sie ja auch
nicht mehr, nachdem man sie so schändlich verraten hatte!

Also gab es kein Zurück.

Sie mussten weiter. Zuerst würden sie an dem Zwerg
Rache üben, danach würden sie sich um den Herrscher von
Kal Anar kümmern und den Schatz in ihren Besitz bringen.
Schlimmer als es war konnte es ja glücklicherweise nicht
mehr werden, davon war Rammar überzeugt.

Ein Irrtum, wie sich herausstellen sollte …

Der dicke Ork entschied, dass sein Bruder die erste Wache übernahm – er selbst war viel zu erschöpft, um die Augen noch länger offen zu halten. Nicht einmal Hunger verspürte er mehr, und als er im Fluss um sein Leben gekämpft
hatte, hatte er so viel Wasser geschluckt, dass auch sein
Durst gelöscht war. In Gedanken an den Schatz, der ihn in
Kal Anar erwartete, schlief er ein.

Im Traum sah er sich inmitten unermesslicher Reichtümer, gegen die selbst der Elfenschatz von Tirgas Lan verblasste. Goldklumpen, die so groß waren, dass er sie kaum zu
heben vermochte, türmten sich zu wahren Gebirgen, dazwischen stürzten Wasserfälle aus Smaragden herab, um sich in
großen Seen zu sammeln, in denen sich Goldfische tum-
melten. Beglückt durchschritt Rammar die glänzende Pracht
und konnte nicht fassen, dass all das ihm gehören sollte – als
er ein hässliches Geräusch vernahm!

Es war ein leises gefährliches Zischeln, gefolgt von einem
unheimlichen Schrei, der ihm selbst im Schlaf durch Mark
und Bein ging. Erschrocken fuhr Rammar herum und sah,
wie aus einem smaragdenen See auf einmal Schlangen krochen. Sie waren nicht sehr groß, aber es waren viele – und sie

bewegten sich genau auf ihn zu. Überall schlängelte und ringelte es sich auf einmal, und es wurden immer noch mehr.

Rammar tastete nach seinem *saparak*, nur um sich daran zu erinnern, dass er ihn im reißenden Fluss verloren hatte. Unbewaffnet und wehrlos stand er da, während die Schlangen auf ihn zukrochen, und er merkte, wie ihn erneut jene Furcht befiel, die er bereits beim Anblick der Basilisken verspürt hatte.

Unfähig, sich zur Flucht zu wenden oder sich anderweitig zu bewegen, stand Rammar einfach nur da. Er konnte nichts tun, während ihn die Schlangen erreichten und an ihm nach oben krochen. In spiralförmigen Bewegungen wanden sie sich an seinen Beinen empor, glitten unter seine Kleidung. Überall an seinem Körper ringelte es sich, und Rammar glaubte, den Verstand zu verlieren.

Dann kam endlich Bewegung in ihn, und wie von Sinnen schlug er auf sich selbst ein, um die Tiere daran zu hindern, weiter an ihm hinaufzukriechen – aber schon im nächsten Moment merkte er, wie etwas seinen Rücken emporschlängelte, sich um seinen Hals legte und erbarmungslos zuzog. Nach Luft schnappend, packte Rammar die Schlange, um die tödliche Schlinge um seine Kehle zu lockern – und stellte fest, dass das Tier nicht weich war, wie er erwartet hatte, sondern hart wie Stein.

Mehr noch, es schien nicht einmal zu leben!

»Rammar! Rammar …!«

Er hörte Balbok seinen Namen rufen, und im nächsten Moment wurde ihm bewusst, dass er nur träumte. Unendlich erleichtert schlug er die Augen auf, wollte tief Luft holen …

Aber es ging nicht!

Noch immer lag etwas um seinen Hals und schnürte ihm die Kehle zu – und dieses Etwas war fraglos kein Traum, sondern so real wie er selbst! Entsetzt blickte Rammar an sich herab und sah, dass sich Schlinggewächse um seinen kugelförmiger Leib gelegt hatten, die mit beängstigendem Eigenleben über ihn hinwegkrochen. Von den Schlangen mochte er nur geträumt haben – die Flechten jedoch waren absolut echt!

Vergeblich nach Atem ringend, blickte sich Rammar um. Es war mitten in der Nacht, doch im spärlichen Mondlicht, das durch das dichte Blätterdach sickerte, konnte er Balbok und Ankluas sehen, die nicht weniger unglücklich dran waren als er. Einige der Schlinggewächse hatten sich nicht nur um Balboks Körper, sondern auch um seinen Kopf gewunden, sodass von dem Ork selbst kaum noch etwas zu erkennen war. Ankluas baumelte kopfüber von der Baumkrone; eine der tödlichen Flechten hatte sich um sein rechtes Bein gewickelt und ihn hochgezogen, sodass er hilflos dort hing, während von unten weitere Pflanzenarme nach ihm tasteten.

Der einohrige Ork hatte sein Schwert gezogen und hieb damit auf die mörderischen Flechten ein – aber für jeden Strang, den er durchtrennte, wuchs sofort ein anderer nach …

Rammar wollte eine wüste Verwünschung ausstoßen, aber nicht mehr als ein hohles Ächzen entwich seiner Kehle. Er spürte überdeutlich den Schlag seines eigenen Herzens und hörte das Rauschen seines Blutes, während sich sein Blick bereits eintrübte. Immer fester zogen sich die Flechten um seinen Körper, als wollten sie ihn zerquetschen.

War dies das Ende?

Wenn ja, konnte Rammar nur hoffen, dass Orthmar von Bruchstein ein ähnliches Schicksal widerfahren war. Vielleicht, tröstete sich der Ork, war es auch dem Zwerg nicht gelungen, die Smaragdwälder zu durchqueren, und seine sterblichen Überreste moderten irgendwo im Unterholz vor sich hin.

Er sandte Balbok einen letzten Blick, wollte ihm noch zurufen, dass diese Misere ganz sicher seine Schuld war, doch er hatte dafür einfach nicht mehr die Luft. Sein breiter Brust-korb hob und senkte sich zwar in raschen Stößen, aber es gelang ihm nicht zu atmen. Vergeblich wand sich Rammar in den zähen Fesseln, schaffte es kaum noch, sich zu regen.

Er schloss die Augen und hatte das Gefühl, unendlich tief zu fallen – und er war sicher, dass es Kuruls dunkle Grube war, in die er stürzte.

# 3.
# TULL UR'BUNAIS

Dass es nicht Kuruls dunkle Grube war, in die er gestürzt worden war, merkte Rammar, als er wieder zu sich kam – denn noch nie hatte er gehört, dass man vom Sturz in Kuruls Grube Blutergüsse bekam.

Rammar jedoch, obschon gut gepolstert, schmerzten alle Glieder, und sein feister Leib war von unzähligen Blessuren übersät – geradeso, als wäre er aus beträchtlicher Höhe zu Boden gefallen und ziemlich hart aufgeschlagen.

Die Verwunderung darüber, dass er noch lebte, wich purem Selbstmitleid, so übel hatte es ihn erwischt. Seine linke Körperhälfte war ein einziger Schmerz, und wenn Rammar den Kopf auch nur ein wenig hob, dröhnte er wie eine Hammerschmiede.

Zu seiner Überraschung befand er sich in einer Art Hütte, deren Wände aus geflochtenen Lianen und deren Decke aus großen Blättern bestand, durch die grün gefärbtes Sonnenlicht drang. Es war heiß und stickig, und die Luft war erfüllt von Schwärmen von Moskitos. Rammar fand sich am Boden liegend, halb tot und – sehr zu seinem Missfallen – an Klauen und Füßen gefesselt. Unter Schmerzen gelang es ihm, den Kopf zu drehen, und er sah, dass er nicht allein war in der seltsamen Behausung.

Ankluas lag neben ihm, gebunden wie er selbst und ebenfalls mit üblen Blessuren im Gesicht, dahinter kauerten Gurn und Nestor, die gleichfalls gefesselt waren und ziemlich dämliche Visagen zogen, was bei Menschen ja nicht weiter ungewöhnlich war und …

Einen Augenblick!

Gurn?

Nestor?

Irgendwo in Rammars malträtiertem Hirn wurde eine Stimme laut, die ihm sagte, dass die beiden eigentlich nicht in seiner Nähe hätten sein dürfen, und dieselbe Stimme war es auch, die ihn aus seinem Dämmerzustand riss und vollends zu Bewusstsein brachte. Mit einem scharfen Atemzug richtete er sich auf, ungeachtet der Hammerschläge, die sofort wieder in seinem Schädel zu dröhnen begannen.

»W-was ist passiert?«, fragte er wenig geistreich, worauf Gurn und Nestor ihn verständnislos anblickten. Ihm wurde bewusst, dass er Orkisch gesprochen hatte, und er wiederholte die Frage in der Sprache der Menschen.

»Wir sind in einen Hinterhalt geraten, das ist passiert«, erklärte Nestor achselzuckend. »Der Gnom ist tot, uns hat man gefangen genommen – genau wie euch, wie's aussieht. Seid ihr den Kopfgeldjägern also entkommen.«

»Kopfgeldjäger? Welche Kopfgeldjäger?«

»Na die, die uns überfielen, als wir den Stollen verließen«, antwortete Nestor. »Die euch geschnappt haben. Wir hatten Glück, konnten flüchten und wollten euch befreien, aber Orthmar von Bruchstein hat es uns verboten.«

»Von Bruchstein …«, echote Rammar schnaubend. »Wo ist er? Wohin hat es den feigen Hutzelbart verschlagen?«

»Sieh an, Fettsack«, ertönte eine Rammar nur zu bekannte Stimme in seinem Rücken. »Wer hätte gedacht, dass du einmal so erpicht darauf sein würdest, mich zu sehen!«

Rammar fuhr herum, was erneut eine Salve von Hammerschlägen in seinem Schädel zur Folge hatte. Gleichermaßen zu seinem Verdruss wie zu seiner hellen Freude sah er den verhassten Feind in der hintersten Ecke der Hütte kauern, gefesselt wie er selbst. In diesem Moment war es Rammar ziemlich egal, ob sein Schädel schmerzte oder nicht oder ob er sich in Gefangenschaft befand. Der Triumph darüber, den Verräter eingeholt zu haben und vor sich sitzen zu sehen, überwog jedes andere Gefühl.

»*Achgosh douk*, Zwerg«, knurrte der Ork. »So sehen wir uns also wieder.«

»Du kannst dir dein dämliches Gegrinse sparen, Unhold«, entgegnete von Bruchstein kaltschnäuzig. »An diesem Ort bist du nicht weniger übel dran als ich.«

»Abwarten«, sagte Rammar, während er sich bereits ausmalte, wie er den Zwerg Stück für Stück auseinandernehmen würde, wenn er ihn erst in den Klauen hatte. Vielleicht, sagte er sich, würde er den Bart ja behalten – als Trophäe gewissermaßen …

Ankluas, der ebenfalls zu sich gekommen war, fragte, sich misstrauisch umblickend: »Wo sind wir hier?«

»Sagen wir so«, antwortete Orthmar mit freudlosem Grinsen. »Wenn es in Erdwelt ein helles, freundliches Plätzchen gibt, an dem niemandem Gefahr droht, dann sind wir am weitesten davon entfernt.«

Von außerhalb der Hütte war dumpfer Trommelschlag zu hören, der Rammar an die Gnomen der Modermark erinnerte und der nichts Gutes verhieß. »Wieso?«, wollte er mit belegter Stimme wissen. »In wessen Gewalt befinden wir uns? Wer wagt es, Rammar den Rasenden in Fesseln zu legen?«

Orthmar von Bruchstein ließ ein verächtliches »Pfff!« vernehmen. »Das wirst du noch früh genug erfahren, Unhold«, versprach er. »Verrate mir lieber, wie ihr es hierher geschafft habt. Offen gestanden hatte ich gehofft, eure hässlichen Visagen niemals wiederzusehen.«

Rammar nickte schnaubend. »Kann ich mir vorstellen nach allem, was du getan hast, um uns loszuwerden. Aber du hast einen schweren Fehler begangen, Zwerg – denn ein Ork verzeiht keinen Verrat. Niemals!«

»Verrat?« Nestor wechselte mit Gurn einen verständnislosen Blick. »Was hat das zu bedeuten?«

»Das bedeutet, dass diese Stinkmorchel meinen Bruder und mich nach Sundaril in die Arena verkauft hat«, erklärte Rammar. »Er wollte uns loswerden, um selbst den Befehl über unseren Trupp zu übernehmen.«

»Was mir auch gelungen ist«, sagte von Bruchstein grinsend. »Während ihr euch in Sundaril amüsiert habt, habe ich den Trupp ins Land des Feindes geführt – zwar auf Umwegen, aber immerhin sicher.«

»Reden Wirrsinn!«, knurrte Gurn, der sich bislang zurückgehalten hatte. »Du unvorsichtig, Zwerg! Du haben Zwergenhirn! Wir alle in Hinterhalt geraten!«

»Das stimmt leider«, bestätigte Nestor betreten. »Im Wald lauerten sie uns auf und beschossen uns mit Pfeilen, deren Spitzen mit einem Betäubungsmittel getränkt waren. Ich bekam so ein Ding in die Schulter, und Gurn hat gleich mehrere davon abbekommen. Danach fielen wir in tiefen Schlaf – und sind erst in dieser Hütte wieder aufgewacht.«

»Was mit euch?«, erkundigte sich Gurn. »Ihr auch überrascht worden?«

»Keineswegs«, entgegnete Rammar schnell. »Wir sahen die Gefahr kommen und haben dem Feind einen hohen Blutzoll abverlangt. Nicht wahr, Ankluas?«

»*Douk.*« Der Angesprochene schüttelte den Kopf. »Fleisch fressende Pflanzen hätten uns fast mit Haut und Borsten verschlungen, und in wessen Gefangenschaft auch immer wir uns befinden – er hat uns wohl das Leben gerettet.«

»Ha!«, machte Orthmar von Bruchstein und grinste Rammar spöttisch an. »Das hört sich aber gar nicht sehr heldenhaft an, Ork!«

»Na und?«, polterte Rammar drauflos. »Dein Plan ist jedenfalls nicht aufgegangen, du widerwärtiger Halsabschneider – Balbok und ich sind wieder frei, und wir haben sogar
noch Verstärkung erhalten.«

»Das sehe ich«, erwiderte der Zwerg und bedachte Ankluas mit einem abschätzigen Blick. »Aber frei bist du nicht,
Ork. Und was deinen dämlichen Bruder betrifft, würde ich
mir an deiner Stelle keine allzu großen Hoffnungen mehr
machen.«

»Wieso? Was meinst du?« Rammar schaute sich in der
Hütte um und stellte fest, dass Balbok gar nicht da war. »Wo
ist der Lange? Redet schon, oder muss ich euch jedes Wort
einzeln aus dem Schlund reißen?«

»Sie haben Balbok abgeholt«, wusste Nestor zu berichten. »Heute Morgen.«

»Wer?«, wollte Rammar wissen. »Wer hat ihn abgeholt?
In wessen Gewalt befinden wir uns? Sprich, verdammt noch
mal, oder ich werde dir beibringen, wie man …«

Der Ork unterbrach sich, weil vor der Hütte Schritte zu
hören waren, das dumpfe Pochen von Stiefeln auf Holz. Im
nächsten Moment wurde die grob gezimmerte Tür entriegelt und aufgezogen, und mehrere Gestalten traten ein. Ihr
exotischer Anblick verschlug Rammar die Sprache.

Es waren *boun'hai*.

Menschenfrauen.

Bekleidet waren sie mit Lendenschurzen und wildleder-
nen Stiefeln, die ihnen bis weit über die Knie reichten. Dazu
trugen sie goldene Spangen um Hals und Oberarme und auf
den Köpfen mit den langen Haarmähnen einen Putz aus
bunten Vogelfedern. Ansonsten waren sie nackt und zeigten
den Gefangenen ungeniert die unverhüllte Brust.

Es war das erste Mal, dass Rammar die Brüste von Menschinnen zu sehen bekam – und er fand spontan, dass sie nicht
mit denen einer Orkin zu vergleichen waren. Was Orkweiber

vor sich hertrugen, war bisweilen so üppig, dass männliche Orks hin und wieder beim Geschlechtsakt davon erschlagen wurden …

Ein überlegenes Grinsen wollte über Rammars Züge huschen, als er erkannte, dass es nur harmlose Frauen waren, in deren Gesellschaft sie sich befanden – aber dieses Grinsen verging ihm schon im nächsten Augenblick.

»Du da!«, rief eine der Frauen, eine hoch gewachsene, sehnige Kriegerin, die eine Art Anführerin zu sein schien, und funkelte ihn zornig an. »Was starrst du so? Hast du noch nie eine Amazone gesehen?«

»Äh … nein«, gestand Rammar einigermaßen eingeschüchtert. Die befehlsgewohnte Stimme der Kriegerin warnte ihn, dass mit ihr nicht zu spaßen war.

»Der Smaragdsee ist heilig«, fuhr die Kriegerin fort. »Hier war es, wo sich unsere Urmutter Amaz einst mit Bunais vereinigte, um ein Geschlecht zu gründen, wie es in ganz Erdwelt kein zweites gibt. Ihr habt das heilige Gewässer entweiht, und für diesen Frevel kennt unser Gesetz nur eine Strafe – nämlich den Tod!«

»A-ach so?«, fragte Rammar blinzelnd. »Das wussten wir aber nicht …«

»Unwissenheit schützt vor Strafe nicht«, stellte die Anführerin der Kriegerinnen klar. »Nur wer reinen Herzens ist und weiblichen Geschlechts, darf im Smaragdsee baden. Trifft auch nur eine dieser Voraussetzungen auf dich zu?«

»Eher nicht«, musste Rammar gestehen, was Orthmar von Bruchstein mit gackerndem Gelächter quittierte.

»Was ist nun, Fettsack?«, rief der Zwerg aus seiner Ecke. »Sieht ganz so aus, als würde aus deiner Rache nichts werden, was?«

Die Kriegerinnen würdigten weder von Bruchstein noch einen der anderen Gefangenen eines Blickes, dafür aber packten sie Rammar, durchschnitten seine Fesseln und zerrten ihn aus der Hütte, wobei sie ihn mit ihren Speeren malträtierten. Helles Tageslicht blendete den Ork, als er durch die Tür (die gerade breit genug für ihn war) ins Freie taumelte. Blinzelnd und mit tränenden Augen schaute er sich um und bekam zum ersten Mal einen Eindruck davon, wo er eigentlich war.

Er blickte hinunter auf eine große Lichtung, die von moosbehangenen Bäumen umgeben war. Auf der Lichtung befanden sich zahlreiche Hütten, die Dächer mit Blättern gedeckt. Das Besondere an diesen Hütten war, dass sie allesamt auf hölzernen Plattformen standen, die wiederum auf schlanken, an die fünf Orklängen hohen Pfeilern ruhten. Auf einer dieser Plattformen fand sich auch Rammar wieder. Strickleitern führten zu den Hütten hinauf, und Hängebrücken verbanden sie miteinander, was Rammar an die Höhlen in seinem *bolboug* erinnerte.

Wehmut überkam ihn für einen Moment, als er an die Modermark dachte, aber für Sentimentalität blieb keine Zeit.

»Spring!«, forderte ihn die Anführerin der Amazonen auf.

»Was?« Rammar gab sich begriffsstutzig.

»Du sollst springen!«, beharrte sie. »Es kostete uns viel Mühe, dich nach oben zu hieven – wir werden dich nicht auch noch hinablassen.«

Vorsichtig trat Rammar an den Rand der Plattform, auf der die Hütte der Gefangenen stand, und riskierte einen Blick nach unten – und er entschied, dass es viel zu hoch war, um zu springen

»Nein«, widersprach er deshalb, »ich werde nicht spri…«

Weiter kam er nicht, denn ein harter Stoß in den Rücken beförderte ihn über den Rand der Plattform.

Vergeblich versuchte er, sich irgendwo festzuhalten, doch seine Klauen griffen ins Leere, und mit einem dumpfen Aufschrei kippte er vornüber in die Tiefe, überschlug sich in der Luft – und schlug einen Lidschlag später am Boden auf.

Die Landung fiel weicher aus, als er befürchtet hatte, da der an sich schon nicht harte Waldboden mit einer knietiefen Laubschicht gepolstert war. Dennoch schimpfte Rammar über die grobe Behandlung, die ihm zuteil wurde, was bei den Kriegerinnen jedoch auf taube Ohren stieß. Geschwind kletterten sie an den Strickleitern und Lianen zu Boden, um den Ork sofort wieder zu umzingeln und mit ihren Speeren zu bedrohen, ehe er an Flucht auch nur denken konnte.

»Vorwärts!«, forderte man ihn mitleidlos auf.

»W-wohin?«

»Das wirst du schon sehen. Auf die Beine – aber sofort!«

In Anbetracht der Speerspitzen, die auf ihn zeigten, kam Rammar der Aufforderung nach, allerdings stöhnend und unter protestierendem Geknurre. Dass er sich bei dem Sturz nicht alle Knochen gebrochen hatte, grenzte in seinen Augen an ein Wunder, und zum ersten Mal in seinem Leben ertappte er sich dabei, dass er mit Menschen Mitleid empfand – nämlich mit den Männchen dieser erbarmungslosen Weiber.

Sie trieben ihn quer durch das Dorf, unter den Augen der Schaulustigen, die sich sowohl am Boden als auch oben auf den Plattformen versammelt hatten – Frauen, so weit man sah, barbusige Kriegerinnen mit wilden Mähen und gefährlich blitzenden Augen. Einige von ihnen saßen auf bizarren Reittieren – großen blaugrau gefiederten Vögeln mit langen geschwungenen Hälsen, die auf dürren Beinen umherstaksten. Und endlich dämmerte Rammar, was das Geheimnis dieser eigenartigen Siedlung mitten im dichtesten Dschungel war.

*Es gab gar keine Männer!*

Die Amazonen schienen ein reiner Stamm von Kriegerinnen zu sein – wie sie es schafften, sich fortzupflanzen (oder überhaupt überleben konnten ohne männliche Hilfe) war dem dicken Ork ein Rätsel.

Von irgendwo kam ein Dreckbatzen geflogen, der ihn geradewegs im Gesicht traf. Im nächsten Moment prasselten von allen Seiten Geschosse auf Rammar ein, darunter auch einige ziemlich große rohe Eier und überreife Früchte, während die Kriegerinnen Rammar lauthals beschimpften.

Anfangs quittierte er jeden Treffer noch mit einem wüsten Fluch, aber nachdem er eine faule Furcht in den Schlund bekommen und verschluckt hatte, ließ er auch das lieber bleiben. Den Kopf zwischen die Schultern gezogen, hoffte er nur, dass dieser Spießrutenlauf bald enden würde, aber er musste die Schmach über sich ergehen lassen, bis ihn seine Bewacherinnen durch das gesamte Dorf und wirklich an jeder verdammten Pfahlhütte vorbeigetrieben hatten.

Man führte Rammar von der Lichtung weg in einen Hain aus riesigen Farnblättern. Das Schreien und Kreischen der Amazonen fiel zurück, stattdessen konnte Rammar das Rauschen des Wasserfalls hören, was bedeuten musste, dass das Dorf nicht weit vom See entfernt lag. Der Hain endete an einer Felswand, die mit Flechten und Moos bewachsen war. Vor dem Eingang zu einer Höhle standen einige weitere Kriegerinnen Wache.

»Dort hinein!«, wies die Anführerin Rammar an. »Los!«

Der Ork, der jeden Widerstand längst aufgegeben hatte, fügte sich und trat in das von Fackeln beleuchtete Halbdunkel der Höhle. Feuchte, kalte Luft schlug ihm entgegen, während er sich ängstlich fragte, was die Kriegerinnen mit ihm vorhatten. Wollten sie ihn tatsächlich umbringen? Aber warum schleppten sie ihn dann in diese Höhle?

Die Wände des Stollens, der tief in den Berg führte, zeigten Zeichnungen – Darstellungen aus der Geschichte der Amazonen, wie Rammar annahm. Aber er sah auch ein paar eigenartig verschnörkelte Schriftzeichen, die ihm nichts sagten. Die Kultur der Orks kannte keine Schrift – die Fähigkeit des Lesens und Schreibens galt unter ihnen als weibisch, was Rammar an diesem Ort bestätigt fand.

Der Stollen, an dessen Wänden in regelmäßigen Abständen Fackeln angebracht waren, beschrieb einige Windungen, ehe er in eine geräumige Höhle mündete, die gleichfalls von Fackeln beleuchtet wurde. Rammar begriff, dass er sich in einer Art Heiligtum oder Tempel befand, denn die Stirnseite der Höhle wurde von einer riesigen steinernen Statue eingenommen – nein, es waren zwei Statuen, wie Rammar bei näherem Hinschauen erkannte.

Obwohl sie ziemlich grob gehauen waren und der Zahn der Zeit wohl schon seit Jahrhunderten an ihnen nagte, war deutlich zu erkennen, dass sie einen Mann und eine Frau darstellten, mit einer Tätigkeit beschäftigt, von der Rammars Bruder Balbok bis vor einem Jahr noch nichts gewusst hatte; Rammar hatte ihn schließlich aufklären müssen, wo die »kleinen Orks« denn herkamen, aber er war sich nicht sicher, ob Balbok auch wirklich alles richtig verstanden hatte.

Beim Anblick der Statuen konnte Rammar nicht anders, als in albernes Gelächter zu verfallen.

»Mein lieber Ork!«, rief er so laut, dass es von der Höhlendecke widerhallte. »Und ich dachte immer, nur die Angehörigen meiner Rasse würden es so bunt treiben!«

»Halt dein vorlautes Maul!«, herrschte ihn die Anführerin der Amazonen an. »Du weißt nicht, was du sprichst. Die Standbilder stellen die Vereinigung von Amaz und Bunais dar und damit die Geburtsstunde unseres Volks.«

»Aha«, antwortete Rammar nur – obwohl er kein Wort verstanden hatte.

Hinter den beiden in wilder Leidenschaft verschlungenen Statuen befand sich eine Öffnung im Fels, durch die man in eine weitere Höhle gelangen konnte. Dorthin führte man Rammar.

Die angrenzende Kammer war ein länglicher Raum, der durch einen Vorhang aus frischen Farnblättern geteilt wurde. Dahinter saß auf einer Art Thron eine riesenhafte Gestalt, mit einem mächtigen Geweih auf dem Kopf. Zu sehen war die Gestalt selbst nicht, aber da der Hintergrund von zahlreichen Fackeln erleuchtet wurde, zeichnete sich ihre Furcht erregende Silhouette als Schatten auf dem Blättervorhang ab.

Rammars Bewacherinnen traten ihm brutal in die Kniekehlen, sodass er auf beiden Beinen einbrach und auf der Schnauze landete.

»Knie vor dem großen Bunais, du elender Wurm!«, zischte die Anführerin der Amazonen, dann verbeugte sie sich ehrerbietig, und ebenso taten es ihre Kriegerinnen. »Hier ist der Gefangene, den du sehen wolltest, großer Bunais«, sagte sie. »Sollen wir ihn seiner gerechten Strafe zuführen?«

Rammar hob leicht den Oberkörper, sich auf den Klauen abstützend, und riskierte einen vorsichtigen Blick. Er sah, wie die grässliche Gestalt mit dem Geweih langsam nickte.

»Das alles ist ein Irrtum!«, beeilte sich Rammar zu versichern. »Wir wollten gar nicht im See baden, und wir wollten ausnahmsweise auch gar nichts entweihen! Wir sind in geheimer Mission unterwegs und müssen dringend nach Kal Asar ...«

»Anar«, verbesserte jemand.

»Wie auch immer. Weder wollten wir in euer Gebiet eindringen, noch wollten wir zur Abwechslung mal irgendetwas entweihen, schänden oder rauben. Wir sind nur harmlose Orks auf der Durchreise ...« Rammars Schweinsäuglein zuckten umher, als er sich Hilfe suchend umblickte – und er entdeckte in einer Nische Balboks Axt!

Von Bruchstein hatte also recht gehabt.

Balbok hatten sie schon getötet.

Nun war er selbst an der Reihe ...

»Nein!«, schrie er aus Leibeskräften. »Lasst mich leben! Ich schwöre euch, dass ich nichts Unrechtes getan habe!«

Aber die Amazonen kannten keine Gnade. Sie richteten die Spitzen ihrer Speere auf sein Genick.

»Wir warten auf deinen Befehl, großer Bunais!«, rief die Anführerin. »Nur ein Wink von dir, und wir werden ihn aufspießen, zu deinen Ehren und zu denen von Amaz, deiner Geliebten und unserer Urmutter, der wir alle unser Dasein verdanken.«

Rammar konnte die Speerspitzen in seinem Nacken spüren. Sie ritzten seine Haut, und warmes Blut sickerte hervor, um sich mit dem Schweiß zu vermischen, der ihm aus allen Poren trat.

In der festen Überzeugung, dass nun tatsächlich sein allerletztes Stündchen geschlagen hätte, schloss er die Augen, wartete darauf, dass die Kriegerinnen zustoßen und seinem ebenso heldenhaften wie ruhmreichen Leben ein viel zu frühes Ende bereiten würden ...

Aber der Todesstoß blieb aus.

Eine endlos scheinende Weile verstrich, in der Rammar das Gefühl hatte, vor Anspannung zu vergehen – dann riskierte er erneut einen Blick.

Offenbar hatte Bunais – oder wie immer der Kerl sich nannte – den Todesbefehl noch nicht erteilt. Stattdessen hatte er sich von seinem Thron erhoben und sich zur vollen Größe aufgerichtet, wodurch er noch eindrucksvoller und beängstigender erschien.

»Geht!«, befahl er mit einer Stimme, die hohl und schrecklich klang. »Lasst mich mit dem Gefangenen allein!«

»Wie du befiehlst, großer Bunais«, erwiderte die Amazonenführerin beflissen und verbeugte sich abermals – und sofort zog sie sich mit ihren Kriegerinnen zurück.

Obwohl die Speerspitzen aus seinem Nacken verschwunden waren, wagte es Rammar nicht, sich zu erheben. Am ganzen Körper zitternd lag er am Boden, während er sich fragte, was der Riese mit dem Geweih von ihm wollte. Vielleicht, dachte er, war Bunais der Ansicht, dass es ein viel zu leichter Tod für Rammar gewesen wäre, hätten die wilden Weiber ihn einfach aufgespießt, und er wollte ihn noch grausamer und viel schmerzhafter sterben lassen …

»G-großer Bunais«, startete Rammar deshalb einen letzten verzweifelten Versuch, seinen dicken Schädel aus der Schlinge zu ziehen. »G-glaub mir, ich sage die Wahrheit. Meine Gefährten und ich wollten niemanden stören und nichts entweihen …«

»So«, sagte Bunais nur, und Rammar, der furchtsam auf den Boden gestarrt hatte, wagte wieder einen flüchtigen Blick – war der Riese nicht eben noch viel größer gewesen?

»E-es stimmt«, fuhr er stammelnd fort, »so wahr ich hier vor dir liege. Ich bin nur ein nichtswürdiger Ork, eine Brut der Modermark, nicht mehr. Ein böses Schicksal hat mich hierher verschlagen – das musst du mir glauben!«

»Und dein Bruder?«, wollte Bunais wissen.

»Was soll mit ihm sein?«

»War er schuldig oder unschuldig?«

»Unschuldig genau wie ich«, versicherte Rammar, »aber nachdem du ihn ja schon erschlagen hast, könntest du dafür ja mich am Leben lassen. Wie wär's damit?«

»Hm«, machte Bunais. »Du bist nicht sehr mutig …«

»Mut ist etwas für Dummköpfe«, offenbarte Rammar seine ganz persönliche Philosophie, die sich in einigen wesentlichen Punkten von der eines Durchschnittsorks unterschied. »Klug ist, wer am Leben bleibt, und das habe ich in jedem Fall vor.«

»Du bist eine Made.«

»Ja, großer Bunais, ich bin eine Made«, gestand Rammar jammernd ein.

»Und ein Wurm.«

»Natürlich, was immer du sagst.«

»Und ein *umbal* obendrein«, fügte der Riese mit dem Geweih hinzu – was Rammar aufmerken ließ.

Woher, in aller Welt, kannte Bunais dieses Wort aus der Sprache der Orks?

Noch einmal spähte Rammar vorsichtig in Richtung des Blättervorhangs – und stellte verblüfft fest, dass der Riese zwar noch immer hünenhaft, aber längst nicht mehr so groß wirkte wie zuvor, als er noch weiter im Hintergrund gestanden hatte. Der Grund dafür lag auf der Klaue: Je weiter sich Bunais von den Fackeln entfernte, desto kleiner wurde sein Schatten auf dem Vorhang.

Auf einmal vernahm Rammar auch ein dämliches, nur allzu vertrautes Kichern.

»Was, zum …?«, knurrte Rammar und richtete sich halb auf, während sich der Vorhang vor ihm öffnete.

Zu Rammars unendlicher Verblüffung stand kein anderer vor ihm als …

*Balbok!*

Der hagere Ork war in einen Mantel aus bunten Federn gekleidet, unter seinem Arm hatte er einen rostigen Helm geklemmt, der mit einem Geweih geschmückt war – und er bog sich vor Lachen.

»Balbok! Du lebst!«

Erfreut sprang Rammar auf – aber schon im nächsten Augenblick schlug seine Erleichterung darüber, den Bruder lebend zu sehen, in blanke Wut um, dass dieser ihm so übel mitgespielt hatte.

»Du mieser, elender …« Rammar schnappte nach Luft, als ihm kein passendes Schimpfwort einfiel, weder in seiner eigenen Sprache noch in der der Menschen. Für das, was Balbok getan hatte, gab es keine passende Beschreibung. »Was fällt dir ein, mich derart zu erschrecken? Ich habe Todesängste ausgestanden!«

»Das habe ich gemerkt«, stieß Balbok prustend hervor,

während er mit der Zeigekralle auf Rammar deutete und sich vor Vergnügen schüttelte. »›Du bist eine Made!‹ – ›Ja, großer Bunais.‹«, trug er die seiner Auffassung nach witzigsten Passagen noch einmal vor, den jammernden Tonfall seines Bruders imitierend. »›Und ein Wurm!‹ – ›Was immer du sagst.‹ – ›Und ein *umbal* obendrein!‹ Hohoho …«

Rammar erwiderte nichts mehr. Er stand nur da, mit dreckverschmiertem Gesicht, während sich seine verschwollenen Züge darunter dunkel verfärbten – einerseits vor Wut, andererseits aber auch vor Scham. Ihm war klar, dass er sich vor seinem Bruder eine Blöße gegeben hatte, die dieser nicht so rasch vergessen würde, und sein Innerstes schrie nach Rache. Scham und Wut waren ohnehin jene Empfindungen, die einem Ork am ehesten in *saobh* verfallen ließen – jenen Zustand der Raserei, aus dem man nur herausfand, wenn Blut in Strömen floss …

»Na warte!«, knurrte Rammar, während sich dunkle Adern in seinen Augen zeigten und er im wahrsten Sinn des Wortes schwarz sah. »Das wirst du mir büßen, du verräterischer, schlangenzüngiger, widerwärtiger Bastard von einem Bruder …!«

Mit dieser finsteren Ankündigung wollte sich der beleibte Ork auf Balbok stürzen – doch kaum hatte er einen Schritt in Richtung seines Bruders getan, stürmten die Amazonen wieder in die Kammer, die Speere zum Wurf erhoben.

»Halt!«, befahl ihre Anführerin mit harter Stimme. »Wenn du Bunais auch nur berührst, wirst du sterbend zu Boden sinken, das schwöre ich dir!«

Die Drohung verfehlte ihre Wirkung nicht – Rammars *saobh* verpuffte angesichts der Aussicht, dass es *sein* Blut sein würde, das in Strömen floss. Wie angewurzelt blieb er stehen, einen nicht eben geistreichen Ausdruck im Gesicht.

»Aber wer …? Warum …? Ich meine, wie kommt ihr dazu, ihn Bunais zu nennen?«, wandte er sich an die Kriegerinnen, während sich Balbok allmählich wieder beruhigte.

»Er heißt nicht Bunais, sondern Balbok, und er ist mein Bruder. Jedenfalls dachte ich das immer ...«

»Schweig!«, fuhr die Amazone ihn an. »Es steht dir nicht zu, Amaz' Gatten zu beleidigen!«

»Da hörst du's«, sagte Balbok mit breitem Grinsen. »Es steht dir nicht zu, mich zu beleidigen!«

»Aber, verdammt noch mal«, wetterte Rammar, »habt ihr denn keine Augen im Kopf? Ich sage euch doch, das ist Balbok, ein Ork. Von diesem Bunais haben weder er noch ich jemals etwas gehört oder ge...«

Er verstummte, denn die Kriegerinnen waren auf ihn zugetreten und hielten ihm ihre Speerspitzen unter die Schnauze. »Du führst eine lockere Zunge!«, stellte die Anführerin fest. »Vielleicht sollten wir sie herausschneiden, dann hätten wir Ruhe!«

»Ja«, überlegte Balbok feixend, »vielleicht sollten wir das wirklich tun.«

»Na schön.« Rammar beugte sich der rohen Gewalt. »Ihr habt recht, in Ordnung. Dies ist keineswegs Balbok, mein Bruder – wie komme ich auch auf so einen abwegigen Gedanken? –, sondern der große Bunais ...«

»... ein Ausbund an Schönheit, Edelmut und Grazie«, fuhr die Amazone fort und nickte ihm auffordernd zu.

»Ein Ausbund an Schönheit und Edelmut«, wiederholte Rammar widerstrebend, während Balbok grinsend die Zähne bleckte.

»Und Grazie«, beharrte die Kriegerin.

»Und Grazie, wie jeder sehen kann«, brummte Rammar verdrossen.

»Merke dir: Es steht dir nicht zu, die Erscheinungsform zu kritisieren, die Bunais für seine Rückkehr nach Erdwelt gewählt hat«, wies die Amazone ihn brüsk zurecht.

»Welche Erscheinungsform?«

»Die eines Orks.«

»Aber, verdammt noch mal, ich habe doch vorhin gesagt, dass er ein Ork ist, oder nicht?«

»Dennoch ist er Bunais, unser aller Ahnherr und Amaz' Gatte.«

Rammar schüttelte den Kopf. »Das verstehe, wer will.«

»Vor vielen Generationen begründete Amaz, die Urmutter unseres Stammes, ein Geschlecht von Kriegerinnen, das sich nach ihr benannte«, erklärte die Amazone mit stolzer Stimme. »Als Spender eines neuen, überlegenen Menschengeschlechts erwählte sie Bunais, einen Mann, wie es sonst keinen gab und jemals geben wird. Zugleich war er Held und Liebhaber, Kämpfer und Dichter. Er war stark, jedoch auch verletzlich, mutig und doch vorsichtig, verlangend und dennoch voller Hingabe.«

»Aber er war schon ein Kerl, oder?«, fragte Rammar verdrossen dazwischen.

»Im Wasser des Smaragdsees«, fuhr die Kriegerin unbeirrt fort, »liebten sie einander, und Amaz empfing von ihm die Gabe des Lebens, aus der sieben Töchter hervorgingen.«

»Sieh an«, sagte Rammar missmutig. »Was hat dieser Tausendsassa denn noch alles fertiggebracht?«

»Nichts weiter«, erwiderte die Amazone schlicht. »Nach vollzogenem Geschlechtsakt wurde Bunais von Amaz getötet.«

Rammar riss die Äuglein weit auf. »Sie – sie hat ihn umgebracht?«

»Gewiss – wie es seither bei meinem Volk Brauch ist. Alle sieben Jahre verlassen wir den Schutz der Wälder und mischen uns unter die Menschen, um uns zu paaren. Nur jene Männer, die wir als würdig erachten, dürfen Nachfolgerinnen für unseren Stamm zeugen – und werden anschließend getötet, auf dass ihre Gabe einzigartig bleibt.«

»Ich bin sicher, das ist ihnen ein großer Trost«, bemerkte Rammar trocken.

»Ihr Abschied von dieser Welt ist nicht von Dauer«, stellte die Kriegerin klar, »denn sie alle werden in einem neuen Körper zurückkehren, genau wie Bunais.«

Rammar nickte – allmählich begriff er, was hier vor sich ging. Diese hysterischen Weiber mit dem Hang zum Brachialsex waren der Ansicht, dass ihr Stammvater Bunais zurückgekehrt war, und zwar in der Gestalt von keinem anderen als Balbok.

Rammar konnte nicht anders, als darüber in raues Gelächter auszubrechen. »Sagt mal, glaubt ihr das wirklich?«, feixte er. »Denkt ihr tatsächlich, mein dämlicher Bruder wäre euer zurückgekehrter Bunais?«

»Er ist die Reinkarnation des großen Spenders«, war die Amazone überzeugt. »Daran gibt es nicht den geringsten Zweifel.«

»Wie kommt ihr darauf?«

»Als wir ihn holten, um ihn dafür zu bestrafen, dass er den See entweiht hätte, sprach er die magischen Worte.«

»Was für magische Worte?«

»Jene Worte, die uns von Amaz in ihren Schriften überliefert wurden. Die Bunais sprach, ehe er aus der Welt schied.«

»Ach so?« Rammar staunte nicht schlecht. »Und was waren das für Worte?«

Die Kriegerin setzte eine feierliche Miene auf, ehe sie antwortete. »Die Worte, die Bunais sprach, waren folgende«, erklärte sie: »Elendes Weibsstück, dafür wirst du büßen. Mein Bruder wird mich rächen.«

»Das hat Bunais gesagt?«, fragte Rammar ungläubig.

»In der Tat – und er sollte recht behalten. Ein Jahr später erhielt Amaz Besuch von Runais, dem Bruder ihres Geliebten, der sie zum Zweikampf forderte und sie tötete. In ihren Töchtern jedoch lebt sie fort – bis zum heutigen Tag.«

»Schön für euch«, ereiferte sich Rammar, »aber das ist doch ausgemachter Blödsinn. Was Bunais gesagt hat, hätte jeder Kerl an seiner Stelle gesagt – vorausgesetzt natürlich, er hätte einen Bruder gehabt. Und Balbok hier *hat* einen Bruder, nämlich mich!«

»Willst du damit behaupten, dass wir uns irren?«

»Aber gründlich«, schnaubte Rammar. »Vielleicht ist euch ja außerdem aufgefallen, dass Balbok ein Ork ist und kein Mensch.«

»Die Art seiner Erscheinung spielt keine Rolle«, belehrte ihn die Amazone. »Bunais kann die Gestalt seiner Rückkehr frei wählen.«

»Genau das meine ich.« Rammar deutete auf seinen Bruder und schnitt eine Grimasse. »Mal ehrlich – würdet ihr euch *diese* Gestalt aussuchen, wenn ihr die freie Wahl hättet?«

»Wohl nicht«, räumte die Kriegerin ein, »aber Bunais hat eben so entschieden. Außerdem haben wir noch einen weiteren untrüglichen Beweis.«

»Und welchen?«

»Bevor Bunais damals die Kleider ablegte, um Amaz zu beglücken, rammte er sein Schwert in einen Stein – und aus diesem Stein hat dein Bruder es gezogen und damit bewiesen, dass er der wahre, der echte Bunais ist.«

Die Amazone trat zur Seite und deutete in die Kammer jenseits des Vorhangs, wo vor dem Thron, auf dem Balbok gesessen hatte, tatsächlich ein Felsbrocken lag. Darin steckte eine abgebrochene Klinge.

»Aus dem Stein gezogen hat Balbok das Schwert wohl nicht«, stellte Rammar fest. »Er hat es kaputtgemacht, was ihm übrigens ähnlich sieht.«

»Dennoch ist ihm gelungen, was zuvor keinem gelang«, beharrte die Kriegerin. »Er hielt den Schwertgriff in seinen Händen.«

»Schmarren!«, blaffte Rammar. »Jeder Ork, der einigermaßen bei Kräften ist, hätte das verdammte Ding entzweibrechen können. Das beweist doch überhaupt nichts!«

Erstmals waren, zu Rammars heller Freude, in den Zügen der Kriegerin leichte Zweifel zu erkennen. »Du bleibst also bei deiner Behauptung, dass Balbok nicht der zurückgekehrte Bunais ist?«, fragte sie.

»Darauf kannst du einen lassen!«

»Dass er nur ein gewöhnlicher Ork ist und nichts weiter?«

»Und ein ziemlich beschränkter noch dazu«, versicherte Rammar mit einem Seitenblick auf seinen Bruder, dem das Grinsen vergangen war.

»Hm ...«, machte die Kriegerin. »Ich gebe zu, dass du mich nachdenklich gemacht hast. Immerhin geht es hier um eine Entscheidung von großer Tragweite ...«

Rammar nickte grimmig. »Kann man wohl sagen.«

»... die über Tod und Leben der Gefangenen entscheidet«, fuhr die Amazonenführerin fort. »Sollte dieser Ork nicht Bunais sein und uns hinters Licht geführt haben, so werdet ihr alle entmannt und grausam sterben!«

Erneut verfärbte sich Rammars Gesicht – und mit einem hässlichen Ziehen in der Lendengegend ging ihm auf, dass er sich in seiner Wut und in seinem Eifer, seinem dämlichen Bruder dessen derbe Späße auszutreiben, selbst an den Rand von Kuruls dunkler Grube geredet hatte ...

»S-so einfach lässt sich das nicht sagen, große Kriegerin«, sagte er schnell, um zu retten, was noch zu retten war. »Ta-tatsächlich ist Balbok schon seit frühester Jugend ein ziemlich seltsamer Ork, müsst Ihr wissen.«

»Inwiefern?«

»Nun«, erwiderte Rammar, dem Schweißperlen auf die Stirn getreten waren und der sich verzweifelt an die Worte der Amazone zu erinnern versuchte. »Er war schon immer stärker als alle anderen, dabei aber auch stets vorsichtig, wenn ich es von ihm verlangt habe, und immerhin ist er mutig ...«

»So wird es von Bunais überliefert.«

»Das kann kein Zufall sein!«, gab sich Rammar so überzeugt, wie er es nur fertigbrachte. »Und seht ihn euch an: diese Muskeln, dieser Wuchs, diese edle Visage – sieht er nicht aus wie ein geborener Held?«

»Nun ja – Amaz beschrieb Bunais als ein großes Kind ...«

»Das ist Balbok auf jeden Fall!« Rammar nickte eifrig. »Er ist die Ahnungslosigkeit in Person – noch vor nicht allzu langer Zeit wusste er nicht einmal, wie die kleinen Orks gemacht werden.«

»Wirklich?« Die Amazone staunte – und nun war es Balbok, dessen Gesicht sich verfärbte. »Amaz berichtet, dass auch Bunais damals nicht wusste, worauf er sich einließ, so glücklich und unschuldig waren damals die Zeiten.«

»Kaum zu glauben.« Rammar grinste in sich hinein. »Das ist der Beweis, nach dem wir gesucht haben.«

»In der Tat. Unser Gefühl hat uns also nicht getrogen: Balbok der Ork ist die Reinkarnation von Bunais dem Spender. Nach langer Reise hat er zurück zu seinen Töchtern gefunden – das muss gefeiert werden!«

»Und was ist mit den Gefangenen?«, erkundigte sich Balbok, auf seinen Bruder deutend.

»Laut unseren Gesetzen haben sie ihr Leben verwirkt. Du allein hast zu entscheiden, was mit ihnen geschehen soll.«

»Dann entscheide ich«, verkündete Balbok und wies mit einer Kralle auf Rammar, »dass er ...«

Er zögerte, betrachtete Rammar mit einem merkwürdigen Blick.

»Was, großer Bunais?«, fragte die Amazonenführerin.

»... dass er ...«, setzte Balbok erneut an, um wieder zu

verstummen und Rammar in die Augen zu schauen. Dem trat erneut der Schweiß auf die Stirn, und ihm kam der Gedanke, dass er vielleicht hin und wieder zu streng mit seinem Bruder umgesprungen war.

»… dass er am Leben bleibt und freigelassen wird«, vollendete Balbok schließlich.

»Willst du das wirklich?« Die Amazone streifte Rammar mit einem abschätzigen Seitenblick. »Ich bin mir nicht sicher, ob er das wirklich verdient.«

»Ich mir auch nicht …«, stimmte Balbok ihr zu.

»Was?«, begehrte Rammar auf.

»… aber ich weiß, dass er weder freiwillig noch in böser Absicht in den See gesprungen ist. Deshalb verzeihe ich ihm sein schändliches Vergehen«, vollendete der Hagere.

»Danke«, knurrte Rammar. »Wie großzügig von dir.«

»Gern geschehen«, sagte Balbok naiv und wandte sich wieder der Amazonenführerin zu. »Auch die übrigen Gefangenen sollen frei sein – nur bei einem von ihnen lasse ich keine Gnade walten.«

»Bei welchem?«, fragte die Kriegerin.

»Bei dem Zwerg«, gab Balbok zur Antwort. »Er hat mich hintergangen und verraten und die höchste Bestrafung verdient.«

»Es soll geschehen, was du verlangst«, erwiderte die Amazone, und sowohl sie als auch ihre Begleiterinnen verbeugten sich. »Heute Nacht wollen wir feiern – aber schon beim nächsten Vollmond werden wir dein Urteil an dem Zwerg vollstrecken.«

»Recht so«, meinte Rammar voller Genugtuung. »Dieser kleine *shnorsher* hat es redlich verdient.«

»Lasst die Gefangenen frei!«, befahl die Amazone ihren Untergebenen. »Der große Bunais hat ihnen das Leben geschenkt. Kein Haar soll ihnen gekrümmt werden, und sie sollen unsere Gäste sein heute Nacht.«

»Muss das sein?«, fragte Rammar, der das Dorf lieber sofort verlassen hätte, weil er fürchtete, der ganze Schwindel könnte auffliegen und die Amazonen doch noch dahinterkommen, dass sein Bruder mit dem großen Bunais ungefähr so viel zu tun hatte wie eine Kakerlake mit dem donnernden Kurul.

»Natürlich steht es euch frei zu gehen«, gestand ihnen die Anführerin der Amazonen ein, »aber ihr würdet das große Festmahl verpassen, das wir heute Abend zu Bunais' Ehren geben. Die Tafel soll sich biegen unter der Last der Spezereien, die wir auftragen werden.«

»Ein Festmahl?« Auf einmal blitzte es gierig in Rammars Augen. »Abgemacht, wir bleiben!«

»Frisch gestärkt und ausgeruht mögt ihr morgen aufbrechen«, fuhr die Amazone fort. »Wenn ihr es wünscht, werden wir euch eine Führerin mitgeben, die euch sicher durch die Smaragdwälder geleiten wird.«

»Das ist gut.« Rammar nickte. »Denn wir müssen möglichst rasch nach Kal Anar.«

»Nach Kal Anar?«, fragte die Amazone erstaunt, dann schüttelte sie vehement den Kopf. »Nein, das ist ganz und gar nicht gut.«

»Wieso?«, wollte Balbok wissen.

»Das Land jenseits der Smaragdwälder ist verbotenes Gebiet«, erklärte die Amazone mit düsterer Stimme. »Es ist schwarz und von giftigen Dämpfen verpestet, und das Böse herrscht dort.«

»D-das Böse?«, fragte Rammar, dem es mulmig wurde.

»Schon einmal befand sich Kal Anar unter dunkler Herrschaft, vor langer Zeit – bis Menschen aus dem Südreich kamen und die Stadt in Besitz nahmen. Danach herrschte Ruhe, aber sie war nicht von langer Dauer. Das Böse ist zurückgekehrt in die Stadt, und seine Kreaturen sind überall. Auf dunklen Schwingen kreisen sie durch die Lüfte. Nur in die Smaragdwälder wagen sie nicht einzudringen.«

»Zum Glück«, meinte Rammar und grinste freudlos. »Dann haben wir hier also Ruhe vor diesen Biestern, ja?«

»Ihr wisst von den geflügelten Schlangen?«, fragte die Amazonenkriegerin erstaunt.

»Und ob.« Balbok, der seine Axt aus der Nische geholt hatte, hielt sie triumphierend empor. »Hiermit habe ich einer von ihnen den Garaus gemacht.«

Die Amazonenführerin war fassungslos. »Du – du hast einen Basilisken getötet?«

Der Ork nickte. »Eigenhändig.«

»Dann gibt es nicht mehr den geringsten Zweifel«, war die Amazonenführerin überzeugt. »Du bist Bunais! Kein anderer hätte es gewagt, sich dem Ungeheuer zu stellen. Kein anderer hätte die Kraft und die Macht gehabt, es zu besiegen!«

»Och, das war doch gar nichts.« Balbok grinste ein wenig verlegen.

»So wollt ihr nach Kal Anar gehen, um dem Bösen dort die Stirn zu bieten?«, fragte die Amazone. »Um den finsteren Herrscher fort vom Thron zu stoßen?«

»Na ja, wir …«, begann Rammar und wollte eine ausweichende Antwort geben, doch sein Bruder legte sich sehr viel weniger Zurückhaltung auf.

»*Korr!*«, verkündete er entschlossen.

»Dann wissen wir nun auch, weshalb du zu uns zurückgekehrt bist, großer Balbok«, sagte die Amazone, »denn aus dem Land jenseits der Smaragdwälder droht auch uns Gefahr.«

»Inwiefern?«, erkundigte sich Rammar.

»Der neue Herrscher dort rüstet zum Krieg. Wie schon einmal geht tödliche Finsternis von Kal Anar aus und droht das ganze Land zu überziehen«, sagte die Amazone düster.

Balbok beeindruckte das wenig – etwas anderes interessierte ihn wesentlich mehr.

»Was gibt es bei eurem Festmahl denn zu futtern?«, wechselte er abrupt das Thema. Um den Herrscher von Kal Anar konnten sie sich auch morgen noch kümmern, wenn ihm der Magen nicht mehr knurrte.

»Nun, die Früchte des Waldes: Pilze, Beeren und Wurzeln.«

»Das ist alles?«, ächzte Balbok. »Kein Fleisch?«

»Natürlich beherrschen Bunais' Töchter auch die hohe Kunst der Jagd. Sie werden dafür sorgen, dass genügend Wildbret vorhanden ist.«

»Und *bru-mill*?«

»Was ist das?«

»Dort, wo ich herkomme, ist es eine berühmte Spezialität.«

Die Miene der Amazone verriet Ratlosigkeit. »Ich fürchte, diese Spezialität ist uns nicht bekannt.«

Balbok grinste. »Dann werde ich euch eben zeigen, wie sie zubereitet wird ...«

Die Amazone, deren Name Zara lautete und die, wie sich herausstellte, eine der sieben Anführerinnen des Stammes war, hatte nicht übertrieben: Bei dem Festmahl, das zu Balboks beziehungsweise Bunais' Ehren gegeben wurde, bogen sich tatsächlich die Tische unter dem Gewicht der Speisen.

Den Kriegerinnen beim Tanzen zuzuschauen war – zumindest für die anwesenden menschlichen Gäste männlichen Geschlechts – eine wahre Augenweide. Während jedoch Gurn und Nestor mit verklärten Gesichtern auf die nur spärlich bekleideten schlanken Körper starrten, die zum Klang der Flöten und Trommeln unglaubliche Verrenkungen vollführten, hielt sich Rammars Begeisterung über die Darbietung in Grenzen. Der dicke Ork verstand nicht recht, was die Menschen an ihren weiblichen Exemplaren fanden – was hatten sie schon zu bieten außer bleicher Haut und viel zu kleinen Brüsten? Verglichen mit den Reizen einer Orkin war das gar nichts.

Also zog Rammar es vor, sich auf die Speisen zu konzentrieren, und dabei unterwarf er sich keinerlei Zurückhaltung. Seit Tagen hatte er nichts Anständiges mehr zwischen die Zähne bekommen, und entsprechend groß war sein Appetit. Vor allem, da die Amazonen es unter Balboks Anleitung tatsächlich fertiggebracht hatten, einen anständigen *bru-mill* zuzubereiten, der ordentlich im Rachen brannte – wie Rammar feststellte, waren Fischaugen und Schlangen ein gar nicht mal übler Ersatz für Ghulaugen und gestopfte Gnomendärme, die normalerweise hineingehörten.[*]

Während Balbok auf seinem Thron residierte, den man eigens aus der Tempelhöhle hergeschafft hatte, mussten Rammar und die anderen zu seinen Füßen am Boden sitzen – angesichts der Tatsache, dass sie keine Gefangenen mehr waren und ihnen von den Kriegerinnen keine Gefahr mehr drohte, nahmen sie dies ohne Murren hin. Getafelt wurde an langen, nur etwa kniehohen Tischen, die in einem weiten Kreis auf dem Dorfplatz aufgestellt waren; in der Mitte loderte ein großes Feuer, um das die schönsten Kriegerinnen des Stammes zum Klang der Musik tanzten.

Rammar und Ankluas bedienten sich nach Herzenslust von den aufgetischten Speisen – Balbok hingegen hatte mehr Gesellschaft, als ihm lieb war: Von allen Seiten drängten die Amazonen an ihn heran, um ihm als Stammvater ihres Volkes die Aufwartung zu machen. Der Ork freilich hätte sich lieber ebenfalls am *bru-mill* gütlich getan.

»Ist das zu glauben?«, wandte sich Rammar schmatzend an Ankluas, der neben ihm saß. »Kannst du mir einen Grund nennen, warum die Weiber so auf meinen Bruder stehen?«

---

[*] Das Originalrezept für den *bru-mill* finden Sie in dem Buch »Die Rückkehr der Orks« von Michael Peinkofer, erschienen im Piper Verlag.

»Na ja ...« Ankluas warf einen längeren Blick hinüber zu Balbok. »Mal abgesehen davon, dass sie ihn für ihren edlen Spender halten, ist er einfach süß.«

»Er ist ... *was*?« Rammars Blick verriet pures Unverständnis. Ankluas hatte das Wort *sutis* benutzt, das Orkinnen vorbehalten war. Die allermeisten männlichen Orks starben, ohne dass es ihnen je über die Lippen gekommen war.

Aber es gab gewisse Ausnahmen ...

»Bist du ein *ochgurash*?«, fragte Rammar geradeheraus, worauf Ankluas, der ein wenig über den Durst getrunken hatte, ihm nur ein unschuldiges Lächeln schenkte – ein Lächeln, das auf Rammar ein wenig *weiblich* wirkte.

Balbok hatte also recht gehabt, als er sagte, dass etwas mit dem Einohrigen nicht stimmte! Mit vor Entsetzen weit aufgerissenen Augen und die Fleischkeule in der Klaue stand Rammar auf und verließ stolpernd seinen Platz an der Tafel. Mit dem festen Vorsatz, Ankluas gegenüber zukünftig mehr Vorsicht walten zu lassen, setzte er sich zu Nestor und Gurn. Selbst die Gesellschaft von Menschen war in Rammars Augen der eines *ochgurash* vorzuziehen – und in gewisser Hinsicht war sie auch weit ungefährlicher ...

Nestor und Gurn boten einen irgendwie *bunten* Anblick: Während die Züge des Eisbarbaren gerötet waren von dem Genuss vergorenen Beerensafts, waren jene des Attentäters gelb vor Neid – er hätte alles darum gegeben, mit Balbok zu tauschen, auf dessen Schoß soeben eine langmähnige Schwarzhaarige Platz genommen hatte, die ihn zärtlich am Kinn zu kraulen begann.

»Das ist ungerecht«, maulte Nestor, »einfach ungerecht! Balbok kriegt die ganzen Mädchen und weiß es noch nicht mal zu schätzen. Höchste Zeit, dass ich in dieser Hinsicht was unternehme, schließlich habe ich einen Ruf zu verlieren!«

»Was für Ruf?«, fragte Gurn.

»Du musst wissen, mein Freund, dass man mich in jungen Jahren den ›Verführer von Taik‹ nannte …«

Und nach diesen Worten wandte sich Nestor seiner Tischnachbarin zu, einer Rothaarigen mit aufregenden Rundungen. Für menschliche Augen sah sie geradezu atemberaubend aus. Jedenfalls folgerte Rammar das aus dem Verhalten von Nestor, der sich auf einmal wie der größte *umbal* aufführte.

»Na, mein Kind?«, sprach er die Amazone an, wobei er sich ungemein zusammenreißen musste, um nicht auf ihren unverhüllten Busen zu starren. »So ganz allein an einem so schönen Abend wie diesem?«

Sie unterbrach ihre Mahlzeit – in der einen Hand hielt sie einen großen Brocken Fleisch, in der anderen einen mit Beerensaft gefüllten Becher –, und schaute ihn verständnislos an.

»Es ist eine lauschige Nacht«, fuhr Nestor fort, seine ganzen »Betörungskünste« bemühend, und setzte ein – davon war er überzeugt – unwiderstehliches Lächeln auf. »Ist es da nicht ganz normal, dass Fremde einander näherkommen?«

Wie zufällig landete seine Rechte auf ihrem nackten Schenkel, was sie mit einem weiteren verblüfften Blick quittierte.

»Wie heißt du, mein Kind?«

»Quia. Und du?«

»Nestor«, antwortete er. »In deine Sprache übersetzt bedeutet das: ›Der, dem man nicht widerstehen kann‹.«

»Was willst du von mir?«, fragte die Schöne mit herausforderndem Blick.

»Nun, ich …« Er schluckte und befeuchtete sich mit der Zunge die Lippen, weil er doch nicht mehr anders konnte, als auf ihre prächtigen Brüste zu stieren. »Ich habe mich gefragt, ob es vielleicht sein könnte, dass zwei völlig Fremde in einer wunderschönen Nacht wie dieser zusammenkommen, um gemeinsam einen süßen Moment der Leidenschaft …«

Weiter kam er nicht.

»Du willst mich begatten?«, fragte sie so unverblümt, dass es ihm für einen Moment die Sprache verschlug.

»Äh, wenn du so direkt fragst …«, brachte er irritiert hervor. »Ließe sich das denn einrichten?«

Der Blick, mit dem sie ihn musterte, war zuerst prüfend, dann abschätzig. »Nein«, erklärte sie schlicht und so endgültig, dass der *Verführer von Taik* jeden Mut verlor. »Aber wenn du mich deinem Freund vorstellen würdest …«, fügte sie mit einem begehrlichen Blick auf Gurn hinzu.

Der Eisbarbar gab ein erfreutes Grunzen von sich. Wenn ihn diese wilde Schöne unbedingt haben wollte …

»Sei vorsichtig«, raunte Rammar, der neben ihm hockte und noch immer an seiner Fleischkeule schmatzte, Gurn grinsend zu.

»Warum?«

»Das sind Amazonen, vergiss das nicht.«

»Warum?«

Rammar biss wieder von der Keule ab, nickte kauend und sagte schmatzend: »Wilde Weiber.«

»Warum?«

»Sie pflegen jeden Mann zu töten, nachdem sie mit ihm …« Rammar versuchte eine entsprechende Geste, was ihm mit der Keule in der Klaue jedoch nicht gelingen wollte.

»Was?«

»Du weißt schon.«

»Ach?« Gurn verzog das Gesicht und machte eine enttäuschte Miene.

»Kannst du mir glauben.« Rammar nickte. »Der gute Bunais war der Erste, den es erwischte. Seither sind ihm viele in Kuruls dunkle Grube gefolgt.«

»Nein.«

»Doch. Was glaubst du wohl, warum es in diesem Kaff keine Kerle gibt, eh?«

815

Gurn schluckte – das hatte er nicht erwartet.

»Und?«, fragte die Rothaarige keck zu ihm herüber. »Wird es etwas mit uns beiden?«

Der Eisbarbar dachte einen Augenblick lang angestrengt über seine Antwort nach. Das Angebot war einerseits verlockend, andererseits war da die Warnung des Orks, dass das Schäferstündchen mit der Amazone zugleich sein allerletztes sein könnte, und diese Aussicht dämpfte seine Erregung doch ungemein.

»Nein«, entgegnete er verdrießlich, worauf ausgerechnet Rammar, der sich noch am Morgen selbst bis auf die Knochen blamiert hatte, lauthals loswieherte.

Der dicke Ork war wieder ganz der Alte.

Schon am nächsten Morgen brachen sie auf.

Während Balbok, dem es bei den Amazonen an nichts gefehlt hatte, gern noch ein Weilchen geblieben wäre, drängte Ankluas auf eine schnelle Abreise, weil er möglichst rasch nach Kal Anar gelangen wollte – der Beute wegen, wie er sagte.

Nach allem, was sie am Vortag über Kal Anar und seinen neuen Herrscher erfahren hatten, hatte Rammar es nicht mehr ganz so eilig. Zwar reizte ihn die Aussicht, sich nicht nur einen, sondern mit etwas Glück sogar zwei Schätze unter den Nagel zu reißen -- aber was hatte man von zwei Schätzen, wenn man rattentot war? Rammar fragte sich immer mehr, was Balbok und ihn geritten hatte, den *bolboug* zu verlassen und in die Fremde zu ziehen.

Hatte es ihnen dort etwa an irgendetwas gefehlt? Hatten sie hungern oder Durst leiden müssen? Hatten hinterhältige Zwerge sie verraten? Hatten Riesenechsen versucht, sie zu verschlingen? Hatten hysterische Weiber sie abmurksen wollen?

All diese Fragen ließen sich mit einem klaren *douk* beantworten, und inzwischen war Rammar ziemlich sicher, dass allein Balbok die Schuld daran trug, dass sie dem *bolboug* den Rücken gekehrt hatten. Immerhin war er es gewesen, der ständig von Langeweile gequatscht und über große Taten lamentiert hatte.

Nur zwei Dinge hinderten Rammar daran, einfach alles hinzuwerfen und zurückzukehren in die Modermark: Zum einen das Wissen, dass sie dort wenig erwünscht waren und die *faihok'hai* mit ihnen kurzen Prozess gemacht hätten, zum anderen sein angeborener Neid. Denn wenn Balbok und er aufgaben, würden Ankluas, Gurn und Nestor oder irgendjemand sonst nach Kal Anar gehen, die Sache erledigen und die Belohnung kassieren – und er selbst würde leer ausgehen. Diese Vorstellung war für Rammar noch schlimmer als die Gefahren, die noch seiner harren mochten – und vielleicht lag das Schlimmste ja schon hinter ihm.

Kurz nach Sonnenaufgang versammelten sie sich auf dem Dorfplatz. Während Nestors und Gurns Mienen ziemlich blass waren, weil sie dem vergorenen Beerensaft zu sehr zugesprochen hatten, wirkten die Orks frisch und ausgeruht. Im Dorf der Frauen gab es kein Blutbier, und den vergorenen Beerensaft konnten die Orks literweise trinken, ohne dass sich eine allzu große Wirkung zeigte.

Zara und ihre Kriegerinnen erwiesen sich als überaus zuvorkommend. Sie stellten den Gefährten nicht nur Wasser und Proviant zur Verfügung, sondern gaben ihnen, so wie sie es versprochen hatten, auch eine kundige Führerin mit, die ihnen den Weg nach Kal Anar weisen sollte. Die Wahl war auf Quia gefallen, jene Kriegerin, die Nestor am Vorabend erfolglos zu betören versucht hatte. Auch wollten die Amazonen ihren Gästen Reittiere zur Verfügung stellen, aber es zeigte sich, dass die großen Vögel, auf denen die Kriegerinnen zu reiten pflegten, nicht kräftig genug waren für Orks im Allgemeinen und für Rammar im Speziellen.

Also blieb den Gefährten nichts weiter übrig, als den Rest der Reise zu Fuß anzutreten.

Alle Einwohnerinnen hatten sich auf dem Dorfplatz zur Verabschiedung des großen Bunais versammelt, der einer großen Heldentat entgegenging, um sie vor einer schrecklichen Bedrohung zu beschützen. Sogar Orthmar von Bruchstein war zugegen – zu einem handlichen Bündel verschnürt und von bewaffneten Kriegerinnen bewacht.

»So, Zwerg«, knurrte Rammar voller Genugtuung, »nun wirst du bekommen, was du verdienst.«

»Freu dich nur nicht zu früh, Fettsack!«, drang es trotzig unter von Bruchsteins Bart hervor. »Das nächste Mal, wenn wir uns treffen ...«

»Ein nächstes Mal wird es nicht geben«, sagte Zara überzeugt. »Der große Bunais hat deinen Tod befohlen, und beim nächsten Vollmond wird das Urteil vollstreckt!«

»Da hörst du's«, sagte Rammar und feixte. »Der große Bunais hat entschieden – wer möchte da noch widersprechen?«

»Verdammte Orkfresse!«, wetterte der Zwerg. »Du lässt Orthmar von Bruchstein in der Hand des Feindes zurück – doch das wird dich teuer zu stehen kommen, das schwöre ich dir bei meinem Bart!«

»*Umbal*, du bringst ja alles durcheinander!«, rief Balbok und lachte ihn aus. »Hier ist nur einer unser Feind, und das bist du! Du wolltest uns loswerden und hast uns verraten und verkauft. Schlimmer geht's nicht!«

»Ich habe getan, was ich tun musste!«, rechtfertigte sich Orthmar knurrend. »Dass ihr das begreift, erwarte ich nicht – aber ein Mensch müsste es verstehen!«, rief er zu Gurn und Nestor hinüber, die die Proviantsäcke und Wasserschläuche bereits geschultert hatten.

»Du denkst, dass wir uns auf deine Seite stellen?«, rief Nestor zurück. »Nachdem du uns belogen und getäuscht hast?«

»Er recht«, pflichtete Gurn, der normalerweise nur sprach, wenn er auch wirklich etwas zu sagen hatte, seinem Gefährten zu. »Du miese Ratte, du Tod verdienen. Bei uns im Norden wir dich setzen auf Eisscholle und treiben aufs Meer hinaus. Du glücklich, dürfen hier sterben.«

»Ich weiß«, brummte Orthmar mit freudlosem Grinsen, »ich bin ein echter Glückspilz.«

»Mit Glück oder Pech hat das nichts zu tun – du hast es dir selbst zuzuschreiben!«, entgegnete Ankluas, dann wandte er sich an seine Begleiter. »Jetzt lasst uns gehen. Ich kann den Anblick dieses elenden Feiglings nicht länger ertragen.«

»Geht mir genauso«, stimmte Balbok grinsend zu.

Rammar nickte grimmig »Gut, lasst uns aufbrechen.« Noch einmal schaute er von Bruchstein an. »Einen schönen Tag noch, Zwerg. Denk an uns, wenn dir die Weiber deine Manneszier abschnibbeln.«

Daraufhin brachen sowohl er als auch sein Bruder in schadenfrohes Gelächter aus, dann wandten sie dem Zwerg den Rücken zu.

»Das werdet ihr büßen!«, kreischte Orthmar von Bruchstein, völlig außer sich, doch Rammar schlug die Drohung mit einer wegwerfenden Klauenbewegung in den Wind.

Die Orks verabschiedeten sich von den Amazonen, die noch einmal vor Balbok auf die Knie sanken und sich verbeugten, um ihm ihre Ehrerbietung zu bezeugen. Dadurch zog sich der Abschied arg in die Länge, und während Balbok das alles mit einem dämlichen Grinsen in der langen Visage genoss, verdrehte Rammar genervt die Augen. Dann jedoch war es so weit: Zara und ihre Schwestern mussten Bunais' Reinkarnation wohl oder übel ziehen lassen.

»So fahr denn wohl, edler Bunais«, sagte die Anführerin der Amazonen, »und vergiss uns nicht. Sei stolz auf deine Töchter, so wie sie stolz sind auf dich. Und solltest du im fernen Kal Anar in Bedrängnis geraten, so zögere nicht, uns zu rufen!«

»Is' gut«, sagte Balbok und nickte.

»Gibt es noch etwas, das du deinen Töchtern sagen möchtest?«, fragte Zara mit erhobener Stimme. »Vielleicht werden wir uns erneut viele Generationen lang nicht sehen.«

»Ich, äh …« Balbok erkannte, dass die Blicke der versammelten Kriegerinnen erwartungsvoll auf ihn gerichtet waren, und obwohl es in seinen Augen abgrundtief hässliche Menschinnen waren, brachte er auf einmal kein Wort mehr heraus, sondern schaute verlegen zu Boden.

»Was ist?«, raunte Rammar ihm zu.

»Mir fällt nix ein«, flüsterte Balbok.

»*Umbal,* willst du, dass der ganze Schwindel auffliegt?«, zischelte Rammar. »Du musst etwas sagen, hörst du?«

»Was denn?«

»Woher soll ich das wissen? Was Freundliches, was Erbauliches, das ihnen Zuversicht für die Zukunft gibt.«

»Äh – der *bru-mill* war gut«, verkündete Balbok, und seine nachdenklich gewordene Miene hellte sich auf. Freundlicher und erbaulicher ging es seiner Meinung nach kaum.

»Wir werden das Rezept bewahren und es an unsere Töchter weitergeben«, versicherte die Amazonenführerin, »und die an ihre Töchter und so fort – von Generation zu Generation.«

»Tut das – das nächste Mal werde ich euch beibringen, wie man Blutbier keltert und einen anständigen …«

»Wir müssen jetzt gehen!«, fiel Rammar ihm ins Wort, ehe sich Balbok in seiner Begeisterung um Kopf und Kragen quatschte.

»Also lebt wohl, Fremde – und pass gut auf dich auf, Bunais!«

»Lebt wohl, Mädels!«, rief Balbok zurück und winkte, ehe er sich zum Gehen wandte – und nicht wenige der hartgesottenen Kriegerinnen hatten dabei Tränen in den Augen.

Der kleine Trupp aus Orks und Menschen verließ das Dorf der Amazonen. Noch einmal wandte sich Balbok um und winkte den Kriegerinnen zu, dann waren sowohl das Dorf als auch seine Bewohnerinnen hinter einer dichten Wand aus Baumstämmen, Farnen und Lianen verschwunden. Quia übernahm die Führung, ihr folgten die Menschen und Ankluas, dann kam Balbok und schließlich Rammar, der einen möglichst großen Abstand zu Ankluas einhalten wollte.

»Rammar?«, fragte Balbok, nachdem sie eine Weile durch das dichte Grün des Dschungels gewandert waren.

»Ja, Balbok?«

Der Hagere blickte besorgt über die Schulter zurück. »Willst du dich eigentlicher immer noch an mir rächen?«

»Na ja.« Rammar schürzte die wulstigen Lippen. »Nachdem du uns allen den *asar* gerettet hast, zeige ich mich über die Maßen versöhnlich. Aber ich will nie wieder etwas von dieser Geschichte hören, hast du verstanden? Mein Bruder Balbok, der große Bunais – dass ich nicht lache!«

»Rammar?«

»Ja doch, was ist?«

»Findest du wirklich, dass ich der geborene Held bin?«

»Worauf du einen lassen kannst – und jetzt halt verdammt noch mal die Klappe, bevor ich meine guten Vorsätze vergesse und dich doch noch erschlage!«

# 4.
# AN MUNTIR, AN GURK

Corwyn hasste sich selbst.

Er verabscheute seine Vergangenheit ebenso wie die Gegenwart. Er verachtete das, was aus ihm und der Welt geworden war.

Die Krone auf seinem Haupt, die er ohnehin nie gern getragen hatte, war ihm in den letzten Tagen zur unerträglichen Last geworden. Zum König von Tirgas Lan, zum Einiger Erdwelts hatte sie ihn bestimmt, ohne dass man ihn je gefragt hätte, ob er selbst dies wollte. Lange hatte er gebraucht, sich an den Gedanken zu gewöhnen, Herrscher zu sein – er, der ehemalige Glücksritter, der sich seinen Lebensunterhalt verdient hatte, indem er Orks jagte und sein Schwert meistbietend verkaufte. Berater und Vasallen, die an das Ideal der Krone glaubten und ihm treu zur Seite standen, hatten ihm dabei geholfen, seine neue Rolle anzunehmen und zu erfüllen, und ganz allmählich hatte er gelernt, mit der neuen Verantwortung zurechtzukommen.

Dass es ihm gelungen war, verdankte er aber vor allem Alannah, und ohne die Frau, die er liebte, an seiner Seite kam Corwyn die Krone auf seinem Kopf auf einmal wie eine Maskerade vor, ein Mummenschanz, den man früher oder später durchschauen würde. Während er auf dem Thron saß, der Sitz neben ihm verwaist, rechnete er fast damit, dass jemand kommen und ihm die Krone vom Haupt reißen, ihn des Betrugs und der Hochstapelei bezichtigen würde. Vermutlich hätte Corwyn ihm nicht einmal widersprochen und still und leise abgedankt.

Aber es kam niemand, der ihn fortgejagt und ihm damit die Verantwortung abgenommen hätte. Mehr noch, die Boten, die er in alle Himmelsrichtungen ausgesandt hatte, um Unterstützung zu erbitten im Kampf gegen den neuen, unbekannten Feind im Osten, hatten mehr bewirkt als alle Verhandlungen, die Corwyn im Lauf der letzten Monate geführt hatte. Ein Geist der Einheit, wie er lange nicht mehr in Erdwelt zu spüren gewesen war, schien auf einmal die Völker und Rassen des neuen Reichs zusammenzuschmieden.

Was gute Worte und hohe Ideale nicht geschafft hatten, das bewirkte die Furcht vor einem gemeinsamen Widersacher, und es war Corwyn, der diese Entwicklung herbeigeführt hatte.

Es war die erste Entscheidung gewesen, die er ohne Alannahs Hilfe getroffen hatte. Wütend und enttäuscht war er gewesen, dass sich die Elfen von der Welt abwandten, um an fernen Ufern ihr Glück zu suchen, und so hatte er angekündigt, die Völker des Westens zu einem gemeinsamen Feldzug gegen Kal Anar zu führen, die Brutstätte jener bösen Macht, die Tirgas Lan überfallen und die Königin entführt hatte. Aber hatte er weise gehandelt, eines Herrschers würdig?

Nicht, dass Corwyn die Entscheidung an sich in Zweifel zog. Wäre es nur um ihn selbst gegangen, hätte er augenblicklich sein Schwert genommen und wäre gen Osten marschiert. Aber Alannah hatte ihn gelehrt, dass die Dinge nicht so einfach lagen. Sein rascher Entschluss zum Krieg würde viele das Leben kosten und vielleicht sogar mit einer Niederlage und dem Untergang Tirgas Lans enden.

Der unbekannte Feind schien mächtiger zu sein als jeder andere Gegner, gegen den Corwyn je gekämpft hatte – sogar mächtiger als der grausame Dunkelelf Margok, der vor einem Jahr zurückgekehrt war, um die Herrschaft über Erd-welt an sich zu reißen. Wenn der Herrscher von Kal Anar in der Lage war, die Gefallenen aus den Gräbern zu reißen und sie erneut zum Schwert greifen zu lassen, über welche Mög-lichkeiten und Waffen mochte er dann noch verfügen? Wel-che grässlichen Verbündeten hatte er auf seiner Seite? Konnten Sterbliche überhaupt gegen ihn bestehen?

Corwyn kannte die Antwort auf diese Fragen nicht, eben-so wenig, wie er wusste, was aus Alannah geworden war – und dafür hasste er sich nur noch mehr.

Wäre er ein guter König gewesen, der seine Pflichten ge-kannt und niemals vernachlässigt hätte, der um seine Rolle in der Geschichte gewusst und alles gegeben hätte, um sie auszufüllen, er hätte zumindest eine dieser Fragen beant-worten können. Er jedoch war ein Unwissender, der Krone nicht würdig – weder wusste er, was sein Heer jenseits der Ostgrenzen des Reiches erwartete, noch hatte er eine Ah-nung, wie es um Alannah bestellt war. War sie noch am Leben? Behandelten ihre Häscher sie gut? Oder war sie das erste Opfer dieses Kriegs geworden, der auf Grund seines – Corwyns – Handelns am Horizont heraufzog?

Er wusste es nicht.

Nur eines stand außer Frage: dass es noch mehr Opfer ge-ben würde in diesem Konflikt. Blut würde in Strömen flie-ßen, und er und kein anderer hatte die Entscheidung dazu getroffen. Ein Zurück gab es nicht mehr, das wurde Corwyn klar, als ihn ein Fanfarenstoß aus seinen trüben Gedanken riss und die erste Abordnung den Thronsaal von Tirgas Lan betrat.

Die königliche Heerschau hatte begonnen.

Den Wappen nach, das die prächtig gewandeten Kämpfer auf ihren Röcken trugen, gehörten sie den einstigen Grenz-städten an. Sie verbeugten sich tief, nachdem sie vor den Thron getreten waren, und einer von ihnen, ein breitschultriger Hüne mit leuchtend rotem Umhang, sprach: »Die Stadtväter von Sundaril und Andaril entbieten Euch ihren Gruß, König Corwyn. Zu Eurer Unterstützung im Kampf gegen den finsteren Feind schicken sie Euch zweihundert Lanzenreiter sowie einhundert Armbrustschützen. Des Weiteren werden die Städte je tausend Mann Fußvolk zur Verfügung stellen.«

Ein Raunen ging durch die Reihen des Hofstaats, als die Zahlen genannt wurden. Die Grenzstädte hatten lange Zeit als der Inbegriff der Selbstsucht der Menschen gegolten – dass ausgerechnet sie ein so großes Truppenkontingent stellen wollten, überraschte viele.

Nicht so Corwyn. Obwohl er ein Auge verloren hatte, sah er manches, das ihm früher verborgen geblieben war. Er hatte gewusst, dass es so kommen würde …

»Ich danke den Stadtvätern von Sundaril und Andaril für ihren großzügigen Beitrag, den ich gerne annehme«, erwiderte er. »Ich versichere, dass ich die mir anvertrauten Kämpfer nach bestem Wissen und Gewissen anführen werde.«

Der letzte Satz entsprach nicht dem Protokoll, was die königlichen Berater nervös aufblicken ließ. Corwyn aber hatte das Gefühl, es seinen Untertanen schuldig zu sein: Wenn sie schon in den Krieg ziehen mussten, dann sollten sie wenigstens wissen, dass er sich seiner Verantwortung bewusst war.

Die Vertreter der Grenzstädte verbeugten sich und traten beiseite. Die nächste Abordnung, die den Thronsaal betrat, gehörte unübersehbar dem Zwergenreich an – gedrungene Kämpfer mit langen Bärten und in prächtigen, mit Edelsteinen verzierten Rüstungen schritten auf den Thron zu, vor dem sie das Knie beugten.

»Mein Name ist Gunthmar von Nagelfluh, Herr«, stellte sich der Wortführer der Gruppe mit tiefer Stimme vor, »einer jener Fürsten, die sich Eurer Herrschaft unterworfen haben, weil sie an das Ideal glauben, für das Tirgas Lan einst stand und hoffentlich bald wieder stehen wird. Von jeher haben sich die Zwerge der Verantwortung nie verschlossen. In zwei langen und blutigen Kriegen haben wir uns ihr gestellt, und wir werden auch diesmal nicht zurückstehen, wenn es darum geht, unsere Welt zu verteidigen. Baut deshalb auf achtzig gepanzerte Kämpfer aus dem Zwergenreich, die sowohl ihr Herz als auch ihre Axt in Eure Dienste stellen werden, sowie auf vierhundert Bogenschützen, die ihr Ziel auch in der Hitze des Kampfes nicht verfehlen.«

Corwyn bedankte sich auch für diesen Beitrag, und die Heerschau ging weiter. Mit jeder Gruppe, die vortrat, vergrößerte sich die Armee, die er befehligen und nach Kal Anar führen würde, einem ungewissen Schicksal entgegen.

Die Hafenstädte Urquat und Suquat stellten zehn Kriegsgaleeren zur Verfügung, die sie mit je achtzig Kämpfern bemannen wollten; die Krieger der Insel Olfar, lange Zeit der Schrecken der Küstensiedlungen, gesellten sich mit zehn Drachenschiffen und weiteren fünfhundert Mann dem Bündnis hinzu.

Als Nächstes traten die Abgesandten der nördlichen Grenzstädte vor den Thron: Taik, Girnag und Suln stellten je fünfzig berittene Paladine und einhundert Armbrustschützen zur Verfügung, dazu weitere einhundertfünfzig Leichtbewaffnete.

Diejenigen Fürsten des östlichen Hügellands, die die Oberherrschaft Tirgas Lans anerkannt hatten, beteiligten sich insgesamt mit einhundert schwer bewaffneten Reitern und rund fünfhundert Vasallen, und schließlich steuerten auch noch die Clanschefs des Nordostens, die mit ihren Stämmen im Hochland am Fuß des Ostgebirges hausten, ihren Teil zur Streitmacht bei: Eine Horde von nicht weniger als vierhundert, mit Zweihändern und Steinschleudern bewaffneten Kriegern würde Corwyns Armee unterstützen.

Zusammen mit den fünfhundert Kämpfern, die in Tirgas Lan unter Waffen standen, ergab sich damit eine Armee, die schon bald das »Heer der 6000« genannt werden sollte: Knapp sechstausend Mann, deren Oberbefehl Corwyn innehatte und die er nach Osten führen würde, um die Bedrohung zu beseitigen, ehe sie alle selbst davon beseitigt wurden. Und obwohl er diese Auseinandersetzung nicht gesucht hatte und sich bereits für das Blutvergießen hasste, das der Krieg zur Folge haben würde, wusste er, dass es keine andere Möglichkeit gab. Wenn Corwyn wartete, bis die Gegenseite ein Heer aufgestellt hatte und das Land ihrerseits mit Krieg überzog, wenn die Felder erst in Flammen standen und die ersten Grenzstädte in Schutt und Asche lagen, würden die Opfer noch ungleich größer sein. Es gab keinen anderen Weg als den des Schwerts …

»Kehrt zurück in Eure Heimat«, sprach der König zu den Abgesandten seiner Vasallen und Verbündeten, die sich im weiten Rund des Thronsaals versammelt hatten. »Von heute an gerechnet in fünf Tagen wird sich das vereinigte Heer von Tirgas Lan im Nordosten der Ebene von Scaria versammeln, an der großen Furt.«

»In fünf Tagen, Herr?«, rief der Abgesandte aus Girnag erstaunt. »Das wird nicht genügen, um unsere Kämpfer zu versammeln und in Marsch zu setzen.«

Zustimmendes Gemurmel wurde laut, hier und dort wurde genickt.

»Ich fürchte, mehr Zeit haben wir nicht, meine Freunde. Die jüngsten Vorfälle haben gezeigt, dass der Feind bereits in unser Land eingedrungen ist. Jeden Augenblick kann er erneut zuschlagen. Ich werde niemanden zwingen, sich meinem Bündnis anzuschließen – aber wer teilnehmen will am Feldzug gegen Kal Anar, um für die Freiheit unserer Welt zu kämpfen, der soll sich in fünf Tagen an der Furt einfinden. Mit der Armee werden wir von Westen in das

Land unseres Feindes vorstoßen, während die Flotte von der See her angreifen wird.«

»Das sagt sich so einfach!«, rief jemand aus der Menge. »Jeder weiß, dass der Hafen von Kal Anar so gut wie uneinnehmbar ist. Tödliche Riffe und Klippen umgeben die Einfahrt. Wer nicht die genaue Route kennt, der ist des Todes.«

»Ich habe nicht behauptet, dass es einfach werden wird«, erwiderte Corwyn. »Dennoch – die Zeit drängt, und einen anderen Plan als diesen haben wir nicht. Nur wenn wir den Feind überraschen und von zwei Seiten gleichzeitig angreifen, können wir diesen Krieg rasch und siegreich beenden.«

»Ohne Vorwarnung? Ohne Kriegserklärung?«

»Ihr vergesst, dass Kal Anar uns bereits angegriffen hat«, konterte Corwyn. »Das ist meiner Ansicht nach Kriegserklärung genug. Man hat uns aus dem Hinterhalt überfallen, und wir werden zuschlagen, ehe sich dies wiederholt.«

»Ist das der einzige Grund?«, erkundigte sich jemand mit derart lauter Stimme, dass es von der hohen Kuppeldecke des Thronsaals widerhallte. Die Stimme kam Corwyn entfernt bekannt vor, aber wiederum nicht so, dass er sie gleich hätte zuordnen können.

»Wer hat das gesagt?«, fragte er deshalb in die Runde der Abgesandten und Höflinge.

Da teilten sich ihre Reihen, und ein rothaariger, untersetzter Mann trat vor, der Corwyn durchaus kein Unbekannter war. Es war Baron Yelnigg von der Insel Olfar – jenem Eiland, das Tirgas Lans Vorherrschaft erst anerkannt hatte, nachdem seine Kriegsflotte vor einigen Monaten in der Schlacht in der Möwenbucht vernichtend geschlagen worden war.

»Ich war es, der diese Worte sprach«, verkündete Yelnigg mit fester Stimme, »und ich wiederhole sie laut und deutlich, denn ich denke, ein jeder, der bereit ist, sein Blut für Tirgas Lan zu Felde zu tragen, hat eine ehrliche Antwort verdient: Ist die Bedrohung durch den unbekannten Feind der einzige Grund dafür, dass wir Kal Anar so rasch angreifen?«

Corwyn wusste nur zu gut, worauf der Baron hinauswollte, und offenbar legte es Yelnigg darauf an, Unfrieden unter Tirgas Lans Verbündeten zu stiften. Dennoch gab sich der König ahnungslos. »Welchen anderen Grund sollte es dafür geben, Freund Yelnigg?«, fragte er.

Der Baron schnitt eine Grimasse. »Mein König, spielt nicht mit mir. Wie jeder hier, der die Oberhoheit Tirgas Lans anerkannt und sich ihr unterworfen hat, bin ich bereit, mein Leben und das meiner Krieger zu wagen, um Gefahr vom Reich abzuwehren, wenn sie droht. Sollte es jedoch nur darum gehen, die Gemahlin des Königs zu befreien, die, wie wir alle wissen, entführt wurde, so …«

Corwyn hielt es nicht länger auf seinem Thron. »Glaubt Ihr das wirklich?«, fragte er und sprang auf, so unvermittelt, dass die Leibgardisten, die zu beiden Seiten des Throns standen, zusammenzuckten. »Denkt ihr wirklich, ich würde Euer aller Leben aufs Spiel setzen, nur um meine eigenen Ziele zu verfolgen?«

»Offen gestanden, weiß ich nicht, was ich denken soll, mein König«, entgegnete Yelnigg und gab sich unterwürfig, während in seinen stahlblauen Augen der Funke des Widerstands glomm. Hier und dort wurde erneut genickt, auch Worte der Zustimmung wurden geflüstert – offenbar war es um die Einheit des Reichs noch längst nicht so gut bestellt, wie Corwyn gehofft hatte. Aber anstatt nachzugeben, erwachte der Kämpfer in ihm …

»Dann will ich Euch sagen, Baron, was Ihr denken sollt«, entgegnete er, stieg die Stufen des Thronpodests hinab und trat geradewegs auf Yelnigg zu. »Es ist wahr, und ich mache kein Hehl daraus: Königin Alannah ist verschwunden, und ich vermute sie in den Klauen des Feindes – aber wir sind hier und heute nicht zusammengekommen, weil es meine Absicht ist, sie zu befreien. Ohnehin weiß ich nichts über ihr Schicksal, sie könnte längst ...« Er unterbrach sich, weil ihm das Wort nicht über die Lippen wollte.

»Sie könnte längst tot sein«, fuhr er dann leise, fast flüsternd fort, »und keine Streitmacht der Welt könnte sie jemals zurückbringen. Glaubt Ihr denn, es fiele mir leicht, hier vor Euch zu stehen und von Euch zu verlangen, Eure Söhne und Enkel in den Krieg zu schicken? Ginge es um Alannah allein, so wäre ich längst aufgebrochen, um sie selbst zu befreien, denn dieses Schwert« – er berührte den Griff der Waffe an seiner Seite – »dürstet nach dem Blut derer, die sie mir genommen haben. Aber es geht um viel mehr, Baron Yelnigg. Dort im Osten lauert ein Gegner, der mächtiger und gefährlicher ist als alles, was wir kennen. Selbst die Elfen fürchten ihn – aber sie werden uns nicht beistehen. Bei der Verteidigung unseres Reiches sind wir auf uns allein gestellt, gegen einen Feind, dessen Stärke wir nicht einmal kennen. Alles, was wir haben, ist unser Mut und unsere Einheit. Deswegen sind wir heute hier, Baron Yelnigg. Nur deswegen.«

Als Corwyn verstummte, war es im Thronsaal völlig still geworden. Seine Worte hatten die Abgesandten nachdenklich gemacht, auch jene, die Yelnigg zunächst recht gegeben hatten. Nur der Baron schien noch nicht völlig überzeugt zu sein.

»Ich weiß, dass wir vor kurzem noch Gegner waren, Baron«, fuhr Corwyn fort, »aber genau darum geht es: unsere alten Feindschaften zu überwinden und zusammenzustehen, um den Gedanken, der hinter Tirgas Lan steht, gegen jeden Aggressor zu verteidigen. Weder geht es dabei um mich noch um Euch, sondern einzig um die Einheit des Reiches, die allen Bewohnern Erdwelts Frieden und Wohlstand bringen wird.«

»Hehre Worte«, sagte Yelnigg, und leiser Spott lag in diesen beiden Wörtern.

»Und jedes einzelne davon ist ernst gemeint«, versicherte Corwyn. Er zog sein Schwert und legte die Klinge so in seine Hände, dass er den Griff der Waffe dem Baron entgegenhielt. »Im Kampf gegen einen Gegner, der weder Gnade noch Skrupel kannte, habe ich ein Auge verloren«, sagte er, »und ich will auf der Stelle auch mein zweites verlieren, wenn ich in diesem Moment etwas anderes als das Wohl Tirgas Lans im Sinn habe. Nehmt die Klinge, Baron, und stecht damit zu. Niemand wird Euch deswegen belangen, und ein König ohne Augenlicht wird für niemanden mehr eine Bedrohung sein. Tirgas Lan wird wieder in Bedeutungslosigkeit versinken, und Ihr alle seid frei und ungebunden und könnt tun und lassen, was Ihr wollt – jedenfalls so lange, bis das Böse von Kal Anar über unsere Grenzen kommt.«

Yelnigg, auf den sich alle Blicke gerichtet hatten und dessen Gesicht beinahe so rot geworden war wie sein wirres Haar, wusste nicht, was er darauf erwidern sollte – mit einer solchen Reaktion hatte er nicht gerechnet.

»Stoßt zu!«, forderte Corwyn noch einmal. »Glaubt nicht, dass Ihr mir damit Schmerz zufügt, denn ohne Königin Alannah versinkt die Welt für mich ohnehin in immerwährender Dunkelheit. Also los, worauf wartet Ihr?«

Einen endlos scheinenden Augenblick standen die beiden Männer einander gegenüber, Corwyn mit bitterer Entschlossenheit in der Miene und Yelnigg die Klinge reichend, der ebenso beschämt wie ratlos schien. Der Baron machte keine Anstalten, das Schwert zu ergreifen, also ließ Corwyn es schließlich sinken.

»Verzeiht meine unbedachten Worte, mein König«, flüsterte Yelnigg. »Ich weiß nicht, was über mich kam.«

»Aber ich weiß es.« Corwyn lächelte nachsichtig. »Das,

was uns alle von Zeit zu Zeit überkommt, denn wir sind alle nur sterblich.«

Der Baron schaute ihm ins Gesicht, schien ihn zu mustern – und schließlich erwiderte er das Lächeln.

»Hier, meine Hand«, sagte Corwyn und hielt ihm statt des Schwertgriffs die Rechte hin. »Ergreift sie, mein Freund, und wir werden gemeinsam in diese Schlacht ziehen. Nicht weil wir es wollen, sondern weil wir keine andere Wahl haben.«

Yelnigg zögerte, schien einen inneren Kampf auszutragen. Rachsucht und gekränkter Stolz rangen mit Pflichtbewusstsein und der Einsicht, dass der Herrscher von Tirgas Lan nicht zu denen gehörte, die ihre Macht missbrauchten. Die Krone auf seinem Haupt betrachtete er mehr als Bürde denn als Privileg, und in dem Krieg, der bevorstand, war er bereit, die gleichen Opfer zu bringen wie jeder andere Mann in Erdwelt.

Was mehr konnte man von einem König erwarten?

Mit einem grimmigen Nicken ergriff der Baron Corwyns Rechte, und unter den Abgesandten und Höflingen, die verstanden, dass dieser Handschlag mehr bedeutete als einen beendeten Streit zwischen zwei ehemaligen Rivalen, brach Beifall aus, in den auch die Angehörigen der Leibgarde einfielen.

»Tir-gas Lan! »Tir-gas Lan! Tir-gas Lan!«, wurde allenthalben gerufen, und Corwyn wurde klar, dass all das, was er in den letzten Monaten getan und bewirkt hatte, dass all die Opfer, die er gebracht hatte, nicht vergeblich gewesen waren.

Tirgas Lan war nicht nur mehr der Name einer Stadt – er war zum Inbegriff der Hoffnung geworden, zu einem lodernden Fanal, zu dem Menschen und Zwerge aufblickten in einer Zeit, in der dunkle Wolken über Erdwelt heraufzogen.

Obwohl Corwyns Herz schwer war und traurig, fühlte er auf einmal ein wenig Zuversicht – denn nicht er hatte die

Saat ausgebracht, die in diesem Augenblick im Thronsaal aufging, sondern Alannah. Sie war es gewesen, die daran geglaubt hatte, dass sich die zersplitterten Völker Erdwelts einst unter der Krone Tirgas Lans vereinen würden, genau wie Farawyn der Seher es prophezeit hatte – und sie hatte recht gehabt.

Erstmals seit Hunderten von Jahren sprachen die Städte, Clans und Fürstentümer wieder mit einer Stimme, hatten zusammengefunden, um einem möglicherweise weit überlegenen Feind zu trotzen.

Gemeinsam würden sie siegen.

Oder untergehen.

# 5.

# DURKASH UR'ARTUM'HAI SHUB

Nach sechs Tagesmärschen durch unwegsamen Dschungel erreichten die Orks und ihre menschlichen Begleiter die östlichen Ausläufer der Smaragdwälder.

Mehrmals hatte vor allem Rammar befürchtet, dass sie sich rettungslos verlaufen hatten. Aber Quia kannte den Weg, und sie hatte die Gruppe zuverlässig geführt – unter den bewundernden Blicken Nestors von Taik.

Als sich der dichte Vorhang aus Riesenfarnen und Lianen endlich vor ihnen lichtete, brachen Rammar und Nestor in trotzigen Jubel aus, und sogar Gurn gönnte sich ein erleichtertes Seufzen. Keine Schlinggewächse mehr, die sie erwürgen wollten, keine gefräßigen Panzerechsen und keine Moskitos – all das lag hinter ihnen.

Wenn die Gefährten jedoch glaubten, dass ihre Reise nun einfacher oder gar weniger gefährlich werden würde, dann irrten sie …

Sie kamen jedoch rascher voran, weil Balbok und Gurn ihnen nicht mehr mit Axt und Zweihänder einen Weg durchs Unterholz schlagen mussten. Stattdessen wurde das Land immer felsiger, und die letzten Ausläufer von Grün verloren sich schließlich in einem Meer aus zerklüfteten schwarzen Felsen, über die sich ein düsterer grauer Himmel mit bizarren Wolkenformationen spannte.

»*Shnorsh!*«, knurrte Balbok. »Sieht so aus, als würde es bald regnen.«

»*Umbal!*«, rügte ihn Rammar. »Hast du vergessen, wie Regenwolken aussehen? Als ob wir zu Hause in der Modermark nicht genug davon hätten.«

»Dein Bruder hat recht, Balbok«, pflichtete Ankluas dem fetten Ork bei (auch wenn Rammar seit jenen Abend im Amazonendorf keinen gesteigerten Wert mehr auf dessen Zustimmung legte). »Diese Wolken bergen kein Wasser, sondern wurden durch ewiges Feuer hervorgebracht.«

»Wie das?«, wollte Balbok wissen, der fand, dass eine der Wolken auffällige Ähnlichkeit mit einer riesigen Spinne hatte. Und jene dort sah aus wie die Fratze des finsteren Kurul …

»Die Wolken ziehen von Südosten her«, erklärte Quia, die nicht weniger sorgenvoll in den Himmel spähte als die Gefährten. »Dort befindet sich der Anar.«

»Wer ist das?«, wollte Balbok wissen.

»Ein Berg, dessen Inneres aus Feuer besteht«, antwortete die Amazone schaudernd.

»Ein Vulkan«, drückte Ankluas es anders aus, »an dessen Hängen sich die Stadt Kal Anar befindet.«

»Ist das nicht ziemlich gefährlich?«, erkundigte sich Nestor.

»Sollte man meinen«, antwortete Ankluas. »Allerdings wurde Kal Anar im Lauf seiner langen Geschichte noch nie vernichtet – weder durch Feindeshand noch durch die Naturgewalt, die in diesem Berg schlummert. Wann immer Feuer und Glut aus dem Krater quollen, haben sie einen Bogen um die Stadt gemacht, so als würde eine dunkle Macht die Stadt vor ihrer Vernichtung bewahren. Was ihr hier vor euch seht«, sagte der Ork und deutete geradeaus in die Landschaft, die sich vor ihnen erstreckte, »ist das Ergebnis des letzten Ausbruchs des Anar.«

Der Anblick war beklemmend.

Jenseits der letzten Bäume und Gräser, die die östliche

Grenze der Smaragdwälder bildeten, gab es keine Pflanzen mehr, nur noch schwarzen, zerklüfteten Fels, dessen Oberfläche das matte Tageslicht zu schlucken schien. Breite Risse durchzogen die unwegsame Landschaft, bizarre Formationen hatten sich im Gestein gebildet. An anderen Stellen war der Fels geborsten, und schwarze Trümmer übersäten den Boden, und hier und dort hatte sich der Boden aufgeworfen und schroffe Klippen gebildet, die das Land wie den Panzer einer Riesenechse aussehen ließen. Die Luft über der Ödnis flimmerte – nicht etwa, weil die Sonne die Felsen so aufgeheizt hätte, sondern weil an unzähligen Stellen zischend heißer Dampf aus den Erdspalten trat.

»Diese Hitze«, erklärte Ankluas, »kommt tief aus dem Inneren von Erdwelt. Sie ist der Grund dafür, dass die Smaragdwälder all diese Arten von Pflanzen und Tieren hervorgebracht haben, die man im Westen nicht kennt.«

»Großartig.« Rammar schnitt eine Grimasse. »Auf diese Vielfalt hätte ich gut verzichten können.«

»Es heißt, das ganze Ostgebirge stamme aus den Tiefen des Anar«, fuhr der einohrige Ork fort, der offenbar über die Länder des Ostens gut Bescheid wusste. »Vor Urzeiten hat der Vulkan es in Form glühender Lava ausgespuckt.«

»Und damit richtig große Haufen gesetzt«, vervollständigte Rammar.

»So könnte man es ausdrücken.«

Ein listiges Grinsen lag auf der Fratze des dicken Ork. »Dann hatte ich die ganze Zeit über recht«, folgerte er feixend, »und es muss doch Kal *Asar* heißen …«

Niemand lachte – außer Balbok, der die Bemerkung seines Bruders so komisch fand, dass er kaum noch Luft bekam. Ankluas, Nestor und Gurn hingegen sandten Rammar nur verständnislose Blicke, und auch Quia teilte den Humor ihres Stammvaters offenbar nicht. Im Gegenteil, die Züge der jungen Amazone waren immer betrübter geworden, je weiter die Gruppe nach Osten vorgestoßen war. Der Grund dafür war offensichtlich – der Augenblick des Abschieds war gekommen …

»Meine Aufgabe ist erfüllt«, erklärte die Kriegerin deshalb auch. »Mein Auftrag war es, euch an die Ostgrenze des Waldes zu führen. Von hier an bin ich euch keine Hilfe mehr, denn keine Tochter von Amaz hat das Land jenseits der Wälder jemals betreten.«

»Wir sind dir sehr dankbar, Quia«, versicherte Nestor, noch ehe ein anderer etwas erwidern konnte. »Ohne dich hätten wir es niemals so schnell bis hierher geschafft.«

»Ich habe nur getan, was meine Pflicht war gegenüber Bunais, unserem Stammvater.« Sie zwang sich zu einem Lächeln, aber es war ihr deutlich anzusehen, wie schwer ihr das fiel. »Darf ich dich umarmen, großer Bunais?«, fragte sie Balbok schließlich.

»Äh – *korr*«, erwiderte der verdutzte Ork, der sich an die zarte Art seiner Töchter noch immer nicht gewöhnt hatte. Wenn man unter Orks körperlich intim wurde, führte das oft genug zu gebrochenen Rippen.

Quia trat auf ihn zu, und da er zu groß war, als dass sie ihre Arme um seinen Hals hätte legen können, schlang die Amazone sie kurzerhand um seine Brust, was tatsächlich aussah, als würde ein Kind seinen Vater umarmen. Balbok blickte ein wenig beschämt in die Runde und wusste nicht recht, was er tun sollte – unbeholfen tätschelte er schließlich ihren Kopf, wobei er sich vorsehen musste, ihn nicht zu zerquetschen.

»Leb wohl, Bunais«, hauchte sie, und als sie sich endlich von ihm löste, sah man eine Träne über ihre Wange rinnen. »Sei auf der Hut in dem dunklen Land, das vor dir liegt.«

»Das – äh … werde ich«, versicherte Balbok und kratzte sich verlegen am Hinterkopf, während Rammar nur dabeistand und genervt den Kopf schüttelte.

»Wenn du willst, darfst du mich auch umarmen«, ermutigte Nestor die Amazone. Die wischte sich über die Augen und lächelte, doch anstatt seiner Aufforderung nachzukommen, trat sie zu ihm und hauchte ihm einen blütenzarten Kuss auf die Wange.

»Leb wohl, mein Freund«, sagte sie.

»Leb wohl …«

Der Verführer von Taik schaute ihr wehmütig hinterher, als Quia den Rückmarsch nach Westen antrat. Die Gefährten – allen voran Balbok und Nestor – winkten ihr nach, bis sie zwischen den Bäumen verschwunden war.

»Ach«, machte Balbok.

»Ja«, pflichtete Nestor ihm bei.

»Seid ihr bald fertig, ihr elenden Weicheier?«, maulte Rammar sie an. »Ist das zu fassen? Ein Ork mit Vatergefühlen und ein liebeskranker Mörder!«

»Ich bin nicht liebeskrank«, beeilte sich Nestor zu versichern.

»Das kannst du deinem Henker erzählen, Milchgesicht. Und jetzt seht zu, dass ihr die Beine schwingt – die Zeit drängt!«

Den Rest des Tages marschierten die fünf Gefährten nach Südosten, durch eine triste Landschaft, die nur aus Hitze und schwarzem Fels zu bestehen schien. Über ihnen spannte sich ein drückend grauer, von Rauch und giftigen Dämpfen durchzogener Himmel.

Rammar hatte nie darüber nachgedacht, wie es in Kuruls Grube aussehen mochte, aber er war sicher, dass dies der Sache ziemlich nahe kam: toter Fels, wohin man auch blickte, dazu der heiße Brodem, der aus den Tiefen der Erde quoll.

Nicht nur der dicke Ork schwitzte, auch seine Gefährten, und nicht selten hatten sie das Gefühl, auf der Stelle zu treten oder im Kreis zu gehen. Mehrmals mussten sie weite

Umwege in Kauf nehmen, um breite Felsspalten zu überwinden oder an Klippen vorbeizugelangen, die sich wie Mauern vor ihnen erhoben. Dabei mussten sie sich vorsehen, denn oft war das schwarze Gestein brüchig und lose, und man konnte sich leicht alle Knochen brechen bei einem Sturz in die teils verborgenen Felsspalten.

Es war Ankluas, der den Überblick behielt und seine Gefährten anführte, weiter nach Südosten, wo sich jenseits der flimmernden Luft und der weißen Schwaden Kal Anar befinden musste.

An einem Wasserlauf hatten die Gefährten kurz vor Verlassen des Waldes die ledernen Schläuche, die sie von den Amazonen bekommen hatten, noch einmal aufgefüllt, und das war gut so, denn ohne Wasser wären sie in dieser Wüste aus schwarzem Fels verloren gewesen. Dennoch hatte Rammar das Gefühl, dass seine Zunge zu einem unförmigen Kloß angeschwollen war, und er sehnte die Dämmerung herbei.

Die Dunkelheit kam, doch zu Rammars Verdruss wurde es nicht kühler. Die Sonne, die durch die dichten Wolken ohnehin kaum zu sehen gewesen war, verschwand hinter dem Horizont, die mörderische Hitze aus der Tiefe jedoch blieb.

Unter einem Überhang aus schwarzem Fels, der so aussah, als wäre eine Woge aus flüssigem Gestein urplötzlich erstarrt, fanden die erschöpften Wanderer Unterschlupf und versuchten ein wenig zu schlafen, was allerdings gar nicht so einfach war. Denn das beständige Brodeln und Zischen, das aus der Erde drang, dauerte auch in der Nacht an und sorgte dafür, dass zumindest Rammar trotz seiner Erschöpfung kaum ein Auge zutat.

Während sein hagerer Bruder schon bald mit Gurn um die Wette schnarchte, wälzte sich Rammar ruhelos auf seinem harten Lager hin und her. Irgendwann gab er entnervt auf, setzte sich stöhnend auf und streckte sich, dass seine Knochen laut knackten.

Gegen das orangefarbene Leuchten, das mit dem Dampf aus den Tiefen von Erdwelt drang und die nächtliche Landschaft matt beleuchtete, sah er eine Gestalt auf einem Felsen sitzen und nach Südosten starren, wo sich am fernen Horizont ein feuriges Glühen abzeichnete: Der Anar, den die Wanderer bei Tag nicht zu sehen bekommen hatten, weil er sich in Dunst und Wolken hüllte, war bei Nacht weithin sichtbar.

Sie waren also in die richtige Richtung marschiert ...

Bei der Gestalt handelte es sich eindeutig um einen Ork, und da diesem ein Ohr fehlte, musste es Ankluas sein. Rammar, der keine Lust verspürte – und auch ein bisschen Angst davor hatte –, sich mit einem *ochgurash* abzugeben, wollte sich rasch wieder hinlegen, um so zu tun, als ob er schliefe – doch da sah er, dass der einohrige Ork etwas in seinen Klauen hielt, und dieses Etwas erregte Rammars Aufmerksamkeit, weil es den matten Lichtschein reflektierte ...

Ein Spiegel?

Natürlich, was sonst?

Jeder Ork wusste, wie gern sich die *ochgurash'hai* im Spiegel betrachteten, so wie die Weiber – einem echten männlichen Ork, einen aus echtem Tod und Horn, kam so etwas niemals in den Sinn!

Rammar war ehrlich enttäuscht, sich so in Ankluas getäuscht zu haben, und wollte sich wieder hinlegen – als ein entsetzliches Geräusch über die Ödnis hallte.

Es war jenes durchdringende Kreischen, das dazu angetan war, einen Sterblichen um den Verstand zu bringen ...

Rammar sprang auf. Sein Herz raste in seiner Brust, und eine innere Panik befiel ihn, die so überwältigend war, dass er am liebsten laut losgeschrien hätte.

Die anderen erwachten jäh aus ihrem Schlaf. In einer fließenden Bewegung sprang Balbok auf und hatte die Axt schon in den Klauen, und auch Gurn und Nestor griffen zu den Waffen.

Ankluas aber lief zu ihnen und erinnerte sie daran, dass sie unter dem Felsüberhang aus der Luft nicht zu sehen waren, und mahnte zur Ruhe.

»Ein Basilisk«, erklärte er, noch ehe irgendjemand fragen konnte. »Seht!«

Die anderen schauten in die Richtung, in die die Klaue des Orks deutete, und dann sahen sie am Nachthimmel die Furcht erregende Silhouette des Schlangenvogels, die sich gegen das feurige Leuchten über dem Anar abzeichnete. Mit kräftigen Schlägen seiner riesigen Schwingen hielt er auf den Vulkan zu.

»Elende Biester also auch hier«, knurrte Gurn.

»Natürlich – dies ist ihre Heimat«, erklärte Ankluas. »Dieser dort fliegt vermutlich gerade nach Kal Anar, um seinem Herrn zu berichten.«

»Berichten? Worüber?«, fragte Rammar.

»Wer weiß? Vielleicht über die jüngsten Ereignisse in den Hügellanden oder im Zwergenreich.«

»Oder über uns«, fügte Nestor schaudernd hinzu.

»Verdammt«, fuhr Rammar ihn an, obwohl er insgeheim dieselbe Befürchtung hegte, »müssen Milchgesichter immer gleich schwarzsehen?«

»Wenn der Basilisk uns gesehen hätte, hätte er uns angegriffen«, war Ankluas überzeugt. »Immerhin wissen wir jetzt, dass wir richtig lagen mit unserer Vermutung – die Basilisken kommen tatsächlich aus Kal Anar und stehen in den Diensten des dortigen Herrschers.«

»Was ist das für ein Kerl?«, fragte Balbok, mehr an sich selbst gewandt als an die anderen. »Was für ein *umbal* schafft sich solche Viecher an?«

»Kein *umbal*, sondern ein Feind, der über einen ebenso

messerscharfen wie böswilligen Verstand verfügt«, sagte Ankluas. »Wenn wir ihn aus dem Weg schaffen wollen, werden wir uns verdammt vorsehen müssen.«

»Ihn aus dem Weg schaffen?«, schnappte Rammar. »Wer hat was von aus dem Weg schaffen gesagt?«

»Du selbst«, antwortete Balbok prompt. »Oder interessieren dich die beiden Schätze nicht mehr?«

»Die *beiden* Schätze?« Nestor und Gurn machten große Augen. »Es gibt zwei davon?«

»Na großartig«, knurrte Rammar. »Vielen Dank auch, dass du alles hinausposaunt hast.«

Balbok lächelte naiv. »Gern geschehen.«

»Welche beiden Schätze?«, verlangte Nestor zu wissen.

»Das geht euch nichts an!«, blaffte Rammar. »Ihr beide seid hier, um euch eure Freiheit zu verdienen, und das war's. Ende der Vorstellung. Schicht im Schacht, wie die Hutzelbärte sagen.«

»Wegen von«, widersprach Gurn grollend. »Für Freiheit genug getan. Ich gehen nach Norden und überqueren Gebirge, um zurückkehren in mein Heimat.«

»Du hast Corwyn dein Wort gegeben, vergiss das nicht«, brachte Rammar in Erinnerung, worauf der Eisbarbar jedoch nur ein verächtliches Schnauben vernehmen ließ.

»Gurn hat recht«, pflichtete Nestor seinem menschlichen Gefährten bei. »Unser Auftrag sah lediglich vor, den Feind auszuspionieren. Wenn wir mehr tun sollen als das, wird es entsprechend teurer.«

»Du Made!«, knurrte Rammar und kniff ein Auge zu, während er den Attentäter mit den anderen drohend taxierte. »Willst du etwa Forderungen stellen? Du kannst von Glück sagen, wenn ich dich nicht einfach zerquetsche.«

»Nur zu«, sagte Nestor und bot ihm trotzig die Stirn, »aber das wäre ziemlich unklug von dir, denn in dieser Ödnis solltest du froh um jeden Verbündeten sein.«

Das war nicht von der Klaue zu weisen, und Rammar wusste nicht, was er darauf noch erwidern sollte. Er biss sich auf die Lippen, während er sich das Hirn mit Zahlenspielereien zermarterte – und das, obwohl er weder zählen noch rechnen konnte.

Zwei Schätze waren mehr als einer, so viel stand fest. Aber wie viel blieb für jeden übrig, wenn man die beiden Schätze teilen musste, und zwar durch eins, zwei, drei …

»Einverstanden«, sagte Ankluas plötzlich und streckte Nestor die Klaue hin. »Schlag ein, Mensch.«

»Was?«, fauchte Rammar. »Das ist ja wohl nicht dein Ernst, Einohr!«

»Wieso nicht? Sie sollen mehr leisten, als ursprünglich von ihnen verlangt wurde, und sie könnten leicht dabei draufgehen. Da ist es nur recht und billig, wenn wir ihnen etwas von unserer Beute abgeben.«

»Von *unserer* Beute?«, echote Rammar. Ankluas hatte gut reden. Dabei hatte Rammar ja nicht einmal vorgehabt, mit *ihm* zu teilen …

Dass Ankluas allerdings so schnell beigab, war typisch für einen *ochgurash*. Sie waren eben keine echten Orks aus Tod und Horn. Rammar hingegen hätte es auch ganz allein gegen den unbekannten Feind aufgenommen – wären da nicht die Basilisken gewesen!

Also beschloss er, dem Handel zuzustimmen. Im Augenblick waren Balbok und er auf die Hilfe Ankluas' und der Menschen angewiesen – übers Ohr hauen konnten sie ihre Partner ja immer noch …

»*Korr*«, knurrte er deshalb, »von mir aus. Wir erledigen die Sache gemeinsam, und die Beute teilen wir zwischen uns auf.«

»Zu gleichen Teilen«, betonte Nestor.

»Von mir aus auch das.« Rammar nickte – er hatte ohnehin nicht vor, sich an die Abmachung zu halten, da konnte er versprechen, was er wollte. Schweigend sah er zu, wie Nestor und Ankluas sich gegenseitig Hand und Klaue schüttelten, dann wandte er sich ab und blickte nach Südosten.

Dort, in der Ferne, glomm noch immer jenes orangerote Leuchten, wo das Ziel ihrer Reise lag.

Kal Anar …

# 6.

# OINSOCHG UR'DOUK-KROK'HAI

»Hast du noch einen letzten Wunsch?«

Früher, als Orthmar von Bruchstein noch als Schmuggler tätig gewesen war, hatte er sich oft gefragt, wie es sein würde, wenn man ihn irgendwann erwischte und ihm diese Frage stellte. Er war immer davon ausgegangen, dass es ein mieses Gefühl sein müsste, die Frage zu hören und zu wissen, dass es die letzte sein würde, die man ihm in diesem Leben stellte …

Und damit hatte er richtig gelegen …

»Nein«, knurrte der Zwerg feindselig, der in der Mitte des von Pfahlhütten umgebenen Dorfplatzes stand, an Händen und Füßen gefesselt. In einem weiten Kreis hatten die Amazonenkriegerinnen um ihn herum Aufstellung genommen. Die Spitzen ihrer Speere wiesen auf Orthmar. Es war Nacht, und der Vollmond beleuchtete die Szenerie. In den Gesichtern der Amazonen waren weder Mitleid noch Erbarmen zu lesen.

»Ihr verdammten Weiber, bringt es schon endlich hinter euch!«, fuhr von Bruchstein sie an. »Ihr könnt es doch ohnehin kaum erwarten, mich aufzuspießen!«

»Du hast Angst«, stellte Zara, eine der sieben Anführerinnen des Stammes, fest.

»Aber nicht doch.« Der Zwerg rollte mit den Augen. »Wovor sollte ich wohl Angst haben, hä? Vor ein paar halb nackten Weibern, die sich für Kriegerinnen halten? Ganz sicher nicht.«

Einige der Amazonen zuckten zusammen angesichts dieser beleidigenden Worte. Schon wollte eine von ihnen vortreten, um dem Zwerg das vorlaute Maul zu stopfen, aber Zara hielt sie mit einer Handbewegung zurück.

»Nein!«, rief sie entschieden. »Merkt ihr nicht, dass er es genau darauf anlegt? Er will uns provozieren, damit wir ihm ein rasches Ende schenken – aber daraus wird nichts. Der Zwerg hat es gewagt, den großen Bunais zu hintergehen, und seine Strafe dafür soll der schrecklichste Tod sein, der sich denken lässt. Du wirst sterben«, sagte sie wieder an von Bruchstein gewandt, »aber nicht schnell und schmerzlos, sondern langsam – wenn der Morgen graut, wirst du dir wünschen, niemals geboren worden zu sein!«

Orthmar von Bruchstein brachte es fertig, die Amazonen verwegen anzugrinsen – in Wirklichkeit überdeckte er damit nur das Entsetzen, das er empfand.

»Die Spitzen unserer Speere werden dich verletzen, aber nicht töten«, kündigte Zara an. »Anschließend werden wir dich zum See bringen, wo zur Nachtzeit Blutfische nach Beute jagen. Sie werden dir ganz langsam das Fleisch von den Knochen nagen, dass du vor Schmerzen den Verstand verlierst. Aber das ist erst der Anfang, denn wenn die Blutfische mit dir fertig sind, werden wir dich an einen der Bäume hängen, wo sich die Ameisen an dir gütlich tun werden. Und danach …«

Plötzlich unterbrach sie sich und legte den Kopf schief, als würde sie angestrengt lauschen.

»Was ist, Tochter von Amaz?«, erkundigte sich eine ihrer Kriegerinnen besorgt. »Ist alles in Ordnung?«

Zara zögerte. »Ich denke schon«, sagte sie dann. »Für einen kurzen Moment glaubte ich nur, etwas zu spüren. Etwas, das ich noch nie zuvor …« Sie verstummte erneut und hielt kurz inne, ehe sie sich wieder dem Gefangenen zuwandte. »Dein Ende wird furchtbar sein, Zwerg«, sagte sie unerbittlich, »aber so ergeht es allen, die Bunais Böses wollen und …«

»So ein Blödsinn!«, ereiferte sich Orthmar von Bruchstein, weniger aus Mut denn aus purer Verzweiflung. »Er ist nicht Bunais, sondern nur ein bescheuerter Ork! Ein Unhold, versteht ihr? Ein stinkender Nichtsnutz aus der Modermark, der in seinem ganzen verkommenen Leben noch nie etwas Gutes getan hat!«

»Im Gegensatz zu dir, willst du wohl sagen?«, fragte Zara höhnisch.

»So ist es! Ich bin eine Zier meiner Rasse und habe noch niemals jemandem etwas zu Leide getan. Das alles ist ein großes Missverständnis – aber das werdet ihr wohl erst begreifen, wenn es zu spät ist.«

»Zu spät für dich jedenfalls«, entgegnete die Anführerin der Amazonen kaltschnäuzig, dann nickte sie ihren Kriegerinnen zu, die daraufhin mit erhobenen Speeren vortraten und den waffenstarrenden Kordon um von Bruchstein enger zogen. »Fangt an, Schwestern – für Bunais und Amaz!«

»Für Bunais und Amaz!«, echote es reihum, und von Bruchstein war klar, dass er keine Gnade zu erwarten hatte.

Nach so vielen Abenteuern, bei denen es ihm immer wieder gelungen war, im letzten Moment den Kopf aus der Schlinge zu ziehen, gab es diesmal keine Rettung.

Oder?

Plötzlich glaubte auch der Zwerg etwas zu spüren – eine dunkle Präsenz, die schier überwältigend war.

Im nächsten Moment gellte ein Schrei durch die mondbeschienene Nacht, so schrill, dass er selbst die wilden Kreaturen des Waldes vor Entsetzen verstummen ließ.

Die Amazonen standen starr, dann tauschten sie verwirrte Blicke.

»Dort!«, rief eine von ihnen und deutete zum Himmel – und aus der Schwärze der Nacht stürzte ein grässlicher

Schatten. Es war ein riesiger Vogel – und doch auch nicht. Denn unterhalb der Schwingen, die der einer Fledermaus glichen, ringelte sich der Körper einer Schlange, und die Augen des unheimlichen Wesens glühten rot.

Ein Basilisk!

Zum ersten Mal in ihrem Leben sah Zara eine jener Kreaturen, die sie bislang nur aus Erzählungen kannte, und als der Basilisk in steilem Flug herabstürzte, schaute sie ihm direkt ins schreckliche Antlitz – und erstarrte.

Ihr Körper schien zu Stein zu werden, und sie war nicht mehr in der Lage, sich zu rühren. Weder konnte sie die Flucht ergreifen noch ihren Speer heben – alles, was sie tun konnte, war schreien.

Vielen der Kriegerinnen erging es ebenso. Panik brach auf dem Dorfplatz aus, während das Ungeheuer mir weit aufgerissenem Schnabel heranstürzte, als wollte es über seine wehrlos gewordenen Opfer herfallen – aber das tat es nicht.

Im letzten Moment schlug der Basilisk mit den krallenbewehrten ledrigen Schwingen, flog knapp über die Köpfe der zu Tode verängstigten Amazonen hinweg, und so plötzlich, wie er aufgetaucht war, verschwand der Schlangenvogel auch wieder. Wenn die Kriegerinnen jedoch glaubten, es damit überstanden zu haben, irrten sie – denn auf einmal öffnete sich der Boden ringsum.

Noch immer unfähig, sich zu rühren, beobachtete Zara, wie sich die feuchte Erde des Waldes an einigen Stellen zu heben begann und aufbrach, als würde etwas mit Urgewalt an die Oberfläche stoßen. Im nächsten Moment erschienen knochige Hände im Boden, schartige Säbel und Schwerter umklammernd.

»Bei Amaz und Bunais!«, brüllte jemand. »Was ist das?«

Den Knochenhänden folgten Arme, von denen ebenfalls nur noch wenig mehr als bleiche Gebeine übrig waren. Nur hier und dort klebte noch vertrocknetes Fleisch an den Knochen. Schädel erschienen, aus deren leeren Augenhöhlen den Amazonen das blanke Grauen entgegenstarrte und deren Kiefer ein bizarres Grinsen zeigten. Alsdann stiegen die Knochenkrieger ganz aus ihren Löchern: Skelette, die in rostige Kettenhemden steckten und von frevlerischer Magie zu untotem Leben erweckt worden waren.

Mitleidlos fielen sie über die Amazonen her. Nur jene, die dem Basilisken nicht ins Auge geblickt hatten, vermochten ihnen noch Widerstand zu leisten – der Rest war dem Angriff wehrlos ausgeliefert.

Mit ihren rostigen Klingen stachen die untoten Krieger zu, durchbohrten halb nackte Körper, die blutüberströmt zu Boden sanken. Und selbst jene Amazonen, die in der Lage waren, sich dem Angriff der Skelettkrieger zu widersetzen, waren nicht viel besser dran: Zwar durchstießen ihre Speere die Kettenhemden der Angreifer und drangen tief in deren Leiber, aber sie richteten keinen weiteren Schaden an. Unbeeindruckt marschierten die untoten Kämpfer weiter und metzelten die tapferen Töchter Amaz' nieder.

Das entsetzte Kreischen und die Todesschreie der Kriegerinnen hallten über die Lichtung, und über allem lag das grausame, schallende Gelächter Orthmar von Bruchsteins.

Hilflose Wut überkam Zara, und alles in ihr verlangte danach, sich auf den Zwerg zu stürzen und seinem verräterischen Leben ein Ende zu setzen – aber noch immer konnte sie sich nicht rühren, hielt die Starre sie gefangen.

Plötzlich öffnete sich der Boden zu Zaras Füßen, und ein weiterer Skelettkrieger arbeitete sich empor. Klappernd richtete er sich vor Zara auf, holte mit der Klinge aus und schlug zu – und Zara spürte sengenden Schmerz, als das rostige Eisen tief in ihre linke Schulter fuhr.

Ein Gutes hatte der Schmerz immerhin – er riss die Amazone aus ihrer Starre. Ihren linken Arm konnte sie nicht mehr

gebrauchen, schlaff und blutend hing er an ihrer Seite herab –
in der Rechten jedoch hielt sie noch den Speer, mit dem sie
den nächsten wütenden Hieb des Skelettkriegers blockte. Das
Holz des Schafts barst zwar, aber Zara setzte im nächsten Moment den Fuß auf die Brust des Knochenmanns und stieß ihn
nach hinten.

Klappernd taumelte der Skelettkrieger zurück und fiel
dann rücklings zu Boden, während sich Zara, den abgebrochenen Speer in der Hand, hastig nach dem nächsten Gegner umschaute. Was sie sah, erfüllte sie mit Entsetzen.

Im Dorf wimmelte es von untoten Kriegern, von denen
immer noch mehr der Walderde entstiegen. Irgendwie waren inzwischen auch ein paar der Pfahlhütten in Brand geraten, oder die Skelettkrieger hatten auf einen für die Lebenden unhörbaren Befehl hin Feuer gelegt. Jedenfalls brannten
mehrere der Hütten lichterloh, und das Feuer griff auf die
anderen Bauwerke über.

Auf dem Dorfplatz ging indes das entsetzliche Morden
weiter. Hilflos musste Zara mitansehen, wie einige ihrer besten Kriegerinnen unter den Streichen der Skelettkrieger fielen, und Tränen schossen ihr in die Augen, während die treff-
lichen Töchter Amaz' erschlagen zu Boden sanken und in
ihrem Blut liegen blieben.

Ein Geräusch unmittelbar neben ihr ließ Zara herumfahren. Der Krieger, den sie zu Boden geworfen hatte, wollte
sich wieder erheben. Das Schwert hielt er noch in der Hand.

Die Amazone handelte kurz entschlossen. Töten konnte
sie ihren unheimlichen Gegner nicht, denn tot war er schon.
Aber sie konnte dafür sorgen, dass er keinen Schaden mehr
anrichtete. Sie riss dem Untoten das Schwert aus der Kno-
chenhand, hackte ihm Arme und Beine ab und schleuderte
sie mit Fußtritten davon. Dann rammte sie dem Torso das
Schwert durch die Brust, sodass die Klinge unter ihm im
Erdreich stecken blieb. Vergeblich versuchte sich der Un-

tote zu erheben, doch er konnte nur noch den Kopf hin- und herdrehen. Ein wütendes Knurren drang aus seiner Kehle.

»Verfaule!«, schrie Zara ihn an.

Doch ein Sieg war dies noch nicht, denn ein kampfunfähiger Krieger bedeutete nichts im Vergleich zu den Scharen, die über das Amazonendorf herfielen.

Inzwischen waren sie überall.

Gegen das lodernde Feuer der brennenden Hütten sah Zara ihre bizarren Gestalten. Überall waren sie, wohin Zara auch schaute. Es war für sie eine bittere Erkenntnis, doch sie konnte nichts mehr tun, um ihren Stamm zu retten.

Aber sie konnte dafür sorgen, dass ihre Schwestern gerächt wurden!

Nur einer fiel ihr ein, der dies zuwege bringen konnte, der es mit seiner Kühnheit und Stärke selbst mit Kriegern aus dem Schattenreich aufnehmen konnte.

Bunais …

Ungeachtet ihrer schmerzenden Schulter, begann Zara zu laufen. Fort von den grässlichen Gestalten und von dem Massaker, das diese unter Amaz' Töchtern anrichteten, und hinüber zur Koppel mit den Reitvögel. Es ging der Anführerin der Amazonen nicht darum, ihr Leben zu retten – dass es verwirkt war, verriet ihr das viele Blut, das unaufhörlich aus der Schulterwunde pulste. Mit jedem Augenblick, der verstrich, fühlte sie sich schwächer. Sie hoffte nur, dass ihre Kraft noch ausreichte, um Bunais zu finden, damit er Rache üben konnte an wer auch immer für dieses Massaker verantwortlich war …

Ein Skelettkrieger stellte sich ihr in den Weg, doch mit der Kraft der Verzweiflung rannte Zara ihn über den Haufen. Dann eilte sie quer über den von den brennenden Hüten erleuchteten Dorfplatz. Inzwischen gab es keine Hütte mehr, die nicht in Flammen stand – soeben gaben die Pfeiler einer der Behausungen mit hässlichem Knirschen nach, und lodernd neigte sich die Hütte und krachte schließlich zu Boden, wo sie regelrecht zerbarst.

Tränen rannen über Zaras Wangen, hervorgerufen von der Wut, der Trauer und vom beißenden Rauch, der über die Lichtung zog.

Endlich war sie bei der Koppel.

Die Schreie der Kämpfenden und die tosende Feuersbrunst hatten die Tiere in Panik versetzt. Sie liefen auf ihren dünnen Beinen wild durcheinander, schlugen mit den fürs Fliegen zu kurzen Flügeln und reckten ängstlich schnatternd die langen Hälse. Zara blieb keine Zeit, um ihr eigenes Tier aus der Menge herauszusuchen – kurzerhand erklomm sie den Koppelzaun und sprang von dort auf den nächstbesten Reitvogel.

Der war weder gesattelt noch trug er Zaumzeug, trotzdem konnte sich die Amazone mit der Hand des unverletzten Arms am Gefieder festkrallen, dann raunte sie dem Vogel einen Befehl zu.

Einen schrillen Schrei ausstoßend, fuhr er herum. Von seinem Rücken aus öffnete Zara das Koppelgatter, nicht nur für ihr eigenes Tier, sondern auch für alle anderen, die die anrückenden Knochenkrieger niederrannten und Zara so einen Fluchtweg bahnten. Kaum hatte sie das Gehege hinter sich gelassen, dirigierte sie ihr Reittier mit energischem Schenkeldruck zum Waldrand, und schon bald hatte das Dickicht sie verschlungen.

Die Schreie und das Grauen blieben hinter ihr zurück. Zara trieb ihr Tier hinein in den Dschungel und in die Finsternis, die dort herrschte.

Sie musste Bunais finden – dies war wahrscheinlich die letzte Aufgabe ihres Lebens …

# 7.

# KAL ANAR

Zwei Tage später bekamen die Gefährten erstmals auch am Tag das Ziel ihrer Reise zu sehen.

In den Nächten war der Anar stets nur als fernes Leuchten auszumachen gewesen, das sich verstärkt hatte, je näher die drei Orks und die beiden Menschen dem Berg gekommen waren, und tagsüber hatten ihn Schleier aus Rauch und Dunst verhüllt.

Als die Gefährten jedoch am Mittag des dritten Tages auf eine Anhöhe stiegen, sahen sie den Berg zum ersten Mal in seiner wahren düsteren Pracht.

Wie ein einsamer Wächter überragte er die triste Landschaft, und aus der abgeflachten Spitze drang dunkler, fast schwarzer Rauch. Beißender Gestank tränkte die heiße Luft, als hauste im Inneren des Berges ein feuerspeiendes Ungetüm, das Schwefeldampf aus seinen Nüstern blies.

Der Anblick war ebenso beeindruckend wie niederschmetternd; weder Balbok und Rammar noch ihre menschlichen Begleiter hatten sich den Berg derart riesig vorgestellt. Keiner von ihnen sprach es aus, aber es befiel sie klamme Furcht, als sie den Anar erblickten, und trotz der wabernden Hitze, die aus den Felsspalten stieg, merkten die Orks, wie sich ihre Nackenborsten sträubten – und dies umso mehr, wenn sie daran dachten, dass dies die Heimat jener scheußlichen fliegenden Kreaturen war, deren Blick schon reichte, einen Kämpfer wehrlos zu machen …

»Verdammt«, sprach Nestor aus, was alle dachten, »das verdammte Ding ist ja riesig.«

»Allerdings«, stimmte Ankluas zu. »Die Zwerge wollten den Vulkan einst zähmen und für ihre Zwecke nutzen – eine Esse, die niemals angefacht zu werden braucht und jedwedes Metall zum Schmelzen bringt. Aber soweit ich weiß ist auch diese Expedition niemals zurückgekehrt, und es ist gänzlich unbekannt, was ihren Teilnehmern widerfuhr.«

»*Snorsh!*«, sagte Balbok. »Ich glaube, ich weiß es …«

»Was weißt du?«, fragte Rammar erstaunt.

»Was mit den Zwergen passiert ist.«

»Ach ja?« Rammar hob eine Braue. »Und woher, beim furzenden Ludar, willst du das wissen?«

»Schau dort hin«, sagte der Hagere, und er deutete in die Senke, die sich am nordöstlichen Fuß der Anhöhe erstreckte.

Bislang hatte der Anar ihre ganze Aufmerksamkeit gefesselt. Im nächsten Moment aber sahen sie die Schädel!

Sie steckten auf spitzen steinernen Pfählen, die natürlichen Ursprungs oder von Hand gehauen sein mochten und die sich wie ein bizarrer Wald durch die Senke erstreckten. Es waren so viele, dass es die Fähigkeiten eines jeden Orks weit überstieg, sie zu zählen.

»Du hast recht«, sagte Ankluas beklommen. »Die Zwerge scheint in der Tat ein grausames Schicksal ereilt zu haben.«

Die Gefährten stiegen hinab, um die grausige Szenerie näher in Augenschein zu nehmen. Tatsächlich hatten die meisten der Schädel einst auf breiten Zwergenschultern gesessen. Sie waren mumifiziert; ledrige Haut überzog sie, langes Haar und Bärte flatterten im Wind.

»Tja«, murmelte Rammar und schnitt eine Grimasse, »sieht so aus, als hätten die Jungs den Kopf verloren.«

Niemand, nicht einmal Balbok, wollte über den Scherz lachen, mit dem Rammar ohnehin nur sein Entsetzen zu überspielen versuchte. Jedem von ihnen war klar, was sie erwartete, würde man sie entdecken ...

»Diese Schädel wurden nur aus einem einzigen Grund hier aufgestellt«, sagte Ankluas mit bebender Stimme. »Um unerwünschte Besucher abzuschrecken.«

»Und?«, fragte Nestor. »Lassen wir uns abschrecken?«

»Von wegen«, knurrte Balbok.

»Dies ist die Grenze von Kal Anar«, sagte Ankluas. »Ein dunkles Land liegt jenseits dieses Pfahlwalds. Wenn wir es erst betreten haben, gibt es kein Zurück mehr.«

»Gut so«, meinte Balbok und hob die Axt. »Wer immer hinter alldem steckt – es wird Zeit, dass auch ihm jemand den Schädel abhackt.«

»*Korr*«, stimmte jemand grimmig zu, und es war keiner der Orks, der dies sagte, sondern Gurn der Eisbarbar.

Die Gefährten setzten ihren Weg fort. Sie durchquerten den makabren Wald der Steinpfähle, wobei Rammar das Gefühl hatte, die abgehackten Köpfe würden ihm warnende Blicke zuwerfen. Entsprechend erleichtert war er, als sie die Senke hinter sich gelassen hatten. Auf der anderen Seite wandten sie sich nach Norden, wo ein steiler Pfad wieder emporführte.

Die Gefährten hielten sich nach Möglichkeit im Schutz von Felsbrocken und Vertiefungen, damit man sie nicht entdeckte. Kaum ein Wort wurde gesprochen; nicht nur, dass sie ihren Atem für den beschwerlichen Marsch benötigten – jeder von ihnen fühlte auch die Bedrückung, die von diesem öden Landstrich ausging. Wie ein Schatten lag sie auf ihren Gemütern, und sie begannen zu ahnen, was Ankluas gemeint hatte, als er vom »dunklen Land« gesprochen hatte.

Nur selten gönnten sie sich eine kurze Rast, da sie sich

nirgendwo wirklich sicher fühlten. Sie blieben lieber in Bewegung, was aber auf Grund der Hitze und des unwegsamen Geländes nicht ohne kürzere Pausen möglich war. Auch gingen ihre Vorräte rapide zur Neige. Nur jene, die sich den Inhalt ihrer Wasserschläuche streng eingeteilt hatten, hatten noch etwas zu trinken. Rammar, der freilich nicht dazugehörte, hatte das Gefühl, allmählich innerlich zu vertrocknen. Mit ausgedörrtem Hals und brennender Kehle schaute er neidisch auf die Kameraden, die weniger gierig gewesen waren als er.

Nicht nur, dass es im schwarzen Land westlich von Kal Anar kein Wasser und keine Pflanzen gab, es waren auch weit und breit keine Spuren von Zivilisation in dieser tristen, hitzeflirrenden Ödnis auszumachen – bis sich die Orks und ihre beiden menschlichen Begleiter nahe genug an den Berg herangearbeitet hatten, dass sie Einzelheiten erkennen konnten. Wie eine Geistererscheinung schälten sich die fernen Umrisse einer Stadt aus den grauen Schleiern – einer Stadt, die an den steilen Hängen des Vulkans emporzuwachsen schien.

»Kal Anar«, sagte Ankluas leise und mit einem Unterton, der Rammar nicht gefiel.

Nicht nur den Ork-Brüdern blieb vor Staunen die Luft weg, auch Nestor und Gurn hatten wohl etwas Vergleichbares nie gesehen. Jede andere Stadt, die sie je betreten hatten, war dem Erdboden nach ausgerichtet – Kal Anar jedoch erstreckte sich fast senkrecht in die Höhe.

Fremdartige Gebäude, die mehr hoch waren als breit und zur Talseite hin auf hölzernen Pfählen standen, klebten an den Hängen des Berges, bis hinauf in Schwindel erregende Höhen. Die Dächer waren an den Ecken hochgezogen, was den Gebäuden ein ungewohntes Aussehen verlieh. Straßen im herkömmlichen Sinn schien es nicht zu geben, stattdessen verliefen steile Gassen zwischen den eng beieinander stehenden Gebäuden, und nur hier und dort gab es eine künstlich geschaffene Plattform oder ein natürliches Plateau, um als Versammlungsort oder Marktplatz zu dienen.

Jenseits der spitzen, schiefen und verwinkelten Dächer war im Süden eine weite Fläche zu erkennen, vom matten Tageslicht unwirklich beleuchtet – die Ostsee, die das karge Land nach Süden hin begrenzte. Wie ein Wald aus rasiermesserscharfen Klingen erhoben sich gefährlich aussehende Klippen entlang der Küste und säumten den Hafen Kal Anars, der sich am Fuß des Südhangs befand – die »Pfeiler des Todes«.

Umgeben wurde die Stadt, die sich von der Südseite bis zur Westflanke des Anar erstreckte, von einer breiten, turmlosen Mauer, die in wildem Zickzack über den Fels verlief. Ein weißer Turm erhob sich am höchsten Punkt der Stadt und schraubte sich spiralförmig in den Himmel. Darüber lag, dunkel und drohend, der stumpfe Gipfel des Anar, aus dessen Krater unablässig dunkler Rauch stieg, der den Himmel über der Stadt verfinsterte.

»Der Schlangenturm«, erklärte Ankluas. »Er ist älter als jedes andere Gebäude in Erdwelt.«

»Dann wird es Zeit«, brummte Balbok trotzig, »dass jemand das hässliche Ding niederreißt.«

»*Korr*«, stimmten Rammar und Gurn wie aus einem Munde zu.

»Ihr sprecht leichtfertig, meine Freunde«, sagte Ankluas, »denn diesen Turm umgibt ein düsteres Geheimnis. Niemand weiß, wer ihn einst errichtet hat, denn als die ersten Elfen vor langer Zeit nach Erdwelt kamen, war er bereits da. Wir sollten uns ...«

Der einohrige Ork unterbrach sich. Rammar wollte ihn noch fragen, was er denn plötzlich hätte, als auch er sie sah.

Ein Trupp Reiter durchzog die Senke.

Eine ganze Patrouille.

Soldaten aus Kal Anar …

»In Deckung!«, zischte Nestor, doch das wäre nicht mehr nötig gewesen, denn geistesgegenwärtig hatten sich alle – sogar Rammar – zu Boden geworfen. Hinter Felsen geduckt, warteten die Gefährten einen Augenblick ab, um sich zu vergewissern, dass sie nicht entdeckt worden waren. Als alles ruhig blieb, riskierte Balbok einen vorsichtigen Blick über das schroffe Gestein.

»Und?«, erkundigte sich Rammar von unten.

»Sie sind noch da«, erwiderte Balbok flüsternd, »aber sie haben uns nicht bemerkt. Sie reiten nach Westen.«

»Lass sehen!«

Schwerfällig setzte sich Rammar auf, um ebenfalls einen Blick über die Kante zu werfen. Balbok hatte richtig beobachtet: Die Reiter – zehn gedrungene Krieger in schwarzen Rüstungen und mit Helmen, die das ganze Gesicht bedeckten – ritten der allmählich tiefer sinkenden Sonne entgegen. Ihre Pferde waren klein und stämmig und schienen für den Einsatz in dieser unwirtlichen Umgebung wie geschaffen. Bewaffnet waren die Reiter mit Lanzen, an denen schwarze Banner mit einem roten Symbol flatterten. Rammar schauderte, als er sah, was das Zeichen darstellte: einen Basilisken …

»Wird nicht einfach sein, in die Stadt zu gelangen«, überlegte Nestor. »Wir sollten uns etwas einfallen lassen.«

»Schön, du Schlauberger.« Rammar schnaufte laut. »Und was?«

»Wir könnten uns aufteilen«, schlug Nestor vor. »Gurn und ich könnten die Vorhut übernehmen und uns in Kal Anar ein Bild von der Lage machen. Menschen fallen bestimmt weniger auf als Orks.«

»Schmarren!«, fauchte Balbok. »Habt ihr euch die Reiter mal angeschaut? Die reichen Gurn höchstens bis zur Hüfte.

Unser wortkarger Freund wird da drinnen auffallen wie ein *dark malash*.«

»Das stimmt«, bestätigte Ankluas. »Die Bewohner von Kal Anar sind anders als die Menschen aus dem Nordwesten. Ihre Vorfahren stammen aus dem fernen Arun ...«

»Wenn schon«, wandte Rammar ein, »auf wen werden die Milchgesichter wohl feindseliger reagieren – auf einen Fremden aus dem Norden oder auf einen Ork? Ich bin dafür, dass wir Nestors Vorschlag annehmen. Er und der Barbar sollen vorausgehen, während wir hierbleiben und einen Plan schmieden.«

»Was für einen Plan?«, fragte Balbok.

»Faulhirn!«, gab Rammar ungehalten zurück. »Das sehen wir dann, wenn er fertig ist«

»Aber wenn wir die Menschen vorschicken und man kommt ihnen auf die Schliche, haben sie den ganzen Spaß für sich allein«, wandte Balbok ein, und aus seinen Zügen sprach echte Verzweiflung.

»Das Risiko müssen wir eingehen«, meinte Rammar achselzuckend – seiner Ansicht nach hielt sich der Spaß, den man hatte, wenn man enthauptet wurde und einem der Kopf auf einen Pfahl gesteckt wurde, in Grenzen. Lieber wollte er zunächst abwarten und, falls den Menschen etwas zustieß, die Flucht ergreifen ...

»Dann gehe ich mit!« Balboks Unterlippe stülpte sich trotzig über die obere.

»Nichts da, du bleibst!«, blaffte Rammar – nicht, weil er um das Leben seines Bruders fürchtete, sondern weil er unter keinen Umständen mit Ankluas allein sein wollte.

Schließlich konnte man nie wissen, wozu ein *ochgurash* die Lage nutzte ...

Nestor und Gurn warteten, bis die Dunkelheit über der schwarzen Felsenwüste hereingebrochen war und sich der

Himmel über dem Anar erneut in feuriges Orange hüllte, dann brachen sie auf.

Ankluas schärfte ihnen ein, sich möglichst unauffällig zu verhalten; auf einen Kampf sollten sie sich nur einlassen, wenn es sich nicht vermeiden ließ. Rammar fügte hinzu, dass sie, sollte man sie gefangen nehmen, den Aufenthaltsort ihrer Gefährten auf keinen Fall verraten dürften – denn damit, argumentierte der dicke Ork, würden sie sich jede Aussicht auf Befreiung nehmen. Man vereinbarte eine Frist von vier Tagen; sollten Nestor und Gurn sich innerhalb dieser Zeit nicht zurückgemeldet haben, würden die Orks nach Kal Anar aufbrechen, um nach ihnen zu suchen.

In Wirklichkeit dachte Rammar natürlich nicht daran. Wenn Nestor und Gurn tatsächlich geschnappt wurden, dann war das ein untrügliches Zeichen dafür, dass man Fremden in der Stadt nicht wohlgesonnen war, und in diesem Fall würde sich Rammar schleunigst in Richtung Westen absetzen …

Im Schutz der Dunkelheit zogen der Attentäter und der Eisbarbar den fernen Mauern der Stadt entgegen, die ebenso schwarz waren wie das Gestein der Landschaft ringsum. Das glutige Leuchten des Vulkans tauchte die Zinnen in feurigen Schein, ebenso wie die spitzen Dächer. Am hellsten jedoch leuchtete der Schlangenturm, der alle anderen Gebäude der Stadt weit überragte und von dem – obwohl im Gegensatz zum Rest der Stadt aus weißem Stein errichtet – jene dunkle Macht auszugehen schien, die Erdwelt bedrohte.

Jeden Felsen und jede Verwerfung als Deckung nutzend, pirschten sich Gurn und Nestor an die Stadtmauer heran. Wie sie feststellten, hatte die Mauer nicht nur keine Türme, sondern auch keine Tore. Stattdessen führten Tunnel, die in den schwarzen Fels des Anar geschlagen waren, unter dem wulstigen Bollwerk hindurch, das die Stadt wie eine schlafende Schlange umgab.

Die Tunneleingänge – auf der Westseite gab es zwei davon – waren gut gesichert. Nicht nur, dass jeder mit einem doppelten Fallgitter verschlossen war, sie wurden auch von jeweils fünf Soldaten bewachten. Erneut sahen Nestor und Gurn jene fremdartig aussehenden Krieger, an deren breiten Gürteln gefährlich aussehende Schwerter mit breiten gebogenen Klingen hingen. Nestor bezweifelte nicht, dass ein Hieb damit genügte, um einem Feind den Kopf von den Schultern zu schlagen, also zog er es vor, einer Konfrontation aus dem Weg zu gehen, zumal Ankluas ihnen dazu geraten hatte.

Stattdessen beschlossen die beiden, ein Stück hangaufwärts ihr Glück zu versuchen. Dort, wo das Gelände unzugänglicher war, waren die Mauer auch weniger gut bewacht – dort musste es ihnen gelingen, ungesehen in die Stadt zu gelangen.

Der Aufstieg war eine wahre Tortur, nicht nur der Hitze wegen, die auch nachts nicht nachließ, und wegen der schwefligen Dämpfe, die über den Hängen des Vulkans lagen, sondern auch deshalb, weil die beiden stets darauf achten mussten, von der Mauer aus nicht gesehen zu werden. Zwar durchdrang kein Mondlicht die dicken Wolken aus Rauch und Qualm, aber das Leuchten aus dem Schlund des Anar sorgte für ein trügerisches Zwielicht an den Hängen.

Mehrmals, wenn die Posten auf den Mauern einander etwas zuriefen, suchten die beiden schleunigst Deckung. Mit pochendem Herzen warteten sie dann ab, ob der Ruf ihnen gegolten hatte, aber sie hatten jedes Mal Glück. Dennoch blieben sie vorsichtig. Da sie die Sprache der Wächter nicht verstanden, klang jedes Wort für sie bedrohlich.

In gebückter Haltung pirschten die beiden weiter. Hinter einem Felsblock fanden sie erneut Zuflucht, nur noch zwanzig Schritte von der Mauer entfernt. Unterhalb der dreieckigen Zinnen war das Bollwerk mit großen, nach unten gebogenen Eisendornen versehen, um etwaige Angreifer abzuwehren. Errichtet war die Mauer aus großen, nur grob zurechtgehauenen Steinblöcken, deren Fugen einem geübten Kletterer ausreichend Halt bieten mochten.

»Warte hier«, raunte Nestor seinem barbarischen Begleiter zu und huschte aus der Deckung. Er eilte zur Mauer, drückte sich eng an das von der Hitze erwärmte Gestein. Ein prüfender Blick zurück zu Gurn, der ihm bedeutete, dass sich auf dem Wehrgang nichts regte – und Nestor begann zu klettern.

Sich lautlos fortbewegen und wie eine Spinne an Gebäudewänden emporkriechen zu können, gehörte zum täglichen Broterwerb eines Attentäters. Wie oft hatte sich Nestor auf diese Weise Zugang zu den Zimmern seiner Opfer verschafft, um ihnen dann ein Messer zwischen die Rippen zu stoßen.

Nie hatte er dabei Skrupel oder Reue empfunden – in den letzten Tagen allerdings hatte er sich wiederholt dabei ertappt, dass ihn der Gedanke an das, was er früher getan hatte und was einst gewesen war, mit Unbehagen erfüllte. Früher war Nestor ein Einzelgänger gewesen, der sich nie um das geschert hatte, was andere von ihm hielten. Die Erlebnisse der letzten Tage jedoch hatten dies geändert.

Er hatte am eigenen Leib zu spüren bekommen, wie es war, wenn jemand einem ans Leder wollte, und ausgerechnet zwei Orks hatten ihm aus der Patsche geholfen. Von Gemeinschaft und Kameraderie hatte Nestor nie viel gehalten – nun hatten ausgerechnet ein paar hergelaufene Unholde ihm gezeigt, dass es gut war, nicht allein zu sein. Und dass viel mehr dabei herausspringen konnte, wenn man Hand in Hand arbeitete …

Am grobporigen Gestein fanden Nestors suchende Hände problemlos Halt, und so zog und schob er sich an der

Mauer empor, deren Höhe an die vier Mannslängen betragen mochte. Nach unten schaute er dabei lieber nicht – ein einziger Fehlgriff, und er würde abstürzen und sich auf dem schroffen Gestein alle Knochen brechen.

Die eisernen Stacheln, die eigentlich der Abwehr von Eindringlingen dienen sollten (und dies bei einem Angriff mit Sturmleitern sicher auch taten), erwiesen sich als nützliche Kletterhilfen. Nur wenig später befand sich Nestor bereits auf dem Wehrgang. Er duckte sich in die Schatten und schaute sich vorsichtig um. Kein Wächter war in der Nähe. Erst ein Stück weiter aufwärts waren zwei Posten zu sehen, die sich miteinander unterhielten.

Nestor beugte sich zwischen die Zinnen hindurch und gab Gurn das verabredete Zeichen, worauf auch der Barbar zur Mauer huschte und sich an den Aufstieg machte. Aufgewachsen im klirrenden Nordland war er schon als Kind die schroffen Eisklippen seiner Heimat emporgeklettert – das gehörte zu den Mutproben der barbarischen Jugend dort. Nachdem er sich an den eisernen Stacheln emporgezogen hatte, streckte ihm Nestor helfend die Hand entgegen, und auch Gurn kam wohlbehalten und unentdeckt diesseits der Zinnen an.

»Und?«, wollte er flüsternd wissen.

»Unser Ziel ist der Turm«, entgegnete Nestor, auf das orangerot leuchtende Gebilde deutend, das sich hoch über der Stadt erhob. »Dorthin müssen wir.«

»Und?«, wiederholte Gurn knurrend.

»Dann werden wir uns einen Schlupfwinkel suchen, von dem aus wir die Lage auskundschaften können.«

»*Korr*«, bestätigte Gurn, der an diesem Wort der Ork-Sprache offenbar Gefallen gefunden hatte, und die beiden huschten über den Wehrgang davon.

Sie mieden den rötlichen Schein, der vom Gipfel des Berges herabdrang, und hielten sich in den Schatten. Unbehelligt erreichten sie auf diese Weise eine steinerne Treppe, die vom Wehrgang führte. Erneut ging Nestor voraus, während Gurn zurückblieb. Lautlos huschte der Attentäter die Stufen hinab und eilte in den Schutz der Häuser unweit der Stadtmauer. Erst als er halbwegs sicher war, dass ihn niemand beobachtet hatte, bedeutete er dem Barbaren mit hastigem Winken, ihm zu folgen.

Aus der Nähe betrachtet, wirkten die Gebäude der Stadt noch um vieles fremdartiger als aus der Ferne. Sie waren aus dunklem Holz, das noch aus alter Zeit stammen musste, bevor die flüssige Glut aus dem Inneren des Anar die Hänge des Berges überzogen, die Stadt jedoch verschont hatte. Schnitzereien, die fremdartige Götzen und Fratzen zeigten, zierten die Pfähle, auf denen die Häuser standen, und auch die Eckbalken und Giebel waren mit reichen Verzierungen versehen. An den hochgezogenen Ecken der Dächer hingen leuchtende Gebilde, die die beiden Besucher auf den ersten Blick für Lampions hielten – erst bei eingehender Betrachtung stellten sie fest, dass es Totenschädel waren, die man auf irgendeine Weise ausgehöhlt und bearbeitet hatte und in denen Talgkerzen brannten. Lodernd und grausig starrten ihre leeren Augenhöhlen in die dunstige Nacht.

Nicht nur Nestor, selbst der Eisbarbar erschauderte. Kal Anar war kein Ort, an dem man gern verweilte. Ein Gefühl ständiger Bedrohung lag über der Stadt, so wie der Geruch von Schwefel allgegenwärtig in den Gassen hing. Dennoch setzten Nestor und Gurn ihren Weg zielstrebig fort. Durch schmale Straßen und über steile Treppen gelangten sie in immer höher gelegene Bereiche der Stadt, ohne unterwegs auch nur einer Menschenseele zu begegnen.

»Verdammt, wo sind die alle?« Nestor sprach mehr zu sich selbst als zu seinem Begleiter. »Gibt es denn in dieser Stadt keine Tavernen? Keine Betrunkenen, die spät nachts noch um die Häuser ziehen …?«

Die Fenster und Türen der Häuser waren verschlossen, nirgends drang Lichtschein nach draußen. Fast hätte man meinen können, durch eine Geisterstadt zu wandern.

»Dieser Ort gefällt mir nicht«, stellte Nestor fest – und Gurn stimmte mit einem herzhaften Grunzen zu.

Nach einem nicht enden wollenden Aufstieg über eine enge Treppe, deren Stufen so ungleichmäßig waren, dass die beiden mehrmals ins Stolpern gerieten, gelangten sie endlich auf einen Platz. In der Mitte der freien Fläche waren mehrere Galgen erreichtet, an denen die leblosen Körper mehrerer Männer baumelten.

»Verdammt, was ...?«, brachte Nestor nur hervor, während er fühlte, wie sich sein Herzschlag beschleunigte.

»Nicht gut«, knurrte Gurn halblaut, mit düsterem Blick auf die elenden Gestalten, die dort hingen. »Wenn Gurn das gewollt, auch in Tirgas Lan bleiben.«

Damit hatte der Barbar zweifellos recht – um am Galgen zu enden, hätten sie die weite, gefahrvolle Reise nach Osten nicht auf sich zu nehmen brauchen. Ein ungutes Gefühl beschlich Nestor, und jene innere Stimme, die ihm schon einige Male das Leben gerettet hatte, flüsterte ihm eine Warnung zu.

»Lass uns von hier verschwinden«, raunte er seinem barbarischen Begleiter zu und wollte ihn am Arm packen und wieder in den Schutz der Schatten ziehen – als er unter dem hölzernen Podest, auf dem die Galgen errichtet waren, eine Bewegung wahrnahm.

Nestors innere Stimme flüsterte nicht mehr nur, sie plärrte laut und schrie Alarm. In einer fließenden Bewegung schlug er seinen Umhang beiseite, riss eines der Messer aus dem Gürtel und schleuderte es in das Halbdunkel. Es gab ein markiges Geräusch, als sich die Klinge ins Holz des Podests bohrte – gefolgt von einem entsetzten Schrei.

»Los!«, zischte Nestor seinem Kameraden zu, und er und Gurn huschten zum Schafott, um sich den Feind zu greifen. Entsetzt stand der Fremde da und starrte auf die Klinge, die sein rechtes Ohr nur um Haaresbreite verfehlt hatte. Im nächsten Moment hatte Gurn ihn schon gepackt und zog ihn aus seinem Versteck, geradewegs ins Licht der makabren Beleuchtung, die auch um den Platz herum an den Dächern der Häuser angebracht war.

Es war ein Mann mittleren Alters.

An seiner gedrungenen Postur, der gelben Haut und den schmalen Augen erkannten Nestor und Gurn sofort, dass es sich um einen Bewohner von Kal Anar handelte, allerdings nicht um eine Wache, wie sie zunächst vermutet hatten: Der Mann war weder bewaffnet, noch trug er Rüstung, sondern lediglich weite Beinkleider und eine ebenso weit geschnittene Jacke, die mit einem Strick zusammengehalten wurde. Der Gesichtsausdruck des Fremden war auch keineswegs feindselig oder hasserfüllt, sondern völlig verängstigt, während der gehetzte Blick seiner schmalen Augen zwischen Nestor und Gurn hin und her flog.

Dazu stammelte er immer wieder geflüsterte Worte, die freilich keiner der beiden verstand. Den Tonfall allerdings kannte Nestor nur zu gut von seiner früheren Tätigkeit her: So flehten Menschen um ihr Leben …

»Keine Sorge«, versuchte er dem panisch vor sich hinmurmelnden Einheimischen klar zu machen. »Wir werden dir nichts tun, verstanden? Aber du musst uns sagen, was hier vor sich geht. Wer sind die Männer, die hier hingerichtet wurden?«

Keine Antwort – der Mann verstand die Eindringlinge genauso wenig wie umgekehrt.

»Wer waren diese Männer?«, wiederholte Nestor und deutete auf die Gehenkten.

Ein Blitzen in den schmalen Augen des Kal Anarers deutete an, dass er verstanden hatte. Mit einer Geste, die er mehrmals wiederholte, zeigte er zunächst auf die Leichen und dann auf Nestor und Gurn.

»Verstand verloren«, knurrte der Barbar und holte mit der geballten Faust aus. »Besser machen tot.«

»Nein, warte!« Nestor hielt ihn zurück. »Ich glaube, er versucht uns etwas zu sagen!«

Ein jäher Verdacht überkam Nestor, den er sofort überprüfte, indem er die Gehenkten näher in Augenschein nahm. Tatsächlich – die Toten waren keine Bewohner von Kal Anar gewesen, sondern Fremde, Menschen aus dem Westen!

»Ich glaube, wir haben gerade erfahren, was aus den Spionen geworden ist, die König Corwyn ausgesandt hat«, flüsterte er, worauf Gurn ein herzhaftes »*Shnorsh*« vernehmen ließ.

Der Einheimische winselte einige Worte und versuchte sich loszureißen – Gurn jedoch hielt seinen Arm eisern umklammert.

»Was er wollen?«, fragte der Barbar.

»Ich weiß es nicht.« Nestor zuckte mit den Schultern.

»Warum nicht sprechen wie Mensch?«, knurrte Gurn. »Besser ihm schlagen Schädel kaputt, dann keine Gefahr mehr.«

»Einen Moment noch«, bat Nestor, der im Blick des Gefangenen eine Veränderung bemerkte. Plötzlich schien seine ganze Sorge dem nächtlichen Himmel zu gelten, und Nestor wurde klar, dass der Mann nicht vor ihm und Gurn solche Angst hatte, sondern vor dem, was dort in den Rauchwolken lauern mochte.

Mit einem hässlichen Ziehen in der Magengegend blickte er hinauf – just in dem Augenblick, als ein grässlicher Schrei die Stille der Nacht zerriss!

Aus dem Krater des Vulkans stieg ein Basilisk. Gegen das

Lodern aus dem Inneren des Berges konnte man die Silhouette der Kreatur deutlich erkennen. Auf ihren ledrigen Flügeln schwang sie sich in die Lüfte. Zweimal umrundete sie den Schlangenturm, dann stieg sie hoch über die Dächer der Stadt.

»Verdammt, schnell weg hier!«, stieß Nestor hervor.

Auf dem Platz konnten die Raubvogelaugen des Basilisken sie mit Leichtigkeit ausmachen.

Gurn ließ den Einheimischen los, woraufhin der Mann den Kopf zwischen die Schultern zog und wie ein Wiesel davonlief, schnurstracks in eine der angrenzenden Gassen.

»Hinterher!«, zischte Nestor, und Gurn und er folgten dem Mann, wobei sie Mühe hatten, ihn inmitten der engen Gassen, die bald bergab, dann wieder bergauf verliefen und nur spärlich beleuchtet waren, nicht aus den Augen zu verlieren. Erneut hörten sie das Kreischen des Basilisken, und als Nestor einen Blick nach oben riskierte, sah er das Untier dicht über die Dächer der Stadt hinwegziehen. Er stieß eine Verwünschung aus und rannte weiter, dem Kal Anarer hinterher. Der war im nächsten Moment verschwunden. Die Gasse mündete auf eine breite Treppe, die zu beiden Seiten von Hauseingängen gesäumt wurde. Von dem Einheimischen war weit und breit nichts mehr zu sehen.

»Lump geflohen!«, knurrte Gurn. »Besser schlagen Schädel kaputt, ich dir gesagt.«

»Ja«, stimmte Nestor zu, »vielleicht hast du recht …«

Er hatte noch nicht zu Ende gesprochen, als sich eine der Türen einen Spalt weit öffnete. Im Dunkel, das dahinter herrschte, erschienen die Züge des Einheimischen. Argwöhnisch blickte er zum Himmel, dann winkte er Nestor und Gurn.

»Nun schau dir das an!«, flüsterte Nestor. »Wie's aussieht, haben wir einen Freund gewonnen.«

Gurn gab ein wenig begeistertes Grunzen von sich. »Besser schlagen Schädel kaputt«, beharrte er, dann folgte er seinem Gefährten ins Innere des Hauses.

Beide mussten sich bücken, um den niedrigen Türsturz zu passieren. Es war nicht wirklich ganz dunkel in dem Haus, doch es dauerte einen Moment, bis sich ihre Augen an das spärliche Licht gewöhnt hatten, das die glimmende Glut in einer steinernen Feuerstelle spendete. Dann sahen sie, dass der Mann nicht allein im Haus war. Eine Frau und eine Kinderschar waren bei ihm, allesamt ziemlich elend aussehend und in Lumpen gekleidet. Ängstlich starrten sie die Besucher an – vor allem den Eisbarbaren, der sie an Körpergröße fast um das Anderthalbfache überragte und in der Stube nicht aufrecht stehen konnte.

»Schau an«, meinte Nestor. »Wie's aussieht, haben wir gerade Familienanschluss gefunden.«

»*Korr*«, brummte Gurn – und dem war nichts hinzuzufügen.


Quia war froh, sich wieder unter dem dichten Blätterdach der Smaragdwälder zu befinden. So schwer ihr der Abschied von Bunais und den Seinen auch gefallen war, so erleichtert war sie, die karge Ödnis verlassen zu haben, die sich östlich der Wälder erstreckte.

Die Luft dort war heiß und durchsetzt von giftigen Dämpfen, und über allem lag eine allgegenwärtige Bedrohung, sodass die Amazonen jenes Land zum verbotenen Gebiet erklärt hatten. Das Böse, so hieß es, hatte seinen Ursprung in Kal Anar.

Dass Bunais ausgerechnet dorthin wollte, hatte die Amazonen einerseits betrübt, andererseits hofften sie inständig, dass ihr Stammvater der Macht des Bösen, das von dort ausging, Einhalt gebieten konnte. Und es war diese Hoffnung, die Quia auf ihrem Weg zurück zum Dorf beflügelte.

Statt zu Fuß zu gehen, wie sie es zuvor mit Rücksicht auf Bunais und seine Gefährten getan hatte, bewegte sie sich nun auf Amazonenart fort: Sie sprang hoch über dem Waldboden von Baum zu Baum und schwang sich bisweilen auch an Lianen durch die Lüfte. Auf diese Weise verkürzte sich die Reise, die zu Fuß fast sechs Tage in Anspruch genommen hatte, auf etwas mehr als die Hälfte. Bei Nacht schlief Quia in den Baumkronen, wobei sie darauf achtete, nicht auf Bäume zu steigen, die von Würgeflechten befallen waren.

Nur hin und wieder kehrte die Amazone auf den Boden zurück, etwa um Nahrung zu suchen. Geschmeidig sprang sie dann von einem hohen Ast und landete katzengleich auf dem weichen, laubübersäten Boden, den Speer halb erhoben in den Händen – man konnte nie wissen, ob sich ein Raubtier in der Nähe aufhielt, das ebenfalls auf der Suche nach Nahrung war.

Es war während einer dieser Unterbrechungen, als Quia plötzlich verdächtige Geräusche hörte – ein Knacken und Bersten im Unterholz, begleitet von sanften Erschütterungen, die ihre sensiblen Sinne wahrnahmen.

Die Amazone erkannte sofort, dass es sich um einen Reitvogel handelte – allerdings musste das Tier ziemlich erschöpft sein, vielleicht auch verwundet. Erleichtert richtete sich Quia auf, und einen Herzschlag später sah sie das Tier.

Der Anblick erschütterte sie zutiefst.

Das blaugraue Gefieder des Vogels war an vielen Stellen angesengt und geschwärzt, seine Haltung und das hin und her pendelnde, weit gesenkte Haupt verrieten völlige Erschöpfung – wahrscheinlich hatte das Tier die weite Strecke vom Dorf hierher ohne Unterbrechung zurückgelegt. Noch ungleich schlimmer war für Quia der Anblick der Kriegerin, die auf dem ungesattelten Rücken des Vogels hing und kaum noch bei Bewusstsein war. Den einen Arm hatte sie um den dünnen Hals des Vogels geschlungen, der andere war blutüberströmt …

»Zara!«, rief Quia entsetzt, die in der verwundeten Reiterin eine der Anführerinnen ihres Stammes erkannte. Der Reitvogel gab ein heiseres Kreischen von sich und tänzelte unruhig auf seinen dürren Beinen.

Trotz ihres eigenen inneren Aufruhrs wirkte Quia beruhigend auf das Tier ein. Dann löste sie Zaras Arm vom Hals des Vogels und zog sie vom Rücken des Tiers, um die Verwundete ins weiche Laub zu betten. Dabei kam Zara zu sich.

»Quia«, hauchte sie, als sie die Waffenschwester erkannte. »Was ist mit Bunais …?«

»Keine Sorge«, sagte Quia rasch. »Bunais und die Seinen sind wohlauf. Ich habe sie an den Waldrand gebracht und bin dann umgekehrt.«

»Da-das ist gut …« Eine Welle von Schmerz flutete durch Zaras gepeinigten Körper. Eine tiefe Wunde klaffte in ihrer linken Schulter, die weder verbunden noch versorgt worden war. Bei all dem Blut, das Zara verloren hatte, würde sie nicht mehr lange leben. Schon war jede Farbe aus ihrem Gesicht gewichen, und ihr Blick wirkte glasig.

»Was ist geschehen?«, fragte Quia verzweifelt, während ihr Tränen in die Augen schossen.

»Ei-ein Überfall«, flüsterte Zara. Ihre Stimme hatte nichts mehr von der einstigen Autorität der Amazonenführerin, war nur noch ein heiserer Nachklang.

»Wer?«, wollte Quia wissen.

»Krieger der Dunkelheit«, kam die Antwort leise. »Kämpfer aus Knochen, längst gefallen und verfault, aber dennoch am Leben …«

Zweifelnd schaute die junge Amazone ihre Anführerin ins bleiche Gesicht. Konnte sie ihren Worten Glauben schenken? Oder hielt der Tod sie bereits derart fest in den

Klauen, dass sie wirres Zeug sprach und nicht mehr wusste, was sie sagte?

Zara schien Quias Gedanken zu erahnen. »Es ist die Wahrheit«, brachte sie mit beschwörend klingender Stimme hervor. »Hörst du? Es ist die Wahrheit … Unser Stamm ist nicht mehr … alle bis auf mich getötet …«

»Nein«, schluchzte Quia entsetzt.

»… ist die … Wahrheit … musst handeln … finde Bunais und … berichte ihm … wird uns rächen …«

»Ich … verstehe«, stammelte Quia, während sie noch immer zu begreifen versuchte. Das alles ging viel zu schnell. Eben noch war sie auf dem Weg nach Hause gewesen, und dann sollte es dieses Zuhause auf einmal nicht mehr geben?

»… Dorf steht in Flammen«, fuhr Zara fort, während Schmerzen ihren Körper schüttelten. Blut trat über ihre Lippen und rann an den Mundwinkeln hinab. »Zwerg lachte nur … spottete über uns … ist unserer Rache entkommen …«

»Schhh«, machte Quia sanft. »Nicht sprechen. Du bist zu schwach und musst …«

Trotz ihrer Schmerzen brachte Zara ein Lächeln zustande. »Meine … Reise ist … zu Ende … du musst … Bunais finden …«

»Das werde ich«, versprach Quia, während sie die blutverschmierten Hände ihrer Anführerin hielt, die ihr gleichzeitig auch Schwester und Freundin gewesen war. »Ich werde alles tun, was du verlangst – aber bitte geh nicht. Lass mich nicht allein, hörst du?«

»Du … brauchst mich nicht …«, sagte Zara mit kaum noch verständlicher Stimme. Ihre Augen starrten bereits ins Leere, ein unstetes Flackern lag in ihrem Blick. »Du warst stets … die Tapferste und Mutigste von uns allen … nun die Letzte … sorge dafür, dass … unser Volk … nicht ungerächt bleiben …«

»Das werde ich«, versicherte Quia leise.

Daraufhin glitt ein entspanntes Lächeln über Zaras Züge, ehe sich ihr geschundener Körper ein letztes Mal unter Schmerzen aufbäumte. Sie sank zurück, ihr Kopf fiel zur Seite, und es war vorbei.

Lange Zeit starrte Quia auf die leblose Gestalt in ihren Armen. Sie ließ ihren Tränen freien Lauf. Sie hörte das Rascheln in den Baumkronen und hoffte, dass es ihre Ahninnen waren, die gekommen waren, um Zaras Geist zu holen. Eine endlos scheinende Weile kauerte sie so, den leblosen Körper ihrer Anführerin in den Armen, und gab sich ihrer Trauer hin.

Nicht nur um Zara weinte sie, sondern auch um all die anderen, die im Dorf zurückgeblieben waren. Der jähe Drang, dorthin zurückzukehren, überkam sie, aber dann erinnerte sie sich an das Versprechen, das sie Zara gegeben hatte. Der Untergang der Töchter Amaz' sollte nicht ungerächt bleiben. Sie musste Bunais über das, was geschehen war, in Kenntnis setzen.

Je eher, desto besser …

Es kostete Quia unendliche Überwindung, Zaras sterbliche Hülle einfach am Boden liegen zu lassen, wo sich Raubtiere und Aasfresser über sie hermachen würden. Aber nach der Überzeugung der Amazonen hatte der Leib keinen Wert mehr, sobald ihn der Geist verlassen hatte. Jene, die es verdienten, weil sie gut gelebt und tapfer gekämpft hatten, würden dereinst in anderer Gestalt zurückkehren.

Quia tröstete sich damit, dass sie ihrer Waffenschwester auf diese Weise vielleicht irgendwann wieder begegnen würde. In kniender Haltung verbeugte sie sich tief und nahm Abschied, dann wischte sie sich mit einer energischen Geste die Tränen aus den Augen.

Die Zeit der Trauer war – zumindest vorerst – vorbei. Quia musste handeln, damit die Mörder ihres Volkes nicht ungestraft davonkamen.

Mit einem schrillen Pfiff rief sie den Reitvogel herbei, der sich etwas abseits am Boden niedergelassen hatte, um sich ein wenig zu erholen. Das zähe Tier reagierte prompt, und als es sich erhob, wirkte es wieder frisch und ausgeruht.

Beruhigend sprach Quia auf den Vogel ein, tätschelte den langen Hals, woraufhin das Tier zutraulich den Kopf senkte und sich an sie schmiegte. Die Amazone wartete, bis es sich an ihren Geruch gewöhnt hatte – dann schwang sie sich auf den Rücken des Tiers.

Der Reitvogel wehrte sich nicht, im Gegenteil – es schien ihn zu beruhigen, dass wieder ein Mensch auf seinem Rücken saß. In Ermangelung von Zaumzeug und Zügel dirigierte die Amazone das Tier, indem sie mit ihren Oberschenkeln Druck ausübte. Der Vogel gehorchte und schlug jene Richtung ein, aus der Quia gerade zuvor gekommen war – zurück zum verbotenen Land.

Doch sie kamen nicht weit, da brach etwas durchs Unterholz des Waldes. Es war kein Raubtier, wie Quia im ersten Augenblick befürchtete, sondern Reiter auf Pferden – Krieger in schwarzen Rüstungen und mit Helmen, die ihre Gesichter gänzlich verbargen.

Bewaffnet waren sie mit Lanzen, an deren Enden das grässliche Banner Kal Anars flatterte.

Der Basilisk …

Ein dumpfer Befehl drang unter einem der Helme hervor, und die Krieger griffen Quia sofort an. Verschreckt wich der Vogel vor den Reitern zurück, die mit ihren Helmen und Eisenpanzern einen Furcht erregenden Anblick boten.

Quia hob ihren Speer und schleuderte ihn dem vordersten Angreifer entgegen – aber das feuergehärtete Holz prallte wirkungslos von der Brustplatte des Kriegers ab.

Im nächsten Moment waren die Häscher auch schon heran.

Quia schlug um sich, vermochte gegen die Panzerung ihrer Gegner jedoch nichts auszurichten.

Plötzlich zuckte der Schaft einer Lanze herab und traf sie an der Schläfe. Quia fühlte sengenden Schmerz – und verlor das Bewusstsein.

Schwärze überkam sie, und sie fiel vom Rücken des Reitvogels, landete im weichen Laub und blieb reglos liegen. Das Letzte, was sie vernahm, war höhnisches Gelächter …

# 8.

# ANN KOMHARRASH UR'SNAGOR

Am Abend des darauf folgenden Tages kehrte die Patrouille zurück – jene zehn Lanzenreiter aus Kal Anar, die die Orks schon am Vortag beobachtet hatten. Erneut gingen Rammar, Balbok und Ankluas in Deckung, damit sie nicht entdeckt wurden, und beobachteten von ihrem Versteck aus die vorbeiziehenden Soldaten.

Und dann stockte ihnen der Atem!

Die Soldaten zerrten einen großen Reitvogel an einer Kette hinter sich her, und zwei der Reiter, die das Tier flankierten, fanden es offenbar spaßig, es mit ihren Speeren zu malträtieren und zu quälen. Dann entdeckten die Beobachter in der Mitte des Zugs eine junge Frau mit rotem Haar, die gefesselt auf einem Pferd saß, die Brust unverhüllt und das Gesicht eine steinerne Maske.

»Quia!«, entfuhr es Balbok heiser.

Den Orks sträubten sich die Nackenborsten, als sie ihre Führerin erkannten. Offenbar war Quia auf dem Heimweg ins Dorf von der Patrouille aufgegriffen und gefangen genommen worden. Aber wieso? Und wo kam der Reitvogel plötzlich her?

»Im Amazonendorf muss etwas passiert sein«, vermutete Ankluas. »Etwas Furchtbares.«

»Was bringt dich darauf?«, wollte Rammar wissen.

Der Einohrige bedachte ihn mit einem undeutbaren Blick. »Nenn es ein Gefühl.«

»Na klar.« Rammar schnitt eine Grimasse, denn mit seinen Worten hatte Ankluas soeben auch den letzten Zweifel ausgeräumt: Bekanntlich verfügten die *ochgurash'hai* nämlich über mehr Gefühl als jeder andere Ork!

»Wir müssen Quia befreien!«, sagte Balbok.

»Was?« Rammar glaubte, sich verhört zu haben.

»Wir müssen Quia befreien!«, wiederholte Balbok.

»*Umbal*, findest du, dass das ein guter Witz ist?«

»Wieso?«, fragte Balbok verständnislos.

»Weil Orks ihren *asar* nicht für eine hergelaufene Menschin riskieren!«, belehrte ihn sein fetter Bruder.

»Aber sie ist nicht *irgendeine* Menschin«, wandte Balbok ein. »Sie ist meine Tochter!«

»Was?« Rammar schnappte nach Luft, und er hatte Mühe, auch weiterhin zu flüstern. »Das ist der größte Ogermist, den du je von dir gegeben hast. Die Menschin ist nicht deine Tochter!«

»Ist sie wohl, denn ich bin Bunais.«

»Ist sie nicht! Und du bist nicht Bunais!«

»Wer sagt das?«

»Ich, verdammt noch mal!«

»Und woher weißt du das?«

»Weil du ein Ork bist, und damit Schluss!«

»Woher willst du das wissen?«

»Hä?« Rammar starrte ihn ungläubig an.

»Woher willst du das wissen?«, wiederholte Balbok seine Frage. »Vielleicht haben die Mädels ja recht, und ich bin tatsächlich ihr Stammhalter.«

»Es heißt Stammvater«, verbesserte Rammar zornig. »Dir ist das giftige Zeug, das hier aus allen Löchern quillt, zu Kopf gestiegen! Schau mich an. Was bin ich?«

»Ein Ork«, antwortete Balbok ohne Zögern.

»*Korr*. Und Ankluas hier, was ist der?«

»Auch ein Ork«, erwiderte Balbok.

880

»Jedenfalls mehr oder weniger«, knurrte Rammar.

»Was willst du damit sagen?«, fragte Ankluas erschrocken, und es hatte ganz den Anschein, als fühle er sich durchschaut.

»Gar nichts«, wich Rammar der Frage aus. »Nur dass mein Bruder vollständig übergeschnappt ist. Ein Ork zu sein ist dem feinen Herrn wohl nicht mehr gut genug. Man wäre auf einmal lieber ein Mensch und …«

»Das hab ich nicht gesagt«, verteidigte sich Balbok. »Ich meine nur, dass es keinen Unterschied macht, ob ich Bunais bin oder nicht. Die Amazonen glauben, *dass* ich es bin, und sie verlassen sich auf mich.«

»Und?«

»Und deshalb werde ich Quia befreien«, kündigte Balbok an – und ehe Rammar noch einmal widersprechen konnte, sprang der hagere Ork über die Felsen, die Axt in beiden Klauen, und setzte mit riesigen Schritten den Hang hinab, unter dem die Reiter passierten.

»Neeeiiin!«, schrie Rammar verzweifelt und raufte sich sein spärliches Haar. »Was macht dieser *umbal* denn da? Beim donnernden Kurul, womit habe ich einen solchen Bruder verdient?«

»Wir müssen ihm helfen!«, entschied Ankluas und starrte den Hang hinab – Balbok hatte die Patrouille schon fast erreicht. »Andernfalls werden sie ihn in Stücke hauen!«

»Sollen sie doch!«, schnauzte Rammar eingeschnappt. »Keine Kralle werde ich rühren. Wer bin ich denn, dass ich mich von diesem *umbal* in Todesgefahr bringen lasse? Soll er sehen, wo er ohne mich bleibt, dieser missratene, minderwertige, molchgesichtige …«

Rammars Lamento brach plötzlich ab, als er sah, wie auch Ankluas seine Waffe zückte und die Deckung verließ, um Balbok zu folgen.

Natürlich hatten die Krieger unten sie längst entdeckt

und die Pferde gezügelt. Schon hatte Balbok den vordersten Reiter erreicht. Der Ork schwang die Axt, und ein behelmtes Haupt flog durch die Luft, woraufhin die übrigen Krieger ihre Lanzen senkten und zum Gegenangriff übergingen.

»*Shnorsh!*«, schrie Rammar. »Warum muss mir das passieren? Warum muss sich mein dämlicher Bruder stets in die vorderste Reihe drängen? Warum, verdammt noch mal? Ich hasse ihn dafür! Jawohl, ich hasse ihn ...!«

Mit diesem finsteren Bekenntnis packte der dicke Ork seinen *saparak*, um über die Felsen zu krabbeln und dann ebenfalls den Hang hinabzurennen.

Da geschah es – er stolperte und fiel, rutschte schreiend und kreischend auf dem Hosenboden nach unten und befand sich plötzlich mitten im Kampfgeschehen!

Klappernder Hufschlag ließ Rammar herumfahren – gerade noch rechtzeitig, um die mörderische Lanzenspitze zu sehen, die auf ihn zuraste!

Gerade noch konnte er ihr ausweichen, und im nächsten Moment holte Rammars *saparak* den Reiter aus dem Sattel.

Ankluas und Balbok kämpften verbissen gegen die Übermacht der anderen Reiter.

Balbok war so groß, dass er den Kriegern auf ihren Pferden fast ins Auge blicken konnte. Er enthauptete bereits den zweiten Gegner; der kopflose Mensch blieb im Sattel sitzen und ritt einfach weiter.

Ankluas hatte es mit zwei Gegnern auf einmal zu tun, die ihn von ihren Pferden aus attackierten. Mit ihren Lanzen drangen sie auf ihn ein, und der einohrige Ork setzte sich, heisere Kampfschreie ausstoßend, gegen die Reiter zur Wehr, die ihn auf ihren Tieren umkreisten.

Eines, dachte Rammar schnaubend, musste man Ankluas lassen – für einen *ochgurash* kämpfte er verdammt tapfer ...

Er eilte Ankluas zur Hilfe, stieß mit dem *saparak* zu, und

mit durchbohrter Kehle kippte einer der Menschenkrieger vom Pferd. Sein Kumpan war dadurch für einen Augenblick verunsichert – Ankluas' Klinge durchstieß seine Brust und holte auch ihn aus dem Sattel.

»Gut gemacht!«, meinte der Einohrige und nickte Rammar zu,

»Bah!«, machte dieser verächtlich. »Zieh daraus nur keine voreiligen Schlüsse, verstanden?«

Ein heiserer Kriegsschrei Balboks ließ beide herumfahren. Bis auf jene zwei, die Quia noch in ihrer Mitte hatten, wandten sich alle Menschenkrieger gegen den großen, hageren Ork, preschten von allen Seiten auf ihn zu, und Balbok schwang die riesige Axt wild im Kreis.

Die Reiter waren heran, doch Balbok zerschlug drei Lanzen, ehe deren Spitzen ihn erreichten.

Die vierte jedoch erwischte ihn am linken Oberarm, bohrte sich durch Haut und Fleisch und drang auf der anderen Seite wieder aus.

Mit einem Schrei, der vielmehr Überraschung als Schmerz ausdrückte, starrte Balbok auf seinen durchbohrten Arm. Dann fletschte er die Zähne und knurrte laut, und in seinen gelben Augen bildeten sich dunkle Adern – ein sicheres Anzeichen dafür, dass der *saobh* von ihm Besitz ergriffen hatte …

Der Reiter hatte offenbar noch nie zuvor mit einem Ork zu tun gehabt, sonst hätte er die Flucht ergriffen. So jedoch wartete er ab, die Lanze noch unter dem Arm, während Balbok die Axt schwang. In einem weiten Bogen schnitt die mörderische Waffe durch die Luft und fiel mit Urgewalt herab, um nicht nur den Behelmten, sondern auch noch sein Pferd in zwei Hälften zu teilen.

Die übrigen Angreifer schrien entsetzt auf. Ihre Pferde wieherten unruhig und wichen zurück, und für einen Augenblick schienen die Krieger tatsächlich an Flucht zu denken. Dann jedoch fassten sie wieder Mut und attackierten Balbok erneut. Sie hatten die Rechnung jedoch ohne Rammar und Ankluas gemacht, die ihrem Gefährten beisprangen.

Den ersten Reiter traf ein schwerer schwarzer Stein, den Ankluas geworfen hatte. Es krachte blechern, als das Ding gegen den Helm prallte und der Krieger rücklings aus dem Sattel fiel. Dabei blieb er mit dem linken Fuß im Steigbügel hängen und wurde von seinem durchgehenden Pferd davongeschleift.

Die verbliebenen beiden Angreifer trieben ihre Tiere auf die Orks zu. Ihre zerborstenen Lanzen hatten sie fortgeworfen und stattdessen fremdartig aussehende Schwerter mit breiten gebogenen Klingen gezückt, die sie unter lautem Gebrüll über ihren Köpfen schwangen. Einer der beiden sprang aus dem Sattel und Ankluas wie ein Raubtier an, der andere attackierte Rammar vom Pferd aus.

So schnell wirbelte die Klinge des Reiters, dass Rammar Mühe hatte, die Hiebe zu parieren oder ihnen auszuweichen.

Dann stieß die Schwertklinge herab!

In einem Reflex brachte Rammar den *saparak* hoch und schaffte es im letzten Augenblick, den mörderischen Hieb abzufangen, nur wenige Krallenbreit vor seinem Gesicht. Mensch und Ork versuchten jeweils den anderen zurückzustoßen. Über die gekreuzten Waffen hinweg starrten sie sich dabei an – bis sich Rammar dazu entschloss, den Kampf auf andere Weise zu beenden.

Mit markerschütterndem Gebrüll warf er sich mit seiner ganzen Körpermasse nach vorn, gegen das Pferd seines Gegners. Wiehernd stürzte der Gaul und warf den Reiter ab, der über den abschüssigen Fels rollte. Rammar wollte ihm nicht hinterherlaufen, also schleuderte er kurzerhand den *saparak*, der den Körper des Krieger durchbohrte, als dieser gerade wieder hochkam.

Rammar grunzte voller Genugtuung – da dämmerte ihm, dass er nun doch würde laufen müssen, um seine Waffe zurückzuholen.

Ankluas lieferte sich mit dem Krieger, der ihn angesprungen hatte, einen nicht weniger heftigen Kampf. Ineinander verschlungen wälzten sich die beiden über den Boden (ein Anblick, der Rammar mit Abscheu erfüllt hatte), bis es dem Menschen gelang, sich einen Vorteil zu verschaffen. Mit der freien Hand bekam er einen Stein zu fassen, schlug damit zu und traf Ankluas am Kopf.

Einen Augenblick lang schien der Ork benommen, doch als der Mensch, noch immer auf ihm hockend, mit dem Schwert ausholte, zuckte Ankluas' narbiges Haupt empor und versetzte dem Gegner eine Kopfnuss gegen den Helm. Benommen ließ dieser das Schwert fallen, worauf Ankluas ihn mit einem einzigen wuchtigen Fausthieb trotz Rüstung erschlug.

Schwer atmend wandten sich die beiden Orks zu Balbok um, der sich in der Zwischenzeit um Quias Bewacher gekümmert hatte – zwei frische Skalpe hingen bereits an seinem Gürtel. Er hob die Amazone vom Rücken des Pferdes und nahm ihr die Fesseln ab.

»Bunais«, hauchte sie. Kaum war sie von den Stricken befreit, umarmte sie ihn dankbar. Und anders als bei ihrem Abschied erwiderte Balbok die Umarmung, so sanft wie er es nur vermochte.

Die Amazone weinte ungehemmt. Tränen rannen in Strömen über ihr nach menschlichen Maßstäben hübsches, jedoch leichenblasses Gesicht, das von Trauer und Schmerz gezeichnet war. Ankluas hatte richtig vermutet: Etwas Schreckliches musste vorgefallen sein …

»Quia«, sagte der Einohrige, »was ist passiert? Wer waren diese Männer?«

»Soldaten aus Kal Anar«, erhielt er flüsternd Antwort.

»Sie griffen mich auf, als … als ich …« Erneut brach sie in Tränen aus, und Balbok sprach tröstend auf sie ein. Dass er in der Ermangelung passender Worte das Rezept für *brumill* rezitierte, war nicht so wichtig. Allein »ihren« Bunais sprechen zu hören, schien die Amazone schon zu beruhigen.

»E-es war Zara«, erstattete sie schließlich mit bebender Stimme Bericht, während sie sich zögernd von Balbok löste. »Ich traf sie im Smaragdwald, tödlich verwundet …«

»Zara ist verwundet?«, fragte Ankluas erstaunt.

»Nein«, widersprach Quia kopfschüttelnd. »Sie ist … *tot*. Sie starb in meinen Armen.«

Balbok schnaubte. »Wer?«, wollte er nur wissen.

»Ich … ich weiß es nicht. Zara sagte etwas von Kriegern der Dunkelheit. Von Kämpfern, die nur aus Knochen bestehen und die eigentlich längst tot sein müssten …«

»Aber sie sind es nicht«, sagte Ankluas beklommen. »Es sind Untote, Kämpfer aus dem Grab, zurückgerufen in die Welt der Lebenden durch dunkle magische Macht.«

»Untote?«, wiederholte Rammar. »Was ist denn das für ein Schmarren? Entweder man ist tot, oder man ist es nicht. Man ist nicht mehr oder weniger tot.«

»Ich habe keinen Grund, an Zaras Worten zu zweifeln«, sagte Quia traurig. »Schwer verletzt entkam sie aus dem Dorf, und sie trug mir auf, Bunais zu suchen.« Erneut stiegen ihr Tränen in die Augen, doch sie wischte sie energisch fort. »Großer Bunais«, sagte sie, darum bemüht, ihrer Stimme einen festen Klang zu verleihen, »der Stamm deiner Töchter wurde ausgelöscht bis auf mich, und ich bitte dich, meine gefallenen Schwestern zu rächen.«

»Das werde ich!«, versicherte Balbok. »Ich werde denjenigen finden, der für den Tod meiner Töchter verantwortlich ist, und ich werde sie rächen – das verspreche ich dir.«

»Lange brauchen wir wohl nicht zu suchen«, meinte Ankluas.

»Was meinst du?«, fragte Rammar verständnislos.

»Was wohl? Ich bin davon überzeugt, dass wir den Schuldigen in Kal Anar finden werden!«

»Dann haben wir noch einen Grund mehr, diese verfluchte Stadt aufzusuchen«, sagte Balbok und ließ ein gefährliches Knurren hören.

»Oder diese Mission aufzugeben«, warf Rammar ein, worauf sich die Blicke aller vorwurfsvoll auf ihn richteten.

»Ist das dein Ernst?«, fragte Ankluas.

»Allerdings. Die Basilisken sind schon schlimm genug, aber wenn dieser elende Bastard, der in Kal Asar auf dem Thron sitzt …«

»Anar«, verbesserte Balbok.

»… auch noch über untote Krieger gebietet, sieht es für drei hergelaufene Orks ziemlich übel aus, richtig?«

»Drei Orks und zwei Menschen«, verbesserte Ankluas.

»Drei Menschen«, verbesserte Quia mit bebender Stimme. »Ich werde nicht ruhen, bis mein Volk gerächt ist.«

»Da hörst du's.« Balbok nickte grimmig. »Mit vereinten Kräften werden wir es schaffen.«

»Mit vereinten Kräften …«, blökte Rammar spöttisch. »Im letzten Krieg haben Orks und Milchgesichter ihre Kräfte schon mal vereint, und was dabei rumkam, war ein Debakel. Was ist nur in dich gefahren?«, fuhr er seinen Bruder an. »Hat Alannah dir mit ihrem ständigen Gequatsche von Frieden und Eintracht das letzte bisschen Hirn weich gekocht?«

»Wie – wie meinst du das?«, fragte Ankluas dazwischen.

»Man könnte glauben, das verdammte Elfenweib reden zu hören«, behauptete Rammar.

»Aber er hat recht«, pflichtete Ankluas dem hageren Ork bei.

»Nein, hat er nicht«, widersprach Rammar. »Weil die ganze Sache eine Angelegenheit der Milchgesichter ist und nicht unsere. Ich habe weder vor, für Corwyn die Drecks-arbeit zu erledigen, noch irgendjemanden zu rächen. Nur um den Schatz geht es mir und um sonst gar nichts. Aber die Gefahr ist zu groß, und mit einem Schatz kann ich nichts an-fangen, wenn ich tot bin. Also ziehe ich die richtigen Schlüs-se und gehe nach Hause!«

»Wir haben kein Zuhause mehr«, erinnerte ihn Balbok.

»Dann finden wir eben ein neues. Jedes Zuhause ist besser als Kuruls dunkle Grube.«

»Und was ist mit von Bruchstein?«, fragte Ankluas listig.

»Was soll mit ihm sein?«, blaffte Rammar. »Die Amazo-nen haben ihn hingerichtet – der Hutzelbart ist Geschich-te.«

»Das ... ist leider nicht richtig so«, sagte Quia zögernd.

»*Was?*«, schrie Rammar.

»Offenbar erfolgte der Überfall auf das Dorf, *bevor* das Urteil an dem Zwerg vollstreckt werden konnte«, berichte-te Quia. »Vielleicht hatte er sogar damit zu tun, denn Zara erzählte mir, er hätte gelacht, als die Krieger der Dunkelheit angriffen.«

Rammar starrte die Amazone entgeistert an. »Soll das hei-ßen, dieser bärtige kleine Mistkerl ist immer noch am Leben und steckt möglicherweise mit dem Feind unter einer De-cke?«

Quia nickte. »Es wäre möglich.«

»Verdammt noch mal!« Rammar holte aus und schleuder-te den *saparak* zu Boden. »Das darf doch nicht wahr sein!«, schrie er.

»Und jetzt?«, fragte Ankluas. »Willst du immer noch um-kehren?«

»Und von Bruchstein davonkommen lassen?« Rammar schüttelte den klobigen Schädel. »Auf gar keinen Fall!«

»*Korr.*« Balbok nickte zufrieden. Dann erst ließ er sich nieder und kümmerte sich um seine Verwundung, die er bislang einfach ignoriert hatte. Zuvor schon hatte er die Lanze, die ihm durch den Oberarm gerammt worden war, in zwei Hälften zerbrochen und diese aus seinen Arm gezogen, und nun befasste er sich mit der Wunde, aus der unablässig schwarzes Orkblut quoll. Er spuckte auf die Verletzung und verteilte seinen Speichel darauf, und schon kurz darauf stoppte die Blutung.

Er erhob sich gerade, als von der fernen Stadt ein dumpfes Signal herüberschallte, so tief und durchdringend, als wollte es die heiße Luft zum Zittern bringen.

»Was ist das?«, fragte Quia erschrocken.

»Finden wir's heraus«, sagte Balbok grimmig.

»Was, bei den Gründern von Taik, ist das?«

Nestor und Gurn schauten sich an. Zur Tarnung trugen sie weite Kutten mit Kapuzen, unter denen sie ihre Gesichter verbargen.

Ein dunkler Signalton hallte plötzlich über Kal Anar, ein Laut, der sich so finster und unheimlich anhörte, als würde er geradewegs aus den Tiefen des Berges dringen. Eine endlos scheinende Weile hielt er an, dann verstummte er wieder.

»Weiß nicht«, erwiderte Gurn mit grimmigem Blick. »Aber eins sicher – macht Menschen Angst.«

Damit hatte der Eisbarbar zweifellos recht, denn wohin Nestor auch schaute, überall auf den Treppen und in den engen Gassen sah er furchtsame Mienen.

Was ging hier vor?

Die letzten Tage hatten sie dazu genutzt, sich ein Bild von den Zuständen in Kal Anar zu machen. Herausgefunden hatten sie dabei bislang allerdings nicht allzu viel – die Stadt am Berg mit ihren Pfahlbauten und ihren fremdartigen Bewohnern war ihnen immer noch ein Rätsel.

Der Einheimische, auf den sie gleich nach ihrer Ankunft in der Stadt getroffen waren und dessen Name Lao war, hatte ihnen aus Dankbarkeit, dass sie ihn am Leben gelassen hatten, nicht nur Unterschlupf gewährt, sondern auch versucht, ihre Fragen zu beantworten.

Natürlich hatte sich dies einigermaßen schwierig gestaltet, weil Lao die Sprache der Westmenschen nicht beherrschte und Nestor und Gurn im Gegenzug die Abart des Arunischen nicht verstanden, die in Kal Anar gesprochen wurde. Indem sie wild gestikulierten und sich ab und zu mit kleinen Zeichnungen behalfen, hatten es Nestor und Gurn jedoch immerhin geschafft, einige grundlegende Dinge in Erfahrung zu bringen.

Demnach lebten die Menschen von Kal Anar in ständiger Furcht. Vor gut acht Monden hatte sich offenbar etwas ereignet, das die Geschichte der Stadt und ihrer Bewohner verändert hatte. Etwas schien zurückgekehrt zu sein. Etwas Dunkles, Böses, das aus grauer Vergangenheit erneut einen Weg in die Welt gefunden hatte und den Menschen Angst machte.

Es residierte oberhalb der Stadt im Schlangenturm und sorgte dafür, dass die Furcht in den Straßen herrschte und grausame Hinrichtungen an der Tagesordnung waren. Grässliche Schlangenkreaturen, die sich durch die Luft bewegten, dienten dieser unheimlichen Macht.

Nestor und Gurn war klar, dass damit die Basilisken gemeint waren, aber sie begriffen nicht, wie alles zusammenhing, und sie wollten nicht zu den Orks zurückkehren, ehe sie dies nicht herausgefunden hatten. Sie hatten zum Schlangenturm gehen wollen, um mehr in Erfahrung zu bringen, aber Lao hatte sie energisch davon abgehalten.

Wie er ihnen klarmachte, grenzte es an Selbstmord, sich dem Turm zu nähern, und er hatte sie um Geduld gebeten. Allem Anschein nach würde sich in den nächsten Tagen etwas ereignen, das ihre Fragen beantworten würde.

Also hatten sie gewartet.

Den ersten Tag über hatten sie sich in Laos Haus versteckt gehalten und sich erst bei Nacht auf die Straße gewagt. Dann jedoch waren sie mutiger geworden, und verhüllt in den Kutten, die Lao ihnen besorgt hatte, schauten sie sich auch am Tag in der Stadt um und mischten sich unters Volk.

Tagsüber herrschte reges Treiben in den Gassen von Kal Anar. Die Menschen gingen ihrer Arbeit nach wie in jeder anderen Stadt: die Handwerker in ihren Werkstätten, die zur Straße hin offen waren, sodass man ihnen bei der Fertigung neuer Gegenstände zuschauen konnte; die Händler auf Märkten und Basaren, die auf den freien Plätzen der Stadt abgehalten wurden. Doch nur auf den ersten Blick schien Kal Anar eine Stadt wie jede andere zu sein – wer genauer hinschaute, der entdeckte Unterschiede. Und je länger sich Nestor und Gurn innerhalb der Stadtmauern aufhielten, desto mehr davon fielen ihnen auf.

Da war zum einen die Menge an Soldaten, die beinahe allgegenwärtig waren. In ihren schwarzen Rüstungen und mit den Helmen, deren Visiere die Gesichter verdeckten, wirkten sie finster und bedrohlich, und wohin man auch kam, traf man Patrouillen dieser schwer gerüsteten Soldaten an. Ihre Schilde zeigten das Bannermotiv Kal Anars, den roten Basilisken. Die Einwohner der Stadt fürchteten sie, und das aus gutem Grund. Mehrere Male hatten Nestor und Gurn beobachtet, wie sich die Soldaten willkürlich Männer und Frauen aus der Menge griffen und sie fast zu Tode prügelten.

Und es gab Hinrichtungen – selbst für geringfügige Vergehen. Kaum ein Tag verging, an dem nicht irgendwo in der Stadt ein armes Schwein am Galgen endete. Was geschehen würde, wenn herauskam, dass Nestor und Gurn in ihrer Heimat gesuchte Verbrecher waren, darüber wollte der Mann aus Taik lieber nicht nachdenken.

Die Furcht war in Kal Anar allgegenwärtig. Kaum einmal war ein Lachen zu hören oder eine freundliche Miene zu sehen, und wenn doch, so war es damit schlagartig vorbei, sobald sich die Soldaten zeigten. Aber die Angst der Menschen galt nicht nur den Männern in den schwarzen Rüstungen – sie ging noch viel weiter.

Immer wieder blickten die Einwohner der Stadt argwöhnisch zum Turm hinauf, der die Stadt drohend überragte. Was auch dort oben lauern mochte, es war der eigentliche Grund für die Furcht, die in Kal Anar umging. Anfangs hatten Nestor und Gurn es nicht bemerkt, aber je länger sie in der Stadt weilten, desto mehr gerieten auch sie unter den Einfluss des grausamen Bauwerks. Als ob sich ein Schatten über sie gelegt hätte, befiel sie eine seltsame Schwermut und Trauer, gepaart mit einem unbestimmten Gefühl der Bedrohung, dessen Ursprung sie nicht zu ergründen vermochten und das sie dennoch in seinen Klauen hielt.

Trotzdem blieben die beiden in der Stadt – und als das rätselhafte Signal verklang, dämmerte ihnen, dass es genau das gewesen war, worauf sie die ganze Zeit über gewartet hatten.

Als ob zusammen mit dem geheimnisvollen Ton ein lautloser Befehl erklungen wäre, ging eine Veränderung mit den Menschen von Kal Anar vor sich. Was sie auch immer gerade getan hatten, sie ließen es stehen und liegen: Handwerker ließen ihre Werkzeuge fallen, Passanten die Waren, die sie eben erst erworben, Händler das Geld, das sie gerade kassiert hatten. Von einem Augenblick zum anderen galt ihre Aufmerksamkeit nur noch dem drohenden Bauwerk hoch über der Stadt, von dem das geheimnisvolle Signal ausgegangen sein musste.

Die Leute setzten sich in Bewegung, zwängten sich zu Dutzenden durch die schmalen Gassen und drängten die Stufen hinauf, dem Schlangenturm entgegen.

»Verdammt, was gefahren in sie?«, knurrte Gurn, dem die Sache nicht geheuer war. Als Barbar des Nordlands misstraute er allem, was allzu rätselhaft war oder gar übersinnlich erschien – eine weitere Eigenschaft, die er mit den Orks teilte. Nur mit Mühe konnten Nestor und er sich gegen die Menschenmassen behaupten, die plötzlich den Berg hinaufströmten.

»Keine Ahnung.« Nestor zuckte mit den Schultern. »Aber ich nehme an, dass das die Gelegenheit ist, von der Lao gesprochen hat.«

Der Eisbarbar ließ ein grimmiges Knurren vernehmen. »Und wo kleiner Mann?«

Das war in der Tat eine gute Frage. Lao hatte sie zum Markt begleitet, war jedoch verschwunden, als das Signal erklungen war, und seither war er nicht zurückgekehrt. Inmitten der wogenden Massen bestand auch keine Hoffnung mehr, ihn zu finden.

»Brauchen ihn nicht«, entschied Gurn kurzerhand. »Gehen allein zu Turm.«

Nestor zögerte. Lao kannte sich in der Stadt aus und beherrschte die Sprache der Einheimischen. Schon mehrmals hatte er ihnen geholfen, wenn Passanten ihre Verwunderung über Gurns Körpergröße geäußert hatten. Lao an ihrer Seite zu haben, bedeutete zusätzlichen Schutz vor Entdeckung, aber so, wie die Dinge lagen, mussten sie zunächst einmal allein zurechtkommen. Die Gelegenheit, zum Schlangenturm zu gelangen, war günstig – die wollten sie sich nicht entgehen lassen.

Sie überlegten nicht lange und mischten sich in dem Menschenstrom, der über schmale, in Stein gehauene Stufen den Berg hinauffloss. Gurn zog den Kopf zwischen die Schultern, damit er nicht weithin sichtbar aus der Menge ragte, und Nestor vermied es, den Menschen ringsum in die Gesichter zu schauen. Allerdings sah es ohnehin nicht so aus, als ob sich jemand für die beiden Fremden interessierte – seit das Signal erklungen war, zeigten die Mienen der Kal Anarer einen seltsamen, fast verklärten Ausdruck. Was, bei den steinernen Götzen von Taik, ging in dieser Stadt nur vor? In den Gassen herrschte Schieben und Drängen. Die Bürger schienen es nicht erwarten zu können, hinaufzugelangen zum Turm. Nestor nahm nicht an, dass ihre Furcht plötzlich verflogen war. Es war eher so, dass sie nicht anders konnten, als dem Ruf zu folgen – wie Motten, die in das Licht einer Fackel flogen, um elend zu verbrennen.

Erstmals seit sie in Kal Anar weilten, gelangten Nestor und Gurn in die höher gelegenen Bereiche der Stadt. Und über eine steile, breite Treppe erreichten sie schließlich den Vorplatz des riesigen Bauwerks, das die Stadt weit überragte und zu beherrschen schien.

Aus der Nähe betrachtet, wirkte der Schlangenturm noch um vieles eindrucksvoller als aus der Ferne. Wie er sich in den grauen, von Rauchwolken durchsetzten Himmel wand, hatte er tatsächlich etwas von einer Schlange, als ob sich ein riesiges Reptil am steilen Hang aufgerichtet hätte und dann zu Stein erstarrt wäre. Anders als die Häuser der Stadt, die schwarz und grau waren vom allgegenwärtigen Ruß, schimmerte der Turm in mattem Weiß, was auch erklärte, weshalb er bei Nacht, wenn das Glühen des Vulkans über der Stadt lag, weithin zu sehen war.

Im oberen Teil, wo sich der Turm allmählich verjüngte, hatte er einige runde Fenster, doch den einzigen Eingang bildete eine hohe Pforte mit einer Plattform davor, zu der wiederum eine breite Treppe führte. Dort standen Männer in schwarzen Roben mit dem Basiliskensymbol auf der Brust. Die Gesichter unter den Kapuzen waren nicht zu sehen.

Schweigend blickten sie auf das Volk herab, das sich auf dem Vorplatz sammelte. Jeder Mann, jede Frau und jedes Kind in Kal Anar schien dem geheimnisvollen Ruf gefolgt zu sein. Eine unglaubliche Enge herrschte auf der Fläche, die sich zwischen Felsen und Pfahlbauten erstreckte. Aber es brach keine Panik aus, im Gegenteil – kaum hatten die Menschen den Vorplatz erreicht, schien der Zwang, unter dem sie standen, wieder nachzulassen. In stiller Furcht starrten sie hoch zu den Männern in den Roben, bis schließlich einer von diesen vortrat.

In einer herrischen Geste hob er beide Arme, woraufhin absolutes Schweigen einkehrte. Nestor und Gurn wechselten einen viel sagenden Blick – wer immer diese vermummten Kerle waren, sie schienen große Macht zu haben.

Der Kapuzenmann sprach nur ein Wort.

»Xargul.«

Ein Wispern ging daraufhin durch die Menge, wie ein Windstoß kurz vor einem Gewitter. Und dann begannen die Menschen von Kal Anar wie aus einem Munde jenes Wort zu wiederholen, wieder und immer wieder. »Xargul. Xargul. Xargul …«

Ein monotoner Gesang aus Tausenden von Kehlen …

Wieder tauschten Nestor und Gurn einen Blick. Sie kannten die Sprache Kal Anars nicht und hatten keine Ahnung, was das Wort bedeutete. Aber es hatte einen unheilvollen, beunruhigenden Klang, zumal wenn es aus so vielen Kehlen gleichzeitig erklang. Und erneut fragte sich Nestor, wovon sie hier Zeugen wurden …

Eine Weile lang lauschte der Kapuzenmann dem unheimlichen Singsang der Menge, dann hob er wieder die Arme, und so plötzlich, wie er aufgeklungen war, brach der fanatische Chor ab. Eine dunkle Stimme drang unter der Kapuze des Unheimlichen hervor; er sprach einige Worte, die Nestor und Gurn nicht verstanden. Was hätten sie darum gegeben, Lao bei sich zu haben. Aber der Kal Anarer war nirgends auszumachen.

Was der Vermummte sagte, blieb den beiden Spionen

895

verborgen – die Reaktion der anderen Menschen jedoch war eindeutig. Immer wieder ging ein Raunen durch die Menge, und Nestor konnte sehen, wie die alte Furcht auf die Gesichter ringsum zurückkehrte.

Die Turmpforte öffnete sich, und eine Abteilung Soldaten marschierte hervor, schwer gepanzert und bewaffnet. Je zwei von ihnen gesellten sich einem der Vermummten hinzu, dann stiegen sie die Treppe hinab zum Volk.

Was dann geschah, konnten Nestor und Gurn, die ganz hinten standen, nicht genau erkennen, aber sie bekamen mit, dass Tumult ausbrach. Schreie waren zu hören, und Nestor sah, dass die Soldaten ihre Schwerter zückten und damit um sich schlugen.

Gurn stieß ein verächtliches Knurren aus, denn für ihn war es ein Zeichen von Feigheit, sich an wehrlosen Frauen und Kindern zu vergreifen. Auch Nestor verspürte Empörung, was ihn selbst überraschte. Immerhin war es noch nicht lange her, da hatte er seine Messerhand meistbietend verkauft und keine Skrupel gehabt, seine Klinge Unschuldigen und Unbewaffneten zwischen die Rippen zu jagen, solange nur die Bezahlung stimmte. Was, verdammt noch mal, war los mit ihm? Diese Reise schien ihm nicht zu bekommen. Oder war es die Gesellschaft der Unholde?

Schließlich kehrten die Soldaten und die Vermummten auf die Plattform zurück – im Schlepp junge Männer, die vergeblich versuchten, den Griffen ihrer Häscher zu entkommen. Während der größte Teil der Menge nach wie vor schweigend und reglos dastand, war die Lethargie von den Gefangenen abgefallen. Wie wild gebärdeten sie sich und schrien aus Leibeskräften – aber weder zeigten die Soldaten Mitleid, noch kam ihnen jemand aus dem Volk zu Hilfe. Nur wenige hatten sich widersetzt, und die lagen erschlagen in ihrem Blut.

Der Rest wollte nur überleben.

Nebeneinander wurden die Gefangenen aufgereiht, und man zwang sie, vor dem Schlangenturm niederzuknien. Daraufhin gellte ein schneidender Befehl, und auch die Menschen auf dem Vorplatz sanken auf die Knie. Nestor begriff: Der Schlangenturm war nicht etwa der Sitz eines gewöhnlichen Herrschers, sondern der einer Gottheit – und die Kerle in den Roben waren nichts anderes als Götzenpriester ...

Um nicht aufzufallen, sanken auch die beiden Spione auf die Knie, sehr zum Unbehagen Gurns; dem Barbar widerstrebte es, vor irgendwem zu knien. Er und Nestor beobachteten, was weiter geschah: Zwei der Vermummten trugen ein verschlossenes Gefäß aus Ton heran, woraufhin der Wortführer – wahrscheinlich der Hohepriester – nach einem Gegenstand griff, der wie eine lange Zange aussah. Damit griff er in das Gefäß, nachdem seine Helfer den Deckel geöffnet hatten, und beförderte etwas zu Tage, das nur etwa fingerdick war und eine Elle lang und sich im Griff der Zange ringelte.

»Eine Schlange«, entfuhr es Nestor, allerdings so leise, dass nur Gurn ihn hören konnte. »Was, in aller Welt ...?«

Der Kapuzenmann trat auf den ersten Gefangenen zu, der wimmernd vor ihm am Boden kauerte. Auf ein Zeichen hin packten ihn die Soldaten, zerrten ihn halb hoch und rissen ihm grob den Mund auf – woraufhin ihm der vermeintliche Hohepriester die lebende Schlange in den Schlund stopfte!

Ein Gurgeln war zu hören, als der Gefangene laut würgte. Mit aller Kraft wehrte er sich dagegen, das Tier zu schlucken. Aber schon wenige Augenblicke später schien das Reptil dennoch den Weg durch seine Kehle gefunden zu haben. Der Mann brach zusammen und blieb reglos am Boden liegen.

»Verdammt, was soll das?«, raunte Nestor seinem Gefährten zu. »Was machen die mit denen?«

Der Eisbarbar wusste keine Antwort, und so blieb den beiden nichts, als wie alle anderen die grausige Zeremonie zu verfolgen, die sich vor ihnen abspielte. Auch die übrigen Gefangenen wurden gezwungen, Schlangen zu schlucken, und ein jeder von ihnen schrie zunächst panisch, um dann abrupt zu verstummen.

»Xargul! Xargul! Xargul!«, sang die Menge wieder, und Nestor begriff: Dies war kein Wort der Sprache Kal Anars – es war ein Name. Der Name jener Gottheit, die im Schlangenturm residierte und der die Priester gerade mehrere Menschenopfer dargebracht hatten. Und jäh wurde dem Mann aus Taik auch klar, weshalb die Furcht in den Straßen und Gassen von Kal Anar regierte: Jeder konnte der Nächste sein, der geopfert wurde!

Noch ein weiterer Gefangener wurde herangeschleppt – und Nestor und Gurn sogen scharf die Luft ein, als sie erkannten, wer es war.

Lao …

Verzweifelt wand sich der kleine Mann im Griff seiner Häscher, aber die schwarz Gerüsteten schleppten ihn unbarmherzig vor den Hohepriester, der erneut zur Zange griff.

»Nicht gut«, knurrte Gurn unruhig und zupfte Nestor am Ärmel. »Wir rasch verschwinden.«

»Du hast recht …« Nestor wollte sich schon abwenden, als Lao in entsetztes Geschrei verfiel. Er war über den ganzen Vorplatz zu hören. Die Wächter hatten ihn gepackt und rissen ihm den Mund auf, damit der Priester sein grausiges Werk verrichten konnte.

»Wir gehen!«, drängte Gurn.

Aber Nestor zögerte.

Von Grauen gepackt, sah er mit an, wie der Hohepriester auf Lao zutrat, die Zange mit dem sich ringelnden Tier in der Hand. Laos Augen weiteten sich vor Entsetzen, und seine Stimme überschlug sich, während er – so vermutete Nestor – laut um Gnade flehte.

Auch von der anderen Seite des Platzes drang auf einmal lautes Geschrei an Nestors Ohren. Es waren Laos Frau und seine Kinder, die hilflos mitansehen mussten, was ihrem Mann und Vater angetan wurde.

»Gehen!«, sagte Gurn noch einmal. Er packte Nestor am Arm und wollte ihn in die nächste Gasse ziehen – aber der ehemalige Meuchelmörder riss sich von ihm los.

Verdammt, was stimmte nicht mit ihm?

Früher hatte es ihm nichts ausgemacht, Unschuldige sterben zu sehen – mehr noch, er hatte sie eigenhändig zu ihren Göttern befördert. Das Wehklagen der Witwen und Waisen war ihm gleichgültig gewesen, solange sich die Sache für ihn gelohnt hatte – und jetzt reichte schon ein wenig Geschrei, um ihn zu erweichen?

Nein!

Entschlossen wandte sich Nestor ab, wollte zusammen mit Gurn diesen Ort des Grauens verlassen – als Laos Schreie in ein Würgen und Gurgeln übergingen. Nestor konnte nicht anders, als hinzuschauen.

Der Hohepriester stopfte Lao das lebende Tier in den Rachen, während die Einzigen, die ihm helfen konnten, sich heimlich davonstahlen.

Es war nicht richtig.

Lao hatte ihnen geholfen, als sie ihn gebraucht hatten, ungeachtet der Gefahr, ungeachtet der Gefahr, der er sich selbst und seiner Familie ausgesetzt hatte ...

»Gurn ...«, sagte Nestor nur.

Der Barbar blieb stehen, und sie tauschten einen Blick, der mehr verriet als tausend Worte.

»*Shnorsh!*«, knurrte Gurn.

Da er seinen Zweihänder in Laos Haus zurückgelassen hatte (das Schwert war zu groß und zu auffällig, um es unter der Kutte herumzuschleppen), waren Nestors Messer die einzigen Waffen, die sie bei sich hatten – aber das genügte.

Indem Gurn vorausging und seinem Gefährten und sich eine Schneise in die Menschenmenge bahnte, gelangten die beiden näher an die Plattform heran. Dabei öffnete Nestor seine Kutte, griff nach zweien der Klingen und zog sie aus dem Gürtel. Höchste Eile war geboten – zwar wehrte sich Lao noch immer dagegen, das Schlangentier schlucken zu müssen, aber schon in wenigen Augenblicken würde es zu spät sein ...

Eiskalt holte Nestor mit einer routinierten Bewegung aus, visierte sein Ziel an – und warf die Klinge!

Indem es sich in der Luft überschlug, überwand das Messer die Distanz von dreißig, vierzig Schritten – und zuckte in das Dunkel, das in der Kapuze des Hohepriesters herrschte.

Der Vermummte zog die Zange zurück, in deren Griff sich die Schlange immer noch wand, und begann zu taumeln. Die übrigen Priester, die nicht begriffen, was geschehen war, schauten einander fragend an, und die Soldaten erschraken.

Der Hohepriester ließ die Zange fallen, sodass sie mitsamt dem darin gefangenen Tier klirrend auf dem Boden landete, und griff nach seiner Kapuze. Mit einer ungelenken Bewegung schlug er sie zurück – und enthüllte den Kopf eines älteren Mannes, aus dessen linkem Auge der Griff des Messers ragte.

Ein Aufschrei des Entsetzens ging durch die Menge, und auch die Priester verfielen in panisches Gekreische. Im nächsten Moment kippte der Alte um und blieb reglos liegen, und noch während die Priester oder die Soldaten begriffen, was vor sich ging, hatte Nestor schon zwei weitere Klingen auf Reisen geschickt und Laos Häscher niedergestreckt.

»Lauf, Lao!«, schrie er aus Leibeskräften.

Panik brach sowohl auf der Treppe als auch auf dem Vorplatz aus – Panik, die der Gefangene tatsächlich nutzte, um aufzuspringen und zu fliehen. Einer der Soldaten wollte ihm hinterher, aber ein Wurfmesser bohrte sich in seinen Hals, ehe er ihn einholen konnte. Während sich die Priester unter hellem Geschrei in den Turm flüchteten – wobei bei einigen die Kapuzen nach hinten fielen und alte, ausgemergelte Gesichter zum Vorschein kamen –, formten die Soldaten einen schützenden Kordon um sie.

Nestor hätte nicht übel Lust gehabt, noch ein paar mehr von ihnen ins Jenseits zu befördern, aber Gurn packte ihn und zog ihn fort. Es war höchste Zeit zu verschwinden.

Sie nutzten den Schutz der Menge, während die Kal Anarern in heilloser Panik vom Platz drängten. Da die Gassen jedoch schmal waren, staute sich der Menschenstrom, und es gab kein Weiterkommen.

Mit einem Blick über die Schulter stellte Nestor fest, dass die Tempelwachen Verstärkung erhielten. Eine ganze Abteilung schwer bewaffneter Krieger drängte aus dem Turm, stürmte die Stufen hinab und schwärmte auf dem Platz aus auf der Suche nach dem Mörder ihres Hohepriesters.

»Verdammt, wir müssen weg!«, zischte Nestor – und Gurn trat wieder in Aktion. Wie ein Schwimmer bewegte er sich durch die Flut der Flüchtenden, schaufelte mit groben Pranken jene zur Seite, die ihm im Weg waren. Auf diese Weise kamen die beiden schneller voran, aber sie zogen auch unerwünschte Aufmerksamkeit auf sich.

Nestor hörte, wie die Wachen einander hektische Befehle zuriefen. Plötzlich packte jemand seine Kutte und zerrte daran. Der Stoff riss ratschend und fiel an ihm herab – und jeder konnte sehen, dass Nestor ein Fremder war. Mehr noch, der breite Ledergürtel, in dem mehrere Klingen fehlten, kam einem Schuldgeständnis gleich.

»*Umbal!*«, raunte Gurn ihm zu, packte ihn und riss ihn

mit. Die Wachen hinter ihnen schrien etwas, das sie nicht verstanden – wohl, dass sie stehen bleiben und sich ergeben sollten, aber natürlich dachten sie nicht daran. Was mit ihnen geschehen würde, wenn sie gefasst wurden, war ihnen nur allzu klar.

Doch in der Enge der Gassen gab es kein Fortkommen mehr – die Menschen drängten sich so dicht, dass Gurn nicht einmal mehr wusste, wohin er sie schaufeln sollte. Also schlug er einen anderen Fluchtweg ein – geradewegs über die Dächer der Stadt.

Nestor wurde nicht lange gefragt, ob er diesem Fluchtplan zustimmte. Der Eisbarbar warf ihn kurzerhand auf eines der niederen Vordächer, ehe er selbst geschickt an einem Pfeiler emporkletterte. Von dort gelangten sie auf das Dach des Hauses und setzten ihre Flucht fort.

Sie mussten Acht geben, auf den von Staub und Ruß überzogenen Dachpfannen nicht abzurutschen. Dennoch liefen sie so schnell wie möglich über die Dächer hinweg, wobei sie mehr als einmal das Gefühl hatten, dass die Konstruktion unter ihren Tritten bedenklich nachgab. Schon hatten sie das Ende des Daches erreicht und waren gezwungen, über die Gasse zum nächsten Dach zu springen.

Die beiden zögerten nicht – keiner von ihnen hatte Lust, mit einem Strick um den Hals oder einer Schlange im Schlund zu enden. Mit einem waghalsigen Satz überwanden sie die mit Menschen vollgestopfte Gasse und landeten auf dem nächsten Dach. Nestor rutschte dabei auf den rutschigen abschüssigen Ziegeln aus. Mit den Armen rudernd, fand er das Gleichgewicht wieder, dann rannte er weiter. Von Berufs wegen hatte Nestor einige Erfahrung mit ungewöhnlichen Fluchtwegen, und Gurn war schon als Kind auf den schroffen und oftmals rutschigen Eisklippen seiner Heimat herumgeklettert.

Schon wollte Nestor seinen barbarischen Freund zu dem Einfall, die Flucht über die Dächer anzutreten, beglückwünschen – als nur eine Armlänge von ihm entfernt ein Pfeil durch die Luft zischte.

»Verdammt …!«

Ein flüchtiger Blick über die Schulter zeigte Nestor, dass sie nicht mehr allein waren auf den Dächern; mit Pfeil und Bogen bewaffnete Soldaten waren ihnen gefolgt und nahmen sie unter Beschuss. Schon zuckten weitere gefiederte Geschosse heran, die die Flüchtlinge nur knapp verfehlten. Abrupt änderten Nestor und Gurn die Richtung und sprangen auf ein weiteres Dach, das ein Stück tiefer lag. Inzwischen war in der Ferne die Stadtmauer zu erkennen, allerdings noch unerreichbar für sie …

»Das deine Schuld!«, knurrte Gurn im Laufen.

»Nein«, widersprach Nestor atemlos, »es ist die Schuld dieser verdammten Orks. Noch vor Kurzem war ich ein Mann ohne Mitleid, und jetzt …«

»… du ein *bog-uchg*«, vervollständigte der Eisbarbar auf Orkisch.

Nestor wollte etwas erwidern, aber ein durchdringendes Kreischen, das urplötzlich in der Luft lag, riss ihm die Worte von den Lippen.

»Ein Basilisk – lauf!«, schrie Nestor, noch ehe er das Ungeheuer gesehen hatte; der grässliche Laut allein verriet ihm, womit sie es zu tun hatten.

So schnell er konnte, setzte Nestor über das abschüssige Dach, während die Menschen ringsum in den Gassen panisch zu schreien begannen. Im nächsten Moment fiel auch schon ein dunkler Schatten über sie, und ein gefährliches Rauschen erfüllte die Luft.

Zurückzuschauen wagten Gurn und Nestor nicht, aus Furcht, dem Basilisken in die Augen zu blicken und zu versteinern. Instinktiv warteten sie ab, um sich im letzten Moment bäuchlings auf das Dach zu werfen – keinen Augenblick zu früh!

Nur wenige Handbreit zog der geflügelte Schlangenkörper über sie hinweg. Sofort sprangen sie wieder auf und rannten weiter, sprangen auf das nächste wiederum ein wenig tiefer gelegene Dach und setzten ihre Flucht fort.

Der Basilisk jedoch sah keinen Grund, seine Opfer entkommen zu lassen. Mit den ledrigen Flügeln schlagend, stieg er steil in die Höhe, verharrte hoch oben am grauen Himmel und kreischte fürchterlich, um dann erneut hinabzustoßen.

»Schau ihm nicht in die Augen, hörst du?«, schärfte Nestor seinem barbarischen Gefährten ein. »Du darfst ihm nicht in die Augen schauen …!«

Gurn rief etwas zurück, das Nestor nicht verstand – und im nächsten Augenblick schien die Bedrohung durch den Basilisken hinfällig geworden zu sein. Denn so plötzlich, wie es aufgetaucht war, war das Untier auf einmal verschwunden.

»Wo ist er hin?«, fragte Nestor und blickte sich verwirrt um, die Hand an einem seiner Wurfmesser.

»Egal, wenn nur fort!«, meinte Gurn und setzte sich wieder in Bewegung.

Sie liefen weiter über die Dächer. Dass sie nicht mehr unter Beschuss lagen und die Soldaten ihnen nicht mehr folgten, führten sie auf ihr eigenes Geschick und ihre Schnelligkeit zurück – ein Irrtum, wie sich zeigen sollte.

Als sie an der Kante des Dachs anlangten, erstreckte sich vor ihnen eine der Hauptstraßen – und bildete eine auf dem ersten Blick unüberwindliche Kluft. Auf der anderen Seite befanden sich noch sechs oder sieben Dächer, dahinter erstreckte sich die Stadtmauer, jenseits derer die Freiheit lag …

»Springen!«, knurrte Gurn entschlossen und nahm Anlauf, um die beträchtliche Distanz zu überwinden.

In diesem Augenblick vernahm er das Schlagen gewaltiger

Schwingen, und das grässliche Haupt eines riesigen Vogels erhob sich über die Dachkante.

»Nein!«, schrie Nestor entsetzt – aber es war zu spät.

Gurn und er starrten den Basilisken an, schauten ihm in die Augen. Furcht und Panik ließen sie erstarren, während sie gleichzeitig das Gefühl hatten, dass ihr Innerstes erkaltete und zu hartem Stein wurde. Sie gefroren zu Reglosigkeit, während das Untier vor ihnen in die Höhe stieg, kräftig mit den Schwingen schlug und sich sein Schlangenkörper unter ihm ringelte.

Mit aller Macht wollte sich Nestor dazu zwingen, eins der Wurfmesser zu zücken und es zu schleudern. Aber so sehr er es auch versuchte, es gelang ihm nicht. Ein Laut drang aus der Kehle des Basilisken, der sich weniger wie ein Schrei als vielmehr wie höhnisches Gelächter anhörte, was das Tier nur noch bösartiger und bedrohlicher erscheinen ließ.

Im nächsten Moment bekamen Nestor und Gurn Gesellschaft: Die Soldaten, die sich lediglich zurückgezogen hatten, damit die beiden Flüchtenden dem Basilisken in die Fänge liefen, ergriffen sie und schleppten sie davon, während das Ungeheuer wieder hoch in den Himmel stieg, noch eine Weile über dem Schlangenturm kreiste und dann im Krater des Anar verschwand.

# 9.

## SNAGOR-TUR

»Wo sie nur bleiben?« Erneut ließ Rammar seinen Blick in Richtung der fernen Stadt schweifen und maulte vor sich hin. »Auf diese Milchgesichter ist einfach kein Verlass! Wenn man nicht alles selber macht!«

»Vielleicht ist ihnen etwas zugestoßen«, gab Ankluas zu bedenken. »Möglicherweise wurden sie entdeckt oder …«

»Dann sollten wir aufbrechen«, knurrte Balbok entschlossen.

Nur mit Mühe hatten die beiden anderen den großen, hageren Ork davon abhalten können, sich sofort nach Kal Anar zu begeben. Die Einwände, die Rammar und Ankluas vorgebracht hatten – dass es Wahnsinn wäre, sich ohne Informationen in die Höhle des Trolls zu begeben, und sie deshalb warten mussten, bis Nestor und Gurn zurückkehrten –, hatten ihn keineswegs überzeugt. Nur Quia war es zu verdanken, dass Balbok nicht längst aufgebrochen war; die junge Amazone hatte ihm klargemacht, dass es weder ihr noch ihren getöteten Schwestern etwas nützte, wenn sich »der große Bunais« opferte. Rache, so hatte sie gesagt, wollte gut überlegt und vorbereitet sein, und das hatte Balbok schließlich eingeleuchtet. Nun allerdings war die Frist, die sie Nestor und Gurn gestellt hatten, verstrichen, und die beiden waren noch immer nicht zurückgekehrt …

»Balbok hat recht«, pflichtete Ankluas ihm bei. »Wenn unsere Gefährten tatsächlich dem Feind in die Hände gefallen sind, wird er sie grausam foltern lassen, um herauszube-kommen, wer sie sind und was sie nach Kal Anar geführt hat. Wenn wir die Überraschung also weiterhin auf unserer Seite haben wollen, müssen wir rasch handeln.«

»Rasch handeln – das sagt sich so leicht!«, maulte Rammar. »Wie denn? Wir wissen nicht das Geringste über unseren Gegner. Vielleicht laufen wir blindlings in eine Falle.«

»Vielleicht.« Ankluas nickte. »Dieses Risiko werden wir eingehen müssen. Eine andere Möglichkeit haben wir nicht.«

Rammar war nicht dieser Ansicht. Natürlich hatten sie eine andere Möglichkeit. Es gab immer eine andere Möglichkeit, als sich massakrieren zu lassen. Aber er hütete sich, dies laut auszusprechen, denn das hätte womöglich den Anschein erweckt, dass er weniger Mut hätte als der *ochgurash*.

Und das wollte er auf jeden Fall vermeiden …

»Sei's drum«, brummte er angefressen, »dann gehen wir eben.«

»*Korr*«, knurrte Balbok nur.

»Ich begleite euch ebenfalls«, stellte Quia mit eisiger Stimme klar. »Der Mörder meines Volkes sitzt in Kal Anar. Ich will dabei sein, wenn er zur Strecke gebracht wird.«

»Das wird er«, versicherte Balbok grimmig, während seine eng stehenden Augen einen stieren Blick bekamen. »Ich werde ihm Arme und Beine abhacken und ihm sagen, was für ein elender, verlauster Feigling er ist. Dann werde ich ihm das Herz aus der Brust reißen und es auffressen, solang es noch schlägt. Danach werde ich ihm die Eingeweide aus dem Leib zupfen und daraus einen *bru-mill* zubereiten, wie man ihn östlich der Modermark noch nie gegessen hat. Und danach werde ich ihm den Schädel aufschlagen, sein Hirn mit Blutbier aufgießen und in kleinen Schlucken …«

»Balbok?«, tönte es energisch herüber.

»Ja, Rammar?«

»Wir gehen …«

Kal Anar war weiter entfernt, als es den Anschein gehabt hatte, und der Marsch war anstrengend und gefährlich – nicht nur der mörderischen Hitze wegen, sondern auch wegen der Erdspalten und Klüfte, aus denen giftiger Schwefel drang.

Zudem durchstreiften Patrouillen das trostlose Land – Soldaten wie die, mit denen die Orks schon zu tun gehabt hatten. Rammar vermutete, dass sie nach dem längst überfälligen Spähtrupp suchten.

Mit den Waffen der besiegten Soldaten bis an die Zähne bewaffnet, näherten sich die drei Orks und die Amazone immer mehr Kal Anar. Eine Stadt wie diese, die an den Hängen eines Berges förmlich emporzuwachsen schien, hatten die beiden Ork-Brüder noch nie zuvor gesehen. Je weiter sich der Tag dem Ende neigte, desto stärker schien das Glühen zu werden, das aus dem rauchenden Vulkankrater drang und den Turm über der Stadt in unheimlichem Zwielicht leuchten ließ.

»Der Schlangenturm«, sagte Ankluas, der, zu Rammars Ärgernis, einmal mehr den Fremdenführer gab. »Weder weiß man, wer ihn errichtet hat, noch wie lange er schon steht.«

»Aber ich weiß«, knurrte Balbok, »wer ihn schon bald einreißen wird.«

»Sei dir da nicht so sicher, mein Freund. Wenn es wahr ist, was wir vermuten, dann stoßen wir auf Kräfte in diesem Turm, die die eines Orks bei weitem übersteigen. Der Herrscher von Kal Anar hat die Basilisken zurückkehren lassen und ist in der Lage, die Gefallenen vergangener Zeiten aus den Gräbern zu reißen. Das dürfen wir nicht vergessen ...«

»Das werden wir schon nicht – weil kein verdammter Augenblick vergeht, in dem du uns nicht daran erinnerst!«, blaffte Rammar. Er war wütend, und das nicht nur, weil ihm die Füße weh taten und ihm das unorkische Gequatsche des Einohrigen auf die Nerven ging. Ihm war mulmig genug zu Mute, auch ohne dass Ankluas ihn noch fortwährend daran erinnerte, mit welch fürchterlichem Gegner sie es zu tun hatten. Die triste Landschaft, die Fremdartigkeit dieses Ortes, die von giftigen Dämpfen durchsetzte Luft, die Bedrohung durch die Basilisken – all dies sorgte dafür, dass sich Rammar in seiner pickligen Haut alles andere als wohl fühlte. Dennoch – er wollte sich keine Blöße geben.

Nicht vor einem *ochgurash* ...

»Der Anblick macht mir Angst«, gab Quia zu, die weniger Probleme als Rammar damit hatte, sich und den anderen ihre Gefühle einzugestehen. »In dieser Stadt wohnt nicht nur das Böse, sie selbst scheint böse zu sein und ...«

»Unsinn!«, fuhr ihr der dicke Ork über den Mund. »Das sind nur ein paar Hütten und ein baufälliger alter Turm. Nichts, wovor du dich fürchten müsstest.«

»Dein Volk ist es auch nicht, das vom Feind ausgelöscht wurde«, entgegnete die Amazone leise, und darauf wusste nicht einmal Rammar etwas zu entgegnen.

»Wie gelangen wir hinein?«, fragte sich Balbok.

Ankluas spähte vorsichtig über die Hügelkuppe, hinter der sie Zuflucht gesucht hatten. »Die Tunneleingänge sind zu stark bewacht«, stellte er fest. »Wir müssen etwas anderes versuchen.«

»Bah!«, machte Balbok verächtlich. »Das sind nur zehn, zwölf Mann! Mit denen werden wir fertig.«

»Daran zweifle ich nicht – aber danach wäre die ganze Garnison alarmiert, und das wollen wir nicht, oder?«

Kleinlaut schüttelte Balbok den Kopf. »*Douk.*«

»Wir müssen versuchen, ungesehen an die Stadtmauer heranzukommen und sie zu überwinden.«

»Sie überwinden?« Rammar schnappte nach Luft. »Hast du nicht gesehen, wie hoch das verdammte Ding ist? Und erst diese Stacheln ...«

»Ich habe nicht behauptet, dass es einfach wird«, entgegnete Ankluas. »Was habt ihr erwartet? Dass sie euch freudig begrüßen und euch mit Pauken und Fanfaren empfangen?«

»Nein, danke«, knurrte Balbok säuerlich. »Das hatten wir schon.«

»Wenn wir uns schon ranschleichen müssen, dann sollten wir wenigstens warten, bis es ganz dunkel geworden ist«, schlug Rammar vor. »So kann man uns ja weithin sehen.«

»Das stimmt«, räumte Ankluas ein, »aber sehr viel dunkler wird es nicht mehr. Das Licht kommt nicht von der untergehenden Sonne, sondern aus dem Krater des Vulkans. Der Anar ist zu neuem Leben erwacht, wie es scheint.«

»Was du nicht sagst«, zischte Rammar. »Kannst du mir verraten, wie wir ungesehen an die verdammte Mauer rankommen sollen, wenn wir nicht einmal …«

Er unterbrach sich, als sich Quia, die schweigend neben ihm gekauert hatte, plötzlich erhob. Die Amazone sandte den drei Orks einen entschlossenen Blick, und für Balbok fügte sie noch ein Lächeln hinzu. Dann huschte sie blitzschnell durch das Halbdunkel davon.

»Verdammt, was tut das Weibsbild?«, polterte Rammar los. »Sie wird uns die ganze Überraschung vermenschen.«

»Da wär ich mir nicht so sicher«, widersprach Balbok. »Sieh mal …«

Griesgrämig warf Rammar einen Blick über die Hügelkuppe. Zunächst konnte er Quia nirgends entdecken, erst bei näherem Hinsehen machte er sie im Schatten einiger Felsen aus. Mit katzenhafter Geschmeidigkeit bewegte sich die Amazone auf die Mauer zu. Ein besorgter Blick nach den Wehrgängen – aber keiner der Soldaten, die dort Wache hielten, schaute in Quias Richtung.

Selbst Rammar musste zugeben, dass die Kriegerin ihre Sache sehr geschickt machte. Indem sie jeden Felsen und jeden Schatten als Deckung nutzte, gelang es ihr tatsächlich, sich bis auf wenige Schritte an die Mauer heranzupirschen, die sich wie eine steinerne Schlange um die Stadt wand – ein Vergleich, der sich aufdrängte und vermutlich auch beabsichtigt war. Den Schlangen schien in Kal Anar immerhin besondere Bedeutung zuzukommen …

Endlich hatte Quia die Mauer erreicht.

Sich eng an das grobporige schwarze Gestein pressend, bedeutete sie den Orks nachzukommen, und so sehr es Rammar missfiel – nun half alles nichts mehr. Nacheinander schlichen die Orks aus ihrem Versteck: zuerst Ankluas, der einmal mehr die Führung übernahm, dann Rammar und schließlich Balbok. Natürlich widerstrebte es Rammar, den *ochgurash* vorausgehen zu lassen. Andererseits – wenn sie entdeckt wurden, würde Ankluas der Erste sein, den die feindlichen Bogenschützen mit Pfeilen spickten. Und in einem solchen Fall verzichtete Rammar der Rasende gern auf seine Privilegien …

Die Orks hatten Glück – ungesehen erreichten auch sie die Mauer. Während Ankluas und Balbok der Spurt offenbar nichts ausgemacht hatte, rang Rammar nach Atem.

»Verfluchte Schinderei!«, ächzte er. »Allmählich frag ich mich, ob lächerliche zwei Schätze den ganzen Aufwand lohnen …«

»Sssch!«, machte Ankluas und winkte energisch ab, während er besorgt an der Mauer emporblickte. Mit dem einen Ohr – das allerdings hervorragend zu funktionieren schien – hatte der Ork offenbar etwas wahrgenommen, das seinen Gefährten verborgen geblieben war. Tatsächlich – der lange Schatten eines Wächters erschien über den spitzen Zinnen.

Die Orks und ihre Begleiterin pressten sich mit dem Rücken eng an die Mauer, damit sie von oben nicht gesehen werden konnten. In Rammars Fall mochte das allerdings nicht viel nutzen, denn sein kugelförmiger Bauch stand weit vor.

Quia zückte auf einmal den Dolch, den sie einem erschlagenen Reiter abgenommen hatte, klemmte ihn sich zwischen die Zähne – und kletterte dann mit unglaublichem Geschick an der Mauer empor. Dass sie dabei Rammars Wanst als Aufstiegshilfe benutzte, wollte dieser mit empörtem Protest quittieren, aber Balboks Rechte schoss vor und hielt ihm schnell das Maul zu.

Mit geradezu animalischer Gewandtheit erklomm Quia die Mauer. Sie nutzte dafür deren grobe Beschaffenheit und die breiten Fugen zwischen den rauen Steinbrocken, um sich mit den Fingern festzukrallen und Halt für die Füße zu finden. Balbok konnte nur staunen, während er zusah, wie die Amazone wie ein Insekt an der Mauer emporkrabbelte.

Quia erreichte die eisernen Stacheln, die die Mauer rings umliefen, und klammerte sich daran ein – und indem sie ihren sehnigen Leib spannte, schwang sie die Beine nach oben. Wenige Herzschläge später hatte sie die Füße auf zwei der Eisenstachel gesetzt, streckte ihren Körper so weit es ging, erreichte den Rand der Mauer mit den Fingerspitzen, und im nächsten Moment verschwand sie zwischen zwei Zinnen.

»Ich hoffe, das Weib weiß, was es tut!«, flüsterte Rammar verdrießlich, während seine beiden Artgenossen und er besorgt nach oben blickten.

Auf einmal wurde etwas über die Mauerkrone geschleudert. Ein menschlicher Körper fiel herab und schlug vor den Orks auf dem Boden auf. Der Soldat in Kettenhemd und Waffenrock, auf dessen Brust das Wappen Kal Anars prangte, war nicht gestorben, weil man ihm die Kehle durchgeschnitten hatte – das hatte nur dem Zweck gedient, ihn am Schreien zu hindern –, sondern weil er sich beim Sturz von der Mauer das Genick und ein paar Knochen mehr gebrochen hatte.

»Gründliche Arbeit«, sagte Balbok anerkennend.

»*Korr*, gar nicht mal übel«, musste auch Rammar eingestehen. »Allerdings hat sich keiner von euch Klugscheißern gefragt, wie ich es schaffen soll, an der Mauer hinaufzukl...«

In diesem Augenblick fiel noch etwas von oben herab – und landete direkt auf Rammars Kopf.

Es war ein Seil aus grobem Hanf.

»Verdammt, das Mädel erweist sich wirklich als nützlich«, murmelte Rammar.

Quia hatte das andere Ende des Seils um eine der Zinnen geschlungen und festgeknotet. Balbok und Ankluas konnten daran leicht an der Mauer emporklettern. Nur Rammar sah sich dazu außerstand. Balbok kannte das schon, und so lösten sie das Problem auf bewährte Weise: Rammar band sich das untere Ende des Seils um die Leibesmitte, und seine Gefährten mussten sich damit abmühen, den dicken Ork nach oben zu ziehen.

Stück für Stück zogen ihn seine Gefährten hinauf. Bei den Eisenstacheln, die nach unten gebogen waren, um Angreifer abzuhalten, musste Rammar seinen Wanst einziehen, um nicht aufgespießt zu werden. Aber er überwand auch diese Hürde, und als er endlich die Mauerkrone erreichte, schaute er in die Gesichter zweier völlig ausgelaugter Orks, denen der Schweiß auf der narbigen Stirn stand.

»Was denn?«, frotzelte Rammar, während er sich schwerfällig zwischen zwei Zinnen hindurchquetschte. »Ihr werdet doch nicht müde werden?«

Sie hatten es geschafft, hatten die Mauer überwunden – und befanden sich nun in der Stadt des Feindes.

Jenseits des Wehrgangs erstreckte sich ein Meer aus ineinander verwinkelten Dächern, die sich am steilen Berghang übereinanderzutürmen schienen. Dazwischen verlief ein wahres Labyrinth aus schmalen Gassen und in den Fels gehauenen Treppen, beleuchtet von aus Totenschädeln gefertigten Lampions, die an Dächern und Giebeln hingen.

»Hübsch«, stellte Balbok fest.

»*Korr*, das muss man den Leuten hier lassen«, stimmte Rammar zu. »Sie haben wenigstens Geschmack.«

»Und wo sollen wir nach euren Gefährten suchen?«, fragte Quia ratlos. »Die Stadt ist riesig. Ohne den geringsten Hinweis haben wir keine Aussicht, Gurn und Nestor zu finden.«

In diesem Moment ließ sich, fast wie eine Antwort, ein dumpfes Grollen aus den Tiefen des Berges vernehmen. Das feurige Leuchten über dem Anar verstärkte sich für einen Augenblick und ließ den Schlangenturm in düsterem Orange leuchten.

»Dort«, sagte Ankluas nur.

Die Starre hielt nur kurze Zeit an.

Noch während man Nestor und Gurn in die dunklen Katakomben des Turmes schleppte, merkten die beiden, wie ihre Bewegungsfähigkeit zurückkehrte. Wie damals, als der Basilisk sie auf freiem Feld überrascht hatte …

Nestor schalt sich einen Narren. Wie hatte er nur so dumm sein können? Was hatte ihn geritten, eines einzelnen Mannes wegen die gesamte Mission zu gefährden? Schlimmer noch, sein Leben und das seines Kameraden zu riskieren, um einen völlig Fremden zu retten?

Hätte man ihm noch vor ein paar Monaten gesagt, dass er so etwas Törichtes tun würde, der Mann aus Taik hätte nur gelacht – doch es war so gekommen, und das Lachen war ihm längst vergangen. Gurn ging es nicht viel besser; der Eisbarbar starrte dumpf vor sich hin, und nur gelegentlich ließ er ein feindseliges Knurren hören.

Je weiter sie durch den von Fackeln beleuchteten Gang geschleift wurden, desto größer wurde die Hitze. Nestor bezweifelte, dass sie sich noch im Inneren des Schlangenturms befanden. Die Gänge und Gewölbe des düsteren Bauwerks schienen sich weit in den Berg hinein zu erstrecken. Das erklärte auch die Hitze, die immer noch drückender wurde und den Gefangenen den Schweiß auf die Stirn trieb – schließlich war der Anar nicht irgendein Berg, sondern ein Vulkan, in dessen Inneren die ewigen Flammen der Vernichtung brannten.

Endlich verbreiterte sich der Gang, und man schleifte sie in ein von Säulen getragenes Gewölbe. Jede der Säulen war so behauen, dass sie aussah, als würde sich eine steinerne Schlange darum winden, und auf den Schilden der Wächter, die das Gewölbe säumten, prangte das Symbol des Basilisken.

»Schlangen, immer nur Schlangen!«, raunte Nestor den Barbaren verdrießlich zu. »Allmählich hängen mir die Biester zum Hals raus, kann ich dir sagen ...«

Er bereute seine Worte augenblicklich, denn seine Bewacher, die ihn – noch immer halb bewusstlos – bisher an den Armen mitgeschleift hatten, ließen ihn los, sodass er der Länge nach hinschlug, und bevor er sich aufrappeln konnte, erwischte ihn ein böser Tritt im Gesicht.

Grobe Hände packten ihn erneut und zerrten ihn weiter, bis an den Rand einer breiten, an die vierzig Schritt durchmessenden Grube, die den hinteren Bereich des Gewölbes einnahm. Was sich darin befand, erfuhren die Gefangenen nicht – man zwang sie, niederzuknien und die Blicke zu senken.

Sodann wurde ein großer Gong geschlagen, der zwischen zwei der Säulen hing und dessen durchdringender Klang das Gewölbe erbeben ließ. »Xargul! Xargul!«, rief beschwörend einer der Priester, die den Trupp begleitet hatten – und in der Grube begann sich etwas zu regen.

Nestor hörte ein leises, schlurfendes Geräusch, wie wenn sich etwas ungeheuer Großes über sandigen Boden schleppte. Ein leises Zischeln war zu vernehmen, und aus der Grube schlug den Gefangenen bestialischer Gestank entgegen.

Moder, Fäulnis, Verwesung.

Der Geruch des Todes ...

Erneut ein Zischeln und Schlurfen. Aus dem Augenwinkel sah Nestor, dass auch der Priester und die Soldaten auf dem Boden kauerten und die Köpfe gesenkt hatten. Was immer sich in der Grube befand, sie schienen es ebenso zu fürchten wie zu verehren.

Für Nestor war es die Gelegenheit, einen Blick zu riskieren und ...

Nur für einen kurzen Augenblick schaute Nestor auf – ein Augenblick, in dem er an der rückwärtigen Wand der Grube einen Furcht erregenden Schatten gewahrte. Ein schlanker Körper, der sich halb aufgerichtet hatte, dazu ein Haupt mit einem Hakenschnabel, aus dem eine gespaltene Zunge zuckte.

Ein Basilisk?

Möglicherweise. Aber dann war er größer als alle, die Nestor und seine Gefährten bislang gesehen hatte ...

Einmal mehr merkte der Mann aus Taik, wie ihn jene Furcht beschlich, die er früher so oft in den Augen seiner Opfer erblickt hatte. Nackte Todesangst ergriff von ihm Besitz, und trotz der Hitze, die in dem Gewölbe herrschte, begann er am ganzen Körper zu zittern.

»Dumme, ahnungslose Menschen«, sagte jemand, und überrascht stellte Nestor fest, dass er die Worte verstand – nicht in der Sprache Kal Anars waren sie gesprochen worden, sondern in der des Westens.

Nestors Verblüffung schlug allerdings in maßloses Entsetzen um, als ihm klar wurde, dass die Stimme in der Grube aufgeklungen war!

»Keine Vorstellung habt ihr, mit wem ihr euch eingelassen habt, und dennoch seid ihr aufgebrochen. Dumm und ahnungslos ...«

Nestor wollte etwas erwidern, wollte fragen, wer da zu ihm sprach – aber die Angst schnürte ihm die Kehle zu, sodass er kein Wort über die Lippen brachte.

»Ich beobachte euch schon eine lange Zeit. Kaum etwas konntet ihr tun, über das ich nicht informiert war, denn meine geflügelten Spione setzten mich stets über euer Treiben in Kenntnis ...«

Geflügelte Spione? Nestor zuckte zusammen. Damit konnten nur die Basilisken gemeint sein ...

War es möglich, dass die Schlangenvögel nicht nur ihrem Instinkt nach handelten? Dass sie im Dienst einer noch mächtigeren, noch grässlicheren Kreatur standen?

Wieder ein flüchtiger Blick auf die Grubenwand – der schreckliche Schatten war noch immer zu sehen.

»Wo sind die Orks?«, scholl es unvermittelt durch das Gewölbe.

Nestor stockte der Atem, das Blut wollte ihm in den Adern gefrieren. Der geheimnisvolle Fremde wusste von Balbok, Rammar und Ankluas. Er musste also tatsächlich gut informiert sein – aber wusste er auch von ihrer Mission?

»Ich weiß alles«, versicherte die Stimme, als wäre der Sprecher in der Lage, Gedanken zu lesen. »Ich weiß von dem Auftrag, den Corwyn euch erteilt hat, dieser Betrüger, der sich den Thron von Tirgas Lan zu Unrecht angeeignet hat. Aber er wird nicht mehr lange darauf sitzen, das schwöre ich ...«

Nestor und Gurn wechselten einen gehetzten Blick. Die Stimme hörte sich so entschieden an, dass man keinen Augenblick an ihren Worten zweifeln konnte. Wie es aussah, war ihre Mission vom ersten Augenblick an zum Scheitern verurteilt gewesen, denn der geheimnisvolle Feind hatte von Anfang an davon gewusst ...

»Lange Zeit habe ich euch beobachtet und war über jeden eurer Schritte informiert«, fuhr die Stimme fort. »Aber dann sind Dinge geschehen, die ich nicht voraussehen konnte. Das Volk der Amazonen – so klein ist es und so unbedeutend, dass ich es fast vergessen hätte. Ein Staubkorn nur, und doch störte dieses Staubkorn meine Pläne ...«

Ein schadenfrohes Grinsen huschte über Nestors Züge, und im Stillen dankte er Zara und ihren Kriegerinnen.

»Wie auch immer – ich habe diesen Fehler wieder bereinigt«, tönte es aus der Grube. »Amaz' Töchter sind nicht mehr!«

»Was?«, platzte es voller Entsetzen aus Nestor heraus, ungeachtet seiner Todesangst.

»Ein Volk, das sich erdreistet, sich mir zu widersetzen, hat sein Existenzrecht verwirkt«, erklärte die Stimme mit Eiseskälte. »Das Volk der Amazonen ist vernichtet, ausgerottet bis auf die letzte Kriegerin.«

»A-aber d-d-das kann nicht sein!«, rief Nestor stammelnd. Er musste unwillkürlich an Quia denken, und er verwünschte sich selbst dafür, dass er sie hatte zu ihrem Dorf zurückgehen lassen.

»Es ist so«, sagte die Stimme unbarmherzig. »Wer sich mir widersetzt, hat keine Gnade zu erwarten.«

»Aber die Amazonen wussten nichts von Euch und Euren Plänen«, versicherte Nestor verzweifelt.

»Unwissenheit schützt nicht vor Strafe«, entgegnete die Stimme. »Die Kriegerinnen wurden nach ihren eigenen Maßstäben behandelt.«

»A-aber …« Noch immer weigerte sich Nestor zu glauben, was die Stimme sagte, und er wollte erneut widersprechen, aber sein entsetzter Verstand fand keine Worte mehr.

»Wo sind die Orks?«, fragte die unbarmherzige Stimme noch einmal. »Durch die Amazonen, deren Einmischung nicht vorauszusehen war, habe ich die Ork-Brüder aus den Augen verloren – aber ihr werdet mir verraten, wo ich sie finden kann!«

»Douk«, beschied Gurn der Stimme, noch ehe Nestor antworten konnte. »Das wir werden nicht!«

Die Stimme lachte schallend – es war ein hinterlistiges,

kehliges Lachen voll abgrundtiefer Bosheit. »Ihr wollt euch mir nicht fügen?«

Die Frage ließ keinen Zweifel daran, dass die Folgen schrecklich sein würden, aber obwohl Nestor vor Furcht kaum einen klaren Gedanken fassen konnte, war er davon überzeugt, dass die Entscheidung seines barbarischen Gefährten die einzig richtige war.

Indem sich der unheimliche Feind nach den Orks erkundigte, gab er zu, dass er die Kontrolle verloren hatte, und diese Tatsache mussten sich Nestor und Gurn zunutze machen. Nur aus einem einzigen Grund waren sie noch am Leben: weil der Feind Informationen von ihnen wollte. Sobald sie ihm diese gegeben hatten, würden zuerst sie und dann die Orks eines grausamen Todes sterben. Solange sie jedoch schwiegen, würden sie am Leben bleiben – und Balbok und Rammar konnten die Mission vielleicht zu Ende bringen und sie unter Umständen sogar befreien …

»Nein«, erwiderte Nestor deshalb und legte so viel Kraft wie möglich in seine zitternde Stimme.

»Törichte Menschen!«, donnerte es aus der Grube. »Es ist sinnlos, sich mir widersetzen zu wollen. Was Xargul der Grausame will, das bekommt er auch. So ist es einst gewesen, und so wird es auch wieder sein.«

»Xargul?«, fragte Gurn. »Wer das soll sein?«

»Das bin ich, Barbar«, hallte die Stimme, »und den Beinamen ›der Grausame‹ trage ich zu Recht, wie ihr schon bald erfahren werdet. Sich mir nicht zu fügen, ist nicht nur ein äußerst törichter Fehler – es ist auch euer letzter …«

# 10.

# SLICHGE'HAI ORDASHOULASH

Rammar, der in Schwindel erregender Höhe am Seil hing und sich vorkam, als würde er zwischen Tod und Leben baumeln, war sich sicher, dies schon einmal erlebt zu haben – nur dass ihm damals nicht Gluthitze um den Rüssel geweht war, sondern beißende Kälte, denn es war der Eistempel von Shakara gewesen, an dessen Mauer sein Bruder Balbok ihn emporgezogen hatte, und nicht der Schlangenturm von Kal Anar. Ansonsten ähnelte Rammars Lage durchaus der von damals, und wieder litt der dicke Ork Todesängste, während er an dem um seinen feisten Leib geschlungenen Seil hing und Stück für Stück emporgezogen wurde.

»Was für eine elende Menscherei«, maulte er halblaut vor sich hin. »Kein Schatz der Welt ist dies alles wert …«

Durch die nächtlichen Gassen der Stadt hatten sich die drei Orks und ihre menschliche Begleiterin an den großen Turm herangeschlichen, der Kal Anar ebenso düster wie eindrucksvoll überragte. Das helle Gestein leuchtete orangerot und ließ das Gebäude, das tatsächlich wie ein riesiges Reptil aussah, noch unheilvoller erscheinen. Dumpfe, unheimliche Geräusche waren aus dem Inneren zu hören, die nichts Gutes verheißen konnten.

Da das Haupttor verschlossen war und außerdem gut bewacht, hatten die Eindringlinge beschlossen, ihr Glück an einer der Fensteröffnungen auf der Rückseite des Turms zu versuchen; die waren in großer Höhe in die Mauerrundung eingelassen.

Der Turm bestand aus einem anderen Gestein als die Stadtmauer; scheinbar fugenlos war es aneinandergefügt und bot keinen Tritt beim Klettern. Also hatte sich Balbok anders beholfen: Er hatte das erbeutete Seil an Rammars *saparak* gebunden und den Speer dann – wie sogar Rammar zugeben musste – mit einem meisterlichen Wurf durch eine der Fensteröffnungen befördert, wo er sich verkeilt hatte. Auch das kam Rammar ziemlich bekannt vor ...

Quia war als Erste nach oben geklettert. Nachdem sie das Seil gesichert hatte, waren ihr Ankluas und schließlich auch Balbok gefolgt. Rammar hatte einen erfolglosen Versuch unternommen, sich ebenfalls als Kletterer zu betätigen, und schließlich war es so gekommen, wie er befürchtet hatte: Das Seil um den Wanst, wurde er hinaufgezogen wie ein toter Troll.

Nicht nur, dass der Hanf beständig knarrte und Rammar Angst hatte, einer der eilig gebundenen Knoten könnte sich lösen – mit panisch geweiteten Augen hielt der Ork auch nach Wachtposten Ausschau. Gegen den Hintergrund des orangerot leuchtenden Gesteins war seine rundliche Silhouette deutlich auszumachen, aber da ihn die Gefährten auf der der Stadt abgewandten Seite emporzogen, entdeckte ihn niemand.

Keuchend und stöhnend und bittere Verwünschungen ausstoßend, erreichte Rammar endlich das Fenster. Die Pranken seiner Artgenossen packten ihn und zogen ihn ins Innere, wobei sie Mühe hatten, ihn durch die Öffnung zu bekommen. Wie ein Korken, der aus dem dünnen Hals einer Amphore sprang, platzte Rammar endlich durch die Öffnung und landete geradewegs auf seinem *asar*.

Lautstark wollte er seinen Unmut bekunden, aber Balboks Pranke schoss heran und versiegelte ihm den Mund.

»Psst«, machte der Hagere. »Wir dürfen uns nicht verraten.«

»Klugscheißer«, murmelte Rammar halblaut und kam ächzend auf die Beine. »Glaubst du, ich wüsste nicht, wie man ... He, was ist das?«

Er unterbrach sich, als er die Laute hörte, die aus der Tiefe des Turms drangen. Dumpfe Schreie waren darunter, aber auch der charakteristische Klang von Metall, das mit Hammer und Amboss bearbeitet wurde.

»Um das herauszufinden, sind wir hier«, flüsterte Ankluas und zog sein Schwert. Vorsichtig ging er den von Fackeln beleuchteten Gang hinab, der sich vor ihnen erstreckte und auf den zu beiden Seiten verschlossene Türen mündeten, deren eiserne Beschläge wie Schlangen geformt waren.

»Schon wieder«, maulte Rammar. »Wenn ich noch mehr von dem Viechzeug sehe, muss ich kotzen.«

»Geht mir genauso«, stimmte Quia zu, die ihren Speer zurückgelassen und sich lieber mit zwei erbeuteten Schwertern bewaffnet hatte, von denen sie sich in der Enge der Korridore größeren Nutzen versprach. Balbok nahm die große Axt von seinem Rücken, und Rammar schnappte sich seinen *saparak*.

Leise – jedenfalls so leise, wie die klobigen Füße eines Orks es vermochten – schlichen sie den Gang hinab, darauf gefasst, hinter jeder Biegung auf feindliche Krieger zu treffen. Aber noch war alles ruhig, keiner der schwarz Gerüsteten ließ sich blicken.

Obwohl Ankluas ihn ausdrücklich davor warnte, konnte es sich Rammar nicht verkneifen, hier und dort an den verschlossenen Türen zu lauschen und gelegentlich auch einen Blick durch die Schlüssellöcher zu werfen. Meist konnte er dabei nicht das Geringste erkennen, weil jenseits der massiven Holztüren mit den Schlangenbeschlägen tiefste Dunkelheit herrschte. Dann aber entdeckte Rammar doch etwas – und traute seinen Augen nicht.

Hinter dem Türblatt, nur wenige Handbreit von ihm entfernt, erstreckte sich eine Schatzkammer, die so groß war, dass sie jene von Tirgas Lan wie eine wüste Trollhöhle erscheinen ließ.

Und sie war reichlich gefüllt.

Gold, Silber und Geschmeide funkelten darin um die Wette und sorgten dafür, dass Rammars Orkblut in Wallung geriet. Vielleicht, so sagte er sich, hatte sich der Abstecher nach Kal Anar ja doch gelohnt – denn diesen Schatz wollte er unbedingt haben!

»Hast du was gefunden?«, erkundigte sich Quia, die nach Rammars Geschmack entschieden zu vorlaut war für eine Menschin.

»Nein, nichts«, log er ohne Zögern. Es bestand keine Notwendigkeit, die anderen von seiner Entdeckung zu unterrichten. Einzig Balbok musste er es früher oder später sagen – schließlich brauchte er jemanden, der ihm dabei half, den ganzen Zaster (oder zumindest einen guten Teil davon) fortzuschleppen.

Die Amazone gab sich mit seiner Antwort zufrieden und ging weiter. Ankluas hingegen schien das listige Funkeln in Rammars Augen bemerkt zu haben, denn er sagte: »Sei vorsichtig, Freund. Der Schlangenturm ist älter als jedes andere Gebäude in *sochgal*. Vieles, was du zu sehen glaubst, täuscht – und nicht jede Tür führt dorthin, wohin man glaubt.«

»*Korr*«, erwiderte Rammar mit unterdrücktem Grinsen, »ich werd's mir merken.« In Wirklichkeit versuchte er sich den Zugang zur Schatzkammer einzuprägen, denn die Türen auf diesem Gang sahen alle gleich aus. Er gab einen feuchten *shnorsh* auf das Gerede des *ochgurash*.

Allerdings musste auch Rammar zugeben, dass Ankluas

nicht ganz unrecht hatte. Irgendetwas schien mit dem Schlangenturm nicht zu stimmen, und das wurde dem dicken Ork immer klarer, je länger sie sich in dem Bauwerk aufhielten.

Von innen wirkte es nämlich sehr viel größer und weitläufiger als von außen – das Ergebnis ausgezeichneter Planung oder das eines dunklen Zaubers? Rammar wischte den Gedanken beiseite angesichts all der Schätze, die er gesehen hatte und die er für sich in Anspruch nehmen wollte – und zwar jeden einzelnen Goldklumpen und jeden verdammten Edelstein …

Nach langem Marsch durch endlos scheinende Korridore erreichten die Gefährten endlich eine Treppe, die sich senkrecht durch den Turm wand. Vorsichtig stiegen sie in die Tiefe, aus der das Hämmern zu hallen schien und wo Ankluas die Verliese der Gefangenen vermutete. Falls Nestor und Gurn tatsächlich in Gefangenschaft geraten waren, würden sie die beiden Menschen dort finden.

Je tiefer die Orks und die Amazone nach unten gelangten, desto lauter wurde der metallische Klang, der ihnen aus der Tiefe entgegenscholl. »Als würde ein Dutzend durchgeknallter Zwerge mit einem Dutzend Eisenhämmer auf ein Dutzend Ambosse einschlagen«, kommentierte Rammar säuerlich. Er ahnte nicht, wie nahe er der Wahrheit damit kam.

Ohne auf Wächter oder sonstige Hindernisse zu stoßen, drangen die Orks weiter ins Innere des Schlangenturms vor – bis sie schließlich auf einen breiten Korridor gelangten. Vom Ende her drangen Stimmen an ihre Ohren, und Rammar vermutete, dass sie das unterste Stockwerk des Turms erreicht hatten und dies der Gang zum Haupttor war. Kurioserweise war dies jedoch nicht die Richtung, aus der das metallische Hämmern drang – das nämlich kam aus der entgegengesetzten Richtung, was bedeuten musste, dass sich der Gang tief ins Innere des Berges erstreckte.

»Dort entlang«, zischte Ankluas und wollte schon davon-
huschen, Balbok und Quia im Schlepp – aber Rammar blieb
stehen.

»Ich will nicht«, flüsterte er.

»Wieso nicht?«, wollte Balbok verwundert wissen.

»Weil einer oder zwei von uns hierbleiben und die Stellung halten sollten«, entgegnete Rammar, der freilich nur
im Sinn hatte, umzukehren, der Schatzkammer einen Besuch abzustatten und sich die Taschen vollzustopfen. »Was
tun wir, wenn feindliche Soldaten auftauchen und die Treppe besetzen? Könnt ihr mir das mal verraten?«

»Dann finden wir einen anderen Weg hinaus«, gab sich
Ankluas überzeugt. »Wir brauchen jeden einzelnen Mann,
wenn wir unsere Mission erfolgreich zu Ende bringen wollen. Vor allem, wenn er so stark und im Kampf so erfahren
ist wie …«

»Schon gut, ich hab's kapiert«, erwiderte Rammar und
umklammerte den *saparak* mit beiden Klauen. »Aber hör
gefälligst auf, mir Wargenfett um die Fresse zu schmieren,
das kann ich nicht ausstehen – und von dir schon gar nicht.
Hast du verstanden?«

»Völlig«, erwiderte Ankluas verdutzt.

Der Marsch ins Ungewisse ging weiter, begleitet vom
Hämmern und Klopfen, von dem Rammar schon bald der
Schädel dröhnte. Und endlich, nachdem sich der Gang
mehrmals geteilt hatte, fanden die vier Gefährten die Quelle der nervtötenden Geräusche.

Der Gang öffnete sich an einer Seite und führte wie eine
Galerie um eine riesige Felsenhöhle herum, sodass sie einen
guten Blick auf das hatten, was in der Höhle vor sich ging –
und wie sich zeigte, war Rammars Vermutung nicht so falsch
gewesen.

Jener metallische Klang, der im ganzen Turm zu hören
war, stammte tatsächlich von Ambossen, auf denen glühen-

des Eisen mit wuchtigen Hammerschlägen bearbeitet wurde, und es waren auch wirklich Zwerge, die diese Tätigkeit verrichteten. Nur waren diese im strengeren Sinne nicht mehr am Leben.

Die Zwerge waren tot.

Jeder einzelne von ihnen.

Die gedrungenen Gestalten, die dort an Esse und Amboss standen, bestanden aus wenig mehr als bleichen Knochengerippen – die Hämmer schwangen sie dennoch mit unheimlicher Kraft, und auch die Kenntnis darüber, wie man aus glühendem Stahl Kriegsgerät aller Art schmiedete, schien ihnen noch bekannt zu sein. Aus jedem glühenden Stück, das sie aus der Esse zogen, formten sie unter kraftvollen Schlägen elegante Schwerter, wuchtige Äxte und Spitzen für Speere und Pfeile. Feuriger Schein und Funken, die bei jedem Schlag von den Ambossen stoben, beleuchteten unheimlich die schaurige Szenerie. Strenger Metallgeruch lag in der heißen Luft, aber auch der beißende Gestank von Tod und Verwesung.

Wenn die Waffen auf dem Amboss fertig geformt waren, wurden sie in kaltes Wasser getaucht, um abzukühlen; alsdann setzten die nächsten Arbeitsschritte ein, die ebenfalls von untoten Zwergen ausgeführt wurden – das Reinigen, Schleifen und Schärfen der Waffen sowie das Versehen mit Griff oder Schaft. Ein riesiges Arsenal an fertigem Kriegswerkzeug war auf diese Weise bereits fertiggestellt worden. In Fässern und Kisten lagerte es auf der gegenüberliegenden Seite der Höhle.

»Das sieht diesen verdammten Hutzelbärten ähnlich«, maulte Rammar, der sich neben seine Gefährten geduckt hatte. »Die wissen nicht, wann man aufhören muss, und rackern sogar nach ihrem Tod noch weiter.«

»Das sind Zwergenschmiede aus der Altvorderenzeit«, stellte Ankluas fest. »Ihre Schmiedekunst stammt noch aus der Ära vor dem Ersten Krieg. Es hieß, wer ein solches Schwert sein Eigen nannte, war unbesiegbar.«

»Dann wissen wir jetzt wenigstens, woran wir sind«, meinte Rammar grimmig. »Corwyns Vermutung war richtig: Da rüstet tatsächlich jemand zum Krieg gegen ihn.«

»Woher willst du das wissen?«

»Weil mir nichts einfällt, das man mit all den Waffen sonst anfangen könnte«, entgegnete Rammar säuerlich. »Wer immer diese Hutzelbärte aus ihren Gräbern gerissen hat, wird einen verdammt guten Grund dafür gehabt haben.«

»Anzunehmen«, stimmte Ankluas zu, »aber noch kennen wir diesen Grund nicht – und wir wissen auch noch immer nicht, wer hinter all dem steckt.«

»Der Herrscher von Kal Anar, wer sonst?«, zischte Rammar, der am liebsten auf der Stelle umgekehrt wäre.

»Und wer ist dieser Herrscher?«, fragte Ankluas. »Euer Auftrag lautete, mehr über ihn herauszufinden und die Stärke seiner Truppen auszukundschaften – aber noch wissen wir nicht einmal, für wen diese Waffen bestimmt sind. In ganz Kal Anar gibt es dafür nicht genug Soldaten.«

»Na schön«, knurrte Rammar widerstrebend, der immerzu an die Schatzkammer oben im Turm denken musste. »Dann gehen wir noch ein Stück weiter. Aber sobald wir erfahren haben, was wir wissen wollen, hauen wir hier ab, verstanden?«

»Warum hast du es plötzlich so eilig?«, fragte Balbok.

»*Umbal*, das geht dich nichts an.«

»Wir wollten doch Corwyns Feind aus der Welt schaffen und dafür die Belohnung kassieren.«

»Ich weiß, aber Pläne können sich ändern«, entgegnete Rammar.

»Hast du etwa *achgal*?«

Das war ein starkes Stück! Einen Ork zu fragen, ob er

Angst hatte, war eine Beleidigung, die eigentlich nach Blut schrie.

Aber in Anbetracht der Lage hatte Rammar keine Zeit für Formalitäten – er wollte nur möglichst rasch zurück zum Schatz!

»Nein, habe ich nicht«, versicherte er deshalb nur, »und jetzt lasst uns weitergehen, damit wir herausfinden, was wir herausfinden sollen. Oder wollt ihr hier Wurzeln schlagen?«

Niemand hatte das vor, und so huschten die vier Eindringlinge leise weiter. Die Schatten nutzend, die der feurige Schein der Essen auf die Galerie warf, umrundeten sie unbemerkt die Höhle und folgten dem Verlauf des Gangs, der noch tiefer hinein in den Berg führte. Der helle Klang der Ambosse blieb hinter ihnen zurück, und sie gelangten erneut in einen von Fackeln beleuchteten Stollen. Unerträgliche Hitze staute sich zwischen den glatt gehauenen Felswänden, und aus der Ferne war ein dumpfes Zischen und Brodeln zu hören, gefolgt von einem Rumoren, das den Berg erzittern ließ.

»Der Vulkan«, vermutete Ankluas. »Er erwacht aus seinem jahrhundertelangen Schlaf.«

»Kein Wunder«, meinte Balbok. »Bei dem Lärm, den die untoten Hutzelbärte veranstalten, könnte ich auch nicht schlafen.«

»Veränderungen sind im Gang«, sagte Ankluas rätselhaft und schaute sich um. »Veränderungen, die unsere ganze Welt betreffen.« Er beschleunigte seine Schritte und ging ein Stück voraus um die Biegung, die der Stollen beschrieb.

»Wie meint er das?«, wandte sich Balbok fragend an Rammar.

»Woher soll ich das wissen?«, kam es übellaunig zurück. »Wer denkt schon über das nach, was ein *ochgurash* sagt?«

»Achtung!«, zischte Quia plötzlich. »Da kommt jemand!«

Sofort blieben Balbok und Rammar stehen. Der eine hob

abwehrend die Axt, der andere seinen *saparak* – aber es war kein anderer als Ankluas, der ihnen entgegeneilte. Schon wollte Rammar aufatmen, als er sah, dass sich hinter dem Einohrigen im flackernden Halbdunkel des Stollens noch etwas regte – und seine Nackenborsten sträubte sich, als er bleiche Knochen gewahrte, die sich einer unnatürlichen Lebendigkeit erfreuten ...

»Kämpft!«, rief Ankluas seinen Gefährten zu – und im nächsten Moment hatten die untoten Krieger ihn eingeholt. In einer fließenden Bewegung fuhr der einohrige Ork herum und schlug dem Vordersten der Knochenmänner den Schädel vom Rumpf. Es hatte den Boden noch nicht erreicht, als das Skelett klappernd in sich zusammenfiel.

»Die Köpfe!«, rief Ankluas. »Ihr müsst ihnen die Köpfe abschlagen, nur so lassen sie sich besiegen!«

Schon waren die Knochenkrieger – es mochten rund ein Dutzend sein – heran. An den unterschiedlichen Skeletten und den rostigen Rüstungen, die sie trugen, war zu erkennen, dass es sich keinesfalls nur um Menschen handelte, auch Zwerge waren darunter und einige Elfen, und zu Rammars größtem Entsetzen erkannte er unter den Untoten auch einige Orks ...

»Douk!«, rief er aus, als sich einer von ihnen geradewegs auf ihn stürzte, eine klobige Keule schwingend. »Erkennst du mich nicht? Du bist einer von uns – oder wenigstens warst du's mal. Du wirst dich doch nicht an einem Artgenossen vergreifen?«

Der untote Ork war von Rammars Worten wenig beeindruckt und schlug mit der Keule zu. Rammar sprang zurück und wich dem Hieb aus, und noch ehe der Angreifer ein zweites Mal ausholen konnte, fuhr der *saparak* durch die Luft und prallte so heftig gegen den Knochenkopf, dass dieser vom Hals brach und davonflog.

»Da hast du's«, kommentierte Rammar trocken. »Sag nicht, ich hätte dich nicht gewarnt!«

Ein erbitterter Kampf entbrannte. Ein weiterer Knochenkrieger fiel unter Quias Schwerthieben – wie sich zeigte, vermochte die Amazone mit den beiden Klingen meisterlich umzugehen. Balbok, der in der Mitte des Gangs stand, schwang unter fürchterlichem Gebrüll seine Axt, die gleich mehreren Angreifern gleichzeitig die Köpfe von den Schultern trennte und ihr unheilvolles Dasein beendete.

Schon türmten sich vor den Gefährten die Knochen und bildeten eine Art Verteidigungswall, über den der nachrückende Feind nicht ohne weiteres hinweg konnte. Ein rostiger Speer zuckte vor und erwischte Rammar am Arm. Die Wunde war jedoch nicht tief, und so reagierte der Ork nur mit einem verärgerten Grunzen und revanchierte sich, indem er mit einer Pranke kurzerhand zupackte und das Haupt des untoten Elfen von den Knochenschultern riss.

Noch einige Augenblicke tobte der Kampf – dann fiel der letzte Angreifer klappernd in sich zusammen, enthauptet von einem Schwertstreich Ankluas'.

»Waren es solche Kerle, die euer Dorf überfallen haben?«, fragte Balbok die Amazone mit Blick auf die bleichen Knochen.

»Das nehme ich an.«

»Es sind nicht nur Milchgesichter«, knurrte Rammar, »auch Schmalaugen und Hutzelbärte sind darunter – und sogar Orks. Woher, bei Kuruls Zorn, kommen die alle?«

»Ich denke, ich weiß es«, antwortete Ankluas düster. »Während der ersten beiden Kriege hat es hier im Osten große Schlachten gegeben, bei denen Tausende von Kämpfern fielen. Dem Herrscher von Kal Anar scheint es mittels eines frevlerischen Zaubers gelungen zu sein, sie aus den Gräbern zurückkehren zu lassen und sie sich untertan zu machen, unabhängig davon, auf welcher Seite sie einst standen. Nicht viel mehr ist von ihnen geblieben als rostiges Eisen und bleiches Gebein – aber sie sind durchdrungen von Hass und von der Macht des Bösen.«

»Wenn schon!«, knurrte Balbok. »Wir sind mit ihnen fertig geworden, oder nicht?«

»Weil es nur wenige waren und ihre Waffen alt und rostig«, meinte Ankluas. »Aber versuch dir vorzustellen, was geschieht, wenn es Tausende und Abertausende von ihnen sind und sie Waffen aus Zwergenschmieden führen.«

»Eine schreckliche Vorstellung«, ächzte Quia entsetzt. »Kein Heer dieser Welt hätte einer solchen Streitmacht etwas entgegenzusetzen.«

»Korr«, stimmte Balbok nicht ohne Stolz zu, »an Toten besteht auf *sochgal* kein Mangel – dafür haben wir Orks gesorgt.«

»Jeder Einzelne, der in den großen Kriegen erschlagen wurde, wird zurückkehren«, prophezeite Ankluas düster. »Der Herrscher von Kal Anar hat die Toten der letzten Kriege versammelt, um mit ihrer Hilfe Erdwelt zu unterwerfen und in Dunkelheit zu stürzen ...«

»Warum auch nicht?«, knurrte Rammar. »Wäre mal eine schöne Abwechslung nach all diesem ewigen Gelaber von Eintracht und Frieden. Das kann kein Ork mehr hören.«

»... und das Heer des Bösen wird auch vor der Modermark nicht Halt machen«, fuhr Ankluas unbeirrt fort.

»Da wäre ich mir nicht so sicher«, widersprach Rammar. »Unser Volk hat es stets verstanden, sich mit den bösen Jungs zu arrangieren und dabei noch einen ordentlichen Schnitt zu machen. Vielleicht sollten wir uns überlegen, die Seiten zu wechseln.«

»Vielleicht«, räumte Balbok versonnen ein. »Nur hast du dabei was vergessen.«

»So? Und was?«

»Dass kein Schwein uns glauben wird, dass wir zu den

bösen Jungs gehören. Immerhin habe ich Graishak eigen-
klauig den Schädel zerdeppert. Und wir waren dabei, als
Margok vernichtet wurde. So was spricht sich rum, weiß du.«
Rammar schnaubte laut. Wieder einmal hätte er seinen
Bruder nur zu gern einen *umbal* gescholten, aber Balbok
hatte – sei es aus purem Zufall oder aus einem plötzlichen
Anflug von Genialität heraus – völlig recht. Mit größtem
Unbehagen dachte Rammar an ihre Rückkehr nach Tirgas
Lan. Als Helden waren sie empfangen worden, als Retter
und Befreier. Ihr schlechter Ruf war dahin, und es war mög-
lich, dass er ihnen bis nach Kal Anar vorausgeeilt war …

»Bei Ludars pickligem Hintern, das ist richtig«, zischte
der dicke Ork. »Daran ist wieder einmal nur dieses elende
Elfenweib schuld. Wenn sie jetzt hier wäre, würde ich ihr den
Kopf abreißen und ihn ihr ins verlogene Gesicht schmeißen.
Uns solch eine Schmach zuzufügen!«

»Kurul soll sie holen!«, knurrte Balbok.

»Genau das«, stimmte Rammar zu.

»Also«, wollte Balbok wissen, »was werden wir nun tun?«

»Wir müssen rasch weiter«, sagte Ankluas. »Noch haben
wir die Überraschung auf unserer Seite, aber das wird sich
ändern, wenn man die toten Gebeine dieser Krieger findet.«

»Im Gegenteil«, widersprach Rammar. »Wir haben genug gesehen, um Corwyn zu erzählen, was hier vor sich
geht. Also lasst uns so schnell wie möglich verschwinden, damit wir ihm Bericht erstatten können.«

»Ist das dein Ernst?«, fragte Ankluas.

»Natürlich, was sonst?«

»Was ist mit Nestor und Gurn?«, fragte Quia.

»Was soll mit ihnen sein?«, wollte Rammar wissen. »Die
bleiben, wo sie sind. Glaubst du, wenn es andersrum wäre,
würden die auch nur einen Finger für uns krumm machen?«

»Und was ist mit dem Schatz?«, fragte Balbok verdutzt.

»Den holen wir uns, bevor wir verschwinden.«

»Ohne ihn uns so richtig verdient zu haben?«
»Was heißt hier verdienen? Verdient hast du dir das, was du dir unter den Nagel reißt. So ist das bei uns Orks.«
»Ich weiß nicht.« Balbok schüttelte den Kopf. »Ich bleibe.«
»Um was zu tun? Draufzugehen?«
»Vielleicht.« Der Hagere nickte, und ein schiefes Grinsen verzerrte seine Züge. »Aber vorher werde ich noch gehörig Spaß haben, das verspreche ich dir.«
»Nichts da, du wirst mit mir kommen!«, blaffte Rammar. »Wir haben unsere Mission erfüllt – und damit Schluss. Dass wir es mit Untoten zu tun bekommen, konnte keiner ahnen.«
»Und unser Schwur?«, fragte Balbok. »Wir haben unseren Feinden feierlich Rache geschworen.«
»So feierlich war's nun auch wieder nicht«, schränkte Rammar ein. »Wir haben den Schwur nicht mal mit Blut besiegelt.«
»Dennoch gilt er«, behauptete Ankluas. »Ich werde ebenfalls bleiben. Der Herrscher von Kal Anar muss unschädlich gemacht werden, oder er wird Erdwelt in einen schrecklichen Krieg stürzen.«
»Na und?« Rammar zuckte mit den breiten Schultern.
»Auch ich werde bleiben«, erklärte Quia entschlossen. »Der Herrscher von Kal Anar hat mein Volk ausgelöscht – dafür soll er büßen!«
»Nur zu, Kriegerin. Wenn du dich unbedingt umbringen lassen willst, dann lass dich nicht davon abhalten. Und für euch beide gilt dasselbe«, fuhr Rammar die beiden anderen Orks an. »Aber ich werde gehen. Das hier ist nicht unser Krieg.«
»Im Gegenteil«, widersprach Ankluas. »Was hier geschieht, geht alle Völker Erdwelts etwas an. Hier stehen nicht Orks gegen Elfen oder Menschen gegen Zwerge – in diesem Krieg kämpft das Leben gegen den Tod, Rammar. Wenn du

gehen willst, dann geh. Kehr in die Modermark zurück, aber wundere dich nicht, wenn die Krieger der Finsternis irgendwann vor deinem *bolboug* stehen. Vor diesem Feind kannst du dich nicht verstecken. Er wird sich weiter ausbreiten, und mit jeder Schlacht, die er schlägt, wird er zahlreicher, denn die Toten beider Seiten werden sich von den Schlachtfeldern erheben und sich seinem Heer anschließen. Es sei denn, wir beenden es – hier und jetzt!«

»*Korr*«, bestätigte Balbok entschlossen. »Hier!«

»Und jetzt!«, fügte Quia hinzu.

Verblüfft blickte Rammar von einem zum anderen, erstaunt über so viel Entschlossenheit und Mut – und Dummheit.

»Macht, was ihr wollt«, giftete er, »ich werde mir von ein paar *umbal'hai* nicht sagen lassen, was ich zu tun habe. Ich bin ein Ork aus echtem Tod und Horn, habt ihr verstanden? Und deswegen werde ich jetzt gehen!«

Wutschnaubend wandte er sich ab und ging einige Schritte in der Hoffnung, jemand würde ihm folgen. Aber seine drei Gefährten blieben stehen, sodass Rammar gezwungen war, sich noch einmal umzudrehen.

»Balbok!«, sagte er streng. »Du hattest deinen Spaß. Komm jetzt mit!«

»*Douk*, Rammar.« Der Hagere schüttelte trotzig den Kopf.

»Du ziehst diese beiden meiner Gesellschaft vor?«

»Ich tue nur, was ich tun muss.«

»Von mir aus – aber mach's allein«, maulte Rammar. »Von diesem Augenblick an habe ich keinen Bruder mehr.«

»*Korr*«, sagte Balbok nur.

»*Korr*«, bestätigte auch Rammar. Damit drehte er sich endgültig um, watschelte den Gang entlang und verschwand um die Biegung.

Einen Augenblick stand Balbok unbewegt, starrte mit gla-

935

sigem Blick auf die Biegung des Ganges, wo sein Bruder verschwunden war. Und wäre es nicht eine unleugbare Tatsache, dass Orks keine Tränendrüsen haben, hätte man Eide schwören können, es in seinen Augenwinkeln feucht blitzen zu sehen.

»Alles in Ordnung, Freund?«, erkundigte sich Ankluas sanft.

Balbok nickte lahm.

»*Korr* ...«

# 11.

# ANN HUAM'HAI UR'NAMHAL

Rammar war wütend, und er war allein, und er wusste beim besten Willen nicht, worüber er mehr wütend war – über sich selbst, weil er seine Gefährten zurückließ, oder über Balbok, der sich als sturer erwiesen hatte, als Rammar es ihm je zugetraut hätte.

Was ritt diesen *umbal* nur, dass er sich gegen ihn stellte? Hatte Rammar ihn jemals im Stich gelassen? Hatte er ihm je den Rücken gekehrt, wenn es brenzlig geworden war und Balbok ihn gebraucht hatte?

Gut, gestand sich Rammar ein, ein oder zwei Mal vielleicht – aber das rechtfertigte noch lange nicht, ihm die Gefolgschaft zu verweigern und andere ihm vorzuziehen.

»Dieser zu groß geratene Nichtsnutz, dieser Schrumpfkopf«, schimpfte Rammar vor sich hin. »Er wird noch bereuen, mich nicht begleitet zu haben. Während ich mir den Schatz hole und anschließend verschwinde, wird er im Magen eines gefräßigen Basilisken enden, und ich werde noch in der Modermark hocken und auf meine Gesundheit trinken, wenn seine Knochen längst vermodert sind. Dämlicher Kerl, verräterischer *umbal* – ich hätte den Schatz mit dir geteilt, aber wenn du ihn nicht haben willst und lieber mit Menschen rumhängst als mit deinem Bruder, dann musst du selber sehen, was aus dir wird ...«

Vielleicht, vermutete Rammar in seinem Zorn und seiner Enttäuschung, hatte Ankluas seinem jüngeren Bruder ja den

Kopf verdreht. Naiv, wie Balbok war, war er für den *ochgurash* ein leichtes Opfer, und man wusste ja, mit welchen Tricks diese Kerle arbeiteten.

Wie auch immer – es war Balboks Entscheidung, und er hatte sie getroffen, so wie Rammar seine Entscheidung getroffen hatte. Das war unwiderruflich und nicht zu ändern. Sollte das lange Elend doch selbst sehen, wie es zurechtkam.

Dem metalischen Klang von Hammer und Amboss folgend, gelangte Rammar wieder zurück auf die steinerne Galerie jener Höhle, in der sich die untoten Zwerge als Waffenschmiede betätigten. Sich erneut in die Schatten duckend, umrundete Rammar den grausigen Schauplatz und gelangte auf den Hauptgang, von dem aus die Treppe hinaufführte.

Er hatte keine Zeit zu verlieren.

Dort oben wartete ein Schatz auf ihn ...

Nicht nur die Wege der beiden Brüder hatten sich getrennt – auch die verbliebenen Gefährten teilten sich auf.

Da nach dem Kampf mit den Untoten nicht zu erwarten war, dass ihre Anwesenheit noch lange unbemerkt bleiben würde, war rasches Handeln erforderlich – und das ging am besten, wenn sie getrennt marschierten, um an verschiedenen Orten gleichzeitig zuschlagen zu können.

Ankluas bestand darauf, dass er es war, der den Drahtzieher allen Übels ausfindig machen und zur Rechenschaft ziehen würde; Quia und Balbok sollten unterdessen den Kerker suchen, um Gurn und Nestor zu befreien. Falls sie überhaupt noch unter den Lebenden weilten, würden sie dort zu finden sein.

Weder der Ork noch die Amazone verschwendeten einen Gedanken an Ankluas' Beweggründe – Balbok nicht, weil er zu schlichten Gemütes war, Quia nicht, weil Trauer und Zorn ihr Denken beeinflussten. Und selbst wenn beide einen

Moment darüber nachgedacht hätten, wäre ihnen wohl kaum in den Sinn gekommen, was ihr einohriger Gefährte im Schilde führte.

Darauf vertrauend, dass Ankluas seinen Teil des Plans erfüllen würde, drangen sie immer tiefer ein in die Stollen des Anar. Dabei gelangten sie in eine Höhle, die von einem Lavastrom durchflossen wurde. Darüber spannte sich eine bizarr geformte steinerne Brücke. Ob sie künstlich errichtet oder von einer Laune der Natur geformt worden war, ließ sich nicht mehr feststellen.

Die Hitze in der Höhle war unerträglich. Giftige Dämpfe brannten in Augen und Lungen, und immer wieder gab es leichte Erschütterungen, die aus der Tiefe drangen und ahnen ließen, welch zerstörerische Urgewalten dort lauerten.

Und es gab noch einen weiteren, nicht weniger unheimlichen Laut, der durch die Stollen und Höhlen hallte – das panische Geschrei verängstigter, gequälter Kreaturen, das lauter wurde, je weiter Balbok und Quia vordrangen.

»*Korr*«, raunte der Ork seiner Begleiterin zu, »ich glaube, hier sind wir richtig …«

Durch einen langen Gang, in dessen Mitte längs ein Spalt klaffte, aus dem heißer Dampf und der orangerote Schein der Glut quollen, gelangten die beiden erneut in eine große Höhle, nicht unähnlich der, in der die untoten Zwerge Waffen schmiedeten: Wieder umlief eine Galerie das Felsengewölbe, sodass Balbok und Quia beobachten konnten, was in der Höhle vor sich ging – und einmal mehr gerann ihnen das Blut in den Adern.

Auf steinernen Tischen, die blutbesudelt waren, lagen Menschen – kleinwüchsige Männer aus Kal Anar, die mit Ketten gefesselt waren und lauthals schrien. Dabei gebärdeten sie sich wie von Sinnen und rissen an den Eisen, die jedoch nicht nachgaben. In wilder Panik warfen die Männer die Köpfe hin und her, tobten und brüllten. Rein äußerlich betrachtet waren sie unversehrt, aber es war offensichtlich, dass man ihnen Schreckliches zugefügt hatte.

»Diese armen Kerle sind dabei, den Verstand zu verlieren«, stellte Quia benommen fest. »Was hat man ihnen nur angetan?«

»Die Frage ist eher, was man ihnen noch antun wird«, erwiderte Balbok flüsternd und deutete zur anderen Seite der Höhle. »Schau!«

Im Hintergrund gab es ein steinernes Becken, in dem eine heiße bräunliche Flüssigkeit brodelte. Darüber hing das mit einem Haken versehene Ende einer Kette, die über einen langen Ausleger zu einer Winde verlief. Mehrere Gestalten waren um das Becken versammelt, die schwarze Roben mit Kapuzen trugen, die ihre Gesichter verhüllten. Das Emblem des Basilisken prangte auf der Brust der Vermummten.

Während sich Balbok und Quia noch fragten, welchem Zweck das Becken und die rätselhafte Vorrichtung dienen mochten, schwenkten die Vermummten den Ausleger herum. Die Kette wurde herabgelassen, ein Gefangener daran gehängt. Dann wurde die Winde erneut betätigt. Die Zugkette straffte sich, und der Gefangene wurde hochgehoben. Schreiend hing er am Haken, zappelte wie ein Fisch, während der lange Ausleger zurück über das Becken schwenkte – und ohne auf die verzweifelten Schreie des Gefangenen zu achten, ließen die Vermummten den Mann herab, geradewegs in den kochenden, Blasen werfenden Pfuhl.

Der Gefangene schrie entsetzlich, als er in die heiße Flüssigkeit eintauchte, dann war er darin versunken. Aber die Vermummten beließen es nicht dabei.

Einer von ihnen – der Anführer, wie Balbok vermutete – gab den Robenträgern an der Winde ein Zeichen, worauf die Kette wieder eingeholt wurde. Entsetzt vergrub Quia ihr Gesicht in Balboks Achselhöhle (ungeachtet des strengen Geruchs, der dort herrschte), in der Erwartung, dass die verbrühten Überreste des Gefangenen an der Kette hingen. Aber es kam anders.

Als der Gefangene herausgezogen wurde, umgab ihn die zähflüssige braune Flüssigkeit aus dem Pfuhl wie ein Sack. Im Inneren strampelte der Mann immer noch verzweifelt, aber es gelang ihm nicht, sich aus dem ölig schimmernden Gebilde zu befreien.

Die Vermummten ließen dieses bizarre Etwas, das am Haken hin- und herschaukelte, noch ein paar Herzschläge lang abtropfen, dann schwenkten sie den Ausleger des Krans wieder herum und ließen den seltsamen »Sack« mit dem Gefangenen herab. Durch eine Öffnung im steinernen Boden verschwand er, und als der Haken nach einer Weile wieder eingeholt wurde, war er leer.

»W-was ist das?«, fragte Quia. »Was haben die mit ihm gemacht?«

»Weiß nicht«, knurrte Balbok, »aber ich habe ein ziemlich mieses Gefühl …«

Jäh dämmerte ihm, dass Rammar vielleicht recht gehabt hatte. Vielleicht würden sie tatsächlich nicht gegen den Herrscher von Kal Anar bestehen können. Vielleicht war dies tatsächlich ein Abenteuer, von dem es keine Rückkehr gab.

Der Gedanke an seinen Bruder betrübte Balbok und machte ihn gleichzeitig wütend. Wieso nur nahm Rammar immer für sich in Anspruch, der klügere Ork zu sein und alle Entscheidungen treffen zu müssen? Diesmal hatte sich Balbok nicht einschüchtern lassen und für sich selbst entschieden – und bereute es bereits.

»Dort! Da sind sie!«

Quias unterdrückter Ruf riss Balbok aus seinen Gedanken. Von dem Felsen aus, hinter dem sie kauerten, deutete die Amazone auf den Höhleneingang, der sich ihrem Beobachtungsposten genau gegenüber befand. Tatsächlich erblickte der Ork dort zwei bekannte Gesichter. Das eine gehörte einem drahtigen Menschen, der ziemlich verdrießlich dreinblickte, das andere einem Eisbarbaren, der so aussah, als wollte er jemanden fressen.

Es waren Nestor und Gurn, die von jeweils zwei Soldaten in schwarzen Rüstungen in die Höhle gezerrt wurden.

Die beiden wehrten sich nach Kräften, versuchten sich den Griffen ihrer Bewacher zu entwinden, die sie jedoch unbarmherzig festhielten und zu den steinernen Bänken führten.

»Sie sind noch am Leben«, flüsterte Quia hoffnungsvoll.

»*Korr*«, versetzte Balbok düster. »Fragt sich nur, wie lange noch ...«

»Verdammt, was soll das? Lasst uns in Ruhe, ihr verdammten Dreckskerle!«

Nestors Stimme war heiser von den Beschimpfungen, mit denen er seine Bewacher überschüttete. Aber die Soldaten zeigten keine Reaktion. Kein Laut drang unter den Visieren ihrer schwarzen Helme hervor, und unnachgiebig hielten sie die Gefangenen in ihren Griffen.

Während Gurn beharrlich schwieg, konnte Nestor nicht anders, als seine Wut, seine Enttäuschung und seine Furcht lauthals hinauszubrüllen, indem er die Soldaten beleidigte und sie verfluchte. An ihrer Lage änderte das freilich nichts – unnachgiebig wurden Gurn und er in die Höhle gezerrt und auf zwei steinerne Tische gekettet.

»Was macht ihr mit uns, ihr miesen Kerle? Verdammt, was habt ihr vor?«

Gehetzt blickte sich Nestor um. Die düsteren Drohungen Xarguls hatten nichts Gutes erwarten lassen, und der Mann aus Taik hatte damit gerechnet, dass man sie ohne großes Federlesens umbringen würde. Inzwischen glaubte er allerdings, dass ihnen noch weit Schlimmeres bevorstand ...

Zwei der vermummten Priester traten auf sie zu, von denen einer eine Zange in den Händen hielt, der andere ein tönernes Gefäß. Spätestens in diesem Augenblick dämmerte den Gefangenen, was mit ihnen geschehen sollte, woraufhin auch Gurn in wüstes Gebrüll verfiel und an den Ketten zerrte, dass es nur so klirrte. Keiner von ihnen verspürte das Verlangen danach, eine lebende Schlange in den Schlund gestopft zu bekommen.

Die Priester sahen das anders.

Schon hatte der eine das Gefäß geöffnet, und der andere griff mit der Zange hinein. Mit vor Entsetzen geweiteten Augen starrte Nestor auf das Reptil, das sich zwischen den Backen der Zange wand. Zwei Soldaten traten vor, packten seinen Kopf, rissen ihm den Mund auf.

Dann war der Schlangenpriester auch schon über ihm.

Nestor starrte in das Dunkel der Kapuze. Das Gesicht darin konnte er nicht sehen, aber er ahnte, dass es voller Genugtuung grinste.

Nestor wollte den Kopf drehen, sich abwenden, aber es ging nicht. Hilflos zuckten seine Arme in den Ketten. Er konnte nichts gegen das Schreckliche unternehmen, das ihm widerfuhr.

Schon schwebte die Schlange dicht vor seinen Augen. Der Gedanke, sie jeden Augenblick in den Schlund gestopft zu bekommen, ließ Nestors Magen vor Ekel rebellieren. Die Soldaten lachten amüsiert, und ein helles Kichern drang aus der Kapuze des Priesters hervor. Im nächsten Moment wollte er die Zange geradewegs in Nestors offenen Schlund rammen …

Aber er kam nicht dazu!

Der Vermummte zuckte plötzlich zusammen. Die Zange fuhr zurück, und für einen Augenblick stand der Mann völlig reglos. Dann blickte er an sich herab und entdeckte die beiden Schwertspitzen, die unterhalb des Basiliskensymbols auf seiner Robe aus seinem Bauch ragten. Der Schlangenpriester ließ ein hohles Gurgeln vernehmen. So jäh, wie sie erschienen waren, verschwanden die beiden Schwertspitzen wieder. Ein metallisches Blitzen im Fackelschein, und die Klingen schlugen noch einmal zu, schnitten dem Vermummten die Kehle durch.

Ein Sturzbach von Blut ergoss sich aus dem Dunkel der Kapuze, während der Mann keuchend niederging.

Hinter ihm stand eine junge Frau, die nichts weiter als lange Stiefel und einen Lendenschurz trug. Bewaffnet war sie mit zwei Schwertern, und eine wilde Mähne von rotem Haar umrahmte ihre entschlossenen Züge.

»Quia!«, ächzte Nestor ungläubig.

Die Soldaten hatten ihn losgelassen und waren herumgefahren, und erst da begriffen sie, was geschehen war. Für den einen kam die Erkenntnis zu spät – die Amazone schlug erneut mit einem ihrer Schwerter zu, und die Klinge durchtrennte den rechten Arm des Soldaten knapp hinter dem Handgelenk. Blechernes Gewinsel drang unter dem Helm hervor, während der Krieger auf die Knie sank.

Der andere Krieger kam noch dazu, seine Waffe zu zücken. Zwei, drei Mal prallten seine Klinge und die der Amazone aufeinander. Es klirrte hell, und Funken stoben – dann sauste von hinten eine Axt heran und fuhr dem Soldaten zwischen die Schulterblätter. Eine Blutfontäne spritzte, als das Axtblatt wieder herausgerissen wurde. Wie ein nasser Sack kippte der Soldat um und kam nicht wieder hoch – dafür blickte Nestor in die grinsenden Züge eines Orks, die plötzlich über ihm auftauchten.

»Balbok!«, entfuhr es ihm. »D-das darf doch nicht wahr sein – oder etwa doch?«

»Spielschulden sind Ehrenschulden«, beschied ihm der Ork – und mit einem weiteren Hieb seiner klobigen Waffe durchtrennte er die Ketten. Noch einmal flogen Funken, und Nestor war frei. Benommen richtete er sich auf, konnte sein Glück nicht fassen. Er sprang von dem steinernen Tisch und griff sich eines der am Boden liegenden Schwerter.

Balbok war inzwischen schon bei Gurn. Mit wüstem Gebrüll schwang der Ork die Axt und kümmerte sich um die Soldaten, die bei dem Eisbarbaren standen – ihre Köpfe flogen in weitem Bogen davon.

Nestor und Quia unterdessen stellten sich den Angreifern entgegen, die vom Pfuhl herübergerannt kamen, wütende Schreie auf den Lippen. Die meisten waren Schlangenpriester, die gebogene Dolche unter ihren Roben hervorzogen, aber es waren auch einige Soldaten unter ihnen.

Den Vordersten der Kapuzenträger hieß Nestor mit einem Schwertstreich willkommen – der Basilisk auf der Robe schien Blut zu erbrechen. Quia hatte gleich mit zwei Gegnern zu tun – mit langen Speeren bewaffnete Krieger, die sie gemeinsam angriffen. Reaktionsschnell sprang die Amazone zurück, um der wütenden Attacke zu entgehen, und landete auf einem der steinernen Tische. Erneut stachen die Soldaten nach ihr – den Speer des einen zerschlug sie mit einem einzigen Hieb, den anderen wehrte sie mit dem zweiten Schwert ab. Dann sprang sie vom Tisch und überschlug sich in der Luft, um schon im nächsten Moment wieder sicher auf dem Boden zu stehen und zum Gegenangriff überzugehen.

Den Krieger, dessen Speer sie durchschlagen hatte, erwischte sie zwischen Brustpanzer und Helm. Die Klinge fuhr so tief in seinen Hals, dass sie im Nacken wieder austrat und die Amazone die Waffe nicht mehr freibekam. Das Schwert noch in der Kehle, brach der Soldat zusammen, und ein erbitterter Schlagabtausch zwischen Quia und dem verbliebenen Krieger setzte ein – den Nestor beendete, indem er sein Schwert warf!

Mit tödlicher Routine schickte der ehemalige Attentäter

die Klinge auf den Weg, die dem Soldaten in den ungeschützten Rücken fuhr und zu Boden schickte.

Inzwischen hatte Balbok den Eisbarbaren befreit, und zusammen mit ihm stürzte sich der Ork in den Kampf. Zwei Krieger streckte er mit einem einzigen Streich nieder. Vor Entsetzen schreiend, ließen die übrig gebliebenen Priester und Soldaten ihre Waffen fallen und wandten sich zur Flucht.

Balbok schickte ihnen ein wütendes Bellen hinterher, Quia wollte ihnen folgen, um ihnen den Rest zu geben. Nestor jedoch hielt sie zurück.

»Lass sie laufen«, sagte er. »Besser, wir verschwinden.«

Schwer atmend stand die Amazone da, während sich ihre blutbesudelte Brust heftig hob und senkte und heiße Kampfeslust aus ihren grünen Augen blitzte.

»Quia? Hörst du mich? Wir müssen verschwinden!«

Ein Flackern in ihren Augen, als ob sie aus tiefer Trance erwachte. »Du hast recht«, erwiderte sie dann. »Alles in Ordnung mit euch?«

Nestor und Gurn tauschten einen Blick. »Ich denke schon«, antwortete der Mann aus Taik mit erleichtertem Grinsen. »Und das verdanken wir nur euch.«

»War mir ein Vergnügen«, erwiderte Balbok mit einem Grinsen, und man war geneigt, dem großen Ork aufs Wort zu glauben.

»Wo ist Rammar?«, wollte Nestor wissen. »Und wieso bist du hier, Quia? Hat es mit deinem Volk zu tun? Wir haben davon gehört, dass …«

Er verstummte, sein Blick begegnete dem der Amazone.

»Ich bin froh, dass du noch lebst«, sagte sie schließlich, den Anflug eines Lächelns auf den Lippen.

»Ich auch«, erwiderte er und lächelte ebenfalls.

»Wir jetzt verschwinden«, drängte Gurn. »Wenn Feind wiederkommen, Verstärkung mitbringen …«

Diese Annahme war nur allzu wahrscheinlich, und so wandten sich die vier Gefährten zur Flucht. Sie nahmen nicht den Gang, sondern kletterten zurück auf die Galerie, über die Balbok und Quia in die Höhle eingedrungen waren. Dort rannten sie im Laufschritt weiter – Quia, die sich den Weg genau eingeprägt hatte, voraus, dann Nestor und Gurn und in der Nachhut Balbok, der mit vor Blutdurst leuchtenden Augen und die Axt in den Klauen einen geradezu beängstigenden Anblick bot.

Über eine Reihe von Gängen und Treppen gelangten sie zurück zu der Brücke, die über den Lavastrom führte. Im Sturmlauf wollten die Gefährten hinüber – aber sie kamen nicht weit.

Denn auf dem Scheitel der Brücke stand jemand, der nur auf sie gewartet zu haben schien und dessen gedrungene Silhouette sich gegen den orangeroten Schein der Lava abzeichnete.

»Hallo, Freunde«, drang es aus dem Halbdunkel.

Es war die Stimme Orthmar von Bruchsteins.

# 12. NAMHAL NOKD

Im Laufschritt huschte Ankluas durch die unterirdischen Stollen, wählte bald diese und bald jene Richtung.

Nicht, dass sich der Ork in dem düsteren, von Lavaströmen durchflossenen Labyrinth, das sich tief unter dem Anar erstreckte, ausgekannt hätte – er ließ sich von seinen Empfindungen leiten.

Er war erleichtert darüber, seine Begleiter losgeworden zu sein. Eine Zeitlang waren sie ihm nützliche Helfer gewesen, aber den Weg, der vor ihm lag, musste er ohne sie beschreiten.

Er würde sich dem Herrn dieser von Glut und Feuer durchdrungenen unterirdischen Welt stellen ...

Allein!

Wohin er sich dabei wandte, war zweitrangig – wenn er den Feind nicht fand, würde ihn dieser früher oder später finden, davon war er überzeugt. Wichtig war nur, dass er sich das Ziel seiner Mission vor Augen hielt, dass er stets daran dachte, warum er all dies auf sich genommen hatte.

Das Böse, das schon einmal von Kal Anar ausgegangen war und von dem der Dunkelelf Margok einst seine Macht erhalten hatte, war zurückgekehrt, und es gab nicht viele in Erdwelt, die in der Lage waren, ihm Einhalt zu gebieten. Ob Ankluas zu ihnen gehörte, würde sich erst dann zeigen, wenn er der Bestie gegenüberstand, Auge in Auge – und wenn die letzten Masken fielen ...

Wachsam, das Schwert in der Klaue, stieg der Ork eine schmale Felsentreppe hinauf und gelangte auf einen breiten Gang, und dieser wiederum mündete in eine riesige Höhle, von deren Decke unzählige bizarre Gebilde hingen. Zuerst hielt Ankluas sie für seltsam geformte Tropfsteine, aber dann erkannte er in ihnen menschliche Gestalten, die von einer zähen braunen Schicht umhüllt waren. Die meisten der sackartigen Gebilde hingen bewegungslos von der Decke, in ein paar wenigen jedoch regte sich etwas ...

Es waren Menschen, die verzweifelt versuchten, sich zu befreien!

Ankluas widerstand der Versuchung, den Elenden helfen zu wollen – für sie war es so oder so zu spät, und Ankluas hatte keine Zeit zu verlieren. Mehr noch als Wut befiel ihn Trauer. Abgrundtiefe, entsetzliche Trauer.

»Was hast du nur getan?«, flüsterte er. »Wie konnte ich mich nur so in dir irren?«


»Hutzelbart!«, knurrte Balbok, und es klang wie eine Verwünschung.

»Schön, dass du dich an mich erinnerst«, höhnte Orthmar von Bruchstein. »Bei einem Hohlkopf wie dir ist das nicht selbstverständlich.«

»Der Hohlkopf wirst du sein, wenn ich dir erst dein stinkendes Hirn aus dem Schädel gequetscht habe«, versprach der Ork düster, worauf der Zwerg jedoch nur höhnisch lachte.

»Noch immer ganz der Alte, was? Dabei solltet ihr inzwischen eingesehen haben, dass ich nicht so einfach totzukriegen bin. Wer es bisher versuchte, dem ist es schlecht bekommen«, fügte er mit einem Seitenblick auf Quia hinzu.

»Mörder!«, fauchte die Amazone und wollte sich auf ihn stürzen – aber Nestors Rechte schnellte vor und packte sie eisern am Arm, um sie zurückzuhalten.

»Wie schade«, kommentierte Orthmar von Bruchstein spöttisch. »Es wäre meinen Kriegern ein Vergnügen, sie in Stücke zu hacken – so wie sie es mit dem Rest dieser verdammten Amazonenbrut getan haben!«

Damit gab der Zwerg ein Zeichen – und von der anderen Seite des Brückenbogens, die vom Standpunkt der Gefährten aus nicht einsehbar war, schloss eine ganze Abteilung bis an die Zähne bewaffneter Krieger zu von Bruchstein auf.

Es waren keine Soldaten aus Fleisch und Blut, sondern gefallene Krieger aus früheren Schlachten, an den Knochen zum Teil noch mumifiziertes Fleisch, am Leben gehalten von dunkler Magie. Ekel erregender Gestank eilte ihnen voraus, blankes Grauen starrte aus ihren bleichen Schädelgesichtern.

»Du – du stehst mit ihnen im Bunde!«, stellte Nestor fest.

»Klug bemerkt«, sagte der Zwerg mit geheuchelter Bewunderung. »Und nicht nur das – ich bin ihr Befehlshaber, wie ihr sehen könnt!«

»Ihr Befehlshaber? Aber wie …?«

»Wie das sein kann? Wie es möglich ist, dass ich euch einen Schritt voraus bin? Dass ihr auf der Seite der Verlierer steht und ich zu den Gewinnern zähle?« Orthmar von Bruchstein grinste. »Ich will es euch sagen, meine Freunde – weil ich mich beizeiten auf die Seite dessen geschlagen habe, dem die Zukunft in Erdwelt gehört.«

»Von wem sprichst du?«, wollte Nestor wissen.

»Wen interessiert das?«, entgegnete der Zwerg. »Mein Gebieter ist so alt, dass er schon viele Namen hatte. Snagor wird er in Kal Anar genannt – aber was ist schon ein Name angesichts seiner ungeheuren Macht? Er ist es, der die Basilisken zurückkehren ließ und die Krieger vergangener Tage aus den Gräbern holt. Mit ihrer Hilfe wird er Erdwelt unterwerfen, und ich werde auf seiner Seite stehen – auf der des Siegers!«

»Du hast für ihn gearbeitet«, stellte Nestor ernüchtert fest, »von Anfang an!«

»Wundert dich das?«, fragte von Bruchstein. »Habt ihr wirklich geglaubt, ich würde mich einem Menschen unterwerfen? Dass ich vor Corwyn buckle und auf das Geschwätz dieser Elfenschlampe höre? Nur aus einem Grund bin ich in Tirgas Lan gewesen – als Spion in Snagors Diensten.«

»Verräter!«, knurrte Balbok.

»Daran könnt ihr erkennen, wie verdreht die Welt geworden ist«, sagte der Zwerg mit kaltem Lächeln. »Früher waren es die Unholde, die man Verräter nannte, und wir Zwerge stritten für die vermeintlich gerechte Sache. Jetzt ist es umgekehrt ...«

»Die gerechte Sache ist mir wurscht«, stellte Balbok klar. »Ich bin hier, weil ich Blut sehen will – und zwar deins. Du hast uns nicht nur verraten und verkauft, sondern auch meine Töchter getötet, und dafür wirst du büßen!«

»*Deine* Töchter?« Von Bruchstein lachte schallend. »Glaubst du diesen Unsinn tatsächlich?«

»Es ist kein Unsinn«, beharrte Quia und hob ihre beiden Schwerter. »Das wirst du merken, wenn dich Bunais' Zorn ereilt!«

»Was du nicht sagst, Weib. Statt große Töne zu spucken, solltet ihr euch lieber ergeben – andernfalls werde ich meinen treuen Kriegern befehlen, über euch herzufallen, und das wird keiner von euch überle...«

Weiter kam Orthmar von Bruchstein nicht.

Mit einem heiseren Kriegsschrei auf den Lippen sprang Balbok vor und schwang die Axt – die wie ein Blitz niederfuhr und deren schwartiges Blatt sich tief in die Brust des Zwergs grub.

»Gibst du jetzt endlich Ruhe?«, rief Balbok und riss die Axt zurück; der prächtige Zwergenbart, der über Orthmars Brust und Bauch wallte, verhinderte, dass dem Ork das Blut des Verräters ins Gesicht spritzte.

Noch einen kurzen Moment hielt sich der Zwerg auf den

Beinen und starrte Balbok fassungslos an. Dann fiel er starr hintenüber – für seine schaurigen Untergebenen das Signal zum Angriff.

Mit heiserem Keuchen sprangen sie über den Leichnam ihres Anführers hinweg, schwangen die Schwerter, Äxte und Speere in ihren knochigen Händen – und trafen auf Balbok. Unverrückbar wie ein Fels stand der große Ork auf der Mitte der Brücke und führte die Axt in einem weiten Halbkreis – die erste Welle der Angreifer wurde förmlich hinweggefegt, stürzte in die brodelnde Lava und versanken darin.

Doch immer mehr Untote drängten nach, und es wurden so viele, dass Balbok sich zurückziehen musste. Noch einmal schlug er zu und stieß mehrere von ihnen in die verderbliche Glut, dann ging er rückwärts zu seinen Gefährten zurück, die Axt vor sich schwingend.

Schulter an Schulter standen der Ork, die Amazone, der Attentäter und der Eisbarbar, um den Knochenkriegern im Kampf auf Leben und Tod zu begegnen.

»Haut ihnen die Köpfe von den Schultern!«, gab Balbok weiter, was er von Ankluas gelernt hatte. »Wenn die Schädel nicht mehr auf ihren Hälsen sitzen, ist es mit ihnen vorbei!«

Er selbst ging mit gutem Beispiel voran und enthauptete einen Knochenmann, der sich einen Schritt zu weit vorgewagt hatte. Quia ließ ihrerseits die Klingen kreisen und schickte einen weiteren Skelettkämpfer zurück ins Totenreich, und auch Nestor und Gurn gaben ihr Bestes. Doch für jeden Angreifer, der kopflos niedersank und sich nicht wieder erhob, schienen zwei neue nachzudrängen. Auf der ganzen Breite der Brücke griffen sie an, und die Gefährten mussten höllisch Acht geben, nicht von plötzlich vorzuckenden Klingen und Speeren durchbohrt zu werden.

Plötzlich ein erstickter Schrei Gurns – die rostige Axt eines untoten Kriegers hatte ihm eine klaffende Wunde am linken Bein zugefügt.

Der Zorn des Eisbarbaren ereilte den Untoten, ehe dieser ein zweites Mal zuschlagen konnte. Gurns Pranke schoss heran, packte den Schädel des Skelettkriegers und riss daran mit roher Gewalt – es knackte hässlich, als die Halswirbel brachen.

Nestor streckte einen weiteren Untoten nieder, aber es änderte nichts daran, dass es immer noch mehr wurden. Quia befand sich in äußerster Bedrängnis, und es war nur eine Frage der Zeit, wann die untoten Kämpfer sie überrennen würden ...

»Zurück!«, schrie Nestor aus Leibeskräften. »Wir müssen uns zurückziehen!«

»Nein!«, rief Quia trotzig und beförderte einen Gegner mit einem Fußtritt von der Brücke – sofort nahm der Nächste seinen Platz ein. Quia wehrte die Schwerthiebe des Knochenkriegers ab, aber sie wich nicht zurück.

Auch der Amazone war klar, dass sie dieses Gefecht nicht gewinnen konnten, aber einfach die Flucht zu ergreifen hatte keinen Sinn. Jemand musste bleiben, um die Untoten aufzuhalten, sonst würden die Gefährten nicht entkommen.

Und Quia hatte eine genaue Vorstellung davon, wer dieser Jemand sein würde.

Ihre Schwestern waren ihr bereits vorausgegangen auf dem Weg, den Amaz einst beschritten hatte, und Quia war bereit, ihnen zu folgen. Sie war die Letzte ihres Volkes und sah keinen Sinn darin, weiterzuleben. Doch sie würde möglichst viele Feinde mit ins Grab nehmen ...

Gerade wollte sie ihren Entschluss ihren Gefährten mitteilen, als etwas Unerwartetes geschah. Mit Gurn ging eine Veränderung vor sich. Blutbesudelt und mit dem langen, sich in alle Richtungen sträubenden Haar war der Eisbarbar ohnehin schon eine Furcht erregende Erscheinung. Plötzlich jedoch verhärteten sich seine Züge: Sein ohnehin schon kantiges Kinn schob sich noch weiter vor, seine Stirn schien breiter zu werden, und nur noch das Weiße war in seinen Augen zu sehen. Er verfiel in markiges Gebrüll, das sich anhörte wie das eines angreifenden Wargen.

»Ein Berserker!«, rief Nestor fassungslos. »Er ist ein Berserker ...!«

Selbst die Untoten hielten für einen Augenblick inne und wussten nicht, wie sie auf die neue Situation reagieren sollten. Gurns Kleidung spannte sich über seinen Muskeln, bis sie platzte, und wie ein Wolf fletschte Gurn die Zähne.

Er riss Balbok die klobige Waffe aus den Händen, um sie im nächsten Moment nicht weniger wuchtig zu schwingen als der große Ork. Dass er damit gleich fünf Skelettkrieger auf einmal zurück ins Jenseits beförderte, schien ihn nicht im Geringsten zu besänftigen. Im Gegenteil – mit jedem Gegner, den er um seinen Schädel erleichterte, schien Gurns Wut noch zu wachsen, und die Wunde an seinem Bein und der Schmerz stachelten ihn zusätzlich an.

»Fliehen!«, rief er seinen Kameraden zu, die einfach nur dastanden und nicht wussten, was sie tun sollten. »Fliehen, verdammt! Gurn hält Krieger auf!«

Seine Worte gingen in schauriges Gebrüll über, als er sich erneut auf die Untoten stürzte, die nun ebenfalls wieder angriffen. Mit Urgewalt prallten die Skelettkrieger und der Berserker aufeinander. Rostiges Eisen schnitt durch lebendes Fleisch, orkischer Stahl zerschmetterte uralte Knochen.

Nur noch einen kurzen Augenblick standen die Gefährten unentschlossen: Quia, weil sie es gewesen war, die sich hatte opfern wollen – Nestor, weil er den wortkargen Barbaren, der ihm in den letzten Tagen ein treuer Freund geworden war, nicht zurücklassen wollte – und Balbok, weil er nicht zulassen wollte, dass ein anderer den ganzen Spaß bekam, während er selbst leer ausging.

Schon im nächsten Moment jedoch kehrte bei allen dreien die Vernunft ein.

»Fliehen!«, war es noch einmal aus Gurns wildem Gebrüll herauszuhören – und sie fuhren herum und begannen zu laufen, zurück in die Richtung, aus der sie gekommen waren. Sie würden einen anderen Weg finden müssen, der sie in Xarguls Tempel führte – dieser hier war ihnen verwehrt. Quia stolperte über einen Stein und schlug zu Boden. Sofort kehrte Nestor um, um ihr aufzuhelfen. Weil sie dadurch wertvolle Augenblicke verloren, wusste sich Balbok nicht anders zu helfen, als die beiden zu packen und sie sich auf beiden Seiten unter die Arme zu klemmen. So rannte er aus der Höhle und hinein in den Stollen, so schnell seine langen Beine ihn trugen.

Noch einmal erheischten sie einen letzten Blick auf Gurn. Der stand inmitten einer Welle lebender Gebeine, die jeden Augenblick über ihn hinwegzubranden drohte. Das fürchterliche Geschrei des zum Berserker mutierten Barbaren hallte von der Höhlendecke wider und verfolgte die Gefährten bis tief in den Stollen, ehe es schließlich abbrach und verstummte.

Gurn hatte seinen letzten Kampf verloren.

Unvermittelt gelangte Ankluas in ein großes Gewölbe – und der Ork wusste, dass er sein Ziel erreicht hatte.

Fackeln spendeten flackernden Schein und beleuchteten riesige Säulen, die die hohe Decke trugen und aussahen, als hätten sich steinerne Schlangen darum gewunden. Dies musste das Herzstück des unterirdischen Labyrinths sein, das sich tief im Fels des Anar erstreckte.

Der Schlangentempel …

Ankluas war sicher, dass er gefunden hatte, wonach er suchte – aber er war nicht allein!

Behelmte Wächter in schwarzen Rüstungen, deren runde Schilde das Emblem des Basilisken zeigten, säumten die Halle. Mit gesenkten Speeren stellten sie sich ihm entgegen und versperrten ihm den Weg. Und sie schienen über sein Eintreffen nicht überrascht zu sein.

»Da bist du ja, Unhold!«, rief ihr Hauptmann in der Sprache des Westens. »Die Priester sagten uns, dass du kommen würdest!«

Ankluas entblößte die gelben Zähne zu einem Lächeln, das zugleich spöttisch und freundlich wirkte, und erwiderte: »Schön für euch.«

»Wo hast du deine Artgenossen gelassen? Wart ihr nicht zu mehreren?«

Ankluas' Bestürzung darüber, dass der Feind offenbar genau über sie informiert war, währte nur einen Herzschlag. »Die anderen sind tot«, gab er umgehend zur Antwort. »Ich habe ihnen das Maul gestopft. Ihr Gequatsche ging mir auf die Nerven!«

Dumpfes Gelächter drang unter dem Helmvisier des Hauptmanns hervor. »In seiner unendlichen Weisheit hat Xargul vorausgesehen, dass so etwas geschehen würde.«

»Xargul? Wer ist das?«, wollte Ankluas wissen.

»Schon deine Frage beweist, dass du eine Kreatur ohne Verstand bist. Xargul ist unser aller Gebieter und die oberste Gottheit von Kal Anar. Nach Tausenden von Jahren ist er zurückgekehrt, um ganz Erdwelt zu unterwerfen. Die Große Schlange wird ihre Feinde zermalmen und herrschen!«

»Vielleicht«, räumte Ankluas ein, und dann fügte er mit sehr ernster Miene hinzu: »Aber bevor es so weit ist, werden Ströme von Blut fließen, ein sinnloser Krieg wird Erdwelt ins Chaos stürzen und unzählige Kreaturen das Leben kosten.«

»Geschwätz!«, sagte der Hauptmann nur.

»Wo ist Xargul?«, wollte Ankluas wissen. »Ist er hier?«

»Allerdings – und er erwartet dich. Wir haben Anweisung, dich zu ihm zu bringen, sobald du hier eintriffst.«

»Dann tut, was man euch aufgetragen hat!«, entgegnete Ankluas. »Ich kann es kaum erwarten, ihm zu begegnen.«

Die Tempelwächter schienen ein wenig überrascht angesichts von so viel Kaltschnäuzigkeit, aber sie gewannen die Fassung rasch zurück. »Zuerst werden wir dich entwaffnen«, kündigte der Hauptmann feindselig an.

»Xargul wünscht mich wehrlos zu sehen? Was für eine Gottheit ist er, wenn er die Klinge eines Orks fürchtet?« Ankluas lachte höhnisch, doch dann warf er sein Schwert dem Hauptmann vor die Füße. »Er soll bekommen, wonach er verlangt.«

»Xargul bekommt ohnehin, wonach er verlangt!«, entgegnete der Hauptmann und gab seinen Leuten einen Wink, woraufhin einige der Soldaten vortraten und Ankluas nach weiteren Waffen durchsuchten – ohne Ergebnis. »Wirst du dich uns freiwillig fügen, oder müssen wir dich zwingen?«, fragte der Hauptmann.

»Ich füge mich«, erwiderte der Ork, worauf ein enttäuschtes Schnauben unter dem Helm des Hauptmanns hervordrang. Auf ein weiteres Zeichen hin setzte sich der kleine Trupp mit Ankluas in der Mitte in Bewegung und durchschritt den Tempel. Erst da gewahrte der Ork im rückwärtigen Teil des Gewölbes eine kreisrunde, an die zehn Schritt tiefe Grube, an deren Rand die Soldaten stehen blieben.

»Dort hinab musst du«, sagte der Hauptmann und deutete in die Tiefe. »Xargul erwartet dich dort!«

»Wie aufmerksam von ihm.« Auf dem Grund der Grube sah Ankluas unzählige abgenagte Knochen, die den Boden übersäten.

Menschliche Knochen …

»Wie ich sehe, hat euer Xargul Geschmack.«

»Das Spotten wird dir vergehen, wenn du ihm gegenüberstehst«, kündigte der Hauptmann an, und Ankluas war sicher, dass das Gesicht unter dem Helmvisier dabei schadenfroh grinste. »Und jetzt hinein mit dir!«

Im gleichen Moment erhielt Ankluas einen heftigen Stoß

in den Rücken, und er stürzte hinab in die Grube, schaffte es aber, auf den Füßen zu landen und sich zwischen stinkenden Exkrementen und abgenagten Knochen abzurollen, ohne sich etwas zu brechen.

»Geh nur!«, rief der Hauptmann höhnisch von oben herab. »Xargul erwartet dich!«

Ankluas raffte sich auf und schaute sich um. Es gab nur einen Ausgang – eine Öffnung in der senkrechten Gruben-wand, ein von orangerotem Schein beleuchteter Stollen. Er war groß und breit.

Ankluas setzte sich in Bewegung. Vorbei an den Überres-ten von Menschen, die in der Grube ein grausiges Ende ge-funden hatten, betrat er vorsichtig den Gang. Der Gestank, der ihm entgegenschlug, war unbeschreiblich – eine Mi-schung aus Fäulnis und Schwefel, für einen Menschen ver-mutlich tödlich. Auch war es im Stollen unerträglich heiß, und mit jedem Schritt schien sich die Hitze noch zu stei-gern.

Der Grund dafür wurde dem Ork schon bald klar: Er be-wegte sich geradewegs auf den Kern des Berges zu, auf die flüssige Glut, die im Inneren des Anar brodelte und seit Jahrtausenden nach Ausbruch verlangte. Das Rumoren, das die heiße Luft erfüllte und mit jedem Augenblick noch zu-zunehmen schien, unterstrich diesen Eindruck, ebenso wie das feurige Leuchten, das den Stollen beleuchtete und weder von Kerzen noch von Fackeln stammte, sondern von ge-schmolzenem, glühenden Gestein.

Schweiß auf der narbigen Stirn, folgte der Ork dem Fel-sengang, allein und unbewaffnet. Wenn er ehrlich gegen-über sich selbst war, musste er sich eingestehen, dass er Angst hatte – weniger um sich selbst als um die Welt und die Wesen, die in ihr lebten …

Der Stollen endete.

Glutschein und sengende Hitze trafen ihn, sodass Ankluas

unwillkürlich Gesicht und Augen schirmte. Dennoch ging er weiter.

Er erreichte das Ende des Stollens und trat hinaus, fand sich auf einer schmalen, vorn spitz zulaufenden Plattform wieder. Sie befand sich auf halber Höhe einer riesigen Höhle, die von frenetischem Brausen erfüllt war.

Über Ankluas wölbte sich eine gewaltige Felsendecke, in der dunkle Öffnungen klafften, und unter ihm erstreckte sich ein See aus glühender Lava. Die Plattform ragte weit über den Lavasee hinaus. Verzehrende Hitze stieg davon auf, es blubberte und brodelte, hier und dort schwamm schwarze Schlacke auf der flüssigen Glut, und es gab weiß leuchtende Strudel.

Schon der Anblick des Infernos, das an die Welt in ihrem Urzustand erinnerte, ließ Ankluas erschaudern – das blanke Grauen jedoch erfasste ihn, als er eine Präsenz spürte, die ihm zugleich fremd und vertraut vorkam und die von unendlicher Bosheit war.

Er hörte, wie sich hinter ihm etwas regte, wie etwas ungeheuer Großes die Felswand nach unten glitt, an der es zuvor reglos gehangen hatte. Es erreichte die Plattform, dennoch hütete sich Ankluas, sich danach umzudrehen, sondern starrte weiterhin hinab auf den Glutsee.

»So ganz allein?«, fragte eine dunkle, hässlich zischelnde Stimme.

Ankluas schloss die Augen.

Es war so weit …

# 13.

## SUL UR'SNAGOR

»Willst du dich nicht umdrehen?«, fragte die Stimme. Ihr dunkler, kehliger Klang war Ankluas fremd – der blasierte, arrogante Tonfall hingegen kam ihm auf tragische Weise vertraut vor. »Wozu?«, fragte er. »Um versteinert zu werden? Ich weiß genau, *was* du bist – und ich weiß auch, wozu du fähig bist. Die Blicke deiner missratenen Brut vermögen ihre Opfer nur zu lähmen – wer jedoch in das Auge des wahren Basilisken blickt, der erstarrt unwiederbringlich zu Stein, und nicht einmal Elfenzauber vermag ihn dann wiederzubeleben.«

»So steht es in den alten Schriften«, bestätigte die Stimme, und wieder hörte Ankluas, wie sich das riesige Etwas hinter ihm kriechend näherte. Aus dem Augenwinkel nahm er auch eine Bewegung wahr, aber er widerstand der Versuchung, sich umzudrehen. »Für einen Ork bist du erstaunlich gut informiert.«

Ankluas nickte grimmig. »Nicht immer sind die Dinge so, wie sie auf den ersten Blick erscheinen.«

»Was willst du damit sagen?«

»Damit will ich sagen, dass ich dich durchschaue.«

»Wie das?«

»Wie ich schon sagte – ich weiß, *was* du bist. Und ich weiß auch, *wer* du bist.«

»Ach ja?« Das Monstrum, das weder Arme noch Beine

hatte und sich schwerfällig über den Boden wälzte, lachte leise. »Und wer bin ich deiner Ansicht nach, nichtswissender Unhold?«

»Jemand, der verstoßen wurde«, antwortete Ankluas prompt. »Der alles erreichen wollte und gescheitert ist. Dem alles genommen wurde, was er sich erträumte – und der sich nun rächen will. Ist es nicht so?«

Die Stimme erwiderte nichts. Alles, was der Ork hören konnte, war ein heiseres Zischen.

»Ist es nicht so?«, fragte er deshalb noch einmal. »Oder willst du die Wahrheit leugnen … *Loreto*?«

Das Zischen aus dem Schlund der Kreatur verstärkte sich, und trotz der mörderischen Hitze war es, als würde ein eisig kalter Windhauch über die Plattform wehen.

»Dieser Name …«, tönte es leise.

»Erkennst du ihn wieder?«, fragte Ankluas.

»Ob ich ihn wiedererkenne oder nicht, spielt keine Rolle. Er hat keine Bedeutung mehr für mich.«

»Dennoch ist er ein Teil von dir«, sagte der Ork. »Loreto ist das, was dich nährt, nicht wahr? Was dein Leben rettete, als du kurz davor warst, es für immer zu verlieren, und was deine Existenz erhält. Habe ich recht?«

Die Kreatur war bis auf wenige Schritte an Ankluas herangekommen. Ihr keuchender, stinkender Atem raubte ihm fast die Besinnung.

»Du hast lange gewartet«, fuhr Ankluas fort. »Ein ganzes Zeitalter lang hast du in der Dunkelheit gelauert und darauf gelauert, dass einer kommt, der dich neu beleben würde. War es nicht so?«

»Was gewesen ist, ist unerheblich«, zischte das Monstrum. »Wichtig ist nicht, was ich *war*, sondern was ich *bin*.«

»Und was bist du?«

»Ich«, fauchte die Kreatur, während sie sich zu ihrer vollen Größe aufrichtete, »bin Xargul der Mächtige! Ich existiere seit Anbeginn der Zeit, und überdauert habe ich Äonen. Nun habe ich meine alte Stärke zurückerlangt!«

»Nein«, widersprach Ankluas, der noch immer abgewandt stand, die schreckliche Ungewissheit im Rücken. »Du bist Loreto, ein Elfenfürst, der nach der Krone Tirgas Lans griff und dem sie verwehrt wurde. Verstoßen wurdest du von deinem eigenen Volk, woraufhin du geflohen bist und dich in finsteren, abscheulichen Gegenden herumgetrieben hast – bis die Kreatur dich schließlich fand. Nur durch dich ist sie wieder erstarkt. Deine Bosheit ist es, die sie nährt.«

»Loreto ist nicht mehr«, beharrte das Monstrum. »Wir sind Xargul, alles andere hat seine Bedeutung verloren. Und nun, Unhold, sag uns, woher du all dies weißt, ehe wir dich vernichten!«

»Das werde ich«, versprach Ankluas ruhig – und griff vorsichtig nach dem Gegenstand, den er an einer ledernen Schnur vor der Brust trug …

Mit ausgreifenden Schritten rannten sie durch den von Fackeln beleuchteten Gang – Nestor voraus, Quia dicht hinter ihm und schließlich Balbok.

Eine ganze Abteilung von Tempelwachen, auf die sie unversehens getroffen waren, war ihnen auf den Fersen, und dem Klappern und Stöhnen nach, das aus der Tiefe des Stollens drang, hatten auch die untoten Krieger die Verfolgung der drei Gefährten aufgenommen.

Noch lag ein gutes Stück zwischen den Flüchtenden und ihren Häschern, aber die Hitze und die stickig heiße Luft in den Gängen machten den dreien schwer zu schaffen, und so schrumpfte der Abstand zusehends. Außerdem waren die Verfolger auch auf die Distanz gefährlich …

»Die Köpfe runter!«, brüllte Balbok, als er erneut das hässliche Sirren von Pfeilen vernahm. Die Geschosse waren während des Laufens abgeschossen worden und entsprechend ungenau gezielt, aber sie kamen den Gefährten dennoch bedrohlich nahe. Balbok wedelte mit der Pranke und wischte ein paar von ihnen wie lästige Insekten aus der Luft, damit die beiden Menschen vor ihm nicht getroffen wurden, aber es war nur eine Frage der Zeit, bis der erste Pfeil sein Ziel finden würde. Zudem kamen aus einem Nebengang weitere Verfolger in schwarzen Rüstungen und schlossen sich der wilden Jagd an.

»Es werden immer mehr!«, rief Quia im Laufen. »Jemand muss zurückbleiben, um sie aufzuhalten!«

Schon verlangsamte die Amazone ihre Schritte, wollte stehen bleiben und sich den schwarz gerüsteten Kriegern stellen. Aber einmal mehr ließ Nestor das nicht zu und riss sie einfach mit sich.

»Was soll das?«, beschwerte sie sich. »Lass mich los, du Narr! Willst du nicht überleben?«

»Ich will und ich werde«, gab Nestor zurück, »aber nicht, indem du dich opferst!«

»Ich habe nichts mehr zu verlieren, begreifst du das nicht? Meine Schwestern sind alle tot! Niemand wird mich vermissen!«

»*Ich* würde dich vermissen!«, rief Nestor und zog den Kopf zwischen die Schultern, als weitere Pfeile über sie hinwegstachen. »Ich habe bereits einen Freund zurücklassen müssen – ich will dich nicht auch noch verlieren!«

»Warum nicht?«

»Weil … weil ich …«

Nestor blieb die Antwort schuldig, aber er zog Quia weiter mit sich. Im Laufschritt folgten sie dem Gang um eine weite Biegung und gelangten unvermittelt in eine Höhle mit einem schmalen Lavafluss. Zu beiden Seiten erhoben sich spitze Felsnadeln, die wie versteinerte Bäume wirkten, und nur ein schmaler Pfad führte an dem flüssigen Gestein vorbei.

»Hier entlang!«, schrie Nestor, und sie folgten dem Lava-strom, auf dessen gelb leuchtender Oberfläche Inseln aus schwarzer Schlacke schwammen. Ihre Verfolger blieben ihnen auf den Fersen und schickten ihnen erneut gefiederte Todesgrüße. Einige Pfeile trafen auf den Fels und zerbarsten daran, andere verbrannten in der Lava.

Eines der Geschosse jedoch fand sein Ziel. Plötzlich spür-te Balbok einen scharfen Stich in der linken Schulter.

Der Ork stieß ein wütendes Grunzen aus, und in einem Reflex schlug er mit dem linken Arm nach hinten und ver-suchte, den Pfeil herauszuziehen. Dabei stieß er gegen eine der Felsnadeln, die prompt abbrach. Wie ein gefällter Baum neigte sich der schlanke Stein, der den Ork um das Doppel-te überragte, und kippte schließlich um. Dabei fiel er quer über den Pfad und tauchte mit der Spitze in den Lavafluss, woraufhin das flüssige Gestein nach allen Seiten spritzte.

Balbok jaulte wie ein Hund, als er einige Spritzer ins Genick bekam – der Geruch von verbranntem Horn, der ihm in die Nase stieg, gefiel ihm jedoch irgendwie, und plötzlich hatte der Ork einen Geistesblitz, wie er die Verfolger zumindest für eine Weile aufhalten konnte.

Ein Blick über die Schulter zeigte, dass sich der Lavafluss an der Stelle staute, wo die Felsnadel eingetaucht war – wenn es Balbok also gelang, noch mehr von ihnen zu fällen …

Wie es seine Art war, überlegte er nicht lange. Während er weiter hinter seinen menschlichen Gefährten herhastete, hieb er wild um sich. Da er seine Axt bei Gurn zurückgelas-sen hatte, blieb ihm nichts, als mit bloßen Fäusten zu Werke zu gehen. Wie Hämmer schlugen sie auf das Gestein und brachten die bizarren Felsformationen reihenweise zu Fall, die hinter den Flüchtenden in den Lavastrom stürzten.

Sofort stauten sich die glühenden Fluten, und ihre Farbe wechselte von leuchtendem Gelb zu dunklem Orange. Na-türlich begann die Hitze sofort an den Felsen zu nagen und sie zu schmelzen, aber die Hindernisse sorgten dafür, dass der Pegel anstieg, die Lava aus dem Flussbett schwappte und im nächsten Moment den Pfad überschwemmte.

Balbok gönnte sich ein breites Grinsen, als er das laute Gezeter der Verfolger hörte. Wenn sich die Soldaten nicht die Füße verbrennen wollten, würden sie sich entweder einen Weg durch den Steinwald suchen oder warten müssen, bis die Lava die Hindernisse verflüssigt hatte und wieder in ihr altes Bett zurückgekehrt war, und beides würde dauern.

»Gut gemacht!«, raunte Nestor ihm anerkennend zu, während sie weiterrannten, den Höhlenausgang schon vor Augen. »Ehrlich gesagt hätte ich das einem Ork nicht zugetraut.«

»Er ist kein Ork«, verbesserte Quia im Brustton der Überzeugung. »Er ist Bunais, vergiss das nicht!«

Atemlos erreichten sie den Ausgang der Höhle und wollten in den Stollen stürmen, der sich daran anschloss – als sich ihnen erneut jemand in den Weg stellte!

Diesmal war es nur ein einziger Gegner, und die Gefährten trauten ihren Augen nicht, als sie ihn erblickten.

Es war Orthmar von Bruchstein.

Mehr oder weniger.

Der verräterische Zwerg, dem Balbok das Axtblatt in den Leib gesenkt hatte, stand vor ihnen, und der Bart über seinem gespaltenen Brustkorb war rot gefärbt vom Blut. Er hatte Balboks vernichtenden Axthieb keineswegs überlebt – vielmehr war er in seiner Bosheit und seinem Hass selbst eine jener Gestalten geworden, die er vorhin noch befehligt hatte. Ein Untoter, vom Schlachtfeld zurückgekehrt, um zu rächen und zu morden …

Quia stieß einen gellenden Schrei aus, Balbok eine orkische Verwünschung. Die drei Gefährten hoben die Waffen, bereit, dem grausigen Feind entgegenzutreten, der seinerseits zwei schwere Äxte in den bleichen Totenhänden hielt.

Der untote Zwerg wollte vorspringen, um mit den Äxten auf die beiden Menschen und den Ork einzuschlagen – er kam jedoch nicht dazu.

Denn plötzlich setzte aus dem Hintergrund ein Schatten heran, und ein *saparak* durchstieß Orthmars blutbesudelten Leib! Der Zwerg verharrte verwirrt, und Balbok nutzte die Gelegenheit, ihm eine der Äxte zu entreißen und mit aller Kraft zuzuschlagen – einen Augenblick später saß Orthmar von Bruchsteins Haupt nicht mehr auf seinen Schultern. Der Torso hielt sich noch einen Moment auf den Beinen, dann kippte der kopflose Körper nach vorn und blieb reglos liegen.

Ein Ork hatte hinter ihm gestanden und grinste über sein ganzes feistes Gesicht, den blutverschmierten *saparak* in den Klauen.

»Dachte mir doch, dass ihr ohne mich nicht zurechtkommen würdet«, sagte er voller Genugtuung. »Aber seid unbesorgt – nun werden wir endlich Ruhe vor ihm haben.«

»Rammar!«, rief Balbok aus, hocherfreut darüber, den Bruder zu sehen, der genau im richtigen Moment aufgetaucht war. »Du bist doch nicht einfach abgehauen.«

»Ich kann einen *umbal* wie dich doch nicht allein lassen«, gab Rammar schulterzuckend zurück. »Ohne meine Hilfe schaffst du es keine zehn *knum'hai* weit.«

»Das ist wahr«, gab Balbok unumwunden zu und wollte, von spontaner Wiedersehensfreude überwältigt, seinen Bruder umarmen, so wie die Amazonen es zu tun pflegten.

»Hast du den Verstand verloren?«, herrschte Rammar ihn an. »Doch nicht vor den Menschen! Und jetzt lasst uns verschwinden, ehe hier noch mehr Untote oder Hutzelbärte oder untote Hutzelbärte aufmarschieren!«

Weder Balbok noch Quia oder Nestor widersprachen, und so folgten sie Rammar aus der Höhle. Wie selbstverständlich übernahm der dicke Ork, der so unverhofft zu ihrer Rettung erschienen war, die Führung und setzte sich an die Spitze der kleinen Gruppe.

Tatsächlich schien er den Weg nach draußen zu kennen: Zielsicher führte er seine Gefährten durch eine Reihe weiterer Stollen, in denen sie immer wieder auf die leblosen Körper von Tempelwachen stießen, denen offenbar ein *saparak* zum Verhängnis geworden war.

»Die hatten doch glatt die Frechheit, mich zu fragen, was ich hier unten wollte«, sagte Rammar beiläufig.

»Lasst uns schnell machen«, sagte Nestor, und man hörte ihm an, dass ihm mulmig zu Mute war. »Nicht, dass die sich gleich auch wieder erheben.«

Sie erreichten eine Treppe, die in steilen Windungen nach oben führte und gerade breit genug für den dicken Ork war. »Deinetwegen habe ich mich hier durchgezwängt«, raunte er Balbok giftig zu. »Diese Treppe«, berichtete er, während er sich ächzend nach oben schob, »habe ich aus purem Zufall entdeckt. Sie führt direkt ins Freie ...«

Die Gefährten stiegen die schmalen, ausgetretenen Stufen empor, während hinter ihnen unheimliche Schreie gellten. Immer wieder blickten sie gehetzt zurück in der Erwartung, dass knochige Gestalten sie verfolgten. Aber dort war niemand, nur die Hitze und die stickige Luft setzten den Flüchtenden zu. Keuchend rangen sie nach Atem, während der Berg erneut von einem dumpfen Rumoren erschüttert wurde, das nichts Gutes erahnen ließ.

Dann wurde es auf einmal merklich kühler. Das Atmen fiel ihnen leichter, und eine frische Brise wehte in den Treppenschacht. »Der Ausgang!«, rief Quia, die vorn an der Spitze lief. »Ich kann ihn bereits sehen!«

Einen Augenblick später erblickten auch die übrigen Gefährten die kreisrunde Öffnung, jenseits derer dunkelgrauer Himmel lockte. Dass sie von einer Gittertür verschlossen war, erwies sich als reine Formsache – Balbok packte die Eisenstäbe, zerrte daran und riss die Tür kurzerhand aus ihren Scharnieren. Ungeduldig drängten die Gefährten nach draußen.

Die Dämmerung hatte bereits eingesetzt, dennoch herrschte feuriges Zwielicht. Das Leuchten über dem Anar hatte zugenommen.

Etwas schien im Inneren des Berges vor sich zu gehen, und die Gefährten fragten sich, ob es mit Ankluas zu tun hatte …

# 14.

## TORMA UR'OLK

Er konnte ihn *sehen.*

Ankluas hielt sich den Kristall, der bisher an einer ledernen Schnur vor seiner Brust gehangen hatte, vors rechte Auge, und zwar so, dass sich in einer der glatt geschliffenen Oberflächen der Raum hinter ihm spiegelte. Auf diese Weise konnte Ankluas seinen Gegner sehen, ohne dabei in tödliche Starre zu verfallen.

Und was er sah, erfüllte ihn mit Entsetzen.

In alten Berichten hatte er von den Schrecken der Vorzeit gelesen, wusste, was Basilisken waren und hatte bereits gegen ihre Brut gekämpft.

Aber nichts von alldem hatte ihn auf diesen Anblick vorbereiten können.

Die Kreatur war riesig. Der Raubvogelkopf mit dem mörderischen Hackschnabel war so groß wie ein Fuhrwagen und der teils gefiederte Schlangenkörper an die zwei Klafter dick und seine Länge kaum noch abzuschätzen – ineinander verschlungen ringelte sich der Schlangenleib hinter der Kreatur, wo auch die ledrigen Schwingen zu erkennen waren, die ihren Zweck kaum noch erfüllen konnten.

Ankluas bezweifelte, dass dieser Basilisk in der Lage war, sich damit in die Lüfte zu erheben, zumal die Flügel löchrig und an vielen Stellen eingerissen waren. Überhaupt schien sich der Schlangenkörper in fortgeschrittenem Verfall zu befinden – die Federn waren stumpf und grau, die Schlan-

971

genhaut von dunklen Beulen übersät, aus denen stinkender Eiter troff.

Die Jahrtausende, die das Monstrum in regloser Starre verharrt und gewartet hatte, waren nicht spurlos an ihm vorübergegangen. Nur die Augen brannten in einer vernichtenden Glut, denn die Bosheit, die den Basilisken am Leben erhielt, hatte jüngst neue Nahrung erhalten.

»Du hast schon besser ausgesehen, Loreto«, stellte Ankluas fest, das Grauen, das er empfand, überspielend.

»Wen interessiert mein Aussehen?«, zischte die Kreatur. »Ein einohriger Ork ist der Letzte, der sich darüber den Kopf zerbrechen sollte.«

»Nicht immer sind die Dinge so, wie sie scheinen, Loreto«, erwiderte Ankluas. »Du bist nicht das, wofür du dich ausgibst, und ich auch nicht.«

Der Raubvogelkopf, der hoch über dem Ork drohend hin- und herpendelte, legte sich schief. »Wer bist du dann? Verrate es mir, ehe ich dich verschlinge.«

Ankluas ließ den Kristall sinken und wandte sich um. Die Augen hielt er dabei fest geschlossen, aber eine seltsame Verwandlung ging mit ihm vor.

Unter dem verblüfften Blick des Basilisken straffte sich die grüne Haut des Orks, und die Narben und Schwielen verschwanden. Mehr noch, die Haut wurde auch immer blasser, bis sie fast weiß war. Der Rüssel wurde zu einer schmalen Nase, und das spärliche Haar, das vom Hinterkopf hing, wuchs zu einer blonden Mähne.

Die Postur des Orks veränderte sich ebenfalls, wurde kleiner und schmal. Sogar seine Kleidung verwandelte sich – aus derbem Leder wurde eine eng anliegende grüne Hose und ein Rock mit breitem Gürtel.

Der Basilisk ließ ein giftiges Schnauben vernehmen, als er sah, dass nicht länger ein hässlicher Unhold vor ihm stand, sondern eine junge Frau von geradezu blendender Schönheit, eine stolze Tochter des Elfengeschlechts. An ihre blassen, vornehmen Züge konnte sich ein Teil des Basilisken sogar gut erinnern, denn es hatte eine Zeit gegeben, da hatte dieser Teil sie geliebt …

»Alannah.« Die Stimme des Ungeheuers war wie ein eisiger Windhauch. »Wie – wie ist das möglich …?«

»Diese Frage stellst ausgerechnet du mir?«, entgegnete sie, die Augen noch immer geschlossen. »Bist nicht du derjenige, der sich verwandelt hat? Bei mir war es nur Blendwerk, ein elfischer Wechselbalg-Zauber und nicht mehr. Du hingegen hast nicht nur dein Aussehen verändert, Loreto – du hast dich selbst gewandelt. Du hast dich an die Macht des Bösen verkauft.«

»Schweig!«, fuhr er sie an, und erneut roch sie seinen Pesthauch. »Weißt du, welch einen Schmerz ich durchlitten habe, nachdem du mich verraten und im Stich gelassen hast? Nein, du weißt es nicht! *Nichts* weißt du, gar nichts!«

»Ich soll dich im Stich gelassen haben?« Alannah schüttelte mitleidig den Kopf. »Du hast die Wahrheit schon immer nach deinen Vorstellungen verdreht, Loreto. Nicht *du* warst es, sondern *ich*, die verraten und alleingelassen wurde. Wohl erinnere ich mich an den Brief, den du nach Shakara schicktest und in dem du mir mitteiltest, dass es vorbei sei. Du wolltest nach den Fernen Gestaden segeln und dort dein Glück suchen, und mich wolltest du in Shakara zurücklassen. Aber dann kam alles anders, nicht wahr?«

»Ich wurde verraten«, beharrte das Monstrum. »Zuerst von dir, dann selbst von Farawyn.«

»Du solltest dich reden hören! Du nennst den großen Seher einen Verräter, nur weil in seiner Prophezeiung kein Platz für dich war. Nach der Krone von Tirgas Lan wolltest du greifen, aber ein anderer ward auserwählt. Jemand, den die Vorsehung für würdig erachtete, den Platz einzunehmen, den einst die Elfenkönige besetzten.«

»Ein Mensch!«, zischte es verächtlich.

»Ja, ein Mensch«, bestätigte Alannah. »Den Menschen gehört die Zukunft, Loreto. Die Elfen ziehen sich mehr und mehr zurück, weil sie genug gesehen haben von der Welt. Die Menschen hingegen haben alles noch vor sich. Ihnen gebührt das Recht, von nun an über Erdwelt zu herrschen.«

»Nein!«, widersprach das Monstrum, dessen riesiges Haupt aufgebracht in die Höhe fuhr. »Nicht diesen nichtswürdigen Kreaturen kommt es zu, die Macht über Erdwelt in den Händen zu halten – sondern mir! Mir ganz allein!«

»Oh, Loreto.« In Alannahs Stimme schwang tiefes Bedauern mit. »Du hast nicht einmal mehr Hände, mit denen du etwas halten könntest. Was du warst, hast du aufgegeben, selbst deinen alten Körper – und das alles nur, um deiner Rachsucht nachzugehen. Als ich von der neuen Macht hörte, die sich im Osten erhob, da hatte ich einen Verdacht. Zunächst wollte ich es nicht wahrhaben, aber dann hatte ich diese Träume ...«

»Was für Träume?«

»Ich träumte von dir, Loreto. Davon, wie du ruhelos umherstreifst auf der Suche nach Rache und wie du schließlich auf den Basilisken triffst. Er verschlingt dich, weil er in dir eine verwandte Seele erblickt, und labt sich an deiner Rachsucht und deiner Bosheit. Durch die erlangt er neue Kraft, und er kehrt nach Kal Anar zurück, um eine Herrschaft des Grauens zu errichten und Erdwelt in Tod und Verderben zu stürzen.«

»Das alles hast du geträumt?«

»Das und noch manches mehr.«

»Wie schön«, krächzte das Monstrum. »Es scheint, als verbände uns doch noch immer etwas.«

»Nein, Loreto, uns verbindet rein gar nichts mehr, seit du Teil des Anderen, des Bösen wurdest. Ich habe diesen ungewöhnlichen Weg, zu dir zu gelangen, nur aus einem einzigen Grund gewählt.«

974

»Weil du mich retten willst«, mutmaßte die Kreatur.

»Falsch, Loreto – weil es beendet werden muss. Du bist zur Bedrohung geworden für die ganze Welt. Zum Diener des Bösen hast du dich gemacht und beschwörst damit unser aller Untergang herauf.«

»Ich? Ein Diener?«, schrie der Schlangenvogel. »Ich bin kein Diener, törichtes Weib! Ich habe die Macht! Ich bin der Herrscher von Kal Anar!«

»Und was für ein Herrscher du bist!«, spottete Alannah. »Furcht und Schrecken regieren in deiner Stadt. Nur zur Vernichtung bist du in der Lage und zu nichts sonst.«

»Das ist nicht wahr! Hast du meine Kinder nicht gesehen?«

»Du meinst die Basilisken?« Wieder schüttelte Alannah den Kopf. »Sie sind nur Nachahmungen, Zerrbilder des Ungeheuers, zu dem du geworden bist.«

»Es war meine Macht, die sie hat zurückkehren lassen.«

»Nicht deine Macht, Loreto – sondern die von etwas, das sehr viel älter ist als du. Das Böse ist schon immer hier gewesen, und du stehst in seinen Diensten, nicht umgekehrt.«

»Aber ich kontrolliere es.«

»So hat auch Margok einst gedacht. Aber er hat sich selbst damit betrogen. Die Macht des Bösen lässt sich nicht kontrollieren, Loreto – auch nicht von dir.«

»Margok war ein Narr!«, keifte es aus dem Hakenschnabel. »Er wollte sich der Sterblichen bedienen, um sich Erdwelt zu unterwerfen. Sein Scheitern war vorhersehbar, denn die Orks sind einfältig und die Menschen wankelmütig in ihren Entscheidungen. Ich hingegen habe mir ein Heer erschaffen, wie es in Erdwelt noch keines gab.«

»Du hast nichts erschaffen, Loreto«, stellte Alannah klar, »du hast dich nur dessen bedient, was Margok übrig gelassen hat. Wie ein Aasfresser hast du dich auf die Toten seiner Kriege gestürzt und sie aus ihren Gräbern gezerrt. An allen Gesetzen des Lebens hast du dich vergangen, Loreto.«

»Du sprichst von meinen Kriegern. In der Tat sind sie nützliche Diener, denn ihre Loyalität geht weit über den Tod hinaus«, drang es aus der Kehle des Basilisken. »Aber sie sind nicht die Armee, von der ich spreche. Wenn Kal Anar gegen den Westen zieht, wird der Angriff nicht auf dem Boden erfolgen und nicht mit Lanzen, Pfeilen und Schwertern geführt werden – sondern aus der Luft!«

»Aus der Luft?« Für einen Moment glaubte Alannah, dass Loreto bei der Vereinigung mit dem Basilisken den Verstand verloren hätte und puren Unsinn redete. Aber dann begriff sie: »Diese Höhle, in der ich war … diese armen Menschen, die von der Decke hingen in diesen seltsamen Gebilden – das war eine … eine Brutstätte, nicht wahr?«

»Dein Verstand ist noch immer genauso messerscharf wie früher«, erwiderte ihr Gegenüber höhnisch. »Jeden Tag werden einige aus meinem Volk auserwählt und einem höheren Dasein zugeführt, indem man ihnen die Brut der Schlange einsetzt. Sieben Monde lang dienen sie dem heranwachsenden Basilisken als Nahrung, wobei ihr Geist und ihr Verstand auf ihn übergehen. Was schließlich aus der Hülle schlüpft, ist nicht etwa eine geistlose Kreatur, die nach ihren Instinkten handelt und unberechenbar ist, sondern ein ergebener Diener. Ein Soldat, der Befehle empfangen und ausführen kann. Dies, mein Kind, ist die wahre Armee von Kal Anar – und schon bald ist sie bereit!«

Die Flucht der Orks und ihrer menschlichen Begleiter blieb nicht lange unbemerkt.

Rammar, Balbok und ihre Gefährten waren noch nicht weit gekommen, als eine Horde von Kriegern, lebendigen wie untoten, aus der Stollenöffnung quoll, die sich ein Stück außerhalb der Mauern Kal Anars über dem Schlangenturm befand. Erneut nahmen sie die Verfolgung der Flüchtende auf.

»Rennt!«, rief Rammar seinen Gefährten zu, während er selbst so schnell lief, wie seine kurzen Beine ihn nur trugen. »Rennt um euer Leben ...!«

Das brauchte den Gefährten nicht erst gesagt zu werden – die Pfeile, die durch die heiße Nachtluft zischten, beflügelten ihre Schritte. Die Stadtmauer zur Linken, stürmten die vier den steilen Hang hinab, sprangen über Felsen und Klüfte, aus denen beißender Rauch drang. Mehrmals blieben sie mit den Füßen hängen und fielen hin oder stießen sich an schroffen Felsvorsprüngen blutig, aber sofort rafften sie sich wieder auf und rannten weiter, wissend, dass ihr Leben verwirkt war, wenn der Feind sie einholte.

Das Geschrei der Wachen und das grässliche Heulen der Untoten in den Ohren, rannten die vier, so schnell sie konnten – dennoch wurde die Distanz zu ihren Verfolgern immer geringer.

Immer wieder sirrten Pfeilhagel durch die Nacht – dass keines der Geschosse sein Ziel fand, war reines Glück. Balbok, der Orthmar von Bruchsteins Äxte bei sich trug, ließ diese wirbeln, um die Pfeile abzuwehren. Auf die Dauer freilich würde diese Methode nicht erfolgreich sein; es war nur eine Frage der Zeit, bis die Gefährten mit Pfeilen gespickt am Boden liegen würden.

»Sie werden uns erwischen!«, prophezeite Nestor mit einem gehetzten Blick über die Schulter. »Wenn nicht bald etwas geschieht, werden sie uns erwischen ...«

Es geschah tatsächlich etwas, allerdings ganz anders, als der Mann aus Taik es sich vorgestellt hatte. Seine Gefährten und er gerieten auf ein abschüssiges Schotterfeld, dessen schwarzer Kies sofort ins Rutschen geriet, als Rammar seinen schweren Fuß darauf setzte. Im nächsten Moment war das gesamte Feld in Bewegung, und mit dem losen Geröll rutschten die Gefährten zu Tal.

Während Nestor und Quia sogleich das Gleichgewicht

verloren und stürzten, gelang es den Orks, sich aufrecht zu halten. Balbok gefiel es sogar, mit atemberaubender Geschwindigkeit den Hang hinabzusausen, und er hatte auch einiges Geschick darin, sich dabei mit den Armen auszubalancieren. Rammar, der auf Grund seines Gewichts der Schnellste war, hatte weniger Glück – er traf auf einen Felsen, der sich einsam aus dem Schotterfeld erhob, prallte wie ein Ball davon ab und rollte, sich wild überschlagend, den Abhang hinab.

Die Schlitterpartie endete so jäh, wie sie begonnen hatte – am Fuß des Berges, wo sich der Schotter auf schwarzem Lavagestein verlor.

Balbok, der als Einziger ohne Blessuren geblieben war, eilte zu Rammar und streckte ihm die Klaue hin, um ihm auf die Beine zu helfen.

»Alles in Ordnung?«, erkundigte er sich grinsend.

»Nein, verdammt, nichts ist in Ordnung!«, maulte Rammar, während er sich mit Balboks Hilfe aufraffte. Er setzte zu einem ausufernden Lamento an, um sich lauthals darüber zu beschweren, dass das Leben ihm derart kurze, seinem Bruder hingegen so lange Beine gegeben hatte.

Er verstummte jedoch jäh, als er sah, was sich drüben an der Stadtmauer tat: Die Tore waren geöffnet worden, und diesmal setzten nicht nur ein paar Dutzend Verfolger daraus hervor, sondern unzählige.

Hunderte.

Tausende ...

# 15.

## BLAR TOSASH'DOK

Einen Augenblick lang fehlten Alannah schlichtweg die Worte. Dass sich ihr einstiger Geliebter dem Bösen verschrieben hatte und vor nichts zurückschreckte, hatte sie geahnt. Das ganze Ausmaß seines Frevels jedoch erschütterte sie zutiefst, und erstmals fragte sie sich, ob es ihr überhaupt möglich war, sich so viel Bosheit entgegenzusetzen ...

»Die ersten Basilisken sind bereits geschlüpft«, fuhr er triumphierend fort. »Sie sind mir zuverlässige Spione, Augen und Ohren und haben mir auch von eurer törichten Mission berichtet. Noch sind es nur ein paar Dutzend, aber schon bald werden es Tausende sein, und dann werde ich an der Spitze meines Heeres nach Kal Anar aufbrechen und den Thronräuber Corwyn bestrafen – und jeden anderen, der mich verraten hat.«

»Dazu wird es nicht kommen«, widersprach Alannah, aber ihre Stimme hörte sich nicht mehr ganz so überzeugt an wie zuvor. »Denn auch wir sind nicht wehrlos. Du musst wissen, dass die ›törichte Mission‹, wie du sie nennst, nur ein Ablenkungsmanöver war. Glaubst du im Ernst, wir wären so dumm, den Schutz unseres Reiches einer Handvoll Unholde und Halsabschneider zu überlassen?«

»Wenn eine alte Prophezeiung dies verlangt, dann seid ihr so dumm. Ja, ich kenne dich, Alannah ...«

»Du hast recht«, entgegnete die Elfin mit bebender Stimme. »Farawyns Prophezeiung besagt tatsächlich, dass ein

Unhold das neu gegründete Reich von Tirgas Lan vor dem Untergang bewahren wird – aber sie besagt auch, dass Elfenblut in den Adern dieses Orks fließen muss. Hast du noch Verstand genug, um zu begreifen, was das bedeutet, Loreto? *Ich bin der Unhold aus der Prophezeiung!* Und ich bin gekommen, um dich zu töten!«

»Was du nicht sagst.«

»Genauso ist es. Und während wir beide hier sprechen, ist Corwyn – im festen Glauben, dass ich entführt wurde –, an der Spitze eines großen Heeres aufgebrochen, um den Krieg nach Kal Anar zu tragen, ehe er selbst angegriffen wird. Du siehst also, wir sind vorbereitet.«

»Ein Heer?« Der Basilisk zischte spöttisch. »Was für ein Heer? Ein paar Tausend Mann, nicht mehr. Das Heer der Untoten wird sie aufhalten, bis meine Basilisken geschlüpft sind. Zu Tausenden werden sie über deinen Corwyn und seine Mannen herfallen, und niemand von ihnen wird am Leben bleiben. Dann werde ich zurückkehren nach Tirgas Lan und den Thron besteigen. Ich werde Farawyns falsche Prophezeiung korrigieren und mich zum Herrscher über ganz Erdwelt ausrufen. Wer sich mir widersetzt, wird vernichtet, und schon bald werde ich ein gewaltiges Reich mein Eigen nennen.«

»Ein Schattenreich«, sagte Alannah traurig. »Ein Reich des Bösen, nichts weiter. Was ist nur aus dir geworden, Loreto? Hast du alles vergessen, was unser Volk dir beibrachte? Du hast dich derselben Macht verschrieben, die auch Margok einst verdarb. Aber ich werde nicht abwarten, bis du so mächtig geworden bist wie er. Ich werde dich vernichten, Loreto – hier und jetzt. Es muss getan werden!«

»Ich bin gerührt«, kam es höhnisch zurück. »Wüsste ich es nicht besser, würde ich sagen, du hättest Mitleid mit mir.«

»Ich habe tatsächlich Mitleid mit dir«, erwiderte Alannah. »Nicht so sehr mit dir und dem, was aus dir geworden ist, als vielmehr mit dem, der du einmal warst.«

»Das ist lange her …«

»Nicht zu lange, um sich zu erinnern. Weißt du noch? Die glücklichen Tage, die wir in Shakara verbrachten? Damals war dein Herz hell und rein wie das Eis und frei von …«

»Genug!«, fiel er ihr mit wüstem Gebrüll ins Wort. »Ich will nichts mehr davon hören!«

»Warum? Weil du die Wahrheit nicht hören willst? Weil es dich an deinen Taten zweifeln lässt?«

»Nein – weil ich nicht ertrage, was für ein elender Heuchler ich war. Jetzt bin ich frei, zu tun und zu lassen, was mir gefällt. Wer sich mir in den Weg stellt, wird vernichtet, und du bildest keine Ausnahme, Alannah. Mach dich bereit zu sterben!«

»Ich bin bereit«, versicherte die Elfin gefasst – und spürte den tödlichen Luftzug, als der weit geöffnete Schnabel des Basilisken auf sie zuschoss …

»*Shnorsh!*«, platzte es aus Rammar hervor. »Lasst uns abhauen, aber schnell!«

Mit Kriegsgeschrei drangen die Horden aus den Tunneltoren – berittene Krieger in schwarzen Rüstungen und Untote mit klappernden Knochen. Zudem tauchten Bogenschützen auf den Wehrgängen auf und ließen Brandpfeile von ihren Sehnen schnellen, die lodernd in den Himmel stiegen und die Nacht erhellten.

Nestor und Quia hatten bereits begriffen, was die Stunde geschlagen hatte, und rannten Hals über Kopf davon – die Schrammen, die sie sich bei ihrem Sturz zugezogen hatten, spürte sie kaum mehr. Auch Rammar und Balbok nahmen die Beine in die Hand, liefen hinaus in das schwarze Hügelland, in der Hoffnung, dort einen Felsspalt oder eine Mulde zu finden, um sich verkriechen zu können.

Sehr groß war die Hoffnung allerdings nicht.

Der Boden unter ihren Füßen zitterte, als die Reiter heransprengten – behelmte Krieger, die ihre Visiere geschlossen und die Lanzen gesenkt hatten. Und der Strom der Berittenen, die aus dem Südtor drängten, wollte gar kein Ende mehr nehmen. Auch die Horde der Untoten, die sich aus dem anderen Tor ergoss, wurde größer und größer – unzählige Krieger, deren bleiche Knochengerippe im Glutschein des Vulkans zu leuchten schienen, schwärmten aus und verteilten sich auf breiter Front, ehe sie weiter den Berg hinabstürmten: Menschen, Elfen, Zwerge und Orks, sogar ein paar Trolle waren darunter, deren Skelette die der übrigen Knochenkrieger ein Gutteil überragten.

»Mal ganz ehrlich«, stieß Balbok im Laufen hervor, »ist das nicht ein bisschen viel Aufwand für uns?«

»Wer weiß«, entgegnete Rammar unbescheiden. »Vielleicht hat sich bei denen ja rumgesprochen, dass Rammar der Rasende in die Stadt eingefallen ist. Das würde den Aufmarsch erklären ...«

Ein durchdringendes Kreischen übertönte in diesem Augenblick das Geschrei der Verfolger und den donnernden Hufschlag der Pferde. Von jäher Furcht ergriffen, blickte Rammar über die Schulter nach hinten – und sah gleich mehrere Basilisken aus dem Krater des Anar steigen, mit ihren Flügeln schlagend und von Feuerschein beleuchtet. Der dicke Ork zählte einen, zwei, drei von ihnen – dann waren seine Zählkünste auch schon am Ende. Sicher war nur, dass es *iomash* waren.

Viele ...

»Du hast recht, Balbok«, gab Rammar bereitwillig zu, während er sich bemühte, noch schneller zu laufen, dem flachen Grat entgegen, der sich ein Stück voraus quer durch die steinerne Landschaft zog. »Das ist nun wirklich zu viel der Ehre, selbst für Rammar den Rasenden!«

Kreischend stiegen die Basilisken hoch über den Vulkan,

um dann jäh die Flugrichtung zu ändern. Wie Raubvögel, die Beute erspäht hatten, stießen sie steil nach unten, und obwohl sie sich davor hüteten, sich nach den Basilisken umzudrehen und ihnen in die Augen zu blicken, merkten die Flüchtenden, wie sich die Ungeheuer näherten – denn die Angst, die ihre Herzen erfasst hatte und sie mit eiserner Faust zu zerquetschen drohte, nahm sprunghaft zu.

Schon hatten die Monster das Heer der Untoten überflogen und die Lanzenreiter überholt, und jagten weiterhin auf die Flüchtenden zu.

»Eigentlich hat Rammar der Rasende gar nichts gegen Kal Anar!«, rief Rammar in seiner Not, während er weiterrannte. »Balbok der Brutale hat viel mehr von euren Kriegern erschlagen als ich, müsst ihr wissen …«

Dann waren die Schlangenvögel heran, nur wenige Schritte, bevor die Flüchtenden den Grat erreicht hätten.

»Runter!«, schrie Nestor.

Alle vier warfen sie sich auf den harten felsigen Boden und warteten darauf, dass sich Schlangenkörper wie riesige Tentakel um sie wanden und sie in die Höhe rissen oder messerscharfe Hakenschnäbel sie an Ort und Stelle zerhackten. Sie hörten das klatschende Schlagen der Schwingen, rochen den beißenden Verwesungsgestank der Basilisken, und schlossen mit dem Leben ab …

… um einen Lidschlag später erstaunt festzustellen, dass sich die fliegenden Schlangen gar nicht für sie interessierten.

Nur wenige *knum'hai* über dem Boden zogen die Basilisken dahin, einmal mehr ihre grässlichen Schreie ausstoßend und die Flüchtenden mit dem Hauch des Todes streifend – aber im nächsten Moment waren die Tiere über den Grat hinweg und dahinter verschwunden. Die Gefährten brauchten einen Moment, um zu begreifen, dass sie vorerst verschont geblieben waren.

»Verdammt«, knurrte Rammar mit einer Mischung aus

Enttäuschung und Erleichterung und richtete sich halb auf. »Was, bei Ludars morschem Donnerbalken ...?«

In diesem Moment war auch von der anderen Seite des Grates lautes Geschrei zu hören, und unzählige Brandpfeile stiegen steil in den dunklen Nachthimmel.

»Was, zum ...?«

Auf den Knien schleppte sich Rammar bis zum Grat, um einen Blick auf die andere Seite zu werfen. Was er sah, erfüllte ihn mit heller Freude, auch wenn er das im Leben nicht zugegeben hätte.

Es waren Menschen! Nicht nur ein paar von ihnen, sondern eine unüberschaubare Menge, ein ganzes Heer, das sich über die steinernen Hügel erstreckte und sich in der dunklen Ferne verlor. Der Ork sah Lanzenreiter und gepanzerte Kämpen, leicht Bewaffnete und Bogenschützen, Speerwerfer und Schwertkämpfer, Zwerge mit Äxten und Pikenträger. Und an der Spitze dieser riesigen Ansammlung von Kämpfern, deren Banner im Nachtwind flatterten und deren Rüstungen im feurigen Widerschein des Anar blitzten, erblickte Rammar keinen anderen als Corwyn!

In diesem Moment war Rammar überglücklich, den König von Tirgas Lan und ehemaligen Kopfgeldjäger zu sehen. Ihm und seinem Heer also galt der Angriff der Basilisken ...

»Corwyn!«, rief Balbok, dem es nicht anders erging als seinem Bruder. »Was für ein Glück! Er kommt genau zur rechten Zeit!«

»*Korr*«, stimmte Rammar verdrießlich zu, seine Erleichterung geschickt verbergend, »das Milchgesicht muss wohl überall auftauchen und seinen *shnorsh* dazugeben ...«

Ein heftiger Kampf tobte. Die Basilisken attackierten das Heer, wurden aber mit einem Pfeilhagel empfangen. Zwei der Untiere fielen wie Steine vom Himmel, gespickt von Pfeilen wie Nadelkissen, ein weiteres kam den Pikenträgern zu nahe, was ihm zum Verhängnis wurde; im Todeskampf erschlug der Basilisk mit seinem peitschenden Schweif jedoch noch mehrere Krieger.

Ein anderes Ungeheuer griff die Zwerge an, flog direkt auf sie zu, sodass einige von ihnen ihm in die Augen schauten, woraufhin sie vorübergehend in Starre verfielen. Der Basilisk fuhr mitten unter sie und hielt mit seinem Hackschnabel blutige Ernte.

Eine Anzahl weiterer Schlangenvögel fiel über die berittenen Krieger an den Flügeln der Streitmacht her. Einige Pferde gingen durch, andere erstarrten zusammen mit ihren Reitern und waren leichte Beute für die Untiere.

Corwyn jedoch ließ sich dadurch nicht beirren. Geschirmt von seinen beiden Leibwächtern und den Streitern der königlichen Garde, gab er den Befehl, weiter vorzurücken.

Rammar konnte sich nicht länger zurückhalten. Erleichtert sprang er auf und begann wie von Sinnen mit den kurzen Armen zu winken – woraufhin ein in seinem Rücken abgeschossener Pfeil sein rechtes Ohr durchbohrte. Quiekend fuhr der dicke Ork herum und riss entsetzt die Augen auf: Vor lauter Wiedersehensfreude hatte er die Reiter aus Kal Anar und das Heer der Untoten ganz vergessen!

Beängstigend nahe waren sie bereits, strebten von Osten her dem Grat zu, während sich Corwyn mit seinem Heer von der Westflanke näherte. Rammars Blicke flogen zwischen den feindlichen Heeren hin und her, die beide nur noch einen Pfeilschuss voneinander entfernt waren – es war absehbar, dass sie sich genau auf dem Grat begegnen würden. Dort, wo sich die Gefährten befanden, würde in wenigen Augenblicken eine heftige Schlacht entbrennen …

»Das war's – ich verschwinde«, gab Nestor bekannt und wollte Fersengeld geben – Quia, die er einmal mehr mitziehen wollte, hielt ihn jedoch zurück.

»Nein«, widersprach sie entschieden. »Du bleibst – und ich bleibe auch.«

»Aber Quia!«, schrie Nestor gegen das Kriegsgebrüll der beiden Heere an, die in Laufschritt verfielen und auf den Grat zustürmten. »Hier wird jeden Augenblick die Hölle losbrechen, und wir sind mittendrin! Wir werden sterben!«

»Wenn das unsere Bestimmung ist …«, erwiderte sie nur. Sie ließ ihre Schwerter durch die Luft wirbeln und nahm Aufstellung auf dem Felsgrat, blickte dem Feind gefasst entgegen.

»Aber ich … ich liebe dich!«, rief Nestor in seiner Not. »Ich will nicht, dass du stirbst – und ich habe es mit dem Sterben auch nicht so eilig. Wir könnten fliehen und ein schönes Leben führen …«

»Ich liebe dich ebenfalls«, erwiderte Quia, »und zu gerne würde ich mit dir fliehen. Aber vor diesem Feind gibt es keine Flucht. Die Schlacht muss hier und jetzt geschlagen werden – oder was den Amazonen widerfahren ist, wird auch das Schicksal anderer Völker sein!«

Der ehemalige Attentäter seufzte. Noch vor Kurzem hätte er über Quias naiv klingende Worte nur gelacht, aber die Dinge hatten sich geändert. *Er* hatte sich geändert. Inzwischen wusste Nestor, was Treue, Kameradschaft und Aufopferungsbereitschaft bedeuteten. Der Mensch, der er einst gewesen war, existierte nicht mehr. Ein neuer Nestor von Taik war in den letzten Tagen geboren worden – dessen Leben leider nicht mehr allzu lange dauern mochte …

»Also schön«, erklärte er sich dennoch bereit und bezog neben der Amazone Stellung. »Für Erdwelt – und für Gurn!«

»Für Gurn!«, bestätigte Balbok und stellte sich mit gefletschten Zähnen zu den beiden, die Zwergenäxte zum Kampf erhoben.

»Heißt das, du willst ebenfalls bleiben?«, fragte Rammar entsetzt.

»*Korr*«, erwiderte sein Bruder grimmig. Er hatte Blut ge-

986

rochen und brannte darauf, sich in die Schlacht zu stürzen. »Außerdem kommen wir hier eh nicht mehr weg …«

Balbok hatte recht. Corwyns Heerflügel mit der Reiterei hatten den Grat inzwischen erreicht und stürmten darüber hinweg, den feindlichen Lanzenreitern entgegen – die Orks und ihre Begleiter waren eingeschlossen.

»Verdammter *shnorsh*!«, maulte Rammar. »Was hat König Kopfgeldjäger vor?«

»Er plant einen Zangenangriff und versucht, von beiden Seiten Keile in das Heer Kal Anars zu treiben«, erklärte jemand von oben herab. »Auf diese Weise will er verhindern, dass immer noch mehr feindliche Krieger auf das Schlachtfeld drängen!«

Rammar fuhr herum und schaute auf – und erblickte Corwyn, der zusammen mit den Soldaten der königlichen Garde den Grat erreicht hatte, hoch zu Ross und in voller Rüstung, das Wappen Tirgas Lans auf der Brust.

»Hast du etwas gegen meinen Plan einzuwenden?«, fragte er den fetten Ork.

»Allerdings«, entgegnete Rammar entschieden, auf einen Gruß ebenso verzichtend wie der König. »Wenn der Vorstoß deines Fußvolks in der Mitte nicht rasch genug erfolgt, wird deine stolze Reiterei als Basiliskenfutter enden, so viel steht fest.«

»Was schlägst du vor?«

»Was wohl? Du brauchst ein paar Orks in deinen Reihen!«

»Hast du dabei an jemand bestimmten gedacht?«, fragte der König grinsend.

»Spar dir dein dämliches Geschwätz!«, maulte Rammar, während er sich neben seine Gefährten stellte. Den *saparak* stieß er vor sich mit der Spitze in den Boden und nahm eine von Balboks Zwergenäxten entgegen. Im Kampf gegen die Untoten war eine Axt die bei weitem effektivere Waffe. »Ich weiß nicht, warum mein Bruder und ich für dich immer wieder unsere *asar'hai* riskieren, König Kopfgeldjäger.«

»Vielleicht, weil wir Freunde sind?« Corwyn klappte das Helmvisier nach unten und zog sein Schwert in Erwartung der Untoten, die in Scharen die Anhöhe heraufkrochen.

»Zieh keine voreiligen Schlüsse!«, blaffte Rammar zurück. »Orks haben keine Freunde!«

In diesem Moment waren die ersten Knochenkrieger heran.

Seine ganze Frustration, dass er umgekehrt war, um seinen Bruder zu retten, statt sich den Schatz zu krallen und abzuhauen, legte Rammar in einen einzigen wuchtigen Hieb mit der Axt und enthauptete gleich zwei Skelettkämpfer auf einmal. In weitem Bogen flogen ihre Schädel davon, was wie ein Angriffssignal wirkte – denn im nächsten Augenblick begann das Hauen und Stechen zwischen den feindlichen Heeren.

Corwyns Zwergenkrieger, seine Schwertkämpfer und sein übriges Fußvolk drängten nach, während die Untoten scharenweise auf sie einstürmten. Die Bogenschützen und die Speerwerfer hielten sich zurück, ebenso wie die Pikeniere. Mit Geschossen und reinen Stichwaffen war diesem Gegner nicht beizukommen, das schienen auch Corwyns Krieger zu wissen – erst wenn ihr Kopf nicht mehr auf den Schultern saß oder die Schädel zerschmettert waren, gaben sie Ruhe.

Unter wüstem Gebrüll ließ Balbok seine Zwergenaxt kreisen und lachte dabei schallend – dies war genau das, wonach er sich im ewiggleichen Mief des *bolboug* gesehnt hatte!

Quia und Nestor fochten nicht weniger mutig und erbittert, und auch Corwyn kämpfte in vorderster Reihe. Zusammen mit seinen beiden Leibwächtern stürzte sich der König in die Schlacht. Vom Rücken seines Pferdes aus, dessen Brust mit Metallplatten gepanzert war, verteilte er wuchtige Schwerthiebe, unter denen nicht wenige Knochenkrieger zusammenbrachen.

Rammar rechnete es Corwyn hoch an, dass er auch seinen

eigenen *asar* zu Felde trug, statt die Schlacht nur aus sicherer Distanz zu verfolgen. Kaum war es ihm gelungen, die vordere Reihe seiner Gegner zu zerbrechen, trieb Corwyn sein Pferd weiter nach vorn. Das Tier bäumte sich auf und schlug mit den Vorderhufen, trat mehrere Feinde zu Boden, die sich jedoch, wenn auch mit zerschmetterten Knochen, wieder erhoben, um weiterzukämpfen. Nur wenn ein Huftritt einen bleichen Totenschädel zerschmetterte oder vom Rumpf schlug, blieb der Gegner reglos liegen.

Daran, dass auch untote Orks unter den Angreifern waren, störte sich weder Rammar noch Balbok, der dem *saobh* verfallen war – genau wie Ankluas gesagt hatte, war dies keine Schlacht zwischen unterschiedlichen Rassen, sondern zwischen dem, was lebte, und dem, was eigentlich tot war. Das Ziel der Schlacht war weder die Mehrung von Macht noch der Gewinn von Reichtümern – sondern das pure Überleben.

»Grüß mir Kurul!«, stieß Rammar zwischen gefletschten Zähnen hervor, als er den Axthieb eines untoten Artgenossen mit der eigenen Axt blockte. Der untote Unhold lachte hohl – aber nicht lange. In einem Ausbruch roher Kraft stieß Rammar ihn von sich, wodurch der Knochenkrieger ins Taumeln geriet, und noch ehe er sich wieder gefangen hatte, ruhte sein Haupt nicht mehr auf seinen Schultern. Der klobige Schädel rollte davon und geriet unter die Hufe von Corwyns Pferd, die ihn zermalmten.

Der König hielt einen Augenblick inne. Er stieß das Visier zurück und blickte über die Schulter, hob die Schwerthand zum verabredeten Zeichen.

Daraufhin schossen aus den Reihen der Bogenschützen drei Brandpfeile mit grünem Feuer steil in die Höhe …

Baron Yelnigg sah das Signal, das leuchtend und hell aufstieg und für einen kurzen Moment am Himmel zu stehen schien, ehe es wieder hinabfiel und dabei verlosch.

Drei grüne Pfeile.

Das Signal zum Angriff.

Ein harter Kloß hatte sich in der Kehle des Barons gebildet. Er stand auf dem Achterdeck des königlichen Flaggschiffs, einer Kriegsgaleere mit gepanzertem Rumpf und Katapulten, sowie einem Turmaufbau, auf dem sich die Bogenschützen drängten. Bis zuletzt hatte Yelnigg einen inneren Kampf ausgetragen: Sollte er auf Corwyns Angriffsbefehl reagieren, wenn er erfolgte? Sollte er tatsächlich alles riskieren – für einen Mann, der ihn besiegt und entmachtet hatte?

Die unwillkürliche Antwort lautete Nein – aber Yelnigg wusste sehr wohl, dass sie von Eifersucht und verletztem Stolz diktiert wurde. Corwyn hatte ihn besiegt und als Herrscher der Insel Olfar entmachtet. Es grenzte an Wahnsinn, einem solchen Mann, einem Feind, in die Schlacht zu folgen und vielleicht sogar sein Leben für ihn zu lassen.

Doch trotz aller Gründe, die Yelnigg hatte, Corwyn zu hassen – er konnte es nicht.

Der König von Tirgas Lan hatte etwas an sich, das Yelnigg gefiel. Bei ihrem letzten Zusammentreffen hatte Corwyn großen Mut gezeigt, und er hatte ihm sein Vertrauen erwiesen, indem er ihm den Oberbefehl über die Angriffsflotte übertragen hatte. So etwas tat man nicht, um jemanden herabzusetzen oder zu demütigen, sondern um ihn als Verbündeten und Freund zu gewinnen.

Eine innere Stimme sagte dem Baron, dass es Corwyn nicht mehr darum ging, seinen Besitz und seine Macht zu mehren, indem er die Reiche Erdwelts unter seiner Herrschaft vereinte. Corwyn verfolgte eine Vision, er glaubte an Ideale und daran, dass eine neue Ära des Friedens unter allen Völkern anbrechen konnte, so wie einst unter den Elfen.

Egal, wie unerreichbar seine Ideale erscheinen mochten – Yelnigg teilte Corwyns Träume, und er war bereit, alles dafür zu geben, dass sie eines Tages Wirklichkeit wurden.

Entschlossen hob der Baron die Hand und gab das Signal zum Angriff.

Die Drachenschiffe und Kriegsgaleeren unter seinem Kommando hielten direkt auf die tödlichen Klippen zu, die den Hafen von Kal Anar säumten. Die Einfahrt passieren konnten sie nicht, aber man konnte den Feind auch aus der Ferne bekämpfen …

»Jetzt!«, rief Yelnigg.

Die Katapulte auf den Vordecks schossen ihre flammende Ladung hinaus in die Nacht – mit Pech gefüllte Tonkartuschen, die beim Aufprall zerplatzten und ihren verderblichen Inhalt in alle Richtungen verspritzten.

Einen Augenblick später brach loderndes Verderben über den Hafen und die Flotte des Feindes herein …

# 16.

## SABAL GOU BAS

Der Gestank nach Fäulnis, Verwesung und Moder von Tausenden von Jahren traf Alannah aus dem weit geöffneten Schnabel des Basilisken, mit dem das Ungeheuer sie verschlingen wollte.

Alannah riss jäh die Augen auf, starrte dem Basilisken entgegen, aber sie tat dies nicht ohne Schutz: Blitzschnell hatte sie den Kristall vors Gesicht gebracht! Der Raubvogelkopf zuckte zurück, verharrte dann dicht über ihr. Die Augen des Basilisken starrten böse und in dunklem Rot, und Alannah merkte, wie Panik von ihr Besitz ergreifen wollte.

»Närrin!«, keifte das Ungeheuer. »Glaubst du wirklich, dich mit einem Stück Tand gegen mich verteidigen zu können? Schau in das Auge des Basilisken und verzweifle, Verräterin! Wie konnte ich mich nur so in dir irren?«

»Wir haben uns beide geirrt, Loreto«, entgegnete die Elfin gefasst, während sie gegen das Grauen ankämpfte, das sie gepackt hielt. »Nun lass es uns zu Ende bringen ...«

»Die Flotte, Sire! Sie greift an!«

Bryon, einer von Corwyns Leibwächtern, hielt inne und deutete zur Südflanke des Berges, wo sich der Hafen von Kal Anar befand. Der direkte Blick auf die See war verwehrt von den sich steil erhebenden Küstenfelsen, aber die lodernden Geschosse am Himmel waren deutlich zu sehen. Sie jagten von der Seeseite heran und schlugen mit vernichtender Wucht ins Hafenbecken. Hohe Flammen loderten empor und ließen darauf schließen, dass bereits mehrere Schiffe des Feindes in Brand geschossen worden waren. Und noch mehr würden folgen ...

»Sehr gut!«, rief Corwyn. »Das wird sie daran hindern ... *Bryon!*«

Ein entsetzter Schrei entfuhr dem König, als er sah, wie der Leib seines Leibwächters, der für einen Augenblick unaufmerksam gewesen war, von der Pike eines Untoten durchbohrt wurde. Die Augen schreckgeweitet, starrte der junge Kämpfer auf die rostige Eisenspitze, die aus seiner Brust ragte – dann brach er zusammen.

Corwyn sprang aus dem Sattel, stürzte sich auf den Mörder des treuen Soldaten und hackte ihn mit dem Schwert regelrecht in Stücke.

Die Kavallerie des Feindes hatte sich inzwischen aufgelöst – Corwyns Reiter hatten sie völlig aufgerieben und dann zwei tiefe Keile in das Heer der heranstürmenden Untoten getrieben. Die Skelettkämpfer hatten nicht genug Verstand, um zu begreifen, was der Feind vorhatte, sodass ihre Streitmacht in zwei Hälften geteilt worden war.

Corwyns Reiter, in der Hauptsache Streiter aus Sundaril und Andaril sowie berittene Paladine aus den Nordstädten, hatten die Hauptlast des Angriffs zu tragen, da sie sich nicht nur der nachrückenden Knochenkrieger erwehren, sondern auch gegen jene in ihrem Rücken kämpfen mussten. Ihre Reihen waren dadurch bereits arg dezimiert, und viele kämpften nicht mehr vom Pferderücken aus, sondern zu Fuß, nachdem ihre Tiere unter unzähligen Stichwunden zusammengebrochen waren. Rammar hatte recht gehabt, als er sagte, dass das nachrückende Fußheer möglichst rasch würde vorstoßen müssen, weil sonst kein Reiter mehr übrig wäre, dem man zu Hilfe kommen könnte –

aber in der Tat sah es so aus, als könnte Corwyns kühner Plan gelingen.

Schon waren die Kämpfer der Reiterei in Sichtweite. Vom nachrückenden Fußheer trennte sie nur noch ein dünner Kordon von Skelettkriegern, die jedoch erbitterten Widerstand leisteten.

»Vorwärts!«, rief Corwyn, und während seine Leute den Schlachtruf Tirgas Lans ausstießen, setzten Orks, Menschen und Zwerge zu einem Sturmlauf an, um die letzten Knochenkrieger zu überrennen – als sie erneut aus der Luft attackiert wurden.

Basilisken, diesmal ein ganzer Schwarm, stürzten aus dem nächtlichen Himmel auf Corwyns Heer hinab, und ihr Geschrei streute Furcht in die Herzen seiner Kämpfer. Jene, die in vorderster Reihe fochten und so unvorsichtig waren, den Schlangentieren ins Auge zu schauen, bezahlten dafür mit dem Leben.

Corwyns Krieger, unabhängig davon, ob es sich um gepanzerte Zwergenkämpfer, um Gardisten aus Tirgas Lan oder um Vasallen aus den Ostreichen handelte, erstarrten vor Entsetzen und fielen den Klingen der Untoten zum Opfer. Die Knochenkrieger drangen vor und fielen über die wehrlos gewordenen Gegner her. Einer nach dem anderen sank blutend und erschlagen auf den schwarzen Fels, während die Basilisken schrecklich in den Lüften kreischten und wieder und wieder herabstießen und dabei auch selbst angriffen.

Einem hünenhaften Clanskrieger aus dem Hügelland, der weithin sichtbar aus der Masse der Kämpfer ragte, wurde der Kopf abgebissen, und der Basilisk stieg mit der grausigen Trophäe in den Himmel, womit er noch mehr Furcht unter den Soldaten Tirgas Lans säte.

»Sire, unser Angriff ist ins Stocken geraten!«, meldete einer der königlichen Gardisten. »Wenn wir es nicht schaffen, uns zur Reiterei durchzuschlagen, wird in wenigen Augenblicken nichts mehr von ihr übrig sein!«

Das war nur zu wahr: Unterstützt von den Angriffen der Basilisken drängten immer noch mehr Untote aus der Stadt heran und drohten die sich immer mehr ausdünnende Linie der Reiterei zu durchbrechen. Wenn das geschah, würden die beiden Angriffsflügel auf sich gestellt und rettungslos verloren sein.

»Bogenschützen!«, gellte Corwyns Befehl, der sofort zu den Flanken weitergegeben wurde. »Holt diese verdammten Biester vom Himmel, aber sofort!«

Kurz darauf zuckten die ersten Pfeile empor. Viele der Geschosse fanden ihr Ziel, aber es änderte nichts daran, dass die Basilisken weiterhin ihre Angriffe flogen und der Druck durch das Heer der Knochenkrieger immer stärker wurde.

»Verdammt«, knurrte Rammar verbissen, »wenn nicht bald etwas geschieht, wird das hier böse für uns enden.«

In diesem Augenblick ließ sich aus dem Krater des Vulkans ein dumpfes Grollen vernehmen, aber in der Hitze des Gefechts achtete niemand darauf ...

Mit rot glühenden Augen starrte der Basilisk auf Alannah, um sie zu versteinern und zu vernichten.

Die Elfin fühlte die Wucht des Angriffs, spürte die Macht des bösen Zaubers – doch der Kristall in ihren Händen schützte sie vor dem Blick des Basilisken!

Und er tat noch mehr ...

Die spiegelglatten Flächen des Kristalls reflektierten den Blick und den verderblichen Zauber des Ungeheuers!

»W-was ist das ...?«

Ein panischer Schrei entfuhr seiner Kehle, als es merkte, wie sich sein Innerstes verkrampfte. Ihm war, als würde eine eisige Faust in seine Eingeweide fahren, und Kälte stieg in ihm auf. Voller Entsetzen registrierte der Basilisk, wie sein

Körper schwerer wurde und das Leben aus ihm fliehen wollte.

»Das kann nicht sein!«, drang es entsetzt aus dem Hakenschnabel, und in Wortwahl und Tonfall erkannte Alannah Loretos alten Trotz. »D-das ist nicht möglich …!«

»Es *ist* möglich«, versicherte die Elfin. »Du hast dich selbst vernichtet …!«

»A-aber kein Spiegel, den Sterbliche zu schaffen vermögen, ist dazu in der Lage, den Blick des Basilisken zu reflektieren!«

»Dieser Kristall stammt nicht aus Menschenhand«, erwiderte Alannah. »Er besteht aus dem Ewigen Eis von Shakara, und Elfenzauber hat ihn erschaffen – der Zauber deines eigenen Volkes, Loreto. Dies ist die Strafe für deinen schmählichen Verrat!«

»Nein! Neeein!«, protestierte Loreto panisch, während ihm gleichzeitig die Einsicht dämmerte, dass er sich mit den falschen Mächten eingelassen hatte. Sein Innerstes erkaltete, sein Schlangenkörper wurde hart und reglos. Hilflos schlug er mit den ledernen Schwingen, doch bald war ihm auch das nicht mehr möglich, denn sie erstarrten zu Stein.

»D-dafür wirst du büßen!«, stieß er eine letzte finstere Drohung aus – und sein Kopf, der bereits halb zu Stein geworden war und auf dem sich winzige Risse zeigten, zuckte herab, um Alannah mit dem gewaltigen Schnabel zu zerhacken.

Die Elfin hatte damit gerechnet, sprang beiseite, und mit Wucht traf der Schnabel des Schlangenvogels dort auf, wo Alannah eben noch gestanden hatte – und zerbarst.

Gesteinssplitter spritzten nach allen Seiten und über die Kante der Plattform, prasselten in die Tiefe, wo sie auf flüssige Glut trafen und schmolzen.

Loreto ließ einen gequälten Schrei vernehmen, voller Wut und Entsetzen, dass Alannah Tränen in die Augen schossen. Tränen der Trauer und des Mitgefühls – aber auch der Genugtuung.

Die Organe des Basilisken versteinerten, und er fand das Ende, das er in Äonen so vielen anderen hatte zuteil werden lassen. Noch einmal warf er den Kopf in den Nacken, um ein letztes, hasserfülltes Kreischen auszustoßen – aber es verließ die Kehle des Untiers nicht mehr.

Der Basilisk war zur riesigen Statue erstarrt …

Die Elfin umrundete das steinerne Monstrum und verharrte am Ausgang des Gewölbes. Von dort aus starrte sie auf die reglose Masse, die noch immer bedrohlich und Furcht einflößend wirkte.

Alannah bebte am ganzen Körper, und in ihr tobten die widersprüchlichsten Gefühle. Sie wusste, dass sie es *ganz* zu Ende bringen musste. Nicht nur die Gestalt des Basilisken musste vernichtet werden, sondern auch die Bosheit, die ihm innewohnte.

Was die Macht des Eises nicht vermochte, würde feurige Glut bewirken …

Kurzerhand nahm die Elfin die Lederschnur ab, an der der Kristall noch immer vor ihrer Brust hing, und umfasste ihn wie einen Dolch. Mit einer uralten Beschwörungsformel auf den Lippen, die noch aus den Tagen Farawyns stammte, kniete sie nieder – und rammte das Artefakt auf die felsige Plattform.

Die Wirkung zeigte sich augenblicklich.

Während der Kristall nicht den geringsten Schaden nahm, zeigten sich Risse im Fels, die sich rasch nach beiden Seiten ausbreiteten und sich verzweigten und verästelten, während ein markiges Knacken zu hören war.

Alannah sprang auf, den Kristall noch in der Hand, und Hals über Kopf stürzte sie aus der Höhle und in den Stollen – das Zerstörungswerk war getan.

Sie hatte das riesige Gewölbe kaum verlassen, als das jahrtausendealte Gestein nachgab und sich die Plattform mit dem Basilisken darauf unter entsetzlichem Ächzen dem See aus glühender Lava entgegenneigte. Das versteinerte Monstrum kippte dadurch, die Flügel zerbarsten, und der Schlangenkörper erhielt unzählige Risse. Dann brach die Plattform vollends ab, und das Ungeheuer, das in Erdwelt über Jahrtausende für Angst und Schrecken gesorgt hatte, stürzte mit ihr in die Tiefe, überschlug sich in der heißen Luft – und versank Augenblicke später in der Lava. Das Gestein schmolz und löste sich auf – und mit ihm auch der böse Geist, der das Monstrum erfüllt hatte.

Eine dumpfe Erschütterung ließ daraufhin den Berg erzittern – und im nächsten Augenblick stieg der Pegel des Lavasees sprunghaft an. Immer mehr flüssige Gesteinsmassen schossen aus dem Inneren von Erdwelt in das Becken und brachten die leuchtende Glut in Wallung, die an den Felswänden emporschoss und den Stollen flutete.

Der Zauberbann des Bösen war gebrochen – und nach Jahren der Unterdrückung, in denen er sich damit begnügt hatte, dumpf zu grollen und dunkle Rauchwolken auszuspucken, brach der Anar aus …

In der Höhle, in der die Brut des Basilisken von der Decke hing, war es fast unerträglich heiß. Die Schlangenkreaturen in den Kokons benötigten diese Hitze, um zu wachsen.

Lange waren sie herangereift, und die Körper ihrer Wirte hatten ihnen als Nahrung gedient, bis davon nur noch Knochen übrig waren, die sich im unteren Teil der Kokonsäcke sammelten.

Dann war es so weit.

Die Säcke wurden von scharfen Krallen und Schnäbeln aufgerissen, und die Köpfe von Raubvögeln kamen zum Vorschein.

Die heiße, von stinkendem Schwefel durchsetzte Stille, die in der Höhle geherrscht hatte, endete abrupt, als sich die Schnäbel der frisch geschlüpften Tiere öffneten und jenes grässliche Kreischen ausstießen, das Furcht und Schrecken verbreitete.

Instinktiv den Blick untereinander meidend, arbeiteten sich die Basilisken mit den Krallen an ihren Flügeln ganz aus den schützenden Hüllen, die hoch über dem Höhlenboden hingen. Ob ein Basilisk überlebensfähig war oder nicht, entschied sich, indem er sich einfach fallen ließ: Die sich für Xarguls Armee eigneten, breiteten die Flügel aus und flatterten kreischend davon; der Rest stürzte zu Tode und wurde von denen gefressen, die stärker waren. Gnade wurde nicht gewährt.

Der erste der Schlangenvögel hatte sich so weit aus seiner Hülle befreit, dass er sich fallen lassen konnte. Unter angstvollem Kreischen blickte das Tier in die gähnende Tiefe. Dann ließ es los.

Senkrecht fiel der sich ringelnde Schlangenkörper hinab, während die Kreatur versuchte, mit den Flügeln zu schlagen. Augenblicke verstrichen, in denen es ihr nicht gelingen wollte und sich ihre Artgenossen schon auf ein Festmahl freuten – aber dann entfalteten sich die ledrigen Schwingen, und jäh ging der Sturz in einen Gleitflug über, dem Tunnelgang entgegen, der aus der Höhle führte. Ein triumphierendes Kreischen entrang sich der Kehle des Basilisken – für seine Artgenossen das Signal, sich zu Dutzenden von der Decke fallen zu lassen.

Aber der Triumph des Basilisken währte nicht lange.

Blendender Feuerschein und die enorme Hitze, die ihm aus dem Tunnel entgegenschlugen, verrieten ihm, dass etwas nicht stimmte. Sowohl seine Instinkte als auch sein menschlicher Verstand signalisierten ihm Gefahr. Er wollte umkehren – als ihm aus der Tunnelmündung glühendheiße Vernichtung entgegenschwappte, flüssiges Gestein, das durch die Felsröhre schoss und sich in einer feurigen Kaskade in die Bruthöhle ergoss.

Die gesamte Höhle wurde von flüssigem Gestein geflutet. Nicht nur jene Basilisken, die bereits geschlüpft waren, vergingen in der vernichtenden Glut; auch die Kreaturen in den Brutsäcken fanden ein feuriges Ende. Die Geister derer jedoch, die in ihnen gefangen waren, wurden von den Flammen befreit.

Dies war das Ende von Xarguls Armee.

# 17.

# BUUNN UR'LIOSG

»Nimm das, elendes Klappergerüst, und fahr zurück in Kuruls dunkle Grube …!«

Mit der Axt enthauptete Balbok einen untoten Elfenkrieger. Das kopflose Skelett kippte klappernd und in scheppernder Rüstung nach hinten, die rostige Klinge noch in den Knochenhänden – aber sofort waren weitere Untote zur Stelle, um den Platz des Gefallenen einzunehmen. Fluchend sprang Balbok zurück und stieß dabei gegen seinen beleibten Bruder, der in der Enge des Schlachtgetümmels ohnehin schon Schwierigkeiten hatte, sich zu bewegen.

»Ungeschickter *umbal*!«, wetterte Rammar, während er sich gleichzeitig eines untoten Zwergs erwehrte, den er mit einem wuchtigen Hieb seiner Axt unschädlich machte. »Kannst du nicht aufpassen, wo du hintrittst?«

»*Douk*«, kam es lakonisch zurück, während ein halbes Dutzend mit Widerhaken versehener Piken nach Balbok stocherte.

»Wenn das noch mal passiert, werde ich dir … *shnorsh*!«

Rammars Ausruf kam aus tiefstem Herzen, sodass sich Balbok unwillkürlich umwandte – und das wuchtige Skelett des Höhlentrolls erblickte, das auf die vorderste Schlachtreihe zustampfte. Dass der untote Troll dabei ein paar seiner untoten Gefährten über den Haufen trampelte, entsprach dem Naturell, das er schon zu Lebzeiten an den Tag gelegt hatte.

Das Skelett mit dem wuchtigen, nach vorn gereckten Schädel schwang eine Keule, mit der es erbarmungslos zuschlug und gleich mehrere von Corwyns Kriegern tötete. Gleichzeitig zog ein Basilisk kreischend über die Kämpfer aus Tirgas Lan hinweg.

»Die Reihen geschlossen halten!«, ermahnte Corwyn seine Männer. Von der königlichen Garde waren nur noch wenige am Leben, und der König selbst war am Arm verwundet, aber Aufgeben kam für ihn nicht in Frage. Unter unheimlichem Gebrüll setzte der untote Höhlentroll heran. Nestor von Taik stieß einen entsetzten Schrei aus, Quias Augen weiteten sich vor Schrecken, Rammar verfiel in wüstes Lamento – jedem war klar, mit was für einem Gegner sie es nun zu tun bekamen. Der Koloss wollte sein Mordinstrument mit vernichtender Wucht niederfahren lassen – als er plötzlich erstarrte.

»Was, zum …?«, stieß Rammar aus – während Balbok sofort handelte.

Mit der Axt zerschmetterte er die Knochenbeine des Trolls. Der reglose Torso kippte zurück, geradewegs in die Reihen seiner eigenen Mitstreiter, die weder auswichen noch sonst eine Reaktion zeigten. Sofort wollte Balbok nachsetzen, um das Haupt des Trolls von seinen Schultern zu trennen – aber der Koloss regte sich ohnehin nicht mehr.

Und er war nicht der Einzige.

Alle Skelettkrieger, die eben noch wütend herangestürmt waren, verharrten auf einmal in ihrer Bewegung – und im nächsten Moment fielen ihre Knochen auseinander. Die Schädel kippten von den Hälsen, Gliedmaßen lösten sich, und bleiche Gebeine lagen plötzlich haufenweise dort, wo noch vor Augenblicken das feindliche Heer gewesen war.

Die dunkle Kraft, die sie mit Leben erfüllt hatte, schien plötzlich erloschen zu sein …

»W-wie ist das möglich?«, fragte Rammar, der nicht weniger verblüfft war als die Krieger von Corwyns Heer. Die wenigen Menschen, die sich noch im Aufgebot Kal Anars befunden hatten, wurden rasch bezwungen, ebenso wie die letzten Basilisken, die aus dem Himmel stürzten und von den Armbrustschützen aus Andaril empfangen wurden.

Kurz darauf durchlief eine schwere Erschütterung das Land der schwarzen Steine, und aus dem Krater des Anar brach feuriges Verderben.

Eine Kaskade aus orangeroter flüssiger Glut schoss senkrecht in den Himmel, um dann nach allen Seiten zu Boden zu regnen und sich in gezackten Strömen zu sammeln, die an den Hängen des Vulkans herabflossen – Lavaströme, die sich leuchtend vom dunklen Fels abhoben. Fast schien es, als wehrte sich der Berg gegen die Macht des Bösen, die er so lange beherbergt hatte – und diesmal schien er die Stadt an seinen Hängen nicht verschonen zu wollen. Unaufhaltsam näherten sich die Lavaströme Kal Anar, und sie würden die Mauern bald erreichen.

»Alannah!«, rief Corwyn entsetzt.

Der Sieg über den Feind schien dem König nichts zu bedeuten. Achtlos warf er sein Schwert von sich und wollte loslaufen, der dem Untergang geweihten Stadt entgegen. Zwei seiner Gardisten warfen sich ihm in den Weg und hielten ihn auf.

»Nein, Sire! Ihr dürft nicht gehen!«

»Aber ich muss zu ihr! Sie ist in der Stadt! Sie wird sterben …«

Rammar und Balbok tauschten einen fragenden Blick. Alannah war in Kal Anar? Wie das? Und warum hatten sie davon nichts mitbekommen?

»Bitte, Sire! Ihr müsst vernünftig sein!«

»Ich pfeif auf alle Vernunft!«, schrie Corwyn außer sich.

»Alannah, ich muss zu ihr …«

»Ihr könnt ihr nicht mehr helfen, Sire!«

»Lasst mich los, verdammt! Hört ihr nicht? Das ist ein Befehl eures Königs! Ihr sollt mich loslassen …!«

In diesem Moment erreichte einer der Lavaströme die Stadt und fraß sich brodelnd durch die Mauer. Glühende Vernichtung ergoss sich in die Gassen Kal Anars, und Feuer brach aus.

»Alannah ist in der Stadt! Ich muss hinein, um sie zu retten!«, wiederholte Corwyn – aber es klang nicht mehr wild entschlossen wie eben noch, sondern resignierend und kraftlos. »Alannah …?«

Kal Anar ging in Flammen auf.

Die einstmals stolze Stadt an den Hängen des Anar wurde ein Raub der feurigen Glut, die sich unaufhaltsam durch ihre Gassen schob und über die zahllosen Treppen abwärts kroch. Immer mehr Gebäude standen in Flammen und stürzten ein, versanken in flüssiger Lava, die sie gierig verschlang. Schon stand die halbe Stadt in Brand, und mit jedem Augenblick, der verstrich, breitete sich die Zerstörung weiter aus.

Corwyn wankte wie unter Fausthieben.

Fassungslos auf das Inferno starrend, sank er auf die Knie – und zur Bestürzung seiner Krieger begann der raubeinige König hemmungslos zu weinen.

»Alannah! Tu mir das nicht an …«

Das Heer des Feindes war bezwungen, seine Macht auf wundersame Weise erloschen. Weder Krieger aus dem Totenreich noch Ungeheuer aus grauer Vorzeit hatten die Streitmacht Tirgas Lans vernichten können – aber es gab keinen Anlass zum Triumph. Betroffen blickten die überlebenden Kämpfer auf ihren König, den Schmerz und Trauer ergriffen hatten. Die Gefahr, die von Kal Anar ausgegangen war, war gebannt – aber wie hoch war der Preis dafür gewesen …

»He!«, rief Balbok plötzlich und rammte seinem Bruder den Ellbogen in die Rippen. »Was ist das?«

»Was meinst du?«, blaffte Rammar übertrieben mürrisch, um nicht zugeben zu müssen, dass Corwyns Trauer ihm naheging.

»Na dort!«, rief der Hagere und deutete mit der Axt in Richtung der brennenden Stadt.

Auf den ersten Blick konnte Rammar dort nichts erkennen, aber als er seine Augen zu blinzelnden Schlitzen verengte, konnte er die Silhouette eines einzelnen Reiters ausmachen, der über das Feld der Gebeine preschte und geradewegs auf sie zuhielt.

Eine sehr eigenwillige Silhouette, wie Rammar sich eingestehen musste. Denn der Reiter saß nicht auf einem Pferd, sondern auf einem …

»Ein Reitvogel!«, rief Quia in diesem Moment. »E-es ist das Tier, mit dem Zara aus dem Dorf geflohen ist …!«

Die Krieger blickten auf – und sahen tatsächlich eines jener ungewöhnlichen Reittiere der Amazonen. Mit ausgreifenden Schritten seiner langen Beine jagte es durch die Senke und die Anhöhe herauf, auf seinem Rücken eine Gestalt, deren langes blondes Haar im heißen Wind flatterte.

»Aber das …«, entfuhr es Rammar verwundert, »das ist …«

»Alannah!«, rief Balbok.

»Was?« Corwyn blickte auf, und wie eine Traumgestalt löste sich die Gestalt seiner Geliebten aus den Schwaden von Dunst und Rauch. »Alannah!«

Der König erhob sich, und als das ungewöhnliche Reittier die vordere Reihe seiner Streitmacht erreichte, wo er stand, sprang die Elfin vom Rücken des Vogels in seine Arme. Gleichzeitig brandete ringsum tosender Jubel auf, in den nicht nur Nestor und Quia, sondern sogar Balbok und Rammar einfielen – Letzterer allerdings nur, solange er sich unbeobachtet fühlte, danach verfiel er wieder in die alte Misslaune.

Einen endlos scheinenden Moment lagen König und

Königin einander in den Armen, schienen alles um sich herum zu vergessen. Sie küssten sich lang und innig, und erst nach einer ganzen Weile lösten sie sich voneinander.

»Alannah«, flüsterte Corwyn. »Ich glaubte, dich für immer verloren zu haben.«

»Verzeih, Geliebter, dass ich dir das alles antun musste«, erwiderte sie flüsternd.

»Was meinst du damit?« Das eine Auge Corwyns blickte sie prüfend an.

»Das erzähle ich dir später.« Sie lächelte. »Fürs Erste bin ich nur glücklich, dass du unversehrt bist.«

»So wie ich dankbar dafür bin, dich lebend wiederzusehen«, erwiderte er, und erneut umarmten sie einander und küssten sich.

»Mal wieder typisch«, knurrte jemand neben ihnen – es war kein anderer als Rammar, der eine verdrießliche Miene zeigte. »Habt ihr beide nichts Besseres zu tun? Immerhin wären wir um ein Haar getötet worden und …«

Der dicke Ork verstummte, als Alannah ihn anschaute und er den Kristall erblickte, der an einer ledernen Schnur vor ihrer Brust hing.

»W-woher hast du den?«, fragte er verblüfft.

»Aus dem Tempel von Shakara«, antwortete sie. »Es ist ein Kristall aus Ewigem Eis.«

»Schmarren«, raunzte Rammar aufgebracht. »Ich habe dieses Ding schon mal gesehen, aber da hing es um den Hals eines einohrigen Ork, den Balbok und ich …«

»… in Sundaril getroffen haben«, brachte die Elfin den Satz zu Ende. »Ich weiß.«

»D-du kennst ihn?«

»Sein Name ist Ankluas, und er hat euch von Sundaril bis in die Stadt des Feindes begleitet – bis eure Wege sich trennten und er loszog, um sich dem Herrscher von Kal Anar zu stellen.«

»Das stimmt«, murrte Rammar verblüfft. »Woher weißt du das alles? Bist du ihm begegnet?«

»Gewissermaßen ja.«

»Was soll das heißen – *gewissermaßen*?« Der dicke Ork war sichtlich verwirrt. »Bist du ihm nun begegnet oder nicht? Und was ist aus ihm geworden, verdammt noch mal?«

»Ich glaube, ich weiß es«, meldete sich Balbok leise zu Wort.

»Was weißt du?«, schnauzte ihn sein Bruder an.

»Was aus Ankluas geworden ist.«

»Ach ja?«

»Nun«, druckste Balbok herum, »es könnte doch sein, dass die ... äh, die Elfin ... äh, die Elfin es selbst gewesen ist. Das sie sich lediglich in einen Ork verwandelt hatte und ...«

»*Was?*« Rammar schaute ihn an, als hätte er den Verstand verloren. »Willst du behaupten, dass eine Elfin in der Lage wäre, sich in einen Ork zu verwandeln, in einen Sohn der Modermark?«

»Könnte doch sein, oder?«

»Also wirklich!« Rammar wusste nicht, was er auf eine solche Dummheit erwidern sollte, und sein Gesichtsausdruck schwankte zwischen Heiterkeit und Blutrausch. »Das ist der größte Blödsinn, den du je von dir gegeben hast!«, wetterte er schließlich drauflos. »Wie soll eine Elfin in der Lage sein, sich in einen Ork zu verwandeln, noch dazu in einen, der ...«

»Dein Bruder hat recht, Rammar«, sagte Alannah unvermittelt, und sie bediente sich dabei nicht nur des Orkischen, sondern verstellte auch noch ihre Stimme, sodass sie wie die eines gewissen Unholds klang. Eines Unholds mit nur einem Ohr ...

Rammar hielt in seiner Schimpftirade inne und schaute sie zweifelnd an. »A-Ankluas?«, fragte er.

»Bisweilen«, gab sie lächelnd zurück. »Aber weil du's bist, darfst du mich auch bei meinem richtigen Namen nennen. Ich heiße Alannah.«

»Ich ... äh ...«

»Was hat das zu bedeuten?«, fragte Corwyn verwundert. »Gibt es da etwas, das ich wissen sollte?«

»Allerdings, Kopfgeldjäger«, stöhnte Rammar. »Deine Frau ist das raffinierteste, gerissenste und mit großem Abstand ausgebuffteste Weib, das mir je untergekommen ist!«

»Das ist hoffentlich ein Kompliment?«, fragte Alannah.

»Das kannst du nehmen, wie du willst«, erwiderte Rammar und griff sich an die faltige Stirn, als ihm so manches klar wurde. »D-dann bist du gar kein *ochgurash* ...«

»Deine Orkkenntnis ist erstaunlich«, sagte Alannah mit leisem Spott. »Nur gut, dass du keine Vorurteile hast.«

»Wieso Vorurteile?« Rammar kam sich ziemlich dämlich vor. »Alles, was mir über die *ochgurash'hai* zu Ohren gekommen ist, entspricht voll und ganz der – *Aua!*«

Rammar brach mitten im Satz ab, denn Balboks Axt war mit der flachen Seite auf sein unbehelmtes Haupt niedergegangen.

»Verdammt, was soll das?«, fuhr er seinen Bruder an. »Närrischer *umbal*, wie kommst du darauf, mir eins überzubraten?«

»Du selbst hast es mir befohlen«, erwiderte Balbok schlicht.

»Wann soll das gewesen sein?«

»Weißt du nicht mehr?« Der hagere Ork grinste breit. »Du hast gesagt, dass ich dir mit der Axt eins überbraten darf, wenn Ankluas uns hintergehen sollte – und das hat er ja wohl, oder?«

Da konnte nicht einmal Rammar widersprechen. »Ja«, räumte er ein und rieb sich den schmerzenden Schädel, »das hat er.«

»Ich hoffe, ihr seht mir mein kleines Täuschungsmanöver nach«, sagte Alannah im versöhnlichen Tonfall. »Es war notwendig, um an unseren Feind heranzukommen.«

»D-du hast das von Anfang an geplant?«, fragte Rammar. »Ich fürchte schon.«

»Dann war es gar nicht vorgesehen, dass Balbok und ich den Herrscher von Kal Anar erledigen sollten?«

»Nicht wirklich – ihr beide wart mehr ein Ablenkungsmanöver. Allerdings ein ziemlich gelungenes, das muss ich sagen.«

»Hast du das gehört, Balbok? Das Elfenweib hat uns gerade beleidigt. Oder war das ein Lob? Ich hab den Überblick verloren …«

»Na und?« Balbok zuckte gleichmütig mit den Schultern. »Den hab ich schon längst nicht mehr …«

Alannah wandte sich Corwyn zu und sagte: »Auch dich bitte ich um Verzeihung, Geliebter. Ich weiß, ich habe dir viel Kummer und Schmerz bereitet, aber nur so konnte ich sicher sein, dass du völlig ahnungslos warst. Ich wusste, dass sich ein Spion in unseren Reihen befand, und wie ich später erfuhr, hat unser Feind uns die ganze Zeit über beobachtet. Es war die einzige Möglichkeit, um unerkannt aus Tirgas Lan heraus- und an ihn heranzukommen und dich gleichzeitig dazu zu bringen, Kal Anar anzugreifen.«

»Alannah.« In Corwyns verbliebenem Auge spiegelte sich gleichermaßen Erleichterung wie Bestürzung. »Ich weiß nicht, was ich sagen soll …«

»Verzeihst du mir?«

»Natürlich.« Er zog sie erneut in seine Arme. »Ich bin nur glücklich, dich lebend und wohlbehalten zurückzuhaben. Aber wenn unserem Reich wieder einmal Gefahr droht, dann lass uns ihr gemeinsam entgegentreten. Geh nie wieder allein.«

»Aber ich war nicht allein«, versicherte Alannah mit

einem Lächeln in Rammars und Balboks Richtung. »Die allermeiste Zeit hatte ich treue Gefährten an meiner Seite.« Was Rammar und Balbok darauf erwiderten, war nicht zu verstehen, denn ein lautes Donnergrollen drang vom Anar herüber – und eine weitere Fontäne aus orangerot leuchtender Glut schoss senkrecht in den grauen Nachthimmel, um als myriadenfacher Funkenregen über den Hängen des Berges niederzuregnen. Ströme von Flüchtenden ergossen sich aus den Tunneltoren der Stadtmauer und stürmten die Hänge hinab. Corwyn erteilte seinen Leuten den Befehl, alle Bewaffnung und das Marschgepäck zurückzulassen und den Menschen zu helfen.

Kal Anar war ein Flammenmeer.

Ein Gebäude nach dem anderen wurde von der feurigen Glut fortgerissen – nur der Schlangeturm ragte noch immer in den von Rauch verhangenen Himmel, stand wie ein Fels in der Brandung, während rings um ihn das Inferno tobte. Die unterirdischen Katakomben, in denen grässliche Dinge vor sich gegangen waren, waren von der Lava geflutet; wenn der Stein erst erkaltet war, würde nichts mehr an sie erinnern.

Die Stadt Kal Anar, von der so viel Schrecken ausgegangen war, wurde ein Fraß der Flammen. Nur der Turm blieb bestehen, dessen uraltes Gestein den Lavaströmen auf rätselhafte Weise widerstand und der so vom Symbol der Unterdrückung zum Zeichen der Hoffnung und des Neubeginns wurde.

Nach Jahrtausenden, in denen das Böse immer wieder zurückgekehrt war und Erdwelt in Chaos und blutige Kriege gestürzt hatte, war die Schreckensherrschaft des Basilisken unwiderruflich zu Ende. Wie den Geist des Fürsten Loreto, der das Monstrum zuletzt genährt hatte, hatte feurige Glut sie ausgelöscht.

Und fern im Osten, jenseits der dunklen Rauchschwaden, dämmerte ein neuer Tag herauf.

# 18.

## RABHASH UR'ALANNAH

Es war ein seltsamer Anblick.

An den steilen, von dampfendem schwarzen Gestein übersäten Hängen des Anar ragte ein einsames Bauwerk auf – ein Turm, der sich in den blauen Himmel zu winden schien und dessen weißes Gestein im Licht der Sonne glänzte.

Nachdem er zwei Tage lang ohne Unterlass gewütet hatte, beruhigte sich der Vulkan wieder. Keine flüssige Glut kroch mehr an seinen Hängen herab, kein Rauch stieg mehr in den Himmel und verfinsterte die Sonne, und der Berg hatte aufgehört, giftige Dämpfe auszuatmen.

Die Flüchtlinge kehrten zurück, doch Kal Anar gab es nicht mehr; die Stadt war unter einer dicken Schicht Gestein begraben. Aber die Menschen von Kal Anar, unter ihnen auch Lao und seine Familie, waren zuversichtlich. Sie würden eine neue und noch viel größere Stadt an den Hängen des Berges errichten. Corwyn versprach ihnen dabei jede nur erdenkliche Hilfe, und mit dem Wenigen, das ihnen noch geblieben war, bereiteten die Kal Anarer ihren Befreiern einen begeisterten Empfang. Durch ein Spalier Tausender lachender und winkender Menschen zogen Corwyn und Alannah auf den Vorplatz des Turms, der in Zukunft Sitz des königlichen Statthalters sein würde.

Begleitet wurden sie dabei von Quia und Nestor, dem der König gemäß seines Versprechens die Freiheit geschenkt hatte, sowie von zwei Orks.

Rammar und Balbok nahmen den Rummel unterschiedlich auf. Während Balbok offenbar Gefallen daran fand, ging Rammar das Geschrei der Menschen auf die Nerven. Seiner Ansicht nach wurde es Zeit, die Milchgesichter endlich zu verlassen.

Aber vorher gab es noch etwas Wichtiges zu erledigen ... Der König und sein Gefolge ritten bis an den Fuß der Treppe, die aus der erkalteten Lava ragte. Dort stiegen sie von ihren Pferden und erklommen unter dem Jubel der Bevölkerung die Stufen.

»Cor-wyn! Cor-wyn!«, rief die Menge begeistert, und Rammar fragte sich ein wenig neidisch, was die Leute an einem ehemaligen Kopfgeldjäger mit nur einem Auge so großartig fanden.

»Menschen von Kal Anar!«, wandte sich der König an die Menge – ein in der Sprache Aruns kundiger Berater, den er aus Tirgas Lan mitgebracht hatte, übersetzte jedes seiner Worte. »Eure Stadt wurde zerstört von der Gewalt des Berges, aber schon in Kürze wird hier eine neue Stadt entstehen, die euch allen Schutz bieten und eine Heimat sein wird. Nicht länger soll sie den Namen tragen, den dunkle Mächte ihr gaben – Tirgas Anar soll sie in Zukunft heißen und Teil des neuen Reiches sein, das sich vom Aufgang der Sonne bis zu ihrem Untergang erstreckt und ganz Erdwelt den Frieden garantieren.«

Erneut brandete Jubel auf, mit dem die Menschen begeistert ihre Zustimmung bekundeten.

»Vorbei sind die Zeiten, in denen Angst und Schrecken in dieser Stadt regierten. Glück und Wohlstand sollen einkehren und ein jeder Bürger sich frei entfalten können – wie zu jener goldenen Zeit, als die Elfenkönige regierten. Die Elfen mögen zukünftig nicht mehr in Erdwelt weilen, aber sie haben uns etwas hinterlassen, worauf wir aufbauen können und das wir nie vergessen wollen: Die tiefe Achtung vor dem

Leben und die Einsicht, dass wir nur gemeinsam eine Welt des Friedens schaffen und erhalten können – und wenn ich ›gemeinsam‹ sage, dann meine ich *alle* Völker Erdwelts.« Er wandte den Kopf und streifte Balbok und Rammar mit einem Blick.

»Zum königlichen Statthalter in Tirgas Anar werde ich Lao ernennen«, fuhr Corwyn fort, »einen Mann aus euren Reihen, der in dunkler Stunde Mut und Tapferkeit bewies und dies fast mit seinem Leben bezahlte. Als Berater wird ihm Nestor von Taik zur Seite stehen, ein Mann mit großer Erfahrung und einer bewegten Vergangenheit, von der er sich geläutert hat. Solange wir unser Ziel, ganz Erdwelt zu befrieden, noch nicht erreicht haben, werden wir auch mit Angriffen rechnen müssen – daher wird Quia die Amazone eure Schwertführerin sein!«

Wieder gab es lauten Beifall, mit dem die Menge jeden Einzelnen der Genannten hochleben ließ. Der einstmals überzeugte Einzelgänger Nestor fühlte sich dadurch nicht wenig geschmeichelt, und zum ersten Mal nach den schrecklichen Ereignissen im Dschungel erschien wieder ein Lächeln auf Quias hübschem Gesicht. Der Mann aus Taik und die Amazone umarmten einander, woraufhin der Jubel sogar noch mehr anschwoll.

»Na großartig«, raunzte Rammar. »Friede, Freude, Eierkuchen – da habt ihr Menschen ja mal wieder genau das, was ihr wollt.«

»Hast du etwas dagegen?«, fragte ihn Corwyn leise, während er der begeisterten Menge zuwinkte.

»Nun ja«, murrte Rammar, »ein bisschen mehr Chaos würde euch Milchgesichtern ganz guttun. Ihr seid so … vorhersehbar.«

»Tatsächlich?«, fragte Alannah grinsend. »Dann verrate mir, warum du meine Maskerade nicht durchschaut hast, wenn wir so vorhersehbar sind.«

»Du bist eine Ausnahme«, entgegnete der dicke Ork. »Außerdem bist du kein echtes Milchgesicht – dafür hast du entschieden zu viele Tricks drauf.«

»Eine Ausnahme?« Sie schaute ihn prüfend an. »Sollte das schon wieder ein Kompliment gewesen sein?«

»*Douk.*« Rammar schüttelte den klobigen Schädel.

»Dann ist es gut – ich dachte schon, ich müsste mich bei dir bedanken.«

»Bah, ganz sicher nicht!«

»Weißt du, so doll sind deine Tricks auch gar nicht«, wandte sich Balbok besserwisserisch an Alannah. »Eigentlich hätten wir merken müssen, dass etwas mit dir nicht stimmte, denn dir sind ein paar Fehler unterlaufen.«

Die Elfin hob neugierig die Brauen. »Zum Beispiel?«

»Du hast behauptet, dass du Schwierigkeiten mit dem Gleichgewichtssinn hättest, seit dir ein Troll in der Arena eins auf die Mütze gab. Als die Echse unser Floß angriff, konntest du dich aber von uns allen am längsten darauf halten.«

»Stimmt.« Alannah zeigte ein säuerliches Lächeln.

»Außerdem ist mir jetzt klar, weshalb du kein fauliges Wasser trinken wolltest und warum dir das Pferd nicht schmeckte. Und ich weiß jetzt auch, warum du keinen Blutschwur leisten wolltest – weil dich die Farbe deines Blutes nämlich verraten hätte.«

»Stimmt auch.« Die Elfin lächelte erneut, diesmal ein wenig ehrlicher. »Ich muss zugeben, mein Freund, dass du klüger bist, als man es dir in deiner Einfalt zutrauen würde.«

»Unverschämtheit!«, fuhr Rammar sie an. »Was fällt dir ein, ihn deinen Freund zu nennen?«

»Nun, ich dachte, nachdem wir so viel zusammen durchgemacht haben ...«

»Deshalb sind wir noch längst keine Freunde, Elfin! Eins allerdings würde mich noch interessieren.«

»Und das wäre?«

»Wie hast du uns in Sundaril an den Torposten vorbeigebracht?«, wollte Rammar wissen – einen Ork nach einem *sochgor* zu fragen, wäre ihm nie in den Sinn gekommen, aber da Alannah in Wirklichkeit keine Tochter der Modermark war ...

»Das willst du nicht wissen«, war die Elfin überzeugt.

»Und wenn doch?«

»Na schön.« Alannah schürzte die Lippen. »Aber du musst mir versprechen, nicht in *saobh* zu verfallen, wenn ich es dir sage.«

»Ha!« Der dicke Ork lachte überlegen. »Wieso sollte ich das tun? Unser Racheschwur ist erfüllt, unsere Feinde sind besiegt, es gibt keinen Anlass mehr für einen *saobh*.«

»Bist du sicher?«

»Ganz sicher.« Rammar grinste breit.

»Nun, dann will ich es dir verraten ... Ohne, dass ihr es bemerkt habt, hatte ich euch beide ebenfalls mit einem Wechselbalg-Zauber belegt.«

»Du hast *was* getan?«

»Ich habe euch ebenfalls mit einem Wechselbalg-Zauber belegt«, wiederholte Alannah geduldig.

»S-soll das heißen, dass die Wachen am Tor uns nicht als das gesehen haben, was wir sind?«

Die Elfin hob unschuldig die Schultern. »So könnte man es ausdrücken.«

Rammar, obschon innerlich brodelnd, bemühte sich um Beherrschung. »Und als was, im Namen des donnernden Kurul, hast du uns erscheinen lassen, wenn es erlaubt ist zu fragen?«

»Als Zwerginnen«, lautete die schlichte Antwort.

»*Zwerginnen ...!*«, echote Rammar.

»Das sagte ich gerade. Es musste etwas sein, das bei den Wächtern kein Aufsehen erregen würde und so harmlos wirkte wie möglich. Also sorgte ich dafür, dass sie euch als Zwerginnen sahen. Ich sagte, ihr wärt berühmte Bauchtänzerinnen auf dem Weg nach Andaril. Da haben sie gelacht und uns ungehindert passieren lassen.«

Rammar, der unter jedem einzelnen Wort wie unter einem Peitschenhieb zusammengezuckt war, schnappte nach Luft. »Einen Augenblick«, bat er sich aus, »nur um sicherzugehen, dass ich alles verstanden habe: Um uns an den Milchgesichtern vorbeizuschmuggeln, hast du uns als Zwergenweiber ausgegeben? Noch dazu als welche, die das Tanzbein schwingen und mit den Hüften wackeln?«

»Entzückenderweise.« Alannah nickte und lächelte entwaffnend. »Passend, nicht?«

»Ich weiß nicht recht«, erwiderte Rammar, in dessen Augen die Adern bereits dunkel hervortraten.

Sein Bruder hingegen brach in schallendes Gelächter aus. »Bauchtänzerinnen!«, prustete er. »Hutzelbart-Frauen! Das ist gut ...«

Rammar folgte dem spontanen Drang, seine Faust zu ballen und Balbok kräftig aufs Maul zu hauen, worauf der Hagere sofort verstummte.

»Was fällt dir ein?«, fauchte Rammar ihn an. »Wie kannst du darüber nur lachen? Das ist nicht witzig, verstehst du? Überhaupt nicht witzig!«

»Reg dich ab, Kumpel«, verlangte Corwyn. »Immerhin hat euch Alannahs List davor bewahrt, in der Arena von Sundaril massakriert zu werden. Ohne ihre Hilfe würdet ihr wahrscheinlich immer noch dort sitzen.«

Das ließ sich nicht bestreiten, und so legte sich Rammars Neigung zum *saobh* wieder etwas, wenngleich er noch immer nicht ganz besänftigt war.

»Außerdem werdet ihr ja fürstlich belohnt«, fügte der König hinzu. »Der Schatz von Tirgas Lan gehört euch.«

»Im Ernst?«, fragte Balbok mit großen Augen. »Aber wir

haben unsere Mission doch gar nicht erfüllt! Es war ausgemacht, dass wir den Herrscher von Tirgas Lan unschädlich machen, um den ganzen Schatz zu kr…«

Er verstummte, als ihm sein Bruder erneut eins aufs Maul haute.

»Hör gar nicht auf das, was mein einfältiger Bruder sagt, König Kopfgeldjäger«, sagte Rammar schnell. »Natürlich nehmen wir die Belohnung an.«

»Dass solltet ihr, denn ihr habt sie euch redlich verdient«, versicherte Alannah.

»Das stimmt«, sagte Rammar, »so wie ihr euch den Schatz von Kal Anar verdient habt, nicht wahr?«

»Was meinst du damit?«, fragte Corwyn, der von den Reichtümern im Schlangeturm nichts zu wissen schien.

»Frag die Elfin«, entgegnete Rammar. »Sie hat sich diese ganze Sache ausgedacht, und sie weiß nur zu gut, dass es im Schlangenturm einen Schatz gibt, gegen den sich der von Tirgas Lan wie ein Almosen ausnimmt.«

Corwyn wandte sich verblüfft an Alannah. »I-ist das wahr?«

»Nun – ich schätze schon.«

»Warum hast du mir nichts davon erzählt?«

»Weil du dann das Gefühl gehabt hättest, die Orks zu hintergehen – und ich kenne dich gut genug, um zu wissen, dass du das nicht fertiggebracht hättest. Also habe ich nachgedacht und eine Entscheidung getroffen, die allen gerecht wird.«

»Von wegen«, knurrte Rammar. »Übers Ohr gehauen hast du uns.«

»Sei nicht so gierig, Rammar.« Die Elfin lächelte ihn wieder an. »Ich weiß, dass du vorhattest, dir *beide* Schätze anzueignen, aber daraus wird nichts werden. Der Schatz von Tirgas Lan gehört euch. Mit ihm könnt ihr machen, was ihr wollt, aber hütet euch, eure Klauen nach dem Schatz im Turm auszustrecken.«

»Wieso?«, fragte Balbok einfältig.

»Weil ein Fluch darauf lastet, der zuerst entschärft werden muss. Und weil längst nicht alle Türen im Schlangenturm das sind, was sie zu sein vorgeben.«

»Das verstehe ich nicht.« Balbok kratzte sich am Hinterkopf.

»Musst du auch nicht. Haltet euch nur an meine Anweisungen, dann wird nichts passieren. Andernfalls wären die Folgen unabsehbar. Habt ihr das verstanden?«

Die beiden Brüder schauten sich an und zwinkerten einander in stillem Einverständnis zu.

»Klar haben wir verstanden«, versicherte Balbok grinsend, und Rammar ließ ein markiges »*Korr*« vernehmen.

Sich an Abmachungen zu halten, war eine orkische Spezialität ...

# EPILOG

»Und du bist sicher, dass es hier war?«

»Ganz sicher …«

Obwohl er nur flüsterte, schwang so viel Selbstvertrauen in Rammars Stimme mit, dass Balbok nicht mehr zu nachzufragen wagte.

Er folgte seinem Bruder durch den langen, von Fackeln beleuchteten Gang, auf den zu beiden Seiten Türen mündeten – hölzerne Türen mit eisernen Beschlägen in der Form von Schlangen.

»Hätte nicht gedacht, dass wir noch mal hierher zurückkehren würden«, sagte Balbok leise. »Schließlich hat es uns die Elfin verboten.«

»Seit wann interessiert uns, was das Elfenweib sagt?«, fragte Rammar. »Der geht es doch nur darum, selbst einen guten Schnitt zu machen, während wir Orks annähernd leer ausgehen sollen. Aber da hat sie sich geschnitten. So leicht lassen wir uns nicht abspeisen.«

»*Korr*«, stimmte Balbok grimmig zu. »Wir sind zwei Orks aus echtem Tod und Horn.«

»Genau das. Wären wir das nicht, wäre der Kampf ganz anders ausgegangen. Die Milchgesichter hatten riesiges Glück, dass wir dabei waren – und nun sollen wir uns mit Almosen begnügen, während sie selbst in Reichtümern schwelgen, die so riesig sind, dass es selbst mir die Schamröte ins Gesicht treibt – und das will schon was heißen.«

»Und diese Reichtümer befinden sich hier oben?«, fragte Balbok noch immer verwundert.

»So ist es. Als wir das erste Mal hier vorbeikamen, hab ich einen Blick durchs Schlüsselloch geworfen und wurde vom Glanz des Goldes fast geblendet. Geschmeide, Juwelen, Edelsteine – das alles und noch mehr lagert in dieser Kammer. So viel, dass man hineinspringen und wie ein Moderolm darin herumwühlen könnte. Und diesen Schatz, Balbok, werden wir uns jetzt holen.«

»Du willst ihn dir wirklich unter den Nagel reißen?« Balbok blieb stehen. »Aber Alannah hat gesagt …«

»Ich weiß, was die Elfin gesagt hat. Aber zum einen glaube ich ihr nicht, und zum anderen haben wir mit ihr noch eine Rechnung zu begleichen – diese Unverschämtheit mit den Zwergenweibern wird sie teuer zu stehen kommen.«

»*Korr*«, sagte Balbok grimmig, und sie gingen weiter, bis Rammar schließlich vor einer Tür stehen blieb, die sich von den anderen in nichts unterschied.

»Hier«, sagte er voller Überzeugung. »Unter Tausenden würde ich diese Tür erkennen. Dahinter befindet sich der Schatz, den die Elfin uns vorenthalten will.«

»*Korr*«, wiederholte Balbok und rieb sich die Klauen in freudiger Erwartung all der funkelnden und glitzernden Kostbarkeiten, die auf der anderen Seite der Tür auf sie warteten.

»Worauf wartest du, Bruder? Los doch, holen wir uns, was uns zusteht.«

Das ließ sich Balbok nicht zweimal sagen. Er probierte gar nicht erst aus, ob die Tür verschlossen war oder nicht, sondern trat mit aller Wucht gegen das Blatt, das knirschend aus den Angeln brach und nach innen fiel.

Eine Staubwolke stieg auf, sodass die Brüder husten mussten. Dann griff Rammar nach einer der Fackeln, die den Gang erhellten, zog sie aus der Wandhalterung und leuchtete damit ins Innere der Kammer.

Der Anblick verschlug den Orks die Sprache.

Gold und Silber, wohin sie auch schauten, kunstvoll verzierte Gefäße und goldene Waffen, die aus einem Meer glänzender Münzen ragten, dazwischen herrliche Perlenketten und Edelsteine, die im Licht der Fackel funkelten: Diamanten, Rubine, Smaragde und noch mehr …

Die Orks fühlten sich an die Schatzkammer von Tirgas Lan erinnert, mit dem Unterschied, dass diese hier noch um vieles größer schien: Der flackernde Lichtschein erfasste keine Wände, der See und die Gebirge aus purem Gold und Silber schienen sich unendlich weit zu erstrecken.

Und erregten die Gier der Orks!

So sehr, dass Rammar gar nicht auf die Idee kam, sich zu fragen, weshalb er beim Blick durch das Schlüsselloch überhaupt etwas hatte erkennen können, obwohl es in der Kammer keine Beleuchtung gab, warum die Schatzkammer völlig unbewacht war oder wie es möglich war, dass eine Kammer von derartigen Ausmaßen in einer der obersten Etagen eines Turmes untergebracht war. Das alles waren Fragen, die den beiden Brüder erst gar nicht in den Sinn kamen. Für sie war nur wichtig, was sie sahen – und das war üppig genug.

»Bereit, Balbok?«, fragte Rammar seinen Bruder mit feistem Grinsen.

»*Korr*, Rammar.«

»Dann – los!«

Beide traten gleichzeitig über die Schwelle in der Erwartung, im nächsten Moment inmitten unermesslicher Reichtümer schier zu versinken. An Alannahs Warnung dachten die Orks nicht mehr – und das rächte sich!

Denn kaum hatten Balbok und Rammar die Schwelle überschritten, traf sie ein Blitz.

Woher die gleißende Entladung kam, war nicht festzustellen, aber sie erfasste die Orks und hüllte sie ein, gab ihnen für einen Augenblick das Gefühl, gleichzeitig zu erstarren und sich mit atemberaubender Geschwindigkeit fortzubewegen.

Wälder, Seen, Flüsse, Berge – all das wischte unter ihnen hinweg, während der lodernde Blitz sie umflackerte und dann plötzlich wieder verlosch!

Stöhnend und mit brummendem Schädel sanken die Orks nieder. Beide brauchten einen Augenblick, um wieder vollends zu sich zu kommen und ihre Gedanken zu ordnen.

Was, bei Kuruls Flamme, war geschehen?

Balbok schaute sich um, stellte mit langem Gesicht fest, dass das Gold und die Edelsteine verschwunden waren. Auch die Tür, über deren Schwelle sie soeben getreten waren, war nicht mehr da. Stattdessen fanden sich die Brüder in einer Höhle wieder, mit Schimmel an den Wänden und fauligen Moosfetzen, die von der Decke hingen. Sie hatte etwas Anheimelndes.

Waren sie wieder zu Hause in der Modermark?

Hatten sie am Ende alles nur geträumt?

Waren die Reise nach Kal Anar und all die Kämpfe, die die Orks seit ihrem Aufbruch aus dem *bolboug* bestanden hatten, vielleicht nur die Folge von zu viel Blutbier und *bru-mill* gewesen?

Ein wenig verzweifelt schaute sich Balbok nach einem Hinweis um, mit dem sich dieser hässliche Verdacht entkräften ließ – und fand sie in Gestalt feindseliger Augen, die den Orks aus dem Halbdunkel entgegenstarrten.

»Rammar?«, fragte er leise, während er seinen Bruder am Ärmel zupfte.

»Ja doch, was ist?«

»Ich weiß nicht, wo wir hier gelandet sind«, entgegnete Balbok leise, »aber ich fürchte, wir sind nicht in der Modermark …«

# DAS GESETZ
# DER ORKS

# INHALT

BUCH 2
## ABAL ORSON UULON
(DER KAMPF UM DIE INSEL)

# PROLOG

Sie war überwältigt.

Niemals hatte sie zu hoffen gewagt, den geweihten Hort schon so früh zu betreten, zu einer Zeit, da sie kaum von sich behaupten konnte, jene Ehren errungen zu haben, die eine Passage zur Kristallstadt rechtfertigten.

Doch die Zeiten hatten sich geändert. Es herrschte Krieg, und es war bittere Notwendigkeit gewesen, die sie über die Große See getrieben hatte.

Dennoch kam sie nicht umhin, die Schönheit und Ruhe dieses Ortes zu bewundern, in dessen innerstem Zentrum sie stand, hoch oben in der Spitze des höchsten Turmes von Crysalion.

Ein Oktogon aus weißen Wänden umgab sie, die halb durchsichtig waren, sodass das goldene Licht des späten Nachmittags hindurchschimmerte. Schlanke Säulen erhoben sich in jeder der acht Ecken, und unmittelbar unter der Kuppel des Oktogons schwebte ein Kristall und strahlte sanftes Licht aus. Sie konnte sich gar nicht sattsehen an seiner wunderbar gleichmäßigen Struktur. Er hatte eine Rautenform, die sich nach oben und unten verjüngte, wo sich die mit Elfensilber beschlagenen Spitzen befanden. Es hieß, dass das Licht, das den Kristall erfüllte, auf *calada* zurückzuführen sei, jenen Urschein, der in grauer Vorzeit die Finsternis vertrieben und mit dem alles Leben begonnen hatte.

Wer in den Kristall sah, der konnte nicht anders, als die tiefe innere Wahrheit zu erkennen, die sich hinter dieser Sage verbarg: *Annun*, das Licht von Crysalion, verströmte

Frieden und Harmonie, und es war kaum vorstellbar, dass der Krieg, den eine dunkle Macht nach *amber* getragen hatte, nicht einmal vor dieser geweihten Stätte haltmachen würde. Nur aus diesem Grund waren sie lange vor ihrer Zeit an die Fernen Gestade gekommen: um den Kristallhort mit ihrem Leben und all ihrer Zaubermacht zu verteidigen.

»Das werden sie nicht wagen«, hauchte Yloryn, einer jener Weisen und Betagten, die an den Fernen Gestaden ihre endgültige Heimat gefunden hatten. Im Ersten Kriege hatte er wahre Heldentaten vollbracht, war ein Krieger von untadeligem Ruf und großer Tapferkeit gewesen, weswegen man ihm die höchste Ehre hatte zuteilwerden lassen, die einem Elfen widerfahren konnte: die sterbliche Welt zu verlassen und gen Crysalion zu ziehen, wo immerwährende Freude und Friede herrschten. Weder hatte man zu diesem Zeitpunkt geahnt, dass ein zweiter, noch grässlicherer Krieg folgen würde, noch dass auch die Kristallstadt einmal bedroht sein könnte.

»Vielleicht nicht«, entgegnete Rothgan, der zusammen mit ihr auf die Insel gekommen war, »aber falls Margok seine frevlerische Hand dennoch nach diesen geweihten Gefilden ausstrecken wird, sind wir gewappnet.«

In der Tat war alles vorbereitet.

Die alten Schriften, deren Zeichen nur mehr Eingeweihte und Zauberkundige zu entziffern vermochten, waren studiert worden, und alles war bereit für ein Ritual, das die Macht des Kristalls entfesseln und die Insel dem Zugriff des Bösen auf immer entziehen sollte. Jedoch reichte die Kraft eines einzelnen Magiers nicht aus, um den Zauber zu bewirken. Zwei mussten es sein, und eben so viele waren vom Festland herübergekommen, um diese schwierige und verzweifelte Mission zu erfüllen.

Mit einem Nicken gab Rothgan seiner Begleiterin zu verstehen, dass der Augenblick gekommen sei. Gemeinsam traten sie in das Symbol, das unmittelbar unter dem Kristall auf den weißen Marmorboden gezeichnet war und einen dreizackigen Stern darstellte. Sie blickten einander tief in die Augen, und einmal mehr fühlte sie, was zu empfinden sie sich untersagt hatte. Dann fassten sie sich bei den Händen, um das Ritual zu beginnen.

Schon erhob Rothgan seine Stimme, um die uralten Worte zu sprechen – als etwas Unerwartetes geschah.

Von einem Augenblick zum anderen wurde es finster. Kein Licht fiel mehr durch die milchigen Wände, als hätte ein gefräßiges Untier draußen die Sonne verschlungen. Nur der Kristall strahlte noch, doch sein Licht musste gegen die Dunkelheit ankämpfen, die plötzlich von allen Seiten herandrängte.

»Rothgan!«, brachte seine Begleiterin hervor. »Was geht hier vor?«

»Zauberer! Seht!«, rief einer der Posten aufgebracht, die auf dem den Turm umlaufenden Balkon Wache hielten.

Die beiden Magier verließen den Dreistern und eilten durch eine der Pforten, die in jede der acht Wände eingelassen waren, auf den Balkon.

Der Anblick, der sich ihnen bot, war bestürzend.

Der azurblaue Himmel, der sich eben noch über der See und den Gestaden gespannt hatte, hatte sich verfinstert. Sturmwind war aufgekommen und trieb düstere Wolken von Norden her, die sich wie hungrige Wölfe auf das lichte Blau gestürzt hatten, um es zu verschlingen. Gleichzeitig stießen Blitze aus der Schwärze und schienen sich ins Meer zu bohren, das sich aufbäumte wie ein waidwundes Tier. Sein Rauschen und Rumoren mischte sich mit dem Heulen des Winds, der grässliche Laute herantrug: ein Zetern und Stöhnen, als würden unzählige gefolterte Seelen auf seinen Schwingen reisen – was vermutlich auch der Wahrheit entsprach.

Und im gleißenden Licht der Blitze erblickten die beiden Zauberer die Schiffe, die mit zum Bersten geblähten Segeln von Norden heranfuhren und sich mit beängstigender Geschwindigkeit näherten.

Nicht nur ein paar Dutzend.

Sondern Hunderte.

So weit das Auge reichte, erstreckte sich die feindliche Flotte auf dem wogenden Meere – und die scheußlichen Symbole, mit denen die Segel beschmiert waren und die das flackernde Licht aus der Dunkelheit riss, ließen nicht den geringsten Zweifel daran, dass die Macht des Bösen auch nach den Fernen Gestaden griff. Die Schiffe – stählerne Galeeren aus Margoks finsteren Waffenschmieden, aber auch hölzerne Segler mit Katapulten und turmartigen Aufbauten – waren randvoll mit Kriegern beladen, die nur darauf warteten, ihrer Mordlust freien Lauf zu lassen: Unholde beiderlei Geschlechts, die der Dunkelelf selbst herangezüchtet hatte, aber auch Menschen, die in seinen Diensten standen und sich von seinen falschen Versprechungen hatten verführen lassen. Und im dunklen Wasser, in dem es zu gären und zu brodeln schien, ringelten sich die Fangarme einer grässlichen Kreatur, die die Macht des Bösen aus den Tiefen Erdwelts gerufen hatte und deren einziger Daseinszweck die Vernichtung zu sein schien.

Der Anblick machte der Zauberin Angst, und sie fragte sich bang, ob dies das Ende war, der Untergang allen Lebens und der Anbruch des Chaos, das alle Elfen fürchteten. Doch dann besann sie sich auf ihre Pflicht und den Auftrag, dessentwegen sie zu den Fernen Gestaden entsandt worden waren.

»Der Kristallschirm!«, schrie sie gegen das Brausen und Tosen des Windes an. »Wir müssen rasch handeln!«

Der Blick, den Rothgan ihr zukommen ließ, verunsicherte sie, denn er war kaltblütig und ohne Teilnahme, so als sei ihr Gefährte nicht im Geringsten erschrocken angesichts der Streitmacht, die der Dunkelelf aufgeboten hatte. Träge nickte er, und sie kehrten zurück unter die Kuppel und den Kristall, dessen inneres Licht infolge des Bösen, das sich näherte, unstet zu flackern begonnen hatte. Heiser wies Yloryn seine Untergebenen an, die Pforten des Kristallturms zu schließen. Das Brausen des Windes verstummte, der grelle Schein der Blitze, die über den dunklen Himmel irrlichterten und durch die halb transparente Kuppel schimmerten, blieb jedoch und warf gespenstische Schatten.

Erneut trat die Zauberin in das dreizackige Sternsymbol – Rothgan jedoch blieb davor stehen, und auf einmal spielte ein grausames Lächeln um die ebenmäßigen, von langem Haar umrahmten Züge des Magiers.

»Rothgan!«, rief sie entsetzt – und im nächsten Augenblick war es ihr, als würde sich hinter ihrem Rücken etwas bewegen. Es waren ihre magischen Sinne, die sie warnten, und sie fuhr herum und wurde Zeugin eines dramatischen Schauspiels.

Im leeren Raum begann die Luft plötzlich zu flimmern wie unter großer Hitze. Schon im nächsten Moment verzerrte sie sich, und ein Wirbel bildete sich, in dem sich die Umgebung – der Kristall, die Säulen, die Kuppel sowie die ungläubig starrenden Turmdiener – spiegelte. Immer schneller drehte sich der Strudel, dessen Zentrum plötzlich in unerreichbare Fernen zu entschwinden schien – und in dem einen Herzschlag später die Umrisse von grauenhaften Kreaturen zu sehen waren. Sie näherten sich und waren immer besser zu erkennen: tumbe, grünhäutige Wesen mit grässlichen Hauern und gelben Augen, in denen die nackte Blutgier leuchtete.

Margoks Kreaturen!

Oder wie sie sich selbst nannten: Orks!

Ihr Hecheln und Grunzen, das Geklirr ihrer Kettenhemden und das Stampfen ihrer eisenbeschlagenen Stiefel drangen aus dem Schlund, der sich so plötzlich geöffnet hatte, dass die Zauberin kaum begriff, was geschah. Rein instinktiv griff sie selbst nach ihrer Klinge, um den mordlüsternen Angreifern zu begegnen.

In diesem Moment traf eine schwere Erschütterung den Kristallturm. Als hätten sich alle Blitze, die bislang wahllos über den Himmel gezuckt waren, auf einmal vereint, stach eine Entladung vernichtender Energie aus den Wolken, durchschlug die Kuppel und traf den Kristall.

Die Augen der Zauberin weiteten sich vor Entsetzen, als sie sah, wie die zerstörerische Energie den *annun* einhüllte, als wollte sie ihn verschlingen. Was danach mit dem Licht von Crysalion geschah, bekam sie nicht mehr mit, denn etwas traf sie hart am Bein, und sie spürte brennenden Schmerz. Mit erhobener Klinge fuhr sie herum und enthauptete den Unhold, der sie angegriffen und seinen *saparak* in ihren Oberschenkel gebohrt hatte.

Doch für den Ork, der vor ihr zusammenbrach, drängten zehn weitere aus dem Schlund, um sich mit der ganzen Kraft ihrer missgestalteten Körper auf die Zauberin zu stürzen. Mit einem Bannzauber wollte sie sich die Angreifer vom Hals halten, sie zurückschleudern in den dunklen Pfuhl, dem sie entstiegen waren – aber es kam nicht dazu.

Irgendetwas schien ihre magischen Kräfte zu blockieren, sodass ihr nichts weiter blieb, als mit blanker Klinge zu kämpfen und sich wie ein gewöhnlicher Krieger ihrer Haut zu erwehren.

»Rothgan!«, rief sie verzweifelt – und als Antwort erhielt sie höhnisches Gelächter.

Sie erledigte zwei weitere von Margoks Kreaturen, ehe sie überwältigt und niedergerungen wurde. Hart schlug sie zu Boden, und sie spürte, wie ihr die Sinne schwanden. Das Flackern um sie herum verlosch, und es wurde dunkel. Nur noch das Grunzen der Unholde war zu hören und die Schreie der Elfendiener, die ihren *saparak'hai* zum Opfer fielen.

Und über allem lag das höhnische Gelächter Rothgans, des jungen Zauberers, der sie alle verraten hatte …

»Nein!«

Mit einem Ausruf des Entsetzens fuhr Granock aus dem Schlaf. Trotz der Kälte des Ortes, an dem er weilte, war er in Schweiß gebadet, und sein Herz pochte so heftig, als wollte es seinen Brustkorb sprengen.

Augenblicke lang hatte er Probleme, ins Hier und Jetzt zurückzufinden, so lebhaft standen ihm die Bilder vor Augen, die er gerade gesehen hatte. Er musste sich mit aller Macht einreden, dass es nur ein Albtraum gewesen war – aber weshalb, beim großen Farawyn, hatte er einen solchen Traum gehabt, der ihm so real und wirklich erschienen war, als wäre er damals tatsächlich dabei gewesen?

Denn genau so musste es gewesen sein, als die Macht der Dunkelheit vor Hunderten von Jahren nach den Fernen Gestaden gegriffen hatte. Er erinnerte sich sogar daran, das Grunzen und Schnauben der Unholde gehört und ihren Gestank gerochen zu haben. Ja, er hatte diese scheußlichen Laute noch immer im Ohr und den ekelerregenden Geruch noch in der Nase.

Wie war das möglich?

Es gab nur eine Antwort auf diese Frage, dämmerte Granock: Die Verbindung war erneut geöffnet worden.

Der Dreistern war wieder erwacht – und mit ihm die alte Macht, die die Erdwelt bedrohte …

# BUCH 1

## UULOUN'HAI FOSH
### (DIE FERNEN GESTADE)

# 1.

## IOMASH SUL'HAI

Wenn es etwas gab, das Rammar mehr hasste als alles andere, dann waren es Überraschungen. Der feiste Ork hielt nichts davon, mit Ereignissen konfrontiert zu werden, mit denen er nicht gerechnet hatte – vor allem dann nicht, wenn sie Leib und Leben bedrohten.

*Oignash* wurde so etwas in der Sprache der Orks genannt – eine unerwartete Wendung, die zum Beispiel darin bestehen konnte, dass einer von zwei Verhandelnden plötzlich die Geduld verlor, zur Axt griff und dem anderen den Schädel spaltete. Oder darin, dass sich ein Gebilde, das man irrtümlich für einen Fels gehalten hatte, als Bergtroll herausstellte, der geschlafen hatte und plötzlich erwachte. Oder dass es jemand für eine witzige Idee gehalten hatte, das Blutbier zu vergiften, das man sich gerade in die Kehle kippte.

Aufgrund der unberechenbaren Natur der Unholde gehörte *oignash* zu ihrem (häufig recht kurzen) Leben wie Ghul-Augen in den *bru-mill*. Was nicht bedeutete, dass Rammar davon begeistert gewesen wäre. Überraschungen waren ihm – wie gesagt – zuwider, und deshalb schätzte er es auch ganz und gar nicht, sich von einem Augenblick zum anderen in einer miefigen Felsenhöhle zu befinden, deren Boden von Sand bedeckt und deren Wände von Schimmel überzogen waren.

An sich hatte der Ork gegen Schimmel nichts einzuwenden, denn er erinnerte ihn an sein Zuhause in der Modermark. Aber da Rammar erwartet hatte, sich inmitten unermesslicher Reichtümer wiederzufinden, kam die Sache einem

Sprung ins kalte Wasser gleich. Eben noch hatten er und sein Bruder sich an der Schwelle zur Schatzkammer von Kal Anar befunden, deren Inhalt sie sich hatten krallen wollen, nachdem sie König Corwyn und seiner Gemahlin Alannah dabei geholfen hatten, den Herrscher über den Schlangenturm zu vernichten und mit ihm die Bedrohung, die dem Reich in Form eines grässlichen Ungeheuers erwachsen war. Nach allem, was ihnen dabei widerfahren war, nachdem sie mehr oder weniger – oder doch mehr weniger – freiwillig in die Dienste des Königs getreten waren und wiederholt ihren *asar* für ihn und sein Elfenweib riskiert hatten, glaubten sie, sich eine kleine Belohnung verdient zu haben.

Statt jedoch in einem Meer aus Gold und Gemmen zu landen, waren die Orks plötzlich von einem grellen Blitz erfasst, hinfortgerissen und nur einen Herzschlag später an diesem tristen Ort wieder ausgespuckt worden.

Wie war so etwas möglich?

Anstatt geblendet zu werden vom Glanz des Goldes und der Juwelen, standen die Orks auf einmal in einem finsteren Loch. Und das war noch nicht einmal das ganze Übel. Denn auch mit den unzähligen Augenpaaren, die feindselig aus dem sie umgebenden Halbdunkel starrten, hatte Rammar nicht unbedingt gerechnet.

»Ich fürchte, wir sind nicht in der Modermark«, wiederholte er die Worte seines Bruders Balbok und äffte dabei misslaunig dessen Stimme und Tonfall nach, sich dabei nervös nach allen Seiten umdrehend. Die Augen starrten aus allen Richtungen, es schien kein Entkommen zu geben. »Das sehe ich auch, dass wir nicht in der Modermark sind, du dämliche Bohnenstange! Sag mir lieber, wie wir hier rauskommen, ohne bei lebendigem Leib gefressen zu werden!«

Balbok, Rammars hagerer und ungleich größerer Bruder, kratzte sich nachdenklich am spärlich behaarten Kopf, und sein ohnehin schon schmales Gesicht zog sich dabei noch mehr in die Länge.»Ich weiß auch nicht, Rammar«, gestand er.»Vielleicht, indem wir ihnen zuvorkommen und sie einfach vorher fressen?«

»Ist das alles, was dir einfällt?«

»Na ja.« Balbok zuckte mit den knochigen Schultern.»Ich hab eben Hunger …«

»*Korr*«, maulte Rammar wütend,»ich sehe schon, es liegt mal wieder an mir, den *saparak* aus der *shnorsh* zu ziehen.«*

Er trat einen Schritt von seinem Bruder weg, um sich deutlich von dessen Dummheit und feindseligen Absichten zu distanzieren. Dann räusperte er sich und hob die Stimme.»Heda!«, rief er den gefährlich leuchtenden Augenpaaren zu.»Wir wollen euch nichts tun, hört ihr? Wir kommen in Frieden und …«

»Rammar?«, ließ sich Balbok vernehmen.

»Was ist?«, fragte sein Bruder.

»Ist das wahr?«

»Was ist wahr?«

»Dass wir in Frieden kommen und ihnen nichts tun wollen?«

Rammar bedachte seinen Bruder gleich mit zwei ungläubigen Blicken; mit einem ganz kurzen flüchtigen und einem zweiten, sehr viel längeren.»*Umbal*«, flüsterte er dann verstohlen,»hast du noch nie etwas von Kriegslist gehört?«

»*Douk.*« Der Lange schüttelte den Kopf.

»Das dachte ich mir«, knurrte Rammar und wandte sich wieder von ihm ab – um erneut einen Fall von *oignash* zu erleben.

Licht flammte plötzlich auf – mehrere Fackeln wurden entzündet, die die Dunkelheit in der Höhle vertrieben und endlich erkennen ließen, wer da so unverwandt auf die beiden Orks starrte. Rammar konnte nicht anders, als einen ebenso verächtlichen wie erleichterten Laut von sich zu geben.

* orkische Redensart

»Ha«, machte er, »sieh dir das an! Es sind nur Kobolde!«

»*Korr*«, stimmte Balbok nicht weniger verwundert zu und musste grinsen. »Wie nett.«

Sie waren selten geworden, die kleinwüchsigen Bewohner von Wald und Heide, die meist dort anzutreffen waren, wo auch Elfen weilten, und von den Orks deshalb als deren niedere Diener verspottet wurden. Ein Kobold wurde im Allgemeinen nicht größer als ein *knum*, womit er einem Ork allenfalls bis zum Stiefelschaft reichte. Ihr kleines Herz schlug für die Natur, und sie verbrachten ihre Zeit damit, dem Gras beim Wachsen zuzuschauen und den Glockenblumen beim Läuten zuzuhören. Läppischer Unsinn, für den ein Ork nichts als Verachtung übrig hatte. Im Frühjahr pflegten die kleinen Kerle über Wiesen und durch die Wälder zu hüpfen und dabei lauthals zu singen. Sie begeisterten sich für alles, was blühte und lebte. Mit anderen Worten: für all das, was ein Unhold aus seinem innersten Wesen heraus verabscheute.

Da die Elfen Erdwelt verlassen hatten, gab es auch keine Kobolde mehr. Wohin sie verschwunden waren, entzog sich Rammars Kenntnis, und er hatte auch nie darüber nachgedacht.

In diesem Augenblick allerdings dämmerte ihm die Antwort …

»Hier also steckt das ganze Gesocks«, knurrte er und taxierte die kleinwüchsigen Wesen, die aus Blättern gefertigte Röcke und bunte Hüte aus umgedrehten Blütenkelchen trugen. In ihren pausbäckigen Gesichtern wuchsen spitze Nasen, die wie geschaffen dafür waren, an Blumen zu schnuppern, und die Ohren, die unter den Blütenhüten hervorlugten, waren ebenso spitz wie die von Elfen, was auf weitläufige Verwandtschaft schließen ließ.

Dass dies zwangsläufig bedeutete, dass auch Orks und Kobolde entfernt miteinander verwandt waren, verdrängte Rammar geflissentlich. Er hatte sich mit dem Gedanken, dass seinesgleichen das Ergebnis verbotener Experimente war, die man vor langer Zeit mit Elfen angestellt hatte, nie recht anfreunden können.

Es ärgerte ihn, dass er sich vor Kobolden gefürchtet hatte, die nun wirklich harmlos waren und niemandem etwas zuleide taten, auch wenn er sich ein wenig vor ihnen ekelte. Anders als Balbok.

»Lustig«, meinte der dürre Ork und blickte grinsend in die Runde der kleinen Wesen, die kein Wort sagten. Ob sie überhaupt der Sprache mächtig waren, entzog sich Balboks Kenntnis und interessierte ihn auch nicht. Sein Augenmerk galt anderen Dingen. »Weißt du, Rammar, was ich mich frage?«

»Was denn?«

»Wie die kleinen Kerle wohl schmecken«, sagte Balbok und rieb sich den knurrenden Magen.

»Wie sollen sie wohl schmecken?«, fragte Rammar und verzog vor Abscheu das ohnehin schon hässliche Gesicht. »Nach Honig und Blüten natürlich. Einfach widerwärtig!«

»Ob ich trotzdem ein paar probiere?«

»Wenn du unbedingt willst. Aber beeil dich, wir haben schon genug Zeit mit diesem Gelichter verschwendet. Ich möchte raus aus dieser Höhle und nachsehen, wohin es uns verschlagen hat.«

»Korr«, bestätigte Balbok und wandte sich den Kobolden zu. Da nicht sehr viel an ihnen dran war, beschloss er, sich ein kleines Sträußchen verschiedenfarbiger Kopfbedeckungen zusammenzustellen, deren Träger sicherlich auch unterschiedlich schmecken würden. Ein weißer Glockenhelm hier, ein gelber Blätterkranz da, dazu eine rote Orchideenmütze …

Die Kobolde zu »pflücken« erwies sich jedoch als schwieriger als gedacht, denn kaum streckte Balbok seine Klauenpranke aus, um nach einem zu greifen, sprang dieser wie ein Floh in die Höhe und entzog sich seinem Zugriff.

»Du, Rammar!«, beschwerte sich Balbok lauthals. »Die wollen nicht stillhalten.«

»Dann lass es eben gut sein«, versetzte sein Bruder energisch, dem das Herumgehopse der Kobolde sichtlich auf die Nerven ging. »Verscheuch sie, und dann lass uns gehen, hörst du?«

Die Enttäuschung in Balboks langem Gesicht war unübersehbar, aber ihm war klar, dass es weder aussichtsreich noch besonders zuträglich war, seinem Bruder zu widersprechen. Seufzend gab er sein Ansinnen, einige Kobolde zu verspeisen, wieder auf und schnitt stattdessen die abscheulichste Grimasse, zu der er fähig war. »Buuuh!«, machte er dabei, um die Wichte zu erschrecken, wie er es als junger Ork bisweilen getan und sich dann diebisch gefreut hatte, wenn die kleinen Kerle wie ein Schwarm aufgescheuchter Fliegen auseinandergestoben und mindestens ein Dutzend von ihnen vor Schreck tot umgefallen waren.

Aber es kam anders.

Weder flüchteten die Blumenwichte, noch fielen sie tot um. Dafür nahm das Leuchten in ihren Augen zu, und sie öffneten ihre Münder, in denen Reihen kleiner, aber messerscharf aussehender Zähne zum Vorschein kamen.

»Ra-Rammar?«, sagte Balbok vorsichtig.

»Ja doch, was ist?«, fragte der Feiste ungehalten, der zur Höhlendecke hinaufstierte, weil er beschlossen hatte, die Kobolde keines weiteren Blickes zu würdigen.

»Die lassen sich nicht verscheuchen.«

»Was soll das heißen, die lassen sich nicht verscheuchen?«, maulte Rammar ungehalten.

Die Kobolde fletschten die Zähne, reckten angriffslustig die Köpfe vor und ballten die winzigen Hände zu Fäusten.

»Na, was es eben heißt«, sagte Balbok und wich einen Schritt zurück. Die schiere Zahl der Kobolde, die er dank seiner Kenntnisse in der Numerik auf mehrere Dutzend, auf jeden Fall aber auf *iomash* schätzte, bereitete ihm Unbehagen. »Sie wollen einfach nicht abhauen.«

Er versuchte noch einmal, sie zu erschrecken, aber daraufhin traten die Kobolde sogar noch vor und zogen den Kreis, den sie um die beiden Orks geschlossen hatten, enger.

»Elender *umbal*, was hast du getan?«, maulte Rammar, dem nun ebenfalls aufging, dass etwas nicht stimmte.

»I-ich hab bloß versucht, sie zu vertreiben«, verteidigte sich Balbok stammelnd und rückte näher an seinen Bruder heran, der bereits seinen *saparak* erhoben hatte und in Abwehrstellung gegangen war (auch wenn er sich dabei ziemlich lächerlich vorkam).

»Du hast sie aber nicht vertrieben, sondern sie nur stinksauer gemacht«, sagte Rammar mit Blick in die kleinen, wutverzerrten Gesichter, die sich von allen Seiten weiter heranschoben. »Kannst du nicht ein einziges Mal das tun, was von dir verlangt wird?«

»Entschuldige.« Balbok ließ geknickt den Kopf hängen.

»Und wie oft habe ich dir schon gesagt, dass sich ein Ork aus echtem Tod und Horn nicht entschuldigt?«, schnauzte ihn Rammar an, um seine eigene Nervosität zu überspielen.

Als hätte einer der Kobolde das Signal dazu gegeben, rissen alle gleichzeitig die Mäuler auf – und fielen im nächsten Moment von allen Seiten gleichzeitig über die Orks her.

Dass ihnen nicht schon die erste Angriffswelle den Garaus machte, war Balbok zu verdanken, der seine Axt emporriss und sie kreisen ließ. Gleich mehrere der wütenden Angreifer fanden ein unrühmliches Ende, als das Axtblatt sie traf: Sie zerplatzten wie überreife Früchte, eine Woge zarten Blütendufts strömte durch die Höhle.

»Widerlich!«, maulte Rammar, während er seinerseits mit dem *saparak* nach den Kobolden stocherte. Doch während Balbok mit seiner Axt weiterhin vorzeigbare Ergebnisse erzielte, hatte es Rammar ungleich schwerer, sich die Angreifer vom Leib zu halten. Wie ein brunftiger Drache sprang er umher und wirbelte immerzu im Kreis, womit er allerdings nicht verhindern konnte, dass zwei der Kobolde seine Deckung durchdrangen, an seiner feisten Gestalt emporhuschten und ihre Zähne in seinen Nacken gruben.

Es war nicht so sehr der Schmerz als vielmehr die Wut, die Rammar aufschreien ließ. Reflexartig griff er in sein

Genick, bekam einen der Wichte zu fassen und schleuderte ihn in hohem Bogen von sich. Dabei vergaß er allerdings, mit dem *saparak* zu stochern, worauf ihn eine ganze Welle von Angreifern erfasste.

Da er sich in rascher Folge im Kreis gedreht hatte, war der dicke Ork ohnehin benommen – die Übermacht der Kobolde gab ihm den Rest. Mit einem erstickten Schrei auf den wulstigen Lippen ging er nieder, und die Angreifer brandeten über ihn hinweg und schlugen ihre Zähne überall dorthin, wo sie grüne Haut erblickten.

»Ihr verdammten, widerwärtigen …!«, hörte man Rammar brüllen – aber so sehr er sich auch mühte, weder gelang es ihm, seine Peiniger abzuschütteln, noch konnte er sich wieder auf die Beine raffen. Wie ein fetter Käfer lag er auf dem Boden und strampelte mit den Beinen, während immer noch mehr Kobolde über ihn herfielen, die in einen regelrechten Blutrausch verfallen sein mussten und nach dem Lebenssaft des Orks dürsteten.

Nicht nur, dass sich Rammar vor ihnen ekelte, ihre Bisse waren äußerst schmerzhaft, und seine anfängliche Wut schlug in Panik um. »Balbok!«, schrie er aus Leibeskräften, während er sich hilflos am Boden wand. »Tu gefälligst was, du hagerer, hirnloser, grünhäutiger Vollidiot!«

Balbok hörte den Hilferuf seines Bruders, konnte sich aber nicht um Rammar kümmern. Gerade schwappte wieder eine Welle kleinwüchsiger, aber überaus gefräßiger und dabei noch blitzschnellerer Angreifer auf ihn zu, und diesmal genügte die Axt nicht mehr, um sie sich vom Leib zu halten.

Rasch hatten die kleinen Kerle gelernt, dem mörderischen Blatt auszuweichen, und waren im nächsten Moment heran. Balboks Glück war es, dass er größer war als sein Bruder und die Kobolde deshalb nicht so einfach an ihm emporspringen konnten. Diejenigen, die es versuchten, gelangten gerade bis zu seiner Hüfte, wo sie sich an den Gürtel klammerten. Doch an Balboks Kettenhemd bissen sie sich die Zähne aus, und das im wörtlichen Sinn.

Zeternd und jammernd fielen sie an ihm herab, während andere versuchten, an seinen Beinen hinaufzuklettern. Da ihn dies kitzelte, begann der hagere Ork laut zu lachen, was ihm sein bedrängter Bruder wiederum ziemlich übel nahm.

»Du grüner Affe, was soll daran so lustig sein? Hilf mir gefälligst! Diese elenden Biester beißen mir in den *asar*!«

Zu gern hätte Balbok zu lachen aufgehört, aber er konnte nicht. Von einem Bein auf das andere hüpfend, versuchte er sich der kleinen Knilche zu entledigen, von denen sich einige fest in seine Schenkel verbissen hatten, so als wären sie keine Kobolde, sondern Egel. Wenn Balbok einen von ihnen erwischte und abriss, strömte stets ein ganzer Blutschwall aus der Wunde, was den Ork jedoch nicht weiter störte. In hohem Bogen warf er die zappelnden Wichte ihren Artgenossen entgegen, während er sich insgeheim vorstellte, was die Vielfalt der Orkküche wohl mit ihnen anzustellen wüsste.

Man könnte sie, dachte er, während er einen von ihnen mit der flachen Pranke erschlug, zum Beispiel am Stück in den *bru-mill* geben oder sie in einem Fass Blutbier ersäufen und es so ein wenig süßen. Koboldauflauf und Kobold am Spieß wären weitere Varianten, die er sich vorstellen konnte, wenngleich man wohl mehrere der drahtigen kleinen Kerle brauchte, um ein halbwegs ordentliches Gericht hinzubekommen.

In Balboks Gedanken wurde munter gesotten, verwurstet, verhackstückt und geschnetzelt, dass ihm der Geifer nur so im Maul zusammenlief – und plötzlich ließ der Ansturm der Feinde nach.

Zunächst bemerkte es Balbok gar nicht, der weiterhin sowohl mit der Axt als auch mit bloßer Pranke um sich schlug. Aber es wurden immer weniger. Die Kobolde warfen ihre Fackeln von sich und zogen sich zurück, sodass Balbok schließlich den letzten von ihnen in der linken Klaue hatte und ihn mit einem strafenden Blick bedachte. Seiner Mentalität gehorchend, wollte der Ork auch diesen Blumenwicht zerpflücken, aber als er die furchtsam geweiteten Augen bemerkte, sagte er sich, dass ja doch kaum was dran war an dem kleinen Kerl. Also setzte er ihn auf dem Boden ab und ließ ihn frei.

»Buh!«, machte er dann – und wie er es schon zuvor erwartet hatte, nahm der Kobold seine winzigen Beinchen in die Hand und flitzte Hals über Kopf davon.

»Na also«, meinte Balbok grinsend. »Wer sagt's denn?«

»Wer sagt's denn?«, äffte Rammar ihn nach, der immer noch auf dem Rücken lag, und zwar inmitten eines unappetitlichen Sees aus Orkblut und zermatschten Wichten. Vergeblich versuchte er sich auf die Beine zu raffen. »Siehst du nicht, was diese elenden Biester mir angetan haben?«

»Ach, die wollten doch nur spielen«, meinte Balbok nachsichtig und machte eine wegwerfende Prankenbewegung.

»Spielen nennst du das? Ich wäre um ein Haar draufgegangen! Los, hilf mir gefälligst auf die Beine!«

Balbok reichte seinem Bruder die Hand, an der sich dieser festhielt, während er sich aufrappelte. »Spielen«, grunzte er abermals und mit Blick auf die unzähligen Bisswunden an seinen Beinen. »Nicht viel hätte gefehlt, und diese kleinen Ratten hätten mich zu Tode gebissen. Wie hast du es geschafft, sie alle zu vertreiben?«

»Ich weiß auch nicht«, sagte Balbok achselzuckend. »Eigentlich wollte ich auch gar nicht, dass sie schon gehen. Ich hatte sie ja noch nicht mal gekostet.«

»Ist das dein Ernst?«

»*Korr*. Schade eigentlich.«

»Schade eigentlich?«, echote Rammar ungläubig. »Und das sagst du mir ins Gesicht, wo diese Biester mich fast aufgefressen hätten? Irgendwann, du langes Elend, wirst du für all das büßen, was du mir antust, das schwöre ich dir!«

Mit dieser finsteren Drohung nahm Rammar seinen *saparak* und wandte sich dem Ausgang der Höhle zu – zumindest hielt er die schmale Öffnung, die sich im flackernden Schein der herrenlos am Boden liegenden Fackeln abzeichnete, für den Ausgang.

Es kostete Rammar einige Anstrengung, seine beträchtliche Leibesfülle zwischen den Felswänden hindurchzuwängen. Auf der anderen Seite verlief ein Stollen schräg nach oben, und von dort drang tatsächlich Licht herab.

Mit einem triumphierenden Grunzen auf den Lippen machte sich Rammar auf den Weg, gefolgt von Balbok, der seine Enttäuschung darüber, keinen Kobold probiert zu haben, noch immer nicht ganz verwunden hatte. Suchend schaute er sich um, ob er nicht vielleicht doch noch einen von ihnen entdeckte.

Je weiter sie hinaufstiegen, desto heller wurde es. Als Rammar und Balbok schließlich das Ende des Stollens erreichten und ins matte Tageslicht traten, hatten sich ihre Augen bereits an die veränderten Lichtverhältnisse gewöhnt. Zu ihrer Überraschung fanden sie sich am Fuß eines hoch aufragenden, schwarzen Felsens wieder, der rings von wucherndem Grün umgeben war.

Dschungel.

So üppig und dicht, wie er nur sein konnte, vermutlich mit all den Gefahren, die in derlei Urwäldern zu lauern pflegten.

»Bah«, machte Rammar angewidert, der sich noch lebhaft an die Smaragdwälder erinnerte, die sie auf dem Weg nach Kal Anar unter Gefahr für Leib und Leben durchquert hatten. Sogar mordlüsternen Amazonen war er dort begegnet, die drauf und dran gewesen waren, ihm den Garaus zu machen. Dass Rammar überhaupt noch lebte, hatte er – sehr zu seinem Ärgernis – seinem einfältigen Bruder zu verdanken, den die Kriegerinnen für ihren Stammvater gehalten hatten ...

»Weißt du, Rammar«, sagte Balbok mit langer Miene. »Ich wüsste wirklich zu gern, wo wir hier sind. Schau dir mal die Bäume an und die Blumen. Der Smaragdwald ist das jedenfalls nicht. Und der Wald von Trowna auch nicht.«

»Du willst wissen, wo wir sind?«, blaffte Rammar. »Das will ich dir sagen, du grüngesichtiger Riesenzwerg: Natürlich mitten in der *shnorsh*, in die du uns mal wieder geritten hast!«

»Ich? Aber ...«

»Wärst du nicht so gierig gewesen und hättest dir den Schatz von Kal Anar unbedingt unter den Nagel reißen wollen, wären wir jetzt nicht hier!«

»Aber Rammar«, widersprach Balbok, der die jüngsten Ereignisse ganz anders im Kopf hatte, »du warst es doch, der mit dem Schatz von Tirgas Lan nicht zufrieden war und lieber den aus dem Schlangenturm haben wollte. Es war doch deine Idee, die verbotene Kammer zu betreten und ...«

»Genau das habe ich erwartet!«, fiel Rammar ihm entrüstet ins Wort. »*Du* begehst den Fehler deines Lebens, und natürlich bin *ich* daran schuld! Weißt du, was ich tun sollte?«

»W-was?«, fragte Balbok kleinlaut.

»Ich sollte dich hier sitzen lassen, einfach so, und dich den *bru-mill* selber auslöffeln lassen, den du uns da eingebrockt hast. Aber nein, ich bin ja auf Gedeih und Verderb an dich langes Elend gebunden. Das habe ich nun davon, dass ich mich zeitlebens um dich gekümmert habe!«

»*Korr*«, murmelte Balbok noch leiser und ließ betreten den Kopf sinken. »Es tut mir wirklich l...«

»Und wie oft muss ich dir noch sagen, dass sich ein Ork nicht entschuldigt?«, fiel ihm sein Bruder ins Wort. »Weder bei mir noch bei sonst wem, hast du das jetzt endlich kapiert?«

»*Korr.*«

Rammar nickte, als wollte er seine eigenen Worte damit bestätigen, und schnaubte heftig. Ihm war anzusehen, dass er kurz davorstand, in *saobh* zu verfallen, jenen berüchtigten Zustand rasender Wut, aus dem ein Unhold gewöhnlich nur wieder herausfand, indem er Blut fließen ließ. Dem feisten

Ork in einem solchen Augenblick zu widersprechen war eine lebensgefährliche Angelegenheit – dennoch hatte Balbok das Gefühl, dass noch nicht alles gesagt war.

»Aber eins verstehe ich nicht«, meinte er ratlos.

»Was verstehst du nicht?«

»Na ja – wenn *du* es doch gewesen bist, der die verbotene Schatzkammer entdeckt hat, und wenn es *dein* Vorschlag war, sich von dort das Gold zu holen, obwohl Königin Alannah es uns ausdrücklich verboten hat, dann verstehe ich nicht, wie *ich* an allem schuld sein kann.«

»So, das verstehst du also nicht.«

»*Douk.*«

»Dann will ich es dir verraten, du dampfender Haufen Trolldung! Habe *ich* denn mit einem Wort gesagt, dass *du* mich begleiten sollst?«

»*Douk.*«

»Habe *ich* auch nur mit einer *einzigen* Silbe erwähnt, dass ich den Schatz von Kal Anar mit *dir* zu teilen gedenke?«

»*Douk.*«

»Warum, bei Torgas stinkenden Eingeweiden, bist du mir dann gefolgt, statt mich auf die Gefahren meines Vorhabens aufmerksam zu machen?«, schrie Rammar ihn an. »Die ganze Zeit über hast du nichts anderes getan, als dämlich dabeizustehen und ein langes Gesicht zu machen, und nun, da wir bis zum Hals in der *shnorsh* sitzen, streitest du jede Verantwortung ab! Das sieht dir wieder ähnlich, du viel zu groß geratener ...« Rammar unterbrach sein heiseres Lamento, um eine Frage zu stellen, die ihm just durch den Kopf schoss. »Was hast du gerade gesagt?«

»*Douk*«, erwiderte Balbok wahrheitsgemäß.

»Das doch nicht! Ich meine davor!«

»*Douk.*«

»Davooooor!«, schrie Rammar so laut, dass sich seine Stimme überschlug.

»Willst du das wirklich wissen?«

»Würde ich dich sonst danach fragen?«

»Na ja, ich habe dich daran erinnert, dass es dein Vorschlag war, die Schatzkammer zu betreten«, gab der hagere Ork leise, fast flüsternd zur Antwort, »und das, obwohl Königin Alannah es uns ausdrücklich verboten hat …«

»Das Elfenweib!«, zischte Rammar, und seine Schweinsäuglein verengten sich zu schmalen Schlitzen. »Natürlich, das ist es!«

»Was meinst du?«

»Frag nicht so dämlich, das liegt doch auf der Kralle. Keiner anderen als der Elfin haben wir unsere miese Lage zu verdanken. In einem Moment befinden wir uns noch an der Schwelle zur Schatzkammer, im nächsten sind wir hier. Das ist Zauberei, sag ich dir – Elfenmagie!«

»Elfenmagie«, wiederholte Balbok schaudernd.

»Dass ich nicht gleich darauf gekommen bin. Seit wir sie kennen, hat dieses Elfenweib nichts anderes getan, als uns zu täuschen! Zum Dank dafür, dass wir für sie gegen den Herrscher von Kal Anar gekämpft haben, hat sie uns hinters Licht geführt.«

»Aber Rammar«, wandte Balbok ein, »sie hat uns doch ausdrücklich davor *gewarnt*, uns an dem Schatz zu vergreifen.«

»Genau davon spreche ich«, rief Rammar erbost. »Wer einem Ork etwas verbietet, muss damit rechnen, dass er genau das tut. Verstehst du, was ich meine?«

»*Korr*.«

»Das Elfenweib steckt dahinter«, war Rammar überzeugt, »da bin ich mir ganz sicher. Wer weiß, was sie wieder im Schilde führt – und wohin es uns verschlagen hat …«

# 2.
## SGARKAN, SGARKAN ...

Als Dun'ras Ruuhl aufblickte, konnte er nicht glauben, was er sah. Eben noch hatten sich seine Gefolgsleute und er in einer finsteren, schmucklosen Höhle befunden, in der es nach Kobolden gestunken hatte – und nun waren sie von unermesslichen Reichtümern umgeben! Ein Meer aus Gold schien um sie her zu wogen, auf dem reich verzierte Vasen und silberbeschlagene Truhen schwammen, die bis zum Rand gefüllt waren mit blitzenden Gemmen und prunkvollem Geschmeide. Nie zuvor hatte das Auge des Dun'ras eine solche Pracht erblickt, und natürlich weckte sie seine Begehrlichkeit – noch mehr allerdings trachtete er danach zu erfahren, was mit ihm und seinen Leuten geschehen war.

Er erinnerte sich an blendendes Licht, das sie plötzlich eingehüllt hatte, und dass er das Gefühl gehabt hatte, von einer unwiderstehlichen Kraft erfasst und hinfortgerissen zu werden. Für einen Moment war ihm gewesen, als sähe er unter sich Länder und Ozeane, die im Bruchteil eines Augenblicks vorüberwischten – und dann hatte er sich in dieser Schatzkammer wiedergefunden, die von zwei herrenlos umherliegenden Fackeln beleuchtet wurde.

Was war geschehen?

War er tot, und war dies das Jenseits?

Nein.

Den Glauben an eine neue, bessere Welt, an deren Gestade man nach den Mühen eines langen Lebens gelangte, hatte Dun'ras Ruuhl schon vor langer Zeit verloren. Und selbst wenn es eine solche Jenseitswelt gab – welchen Sinn sollte es haben, dort einen derartigen Schatz anzuhäufen? Wo es nichts zu kaufen gab, brauchte man keine Reichtümer.

»Antreten!«, zischte der Dun'ras und benutzte einen langen goldenen Stab, dessen Enden mit riesigen Diamanten versehen waren, um sich auf die Beine zu stemmen. Die fünf Leibwächter, die ihn auf der Koboldjagd begleitet hatten und die von dem eigenartigen Phänomen ebenso betroffen waren wie er selbst, gehorchten nur widerwillig. Vier von ihnen rissen sich schließlich vom Anblick der Reichtümer los, während der fünfte einfach nicht davon lassen konnte: Ein silberner Helm mit goldenen Flügeln hatte es ihm angetan, den er bewundernd in den Händen wog und aufsetzen wollte.

»Antreten!«, wiederholte Dun'ras Ruuhl in schneidendem Tonfall. Der Gardist reagierte zwar, jedoch nur zögernd – und im nächsten Moment fuhren ihm die schlanken, knochigen Hände des Dun'ras geradewegs an die Kehle.

»Willst du mir nicht gehorchen?«, zischte er dem Krieger ins Gesicht, dessen Augen ein Stück weit aus den Höhlen traten, während er vergeblich nach Luft schnappte. »Reicht der Anblick von etwas Gold schon aus, dass du mir die Gefolgschaft verweigerst?«

»N-nein, Gebieter«, würgte der Gardist hervor, als Ruuhl den Griff ein klein wenig lockerte. »Ich ... ich bin ganz der Eure ... bis zum Ende.«

»Das will ich hoffen«, schärfte Ruuhl ihm ein, »sonst könnte dieses Ende näher sein, als du denkst. Und du kannst darauf vertrauen, dass es ein qualvolles Ende sein wird. Hast du verstanden, du Wurm?«

»J-ja, Gebieter«, röchelte der Krieger, und Ruuhl war zufrieden. Angewidert stieß er seinen Gefolgsmann von sich, der davonstürzte und sich zu seinen Kameraden gesellte. Allesamt zitterten sie vor ihrem Anführer.

»Hat jemand von euch eine Ahnung, was geschehen ist?«, fragte Dun'ras Ruuhl in seiner lauernden Art, die etwas von einer giftigen Schlange hatte.

Die Gardisten blieben ihm die Antwort schuldig. Wortlos standen sie in ihren Rüstungen aus schwarzem Leder und den dunklen Umhängen vor ihm und starrten blicklos geradeaus.

»Ich sehe schon«, sagte Ruuhl mit kaltem Lächeln. »Es ist wohl an mir, die Verstandesarbeit zu leisten. Offensichtlich befinden wir uns nicht mehr an jenem Ort, an dem wir uns noch vor Kurzem aufgehalten haben. Wäre dies mir allein widerfahren, so würde ich die Ursache dafür eher in meinem Kopf suchen als in meiner Umgebung. Aber da ihr ebenfalls hier seid und euch das Phänomen ebenso zu betreffen scheint, muss der Grund anderswo zu suchen sein. Was also hat uns an diesen seltsamen Ort ver...?«

»Keine Bewegung! Ihr seid Gefangene des Statthalters von Tirgas Anar!«

Dun'ras Ruuhl schnaubte. Er schätzte es nicht, in seiner Rede unterbrochen zu werden.

Langsam wandte er sich um.

Die Tür zur Schatzkammer war offen, und mehrere Wachen standen auf der Schwelle. Im Fackelschein waren sie nur undeutlich zu erkennen, aber zumindest so viel konnte der Dun'ras sehen: Es waren Menschen.

Sein Innerstes verkrampfte sich, so viel Verachtung empfand er in diesem Augenblick.

Menschen ...

Jene noch so junge und unerfahrene Rasse, die leicht zu lenken und zu beeinflussen war, deren Verlässlichkeit jedoch ebenso gering einzustufen war wie ihre Intelligenz und ihre Moral. Ihr Verrat war einer der Gründe dafür gewesen, dass der Dunkle Feldzug gescheitert war.

Wie, so fragte sich Ruuhl, kamen Menschen an diesen Ort? Oder anders gewendet: Wohin hatte es seine Leute und ihn verschlagen, dass es hier Menschen gab, die sich frei bewegten und etwas anderes waren als räuberische Barbaren?

»Kommt sofort heraus!«, forderte der Wortführer der Wachen und fuchtelte wild mit der Hellebarde. »Das könnte euch so passen, euch am Eigentum der Krone zu vergreifen, wie? Im Namen des Königs, ihr seid alle verhaftet!« Dun'ras Ruuhl erlaubte sich ein tiefes Seufzen. Offenbar schien dieser impertinente Mensch weder zu wissen, wer er war, noch wie er sich in Gegenwart des Ersten Dun'ras der Insel zu benehmen hatte. Nun, sie würden ihn schon Manieren lehren ...

»Ihr habt es gehört?«, raunte er seinen Gardisten zu. »Der Mensch will, dass wir die Schatzkammer verlassen.«

»Aber, erlauchter Dun'ras!«, beeilte sich jener Leibwächter zu sagen, den er vorhin gemaßregelt hatte und der offenbar darauf aus war, sich zu rehabilitieren. »Dieser Sterbliche hat Euch nichts zu befehlen!«

»Das nicht«, gestand Ruuhl mit gespielter Nachsicht ein, »aber offenbar sind wir hier fremd, nicht wahr? Und in einem fremden Land pflegt man nach fremden Gebräuchen zu leben, richtig?« Der Blick, den der Dun'ras seinen Gefolgsleuten zuwarf, war unschwer zu deuten, ebenso wie das grausame Lächeln auf seinen schmalen, grauhäutigen Gesichtszügen.

»Richtig«, bestätigte der Gardist nur, und mit Dun'ras Ruuhl an der Spitze setzten sie sich in Bewegung, schritten auf die Pforte zu, wo sie die Menschen mit grimmigen Mienen erwarteten.

»Eure Waffen!«, rief ihnen der Wortführer der Wachen entgegen. »Legt sie ab!«

»Du meinst diese hier?«, fragte Dun'ras Ruuhl und bemühte sich, so unschuldig wie nur irgend möglich zu wirken, während er seine lange, gebogene Klinge aus der Scheide zog, die den Glanz des Goldes im flackernden Schein der Fackeln blitzend reflektierte. »Aber dies ist doch keine Waffe!«

»Was soll es denn sonst sein?«, polterte der Wachmann. »Lass sie augenblicklich fallen, du elender Dieb – oder …«

»Oder was?«, fragte Ruuhl. »Willst du mir etwa drohen?«

»Allerdings will ich das! Ihr elendes Diebesgesindel, meine Leute und ich werden euch …« Er brach ab, als der Schein seiner Fackel den Eindringling erfasste und er dessen schmale Augen und spitz zulaufende Ohren sah. »Ihr … ihr seid Elfen«, stellte er mit einer Mischung aus Erstaunen und Entsetzen fest, so als hätte er jemand ganz anderen erwartet.

»Dein Verstand ist messerscharf«, erwiderte Dun'ras Ruuhl gelangweilt, »zu deinem Pech jedoch nicht annähernd so scharf wie meine Klinge.«

Noch ehe der beherzte Wachmann die Worte begreifen konnte, stieß Dun'ras Ruuhl blitzschnell mit dem Säbel zu. Weder das Leder des Brustharnischs noch das darunter liegende Kettenhemd konnten dem Elfenstahl etwas entgegensetzen; mit einem hässlichen Geräusch schnitt die Klinge hindurch, durchbohrte das Herz des Wachmanns und trat in seinem Rücken wieder aus.

»Nun?«, fragte Ruuhl mit freudlosem Lächeln. »Willst du mich immer noch verhaften?«

Die einzige Antwort, die der Wächter zustande brachte, war ein heiseres Stöhnen, das sich aus der Tiefe seiner Kehle wand, gefolgt von einem Schwall grellroten Bluts. Angewidert zog Ruuhl seine Klinge zurück, worauf sein Gegner leblos zusammenbrach.

Die übrigen Wachleute – sechs an der Zahl – starrten entsetzt und mit weit aufgerissenen Augen auf den Leichnam ihres Anführers. Einen Moment lang schienen sie zu überlegen, ob sie ihn rächen oder lieber die Flucht ergreifen sollten. Ruuhl nahm ihnen die Entscheidung ab, indem er seinen Leibwächtern wie beiläufig befahl: »Tötet sie. Nur einen lasst am Leben.«

Die Gardisten taten wie ihnen geheißen. Mit wehenden Umhängen und Mordlust in den grauen Gesichtern stürmten sie auf die Pforte zu. Die Menschenwachen kamen kaum dazu, Widerstand zu leisten. Gliedmaßen wurden durchtrennt und Leiber durchbohrt, und der abgeschlagene Kopf eines Wachsoldaten rollte über den Boden, Augen und Mund vor Entsetzen weit aufgerissen. Wenig später war der Kampf vorbei, die Schreie der Wachmänner verstummt, und zwischen ihren verstümmelten Leibern breitete sich ein roter See aus.

Dun'ras Ruuhl hatte das Massaker keines Blickes gewürdigt – seine ganze Aufmerksamkeit hatte seiner eigenen blutbesudelten Klinge gegolten, die er am Waffenrock des getöteten Anführers des Wachtrupps abwischte. Erst als er sicher war, auch den letzten Rest unwürdigen Menschenbluts entfernt zu haben, rammte er sie in die aus Orkleder gefertigte Scheide zurück und wandte sich wieder seinen Leuten zu. Seine Anweisung befolgend, hatten sie einen der Wachen am Leben gelassen – einen Mann von sehniger Gestalt, der lediglich seine linke Hand im Kampf verloren hatte und jammernd am Boden kauerte.

»Du«, sagte Ruuhl und trat auf ihn zu. »Wie ist dein Name?«

»Carrig«, presste der Mensch unter Schmerzen hervor.

»Nun gut, Carrig.« Ruuhl schlug einen jovialen und versöhnlichen Ton an. »Das, was eben passiert ist, war bestimmt nicht schön für dich. Du hast deinen Vorgesetzten verloren, deine Kameraden und deine Hand ...«

Der Mensch nickte nur, während er sehnsüchtig auf die abgetrennte Linke blickte, die einige Schritte entfernt am Boden lag.

»... aber ich kann dir verraten, dass das nur ein lauer Vorgeschmack von dem war, was dir in meiner Gesellschaft tatsächlich widerfahren kann. Ich rate dir also gut, meine Fragen wahrheitsgemäß zu beantworten.«

»N-natürlich, Herr«, presste der Mensch heiser und unter Schmerzen hervor. »Was immer Ihr wissen wollt ...«

»Wo sind wir hier?«, stellte Ruuhl seine erste Frage.

»Was meint Ihr?«

»Ich will wissen, wo wir hier sind«, sagte Dun'ras Ruuhl völlig emotionslos. »So schwer kann das doch nicht zu verstehen sein.«

Der Mensch zögerte mit der Antwort. Seinen furchtsam blinzelnden Augen war anzumerken, dass er in der Frage eine Falle vermutete. »I-in Tirgas Anar«, sagte er schließlich.

»Tirgas Anar?« Ruuhl hob die Brauen. »Eine Stadt demnach?«

»Ja, Herr«, bestätigte der Wächter. »Sie wurde umbenannt, nachdem …«

Mit einer Geste brachte ihn der Dun'ras zum Verstummen. »Wo liegt sie?«

»I-im Osten des Reichs. Jenseits des Smaragdwaldes und des Hammermoors.«

Der Dun'ras bleckte die Zähne. Einen Augenblick lang schien er um Fassung bemüht, und es zuckte in seinen grauen, von schwarzem Haar umrahmten Zügen. Dann hatte er sich wieder unter Kontrolle.

»Also ist es wahr«, sagte er.

»Mit Verlaub, Herr«, flüsterte der Wachmann. »Was ist wahr?«

Ruuhl hatte weder Lust, ihm zu antworten, noch verspürte er Verlangen danach, die Unterhaltung fortzusetzen. Also gab er seinen Männern ein entsprechendes Zeichen. Nachdenklich wandte er sich ab, während der Wachmann hinter ihm mit durchschnittener Kehle niedersank.

»Es ist geschehen«, murmelte Ruuhl. »Nach so langer Zeit hat sich ereignet, was unser geliebter Herrscher stets vorausgesagt hat. Die Verbindung wurde wieder geöffnet.«

»Wie?«, fragte einer der Gardisten. »Und von wem?«

»Das weiß ich nicht«, antwortete der Dun'ras mit bösem Lächeln. »Jedenfalls von jemandem, der töricht genug war, an etwas Hand zu legen, das so alt und mächtig ist, dass es den Untergang seiner Rasse und seiner Welt bewirken könnte. Offen gestanden hatte ich stets bezweifelt, dass sich jemand finden wird, der dumm genug dafür ist. Der Dunkle Herrscher jedoch hat immer daran geglaubt – und er hat offenbar recht behalten, andernfalls wären wir kaum hier.«

»Was genau bedeutet das?«, fragte der Leibwächter verwirrt.

»Der Dreistern wurde geöffnet«, erklärte Ruuhl in seltener Bereitwilligkeit. »Jemand hat ihn benutzt – und wir wurden an seiner Stelle hierherversetzt.«

»Wie ist so etwas nur möglich?«

»Es ist möglich«, war Ruuhl überzeugt.

»Und an unserer Stelle ...«

»... weilt nun ein anderer auf unserem geliebten Eiland«, brachte Dun'ras Ruuhl den Satz zu Ende.

»Aber wer, großer Dun'ras? Wer unter den Sterblichen könnte verrückt genug sein, so etwas zu tun?«

»Ich weiß es noch nicht«, murmelte Ruuhl, »aber wir werden es herausfinden ...«

# 3.

## SOCHGAL KAR'DOK'DH

Es gab sogar eine Straße, die sich durch den wuchernden Dschungel wand. Allerdings war die in einem denkbar schlechten Zustand.

Man konnte gerade noch erkennen, wo einst das steinerne Band verlaufen war. Moose wucherten auf dem Kopfsteinpflaster, Pflanzen brachen hindurch, und Wurzeln hatten an vielen Stellen die Steine einfach weggesprengt. Zu beiden Seiten der alten Straße drängten sich knorrige Bäume, deren Kronen ein dichtes Dach bildeten, sodass der Himmel kaum zu sehen war und unten auf der Straße nur noch ein schauriges Dämmerlicht herrschte, während Dunst zwischen den Stämmen waberte. Auch versperrten umgeknickte Bäume den Weg, über die zu klettern vor allem den beleibten Rammar einige Mühen kostete.

»Bei Girgas' hohlem Schädel!«, wetterte er, während er seine Leibesfülle einmal mehr über solch ein verrottendes Hindernis wälzte. »Sonst sind diese elenden Menschen derart auf Ordnung bedacht. Warum nicht auch hier? Es hat den Anschein, als wäre hier seit Jahrhunderten keiner mehr gewesen. Wie in einer Orkhöhle sieht das hier aus.«

»*Korr*«, bestätigte Balbok sichtlich vergnügt. »Richtig gemütlich.«

»Du bist ein *umbal*!«, beschied ihm Rammar keuchend. »Ich sehe nicht, was daran gemütlich sein soll, fortwährend über umgestürzte Bäume und abgestorbene Wurzeln zu steigen. Außerdem erinnert mich das alles hier an diese elenden Smaragdwälder.«

»*Korr*«, stimmte Balbok wiederum zu, »mich auch.«
»Mit dem Unterschied, dass die Bäume hier noch größer
sind und sich der Wald noch unheimlicher anhört.«
Damit hatte Rammar nur zu recht. Die Laute, die durch
den Dschungel hallten, klangen wahrlich grässlich: krei-
schende Rufe, die wie Todesdrohungen klangen, und schrille
Schreie wie die von Wesen, die auf grausame Art und Weise
dahinschieden.
»Wenn ich nur wüsste, wo wir sind oder wohin diese ver-
dammte Straße führt«, schimpfte Rammar.
»Was wäre dann?«
»Dann hätten wir immerhin eine Ahnung, wo wir uns be-
finden, Blödhirn.«
»Und dann?«, fragte Balbok unverdrossen weiter.
»Könnten wir vielleicht wieder zurückkehren.«
»Wohin zurück denn?«
»Zum Beispiel nach Hause, *umbal*!«, maulte Rammar.
»Glaubst du, wir sind weit weg von daheim?«
»Ich weiß es nicht.« Rammar schüttelte verdrossen den
klobigen Schädel. »Bislang haben wir noch jedes Mal, wenn
Königin Alannah, dieses verdammte Elfenweib, ihre Finger
im Spiel hatte, eine böse Überraschung erlebt.«
»Das stimmt«, pflichtete Balbok ihm bei. »Schon damals,
als wir sie aus dem Eistempel entführt haben.«
»Diese Elfin ist wie eine Krankheit, die man nicht mehr los-
wird. Ich frage mich, was der Kopfgeldjäger an ihr findet.«
»König«, verbesserte Balbok.
»Kopfgeldjäger, König – wo ist denn da der Unterschied?
Ich weiß nur, dass wir es der verdammten Elfin zu verdanken
haben, dass wir hier sind!«, schimpfte Rammar. »Aber dies-
mal wird sie für ihre Frechheit bezahlen, das sag ich dir.
Köpfe werden rollen, jawoll! Nicht von ungefähr werde ich
Rammar der Schreckliche genannt.«
»Der Schreckliche? Ich dachte, es heißt ›Der Rasende‹?«
»Willst du dich streiten?« Rammar blieb stehen, seinen
Bruder grimmig musternd und dankbar dafür, den beschwer-

lichen Marsch unterbrechen zu können, ohne um eine Pause
bitten zu müssen.

»*Douk*, ich dachte nur ...«

»Wie ich mich nenne, ist noch immer mir überlassen,
klar?«, blaffte Rammar, der allmählich wieder Atem schöpfte.
»Sieh lieber zu, dass wir aus diesem verdammten Wald hin-
ausfinden.«

»*Korr*«, stimmte Balbok zu, »ich habe allmählich Hunger.
Ein ordentlicher Schlag *bru-mill* könnte nicht schaden.«

»Faulhirn! Siehst du hier vielleicht irgendwo ein Feuer?«

»*Douk*«, verneinte Balbok.

»Oder vielleicht einen Kessel?«

»*Douk*«, gab der Hagere abermals zu.

»Was, bei Torgas Eingeweiden, bringt dich dann auf den
Gedanken, dass es hier *bru-mill* geben könnte?«

»Ich rieche etwas«, behauptete Balbok, legte den Kopf in
den Nacken und schnupperte laut.

»Was denn?«, fragte Rammar hoffnungsvoll – der ausgeprägte Geruchssinn seines Bruders hatte sich schon manches Mal als nützlich erwiesen, wenngleich sich Rammar lieber die Zunge herausgerissen hätte, als das offen zuzugeben.
»Etwa *bru-mill*?«

»*Douk.*« Balbok schüttelte den Kopf. »Gnomen.«

»Du riechst Gnomen?«

»*Korr.*«

»Wie weit entfernt?«, ächzte Rammar und hob seinen
*saparak.* »Wo stecken die verdammten Grünblütigen?«

»Weit können sie nicht sein«, war sein Bruder überzeugt.
»Ich kann sie deutlich riechen – und ich kriege davon mächtig Appetit.«

»Bist du verrückt geworden? Hat dir das Zusammentreffen mit den Kobolden denn noch nicht gereicht?«

»Mir vielleicht schon«, antwortete Balbok mit bekümmerter Miene, auf seinen hageren Körper deutend, »aber meinem Magen nicht. Der ist leer ausgegangen, wie du weißt.
Und nun hätte ich wirklich, *wirklich* gern was zu futtern.«

Ohne weitere Einwände seines Bruders abzuwarten, verließ er die brüchige Straße.

»He, wo willst du hin?«

»Futter suchen«, lautete die ebenso knappe wie erschöpfende Antwort.

»Bist du von allen bösen Orks verlassen?«,* wetterte Rammar. »Bleib hier, du unfassbar blöde, viel zu groß geratene Ausgeburt eines vom Kopf bis zum *asar* mit eitrigen Furunkeln übersäten ...«

Weiter kam Rammar nicht.

Ein hässliches Knacken ließ ihn zusammenfahren, gefolgt von Splittern und Bersten – und von einem Augenblick zum anderen war sein Bruder verschwunden.

»Balbok?«, entfuhr es ihm erschrocken.

Keine Antwort.

»Balbok! Bruder, wo bist du?«

Die Beschimpfungen, die er gerade noch wie Jauche über Balbok ausgeschüttet hatte, waren schlagartig vergessen – Rammar packte die nackte Angst. Nicht, dass er sich um seinen einfältigen Bruder gesorgt hätte – natürlich nicht! –, aber die Vorstellung, auf einmal allein in diesem finsteren Urwald zu sein, jagte ihm einen gehörigen Schrecken ein.

»Balbok? Balbok!«

»I-ich bin hier«, drang es – sehr zu Rammars Erleichterung – gedämpft zurück.

»Wo, *umbal*?«

»Na hier! Hier unten!«

Rammar hatte keine Ahnung, was das nun wieder zu bedeuten hatte. Überzeugt davon, dass sich sein Bruder eine weitere Narretei ausgedacht hatte, um ihn in den *bochl* zu treiben, verließ er den Steinpfad und folgte dem Weg, den der Hagere genommen hatte, geradewegs durch ein Meer riesiger Farne mit eigenartig geformten Blättern. So dicht

* orkische Redensart

wuchsen sie, dass der Boden darunter nicht zu sehen war –
und das wurde Rammar zum Verhängnis.

»Wo?«, fragte er noch einmal unwirsch, während er sich
um die eigene Achse drehte und suchend nach allen Seiten
blickte. »Wo bist du, verdammt noch mal?«

»Hier unten!«, kam es erneut zurück, sodass Rammar seinen Blick auf den Boden vor sich richtete – und sah, dass
dort überhaupt kein Boden mehr war! Stattdessen klaffte
eine Grube von etwa drei Orklängen Durchmesser und eben-
solcher Tiefe.

Rammar zuckte zurück, doch der Schwerpunkt seiner
Körpermasse war bereits über den Rand der Grube hinaus.
Vergeblich ruderte er noch wild mit den Armen, balancierte
auf einem Fuß an der Erdkante und versuchte, einen Schritt
nach hinten zu setzen, aber es war bereits zu spät.

Im nächsten Augenblick kippte er vornüber, und es ging
abwärts.

Mit einem gellenden Schrei plumpste Rammar in die
Tiefe und schlug einen Lidschlag später hart auf. Er hörte
seine Knochen knacken und war einen Moment lang benommen. Dann warf er sich stöhnend herum und blickte – zu
seiner Erleichterung wie zu seinem höchsten Verdruss – in
die langen Gesichtszüge seines Bruders.

»Aber Rammar, was machst du denn?«, fragte Balbok verblüfft.

»Wonach sieht es denn aus?«

»Na ja.« Balbok gönnte sich ein schwaches Grinsen. »Fast
könnte man meinen, du wärst in dieselbe Fallgrube gestürzt
wie ich.«

»Nicht doch«, wehrte Rammar ächzend ab. »Ich bin absichtlich hineingesprungen, damit ich dich befreien kann.«

»Ach so?« Balboks Gesicht wurde noch länger. »Das war
aber nicht sehr klug von dir. Wie sollen wir denn jetzt wieder herauskommen? Irgendwie kommt mir das ziemlich
bekannt vor. Weißt du noch, damals, als wir auf der Suche
nach Girgas' Kopf waren und du …« Seine Stimme wurde

leiser und leiser, als er den mordlüsternen Blick bemerkte, mit dem ihn sein Bruder bedachte. Dann verstummte er ganz, und gefährliche Stille trat ein.

»Nenn mir einen, nur einen einzigen Grund ...«, sagte Rammar schließlich, und seine Stimme zitterte vor Wut. »Nur einen einzigen Grund ...«

»W-wofür?«, erkundigte sich Balbok vorsichtig.

»Weshalb ich dir nicht den dämlichen Schädel einschlagen sollte!«, platzte es aus Rammar heraus. »Du riesengroßer, unfassbarer *umbal*! Reicht es denn nicht, dass wir keine Ahnung haben, wo wir sind und wie wir hierhergekommen sind? Bist du wirklich erst zufrieden, wenn wir aufgeschlitzt und gehäutet über dem Feuer hängen und die Grünblütigen sich aus unseren Zähnen Halsketten machen? Ich sollte dir den Kopf abreißen – hier und jetzt, auf der Stelle! Dann wäre endlich Ruhe, und ich könnte ungehindert meiner Wege ...«

Er unterbrach sich, als er endlich erkannte, dass Balboks bekümmerte Miene keineswegs seinem Wutausbruch galt, sondern dass der Blick seines Bruders zum Rand der Grube gerichtet war.

»Sie sind bereits hier, oder?«, fragte Rammar zaghaft.

»*Korr*«, bestätigte Balbok, und auch Rammar blickte hinauf – um sich von einer ganzen Phalanx mörderischer, mit Widerhaken versehener Gnomenspeere umzingelt zu sehen, die drohend in die Grube ragten.

Einen Augenblick lang war Rammar unschlüssig, was er tun, ob er sich zu Boden werfen und um Gnade winseln oder seinem dämlichen Bruder vielleicht doch noch den dürren Kragen umdrehen sollte, gewissermaßen als letzte heroische Tat. Aber schließlich brachte er nicht mehr als ein resigniertes Seufzen zustande.

Das also war das Ende.

Rammar hatte sich immer gefragt, wie es dazu kommen und wann es so weit sein würde. So oft waren sie in letzter

Zeit schon fast von Kuruls dunkler Grube verschluckt worden und ihr dann doch wieder entfleucht, dass er sich noch nicht einmal beschweren konnte. Trotzdem hätte er gern noch ein Weilchen gelebt, und wäre es nur gewesen, um es dem Elfenweib heimzuzahlen.

Aber daraus würde wohl nichts mehr werden. Ein schnelles Ende war alles, worauf sie noch hoffen durften …

»Also los!«, forderte er die Gnomen deshalb auf, deren grüne, hakennasige Mienen in bitterer Entschlossenheit zu ihnen herabstarrten. »Worauf wartet ihr? Bringt uns schon um!«

Die Gnomen schienen ihn nicht zu verstehen. Sie schauten einander an und tauschten ratlose Blicke.

»Los doch!«, forderte Rammar sie auf. »Darum geht es euch doch, oder nicht? Also bringt es – verdammt noch mal – zu Ende, ehe mein Bruder und ich uns vergessen und wir euch allesamt erschlagen!«

Die Drohung war – zugegebenermaßen – nicht sehr wirkungsvoll angesichts der Lage, in der sich die beiden Orks befanden. Dennoch hatte Rammar nicht mit einer so despektierlichen Reaktion gerechnet: Die Gnome, die eben noch schweigend gestaunt hatten, warfen die behelmten Köpfe in den Nacken und verfielen in lautes gackerndes Gelächter.

»Ihr wollt uns verspotten?«, ereiferte sich Rammar, der das ganz und gar nicht lustig fand. »Na wartet, euch werde ich's zeigen! Holt mich nur raus aus der Grube, und ich zeige euch, wozu Rammar der Rasende …«

»Der Schreckliche«, verbesserte Balbok.

»… Rammar der schrecklich Rasende in der Lage ist«, fuhr der feiste Ork fort.

»Das genügt, lasst gut sein«, kam es plötzlich von oben. Der Gnom, der gesprochen hatte, trug wie seine Artgenossen eine Rüstung aus schäbigem Leder und einen rostigen Helm, war jedoch eine Klauenbreit größer, was ihn offenbar zum Anführer machte.

»Ich soll es gut sein lassen?«, polterte Rammar, der nun erst richtig in Fahrt kam. Die unverhoffte Reise zu diesem eigenartigen Ort, die Wut auf seinen verstandesmäßig minderbemittelten Bruder sowie die Furcht vor dem nahen Ende entluden sich in einem offenen Wutausbruch. »Nenn mir nur einen Grund, warum ich es gut sein lassen soll! Schließlich habt ihr diese Grube ausgehoben, um uns zu fangen und zu fressen! Aber das eine sage ich euch: Weder ich noch mein Bruder werden euch schmecken! Wir werden euch euer beschissenes kleines Leben mit Darmkrämpfen so richtig vermiesen, und keiner von euren kleinen grünen *asar'hai* ...«

»Aber wir wollen euch nicht fressen«, unterbrach ihn der Gnom.

»Was?«, fragte Rammar unwillig, der sich nicht gern ins Wort reden ließ, und von einem *brunirk* schon gar nicht.

»Wir haben nicht vor, euch zu verspeisen«, versicherte der Anführer der Gnome, »und es tut uns sehr leid, dass ihr in unsere Grube gefallen seid.«

Rammar, der nur halb zugehört hatte, wollte in seiner Tirade fortfahren. Schon holte er tief Luft – als die Bedeutung der Worte in sein Bewusstsein sickerte.

»Was sagst du?«

»Wir wollten euch nicht fangen. Bitte nehmt unsere Entschuldigung dafür an.«

Rammars Verblüffung war schier grenzenlos. Verwundert wandte er sich nach seinem Bruder um, der nur mit den Schultern zuckte und auch keine Erklärung zu haben schien. Nicht nur, dass die Gnome nicht beabsichtigten, sie zu fressen, sie entschuldigten sich auch noch, sie gefangen zu haben. Und noch etwas war seltsam, auch wenn Rammar es jetzt erst bemerkte ...

»Du sprichst unsere Sprache?«, fragte er den Gnom ungläubig.

»Natürlich«, sagte dieser leichthin. »Orks und Gnomen sind Freunde, oder nicht?«

Erneut war Rammar für Augenblicke sprachlos, dann stammelte er: »F-Fr-Freunde? Orks und … und *ihr*?«

»Gewiss.«

»Warum helft ihr uns dann nicht aus der Grube?«, stellte Balbok die seiner Ansicht nach nächstliegende Frage.

»Das werden wir«, versicherte der Anführer der Gnomen, die ihre Speere bereits hatten sinken lassen und kurz darauf tatsächlich eine aus Stricken und Ästen gefertigte Leiter in die Grube warfen.

»Los, klettert hoch!«, rief der Anführer der Gnomen. »Ich lade euch in unser Dorf ein! Ihr sollt unsere Gäste sein.«

Rammar verstand die Welt nicht mehr. »I-Ihr ladet uns ein?«

»So ist es.«

»Gibt's da auch was zu essen?«, fragte Balbok hoffnungsvoll.

»Natürlich!«

»*Korr*«, knurrte Rammar halblaut, sodass nur sein Bruder es hören konnte, »nämlich uns.«

»Aber Rammar«, sagte Balbok, »hast du ihn nicht gehört? Wir Orks sind Freunde der Gnomen.«

»Freunde?« Die kleinen Augen des dicken Orks fixierten Balbok. »Hast du völlig den Verstand verloren?«

»Aber der Gnom sagt …«

»Du bist doch wirklich das blödeste Stück Ork, das mir je begegnet ist!«, ereiferte sich Rammar. »Du wirst doch nicht glauben, was der Trollfurz sagt? Denen geht es nur darum, uns kampflos zu überwältigen. Sobald sie uns in ihr Dorf gelockt haben, werden sie uns ohne Schuppenlesens umbringen, das ist dir doch klar?«

»*Douk*«, erwiderte Balbok mit betrübter Miene, »daran hatte ich nicht gedacht …«

»Woran man mal wieder sieht, wie wenig Hirn in deiner hässlichen Birne ist.«

»… aber ich sehe auch nicht, was wir sonst tun könnten«, fuhr Balbok geknickt fort. »Ich meine, natürlich brauchen wir ihrer Einladung nicht zu folgen. Aber dann werden wir hier unten bleiben müssen und verhungern. Verstehst du, was ich meine?«

Ängstlich schaute sich Rammar um. An diese Möglichkeit hatte *er* wiederum nicht gedacht.

»Also?«, fragte der Anführer der Gnomen. »Werdet ihr unserer Einladung folgen?«

»*Korr*«, antwortete Rammar nach kurzem Zögern. »Nur eins verrate mir vorher noch.«

»Was möchtest du wissen?«

»Seit *wann* sind Orks und Gnomen Freunde?«

»Seltsam, dass du danach fragst«, meinte der Gnom und bedachte ihn mit einem verwunderten Blick. »Es ist schon immer so gewesen, weißt du das nicht?«

»*Douk*«, erwiderte Rammar und zwang sich zu einem Grinsen, das entschuldigend wirken sollte, jedoch so aussah, als würde ein Warg die Zähne fletschen, »das wusste ich tatsächlich nicht.«

Weder widersprach er, noch stellte er eine weitere Frage. Nur eines war ihm noch einmal klar geworden – dass etwas an diesem eigenartigen Ort ganz und gar nicht so war, wie es sein sollte …

# 4.

# LORG ANN ARGOL

Es konnte nur ein Scherz sein.

Allerdings ein sehr schlechter.

Noch niemals zuvor in seinem langen Leben hatte Ruuhl, Erster Dun'ras der Insel, eine schäbigere Ansammlung von Behausungen erblickt. Zelte und notdürftig zusammengezimmerte Hütten und Verschläge, die weder das eine noch das andere waren, krochen an den schwarzen Felshängen des Berges empor und boten Menschen Unterschlupf, die noch erbärmlicher wirkten als ihre Behausungen. Das Ganze als Siedlung zu bezeichnen wäre eine Beleidigung für jedes Hinterwäldlerdorf gewesen.

Das einzige Bauwerk, das aus dem Elend hervorragte wie eine Orchideenblüte aus einem Haufen Dung und sich stolz und majestätisch über all dem Schmutz erhob, war ein aus weißem Gestein bestehender Turm, der senkrecht vom steilen Berghang aufragte und sich in eleganten Windungen in den Himmel schraubte. Natürlich kannte Ruuhl dieses Bauwerk, obwohl er es noch nie mit eigenen Augen gesehen hatte. Doch er hatte schon viel davon gehört, denn es war weithin berühmt.

Es musste der Schlangenturm sein, jenes stolze Monument, das sich hoch über den Dächern von Kal Anar erhob. Aber hatte es nicht stets geheißen, Kal Anar wäre eine stolze und prunkvolle Stadt, der Smaragd des Ostens? Wo, in aller Welt, war diese Stadt geblieben? An welch seltsamen Ort hatte es den Dun'ras und seine Leibwächter verschlagen?

Ruuhl wollte Gewissheit, und die Bewohner des Trümmerdorfes wiesen ihm bereitwillig den Weg zum Zelt des Statthalters. Schließlich hockte dieser auf den Knien vor ihm, das Gesicht verschwollen von den Prügeln, die er bezogen hatte, und die scharfe Klinge eines Elfensäbels an der Kehle.

»Also noch einmal«, sagte der Dun'ras, sich mühsam zur Ruhe zwingend. »Ist diese traurige Ansammlung Dreck dort draußen die Stadt Kal Anar?«

»Kal Anar«, bestätigte der Mensch, ein nicht eben großer Abkömmling seiner Spezies, der bunte Seidenkleider trug und dessen Augen so schmal wie die eines Elfen waren – gerade so, als maßte er sich an, das elfische Erbe nachzuäffen. »Tirgas Anar.«

»Was hat das zu bedeuten, Tirgas Anar?«, zischte der Dun'ras wütend, als zum wiederholten Mal dieser Ausdruck fiel. »Wirst du mir das endlich verraten?«

Erneut sprach der Gefangene, aber die Folge an zischenden, näselnden und sich zu einem eigenartigen Singsang verbindenden Lauten, die ihm über die Lippen kam, wollte in Ruuhls Ohren keinen Sinn ergeben. Die Turmwachen hatten sich der Zunge der Westmenschen bedient, der auch der Dun'ras und seine Leute mächtig waren, obwohl sie sie jahrhundertelang nicht mehr gebraucht hatten – diese eigenartige Sprache jedoch war ihnen völlig fremd.

»Genug«, brachte Ruuhl den Statthalter zum Schweigen, dessen Leibwächter rings verstreut in ihrem Blut lagen. Im Handumdrehen hatten die Gardisten des Dun'ras sie überwältigt und einmal mehr den Beweis dafür erbracht, dass Menschen nicht wirklich zu kämpfen verstanden. Allenfalls durch schmählichen Verrat vermochten sie Siege zu erringen.

Der Statthalter verstummte und schlug den Blick zu Boden. Zu seiner Freude vernahm Ruuhl ein leises Wimmern. Wie jemand eine solche Memme zum Oberhaupt einer Siedlung, geschweige denn zu seinem Statthalter ernennen konnte, war dem Dun'ras ein Rätsel. Andererseits waren von der einstmals stolzen Stadt Kal Anar auch nicht mehr als ein paar ärmliche Hütten geblieben. Was mochte vorgefallen sein? Und wieso hatte die Stadt einen neuen Namen erhalten? Auf dem Weg zum Zelt des Statthalters hatte Ruuhl Spuren eines Heerlagers gesehen, was darauf schließen ließ, dass Kämpfe stattgefunden hatten ...

»Wie ist dein Name?«, fragte der Dun'ras, lauernd wie eine Schlange.

Der Gefangene sah ihn aus großen Augen an.

»Dein Name!«, schrie Ruuhl, dass der Mensch vor ihm zusammenzuckte. »Du elender kleiner Bastard wirst doch einen Namen haben!«

»Lao«, kam es kleinlaut zurück.

»Lao. Ist das alles?« Ruuhl lachte spöttisch. In der Wahl ihrer Namen waren Menschen noch nie sehr erfindungsreich gewesen. Wie sollten sie auch, bei ihrer Vergangenheit?

»Lao«, sagte der Statthalter noch einmal.

»Schön, dann hör gut zu, Lao. Ich bin Ruuhl, Erster Dun'ras der Insel, und ich will wissen, was hier vorgefallen ist. Warum gibt es hier nichts als ärmliche Hütten? Wo ist Kal Anar geblieben? Und weshalb hat man einen Wurm wie dich zum Statthalter ernannt?«

»Vielleicht, weil keine Schlange wie du zu Gebote stand«, sagte plötzlich eine Stimme hinter ihm.

Ruuhl fuhr herum und gewahrte im Eingang des Zelts einen Mann, einen hageren Westmenschen, der in einen weiten Umhang gekleidet war und dessen Augen gefährlich blitzten.

Der Gardist, der ihm am nächsten stand, hob die Klinge, um kurzen Prozess mit dem unverschämten Menschen zu machen, aber dieser handelte blitzschnell. Seine rechte Hand zuckte mit einem Wurfmesser unter dem Umhang hervor, und noch ehe Ruuhls Leibwächter begriff, wie ihm geschah, sank er mit durchbohrter Kehle zu Boden.

Die anderen Gardisten wollten sich sogleich auf den Menschen stürzen, aber der Dun'ras hielt sie mit einer herrischen Geste zurück.

»Wer bist du?«, wollte er von dem Menschen wissen.

»Nestor von Taik«, lautete die nichtssagende Antwort, »des Statthalters Berater. Und ihr?«

»Ruuhl, Erster Dun'ras der Insel«, stellte sich Ruuhl vor, während seine Leute sich unauffällig positionierten, um den Menschen von zwei Seiten angehen zu können, sobald ihnen der Dun'ras das entsprechende Zeichen gab.

»Ihr seid Elfen«, stellte Nestor von Taik fest.

»Überrascht dich das?«

»Offen gestanden, ja. Ich dachte, die letzten eurer Art hätten Erdwelt verlassen.«

»Nicht alle, wie du siehst.«

»Offensichtlich.« Nestor sah sich um, erblickte die niedergemetzelten Leibwachen des Statthalters. »Ich dachte, Elfen wären zu Meuchelmord nicht fähig, aber da habe ich mich wohl geirrt. Wer hat euch geschickt? Die Clanlords? Die Inselherren?«

»Ich weiß nichts von diesen Dingen«, sagte Ruuhl. »Ich will nur wissen, was hier geschehen ist.«

»Und deswegen folterst du den Statthalter und massakrierst seine Leibwache?«, fragte Nestor unwillig.

Ruuhl bedachte die im Zelt liegenden Menschenleichen mit einem geringschätzigen Blick. »Sie sind wertlos«, sagte er. »Genau wie du.« Er war der Ansicht, dass das Gespräch lange genug gedauert hatte, und gab seinen Gardisten das Zeichen, auf das sie gewartet hatten.

So schnell und wirkungsvoll griffen sie den Menschen von beiden Seiten an, dass er kein weiteres Messer werfen konnte. Innerhalb weniger Augenblicke hatten sie ihn überwältigt und entwaffnet. Behandschuhte Fäuste, deren Knöchel mit Nieten versehen waren, krachten in sein Gesicht, bis es nicht weniger malträtiert aussah als das des Statthalters, zu dem man ihn zerrte.

»Nun gut«, sagte Dun'ras Ruuhl gelassen, »fangen wir also noch einmal von vorn an. Was ist hier geschehen? Was ist aus Kal Anar geworden?«

Nestor von Taik biss die Zähne zusammen, während aus seinen aufgeplatzten Lippen das Blut sickerte, und starrte den Dun'ras trotzig an.

»Du willst es mir also nicht sagen?«

Erneut blieb Nestor eine Antwort schuldig.

»Nehmt euch den Statthalter vor«, wies Ruuhl seine Leute an. »Wenn wir ihn langsam in Scheiben schneiden, wird unser schweigsamer Freund schon zur Besinnung kommen.«

»Schwein!«, stieß Nestor hervor. »Dafür wirst du bezahlen.«

»Ach ja?«, fragte Ruuhl unbeeindruckt »Von wem, bitte sehr, sollte mir Gefahr drohen? Von dir etwa? Oder von den eingeschüchterten Kreaturen, die sich dort draußen in ihre schäbigen Behausungen verkrochen haben?«

»Vom König«, gab Nestor zurück.

»Von welchem König?«

»Dem einzigen König. Corwyn von Tirgas Lan.«

»Von Tirgas Lan?«

»Allerdings.«

»Du lügst, Mensch. Tirgas Lan ist der Ort der Niederlage. Die letzte Schlacht wurde dort geschlagen und die Stadt mit einem Fluch belegt, auf dass …«

»Der Bann wurde gelöst«, erklärte Nestor. »Erdwelt hat einen neuen rechtmäßigen König. Alle haben sich ihm zu unterwerfen – auch ihr!«

»Ein neuer König?« Ruuhl überlegte. Es hatte Gerüchte gegeben unter jenen, die von jenseits des Meeres gekommen waren, aber er hatte nichts auf ihr Gewäsch gegeben. Da es seinesgleichen verwehrt war, das Eiland zu verlassen, war es ihm auch gleichgültig gewesen, was in der Welt der Menschen vor sich ging. Das hatte sich grundlegend geändert. Eine Verbindung war geöffnet worden, die offenbar in *beide* Richtungen funktionierte.

»Wärt ihr nur ein wenig früher gekommen«, fuhr Nestor fort, »so wärt ihr ihm noch begegnet. An der Spitze seines Heeres hätte er euch in die Flucht geschlagen.«

»Es gibt also tatsächlich ein Heer?«

»Allerdings – und es trägt Tod und Vernichtung in die Reihen all derer, die den Frieden im Reich bedrohen.«

»Wie überaus pathetisch«, sagte Ruuhl spöttisch. »Wo finde ich diesen König und sein Heer?«

»Erst vor wenigen Tagen hat er ein Schiff bestiegen und ist Richtung Westen gesegelt, zurück nach Tirgas Lan. Aber du brauchst nicht nach ihm zu suchen, Elf – er wird dich finden. Und er wird alle rächen, die du auf dem Gewissen hast.«

»Ich habe kein Gewissen«, erklärte der Dun'ras.

»Und Verstand hast du ganz offenbar auch keinen«, versetzte Nestor. »Sonst hättest du es nicht gewagt, Hand an Corwyns Statthalter zu legen. Wer des Königs Stellvertreter angreift, der greift den König an und muss mit harter Bestrafung rechnen.«

»Ich zittere bereits«, sagte Ruuhl amüsiert. »Glaub mir, meine Macht ist größer als die irgendeines hergelaufenen Menschenkönigs.«

»Das dachte auch Margok – und wurde vernichtet.«

»Margok?« Ruuhl horchte auf.

»Der Geist des dunklen Zauberers hielt Tirgas Lan gefangen, Corwyn jedoch hat ihn besiegt und die Elfenkrone errungen. Und auch das Böse in Kal Anar hatte der Macht des Königs nichts entgegenzusetzen.«

»Interessant«, murmelte Ruuhl, zum ersten Mal tatsächlich beeindruckt. Sollte es tatsächlich der Wahrheit entsprechen, dass ein Sterblicher den Fluch gebrochen hatte? Und war dies der Grund dafür, dass die Verbindung geöffnet worden war? Es war immerhin möglich.

Die Wirkung, die seine Worte im Gesicht des Elfen hervorriefen, blieb Nestor nicht verborgen. »Wer immer ihr seid und was immer ihr im Schilde führt«, fuhr er fort, »König

Corwyn und seine Gemahlin Alannah werden euch finden und euch vernichten!«

»Was hast du gesagt?« Ruuhl horchte abermals auf.

»Ich sagte, dass der König und die Königin euch finden und vernichten werden.«

»Alannah«, rief Ruuhl. »Du hast den Namen Alannah erwähnt!«

»Das ist der Name unserer Königin.«

»Eine Menschenfrau?«

»Nein, sie ist Elfin von Geblüt«, antwortete Nestor. »Aber sie hat sich von euresgleichen losgesagt, um bei den Menschen zu leben – und nach allem, was ich sehe, kann ich sie zu dieser Entscheidung nur beglückwünschen«, fügte er mit Blick auf die blutüberströmten Leichen hinzu.

»Eine Elfin mit Namen Alannah«, murmelte der Dun'ras. Konnte das sein? Nach all den Jahren?

Nein, sicher nicht. Es war zu lange her, zu viel Zeit war vergangen.

Nestor, der das Zögern seines Peinigers als Zeichen von Furcht missdeutete, verfiel in höhnisches Gelächter. Eimerweise schüttete er bitteren Spott über Dun'ras Ruuhl und seine Untergebenen aus, lachte so laut, dass sich seine Stimme überschlug ...

Bis er jäh verstummte.

Er zuckte zusammen, blickte an sich herab – und sah die gebogene Elfenklinge, die in Höhe seines Herzens in seine Brust gefahren war. Nestor von Taik lebte noch lange genug, um einen Augenblick des eisigen Entsetzens zu empfinden.

Dann brach er tot zusammen.

»Gut«, sagte Dun'ras Ruuhl, während er ungerührt seine Klinge an der Kleidung des Leichnams reinigte, »unser Weg führt uns also nach Westen, nach Tirgas Lan.«

»Werden wir dort erfahren, was uns widerfahren ist, großer Dun'ras?«, fragte einer der Leibwächter.

»Nicht nur das«, antwortete Dun'ras Ruuhl. »Wenn wahr ist, was ich vermute, werden wir schon bald nach Hause zurückkehren. Ein Triumph ohnegleichen wird uns erwarten, und unser geliebter Herrscher wird uns für unsere Mühen tausendfach entlohnen.«

»Wann brechen wir auf?«, fragte ein anderer Gardist.

»Noch heute. Wir werden uns ein Schiff nehmen und nach Arun übersetzen, damit wir so rasch wie möglich nach Tirgas Lan gelangen. Ich muss diesen sogenannten König sehen.«

»Und was ist mit ihm?«, fragte der Gardist, auf Lao deutend. »Sollen wir ihn auch zum Schweigen bringen?«

Ruuhl zögerte einen Moment.

»Nein«, entschied er dann, »lasst ihn am Leben. Er soll berichten, was er gesehen hat, damit die Menschen wissen, was es bedeutet, einen Dun'ras zum Feind zu haben. Denn eines steht fest, du kleiner Bastard«, fügte er hinzu, an Lao gewandt. »Die Zeit der falschen Könige ist zu Ende. Die Dunkelelfen sind zurück. Und mit ihnen alle Schrecken ...«

# 5.

# TRURKOR ROCHG

Es war das erste Mal, dass Balbok und Rammar in einem Dorf der Gnomen weilten.

Eigentlich war kein Ork besonders erpicht darauf, sich die Behausungen der Grünblütigen aus der Nähe anzuschauen, denn für gewöhnlich war es das Letzte, was er sah, und dann meist auch nur aus dem unbequemen Blickwinkel von jemandem, den man in einen großen Eisenkessel geworfen hatte, dessen Wasser allmählich zu sieden begann. Noch immer hegte Rammar nicht den geringsten Zweifel daran, dass dieses Schicksal auch ihm und seinem Bruder drohte, wenngleich die Gnomen bislang keine dementsprechenden Anstalten machten.

Die kleinen Kerle, die Rammar gerade bis zur Hüfte und Balbok nur etwas über die Knie reichten, hatten sie quer durch den Dschungel geführt und dann vorbei an bizarren Felsformationen und rauschenden Katarakten, durch dunkle Hohlwege und enge Schluchten.

Das Dorf selbst lag in einem trichterförmigen Talkessel, dessen Hänge dicht bewaldet waren. Anders als Rammar stets angenommen hatte, hausten die Gnomen nicht in Bodenlöchern, sondern in kugelrunden Hütten, die sie aus Lehm bauten und die sich zu abenteuerlich anmutenden Gebilden zusammensetzten. Die Wände wiesen runde Fenster und Türen auf, aus denen gelbe Augenpaare starrten, allerdings nicht ein einziges davon – das musste auch Rammar zugeben – in ungestilltem Blutdurst.

Der Anführer des Gnomentrupps hörte auf den Namen

Fovl. Stolz führte er die Orks zu dem freien Platz in der Mitte des Dorfes, um den sich die Kugelhütten gruppierten. Eine der Behausungen war größer als alle anderen und bestand aus drei übereinandergetürmten Kugeln. Da es gewisse Regeln gab, die offenbar für alle Rassen galten – darunter die, dass die Mächtigsten immer auch die protzigsten Hütten hatten –, nahm Rammar an, dass dies das Haus des Häuptlings war.

»Wartet hier«, wies Fovl sie an und verschwand in dem Gebäude, dessen Eingang von mehreren Gnomenposten bewacht wurde. Die Orks blieben zurück.

Rammar konnte nicht behaupten, dass er sich wohl dabei fühlte, inmitten eines Gnomendorfs zu stehen, und das ohne jegliche Deckung. Andererseits hatten die Grünblütigen bisher nicht mal den Versuch unternommen, den Orks die Waffen abzunehmen, was eigentlich nicht auf feindliche Absichten schließen ließ. Sollten die kleinen Strolche es tatsächlich ehrlich meinen?

Balbok war weit weniger misstrauisch als sein Bruder. Als einige Gnomenkinder herbeieilten und kichernd an ihm emporblickten, schnitt er allerlei Grimassen.

»Süß«, meinte er, als sich die jungen Gnomen auf den Boden warfen und vor Lachen kringelten.

»Verdammt!«, raunte ihm sein Bruder von der Seite zu. »Kannst du nicht mal jetzt aufhören, ans Fressen zu denken?«

»Aber Rammar, so meine ich es doch nicht. Ich …«

Er unterbrach sich, als Fovl wieder in der Tür des Häuptlingshauses erschien und zu ihnen zurückkehrte, in Begleitung eines weiteren Gnomen, der mehr breit als hoch war und Rammar damit ungleich sympathischer als die drahtigen Exemplare, die die Gnomenzunft sonst hervorzubringen pflegte. Bekleidet war der Feiste mit einem langen Mantel aus zottigem Fell. Außerdem hatte er sich allerhand Zeug um den kurzen Hals geschlungen – Lederbänder mit Tierzähnen, Knochen, Vogelkrallen und andere Talismane. Zweifellos war dies der Anführer des Stammes. Offenbar wussten die Grünen die Pracht einer gepflegten Leibesfülle zu schätzen, und vielleicht, dachte Rammar, waren sie doch nicht so primitiv, wie er stets angenommen hatte ...

»Willkommen in unserem Dorf«, sagte der Feiste feierlich und breitete die kurzen Arme aus. »Ich bin Bovl der Achte, König dieses bescheidenen Reichs.«

»Ihr habt einen König?«, fragte Balbok unbedarft. »Für die paar Hüt...?« Er verstummte, weil Rammar ihm auf den Fuß trat und sein Gewicht dabei so verlagerte, dass der Hagere das Gefühl hatte, seine Zehenknochen würden pulverisiert.

»Es ist uns eine Ehre, großer König«, erklärte Rammar rasch und verbeugte sich, was ihm aufgrund der eigenen Leibesfülle gar nicht so leichtfiel. »Gestattet, dass wir uns vorstellen: Ich werde Rammar der schrecklich Rasende genannt, und dies ist Balbok, mein leider nur mit wenig Verstand bedachter Bruder.«

»Er ist uns willkommen«, versicherte Bovl, »ebenso wie du selbst, Rammar der Rasende.«

»Der schrecklich Rasende«, beharrte Rammar.

»Der schrecklich Rasende«, verbesserte sich der Gnom höflich. »Es ist lange her, dass wir Orks als Gäste in unseren Hütten begrüßen durften – wir wollen daher ein Fest veranstalten, wie es unser Dorf lange nicht mehr erlebt hat, mit euch als unsere Ehrengäste.«

»Also doch!« Drohend hob Rammar den *saparak*. »Wusste ich's doch, dass ihr nicht besser seid als alle anderen Grünblütigen, denen ich bislang begegnet bin! Aber kommt nur, los doch! Rammar der schrecklich Rasende wird seine Haut so teuer wie möglich verkaufen, das schwöre ich euch!«

Den *saparak* beidhändig erhoben, hatte er einen Satz zurück gemacht und sprang wie ein vom Sonnenstich ereilter Bergtroll hin und her, die Zähne gefletscht und voller Angriffslust knurrend – bis er die fragenden Blicke bemerkte, mit denen nicht nur die Gnomen, sondern auch sein Bruder ihn bedachten.

»Alles in Ordnung?«, erkundigte sich Balbok zweifelnd.

Als Rammar sah, dass keiner der Gnomen Anstalten machte, sich auf ihn zu stürzen (auch ein Kessel war weit und breit nicht zu sehen), lief seine Empörung, die kurz davor gewesen war, in einen handfesten Anfall von *saobh* umzuschlagen, ins Leere. Was folgte, war die zwangsläufige Konsequenz eines völlig grundlosen Tobsuchtsanfalls – Rammar kam sich vor wie ein ausgemachter *umbal*.

»Natürlich«, behauptete er, »alles in Ordnung. Ich wollte unseren ... unseren Freunden nur zeigen, wie wir in der Modermark eine Einladung anzunehmen pflegen.«

»Aber Rammar, wir ...« Balbok brachte seinen Einwand nicht zu Ende – der Blick, den sein Bruder ihm schickte, ließ ihn verstummen; der leiseste Funke genügte, um die soeben erstickte Flamme des *saobh* neu zu entfachen

»So wollen wir das Fest sofort beginnen!«, rief der Gnomenkönig begeistert und schickte einige Worte in seiner eigenen Sprache hinterher, worauf das eben noch so verschlafen wirkende Dorf schlagartig zum Leben erwachte.

Die Türen der Kugelhütten flogen auf, und Dutzende kleiner grüner Leiber setzten daraus hervor und drängten auf den Dorfplatz. Ein Gnomenkrieger stieß in ein langes, mehrfach gewundenes Horn, das einen entsprechend zerknitterten Ton von sich gab, und es kamen noch mehr Gnomen herbeigeeilt, nicht nur Krieger und Handwerker, sondern auch Frauen und Kinder. Aus allen Himmelsrichtungen strömten sie herbei, krochen aus verborgenen Ritzen und Löchern, was Rammars Vorurteile bezüglich der Behausung von Gnomen zumindest teilweise bestätigte.

Im Nu wurde auf dem Dorfplatz Holz angehäuft und ein Feuer entzündet, das Rammar noch immer misstrauisch beäugte. In den Kessel, den die Gnomen herantrugen, wurden jedoch nur gammelige Tierkadaver geworfen, sodass sich der Ork wieder beruhigte.

Die Unterbrechung ihres Alltags, der anders als bei den Orks aus harter Arbeit zu bestehen schien, war für die Gnomen eine willkommene Abwechslung; nicht einer war dabei, der nicht den Eindruck erweckt hätte, mit Freuden an der Feier teilzunehmen.

Allenthalben wurde Balbok und Rammar freundlich zugenickt, tätschelte man ihre Waden oder bedachte sie mit breitem Lächeln, das zuvorkommend wirken sollte, Rammar aber jedes Mal zusammenzucken ließ, wenn Reihen spitzer gelber Gnomenzähne sichtbar wurden.

Balbok hingegen schien mit alldem keine Probleme zu haben. Bereitwillig ließ er sich von Fovl zu seinem Ehrenplatz geleiten, von wo aus er den Feierlichkeiten beiwohnen sollte, zusammen mit König Bovl und einigen der Ältesten, verhutzelten Gnomen, die so gebückt gingen, dass sie die Köpfe fast zwischen den Knien trugen, und deren Haut wie bemooste Baumrinde aussah. Dass die bislang stets gültigen Regeln des Fressens und Gefressenwerdens an diesem Ort keine Gültigkeit zu haben schienen, störte den hageren Ork nicht weiter.

Leise vor sich hin maulend, folgte Rammar seinem Bruder; das Fest war unterdessen schon in vollem Gang. Holzleitern waren an den Kessel gelegt worden, auf deren obersten Sprossen mehrere Gnomenfrauen standen und mit langen Löffeln im Kessel rührten. Der Geruch, der von dem eigenwilligen Eintopf ausging, hätte Menschen vermutlich den Magen umgedreht – das etwas anders gelagerte Geschmacksempfinden eines Orks fand durchaus Gefallen daran.

»Hast du gesehen?«, fragte Balbok, als sich Rammar neben ihm niederfallen ließ und dabei um ein Haar einen unvorsichtigen Gnom zerquetschte.

»Was soll ich gesehen haben?«

»Die haben die Viecher einfach so in den Topf geworfen. Mit Fell und Zähnen und allem Drum und Dran.«

»Und?«

»Keine schlechte Idee, oder?«, meinte Balbok und war begeistert. »Dadurch spart man viel Zeit. Ich sag dir, Rammar, von den Grünblütigen können wir noch was lernen.«

»Ist das dein Ernst?«

»*Korr.*«

Rammar verzichtete darauf, direkt zu antworten. Seine Erwiderung bestand aus einer Reihe knurrender und grunzender Laute, die sich nicht direkt in Worte übertragen ließen, aber ziemlich misslaunig klangen – und das, obwohl Rammar eigentlich zufrieden und glücklich hätte sein müssen. Nicht nur, dass ihnen das Schicksal erspart blieb, im Magen gefräßiger Gnomen zu enden, sie waren vermutlich auch die ersten Orks, denen das zweifelhafte Vergnügen zuteilwurde, an einem Festessen der Grünblütigen teilzunehmen und dabei nicht der Hauptgang zu sein.

Dennoch stimmte etwas nicht.

Der dicke Ork vermochte es nicht zu benennen, aber irgendetwas störte ihn. So froh er darüber war, Kuruls dunkler Grube einmal mehr entkommen zu sein, so sehr missfiel ihm, wie es dazu gekommen war. Es war nicht recht, an diesem Feuer zu sitzen, in trauter Einheit mit den Gnomen, denn es lief allen Regeln zuwider, die Rammar in seinem Leben gelernt hatte und die sich in seinen Schädel eingehämmert hatten.

Die Gesetze der Natur schienen an diesem seltsamen Ort keine Gültigkeit zu haben, und das behagte ihm nicht, denn es roch – abgesehen vom Kadavereintopf, der seinen beißenden Gestank über die Lichtung verbreitete – für seinen Geschmack entschieden zu sehr nach übernatürlichem Wirken.

Oder um es in aller Deutlichkeit zu sagen: nach Elfenzauber!

Während sich Balbok darüber offenbar nicht die geringsten Gedanken machte, wurde Rammar das Gefühl nicht los, dass sie vorgeführt wurden. Wie ein düsterer Schatten legte sich dieser Gedanke über sein ohnehin nicht sehr sonniges Gemüt, und auch eine Gruppe singender Gnomenkrieger, die wild zappelnd um das Feuer tanzten, mit über den Schultern verschränkten Armen und abwechselnd die Beine werfend, konnte seine Stimmung nicht heben.

»Nun«, erkundigte sich König Bovl im Überschwang der festlichen Stimmung, die nicht nur ihn, sondern auch seine Untertanen ergriffen hatte, »wie gefällt euch unsere Feier, meine Freunde?«

»Großartig«, log Rammar, worauf der König seinen Leuten ein Zeichen gab und die Tänzer noch ein wenig höher hüpften.

Nachdem ihre Darbietung beendet war, traten Musikanten auf, die auf einer Reihe typischer Gnomeninstrumente – Rammar sah eine Schädeltrommel, eine Knochenlaute und mehrere Darmflöten – zu einem Reigen aufspielten, zu dem nun die Frauen und Kinder um das Feuer tanzten.

Während Balbok auch dieser Narretei etwas abgewinnen konnte, wurden Rammars narbige Züge immer verdrießlicher. Zur Fratze jedoch gerieten sie, als einige der Gnomenfrauen auf ihn zukamen und ihn aufforderten, sich ihnen beim Tanz anzuschließen.

»Douk!«, wehrte er entschieden ab und schüttelte das klobige Haupt. »Das kommt nicht in Frage.«

»Aber es ist eine große Ehre, dem Reigen der Kriegerinnen beizutreten«, wandte König Bovl irritiert ein.

»Wenn schon – ein Ork aus echtem Tod und Horn tanzt nicht, verstanden? Allenfalls bringt er andere zum Tanzen und ...«

Der Rest des Satzes blieb ihm im Rachen stecken, denn wider Erwarten sprang sein Bruder auf, gesellte sich zu den kichernden Gnominnen und begann, gemeinsam mit ihnen in aberwitzigen Verrenkungen um das Feuer zu springen.

»Dein Bruder tanzt aber doch«, stellte der König mit einiger Zufriedenheit fest.

»Korr«, musste Rammar zähneknirschend zugeben, »offensichtlich ...«

Es blieb nicht die einzige Demütigung, die er an diesem Tag, der sich mit Fortschreiten der Feier allmählich dem Abend zuneigte, über sich ergehen lassen musste. Während Balbok mit naiver Freude bei der Sache war, begnügte sich Rammar damit, eine böse Miene zum guten Spiel zu machen – sowohl, als sie beide zu Ehrenmitgliedern des Stammes ernannt wurden, als auch, als der Eintopf serviert wurde, der es weder geschmacklich noch an Schärfe mit einem halbwegs gelungenen *bru-mill* aufnehmen konnte. Was Balbok jedoch nicht davon abhielt, das Zeug kübelweise in sich hineinzuschütten.

Die Dämmerung war bereits hereingebrochen, und der grau bewölkte Himmel hatte sich von Westen her tiefrot verfärbt, als sich etwas Unerwartetes ereignete. Erst glaubte Rammar noch, der Gnomenkrieger, der schreiend und völlig aufgelöst aus dem Wald und auf den Dorfplatz stürzte, wäre Teil einer neuen Darbietung. Aber dann sah er, dass der Gnom nur noch eine Hand hatte – von der anderen war nur noch ein trauriger Stumpf übrig, den der Gnom jammernd an sich presste und aus dem schwallweise grünes Blut pulsierte. Rammar wurde klar, dass dies nicht mehr zur Festlichkeit gehörte – so dämlich, sich aus Lust und Laune zu verstümmeln, waren nicht einmal die Grünen …

Völlig entkräftet und mit vor Schmerz verzerrten Zügen brach der Gnom vor seinem König zusammen. Die keuchenden Laute, die er hervorstieß, waren für die Orks nicht zu verstehen, aber sowohl Balbok als auch Rammar sahen das wachsende Entsetzen, das sich in der Miene Bovls des Achten niederschlug.

»Was ist?«, wollte Rammar wissen, nachdem der Bote seinen Bericht beendet hatte – einige seiner Artgenossen schleppten den Verletzten davon.

Augenblicke lang schien Bovl nicht in der Lage zu antworten. Totenstille war auf dem Dorfplatz eingekehrt, aller Augen waren auf den König gerichtet.

»Die Legion«, flüsterte er dann fast unhörbar.

»Was?«

»Die Legion«, wiederholte er. »Die Dunkle Legion …«

»Was soll das sein?«, fragte Rammar, dessen Stirn sich in blankem Unverständnis zerknittert hatte.

»S-sie ist auf dem Weg hierher«, sagte der König, als hätte er Rammars Frage gar nicht gehört. »Wir müssen fliehen – sofort!«

»Was?«, rief Rammar. »So plötzlich? Aber wieso …?«

Der Gnomenkönig beachtete ihn tatsächlich nicht mehr. Wie von einer giftigen Schlange gebissen, schoss er in die Höhe und rief etwas mit lauter, sich überschlagender Stimme – und einen Lidschlag später war nichts mehr, wie es eben noch gewesen war.

Die Gnomen verfielen in helle Panik. Wie aufgeschrecktes Federvieh stoben sie auseinander und rannten in alle Richtungen davon, Frauen wie Kinder, Krieger wie Alte. Sogar den Kessel mit dem Eintopf ließen sie – zu Balboks größtem Unverständnis – treulos im Stich.

»Was ist denn los?«, erkundigte er sich ratlos bei seinem Bruder.

»Ich weiß es nicht«, brummte Rammar, »aber wenn du mich fragst, sollten wir es ihnen gleichtun und schleunigst verschw…«

Plötzlich war donnernder Hufschlag zu hören, das umgebende Dickicht platzte auf, und Scharen bis an die Zähne bewaffneter Kämpfer stürzten daraus hervor, einige zu Pferd, die meisten jedoch zu Fuß. Sie waren schlank und groß, überragten die Gnomen um das Drei- bis Vierfache, und sie trugen glänzende schwarze Rüstungen, deren Schulterpartien mit Dornen versehen waren. Die Visiere der Helme waren geschlossen, sodass die Gesichter der Angreifer nicht zu erkennen waren. Wie ein Sturmwind fegten sie über die Lichtung und hielten mit ihren langen, leicht gebogenen Klingen blutige Ernte unter den Gnomen.

»Bloß weg hier!«, brüllte Rammar, der sah, wie sich einer der Grünblütigen unter wirbelnden Säbelhieben gewissermaßen in seine Bestandteile auflöste. Nie hätte er gedacht, dass ihn der Tod eines Gnomen jemals betroffen machen könnte – in diesem Augenblick jedoch war dies der Fall.

Die Orks fuhren herum und flüchteten ins Dickicht, das zum Glück nicht fern war. Kopfüber sprangen sie in die Wand aus dichtem Farn, die sie aufnahm und verschlang. Atemlos in ihrem Versteck kauernd, beobachteten die Brüder, was weiterhin geschah.

Die Angreifer – wer immer sie waren – schienen es nicht darauf abgesehen zu haben, die Dorfbewohner allesamt zu massakrieren. Nachdem sie einige von ihnen niedergemetzelt hatten, trieben sie den Rest wie eine Herde Vieh auf dem Dorfplatz zusammen. Nicht einer der Gnomenkrieger leistete, sehr zu Rammars Verdruss, auch nur einen Funken Widerstand. Stattdessen streckten sie die Waffen.

Die Reihen der schwarz gerüsteten Kämpfer, die sie umzingelt hatten und sie mit ihren Klingen bedrohten, teilten sich, und eine hochgewachsene Gestalt ritt auf die Gnomen zu. Sie trug zu Helm und Rüstung noch einen schwarzen Umhang und blickte geringschätzig auf die Gnomen herab, die alle betreten zu Boden starrten und am ganzen Körper zitterten vor Angst.

»*Ur'asartul*«, knurrte Balbok, dem die Arroganz des Reiters missfiel. »Wer ist der Kerl?«

»Woher soll ich das wissen?«, zischte Rammar.

In diesem Augenblick klappte die Gestalt auf dem Rappen das Visier des Helms nach oben, als wollte sie Balboks Frage beantworten. Die Gesichtszüge, die darunter zum Vorschein kamen, waren aschgrau, und die mandelförmigen Augen verrieten allzu deutlich, welcher Sorte Wesen der Reiter und seine Krieger angehörten ...

»*Sul-hai'coul*«, ächzte Rammar. »Elfen! Dachte ich's mir doch, dass sie ihre spinnendürren Finger im Spiel haben!«

»Tatsächlich«, raunte Balbok. »Aber das sind keine gewöhnlichen Schmalaugen«, fügte er mit Blick auf die dornenbestückten schwarzen Rüstungen hinzu.

»*Korr*«, stimmte Rammar zu. »Endlich sind diese hässlichen Kerle mal ordentlich angezogen!«

Der Anführer der Elfen ergriff das Wort. Da er sich einer fremden Sprache bediente, verstanden die Orks nicht, was er sagte. Sein Tonfall jedoch war unverhohlen drohend, und immer wieder gebrauchte er das Wort *dun'ras*, was immer es bedeuten mochte.

König Bovl, der sich zunächst unter seinen Untertanen versteckt hielt und sich erst zeigte, als die Elfen offenbar drohten, ansonsten ein paar der Gnomenkinder in Stücke zu schneiden, hielt den Kopf gesenkt und zitterte am ganzen feisten Körper. Worum auch immer es bei der Unterhaltung gehen mochte, es war klar ersichtlich, wer das Sagen hatte. Widerstrebend wandte sich Bovl daraufhin seinen Leuten zu und hielt eine kurze Ansprache. Dann schritt er die Reihen seiner Untertanen ab und suchte einige von ihnen aus.

Zögernd und mit Furcht in den gelben Augen traten die Ausgewählten vor, worauf sie sofort von den Elfenkriegern in Empfang genommen wurden. In Windeseile legte man ihnen Ketten an und führte sie ab ...

»Nun sieh dir das an«, raunte Rammar seinem Bruder in unverhohlener Bewunderung zu. »Ist das zu glauben? Diese Schmalaugen haben eine wahre Schreckensherrschaft errichtet.«

»*Korr*«, stimmte Balbok zu.

»Elfen verbreiten Furcht und Grauen. Man müsste fast darüber lachen, wenn es nicht so furchtbar traurig wäre.«

»*Korr*«, bestätigte Balbok erneut, legte den Kopf weit in den Nacken, riss den Mund auf und brachte ein lautes »Ha...« hervor.

»Willst du wohl das Maul halten?«, unterbrach ihn sein Bruder grob. »Ich sagte ›müsste‹!«

»Aber ich lache ja nicht«, versicherte sein Bruder und wedelte mit der Pranke, »ich muss niesen. Haaa...«

»Untersteh dich! Du wirst uns noch verraten!«

»...tschiii!«

Es war kein Niesen, das Balboks Rüssel entfuhr, sondern schon viel eher ein mittelschweres Unwetter, gefolgt von einem halben Pfund schimmelgrünen *rochgs*, der quer über die Lichtung flog, geradewegs vor die Hufe des Pferdes, auf dem der Anführer der Elfen saß. Das Tier scheute, und sein Reiter hatte zunächst alle Hände voll zu tun, es wieder unter Kontrolle zu bringen. Dann jedoch glitt sein Blick in die Richtung, aus der das unverhoffte Geschenk gekommen war. »Da hast du's«, ächzte Rammar flüsternd. »Nun sieh, was du angerichtet hast!«

Schon eilten behelmte Elfenkrieger herbei, die mit ihren langen Speeren ins Dickicht stocherten – und die beiden Orks schon im nächsten Moment entdeckten.

»Arrgh!«, ließ sich Rammar empört vernehmen, den eine der Spitzen geradewegs in den *asar* piekte. »Wollt ihr wohl damit aufhören, ihr elendes Schmalaugengesocks?«

Wenn die Elfenkrieger von seinem Gemaule beeindruckt waren, so ließen sie es sich nicht anmerken. Unnachgiebig wurden die beiden Orks aus dem Unterholz getrieben, entwaffnet und vor den Anführer der Elfen geführt. Dieser zeigte ein hochmütiges Grinsen, was Rammar als schlechtes Omen deutete.

»Sieh an«, höhnte der Elf, die Sprache der Westmenschen benutzend, die auch den Orks geläufig war. »Was haben wir denn da?«

»Was haben wir denn da?«, äffte Rammar den Tonfall des Elfen nach. »Das siehst du doch, verdammt. Ich werde Rammar der schrecklich Rasende genannt, und dies ist mein Bruder Balbok ...«

»... der ungemein Brutale«, fügte Balbok mit belehrend erhobenem Klauenfinger hinzu.

»Der schrecklich Rasende und der ungemein Brutale?« Der Elf starrte sie an und wusste offenbar nicht, wie er darauf reagieren sollte.

»*Korr*«, bestätigte Rammar großspurig, »und du tätest gut daran, uns unbehelligt ziehen zu lassen, Schmalauge, sonst ...«

»*Wie* hast du mich gerade genannt?« In dieser einen Frage schwang so viel unausgesprochene Drohung, dass sogleich Totenstille auf dem Dorfplatz einkehrte. Elfen wie Gnomen hielten den Atem an, sogar die Kinder hörten zu wimmern auf.

»Nun, äh … ich …«

»Sprich dich nur aus«, verlangte der Elfenführer und beugte sich im Sattel wissbegierig vor. In seinen dunklen, fast schwarzen Augen loderte kaltes Feuer.

»Sch-Sch-Schönauge«, würgte Rammar hervor, auf dessen grüner Stirn sich kleine Schweißperlen gebildet hatten. Er hatte sich an den Gnomenkrieger erinnert, den man auf so unfeine Weise in Stücke geschnibbelt hatte, und das ließ seine Wut über die Gefangennahme und seinen schmerzenden *asar* verpuffen. »Das ist ein Ehrentitel, mit dem wir besonders mutige und verwegene Feinde bedenken.«

»Ehrlich?«, fragte Balbok und schaute ihn verblüfft von der Seite an.

»Korr«, bestätigte Rammar und flehte seinen Bruder mit bettelndem Blick an, bei Kuruls Grube nur ja das Maul zu halten.

Vergebens …

»Aber Rammar, du hast doch *Schmalauge* zu ihm gesagt«, erinnerte Balbok, der es einmal mehr als seine Pflicht ansah, dem offenbar nachlassenden Gedächtnis seines Bruders auf die Sprünge zu helfen. »So nennen wir die Elfen doch, weil sie so ungemein bescheuert aussehen. Wir verhöhnen sie damit und machen uns über sie lustig.«

»*Douk!*«, wehrte Rammar ab. »Das tun wir nicht!«

»Aber natürlich. Außerdem nennen wir sie auch oft Gesocks, Geschmeiß oder …«

»Das genügt!«, verschaffte sich der Anführer der Elfen Gehör, und dies mit derart schneidender Stimme, dass sich einer der Gnomen – ein buckliger Alter, dessen Gesicht nicht mehr grün war, sondern ein kränkliches Gelb aufwies –

an die Brust griff und stöhnend niedersank. »Ihr beiden redet euch um Kopf und Kragen, das ist euch doch klar?«

»Mir ja, Euer Durchlauchtbarkeit«, erwiderte Rammar untertänig und deutete trotz seiner Leibesfülle eine Verbeugung an. »Meinem Bruder leider nicht.«

»Ihr wisst wohl nicht, wen ihr vor euch habt?«

»*Douk*, bedauerlicherweise nicht.«

»Ich bin Dalach, Zweiter Dun'ras der Insel – und ich schätze es nicht, von niederen Kreaturen verspottet zu werden!«

»Ver-verständlich«, stotterte Rammar.

»Wo kommt ihr überhaupt her?«

»Von ziemlich weit«, antwortete der feiste Ork ausweichend.

»Offenbar.« Der Dun'ras nickte. »Es ist lange her, dass ich euresgleichen in freier Wildbahn gesehen habe.«

»In – in freier Wildbahn?« Balbok horchte auf. »Was heißt das?«

»Das heißt, dass wir nach all den Jahrhunderten, in denen ihr nichts anderes getan habt, als zu fressen und zu saufen, endlich eine sinnvolle Verwendung für euch gefunden haben.«

»Eine sinnvolle Verwendung?« Verwirrt wandte sich Balbok an seinen Bruder. »Was meint er damit, Rammar? Was ist falsch daran, zu fressen und zu saufen?«

»Ich weiß nicht, welchem überaus gnädigen Schicksal ihr es zu verdanken hattet, dass ihr bis zum heutigen Tag frei herumlaufen konntet«, sagte der Elf mit bösem Lächeln, »aber ab jetzt ist es damit vorbei – ihr werdet arbeiten, genau wie alle anderen eures Volkes.«

»A-arbeiten?«, fragte Rammar fassungslos.

»Allerdings«, bestätigte der Anführer der Elfen. »Kraft meines Amtes verurteile ich euch zu lebenslanger Zwangsarbeit, abzuleisten in den Minen von Crysalion.« Dann wies er seine Leute an: »Abführen und in Ketten legen!«

»Einen Augenblick«, bat sich Rammar aus, als einige der Elfenkrieger Balbok packten und auch er ergriffen werden sollte. »Da muss ein Irrtum vorliegen!«

»Ein Irrtum?« Der Dun'ras hob verwundert eine Braue.

»Orks arbeiten nicht«, erklärte Rammar kategorisch. »Weder aus Zwang noch aus sonst einem Grund.«

»Wie du willst«, sagte der Elf gelassen. »Dann werde ich euch eben bei lebendigem Leibe häuten und mir aus deiner räudigen Pelle ein paar neue Stiefel machen lassen. Und anschließend ...«

»Schon gut, schon gut«, unterbrach ihn Rammar schnell. »Vielleicht gibt es ja doch den einen oder anderen Grund, aus dem Orks arbeiten.«

»*Korr*«, stimmte Balbok zu. »Vielleicht ...«

# 6. MINRAS'HAI UR'KRO

Es musste eine Art Strafkommando sein – anders konnte sich Rammar weder das ungewöhnliche Erscheinungsbild der Elfen noch ihr Auftreten erklären.

Alle Schmalaugen, denen er bislang begegnet war, waren – Königin Alannah vielleicht einmal ausgenommen – zerbrechliche weißhäutige Kreaturen gewesen, deren Schöngeisterei und memmenhaftes Rumgeseire ihm gehörig auf die Nerven gegangen waren. Diese Elfen jedoch waren offenbar aus einem ganz anderen Holz geschnitzt, waren rüde, grausam, ungerecht und gnadenlos und hätten Rammar eigentlich sympathisch sein müssen, hätte sich ihre Feindseligkeit nicht auch gegen ihn gerichtet.

Das Gespür des feisten Orks für höhere Autoritäten sowie die Bereitschaft, im Notfall jegliches Gefühl für Stolz zu unterdrücken und sich zu unterwerfen, hatte ihm schon häufig das Leben gerettet – dieses Mal jedoch schien er damit nicht weit zu kommen. Auch dafür verdienten die Elfen im Grunde Bewunderung – auch wenn es schwerfiel, jemanden zu bewundern, der einen in rostiges Eisen legte, das tief in die Haut schnitt und sich bei jedem Schritt klirrend und schwer in Erinnerung brachte.

Nicht nur die Orks und die Gnomen, auch einige Kobolde schritten in der Reihe der Gefangenen, die von den Elfen durch den Urwald geführt wurden, wie Perlen zu einer Kette aufgefädelt, und den Abschluss bildete ein humpelnder Höhlentroll. Offenbar waren auch der Troll und die Kobolde vom Anführer der Schmalaugen zu Zwangsarbeit verurteilt worden – darauf ließen jedenfalls ihre betrübten Mienen und der glanzlose Blick ihrer Augen schließen. Auch Rammar erschien die Aussicht, den Rest seiner Tage *unter* Tage schuften zu müssen, nicht gerade verlockend, aber immerhin war er am Leben, und das war doch schon mal etwas. Auch wenn er noch immer der Ansicht war, dass er die Gefangennahme hätte verhindern können, wäre ihm nicht ein gewisser anderer Ork in den Rücken gefallen.

»Was meinst du, Rammar?«, ließ sich Balbok halblaut vernehmen, kaum dass Rammar an ihn gedacht hatte; er ging in der Kolonne direkt hinter ihm. »Wohin sie uns wohl bringen?«

»Woher soll ich das wissen?«, schnappte Rammar. Er wandte den Kopf und starrte seinen Bruder an. »Nenne mir nur einen Grund dafür, weshalb ich dir nicht den Schädel von den Schultern reißen und ihn dir in deine dämliche Visage werfen sollte! Das alles haben wir nur dir zu verdanken!«

»Aber Rammar, ich …«

»Zuerst deine saudumme Nieserei. Und dann auch noch die Sache mit dem Obermotz der Schmalaugen. Denkst du denn gar nicht vorher nach, bevor du das Maul aufmachst?«

»Ich wollte helfen«, erklärte Balbok mit rührender Aufrichtigkeit.

»Er wollte helfen!« Rammar schüttelte den Kopf. »Und wie du uns hilfst – in Kuruls dunkle Grube nämlich! Um ein Blödhirn wie dich wär's nicht schade, aber wenn ich daran denke, dass ein genialer Verstand wie der meine …«

»He, der Fette da!«, erklang plötzlich eine harsche Stimme.

»Wer? Ich?«, fragte Rammar entgeistert.

»Wer denn sonst? Der Fette eben!«

Einer der Elfenkrieger hatte sein Pferd direkt neben ihn gelenkt und blickte hochmütig auf ihn herab. Obwohl der Ork vor Wut am liebsten aus der Haut gefahren und – wenn die Möglichkeit dazu bestanden hätte – in *saobh* verfallen wäre, zwang er sich zu einem Grinsen.

»Ja?«, fragte er. »Hoheit wünschen?«

»Dass du dein hässliches Maul hältst!«, lautete die barsche Antwort. »Sonst werde ich dich auspeitschen, hast du kapiert?«

»*K-korr*«, versicherte Rammar kleinlaut, während sich tief in seinem Inneren erneuter Groll auf seinen Bruder ballte, der ihn durch sein Gequatsche – so sah es jedenfalls Rammar – einmal mehr in Gefahr gebracht hatte.

Irgendwann, das schwor er sich, würde er ihn dafür zur Rechenschaft ziehen ...

Durch dichten Dschungel gelangten sie zurück zu der alten Straße, die durch das grüne Dickicht führte. Obwohl das Pflaster brüchig war und von Wurzelwerk aufgesprengt, kam die Kolonne auf dem steinernen Band ungleich rascher voran als im unwegsameren Gelände, und trotz der Ketten war das Gehen weniger beschwerlich.

Nur ab und zu gönnten die Elfen ihren Gefangenen eine Rast. Wenn der Zug eine Quelle passierte, ließ man die Gefangenen saufen, und als sich der Tag dem Ende zuneigte, wurden sie auf einer Lichtung zusammengetrieben, wo sie sich ins Gras legen und schlafen sollten.

Eingepfercht zwischen dem Höhlentroll und seinem Bruder Balbok, war Rammar allerdings nicht in der Lage, auch nur ein Auge zuzutun. Zwar hatte man dem Troll zur Sicherheit die Zähne ausgebrochen, jedoch lieferte sich die tumbe Kreatur mit Balbok einen regelrechten Wettstreit im Schnarchen. Jeder der beiden blies und grunzte, dass Kuruls Donner dagegen wie ein sanftes Murmeln anmutete, und Rammar, obwohl er beide Klauen auf die Ohren presste, fand einfach keine Ruhe. Erst gegen Morgen fiel er in kurzen, unruhigen Schlaf, aus dem ihn das Knallen einer Peitsche unsanft weckte.

Unerbittlich wurden seine Mitgefangenen und er auf die Beine getrieben, und der Gewaltmarsch durch den Urwald ging weiter. Wohin er führte und wie lange die Reise noch dauern würde, war nicht in Erfahrung zu bringen.

Gegen Mittag lichtete sich das dichte Grün der Bäume, und die Überreste von Gebäuden wurden sichtbar – steinerne graue Ruinen, die von Schlinggewächsen und Moos überwuchert waren. Einstmals mochte es sich um prachtvolle Paläste gehandelt haben, aber es waren nur noch brüchige Mauern und einzelne verwaiste Säulen übrig, die sich trotzig in den Himmel reckten, so als wollten sie nicht wahrhaben, dass ihre Zeit zu Ende war.

Weder war zu erkennen, wer die Herren dieser Siedlung gewesen waren, noch was zu ihrem Untergang geführt hatte. War es ein Krieg gewesen? Hatte Kurul sie in einem Anfall von *saobb* vernichtet? Oder hatten ihre Bewohner die Stadt irgendwann aus ganz anderen Gründen verlassen und sie damit dem Verfall preisgegeben und sie dem Dschungel überlassen, der sich das Territorium allmählich zurückeroberte?

Rammar konnte es gleichgültig sein – er fand am gegenwärtigen Zustand der Gebäude ohnehin wesentlich mehr Gefallen als an trutzigen Mauern und herrschaftlichen Türmen. Hinzu kam der Geruch von Fäulnis und Verwesung, der über der Lichtung lag und für den dicken Ork fast etwas Anheimelndes hatte, weil er ihn an daheim erinnerte, an die Modermark.

Würde er sie jemals wiedersehen? Oder war diesmal seine Gier zu groß gewesen? Würde er womöglich an dem Brocken ersticken, den er sich in seiner Habsucht hatte einverleiben wollen?

In einem Augenblick seltenen Selbstzweifels gestand sich Rammar ein, dass er nicht ganz unschuldig war an der Bredouille, in die sie geraten waren – auch wenn sein Anteil daran natürlich weitaus geringer war als der Balboks und seinen Bruder natürlich die Hauptschuld traf ...

Der Marsch ging weiter, vorbei an den Ruinen und zurück ins Dickicht, in dem sie immer wieder auf die Überreste alter Türme und Tempel stießen, ehe sich der Urwald endgültig lichtete und einer kargen Felslandschaft wich.

Die Orks vernahmen ein Rauschen, das immer lauter wurde und sich schließlich als Brandung herausstellte, die schäumend gegen schroffe Felsklippen schlug. Oberhalb der steil abfallenden Küste führte ein schmaler Pfad in westliche Richtung, dem der Zug der Gefangenen folgte.

»Och!«, rief Balbok gegen den Wind, der an den Küstenfelsen entlangstrich. »Wer hätte gedacht, dass der Modersee in diesem Jahr so viel Wasser führt?«

»Das ist nicht der Modersee, *umbal*«, widersprach Rammar. »Das ist das Meer.«

»*Korr*, mehr als im letzten Jahr«, stimmte Balbok zu, der wegen des heulenden Windes nur das letzte Wort verstanden hatte.

»Red keinen *shnorsh*!«, fauchte Rammar. »Es ist das Meer, hörst du? Das Meer!«

»Viel mehr«, bestätigte Balbok.

»Nein, Faulhirn! Kannst du denn nicht ein einziges Mal auf das hören, was ich sage? Es ist das Meer! Die See, verstehst du?«

»Natürlich sehe ich, dass es mehr ist«, entgegnete Balbok ein wenig indigniert. »Und verstanden habe ich es auch.«

»Was hast du verstanden?«, fragte Rammar ächzend.

»Na ja, dass der Modersee auf einmal viel Wasser führt und ...«

»Aber das habe ich gar nicht gesagt.«

»Was hast du dann gesagt?«

»Das Gegenteil.«

»Wovon?«

»Von dem, was du gesagt hast!«

»He, ihr beiden da – sofort das Maul halten!«, schrie sie ein elfischer Bewacher an. »Sonst werfe ich euch augenblicklich in den Abgrund, habt ihr verstanden?«

»*Korr*«, versicherte Rammar schnell. »Natürlich haben wir verstanden.«

»Wir sind ja nicht dämlich!«, fügte Balbok rasch hinzu.

Der Marsch führte weiter an der Küste entlang, vorbei an vorgelagerten Inseln, die in der nebeligen Gischt nur zu erahnen waren. Teils verlief der Pfad oberhalb der schroffen Felsen, dann wieder war er direkt in das dunkelgraue Gestein gehauen und führte unmittelbar am steilen Abgrund entlang, gerade breit genug, um den Höhlentroll noch passieren zu lassen.

Rammars größte Sorge war es, dass der Koloss, dessen Gehirn trotz seiner immensen Körpergröße noch um einiges kleiner war als das Balboks, das Gleichgewicht verlieren und in die Tiefe stürzen könnte, denn wegen der Kette, durch die sie miteinander verbunden waren, hätte der Troll alle anderen Gefangenen mit in den Tod gerissen. Was Balbok und die Gnomen betraf, so hielt sich Rammars Mitgefühl in Grenzen – er selbst allerdings hatte vor, am Leben zu bleiben, auch wenn seine Zukunftsaussichten derzeit nicht sehr erbaulich waren.

Immer wieder knallten die Peitschen ihrer Bewacher und trieben sie unnachgiebig an. Sobald einer der Gefangenen infolge der Strapazen das Marschtempo verlangsamte, verpassten die Elfen ihm brutale Schläge, die blutige Striemen hinterließen. Aber nicht nur die Peitschen, auch Hunger und Durst machten den Gefangenen zu schaffen. Seit dem frühen Morgen hatten sie nichts mehr zu trinken bekommen und schon den dritten Tag in Folge nichts mehr gegessen. Auch was ihre Rücksichtslosigkeit betraf, hätten die Elfenkrieger es ohne Weiteres mit einem Ork aufnehmen können, stellte Rammar fest, während sein Rachen wie Feuer brannte und sein knurrender Magen nach einem Brocken Fleisch verlangte.

In einem Anfall von Schwäche, der ihn scharenweise Gnomen sehen ließ, die in einen bereits angeheizten Kessel sprangen, fragte er sich, ob es arg auffallen würde, wenn plötzlich einer der kleinen Kerle fehlte. Nun, vielleicht sollte er lieber die Nacht abwarten und sich dann einfach einen der Grünblütigen greifen. Schon sah er sich mit hungrigem Blick unter ihnen um und überlegte, welcher wohl das leichteste Opfer sein würde – als der Marsch unvermittelt endete.

Am Fuß eines fast senkrecht aufragenden Berges entlang, der geradewegs aus den Klippen emporzuwachsen schien und sich wie ein Wachturm an der Steilküste erhob, führte der Pfad wieder landeinwärts. Doch auf dem Berg erblickten die Gefangenen etwas, das sie mit offenen Mäulern staunen ließ.

Eine Festung.

Jedenfalls nahm Rammar an, dass es sich bei dem, was er sah, um eine Festung handelte, denn ein vergleichbares Bauwerk war ihm noch nie vor Augen gekommen: Die Mauern, Kuppeln und Türme auf der Spitze des Berges sahen aus, als bestünden sie nicht aus Stein, sondern aus stumpfem dunklem Glas, das matt das Licht der allmählich untergehenden Sonne reflektierte. Überhaupt hatte es nicht den Anschein, als wäre die Burg oder was immer es war, tatsächlich *erbaut* worden; viel eher sah es aus, als hätte irgendein widerlicher Zauber sie auf dem Gipfel des Berges *wachsen* lassen.

Jedes Gebäude und jeder Turm hatte kleinere Anbauten, die sich erneut teilten und wiederum kleinere Fortsätze aufwiesen, sodass das Gebilde ein wenig wie ein riesiger kristallener Baum anmutete. Die Festung ragte weit über den flachen Berggipfel hinaus, auf dem sie thronte, und bot mit ihren unzähligen Türmen und Spitzen, die in den dunkelnden Himmel ragten, einen eindrucksvollen und – auch wenn Rammar es nicht gern zugab – Furcht einflößenden Anblick.

Auch die Gnomen schienen dies so zu empfinden; sie wimmerten und begannen aufgeregt miteinander zu tuscheln, bis die Peitschen ihrer Wachen sie mit lautem Knallen zum Schweigen brachten. Gern hätte Rammar in Erfahrung gebracht, was für ein seltsames Bauwerk dies war, aber er behielt die Frage für sich. Zum einen hatte er keine Lust, sich ebenfalls blutige Striemen einzuhandeln, zum anderen war er sicher, dass er ohnehin bald eine entsprechende Antwort erhalten würde …

Über eine Straße, die sich in engen Serpentinen den Berg emporwand, ging es steil nach oben, sehr zu Rammars Verdruss, der sich ohnehin kaum noch auf den Beinen halten konnte. Schweißbedeckt und mit glasigen Augen blickte er immer wieder zur Burg empor, nur um festzustellen, dass sie ihr noch nicht nennenswert näher gekommen waren. Es war, als würde die Kristallfestung über ihnen schweben, fern und unerreichbar. Dafür machte Rammar eine andere Entdeckung. Denn je höher sie hinaufstiegen, desto weiter reichte der Ausblick, der sich den Gefangenen bot, und zu seiner Verblüffung stellte Rammar fest, dass das Land, auf dem sie sich befanden, keineswegs nur auf einer Seite ans Meer grenzte, sondern davon umgeben war.

Nicht nur im Norden, sondern auch im Westen und Osten erstreckte sich graue See, so weit das Auge reichte, und Rammar nahm an, dass dies auch für den Süden galt, wo sich der Dschungel im Dunst verlor. Die unmittelbare Folgerung, die sich daraus ergab, jagte dem dicken Ork eisige Schauer über den Rücken.

»Siehst du das auch, *umbal*?«, raunte er seinem Bruder zu, während sie sich über steile Stufen quälten, die in das Gestein gehauen waren. »Wie's aussieht, befinden wir uns auf einer verdammten Insel!«

»Auf einer Insel?«

»Genau das.«

»Das kann nicht stimmen«, war Balbok überzeugt.

»So?« Rammar stöhnte laut auf. »Und warum nicht?«

»Weil es im Modersee keine Inseln gibt«, erklärte ihm der Hagere voll Überzeugung.

Wäre Rammar nicht durch den tagelangen Marsch und den steilen Aufstieg am Ende seiner Kräfte gewesen, keine noch so dicke Eisenkette hätte ihn daran gehindert, seinem Bruder an die Kehle zu gehen und ihn in einem akuten Anfall von *saobh* zu erwürgen. So aber musste er sich damit begnügen, noch einmal laut aufzustöhnen, während er sich zum ungezählten Mal fragte, welch dunkles Schicksal ausgerechnet ihn mit einem derart bescheuerten Anverwandten gestraft hatte.

Je weiter der Pfad bergan führte und je offensichtlicher es wurde, dass Rammars Vermutung richtig war, desto mehr drängte sich dem feisten Ork wieder die Frage auf, wohin es ihn und seinen Bruder verschlagen hatte. Daran, dass Elfenzauber im Spiel war, hegte er längst keinen Zweifel mehr, aber es musste ein sehr mächtiger und gefährlicher Zauber gewesen sein, der sie derart weit von zu Hause fortgebracht und an diese tristen Gestade verbannt hatte, an denen offenbar Elfen das Zepter schwangen und Orks, Trolle und Gnomen dazu verdammt waren, in Ketten gelegt zu werden und Sklavenarbeit zu verr…

Ein Geräusch unterbrach seinen Gedankengang, und es weckte in den engen Windungen seines Gehirns unangenehme Assoziationen: der helle Klang von Hämmern, mit denen auf Stein gehauen wurde.

Zum einen erinnerte Rammar dieses Geräusch an jene Spezies, die er mehr hasste als jede andere, zumal einer ihrer Abkömmlinge ihm und seinem Bruder in der Vergangenheit übel mitgespielt hatte, nämlich die Zwerge. Zum anderen – und das war beinahe noch schlimmer – klang es nach harter, anstrengender Arbeit.

»Hörst du das?«, raunte er seinem Bruder zu.

»Korr.«

»Was das wohl zu bedeuten hat?«

Die Antwort erhielt der feiste Ork eher, als ihm lieb war. Denn schon im nächsten Augenblick führte die sich steil emporwindende Straße an einer Öffnung im Fels vorbei, die mit dicken Gitterstäben verschlossen war. Jenseits davon herrschte flackerndes Zwielicht, jedoch konnte Rammar einen flüchtigen Blick auf die elenden Gestalten erheischen, die dort in Ketten lagen und mit riesigen Hämmern den Fels bearbeiteten. Die meisten von ihnen waren halbnackt und trugen allenfalls noch Fetzen am Leibe, und ihre narbigen Körper waren so dürr und ausgemergelt, dass Rammar einen Augenblick brauchte, um die grässliche Wahrheit zu erkennen: Es waren Orks!

Er sog scharf den Atem ein und war einen Moment lang wie erstarrt vor Entsetzen, dann trieben die Peitschen der Bewacher ihn weiter. Je höher sie gelangten, desto lauter wurde der Klang der Hämmer, und mit jeder Öffnung, die sie passierten und durch die die Gefangenen einen Blick in ihre eigene düstere Zukunft werfen konnten, steigerte sich Rammars Entsetzen. In einem Bergwerk arbeiten zu müssen wie ein elender Hutzelbart war nicht nur die größte vorstellbare Schmach, sondern auch das denkbar grausigste Ende, das es mit einem Unhold nehmen konnte. Im Kampf und mit dem *saparak* in den Klauen zu sterben war eine Sache (obwohl Rammar es auch damit noch nie besonders eilig gehabt hatte), aber sich zu Tode zu schuften, war derart erbärmlich, dass man schon ein Mensch sein musste, um daran irgendetwas Gutes zu sehen.

»Nun?«, höhnte eine Stimme von oben herab. »Wie gefallen euch die Aussichten?«

Rammar schaute auf und zuckte zusammen, als er sah, dass Dun'ras Dalach, der grausame Anführer der Strafexpedition, sein Pferd an seine Seite gelenkt hatte.

»Wenn ich mich recht entsinne, haust ihr Unholde doch gern in Höhlen, oder nicht?«, fragte er mit bösem Grinsen.

»D-das ist wahr«, gab Rammar zu.

»Dann sind die Minen genau der rechte Ort für euch«, war Dalach überzeugt. »Arbeitet gut, und ihr werdet leben. Arbeitet schlecht, und ihr werdet euch nach Kuruls Grube sehnen. Hast du kapiert?«

Rammar kam kurz der Gedanke, sich mit seiner ganzen Leibesfülle gegen den Rappen zu werfen; es würde genügen, um den Elf samt seinem Reittier von der Straße zu fegen und in die Tiefe zu stürzen. Aber der Ork wagte es nicht, denn er mochte sich nicht vorstellen, was die anderen Elfen dann mit ihm angestellt hätten. Also begnügte er sich damit, folgsam zu nicken und weiter einen Fuß vor den anderen zu setzen.

Sie gelangten auf eine Art Plateau, wo in der Felswand eine noch viel größere Öffnung klaffte. Ein Tor war darin eingelassen, das von zwei schwer bewaffneten Elfenkriegern bewacht wurde.

»Also los, Männer!«, rief Dun'ras Dalach von seinem Pferd hinab. »Hinein mit ihnen!«

Einer der Elfen betätigte einen Öffnungsmechanismus, einen Hebel, der neben dem Tor in die Felswand eingelassen war und den er nach unten drückte. Von einem Augenblick zum anderen verschwand das Gitter, das die Form eines Spinnennetzes hatte, indem es sich zusammenfaltete. Elfenzauber, dachte Rammar erneut. Die Orks und ihre Mitgefangenen wurden erbarmungslos in den dunklen Schlund getrieben.

Rammar startete einen letzten hilflosen Versuch, sich dem düsteren Schicksal zu entziehen. »Ich habe mit alldem nichts zu tun!«, rief er flehentlich. »Mein Bruder ist an allem schuld! Er wollte sich unbedingt an dem Schatz vergreifen, und er war es auch, der ...«

Weiter kam er nicht, denn der Höhlentroll war bereits durch die Öffnung getreten – und sein nächster Schritt ging ins Leere! Er stürzte in die Tiefe und riss seine Mitgefangenen, die an ihn gekettet waren, kurzerhand mit.

Einen gellenden Schrei auf den wulstigen Lippen, verlor Rammar den Boden unter den Füßen und hatte das Gefühl, von einem gähnenden Abgrund verschluckt zu werden.

Es währte allerdings nur einen Augenblick, dann folgte der Aufschlag.

Es war das Glück der Gefangenen, dass der Troll zuerst gesprungen war, so fielen sie vergleichsweise weich auf seinen Leib – wäre es andersherum gewesen, wäre es fraglos unbequemer geworden.

Doch dann landete jemand direkt auf Rammar, dazu noch mit den Füßen voran in seinem Gesicht.

Balbok ...

»Du langes Elend, kannst du nicht aufpassen, wohin du stürzt?«, ereiferte sich Rammar, während er sich von dem Troll wälzte und sich seine schmerzende Nase rieb, aus der dunkles Orkblut quoll. »Nun sieh dir an, was du wieder angerichtet hast!«

»Hast du dir wehgetan?«

Nicht Balbok hatte die selten dämliche Frage gestellt, sondern ein anderer Ork, der unvermittelt hinzugetreten war, eine Fackel in den dürren Klauen. Überhaupt bot er einen jämmerlichen Anblick: Sein Körper war abgemagert, seine Haltung gekrümmt. Sein Gesicht hatte die gesunde grüne Farbe verloren und wirkte bleich, der Schädel war kahl und die Augen tief in den Höhlen versunken. Bekleidet war er mit einem Fetzen Fell, den er sich mit einem Strick um die Hüften gebunden hatte.

»Wer bist denn du?«, wollte Balbok wissen.

»Der Vorarbeiter«, antwortete der Bucklige mit matter, gleichgültiger Stimme.

»Der Vorarbeiter?«, wiederholte Rammar ungläubig.

»So ist es.«

»Hast du auch einen Namen?«, fragte Balbok. Titel und Funktionen hatten unter Orks nicht allzu viel Bedeutung. Entscheidend dafür, wie viel Respekt man jemandem entgegenbrachte (zumindest bis zu dem Augenblick, da man ihn in einem Anfall von *saobh* erschlug), war allein der Name, denn an ihm konnte man erkennen, ob jemand berüchtigt war und ob man sich über ihn heldenhafte Gräueltaten an den Lagerfeuern erzählte.

»Einen Namen?« Der magere Ork machte ein erstauntes Gesicht.

»Natürlich«, drängte Rammar. »So was wirst du doch wohl haben, oder etwa nicht?«

Der bucklige Ork überlegte. »Nein«, sagte er dann. »Ich habe keinen Namen. Und wenn ich es mir recht überlege – niemand hier in den Minen hat einen Namen.«

»Willst du uns ver*shnorsh*en?«, brauste Rammar auf. Dann wies er mit dem Krallenfinger auf seine Brust. »Ich bin Rammar der Rasende ...«

»Der *schrecklich* Rasende«, verbesserte Balbok.

»... und dies ist mein ebenso langer wie dämlicher Bruder Balbok«, fuhr Rammar unbeirrt fort.

»Der ungemein Brutale«, fügte Balbok hinzu, dann schaute er den mageren Ork an. »Also, und wer bist du?«

»Der Vorarbeiter«, kam es ein wenig ratlos zurück.

»Du ... du hast wirklich *keinen Namen*?«, fragte Balbok völlig verwirrt.

Der Bucklige schüttelte den Kopf. »An diesem Ort haben wir keine Verwendung dafür. Margoks niedere Diener brauchen keine Namen.«

»Margoks niedere Diener? Was meinst du damit?«

»Wisst ihr es denn nicht?« Der Vorarbeiter legte den Kopf schief, um seine Artgenossen mit einem mehr als eigenartigen Blick zu bedenken.

»Was, verdammt noch mal?«, brauste Rammar auf, dem allmählich der Geduldsfaden riss. »Was sollen wir nicht wissen?«

Der Bucklige deutete hinter sich in die Dunkelheit, aus der das tausendfache Klopfen der Steinhämmer drang. »Dies sind Margoks Minen, und er selbst haust dort oben in der Festung. Wir alle sind seine Sklaven ...«

# 7.

# ACHGOSH LASH'DOK'DH

Noch immer hatte Dun'ras Ruuhl an dem zu beißen, was er in Tirgas Anar in Erfahrung gebracht hatte.

Nicht genug damit, dass die Menschen die Elfen offenbar als Herren von *amber* beerbt hatten, sie hatten auch noch ein neues Königreich errichtet. In keiner Weise waren sie mehr mit jenen primitiven Wilden zu vergleichen, die in alter Zeit die Ostlande besiedelt hatten. Die Menschen dieser Zeit und Welt schienen eine selbstbewusste Rasse zu sein und hatten gelernt, ihre Geschicke selbst in die Hand zu nehmen. Doch Dun'ras Ruuhl lebte lange genug, um zu wissen, dass nichts von Bestand war. Herrscher kamen und gingen, Königreiche erhoben sich aus der Asche von Kriegen, um schließlich wieder darin zu versinken. Die einzige Konstante war die Veränderung.

Und Veränderung war der Nährboden für das Chaos …

Nach all den Jahrhunderten, in denen das Volk der Dunkelelfen isoliert gewesen war, hatte sich endlich eine Möglichkeit zur Rückkehr nach *amber* ergeben. Viele Jahre, nachdem sie die letzte Schlacht verloren hatten, bot sich die Gelegenheit zur Rache.

Noch war es nicht mehr als eine Vermutung, ein bloßer Verdacht, den Ruuhl hegte – wenn er sich jedoch bewahrheitete, so würde der Rückkehr des Dunklen Herrschers nichts im Wege stehen. Selbstüberschätzung hatte den Dunkelelfen damals im Ersten Krieg der Völker den Sieg gekostet, Verrat den Triumph im Zweiten. Diesmal jedoch würde nichts und niemand den Siegeszug Margoks und seiner Diener aufhalten.

Am Bug des Schiffes stehend, das ihn und seine Leibwächter über die stürmische Ostsee getragen hatte, blickte Ruuhl auf das dunkle Band, das nach Südwesten hin das Meer begrenzte und immer deutlicher aus dem Küstennebel hervortrat – die Gestade Aruns. Zumindest sie schienen noch so zu sein wie zu Ruuhls Zeiten: zerklüftete Felsen, oberhalb derer sich karges Land erstreckte, das gen Südosten in die weiten Steppen Aruns überging und im Westen an den Trowna-Wald grenzte. Es war der kürzeste Weg, um nach Tirgas Lan zu gelangen – schließlich wollte Dun'ras Ruuhl dem neuen Monarchen von Erdwelt möglichst bald seine Aufwartung machen.

Es war kein Kriegsschiff, mit dem die Dunkelelfen reisten, sondern ein leichter Handelssegler, was eigentlich unter ihrer Würde war. Doch Ruuhl hatte dieses Schiff gewählt, weil es zum einen schnell und wendig war, und zum anderen, weil er auf den ersten Blick erkannt hatte, dass dessen Kapitän – ein untersetzter Mann mit furchtsamen Gesichtszügen – keinen Widerstand leisten würde. Kurzerhand hatte der Dun'ras das Schiff in Besitz genommen und der Mannschaft befohlen, ihn nach Arun zu bringen.

Einen aufsässigen Maat, der sich weigern wollte, hatte er in Stücke hacken und an die Fische verfüttern lassen, und danach hatte es keinen weiteren Widerspruch mehr gegeben. Ruuhl hatte es genossen, während der Überfahrt auf dem Vordeck zu stehen und den Wind zu spüren, der in sein Haar fuhr und seinen Umhang bauschte. Ein Gefühl von Allmacht hatte ihn dabei durchströmt, wie er es noch nie zuvor in seinem Leben empfunden hatte, und er war sich so lebendig vorgekommen wie seit Urzeiten nicht mehr.

Ein Sturm braute sich über der Welt der Sterblichen zusammen. Ein Sturm der Vernichtung …

»E-entschuldigt, Herr …«

Die näselnde Stimme des Kapitäns riss Ruuhl aus seinen Gedanken. Wutschnaubend blickte er zur Seite, wo sich der kleine Mann bäuchlings auf die Planken geworfen hatte, furchtsam zu ihm aufblickend.

»Was willst du?«

»Die Küste von Arun ist nicht mehr fern, Herr. Wenn Ihr die Gütigkeit hättet, mir zu sagen, wo Euch abzusetzen wir die große Ehre haben ...«

»Die Pforte von Arun – existiert sie noch?«

»G-gewiss, Herr«, versicherte der Kapitän, der über die Frage einigermaßen verwundert schien.

»Dann bring mich dorthin«, beschied ihm der Dun'ras und hielt die Unterredung damit für beendet, doch der Kapitän blieb in unterwürfiger Haltung vor ihm liegen.

»Verzeiht, Herr ...«, sagte er leise.

»Was ist denn noch?«

»Vergebt mir meine Neugier – aber werdet Ihr unsere bescheidenen Dienste noch länger benötigen? Ihr sagtet, dass wir frei wären, sobald wir Euch nach Arun gebracht hätten ...«

»Sagte ich das?«

»Ja, Herr.«

»Hm«, machte Ruuhl nur, was der Kapitän als Bestätigung deutete. Dankesbezeugungen murmelnd, zog er sich langsam zurück, kriechend wie ein Wurm.

Der Segler änderte den Kurs, sodass die Küste nun auf der Backbordseite lag. In spitzem Winkel und mit hoher Geschwindigkeit hielt das Handelsschiff darauf zu. Das Segel blähte sich, und die Taue knarrten, während der Bug durch die Fluten schnitt. Dun'ras Ruuhl ging es dennoch nicht schnell genug.

Von nagender Ungeduld erfüllt, sehnte er den Augenblick herbei, in dem sich der Nebel lichten und die vertrauten Formen der Pforte zu erkennen sein würden – und schon kurz darauf wurde sein Wunsch erfüllt. Zunächst waren es nur undeutliche Schemen, die sich über den gezackten Küstenfelsen erhoben, aber je weiter das Schiff durch den Nebel vordrang, desto deutlicher traten die Umrisse der beiden riesigen Statuen hervor, die als steinerne Wächter am Ufer standen und gen Osten blickten.

In uralter Zeit waren sie errichtet worden, Königin Liadin und König Sigwyn zu Ehren, den Elfenherrschern, die die Grenzen des Reiches bis weit über die Ostsee hinaus erweitert hatten. Glorreiche Zeiten waren dies gewesen, bevor die Herrscher des Elfenreichs korrupt und schwach geworden waren und die Verhältnisse im Reich nach einer Veränderung verlangt hatten.

Die Höhe der Statuen betrug genau achtundvierzig Klafter – einen Klafter für jeden Edelstein in der Krone von Tirgas Lan. Obwohl ihr Alter Tausende von Jahren betrug und sie in all dieser Zeit der zornigen Macht des Wetters ausgesetzt gewesen waren, hatten die Standbilder kaum nennenswerten Schaden davongetragen. Unbewegt standen sie da, in ihren steinernen Gewändern, der König auf sein Schwert gestützt und die Elfenkrone tragend, seine Gemahlin den Zauberstab im Arm, riesig groß und Ehrfurcht gebietend. Beider Blick war gen Osten gerichtet, unbewegt seit Jahrtausenden, wie zum Äußersten entschlossen blickend und ...

Nein, das war nicht richtig!

Verblüfft nahm Dun'ras Ruuhl zur Kenntnis, dass die beiden Statuen nur auf den ersten Blick genauso aussahen, wie er sie in Erinnerung hatte! Nicht nur, dass sich der Gesichtsausdruck von König Sigwyn verändert hatte und ungleich wohlwollender wirkte – es waren auch nicht mehr die Züge eines Elfen, sondern die eines Menschen, und eine steinerne Klappe bedeckte das linke Auge! Verwirrt richtete Ruuhl den Blick auf Königin Liadin und machte bei ihr eine ähnliche Feststellung. Auch ihr Gesicht war ein anderes geworden. Die Hände geschickter Steinmetze hatten dafür gesorgt, dass die Statue ein anderes Antlitz erhalten hatte – und zwar eines, das Dun'ras Ruuhl kannte!

»Nein!«, entfuhr es ihm unwillkürlich. »Das kann nicht sein! Das ist nicht möglich …!«

Seine Leibwächter bemerkten es einen Augenblick später, und auch sie reagierten mit einer Mischung aus Unglauben und Bestürzung, sehr zur Besorgnis der Schiffsbesatzung, die sich nicht erklären konnte, was dies zu bedeuten hatte.

»Ve-verzeiht, Herr«, ließ sich erneut der Kapitän vernehmen, während einige der Leibwächter es ihm gleichtaten und sich zu Boden warfen – allerdings nicht vor Dun'ras Ruuhl, sondern vor der Statue. »Ist etwas nicht in Ordnung?«

»Wer – ist – das?«, grollte Ruuhl, jedes Wort betonend, und deutete auf die beiden Standbilder.

»Kön-König Corwyn und Königin Alannah, die neuen Herrscher von Tirgas Lan«, antwortete der Kapitän stammelnd. »Ihnen zu Ehren wurden die Statuen verändert. Mehr als ein Jahr lang arbeiteten fünfhundert Zwerge …«

Dun'ras Ruuhl hörte schon nicht mehr hin.

»Alannah!«, echote er fassungslos.

Also doch!

Als der Mensch in Anar den Namen erwähnte, hatte er noch an eine zufällige Namensgleichheit glauben wollen – nun jedoch konnte kein Zweifel mehr bestehen. Das Antlitz der Statue war Beweis genug: die hohen Wangen, die schmalen Augen, die entschlossene Stirn, das leicht zugespitzte Kinn – die Ähnlichkeit war unübersehbar!

Dun'ras Ruuhl hatte zu lange gelebt und zu viel gesehen, als dass ihn noch viel hätte überraschen können – in diesem Fall aber brauchte er einen Moment, um seine Fassung zurückzuerlangen. Der Odem der Geschichte schien ihn zu umwehen, und auf einmal war er sich sicher, dass es keine Laune des Schicksals gewesen war, die seine Leute und ihn aus ihrer eigenen Welt und in diese gerissen hatte.

Es war Bestimmung …

# 8.

# TASHOLOR KUUN

Gedankenverloren starrte er in die Flammen. Ihr unsteter Schein warf flackernde Schatten auf seine Gesichtszüge, die gezeichnet waren von den Narben überstandener Kämpfe und umrahmt von dunklem Haar. Das auffälligste Merkmal in seinem Gesicht freilich war die Klappe, die er über dem linken Auge trug und die ihn stets daran erinnerte, wer und was er einst gewesen war.

Ein Kopfgeldjäger ...

Noch vor etwas mehr als einem Jahr hatte Corwyn seinen Lebensunterhalt damit verdient, die weite Wildnis zu durchstreifen, die sich zwischen den Nordsümpfen und dem Scharfgebirge erstreckte, und im Auftrag der dort siedelnden Menschen Orks zu jagen. Keine sehr ehrenvolle Beschäftigung, aber eine, die ihm ein ordentliches Auskommen gesichert hatte.

Bis zu dem Tag, an dem er Rammar und Balbok begegnet war.

Das Zusammentreffen mit den beiden Unholden hatte Corwyns Leben grundlegend verändert, denn mit ihnen hatte er auch Alannah kennengelernt, die Elfenpriesterin, von den Orks aus dem Eistempel von Shakara entführt. Am Anfang waren sie erbitterte Feinde gewesen, aber das Schicksal oder der Wille der Götter – oder auch einfach nur die pure Notwendigkeit – hatte sie schließlich zu ungleichen Gefährten gemacht, denen es gelungen war, den Bann zu brechen, der in alter Zeit über die Stadt Tirgas Lan verhängt worden war, und den Geist des Dunkelelfen Margok zu besiegen.

Doch dass es ausgerechnet sein Haupt gewesen war, auf dem sich damals die Elfenkrone niedergelassen hatte, von magischen Energien geleitet, konnte er immer noch kaum glauben. Durch dieses denkwürdige Ereignis war aus dem Kopfgeldjäger Corwyn König Corwyn geworden, der erste aus dem Geschlecht der Menschen, dem die Herrschaft über ganz Erdwelt zuteilwurde – und obwohl Corwyn es anfangs für ein riesiges Missverständnis gehalten hatte, hatte er sich alle Mühe gegeben, den Pflichten seines Amtes gerecht zu werden.

Dass es ihm halbwegs gelungen war, hatte er allerdings anderen zu verdanken – in erster Linie Alannah, die seine Frau geworden war und die Bürde des Regierens mit ihm teilte, aber auch zwei gewissen Orks, die rund ein Jahr später zurückgekehrt waren, um die Krone Tirgas Lans gegen den Aggressor zu verteidigen, der im fernen Kal Anar zum Krieg gerüstet hatte. Nun, Balbok und Rammar hatten es nicht ganz freiwillig getan, aber immerhin …

»Woran denkst du?«

Alannah, die neben ihm am Feuer saß, inmitten des großen Zeltes, das Corwyns Diener für ihren König errichtet hatten, sah ihn fragend an. Sie hatte sich des langen Kleides aus schwerem Brokat entledigt, das sie den Tag über getragen hatte und das staubgetränkt gewesen war vom langen Ritt, und trug nur noch das Untergewand aus beigefarbener Seide, die sanft um ihren grazilen Körper schmeichelte. Ihr weißes Haar hatte sie hochgesteckt bis auf einige Locken, die neckisch auf ihre schmalen Schultern fielen. Ihre spitzen Ohren, Kennzeichen ihrer Herkunft, waren deutlich zu sehen.

Corwyn hatte nie nachvollziehen können, dass Alannah ihrer Bestimmung und ihrem Elfensein ihm zuliebe entsagt hatte. Was fand sie nur an ihm, dass sie seinetwegen darauf verzichtete, wie alle anderen Elfen zu den Fernen Gestaden zu reisen und dort in immerwährender Glückseligkeit zu leben? Gleichwohl dankte er dem Schicksal jeden Tag aufs Neue dafür, dass es ihm eine solche Gefährtin geschenkt hatte.

»Ich denke an all das, was hinter uns liegt«, antwortete er auf ihre Frage und nahm einen Schluck Wein aus dem Zinnkelch, den er in der Hand hielt. Dann sprach er weiter. »Ich denke an den Krieg und die, die wir verloren haben – und an das, was wir hoffentlich gewonnen haben.«

»Und das wäre?«

»Frieden«, sagte er und gönnte sich einen erneuten Schluck Wein. »Ich hoffe, dass nun ruhigere Zeiten anbrechen und ich nicht mehr in den Krieg ziehen muss. Ich bin des Kämpfens müde, Alannah. Die Knochen tun mir weh, und meine Narben schmerzen, und ich möchte endlich wieder ein festes Dach über dem Kopf. Noch zwei Tagesmärsche, dann ist es endlich geschafft und wir sind zurück in Tirgas Lan.«

»Ich kann nicht glauben, das aus deinem Munde zu hören«, sagte sie lächelnd. »Warst nicht du es, der sich noch vor nicht allzu langer Zeit darüber beschwert hat, dass das Königsamt ihn einenge? Dass er das Leben unter freiem Himmel vermisse und lieber selbst kämpfe, als andere in die Schlacht zu schicken?«

»Ich war ein Narr«, gab Corwyn unumwunden zu. »Inzwischen bin ich ein wenig älter und um einige Wunden reicher, und ich habe das Kämpfen satt.«

»Du brauchst nicht mehr zu kämpfen«, versprach ihm Alannah und rückte auf der schmalen, samtbezogenen Bank näher an ihn heran, um sich zärtlich an ihn zu schmiegen. Corwyn hatte seine Rüstung und seine Krone abgelegt und trug nur wollene Hosen. Sein Oberkörper war nackt bis auf einen Umhang aus Fell, der auf seinen Schultern lag. »Die letzte Schlacht ist geschlagen. Die Ostlande sind befriedet, die Clanlords und Inselherren haben sich deiner Herrschaft unterworfen. Die Zeit der Kriege ist zu Ende, endlich können wieder Frieden und Wohlstand auf Erdwelt einkehren.«

»Glaubst du das wirklich?«, fragte er zweifelnd.

»Du etwa nicht?«

»Ich weiß es nicht.« Corwyn seufzte schwer. »Ich bin des Kämpfens müde, Alannah, und dennoch ist es das Einzige, was ich je gelernt habe und was ich wirklich gut kann. Werde ich den Menschen also auch im Frieden ein guter König sein? Wird meine Autorität allein ausreichen, um ein derart großes Reich zusammenzuhalten?«

Alannah hauchte ihm einen zarten Kuss auf die Wange. »Werden alle Menschen derart von Selbstzweifeln geplagt?«, fragte sie. »Worüber machst du dir Sorgen? Du hast das Reich geeint und das Böse von Kal Anar besiegt. Die Menschen vertrauen dir und folgen dir bereitwillig.«

»Bereitwillig«, wiederholte Corwyn spöttisch und setzte den Kelch erneut an, leerte ihn diesmal bis auf den Grund. »Wären sie das auch, wenn sie wüssten, dass wir unseren Sieg zwei Unholden zu verdanken haben?«

»Nicht nur«, brachte Alannah in Erinnerung. »Wie du weißt, habe ich auch meinen Teil dazu beigetragen.«

»Genau das meine ich.« Er löste den Blick von den Flammen und schaute sie an. »Nicht ich habe den Sieg errungen, sondern andere haben es für mich getan. Die Leute folgen nicht wirklich mir, Alannah, sondern vielmehr dem Bild, das sie von mir haben. Einer Idealvorstellung, die sich aus Geschichten nährt und aus ihren eigenen Wünschen.«

»Und? Was ist falsch daran?«

»Es ist eine Lüge«, war Corwyns Meinung. »Ich bin, was ich bin, verstehst du? Ich werde nie etwas anderes sein.«

»Glaubst du das wirklich?« Diesmal lächelte die Elfin nicht nur – sie lachte herzlich.

»Was ist so komisch?«

»Du«, antwortete sie kichernd.

»Inwiefern?«

»Ich habe Neuigkeiten für dich, Corwyn Kopfgeldjäger!« Alannah sah ihm tief in die Augen. »Zu allen Zeiten haben sich die Menschen ein Idealbild von ihren Herrschern gemacht, und stets sind sie dem gefolgt, der es am besten verstand, sich diesem Idealbild anzunähern – und war es auch nur durch schöne Worte. Denke nur an die Könige des Goldenen Zeitalters – Eoghan, Parthalon, Sigwyn und wie sie alle hießen. Glaubst du denn, ihre Namen wurden über die Jahrtausende in Ehren gehalten und in Liedern besungen für das, was sie *waren*? Natürlich nicht. Helden, mein lieber Gemahl, sind stets das, was man aus ihnen macht. Die Menschen lieben dich nicht für das, was du bist, Corwyn, sondern für das, was sie in dir sehen, für das Ideal, das du vertrittst und das du darstellst. In ihren Augen hast du längst aufgehört, ein sterblicher Mensch zu sein. Du bist zu einer Leitfigur geworden, zum Symbol für den Aufbruch in eine neue Zeit, eine Epoche des Friedens und der Versöhnung. Und es wird unsere Aufgabe sein, diesem neuen Zeitalter Form und Gestalt zu geben. Zweifle deshalb nicht an dir, mein Geliebter«, fügte sie hinzu und küsste ihn erneut, »denn der Mann, der du einst warst, existiert längst nicht mehr. Alles, was du zu tun brauchst, ist, der König zu sein, den sich die Menschen wünschen, und in Weisheit und Gerechtigkeit zu regieren.«

»Und du glaubst, dass ich das kann?«

»Ich glaube es nicht«, flüsterte sie, während sich ihre Münder langsam aufeinander zubewegten, »ich weiß es genau ...«

Sanft trafen ihre Lippen aneinander zu einem innigen Kuss – aber so weit kam es nicht mehr. Denn ein leises Räuspern verriet dem Königspaar, dass es nicht mehr allein im Zelt war.

Sie lösten sich voneinander, und Corwyn sprang auf, griff nach dem Schwert, das neben ihm an der Bank lehnte, und riss es aus der Scheide.

Der Besucher ließ sich nicht davon beeindrucken.

Es war ein alter Mann.

Obwohl unzählige Falten sein Gesicht durchzogen, war seine Körperhaltung dennoch aufrecht, und in seinen Augen brannte ein jugendliches Feuer, das zu seiner übrigen Erscheinung in krassem Widerspruch zu stehen schien. Denn das schulterlange graue Haar des Fremden war zu einer Unzahl dünner Zöpfe verdreht, die nach allen Richtungen von seinem Kopf hingen, ebenso wie der lange Bart, der von Oberlippe und Kinn wucherte. Bekleidet war der Eindringling mit einem weiten Gewand und einem Kapuzenmantel darüber, die beide unzählige Male ausgebessert waren und dafür sorgten, dass der Fremde einen ziemlich verwahrlosten Anblick bot. Nur der Stab, den er in seiner Rechten hielt und auf den er sich stützte, strafte diesen Eindruck Lügen, denn dieser war aus einem unbekannten, weißlich schimmernden Material gefertigt und mit reichen, geheimnisvoll wirkenden Schnitzereien verziert. Und obwohl der Fremde aussah wie ein Obdachloser aus den Gassen Andarils, und Corwyn dergleichen noch nie gesehen hatte, wusste er sofort, worum es sich handelte.

Es war ein Zauberstab …

»Wer bist du? Und was willst du?«, verlangte der König zu wissen. Die Schwertscheide warf er fort, die Spitze der Klinge richtete er auf den Eindringling.

»Ich werde Granock genannt«, stellte sich der Alte mit ruhiger, sonorer Stimme vor.

»Wie bist du hier hereingelangt?«, wollte Alannah wissen. »Die Leibwächter …«

»Eure Leibwächter haben sich entschlossen, den Schlaf der Gerechten zu schlafen«, beschied ihnen der Alte mit amüsiertem Lächeln. »Zürnt ihnen nicht«, fügte er hinzu, auf den Stab in seiner Rechten deutend, »ich bin nicht ganz unschuldig daran …«

»Du bist ein Zauberer«, stellte Corwyn fest.

Granock zuckte mit den Schultern. »Nur wenn die Not mich dazu treibt.«

»Ich dachte, es gäbe keine Zauberer mehr«, sagte Corwyn. »Der Zweite Krieg besiegelte ihren Untergang. Der letzte war Rurak, der Verräter!«

»Du enttäuschst mich ein wenig, König Corwyn«, erwiderte Granock mit augenzwinkernder Strenge. »Ich dachte, der neue Herrscher von Tirgas Lan müsste ein besonders kluger Zeitgenosse sein. An der Existenz von Zauberern zu zweifeln, obwohl ich direkt vor dir stehe, ist ... nun, eher unklug, nicht wahr?«

Corwyn verzog das Gesicht – nicht nur wegen Granocks Bemerkung, die ja nicht gerade schmeichelhaft für ihn war. Er hatte noch nie sehr viel übrig gehabt für Zauberei, und seine Erlebnisse mit dem dunklen Magier Rurak, der die Zeiten überdauert und versucht hatte, den bösen Geist Margoks erneut zu entfesseln, hatten nicht dazu beigetragen, diese Haltung zu ändern.

Jede Art von Magie war dem ehemaligen Kopfgeldjäger zutiefst suspekt. Dass sich auch Alannah ihrer hin und wieder bediente, musste er hinnehmen, aber es gefiel ihm nicht. Seinem Gegner mit dem Schwert in der Hand im offenen Kampf gegenüberzutreten – das war in Corwyns Auge mannhaft und ehrenhaft. Magie jedoch, mit all ihren Tricks und verborgenen Schlichen, war seiner Meinung nach das genaue Gegenteil davon, und so bedauerte er es nicht, dass die Zeit der Zauberer längst vorbei war.

Jedenfalls hatte er das bislang immer angenommen ...

»Was willst du hier?«, fragte Corwyn, und in seiner Stimme lag ein erregtes, zorniges Zittern. »Was fällt dir ein, meine Wachen zu betäuben und dich ins Zelt des Königs und seiner Gemahlin zu schleichen?«

»Ich bitte mein ungebetenes Eindringen zu entschuldigen.« Der Alte deutete eine Verbeugung an. »Es lag mir fern, den König und die Königin zu stören bei ...«, er streifte Alannah, die nur in Unterwäsche dasaß, den linken Unterarm züchtig über den Busen gelegt, mit einem kecken Blick, »... bei was immer sie auch gerade zu tun im Begriff waren.«

»Willst du frech werden?«, knurrte Corwyn.

»Keinesfalls, König, das käme mir nie in den Sinn«, versicherte Granock und verbeugte sich erneut. Doch das schelmische Blitzen in seinen Augen entging Corwyn nicht. Es war ein wenig so, als würde sich die Katze vor der Maus verbeugen ...

»Ich warne dich«, sagte der ehemalige Kopfgeldjäger mit fester Stimme. »Wenn ich rufe, sind zweitausend Krieger zur Stelle, um ihren König zu verteidigen. Dann wird dir auch dein Zauberstab nichts mehr nützen.«

»Daran zweifle ich nicht«, versicherte der Alte. »Aber ich komme nicht als dein Feind, König, sondern als dein Verbündeter. Ich will dich warnen.«

»Mich warnen? Wovor?«

»Vor einer Bedrohung aus den Tiefen der Zeit«, antwortete der Magier rätselhaft. »Vor etwas, das wir erloschen glaubten und das dennoch in unsere Welt zurückgekehrt ist.«

»Eine Bedrohung?« Corwyn lachte bitter auf. »Alter Mann, gerade erst habe ich einen Krieg siegreich entschieden. Es herrscht Frieden im Land und ...«

»Noch«, unterbrach ihn Granock, »aber das wird sich schon sehr bald ändern. Denn gegen den Sturm, der Erdwelt bevorsteht, wird dir das Böse, das sich in Kal Anar verbarg, wie ein laues Sommergewitter vorkommen.«

»Wovon genau sprichst du?«, mischte sich nun Alannah in den Wortwechsel zwischen ihrem Gemahl und dem fremden Besucher ein, den sie bisher schweigend verfolgt hatte. Ihr Blick verriet ehrliche Besorgnis, was wiederum Corwyn in Unruhe versetzte. »Wieso weißt du von Kal Anar? Und was willst du mit deinen düsteren Andeutungen sagen?«

Der Blick, mit dem der alte Zauberer sie bedachte, war unmöglich zu deuten. Milde und Härte, Vergebung und Anklage, Erleichterung und Furcht, Zorn und Freude schienen gleichermaßen darin zu liegen.

»Sag du es mir, Königin«, sagte er schließlich leise.

# 9. DORAS SIORRUSH

Es war deprimierend – selbst für einen Ork.

Anders als die Menschen, deren schwaches Gemüt das Licht der Sonne so bitter benötigte wie ihr zur Schwindsucht neigender Organismus die Luft zum Atmen, hatten Unholde prinzipiell kein Problem damit, ihr Dasein in immerwährender Finsternis zu verbringen. Schließlich gehörte es zu ihren Lieblingsbeschäftigungen, sich in den Höhlen des *bolboug* zu verkriechen und dort nach Herzenslust Blutbier zu saufen und der Völlerei zu frönen, und die Modermark war ebenso berühmt wie berüchtigt dafür, dass sich nur selten ein Sonnenstrahl dorthin verirrte.

Was den Aufenthalt in den Minen von Crysalion so unerträglich machte, war keineswegs das Fehlen von Tageslicht, noch war es der Staub oder der Gestank nach Schweiß und Exkrementen. Es war die Tatsache, dass jeder verdammte Tag angefüllt war mit orkschinderischer, knochenharter Schwerstarbeit.

Zumindest nahmen Balbok und Rammar an, dass es die Tage waren, die sie damit zubrachten, denn ob draußen die Sonne oder der Mond am Himmel stand, während sie mit riesigen Hämmern auf groben Fels einschlugen, wusste niemand von ihnen. Das Einzige, was ihnen entgegenkam, war, dass die Arbeit nicht besonders kopflastig war: Es galt lediglich, den Hammer anzuheben und niederfahren zu lassen, wieder und wieder, und dabei nicht aufzufallen – denn die Sklaventreiber der Elfen verstanden keinen Spaß, und Rammar verspürte keine Lust, zu Tode geprügelt zu werden.

Wie lange sie bereits in den Gruben von Crysalion weilten, wusste keiner der Brüder mit Bestimmtheit zu sagen. Nach ihrer Ankunft hatte man ihnen ihre Kettenhemden und Kleidung abgenommen, und sie hatten sich in stinkende Lumpen gehüllt. Dann hatte man sie aneinandergekettet und ihnen Hämmer in die Klauen gedrückt, und der namenlose Vorarbeiter hatte sie durch ein wahres Labyrinth von Gängen und Stollen geführt, die von Sklavenhand in den Berg getrieben worden waren.

Die überwiegende Mehrheit der Gefangenen waren Orks; nur vereinzelt erblickte man einen Gnomen oder einen Troll. Wie viele es waren, war unmöglich abzuschätzen, zumal Rammar des Zählens nicht mächtig war. Aber in jedem Stollen, den sie betraten, schufteten elend aussehende, bis auf die Knochen abgemagerte Unholde, die nur noch ein Zerrbild des schönen und erhebenden Anblicks waren, den ein Ork eigentlich bot. Wie Maden durch verrottendes Fleisch fraßen sie sich durch den Fels, und Rammar schauderte bei dem Gedanken, wie viele seiner Artgenossen dabei wohl schon auf der Strecke geblieben sein mochten.

In einem noch vergleichsweise kurzen Gang hatte man die beiden Brüder zurückgelassen. Seither waren sie dabei, den Stollen weiter voranzutreiben. Sie schlugen Brocken für Brocken aus dem Gestein – das Geröll abzutransportieren war die Aufgabe anderer Orks, die hölzerne Tragegestelle auf dem Rücken hatten und gebückt gingen von der schweren Last.

»Sag mal, Rammar«, sagte Balbok irgendwann.

»Was willst du?«, kam es barsch zurück. Aus Wut über ihre Gefangennahme und all die Demütigungen, die sie seither über sich ergehen lassen mussten, hatte Rammar kaum noch ein Wort gesprochen.

»Hast du eigentlich eine Ahnung, was wir hier abbauen?«, fragte Balbok zwischen zwei kräftigen Schlägen, die einen ganzen Schwall kleiner Gesteinsbrocken lösten.

»*Shnorsh*, woher soll ich das wissen?«

»Na ja, ich dachte nur ...«

»Mach es lieber so wie ich und zerbrich dir den Schädel über wichtigere Dinge.«

»Nämlich?«, fragte Balbok. Der flackernde Schein der Fackeln, die den Stollen in zuckendes Dämmerlicht tauchten, ließ sein Gesicht noch länger und einfältiger erscheinen.

Rammar ließ den Hammer sinken. Mit einem verstohlenen Blick den Stollen hinab vergewisserte er sich, dass niemand in der Nähe war, der sie hören konnte. »Worüber denke ich wohl nach, Blödhirn?«, zischte er dann. »Natürlich über eine Möglichkeit, wie wir hier rauskommen!«

Balboks Gesicht wurde noch länger. »Gibt es die denn?«

»Natürlich gibt es die«, war Rammar überzeugt. »Wo es einen Weg hinein gibt, gibt es auch einen raus, man muss ihn nur finden. Etwas anderes bereitet mir wesentlich größere Sorge.«

»Und das wäre?«

»Hast du nicht gehört, was der Vorarbeiter gesagt hat? Er sagte, die Sklaven wären Margoks Diener!«

»*Korr.*«

»Und? Kommt dir das nicht seltsam vor?«

»Ein bisschen.« Balbok nickte. »Ich dachte, wir hätten diesem Margok den Garaus gemacht, ein für alle Mal.«

»Genau«, stimmte Rammar zu. »Irgendetwas stimmt ganz und gar nicht mit diesem Ort, Langer, und ich frage mich, was ...«

»Du da! Der Fette!«

Die Stimme schnitt so messerscharf durch die staubige Luft, dass sie das allgegenwärtige Dröhnen der Hämmerschläge übertönte.

Rammar zuckte zusammen.

»W-wer, Herr?«, flötete er. »Meint Ihr mich?«

»Natürlich – oder siehst du hier einen, der noch fetter ist als du?« Einer der Sklaventreiber kam den Stollen herab – ein in schwarzes Leder gekleideter Elfenkrieger, der eine mehrschwänzige Peitsche schwang, an deren Enden Eisendornen befestigt waren. Einen »Orkziemer« pflegten sie so ein Ding zu nennen.

»Du sollst dein hässliches Maul halten und arbeiten, oder ich peitsche dir das Fett von den Rippen. Hast du kapiert?«

»Korr.«

»Elender Fettwanst. Du wirst dir noch wünschen, Kurul hätte dich nie in die Welt gespien!«

»Korr«, bestätigte Rammar noch einmal, wobei er nervös auf die Enden des Orkziemers schielte, die vor ihm hin und her pendelten. Er hatte bereits gesehen, was dieses Ding anrichten konnte, und er wollte es nicht auch noch am eigenen Leib zu spüren kriegen.

»Nimm dir ein Beispiel an dem Dürren und arbeite weiter, du faules Stück Trolldung – andernfalls wird dich Cadocs Zorn treffen. Merk dir das!«

Rammar verzichtete auf eine weitere Bestätigung – stattdessen hob er den Hammer und wandte sich wieder der Felswand zu, um sie mit eifrigen Schlägen zu bearbeiten.

Noch eine ganze Weile lang spürten die Orks den argwöhnischen Blick des Sklaventreibers im Nacken. Irgendwann wagte Balbok einen raschen Blick über die Schulter – und gab Entwarnung.

»Er ist fort«, sagte er.

»Endlich!« Rammar schnaufte und verlangsamte die Folge seiner Schläge. Seine Arme hatten schon zu schmerzen begonnen. »Ich dachte schon, dieser *shnorshor* würde niemals gehen. Diese Schmalaugen haben doch alle was am *klogosh*.«

»Korr«, pflichtete Balbok bei. »Sie benehmen sich nicht wie Elfen, sondern wie Orks. Sogar Kurul scheinen sie zu kennen.«

»Genau das meine ich«, sagte Rammar verdrießlich. »Wann hat man je von Elfen gehört, die wissen, wer Kurul ist? Man könnte fast darüber lachen, wenn es nicht so bitter ernst wäre. Aber wenn du mich fragst, verschafft uns das einen Vorteil.«

»Tatsächlich?«

»Denk nur an unsere Mitgefangenen«, sagte Rammar. »Nicht einer von ihnen hat einen Namen. Offenbar wurden die meisten von ihnen hier unten geboren und haben das Tageslicht nie gesehen.«

»Und?«

»Da fragst du noch, du langes Elend? Etwas auf dieser Insel ist mächtig verkehrt gelaufen. Die Schmalaugen haben das Sagen, und wir Orks sind die Jammerlappen. Dabei muss es doch eigentlich umgekehrt sein. Wir müssen also dafür sorgen, dass die Dinge wieder ins Lot kommen.«

»Ins Lot?« Nun ließ auch Balbok den Hammer sinken und kratzte sich nachdenklich am Hinterkopf, von dem einige schweißnasse Haarsträhnen hingen. »Wie meinst du das?«

»*Umbal*, ich meine, dass wir die Dinge wieder geraderücken müssen. All diese Orks hier drinnen mögen den Eindruck machen, als hätte Koruk ihnen Giftpisse ins Hirn geschüttet. Aber es sind trotzdem Orks! Verstehst du, worauf ich hinauswill? Die warten nur darauf, dass jemand kommt und mit ihnen einen Aufstand anzettelt.«

»Meinst du?«, fragte Balbok wenig überzeugt.

»Und ob! Bei der nächsten sich bietenden Gelegenheit werden wir ihnen von der Modermark erzählen und von den Orks, die dort in Freiheit leben. Das wird sich wie ein Lauffeuer verbreiten, und ehe wir's uns versehen, halten diese Narren ihre Schwachköpfe für uns hin, damit wir unsere Ketten loswerden. Und wer weiß, vielleicht werden wir am Ende sogar die Häuptlinge ihres Stammes. Aus unserem eigenen *bolboug* wurden wir vertrieben, wie du dich erinnerst ...«

»Allerdings«, sagte Balbok und seufzte tief. »Ich weiß aber nicht, ob dein Plan wirklich so toll ist.«

»Hast du vielleicht einen besseren Vorschlag?«, maulte Rammar beleidigt. »Nur immer frei raus damit!«

»*Douk.*« Balbok schüttelte den Kopf.

»Dann halt dein hässliches Maul und arbeite weiter!«

»*Korr.*«

»Du wirst sehen, die warten nur darauf, uns zu ihren Anführern zu machen«, murrte Rammar, verärgert über seinen Bruder, der stets alles madig machen musste, während sie die Felswand vor ihnen wieder mit ihren Hämmern bearbeiteten. »Du wirst schon sehen …«

Es dauerte eine Weile, bis die Gelegenheit kam, auf die Rammar hoffte, um den anderen gefangenen Orks von dem herrlichen Leben in der Freiheit der Modermark zu erzählen.

Es gab keine Schlafquartiere oder dergleichen – wenn das Signal ertönte, die Arbeit einzustellen, legten sich die Orks einfach dort nieder, wo sie gerade gestanden hatten, und betteten ihre Schädel auf harten Stein.

Also blieb nur die Essensausgabe: In Schichten wurden die Gefangenen in eine große Höhle geführt, die tief im Berg lag und in die zahllose Stollen mündeten. Aus riesigen Kesseln wurde eine Suppe ausgegeben, die man mit einem ordentlichen orkischen Magenverstimmer natürlich nicht vergleichen konnte. Sie schmeckte, als hätte man in dem Kessel den Schweiß der letzten Tage gesammelt und darin kurz einen toten Zwerg abgehangen. Nicht einmal Balbok schmeckte die stinkende Brühe. Kein Wunder, dass die Sklaven derart abgemagert waren – die Verpflegung reichte gerade mal aus, um sie am Leben zu halten, und das auch nicht unbedingt über einen längeren Zeitraum.

Immerhin bot die Essensausgabe aber die Möglichkeit, mit anderen Orks in Verbindung zu treten, und von dieser Möglichkeit gedachte Rammar regen Gebrauch zu machen.

Auch wenn es bei Strafe verboten war …

Nachdem Balbok und er ihre Rationen erhalten hatten, zogen sie sich in eine düstere Ecke zurück, um ihre Schüsseln zu leeren. Nicht weit von ihnen entfernt kauerte ein Grünohr – ein junger Ork – in einer Felsnische und schlürfte seine Suppe.

»Schhh«, raunte Rammar ihm zu. »He, du!«

Der Angesprochene schaute herüber, sagte jedoch nichts.

»Ja, dich meine ich. Komm mal her.«

Das Grünohr, ebenso blass und abgemagert wie die übrigen Orks in der Mine, blickte verstohlen nach allen Seiten, dann schlich er zögernd heran.

»So ist es gut«, lobte Rammar. »Ich möchte dir was erzählen.«

»Ihr ... ihr seid die Neuen, nicht wahr?«, fragte der junge Ork. »Ich habe schon von dir gehört.«

»Tatsächlich?«, fragte Rammar geschmeichelt. »Offen gestanden wundert mich das nicht. Sicher hat es sich schon herumgesprochen, wie unerschrocken und tapfer ich bin und ...«

»Douk«, widersprach der Jüngere, der Rammar unverhohlen anstarrte, »sondern wie unglaublich fett du bist.«

»Was soll das heißen?«, brummte Rammar angesäuert und bedachte Balbok, der leise kicherte und gluckste und sich dabei eine Klaue auf sein Maul hielt, mit einem tadelnden Blick.

»Keiner von uns hat je einen Ork gesehen, der so dick ist«, erwiderte das Grünohr schlicht.

»Das liegt daran, dass ihr Kerle nur aus grüner Haut und morschen Knochen besteht«, konterte Rammar. »Ihr seid keine Orks, sondern lächerliche Klappergestelle, nichts weiter!«

Rammars harsche Worte schienen das Grünohr bis ins Mark zu treffen, und er blickte betreten zu Boden. »Ich ... ich weiß ja«, murmelte er leise. »Aber es ist nun mal nicht zu ändern ...«

»Was denn?«, fuhr Rammar ihn an. »Bist du etwa ein *ochgurash*, dass du so herumjammerst?« Sogleich war die alte Angst wieder da, die er gegenüber jenen Orks empfand, die sich zum eigenen Geschlecht hingezogen fühlten.

Zu Rammars größter Erleichterung schüttelte der junge Ork den Kopf »*Douk*. Aber was sollen wir denn tun? Die

Elfen sind die Herren, und Orks sind die Sklaven. So ist es immer gewesen, und so wird es auch immer sein.«

»Das sagst du nur, weil du es nicht besser weißt«, versetzte Rammar. »Euch fehlt einfach der Durchblick, Grünohr.«

»Ach?«, fragte das Grünohr. »Und wie meinst du das?«

»Was würdest du sagen, wenn ich dir von einem Land erzähle, in dem die Orks nicht als Sklaven leben, sondern wild und frei? Sie durchstreifen die Moore und Wälder auf der Suche nach Beute, und wehe dem, der ihnen in die Klauen fällt.«

»Warum?«, fragte der junge Ork, dessen zuletzt entmutigt herabhängende Ohren sich wissbegierig aufgerichtet hatten. »Was passiert dann mit ihm?«

»*Bru-mill*«, erwiderte Balbok, als würde das alles erklären.

»Sie nehmen ihn gefangen und foltern ihn, nur so zum Spaß«, führte Rammar genauer aus. »Oder«, fügte er mit Blick auf seinen Bruder hinzu, den allein der Gedanke an das berühmte orkische Leibgericht laut schmatzen ließ, »sie werfen ihn in einen Kessel, kochen ihn halb gar und fressen ihn.«

»Mein böser Ork!«, entfuhr es dem Grünohr voller Staunen.

»So ist es, mein ahnungsloser Freund«, sagte Rammar. »In diesem Land sind die Orks wilde Krieger, deren Äxte und *saparak'hai* weithin gefürchtet sind.«

»Was ist ein *saparak*?«, erkundigte sich der Jüngere.

Rammar glotzte ihn voller Entsetzen an. »Du weißt nicht mal, was ein *saparak* ist?«

Betretenes Kopfschütteln.

»Bei Torgas Eingeweiden, das ist ja noch um vieles schlimmer, als ich dachte!«, brauste Rammar auf. »Ein *saparak* ist die Lieblingswaffe eines Orks. Es ist ein Speer, dessen Spitze ziemlich lang und mit Widerhaken versehen ist. Hätten diese elenden Schmalaugen mir meinen nicht abgenommen, könnte ich dich jetzt damit aufspießen und dir die Eingeweide aus dem Bauch reißen, dann würdest du sehen, was für eine fabelhafte Waffe das ist.«

»Und damit kämpfen die Orks in eurem Land?«

»*Korr.*«

»Gegen wen?«

»Was weiß ich!« Rammar ruderte mit den kurzen Armen. »Menschen, Gnomen, Trolle, Zwerge – was immer ihnen eben über den Weg läuft. Es kommt nicht darauf an, gegen wen man kämpft, sondern *dass* man kämpft, verstehst du?«

Das Grünohr nickte, worauf sich ein zufriedenes Lächeln über Rammars feiste Züge legte – das allerdings nur von kurzer Dauer war.

»Was ist ein Zwerg?«, wollte das Grünohr wissen.

»Was soll das heißen? Willst du mir erzählen, du hättest noch nie einen Zwerg gesehen?«

Kopfschütteln.

»Gibt es hier auf der Insel denn keine?«

Erneutes Kopfschütteln.

»Wenigstens das«, knurrte Rammar.

»Die Hutzelbärte sind unsere Feinde«, erklärte Balbok anstelle seines Bruders. »Sie werden nur so groß.« Er machte eine unbestimmte Klauenbewegung auf Höhe seiner Knie.

»Ach so«, meinte das Grünohr erleichtert.

»Aber dafür sind sie so verschlagen wie zehn Gnomen«, fügte Rammar verdrießlich hinzu, wobei er vor allem an einen ganz bestimmten Abkömmling der Zwergenrasse dachte, der ihnen wiederholt zugesetzt hatte, und das sogar noch über den Tod hinaus. »Wo wir herkommen«, fuhr Rammar in seiner Lobeshymne auf die Modermark fort, »leben die Orks in Dörfern, *bolboug* genannt. Dort hausen sie in finsteren Höhlen und …«

»Höhlen?«, fragte das Grünohr furchtsam.

»Schon, aber sie sind nicht wie diese hier«, beschwichtigte Rammar, »sondern warm und gemütlich, und drinnen stinkt es nach Moder und Fäulnis, genau wie es sein soll.«

»Verstehe.«

»Und weißt du, was das Beste an unserer Heimat ist?«, steuerte der dicke Ork zielstrebig auf den Höhepunkt seiner Erzählung zu.

»*Douk.*«

»Das Beste ist«, verkündete Rammar feierlich, »dass es dort keine Elfen mehr gibt!«

»Es gibt dort keine Elfen mehr?«, staunte der junge Ork. Rammar verzog verdrießlich das Gesicht. »Das habe ich doch gerade gesagt, oder nicht?«

Grünohr war sichtlich durcheinander. »Aber wie …?«, fragte er, wobei seine Augen wild in ihren Höhlen kullerten. »Woher …?«

»Wo wir herkommen«, setzte Rammar noch eins drauf, »gelten Elfen nur als Pack, als Schwätzer, zu keiner großen Tat mehr fähig. Die lamentieren den ganzen Tag nur herum.«

»*Korr*«, stimmte Balbok zu, »deswegen haben sie alle ihre Schiffe bestiegen und sind zu den Fernen Gelagen gereist.«

»Gestaden«, verbesserte Rammar unwillig.

»Gestaden?«, hakte das Grünohr ängstlich nach. »Ihr sprecht von den Fernen Gestaden?«

»Allerdings. Wieso?«

Der jüngere Ork glotzte zuerst Rammar, dann Balbok mit großen Augen an. Die Verblüffung in seinen Zügen schlug dabei mehr und mehr in Entsetzen um.

»Weil«, druckste er heiser herum, »weil …«

»Nun spuck's schon aus«, forderte Rammar ihn auf. »Was willst du uns sagen?«

»Na ja«, flüsterte Grünohr und senkte den Blick. »Das hier *sind* die Fernen Gestade.«

»Was?«, rief Rammar laut.

»Die Insel, auf der wir uns befinden«, bekräftigte der junge Ork, »wird von unseren Herren die Fernen Gestade genannt.«

»Weißt du das bestimmt?«, bohrte Rammar nach.

Kopfnicken.

»Bist du dir auch ganz sicher?«

Heftiges Kopfnicken.

Balbok und Rammar schauten einander betreten an. Mit manchem hatten sie gerechnet, aber ganz sicher nicht mit dieser Wendung.

»Shnorsh«, sagte Rammar nur.

»Kein Wunder, dass alle Schmalaugen unbedingt hierher wollen«, meinte Balbok verdrossen.

»He, du!«, scholl es plötzlich durch die Höhle, dass alle Gefangenen im weiten Umkreis verstummten. »Der Fette da!«

Rammar, dem klar war, dass nur er gemeint sein konnte, zuckte zusammen – und sah zu seinem Entsetzen keinen anderen als Cadoc auf sich zukommen, den Orkziemer in der Faust.

»Ich rede mit dir, du Riesenstück Trolldung!«, blaffte er. »Habe ich dir nicht gesagt, dass du dein verdammtes Maul geschlossen halten sollst?«

»Das geht nicht«, stellte Balbok klar, ehe sein Bruder etwas erwidern konnte, einen Krallenfinger belehrend erhoben.

»Ach, nein?« Cadocs ohnehin schon schmale Augen wurden noch schmaler. »Und wieso nicht?«

»Na, dann kann er ja die Suppe nicht essen«, erklärte der hagere Ork mit entwaffnender Logik.

Cadoc brauste auf. »Willst du dich über mich lustig machen?«

»Douk«, beteuerte Balbok kopfschüttelnd.

»Das reicht«, zischte Cadoc wutschäumend und rief noch ein paar weitere Wächter herbei. »Euch werde ich schon zeigen, dass man sich mit mir besser nicht anlegt.« Und zu den anderen Aufsehern sagte er: »Der Fette kriegt zwanzig!«

»Ist das viel?«, fragte Rammar, der von Zahlen keine rechte Vorstellung hatte.

»Fünfzig«, schnaubte Cadoc ob dieser neuerlichen Provokation. »Euch werde ich das Fürchten lehren!«

»Das kann ich schon«, versicherte Rammar.

»Siebzig!«

»Siebzig was?«, wollte Balbok wissen.

»Neunzig!«

»Aber ich wollte doch nur ...«, begann Balbok erneut. Rammar jedoch brachte ihn mit einem flehenden Blick zum Schweigen.

»Hundert!«, schrie Cadoc aufgebracht. »Peitschenhiebe! Auf den nackten – wie nennt ihr dieses Körperteil doch gleich? – *asar*!«

# 10.

# SOUN FIRUNN

»Was soll das alles, Zauberer?«, fragte Corwyn ungehalten, noch immer zornig über das ungebetene Eindringen des alten Mannes in sein Zelt. »Von was für einem Sturm ist die Rede? Und wieso soll die Königin etwas darüber wissen?«

»Ja, wieso wohl?« Granock bedachte Alannah einmal mehr mit einem jener jugendlich-herausfordernden Blicke, die Corwyn so wütend machten. Aus welchem Grund, vermochte dieser selbst nicht genau zu sagen.

»Du sprichst in Rätseln«, sagte nun auch Alannah zu dem Zauberer, die anders als Corwyn jedoch gewillt schien, den kauzigen Alten anzuhören. »Könntest du nicht ein wenig deutlicher werden?«

»Du willst, dass ich deutlicher werde, Königin?« Granock grinste freudlos. »Ganz wie du wünschst. Hast du je etwas von den Kristallpforten gehört?«

»Den Kristallpforten?«, schnappte Corwyn, noch ehe Alannah etwas erwidern konnte. »Was soll das nun wieder?«

»Ungeduld war zu meiner Zeit die hervorstechendste und zugleich auch gefährlichste Eigenschaft der Menschen«, bemerkte Granock. »Offenbar hat sich nichts daran geändert.«

»Du musst meinem Gemahl verzeihen«, bat Alannah, die dem Alten – sehr zu Corwyns Missfallen – mit ungewohntem Respekt gegenübertrat. »Er wurde in jüngster Zeit hart geprüft und war gezwungen, schwere Entscheidungen zu treffen. Aber er ist ein weiser und vorausschauender Herrscher.«

»Wenn ich das nicht annehmen würde, Königin«, erwiderte Granock und verbeugte sich auf eine Weise, die man eher einem jungen Galan zugetraut hätte als einem alten Greis, »wäre ich nicht gekommen. Sag mir also, hast du schon einmal etwas von jenen magischen Pforten gehört?«

»Das klingt nach noch mehr Zauberei ...«, murrte Corwyn.

»In der Tat, König«, erklärte Granock. »Vor langer Zeit, als sich das Elfenreich auf dem Höhepunkt seiner Macht befand, wurden jene Pforten geöffnet, die in der Lage waren, jedwede Kreatur, die sie durchschritt, im Bruchteil eines Augenblicks über viele Tagesritte hinweg zu befördern.«

»So ein Unsinn.« Corwyn schüttelte mürrisch den Kopf. »So etwas gibt es nicht.«

»Das ist nicht ganz richtig«, sagte Alannah leise.

Corwyn starrte sie an. »Wie bitte?«

»Zu meinen Aufgaben als Hüterin des Tempels von Shakara gehörte es, über die Geheimnisse der Vergangenheit zu wachen«, erklärte sie ihm. »Und eines dieser Geheimnisse waren die kristallenen Pforten.«

»Dann weißt du um ihre Bedeutung?«, fragte Granock.

»Nein«, gestand sie. »In dem Chaos, das der Zweite Krieg hinterließ, ging ein großer Teil des alten Wissens verloren, darunter auch jenes um die magischen Tore. Ich weiß, dass es sie gab, aber ich kenne nicht ihre Bedeutung.«

»So will ich dir eröffnen, was es damit auf sich hatte«, erwiderte der Zauberer feierlich. »In alter Zeit, als sich das Elfenreich von Shakara im Norden bis Tirgas Dun im Süden und Kal Anar im Osten erstreckte, mit Tirgas Lan als seinem Mittelpunkt, erwiesen sich die weiten Wege zwischen den Zentren der Macht als Nachteil, der die materielle wie geistige Entwicklung des Reiches hemmte. Der herrschende König – es war Iliador – richtete daraufhin ein Ersuchen an den Rat der Zauberer, sich der Sache anzunehmen und eine Lösung zu finden. Der Rat fügte sich dem Wunsch des Königs und rief mit magischer Kraft den *serentir* ins Leben.«

»Den Dreistern«, übersetzte Alannah.

»So wurde er genannt«, bestätigte Granock.

»Was hatte es damit auf sich?«, fragte Corwyn.

Der Alte lächelte. »Wie groß ist die Wegstrecke, die ein Gedanke zurücklegt? Und wie lange braucht das Licht der Sonne, um nach Erdwelt zu gelangen? Dies waren die Überlegungen, die dem Dreistern zugrunde lagen. Man trachtete danach, die Macht der Magie zu nutzen, um solide Materie auf jenem Wege zu befördern, den sonst nur die Gedanken nehmen oder das Licht.«

»Du meinst – durch die Luft?«, fragte Corwyn zweifelnd.

»Wenn du es so besser verstehst – ja«, bestätigte der Alte. »Das tatsächliche Verfahren war jedoch viel komplizierter, und es nahm viele Jahre in Anspruch, es zu entwickeln. Vielleicht wäre es niemals gelungen, hätte nicht ein Elfenmagier namens Qoray, der aus dem fernen Kal Anar stammte, den entscheidenden Durchbruch erzielt. Das Ergebnis war ein Tunnel, der, durch magische Kraft geformt, die Pforten von Raum und Zeit öffnet, sodass jener, der ihn durchschreitet, im Bruchteil eines Augenblicks eine Wegstrecke zurücklegt, für die man auf herkömmlichem Weg viele Tage, wenn nicht Wochen brauchen würde.«

»Unglaublich!«, entfuhr es Corwyn.

»Und dennoch wahr. Von diesem Zeitpunkt an verbanden die Kristallpforten die Zentren des Elfenreichs und ihren Mittelpunkt Tirgas Lan miteinander und waren jeweils in beide Richtungen passierbar. Der Dreistern war geboren.«

»Woher kommt dieser Name?«, wollte Alannah wissen.

»Verbindet man auf der Karte die vier Zentren der alten Welt, so erhält man das Bild eines dreistrahligen Sterns«, erklärte Granock.

»Schön und gut«, meinte Corwyn. »Aber weshalb ist nichts von diesen Dingen bekannt? Ich für meinen Teil habe noch nie etwas von einem Dreistern gehört.«

»Bedauerlicherweise«, fuhr der Alte in seiner Erzählung fort, »waren sowohl der König als auch der Rat über das

Ergebnis ihrer Bemühungen in solche Begeisterung verfallen, dass sie nicht danach fragten, woher Qoray seine Kenntnisse hatte. Im ganzen Reich wurde die Öffnung der Kristallpforten als der Anbruch eines neuen, glanzvollen Zeitalters gefeiert, in dem alles noch besser werden würde. Das Gegenteil war jedoch der Fall.«

»Dieser Qoray«, meldete sich Alannah wieder zu Wort, »dieser Magier aus Kal Anar ...«

»Ja?«

»Ist es möglich, dass wir ihn unter einem anderen Namen kennen?«, erkundigte sich die Elfin, die die unangenehme Wahrheit bereits ahnte.

»In der Tat.« Granock nickte. »Als Qoray trat er dem Orden der Magier in jungen Jahren bei und wurde ein geachtetes Mitglied des Rates. Traurige Berühmtheit jedoch erlangte er unter dem Namen, den er sich gab, nachdem er dem Bösen verfallen war: Margok.«

»Margok?«, echote Corwyn. »Der Dunkelelf?«

»Du kennst ihn?«

»Gewissermaßen«, räumte der König ein, der sich schaudernd an den Kampf gegen Margoks bösen Geist erinnerte.

Granock nickte düster. »In seiner Begeisterung stellte der Rat der Zauberer keine Fragen. Man war von Qorays Fähigkeiten beeindruckt, man feierte ihn als Helden und setzte ihm steinerne Denkmäler. Doch Qoray bediente sich der Kraft der magischen Kristalle, um die Schlünde von Zeit und Raum zu öffnen und seine Armeen der Finsternis binnen eines Lidschlags von einem Teil des Reiches in einen anderen zu befördern. So trug er die Flamme des Krieges bis in die entlegensten Winkel von Erdwelt.«

»Der Erste Krieg der Völker«, flüsterte Alannah. »So also ist es damals gewesen. Ich habe mich immer gefragt, wie es Margok gelingen konnte, die Wächter unseres Volkes zu täuschen.«

»Mit dunkler Magie«, gab Granock zur Antwort.

»Woher weißt du das alles?«, wollte Corwyn wissen, dessen Zweifel noch immer nicht versiegt waren. »Bist du etwa dabei gewesen?«

»Natürlich nicht«, antwortete der Zauberer und schien zum ersten Mal die Geduld zu verlieren. »All dies hat sich nach eurer Zeitrechnung vor fast zwanzigtausend Jahren ereignet, und da ich selbst gerade tausend Winter gesehen habe ...«

»Willst du uns verhöhnen?«, unterbrach ihn Corwyn. »Kein Mensch lebt derart lange! Hör auf, uns etwas vorzulügen!«

»Du tätest gut daran, deine Worte sorgfältiger zu wählen, König«, knurrte Granock. »Ich bin kein Lügner.«

»Dennoch bist du nur ein Mensch, oder?«

»Durchaus«, räumte der Alte ein. »Aber du wärst bestürzt zu erfahren, wozu die Kraft der Magie befähigt.«

»Elfenmagie«, gab Corwyn zu, »aber nicht die eines gewöhnlichen Sterblichen.«

»In Fällen außergewöhnlicher Begabung«, wusste Alannah, »wurden auch Menschen in den Orden aufgenommen und in die magischen Geheimnisse eingeweiht ...«

»Schön, dass du dich zumindest daran erinnerst«, bemerkte Granock nicht ohne Bitterkeit.

»... bis sich die Menschen von den falschen Versprechungen Margoks verlocken ließen«, fuhr Alannah fort, »und sich im Zweiten Krieg mit den Orks verbündeten, um die Macht der Elfenkönige zu brechen und das Land in Finsternis zu stürzen.«

»Damit habe ich nichts zu tun«, erklärte der Alte. »Ich kämpfte bis zuletzt auf der Seite des Lichts, bis zur entscheidenden Schlacht, die um die Mauern Tirgas Lans geschlagen wurde und mit der Niederwerfung Margoks endete. Zumindest«, fügte er leiser hinzu, als er Corwyns vorwurfsvollen Blick bemerkte, »dachten wir damals, dass der Dunkelelf besiegt wäre.«

»Wir wollten dir nichts unterstellen«, versicherte Alannah.

»Das Ende des Zweiten Krieges markierte auch das Ende des Ordens«, beendete Granock seinen Bericht. »Alle Zauberer, die sich mit Margok verbündet hatten, wurden von König Farawyn zum Tode verurteilt. Nur einer entging seinem Gericht – Rurak der Grausame. Aber wie ich hörte, wurde auch er inzwischen zur Rechenschaft gezogen. Ironischerweise von zwei von Margoks Kreaturen.«

»Das ist wahr«, pflichtete Alannah ihm bei. »Es waren zwei Orks, die Rurak vernichteten und dafür sorgten, dass der Bann von Tirgas Lan gebrochen wurde. Seither ruht die Krone Farawyns auf Corwyns Haupt.«

Granock nickte. »Ich habe davon gehört.«

»Tatsächlich?«, fragte Corwyn. »Warum bist du dann nicht nach Tirgas Lan gekommen, um uns bei unserem Kampf beizustehen, wenn du schon alles weißt und angeblich auf unserer Seite stehst? Wir hätten deine Hilfe gut gebrauchen können.«

»Daran zweifle ich nicht«, erwiderte der Alte unbescheiden. »Aber als einer der wenigen, die gegen Margok gekämpft und das Inferno überlebt haben, hatte ich der Welt entsagt und mich in die Einsamkeit zurückgezogen, um zu vergessen.«

»Tausend Jahre lang?«, fragte Corwyn ungläubig.

»Ich hatte viel gesehen«, sagte Granock, als würde dies alles erklären. »Die Narben waren tief, und der Schmerz war groß.«

»Schmerz? Weswegen?«, erkundigte sich Alannah.

Der Blick, mit dem er ihre Frage erwiderte, war einmal mehr unmöglich zu deuten. »Das willst du nicht wissen, Königin«, sagte er dann mit derartiger Überzeugung, dass weder Alannah noch Corwyn den Drang verspürten, noch einmal nachzuhaken.

»Warum bist du dann trotzdem zu den Menschen zurückgekehrt?«, wollte Alannah stattdessen wissen.

»Wäre es nach mir gegangen, so wäre ich bis zu meinem Lebensende im Kerker der Einsamkeit verharrt, Königin.

Aber es ist etwas geschehen, das meine Rückkehr unumgänglich machte.«

»Und das wäre?«, fragte Corwyn.

»Die Verbindung wurde wieder geöffnet«, flüsterte der Alte, und sein Blick jagte dem ehemaligen Kopfgeldjäger eisige Schauer über den Rücken. »Ich konnte es fühlen.«

»Die Verbindung? Welche Verbindung?«

»Die Kristallpforten«, erklärte Alannah.

»Die alte Magie ist wieder zurückgekehrt«, fuhr Granock fort, »und mit ihr das Böse.«

»Zurückgekehrt?« Alannah hob die schmalen Brauen. »Wohin zurückgekehrt? Ich verstehe nicht, was du meinst.«

»Dorthin, wo einst alles begann«, lautete die leise, fast unhörbare Antwort. »An die Fernen Gestade ...«

# 11.

## ASAR LUT

»Sag nichts, verstanden? Sag einfach gar nichts …«
Balbok kannte seinen Bruder lange und gut genug, um
zu wissen, dass es wirklich besser war, den Mund zu halten.
Denn wenn Rammar so sprach, mit dieser leisen, oberfläch-
lich ruhigen, aber vor Wut leicht zitternden Stimme, stand
er kurz davor, in *saobh* zu verfallen.

»*Korr*«, sagte er deshalb und senkte das Haupt, während
er zusah, wie man den arg in Mitleidenschaft gezogenen *asar*
seines Bruders »versorgte«.

Die ersten zwanzig Peitschenhiebe hatte Rammar mit seinem gut gepolsterten Hinterteil noch recht locker wegge-
steckt, und auch die nächsten dreißig hatte er zwar gespürt,
doch die Schmerzen waren erträglich gewesen. Dann allerdings hatten die stachelbesetzten Enden des Orkziemers die
Hornhaut durchdrungen und dem jammernden Unhold im
wahrsten Sinn des Wortes den *asar* aufgerissen.

Ganze zwei Schläge lang hatte Rammar tapfer ausgehalten, dann hatte er angefangen zu jammern und zu jaulen.
Cadoc jedoch hatte die Peitsche gnadenlos weitertanzen lassen, wieder und wieder, bis sich Rammars Sitzfleisch in eine
von Rissen durchzogene Kraterlandschaft verwandelt hatte,
die in Balbok sehnsüchtige Erinnerungen an die ach so ferne
Modermark weckte.

»›Siebzig was?‹«, tönte Rammar, die Stimme seines Bruders nachäffend. »›Siebzig was?‹ Musstest du denn so dämlich fragen und damit die Anzahl der Hiebe noch nach oben
treiben?«

»Aber Rammar, ich hab doch nur …«

»Maul halten, hab ich gesagt!«, brüllte Rammar, der nach vorn gebeugt über einem Felsblock hing und einen letzten Rest an Würde zu bewahren versuchte, während der Vorarbeiter, den sie am Tag ihrer Ankunft kennengelernt hatten, dabei war, die zahllosen Risse zu flicken, die seinen Hintern überzogen. Die Werkzeuge, die er dazu benutzte, waren eine Knochennadel und ein Faden aus Gnomendarm, der verrotten würde, wenn er seinen Zweck erfüllt hatte. »Und wehe, dieser verdammte *umbal* näht etwas zu, das offen bleiben sollte, dann stopf ich ihm das eigene Gesicht in den Schlund!«

»Keine Sorge«, versicherte der Gescholtene, »ich habe einige Übung darin. Du bist nicht der Erste, den Cadoc auf diese Weise bestraft hat, das kannst du mir glauben.«

»Aber vielleicht ja der Letzte«, maulte Rammar. »Wenn ich diesem Orkschinder das nächste Mal begegnäääh…«

Sein Gezeter ging in einen lang gezogenen Schmerzensschrei unter, als die Nadel in das blutige Fleisch gerammt wurde, um schon im nächsten Moment wieder daraus aufzutauchen, den Faden im Schlepp. Und noch einmal. Und noch einmal …

»Du elender *umbal*!«, jammerte Rammar in seiner Not, während er mit geballten Pranken auf den Felsblock einschlug. »Das alles ist wieder mal nur deine Schuld! Du hättest mich warnen sollen …«

»Das habe ich«, brachte Balbok in Erinnerung. »Ich hab dir gesagt, dass dein Plan nicht funktionieren wird, aber du wolltest nicht auf mich hören.«

»Dann hättest du mich unter Einsatz deines Lebens davon abhalten müssen«, jammerte der dicke Ork. »Man lässt seinen Bruder nicht in den offenen *saparak* laufen.«

»Aber Rammar, du sagtest doch …«

»Geh mir aus den Augen! Wenn ich dein langes Gesicht sehe und deinen treu-dämlichen Blick, dann könnte ich auf der Stelle kotzen. Mein Bruder willst du sein? Ich sag dir was: Du bist nicht besser als diese verdammten Schmalaugen, die es nur darauf abgesehen haben, mich zu quälen. Verschwinde, hörst du? Hau einfach ab und lass mich in Ruhe ...«

Traurig ließ Balbok den Kopf hängen und zog sich zurück – freilich nur so weit, wie es die Kette erlaubte, durch die er mit Rammar auf Gedeih und Verderb zusammengeschmiedet war. Es klirrte, als er sich zu Boden fallen ließ und schmollend das lange Kinn auf die Fäuste stützte.

»Fertig«, verkündete der Vorarbeiter auf einmal.

»I-im Ernst?«

»Mehr kann ich nicht tun«, bedauerte der schmächtige Ork, der mit dem Ergebnis seine Arbeit sichtlich zufrieden war. Zumindest sah Rammars Kehrseite nicht mehr wie eine Kraterlandschaft aus. Balbok fand, dass sie mit ihren Rissen und Nähten eine gewisse Ähnlichkeit mit dem Gesicht eines Kriegstrolls hatte.

Rammar bemühte sich vergeblich, einen Blick auf sein Hinterteil zu werfen, was zum einen an dessen ungünstiger Position lag, zum anderen aber auch an seiner Leibesfülle. Ächzend versuchte er, sich wieder aufzuraffen. Als Balbok ihm zu Hilfe kommen wollte, wies er ihn brüsk zurück. Indem er wie wild mit den Armen ruderte, fand er schließlich aus eigener Kraft wieder auf die kurzen Beine. Seinem bekümmerten Gesichtsausdruck war zu entnehmen, dass er noch immer ziemliche Schmerzen hatte. Unbeholfen zerrte er seine Lumpen zurecht, sodass sie das Schandmal bedeckten.

»Wird es gehen?«, erkundigte sich Balbok zaghaft.

»Was interessiert dich das?«, schnappte Rammar zornig.

»Ich glaube, du tust deinem Bruder Unrecht«, meinte der Vorarbeiter. »Er kann nichts für das, was dir passiert ist. Die Schuld liegt bei den Dunkelelfen.«

»Glaub mir, das weiß ich besser«, knurrte Rammar. »Dieser verdammte *umbal* hat uns schon so oft in die *shnorsh* geritten, dass ich ...« Er unterbrach sich, als ihm bewusst wurde, was der andere soeben gesagt hatte. »Dunkelelfen?«, hakte er nach.

Der Ork nickte traurig. »Sie haben sich der Finsternis verschrieben und sind böse und verdorben bis ins Mark.«

»Du meinst so wie Margok?«, erkundigte sich Balbok.

»Maul halten«, schnauzte Rammar, sodass sein Bruder zusammenzuckte. »Von dir will ich nichts mehr hören!«

»Aber er hat recht«, versicherte der Vorarbeiter. »Die Dunkelelfen sind Margoks Kinder.«

»Was du nicht sagst«, murmelte Rammar und vergaß über diese Neuigkeit gar seinen schmerzenden Hintern. Er wusste, wer Margok war – schließlich waren Balbok und er es gewesen, die dem Geist des Dunkelelfen den Garaus gemacht und dem Kopfgeldjäger damit den Weg zum Thron geebnet hatten. Aber dass nach der langen Zeit, die seit dem Ende des Zweiten Krieges verstrichen war, noch Anhänger von ihm am Leben sein sollten, wollte Rammar nicht in den Schädel. »Ich dachte, Margoks Helfer wären restlos ausgerottet worden?«

»Hier haben sie überlebt«, erklärte der schmächtige Ork.

»Dann sind das hier wirklich die Fernen Gestade?«, erkundigte sich Rammar in Erinnerung an das, was das Grünohr erzählt hatte.

»Allerdings.«

»Aber wie kann das sein? Hieß es nicht immer, die Schmalaugen lebten hier in immerwährender Freude und Frieden und Sonnenschein und all dem ganzen Kram?«

»So ist es einst auch gewesen – bis der Schatten Margoks auf die Insel fiel.«

»Was bedeutet das nun wieder? Du redest schon genauso geschwollen daher wie die Schmalaugen.«

»Ich kann euch nur das wenige berichten, das ich weiß«, erwiderte der Ork, »und was von Generation zu Generation unter uns Sklaven weitergegeben wurde.«

»Und das wäre?«

»Zur Zeit des Zweiten Krieges brach eine große Streitmacht vom Festland auf, um im Auftrag Margoks die Fernen Gestade zu erobern – eine Flotte von tausend Schiffen, bemannt mit Orks und Menschenkriegern.«

»Und? Wie ist es ausgegangen?«

»Wir wurden vernichtend geschlagen.«

»Das wundert mich nicht, wenn Milchgesichter dabei waren«, frotzelte Rammar. »Und was weiter?«

»Die Flotte wurde zerstört, die Orks gerieten in Gefangenschaft und wurden versklavt – wir, mein Freund, sind ihre Nachkommen.«

»Ich verstehe. Und die Menschen? Was ist mit denen passiert?«

»Das wissen wir nicht.«

»Und die verdammten Schmalaugen? Warum benehmen die sich so eigenartig?«

»Auch das wissen wir nicht.«

»Hmm …«, machte Rammar. »Aber wenn das hier die Fernen Gestade sind, dann wissen wir jetzt wenigstens, warum es hier so viele Schmalaugen gibt. Schließlich haben sie *sochgal* verlassen und sind …« – er verstellte seine Stimme, um sie näselnd und blasiert klingen zu lassen, als wäre sie die eines Elfen – »… nach den Fernen Gestaden entschwunden, wo immerwährendes Glück und Freude herrschen.«

»*Korr*«, stimmte der Vorarbeiter zu, »aber nicht alle Elfen, die die Insel zu sehen kriegten, schafften es auch, ihren Fuß auf dieses Eiland zu setzen.«

Rammar sah ihn erstaunt an. »Was soll das jetzt wieder heißen?«

»Angeblich«, erklärte der schmächtige Ork und senkte die Stimme geheimnisvoll, »haust in den Gewässern nördlich der Insel ein Ungeheuer, das schon zahllose Schiffe auf den Grund des Meeres gezogen hat.«

»Aber das erklärt noch nicht, warum die Schmalaugen hier so ganz anders sind als die, die wir von zu Hause kennen«, meinte Rammar. »Irgendetwas scheint mit ihnen zu passieren, wenn sie diese Insel betreten.«

»Vielleicht liegt es ja an dem *uchl-bhuurz*«, vermutete Balbok in schnöder Missachtung des Redeverbots, das sein Bruder über ihn verhängt hatte.

Entsprechend barsch fiel Rammars Reaktion aus. »Hat dich jemand gefragt, Hirntod?«

»*Douk.*«

»Vielleicht«, überlegte Rammar laut, als wäre es sein ureigenster Gedanke, »liegt es ja an dem *uchl-bhuurz*.«

»Wie meinst du das?«, fragte der Vorarbeiter.

»Na ja – möglicherweise jagt dieses Seeungeheuer den Schmalaugen solchen Schrecken ein, dass sie darüber glatt ihre guten Vorsätze vergessen und bitterböse Dunkelelfen werden. Wäre möglich, oder nicht?«

»Ich weiß nicht.« Der schmächtige Ork schüttelte den Kopf. »Ich glaube nicht, dass der Dunkle Herrscher sein Reich einem Meeresungeheuer verdankt.«

»Der Dunkle Herrscher?«

Der schmächtige Ork nickte. »Margok.«

»Ähm.« Rammar räusperte sich. Die Unwissenheit des anderen nervte ihn gewaltig, aber da der ihm den zerschundenen *asar* geflickt hatte, wollte sich Rammar das nicht allzu sehr anmerken lassen. »Vielleicht hat es sich ja noch nicht bis auf eure Insel herumgesprochen«, sagte er und zwang sich dabei zu einem Grinsen, »aber Margok ist tot.«

»*Douk*«, verneinte der andere kategorisch, »er lebt!«

»Was du nicht sagst. Und wenn ich dir erzähle, dass mein Bruder und ich mit eigenen Augen gesehen haben, wie Margok – oder vielmehr das, was noch von ihm übrig war – von einem untoten Drachen gefressen wurde? Was dann?«

»Margok lebt!«, behauptete der andere Ork mit ärgerlicher Beharrlichkeit. »Er residiert in den Gewölben, die sich über uns befinden, im Turm der Festung Crysalion.«

»Tut er nicht«, widersprach Rammar und vergaß beinahe seine guten Vorsätze.

»Und ob.«

»Willst du behaupten, dass ich lüge?«, fragte Rammar und funkelte den Vorarbeiter an, dass es diesem das letzte bisschen Grün aus den ausgemergelten Zügen trieb.

»Das käme mir nie in den Sinn«, versicherte er und hob beschwichtigend die Klauen. »Aber jener, der dort in der Festung haust und unser aller Gebieter ist, nennt sich Margok.«
»Dann muss er ein windiger Betrüger sein«, war Rammar überzeugt. »Das Original hat sich vor unseren Augen in seine Bestandteile zerlegt.«
»Wie du meinst. Aber Cadoc gegenüber solltest du das lieber nicht behaupten – andernfalls wird ein Stück Gnomendarm nicht mehr ausreichen, dich zusammenzuflicken.«
Rammar ließ ein grimmiges Grunzen vernehmen, und seine Augen verengten sich zu Schlitzen.

Noch ein Rätsel, das diese geheimnisvolle Insel umgab – dabei konnte er Rätsel auf den Tod nicht ausstehen. Er bevorzugte klare Verhältnisse. Daheim in der Modermark war alles eindeutig geregelt. Feinde waren an der Farbe ihres Blutes zu erkennen oder daran, dass sie mit dem *saparak* auf einen losgingen. Sobald man es jedoch mit Menschen oder – noch schlimmer – mit Elfen zu tun bekam, war absolutes Chaos angesagt.

Schmalaugen und Milchgesichter hatten die nervende Eigenschaft, die Dinge unnötig zu verkomplizieren. Freunde sahen wie Feinde aus und umgekehrt, und Totgeglaubte standen plötzlich wieder vor einem. Wenn es etwas gab, dass bei Elfen und Menschen sicher war, dann dass sie einfach unberechenbar waren.

Bei den Orks war das ganz anders. Ein Ork war tot, oder er war es eben nicht, er war ein Verbündeter oder ein Feind, ein dämlicher Hund oder … na ja, etwas weniger dämlich. Dazwischen gab es nichts, keine Grautöne und keine Schattierungen, die das Leben unnötig verwirrten. Keine Schurken, die zu Helden wurden, oder umgekehrt. Man war, was man war, von dem Augenblick an, da Kurul einen in die Welt spuckte, bis zu dem Moment, da man den Schädel gespalten bekam oder infolge von zu viel Blutbier in einen Rausch versank, aus dem man nicht mehr aufwachte.

Klare Verhältnisse.

Keine Fragen.

Dieser Ort aber war voller Rätsel, und mit jeder Antwort, die Rammar erhielt, ergaben sich mindestens zehn neue Unklarheiten.

Hatten die anderen Orks recht und waren dies tatsächlich die Fernen Gestade? Wenn ja, was war den Elfen widerfahren, dass sie von lauwarmen Schwätzern zu Orkschindern geworden waren? Und sollte Margok tatsächlich noch am Leben sein? Sollte er es geschafft haben, die Konfrontation mit dem Dragnadh zu überleben?

Rammar konnte es sich nicht vorstellen, aber andererseits war ihm die eigene Anwesenheit auf dieser Insel noch immer ziemlich unerklärlich. Was also sollte er tun?

Er brauchte Antworten. Und zwar möglichst rasch ...

»Balbok«, rief er seinen Bruder.

»*K-korr* ...?«

»Worauf wartest du? Komm gefälligst her!«

Balbok, der sich nach der letzten brüsken Zurückweisung schmollend in eine Felsnische verzogen hatte, schaute ihn misstrauisch an. »Bist du mir auch nicht mehr böse?«

»Natürlich bin ich dir noch böse, *umbal*! Mein *asar* schmerzt, als hätten zehn verrückte *faihok'hai* darauf einen Kriegstanz aufgeführt.«

»A-aber?«

»Aber ich brauche dich, um meinen neuen Plan in die Tat umzusetzen, also komm verdammt noch mal her!«

»Ein – ein neuer Plan?« Neugierig huschte Balbok heran. »Kein Sklavenaufstand mehr?«

»*Douk*«, verneinte Rammar und streifte den Vorarbeiter mit einem verächtlichen Seitenblick. »Mit diesen *ochgurash'hai* ist kein Gnomenkopf zu gewinnen.* Man kann sich nur auf einen verlassen ...«

»*Korr*.« Balbok nickte geschmeichelt, »ich werde dich nicht enttäu...«

* orkische Redensart

1148

»… nämlich auf sich selbst«, vollendete Rammar seine Weisheit. »Willst du wissen, wie mein neuer Plan aussieht?« Balbok seufzte. »*Korr.*«

»Wir müssen herausfinden, was auf dieser verdammten Insel vor sich geht. Wir brauchen Antworten, und da sie uns keiner dieser elenden Gemüsefresser geben kann, müssen wir sie uns eben selber suchen.«

»Und wie?«

»Wir werden fliehen«, flüsterte Rammar ihm zu.

»Fliehen?« Balbok machte große Augen.

»*Korr.* Sobald sich die Gelegenheit dazu bietet.«

»Und das ist der Plan?«

»Allerdings.«

Balboks Blick wirkte unentschlossen. »Ich weiß nicht recht«, meinte er.

»Was weißt du nicht?«

»Ob ich dir das jetzt ausreden soll oder nicht. Nachher heißt es wieder, ich hätte dich in den offenen *saparak* laufen lassen.«

»Du kannst ja mal versuchen, mir dieses Vorhaben auszureden«, sagte Rammar mit wölfischem Grinsen. »Dann wird es dein *asar* sein, der nach allen Regeln der Kunst aufgerissen wird – und zwar von mir persönlich. Ich will Antworten, und dazu muss ich aus dieser Höhle raus. Und du, Faulhirn, wirst mir dabei helfen!«

»Aber Rammar, wie sollen wir das denn anstellen? Es gibt keinen Weg nach draußen.«

»*Umbal!* Natürlich gibt es einen, das ist klar wie Zwergenpisse. Oder was glaubst du, woher dieser Cadoc und die anderen Orkschinder kommen?«

»Sie benutzen eine Seilwinde, die durch einen Schacht ins Innere des Berges führt«, wusste der Vorarbeiter zu berichten. »Allerdings würde ich euch nicht raten, diesen Weg zu nehmen.«

»So? Und warum nicht?«

»Weil ihr es erstens mit der gesamten Legion zu tun bekämt, und weil zweitens …« Er unterbrach sich und bedachte mit einem vielsagenden Blick Rammars Leibesfülle, an der auch das karge Sklavendasein bisher nur wenig hatte ändern können.

»Was?«, verlangte Rammar zu wissen. »Nun spuck's schon aus!«

»Die Seilwinde«, erklärte der Ork ein wenig kleinlaut. »Ich denke nicht, dass sie dich tragen wird. Aber«, fügte er schnell hinzu, »es gibt auch noch einen anderen Weg.«

»Wusste ich's doch.« Rammar strahlte. »Wie es heißt, führt einer der alten Stollen, die von der Haupthöhle abzweigen, nach draußen.«

»Na also!«

»Allerdings«, gab der Vorarbeiter zu bedenken, »soll er geradewegs in ein Labyrinth aus Höhlen und stillgelegten Stollen führen, aus dem man nie wieder herausfindet, wenn man nicht den genauen Weg kennt. Und da sind noch die Wächter.«

»Was für Wächter?«

»Die Wächter der Dunkelheit«, erklärte der Vorarbeiter schaudernd.

»Was für Zeug?«

»Sie sind der Grund dafür, dass die Dunkelelfen diesen Ausgang nicht bewachen. Die Wächter übernehmen das für sie – und wie es heißt, ist es keinem Gefangenen je gelungen, sie zu überwinden. Die es versuchten, starben einen grausamen Tod.«

»E-ernsthaft?«, fragte Rammar, dessen Entschlossenheit schlagartig zu bröckeln begann.

»Allerdings«, bestätigte der andere düster. »Man hat nie wieder von ihnen gehört«

»Vielleicht«, wandte Balbok ein, »liegt das ja auch daran, dass sie es nach draußen geschafft haben.«

»Natürlich«, stimmte Rammar zu, der wieder Hoffnung schöpfte. »Wenn ich hier raus wäre, würde ich mich auch einen *shnorsh* um das scheren, was hier in den Minen vor sich geht. Wahrscheinlich sitzen sie alle längst gemütlich in einer Höhle und erfreuen sich ihrer Freiheit.«

»Meint ihr wirklich?« Der Vorarbeiter verzog die hageren Züge. »Es heißt, die Gänge des Labyrinths wären von den Knochen jener übersät, die den Wächtern zum Opfer gefallen sind. Ich glaube nicht, dass es einer von denen nach draußen geschafft hat.«

»Dann«, sagte Balbok entschlossen, der die Gelegenheit, das Wohlwollen seines Bruders zurückzugewinnen, gekommen sah, »werden wir eben die Ersten sein. Nicht wahr, Rammar?«

»*Korr*«, stimmte dieser zu, wenn auch nicht ganz so überzeugt – und einmal mehr hatte er das Gefühl, dass sein so langer wie dämlicher Bruder schon wieder einmal dabei war, ihn in Schwierigkeiten zu bringen …

# 12.

## CUL ANN TIRGAS-LAN

Auch wenn er nie geglaubt hätte, zu derlei Empfindungen fähig zu sein – nach all der Zeit, die er fern von zu Hause in der Fremde verbracht hatte, fühlte es sich gut an, zurück zu sein und Tirgas Lan wiederzusehen: die stolzen zinnenbewehrten Mauern, die die alte Königsstadt umgaben; die vielen von lodernden Fackeln gekrönten Türme, die sich in den Nachthimmel erhoben; die schlanken Gebäude mit ihren Säulenhallen und Wandelgängen; und schließlich die Zitadelle, die inmitten des Häusermeers aufragte und deren trutzige Erscheinung die Macht erahnen ließ, die einst von diesem Ort ausgegangen war.

All das weckte Erinnerungen.

Erinnerungen an den Krieg.

An den Tod.

Und an grässliche Schrecken …

Das letzte Mal, als Dun'ras Ruuhl seinen Fuß in die Königsstadt gesetzt hatte, war es während des Krieges gewesen. Die Luft war erfüllt gewesen vom Klirren der Schwerter und vom Geschrei der Verwundeten. Das Lodern zahlloser Feuer und das Flackern mächtiger Blitze hatten die Nacht erhellt, und über allem war das Gebrüll der Unholde zu hören gewesen, die sich den Kämpfern des Lichts todesverachtend entgegenwarfen.

So undenklich lange lag das zurück, dass Ruuhl sich nicht mehr entsann, auf wessen Seite und gegen wen er gefochten hatte. Der Kampf selbst war es, an den er sich erinnerte, über alles andere hatte sich das Vergessen wie ein dunkler Schatten gelegt.

Eines jedoch wusste er mit Bestimmtheit: dass er die Stadt damals durch das Haupttor betreten und sich nicht wie ein Dieb hineingeschlichen hatte.

In einer waghalsigen Kletterpartie waren der Dunkelelf und seine Begleiter über die Mauer ins Innere der Stadt gelangt, unbemerkt von den Wachen, die auf den Türmen und Wehrgängen patrouillierten. Sie mieden die Hauptstraßen und bewegten sich nur durch unbeleuchtete Gassen. Auf diese Weise näherten sie sich der Zitadelle, wobei Ruuhl selbst darüber verwundert war, wie gut er sich in Tirgas Lan noch immer auskannte.

Er musste in die Zitadelle eindringen, denn er brauchte Gewissheit.

Traf zu, was er vermutete, seit er das steinerne Antlitz jener Frau erblickt hatte, die als Königin über dieses Land herrschte, so stand der Beginn eines neuen Zeitalters bevor – und ihm, Dun'ras Ruuhl, fiel die Aufgabe zu, das Tor zu jener neuen Zeitrechnung aufzustoßen!

Soeben kehrte der Späher zurück, den er vorausgeschickt hatte, während er sich mit dem Rest seiner Krieger in einer dunklen Gasse verbarg. Bis zur Zitadelle war es nicht mehr weit; man konnte die weißen Mauern und die senkrecht aufragenden nadelspitzen Türme bereits über den Häusern ausmachen.

»Wie viele?«, fragte Dun'ras nur.

»Vier Wächter«, erstattete der Späher Bericht.

»Das Tor?«

»Steht offen, aber das Fallgitter ist unten.«

»Sehr gut.« Ruuhls aschgraue Gesichtszüge verzogen sich zu einem grausamen Lächeln. »Ich denke nicht, dass uns das aufhalten wird.«

»Das denke ich auch nicht, Gebieter«, gab der Späher zurück.

In aller Eile erläuterte der Dun'ras seinen Leuten den Plan, den er sich zurechtgelegt hatte. Dann zückten sie auch schon ihre Klingen und eilten die Gasse hinab, um die Befehle ihres Anführers in die Tat umzusetzen.

Ruuhl folgte ihnen in einigem Abstand.

Zur Sorge bestand kein Anlass. Er war überzeugt davon, dass seine Leibwächter den Sterblichen haushoch überlegen waren – und bekam sogleich den Beweis dafür.

Die Dunkelelfen handelten blitzschnell. Sie huschten aus der Gasse, um sofort wieder mit den Schatten der Nacht zu verschmelzen. Während sie den Vorplatz der Zitadelle überquerten, bewegten sie sich so lautlos, als würden ihre Füße den Boden nicht berühren.

Als die Menschen die Angreifer gewahrten, war es bereits um sie geschehen. Einer von ihnen sank mit durchschnittener Kehle zu Boden, noch ehe er überhaupt begriff, was vor sich ging. Ein zweiter kam noch dazu, seine Hellebarde zu senken, doch es nutzte ihm nichts. Die Klinge eines Dunkelelfen fuhr in seine Brust und durchbohrte sein Herz, und während die beiden verbliebenen Wächter noch auf ihre leblos niedersinkenden Kameraden starrten, brach auch über sie das Verderben herein.

Der eine brach blutüberströmt zusammen, von zahlreichen Säbelhieben getroffen, der andere riss den Mund auf, um einen Alarmruf auszustoßen, doch eine blanke Klinge fuhr ihm in den Schlund, als wollte sie den Schrei zurückstoßen, und das mit derartiger Wucht, dass sie im Nacken wieder austrat.

Der Kampf – wenn man überhaupt von einem solchen sprechen konnte – dauerte nicht länger als ein paar Augenblicke. Als Dun'ras Ruuhl zu seinen Leuten aufschloss, war schon alles vorbei.

Zwei der Leibwächter kletterten schnurstracks am Fallgitter empor und erklommen die Zinnen des Torbogens. Kurz darauf begann sich das aus eisenbeschlagenen Holzpfeilern gefertigte Gitter knarrend zu heben – gerade so weit, dass Ruuhl und seine Leute darunter hindurchschlüpfen konnten. Die Leichen der erschlagenen Wachen schleiften sie mit und versteckten sie in einer dunklen Nische, damit sie nicht gleich gefunden wurden.

Augenblicke später war das Gitter bereits wieder herabgelassen, und kaum etwas wies mehr auf das tödliche Zwischenspiel hin, das sich am Tor der Zitadelle abgespielt hatte, abgesehen von den Blutspuren auf dem Pflaster, die spätestens bei Tagesanbruch für Aufsehen sorgen würden. Bis dahin jedoch, so hoffte Dun'ras Ruuhl, würde er in Erfahrung gebracht haben, was er um jeden Preis wissen wollte ...

Er hatte mit dem Gedanken gespielt, am hellen Tage und ganz offiziell beim König vorzusprechen. Aber zum einen hätte er damit das Moment der Überraschung eingebüßt, und zum anderen war es nicht die Art eines Dun'ras, jemanden um etwas zu bitten – schon gar nicht einen Menschen. Wenn es tatsächlich *sie* war, die bei ihm weilte, so wurde sie dort gegen ihren Willen festgehalten. Das erklärte ihr Verschwinden und nährte gleichzeitig die Aussicht, dass sie zurückkehren würde, wenn sie erfuhr, was in der Zwischenzeit geschehen war. Und er, Dun'ras Ruuhl, würde für seine Treue reich belohnt werden ...

Der König schien sich in seiner Festung sehr sicher zu fühlen. Nur vereinzelt waren Wachen auf den Wehrgängen zu sehen, die zu umgehen keine Schwierigkeit darstellte. Zwei weitere Posten, die den Zugang zum Burgfried bewachten, wurden von den Dunkelelfen schnell und lautlos niedergemetzelt. Dann huschten Ruuhl und seine Schergen in das von Fackelschein beleuchtete Halbdunkel, das jenseits der Pforte herrschte, und durchquerten den weiten, von Standbildern gesäumten Saal.

Beeindruckt von seinem eigenen Wissen, stellte der Dun'ras fest, dass er die meisten der Gestalten kannte, die von den Statuen dargestellt wurden. Es waren die *twari*, die Könige der Alten Zeit. Ruuhl erkannte Glyndyr, Eoghan, Parthalon, Sigwyn, Iliador und noch einige mehr, und sie erinnerten ihn einmal mehr daran, auf welch geschichtsträchtigem Boden er wandelte – und wie groß die Schande war, dass ein

Sterblicher den Thron von Tirgas Lan besetzte. Allerdings eine, die sich ausmerzen ließ ...

Über eine breite Treppe ging es hinauf zum Thronsaal und den königlichen Gemächern – und dort stießen die Eindringlinge schließlich auf Widerstand.

»Wer da?«, fragte plötzlich jemand in der Sprache der Westmenschen, und am obersten Treppenabsatz zeigte sich ein bärtiger Mann, der den grünen Rock eines Hauptmanns der königlichen Leibwache trug.

»Aus dem Weg, Mensch!«, befahl Dun'ras Ruuhl verächtlich.

»Wer seid ihr? Wer hat euch eingelassen?«

»Ich bin Ruuhl, Erster Dun'ras von Crysalion«, rief der Dunkelelf und stieg weiter die Stufen empor, flankiert von seinen Leuten. »Und ich brauche niemanden, der mich einlässt!«

»Wache, zu mir!«, bellte der Hauptmann – und aus dem Halbdunkel hinter ihm löste sich ein Dutzend mit Schwertern und Schilden bewaffneter Kämpfer, die den Eindringlingen entschlossen entgegentraten.

»Ihr seid verhaftet, alle zusammen«, schnaubte der Hauptmann. »Ergebt euch, oder wir werden euch in Stücke hauen!«

Die Dunkelelfen blieben stehen.

Dun'ras Ruuhl bedachte seine Leute mit einem ebenso langen wie bedeutsamen Blick. Dann – zum Erstaunen des Hauptmanns und seiner Leute – warf er den Kopf in den Nacken und brach in höhnisches Gelächter aus.

# 13.

## TUASH KUNNART

Rammar dachte noch immer an Flucht – wenn auch nicht mehr ganz so entschlossen wie zuvor.

Die Orks hielten sich wieder in der Haupthöhle auf, um dort die karge Verpflegung einzunehmen, und Rammar und Balbok ließen sich vom Vorarbeiter jenen Stolleneingang zeigen, der in das angeblich so gefährliche Labyrinth führte. Er befand sich auf halber Höhe des riesigen Gewölbes und war über eine Reihe von Treppen und Plattformen zu erreichen, die in den dunklen Fels gehauen waren. Rammar war nicht wohl, als er in die dunkle Stollenöffnung blickte. Sie kam ihm vor wie der Schlund eines riesigen Raubtiers, das nur darauf wartete, einen so deftigen Happen wie ihn verschlingen zu können. Die Entschlossenheit, die er noch vor nicht allzu langer Zeit zur Schau gestellt hatte, schwand noch mehr angesichts des drohenden Dunkels und der Ungewissheit, die dort lauerte. Vielleicht, sagte er sich, war eine Flucht doch keine so gute Idee gewesen. Sollten die Elfen tun und lassen, was sie wollten. Ob hell oder dunkel, spielte in Rammars Augen keine Rolle, er konnte sie alle nicht leiden.

Er schlürfte geräuschvoll die dünne Suppe, die der Küchenhelfer – ein Höhlentroll mit Pranken, groß wie Schaufeln – ausgab. Die Flucht, so redete sich Rammar ein, war nicht aufgehoben, nur verschoben. Angesichts der Tatsache, dass die meisten ihrer Mitgefangenen bereits ihr Leben lang in den Minen Crysalions schufteten, brauchte er nichts zu überstürzen; das erschien ihm in Anbetracht der Gefahren, die in der Dunkelheit lauern mochten, ziemlich vernünftig.

So hatte sich Rammar – zumindest vorläufig – von seinem Wunsch nach Freiheit verabschiedet und damit abgefunden, wenigstens noch eine Weile lang das Sklavendasein zu fristen ... Auf einmal sprang Balbok neben ihm wie von einer Giftschlange gebissen auf, so jäh und unvermittelt, dass Rammar seine Suppe verschüttete.

»*Malash!*«, zischte er. »Kannst du nicht aufpassen?«

»*Drashda!*«, erwiderte Balbok entschlossen, den Blick nach dem Fluchtstollen gerichtet, und zerrte an der Kette, die ihn mit seinem dicken Bruder verband. »Wir müssen abhauen!«

»Willst du wohl aufhören?«, maulte Rammar und stemmte sich dagegen. »Falls du es noch nicht gemerkt haben solltest – ich fresse grade.«

»*Drashda!*«, wiederholte Balbok drängend. »Wir müssen verschwinden!«

»Wieso gerade jetzt?«

»Der Weg ist frei!«, erklärte sein Bruder aufgeregt, der noch immer auf den Stolleneingang starrte. »Die ganze Zeit über stand ein Wächter davor, aber jetzt ist er gegangen.«

»Na und?«

»Das ist unsere Chance!«, erklärte Balbok.

»Unsere Chance worauf?«, stellte sich Rammar absichtlich unwissend.

»Zur Flucht natürlich!«

»Zur Flucht, was?« Rammar schüttelte den klobigen Schädel und stemmte sich noch immer gegen Balbok, der an der Kette zog. »Ich lauf doch nicht blindlings drauflos und renne womöglich in mein Verderben! So eine Flucht gehört sorgfältig geplant und von langer Klaue vorbereitet. Ich bin nicht ... He! Was tust du?«

»Flucht«, verkündete Balbok entschieden, dessen schlichtes Gemüt sich in guter Orkmanier auf ein Ziel ausgerichtet hatte, das es nun unnachgiebig zu verfolgen galt. Entschlossen marschierte er in Richtung Stollen, die Kette zwischen den beiden Orkbrüdern spannte sich, und Rammar hatte das Gefühl, als würde ihm das Bein aus der Hüfte gerissen.

»Verdammt, was soll das?«, blaffte er.

»Flucht!«, wiederholte Balbok.

»Willst du wohl hierbleiben?«

Balbok schüttelte den Kopf. »Flucht!«

»Wie stellst du dir das vor?«

»Flucht!«, grunzte der hagere Ork noch einmal – und stemmte sich so in die gespannte Kette, dass Rammar sein Hüftgelenk bereits verdächtig knacken hörte.

Ob Rammar wollte oder nicht – ihm blieb nichts anderes übrig, als seinem Bruder zu folgen, was infolge der unzähligen Sklaven, die sich zu den Mahlzeiten in der Höhle drängten, glücklicherweise nicht weiter auffiel. Man würde ihre Flucht wohl erst bemerken, wenn sie nicht mehr an ihrem Arbeitsplatz erschienen. Was aber geschah, wenn man sie erwischte, darüber wollte Rammar lieber nicht nachdenken.

»Warte!«, zischte er, während er seinem Bruder hinterhereilte, quer durch die Menge und auf einem Bein hüpfend, weil das andere an der Kette gezogen wurde und er es nicht mehr auf den Boden setzen konnte. Warum nur, fragte er sich, musste ein Ork stets in Extreme verfallen?

Endlich gelang es ihm, so weit zu seinem Bruder aufzuschließen, dass die Kette nicht mehr gestrafft war und er wieder gehen konnte. An Umkehr war jedoch nicht zu denken. Der Hagere hatte den Stollen so fest ins Auge gefasst, dass keine Macht Erdwelts stark genug war, ihn von diesem Ziel abzubringen. Rammar überlegte, ob er sich einfach zu Boden fallen lassen sollte, und sich auf diese Weise als eine jener Kugeln zu betätigen, die man Gefangenen an den Fuß zu ketten pflegte, um sie am Weglaufen zu hindern. Aber er fürchtete, dass Balbok dann herumschreien und -zetern und die Aufmerksamkeit der Wärter damit auf sich ziehen würde, und *ein* aufgerissener Hintern war mehr als genug.

Also blieb ihm nur, darauf zu hoffen, dass er seinen dumpf-backigen Bruder zur Vernunft bringen konnte, wenn sie den Stollen erst erreicht hatten. Über eine Reihe von Stu-fen, die in den Fels der Höhle geschlagen waren, gelangten sie auf eine der Plattformen, die die Höhlenwände säum-ten. Die Sklaven, die dort kauerten und ihre Suppe schlab-berten, bedachten sie mit einigermaßen verwunderten Bli-cken, jedoch stellten sie weder Fragen, noch unternahmen sie Anstalten, sich ihnen anzuschließen. Ihre leeren Blicke ließen vermuten, dass sie sich mit ihrem Los abgefunden hatten.

Balbok aber hatte nur den Stolleneinstieg im Auge und stürmte die Stufen empor, so rasch er konnte. Noch immer war der Aufseher, der den Stollen bewacht hatte, nicht zu-rückgekehrt. Seinen keuchenden Bruder hinter sich herzer-rend, erklomm Balbok ein weiteres Plateau, von dem aus ein steinerner Pfad auf jene Plattform führte, von der aus man in den Stollen gelangen konnte.

Da der Pfad keinerlei Brüstung oder Geländer hatte, kniff Rammar lieber die Augen zu, während er seinem Bruder folgte. Nur einmal blinzelte er, sah tief unter sich das wim-melnde Heer der Sklaven – und wäre um ein Haar hinab-gestürzt, weil ihm schwindlig wurde. Die letzten *knum'hai* legte er daher wieder mit geschlossenen Augen zurück, und als er sie erneut öffnete, starrte ihnen der Tunneleingang dunkel und drohend entgegen.

Rammar war klar, dass er seinen Bruder endlich zur Ver-nunft bringen musste, wollte er nicht schon wieder mitten in einem Abenteuer landen, das er zwar vollmundig herbei-geredet hatte, bei Licht betrachtet jedoch gar nicht erleben wollte.

»Langer«, ächzte er, mühsam nach Atem ringend und sich auf die Knie stützend, »lass es schlecht sein. Das genügt für heute.«

»Das genügt für heute?« Balbok wandte sich zu ihm um. »Aber Rammar, das ist der Weg in die Freiheit!«

»Oder in den Tod – ist dir das schon mal in den Sinn gekommen?«

»*Douk*«, musste Balbok zugeben und senkte enttäuscht
den Blick. »Ich dachte nur …«

»Das Denken solltest du eben doch lieber mir überlassen«, redete Rammar ihm zu, der einfach zu erschöpft war,
um wirklich wütend zu sein. »Lass uns zurückkehren und
auf einen geeigneteren Moment warten.«

»Einen geeigneteren Moment?« Aus Balboks langem Gesicht sprach pures Unverständnis. »Welcher Moment könnte
geeigneter sein als …?«

»Na, ihr beiden? Wohin des Wegs?«

Die Orks fuhren herum, als sie hinter sich plötzlich eine
nur zu bekannte Stimme vernahmen.

Sie gehörte Cadoc.

Der Orkschinder, wie Rammar ihn nur noch zu nennen pflegte, hatte die Plattform erklommen, und er stand da,
ein böses Grinsen im Gesicht und die ausgerollte Peitsche in
der Hand. Langsam und drohend trat er auf die Orks zu.

»Sieh an, eure Artgenossen haben zur Ausnahme also mal
die Wahrheit gesagt.«

»W-wa-was soll das heißen?«, fragte Rammar, obwohl er
sich die Antwort denken konnte.

»Was wohl? Verpfiffen haben sie euch!«, spie Cadoc ihm
entgegen. »Wenn man fliehen will, sollte man nicht so dämlich sein, es überall herumzuplärren.«

»Fliehen?«, fragte Rammar und gab sich unwissend. »Wer
redet denn von Flucht?«

»Du«, beschied ihm der Sklavenaufseher, »und zwar unablässig, wie ich gehört habe. Wie es heißt, suchst du Antworten.«

»I-Irrtum, ich …«

»Ich werde dir Antworten geben, Fettsack«, versprach
Cadoc, »und zwar hiermit!« Drohend hob er den Orkziemer, sodass sich Rammars Augen vor Entsetzen weiteten.

Schritt für Schritt waren die beiden Brüder vor dem grausamen Aufseher zurückgewichen, sodass sie inzwischen bereits im Eingang des Stollens standen. Links und rechts steckte zwar je eine brennende Fackel in einer eisernen Halterung, doch schon nach wenigen Schritten verlor sich der Stollen in unergründlicher Schwärze.

»Ihr Maden, ihr elenden!«, zischte Cadoc hasserfüllt, »diesmal werde ich eure Kehrseiten so behandeln, dass sie anschließend aussehen wie eure hässlichen Visagen!«

»Dann hast du bei Rammar ja nicht viel zu tun«, platzte Balbok heraus.

»Willst du mich auf den Arm nehmen?«, fragte der Dunkelelf lauernd und schwang den Orkziemer. »Du unbegreiflich dämliche Kreatur wagst es, mich, Cadoc, zu verhöhnen?«

»*Douk*«, beteuerte Balbok erschrocken, »ich meinte nur ...«

»*Shnorsh!*«, rief Rammar entsetzt, als die Peitsche knallte und einen blutigen Striemen in Balboks Gesicht hinterließ. Für seine Frechheiten gönnte Rammar seinem Bruder zwar eine Abreibung, aber wenn schon, dann wollte er selbst es sein, der den Langen vertrimmte.

»Na wartet!«, schrie der Dunkelelf mit heiserer Stimme. »Ich werde jeden Gedanken an Flucht aus euch herausprügeln! Wenn ich mit euch fertig bin, werdet ihr mir den Dreck von den Stiefeln lecken, habt ihr verstanden?«

»*Douk!*«, rief Balbok trotzig – und zog sich damit einen weiteren Striemen im Gesicht zu, diesmal aus der anderen Richtung, sodass seine lange Visage wie mit einem großen »X« markiert aussah. Jeder der beiden Brüder hatte auf einer anderen Seite des Stollens Zuflucht gesucht und duckte sich vor den messerscharfen Enden des Orkziemers. Die Kette, mit der ihre Fußgelenke verbunden waren, spannte sich quer über den Stollengang.

Cadoc war es einerlei, wo sich seine Opfer vor ihm zu verstecken suchten. Abwechselnd drosch er nach beiden Seiten und deckte die Orks mit wütenden Hieben ein, die deren Haut aufriss. Entsetzt quiekend suchte Rammar sein Gesicht mit den Armen vor den Eisenhaken zu schützen. Balbok mit seinem schlichten Gemüt nahm die mörderischen Hiebe mit etwas mehr Gelassenheit hin, obwohl sie bei ihm nicht weniger tiefe Wunden hinterließen – und plötzlich ging dem hageren Ork in der flackernden Düsternis des Stollens ein Licht auf.

Der Blick seiner blutunterlaufenen Augen pendelte zwischen Cadoc und Rammar hin und her, auf den der Aufseher soeben einschlug, dann sah er die Kette – und in einem spontanen Anfall von Genialität bückte sich Balbok, hob die Kette an und begann zu laufen, nicht von Rammar weg, sondern auf ihn zu.

»Was zum …?« Cadoc, den dieses Manöver überraschte, wandte sich um und schlug wütend mit der Peitsche nach Balbok. Der Ork jedoch ließ sich davon nicht aufhalten, sondern rannte um den Aufseher herum, sodass die Kette um dessen Beine eine Schlinge formte – und noch ehe der Dunkelelf auch nur begriff, was der Ork im Schilde führte, zog Balbok zu.

Es ging zu schnell, als dass Cadoc etwas dagegen unternehmen konnte. Er versuchte noch, sich mit einem Sprung in Sicherheit zu bringen, aber Balbok hatte die Kette hochgerissen, und der Dunkelelf sprang nicht hoch genug. Die Schlinge schloss sich um seine Beine, und im nächsten Moment lag der Dunkelelf am Boden.

Balbok verlor keinen Augenblick. Sofort war er über Cadoc, entwand ihm den Orkziemer, schlang ihn um den sehnigen Hals des Elfen, und bevor dieser durch sein Geschrei andere Wärter alarmieren konnte, zog Balbok abermals zu – allerdings mit etwas zu viel Kraft. Der Orkziemer hielt dem ungewöhnlichen Belastungstest stand, dafür sprang Cadoc der Kopf von den Schultern, den Ausdruck maßlosen Hasses noch immer im Gesicht.

Rammar hatte von alldem nichts mitbekommen. Das Gesicht unter den Armen vergraben, kauerte er an der Stollenwand und flehte noch immer um Gnade. Schließlich aber bemerkte er, dass die Hiebe ausblieben und das Knallen des Orkziemers verstummt war. Vorsichtig riskierte er einen Blick – um entsetzt nach Luft zu schnappen, als er sah, was geschehen war.

»W-was hast du getan?«, stieß er hervor. »Der Elf ist nicht mehr beisammen! Ist dir nicht klar, was das bedeutet? Wir können nicht zurück! Wenn sie uns schnappen, werden sie uns ohne Schuppenlesens hinrichten!«

»*Korr*«, meinte Balbok nur.

»*Korr?* Ist das alles, was dir dazu einfällt?«

»*Tuash*«, fügte Balbok hinzu und deutete in den Stollen. »Dann müssen wir eben fliehen.«

»Das fehlte noch«, maulte Rammar und raffte sich ächzend auf die Beine. »Ich habe nur darauf gewartet, dass du irgendeine Dummheit begehst, um deinen hässlichen Schädel mal wieder durchzusetzen. Und zu allem Überfluss sind wir auch noch auf Gedeih und Verderb aneinandergekettet! Wie kriegen wir das nur wieder hin?«, fragte er aufgeregt, während sein Blick hilflos zwischen dem Torso und dem Haupt des Aufsehers hin- und herpendelte.

In aller Eile wog Rammar ihre Möglichkeiten ab. Ob es Sinn machte, wenn sie Cadocs Kopf wieder auf seine Schultern setzten und ihn in irgendeiner dunklen Ecke postierten, wo er nicht sofort gefunden würde? Aber irgendwann würde man sein Fehlen bestimmt bemerken, und da die Orksklaven offenbar ein Geheimnis nicht für sich behalten konnten, würde man den beiden Brüdern bald auf die Schliche kommen, und was dann geschah, darüber wollte Rammar lieber gar nicht erst nachdenken.

Auch wenn es ihm widerstrebte, es zuzugeben – sein Bruder hatte recht: Ihre einzige Aussicht, die Angelegenheit zu überleben, lag in der Flucht – auch wenn sie diese Flucht vermutlich in nur noch größere Schwierigkeiten führte.

»Schöne Aussichten«, maulte Rammar, während er über den leblosen Körper des Aufsehers hinwegstieg, um eine der

Fackeln aus der Wandhalterung zu nehmen. Balbok griff sich die andere.

»Also?«, fragte er.

»Frag nicht so dämlich. Uns bleibt ja nichts anderes übrig, als abzuhauen. Aber wenn wir uns in diesem Labyrinth verirren oder von einem *uchl-bhuurz* gefressen werden, schaue ich deine hässliche Visage nie mehr an, hast du mich verstanden?«

»*Korr*«, bestätigte Balbok eingeschüchtert.

Noch einen Moment blieb Rammar stehen und schaute zurück in die Höhle, wo unzählige Orksklaven von den Peitschen ihrer Aufseher zurück an die Arbeit getrieben wurden.

»Eine Schande«, knurrte er.

Dann wandte er sich um und folgte seinem Bruder in das drohende Dunkel.

# 14.

# KOINNOUMH

Nach der langen Zeit, die sie weit in der Fremde verbracht hatten, fühlte es sich gut an, zurück zu sein und Tirgas Lan wiederzusehen: die stolzen zinnenbewehrten Mauern, die die alte Königsstadt umgaben; die vielen von lodernden Fackeln gekrönten Türme, die sich in den Nachthimmel erhoben; die schlanken Gebäude mit ihren Säulenhallen und Wandelgängen; und schließlich die Zitadelle, die inmitten des Häusermeers aufragte und deren trutzige Erscheinung die Macht erahnen ließ, die einst von diesem Ort ausgegangen war.

All das weckte Erinnerungen.

Erinnerungen an den Frieden.

An das Leben.

Und an wunderbare Freuden …

All diese Dinge glaubte Corwyn schon vor langer Zeit verloren zu haben, bis er sie endlich wiedergefunden hatte, in den Armen einer ebenso klugen wie schönen Frau, der er noch dazu sein Königreich verdankte. Noch vor nicht allzu langer Zeit hatte er sich danach gesehnt, diesen Ort zu verlassen und wieder von seinem Schwert zu leben, als Kopfgeldjäger durch die Lande zu streifen, frei und unerkannt und niemandem Rechenschaft schuldig. Nun jedoch, nach einem weiteren grausamen Krieg, den er hatte führen müssen, war er froh, wieder in Tirgas Lan zu weilen, und er konnte kaum glauben, dass er sich jemals fortgewünscht hatte.

Während er wieder auf dem Thron unter der gläsernen

Kuppel saß, durch die man die Sterne funkeln sah, sehnte er ruhigere Zeiten herbei, in denen es ihm vielleicht sogar vergönnt war, Vater zu werden, auf dass der Herrscher von Tirgas Lan einen Erben bekäme, der das Land weise und mit milder Hand regieren würde, oder vielleicht auch eine Erbin.

Aber da war dieser kauzige alte Zauberer, der unversehens in sein Leben getreten war und fortwährend von Dingen faselte, die Corwyn weder verstand noch wirklich verstehen wollte. Denn anders als Alannah, die dem alten Granock mit ärgerlicher Vertrauensseligkeit an den Lippen hing, war Corwyn eines längst klar geworden: dass das Auftauchen dieses Mannes Ärger bedeutete und dass es mit den ruhigen und friedlichen Tagen, auf die er sich gefreut hatte, vorbei war ...

»Du musst dich rüsten, König«, sagte der Alte zum ungezählten Mal, während er um die kreisförmige Öffnung wandelte, die im Boden des Thronsaals klaffte und durch die man auf die darunterliegende Schatzkammer blicken konnte. Eigentlich hatte Corwyn erwartet, dass bei seiner Rückkehr nichts mehr von dem Gold und den Edelsteinen da sein würde, weil der Schatz den Orks Balbok und Rammar als Belohnung für ihre Unterstützung im Kampf gegen den Herrscher von Kal Anar versprochen worden war. Aber eigenartigerweise hatten sich die Unholde bislang weder blicken lassen, noch hatten sie den Königsschatz angerührt ...

»Mich rüsten?«, erkundigte er sich. »Wofür?«

»Das habe ich dir schon tausend Mal erklärt!« Unmittelbar vor dem Thron blieb Granock stehen, auf seinen verschnörkelten, aus einem unbekannten Material gefertigten Zauberstab gestützt. Corwyn bezweifelte nicht, dass das Ding allerlei Schaden anzurichten vermochte, dennoch war er nicht gewillt, dem Alten nach der Pfeife zu tanzen. »Die Kristallpforten wurden erneut geöffnet!«, sprach dieser. »Ich konnte es deutlich spüren.«

»Und?«

»Und?« Die Augen des Zauberers blitzten vor Zorn, der weiße Bart blähte sich auf der Oberlippe unter einem schnaubenden Atemzug. »Wie konnten sie nur einen so begriffsstutzigen Esel wie dich zum König krönen? Ich sage dir, dass dein Reich in Gefahr ist, und du fragst: ›Und?‹«

»Vorsicht, Alter«, sagte Corwyn zornig, denn es gefiel ihm nicht, wie ein Lehrjunge behandelt zu werden. Der ehemalige Kopfgeldjäger hatte sich mittlerweile daran gewöhnt, dass man ihm als Träger der Elfenkrone einen gewissen Respekt entgegenbrachte – Granock jedoch schien davon völlig frei zu sein.

»Willst du mir drohen?« Corwyn sah, wie der Alte den Stab fester packte.

»Das lag ihm fern«, versicherte Alannah, die neben Corwyn auf dem Thron der Königin saß. »Bitte sieh ihm seine Zweifel nach, ehrwürdiger Zauberer. Er ist soeben erst aus dem Krieg zurückgekehrt und ist müde und erschöpft. Zudem kennt er dich nicht.«

»In der Tat«, stimmte Corwyn zu, dankbar dafür, dass Alannah für ihn Partei ergriffen hatte.

»Wie steht es mit dir, Königin?«, wollte der Zauberer wissen. »Glaubst *du* mir?«

Alannahs ohnehin schon blasse Gesichtszüge schienen noch ein wenig mehr an Farbe zu verlieren. Sie sandte Corwyn einen bedauernden, fast entschuldigenden Blick. »Ja, großer Zauberer«, sagte sie dann, »ich glaube dir.«

»Alannah!«, rief Corwyn in leichter Entrüstung.

»*Warum* glaubst du mir?«, fragte Granock weiter. »Du kennst mich doch ebenso wenig wie der König, oder?«

»Das stimmt«, antwortete Alannah. »Aber da ist etwas tief in mir, eine innere Stimme …«

»Was sagt sie?«

»Dass ich dir vertrauen soll«, gab die Königin zu, zur sichtlichen Genugtuung des Alten und zu Corwyns höchstem Verdruss.

»Wir wissen nichts über ihn, gar nichts!«, ereiferte er sich. »Willst du dich einem Unbekannten anvertrauen, der in unser Zelt eindrang, nachdem er die Wachen betäubte, und der deinen Gemahl, den König, immerzu beleidigt?«

Alannah aber bedachte den Alten mit einem wohlwollenden Blick. »Granock ist uns nicht nach Tirgas Lan gefolgt, weil er uns schaden, sondern weil er uns helfen will.«

»Woher weißt du das?«

»Ich weiß es einfach«, erwiderte sie, und einmal mehr konnte Corwyn jenen eigenartigen Glanz in ihren Augen erkennen, der ihn halb rasend machte. Er hatte diesen Glanz nie zuvor bei ihr gesehen, wohl aber in den Augen mancher Frau, die er in jungen Jahren verführt hatte, obwohl sie einem anderen versprochen gewesen war: der verräterische Glanz der Untreue ...

Corwyn wusste nicht zu sagen, was das zu bedeuten hatte. Weder konnte er sich erklären, was seine Gemahlin an dem alten Schwätzer fand, noch wollte ihm in den Kopf, warum sie ihm so bedingungslos vertraute. Dafür trat etwas anderes umso deutlicher hervor, ein Gefühl, das er lange nicht mehr empfunden hatte und das er in Bezug auf Alannah stets für unmöglich gehalten hätte.

Eifersucht!

Er fragte sich nicht, welchen Grund Alannah haben mochte, zu dem alten Zauberer freundlich zu sein, und er dachte auch nicht darüber nach, weshalb sie ihm so großes Vertrauen schenkte. Für ihn zählte nur, was er sah, und das genügte, dass ihm die Zornesadern schwollen und ihm die Zornesröte ins Gesicht schoss.

»Glaub mir, König, zum Wohle deines Reiches bin ich hier«, hörte er Granock sagen, doch Corwyn hatte das Gefühl, dass es nicht Worte waren, die über die Lippen des Alten kamen, sondern giftige Schlangen und Skorpione. »Ich habe Kenntnis von Dingen, die ganz Erdwelt erschüttern werden. Kennst du die Geschichte deiner Vorfahren? Weißt du um die beiden blutigen Kriege, die gegen die Finsternis geführt wurden?«

»Der Erste und der Zweite Krieg der Völker«, erwiderte Alannah an Corwyns Stelle.

»Die meine ich«, bestätigte Granock, »und wenn kein dritter, noch grausamerer Krieg diese Welt heimsuchen und womöglich alles Leben auf ihr vertilgen soll, so müsst ihr auf mich hören und augenblicklich ein Heer formieren, das ...«

Er unterbrach sich, denn von außerhalb des Thronsaals war plötzlich Lärm zu vernehmen. Geräusche, von denen Corwyn eigentlich gehofft hatte, dass er sie nie mehr in seinem Leben hören müsste.

Das Klirren von Schwertern!

»Was ist da los?«, rief der König und sprang auf, die Hand bereits am Griff seines eigenen Schwerts, das er in Granocks Gegenwart nicht hatte ablegen wollen.

»Ein Kampf«, kommentierte der Zauberer grimmig.

»So ist dein Verrat wohl bereits geglückt«, knurrte Corwyn und zog die Klinge, um sie gegen den alten Mann zu richten. Auch die acht Leibwächter, welche die beiden Throne flankierten, hoben mit grimmigen Mienen ihre Waffen.

»Corwyn, nein!«, rief Alannah.

»Du irrst dich«, versicherte Granock, während er langsam zurückwich, den Zauberstab beidhändig erhoben. »Was immer da draußen vor sich geht, ich habe nichts damit zu tun.«

»Lügner!«, blaffte Corwyn und schritt auf den Zauberer zu.

Da wurde das große Tor zum Thronsaal geräuschvoll aufgestoßen. Die unzähligen Kerzen, die den Saal erhellten, flackerten, und nicht wenige von ihnen verloschen. Eisige Kälte herrschte von einem Augenblick zum anderen unter der Kuppel.

Das Schwert in der Rechten, fuhr Corwyn herum – um sich vier unheimlichen Fremden gegenüberzusehen!

Sie alle trugen Rüstungen aus schwarzem Leder und dazu ebenso schwarze Umhänge, unter deren weiten Kapuzen die

Gesichter nicht zu erkennen waren. Bewaffnet waren sie mit langen, gebogenen Klingen, an denen rotes Blut klebte. Das Blut der Palastwachen ...

»Wer seid ihr?«, verlangte Corwyn zu wissen. »Was hat das zu bedeuten?«

Einer der Eindringlinge, der der Anführer zu sein schien, schlug die Kapuze zurück. Schmale, kantige Gesichtszüge kamen darunter zum Vorschein, deren graue Haut etwas Abstoßendes hatte. Umrahmt wurden sie von langem schwarzem Haar, aus dem ein spitzes Ohrenpaar ragte. Die Augen des Fremden, die in kalter Mordlust leuchteten, waren ebenso schmal wie die blutbesudelte Klinge in seiner Hand, und Corwyn begriff.

Es waren Elfen ...

Noch ungleich bestürzter als er selbst schien Granock darüber zu sein. »Nein«, ächzte er und wich zurück, in Richtung von Alannahs Thron. Die Königin war aufgesprungen und blickte den Eindringlingen mit der gleichen Mischung aus Bestürzung und Zorn entgegen wie Corwyn.

»Wie ist das möglich?«, flüsterte sie. »Ich dachte, mein Volk hätte Erdwelt längst verlassen?«

»Das sind keine gewöhnlichen Elfen«, murmelte Granock, der offenbar mehr wusste, über den unerwarteten Besuch jedoch augenscheinlich ebenso überrascht war wie der König und die Königin.

»Was meinst du?«

Der Alte schnitt eine Grimasse, seine hagere Gestalt straffte sich. »Spürst du es nicht?«, fragte er Alannah. »Spürst du nicht das Böse, das von ihnen ausgeht?«

»Gleich nicht mehr«, versprach Corwyn düster und wollte den Eindringlingen entgegentreten – als etwas Unerwartetes geschah.

Statt zum Angriff überzugehen, ließen die vier schwarz gewandeten Kämpfer die Waffen sinken – und beugten die Knie!

Die Blicke ehrfürchtig niedergeschlagen, kauerten sie auf dem Boden, zur maßlosen Verblüffung Corwyns, der nicht wusste, was er tun sollte. Nicht einmal der Kopfgeldjäger in ihm brachte es über sich, auf einen Gegner loszugehen, der die Waffen gestreckt und sich seiner Gnade ausgeliefert hatte.

Aus der Tiefe des Ganges, der zum Thronsaal führte, kamen weitere Männer herangeeilt – Palastwachen, die die Farben Tirgas Lans trugen. An ihren zerschlissenen, blutbesudelten Röcken war unschwer zu erkennen, dass sie in einen Kampf verwickelt gewesen waren. Einige humpelten, viele bluteten aus zahlreichen Wunden. Offenbar hatten sie alles gegeben, um die Eindringlinge aufzuhalten.

Vergeblich ...

»Verzeiht, mein König!«, rief Dara, der Hauptmann der Wache, der seinen Helm verloren hatte und aus einem Schnitt an der Stirn blutete. »Sie waren plötzlich da und haben uns völlig überrumpelt. Viele von uns sind tot, während wir nur einen Einzigen von ihnen ...«

Mit einer Handbewegung schnitt Corwyn ihm das Wort ab und gab seinen Leuten zu verstehen, dass sie zurückbleiben sollten. Zunächst wollte er geklärt wissen, wer die Eindringlinge waren und was sie im Schilde führten.

»Wer immer ihr seid«, wandte er sich an den, der seine Kapuze zurückgeschlagen hatte, »ihr habt einen schweren Fehler begangen ...«

»Mit dir reden wir nicht, Mensch«, beschied ihm der Grauhäutige abfällig, ungeachtet der Krone auf Corwyns Haupt. »Unsere Loyalität und unsere Verehrung gehört allein ihr – der Königin auf dem Elfenthron: Alannah.«

»Alannah«, echoten seine Begleiter, als wäre der Name der Elfin eine Beschwörungsformel.

»W-was soll das bedeuten ...?« Verwirrt blickte sich Corwyn nach seiner Gemahlin um, die noch immer auf dem Thronpodest stand und – zu seiner Beruhigung – nicht weniger verwirrt schien als er selbst.

Anders der alte Granock.

Wenn der Zauberer bestürzt war, so ließ er es sich nicht anmerken. Den Zauberstab mit beiden Händen fest umklammert, hatte er sich schützend vor die Königin gestellt, seine faltigen Gesichtszüge ein Mahnmal eiserner Entschlossenheit.

»Ich bin Dun'ras Ruuhl«, stellte sich der Anführer der Eindringlinge vor, noch immer kniend und den Blick ehrfürchtig niedergeschlagen. »Welchem günstigen Schicksal ich es zu verdanken habe, dass es mich an diesen Ort geführt hat, weiß ich nicht, meine Königin. Was ich hingegen weiß, ist, dass ich hier bin, um Euer Schicksal zu erfüllen. Die Zeit Eurer Gefangenschaft ist zu Ende. Ich habe den weiten Weg von Tirgas Anar hierher auf mich genommen, um Euch zu befreien.«

»Um mich … zu befreien?«, fragte Alannah verblüfft.

»Verflucht war der Augenblick, an dem Ihr uns verlassen musstet – umso triumphaler wird Eure Rückkehr sein.«

»M-meine Rückkehr?«, stammelte Alannah. »Wohin?«

»Das fragt Ihr mich?« Ruuhl blickte verwundert auf. »In den Palast von Crysalion natürlich, um die Prophezeiung zu erfüllen, die vor langer Zeit gegeben wurde.«

»Welche Prophezeiung?«

»Dass die Königin des Schreckens einst zurückkehren wird an die Gestade ihrer Heimat«, sagte er mit glasigem Blick. »Und dass dies das Ende der Sterblichen sein wird und der Beginn eines neuen Zeitalters, in dem die Elfen über Erdwelt herrschen.«

»A-aber das bin ich nicht«, sagte Alannah erschrocken. »Weder bin ich eine Königin des Schreckens, noch kann ich an einen Ort zurückkehren, an dem ich nie gewesen bin.«

»Aber Ihr seid es«, beharrte Dun'ras Ruuhl und erhob sich, die Arme beschwörend ausgebreitet. »Ihr und keine andere …«

»Schweig, Dunkelelf!«, verschaffte sich Granock Gehör, der plötzlich nicht mehr wie ein alter Greis wirkte, sondern von unergründlicher jugendlicher Kraft erfüllt. Selbst Corwyn kam nicht umhin, beeindruckt zu sein. »Du hast die Gedanken der Königin lange genug vergiftet mit deinem Geschwätz.«

1173

»Wer bist du?«

»Man nennt mich Granock«, erwiderte der Alte, »obschon mich deinesgleichen wohl besser unter dem Namen kennt, den ich früher einst trug: Lhurian!«

»Lhurian!«, echote Ruuhl, und noch nie zuvor hatte Corwyn die Augen eines Elfen sich derart weiten sehen.

»Offenbar sagt dir dieser Name etwas«, stellte der Zauberer mit grimmiger Zufriedenheit fest.

»In der Tat, alter Mann«, erwiderte Ruuhl. »Über die Jahrhunderte hinweg haben wir ihn immer wieder vernommen – und ihn hassen gelernt.«

Granock nickte nur. Dann sagte er: »Ich muss gestehen, ich dachte, euresgleichen wären längst ausgelöscht.«

»Da hast du dich geirrt, alter Mann. Die Dunkelelfen haben die Zeit überdauert – und sie sind zurückgekehrt, um sich zu nehmen, was ihnen gehört.«

»Alannah gehört niemandem«, stellte der Zauberer klar.

»Nein?«, fragte Ruuhl mit lauernder Stimme. »Dann steht es ihr also frei zu gehen, wohin es ihr beliebt?«

»Natürlich.«

»Wohlan denn, Königin des Schreckens«, wandte sich Ruuhl wieder an Alannah. »Folgt mir zurück in Euer Reich, auf dass sich die Prophezeiung erfülle!«

»A-aber ich weiß nichts von einer Prophezeiung«, versicherte die Elfin stammelnd. »Mein Platz ist hier, bei meinem Gemahl!«

»Du hast sie gehört, Grauhaut«, sagte Corwyn, noch ehe Ruuhl etwas erwidern konnte. Schmerzlich war dem König bewusst geworden, dass er in seinem eigenen Thronsaal zur Randfigur geworden war. Dabei saß die Krone auf seinem Haupt, und keinem anderen als ihm oblag es, seine Gemahlin zu beschützen und in seinem Palast für Ordnung zu sorgen.

»Wer hat dich gefragt?« Ruuhl streifte ihn mit einem geringschätzigen Blick.

»Du hast gehört, was sie gesagt hat«, wiederholte Corwyn, und der Blick seines verbliebenen Auges schien den Elfen zu durchbohren. »Die Königin weiß, zu wem sie gehört. Ihr jedoch seid alle Gefangene der Krone.«

»Welcher Krone?«

»Es gibt nur diese eine«, beharrte Corwyn. »Ihr habt den Frieden gebrochen und das Haus des Königs mit Blut besudelt, und dafür werdet ihr euch vor mir verantworten.«

»Du bist nicht unser König, Mensch, also schulden wir dir auch keine Rechenschaft«, beschied Ruuhl ihm kaltschnäuzig.

»Wir werden sehen«, knurrte Corwyn und rief dann: »Männer – ergreift sie!«

Entschlossen rückten Corwyns Mannen vor – die Leibwächter von der einen, die gebeutelte Palastwache von der anderen Seite. Doch noch ehe sie Ruuhl und seine Krieger erreichten, waren diese aufgesprungen und hatten ihre Waffen wieder aufgenommen, um sich mit Corwyns Soldaten ein blutiges Gefecht zu liefern.

Hauptmann Dara war der Erste, der ihren Zorn zu spüren bekam – eine schmale Elfenklinge, von Dun'ras Ruuhl geführt, traf seinen Hals und trennte ihm den Kopf von den Schultern.

»Bastard!«, brüllte Corwyn, während er den blutüberströmten Torso seines Untergebenen umkippen sah – und stürzte sich in den Kampf.

Von allen Seiten gleichzeitig drangen die Verteidiger von Tirgas Lan auf die vier Eindringlinge ein, die sich jedoch erbittert zur Wehr setzten. Mit Bewegungen, die so schnell waren, dass eines Menschen Auge ihnen kaum zu folgen vermochte, wichen sie den Klingen von Corwyns Kriegern aus, um schon im nächsten Augenblick zum Gegenangriff überzugehen und Fleisch und Knochen zu durchschneiden.

Einer von Corwyns Leibwächtern verfiel in gellendes Geschrei, als seine Schwerthand davonflog, den Griff der Klinge noch umklammernd. Einem anderen gelang es, einem von Ruuhls Leuten eine leichte Verletzung beizubringen, wofür er selbst jedoch mit dem Leben bezahlte; der Elfenkrieger wirbelte um seine Achse, stieß blitzschnell zu und durchbohrte mit der Säbelklinge die Brust des Mannes.

Überall war Blut und Geschrei. Verzweifelt sah Corwyn einen seiner Leute nach dem anderen tot oder verstümmelt zu Boden sinken, während er selbst versuchte, die Phalanx wirbelnder Elfenkrieger zu durchbrechen und zu Dun'ras Ruuhl vorzudringen. Überzeugt davon, dass der Kampf jäh zu Ende sein würde, verloren die Eindringlinge ihren Anführer, war Corwyn ganz versessen darauf, an ihn heranzukommen.

Alannah verlor er dabei für einen Moment aus den Augen – ein Fehler, wie sich zeigte.

Denn als er das nächste Mal zu ihr hinüberblickte, sah er sie in Begleitung Lhurians, der seinen Umhang schützend um ihre Schultern gelegt hatte und sie mit sich zog.

»Alannah! Nein!«, brüllte Corwyn, aber der Kampflärm schluckte seine Worte, sodass sie ihn nicht hörte. Zudem unternahm einer der Elfenkrieger einen überraschenden Ausfall, sodass sich Corwyn verteidigen musste – und seine Wut und seine Eifersucht verliehen ihm dabei ungeahnte Kräfte.

In rascher Folge wehrte er die Attacken des Grauhäutigen ab und führte sein Schwert dabei mit derartiger Wucht, dass es dem anderen die Klinge aus der Hand schlug. Die Schwäche des Gegners nutzend, packte Corwyn den Schwertgriff mit beiden Fäusten und trieb den Stahl fast bis zum Heft in die Kehle des Dunkelelfen, der gurgelnd zusammenbrach – das Blut, das hervorschoss, als Corwyn die Klinge wieder herausriss, war fast so dunkel wie das eines Orks.

Keuchend fuhr Corwyn herum, um sich wieder nach Alannah umzusehen – doch auf dem Thronpodest fand er sie nicht mehr. Als wäre sie in seinen Händen ein willenloses Werkzeug, hatte sie sich von dem Zauberer zu dem Schacht führen lassen, der in der Mitte des Thronsaals klaffte und vor dem das Scharmützel stattfand, in dem soeben zwei weitere Kämpfer Tirgas Lans blutend zu Boden sanken.

Augenblicke lang zögerte Corwyn, war hin und her gerissen zwischen der Pflicht gegenüber seinen Männern auf der einen und der Liebe zu seiner Gemahlin auf der anderen Seite. Inzwischen hatten Alannah und der Zauberer den Schacht erreicht – und zu Corwyns Entsetzen schickte sich der Alte an, sie hinabzustoßen!

Dabei murmelte er irgendwelche Beschwörungsformeln und hob den Zauberstab mit einer Hand, dessen Ende plötzlich von innen heraus zu leuchten begann.

»Alannah!«

Erneut ging Corwyns Schrei im Klirren der Schwerter und im Gebrüll der Kämpfenden unter – und im nächsten Moment überschlugen sich die Ereignisse.

Das Leuchten des Zauberstabs verstärkte sich, und plötzlich drang aus den Tiefen der Schatzkammer grelles Licht empor, fiel lotrecht durch den Schacht bis hinauf zur Glaskuppel – und in diesen Lichtschacht stieß der Zauberer Alannah!

Was weiter geschah, konnte Corwyn nicht erkennen, denn das Leuchten wurde so grell, dass er die Augen dagegen abschirmen musste. Auch den anderen Kämpfern erging es so, sodass das Gemetzel für einen Augenblick zum Erliegen kam. Schon einen Herzschlag später jedoch war der Lichtstrahl wieder verschwunden, so unvermittelt, wie er aufgeflammt war – und von Alannah und dem Zauberer fehlte jede Spur!

»Alannah!«, brüllte Corwyn außer sich – als er plötzlich einen brennenden Schmerz in seiner rechten Schulter spürte.

Jäh erinnerte er sich an den Feind in seinem Rücken und fuhr herum – den verletzten Schwertarm jedoch brachte er schon nicht mehr hoch, und etwas traf ihn hart am Kopf.

Während er das Gefühl hatte, in einen tiefen, bodenlosen Schacht zu stürzen, sah er, wie ein Elfenkrieger auf ihn zustürmte, das graue Gesicht zur blutlüsternen Fratze verzerrt. Zwei von Corwyns Leibwächtern warfen sich todesmutig auf den Angreifer und rissen ihn zu Boden, während der König selbst zurücktaumelte und ebenfalls auf den harten Stein schlug.

Die Schreie rings umher brandeten wieder auf, ebenso wie das Geklirr der Waffen. Noch einmal versuchte Corwyn vergeblich, sich wieder auf die Beine zu raffen, doch es gelang ihm nicht mehr.

Benommen blieb er liegen, während sich sein Blick eintrübte und der wilde Kampf um ihn herum zu einem wogenden Meer aus hellen und dunklen Flecken wurde.

Dann, als ob die verbliebenen Kerzen und Fackeln im Thronsaal alle auf einen Schlag verlöschten, wurde es dunkel.

# 15.

# DOMHOR'HAI SOUN

Der Weg durch die Stollen kam Rammar endlos vor. In Selbstmitleid versunken, setzte er einen schmerzenden Fuß vor den anderen, begleitet vom Klirren der Eisenkette. Wie lange sie schon durch die verschlungenen Felsengänge schlurften, hätte der feiste Ork nicht zu sagen vermocht. Dabei hatte er nicht nur jedes Zeitgefühl verloren, sondern auch die Orientierung, zumal sie vom jeweiligen Stollen immer nur jenen Teil sahen, durch den sie sich gerade bewegten, weil vor und hinter ihnen alles in Dunkelheit versank.

Da sie weder wussten, wo sie sich befanden, noch wohin genau sie zu gehen hatten, war es auch schwer zu beurteilen, ob sie sich verlaufen hatten. Eines jedoch war Rammar klar: Dass ihre Fackeln nicht ewig brennen würden und dass sein Bruder und er verratzt sein würden, wenn sie in diesem Labyrinth im Dunkeln feststeckten.

Also löschten sie eine der Fackeln, und Rammar schob sie unter den Strick, den er anstelle eines Gürtels um seinen Wanst geschlungen hatte und der die schmutzigen Lumpen an seinem runden Körper hielt. Er hatte vor, die Fackel erst wieder zu entzünden, wenn Balboks aufgebraucht war. Auf diese Weise würden sie der Dunkelheit etwas länger trotzen können. Der Gedanke an das, was geschehen würde, wenn sie bis zum Verlöschen der zweiten Fackel den Ausgang noch immer nicht gefunden hatten, brachte Rammar allerdings an den Rand einer massiven Panik. Orks waren zwar in der Lage, bei spärlichem Dämmerlicht zu sehen, das aufgrund der klimatischen Verhältnisse und des stets grauen Himmels fast den ganzen Tag über in der Modermark herrschte; bei völliger Dunkelheit jedoch waren sie ebenso blind wie Schmalaugen und Milchgesichter.

»Das alles ist nur deine Schuld«, wurde er nicht müde zu behaupten, während sie durch die sich endlos aneinanderreihenden, sich kreuz und quer durch den Fels erstreckenden Stollen schlurften. Die Vorstellung, dass es Orks gewesen waren, die diese Gänge wie elende Zwerge in das Gestein getrieben hatten, war geradezu abstoßend.

Mal ging es bergauf, dann wieder bergab, mal waren Stufen in den Fels gehauen, mal führten enge Windungen immer weiter in die Tiefe. Und immer wieder verzweigten sich die Gänge, sodass die Orks längst die Orientierung verloren hatten und ihnen nichts anderes übrig blieb, als aus dem Bauch heraus zu entscheiden, in welche Richtung es weitergehen sollte.

Zurückgefunden hätten sie längst nicht mehr.

Hin und wieder verbreiterten sich die Stollen oder mündeten in größere Höhlen, an deren Wänden rostige Eisenringe hingen – zweifellos waren daran einst die Sklaven angekettet gewesen. Wonach die Dunkelelfen sie hatten graben lassen, entzog sich noch immer Rammars Kenntnis, aber es war ihm auch gleichgültig. Er wollte nur möglichst rasch hinaus, das war alles.

»Guck mal!«, sagte Balbok plötzlich, blieb stehen und hob die Fackel so, dass sie einen Teil der Höhlenwand beleuchtete, Rammar jedoch in Dunkelheit zurückließ, wogegen dieser entschieden protestierte.

»He, was soll das?«, fuhr er seinen Bruder an und blieb ebenfalls stehen. »Her mit dem Licht, aber sofort!«

»Gleich«, entgegnete Balbok beschwichtigend und betrachtete die Wand. »Siehst du das hier?«

»Was soll ich sehen?«

»Na hier, die Bilder …«

Erst da bequemte sich Rammar dazu, dem Krallenzeig seines Bruders zu folgen und einen Blick auf die vom Fackelschein beleuchtete Wand zu werfen. Zu seiner Verblüffung stellte er fest, dass Balbok recht hatte: Da waren tatsächlich Bilder, Darstellungen, vor langer Zeit in den Fels gehauen.

»Zeig her!«, grunzte Rammar und rempelte seinen Bruder unsanft zur Seite.

Ihrem Zustand nach waren die Felsenbilder sehr alt. Vor Urzeiten mussten sie in das Gestein geschlagen worden sein. Teile davon waren weggebrochen, sodass man nicht mehr erkennen konnte, was sie einst dargestellt hatten; andere jedoch waren weitgehend erhalten und noch gut zu erkennen.

Auf einem der ersten Reliefs sah Rammar schlanke, zerbrechlich wirkende Wesen – zweifellos Elfen –, die in einem lächerlichen Reigen durch die Gegend hüpften. Der Ork konnte nicht anders, als darüber höhnisch zu lachen, während er langsam die Reihe der Bilder abschritt. Noch mehr tanzende Schmalaugen waren zu sehen, begleitet von geblümten Kobolden und anderem Gesocks, das sich gewöhnlich in ihrer Gesellschaft herumtrieb. Bilder des Friedens und der Idylle.

»Zum Kotzen!«, schnaubte Rammar.

Genau so hatte er sich immer die Fernen Gestade vorgestellt. Als einen Ort, wo sie tanzten und lachten und all das taten, was einem Ork von Natur aus zuwider war. Ein Ort, der licht war und hell und wo es nach Honig und Rosenblüten stank.

Schon der Gedanke rührte in Rammars knurrendem Magen herum und verursachte ihm Übelkeit. Angewidert wollte er sich von den Bildern des Grauens abwenden, als sich die Darstellungen plötzlich veränderten.

Eine Festung war zu sehen, der nicht unähnlich, unter der sie sich befanden, und ein Meer, das voller Schiffe war. Auf dem nächsten Bild konnte man Wolken erkennen, die sich über der Burg zusammenzogen, und Blitze, die von den Schiffen herüberschlugen und den Hauptturm der Festung beschossen.

Das übernächste Bild versöhnte Rammar wieder ein wenig. Der Turm stand in Flammen, Rauch stieg von der Festung auf. Und überall ringsum fanden Kämpfe statt, eine blutige Schlacht, bei der es richtig zur Sache ging. Mit Genugtuung stellte Rammar fest, dass es inzwischen nicht nur mehr Elfen waren, die man auf den Darstellungen entdecken konnte, sondern auch noch andere, gedrungene Kämpfer, die gehörnte Helme trugen und schrecklich anzusehende Fratzen hatten. Orks, ganz zweifellos ...

»Weißt du, was das alles soll?«, erkundigte sich Balbok, der einmal mehr keinen Durchblick hatte und sich nachdenklich am Hinterkopf kratzte.

»Ich denke schon«, sagte Rammar und wandte sich nach ihm um. »Erinnerst du dich an die Schlacht, von der uns das Grünohr erzählt hat? Die vor langer Zeit stattgefunden hat und bei der die Vorfahren der jetzigen Sklaven auf die Insel gekommen sind.«

Balbok überlegte kurz, dann schüttelte er den Kopf.

»Das kommt, weil sich bei dir immer nur alles ums Fressen dreht!«, rügte ihn sein Bruder. »Ich hingegen habe aufgepasst und weiß, was damals gelaufen ist. Eine riesige Kriegsflotte der Orks hat die Insel angegriffen, aber da Menschen mit von der Partie waren, ging die Sache fürchterlich in die *broigas'hai*. Die Orks wurden vernichtend geschlagen, gefangen genommen und zum Steineklopfen verdonnert – diese traurigen *umbal'hai* in den Höhlen sind ihre Nachkommen. Wahrscheinlich«, fügte er wütend hinzu, »hat man diese Bilder hier nur angebracht, um die Sklaven zu demütigen und ihnen klarzumachen, weshalb sie hier gelandet sind. Ich hätte gute Lust, mir einen Hammer zu greifen und den ganzen *shnorsh* von den Wänden zu ...«

Ein gellender Schrei seines Bruders ließ ihn zusammenzucken. Es kam nicht oft vor, dass der sonst eher gelassene – weil doch recht begriffsstutzige – Balbok seinem Entsetzen derart lautstark Ausdruck verlieh. Umso alarmierter war Rammar.

»Was ist?«, fragte er und fuhr herum, in der Erwartung, seinen Bruder im tödlichen Klammergriff eines vieläugigen Höhlenmonstrums zu sehen. »Was hast ...?«

Er unterbrach sich, als er sah, dass Balbok keineswegs gegen ein *uchl-bhuurz* kämpfte. Er schwebte noch nicht einmal in Lebensgefahr, sondern stand nur da und starrte auf ein weiteres in den Stein geschlagenes Felsenbild. Sein Unterkiefer war dabei so weit heruntergeklappt, dass Rammar bequem seinen Schädel in Balboks Maul hätte stecken können.

»Was hast du nun wieder, Faulhirn?«, blaffte Rammar. »Musst du mir unbedingt einen solchen Schrecken einja...«

Seine Reaktion, als er das Bild erblickte, fiel nicht sehr viel anders aus als die seines Bruders. Auch er blieb wie von Kuruls Donner gerührt stehen, seine Kinnlade fiel herab, und seine Augen drohten ihm aus dem Kopf zu fallen.

»U-unmöglich«, stammelte er. »Da-da-das kann nicht sein!«

»Scheinbar doch«, ächzte Balbok tonlos – zu einer tiefgreifenderen Konversation waren sie nicht in der Lage. Zu überraschend war der Anblick, der sich ihnen bot, zu vertraut das in den Stein gemeißelte Gesicht, das ihnen entgegenblickte.

»S-sie ist es«, stellte Rammar fest.

»Allerdings.«

»Daran besteht nicht der geringste Zweifel ...«

Eigentlich hatte der feiste Ork gehofft, die blassen Züge mit den hoch stehenden Wangenknochen und den schmalen, herausfordernd blickenden Augen nie mehr im Leben zu sehen. Dass er sie sogar noch an diesem düsteren Ort zu Gesicht bekam, das verblüffte ihn über alle Maßen.

Denn die in Stein gemeißelten Züge, die ihnen entgegenblickten, waren ganz ohne Zweifel die von Alannah, jenem störrischen Elfenweib, das Balbok und Rammar leichtsinnigerweise aus dem Eistempel von Shakara entführt hatten. Und dafür hatten sie seither tausendfach gebüßt. Nicht nur, dass sie Alannah hatten helfen müssen, zusammen mit diesem elenden Kopfgeldjäger Corwyn die Herrschaft über Erdwelt an sich zu reißen – sie hatten sich auch noch darauf eingelassen, in ihrem Auftrag nach Kal Anar zu reisen und dort für sie zu spionieren. Dabei hatte ihnen die Elfin übel mitgespielt; sie hatte sie getäuscht und gedemütigt, sie nach Strich und Faden am Rüssel herumgeführt. Und als würde all das noch nicht genügen, hatte sie auch noch die Frechheit, ihnen nach allem, was ihnen auf dieser verwunschenen Insel widerfahren war, als steinernes Bildnis frech entgegenzugrinsen.

»W-was hat das zu bedeuten, Rammar?«, fragte Balbok ratlos, nachdem er die erste Überraschung verwunden hatte.

»Was wohl?«, schnappte Rammar wutschäumend. »Dass ich von Anfang an recht hatte. Das verdammte Elfenweib hat uns mal wieder verschaukelt. Ihr und niemandem sonst haben wir es zu verdanken, dass wir hier gelandet sind.«

Wütend starrte der Ork auf die teils zerstörten Wandbilder und versuchte dahinterzukommen, wie dies alles zusammenhing – als er merkte, wie jemand beschwichtigend seine Schulter tätschelte.

»Hör schon auf damit«, schnauzte er Balbok an. »Ich will mich jetzt nicht beruhigen.«

»Musst du ja auch gar nicht.«

»Ich weiß ja, dass du eine Schwäche für das Elfenweib hast, aber ich kenne sie nun mal besser als du, und diesmal ist sie eindeutig zu weit gegangen.«

»Aber ich habe doch gar nichts gesagt«, verteidigte sich Balbok.

»Dann hör auch auf, meine Rückseite zu befummeln wie ein *ochgurash*.«

»Ich hab dich nicht angerührt.«

»*Douk?*«

»*Douk.*«

Da erst ging Rammar auf, dass sein langer Bruder rechts von ihm stand und ihm folglich auch nicht die *linke* Schulter getätschelt haben konnte. Ihm schwante Übles, als er sich langsam umdrehte – und er wurde nicht enttäuscht.

Denn es waren die gelb leuchtenden Augen einer Ratte, in die er starrte und die sich genau in Höhe seines Gesichts befanden – und das nicht etwa deshalb, weil das Rattenvieh auf einem Felsvorsprung gekauert hätte, sondern weil es so groß war!

Was den Ork an der Schulter berührt hatte, war die spitz zulaufende Schnauze des Tiers, die unentwegt schnüffelte. Darunter befand sich das Maul, aus dem ein Paar riesiger Schneidezähne ragte, mit dem das Biest mit Leichtigkeit einen Arm hätte durchbeißen oder einen Schädel hätte knacken können. Die Ratte selbst war nicht nur riesig, sondern auch ungeheuer fett und ihr schmutzig braunes Fell so lang und dicht wie das eines Wargs. Der Schwanz hingegen war völlig unbehaart und zuckte wie eine Peitsche hin und her, was bei Rammar unangenehme Erinnerungen weckte.

»B-b…«, ächzte er. Die Stimme versagte ihm angesichts dieses Grauens, deshalb hob er den Ellbogen und rammte ihn seinem Bruder kurzerhand in die Seite.

»*Korr*, was ist?«, wollte Balbok ächzend wissen.

»Lauf!«, schrie Rammar, nachdem er seine Stimme wiedergefunden hatte. »Renn um dein Leben …!«

# 16. RICHG TRUURK'DOK'DH

Als Corwyn wieder zu sich kam, war der Kampf längst vorbei. Mit zäher Verbissenheit hatten sich die drei verbliebenen Elfenkrieger verteidigt – als die Palastwache und die königlichen Leibwächter jedoch Verstärkung aus der Garnison von Tirgas Lan erhielten, hatte sich das Kampfglück gewendet. Ein weiterer Eindringling war getötet worden, dann hatten sich Dun'ras Ruuhl und sein verbliebener Handlanger ergeben.

Die Bilanz des Kampfes war dennoch entsetzlich. Während aufseiten der Elfen zwei Krieger gefallen waren, hatten die Menschen insgesamt siebzehn Mann verloren, dazu kamen neun Verwundete.

Und noch ein Verlust war zu beklagen: Alannah!

Während der königliche Leibarzt die Wunden versorgte, die Corwyn an Kopf und Schulter davongetragen hatte, versuchte dieser zu verstehen, was geschehen war. Zuerst das Auftauchen des kauzigen alten Zauberers, der vor einer neuen Gefahr für das Reich gewarnt hatte, dann der Überfall der grauhäutigen Elfen. Granock – oder Lhurian, wie er sich offenbar auch nannte – hatte sie als »Dunkelelfen« bezeichnet, was immer das bedeuten mochte. Corwyn war stets der Ansicht gewesen, dass alle Elfen bis auf Alannah Erdwelt verlassen hatten, und der einzige Dunkelelf, von dem er je gehört hatte, war Margok gewesen, der abtrünnige Verräter, der das Reich in zwei blutige Kriege gestürzt hatte. Aber offenbar war die Geschichte damit noch nicht zu Ende erzählt ...

Natürlich hatte Corwyn seine Leute ausgesandt, um jeden Winkel des Palasts nach Alannah zu durchsuchen, jedoch ohne Erfolg. Seine Gemahlin blieb verschwunden, ebenso wie der Zauberer. Der gleißende Lichtstrahl, der so unvermittelt aus der Tiefe der Schatzkammer emporgestiegen war, schien beide verschluckt zu haben. Zauberei war im Spiel, daran bestand kein Zweifel – aber welchem Zweck diente sie?

Was war mit Alannah geschehen?

War sie noch am Leben – oder ...?

Corwyn verdrängte den Gedanken rasch. Er wartete ab, bis der Arzt mit ihm fertig war, dann erhob er sich trotz der Mahnung des Heilers. Er wankte und hatte Schwierigkeiten, sich aufrecht zu halten, aber mit jener eisernen Disziplin, die ihm in seinen Tagen als Kopfgeldjäger manches Mal das Leben gerettet hatte, gelang es ihm dennoch. So würdevoll, wie es ihm möglich war, ging er zu den Gefangenen hinüber, die von seinen Leuten in Ketten gelegt worden waren. Trotzdem bewachten nicht weniger als dreißig Mann die beiden Elfen, indem sie einen Kreis um sie gezogen hatten und sie mit gesenkten Hellebarden bedrohten.

Normalerweise wäre Corwyn ein solcher Aufwand reichlich übertrieben vorgekommen, aber nicht in diesem Fall. Er hatte gesehen und am eigenen Leib zu spüren bekommen, wozu die Graugesichtigen fähig waren. Nie zuvor hatte er Krieger mit derartiger Schnelligkeit und Gewandtheit kämpfen sehen. Ein Teil von ihm kam nicht umhin, sie zu bewundern – ein anderer, wesentlich bedeutenderer Teil hingegen schrie nach Vergeltung ...

Als sich der König näherte, öffnete sich der Kordon der Bewacher. Corwyn schritt geradewegs in die Mitte des Kreises, wo Dun'ras Ruuhl und sein verbliebener Scherge standen, mit eisernen Spangen um Hand- und Fußgelenke, aber noch immer aufrecht und stolz. Ruuhls Blick ließ keinen Zweifel daran, dass er es für unter seiner Würde erachtete, mit einem Menschen zu sprechen.

»Wo?«, fragte Corwyn nur.

»Was meinst du, Mensch?«

»Wo ist sie?«

»Wer?«

»Alannah«, sagte Corwyn voller Zorn. »Was hat der Zauberer mit ihr gemacht?«

»Woher soll ich das wissen, Mensch?« Er sprach das letzte Wort voller Verachtung aus.

»Ihr gehört zusammen, oder nicht?« Dun'ras Ruuhl schien einen Augenblick lang ehrlich verblüfft. »Was bringt dich darauf?«

»Versuch nicht, mich für dumm zu verkaufen, Schmalauge«, knurrte Corwyn, bewusst das Wort aus der Orksprache gebrauchend, das Balbok und Rammar ihm beigebracht hatten. »Ihr habt selbst gesagt, dass ihr Alannahs wegen gekommen seid. Folglich ist euer Angriff nichts anderes als ein Ablenkungsmanöver gewesen. Alles andere ergibt keinen Sinn.«

»Weil dein Verstand nicht weiter reicht, als du pissen kannst, Mensch«, beschied ihm Ruuhl derb und wenig elfisch. »Wenn du glaubst, dass der Zauberer und wir gemeinsame Sache machen, bist du noch dümmer, als es für deine Rasse gemeinhin üblich ist.«

»Ihr steht nicht in seinen Diensten?«

»Natürlich nicht.«

»Aber ihr kennt ihn.«

»Dort, wo ich herkomme, kennt ihn jeder. Auch wenn sein Name nur in den finstersten Flüchen Erwähnung findet.«

»Was du nicht sagst. Und woher kommt ihr?«

»Von einem Ort, der weiter entfernt ist, als dein beschränkter Verstand es sich vorzustellen vermag – und den du niemals erreichen wirst.«

»Verstehe«, knurrte Corwyn, obwohl er in Wahrheit keine Ahnung hatte, wovon der Elf sprach. Vor allem wusste er nicht, was mit Alannah geschehen war, und diese Ungewissheit trieb ihn vor Sorge fast in den Wahnsinn.

»Nichts verstehst du, gar nichts«, entgegnete Dun'ras Ruuhl verächtlich, der den Menschenkönig bis ins Mark zu durchschauen schien. »Weder weißt du, was hier vor sich geht, noch hast du eine Vorstellung davon, wer wir sind oder was wir wollen, noch hast du die leiseste Ahnung davon, was mit deiner geliebten Königin passiert ist.« Erneut verzerrte ein Grinsen die aschgrauen Züge des Dunkelelfen, das so unverschämt war, dass Corwyn die Beherrschung verlor.

Seine behandschuhte Rechte schoss wie ein giftiges Reptil an Dun'ras Ruuhls Kehle und drückte zu. »Was weißt du darüber?«

»Wo-rüber?«

»Alannah. Was ist mit ihr geschehen?«

»Sie … ist fort …«

»Ach! Willst du mich auch noch zum Narren machen?«

»Das … ist nicht nötig«, presste Ruuhl heiser hervor. »Das tust du … schon selbst …«

Corwyns verbliebenes Auge funkelte den Elfen zornig an. Er hätte dem Kerl gern sein freches Maul gestopft, und zwar für immer. Andererseits würde er dann vermutlich nie erfahren, was mit Alannah geschehen war …

Corwyn schnaubte wütend. Verhandeln war nie seine Stärke gewesen. Er mochte eine Krone auf seinem Haupt tragen und auf dem Thron eines mächtigen Reiches sitzen – im Grunde seines Herzens jedoch war er immer noch ein einfacher Mann, und wenn die Dinge kompliziert wurden, fühlte er sich überfordert. Dann war er froh, Alannah an seiner Seite zu haben, die ihn mit ihrer Weisheit und dem Wissen eines langen Lebens unterstützte.

Aber Alannah war fort!

Widerwillig ließ er von Ruuhl ab und stieß ihn von sich, und obwohl der Dunkelelf keuchend nach Atem rang, brachte er es noch fertig, gleichzeitig höhnisch zu lachen.

»Der neue König auf dem Elfenthron«, spottete er. »So mächtig, dass er nicht einmal einem wehrlosen Gefangenen etwas anzuhaben vermag. Ich zittere vor ihm.«

»Das solltest du auch«, versicherte Corwyn ungerührt.
»Und jetzt sag mir: Was ist mit Alannah geschehen? Ist sie
am Leben?«

Keine Antwort.

»Verdammt, Bastard, ich habe dich etwas gefragt!«
Dun'ras Ruuhl grinste nur.

»Du miese Ausgeburt eines elenden …«

»Ist das deine ganze Weisheit, König?«, fiel der Dunkelelf
ihm ins Wort. »Du beschimpfst mich?«

»Warum nicht?«

»Weil es dir nicht hilft, deine Königin zurückzuholen.
Und darum geht es dir doch, oder nicht?«

Corwyn horchte auf. »Sie *zurück*zuholen? Soll das bedeuten, dass sie an einen anderen Ort gebracht wurde?«

»Genau das.«

»Aber wie …?« Er verstummte, weil ihm die Antwort bereits dämmerte. Hatte der alte Granock nicht etwas von
magischen Pforten erzählt? Von Portalen, mit denen man
eine Wegstrecke, für die man ansonsten einen Tagesritt benötigte, innerhalb von Augenblicken bewältigen konnte?
Dieses Licht, das plötzlich aufgetaucht war – sollte es eine
solche Pforte geöffnet haben?

Corwyn musste zugeben, dass er dem Geschwätz des Zauberers nicht allzu großen Glauben geschenkt hatte – im
Nachhinein jedoch stellte sich die Sache anders dar …

Dun'ras Ruuhl ließ erneut sein hochmütiges Grinsen sehen.

»Was ist so komisch?«, fragte Corwyn gereizt.

»Du«, antwortete Ruuhl. »Du hältst mich für deinen Feind,
dabei haben wir ein gemeinsames Ziel.«

»Wir haben ein gemeinsames Ziel?« Corwyn hob die
Braue seines verbliebenen Auges. »Und was sollte das für ein
Ziel sein?«

»Wir suchen beide die Königin, richtig?«, fragte Ruuhl.

Corwyn erinnerte sich an das, was der Dunkelelf von sich
gegeben hatte, kurz nachdem seine Leute und er in den
Thronsaal eingedrungen waren. Von einer Prophezeiung war

die Rede gewesen und von einer »Königin des Schreckens«, und es war unzweifelhaft, dass er Alannah damit gemeint hatte ...

»Was willst du von ihr?«, fragte ihn Corwyn geradeheraus, und es war weniger der König als vielmehr der liebende Gemahl, der diese Frage stellte.

»Das geht dich nichts an!«

»Es geht mich nichts an? Du hast wohl noch immer nicht begriffen, in welcher Lage du dich befindest. Du bist geschlagen und besiegt, dein Schicksal liegt in meiner Hand. Du solltest meine Fragen also beantworten, wenn dir dein Leben lieb ist.«

»Was willst du tun?«, fragte Ruuhl. »Mich töten? Dann wirst du niemals Antworten bekommen. Und du möchtest doch gern wissen, wohin der Zauberer deine Königin gebracht hat, oder etwa nicht?«

»Du weißt es?«

»Allerdings.«

»Dann sag es mir!«

»Warum sollte ich das?«

»Weil der König es von dir verlangt!« Corwyn blitzte den Gefangenen einmal mehr wütend an, die ganze Autorität seines Amtes in die Waagschale werfend – Dun'ras Ruuhl jedoch blieb auch davon gänzlich unbeeindruckt.

»Du bist nicht mein König«, erklärte er noch einmal. »Ein hergelaufener Mensch hat einem Elfen nobler Herkunft keine Befehle zu erteilen. Aber ... ich biete dir meine Hilfe an.«

»Deine *Hilfe*?«

Die Ketten klirrten, als Ruuhl demonstrativ die Hände hob. »Lass mir die Fesseln abnehmen, Menschenkönig, und ich verspreche dir, dass ich dich und deine Königin wieder zusammenführen werde.«

Diesmal war es Corwyn, der spöttisch lachte. »Hältst du mich wirklich für so dämlich? Glaubst du, ich würde dem Wort eines Mannes vertrauen, der mich hinterrücks und ohne Vorwarnung angegriffen hat? Du gibst vor, mir helfen zu wollen, doch in Wahrheit geht es dir nur um dich selbst, denn du willst Alannah ebenso dringend finden wie ich, habe ich recht?«

Dun'ras Ruuhl schwieg.

»Du sagtest, dass du sie befreien wolltest«, fuhr Corwyn fort. »Was hat das zu bedeuten? Woher kennst du sie?«

Erneutes Schweigen.

»Verdammt, Bastard, ich habe dich etwas gefragt!«, brauste Corwyn auf. »Woher kennst du Alannah? Und woher willst du wissen, wohin der Zauberer sie gebracht hat?« Er trat wieder auf Dun'ras Ruuhl zu. »Los, rede gefälligst!«

Aber der Dunkelelf blieb auch weiterhin eine Antwort schuldig. Zur Zusammenarbeit schien er nur bereit, wenn das Spiel nach seinen Regeln ablief – und dazu wiederum hatte Corwyn keine Lust. Er war in seinem Leben schon zu oft getäuscht und ausgenutzt worden, als dass er Ruuhls Absichten nicht durchschaut hätte – was jedoch blieb, war die Ungewissheit.

Was hatte der Kerl mit Alannah zu schaffen? Wieso nannte er sie »Königin des Schreckens«? Und weshalb war Alannah dem alten Zauberer so zugetan?

Corwyn konnte nichts dagegen tun – er fühlte sich getäuscht und geblendet, und das nicht nur von den Dunkelelfen und von Lhurian, sondern auch von Alannah.

Wieso, fragte er sich, hatte sie ihm nie etwas von diesen Dingen erzählt? Hatte sie tatsächlich nichts davon gewusst? Oder gehörten sie zu jenem Teil ihrer Vergangenheit, der ihm immer verschlossen bleiben würde, weil sich all dies lange vor seiner Zeit zugetragen hatte, als er noch nicht einmal ein ferner Gedanke gewesen war?

In gewisser Weise fühlte er sich ausgestoßen und übergangen. Mehr noch, er kam sich verraten vor, nicht zuletzt von Alannah.

Schon einmal hatte sie ihn hintergangen, als es um Kal Anar gegangen war, und wenn es auch zu seinem Besten gewesen war, so war Corwyn doch noch immer nicht ganz darüber hinweg. Gewiss, Alannah hatte versprochen, dergleichen niemals wieder zu tun, aber konnte er ihrem Wort vertrauen? Was hatte es mit all diesen Gestalten auf sich, die plötzlich aus ihrer Vergangenheit auftauchten und die sie offenbar gut kannten? Zu dem Zorn, den Corwyn gegen Dun'ras Ruuhl hegte, gesellte sich die Eifersucht, die er schon zuvor verspürt hatte. Zunächst hatte er sich gesagt, dass es lächerlich sei, eines alten Greises wegen derart zu empfinden. Seit Alannah jedoch von Granock entführt worden war – wenn man es denn überhaupt so nennen durfte –, hatte der Gedanke nichts Belustigendes mehr.

Statt Erleichterung darüber zu empfinden, dass seine Gemahlin offenbar noch am Leben war, verspürte Corwyn nur Bitterkeit, und es war, als ob sich ein dunkler Schatten über ihn senkte. Erneut war er getäuscht worden, und je länger er darüber nachdachte, desto offenkundiger schien ihm, dass etwas zwischen Alannah und dem Zauberer gewesen war. Unsichtbare Bande, die er nicht zu durchschauen vermochte ...

»Nun?«, erkundigte sich Dun'ras Ruuhl herablassend. »Was wirst du mit uns anfangen, großer König?«

»Schon bald werdet ihr euch wünschen, euren Fuß nie in meinen Palast gesetzt zu haben«, beschied Corwyn dem Dunkelelfen und seinem Begleiter mit düsterem Blick, »und ihr werdet mir bereitwillig alles verraten, was ihr wisst. Das verspreche ich euch ...«

# 17.

# FRUUKOUDUM'HAI UR'DORASH

Balbok und Rammar liefen immer weiter – der eine mit langen, ausgreifenden Schritten, der andere aufgrund seiner Leibesfülle und seiner kurzen Beine watschelnd wie eine Ente, allerdings nicht weniger schnell.

Hals über Kopf rannten die beiden Orks durch dunkle Felsengänge und verlassene Stollen, hasteten über steinerne Treppen, die steil emporführten oder sich senkrecht in die Tiefe schraubten. Den heißen, stinkenden Atem der Riesenratte in seinem Nacken zu spüren beflügelte Rammar und verlieh ihm ungeahnte Kräfte, die tatsächlich erst nachließen, als die Gefahr gebannt schien.

In einer Höhle, die so groß war, dass der Lichtschein von Balboks Fackel nicht ausreichte, um sie ganz zu beleuchten, hielten die Orks schließlich inne, nach Atem ringend und – zumindest soweit es Rammar betraf – mit Knien, die so weich waren, dass sie ihn nicht länger trugen.

Stöhnend brach der dicke Ork zusammen und landete bäuchlings auf dem Boden, die Augen geschlossen und das nach Luft schnappende Maul weit aufgerissen, sodass Balbok schon glaubte, sein Bruder wäre im Begriff, den letzten Röchler von sich zu geben. Sich über den Boden wälzend wie ein gefällter Waldtroll, warf sich Rammar hin und her, zunächst nur heiser keuchend, dann, als sein Atem dazu ausreichte, auch wieder lauthals lamentierend.

»Ist das zu fassen?«, zeterte er. »Nicht viel hätte gefehlt, und dieses Rattenvieh hätte uns gefressen! Aber mein dämlicher Bruder musste ja unbedingt dem Elfen den Kopf von den Schultern reißen und dafür sorgen, dass wir nicht mehr zurückkönnen.«

»*Korr*«, bestätigte Balbok kleinlaut, der mit hängendem Kopf vor ihm stand.

»Hast du eine Ahnung, was jetzt aus uns werden soll? Weder wissen wir, wo wir sind, noch kennen wir einen Weg aus diesem Labyrinth. Wegen dir werden wir hier verhungern und verdursten.«

In diesem Moment war aus der sie umgebenden Dunkelheit ein hässliches Geräusch zu vernehmen, das sich anhörte, als würde jemand eine verdorbene Speise wieder heraufwürgen.

»Oder noch Schlimmeres«, fügte Rammar verdrießlich hinzu.

»Aber wir sind frei«, wandte Balbok ein.

»Frei, allerdings«, bestätigte Rammar und raffte sich schnaufend wieder auf. »Wir haben die freie Wahl, zu verhungern oder bei lebendigem Leibe gefressen zu werden. So weit ist es mit unserer Freiheit her. Ich sollte diesen Stein hier nehmen und ihn dir so lange auf den dämlichen Schädel schlagen, bis ...«

»Äh, Rammar?«

»Was?«

»Das ist kein Stein«, sagte Balbok, auf den halbrunden Gegenstand deutend, den Rammar im Halbdunkel vom Boden aufgelesen hatte.

Verdrossen nahm der dicke Ork das Ding in Augenschein, nur um widerwillig zugeben zu müssen, dass sein Bruder recht hatte.

Es war kein Stein.

Sondern ein Schädel.

Noch dazu – und das war das wirklich Beunruhigende an der Sache – der eines Orks ...

»Hier liegen noch mehr davon herum«, stellte Balbok fest, der sich ein paar Schritte entfernt hatte und seine Fackel in Bodennähe hielt. »Haufenweise Knochen ...«

»Lass sehen!«, sagte Rammar und gesellte sich zu seinem Bruder. Tatsächlich. Überall lagen Knochen auf dem Höhlenboden verstreut, nicht nur Schädel, sondern ganze Skelette. Dass es nicht nur die von Orks waren, sondern auch von Elfen und Menschen, nahm Rammar wohlwollend zur Kenntnis, aber wirklich beruhigen konnte ihn das nicht. Vorsichtshalber steckte er seine Fackel an der seines Bruders an. Im flackernden Schein der beiden Fackeln wurde ein wenig mehr von der Höhle sichtbar, und die beiden Orks hatten ganz den Eindruck, dass sie sich inmitten eines riesigen unterirdischen Friedhofs befanden. Nicht nur bleiche Knochen lagen um sie herum, auch rostige Schwerter, Äxte, Schilder und Helme sowie die Überreste von Speeren. Einige der Skelette trugen noch Rüstungsteile oder Kettenhemden, an denen der Zahn der Zeit schon fleißig genagt hatte.

»Ich sag dir was, Langer«, knurrte Rammar. »Hier hat vor langer Zeit eine Schlacht gewütet. Orks, Schmalaugen und Milchgesichter haben hier aufeinander eingedroschen.«

»Wieso ausgerechnet hier?«

»*Shnorsh*, woher soll ich das wissen? Bin ich Anartum, dass ich auf alles eine Antwort weiß? Manchmal bist du wirklich zu …« Rammar unterbrach sich, als ihm plötzlich ein kluger Gedanke kam. »Weißt du was? Das sind die Überreste der Schlacht, von der das Grünohr uns erzählt hat.«

»Welcher Schlacht?«

»Weißt du nicht mehr? Während des Zweiten Krieges landete eine Streitmacht von Menschen und Orks an der Küste, die jedoch vernichtend geschlagen wurden. Die Orks wurden versklavt, von den Menschen hat man nichts mehr gehört.«

»Kein Wunder«, meinte Balbok achselzuckend mit Blick auf die Knochen, die ringsum verstreut lagen. »Die sind hier verloren gegangen.«

»*Korr*«, stimmte Rammar grimmig zu. »Aber weißt du was? Dieser Fund könnte uns den *asar* retten.«

»Wie das?« Balbok schaute nach seiner Kehrseite. »Mit meinem *asar* ist doch alles in Ordnung.«

»Ich weiß, das ist der Grund, warum du ihn zum Denken benutzt«, konterte Rammar. »*Umbal*, ich meinte, dass die Knochen uns vielleicht den Weg nach draußen zeigen können.«

»Ehrlich?« Balbok machte große Augen und hob einen Knochenarm vom Boden auf. Statt ihm jedoch wie erwartet die Richtung zu weisen, hing der Unterarm mit der Hand daran nur schlaff herab und schlenkerte hin und her.

»Lass den Blödsinn und hör zu«, verlangte Rammar. »Wenn hier einst eine Schlacht stattgefunden hat, müssen die Krieger doch irgendwie hereingelangt sein, oder?«

»Na ja …« Balbok kratzte sich am Hinterkopf. »Wenn du es sagst …«

»Allerdings. Und wenn es einen Weg hinein gegeben hat, dann gibt es auch einen hinaus. Wir brauchen also nur den Knochen am Boden zu folgen, und schon sind wir draußen.«

»Und die Wächter?«

»Welche Wächter?«

»Die Wächter der Dunkelheit«, brachte Balbok in Erinnerung. »Weißt du nicht mehr?«

»Siehst du hier irgendwelche Wächter?«

»*Douk.*«

»Na also. Dann lass mich in Frieden mit deinen Schauergeschichten und hilf mir lieber.«

»Wobei?«

»Dämliche Frage«, maulte Rammar, während er sich bereits an einem der Skelette zu schaffen machte, das einem ziemlich beleibten Ork gehört haben musste, zumindest nach dem rostigen Kettenhemd zu urteilen, das die Knochen einhüllte. »Wir haben hier die Gelegenheit, uns endlich wieder was Vernünftiges anzuziehen und uns zu bewaffnen. Also worauf wartest du?«

»*Korr*«, stimmte Balbok zu.

Es dauerte nicht lange, bis sich die beiden Orks aus dem Überangebot etwas Passendes herausgesucht hatten. Zwar bereitete es Rammar einige Mühe, das Kettenhemd anzulegen, weil seine Leibesfülle doch noch etwas üppiger war als die seines verblichenen Artgenossen und die rostigen Glieder des Kettenhemdes auch nicht mehr allzu beweglich waren. Aber schließlich gelang es ihm doch, und er fühlte sich erstmals seit vielen Tagen wieder als richtiger Ork. Balbok zog sich einen Brustpanzer an, der aus miteinander verbundenen Metallplatten bestand, und dazu eiserne Arm- und Beinschienen. Dass alles rostig war und schon weit bessere Tage gesehen hatte, störte die beiden nicht – wenn Orks eine Rüstung trugen, dann stammte diese gewöhnlich von besiegten Feinden, sodass sie ohnedies beschädigt war und schlecht saß, und da Orks mit ihren Waffen und Rüstungen auch nicht besonders pflegsam umgingen, rosteten beide schnell im feuchtkalten Klima der Modermark. So war ein Ork das Tragen einer schlecht sitzenden rostigen und beschädigten Rüstung gewohnt.

Eine brauchbare Waffe zu finden erwies sich schon als schwieriger. Äxte und Speere waren allesamt unbrauchbar, weil die hölzernen Schäfte längst verrottet waren; Balbok entschied sich notgedrungen für ein Breitschwert, das einst einem Menschen gehört haben mochte und das dieser mit zwei Händen geführt hatte – für die Pranke des Orks war der Griff gerade richtig. Rammar hatte das Glück, einen *saparak* zu finden, der ganz aus Metall gefertigt und noch in vergleichsweise gutem Zustand war. Gekonnt ließ er die Waffe durch die Luft wirbeln, erstach eine Reihe imaginärer Gegner und sah sie ringsum in ihrem Blut liegen.

»Gut so«, keuchte er triumphierend, »Rammar der schrecklich Rasende ist zurück. Weh dem, der sich ihm in den Weg …«

Er verstummte, als plötzlich wieder jener schmatzende, gurgelnde Laut zu hören war, den sie schon einmal vernommen hatten. Da es von den Höhlenwänden widerhallte, war unmöglich festzustellen, aus welcher Richtung es kam.

»Balbok?«

»Ja, Rammar?«

»Sag mir, dass das dein Magen war.«

»*Douk*.« Der Hagere schüttelte den Kopf. »Leider nicht.«

Der Laut wiederholte sich – ein Schmatzen und Würgen, als würde ein Dutzend betrunkener *faihok'hai* ein Gelage abhalten. Die Fackel in der einen, den *saparak* in der anderen Klaue, spähte Rammar in alle Richtungen – und glaubte plötzlich, dass die Dunkelheit lebendig wurde.

Überall ringsum begannen sich schwarze Schatten zu regen, die sich aus der umgebenden Finsternis schälten, und gelbe Augenpaare funkelten im flackernden Schein der Fackeln.

Mit vor Entsetzen weit aufgerissenen Augen sah Rammar die riesigen pelzigen Körper, die spitz zulaufenden Schnauzen und die gefährlichen Schneidezähne und schließlich die Schwänze, die sich wie Giftschlangen auf dem Boden ringelten.

*Radum'hai!*

Riesenratten!

Ein ganzes Rudel!

In diesem Moment begriff Rammar, dass sie der Ratte, vor der sie geflohen waren, nicht etwa entkommen waren – sondern dass das verdammte Biest sie direkt in die Fänge ihrer Artgenossen getrieben hatte. Und auch Balbok wurde plötzlich etwas klar.

»Rammar?«, fragte er.

»Ja doch, was willst du?«

»Ich glaube, ich weiß jetzt, wer die Wächter der Dunkelheit sind …«

Zu gern hätte sein Bruder ihm widersprochen, aber zumindest dieses eine Mal hatte Balbok wohl recht. Die Ratten, die zu Hunderten in den verlassenen Stollen zu hausen schienen, sorgten dafür, dass niemand das Höhlenlabyrinth verlassen konnte. Wahrscheinlich waren sie sogar der Grund dafür, dass die Elfen den Stollen nicht verschlossen hatten.

Wer ausbrechen wollte, sollte es nur versuchen – und bei lebendigem Leib gefressen werden ...

Aus diesem Grund waren wohl auch die beiden Fackeln am Eingang des »Fluchtstollens« angebracht gewesen, die Rammar und Balbok nun bei sich trugen: Normalerweise vertrieb ihr Licht die gefräßigen Viecher. Aber nicht, wenn sie sich ihrer Beute so sicher wähnten wie in diesem Augenblick, direkt in ihrem Territorium ...

Die Orks wichen zurück, bis sie Rücken an Rücken standen, von gefräßigen, mit gefährlichen Schneidezähnen bewehrten Schlünden umgeben, aus denen schäumender Geifer tropfte.

»Ich wusste es!«, maulte Rammar und stampfte wütend mit dem Fuß auf. »Die ganze Zeit über habe ich gewusst, dass es so enden wird! Deswegen habe ich diese Flucht ja von Anfang an für Irrsinn gehalten!«

»Aber du hast doch ...«

»Wärst du nicht so verdammt dämlich gewesen, wären wir jetzt immer noch in unserer Höhle beim Steineklopfen und bräuchten uns um nichts zu sorgen.«

»Außer um deinen *asar*«, gab Balbok zu bedenken.

»Lieber ein aufgerissener *asar* als ein aufgefressener«, belehrte ihn Rammar, während die Riesenratten weiter herandrängten. »Verdammt!«, rief er. »Wie haben es diese Mistviecher nur geschafft, derart fett zu werden? Die tun doch nichts anderes, als den ganzen Tag in dunklen Höhlen sitzen und vor sich hin stinken.«

»Genau wie du«, meinte Balbok halb laut, »aber fett bist du trotzdem.«

»Was hast du gesagt?«

»Nichts«, versicherte der hagere Ork schnell – und war fast dankbar dafür, dass die Ratten in diesem Moment angriffen. Denn so bekam er es nur mit ihnen zu tun und nicht mit seinem Bruder.

Geifernd drängten die Viecher heran, von denen jedes so groß war wie ein ausgewachsener Warg. In der Hoffnung, sie damit zu vertreiben, schwenkte Rammar die Fackel, aber der Blutdurst der quiekenden, fiependen Ungeheuer war größer als ihre Furcht vor dem Feuer.

»Weg! Geh weg!«, kreischte Rammar, als die erste Ratte vorpreschte und mit der spitzen Schnauze nach ihm stieß.

Im nächsten Moment wurde auch Balbok attackiert, und zwar gleich von zweien der schwarzgrau bepelzten Viecher. Während die eine Ratte auf allen vieren blieb, bäumte sich die andere auf den Hinterbeinen auf und war damit ebenso groß wie Balbok. Mit den Vorderpfoten schlagend, setzte sie auf den Unhold zu – der prompt reagierte.

Seinen orkischen Instinkten gehorchend, sprang er vor und ging zum Gegenangriff über. Die eine Ratte blendete er, indem er ihr die brennende Fackel entgegenstieß, sodass sie jaulend davonschoss. Der anderen rammte er, noch ehe sie sich wieder auf alle viere fallen lassen konnte, das Schwert in den ungeschützten Bauch.

Wie vom Donner gerührt blieb die Ratte stehen und verfiel in entsetztes Quieken. Statt seine Klinge wieder aus dem Leib der Ratte zu ziehen, riss Balbok sie senkrecht nach oben, sodass sie die Ratte der Länge nach aufschlitzte. Die Eingeweide des Untiers klatschten auf den nackten Fels, das Geschrei der Ratte verstummte, und ein letztes Gurgeln entrang sich ihrer Kehle, dann brach das riesige Vieh zusammen.

Einen zufriedenen Ausdruck im Gesicht, fuhr Balbok herum, um sich dem nächsten Angreifer zu stellen, doch zu seiner größten Verblüffung musste er feststellen, dass es keinen mehr gab. Schlagartig ließen die Ratten von den Orks ab und wandten sich, ihrer niederen Natur folgend, dem leichteren Opfer zu, nämlich ihrem aufgeschlitzten Artgenossen. Das Leben war noch nicht ganz aus der Ratte gewichen, als die anderen schon über sie herfielen, ihr Blut leckten und ihre spitzen Schnauzen in ihre heraushängenden Eingeweide vergruben.

»Was, bei Kuruls Donner …?«, fragte Rammar, dessen einziger Beitrag zum Kampf darin bestanden hatte, sich mit dem *saparak* die Ratten vom Leib zu halten.

»Sie haben bloß Hunger«, stellte Balbok fest, der gerührt zuschaute, wie die Ratten ihren Artgenossen fraßen und dabei lauthals quiekten und schmatzten.»Kann ich gut verstehen.«

»Du kannst diese Viecher verstehen? Bist du übergeschnappt? Noch vor ein paar Augenblicken wollten sie *mich* fressen!«

»Na ja ...«, meinte Balbok.

»Na ja was?«

»Du bist eben ein lohnender Brocken.«

»Was soll das heißen?«, fragte Rammar lauernd, während die Ratten weiterfraßen. Von allen Seiten drängten sie heran und stritten um die Beute; die Orks schienen sie nicht einmal mehr wahrzunehmen.

»Nichts weiter. Nur dass du eben ziemlich gut beisammen bist.«

»Und?«

»Und deshalb eine lohnende Beute.«

»Für wen?«

»Für die Ratten natürlich«, versicherte Balbok schnell.

»Wirklich?«, hakte Rammar nach. »Oder hast du dich auch schon das ein oder andere Mal gefragt, wie ich wohl schmecke? Ich kenne dich doch, wenn dich der Heißhunger plagt ...«

»*Douk*«, verneinte Balbok entschieden.»Niemals.«

»Wirklich nicht?«

»Wirklich nicht. Außerdem ...«

»Außerdem was?«

»Orks sind zäh und schmecken streng«, wusste Balbok.

»Andere Orks«, räumte Rammar beleidigt ein, »ich nicht.«

»Alle Orks«, beharrte Balbok.

»Hast du vielleicht schon mal von mir gekostet?«

»*Douk.*«

»Na also! Lass dir gesagt sein, dass ich besser schmecke als du, du mageres Klappergestell. Wer mich frisst, der braucht ein Jahr lang nichts anderes mehr. Hast du begriffen?«

Zu Rammars Genugtuung nickte Balbok – zumindest diesen Sieg hatte er davongetragen.

»Und jetzt«, fügte der feiste Ork mit Blick auf die Ratten hinzu, »lass uns rasch verschwinden, ehe diese elenden Viecher noch begreifen, was ihnen entgeht.«

»*Korr*«, stimmte Balbok zu und wollte Rammar folgen – als er plötzlich einen Einfall hatte.

»Was soll das, Faulhirn?«, schnauzte Rammar, als Balbok seine Fackel niederlegte und sich auf die Ratten zubewegte, statt sich von ihnen zu entfernen.

»Ich habe eine Einfall«, verkündete Balbok voller Stolz, was spontane Sorgenfalten auf Rammars fliehende Stirn zauberte. Wenn sein Bruder Einfälle hatte, endete das für gewöhnlich in einem blutigen Debakel …

»Lass den Blödsinn und komm!«, zischte er deshalb. »Lass uns abhauen, solange die Viecher noch beschäftigt sind …«

Der Einwand war berechtigt, denn von der Ratte, die Balbok aufgeschlitzt hatte, war außer dem Fell und den Knochen kaum noch etwas übrig. Dennoch ließ sich Balbok nicht von seinem Vorhaben abbringen. Behutsam näherte er sich einer der Ratten, tätschelte sie am Bauch und am Hals und schwang sich – zu Rammars Bestürzung! – im nächsten Moment auf ihren Rücken.

Ein aberwitziges Schauspiel bot sich Rammar daraufhin im Schein der beiden Fackeln. Denn natürlich versuchte das völlig überraschte Tier, den unbekannten Körper auf seinem Rücken abzuschütteln, während sich Balbok mit beiden Klauen im Fell der Ratte verkrallte und alles daransetzte, oben zu bleiben. Quiekend wie ein angestochenes Schwein rannte die Ratte hin und her und vollführte Sprünge, die einem liebestollen Oger zur Ehre gereicht hätten. Balbok jedoch blieb auf ihrem Rücken, als würde er daran kleben wie die *shnorsh* am *klogosh*.

Als die Ratte erkannte, dass ihre Bemühungen zu nichts führten, versuchte sie, sich auf den Rücken zu wälzen und ihren Reiter unter sich zu zermalmen. Balbok jedoch kam ihr zuvor, indem er sie an den Ohren packte und so heftig daran zog, dass das Tier von einem Augenblick zum anderen aufgab und handzahm wurde. Noch ein-, zweimal bockte das Tier, dann trabte die Ratte brav herbei, einen Ork auf dem Rücken, der sich stolz in die Brust geworfen hatte, ein ungemein breites Grinsen im grünen Gesicht.

»Pass auf, dass dir das nicht bleibt«, knurrte Rammar verdrießlich, »sonst fällt dir noch die Visage auseinander.«

»Was sagst du nun?«, fragte Balbok, der sich in seinem Stolz nicht kränken ließ.

»Was soll ich wohl sagen? Du hast eine Ratte zugeritten!«

»Eben.« Balbok nickte. »Und uns damit ein Reittier verschafft. Jetzt brauchen wir nicht mehr zu Fuß zu gehen.«

»Bist du übergeschnappt? Das kommt überhaupt nicht in Frage!«, polterte Rammar. »Orks reiten nicht – und wenn, dann nur auf einem Warg!«

»Nun hab dich nicht so«, meinte Balbok. »Auf einem Pferd bist du auch schon geritten.«

»Das sieht dir wieder ähnlich!«, blaffte Rammar, der ungern an dieses unrühmliche Kapitel erinnert wurde. »War ja klar, dass du mir damit kommen musstest!«

»Aber es stimmt doch, oder nicht?«

»*Korr*«, musste Rammar verdrießlich eingestehen.

»Also?«, fragte Balbok.

In Rammars grüner Fratze ging ein undeutbares Mienenspiel vor sich. Einerseits hatte der dicke Ork genug davon, sich von seinem Bruder fortlaufend demütigen zu lassen. Andererseits schmerzten ihm bereits die Füße, und wer vermochte zu sagen, wie weit es noch bis zum Höhlenausgang war?

»Na schön«, erklärte er sich widerwillig einverstanden, »aber das eine sage ich dir: Wenn du auch nur irgendjemandem ein Sterbenswort davon erzählst, dass Rammar der Rasende auf einer Ratte geritten ist ...«

»Keine Sorge«, versicherte Balbok grinsend und streckte ihm die Klaue hin. »Nun steig schon auf!«

Rammar grunzte etwas Unverständliches, dann löschte er zunächst Balboks Fackel, reichte sie seinem Bruder und anschließend auch den *saparak*, dann schaute er verstohlen nach allen Seiten, um sich zu vergewissern, dass ihn auch niemand heimlich beobachtete. Erst danach ergriff er Balboks Klaue und schwang sich schwerfällig und ächzend auf den Rücken des Nagers, der das zusätzliche Gewicht mit einem schrillen Fiepen quittierte, erstaunlicherweise jedoch nicht zusammenbrach.

Mit der Zunge schnalzend und das Tier an den Ohren dirigierend, schaffte es Balbok tatsächlich, die Ratte zum Laufen zu bewegen, und der abenteuerliche Ritt durch die Dunkelheit begann, den Knochen nach und dem Ausgang entgegen.

»Rammar?«, fragte Balbok.

»Was ist?«, fragte Rammar, der die Fackel mit einer Hand hielt, während er sich mit der anderen an seinem Bruder festklammerte und es ihm gleichzeitig noch irgendwie gelang, den *saparak* nicht zu verlieren.

»Heißt es nicht ›der schrecklich Rasende‹?«

»Schnauze, *umbal*!«

# 18.

# SHADAG UR'GRON

Tief unter den Mauern der Königszitadelle, in den vergessenen Eingeweiden Tirgas Lans, befanden sich die Kerker und
die Folterkammer der Festung, einst eingerichtet von Margoks Diener, als sie vor langer Zeit die Stadt besetzt gehalten
hatten, in jenen dunklen Tagen, ehe Farawyn sein Heer gen
Tirgas Lan führte und die Herrschaft des Bösen beendete.
In den unheimlichen Gewölben war es feucht und kalt, die
Wände waren von Schimmel überzogen, und selbst nach all
den Jahrhunderten glaubte man noch, die Schreie jener zu
hören, die in diesen düsteren Verliesen einen qualvollen Tod
gefunden hatten.

Corwyn hatte sich geschworen, niemals wieder einen Fuß
in die Folterkammer zu setzen. Doch er brach mit diesem
Vorsatz, obwohl die von Fackelschein nur spärlich beleuchteten Gewölbe und der Geruch von Fäulnis und Moder unangenehme Erinnerungen weckten. Erinnerungen, die voller Schmerz und Furcht waren. Einst war er selbst an diesem
Ort des Grauens gefoltert worden und hatte dabei sein Auge
verloren.

Aber als er das Verlies des Schreckens diesmal betrat, tat
er es nicht als Gefangener, sondern als derjenige, der Antworten suchte. Er wollte Informationen.

Um jeden Preis ...

»Nun?«, fragte er mit regloser, zur Maske erstarrter
Miene.

Der Heiler, der sich über die schlanke, grauhäutige Gestalt
gebeugt hatte, die nackt und leblos auf der Streckbank lag,

schüttelte den Kopf. »Ich bedaure, mein König. Ich fürchte, dieser Gefangene wird Euch nichts mehr verraten.«

»Ich ... verstehe.« Corwyn nickte. Bis auf das kurze Stocken in seiner Stimme zeigte er auch weiterhin keine Regung, doch innerlich schalt er sich einen Narren. Er hatte erwartet, dass ihm Dun'ras Ruuhls Gefolgsmann weniger Widerstand entgegenbringen würde als der Anführer der Dunkelelfen, und die Befragung deshalb mit ihm begonnen. Doch der Elfenkrieger hatte sich als unglaublich zäh erwiesen; nicht das Geringste hatte Corwyn aus ihm herausbekommen.

Entweder, sagte er sich, war die Furcht des Soldaten vor der Strafe seines Herrn noch ungleich schlimmer gewesen als die Schmerzen der Folter. Oder aber – und dieser Verdacht nagte an seinem Gewissen und wühlte in seinen Eingeweiden – er hatte nichts gewusst, das er Corwyn hätte verraten können. Immer wieder hatte der Elf sein Nichtwissen auch beteuert, doch Corwyn hatte ihm nicht geglaubt.

Nun gab es nur noch einen, der ihm Antworten auf seine Fragen geben konnte.

Dun'ras Ruuhl selbst ...

»Bringt ihn hinaus!«, wies er seine Leute an, die sich – wohl nicht aus Überzeugung, aber aus Treue zu ihrem König – als Folterknechte betätigt hatten. »Und holt Dun'ras Ruuhl!«

»Zu Befehl, mein König.«

Ohne erkennbare Gefühlsregung schaute Corwyn zu, wie der leblose Körper des Gefangenen von der Streckbank gebunden wurde. Gleichzeitig wurde Dun'ras Ruuhl hereingeführt, in Ketten gelegt und von vier bis an die Zähne bewaffneten Soldaten bewacht.

»Sieh an«, meinte der Dunkelelf ungerührt und hob eine Braue, während sein letzter verbliebener Gefolgsmann hinausgetragen wurde. Es war nicht zu erkennen, was hinter Ruuhls grauen Gesichtszügen vor sich ging. »An Brutalität haben die Menschen es noch nie fehlen lassen. Das machte es leicht …« Er verstummte.

»Wovon sprichst du?«, wollte Corwyn wissen.

»Von der Vergangenheit«, antwortete Ruuhl hochmütig.

»Und offenbar habt ihr euch nicht verändert.«

»Er hätte nicht zu sterben brauchen«, verteidigte sich Corwyn, nicht so sehr vor Dun'ras Ruuhl als vielmehr vor seinem eigenen Gewissen. »Er hatte die Wahl.«

»Wirklich?« Fast amüsiert sah Ruuhl den König an. »Es war nur ein niederer Diener. Er wusste kaum mehr als du.«

»Bedauerst du seinen Tod?«

Der Dunkelelf schüttelte den Kopf. »Er war ein schlechter Soldat. Immerhin war er nicht bereit, sein Leben für mich zu geben, so wie es seine Kameraden taten. Hättest du ihn nicht getötet, hätte ich es getan.«

Corwyn wusste nicht, was er darauf erwidern sollte. Mit einer Handbewegung wies er seine Soldaten an, Dun'ras Ruuhl seiner Rüstung und Kleidung zu entledigen und ihn auf die Streckbank zu binden, genau wie seinen Gefolgsmann vor ihm. Wehrlos und fast nackt lag der Dunkelelf daraufhin vor ihm, und dennoch hatte Corwyn das Gefühl, dass von der sehnigen grauen Gestalt auch weiterhin eine Bedrohung ausging – und dass aus den schmalen, von schwarzem Haar umrahmten Zügen nach wie vor unverhohlene Verachtung sprach.

Corwyn nickte dem Mann an der Winde zu, worauf sich die Seile der Streckbank spannten – der Spott in Dun'ras Ruuhls Gesicht jedoch blieb.

»Wo ist Alannah?«, wollte der König wissen. »Wohin hat der Zauberer sie gebracht?«

Der Dunkelelf schwieg, worauf sich die Seile noch mehr spannten.

»Woher kennst du Alannah? Wieso hast du sie ›Königin des Schreckens‹ genannt?«

Dun'ras Ruuhl antwortete abermals nicht, worauf Corwyn zögerte. Sollte er so weitermachen? Wenn der Dunkelelf starb, verlor er jede Möglichkeit, etwas über Alannahs Verbleib zu erfahren – ganz abgesehen davon, dass er sich ein zweites Mal mit dem Blut eines Wehrlosen besudelte.

Aber hatte er eine Wahl?

Erneut nickte er dem Folterknecht zu. Noch ehe dieser jedoch weiter an der Winde drehen konnte, brach Dun'ras Ruuhl sein Schweigen – wenn auch ganz anders, als man es erwartet hätte.

»Was willst du, falscher König?«, rief er, den Schmerz, den er empfinden musste, gekonnt überspielend.

»Antworten!«, erwiderte Corwyn. Die Beleidigung überging er geflissentlich. »Und du glaubst, dass du sie aus mir herauspressen kannst? Aus dem Ersten unter Margoks Dun'rai?«

Corwyn glaubte, nicht recht zu hören. »Was war das?«

»Törichter Mensch – ich sagte, dass ich der Erste unter den Dun'rai bin, den Elfenfürsten, die in den Diensten des Dunklen Herrschers stehen und ...«

»Margok«, rief Corwyn dazwischen. »Du hast Margok gesagt!«

»Und?«

»Wenn du behauptest, Margoks Gefolgsmann zu sein, so bist du ein Lügner. Margok ist tot. Er wurde vernichtet. Ich selbst war dabei!«

»Das sagst du, Mensch – ich jedoch weiß es besser. Margok lebt, und er wartet darauf, in die Welt der Sterblichen zurückzukehren.«

»Was du nicht sagst«, versetzte Corwyn gehässig. »Seit mehr als einem Jahr höre ich kaum etwas anderes. Zuerst hat uns Margoks Geist bedroht und dann das Böse, das einst von ihm Besitz ergriff. Schatten und Geister, nichts weiter – wir haben ihnen allen getrotzt.«

»Wer redet von Schatten und Geistern? Wo ich herkomme, ist Margok kein Gespenst, sondern ein Wesen aus Fleisch und Blut, so wirklich wie du und ich.«

»Ach ja?« Corwyn schürzte die Lippen. »Und wo soll das sein?«

»Wie ich schon sagte – an einem Ort, der sich fern von hier befindet, jenseits des Großen Meeres, und den ein Sterblicher ohne fremde Hilfe niemals erreichen wird. Sein wahrer Name ist ein Geheimnis meines Volkes, aber vermutlich kennst du ihn als die ›Fernen Gestade‹ ...«

»Was?« Corwyn riss ungläubig die Augen auf.

»Ganz recht.« Trotz der eigentlich misslichen Lage, in der er sich befand, lächelte Dun'ras Ruuhl. »Nun bist du überrascht, nicht wahr? Was sagst du nun, falscher König?«

»Ich sage, dass du ein elender Lügner bist«, entgegnete Corwyn unwirsch. »Die Fernen Gestade sind jener Ort, wohin die Elfen zogen, nachdem sie der sterblichen Welt überdrüssig geworden waren. Er ist ihr Ursprung und ihre Bestimmung.«

»Genau so ist es«, bekräftigte Ruuhl. »Margok ist ihre Bestimmung. Denn er ist der Herrscher über die Insel.«

»Das ist unmöglich!«

»Warum? Weil diese Einfaltspinsel vom Hohen Rat dir etwas anderes erzählt haben? Weil sie die Fernen Gestade für einen Ort gehalten haben, an dem ewiger Friede und immerwährende Freude herrschen?«

Corwyn nickte nur – zu mehr war er nicht fähig.

»Das sieht diesen Narren ähnlich. Aber glaub mir – sie alle sind längst von der Wirklichkeit eingeholt worden. Spätestens dann, als ihr Schiff vor den Gestaden auf Grund lief und die Bestien der Schädelküste sie verschlangen. Nur wenige haben überlebt und die Insel erreicht – und sie stehen nun in Margoks Diensten.«

»Dunkelelfen!«, stieß Corwyn hervor.

»So nennen wir uns«, pflichtete Ruuhl ihm bei, »nach unserem Dunklen Herrscher. Einst meinte der Name jene, die Margok mit magischer Kraft erschaffen hatte, seine Kreaturen, mit denen er Heere formte und die Welt der Sterblichen überschwemmte ...«

»Du sprichst von den Orks.«

»So nannten sie sich selbst in ihrer Einfalt – aber sie haben sich als Fehlschlag erwiesen, als tumbe Kreaturen. Wir hingegen, die Dunkelelfen, tragen das Erbe Margoks in uns. Jahrhunderte haben wir darauf gewartet, in eure Welt zurückzukehren und uns zu nehmen, was uns gehört – und nun ist diese Zeit gekommen.«

»Wie viele seid ihr?«, wollte Corwyn wissen.

»Viele«, erwiderte Ruuhl ausweichend, »aber du solltest dich nicht fragen, wie viele wir sind, sondern was uns erfüllt: Margoks dunkler Geist ist es, der uns antreibt und zu furchtbaren Gegnern macht.«

Corwyn schluckte. Der Kampf im Palast und die Verluste, die seine Leute hatten hinnehmen müssen, war für ihn Beweis genug, dass der Dunkelelf die Wahrheit sprach.

»Du fragst dich sicher«, fuhr der Gefangene fort, »wie wir hierher gelangt sind, nach all der langen Zeit, in der niemand mehr etwas von uns hörte. Ich will es dir sagen: durch ein magisches Tor, das uns über die See hinweg in dein Königreich gebracht hat. Ein Tor, das lange Zeit verschlossen war und nun geöffnet wurde ...«

»Die Kristallpforte«, ächzte Corwyn in Erinnerung an das, was Lhurian erzählt hatte.

»Offenbar bist du nicht ganz so unwissend, wie ich dachte«, sagte Ruuhl amüsiert. »Der alte Zauberer hat dir das Geheimnis verraten.«

Corwyn nickte nur.

»Aber«, zischte der Dunkelelf wie eine Schlange kurz vor dem Zubeißen, »er hat dir sicher nicht alles gesagt, oder?«

»Er hat mir von einer Bedrohung berichtet, die die Sonne meines Reiches verfinstert«, erwiderte Corwyn, »und man muss kein Gelehrter sein, um zu verstehen, dass er dich damit gemeint hat.«

»Mich?« Ruuhl verfiel in albernes Gelächter. »Glaub mir, mein unbedarfter Menschenkönig – ich bin deine geringste Sorge. Vor meinem dunklen Gebieter jedoch solltest du dich fürchten. Jahrhundertelang hat er auf eine Gelegenheit gewartet, in seine Welt zurückzukehren. Das ist eine sehr lange Zeit, selbst für einen Elfen. In all dieser Zeit sind seine Grausamkeit und sein Durst nach Vergeltung nur noch größer geworden, und er hat sie genutzt, um Pläne zu schmieden und Waffen, wie Erdwelt sie noch nie gesehen hat. Kein Heer, kein Wall und kein Turm vermag ihnen zu widerstehen. Alles, was ihm noch gefehlt hat, ist eine Möglichkeit zur Rückkehr – und nun hat er sie gefunden.«

»Was du sagst, ergibt keinen Sinn!«, rief Corwyn aufgebracht. »Margok ist längst tot. Selbst das Böse, das ihn einst befiel, ist ausgerottet!«

»In deiner Welt vielleicht«, räumte Ruuhl ein. »In meiner jedoch lebt der Dunkelelf, und er wartet nur darauf, die Sterblichen zu vernichten.«

Corwyn gab sich alle Mühe, das Entsetzen zu verbergen, das er empfand. Das also hatte der alte Zauberer gemeint, als er von einer neuen, fürchterlichen Bedrohung gesprochen hatte ...

»Und?«, hakte Dun'ras Ruuhl spöttisch nach. »Ahnst du noch immer nicht, wohin der Zauberer verschwunden ist und wohin er deine geliebte Königin entführt hat?«

Corwyn überlegte einen Augenblick. »Du denkst, er ist zu den Fernen Gestaden gereist?«

»Ich habe daran nicht den geringsten Zweifel. Der alte Narr wird versuchen, sich Margoks Macht entgegenzustellen, ungeachtet der Tatsache, dass dies unmöglich ist. Noch viel schlimmer jedoch ist«, fügte Ruuhl leise hinzu, »dass er deine über alles geliebte Gemahlin mitgenommen hat und sie dadurch in größte Gefahr bringt, nicht wahr?«

Den listigen Glanz in den Augen des Dunkelelfen bemerkte Corwyn nicht. Seine Gedanken und seine Sorge galten allein Alannah, und verzweifelt versuchte er sich vorzustellen, wo sie wohl sein und was sie in diesem Moment empfinden mochte. Die Enttäuschung, die er noch vor

Kurzem ihretwegen verspürt hatte, war dahin, auch seine Eifersucht war erloschen. Er hegte nur den einen Wunsch: seine Königin gesund und wohlbehalten zurückzubekommen ...

»Du siehst also«, fuhr Dun'ras Ruuhl lauernd fort, »es gibt für dich nur einen Weg, deine Gemahlin zurückzugewinnen – du musst ihr folgen.«

»Wohin?«

»Was für eine Frage – natürlich an die Fernen Gestade!«

»Aber sagtest du nicht, es wäre Sterblichen nicht möglich, dorthin zu gelangen?«

»Ich sagte, es wäre ihnen nicht *ohne fremde Hilfe* möglich. Mit einem Elfen als Führer jedoch ...«

In diesem Moment erkannte Corwyn, worauf Ruuhl hinauswollte, und er begriff auch, weshalb ihm der Dunkelelf so bereitwillig Auskunft gab: Ruuhl hatte nicht wirklich die Fragen beantwortet, die Corwyn ihm gestellt hatte, sondern ihm nur Informationen gegeben, die ihn in eine bestimmte Richtung drängen sollten. Ohne dass Corwyn es zunächst bemerkt hatte, waren die Absichten des Dunkelelfen die seinen geworden ...

»Niemals!«, sagte Corwyn mit entschiedenem Kopfschütteln und trat unwillkürlich einen Schritt von der Streckbank zurück. »Glaubst du, ich durchschaue nicht deine Absichten? Dir geht es nur darum, zurück zu deinem finsteren Herrn zu gelangen!«

»So erkennst du also an, dass Margok noch lebt?«

»Ich erkenne, dass du ein Intrigant und ein Lügner bist«, beschied ihm Corwyn angewidert. »In Wahrheit geht es dir nur um die Verfolgung deiner eigenen Ziele.«

»Und wenn? Ist das nicht bei allen so? Unser eigener Wille ist das Maß aller Dinge, der meine wie der deine.«

»Nein«, widersprach Corwyn. »Ich bin nicht wie du. Ich diene einem höheren Ideal.«

»Glaubst du das wirklich?«

»Und ob ich das tue.«

»Hast du meinen Gefolgsmann im Dienste eines höheren Ideals zu Tode gefoltert?«, fragte der Dunkelelf herausfordernd – und Corwyn wusste nichts darauf zu erwidern.

Was ihn dazu bewogen hatte, diese düstere Kammer aufzusuchen und auf Methoden zurückzugreifen, die er eigentlich aus tiefstem Herzen verabscheute, hatte nichts mit den Idealen zu tun, denen er sich verpflichtet, nichts mit den Eiden, die er geschworen hatte, und nichts mit der Krone, die auf seinem Haupt ruhte. Es war die Angst gewesen. Die Angst, die Frau zu verlieren, die er mehr liebte als alles andere. Schon einmal hatte Corwyn seine große Liebe verloren. Marena war in seinen Armen gestorben, niedergestreckt vom Pfeil eines Orks, der sie aus dem Hinterhalt getroffen hatte. Einen solchen Verlust würde er nicht noch einmal ertragen können, da war sich Corwyn sicher, weder der Kopfgeldjäger in ihm noch der König ...

»Wenn sie dich jetzt sehen könnte«, spottete Dun'ras Ruuhl. »Was würde Alannah wohl von dir halten? Ohnehin frage ich mich, was sie je an einer Memme wie dir finden konnte, da ihr doch einst ein ganzes Reich zu Füßen lag.«

»Was soll das heißen?«, fragte Corwyn.

»Was es eben heißt«, erwiderte der Dunkelelf und ließ das Gift, das er verspritzt hatte, genüsslich wirken.

»Du hast Alannah deine ›dunkle Königin‹ genannt. Was hat das zu bedeuten?«

»An deiner Stelle würde ich mir lieber über andere Dinge Gedanken machen.«

»Nämlich?«

»Lhurian. Ist dir nicht aufgefallen, dass der alte Narr und die Königin auf eine gewisse Weise vertraut miteinander waren?«

»Nein«, log Corwyn, aber er war ein schlechter Schauspieler. Dun'ras Ruuhl durchschaute ihn.

»Dann bist du ein Narr«, sagte er prompt. »Hast du dich nie gefragt, ob es Dinge gibt, von denen du nichts weißt? Die deine Gemahlin dir aus gutem Grund verschweigt?«

»Nein«, behauptete Corwyn abermals. »Alannah würde mir weder etwas verschweigen noch mich belügen. Ich vertraue ihr, so wie sie mir vertraut.«

»Schön für dich.« Ruuhl starrte ihn unverwandt an. »Und sie hat dich wirklich noch nie hintergangen? Noch niemals?«

Corwyn biss sich auf die Lippen, während seine Gedanken zurückschweiften nach Tirgas Anar und er sich an die List erinnerte, die Alannah gebraucht hatte, um ihn zum Krieg gegen den Feind im Osten zu bewegen. Weder hatte sie ihn in ihre Pläne eingeweiht noch ihm die ganze Wahrheit gesagt. Corwyn verübelte ihr das zwar nicht, da es zum Besten des Reiches gewesen war; wenn Ruuhl allerdings wissen wollte, ob Alannah ihn noch nie hintergangen hatte, so musste er die Frage eigentlich verneinen …

Der Dunkelelf, der Corwyns Schweigen richtig deutete, lachte abermals auf. »Das Leben eines Elfen ist lang, falscher König. Ziemlich lang sogar. Und Alannah ist nicht nur irgendeine schöne Frau, sie ist die Zier des Elfengeschlechts. Ist dir nie in den Sinn gekommen, dass schon andere sie ihre Königin nannten, lange bevor du geboren wurdest? Dass sie anderen bereitwillig die Pforte zu ihrem Palast geöffnet hat, ehe du auch nur ein entfernter Gedanke …«

»Genug der Unverschämtheiten!«, rief Corwyn dazwischen. Blitzschnell riss er seinen Dolch heraus und legte ihn an Dun'ras Ruuhls Kehle. Der Mund des Dunkelelfen verstummte zwar daraufhin, seine listig blitzenden Augen jedoch verschossen Pfeile, deren Spitzen mit Gift getränkt waren …

»Kein weiteres Wort«, schärfte Corwyn ihm ein und beugte sich so weit hinab, dass sein Gesicht direkt über den grauen Zügen des Dun'ras schwebte, »oder ich schwöre bei der Krone, die ich trage, dass ich dich abstechen werde wie ein Schwein.«

»Das … solltest du … nicht tun«, presste Ruuhl der Warnung zum Trotz tonlos hervor. »Sonst ist für dich … alles verloren.«

Corwyns Mundwinkel waren herabgefallen, sein Atem ging schwer und keuchend, die Hand mit dem Dolch zitterte. Seine Wut drängte ihn dazu, einfach zuzustoßen und den Mund, der solch widerwärtige Behauptungen ausstieß, für immer zu versiegeln. Zwei Dinge hielten ihn jedoch davon ab: zum einen der Gedanke, dass Ruuhl vielleicht nicht unrecht hatte; zum anderen die Einsicht, dass er den Mund des Dunkelelfen zwar verstummen lassen konnte, nicht jedoch seine Zweifel ...

Angewidert trat er zurück und steckte den Dolch wieder ein, was der Dun'ras mit höhnischem Gelächter quittierte.

»Du weißt es, nicht wahr?«

»Was meinst du?«

»Dass du sie verloren hast«, sagte Ruuhl grinsend.

»Niemals.« Corwyn schüttelte den Kopf, und seine Stimme bebte vor mühsam zurückgehaltener Wut. »Alannah liebt mich, aufrichtig und von ganzem Herzen. Sie wird zu mir zurückkehren.«

»Vielleicht für kurze Zeit«, sagte der Dunkelelf gehässig. »Aber letzten Endes wird sie mit dem Zauberer gehen. Denk an meine Worte. Hörst du, falscher König? Denk an meine Worte ...«

Wortlos wandte sich Corwyn um und verließ die Folterkammer, aber das spöttische Gelächter des Gefangenen verfolgte ihn durch die düsteren Stollen und Schächte des Kerkers bis hinauf zur Oberfläche.

# 19.

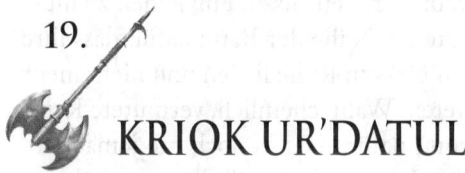

## KRIOK UR'DATUL

Wie lange der Ritt durch die Dunkelheit dauerte, war unmöglich zu sagen. Ohnehin taten sich Orks schwer darin, die
Zeit nach festen Einheiten zu bemessen. Ein Tag währte
vom ersten bis zum letzten Licht der Sonne und alles andere
so lange, wie es eben dauerte. Bei Zeiträumen, die persön-
licher Einschätzung unterlagen, kam es deshalb häufig zu
Meinungsverschiedenheiten; beispielsweise, wenn ein Ork
von einem siegreichen Kampf berichtete und dabei nicht
müde wurde zu betonen, wie überaus *fhada* dieser verlaufen
sei, ein anderer Ork jedoch meinte, das Vergnügen sei eher
*gourr* gewesen. Nicht selten kam es darüber zum Streit, der
in vielen Fällen in *saobh* endete und ein mittelgroßes Blutbad
zur Folge hatte.

Auch Rammar und Balbok hatten sich über derlei Dinge
schon oft in den Borsten gelegen, doch zumindest an diesem Tag waren sie sich darüber einig, dass der Weg durch
das unterirdische Labyrinth ebenso lang wie finster war.

Den Skeletten folgend, die sich tatsächlich wie eine Spur
durch die Höhlen und verlassenen Stollen zogen, waren sie
immer weiter hinabgelangt, und je tiefer sie kamen, desto
kälter und feuchter wurde es, bis es schließlich sogar den
Orks zu viel wurde. Rammar spürte seine Knochen, und
obwohl er sich lieber eigenhändig die Zunge herausgerissen
hätte, als es offen zuzugeben, war er froh darüber, dass Balbok ihnen ein Reittier verschafft hatte.

Zwar sah es der dicke Ork noch immer als unter seiner
Würde an, auf einer Ratte zu sitzen, jedoch war das Tier

ihnen gleich in zweifacher Hinsicht nützlich: Zum einen war es weit bequemer, darauf zu reiten, als zu Fuß gehen zu müssen, zum anderen sorgte die Nähe der Ratte dafür, dass ihre Artgenossen die beiden Orks in Ruhe ließen und nicht mehr nach ihrem Blut dürsteten. Wahrscheinlich, vermutete Rammar, war dies der Grund dafür, dass es noch nie jemandem gelungen war, aus dem Labyrinth der Stollen zu entkommen: Wer kam schon auf den bescheuerten Gedanken, sich auf eine Riesenratte zu setzen?

Anders als Rammar, der in dem Tier nur ein notwendiges Übel sah, hatte Balbok sich mit der Ratte angefreundet. Immerzu redete er auf sie ein und tätschelte ihren fetten Hals, was Rammar gehörig auf die Nerven ging.

»*Korr*, so ist es gut«, hörte er seinen Bruder sagen, der vor ihm saß. »Geh nur immer weiter. Immer weiter, hörst du? So ist es gut ...«

»Was soll das Gesülze, *umbal*?«, rief Rammar säuerlich nach vorn. »Glaubst du denn, das Rattenvieh versteht dich?«

»Das nicht gerade«, räumte Balbok ein, »aber es hört zu, nicht wahr? Das stimmt doch, oder etwa nicht?«

»Wie sollte es auch anders?« Rammar rollte mit den Augen. »Du sitzt in seinem Genick und plärrst ihm direkt ins Ohr. Dass ich den ganzen Blödsinn mit anhören muss, ist dir wohl völlig schnurz?«

»Das ist kein Blödsinn«, widersprach Balbok entschieden.

Rammar wollte schon zu einer geharnischten Erwiderung ausholen, als er merkte, dass sein Bruder gar nicht mit ihm redete.

»Nicht wahr?«, fuhr Balbok ungerührt fort. »Was ich sage, ist gar kein Blödsinn. Du hörst mir gern zu, nicht wahr? Hör gar nicht auf den ollen Rammar. Er ist nur mein Bruder, weißt du ...«

»*Nur* dein Bruder? Ich hör wohl nicht richtig!«

»Pass auf, jetzt regt er sich gleich wieder auf. Aber du brauchst keine Angst zu haben. Er meint es nicht so ...«

1218

»Und ob ich es so meine!«, versicherte Rammar. Dass Balbok lieber mit einer Ratte sprach als mit ihm, kränkte den dicken Ork und sorgte dafür, dass er tief unter seinem rostigen Kettenhemd und der hornigen Haut etwas verspürte, das er noch nie zuvor empfunden hatte und mit dem er nichts anzufangen wusste. Ein Gefühl rasender Wut, nicht so sehr auf seinen Bruder als vielmehr auf die elende Ratte.

»Aber nein!«, rief Balbok und tätschelte abermals den Hals des Tiers. »Du brauchst keine Angst zu haben, hörst du? Ich passe gut auf dich auf! Der olle Rammar kann dir gar nichts ...«

»Hör gefälligst auf, so zu reden, als ob ich nicht da wäre!«, fauchte Rammar. »Falls du es nicht mehr wissen solltest, ich sitze direkt hinter dir, du dämlicher Hund, und wenn du nicht augenblicklich wieder vernünftig wirst, werde ich dafür sorgen, dass es dir mächtig leidtut, hast du mich verstanden?«

Rammars Lamento ging noch weiter. Zeternd hockte er auf der Ratte, was sowohl seinen Bruder als auch dessen neuen Freund wenig beeindruckte. Auf einmal begriff Rammar, woher diese unbändige Wut rührte, die er verspürte und die seine Eingeweide blähte, als hätte er zehn mit Zwiebeln gestopfte Gnomen gefressen.

Er war eifersüchtig ...

Auf eine verdammte Ratte!

Diese Erkenntnis brachte Rammar vollends aus der Fassung. Lauthals schreiend und sich beschwerend, fuchtelte er mit der Fackel, die er in der Klaue hielt, und das so heftig, dass er nicht mitbekam, wie ihre Flamme kleiner und kleiner wurde und schließlich ganz verlosch.

»Was, bei Kuruls dunkler Grube ...?«

Erschrocken starrte Rammar auf das Stück Holz in seiner Klaue – bis er jedoch begriff, was geschehen war, war auch die Glut schon verloschen. Vergeblich fächelte und blies er – was blieb, war ein dünner blauer Rauchfaden, der sich von der erloschenen Fackel zur Höhlendecke kräuselte.

Ein entsetzter Laut entrang sich Rammars Kehle, als er begriff, wozu er sich hatte hinreißen lassen. Die Flamme war verloschen, und mit ihr jede Hoffnung, jemals wieder aus diesem Labyrinth zu entkommen. Und was beinahe noch schlimmer war: Kein anderer als er selbst trug Schuld daran.

Oder ...?

»Was ist?«, fragte Balbok über die Schulter, der seinen Bruder hinter sich wimmern und schnauben hörte.

»D-die Fackel ist aus«, erklärte Rammar überflüssigerweise, und in einem seltenen Akt der Selbstzerfleischung fügte er hinzu: »E-es ist einfach passiert. Ich kann nichts dafür, auf einmal war die Flamme aus, verstehst du?«

»*Korr*«, sagte Balbok nur.

»*Korr?*« Rammar wurde stutzig. »Ist das alles? Die Fackel ist aus, wir werden aller Wahrscheinlichkeit nach verhungern und verdursten, und alles, was dir dazu einfällt, ist ›*korr*‹?«

»*Korr*«, bestätigte Balbok abermals und zuckte mit den schmalen Schultern, sodass selbst Rammar anerkennen musste, dass sein Bruder ein wahrer Ausbund an Tapferkeit war. Nie zuvor war er einem Ork begegnet, der seinem eigenen Ende mit derartiger Ruhe und Gelassenheit ins Auge geblickt hatte wie ...

»Da vorn ist Licht«, fügte der Hagere lapidar hinzu.

»Was?« Rammar glaubte, nicht recht zu hören.

»Da – vorn – Licht«, antwortete Balbok und betonte jedes einzelne Wort, als würde er mit einem *umbal* sprechen.

Der dicke Ork war so entsetzt gewesen über das Erlöschen der Fackel, dass er gar nicht gemerkt hatte, dass es im Tunnel nicht völlig dunkel geworden war. Natürlich nicht – wie hätte er sonst den Rauch sehen sollen? Ein letzter Rest Licht war geblieben, allerdings war es nicht gelb und flackernd wie das der Fackel, sondern fahl und grau.

Tageslicht ...

Da ihm Balboks hagere Gestalt den Blick versperrte, beugte sich Rammar ächzend zur Seite, um an ihm vorbeizuschauen – und tatsächlich konnte er ein gutes Stück voraus eine halbkreisförmige helle Öffnung erkennen, der die Ratte quiekend entgegenwuselte.

Der Stollenausgang!

Sie hatten ihn erreicht …

In einer ersten überschwänglichen Reaktion brach Rammar in lauten Jubel aus, verfiel in heiseres Gebrüll, schlang seine kurzen Arme um den Brustkorb seines Bruders, sodass dessen Rippen bedenklich knackten, und hätte vielleicht noch mehr Unüberlegtes getan, das einem Ork aus echtem Tod und Horn schlecht zu Fratze stand – als ihm plötzlich dämmerte, dass der freudige Anlass keineswegs die Schrecken aufwog, die er ausgestanden hatte.

»Blödhirn!«, maulte er und schlug den *saparak* mit der flachen Seite von hinten gegen Baboks Helm, sodass es laut schepperte. »Warum hast du nicht gleich gesagt, dass wir gerettet sind?«

»Du hast nicht gefragt«, lautete die erschöpfende Antwort.

»Natürlich nicht – weil du ja nichts Besseres zu tun hast, als unentwegt mit deiner Ratte zu palavern. Ist dir nicht klar, was ich gerade durchgemacht habe?«

»*Douk*«, meinte Balbok mitleidlos.

»Narkods Hammer möge dich erschlagen!«, plärrte Rammar. »Mit dem dämlichen Rattenvieh quatschst du pausenlos, deinen Bruder dagegen lässt du in dem Glauben, er müsste hier drin elend verrecken. Weißt du, was ich tun sollte? Dir die Nase abbeißen und sie dir in den Schlund stecken, genau das!« Er hörte, wie Balbok tief Luft holte und zu einer Rede ansetzte, und fügte deshalb hinzu: »Und wenn du jetzt auch nur ein einziges Wort zu der verdammten Ratte sagst, dann stopfe ich dir das Vieh gleich hinterher, hast du verstanden?«

Balbok sagte nichts, dafür konnte man hören, wie die Luft pfeifend aus seinen Lungen entwich.

Im nächsten Moment hatte die Riesenratte mit den beiden Orks auf dem Rücken das Ende des Stollens erreicht.

Das Tier quiekte nervös und schien wenig begeistert zu sein über das helle Tageslicht, aber indem Balbok sie mit den Beinen dirigierte und an den Ohren zog, schaffte er es dennoch, dass sie hinaus ins Freie ging. Die Orks mussten die Köpfe einziehen, als ihr Reittier den Stollenausgang passierte. Sie blinzelten und mussten die Augen mit den Klauen abschirmen. Schon kurz darauf hatten sie sich jedoch an die veränderten Lichtverhältnisse gewöhnt, und zum ersten Mal nach viel zu vielen Tagen in Gefangenschaft sahen Balbok und Rammar die Sonne wieder – und nicht nur das.

Auch die weite Fläche des Meeres erstreckte sich vor ihnen, und zu ihren Füßen, an die fünfzig Orklängen tiefer, brandete schäumende Gischt gegen zerklüfteten schwarzen Fels.

Rammar rutschte seitlich vom Rücken der Ratte und drehte den kurzen, kaum vorhandenen Hals, um zurückzublicken. Er erkannte, dass sie sich etwa auf halber Höhe einer Felswand befanden, die mehrere terrassenförmige Vorsprünge hatte. Darüber erhob sich der Berg, auf dem die Türme der Kristallfestung thronten.

»Na«, brüllte Rammar grimmig hinauf, dass seine Stimme vom hohen Fels widerhallte, »was sagt ihr nun, ihr dämlichen Schmalaugen? Wer ist nun klüger, ihr oder wir? Ein Gefängnis, das den rasenden Rammar zu halten vermag, muss erst noch gebaut werden, merkt euch das, ihr eingebildeten Säcke!«

»Du, Rammar?«, meinte Balbok, der ebenfalls abgestiegen war und die Ratte tätschelte.

»Was willst du?«, fragte Rammar in seiner Euphorie.

»Hältst du es für klug, so herumzubrüllen? Vielleicht können sie dich hören.«

»Und wenn schon«, entgegnete Rammar aufbrausend, um sogleich ein wenig leiser fortzufahren: »Es schert mich einen feuchten *shnorsh*, nur damit du's weißt.«

»*Korr*«, sagte Balbok nur. »Und was jetzt?«

Rammar trat an den Rand der Felsplattform, schirmte die Augen erneut gegen das Sonnenlicht ab, das von der rechten Seite einfiel, und blickte hinaus auf die See. Der Küste vorgelagert, erhoben sich einige bizarr geformte Felseninseln aus dem Wasser; dazwischen gab es Riffe, die wie Schwertklingen aus der schäumenden Gischt ragten. Jenseits der Inseln verlor sich das Blaugrau der See in dichtem Nebel, sodass der Horizont nicht zu sehen war, sondern nur darüber der fahle Himmel, an dem kreischende Möwen kreisten.

»Irgendwo dort ist die Modermark«, meinte Rammar.

»*Korr*«, stimmte Balbok zu, »das sieht man.«

»Was du nicht sagst.« Rammar bedachte ihn mit einem zweifelnden Seitenblick. »Woran siehst du das?«

»Am Nebel«, antwortete der Hagere.

»Schmalhirn, was hat denn der Nebel damit zu tun?«

»Zu Hause ist es immer neblig«, erklärte Balbok und schaute Rammar mitleidig an. »Weißt du das etwa nicht mehr?«

»Natürlich weiß ich das noch!«, blaffte Rammar und rollte mit den Augen. »Aber der Nebel hier hat doch nichts mit dem bei uns zu Hause zu tun! Wir müssen in diese Richtung, weil da Norden ist, und von hier aus gesehen, liegt die Modermark nun mal im Norden, kapiert?«

Für einen Augenblick sah es so aus, als wäre Balboks schlichter Verstand mit der Genialität seines Bruders schlicht überfordert. Dann jedoch klärten sich seine Züge, und die tiefen Falten, die sich auf seiner hohen Stirn gebildet hatten, glätteten sich. »*Korr*«, stimmte er zu und nickte erfreut, »weil da der Nebel ist ...«

Rammar gab ein leises Stöhnen von sich. Ansonsten enthielt er sich eines weiteren Kommentars – Balbok etwas zu erklären, war, als ob man Ghulaugen vor die Menschen warf. Er wandte sich ab, um nach einer Fluchtmöglichkeit zu suchen – und er fand sie ...

»Weißt du«, sagte er zu seinem Bruder, der schon wieder bei der Ratte stand, ihr irgendwelches Zeug ins Ohr flüsterte und ihr den Nacken kraulte, »eigentlich sollte ich dich hier auf der Insel zurücklassen nach allem, was du dir geleistet hast.«

»Warum sollte er das tun?«, fragte Balbok seinen bepelzten Freund. »Warum sollte der olle Rammar so etwas Hässliches tun ...?«

»Sprich gefälligst nicht mit dem Rattenvieh, sondern mit mir!«, regte sich Rammar auf. »Du bist es schließlich, der uns diesen *bru-mill* eingebrockt hat, und normalerweise sollte ich mich dort auf diesen Felsen setzen, die Arme verschränken und dir dabei zusehen, wie du alles wieder in Ordnung bringst.«

»Das solltest du nicht tun«, meinte Balbok kopfschüttelnd.

»Warum nicht?«

»Weil der Felsen dein Gewicht nicht aushalten würde«, erklärte der Hagere achselzuckend. »Er würde unter dir zusammenbrechen, und du würdest abstürzen.«

»Das käme dir wohl sehr gelegen, wie? Dann könntest du dich den ganzen Tag mit deinem vierbeinigen Freund unterhalten und wärst den alten Rammar endlich los!«

»*Douk.*« In Balboks langem Gesicht spiegelte sich ehrliches Entsetzen. »So etwas würde ich niemals denken.«

»Dein Glück«, maulte Rammar, der sich insgeheim eingestehen musste, dass er bei ähnlichen Gelegenheiten weniger Skrupel gehabt hatte. »Denn während du hier nur dumm herumgestanden und deine Zeit mit dem Vieh verschwendet hast, hat dein genialer Bruder einen Plan entwickelt, wie wir von hier weg und rasch zurück nach Hause kommen können.«

»Tatsächlich?«

»Allerdings«, bestätigte Rammar und deutete hinaus auf die See. »Da ist das Meer, und das ist die Richtung, in die wir müssen. Alles, was wir noch brauchen, ist ein Boot.«

»Aber Rammar«, wandte Balbok mit großen Augen ein, »woher sollen wir denn ein Boot nehmen?« Er blickte an der kargen Felswand empor, gegen deren Fuß rauschend die Brandung schlug. »Hier gibt es doch weit und breit nichts, woraus man ein Boot bauen könnte!«

»Oh«, machte Rammar und gab sich überrascht. »Du hast recht! Dass ich daran nicht selbst gedacht habe! Hier gibt es ja gar nichts, aus dem man ein *kalumm** bauen könnte!«

»*Douk*«, stimmte Balbok kopfschüttelnd zu.

»Weder Holz noch starke Knochen, um das Rumpfskelett daraus zu bauen.«

»*Douk*.«

»Keine Sehnen, um sie miteinander zu verbinden.«

»*Douk*.«

»Und auch keine Haut, um den Rumpf damit zu überziehen.«

»*Douk*.«

»Wir werden also hierbleiben müssen bis ans Ende unserer Tage und elend zugrunde gehen.«

»Meinst du wirklich?« Balbok schaute seinen Bruder verunsichert an.

»Allerdings«, erwiderte Rammar mit wölfischem Grinsen. »Es sei denn, wir finden vielleicht doch noch einen Weg, uns aus dem, was wir noch haben, ein ordentliches *kalumm* zu bauen und damit zurück nach Hause zu fahren.«

»Was wir noch haben?«, fragte Balbok. »Was meinst du damit?«

»Was wohl?« Rammar bedachte die Ratte mit einem Blick, der so eindeutig war, dass selbst Balbok sofort begriff.

»*Douk*«, sagte der Hagere und schüttelte entschieden den Kopf.

»Und ob«, versicherte Rammar genüsslich – und hob den *saparak* …

---

\* Boot nach typisch orkischer Bauart

## 20.

# CUL GHU BUNN'HAI

»Wo sind wir?«

Alannah sog scharf die Luft ein, als sie die eigene Stimme dutzendfach widerhallen hörte – das Gewölbe, in dem sie sich befanden, musste riesig sein. Es war so dunkel, dass man die Hand kaum vor Augen sehen konnte, und es war kalt. Eisig kalt …

»In Sicherheit«, erklang Lhurians Stimme, die, obschon Alannah den alten Zauberer erst so kurze Zeit kannte, etwas Beruhigendes, ja, sogar Vertrautes hatte.

»Was ist geschehen?«, fragte sie verwirrt – das Letzte, woran sie sich erinnerte, waren die Dunkelelfen, die den Palast von Tirgas Lan gestürmt hatten. Dann war sie plötzlich von hellem Licht umgeben gewesen, und was danach geschehen war, wusste Alannah nicht mehr.

Hatte sie für einen Moment das Bewusstsein verloren? Oder für eine ganze Weile? Jedes Gefühl für Zeit und Raum war ihr verloren gegangen, und das erschreckte sie …

»Was denkst du denn, was geschehen ist?«, fragte der Zauberer.

»Ich weiß es nicht«, gab sie ehrlich zu. »Ich kann es mir nicht erklären.«

»Erinnerst du dich an das, was ich dir über den Dreistern erzählt habe? Über die Kristallpforten?«

»S-soll das heißen …?«, fragte die Elfin vorsichtig.

»Genau das.«

»Aber wie ist das möglich? Bist du in der Lage, eine solche Verbindung zu öffnen?«

»Jeder Zauberer ist dazu in der Lage«, erklärte Lhurian, »wenn er die rechten Worte kennt und weiß, was er zu tun hat. Der Bann, der die Pforten in all der Zeit verschlossen hielt, wurde gebrochen, die Verbindungen sind wieder zugänglich gemacht worden – und das beunruhigt mich.«

»Wo sind wir?«, fragte Alannah noch einmal. »Wohin hast du mich gebracht?« Sie vertraute darauf, dass der Zauberer ihr nichts Böses wollte, dennoch war ihr nicht wohl dabei, keine Ahnung zu haben, wo sie sich befand.

»Hast du es denn noch nicht erkannt?«

»Was meinst du?«

»Seltsam«, sagte Lhurian, »nach all der Zeit, die du hier verbracht hast, dachte ich, du würdest diesen Ort sofort wiedererkennen. Aber offenbar ist dein Gedächtnis nicht annähernd so gut wie dein Herz ...«

Alannah war verdutzt und wusste nicht, ob sie dies als Kompliment oder als Tadel auffassen sollte. Im nächsten Moment flammte inmitten der eisigen Dunkelheit grelles Licht auf, das vom Stab des Zauberers ausging und hellen Schein verbreitete – und als Alannah sich umschaute, erkannte sie, wohin der Zauberer sie gebracht hatte.

Zurück zu ihren Wurzeln.

Dorthin, wo alles begonnen hatte.

Nach Shakara ...

Sie standen inmitten der großen Halle, und an den marmornen Wänden zu beiden Seiten erhoben sich die riesigen Standbilder, die die Könige des Goldenen Zeitalters darstellten: Glyndyr den Prächtigen, der die Elfenkrone als Erster getragen hatte, und seine Nachfolger Eoghan und Parthalon; Sigwyn den Eroberer, der die Grenzen des Elfenreichs ausgedehnt hatte, jedoch zum Despoten geworden war, nachdem seine Gemahlin Liadin ihn schändlich betrogen hatte; und schließlich Iliador den Träumer, der seine eigenen Machtbefugnisse beschnitten und jene des Hohen Rates erweitert hatte zum Wohle des Reiches. Mit hoch erhobenen Schwertern standen sie da und formten ein Spalier, unter dem Alannah in den rund dreihundert Jahren, in denen sie ihren Dienst als Hohepriesterin von Shakara versehen hatte, unzählige Male hindurchgeschritten war. Dabei hatte sie so oft an den steinernen Monumenten emporgeblickt, dass sie jeden Faltenwurf ihrer Gewänder, jeden Winkel in ihren Gesichtern genau kannte. Deshalb sah sie sofort, dass sich etwas verändert hatte. Die Statuen waren noch immer groß und prächtig, aber nicht mehr makellos und strahlend wie einst; der Verfall hatte eingesetzt, nachdem die letzten Elfen den Tempel von Shakara verlassen hatten.

Der riesige Lüster, dessen Lichtkristalle die Halle mit unirdischem Schein erleuchtet hatten, hing nicht mehr an der Decke; er war herabgefallen und zerschellt, der gepflasterte Boden war mit Kristallsplittern übersät. Der Alabasterthron jedoch, auf dem Alannah einst gesessen und von dem aus sie ihr Amt ausgeübt hatte, stand noch immer an der Stirnseite der Halle auf dem Sockel. Darüber hing, majestätisch wie eh und je, der Kristall von Shakara, dem auch die Monate sträflicher Vernachlässigung nichts hatten anhaben können.

Von unsichtbaren Kräften gehalten, schwebte das riesige Gebilde, das so hoch war wie zehn Männer, unter der gewölbten Decke, und die glatten Oberflächen seiner Facetten brachen das Licht von Lhurians Stab und sorgten dafür, dass sich die Farben des Regenbogens auf Wand und Decke spiegelten.

Alannah hatte nicht geglaubt, je wieder an diesen Ort zurückzukehren, an dem sie den größten Teil ihres Lebens verbracht hatte. Wie sehr hatte sie sich damals danach gesehnt, die Mauern des Tempels, der ihr zuletzt wie ein Gefängnis erschienen war, hinter sich zu lassen und hinauszugehen in die Welt – und wie seltsam war es nun, wieder hier zu sein, nachdem ihr größter Wunsch in Erfüllung gegangen war.

Lhurian hatte also die Wahrheit gesagt. Die Kristallpforten existierten – und sie waren tatsächlich in der Lage, jemanden im Bruchteil eines Augenblicks über Tausende von Meilen hinwegzutragen ...

Ihre Gedanken gingen zurück nach Tirgas Lan und zu ihrem Geliebten, den sie dort zurückgelassen hatte, und sie schämte sich vor sich selbst, dass sie nicht sofort an ihn gedacht hatte.

»Was ist mit Corwyn?«, fragte sie.

»Was soll mit ihm sein?«

»Die Dunkelelfen«, brachte Alannah in Erinnerung.

»Ich denke nicht, dass du dich um den König zu sorgen brauchst«, sagte der Zauberer voll Überzeugung. »Ich bin sicher, er hat den Kampf überlebt. Ein grober Klotz wie er findet immer einen Weg.«

»Sprich nicht so über ihn. Du kennst ihn nicht so wie ich.«

»Verzeih, ich wollte dich nicht verletzen. Es ist nur so, dass mir dein Gemahl wenig Anlass gegeben hat, ihn zu mögen.«

»Du ihm ebenso wenig«, konterte Alannah, worauf der Zauberer nicht widersprach. »Wieso hast du mich hierhergebracht?«, wollte sie dann wissen.

»Um dich zu beschützen.«

»Ich bin die Königin von Tirgas Lan. Mein Platz wäre an der Seite meines Gemahls.«

»Corwyn kommt auch ohne dich zurecht, aber nicht das Reich«, gab Lhurian geheimnisvoll zur Antwort. »Würde dir ein Leid zustoßen, so wäre vielleicht alle Hoffnung dahin.«

»Was bedeutet das?«

»Das werden wir gemeinsam herausfinden«, erwiderte der Zauberer. »Zumindest hoffe ich das.«

»Du sprichst in Rätseln«, tadelte sie. »Stets verstehe ich nur die Hälfte von dem, was du sagst.«

»Verzeih, das ist nicht meine Absicht. Ich habe wohl zu viele Jahrhunderte in Einsamkeit verbracht.«

»Wo bist du gewesen?«

»Überall und nirgends«, lautete die vieldeutige Antwort. »Zuletzt jedoch habe ich mich hierher zurückgezogen.«

»Hierher? In den Eistempel?«

»Bist du überrascht?«

»Ein wenig.«

»Warum?«

»Vielleicht deshalb, weil ich mich ein Leben lang danach gesehnt habe, Shakara zu verlassen. Es erscheint mir kaum vorstellbar, dass jemand dieses eisige Exil aus freien Stücken aufsuchen könnte. Es ist kalt«, fügte sie flüsternd hinzu und fröstelte, worauf der Zauberer seinen Umhang löste und ihn ihr um die Schultern legte.

»Besser?«, fragte er.

»Ein wenig.« Sie nickte. »Ich danke dir.«

»Gern geschehen.« Er lächelte – nicht mit der Milde und Gelassenheit des Alters, sondern wie ein junger Mann, keck und herausfordernd.

»Was hat das alles zu bedeuten?«, fragte Alannah, der die Verwirrung anzusehen war. »Ungebeten bist du in unser Leben eingedrungen und hast unseren Frieden gestört, und gegen meinen Willen hast du mich zurück an diesen Ort gebracht. Dennoch empfinde ich weder Zorn noch Misstrauen. Wie kommt das nur?«

»Es hat seine Gründe«, versicherte der Alte. »Wie fast alles im Leben. Man kann vieles verleugnen, aber nicht sein Herz.«

»Hast du das nicht schon einmal gesagt?«

Er lächelte wieder. »Nicht in den letzten tausend Jahren.«

Sie legte den Kopf schief und schaute ihn prüfend an. »Woher weißt du all diese Dinge? Und warum habe ich, obwohl ich Priesterin von Shakara war und damit Hüterin der Geheimnisse, nicht mehr über die Kristallpforten gewusst?«

»Weil sie geschlossen waren und man alles daransetzte, dass sie in Vergessenheit gerieten. Unter welchen Umständen sie nach all der Zeit geöffnet wurden, vermag ich nicht zu sagen, aber der Bann wurde gebrochen, und deshalb musste ich zurückkehren.«

»Wer bist du wirklich?«, wollte sie unvermittelt wissen.

»Das habe ich dir doch längst gesagt. Einst nannte man mich Lhurian, und ich war Zauberer und Angehöriger des Hohen Rates, bis ...«

»Bis was?«, hakte sie nach, als er stockte.

»Bis zum Ende des Zweiten Krieges«, antwortete er, wobei sie das Gefühl hatte, dass er eigentlich etwas anderes hatte sagen wollen. »Nachdem die Schlacht um Tirgas Lan geschlagen und Margok gebannt war, legte ich mein Amt als Ratsmitglied nieder und suchte die Einsamkeit, um Vergessen zu finden.«

»Und? Hast du es gefunden?«

»Nein«, erwiderte der Alte, und ein Schatten schien plötzlich seine Züge zu verfinstern. »Obwohl ich alles daransetzte, das Geschehene hinter mir zu lassen, blieb die Erinnerung fortwährend mein Begleiter, gleich, was ich unternahm, über all die Jahrhunderte.«

»War das, was du erlebt hattest, denn so schrecklich?«, fragte sie vorsichtig.

Er nickte. »Allerdings. Und je mehr der Mensch versucht, die Vergangenheit zu verdrängen, desto größere Macht gewinnt sie über ihn. Ich hatte gehofft, mein Wissen dereinst mit ins Grab zu nehmen und im Tod Erlösung zu finden – stattdessen zwingt mich das Schicksal, noch einmal unter die Sterblichen zurückzukehren.«

»Was ist so schlimm daran?«, wollte Alannah wissen.

Lhurians Blick war forschend, fast misstrauisch. »Du weißt es wirklich nicht mehr, oder?«

Sie schüttelte den Kopf.

»So hat Farawyns Bann gewirkt«, murmelte er, unverhohlene Enttäuschung in der Stimme.

»Farawyns Bann? Was hat das zu bedeuten?«

»Es ist derselbe Blick«, sagte der Zauberer, während er sie im Licht des Zauberstabs weiter unverwandt betrachtete.

»Derselbe Blick wie damals, und in der Tat bist auch du dieselbe. Noch immer bist du jung und schön – ich jedoch bin alt geworden. Ein Greis, der seine eigene Zeit überdauert hat, ein Relikt aus einer längst vergangenen Epoche, am Leben gehalten von der Kraft der Magie. Jener Magie, die auch in dir wirkt.«

»In mir?« Alannah hob die Brauen. »Was redest du da?«

»Hast du nie gemerkt, dass du über besondere Fähigkeiten verfügst? Dass du in der Lage bist, Dinge zu tun und Zauber zu wirken, die über die Gabe einer gewöhnlichen Elfin weit hinausgehen?«

»Offen gestanden – nein«, erwiderte Alannah vorsichtig, obgleich das nicht ganz der Wahrheit entsprach.

Natürlich war ihr irgendwann aufgegangen, dass sie mühelos kleinere Täuschungs- und Blendzauber wirken konnte, mit denen man beispielsweise zwei nicht mit allergrößter Klugheit gesegneten Orks vorgaukeln konnte, einer der ihren zu sein. Aber sie hatte stets geglaubt, dass derlei Fähigkeiten für die Priesterin von Shakara ganz normal wären ...

»Du hast eine magische Begabung«, beharrte Lhurian. »Obwohl du nichts von den Kräften weißt, die in dir schlummern, benutzt du sie dank deiner Intuition. Doch es gab eine Zeit, da wusstest du ganz genau, wie du sie zu gebrauchen hattest.«

»Was für eine Zeit? Wovon sprichst du?« Alannah versuchte ein zaghaftes Lächeln, dabei machte ihr die Gegenwart des alten Zauberers zum ersten Mal Angst.

»Woran entsinnst du dich?«, wechselte Lhurian das Thema. »Wo hast du deine Kindheit, deine Jugend verbracht?«

»An meine Kindheit erinnere ich mich kaum«, gestand Alannah, die sich noch immer nicht denken konnte, worauf all das hinauslaufen sollte.

»Was ist mit deinem Vater? Deiner Mutter? Erinnerst du dich an sie?«

»Natürlich nicht«, entgegnete sie. »Ich bin in der Obhut der Ehrwürdigen Gärten aufgewachsen, wo ich darauf vorbereitet wurde, dereinst das Amt der Hohepriesterin von Shakara zu übernehmen. Dort verbrachte ich den größten Teil meines bisherigen Lebens – dreihundert lange Jahre. Etwas anderes habe ich nie gekannt.«

»Weil Farawyn es so wollte«, bestätigte Lhurian.

»Farawyn? Was hat der Seher damit zu tun?«

»Er war es, der das Stadttor von Tirgas Lan verschloss und den Geist von Margok bannte – und er war es auch, der dafür sorgte, dass das Andenken an die Kristallpforten im Strudel der Zeit verloren ging.«

»Wie?«, wollte Alannah wissen.

Lhurian ließ sich mit der Antwort Zeit. »Einst«, sagte er dann, »habe ich einen feierlichen Eid geleistet, niemals auszusprechen, was ich dir nun verraten werde. Aber ich tue es weder aus Selbstsucht noch aus Eigennutz, sondern nur, um zu vermeiden, dass geschieht, was Farawyn mit aller Macht zu verhindern versuchte.«

»Was bedeutet das?«, fragte Alannah in wachsender Unruhe. Etwas sagte ihr, dass das, was der Zauberer ihr zu enthüllen im Begriff war, sie unmittelbar betraf – und dass es ihre Weltsicht radikal verändern würde …

»Um sicherzustellen«, fuhr Lhurian leise fort, »dass die Kristallpforten niemals wieder dazu benutzt werden können, Tod und Verderben in die Welt der Sterblichen zu tragen, hat Farawyn sie mit einem Bann belegt und versiegelt – und er hat dafür gesorgt, dass die Kenntnis, wie sie zu öffnen sind, der Nachwelt vorenthalten bleibt, indem er jene, die sich des Dreisterns aus bösem Willen heraus bedienten, ohne Ausnahme hinrichten ließ. Die anderen, die um die Pforten wussten – so wie ich – entsagten dem Leben in der Gemeinschaft. Sie legten ein Schweigegelübde ab und gingen freiwillig ins Exil, auf dass sie niemals wieder ein Wort über das Geschehene verlören. Bei wieder anderen«, fügte er nach kurzem Zögern hinzu, »gebrauchte Farawyn seine magischen Fähigkeiten, um ihnen die Erinnerung zu nehmen.«

»Um ihnen die Erinnerung zu nehmen?«, fragte Alannah staunend. »Ist das denn möglich?«

»Manches ist möglich«, erwiderte Lhurian traurig. »Das ist der Vorteil der Magie – und zugleich ihr Fluch.«

»Aber wenn du sagst, dass ich einst über Zauberkräfte verfügte, von denen ich nichts mehr weiß«, folgerte die Elfin, »und wenn es möglich ist, die Magie dazu zu nutzen, einem Elfen oder Menschen die Erinnerung zu rauben …«

Sie brachte den Satz nicht zu Ende, sondern schaute den alten Zauberer fragend an. Einen Augenblick lang schien die Zeit stillzustehen, und ihrer beider Atem schien in der eisig kalten Luft zu gefrieren. Dann nickte Lhurian bedächtig.

»Ja, Alannah«, sagte er mit fester Stimme. »Es bedeutet nicht mehr und nicht weniger, als dass du nicht die bist, die du in all der Zeit zu sein glaubtest. Nicht erst seit vier Jahrhunderten wandelst du auf *ambers* Fluren, sondern in Wahrheit schon sehr viel länger. Und kein anderer als Farawyn selbst hat dir die Erinnerung daran genommen.«

»Aber … warum?« Alannah konnte kaum glauben, was sie da hörte. Dennoch war sie nicht in der Lage, es als Lüge oder Hochstapelei abzutun, denn wie schon zuvor erkannte etwas tief in ihr die Behauptungen des Zauberers als wahr.

»Um dich zu schützen«, antwortete Lhurian. »Und um andere vor dir zu schützen.«

»Vor mir?«

»Vor deinem Wissen«, drückte es der Zauberer anders aus, »vor dem, was du gesehen und erlebt hattest – und vor dem, was du mit deiner Erinnerung anfangen könntest.«

»Mit meiner Erinnerung *woran*?«, fragte Alannah unwirsch, die leise Wut empfand. Wenn es tatsächlich stimmte, was der Zauberer behauptete – und ihr Gefühl sagte ihr, dass es so war –, dann war sie in all den Jahren getäuscht und betrogen worden.

»Farawyn hat vieles aus deiner Erinnerung getilgt, Alannah«, erwiderte der Zauberer ausweichend. »Jahre, Jahrzehnte, Jahrhunderte. Das Andenken an begangene Taten, an überstandene Gefahren und an geschlagene Schlachten – und an deine große Liebe …«

Sie schaute ihn durchdringend an, und obschon sie die Antwort bereits ahnte, fragte sie:»Wer soll das gewesen sein?«

Der Blick, den er ihr sandte, war zugleich voller Schmerz und Zärtlichkeit.

»Ich war das«, sagte er leise.

# 21.  KALUMM

Orks hassten Wasser.

Zwar nicht in jeder Erscheinungsform – denn beispielsweise waren klammer Nebel oder würzig duftender Schimmelpilz an den heimischen Höhlenwänden durchaus Dinge, die ein Ork aus echtem Tod und Horn zu schätzen wusste –, in seinem normalen, flüssigen Zustand jedoch war ihnen das feuchte Element zutiefst zuwider. Körperreinigung jedweder Art war einem Unhold ohnehin suspekt, und nur die wenigsten von ihnen konnten schwimmen.

Doch bisweilen erwies es sich als unumgänglich, von dem Ufer eines Flusses oder Sees zum anderen überzusetzen, etwa wenn es dort lohnende Beute zu holen gab oder sich ein wehrloses Opfer dorthin geflüchtet hatte. Zu diesem Zweck hatten findige Unholde das *kalumm* erfunden, eine in jeder Hinsicht typisch orkische Konstruktion, die so hässlich war wie die Modermark finster, jedoch ihren Zweck erfüllte:

Über ein Gerippe, das die Form eines halbierten Eis hatte und entweder aus biegsamen Ästen oder aber aus gebogenen Knochen bestand, zog man eine Haut aus ungegerbtem Tierfell, die zwar – zumindest nach einer Weile – erbärmlich stank, jedoch dafür sorgte, dass kein Wasser ins Innere des Bootes drang. Bewährt hatten sich beim Bau des *kalumm* die Knochen großer Warge oder auch die eines Höhlentrolls, dessen stabile Rippen geradezu ideal dafür geeignet waren. Bedauerlicherweise war selten ein Höhlentoll zur Klaue, wenn man einen brauchte, und wenn, so war er meist nicht gewillt, sich freiwillig von seinen Rippenknochen zu trennen. Aber wie Rammar zu seiner Zufriedenheit festgestellt hatte, genügten auch die Knochen einer Riesenratte durchaus den Anforderungen ...

Im Bug des kleinen Bootes fläzend, dessen Heck sich dadurch steil aus dem Wasser hob, blickte der dicke Ork nach Norden, während sein Bruder Balbok es mit kräftigen Paddelschlägen vorantrieb, wobei er das aus einer Hüftschaufel geschnitzte Ruder abwechselnd zu beiden Seiten ins Wasser stieß. Der Seegang, der vor der Nordküste der Insel herrschte, sorgte dafür, dass sich das *kalumm* beständig hob und senkte, was die Sehnen und Därme, die die Rumpfkonstruktion zusammenhielten, bedenklich knarren ließ.

Rammar war einerseits froh darüber, das Eiland des Schreckens zu verlassen, auf dem nichts so zu sein schien, wie es dem Gesetz der Natur nach sein sollte. Zum anderen aber befürchtete er, das notdürftig zusammengezimmerte Boot könnte sinken und er jämmerlich ersaufen.

Balbok schien größeres Vertrauen in die Konstruktion zu haben, was nicht nur damit zusammenhing, dass er schwimmen konnte, sondern dass er sich nach wie vor mit dem vierbeinigen Freund unterhielt. »Schwimm schön weiter, *korr*?«, hörte Rammar ihn murmeln. »Mein Bruder hat es nicht so gemeint, weißt du? Er ist nur manchmal ein bisschen ...«

»Was bin ich, hä?«, giftete Rammar über die Schulter zurück.

»... unberechenbar«, brachte Balbok den Satz zu Ende.

»Was du nicht sagst.«

»*Korr*«, bekräftigte Balbok, während er weiter gegen den Sog der Brandung paddelte, die sie wieder zurück zu den Felsen zu tragen drohte. »Aber keine Sorge, *brarkor* ist dir nicht böse deswegen.«

»Du hast der Ratte einen Namen gegeben?«

»*Korr*.«

1237

»Und du hast sie ›Bruder‹ genannt?«

»Warum nicht?«

»Weil das ein Schlag in mein Gesicht ist, ein Tritt in meinen *asar*! Ich bin dein Bruder und niemand sonst, hast du verstanden? Und ob mir das dämliche Vieh böse ist oder nicht, ist mir ehrlich gesagt ziemlich egal. So wie ich das sehe, ist es nämlich so *krok*, wie es nur sein kann!«

In seinem Zorn hatte Rammar derart rumgezappelt, dass das Boot dadurch bedenklich ins Wanken geraten war. Die Miene des großen Orks wurde auf Rammars Worte hin noch ein Stück länger, und seine Mundwinkel rutschten nach unten, als wollten sie ihm aus dem Gesicht fallen. Dann maulte er leise vor sich hin, und als Rammar einen flüchtigen Blick zurückwarf, sah er gar eine Träne im blutunterlaufenen Auge seines Bruders blitzen.

Eigentlich hätte er darüber erst recht in *saobh* verfallen und seinen sentimentalen Anverwandten über Bord werfen müssen, aber aus einem Grund, den er auch nicht näher benennen konnte, war Rammars Wut ganz plötzlich verflogen. »Nun komm schon«, hörte er sich selbst sagen, »es war doch nur eine Ratte.«

»*Brarkor* war mein Freund«, kam es schluchzend zurück.

»Wenn das stimmt und er wirklich dein Freund war, dann hat es ihm sicher nichts ausgemacht, abgestochen, zerlegt, gehäutet und zum *kalumm* verarbeitet zu werden«, sagte Rammar.

»M-meinst du?«

»Ganz bestimmt. Außerdem«, fügte Rammar mit mildem Lächeln hinzu, »hast du ja noch mich.«

»*Korr.*«

»Na, siehst du. Und ich bin noch viel mehr als irgendein dämlicher Freund – ich bin *tatsächlich* dein Bruder.«

Balbok wischte sich die Tränen aus der hässlichen Visage. »Heißt das, du würdest dich für mich auch abstechen, zerlegen, häuten und zum *kalumm* verarbeiten lassen?«, fragte er hoffnungsvoll.

»Natürlich«, versicherte Rammar, und dann wurde er wieder ganz der Alte. »Aber erst, nachdem ich dich abgestochen, zerlegt, gehäutet und zum *kalumm* verarbeitet habe, du elender *umbal!* Und nun ruder gefälligst weiter, ehe uns die Brandung gegen die Felsen klatscht und wir wie Maden zerquetscht werden!«

Balbok seufzte. »*Korr* ...«

## 22.

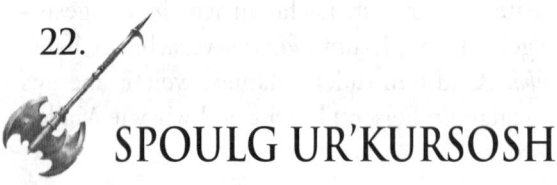

# SPOULG UR'KURSOSH

Das Schweigen schien endlos zu währen. Mit einer Mischung aus Zweifel und Entsetzen starrte Alannah den alten Zauberer an. Alles in ihr wehrte sich gegen das, was Lhurian ihr soeben offenbart hatte, und ihr fiel mindestens ein Dutzend geharnischter Erwiderungen darauf ein, die den Alten der Lüge bezichtigten, ihn einen Scharlatan nannten und ihn für sein ungebührliches Verhalten rügten – jedoch verließ keine einzige Silbe davon ihren Mund.

Denn aus den jugendlich blickenden Augen das alten Zauberers sprach eine Wahrheit, gegen die der Verstand der Elfin nicht ankam, eine Vertrautheit, die es nicht hätte geben dürfen, wäre Lhurian ein Schwindler und Hochstapler gewesen, und eine Zuneigung, die sie sich nicht erklären konnte.

Vergeblich durchforschte sie ihre Erinnerung, doch weder konnte sie sich dieses Mannes entsinnen noch dessen, was sie einst für ihn empfunden haben sollte. Gerade so, als wären einzelne Seiten – oder vielleicht auch ganze Kapitel – aus dem Buch ihrer Erinnerung herausgerissen worden ...

»Ja«, bekräftigte Lhurian, »so ist es einst gewesen. Ich habe dich geliebt, Alannah, und du hast mich geliebt, so wahr ich hier vor dir stehe.«

»N-nein«, flüsterte sie allem Anschein zum Trotz und wich vor ihm zurück. »Das ist nicht wahr ...«

»Es ist wahr«, beteuerte er. »Und in deinem Herzen weißt du es.«

»A-aber ich …« Alannah wollte verzweifelt widersprechen, doch ihr fielen die passenden Worte einfach nicht ein.

»Du weißt, dass ich recht habe, oder?« Als sein prüfender Blick sie traf, hatte sie erneut das Gefühl, dass er etwas tief in ihr berührte. Etwas, das ihr einst vertraut gewesen war. Vor jenem Leben, an das sie sich erinnerte …

Der Gedanke war verwirrend und machte ihr Angst. Unwillkürlich wich sie vor dem Zauberer zurück, so als wären seine Worte eine Waffe, die ihr Leben bedrohte.

Da legte sich ein Schatten über seine so milden und verständnisvollen Züge. »Du fürchtest dich vor mir?«

»Ein wenig«, gab sie zu.

»Ich kann mich an alles erinnern. An jedes einzelne Wort, an jedes Lächeln, an jede Zärtlichkeit – so, als wäre es erst gestern gewesen. Tausend Jahre sind eben doch nur ein Lidschlag im Angesicht der Ewigkeit.«

»T-tausend Jahre?«, fragte sie. »Dann musst du dich irren. Ich wurde erst geboren, als …«

»Ich irre mich nicht, Alannah«, versicherte er. »Oder sollte ich dich lieber Thynia nennen? Unter diesem Namen warst du einst bekannt …«

»Thynia?« Der Name rief keinerlei Echo in ihr hervor, obschon sie seine Bedeutung in der Elfensprache kannte.

*Eisblume* …

»Du erinnerst dich noch immer nicht? Obwohl ich dir diese Hinweise gegeben habe?«

»Nein, Lhurian.«

»So ist der Bann, den Farawyn über dich verhängte, stärker und endgültiger, als ich es angenommen habe, und es steht nicht in meiner Macht, ihn zu brechen.« Der alte Zauberer senkte demütig das Haupt. »Verzeih mir, Alannah. Ich hätte dir diese Dinge nicht enthüllen dürfen. Aber nach all der Zeit wieder vor dir zu stehen und in jene Augen zu blicken, die …« Er unterbrach sich und schüttelte traurig den Kopf. »Es spielt keine Rolle mehr. Zu viel ist seither geschehen. Zu viel, das …«

Abermals schwieg er, und zu Alannahs Bestürzung rannen auf einmal Tränen über seine faltige Haut. Gesenkten Hauptes stand er da, und einen Augenblick lang sah es aus, als wollte er sich der Trauer und der Verzweiflung ergeben. Dann jedoch straffte sich seine sehnige Gestalt. Die Tränen versiegten, und im nächsten Moment hatte sich der Zauberer wieder unter Kontrolle.

»Sei unbesorgt«, wandte er sich wieder Alannah zu, »aus diesem Grund bin ich nicht gekommen. Einst habe ich einen feierlichen Eid geleistet, niemals zu dir zurückzukehren. Ich habe mich zurückgezogen und hätte mein Leben in Abgeschiedenheit beschlossen, wäre nicht etwas geschehen, das so schwerwiegend ist, dass es mich von meinem Eid entbindet und meine Rückkehr erforderlich machte. Die Kristallpforten wurden geöffnet, Alannah, und das bedeutet, dass es außer mir noch jemanden geben muss, der sich an die Vergangenheit erinnert. Solange das Goldene Zeitalter währte, waren die Pforten eine hilfreiche Entdeckung, die Erdwelt gedeihen und erblühen ließ – dann jedoch wurden sie zur furchtbaren Waffe. Und ich fürchte, genau dies wird sich wiederholen, wenn wir nichts dagegen unternehmen.«

»Woher willst du das wissen?«

»Ich habe es gespürt. Als die Verbindung geöffnet wurde, war mir, als würde ich aus tiefem Dämmerschlaf erwachen, als würde eine alte Narbe plötzlich wieder schmerzen, und ich befürchtete, dass sich fortsetzen könnte, was wir vor langer Zeit mit letzter Kraft verhindern konnten.«

»Wovon genau sprichst du?«

»Ich spreche vom Zweiten Krieg, Alannah«, antwortete Lhurian mit tonloser Stimme. »Von den Schlachten, die geschlagen, und von den Opfern, die gebracht wurden. Von Farawyn und Margok. Vom Kampf um Tirgas Lan – und von der Bedrohung durch Menschen, Orks und Dunkelelfen …«

»Dun'ras Ruuhl«, flüsterte Alannah schaudernd, die zu verstehen begann, worauf der Zauberer hinauswollte.

»Seine Ankunft in Tirgas Lan beweist, dass etwas nicht so ist, wie es sein sollte«, bestätigte der Alte. »Die Unholde, die die Gebiete jenseits des Schwarzgebirges bewohnen, sind das Ergebnis von Margoks frevlerischen Taten; es lässt sich nicht mehr rückgängig machen, doch die Menschen haben damit zu leben gelernt. Dunkelelfen jedoch, Margoks ruchlose Anhänger, wurden seit tausend Jahren nicht mehr in Erdwelt gesichtet. Man hielt ihre Art für ausgerottet, was offenbar ein Irrtum war.«

»Ich dachte immer, Orks und Dunkelelfen wären dasselbe«, wandte Alannah ein.

»Keineswegs. Es ist wahr, dass Curran, der Stammvater aller Orks, ein Dunkelelf war, der sich von Margoks falschen Versprechungen verführen ließ. Aber neben ihm gab es auch noch andere aus dem stolzen Geschlechte Glyndyrs, die dem Bösen verfielen und deren innere Verderbtheit ihre Haut grau wie Asche werden ließ. Allem Anschein nach haben zumindest einige von ihnen die Zeit überdauert, und es kann kein Zufall sein, dass ihre Rückkehr mit dem Öffnen der Pforte zusammenfällt.«

»Du glaubst, Dun'ras Ruuhl und seine Leute sind durch den Dreistern gereist?«

»In der Tat.«

»Und woher sind sie gekommen?«

»Das weiß ich nicht«, gestand der Zauberer. »Aber es gibt nur vier Portale, und das schränkt die Möglichkeiten ein.«

»Ruuhl sagte, er habe den weiten Weg von Tirgas Anar nach Tirgas Lan auf sich genommen«, erinnerte sich Alannah an die Worte des Dunkelelfen. »Sofern wir seinen Worten glauben können, bedeutet das wohl, dass er auf herkömmliche Weise gereist ist.«

»Die Frage ist eher, wie seine Leute und er nach Tirgas Anar gelangt sind«, meinte Lhurian grimmig, »und ich vermute, hier kommen die Kristallpforten ins Spiel, denn eine von ihnen befand sich in der Schatzkammer von Tirgas Anar.«

»In der Schatzkammer?«, fragte Alannah.

»Ja. Sagt dir das etwas?«

Die Elfin überlegte einen Moment. »Nein«, antwortete sie schließlich und verwarf einen flüchtigen Gedanken, der mit zwei eigenwilligen Orks zu tun hatte, der ihr jedoch schon im nächsten Moment als zu abwegig erschien, um ihn weiterzuverfolgen.

»Tirgas Lan kann nicht der Ausgangspunkt ihrer Reise gewesen sein, denn sie sind von Tirgas Anar aus dorthin gelangt«, überlegte der Zauberer laut, »und hier in Shakara sind sie ebenfalls nicht gewesen, denn ich war zu diesem Zeitpunkt hier, und die Anwesenheit einer Gruppe Dunkelelfen wäre mir nicht verborgen geblieben.«

»Bleibt nur eine Möglichkeit«, folgerte Alannah.

»In der Tat«, sagte Lhurian schaudernd. »Der Ausgangspunkt ihrer Reise war die vierte Kristallpforte, die sich weit weg von hier befindet – an den Fernen Gestaden.«

»Unmöglich!«, rief Alannah. »Die Fernen Gestade sind ein Hort des Lebens und der Freude, der Ursprung und die Zuflucht aller Elfen. Was haben Dunkelelfen dort zu suchen, wo immerwährende Eintracht und Friede herrschen?«

»Vergiss nicht, dass Dun'ras Ruuhl sagte, dass er dich zurückbringen wolle in den Palast von Crysalion – und Crysalion befindet sich an den Fernen Gestaden.«

»Ich hielt das für eine dreiste Lüge …«

»Ebenso wie ich«, gestand Lhurian, »denn die Zunge der Dunkelelfen ist gespalten wie die der Schlange. Obwohl sie im Kampf fürchterliche Gegner sind, waren Intrige und Täuschung von jeher ihre stärksten Waffen. Dennoch scheint Ruuhl zumindest in dieser Hinsicht die Wahrheit gesprochen zu haben.«

»Aber wie ist so etwas möglich?«, fragte Alannah verzweifelt. »Ich bin nie an den Fernen Gestaden gewesen, ich …« Sie unterbrach sich, als sie den Blick bemerkte, mit dem der Zauberer sie bedachte. »Es hat mit meiner Vergangenheit zu tun, nicht wahr?«, fragte sie zaghaft. »Mit den Erinnerungen, die mir genommen wurden. Ich bin dort gewesen, vor langer Zeit ...«

»Ja, Alannah.«

»Was ist damals geschehen? Wirst du es mir verraten?«

»Nein.« Er schüttelte den Kopf. »Es gibt noch einen weiteren Grund, weshalb Farawyn dir die Erinnerung an damals genommen hat. Je weniger du weißt, desto besser.«

»Aber ich ...«

»Bitte, Alannah.« Lhurians Stimme hatte einen eindringlichen Tonfall angenommen. »Es ist nur zu deinem Schutz – und zu dem der Sterblichen.«

Die Elfin antwortete nicht sofort. »Also gut«, sagte sie schließlich, obwohl es sie große Überwindung kostete, »aber verrate mir, wie ich dir helfen soll, die Gefahr abzuwenden, wenn ich noch nicht einmal weiß, worin genau sie besteht.«

»Ich werde dir sagen, was ich weiß, jedoch ohne dir zu enthüllen, welche Rolle du bei den damaligen Geschehnissen gespielt hast. Bist du damit einverstanden?«

»Habe ich eine andere Wahl?«

»Wohl nicht.« Der Zauberer nickte. »Als ich aus meinem Dämmerschlaf erwachte«, berichtete er, »spürte ich sofort, dass sich etwas verändert hatte. Der Dreistern war wieder zum Leben erwacht, das war mir klar, aber zuerst glaubte ich, dass das Böse es darauf abgesehen hätte, zu den Fernen Gestaden zu gelangen und sich den Hort des Lebens zu unterwerfen. Doch wie wir soeben erkannt haben, ist es in Wahrheit noch sehr viel schlimmer: Die Fernen Gestade sind nicht nur das Ziel der Dunkelelfen, sondern auch ihr Ursprungsort.«

»Dabei heißt es doch«, warf Alannah ein, »das Böse hätte keinen Zutritt zu den Gefilden der Ewigkeit ...«

»In dieser Hinsicht haben wir uns schon einmal geirrt«, sagte der Zauberer düster. »Während des Zweiten Krieges, in einem jener Kapitel, die aus den Büchern der Geschichte gestrichen wurden, noch vor den Tagen, da die Schlacht um Tirgas Lan geschlagen wurde, stach von Arun aus eine riesige Streitmacht in See, eine Kriegsflotte, deren Mission darin bestand, die Fernen Gestade zu erobern.«

»Davon wusste ich nichts.«

»Kaum jemand weiß noch etwas davon«, erklärte Lhurian. »Die Erinnerung daran wurde aus der Überlieferung getilgt.«

»Genau wie aus meinem Gedächtnis …«, sagte Alannah bitter.

»Es war notwendig«, sagte der Zauberer. »Man glaubte die Macht des Bösen bezwungen und setzte alles daran, dass sich so etwas nicht wiederholte.«

»Dann konnte die Invasion also abgewehrt werden?«

Der Blick, mit dem Lhurian sie einen Moment lang bedachte, wollte Alannah nicht gefallen. »Ja«, sagte er dann jedoch. »Das Heer des Bösen wurde zerschlagen und die Fernen Gestade wieder sich selbst überlassen, um jenen Elfen eine Zuflucht zu sein, die dem sterblichen Leben entsagen und dorthin zurückkehren, woher ihr Volk einst kam.«

»Und?«

»Offenbar«, fuhr der Zauberer mit belegter Stimme fort, während sich tiefe Sorgenfalten in seine hohe Stirn gruben, »waren wir alle einem tragischen Irrtum erlegen. Das Böse in Crysalion war niedergeworfen, aber nicht besiegt. Es scheint einen Weg gefunden zu haben, die Jahrhunderte zu überdauern – und es ist zurückgekehrt …«

»Das kann nicht sein«, wandte Alannah ein. »Wenn es so wäre, wie du sagst, warum haben wir dann in all der Zeit nie etwas davon erfahren?«

»Welcher Elf, der nach den Fernen Gestaden zog, ist je von dort zurückgekehrt?«, fragte Lhurian dagegen.

»Bei Sigwyns Krone, du hast recht!«, entfuhr es Alannah. »Vielleicht sind die Fernen Gestade schon längst nicht mehr das, wofür wir sie der Überlieferung nach halten!«

»Genau das ist es, was ich befürchte«, stimmte der Zauberer mit düsterem Nicken zu.

»Aber … was genau bedeutet das? Alle Elfen bis auf mich haben Erdwelt verlassen und sind zu den Fernen Gestaden aufgebrochen! Was ist mit ihnen geschehen?«

»Ich weiß es nicht«, antwortete Lhurian, aber die Art, wie er es sagte, während er betreten zu Boden starrte, verriet, dass er zumindest eine Vermutung hatte. »Wenn Dun'ras Ruuhl und seine Begleiter tatsächlich von den Fernen Gestaden kamen«, fuhr er schließlich fort, »können die Dinge dort nicht so sein, wie sie sein sollten. Wir können nicht erahnen, was genau in Crysalion vor sich geht, aber wir wissen, dass der Bann gebrochen und die Kristallpforten wieder geöffnet wurden. Und dass die Dunkelelfen auf der Suche nach dir waren, zeigt mir, dass sie einen Plan verfolgen.«

»Was für einen Plan?«

»Auch Erdwelt zu unterwerfen«, sagte der Zauberer grimmig.

»Aber wer steckt hinter diesem Plan? Und was habe ich damit zu tun?«, wollte Alannah wissen.

»Das eine weiß ich nicht, das andere darf ich dir nicht verraten. Aber ich weiß, dass es in unserer – in deiner und meiner – Verantwortung liegt, all dies zu verhindern, Thynia.«

»Wie sollen wir das bewerkstelligen?«, fragte sie. »Und bitte nenne mich nicht so; mein Name ist Alannah.«

In der faltigen Miene des Zauberers zuckte es. »Natürlich, verzeih«, sagte er dann – und wechselte unvermittelt das Thema. »Was weißt du über die Elfenkristalle?«

»Das, was alle darüber wissen: dass sie von Albon stammen, dem Urvater aller Elfen, und dass sie von einer geheimnisvollen Kraft erfüllt sind, die vom Urlicht *calada* stammt und die Fähigkeiten meines Volkes fördert und nährt …«

»Nicht nur die der Elfen«, wandte Lhurian ein. »Sie nährt auch die Magie an sich, gleich, ob sie zum Guten oder zum Schlechten verwendet wird. In den Händen derer, die sie zu gebrauchen wissen, sind Elfenkristalle mächtige Werkzeuge – nicht von ungefähr wurden die magischen Pforten nach ihnen benannt, denn ohne die Macht der Kristalle wäre es niemals möglich gewesen, Verbindungen zu schaffen, die Tausende von Meilen überbrücken.«

»Auch der Tempel von Shakara beherbergt einen solchen Kristall.« Alannah deutete nach oben, wo das riesige Gebilde hing, das das Licht des Zauberstabs in bunten Farben brach. »Einst erfüllte er diese Hallen und Gänge mit Licht und Wärme, aber inzwischen ist seine Kraft fast erloschen.«

»Im Palast von Crysalion gibt es ebenfalls einen solchen Kristall. *Annun* wird er genannt, und es gibt nicht wenige, die behaupten, dass er einst Albon selbst gehört habe. Denn anders als bei gewöhnlichen Kristallen versiegen seine Kräfte nicht. Im höchsten Turm Crysalions ist sein Platz, dort wurde er bewacht von den Hütern des Kristalls, bis ...«

»Bis was?«, wollte Alannah wissen.

»Bis er beschädigt wurde beim Angriff auf die Stadt«, erklärte Lhurian. »Ein einzelner Splitter löste sich, worauf der magische Schild, der die Fernen Gestade hätte schützen sollen, zerbrach und die Insel dem Ansturm der Feinde ausgeliefert war.«

»Aber sagtest du nicht, die Invasion sei abgewehrt worden?«

»Am Ende, ja«, bestätigte der Zauberer, und einmal mehr hatte Alannah den Eindruck, dass dies nur die halbe Wahrheit war. »Der Kristallsplitter jedoch gelangte nach Erdwelt, wo Farawyn ihn dazu benutzte, Margoks Heer in die Flucht zu schlagen und den Geist des Dunkelelfen in den Mauern der Verborgenen Stadt zu bannen.«

»Ich weiß«, sagte Alannah. »Ich war dabei, als der Bann gebrochen und Tirgas Lan von dem Fluch befreit wurde. Allerdings wusste ich nicht, dass Farawyn einen Splitter Annuns benutzte, als er den Bann einst verhängte ...«

»Eine weitere Wahrheit, die die Geschichtsbücher verschweigen.«

»Was ist aus dem Splitter geworden? Wurde er nach Crysalion zurückgebracht?«

»Nein. Farawyn entschied, dass der Splitter in Erdwelt verbleiben müsse. Er nahm wohl an, dass das Licht von Crysalion den Verlust eines einzigen kleinen Bruchstücks verschmerzen und der Annun sich selbst heilen würde ...«

»Aber?«, fragte Alannah, die spürte, dass sich der Zauberer um etwas sorgte.

»Aber was, wenn er sich geirrt hat?«

»Unmöglich!« Sie schüttelte den Kopf. »Farawyn wird nicht von ungefähr der Seher genannt. Seine Weisheit und seine Voraussicht waren größer als ...«

»Dennoch hat er nicht alles gewusst«, brachte Lhurian in Erinnerung, »sonst hätte er seinen Tod durch feige Mörderhand wohl verhindert.«

Alannah nickte. Farawyn der Seher, der nach seinem Sieg über Margoks Horden zum König gekrönt worden war, hatte Erdwelt Frieden gebracht und das Land mit weiser Hand regiert – sein eigenes Ende jedoch hatte er nicht vorausgesehen ...

»Du hast eine Vermutung, nicht wahr?«, fragte sie den Zauberer.

»Allerdings. Was, wenn sich Farawyn getäuscht hat und die Wunde des Kristalls nie verheilt ist? Wenn Annuns Macht an jenem schicksalhaften Tag für immer versiegte und im Schatten Crysalions deshalb etwas überleben konnte, das nicht erfüllt war von Wärme und Licht, sondern von dem genauen Gegenteil? Wenn das Böse, das wir vernichtet wähnten, in Wahrheit die Zeit überdauert und sich die Insel unterworfen hat? Wenn die Fernen Gestade schon längst nicht mehr sind, wofür dein Volk sie noch bis vor Kurzem gehalten hat? Was dann, Alannah?«

Die Elfin wusste nichts darauf zu erwidern.

Was der Zauberer sagte, traf sie bis ins Mark, zumal es auf bestürzende Weise plausibel war. Denn obwohl noch eine ganze Reihe von Fragen offenstand, lieferte es eine Erklärung dafür, dass plötzlich Dunkelelfen aufgetaucht waren, als hätten sich die Tore zu den Abgründen der Vergangenheit geöffnet und sie wieder ausgespien ...

»Was hast du vor?«, fragte sie so leise, dass ihre Stimme als wisperndes Echo durch die Tempelhalle geisterte. »Du hast einen Plan, nicht wahr?«

Lhurian nickte grimmig. »Ich muss nach Crysalion.«

»An die Fernen Gestade? Aber für Menschen ist die Insel ...«

»Es gibt Ausnahmen, und ich bin schon einmal dort gewesen. Wenn es stimmt, was ich vermute, bleibt mir auch keine Wahl.«

»Wenn es stimmt, was du vermutest, befindet sich die Insel in der Gewalt des Feindes«, wandte Alannah ein.

»Und dennoch muss ich gehen.«

»Um was zu tun? Dich töten zu lassen?«

»Um den Kristallsplitter zurückzubringen und auf diese Weise wiederherzustellen, was vor langer Zeit beschädigt wurde. Nur so kann der Macht des Bösen Einhalt geboten und die Dunkelelfen von den Fernen Gestaden vertrieben werden.«

»Um den Splitter nach Crysalion zu bringen, musst du ihn erst einmal haben, oder?«

Lhurian lächelte. »Wozu, glaubst du wohl, habe ich dich an diesen Ort gebracht?«

Einmal mehr war die Elfin überrascht. »Soll das bedeuten, dass sich der Kristallsplitter hier befindet? In Shakara?«

»Genau das. Farawyn hielt es für den sichersten Ort, um ihn aufzubewahren – und ich denke, dass du weißt, wo er ist.«

»Aber ich höre zum ersten Mal von diesem Kristallsplitter! Und ich war Hohepriesterin des Tempels, dreihundert Jahre lang«, wandte Alannah ein. »Ich versichere dir, dass er nicht hier ist.«

»Doch, er ist hier«, war Lhurian überzeugt, »ich kann seine Gegenwart beinahe spüren. Wir müssen ihn nur finden.«

Alannah war verwirrt und wusste nicht, was sie von alldem halten sollte. Wenn der Zauberer die Wahrheit sprach, dann hatte man ihr die Erinnerung an ein ganzes Leben genommen, und das war nicht so einfach hinzunehmen …

»Ich weiß, dass es nicht leicht für dich ist«, versicherte Lhurian, der ihr Schweigen richtig deutete. »Aber vielleicht hilft es dir zu wissen, dass du selbst es warst, die den Seher gebeten hat, dir deine Erinnerung zu nehmen.«

»Warum – warum sollte ich so etwas getan haben?«, fragte Alannah verblüfft.

»Vielleicht, weil die Bürde dessen, was du gesehen und erlebt hattest, einfach zu groß war.«

»So schlimm ist es gewesen?«

Der Zauberer entgegnete nichts – und bevor Alannah noch etwas sagen konnte, überschlugen sich auf einmal die Ereignisse.

Ein Sirren lag plötzlich in der Luft, dessen tödliche Bedeutung Lhurian einen kurzen Augenblick vor ihr erkannte.

»Runter!«, rief er, und ehe sie begriff, hatte er sie auch schon am Arm gepackt und zu Boden gezerrt.

Alannah spürte, wie etwas dicht über ihren Kopf hinwegsauste, um mit einem hellen Krachen an der Hallenwand zu zerbersten.

Pfeile!

Fast gleichzeitig war dumpfes Geschrei zu vernehmen.

Die Elfin warf den Kopf herum, blickte zur anderen Seite der Halle und sah eine Horde sich wie wild gebärdender Gestalten durch das Portal der Tempelhalle drängen.

Eisbarbaren …

Sie waren von hünenhafter und grobschlächtiger Gestalt, und rohe Kraft sprach aus jeder ihrer Bewegungen. Bekleidet waren sie mit Eisbärfellen sowie Kettenhemden und Rüstungen, die sie ihren Opfern abgenommen hatten, und von ihren Helmen ragten gebogene Hörner auf.

Ihre Schwerter und Äxte, soweit sie nicht aus dem Süden stammten, von ruchlosen Zwergen über den Nordwall geschmuggelt, waren primitiv geschmiedete Totschläger, an denen vielfach noch das Blut und das Haar bedauernswerter Opfer klebten. Und in den gletscherblauen Augen ihrer von langem blondem oder rotem Haar umwucherten Gesichter funkelte kalte Mordlust …

Im Schein der Fackeln, die sie bei sich trugen, konnte Alannah die wild brüllenden und Waffen schwingenden Gegner nicht zählen, aber zumindest eins stand fest: Es waren zu viele …

»Barbarenkrieger!«, rief Lhurian. »Sie versuchen schon seit einiger Zeit, in den Tempel einzudringen!«

»Nun«, erwiderte Alannah trocken, »offenbar ist es ihnen schließlich gelungen!«

Einige der Krieger setzten vor und warfen ihre Speere – kurze, mit tödlichen Spitzen versehene Geschosse, die mit derartiger Wucht geschleudert wurden, dass sie jeden Gegner glatt aufgespießt hätten.

Während Alannah den Speeren auswich, indem sie sich zur Seite warf und elegant abrollte, blieb der Zauberer aufrecht stehen, ein scheinbar leichtes Ziel – doch mit erhobener rechter Hand wischte er die Speere einfach beiseite, und sie landeten auf dem Boden.

Die Eisbarbaren waren überrascht und zögerten einen Augenblick – bis eine Reihe ebenso einsilbiger wie heiserer Befehle erklang und die Krieger erneut angriffen, Blutdurst in den Augen. Ihre mörderischen Waffen schwingend, stürmten sie durch die Halle, vorbei an den Statuen der alten Könige, die ungerührt auf sie hinabblickten. Das Gebrüll der Krieger und das Stampfen ihrer mit Fell umwickelten Füße hallten durch das ehrwürdige Gemäuer.

»Was jetzt?«, fragte Alannah erschrocken und warf ihrem Begleiter einen verzweifelten Blick zu. Keiner von ihnen war bewaffnet, aber auch mit Schwert und Schild hätten sie einer solchen Übermacht nicht lange standhalten können. Die

Flucht zu ergreifen war ebenfalls sinnlos – Lhurians Geist
mochte jung geblieben sein, sein Körper war es nicht; binnen weniger Augenblicke würden die Eisbarbaren sie eingeholt und massakriert haben …

»Zurück!«, rief der Zauberer mit einer Entschlossenheit, die Alannah überraschte. »Tritt hinter mich, Thynia!
Rasch …«

Dann fasste der Zauberer den noch immer leuchtenden
Stab mit beiden Händen und hob ihn über dem Kopf, während er vortrat und sich furchtlos zwischen Alannah und die
heranstürmenden Barbaren stellte.

»Halt!«, gebot er ihnen mit lauter Stimme, die sogar
ihr Geschrei übertönte und als Echo von der hohen Decke
widerhallte. »Bleibt stehen, Krieger des Nordens! Dieser
Ort ist euch verwehrt! Zieht euch sofort zurück, oder es wird
euer Untergang sein!«

Alannah bewunderte den Zauberer für seinen Mut, gleichwohl glaubte sie nicht, dass sich die Barbaren von den Worten eines alten Mannes beeindrucken lassen würden. Und sie
behielt recht.

Die Krieger rannten weiter.

Und Lhurian handelte.

Alannah traute ihren Augen nicht, als sie plötzlich sah, wie
sich der fast erloschene Kristall, dessen Kraft gerade noch
ausreichte, ihn in der Luft zu halten, plötzlich bewegte und
das riesige Gebilde mit dem Gewicht von fünfhundert Männern seinen angestammten Platz über dem Thronpodest verließ. Es strebte der Mitte der Halle zu, über die Köpfe Alannahs und Lhurians hinweg und den Eisbarbaren entgegen.

Als die ersten von ihnen nach oben blickten, verfielen sie
in entsetztes Geschrei und verlangsamten jäh ihre Schritte.
Diejenigen, die nachfolgten, prallten mit ihnen zusammen,
und der Sturmlauf der Eisrecken geriet ins Stocken. Nur
einige Unentwegte, die noch nicht mitbekommen hatten,
was geschehen war, wollten noch immer weiter – der Rest
verharrte in grenzenlosem Staunen.

Und im nächsten Moment entließ der Zauberer den Kristall aus seinem Bann.

Als würden unsichtbare Stricke, die ihn bis zuletzt gehalten hatten, lautlos reißen, sackte das riesige Gebilde in die Tiefe – und schlug wie ein Geschoss in den Pulk der Eisbarbaren.

Da die Krieger vorgewarnt gewesen waren, wurden nur wenige von ihnen tatsächlich von der herabstürzenden Masse erschlagen. Den meisten gelang es, sich aus der unmittelbaren Gefahrenzone zu retten – was jedoch nicht bedeutete, dass sie entkamen. Denn kaum traf das untere Ende des Kristalls auf den harten Stein des Bodens, zersplitterte das riesige Gebilde in unzählige Bruchstücke, die nach allen Seiten spritzten, spitz und scharfkantig, und die Barbaren in den Rücken trafen.

Gequält brüllten sie auf, wanden sich am Boden und waren nicht mehr in der Lage, den Angriff fortzusetzen.

Atemlos sah Alannah das grausige Schauspiel mit an, das sich nur wenige Schritte vor ihnen abspielte – gleichwohl traf sie keiner der Splitter, und der Elfin war klar, dass dies kein glücklicher Zufall war. Wie ein Fels in der Brandung stand Lhurian inmitten des vernichtenden Kristallregens, den Stab noch immer hoch über dem Kopf erhoben, und offenbar hatte der Zauberer eine Art Schutzfeld um Alannah und sich herum errichtet.

Die Barbaren hingegen schützte kein Zauber – sie bekamen die Kristalle abermals zu spüren, denn als wären sie von seltsamem Eigenleben erfüllt, blieben die Bruchstücke nicht auf dem Boden liegen, sondern erhoben sich und jagten erneut auf ihre Opfer zu, durchdrangen wie pfeilspitze Geschosse Rüstung und Fell und rissen heftig blutende Wunden.

Die Nordmannen schrien und brüllten, dann ergriffen sie humpelnd und taumelnd die Flucht, nicht wenige schleppten sich auf allen vieren auf das Ende der Halle zu, und sie verschwanden in der Dunkelheit, die jenseits der Pforte herrschte. Ihre Fackeln hatten die meisten von ihnen fallen gelassen.

Mit einem erschöpften Seufzen ließ Lhurian den Zauberstab sinken, worauf dessen Leuchten verlosch. Der Zauberer schwankte bedenklich, sodass Alannah ihn am Arm ergriff, um ihn zu stützen.

»B-bitte nicht«, ächzte er. »Das ist … erniedrigend.«

»Verzeih«, sagte sie und ließ ihn los. »Ich dachte nur …«

»Du hast richtig gedacht«, versicherte er und brachte trotz seiner offenkundigen Erschöpfung ein verwegenes Grinsen zustande. »Es ist nur so, dass ich nicht als alter Mann erscheinen möchte. Nicht vor dir …«

Alannah verstand und nickte – und einmal mehr fragte sie sich, was für Erinnerungen der Zauberer haben mochte, die sie entbehrte …

»Was du da soeben getan hast, dieser Zauber …«

»Die Macht des Geistes über leblose Materie, nichts weiter«, erklärte er. »Aber es ist mir früher leichter gefallen.«

»Du hast die Barbarenkrieger vertrieben.«

»Vorerst, ja. Aber sie werden die Schande dieser schmachvollen Niederlage nicht auf sich sitzen lassen und mit Verstärkung zurückkehren. Wenn wir dann noch hier sind, wären wir verloren, denn ich bin zu schwach, um so etwas noch einmal zu tun.«

»Das trifft sich gut«, erwiderte sie und lächelte. »Wir haben auch keinen Kristall mehr, den du ihnen auf die Köpfe fallen lassen könntest. Du …«

Sie unterbrach sich, als sie inmitten der Splitter, die den Boden übersäten, etwas blitzen sah. Ein Stück Kristall, das etwas größer war als die anderen und nicht das Licht der Fackeln reflektierte, sondern offenbar aus sich selbst heraus leuchtete …

»Was ist los?«, fragte der Zauberer.

Mit erhobenem Finger gebot sie ihm zu schweigen, so als wäre das Leuchten ein scheues Tier, das er nicht verscheuchen sollte. Vorsichtig trat sie auf die Lichtquelle zu.

Die Bruchstücke der anderen Kristalle knirschten und knackten unter ihren Füßen, als sie darauf trat. Alannah kümmerte sich nicht darum, ihr Blick war starr auf den leuchtenden Splitter gerichtet – aus Furcht, ihn in diesem Meer aus Kristallen zu verlieren und nicht mehr wiederzufinden.

Schließlich stand sie vor ihm, bückte sich und griff danach, und ein wohliges, wärmendes Gefühl durchströmte sie, als sie ihn aufhob. Ein Lächeln der Zuversicht huschte über ihre blassen Züge, denn sie begriff, was sie da gefunden hatte ...

Den Splitter des Annun.

Der Kristall war in etwa so lang und so geformt wie die Klinge eines Dolches. Alannah bettete ihn auf beide Handflächen, wandte sich zu Lhurian um, und zum ersten Mal erlebte sie den Zauberer sprachlos – zumindest für den Augenblick.

»Du ... du hast ihn gefunden!«, stieß er dann hervor und lachte mit jugendlicher Ausgelassenheit. »Ich hatte also recht.«

»Ich wusste es nicht«, versicherte Alannah flüsternd. »All die Jahre, in denen ich Hohepriesterin dieses Tempels war, hatte ich keine Ahnung davon, dass jener große Kristall das Versteck war für ein noch sehr viel kostbareres Kleinod.«

»Was Vorsehung ist und was nicht, wer vermag das schon zu sagen? Du hast den Splitter gefunden, und nur das zählt. Die Welt darf wieder hoffen.«

»Ist es dafür nicht noch zu früh?«, fragte Alannah. »Der Weg nach Crysalion ist weit und voller Gefahren.«

»Ich weiß – und deshalb werde ich ihn allein gehen.«

»Und ich? Was geschieht mit mir?«

»Sobald ich Kraft geschöpft habe, werde ich dich nach Tirgas Lan zurückbringen, zurück auf deinen Thron und zu deinem Gemahl. Unsere Wege werden sich trennen, Thynia – wie schon einmal ...«

# 23.

# AMOUSG PIRAK'HAI

Schaukelnd kämpfte sich das Boot der Orks durch die Brandung.

Dabei rächte sich, dass ausgerechnet der fette und schwere Rammar darauf bestanden hatte, als Anführer vorn im Bug des *kalumm* zu sitzen, denn so schwappte mit jeder Welle eisig kaltes Wasser ins Boot, und die Plätze tauschen konnten die beiden Orks nicht mehr, dafür war das *kalumm* zu klein und wäre bei dem Versuch gekentert. Also musste Rammar wohl oder übel Klaue anlegen und Wasser schöpfen, wenn sie nicht kläglich absaufen sollten.

Die Brüder lösten das Problem schließlich, indem sie – sehr zu Rammars Missfallen – das Boot herumdrehten, sodass sich der Schwerpunkt – also Rammar – nunmehr im Heck befand. Auf diese Weise gelang es Balbok, der im Bug kniete und wie von Sinnen ruderte, das *kalumm* aus den unruhigen Ufergewässern zu manövrieren, hin zu den Inseln, die der Küste vorgelagert waren und deren ausgewaschener Fels bizarre Formen hervorgebracht hatte. Hohe Türme und Bogen aus Stein erhoben sich aus dem Meer, und hier und dort waren Höhlen, Nischen und Vertiefungen entstanden, in denen man mit etwas Phantasie wahre Schreckensbilder erkennen konnte.

Rammar hatte es in dieser Hinsicht nie an Vorstellungskraft gefehlt. Während sich andere junge Orks in der Dunkelheit gesuhlt hatten wie Frischlinge im Schlamm, hatte er stets das Gefühl gehabt, Hirul den Kopflosen, Koruk den Giftpisser und andere grausige Gestalten der orkischen

Sagenwelt zu erblicken. Und als das *kalumm* an den eigenartigen Felsformationen vorüberfuhr, da glaubte der dicke Unhold hier und dort unheimliche Fratzen zu erkennen und garstig grinsende Totenschädel, die die Orks aus dunklen Augenhöhlen zu beobachten schienen.

»Ich weiß nicht«, murrte Rammar verdrießlich, »diese Inseln gefallen mir nicht.«

»Du brauchst keine Angst zu haben«, versicherte Balbok. »Das sind nur lustige Felsen. Der dort sieht wie ein gespaltener Schädel aus. Und schau mal, der da drüben – so stelle ich mir Gulz den Schlächter vor, als er ...«

»Hirnfurz, was fällt dir ein?«, fiel Rammar ihm polternd ins Wort. »Ich habe keine Angst, verstanden? Orks aus echtem Tod und Horn haben niemals Angst, geht das in deinen Schädel? Und ein Rammar schon gar nicht!«

»Warum wolltest du dann umkehren, nachdem wir aus den Minen geflüchtet waren?«

»Weil ... weil ich ... *Shnorsh*, pass gefälligst auf, wo du hinruderst!«, fuhr der dicke Ork seinen Bruder an. »Wegen dir werden wir noch auf dem Grund des Meeres landen, *umbal*.«

Balbok verstummte daraufhin, und das Gespräch war – sehr zu Rammars Erleichterung – beendet.

Angst hatte er keine, natürlich nicht, allerdings ein etwas mulmiges Gefühl im feisten Bauch beim Anblick der Felsformationen. Aber dies war der Weg in die Freiheit, fort von der Insel und den durchgeknallten Elfen, die so ganz anders waren als alle, die Rammar je zuvor kennengelernt hatte. Schon an sich waren die Schmalaugen mit ihrer durchtriebenen, verschlagenen Art kaum zu ertragen. Kam allerdings noch Bosheit dazu, so wurden sie regelrecht gemeingefährlich, und Rammar verspürte nicht die geringste Lust, noch weitere Bekanntschaft mit ihnen zu machen. Es zog ihn zurück in die Modermark, auch wenn zu Hause im *bolboug* einiges im Argen lag und sein Bruder und er nicht in den Ehren verabschiedet worden waren, die ihnen als Häuptlinge des Dorfes zugekommen wären. Wenn man es genau nahm, konnte man auch sagen, dass sie aus dem Dorf vertrieben worden waren ...

Zwischen zweien der kargen Inseln gewahrte Rammar die endlose Spiegelfläche der See, die verheißungsvoll im fahlen Sonnenlicht glitzerte.

»Dorthin, *umbal*!«, schnauzte er Balbok an und deutete mit der Kralle in die entsprechende Richtung. »Je eher wir von hier wegkommen, desto besser!«

»*Korr*«, meinte Balbok gleichmütig, dem es egal zu sein schien, wohin er das Boot lenkte, über dessen blutige Vergangenheit er noch immer nicht ganz hinweggekommen war.

So hielt er auf die Durchfahrt zwischen den zwei Inseln zu, deren Breite an die dreißig Orklängen betragen mochte. Als die Orks in die Passage einfuhren, bemerkten sie, dass die beiden Inseln in Wahrheit zwei einander gegenüberliegende Atolle waren, die sich aus einer Vielzahl kleiner und großer Inseln zusammensetzten. Noch interessanter jedoch war das, was zwischen den Felsen im seichten Ufergewässer lag.

Schiffswracks.

Nicht nur ein paar, sondern ein ganzer Friedhof davon.

Unzählige Schiffsrümpfe lagen in den beiden Buchten verstreut, auf Grund gelaufen oder gepfählt von Klippen, die steil aus dem Wasser ragten. Hier erhob sich ein Bug aus dem Wasser, dort wölbten sich Spanten wie die Rippen eines verwesenden Kadavers, und über allem reckten sich dürre Masten in den grauen Himmel, an denen die löchrigen Reste von Segeltuch flatterten. Knarren und hohles Gurgeln war zu hören, aber ansonsten lag unheimliche Stille über den Atollen.

Totenstille ...

»Och«, machte Balbok beeindruckt, während er das *kalumm* durch den Schiffsfriedhof ruderte. »Sieh dir das an, Rammar.«

»Ich seh's«, versicherte sein Bruder mürrisch. »Dachte mir gleich, dass diese Felsen nichts Gutes verheißen.«

»Ob das die Überreste von der Flotte sind, von der uns das Grünohr erzählt hat? Du weißt schon, mit der die Krieger unseres Volkes einst übers Meer gekommen sind.«

»Natürlich nicht, *umbal*. Streng dein kümmerliches bisschen Hirn doch mal an. Diese Schlacht wurde vor langer Zeit geschlagen. Was meinst du wohl, ist da von den Schiffen noch übrig?«

»Hm.« Balbok zuckte mit den Schultern. »Weiß ich nicht.«

»Nichts, du Trollhirn! Alles ist längst verrottet. Diese Wracks sind viel jünger, und wenn du zur Abwechslung nicht nur dein dämliches Mundwerk benutzen würdest, sondern auch deine Augen, würdest du sehen, dass das alles Schiffe von Schmalaugen sind.«

»Elfenschiffe?«, fragte Balbok ungläubig.

»*Korr!* Schau doch genau hin: diese widerwärtig schlanke Form, die beiden Masten, der turmartige Aufbau am Heck. Und überall diese grässlichen Schnitzereien. Warum können diese Spitzohren nicht einfach mal etwas so lassen, wie es ist? Immer muss bei ihnen alles schön und gleichmäßig sein. Aber weißt du was?«

»Was?«

»Von wahrer Kunst haben diese Pfuscher keine Ahnung. Ein paar rostige Stacheln hier und dort, eine große Säge am Bug und ein paar Totenschädel an der Reling – gleich sieht die Sache ganz anders aus.«

»Das haben die sich wohl auch gedacht«, sagte Balbok.

»*Karsok?* Was meinst du?«

»Dort drüben«, sagte der Hagere und deutete mit dem Paddel zur Steuerbordseite. »Siehst du?«

Rammar sah es.

Und obwohl seinen gerade geäußerten Worten zufolge nebeneinander aufgereihte Totenschädel für ihn den Inbegriff der Ästhetik bildeten, ging ihm der Anblick an die verfetteten Nieren. Es waren die Schädel getöteter Elfen, in einer Reihe auf Pfähle gespießt. Nur noch die Knochen waren übrig, alles andere hatten sich die Möwen geholt, und so starrten die leere Augenhöhlen zu den beiden Orks herüber.

»Ihr braucht gar nicht so blöd zu grinsen!«, rief Balbok. »Wir sind immerhin noch am Leben. Richtig, Rammar?«

»Verdammt richtig, Langer«, stimmte sein Bruder zu. »Wenn du mich fragst sind das die Überreste von den Schmalaugen, die *sochgal* verließen, um die Fernen Gestade zu erreichen.«

»*Korr*«, pflichtete Balbok bei. »Wie's aussieht, sind sie wohl nicht ganz angekommen.«

»Irgendjemand hat ihre Schiffe aufgebracht und die Besatzungen massakriert. Fragt sich nur, wer.«

»Oder was«, gab Balbok zu bedenken.

»Was meinst du damit?«

»Erinnerst du dich nicht mehr an das, was der Vorarbeiter gesagt hat?«, fragte Balbok. »Dass vor der Insel ein *uchlbhuurz* sein Unwesen treibt, das schon unzählige Schiffe zerstört hat?«

»Schon – aber hast du je von einem Seeungeheuer gehört, das Köpfe auf Pfähle spießt?«

»*Douk*«, gab Balbok zu. »Aber hier bin ich ja auch noch nie zuvor gewesen.«

»*Schmarren!*« Rammar schüttelte unwillig den Kopf. »Das sieht nicht wie die Arbeit eines Ungeheuers aus. Wer immer das getan hat, schwimmt nicht im Wasser, sondern geht mehr oder weniger aufrecht auf zwei Beinen. Hoffen wir, dass er Orks gegenüber weniger feindlich gesonnen ist als Schmalaugen.«

»Hm«, machte Balbok und ließ für einen Moment das Paddel sinken, um sich den Helm in die Stirn zu schieben und sich am Hinterkopf zu kratzen, wie so oft, wenn er nachdachte. »Wer es wohl sein mag?«

»Wer weiß«, entgegnete Rammar, während er sich argwöhnisch umblickte und zusammenzuckte, als es irgendwo in einem der Wracks knarrte. »Vielleicht sind es Trolle gewesen oder Ghule oder ...«

»Piraten«, sagte Balbok unvermittelt und so überzeugt, dass Rammar darüber nur den Kopf schütteln konnte.

»Woher willst du das wissen, Faulhirn?«

»Weil dort vorn ein Piratenschiff ist«, erwiderte der lange Ork so trocken, als wären sie nicht von Salzwasser, sondern von Wüstensand umgeben.

Erschrocken hob Rammar den Schädel. Tatsächlich, das riesige Gebilde, das sich von außerhalb der Atolle in die gegenüberliegende Durchfahrt schob und dem Boot der Orks den Weg versperrte, war wirklich ein Piratenschiff!

Von den gleichmäßigen Schlägen langer Ruder angetrieben, die in zwei übereinanderliegenden Reihen angeordnet waren, schnitt der mit rostigem Stahl bewehrte und mit einem bedrohlichen Sporn versehene Bug durch das Wasser. Schanzkleid und Deckaufbauten des Schiffs waren durch Schilde gepanzert, deren verbeulter Zustand darauf schließen ließ, dass sie schon viele Gefechte überstanden hatten. Auf dem Achterdeck erhob sich ein unförmiges Gebilde, das das orkische Auge sofort als Katapult identifizierte. Ein Segel gab es nicht, die Galeere wurde nur durch Ruderschläge angetrieben; doch an dem einsamen Mast, der sich inmitten des breiten Decks erhob, flatterte eine schwarze Flagge, auf der ein Knochen und ein Schwert zu erkennen waren, die übereinandergekreuzt waren und keinen Zweifel an den Absichten der Besatzung ließen.

Seeräuber ...

Rammar ließ ein heiseres Stöhnen vernehmen.

Zwar entsprach die Piratengaleere mit ihrem stählernen Bug, dem stachelbewehrten Rumpf und dem großen Katapult am Heck schon eher seinen Vorstellungen von einem schönen Schiff, jedoch hätte er gut auf diese Begegnung verzichten können. Sehnsuchtsvoll sah er zurück zu der Durchfahrt, durch die sie in die Zwillingsbucht gelangt waren – nur um festzustellen, dass auch diese inzwischen von einer Galeere versperrt wurde. Und jäh dämmerte dem dicken Ork, wie all diese Schiffe, deren Wracks sie umgaben, ein derart unrühmliches Ende gefunden hatten:

Sie waren in eine Falle gelockt worden, aus der es kein Entkommen gab!

Wie um Rammars Befürchtungen zu bestätigen, erklang in diesem Moment ein hohler, schnalzender Laut, wie wenn man die Sehnen eines Trolls durchschnitt. Die Schaufel des Katapults der ersten Galeere schoss in die Höhe – und ein unförmiges Ding löste sich aus ihr und flog in hohem Bogen auf die Orks zu.

»*Shnorsh!*«, brüllte Rammar, während sein Bruder und er mit weit aufgerissenen Augen auf den Felsbrocken starrten, der einen Herzschlag später niederging.

Glücklicherweise traf er das *kalumm* nicht, sondern schlug knapp daneben ins Wasser, aber die Schützen an Bord des Piratenschiffes hatten bewiesen, dass sie zu zielen verstanden. Gischt spritzte nach allen Seiten und in Rammars vor Entsetzen sperrangelweit offen stehendes Maul. Der Ork würgte am Salzwasser, während das Boot heftig ins Schaukeln geriet.

»Weg hier!«, röchelte er zwischen zwei heftigen Hustenanfällen. »Schaff uns hier raus, aber schnell!«

»Und wohin?«, fragte Balbok.

»Ist mir egal wohin, nur fort …!«

Balbok tat wie ihm geheißen und ruderte mit aller Kraft – allerdings nicht von der Piratengaleere vor ihnen weg, wie Rammar erwartet hatte, sondern geradewegs darauf zu.

»*Umbal*, was tust du?«

»Zum Angriff übergehen!«, rief Balbok grimmig über die Schulter zurück.

»Zum Angriff über…? Bist du jetzt völlig verrückt geworden?«

»Wenn wir nahe genug an sie herankommen, können sie uns nicht mehr beschießen«, erklärte Balbok, so entwaffnend schlüssig, dass selbst Rammar kein Widerspruch einfiel.

Es war auch nicht nötig.

Denn als das Katapult sirrend das nächste Geschoss auf Reisen schickte, zeigte sich, dass sich die Piraten noch ungleich besser auf ihr Handwerk verstanden als von Rammar befürchtet. Wahrscheinlich hatten sie während der letzten Jahre und Jahrzehnte ausreichend Übung gehabt.

Der Felsbrocken hatte den Scheitel des Bogens, in dem er geflogen kam, kaum überschritten, da dämmerte den Orks, dass die Sache schiefgehen würde. Indem Balbok das Paddel wegwarf und stattdessen mit beiden Pranken ruderte, versuchte er bis zuletzt, das *kalumm* aus der Gefahrenzone zu bringen – während Rammar seine Leibesmasse kurzerhand aus dem Boot wuchtete. Plumpsend landete er im Wasser – als das Geschoss auch schon einschlug.

Das *kalumm* wurde mittschiffs getroffen.

Den Anfechtungen von Wellen und Wind mochten die Knochenkonstruktion und der Überzug aus Rattenhaut getrotzt haben – einem herabstürzenden Felsbrocken hatten sie nichts entgegenzusetzen.

»*Shnorsh!*«, hörte man Balbok noch brüllen, dann platschte es gewaltig, und Trümmer und weiße Gischt wurden nach allen Seiten geschleudert. Rammar, der nicht schwimmen konnte und wie von Sinnen mit den Armen um sich schlug und mit den Beinen strampelte, um nicht unterzugehen, wurde von einem Stück Knochen am Kopf getroffen und sah für einen Moment dunkle Flecke vor Augen. Als seine Sicht sich wieder klärte, schwamm neben ihm eine blutige Rattenhaut.

»Balbok!«, schrie er in seiner Panik, während er unentwegt weiter Wasser trat, um in seinem schweren Kettenhemd nicht abzusaufen. »Verdammt, wo bist du?«

Er warf den klobigen Schädel umher, blickte in diese und in jene Richtung. Nirgends eine Spur von seinem Bruder, überall nur wogende See …

»Du elender *umbal*! Nichtsnutziges Schwammhirn! Wirst du wohl kommen und mir helfen, ehe ich elendig …«

Der Rest seines verzweifelten Hilferufs ging in einem Gurgeln unter, als eine Welle über ihn hinwegschwappte und er eine Ladung Wasser schluckte.

»Balbok? Balboook …!«

Mit Tränen in den Augen, die selbstredend nur vom Salzwasser rührten, schrie Rammar den Namen seines Bruders, so laut, dass sich seine Stimme überschlug. Dabei merkte er, wie seine Kräfte nachließen, und obwohl er weiter alles daransetzte, nicht abzusaufen und den Kopf oben zu behalten, zog die Tiefe gnadenlos an ihm.

Er erinnerte sich, als junger Ork mit diebischer Freude dabei zugesehen zu haben, wie Ratten in einem Sumpfloch ertrunken waren – nachdem er sie hineingeworfen hatte. Plötzlich bereute er die Tat, und er bedauerte auch, Balboks Schoßtier verhackstückt und zum *kalumm* verarbeitet zu haben.

»Es tut mir leid!«, rief er mit dem letzten bisschen Atem, das ihm noch geblieben war. »Balbok, hörst du? Es tut mir l…«

Er verstummte jäh, als er untertauchte und statt Worten nur noch Luftblasen aus seinem Maul quollen. Vergeblich versuchte er, sich wieder zur Oberfläche zurückzukämpfen. Selbst die alte Regel, derzufolge Fett stets obenauf schwamm, traf diesmal nicht zu.

Die Augen weit aufgerissen, sah Rammar ringsum nichts als dunstiges Blau, das mit zunehmender Tiefe dunkler wurde, bis es in jenen gähnend schwarzen Schlund überging, der unter den strampelnden Füßen des Orks klaffte.

Kuruls Grube.

So also sah sie aus.

Und diesmal gab es kein Entrinnen …

Mit einem dumpfen Schrei entwich die letzte Luft seinen brennenden Lungen, und sehnsüchtig blickte der feiste Ork den Luftblasen hinterher, die zur Oberfläche aufstiegen, während er wie ein Stein dem Grund entgegensank, unaufhaltsam …

… bis ihn plötzlich etwas am Kragen packte.

Die Sinne drohten Rammar bereits zu schwinden, während er nach oben gezogen wurde. Und endlich, als er das abgrundtiefe Gelächter Kuruls schon zu hören glaubte, durchstieß Rammars Kopf die Oberfläche, und er sog keuchend Luft in seine schmerzenden Lungen – und sofort kehrten die Lebensgeister zu ihm zurück.

»Was …? Wie …?«

Erst nach ein paar Atemzügen wurde ihm klar, dass er nichts mehr zu tun brauchte, um über Wasser zu bleiben. Etwas – oder vielmehr jemand – hielt ihn noch immer am Kragen des Kettenhemds.

Schwerfällig wandte er den Kopf, um zu sehen, wem er sein Leben verdankte, und dann erkannte er die vertrauten grünhäutigen Gesichtszüge seines Bruders, der sich problemlos über Wasser hielt.

»*Achgosh douk*«, grüßte Balbok grinsend.

»*Achgosh douk?* Ist das alles, was dir einfällt? Ich wäre um ein Haar ersoffen!«

»Ich auch«, sagte Balbok. »Das Geschoss hat mich nur um einen *knum* verfehlt, und ich bekam ein Stück vom Bug an den Kopf, sodass ich das Bewusstsein verlor und …«

»Komm mir nicht mit fadenscheinigen Ausreden!«, polterte Rammar. »Du hast dir mächtig Zeit damit gelassen, mich zu retten, und das nehme ich dir übel!«

»Aber ich *habe* dich gerettet!«

»Dein Glück – sonst hätte ich niemals wieder auch nur ein einziges Wort mit dir gewechselt!«

»Ehrlich nicht?«, fragte Balbok, ein begehrliches Flackern in den Augen.

»Was soll das nun wieder heißen, du dünnhirniger, pickelgesichtiger …«

»He, ihr beiden!«, drang es plötzlich laut von oben herab.

»Hä?«, machte Rammar und hob den Kopf – um verblüfft am gepanzerten Bug einer der Kriegsgaleeren emporzublicken, die sich von beiden Orks unbemerkt genähert hatte.

Die Piraten!

Der Kerl, der oben auf dem rostigen Schanzkleid stand und grinsend auf sie herabblickte, trug kurze Hosen und einen Rock aus Leder, dazu allerhand goldene Spangen und Schmuck um Hals und Handgelenke. Langes dunkles Haar umrahmte sonnengebräunte Züge – und zu seiner Abscheu musste Rammar erkennen, dass sie es mit Menschen zu tun hatten. Nicht genug damit, dass sie in die Fänge von Korsaren geraten waren – es handelte sich auch noch um Milchgesichter!

Nahmen die Demütigungen denn gar kein Ende?

»Was willst du?«, brüllte der Ork wenig begeistert hinauf und bediente sich dabei der Menschensprache, die er nicht gern, aber mittlerweile fließend sprach.

»Nicht zu fassen«, kam es zurück, »zwei Orks!«

»Schön, zählen kannst du also auch«, konterte Rammar, während sein Bruder ihn weiter über Wasser hielt. »Und was willst du von uns?«

»Ihr seid Gefangene«, gab der Pirat bekannt.

»Von wem?«

»Von Kapitän Cassaro, dem Herrscher der Schädelküste – und ich würde euch raten, eure Zungen in Zaum zu halten.«

»Wieso?«, fragte Balbok an Rammars Stelle.

»Weil ich sie euch sonst aus dem Schlund reißen und an die Tür meiner Kajüte nageln werde!«, lautete die Antwort.

Noch mehr Piraten tauchten über dem Schanzkleid auf und warfen die Enden dicker Seile herab – eine unmissverständliche Aufforderung, an Bord zu kommen.

Während Balbok zögerte, griff Rammar augenblicklich danach.

Schließlich war er ein Ork aus echtem Tod und Horn – und lieber stellte er sich einem milchgesichtigen Piratenkapitän, als auch nur einen Moment länger als unbedingt nötig im Wasser zu bleiben ...

# 24.

# OULL BRISH'DOK'DH

»… und deshalb, König, muss ich den Ort aufsuchen, der der Ursprung dieser Bedrohung ist.«

»Die Fernen Gestade«, folgerte Corwyn aus dem, was man ihm berichtet hatte.

»Ganz recht.« Lhurian nickte.

»Aber woher weißt du das alles?«, erkundigte sich der König, der Schwierigkeiten hatte, all das neue Wissen zu verarbeiten, das wie ein Unwetter über ihn hereingebrochen war.

So schlagartig, wie er verschwunden war, war der alte Magier wieder im Palast von Tirgas Lan erschienen, in seiner Begleitung Alannah, wohlbehalten und unversehrt.

Eigentlich hätte Corwyn glücklich und zufrieden sein müssen, schließlich war seine Königin zu ihm zurückgekehrt.

Aber er war es nicht.

Denn genau wie bei ihrer ersten Begegnung hatte der Zauberer schlechte Neuigkeiten für ihn: Erdwelt war eine neue Bedrohung erwachsen!

Was Lhurian und Alannah ihm über die Fernen Gestade berichtet hatten, war in der Tat alarmierend. Wenn es stimmte, dass das Böse dort schon seit tausend Jahren regierte, bedeutete dies für das Reich tatsächlich eine Bedrohung, gegen die sich der Herrscher von Kal Anar geradezu harmlos ausnahm.

Wäre es nur Lhurian gewesen, der von diesen Dingen berichtet hätte, Corwyn hätte seine Warnungen vermutlich nicht derart ernst genommen. Aber da war auch Alannah, die alles bestätigte, was der Zauberer sagte, und ihr vertraute der König ungleich mehr. Gleichwohl war er auch bei ihr nicht ganz ohne Vorbehalte. Denn so viel sie ihm auch erzählten über die Zeit des Zweiten Krieges, über Farawyn den Seher und die Schlacht, die um Tirgas Lan geschlagen worden war – Corwyn wurde das hässliche Gefühl nicht los, dass sie ihm dennoch etwas verheimlichten. Und dieses Gefühl verstärkte sich, je länger die Unterredung dauerte …

»Ich verstehe, dass du helfen willst, Zauberer«, sagte Corwyn schließlich, während er in der großen Halle auf und ab ging. Alannah saß auf ihrem Thron und wirkte erschöpft von dem, was sie gesehen und erlebt hatte. Der Zauberer hatte zu ihren Füßen auf den Stufen des Podests Platz genommen. Bis auf die Wachen waren sie allein. Corwyn hatte den Adel nicht unnötig beunruhigen wollen und den Hofstaat deshalb weggeschickt. »Was ich dagegen nicht verstehe«, fuhr der König fort, »ist, wie ein Mann allein das Böse bekämpfen will. Wenn du recht hast, wirst du es an den Fernen Gestaden mit einer ganzen Armee zu tun bekommen. Einer Armee der Finsternis …«

»Das ist wahr«, räumte Lhurian ein und griff unter seine weite Robe, um einen spitzen Gegenstand hervorzuziehen, der etwa eine Handspanne lang war. »Aber ich habe das hier als Waffe.«

»Was ist das?«, wollte Corwyn wissen.

»Ein Splitter des Urkristalls *Annun*«, erklärte Alannah, »der sich auf den Fernen Gestaden befindet. Lhurian glaubt, dass der Splitter wieder zum Kristall zurückgebracht werden muss – auf diese Weise wird die Macht des Bösen gebrochen.«

Corwyn grinste freudlos. »Klingt gut. Aber aus Erfahrung weiß ich, dass den Schergen der Dunkelheit hiermit sehr viel eher beizukommen ist.« Und mit diesen Worten legte er die Hand auf den Griff des Schwerts, das er an seiner Seite trug.

»Bislang mag das so gewesen sein«, widersprach der Zauberer, »in diesem Fall aber ist der Kristallsplitter die einzige Waffe, die den Sieg erringen kann.«

»Und wie willst du es anstellen? Einfach in den Palast von Crysalion marschieren?«

»Warum nicht?« Der Alte lächelte. »Ich bin ganz gut in diesen Dingen, wie du weißt.«

»Eine gut bewachte Zitadelle ist etwas anderes als ein Zelt, alter Mann. Man wird dich in Stücke hauen, ehe du den Kristall auch nur zu sehen kriegst.«

»Unterschätze mich nicht, König«, entgegnete Lhurian, und Corwyn glaubte, in der Stimme des alten Zauberers einen drohenden Unterton auszumachen.

»Das tue ich nicht«, versicherte er. »Aber ich bin der Ansicht, dass wir eine Flotte ausrüsten und die Insel angreifen sollten – als Ablenkungsmanöver gewissermaßen, während du dich um den Kristall kümmerst.«

»Das ist ein sehr großzügiges Angebot, das ich jedoch ablehnen muss«, sagte der Zauberer mit fester Stimme. »Sollte ich versagen, so wirst du in Erdwelt jeden einzelnen Mann brauchen, der kämpfen kann, denn dann blüht deinem Reich ein neuer Krieg.«

»Der Dritte Krieg der Völker«, hauchte Alannah heiser. »Es heißt, dass er das Ende von *amber* bedeutet …«

»Umso wichtiger ist es, dass wir zusammenarbeiten«, war Corwyn überzeugt. »Allein bist du schwach, Zauberer. Zusammen jedoch …«

»Corwyn hat recht«, sprang Alannah ihrem Gemahl bei. »Wenn die Vergangenheit etwas gezeigt hat, dann dass der Macht des Bösen nur im Verbund Einhalt geboten werden kann. Allein nach den Fernen Gestaden zu gehen grenzt an Wahnsinn!«

»Genau meine Worte«, stimmte Corwyn zu.

»Aber ich pflichte dir bei, dass wir Erdwelt nicht geschwächt zurücklassen dürfen, Lhurian. Der König wird in Tirgas Lan gebraucht, daran besteht kein Zweifel. Aus diesem Grund wird dich die Königin nach Crysalion begleiten.«

»Was?«, fragten sowohl Corwyn als auch der Zauberer wie aus einem Munde.

»Ich komme mit dir, Lhurian«, bekräftigte die Elfin. »Die Fernen Gestade sind die Heimat meines Volkes, also ist es nur recht und billig, wenn ich dich begleite.«

»Das kommt nicht in Frage!«, rief Corwyn.

Sie schaute ihn eindringlich an. »Eben warst du noch der Ansicht, dass wir Lhurian nicht allein gehen lassen dürften …«

»Aber bestimmt hatte ich nicht daran gedacht, ihm meine Gemahlin mit auf den Weg zu geben!«

»Sie mag deine Gemahlin sein, aber sie ist nicht dein Eigentum«, stellte der Zauberer klar. »Bisweilen, scheint mir, ist es noch immer das Haupt des Kopfgeldjägers, auf dem diese Krone ruht, und nicht das eines Königs.«

»Das geht dich nichts an, alter Mann!«, zischte Corwyn feindselig.

»Alannah kann ihre eigenen Entscheidungen treffen«, antwortete Lhurian. »Aber … dennoch wird sie hierbleiben.«

»Was?«, fragte Alannah verblüfft.

»Ich stimme dem König zu, wenn auch aus anderen Gründen. Dein Platz ist hier, Alannah, bei deinem Volk und deinen Untertanen.«

»Aber mein Volk ist zu den Fernen Gestaden gezogen …«

»Du hast ihm entsagt, als du einen Sterblichen zum Mann genommen hast«, brachte der Zauberer in Erinnerung, »und dennoch bist du die Letzte der Elfen, die noch in Erdwelt weilt. Du musst das Andenken an sie bewahren, Alannah. Das und nichts anderes ist deine Aufgabe.«

»Das und nichts anderes?« Unwillig pendelte ihr Blick zwischen König und Zauberer hin und her. Auf ihrer blassen, von weißem Haar umrahmten Stirn hatten sich Zornesfalten gebildet. »Woher nehmt ihr beide das Recht zu entscheiden, was gut für mich ist? Wollt ihr mir das verraten?«

»Nun«, wollte Lhurian erwidern, »wir …«

»Ihr denkt nur an euch!«, fiel sie ihm ins Wort. »An das, was euch zupasskommt, was ihr nicht verlieren und woran ihr unbedingt festhalten wollt! Wie du schon sagtest, Lhurian: Ich bin niemandes Eigentum, weder deines, Zauberer, noch deines, Corwyn. Niemandem von euch steht es zu, über mein Leben zu bestimmen, ganz gleich, was zwischen uns gewesen sein mag!«

»Zwischen … euch?«, fragte Corwyn, der die alte Eifersucht erneut spürte. Mit Alannahs Rückkehr war sie nahezu verebbt, in diesem Moment jedoch wallte sie jäh wieder auf. »Was, in aller Welt, hat das zu bedeuten?«

»Nichts, was dich berühren müsste, König«, beschwichtigte Lhurian. »Deine Zeit mit Alannah liegt noch vor dir, meine hingegen lange zurück.«

»Lange zurück? Was bedeutet das?« Corwyn bedachte seine Gemahlin mit misstrauischem Blick. »Wovon spricht er?«

»Willst du die Wahrheit wissen?«, fragte sie.

Er nickte betroffen.

»Ich kenne sie nicht«, antwortete sie – womit Corwyn keineswegs zufrieden war.

»Und du erwartest, dass ich das glaube?«

»Was war, ist lange vor deiner Zeit geschehen«, versicherte Lhurian. »Alannah kann sich nicht dessen entsinnen, da ihr die Erinnerung genommen wurde.«

»Aber du kannst dich erinnern, oder?«, zischte der König.

Lhurian nickte, und ein schwaches Grinsen glitt über seine Züge. »Allerdings …«

»Du verdammter Hund!« In einem spontanen Wutausbruch riss Corwyn das Schwert aus der Scheide und sprang auf den Zauberer zu, der jäh in die Höhe schoss, den Stab zur Abwehr erhoben.

Alannah sprang auf und trat zwischen die beiden. »Aufhören, ihr zwei!«, befahl sie und bedeutete auch den Wachen, die schon herbeigeeilt waren, sich wieder zurückzuziehen.

»Ein König und ein angeblich weiser alter Zauberer – und beide führen sich auf wie Kinder!«

Die beiden Männer schauten einander feindselig an – und gaben schließlich nach. Mit unverhohlenem Widerwillen rammte Corwyn sein Schwert zurück in die Scheide, der Zauberer senkte den Stab.

»Mein Gemahl«, sagte Alannah mit bebender Stimme, an Corwyn gewandt, »ich liebe dich aufrichtig und von ganzem Herzen. Doch auch als deine Gemahlin und als deine Königin steht es mir frei zu entscheiden, was ich tun darf und was nicht. Ich bin mir sicher, dass ich in Crysalion gebraucht werde, deshalb werde ich dorthin gehen, auch wenn es dir nicht gefällt. Lieber würde ich Tirgas Lan mit deinem Segen verlassen, aber wenn du ihn mir verwehrst, so werde ich auch so aufbrechen.«

»Ich verstehe«, sagte Corwyn leise.

»Und für dich gilt Gleiches«, sprach sie zu Lhurian. »Du magst über Wissen verfügen, das mir genommen wurde, aber das gibt dir nicht das Recht, über mein Leben zu bestimmen. Ich werde mit dir kommen, ob du es billigst oder nicht.«

»Auch wenn es Gründe gibt, die dagegensprechen?«, fragte der Zauberer.

»Was für Gründe?«, wollte Alannah wissen. »Gründe, von denen ich nichts weiß? Die in meiner Vergangenheit liegen?«

»In der Tat«, erwiderte Lhurian rätselhaft und so unheilvoll, dass Alannah tatsächlich für einen Moment zögerte. Sie erwog, ihn nach diesen Gründen zu fragen, aber sie bezweifelte, dass sie eine ehrliche Auskunft erhalten würde, und wenn doch, so fürchtete sie, dass das, was sie erführe, ihre Entschlossenheit ins Wanken bringen könnte – und das wollte sie auf keinen Fall.

»Du kennst meine Vergangenheit, Lhurian«, sagte sie deshalb und blickte dem Zauberer tief in die Augen. »Du weißt um die Dinge, die geschehen sind, und deinem Schweigen entnehme ich, dass es schreckliche Dinge gewesen sein müssen.«

»Das ist wahr«, flüsterte er.

»Du kennst die Vergangenheit«, wiederholte sie, »aber kannst du auch in die Zukunft sehen? Natürlich nicht. Niemand kann das, denn die Zukunft ist in ständiger Veränderung. Selbst Farawyn wurde am Ende von ihr getäuscht. Egal, was gewesen ist – es hat also nichts mit dem zu tun, was sein wird. Habe ich recht?«

Der Zauberer hielt ihrem Blick eine Weile lang stand. Was hinter seinen alten, faltigen Zügen vor sich ging, war dabei schwer zu deuten. Es mochte Bedauern sein, vielleicht auch stille Bewunderung oder eine Mischung aus beidem.

Schließlich senkte er das Haupt. »Es ist wahr«, gab er zu. »Niemand vermag vorauszusagen, was die Zukunft bringt.«

»Also wirst du mich mit dir nehmen?«

Er blickte wieder auf, und das Bedauern war aus seinen Zügen verschwunden. »Wenn es dein unbedingter Wunsch ist …«

»Nein!«, rief Corwyn erbost. »Elender Zauberer! Das darfst du nicht! Das alles ist allein deine Schuld!«

»Wie das, König?«, fragte Lhurian gelassen, die Beleidigung einfach überhörend. »Sie hat recht, es ist ihre Entscheidung. Doch ich darf dir versichern, dass ich ebenso wenig erfreut darüber bin wie du.«

»Warum verbietest du es ihr dann nicht?«

»Weil ich ihr nichts zu erlauben oder zu verbieten habe«, erklärte Lhurian. »Und weil sie recht hat. Niemand vermag in die Zukunft zu sehen.«

Corwyn wandte sich verzweifelt an seine Gemahlin. »Alannah, siehst du nicht, dass er dich beeinflusst?«

»Wie könnte er?«, fragte sie dagegen. »Er wollte doch selbst nicht, dass ich ihn begleite …«

»Wenn es stimmt, dass er dich schon länger kennt als ich«, entgegnete Corwyn, »so ist ihm auch dein unbeugsames

Wesen bekannt, und er weiß, dass jedes Verbot für dich tausend Mal verlockender ist als eine Einladung.«

»Das ist nicht wahr«, versicherte Alannah. Auch Lhurian verlor allmählich die Geduld. »Mäßige dich, König«, rief er Corwyn zu. »In deinem Zorn wählst du Worte, die du bedauern könntest.«

»Willst du mir drohen? In meinem eigenen Palast?«

Erneut stand der Streit der beiden kurz davor, in eine handfeste Auseinandersetzung auszuarten, und wieder kamen die Wachen heran. Alannah war klar, dass sie etwas unternehmen musste, und diesmal würde es mit energischen Worten nicht getan sein.

Sie trat auf Corwyn zu, der erneut die Hand auf den Griff seines Schwerts gelegt hatte – und zu seiner größten Verblüffung umarmte sie ihn und küsste ihn lange und innig.

»Alannah«, hauchte er atemlos, als sie sich wieder von ihm löste. »Was hat das zu bedeuten?«

»Es soll dir zeigen, wie ich für dich empfinde«, erwiderte sie, während sie einander tief in die Augen blickten, genau wie damals, als sie sich zum ersten Mal begegnet waren.

»Wenn das so ist«, flüsterte Corwyn, »warum willst du mich dann verlassen?«

»Ich verlasse dich nicht, Geliebter«, widersprach sie. »Ich könnte dich nie verlassen.«

»Aber du ziehst die Gesellschaft eines Zauberers der meinen vor«, beharrte er. »Was hat er dir erzählt? Was ist in der Vergangenheit passiert? Was ist zwischen euch gewesen?«

»Ich weiß es nicht«, antwortete sie, »und ich will es auch nicht wissen. Denn was immer es war, es kann nie so stark sein wie die Bande, die zwischen uns gewachsen sind.«

»Dann bleib«, verlangte er.

»Das kann ich nicht. Ich habe eine Verantwortung, der ich nachkommen muss, und ich kann mich ihr nicht entziehen. Ich fühle, dass ich dort gebraucht werde.«

»Was für eine Verantwortung? Ich verstehe nicht …«

»Ich weiß, wie schwer das alles für dich sein muss, Geliebter«, sagte sie und strich mit ihrer Handfläche sanft über
seine Wange. »Läge es in meiner Macht, das Rad der Zeit
zurückzudrehen, so hätten wir nie von diesen Dingen erfahren. Aber wir wissen davon, und nun haben wir uns danach
zu richten, ich ebenso wie du.«

»Und das bedeutet?«, fragte er.

»Dass ich gehen muss«, erklärte sie leise. »Ich erwarte
nicht, dass du über diese Entscheidung erfreut bist, aber ich
versichere dir, dass sie nichts mit dem zu tun hat, was mich
mit dem Zauberer verbinden mag. Ich kann dich nur von
Herzen bitten, mir zu vertrauen.«

»Ich verstehe«, sagte er steif, griff nach ihrer Hand, die
noch immer seine Wange berührte – und nahm sie aus seinem Gesicht. »Dann geh, wenn du musst.«

»Corwyn, ich …«

»Ich habe dir bereits einmal vertraut, Alannah, und du
hast mich hintergangen. Ich habe dir verziehen, weil du zum
Besten unseres Reiches handeltest, doch du hast mir feierlich geschworen, dass sich das nicht wiederholen wird.«

»Das wird es nicht«, versicherte sie mit feucht glänzenden
Augen. »Vertrau mir nur noch dieses eine Mal! Kannst du
das nicht für mich tun? Kannst du mir nicht vertrauen?«

Corwyn stand mit regloser Miene vor ihr. Es berührte
ihn zutiefst, ihre Tränen zu sehen, und es kostete ihn größte
Überwindung, sich seine Bestürzung nicht anmerken zu lassen. Ein innerer Konflikt tobte in seinem Herzen …

»Willst du die Wahrheit wissen?«, fragte er schließlich,
und als sie nickte, sagte er leise: »Ich weiß es nicht. Ich weiß
nicht, ob ich dir vertrauen kann.«

Sie erwiderte nichts, sondern wich langsam vor ihm zurück, dann wandte sie sich ab und gesellte sich zu dem Zauberer.

»Was ist mit dem Gefangenen?«, erkundigte sich Lhurian.

»Welchem Gefangenen?«, fragte Corwyn dagegen.

»Dun'ras Ruuhl. Er kennt den Palast von Crysalion und könnte uns Informationen geben, die für das Gelingen der Mission von Nutzen wären.«

Corwyns Zögern währte nur einen unmerklichen Augenblick. »Er ist nicht mehr am Leben«, sagte er dann.

»Was soll das heißen?«

»Er hat die Folter nicht überstanden«, antwortete der König und gab sich Mühe, dabei so gleichgültig wie möglich zu klingen.

»Du hast ihn foltern lassen?«, fragte Alannah entsetzt.

»Was hätte ich sonst tun sollen? Du bist ja nicht hier gewesen, um mich zu beraten, wie es deine Pflicht und Aufgabe gewesen wäre. Also tat ich das, was mir Erfolg versprechend schien – auch wenn es offenkundig die falsche Entscheidung war«, fügte er leiser hinzu.

»Offenkundig«, bestätigte sie. Noch einmal trafen sich ihre Blicke, ihrer war voller Vorwurf.

»Bleib«, bat Corwyn, und in diesem Augenblick war es nicht mehr der König, der sprach, sondern der Mann. »Ich brauche dich.«

»Lhurian auch«, gab sie zurück – und in diesem Moment begann die Luft um den Zauberer herum zu flimmern.

»Nein!«, rief Corwyn entsetzt und sprang auf sie zu, doch da flammte schon das grelle Licht auf, und der Schlund, der weite Räume im Bruchteil eines Augenblicks zu überbrücken vermochte, öffnete sich. Corwyn sah noch Alannahs Silhouette, im nächsten Moment war auch sie verschwunden.

Das Licht verblasste – zurück blieb ein von Kerzen schwach erhellter Thronsaal, der Corwyn noch nie so groß und leer erschienen war wie in diesem Augenblick.

Alannah war fort, seinem Bitten und Flehen zum Trotz – und er hatte ihr noch nicht einmal Glück gewünscht.

Gesenkten Hauptes stand er da.

Gedemütigt.

Geschlagen.

Aber nicht lange.

Denn dann wurde er sich der Krone bewusst, die auf seiner Stirn ruhte, der Macht, über die er als König von Tirgas Lan verfügte – und des Trumpfes, den er trotz allem noch in Händen hielt. Seine sehnige Gestalt straffte sich, und er atmete tief durch und ballte die Hände zu Fäusten. Dann winkte er Hauptmann Gergo zu sich heran, der nach Daras gewaltsamem Tod zum Kommandanten der Leibwache ernannt worden war.

»Ja, mein König?«, fragte Gergo und deutete eine Verbeugung an. Was er über den Streit dachte, dem seine Soldaten und er beigewohnt hatten, war ihm nicht anzusehen, und es stand ihm auch kein Urteil darüber zu. Aber Corwyn zweifelte nicht, dass die Garde im Zweifelsfall treu zu ihm gestanden hätte.

»Meine Berater sollen zu mir kommen«, befahl der König. »Der Kriegsrat soll zusammentreten, noch heute Nacht.«

»Zu Befehl, mein König«, erwiderte der Hauptmann und verbeugte sich abermals. Schon wollte er sich abwenden, um die Anweisung auszuführen, als er auf einmal zögerte. »M-mein König?«

»Ja, Gergo?«

»Darf ich Euch etwas fragen?«

Corwyn nickte. »Natürlich.«

»Wird es Krieg geben?«

»Ich fürchte ja, mein Freund. Wie es aussieht, haben wir uns wohl zu früh gefreut. Die Zeiten des Friedens sind noch nicht gekommen.«

»Aber gegen wen werden wir kämpfen, Herr? In ganz Erdwelt gibt es niemanden mehr, der …«

»Dieser Krieg wird auch nicht in Erdwelt geführt«, erwiderte Corwyn bitter. »Das hoffe ich jedenfalls. Wir müssen ihn zu unseren Feinden tragen, um zu verhindern, dass er unsere Küste jemals erreicht.«

»Dann glaubt Ihr, was der Zauberer gesagt hat? Ihr wollt zu den Fernen Gestaden segeln?«

»Wie es aussieht, mein Freund«, sagte Corwyn leise, »haben wir wohl keine Wahl.«

»Niemand kennt den Weg dorthin«, wandte Gergo ein. »Wie wollt Ihr ...?«

»Kein *Mensch* kennt den Weg«, verbesserte Corwyn. »Die Elfen hingegen kennen ihn.«

»Aber die Königin hat uns verlassen«, wandte der Hauptmann ein und errötete, weil er befürchtete, in seiner Rede zu weit gegangen zu sein.

»Und?«, fragte der König.

»Sie war der letzte Spross der Elfen in Erdwelt, oder nicht?«

»Nein«, widersprach Corwyn, und ein wölfisches Lächeln spielte dabei um seinen Mund, das nicht recht zu seinen sonst so milden Zügen passen wollte, »einen gibt es noch ...«

# 25.

# MOROR UR'OIRKIR UR'KLOGIONN'HAI

Wenn man es genau bedachte, so hatte sich ihre Situation nicht verbessert. Wieder waren sie in Gefangenschaft geraten, wieder saßen sie in einem dunklen feuchten Loch, an dessen Wände sie gekettet waren, wieder knurrten ihnen die Mägen, wieder trugen sie nichts als stinkende Lumpen am Leibe, und wieder mussten Balbok und Rammar um ihr Leben bangen.

Der einzige Unterschied zu den Minen von Crysalion bestand darin, dass es diesmal nicht völlig durchgeknallte Schmalaugen waren, in deren Gewalt sich die Orks befanden, sondern Milchgesichter. Allerdings war dieser Unterschied rein theoretischer Natur. Denn die Piraten, in deren Gefangenschaft Balbok und Rammar geraten waren, erwiesen sich als kaum weniger verrückt, abartig und von Sinnen als die grauhäutigen Elfen.

Mit Ketten und Stöcken waren sie verprügelt worden, danach hatte man sie an Land gebracht und in dieses Kerkerloch geworfen. Wie die Brüder festgestellt hatten, waren die Inseln der Atolle sämtlich von Höhlen durchzogen, die den Seeräubern als Schlupfwinkel dienten – von riesigen Grotten, in denen sie ihre Beute anhäuften und bis spät in die Nacht zechten und grölten, bis hin zu dunklen Löchern, die wie geschaffen dazu waren, Gefangene verschwinden zu lassen.

Für immer, wie Rammar missmutig annahm.

»Da sind wir also wieder!« Er seufzte resignierend, während er schmollend auf dem Boden kauerte, ein grüner Fleischberg, das feiste Gesicht auf die Fäuste gestützt. »Und wie immer haben wir alles nur dir zu verdanken!«

»Mir?« Balbok starrte ihn fassungslos an. »Wieso das?«

»Jetzt spielst du wieder den Unwissenden!«, maulte Rammar. »Aber wer von uns beiden wollte denn unbedingt aus den Minen abhauen? Wer war es denn, der unserem Wärter die Rübe abgerissen hat, sodass wir gar nicht anders konnten, als zu verduften?«

»Ich«, gab Balbok unumwunden zu.

»Du«, bestätigte Rammar mit unverhohlenem Vorwurf in der Stimme. »Ich hab ja gleich gesagt, dass wir an Ort und Stelle hätten bleiben sollen. Aber nein, du unfassbarer *umbal* musstest ja unbedingt fliehen!«

»Aber du wolltest doch selber weg von der Insel«, brachte Balbok hilflos in Erinnerung, »und zurück in die Modermark.«

»In die Modermark, ja«, bestätigte Rammar und verdrehte die Augen. »Nur für den Fall, dass du es noch nicht gemerkt haben solltest, Hirntod – das hier ist nicht die Modermark! Du blöder Hund hast uns geradewegs von einer *shnorsh* in die nächste gerudert, in die Gesellschaft blutrünstiger Piraten, die sich wahrscheinlich gerade jetzt den Kopf darüber zerbrechen, ob sie uns bei lebendigem Leib häuten oder uns lieber vorher pfählen sollen.«

Er verstummte, um weiterzuschmollen, und in der Stille, die eintrat, waren ferne Stimmen zu vernehmen, die heiser ein Lied grölten.

»Hörst du das?«, schnappte Rammar. »Sie singen. Wo wir herkommen, sind es Orks, die singen und tanzen, ehe sie ihren Gefangenen das Fell über die Ohren ziehen. Nichts auf dieser verdammten Insel ist so, wie es sein sollte. Rein gar nichts!«

»A-aber dafür kann ich doch nichts«, klagte Balbok kleinlaut. Die erste Zeit ihrer Gefangenschaft hatte er noch damit zugebracht, wie von Sinnen an den Ketten zu zerren, bis ihm irgendwann klar geworden war, dass eher seine Arme reißen würden als das rostige Eisen. Seither stand er da, an die Mauer gelehnt und den Kopf gesenkt – ein Mahnmal der Dummheit, wie Rammar fand.

»Du kannst nichts dafür?«, schnappte der dicke Ork. »Wem haben wir es denn zu verdanken, dass wir überhaupt auf dieser verdammten Insel gestrandet sind?«

»Dir«, erwiderte Balbok in einem Anfall von Trotz.

»Was?« Rammar glaubte, nicht recht zu hören.

»Du wolltest dir unbedingt den Schatz von Kal Anar unter den Nagel reißen«, beharrte Balbok, dem die Konsequenzen seiner Worte in diesem Augenblick völlig gleichgültig waren. »Und es war auch nicht meine Idee, sondern deine, den armen Brarkor zu massakrieren und ein *kalumm* aus ihm zu bauen und ...«

»Aha«, unterbrach ihn Rammar, »von daher weht der Wind. Du trägst mir die Sache mit dem Rattenvieh immer noch nach. Und deshalb gibst du mir jetzt die Schuld an unserer Lage, ja?«

»*Korr*«, bestätigte Balbok, der sich so in Rage geredet hatte, dass sich seine Nüstern stoßweise blähten.

»Schön«, knurrte Rammar und wuchtete seine Leibesfülle ächzend auf die Beine. »Ich habe immer versucht, mit dir auszukommen. Ich habe auf dich aufgepasst und mir den *asar* für dich aufgerissen, und weil du nun mal ein Trollhirn hast, habe ich über manche Unverschämtheit hinweggesehen. Aber was zu viel ist, ist zu viel. Das Fass Blutbier ist voll, mein Freund!«

»Was du nicht sagst!«, polterte Balbok in seltener Aufsässigkeit. »Bei mir nämlich auch!«

»Ich habe dein dämliches Gequatsche satt!«, rief Rammar, »deinen treu-doofen Blick und deine lange Visage!«

»Und ich dein ständiges Augenrollen und dein Gejammer!«

»Ich jammere nicht!«

»Tust du wohl!«

»Nimm das zurück, Dummbold!«

»Niemals, Kugelork!«

»Dünnhirn!

»Selber Dünnhirn, du Fettgesicht!«

»Hohlschädel!«

»Doppelarsch!«

»Schmalhirn!«

»Gemüsefresser!«

Statt mit weiteren Beschimpfungen zu antworten, verfiel Rammar in wütendes Gebrüll, das einem *saobh* gefährlich nahe kam. Er konnte viel verkraften, aber das letzte Schimpfwort, das sein Bruder ihm an den Kopf geworfen hatte, zielte weit unter die Gürtellinie, denn es spielte darauf an, dass er – wohl als einziger Ork von ganz *sochgal* – kein Menschenfleisch mochte.

Ausgerechnet in diesem Augenblick, an diesem Ort und zu dieser Gelegenheit daran erinnert zu werden ließ Rammar sämtliche Hemmungen vergessen.

»Na warte!«, brüllte er, und seine Stimme überschlug sich dabei. »Dafür wirst du bezahlen! Ich reiße dir eigenhändig den Kopf von den Schultern, du widerwärtiger *shnorshor*!«

»Komm doch!«, forderte Balbok ihn auf. »Ich kann es kaum erwarten ...!«

Mit einem gellenden Kriegsschrei auf den Lippen setzte Rammar zum Angriff an. Das klobige Haupt gesenkt, schnellte er vor, um sich auf seinen Bruder zu stürzen, der ihn mit zu Fäusten geballten Pranken erwartete.

Weit kam er jedoch nicht.

Ehe er Balbok erreichte, spannten sich die Ketten, die der dicke Ork in seiner Rage ganz vergessen hatte, und Rammar plumpste auf seinen noch immer wunden *asar*.

»Komm her! Komm her!«, stieß er zwischen zusammengebissenen Zähnen hervor, während er sich mit dem ganzen Gewicht seines massigen Körpers gegen die eisernen Fesseln stemmte – jedoch vergeblich, die Ketten gaben um keinen Fingerbreit nach.

Balbok, nicht weniger in Rage, gab sein Bestes, um dem Wunsch seines Bruders nachzukommen. Auch er legte sich in die Ketten, die Zähne gefletscht und wild mit den Armen rudernd, was zwar furchterregend aussah, jedoch ebenfalls keinen Erfolg zeitigte. Mit aller Macht an ihren Fesseln zerrend, standen die Orks einander gegenüber, brüllten sich ihre Wut entgegen und erdolchten sich gegenseitig mit zornigen Blicken – der letzte *knum* leerer Luft, der sich zwischen ihnen befand, erwies sich jedoch als unüberwindbares Hindernis.

Immer wieder versuchten sie es, bespuckten sich gegenseitig, rissen an ihren Ketten, bis ihnen das Blut an Hand- und Fußgelenken herunterlief. Wie lange dieser Zustand andauerte, hätte anschließend keiner von ihnen zu sagen gewusst, und es war auch nicht eindeutig festzustellen, wem von beiden zuerst sowohl der Speichel als auch die Puste ausgingen.

Die Schimpfkanonaden ebbten ab und verstummten schließlich ganz, und stöhnend sanken beide Orks zu Boden. Im flackernden Fackelschein, der durch das Deckengitter der Kerkergrube fiel, hockten sie einander gegenüber.

Eine endlos scheinende Weile sprach keiner von ihnen ein Wort, und nur ihr heiserer Atem und das ferne Gegröle der Piraten waren zu hören. Irgendwann fasste sich Balbok ein Herz und brach als Erster das Schweigen.

»Rammar?«

»Was willst du?«

»Darf ich dich was fragen?«

»Wenn du wissen willst, ob ich dir den Kopf abgerissen hätte, wenn ich ihn nur zwischen die Finger gekriegt hätte – die Antwort lautet Ja. Ich hätte es getan!«

»Das meine ich nicht.« Balbok schüttelte den Kopf.

»Sondern?«

»Als wir draußen auf See waren, kurz nachdem unser Boot getroffen wurde …«

»Was soll da gewesen sein?«

»Da hast du was gesagt«, erinnerte ihn Balbok mit leiser Stimme. »Du hast gesagt, dass es dir leidtut ...«

»Das soll ich gesagt haben? Das glaubst du doch selber nicht.«

»Ich habe es aber gehört«, beharrte der Hagere.

»Ich dachte, du warst bewusstlos?«

»Da bin ich gerade aufgewacht«, sagte Balbok. »Und ich weiß, was ich gehört habe.«

»Und?«

»Wie hast du das gemeint, dass es dir leidtut?«

»Was soll ich schon damit gemeint haben?«, schnarrte Rammar. »Dass ich es bedaure, einen *umbal* wie dich zum Bruder zu haben. Das habe ich damit gemeint!«

»Aber ich dachte immer, ein Ork kennt kein Bedauern«, wandte Balbok ein. »Dass er sich nie entschuldigt und ohne Reue durchs Leben geht und ...«

»Dreh mir gefälligst nicht das Wort im Maul herum! Ich war völlig entkräftet und kurz vor dem Ertrinken – und das alles nur, weil du dir mit meiner Rettung ewig Zeit gelassen hast. Und jetzt sitzt du da und wirfst mir Dinge vor, die ich gesagt haben soll, als mir bereits die Sinne schwanden. Das sieht dir mal wieder ähnlich!«

»Ach so«, sagte Balbok. »Und ich dachte ...«

»Was dachtest du?«

»Dass es dir leidtut, was du mit *brarkor* angestellt hast.«

»Soll das ein Witz sein?«, rief Rammar. »Einer Ratte wegen soll ich ein solches Geschrei veranstaltet haben?«

»*Korr.*«

»Da hast du dich aber gründlich geschnitten, Langer. Und weißt du auch, wieso?«

»*Karsok?*«

»Sehr einfach – weil wir Orks kein Gewissen haben, verstehst du? Anders als Menschen und Elfen sind wir nicht in der Lage, Recht von Unrecht zu unterscheiden, deshalb empfinden wir auch keine Reue. Das Gewissen ist eine Erfindung der Schmalaugen; sollen sie sich damit rumschlagen. Wir Orks haben so was nicht, und darauf sind wir stolz. Denn eins ist ganz sicher: Man lebt besser ohne Gewissen.«

»Meinst du?«

»Allerdings. Nimm nur unseren Streit: Wären wir Menschen, hätten wir jetzt ein schlechtes Gewissen, das uns dazu treiben würde, zuzugeben, dass wir beide Fehler gemacht haben. Wir würden heulen wie ein kastrierter Warg, uns in den Armen liegen und uns wieder vertragen. Eine grässliche Vorstellung, oder?«

»Grässlich«, stimmte Balbok zu.

»Wir Orks können von Glück sagen, dass wir kein Gewissen haben – auf diese Weise können wir uns beschimpfen und hassen und uns gegenseitig an die Gurgel gehen, so lange wir wollen. Richtig, Balbok?«

»Verdammt richtig, Rammar«, stimmte der Hagere zu und sagte sich einmal mehr, um wie vieles überlegener die Rasse der Orks allen übrigen Völkern von Erdwelt doch war.

»He, was ist das?«, fragte Rammar, dessen große, waagerecht von seinem Schädel abstehende Ohren sich plötzlich aufgerichtet hatten. »Da kommt jemand!«

Auch Balbok hatte sie gehört – knirschende Schritte auf feuchtem Stein, die sich näherten. Tatsächlich tauchten schon im nächsten Moment mehrere abenteuerlich aussehende, bis an die Zähne bewaffnete Gestalten oberhalb des Gitters auf, das das Kerkerloch bedeckte.

»Na?«, fragte einer der Piraten grinsend. »Wie geht's euch denn dort unten?«

»Bestens«, rief Rammar trotzig zurück.

»Warum kommt ihr nicht runter?«, fügte Balbok mit verwegenem Grinsen hinzu. »Ich habe Hunger!«

»Das Tönespucken wird euch noch vergehen«, versicherte der Seeräuber. »Kapitän Cassaro will euch sehen.«

»Schön für ihn – vielleicht wollen wir ihn aber nicht sehen.«

»Genug gequatscht, Fettsack!«, rief der Pirat, während seine Kumpane das Gitter öffneten und eine aus Ketten und Eisenstangen bestehende Strickleiter herabließen – ihre Vorgängerin aus Holz und Stricken hatte sich verabschiedet, als Rammar in die Grube gestiegen war. »Kommt hoch, ehe wir das Loch mit Wasser volllaufen und euch jämmerlich ersaufen lassen!« Rammar verkniff sich weiteren Widerspruch. Ein Schlüssel wurde herabgeworfen, mit dem sich die Orks von den Ketten befreien konnten, dann kletterten sie nacheinander hinauf. Kaum waren sie oben, bekamen sie neue Hand- und Fußschellen verpasst.

Von einem Dutzend schwer bewaffneter Seeräuber bewacht, wurden die Orks durch ein wahres Labyrinth von Höhlen geführt, die nicht nur von Fackelschein, sondern hin und wieder auch von Tageslicht erhellt wurden, das durch senkrechte Schächte einfiel und von blassem Rot war, weil es draußen bereits dämmerte.

Der Gesang, den sie schon in ihrem Verlies gehört hatten, wurde allmählich lauter – offenbar näherten sie sich der Quelle des Gegröles, das in den Ohren eines Orks einfach grässlich klang. Unholde – wenn sie überhaupt einmal sangen – bevorzugten atonale Melodien, die sich ein wenig so anhörten, wie wenn man mit den Fingernägeln über rostiges Eisenblech kratzte.

Eine Labsal für die Ohren ...

Der Stollen endete in einer Grotte, deren Größe die Orks überraschte. Ein riesiges Gewölbe erstreckte sich vor ihnen, dessen schräge Wände von unzähligen Terrassen und Vorsprüngen übersät waren. Von der Decke hingen lange Tropfsteine, und an einige davon waren Skelette gekettet. Myriaden winziger Krabben wimmelten unter der gewölbten Decke. Wahrscheinlich hatten sie den Angeketteten das Fleisch von den Knochen gefressen.

Die Halle erinnerte die Orks mit ihren ansteigenden Rängen ein wenig an eine Arena. Sie war mit Unrat übersät, und überall auf den Vorsprüngen und Terrassen stapelten sich leere Kisten und Fässer, auf denen Piraten hockten. Die Männer hielten riesige Bierkrüge in den Händen, mit denen sie einander lautstark zuprosteten, ehe sie den Inhalt in wilder Gier hinunterstürzten, um dann wieder in jenen scheußlichen Gesang zu verfallen, der die Ohren der Orks malträtierte.

Der Boden in der Mitte des von Fackeln beleuchteten Runds war mit Holzplanken belegt, die, wie Rammar annahm, von erbeuteten Schiffen stammten. Die Stirnseite wurde vom Heckspiegel eines Elfenschiffs eingenommen, über dem ein hoher, mit Gold und funkelnden Edelsteinen besetzter Sitz angebracht war. Darauf thronte ein blasshäutiger, glatzköpfiger Mensch, der offenbar schon lange kein Tageslicht mehr zu Gesicht bekommen hatte und dessen Leibesfülle sich durchaus mit der von Rammar messen konnte.

Balbok und Rammar hegten keinen Zweifel daran, dass dies Cassaro war, der Herrscher der Schädelküste – und das Oberhaupt der Piraten ...

Obwohl es sich um einen Menschen handelte, bot Cassaro einen eindrucksvollen Anblick. Er trug eine weite scharlachrote Robe, die von einem breiten Ledergürtel zusammengehalten wurde. Daran waren Schrumpfköpfe befestigt, ähnlich denen, die Orks von ihren gefallenen Helden anzufertigen pflegten – mit dem Unterschied, dass diese von Elfen stammten. Die Hände und halbnackten Arme des Piratenhäuptlings wurden von goldenen Ringen und Spangen geziert, und in den Ohren, die vom kahlen Haupt abstanden, steckten ebenfalls goldene Ringe. Die kleinen Augen des Seeräubers blitzten in kalter Mordlust, während er die Orks betrachtete, und als er den Mund aufmachte und dabei zwei Reihen goldener Zähne entblößte, verstummte der Gesang der Piraten mit einem Mal, und eisiges Schweigen kehrte ein.

»Aha«, sagte Cassaro mit dunkler Stimme, während er spöttisch auf die Gefangenen herabblickte, »das sind also die beiden Orks, von denen man mir erzählt hat. Aussehen tut ihr beiden ja ziemlich gewöhnlich, das muss ich sagen.«

Rammar und Balbok tauschten einen Blick. Was, bei Hiruls Schädel, wollte der Piratenkönig damit sagen? »Meine Männer haben mir berichtet, dass ihr anders seid als gewöhnliche Orks«, fuhr Cassaro fort. »Nicht diese Weichlinge, die man zum Steineklopfen schickt, weil sie zu nichts anderem taugen …«

»Das stimmt«, pflichtete Balbok bei, zum Entsetzen seines Bruders, der es vorzog zu schweigen. »Wir gehören nicht zu diesen *lus-irk'hai*, sondern sind Orks aus echtem Tod und Horn, wenn du verstehst, was das bedeutet.«

»Aus echtem Tod und Horn?« Der Pirat hob eine Braue, während es in seinen Augen noch ein wenig kälter blitzte – und Rammar hielt den Zeitpunkt für gekommen, einzugreifen.

»Hört nicht auf ihn, großer Piratenkönig«, sagte er schnell und senkte demütig das Haupt. »Wir sind gewöhnliche Orks, nicht besser oder schlechter als andere. Kein Grund, uns aus der Masse herauszuheben oder gar gefangen zu halten.«

»Wirklich nicht?« Cassaro schien enttäuscht.

»Auf keinen Fall.« Rammar schüttelte den Kopf. »Ihr werdet nicht mehr und nicht weniger an uns finden als an jedem anderen Unhold auf der Insel, das versichere ich Euch!«

»Aber Rammar …«, wandte Balbok entgeistert ein.

»Wirst du wohl das Maul halten!«, zischte sein Bruder ihm zu. »Du wirst uns noch in Kuruls Grube bringen mit deinem Gequatsche!«

»Na schön«, meinte der Piratenkönig und machte eine wedelnde Handbewegung. »Dann bringt die beiden weg. Werft sie den Haien zum Fraß vor oder gebt sie den Krabben, aber schafft sie mir rasch aus den Augen. Sie langweilen mich.«

»Aye, Käpt'n«, bestätigte der Anführer des Trupps, der die Orks aus ihrem Gefängnis geholt hatte. Er wollte seinen

Männern soeben den Befehl geben, die Gefangenen abzuführen – als Rammar in wüstes Gebrüll verfiel.

Jäh war ihm aufgegangen, dass nicht etwa sein Bruder, sondern er selbst es war, der sie gefährlich nahe an den Rand von Kuruls Grube gebracht hatte, und ihm war klar geworden, dass es nur einen Weg gab, zumindest noch ein wenig länger am Leben zu bleiben – indem er den wilden Ork spielte!

Mit den Augen rollend und die Zähne fletschend, hieb er wütend um sich und trieb seine Bewacher zurück, sowohl zu Balboks als auch zu Kapitän Cassaros heller Freude.

»Sieh an«, rief das Oberhaupt der Piraten von seinem hohen Sitz herab, »wie es aussieht, habe ich euch wohl unterschätzt!«

»Das hast du«, bestätigte Rammar beflissen, »und wenn du nicht dort oben sitzen würdest, hätte ich dir schon längst die Nase aus dem Gesicht gebissen, Mensch!«

Die Wächter zuckten zusammen, ebenso wie die Piraten, die rings auf den Rängen kauerten und die Geschehnisse schweigend verfolgten. Aller Blicke richteten sich nervös auf ihr Oberhaupt, und Rammar fragte sich schon, ob er vielleicht ein wenig zu weit gegangen war und zu dick aufgetragen hatte. Aber plötzlich zog sich Cassaros Mund in die Breite, und zu aller Verblüffung verfiel der Piratenhäuptling in schallendes Gelächter.

»Sollen wir sie jetzt den Haien vorwerfen, Käpt'n?«, erkundigte sich der Anführer des Wachtrupps.

»Um nichts in der Welt«, wehrte Cassaro ab, den Rammars Wutausbruch glänzend zu amüsieren schien. »Hast du vielleicht noch mehr Drohungen parat, Ork?«

»Aber ja«, versicherte Rammar schnaubend. »Wie würde es dir gefallen, dein Gesicht in deinem *asar* wiederzufinden? Oder soll ich dir lieber ein paar hübsche Knoten in deine Beine machen? Einen *shnorshor* wie dich rauche ich in der *phoib*. Gib mir nur einen *saparak*, und ich werde dir eine neue Visage schnitzen, so wahr ich Rammar der schrecklich Rasende bin!«

»Und ich bin Balbok«, fügte sein Bruder nicht weniger grimmig hinzu, während er furchterregend mit den Augen rollte, »der ungemein Brutale, Bezwinger von Graishak und Stammvater der Amazonen, Held von Kal Anar und …«

»Schon gut, es reicht«, raunte Rammar ihm zu und versetzte ihm einen harten Rippenstoß. »Bist du ein Zwerg, dass du ihm gleich deine ganze Saga erzählen musst?«

»*Douk*, ich dachte nur …«

Balbok unterbrach sich, weil Kapitän Cassaro erneut in schallendes Gelächter verfiel und sich wiederum trefflich zu amüsieren schien – auf Kosten der Orks, wie Rammar verunsichert feststellte.

»Was ist so komisch?«, erkundigte er sich.

»Ihr«, antwortete Cassaro rundheraus. »In all den Jahren habe ich nach einem Unhold gesucht, wie er in der Überlieferung beschrieben wird: grün, grässlich und grausam. Aber alles, was ich fand, waren verweichlichte Memmen.«

»Ich weiß«, sagte Rammar und machte eine wegwerfende Handbewegung, während er seine alten Feindbilder bemühte. »*Ochgurash'hai* sind das. Einer wie der andere.«

»Aber ihr seid anders«, stellte Cassaro fest. »Verkommen und niederträchtig, so wie Orks unserer Überlieferung nach sein sollten.«

»Das will ich meinen«, versicherte Balbok und warf sich stolz in die Brust, hocherfreut darüber, dass der Mensch die Vorzüge eines Orks aus echtem Tod und Horn zu schätzen wusste. »Auf der ganzen Insel werdet Ihr keine verkommeneren und niederträchtigeren Kreaturen finden als uns.«

»Ausgezeichnet.« Cassaro rieb sich die beringten Hände. »Und wer von euch beiden ist nun der bösere Ork?«

»Das bin ich!«, verkündete Rammar. »Ohne jeden Zweifel!«

»Woher willst du das wissen?«, fragte Balbok.

»Ich weiß es einfach, *korr*?«

»*Douk*.« Der Hagere schüttelte den Kopf. »Ich bin mindestens ebenso böse wie du.«

»Lächerlich.«

»Ach ja?« Balbok warf sich in die Brust. »Immerhin fresse ich Menschenfleisch – im Gegensatz zu einem gewissen anderen Ork!«

»Na warte!« Rammars Schweinsäuglein verengten sich zu Schlitzen, was selten ein gutes Zeichen war. Vorhin mochten ihn die Ketten daran gehindert haben, seinem Bruder das große Maul zu stopfen – nun hatte er (zumindest vergleichsweise) freie Klaue. Einen Augenblick lang überlegte er, wie er es Balbok heimzahlen könnte. Dann hob er den rechten Fuß und stampfte auf dessen rechten Zeh. Ein Stöhnen entrang sich Balboks Kehle, das Rammar mit einem schadenfrohen Kichern quittierte. Allerdings nicht lange. Denn im nächsten Moment zuckte ein Krallenfinger des hageren Orks vor und stach Rammar geradewegs ins Auge.

»*Shnorsh!* Bist du verrückt geworden?«, schrie der, während es diesmal Balbok war, der hämisch feixte.

Rammar war nicht gewillt, das auf sich sitzen zu lassen. Er holte aus und trat mit aller Kraft zu, geradewegs gegen Balboks Schienbein. Und während sich sein Bruder stöhnend krümmte, lachte Rammar noch nicht einmal, sondern nickte nur in grimmiger Zufriedenheit.

Auch dieser Triumph war natürlich nicht von langer Dauer. Denn kaum hatte sich Balbok vom ersten Schmerz erholt, schnellte seine Pranke erneut vor, packte Rammars Ohr und riss mit Gewalt daran. Der dicke Ork, der überzeugt gewesen war, dass sein Bruder es nicht wagen würde, zu einem weiteren Gegenschlag auszuholen, verfiel in wüste Verwünschungen, ehe er unerwartet nach vorn pendelte und Balbok mit der Stirn einen harten Stoß vor die Brust versetzte. Der Hagere revanchierte sich, indem er sich ebenfalls vorbeugte – und Rammar in die Nase biss, dass das Blut in hohem Bogen spritzte.

Cassaro lachte dröhnend, während Rammar in ein jämmerliches Jaulen verfiel. »Nun gut«, meinte er, »wenn ihr euch nicht einigen könnt, werfen wir euch eben beide in den Pfuhl.«

Rammar unterbrach sein Lamento.»In welchen Pfuhl?«

»Das wirst du gleich sehen«, beschied ihm der Piratenkönig, während sich einige seiner Leute daranmachten, eine große Falltür zu öffnen, die in die Bodenplanken eingelassen war.»Aber ich erwarte, dass ihr uns eine gute Vorstellung liefert, habt ihr verstanden? Nicht wie die anderen Unholde, die wir hier hatten. Eure kleine Darbietung hat hohe Erwartungen geweckt, nicht wahr, Männer?«

»Aye, Käpt'n!«, scholl es aus dem weiten Rund zurück, dass die Tropfsteine an der Decke zu wackeln schienen – und Rammar begriff, dass er zumindest dieses eine Mal Balbok hätte den Vortritt lassen sollen ...

»Aber das ist ein Irrtum«, beeilte er sich zu versichern, während sie von den Wachen ergriffen und abgeführt wurden – dorthin, wo die offene Falltür klaffte.»Mein Bruder ist der Ork in der Familie, nicht ich. Bisweilen fühle ich mich sogar wie ein richtiger *ochgurash* ...«

»Ist das wahr?«, fragte Balbok erstaunt.»Ehrlich, Rammar, das hätte ich nicht von dir gedacht.«

»Blödhirn!«, zischte sein Bruder halblaut.»Natürlich bin ich kein *ochgurash*. Wäre ja noch schöner!«

»Nein?« Balboks bekümmerter Blick verriet, dass er sich um Rammars Geisteszustand sorgte.»Aber eben sagtest du doch ...«

»Hinein mit ihnen!«, verlangte Cassaro von seinem hohen Sitz herab.»Halla wird schon wissen, was sie mit den beiden anzufangen hat.«

»H-halla?«, fragte Rammar.

»Das Ungeheuer, das hier sein Unwesen treibt, seit es vor langer Zeit von jenseits des großen Wassers hierhergelangte. Es lauert in der Tiefe und wartet nur auf zwei so lohnende Happen wie euch.«

»Aber es gibt doch gar kein Ungeheuer«, wandte Rammar ein.

»Dann sag ihm das, wenn du es siehst«, beschied ihm der Piratenhäuptling grinsend. »Ich fürchte nur, die alte Halla wird dir nicht glauben!«

Rammars Borsten stellten sich zu Berge, während sein Bruder und er zu dem Schacht bugsiert wurden, gegen ihren Willen und sich mit aller Kraft wehrend. Da sie jedoch beide gefesselt waren und über keine Waffen verfügten, erwies sich dieses Unterfangen als herzlich aussichtslos.

Schon im nächsten Augenblick starrten sie in den Abgrund. Zuerst konnten sie in der Dunkelheit, die in der Tiefe des Schachts herrschte, nichts erkennen – aber dann sahen sie zu ihrem Entsetzen, dass sich weit unten etwas im brackig grünen Wasser bewegte. Etwas, das riesig groß war, sich wand und ringelte und zahlreiche von Saugnäpfen besetzte Tentakel hatte.

Die Orks wechselten einen Blick – und plötzlich waren sie sich wieder einig.

»*Shnorsh*«, sagten beide wie mit einer Stimme.

# 26.

# KUNNART DOCHG

Corwyns Puls raste, und sein Atem ging wild und stoßweise wie der eines wütenden Stiers, während er sich hinab in die kalten, feuchten Katakomben der Zitadelle von Tirgas Lan begab. Eigentlich hatte er vorgehabt, den Dunkelelfen nicht wieder aufzusuchen. Er wollte sich von seinen fortwährenden Lügen und Unverschämtheiten nicht noch einmal verwirren lassen. Aber die jüngsten Ereignisse hatten dem König klargemacht, dass Dun'ras Ruuhl zumindest in einer Hinsicht die Wahrheit gesagt hatte.

Ruuhl hatte vorausgesagt, dass Alannah zwar zu Corwyn zurückkehren, ihn jedoch schon kurz darauf wieder verlassen würde, und so sehr Corwyn es hasste, es sich einzugestehen – Ruuhl hatte recht behalten.

Alannah war fort, obwohl er sie inständig gebeten hatte zu bleiben, und sie hatte ihm noch nicht einmal den genauen Grund dafür genannt. Dieser fremde Zauberer, Granock oder wie immer er sich nennen mochte, hatte irgendetwas mit ihr angestellt. Die Königin wirkte verändert und verstört, schien nicht mehr Herrin ihrer selbst zu sein. Zu gern hätte Corwyn ihr geholfen, aber wie konnte er das, wenn sie ihn aus ihrem Herzen ausschloss?

Dem Zauberer hingegen hatte sie sich offenbar voll und ganz anvertraut, und Corwyn konnte nicht anders, als Groll zu empfinden gegen den Alten, der so unvermittelt in sein Leben getreten war und es auf den Kopf gestellt hatte. Alles war in Ordnung gewesen, bevor Granock eingetroffen war.

Der Krieg gegen Kal Anar war beendet und das Reich befriedet, und Corwyn hatte sich auf friedliche Tage gefreut. Doch diese waren in weite Ferne gerückt.

Der dreimal verfluchte Zauberer hatte Alannahs Geist verwirrt. Außerdem schien zwischen den beiden etwas zu sein, das Corwyn nicht durchschaute, unsichtbare Bande, deren Ursprung er nicht zu ergründen vermochte. Noch schlimmer und verletzender jedoch war eine andere Einsicht, die Corwyn in seiner Bitterkeit gewonnen hatte – nämlich dass die Verbindung zwischen Alannah und dem alten Zauberer tiefer und inniger war als alles, was je zwischen König und Königin gewesen war.

Woher rührte diese Verbindung? Reichte sie tatsächlich, wie Dun'ras Ruuhl behauptete, weit in die Vergangenheit zurück? Wieso hatte Alannah ihm dann nie etwas davon erzählt?

Hegte sie Geheimnisse vor ihm? Hatte es tatsächlich schon andere gegeben, die sie »ihre Königin« genannt hatten? Gab es eine Vergangenheit, die sie ihm aus gutem Grund verschwieg?

Corwyn kam sich getäuscht und betrogen vor, aber ein Teil von ihm hielt dennoch an Alannah und seiner Liebe zu ihr fest. Was er brauchte, war Gewissheit – und die konnte er nur auf einem Weg erhalten …

Er folgte dem von Fackeln beleuchteten Stollen bis zu einer Kerkerzelle, vor der mehrere Wachen postiert waren. Als sie den König kommen sahen, nahmen sie Haltung an, und Corwyn wies sie an, die rostige Eisentür aufzuschließen.

Knirschend drehte sich der Schlüssel, mit hässlichem Krächzen schwang die Tür auf und gab den Blick in eine winzige Zelle frei, die diese Bezeichnung eigentlich nicht verdiente. Es war mehr ein dunkles Loch, an dessen Rückwand eine hagere Gestalt gekettet war, die mit ihrer grauen Haut und ihrer pechschwarzen Kleidung im Halbdunkel des Kerkers kaum auszumachen war.

»Ruuhl?«, fragte Corwyn.

Die dunkle Gestalt regte sich. Das Haupt, von dem das Haar in feuchten Strähnen herabhing, wurde angehoben, und ein zorniges Augenpaar funkelte Corwyn an. »Was willst du, falscher König?«, fragte Ruuhl mit schwacher Stimme. Zum Lohn für seine Unverschämtheit hatte Corwyn ihn auf eine Tagesration Wasser und Brot setzen lassen.

»Dir etwas mitteilen.«

»Tatsächlich?«

»Du wirst dein Leben behalten, Dunkelelf«, kündigte Corwyn an. »Aber betrachte es nicht als Geschenk, sondern allenfalls als Leihgabe, hast du verstanden?«

»Gewiss, gewiss …« Ruuhl lachte kehlig. »Ist es erlaubt zu fragen, was diesen Gesinnungswandel herbeigeführt hat?«

»Ich werde eine Kriegsflotte ausrüsten«, gab Corwyn bekannt. »Zehn Schiffe, die von Tirgas Dun aus in See stechen werden – und du, Dun'ras Ruuhl, wirst unser Führer sein.«

»Euer Führer wohin?«

»Zu den Fernen Gestaden!«

Wenn der Dunkelelf überrascht war, so ließ er es sich nicht anmerken. »Sieh an«, sagte er nur. »Du hast deine Meinung also geändert.«

»Sonst wäre ich wohl kaum hier.«

»Und aus welchem Grund?«

»Das geht dich nichts an.«

»So barsch und abweisend?« Trotz der misslichen Lage, in der er sich befand, schnalzte Ruuhl mitleidig mit der Zunge. »Ich fürchte, falscher König, du wirst dich in meiner Gegenwart eines anderen Tones befleißigen müssen, wenn du meine Hilfe willst.«

»Komm mir nicht so«, entgegnete Corwyn ungerührt. »Du willst ebenso sehr zu den Fernen Gestaden wie ich, vielleicht sogar noch mehr. Also tu nicht so, als müsstest du dich dazu überwinden.«

»Ich will zurück, das ist wahr«, gab der Dunkelelf grinsend zu, »aber nicht um jeden Preis. Wenn ich es tue, dann nicht als dein Gefangener.«

»Sondern?«

»Als dein Verbündeter und Freund«, erwiderte Ruuhl, und in Corwyns Ohren hörte es sich an wie das Zischeln einer Schlange. »Ich biete dir meine Dienste an, König von Tirgas Lan. Sei klug und nimm sie an, solange noch Zeit dazu ist.«

Corwyn brauchte einen Moment, um so viel Dreistigkeit zu verdauen. Dann lachte er spöttisch auf. »Ist das dein Ernst?«

»Ganz gewiss.«

»Dann bist du noch viel verrückter, als ich dachte. Ich brauche deine Freundschaft nicht, Dunkelelf. Und um ehrlich zu sein: Ich will sie auch nicht.«

»So wenig wie ich die deine«, hielt Ruuhl dagegen. »Jedoch muss man seinen Zielen zuliebe bisweilen bestimmte Allianzen eingehen, nicht wahr? Ich will zu den Fernen Gestaden, zurück zu meinem Herrscher – du willst dorthin, um deiner verlorenen Liebe nachzuspüren …«

»Alannah ist nicht verloren«, stellte Corwyn wütend klar – und im nächsten Moment wurde ihm bewusst, dass er damit mehr verraten hatte, als er hatte sagen wollen.

»Aber natürlich nicht.« Der Dunkelelf lachte leise. »Ich hatte recht, nicht wahr? Sie ist tatsächlich zu dir zurückgekehrt, aber schon kurz darauf hat sie dich wieder verlassen. Der Zauberer hat sie gezwungen, sie zu begleiten, richtig? Sie ist ihm nicht aus freien Stücken gefolgt, sondern weil sie keine Wahl hatte. Ich verstehe …«

Obwohl seine Worte vor Sarkasmus trieften und Corwyn nur zu klar war, was sie bewirken sollten, konnte er sich ihrer Wirkung nicht entziehen. Wäre es tatsächlich so gewesen, wie Ruuhl sagte, wäre alles einfacher gewesen.

Corwyn war nicht geübt in Ränkeschmieden. Er war ein Mann, der lieber handelte als nachdachte und der es gewohnt war, offen auszusprechen, was in seinem Kopf vorging. Wenn es um Strategien ging oder um ausgefeilte Pläne, war Alannah ihm um einiges überlegen. Es hatte eine Zeit gegeben, da hatte er dies an ihr bewundert. Doch inzwischen hatte er den Eindruck, dass sie genau diese Fähigkeiten gegen ihn ausspielte ...

»Du bist so einfach zu durchschauen, Menschenkönig«, sagte Dun'ras Ruuhl. »Deine Enttäuschung und dein verletzter Stolz sind dir anzusehen. Immerzu fragst du dich: Wie hat sie mir das nur antun können? Wie konnte sie mich nur so enttäuschen? Und ich will dir etwas verraten, Menschenkönig: Deine Sorgen sind durchaus berechtigt.«

Es gelang Corwyn nicht, sein Erschrecken ganz zu verbergen, worauf Ruuhl abermals lachte. »Du kennst Alannah nicht so gut, wie ich sie kenne. Und du weißt nichts von ihrem Vorleben.«

»Welches Vorleben?«, fragte Corwyn mit belegter Stimme. »Verrate mir endlich, was du weißt!«

»Als dein Gefangener?« Ruuhl richtete sich halb auf, sodass die Ketten um seine Hand- und Fußgelenke klirrten. »Niemals, falscher König! Wenn ich dir helfen und dein Heer zu den Fernen Gestaden führen soll, dann nur als dein Verbündeter.«

Er brachte es fertig, trotz der schweren Ketten seine Hand auszustrecken und sie Corwyn hinzuhalten. Der starrte auf die knochige graue Rechte und war sichtlich hin- und hergerissen.

Was sollte er tun? Den Grundsätzen treu bleiben, denen er sich als König von Tirgas Lan verpflichtet hatte? Das hieße, das Angebot des Feindes auszuschlagen und somit vielleicht zum zweiten Mal in seinem Leben eine große Liebe zu verlieren. Erneut in den Abgrund aus Verzweiflung und Selbsthass zu stürzen, aus dem er diesmal wohl nicht mehr entkommen würde. Oder sollte er eine Allianz eingehen, die zwar seinen Prinzipien zuwiderlief, ihm jedoch Alannah zurückbringen konnte?

Die Verlockung war groß. Zu groß für einen Mann wie Corwyn. Er redete sich ein, dass er immer noch König wäre und die Macht in Händen hielte. Dass das Bündnis mit Dun'ras Ruuhl ja schließlich nicht von langer Dauer sein würde und er es jederzeit beenden konnte. Und dass er, selbst wenn er sich Ruuhls Forderung zum Schein beugte, noch immer Herr seiner Entscheidungen war.

Doch im Grunde wusste Corwyn, dass er mit all diesen Argumenten in Wahrheit nur sein Gewissen beruhigen wollte. Denn der Pakt, den er zu schließen im Begriff war, war kein gewöhnliches Bündnis.

Es war ein Bündnis mit dem Bösen ...

Aber er hatte bereits einen Gefangenen zu Tode foltern lassen. Folgte er also nicht längst dem Pfad der Dunkelheit?

»Also gut, wie du willst«, erklärte er mit fester Stimme, trat vor und ergriff die knochige Rechte. »Wir sind also Verbündete. Aber ich warne dich, Dunkelelf: Solltest du den Versuch wagen, mich zu hintergehen, wird es dir schlecht bekommen. Die Liebe zu meiner Königin hat mich einmal davon abgehalten, dir die Kehle durchzuschneiden – das nächste Mal hast du weniger Glück.«

»Das ist mir klar«, erwiderte Ruuhl breit grinsend.

»Was ist so komisch?«, wollte Corwyn wissen.

»Hast du es nicht bemerkt? Was du gerade gesagt hast?«

»Was soll ich gesagt haben?«

Der Dunkelelf blickte ihn unverwandt an. »Dass es das nächste Mal vielleicht keine Liebe mehr geben wird, die dich davon abhält, einen feigen Mord zu begehen.«

Während der König nur dastand und nichts zu erwidern wusste, wurde Dun'ras Ruuhls Grinsen noch breiter.

# 27.

## UCHL-BHUURZ

»Rammar! Vorsicht …!«

Balboks gellender Schrei hallte von den senkrecht abfallenden Wänden des Schachts wider, in den man die Orks kurzerhand gestürzt hatte. Während Balbok ins brackig grüne Wasser gefallen war, hatte sich Rammar auf schleimig schwarzer Haut wiedergefunden, umgeben von Dutzenden kleiner und großer Tentakel, die nach ihm tasteten – und im nächsten Moment war ein wilder Kampf ums Überleben entbrannt …

Auf den Zuruf seines Bruders hin fuhr Rammar herum, jedoch zu spät, um dem riesigen Greifarm auszuweichen, der blitzschnell heranpeitschte, sich um seine ausladende Leibesmitte schlang und mit aller Kraft zuzog.

»Örg!«

Ein heiserer Würgelaut entrang sich Rammars Kehle, und seine Augen quollen aus den Höhlen, während er das Gefühl hatte, seine Eingeweide würden zerquetscht. Mühsam nach Atem ringend, hörte der Ork seine Rippen knacken, während er gleichzeitig von unwiderstehlicher Kraft emporgerissen wurde.

Seiner rechthaberischen Art entsprechend, hasste es Rammar, einen Irrtum zugeben zu müssen – in diesem Fall jedoch hatte er keine Wahl: Es gab dieses *uchl-bhuurz*, das in der Tiefe der Felseninsel hauste, daran konnte nicht mehr der geringste Zweifel bestehen!

Welche Form das riesige Ding hatte, dessen Körper allein an die zwei oder drei Orklängen maß, war nicht festzustellen, zum einen deshalb, weil es im Wasser lag, zum anderen, weil Halla – so hatte Kapitän Cassaro das Ungeheuer genannt – sich fortwährend bewegte. Für Rammar sah es aus wie ein riesiger schwarzbrauner Trollfladen mit einer Unzahl Tentakeln an den Rändern, großen und kleinen, dicken und dünnen. Die Innenseiten waren mit weißlichen Saugnäpfen übersät, deren Berührung höllisch schmerzte. Während der dicke Ork hoch in die Luft gewirbelt wurde, hatte er das Gefühl, bei lebendigem Leib auseinandergesägt zu werden – sein Geschrei war dementsprechend.

Ein wenig hilflos sah Balbok zu, was seinem Bruder widerfuhr. Im brackigen, von grünen Schlieren durchzogenen Wasser schwimmend, war es ihm bislang gelungen, den Tentakeln des Ungeheuers auszuweichen, zumal sich Halla zunächst auf Rammar zu konzentrieren schien, der fraglos der fettere und lohnendere Brocken war (auch wenn er das vermutlich bestritten hätte).

Rammar wurde mal hinauf- und dann wieder heruntergerissen, mal hin und mal her. Mehrmals prallte er dabei gegen die Wände des Schachts, worauf sein Geschrei jeweils kurz verstummte, um dann jedes Mal umso lauter und panischer aufzugellen.

»Baaalboook!«, hörte man ihn bis hinauf zum Schachtrand brüllen, wo sich Cassaro und seine Leute versammelt hatten und grinsend auf das Spektakel hinabblickten. »Tuuuu etwaaas …!«

Zu gern wäre Balbok dem Hilferuf seines Bruders gefolgt, aber ihm waren die Hände gebunden – und das im wahrsten Sinn des Wortes. Denn zwar hatte man den Orks die Fußfesseln abgenommen, die Handschellen aber belassen, und so konnte Balbok seine Krallen nicht so einsetzen, wie er es am liebsten getan hätte. Waffen hatte man ihnen auch nicht gegeben – offenbar waren die Piraten der Ansicht, dass der Kampf weitaus unterhaltsamer wäre, wenn die Orks mit bloßen Pranken ums Überleben kämpften …

»Baaalbhhh …«

Rammar verstummte erneut, als er hart gegen die Felswand gestoßen wurde. Zwar wusste Balbok, dass der Schädel seines Bruders einiges aushielt, jedoch waren auch Rammars robuster Natur Grenzen gesetzt. Etwas musste geschehen – und zwar schnell!

Entschlossen schwamm Balbok auf das *uchl-bhuurz* zu, dabei mehrmals den Tentakeln ausweichend, die unentwegt durchs Wasser zuckten. Einer erwischte ihn dennoch mit voller Wucht, woraufhin ein brennender Schmerz von seiner Schläfe bis hinab zur linken Schulter zuckte. Balbok versuchte, ihn so gut es ging zu ignorieren, und schwamm weiter.

Er erreichte den Rand des Körperfladens, verkrallte sich in der schwärzlichen, von glänzendem Schleim überzogenen Haut und zog sich daran empor, freilich nicht ohne weiteren wütenden Attacken ausgesetzt zu sein, die heftig brennenden Schmerz verursachten. Er warf sich herum, bekam einen der Tentakel zu fassen, und da ihm keine andere Waffe zu Gebote stand, riss er das Maul bis zum Anschlag auf und biss mit aller Kraft hinein.

So viel ließ sich zumindest sagen: Das *uchl-bhuurz* schmeckte scheußlich.

Selbst einem Ork.

Gallebittere Säure, wohl von den giftigen Saugnäpfen, schoss in Balboks Mund, aber er widerstand dem Drang, das Maul zu öffnen und seinen Biss zu lösen. Im Gegenteil, Balbok schnappte noch heftiger zu, bis die Zähne mit einem hässlichen Klicken aufeinanderschlugen und er das ganze Maul voll Was-auch-immer hatte. Erst dann riss er den Kopf zurück und spuckte das abgebissene Fleisch in hohem Bogen aus. Dann riss er den Greifarm auseinander, worauf ein ganzer Schwall dunklen Bluts aus dem Stumpf schoss. Andere, größere Tentakel zuckten heran, um ihren verstümmelten Artgenossen zu rächen, aber Balbok war bereits weitergeeilt, auf die Mitte des monströsen Körpers zu, während sein Bruder noch immer durch die Luft gewirbelt wurde. Rammars

Geschrei war inzwischen verstummt. Schlaff und leblos hing er im Fangarm des Ungeheuers, Blut tropfte aus einer Wunde an seinem Kopf.

»Rammar! Rammar …?« Nun war es Balbok, der laut den Namen seines Bruders rief, aber gegen das aufbrandende Gegröle der Piraten, die noch mehr Blut sehen wollten, kam er nicht an. Auf allen vieren kämpfte sich Balbok weiter über den glitschigen, auf- und abwabernden Körper des Ungeheuers.

Wenn das Ding Augen hatte, so waren sie so gut versteckt, dass er sie nicht entdeckte. Auch Ohren oder eine Nase schien das Monstrum nicht zu haben. Die einzige Öffnung ins Körperinnere war das große runde Maul, das in der Mitte des schwammigen Körpers klaffte und rings von messerscharfen Zähnen umgeben war, die nach innen standen, sodass nichts, das das Biest mal im Rachen hatte, wieder daraus entkommen konnte.

Balbok überlegte noch, was ein halb nackter Ork, dessen einzige Waffen seine gefesselten Pranken und sein Gebiss waren, gegen eine solche Fressmaschine ausrichten konnte – als er von einem der Tentakel getroffen wurde.

Der Hieb erwischte ihn mit voller Wucht, sodass er durch die Luft geschleudert wurde und zurück ins Wasser fiel. Und was er dann mit ansehen musste, als er wieder auftauchte, war selbst für einen Ork zu viel des Schlechten.

Rammar wurde gefressen!

Mit weit aufgerissenen Augen beobachtete Balbok, wie der Tentakel mit dem bewusstlosen Rammar herumschwenkte und sich senkte, um seine Beute geradewegs in das zähnestarrende Riesenmaul zu stopfen – zur hellen Freude der Piraten, die das Biest lauthals anfeuerten.

»*Douk* …!«, brüllte Balbok, was im allgemeinen Geschrei völlig unterging. Verzweifelt versuchte er, zu dem Monstrum zurückzuschwimmen, um Rammar zu retten.

Vergeblich.

Der dicke Ork verschwand kopfüber im Schlund der Bestie!

»Rammar …!«

Für einen Augenblick sah Balbok noch die kurzen Beine seines Bruders aus dem Maul des Ungeheuers ragen, dann waren auch sie verschwunden. Ein tiefes Rülpsen folgte, dann hatte Halla den Ork mit Haut und Borsten verschluckt.

Die Piraten tobten vor Vergnügen. Lauthals brüllten sie den Namen der Kreatur und ermunterten sie, sich auch noch den zweiten Ork zu schnappen.

Balbok jedoch dachte nicht daran, es ihr so leicht zu machen. Erschüttert über den Tod seines Bruders, verfiel er im nächsten Moment in den übelsten Anfall von *saobh*, den er je gehabt hatte.

Er versuchte gar nicht mehr, zum Körper der Bestie zu gelangen, sondern wartete ab, bis erneut ein Tentakel nach ihm griff. Dann biss er zu, grub seine gelben Zähne tief in den Tentakel. Erneut spritzte ihm Säure ins Maul, aber er kümmerte sich nicht darum. In hohem Bogen spuckte er das herausgebissene Fleisch aus, um sogleich nachzufassen und seine Pranken einmal mehr den Rest besorgen zu lassen.

Wieder brach ein Schwall stinkenden Blutes aus dem Tentakelstumpf, und schon griff sich Balbok den nächsten Greifarm. Dieser war kleiner und setzte dem Ork entsprechend weniger Widerstand entgegen, und erneut biss Balbok zu, sehr zur Freude der Zuschauer. Je länger der Kampf dauerte, den sich der tobende Unhold mit dem Tentakelmonstrum lieferte, desto mehr von ihnen wechselten die Seiten. Waren es zu Beginn nur »Hal-la, Hal-la!«-Rufe gewesen, die den Schacht herabgeklungen waren, gesellte sich nun auch ein lautes »Bal-bok! Bal-bok!« hinzu. Und als es dem Ork gelang, einen der Haupttentakel zu durchbeißen und ihn im wahrsten Sinn des Wortes in der Luft zu zerfetzen, kannte die Begeisterung der blutrünstigen Meute keine Grenzen mehr.

»Bal-bok, Bal-bok!«, riefen sie nun geschlossen, und selbst der finstere Kapitän Cassaro fand offenbar Gefallen am

Kampf des Orks. Balbok bekam dies natürlich kaum mit, denn in seinem *saobh* wollte er nur noch möglichst viel Blut vergießen – und das tat er auch.

Schon hatte sich das grüne Wasser des Pfuhls dunkel verfärbt, und das Monstrum wand sich in seinem eigenen stinkenden Körpersaft. Doch von seinem Ableben war es meilenweit entfernt, denn im Verhältnis zu den unzähligen Armen, die aus den Seiten seines flachen Körpers wuchsen, fielen die wenigen, die Balbok abgerissen hatte, kaum auf.

Für Cassaro und seine Seeräuber war es dennoch ein sehenswerter Kampf, auch wenn das Ende absehbar war. So überraschte es niemanden wirklich, als zwei Tentakel den Ork gleichzeitig attackierten, und während Balbok in den einen hineinbiss, schlang sich der andere um seine Hüfte und riss ihn in die Höhe, genau wie zuvor seinen Bruder.

Vergeblich versuchte er sich aus dem Griff des Ungeheuers zu befreien. Auch Beißen half diesmal nichts – der Tentakel zog sich dadurch nur noch enger um seinen Leib und drückte die Luft aus dem Körper des Orks. Mit bloßen Fäusten hämmerte Balbok auf den Fangarm ein, der ihn durch die Luft wirbelte und mehrmals gegen die Felswand donnerte, bis Balbok nur noch Flecken sah und seine Schläge ermatteten.

Die Rufe der Piraten, die ihn angefeuert hatten, ebbten ab und verstummten schließlich ganz, als sich das Maul des Ungeheuers erneut öffnete und Balbok dem tödlichen Schlund entgegengetragen wurde.

Mit schwindenden Sinnen sah Balbok den Rachen des *uchl-bhuurz* unter sich klaffen und wartete darauf, ebenso verschlungen zu werden wie zuvor Rammar. So gefasst, wie ein Ork in seinem Zustand es sein konnte, blickte er seinem sicheren Ende entgegen – das jedoch nicht erfolgte.

Denn plötzlich verharrte der Tentakel in der Luft, und das Maul des Ungeheuers schnappte zu, um sich im nächsten Moment wieder zu öffnen, noch weiter als zuvor. Aus seiner Perspektive konnte Balbok in den schwarzen Rachen der

Bestie sehen, von dessen Grund plötzlich etwas emporwa-
berte – und im nächsten Moment fand er sich inmitten eines
übel riechenden Schwalls grüner Flüssigkeit wieder.

Gleichzeitig merkte Balbok, wie sich der Griff des Tenta-
kels lockerte, und der hagere Ork nutzte die Gelegenheit,
um sich ihm zu entwinden. Er fiel in die Tiefe und stieß
mit einem anderen, ziellos umherzuckenden Greifarm zusammen, ehe er zurück ins Wasser klatschte.

Das Ungeheuer jedoch hatte sich noch nicht beruhigt.
Noch immer bäumte es sich auf und würgte, was nicht nur
für einen denkwürdigen Anblick sorgte, sondern auch für
Geräusche, die dazu angetan waren, selbst einem Ork den
Magen umzudrehen.

Der Körperfladen blähte sich auf und wurde zu einer feisten Kugel, und selbst eine neuerliche Fontäne grüner Mons-
terkotze vermochte daran nichts zu ändern. Balbok sah, wie
sich die ledrige Haut des Ungeheuers spannte, während die
Tentakel nur noch matt und kraftlos um sich schlugen, und
ihm dämmerte, dass es besser war, Abstand von dem Monster zu gewinnen.

Weit kam er allerdings nicht, denn die Felswand des
Schachts setzte seiner Flucht ein jähes Ende. Eng an den
Stein gepresst, beobachtete Balbok, was weiterhin geschah.

Im nächsten Augenblick hatte die Haut des *uchl-bhuurz*
ihre größtmögliche Ausdehnung erreicht, und das zum Äußersten aufgeblähte Untier wurde von zerstörerischer Urgewalt von innen her zerrissen. Hautfetzen, Blut und Gedärm
flogen nach allen Seiten und klatschten gegen die Felswände,
um entweder daran kleben zu bleiben oder prasselnd ins
Wasser zu stürzen.

Und auf dieser Eruption stinkender Innereien ritt kein
anderer als Rammar!

Mit vor Staunen offenem Mund beobachtete Balbok, wie
sein Bruder in hohem Bogen durch die Luft flog, unweit von
ihm gegen die Felswand krachte und daran herabfiel. Bäuchlings plumpste er ins Wasser, was ihn wieder zu Bewusstsein

brachte. Benommen, wie er war, strampelte er hilflos im Wasser und versank, um einen Herzschlag später wieder aufzutauchen, als er merkte, dass seine Beine bis zum Grund reichten.

»Rammar! Rammar!«, rief Balbok, der sein Glück, seinen Bruder lebend und weitgehend unversehrt wiederzusehen, gar nicht fassen konnte. »Es gibt dich noch!«

»Natürlich gibt es mich noch, du närrischer *umbal*!«, polterte Rammar los, der über und über mit grün schillerndem Sekret besudelt war. »Warum sollte es mich nicht mehr geben? So ein kleiner Tentakel kann Rammar dem Rasenden doch nichts anhaben.«

»Ein kleiner Tentakel …?« Balbok begriff. Sein Bruder hatte im Griff des Ungeheuers das Bewusstsein verloren und konnte sich an nichts erinnern. »Du weißt nicht, was geschehen ist?«

»Was geschehen ist?«, maulte Rammar weiter. »Natürlich weiß ich, was geschehen ist, *umbal*! Ich bin ja nicht so bescheuert wie …« Er verstummte, als er die traurigen Überreste des Ungeheuers im Wasser schwimmen sah – viel mehr als eine formlose schwarze Masse mit kraftlos von sich gestreckten Tentakeln war von der grässlichen Halla nicht geblieben. »Was, bei Kuruls dunkler Grube …?«

»Das bist du gewesen«, erklärte Balbok schlicht.

»Ich?«, echote Rammar verständnislos.

»Das *uchl-bhuurz* hatte dich verschlungen. Aber wie's aussieht, bist du ihm wohl schlecht bekommen.«

»Wie meinst du das?«, fragte Rammar und bemerkte dann erst die klebrige Flüssigkeit, mit der er über und über bedeckt war.

»Na ja, du hast der Bestie wohl so schwer im Magen gelegen, dass es sie einfach zerrissen hat.« Der Hagere grinste breit. »Wer hätte gedacht, dass mein Bruder ein richtiger orkischer Magenverstimmer ist! Ein lebender *bru-mill* sozusagen!«

»Versuchst du jetzt, witzig zu sein?«

»Ich bin nur erleichtert«, versicherte Balbok. »Als ich sah, wie dich das Ungeheuer auffraß, dachte ich nicht, dich noch mal wiederzusehen. Und jetzt ...«

»Du *umbal*, das war alles Teil meines Plans!«, blaffte Rammar. »Ich habe mich absichtlich fressen lassen, weil ich genau wusste, dass sich Rammar der schrecklich Rasende als so unverdaulich erweisen würde, dass dem *uchl-bhuurz* darüber Hören und Sehen vergeht!«

»Na ja«, wandte Balbok ein, »Augen und Ohren hatte es eigentlich keine ...«

»Du weißt, was ich meine«, knurrte Rammar und überlegte, ob er sich das klebrige Zeug von der Haut waschen sollte, worauf er angesichts des übel riechenden Wassers, in dem allerhand monströse Innereien schwammen, allerdings verzichtete.

»Orks!«, scholl es plötzlich mit lauter Stimme von weit über ihnen herab. Erschrocken blickten die beiden Brüder nach oben. Sie hatten glatt vergessen, dass sie nicht allein waren – zumal die Piraten Rammars Sieg mit stummem Staunen quittiert hatten.

Es war Cassaro, der gesprochen hatte. Der Piratenkapitän war an den Rand des Schachts getreten, und der lodernde Blick, mit dem er die Unholde bedachte, verhieß nichts Gutes.

»Ihr habt Halla getötet!«, rief er.

»So was kommt vor«, meinte Rammar und verzog die schmutzige Visage zu einem Grinsen.

»Seit eineinhalb Jahrhunderten befand sich dieses Tier im Besitz der Piratenbruderschaft. Unzählige Gefangene hat es in seinem Leben gefressen!«

»Aber heute war es einer zu viel«, fügte Balbok feixend hinzu und hob eine Kralle, um zu zeigen, dass er zählen konnte. »Der berühmte letzte Löffel *bru-mill*.«

»Als ihr sagtet, ihr wärt anders als die Orks aus den Minen, wollte ich es euch nicht glauben«, fuhr der Piratenhäuptling fort. »Euer Sieg gegen Halla jedoch hat es mir bewiesen.«

»Und?«, fragte Rammar, »was habt ihr nun mir uns vor? Uns dem nächsten Ungeheuer zum Fraß vorwerfen?«

»Keine schlechte Idee«, meinte Cassaro, »wenn ich noch eines hätte. Bedauerlicherweise war Halla das letzte Exemplar ihrer Gattung, weswegen mir wohl nichts anderes übrig bleibt, als euch beide ... zu begnadigen!«

»Be*was*digen?«, fragte Balbok, dem das Wort gänzlich unbekannt war.

»Begnadigen«, wiederholte der Pirat. »Das bedeutet, dass ihr am Leben bleibt und in den Bund der Korsaren aufgenommen werdet.« Auf einmal grinste auch er übers ganze Gesicht. »Euer Kampf hat nicht nur mir gefallen, sondern auch meinen Männern, und deshalb sind sie bereit, euch als ihresgleichen anzuerkennen.«

»Und ...«, begann Balbok, »wenn wir das nicht wollen?«

»Dann werdet ihr an Ort und Stelle massakriert«, lautete die allzu ehrliche Antwort.

»Natürlich wollen wir«, beeilte sich Rammar zu versichern. Die Vorstellung, als Pirat zur See zu fahren, begeisterte ihn zwar nicht gerade, er gab ihr aber gegenüber einem gewaltsamen Tod jederzeit den Vorzug.

Und während der dicke Ork an der Strickleiter emporkletterte, die die Seeräuber an der Felswand herabgelassen hatten, begann irgendwo in den dunklen Windungen seines Gehirns ein tollkühner Plan zu reifen ...

# BUCH 2

## ABAL ORSON UULON
### (DER KAMPF UM DIE INSEL)

# 1.

## SGOL ANN TUR

Er hatte es gespürt.

Für einen kurzen Moment.

Und dann, später, noch einmal.

Zuerst hatte er es noch für eine Täuschung gehalten, für einen Streich, den ihm seine Sinne spielten nach all der Zeit, die vergangen war und in der er vergeblich nach einem Weg gesucht hatte, aus der Verbannung zu entfliehen. Aber als es das zweite Mal geschah, da war er sich sicher gewesen, dass es keineswegs das Alter oder die Last der Jahre waren, die ihn narrten.

Es war tatsächlich passiert!

Die Pforte war geöffnet worden, und das bedeutete, dass die Zeit der Verbannung zu Ende ging.

Endlich ...

Nach all den Jahrhunderten, in denen er vergeblich gehofft und seine Kraft darauf gesetzt hatte, den Bann zu brechen und in jene Welt zurückzukehren, die ihn einst verstoßen hatte. Die Pforten wieder zu öffnen, die den Schlüssel zu Macht und Herrschaft bargen, war das Ziel gewesen, das er mit aller Beharrlichkeit verfolgt hatte. In der Überzeugung, dass es nur auf die Menge an Energie ankam, die er dafür einsetzte, hatte er den Berg nach Kristallen durchwühlen lassen, hatte Tausende von Wesen versklavt auf der Suche nach dem Geheimnis, während er gleichzeitig eine Armee herangebildet hatte, um dereinst zurückzukehren und sich zu nehmen, was ihm genommen worden war. Und nun, da sein geschundener, nur von Zauberkraft am Leben gehaltener Körper kurz davor gewesen war, aufzugeben und ihm den Dienst zu versagen, war es geschehen.

Den Grund dafür kannte er nicht, und er war ihm auch gleichgültig. Jemand war so dumm oder so dreist gewesen, das Schicksal herauszufordern. Und dieser Jemand war verantwortlich dafür, dass sich das Heer der Dunkelelfen nun erhob, um die Welt der Sterblichen zu erobern – und diesmal würde es keine Streiter des Lichts geben, die sich ihnen in den Weg stellten, keine Zauberei und keinen Elfenkönig. Die Macht des Bösen würde triumphieren, und das Banner der Dunkelelfen würde über Erdwelt wehen …

Nur etwas störte diesen Eindruck – und das waren die Präsenzen, die er fühlte, seit sich der Schlund das zweite Mal geöffnet hatte, denn sie waren ihm auf verhängnisvolle Weise vertraut. Nicht, dass er sich direkt an sie erinnert hätte – dazu war zu viel Zeit vergangen, und der Einfluss jener Mächte, in deren Dienst er sich gestellt hatte, hatte seine Erinnerung zugunsten der Gegenwart verblassen lassen und unter Bergen von Bosheit begraben.

Dennoch spürte er etwas, eine alarmierende Vertrautheit, die ihn tief in seinem Inneren berührte. Etwas, das zu ihm gehört hatte und ein Teil von ihm gewesen war.

Einst, vor langer Zeit …

Dieses Etwas trübte seinen Triumph, denn er spürte, dass es seinetwegen auf die Insel gekommen war und dass es seinen Plänen gefährlich werden konnte.

Er beschloss, die Dun'rai einzuberufen.

Die Dunkle Legion musste in Marsch gesetzt werden.

Die Zeit der Veränderung war angebrochen.

# 2.

## PLUM UR'RAMMAR

Weder Balbok noch Rammar hatte damit gerechnet, jemals Pirat zu werden. Zum einen schon deshalb nicht, weil sich Orks und Wasser bekanntermaßen nicht sehr gut vertrugen. Zum anderen aber auch, weil die Seeräuberei die Gesellschaft von Menschen verlangte, und die mieden Orks für gewöhnlich noch mehr als Wasser.

Im Fall von Kapitän Cassaro und seinem wilden Haufen machten die beiden Brüder jedoch notgedrungen eine Ausnahme. In einer feierlichen Zeremonie, in deren Verlauf jeder der beiden Orks einen großen Goldring durch das linke Ohr gezogen bekam (was Rammar mit einem schrillen Quieken quittierte), wurden sie zu Mitgliedern von Cassaros Bruderschaft ernannt, mit allen Rechten und noch mehr Pflichten, die sich daraus ergaben. Was das genau bedeutete, danach erkundigte sich Rammar lieber erst gar nicht.

Danach wurde gefeiert – und es wurde das wildeste Gelage, dem die Orks in menschlicher Gesellschaft jemals beigewohnt hatten.

Seit ihrer Ankunft auf der Insel war es schon das zweite Mal, dass man ihnen zu Ehren ein Fest veranstaltete. Mit der zügellosen Fressorgie, die die Piraten in jener Nacht veranstalteten, um ihre neuen Brüder willkommen zu heißen, konnte sich die vergleichsweise zahme Feier der Gnomen jedoch nicht messen. Alles, was die Piratenküche hergab, wurde aufgefahren, von gebratenem Haifisch über Seegurkenkompott bis hin zu kleinen rosafarbenen Krabben, deren Geschmack – wie Balbok fand – dem frischer Maden nicht unähnlich war. Dazu wurde ein Trank gereicht, der dem Vernehmen nach aus vergorenen Algen gewonnen wurde, es aber vom Wirkungsgrad her durchaus mit altgelagertem Blutbier aufnehmen konnte. Schon nach fünf oder sechs Krügen hatte Rammar davon einen brummenden Schädel, und er begann, die wilden Gesellen, die vollbusige Weiber in den Armen hielten und auf den Tischen tanzten, bis sie bewusstlos niedersanken, gleich mehrfach zu sehen. Der Lärm und der Gestank, die in der Piratenhöhle herrschten, waren unbeschreiblich. Jeder grölte, schrie und furzte nach Herzenslust vor sich hin, und es wurde gesoffen und gefressen, was das Zeug hielt. Mit anderen Worten: Die Feierlichkeit war ganz nach dem Geschmack der Orks, und sie sagten sich, dass einige der Seeräuber wohl besser Unholde geworden wären. Vielleicht würde ihr neues Leben als Piraten ja gar nicht so schlecht werden – zumal Rammar selbst in seinem angeschlagenen Zustand noch immer an dem Plan arbeitete, der ihm schon im Pfuhl des Ungeheuers eingefallen war …

»Nun?«, erkundigte sich Kapitän Cassaro bei den Orks, die sich neben ihm am Ende der langen Tafel auf riesigen Seidenkissen fläzten. »Wie gefällt euch unsere kleine Feier?«

»Bin begeistert«, versicherte Balbok schmatzend, der das hintere Stück eines Haifischs samt Schwanzflosse in den Pranken hielt und immer wieder herzhaft davon abbiss. »Fast wie zu Hause.«

»Gefällt es dir auch, Fettsack?«, fragte Cassaro den anderen Ork – und trotz des Nebels, der sich infolge von zu viel Algenbier um Rammars Verstand gelegt hatte, sah dieser endlich die Gelegenheit gekommen, seinen Plan in Angriff zu nehmen.

»Es geht«, lallte er achselzuckend.

»Was soll das heißen?«

»Das soll heißen, dass wir schon auf rauschenderen Festen gewesen sind, Käpt'n. Wo wesentlich mehr gefressen wurde und auch mehr Bier in die Kehlen geflossen ist.«

»Mehr Bier?« Der Piratenkapitän lachte auf. »Kein Wanst vermag mehr davon zu fassen, nicht einmal deiner. Oder willst du so enden wie die alte Halla?«

»*Douk*«, verneinte Rammar und schüttelte den Schädel, dass der Ohrring nur so flog. »Aber ist dir nie der Gedanke gekommen, dass sich die Zeiten ändern könnten? Dass ihr irgendwann nicht mehr im Überfluss schwelgen könntet?«

»Willst du mir Angst einjagen?« Der Pirat warf den Kopf in den Nacken und lachte. »Da wärst du der Erste, dem das gelänge. Für gewöhnlich bin ich es, der Furcht und Schrecken verbreitet.«

»Für gewöhnlich«, stimmte Rammar zu. »Aber auch das kann sich ändern.«

»Wie meinst du das?«

»Fürchtest du nicht, dass die Grauhäutigen dein Versteck irgendwann finden und dir und deinen Leuten den Garaus machen?«

»Du meinst die Dunkelelfen?« Cassaro schüttelte den Kopf. »Warum sollte ich? Sie haben in den vergangenen Jahrzehnten nie etwas unternommen, um dem Treiben von uns Piraten Einhalt zu gebieten. Weder bei meinem Vater noch bei meinem Großvater, noch bei dessen Vater.«

»Natürlich nicht«, räumte Rammar ein. »Bislang hatten sie ja auch keinen Grund dazu.«

Cassaro sah den Ork verwundert an. »Und jetzt haben sie einen?«

»Allerdings.«

Der Piratenhäuptling lachte erneut. »Und was für ein Grund sollte das sein?«

»Bislang«, erklärte Rammar, »seid ihr für die Schmalaugen nützlich gewesen. Ihr habt hier auf euren Inseln gesessen und jedes Schiff angegriffen, das euch vor die Katapulte kam. Wer von der Besatzung sich nicht an Land retten konnte, den habt ihr massakriert.«

»Genau so ist es gewesen. Und?«

»Verstehst du denn nicht? Ihr habt den Grauhäutigen die Dreckarbeit abgenommen. Denn eins ist klar: Jene Schmalaugen, die über das große Wasser kamen, und die, die in der Festung hausen, sind so verschieden, wie sie nur sein können. Die einen murmeln immerzu wirres Zeug vor sich hin und haben nichts anderes im Kopf, als zu den Fernen Gestaden zu schippern, während die anderen so durchtrieben und boshaft sind, dass sogar mir das Blut in den Ohren rauscht. Dass es nie zum Streit zwischen beiden kam, ist euch zu verdanken, denn ihr habt den Hochmut der Ankömmlinge noch vor ihrer Ankunft auf der Insel auf Gnomengröße zurechtgestutzt, und so haben sie sich den Grauhäutigen widerstandslos unterworfen.«

»Und?«, fragte der Pirat erneut. »Wo liegt das Problem? Wie es aussieht, arbeiten wir gut zusammen.«

»Das Problem«, versetzte Rammar mit genüsslichem Grinsen, »besteht darin, dass eure Zusammenarbeit, wie du es nennst, die längste Zeit gedauert hat.«

»Wieso das?«, wollte Cassaro wissen.

»Weil, wie eine alte Orkweisheit besagt, niemals mehr Blut aus einer Kehle sprudeln kann, als in den Adern fließt.«

»Und das bedeutet?«

»Dass eure Tage als Piraten gezählt sind, das bedeutet es. Ohne Beute keine Seeräuberei, richtig? Und das letzte Schiff der Schmalaugen hat Erdwelt inzwischen längst verlassen und dürfte eure Insel vor Monaten erreicht haben …«

»Was faselst du da?«, grollte das Oberhaupt der Piraten. »Es wird immer Elfen geben, deren Schiffe wir überfallen können!«

»In deinen Träumen vielleicht«, entgegnete Rammar. »Aber in der Wirklichkeit sieht es so aus, dass es keine Schmalaugen mehr gibt, die mit verklärtem Blick dieser Insel entgegenrudern. Jetzt ist Schluss. Schicht im Schacht, wie die Hutzelbärte* sagen.«

* abfällige Bezeichnung für Zwerge

»'lödsinn«, lallte der Pirat, der sich gleichfalls schon eine Menge Bier einverleibt hatte.

»Glaubst du? Dann verrat mir, großer Seeräuber, wann ihr das letzte Schiff aufgebracht habt. Wann habt ihr das letzte Schmalauge über die Klinge springen lassen? Wann die letzte Beute verteilt?«

Stieren Blickes glotzte Cassaro den Ork an. Die Zweifel in den blassen Gesichtszügen des Piratenhäuptlings waren unübersehbar. »Das ist eine Weile her«, räumte er ein. »Aber … es hat immer Flauten gegeben, zu allen Zeiten unserer Bruderschaft!«

Rammar nickte. »Aber das wird die längste Flaute, von der du je gehört hast, das verspreche ich dir.«

»Wie lange?«, fragte der Pirat, dessen Verstand vom Alkohol so benebelt war, dass er Schwierigkeiten hatte, mit den Gedanken des Orks Schritt zu halten.

»Schwer zu sagen«, erwiderte Rammar, »aber mit zwei oder drei Ewigkeiten würde ich an deiner Stelle rechnen.«

»W-wirklich?«

»Wirklich«, bestätigte Rammar und genoss es, das Entsetzen zu sehen, das wie eine geballte Faust in der Miene des Piraten einschlug. Zwar war die Hälfte von dem, was er Cassaro erzählte, reine Spekulation und die andere Hälfte lediglich aus dem gefolgert, was er in den Minen erfahren hatte, aber vielleicht gelang es ihm ja, das Oberhaupt der Piraten dazu zu bewegen, das zu tun, was er wollte, und soweit er es beurteilen konnte, war er auf einem guten Weg …

»Es werden also keine Schiffe mehr kommen?«, fragte Cassaro sichtlich besorgt.

»Douk.« Rammar schüttelte den Kopf. »Das Festland ist leer. Die Schmalaugen haben es vorgezogen, von dort abzuhauen, und wenn du mich fragst, haben sie allen anderen Völkern Erdwelts damit einen Gefallen getan.«

»Aber wenn keine Schiffe mehr kommen, bedeutet das, dass … dass wir auch keine Beute mehr machen!«, folgerte der Pirat mit glasigem Blick. »Und ein Anführer, der keine Prise einbringt, ist die längste Zeit Anführer gewesen!« Rammar begriff. Cassaro störte sich nicht nur an dem Gedanken, künftig keine Beute mehr zu machen – noch größere Sorge bereitete ihm, dass man ihn als Anführer absetzen würde. Ohne dass Rammar es beabsichtigt hatte, spielte ihm diese Tatsache noch zusätzlich in die Klauen, und er beschloss, zum *kro-buchg* auszuholen.

»Das stimmt«, sagte er unbarmherzig. »Deine Leute werden dich absetzen. Wenn du Glück hast. Wenn du weniger Glück hast, werden sie dich vorher in Stücke reißen und sie den Haien zum Fraß vorwerfen. Oder sie werden dich in kleine Scheiben schnibbeln. Oder in Würfel. Oder in …«

»Du hast darin Erfahrung, was?«, fragte der Kapitän, der kreidebleich geworden war.

Rammar nickte. »Mein Bruder und ich waren einst die Häuptlinge unseres *bolboug*. Bis sie unser überdrüssig wurden und uns davongejagt haben. Wir können von Glück sagen, noch am Leben zu sein.«

»Ich verstehe.« Rammar sah, wie ein dicker Kloß den Hals des Piratenführers hinauf- und wieder hinabwanderte. Cassaro sah sich offenbar bereits im Wasser schwimmen, in seine Bestandteile zerlegt und als Futter für die Fische.

»Du müsstest einen anderen Weg finden, deinen Leuten Beute zu verschaffen«, sagte Rammar ganz nebenbei.

»E-einen anderen Weg? Was meinst du damit?«

»Diese verdammte Insel meine ich natürlich. Den Palast von Crysalion.«

»D-du willst den Palast angreifen?« Der Pirat wurde noch bleicher.

»Warum nicht?«, fragte Rammar lapidar. »Dort gibt es mehr Beute, als irgendeiner von euch tragen kann.« Er machte eine wegwerfende Klauenbewegung. »Und die Schmalaugen, die den Zaster bewachen, sind Jammerlappen. Von denen ist keine Gegenwehr zu erwarten.«

»M-meinst du?« Rammar war nicht sehr gut darin, die milchgesichtigen Mienen von Menschen zu deuten. Aber die Gier in Cassaros Blick konnte selbst er deutlich erkennen, ebenso wie das begehrliche Zucken der Mundwinkel. »Aber ja«, versicherte er deshalb. »Beute, so weit das Auge reicht. Denk doch mal nach: Seit Jahrhunderten, vielleicht sogar schon seit Jahrtausenden, kommen die Schmalaugen hierher, um bis in alle Ewigkeit hier zu leben. Was würdest du mitbringen, wenn du vorhättest, derart lange zu bleiben?«

»Mein Gold«, antwortete der Pirat ohne Zögern.

»Eben. Und was glaubst du, was dort in den Schatzkammern lagert? Ich meine, aus jenen Jahren, da es noch keine Seeräuber gab, die den Ankömmlingen ihre Habe abnahmen?«

»Gl-glaubst du wirklich?«, stammelte Cassaro, und Rammar bejahte abermals im Brustton der Überzeugung, auch wenn er in Wahrheit keine Ahnung davon hatte.

Sein Anliegen war es nicht, den Piraten reiche Beute zu verschaffen, sondern sich an den Schmalaugen zu rächen, die seinem Bruder und ihm so übel mitgespielt hatten. Zudem waren die Grauhäutigen keineswegs Jammerlappen, sondern erbitterte Krieger, die es an Brutalität und Grausamkeit sogar mit einem Ork aufnehmen konnten. Aber Cassaro brauchte nicht alles zu wissen, es hätte ihn nur entmutigt – und das wäre schlecht gewesen für Rammars Pläne.

Die Idee, Elfen und Menschen gegeneinander auszuspielen und dabei selbst der lachende Dritte zu sein, war ihm schon im Kerker gekommen, aber da hatte er noch nicht gewusst, wie er sie verwirklichen sollte. Seit Balbok und er aber Mitglieder der Piratenbruderschaft geworden waren, lief alles zu seiner vollsten Zufriedenheit.

»Ein wagemutiger Plan«, befand Cassaro zögernd.

»Ohne Wagnis kein Gewinn«, entgegnete Rammar achselzuckend. »Oder willst du mir erzählen, dass du dich vor den Schmalaugen fürchtest, Herrscher der Schädelküste?«

»Natürlich nicht!«, behauptete der Piratenhäuptling ebenso rasch wie pikiert. »Du kannst von Glück sagen, dass ich heute großmütig aufgelegt bin. An einem anderen Tag hätte ich dir für eine solche Bemerkung die Zunge herausgerissen!«

»Sehr lobenswert«, meinte Rammar, »aber ich wollte dich nicht beleidigen, Käpt'n. Ich wollte dir nur sagen, was du alles erreichen kannst. Eine ganze Insel wartet darauf, von dir erobert zu werden. Diese Höhlen hier« – er machte eine ausladende Krallenbewegung – »sind eines Herrschers deiner Größe unwürdig. Mit weniger als dem Palast von Crysalion solltest du dich nicht zufriedengeben.«

»Hm«, machte Cassaro, während ein geschmeicheltes Lächeln seine Züge umspielte. »Du weißt offenbar, welchen Tonfall man gegenüber seinem Kapitän anzuschlagen hat.«

»Nicht nur das«, sagte Rammar, »ich weiß auch, was gut für meinen Kapitän ist. Hör auf mich, Käpt'n, und ich verspreche dir, dass du schon bald auf dem Thron von Crysalion sitzen und ein waschechter König sein wirst.«

»Das bin ich schon jetzt – der König der Piraten!«

»Ein schöner König!«, frotzelte Rammar. »Dein Reich besteht aus ein paar Felsenlöchern, und deine Untertanen sind eine Bande saufender Mordbrenner. Ist dir nie der Gedanke gekommen, dass du zu Höherem berufen sein könntest?«

»Nein«, gestand Cassaro offen.

»Du verschwendest hier dein Leben, dabei könntest du so viel mehr erreichen …«

Erneut sah Rammar dieses eigentümliche Funkeln in den Augen des Piratenhäuptlings, und er wusste, dass er gewonnen hatte. Die Menschen mochten viel auf ihre Moral geben und immer wieder betonen, wie frei im Geiste und einzigartig sie doch waren. Aber wenn es um Reichtum und Macht ging, handelten sie nicht anders als jeder vernünftige Ork.

Der Pirat nickte langsam. Geräuschvoll holte er Luft und war drauf und dran, Rammars Plan seine Zustimmung zu geben – als neben seinem Thron eine Gestalt auftauchte. Sie war bleich und schmalgesichtig und hatte, wie der Ork fand, etwas von einem Fisch, was zum einen daran liegen mochte, dass der Kerl einen Schuppenpanzer trug, zum anderen aber auch damit zu tun hatte, dass der Mund des Menschen unablässig auf- und zuklappte.

Rammar wusste nur zu gut, wer der Kerl war. Er nannte sich Kelso und war Cassaros engster Vertrauter. Ein hagerer Bursche, der mit der Zunge mindestens ebenso schnell war wie mit dem Messer und der kein Hehl daraus gemacht hatte, dass er die Aufnahme der Orks in die Bruderschaft der Piraten für einen Fehler hielt. Dass er ausgerechnet in diesem Augenblick auftauchte, war für Rammar mehr als ärgerlich.

»Alles in Ordnung, Käpt'n?«, erkundigte sich Kelso mit vom Alkohol schwerer Zunge. Wie alle Piraten hatte auch er dem Algenbier ausgiebig zugesprochen. Seinem Argwohn gegen die beiden Orks schien das aber keinen Abbruch zu tun. »Stört dich der Gestank des Unholds? Soll ich ihn doch ins Meer werfen und ihm vorher Arme und Beine abhacken lassen?«

»Nicht nötig.« Cassaro lachte grollend. »Der gute Rammar stinkt zwar tatsächlich, aber er hat mir von einem Plan berichtet, der mir gut gefällt.«

»Was für ein Plan?« Kelso bedachte Rammar mit einem misstrauischen, geradezu feindseligen Blick.

»Ein großartiger Plan«, erklärte Cassaro begeistert. »Ein Plan, der unsere Schatzkammern auf einen Schlag zum Bersten füllen wird.«

»Ach ja? Und wie sieht dieser Plan aus?«

»Wir werden Crysalion angreifen«, erklärte der Anführer der Piraten rundheraus und grinste dabei, dass seine goldenen Zähne nur so blitzten.

»D-du willst Crysalion angreifen?«, rief sein Berater mit verständnisloser Miene.

»Das sagte ich doch gerade, oder nicht? Rammar, habe ich das gesagt oder nicht?«

»Das hast du, großer König der Piraten«, versicherte Rammar eifrig. Eine Schmeichelei zur rechten Zeit, auch das hatte der Ork gelernt, konnte Menschen dazu bringen, die verrücktesten Dinge zu tun.

Diesmal jedoch versagte diese Taktik.

»Das ist ...«, begann Kelso, dessen Augen fast aus ihren Höhlen treten wollten, was den Vergleich mit einem Fisch nur noch zwingender machte.

»... ein großartiger Plan, nicht wahr?«, fragte Cassaro versonnen.

»... der größte Unsinn, den ich je gehört habe«, sagte Kelso. »Crysalion anzugreifen ist Wahnsinn! Die Elfen dort sind bestens bewaffnet und äußerst kampfstark, und es heißt, dass ihr Herrscher über dunkle Kräfte verfügt, die ...«

Er unterbrach sich jäh, wobei sein Mund offen blieb. Mit weit aufgerissenen Augen starrte er auf seinen Anführer, dem der Grund für Kelsos plötzliches Schweigen nicht ersichtlich war.

»Nun?«, fragte Cassaro. »Was hast du? Warum redest du nicht weiter? Hast du zu viel Bier gesoffen?«

Der Berater wollte etwas erwidern, aber ein heiseres Stöhnen war alles, was ihm über die Lippen kam – gefolgt von einem Blutschwall!

Noch einen Augenblick lang hielt er sich auf den Beinen, dann kippte er seitwärts, schlug gegen die reich gedeckte Tafel, worauf mehrere mit Bier gefüllte Krüge umkippten, was deren Besitzer mit heiseren Flüchen quittierten. Mit einem dumpfen Schlag landete Kelso auf dem mit Planken beschlagenen Boden und blieb in einer großen, von grünem Schaum gekrönten Algenbierpfütze liegen, die sich rings um ihn mit rotem Lebenssaft mischte.

Zwischen den Schulterblättern des Piraten steckte ein Messer, das jemand dort bis zum Heft hineingerammt hatte – und es war nicht schwer herauszufinden, wessen Klaue die Klinge geführt hatte ...

»Warum hast du das getan?«, fragte der Piratenkönig den fetten Ork, der sich von seinem Platz an der Tafel erhoben und Cassaros Stuhl umrundet hatte, um dessen vorlauten Ratgeber zum Schweigen zu bringen.

»Verzeiht, Käpt'n«, sagte Rammar beflissen und verbeugte sich, wobei seine Schweinsäuglein einmal mehr listig blitzten. »Sein dummes Gerede ging mir auf die *bhull'hai*.«

»A-aber er war gerade dabei, mir etwas Wichtiges zu sagen«, protestierte Cassaro mit glasigem Blick, der zwischen dem Ork und dem leblos am Boden liegenden Piraten hin- und herpendelte.

»Nämlich?«, gab sich Rammar wissbegierig.

»Wenn ich das nur wüsste«, sagte der König der Seeräuber ernsthaft grübelnd. »Ich fürchte, ich erinnere mich nicht mehr …«

»Natürlich kannst du dich nicht erinnern. Wer interessiert sich schon für das, was solch ein *shnorshor* zu sagen hat! Es sah für mich aus, als wollte er dich zu Tode langweilen. Da habe ich ihn vorsichtshalber mundtot gemacht.«

»Mundtot?« Cassaro starrte den Ork fragend an. »Du meinst, du hast ihn *mundtot* gemacht?«

»*Korr*, genau das«, stimmte Rammar zu.

»Mundtot«, echote Cassaro noch einmal – ehe er den Kopf in den Nacken warf und in dröhnendes Gelächter ausbrach, in das nicht nur der überaus erleichterte Ork einfiel, sondern nach und nach auch die übrigen Piraten in der Höhle sowie deren betrunkene Dirnen. Allenthalben wurde gefeixt und gekichert, gehöhnt und gekreischt, und selbst Balbok fiel wiehernd in die allgemeine Heiterkeit ein, auch wenn er noch immer mit Essen beschäftigt war und wie die meisten gar nicht mitbekommen hatte, worum es ging.

Der Alkohol hatte die Sinne der Piraten derart benebelt, dass sie kaum mehr wussten, was sie taten. Das machte sie zu Wachs in den Klauen eines gerissenen Orks, dessen einziges

Ansinnen es war, Chaos und Unfrieden zu stiften, um in der allgemeinen Verwirrung, die daraufhin ausbrechen würde, die Fernen Gestade für immer zu verlassen. Und er war auf dem besten Weg, dieses Ziel zu erreichen ...

Stöhnend und erschöpft vom vielen Lachen erhob sich Cassaro, stieg gefährlich wankend auf seinen Sitz und hob gebieterisch die Arme, worauf seine Männer augenblicklich verstummten. Dass mit ihrem Anführer nicht zu spaßen war, war ihnen auch im volltrunkenen Zustand noch bewusst.

»Männer!«, grölte Cassaro in die Stille, die nur gestört wurde, wenn sich hier und dort einer seiner Leute erbrach. »Ich habe euch eine Ankündigung zu machen. Der gute Kelso hat sich entschieden, unsere Bruderschaft zu verlassen. An seiner Stelle wird künftig Rammar mein Berater und Stellvertreter sein, verstanden?«

Da der Sachverhalt nicht sehr kompliziert war, nahm Rammar an, dass die Piraten begriffen hatten. Ihre Reaktion fiel jedoch wenig euphorisch aus. Stieren Blickes standen, lehnten, hockten oder lagen sie da und starrten ihren Anführer an.

»Rammar«, fuhr dieser daraufhin fort, »hat mir von einem Plan berichtet, der uns neuen Horizonten entgegentragen wird. Neue Raubzüge, Männer. Neue Gefechte. Neuer Rum ... äh ... Ruhm. Und dazu mehr Beute, als ich oder sonst einer von euch verdammten Schwachköpfen tragen kann, das verspreche ...«

Der Rest von dem, was Cassaro sagte, war nicht mehr zu verstehen, denn der Jubel, der plötzlich aufbrandete, war so überwältigend, dass alles darin unterging. Auf seinem Sitz stehend, nahm der Piratenkapitän die begeisterten Hochrufe seiner Leute entgegen – ehe er das Gleichgewicht verlor und wie ein nasser Sack vom Thron kippte. Geräuschvoll schlug er auf die Bodenplanken und blieb dort schnarchend liegen.

Aber das interessierte niemanden mehr.

Piratenlieder wurden angestimmt, und erneut wurde gegrölt, geprostet und gesoffen, in freudiger Erwartung der in Aussicht gestellten Beute.

Und in der allgemeinen Begeisterung bemerkte niemand das schadenfrohe Grinsen, das über die feisten, narbigen Züge des frisch ernannten Beraters huschte ...

# 3.

## LORCHG UR'ORK'HAI

Die Reise selbst war wiederum im Bruchteil eines Augenblicks erfolgt. Anschließend die Orientierung wiederzufinden und zu begreifen, was geschehen war, dauerte ungleich länger. Auch brauchte es einige Zeit, bis sich Alannahs Augen an die spärlichen Lichtverhältnisse gewöhnten, nachdem sie der grelle Schein des magischen Tors geblendet hatte. Ihr Geruchssinn sprach schon vorher an und ließ nichts Gutes erahnen, doch auch er konnte die Elfin nicht auf die Überraschung vorbereiten, die sie erlebte, als sie endlich wieder sehen konnte.

Ihr ganzes Leben lang hatte sie sich Gedanken darüber gemacht, wie es an den Fernen Gestaden wohl sein und wie es dort aussehen mochte. Unzählige Oden handelten davon, die Schönheit der Insel und des Palasts von Crysalion wurden in zahlreichen Liedern besungen. Die Fernen Gestade stellten für jeden Elfen das Ende seiner sterblichen Existenz, gleichwohl aber den Höhepunkt seines Daseins dar, denn von diesem Zeitpunkt an lebte er in immerwährendem Glück und ewiger Freude. Alannah hatte bewusst auf das Recht verzichtet, zu den Fernen Gestaden zu reisen. Indem sie ihre Liebe Corwyn schenkte, war sie selbst eine Sterbliche geworden.

Entsprechend hatte sie nicht mehr damit gerechnet, jemals ihren Fuß auf das sagenumwobene Eiland zu setzen, das sie sich stets in den schillerndsten Farben ausgemalt hatte – und ganz gewiss nicht so, wie es sich ihr in diesem Moment präsentierte.

Sie befanden sich in einer Höhle.

Lhurians Zauberstab sorgte einmal mehr für fahles Licht, in dem schroffe, von Schimmel überzogene Felswände zu erkennen waren und sandbedeckter Boden, der von Leichen übersät war.

Winzig kleinen Leichen, wie Alannah zu ihrem Entsetzen feststellte. Kobolde! Ihre kleinen Körper waren verstümmelt und zerschmettert, ihre Blütenkelche zertrampelt worden. Ihr weißlicher Lebenssaft tränkte den Boden, und dem Geruch nach zu urteilen, der die Höhle erfüllte, lag das Massaker bereits einige Tage zurück.

»Lhurian?«, fragte Alannah mit von Grauen belegter Stimme.

»Ich weiß nicht, was hier geschehen ist«, gestand der Zauberer. »Aber es zeigt mir, dass mich mein Verdacht nicht getrogen hat. Die Fernen Gestade sind nicht mehr das, was sie einst waren, Thynia. Das scheint mir offensichtlich.«

Alannah war von dem grauenhaften Anblick so schockiert, dass sie Lhurian bezüglich ihres Namens nicht berichtigte. Zu ihrer eigenen Bestürzung gewöhnte sie sich auch allmählich daran – vielleicht, weil ein Teil von ihr sich schemenhaft an ihn erinnerte …

»Ich hatte nicht gewusst, dass Kobolde auf der Insel weilen«, sagte sie beklommen.

»Du weißt manches nicht mehr. Kobolde waren einst die ständigen Begleiter der Zauberer. Jeder von uns hatte einen von ihnen als Gefährten, und durch unsere Gedanken waren wir mit ihnen verbunden.«

»Das ist wunderschön«, sagte Alannah.

»Kaum.« Lhurian schnitt eine Grimasse. »Es waren schrecklich vorlaute Wesen, die auch dann zu Scherzen aufgelegt waren, wenn es die Situation nicht duldete. Deiner beispielsweise …«

»Sieh mal!«, unterbrach ihn Alannah, die zwischen all den getöteten Kobolden etwas entdeckt hatte, das ihre Aufmerksamkeit erregte. Sie ging in die Hocke, um den Boden näher in Augenschein zu nehmen. Als auch Lhurian sich bückte, sah er, was ihr aufgefallen war.

Fußabdrücke im Sand.

Von jemandem, der eindeutig *kein* Kobold gewesen war …

»Die Spuren der Mörder, daran dürfte kaum ein Zweifel bestehen«, war der Zauberer überzeugt. »Allerdings sieht mir das nicht nach Elfenspuren aus.«

»Nein«, stimmte Alannah zu, »dafür sind sie zu tief und breit. Würde ich nicht wissen, dass es unmöglich ist, würde ich sagen, dass es die Spuren eines Unholds sind.«

»Wieso sollte das unmöglich sein?«

»Ganz einfach: Weil kein Unhold je seinen frevlerischen Fuß an das Ufer der Fernen Gesta…« Alannah unterbrach sich, als ihr klar wurde, dass sie sich irrte. Was Lhurian ihr berichtet hatte, war für sie so neu und ungewohnt, dass sie es längst noch nicht verinnerlicht hatte.

»Das ist nicht ganz richtig, wie du weißt«, rief er ihr ins Gedächtnis zurück. »Es hat sehr wohl eine Zeit gegeben, da Orks auf dieser Insel wandelten.«

»Aber das liegt tausend Jahre zurück«, wandte Alannah ein. »Und du sagtest, dass der Angriff abgewehrt wurde.«

»Das dachten wir alle«, bestätigte der Zauberer. »Aber wie es aussieht, haben wir uns wohl geirrt. Dort vorn sind noch mehr Fußabdrücke. Offenbar ist es nicht nur ein Unhold gewesen, sondern zwei. Die Spuren führen nach draußen …«

Alannah nickte gedankenverloren. Es fiel ihr nicht leicht, sich von dem zu verabschieden, was sie stets als gesicherte Wahrheit betrachtet hatte. Ihr Weltbild war beträchtlich ins Wanken geraten, und diese Abdrücke im Sand, so unscheinbar sie auf den ersten Blick erscheinen mochten, machten es nur noch schlimmer.

Sie schloss die Augen und konzentrierte sich, dann legte sie die rechte Handfläche auf den Abdruck.

Das Gefühl, das sie für einen kurzen Moment durchströmte, war schwer zu beschreiben. Eisige Kälte, die Aura des Bösen, aber auch eine Vertrautheit, die ihr Angst machte.

Sofort zog sie die Hand zurück und starrte entsetzt auf den Fußabdruck. Was, in aller Welt, verband sie mit diesem Ort? Was war hier geschehen, das so schrecklich war, dass Lhurian sich weiterhin beharrlich weigerte, es ihr zu verraten?

Ein Teil von ihr verlangte danach, es zu erfahren, während ihre Vernunft ihr sagte, dass es so besser war. Wissen konnte auch eine Bürde sein, und Alannah wollte sich nicht noch mehr belasten. Die Enthüllungen über ihr geheimnisvolles Vorleben, der unselige Streit mit Corwyn, die Erkenntnis, dass sich Unholde auf den Fernen Gestaden herumtrieben – all das setzte ihr auch so schon genug zu.

Aber sie begriff in diesem Augenblick, dass Lhurian nur zu recht gehabt hatte. Die Fernen Gestade waren nicht mehr das, was sie eigentlich sein sollten.

Das Böse hatte an diesem Ort Einzug gehalten, und es lag in ihrer Verantwortung, es aufzuhalten, ehe es durch die erneut geöffneten Kristallpforten auch Erdwelt erobern konnte …

# 4.

# OUNCHON-POCHGA

Alles entwickelte sich nach Plan.

Rammars Plan ...

Am folgenden Tag, nachdem die Piraten ihren Rausch ausgeschlafen hatten (oder zumindest nicht mehr bei jedem Wort lallten), rief Kapitän Cassaro seine Offiziere zu sich, um ihnen das wagemutige Unternehmen vorzustellen, das er ins Auge gefasst hatte. Dass der Herrscher der Schädelküste so tat, als wäre es nicht Rammars, sondern seine eigene Idee gewesen, die Insel anzugreifen und die Kristallfestung zu plündern, kam dem Ork dabei sehr entgegen.

Zumindest dieses eine Mal übte er sich in Bescheidenheit, denn wenn Cassaro den Plan als seinen eigenen verkaufte, würde er bei seinen Leuten sehr viel weniger Widerspruch wecken. Wer wusste zu sagen, wie viele Kelsos es unter den Piraten noch geben mochte, die Rammar dann alle hätte »mundtot« machen müssen ...

Auch Balbok nahm an der Unterredung teil, die in Cassaros Quartier stattfand. Zur Sicherheit hatte Rammar seinen Bruder allerdings nicht in seinen Plan eingeweiht, sodass der Hagere völlig ahnungslos war. Ein hölzerner Tisch, der auf zwei etwa gleich hohen Felsblöcken ruhte und auf dem mehrere Land- und Seekarten ausgebreitet waren, nahm die Mitte der Höhle ein. An der verschnörkelten Schrift, mit der die Karten versehen waren, konnte man erkennen, dass sie aus elfischem Besitz stammten und von den Piraten erbeutet worden waren.

Rammar war es einerlei, woher das Kartenmaterial stammte – wie alle Orks stand er derlei Firlefanz ablehnend gegenüber. Die Himmelsrichtungen zu kennen reichte seiner Ansicht nach völlig aus, um sich zurechtzufinden. Wer damit nicht zurechtkam, der verdiente es nicht besser, als sich zu verirren und nie mehr in sein *bolboug* zurückzufinden. Aber wenn sich die Milchgesichter besser fühlten, wenn sie auf Karten glotzten, so war Rammar auch das recht. Hauptsache, sie taten, wozu er ihren Käpt'n angestiftet hatte ...

»Also«, fragte Cassaro in die Runde seiner staunenden Offiziere, nachdem er sein wagemutiges Vorhaben erläutert hatte, »habt ihr alle verstanden, ihr Bilgeratten?«

»Aye, Käpt'n«, bestätigte einer der Unterkommandanten zögernd. »Ich frage mich nur, ob du das ernst meinst oder ob ...«

»Natürlich meine ich es ernst!«, brüllte Cassaro aufgebracht und schlug mit der goldberingten flachen Pranke auf den Tisch. »Glaubt ihr, ich erzähle euch das nur so zum Spaß?«

»A-aber wir haben die Insel noch niemals angegriffen, Käpt'n. Hast du vergessen, was in den alten Logbüchern steht? Tod und Untergang lauern dort. Die Insel ist verbotenes Land und ...«

»Sie *war* verbotenes Land!«, verbesserte Cassaro aufgebracht. »Für unsere Bruderschaft ist eine neue Zeit angebrochen – und unser Weg führt direkt nach Crysalion!«

»Warum gerade Crysalion?«, fragte ein anderer Offizier unüberlegt keck. »Wieso können wir nicht einfach hierbleiben und es so halten wie bisher? Wir plündern, was über das große Meer kommt, und leben von dem, was ...«

»Du Schwachkopf!«, fuhr sein Anführer ihn an. »Es kommt nichts mehr übers Meer! Hast du dich nie gefragt, wieso in den letzten Wochen keine Elfenschiffe mehr eingetroffen sind? Ich will es dir verraten: Weil es keine mehr gibt, deshalb!«

»E-es gibt keine mehr?«, fragte der Offizier und riss die Augen weit auf. »Was soll das heißen?«

»Na, was es eben heißt«, schnappte Rammar, dem die Begriffsstutzigkeit der Männer derart auf die Nerven ging, dass er nicht länger an sich halten konnte.»Dass die Elfen alle sind. Dass es dort, wo sie herkamen, keine mehr gibt. Schluss, aus, finito! Geht das in deinen Schädel?«

»Wirklich?«, fragte der Pirat sichtlich geschockt. Auch die übrigen Offiziere machten lange Gesichter, sodass sie alle Balbok ein wenig ähnlich sahen.

»Wirklich«, versicherte Cassaro.»Die fetten Jahre sind vorbei, Männer. Entweder wir hängen das Piratenhandwerk an den Nagel ...«

»Niemals!«, rief einer der Offiziere aufgebracht.

»Das können wir nicht tun!«, ein anderer.

»Das wäre gegen das Gesetz!«, ein weiterer.

»Wir würden unsere Ahnen verraten!«, ein vierter.

»... oder«, fuhr Cassaro mit listigem Grinsen fort,»wir setzen meinen Plan in die Tat um und greifen Crysalion an. Nach eineinhalb Jahrhunderten des Waffenstillstands werden die Elfen nicht mit einem Überfall rechnen. Sie sind völlig ahnungslos, und das nutzen wir für uns aus. Wir werden siegen und werden die Herren der Kristallburg sein!«

Er hatte mit glühender Begeisterung gesprochen, und nicht wenige seiner Offiziere ließen sich von seiner Euphorie anstecken. Die Zahl derer, die dem Plan ablehnend gegenüberstanden, schrumpfte. Dennoch gab es noch immer einige Zweifler.

»Ich weiß nicht recht«, meinte einer, der einen rötlichen Vollbart trug und ein blutfarbenes Tuch um den Kopf und der deswegen von allen nur der»Rote« genannt wurde.»Die Sache will mir nicht gefallen. Wenn wir die Elfen angreifen, ist das nicht nur Seeräuberei, sondern eine ausgewachsene Kriegserklärung.«

»Wenn schon!«, schnaubte Rammar, der erneut das Gefühl hatte, einschreiten zu müssen.»Seid ihr Piraten oder Blutegel? Ich will damit sagen, sich feige an jemanden heranzuschleichen, um sein Blut auszusaugen, dazu gehört nicht viel. Sich mit dem Schwert in der Hand zu nehmen, was man haben will, *das* ist wahrer Heldenmut!«

»Er hat recht«, pflichtete Cassaro ihm abermals bei. »Schande über euch, dass euch ein Ork sagen muss, was Anstand ist! Nehmt euch gefälligst ein Beispiel an Rammar. So und nicht anders hat sich ein wahrer Pirat zu verhalten!«

Da meldete sich der Rote wieder zu Wort: »Vielleicht versucht er ja auch nur, uns in eine Falle zu locken!«

»Du elender Zwergenbart!«, blaffte Rammar. »Willst du mich beleidigen? Nenn mir einen Grund, warum ich dich nicht augenblicklich abstechen sollte wie einen räudigen *malash*!«

»Ganz einfach – weil ich dir schon vorher den Wanst aufschlitze, Fettsack«, konterte der Rote, und mit einigem Unbehagen registrierte Rammar, dass ihn etwas in den Bauch piekste. Ein Blick nach unten zeigte ihm, dass es die Klinge des Roten war, mit der dieser unter der Tischplatte hindurchstocherte.

»Aber nur, wenn du mit geplätteter Rübe noch dazu in der Lage bist«, sagte plötzlich jemand hinter dem Roten, und noch ehe Cassaro oder irgendjemand sonst etwas unternehmen konnte, fiel die flache Seite einer Bootsaxt herab und dem Roten geradewegs auf den Schädel. Der Pirat kippte rücklings vom Schemel und schlug geräuschvoll zu Boden.

Balbok stand da, die Axt in den Klauen und einen grimmigen Ausdruck im Gesicht. »Sag nie mehr was gegen meinen Bruder, hast du verstanden?«, maulte er auf den Piraten ein, der allerdings zu keiner Erwiderung mehr fähig war – und Rammar sagte sich, dass es eine gute Idee gewesen war, Balbok über die wahre Natur des Plans im Unklaren zu lassen. Wie jeder richtige *umbal* war der hagere Ork dann am nützlichsten, wenn er am wenigsten Ahnung hatte …

»Das wäre also geklärt«, konstatierte Cassaro ungerührt. »Rammar genießt mein volles Vertrauen, aber wenn hier noch jemand sein sollte, der seine Loyalität in Frage stellt …«

Niemand ergriff mehr das Wort. Eifriges Kopfschütteln allenthalben, das noch zunahm, als der bewusstlose Rote hinausgetragen wurde.

»Nachdem wir uns also einig sind«, fuhr Kapitän Cassaro fort, »können wir uns jetzt darüber Gedanken machen, wie wir meinen Plan, Crysalion anzugreifen, in die Tat umsetzen. Die Elfen sind zwar nicht auf unseren Angriff vorbereitet, dennoch können wir nicht einfach gegen die Festung anrennen. Was wir brauchen, ist eine Strategie.«

»*Korr*«, stimmte Balbok zu.

Cassaro sah ihn an. »Du verstehst etwas davon?«

»*Douk*«, verneinte der Ork, »aber Rammar ist ein wahres Genie, wenn es darum geht, sich eine Kriegslist auszudenken.«

»Ist das wahr?« Alle Blicke richteten sich auf den feisten Ork.

»Unsinn«, versuchte dieser abzuwiegeln, »mein Bruder übertreibt mal wieder. Außerdem kennt niemand diese Küste so gut wie du, Käpt'n. Richtig?«

»Das ist wahr«, bestätigte Cassaro geschmeichelt, und weder er noch seine Leute merkten, wie Rammar seinen Bruder mit einem tadelnden Blick bedachte.

»Ein Angriff von der Seeseite brächte die meisten Vorteile«, sagte einer der Offiziere. »Das Wasser ist unser Element, und wir könnten die Katapulte auf den Schiffen zum Einsatz bringen.«

»Allerdings ist da der Kristall«, wandte ein anderer Offizier ein. »Wenn die Elfen von ihm Gebrauch machen, wird keines unserer Schiffe auch nur in die Nähe der Festung gelangen.«

»Der Kristall ist nur ein Ammenmärchen«, war wieder ein anderer überzeugt. »Er existiert nicht wirklich.«

»Und ob er existiert. Nur weil er lange Zeit nicht eingesetzt wurde, bedeutet das noch lange nicht, dass es ihn nicht gibt.«

»Das ist wahr«, knurrte Cassaro. »Der Kristall stellt ein Hindernis dar.«

»Was ist denn das für ein Kristall?«, wollte Balbok wissen.

»Worum es sich dabei genau handelt, weiß keiner von uns«, gab das Oberhaupt der Piraten zu. »Aber in den Logbüchern aus der Zeit des Krieges wird von einem geheimnisvollen Kristall berichtet, der im höchsten Turm der Festung aufbewahrt wird und in dem magische Kräfte schlummern sollen. Angeblich ist er in der Lage, eine ganze Flotte zu versenken.«

»Elfenzauber, nichts weiter«, bemerkte Rammar abfällig.

»Vielleicht«, räumte Cassaro ein, »aber von der gefährlichen Sorte. Ich kann nicht riskieren, dass meine Piratenschiffe auf dem Grund des Meeres landen.«

»Warum nicht?«, fragte Rammar. »Wenn das Ziel lohnend genug ist, ist es jedes Risiko wert. Wer nicht wagt, der nicht gewinnt, lautet ein altes Orksprichwort.«

»Bei den Orks mag das auch zutreffen, aber nicht hier«, konterte der Kapitän schnaubend.

»Und wenn es den Kristall nicht gäbe?«, erkundigte sich Balbok einfältig.

»Was meinst du damit?« Cassaro musterte ihn verblüfft. »Hast du etwa einen Plan?«

»*Korr*«, meinte Balbok und nickte beflissen, sehr zum Entsetzen seines Bruders, der zwar nicht wusste, was Balbok vorhatte, jedoch trotzdem Schlimmes ahnte.

»Hör nicht auf ihn«, sagte er deshalb, »er redet öfter wirres Zeug. Man tut gut daran, es einfach zu übergehen.«

»Nichts da.« Cassaro schüttelte den Kopf. »Dein Bruder ist ebenso Mitglied der Bruderschaft wie du, und als solches steht es ihm frei zu reden. Also, was ist das für ein Plan, den du ausgeheckt hast?«

»Och, nichts Besonderes«, sagte Balbok und winkte ab. »Ich dachte nur, deine Flotte könnte die Festung angreifen.«

»*Umbal*, hast du denn nicht aufgepasst?«, fiel Rammar ihm plärrend ins Wort. »Der Käpt'n hat doch gerade gesagt, dass das Risiko zu groß ist, um ...«

»Nur als Ablenkungsmanöver«, wiegelte der Hagere ab.

»Ein Ablenkungsmanöver? Wovon willst du denn ablenken? Von deiner Dummheit? Halt lieber das Maul, bevor …«

»Lass ihn ausreden«, verlangte Cassaro und brachte Rammar mit einer ebenso eindeutigen wie energischen Geste zum Schweigen, sodass dem dicken Ork nichts anderes übrig blieb, als den geistigen Ergüssen seines Bruders zu lauschen.

Mit wachsendem Entsetzen …

»Der Angriff würde dazu dienen, die Aufmerksamkeit der Schmalaugen auf sich zu ziehen«, führte Balbok weiter aus, »während eine Krallevoll Krieger in die Festung eindringt, das Kristallding in Scherben haut und so dafür sorgt, dass es uns nicht mehr gefährlich werden kann.« Balboks Maul dehnte sich zu einem breiten Grinsen. »Ist das nicht ein großartiger Plan?«

»Großartig, in der Tat«, stimmte Rammar schnaubend zu. »Was du da vorhast, ist ein *kro-truuark* – ein Todeskommando, von dem es keine Rückkehr geben wird für jene, die …«

»Der Plan ist nicht schlecht«, unterbrach Cassaro den feisten Ork. »Das Problem ist, dass es keinen Weg gibt, ungesehen in die Festung zu gelangen. Es existiert nur ein einziges Tor, das streng bewacht wird, und der Pfad dorthin führt den Berg hinauf und ist schon von Weitem einsehbar. Wie also sollten die Männer ins Innere der Festung gelangen?«

»Eben«, sagte Rammar schnell, noch ehe Balbok etwas erwidern konnte, »wie sollte das wohl gelingen? Es ist unmöglich, sage ich! Völlig unmöglich!«

»Aber Rammar«, wandte Balbok ein, »hast du denn das Labyrinth vergessen?«

»Welches Labyrinth?«, fragte Rammar und betonte dabei jede einzelne Silbe, doch Balbok begriff nicht, was sein Bruder ihm damit zu signalisieren versuchte.

»Na das, durch das wir aus der Gefangenschaft der Schmalaugen entkommen sind«, schwätzte Balbok weiter. »Durch das Labyrinth gelangt man in die Minen, und von den Minen, die sich unter dem Palast befinden, gibt es einen Weg hinauf.«

»Der ohne Zweifel bewacht wird«, wandte Rammar ein.

»*Korr*, aber bestimmt nicht so gut wie das Tor«, hielt Balbok dagegen – und darauf fiel selbst Rammar keine Erwiderung mehr ein. Er hätte seinen Bruder am liebsten am Kragen gepackt und geschüttelt, ihn geohrfeigt und ihm gesagt, was für ein riesiger hirn- und hornloser Trottel er doch war. Die wachsende Begeisterung in Kapitän Cassaros Gesichtszügen hinderte ihn jedoch daran.

»Nicht schlecht«, sagte der Anführer der Piraten anerkennend. »Das ist ein guter Plan.«

»Das ist ein Schwachsinnsplan!«, widersprach Rammar entschieden. »Weder wissen wir, ob wir den Weg durch das Labyrinth ein zweites Mal finden, noch können wir sagen, ob ...«

»Du erinnerst dich also?«, fragte Balbok erfreut.

»Natürlich erinnere ich mich. Ist schließlich noch nicht so lange her, oder?«

»Warum ist der Vorschlag dann von deinem Bruder gekommen und nicht von dir?«, fragte Cassaro spitz. »Solltest du dich etwa fürchten? Solltest du vorgehabt haben, andere die Dreckarbeit für dich erledigen zu lassen?«

»Unsinn«, beeilte sich Rammar zu versichern und verzog das narbige Gesicht zu einem Lächeln, das allerdings ziemlich unaufrichtig wirkte, »natürlich nicht!«

»Ich habe eine Idee, Käpt'n«, ergriff einer der Offiziere das Wort. »Warum übertragen wir dem Dicken nicht das Kommando über den Einsatztrupp? Da hat er Gelegenheit, sich zu bewähren und uns allen zu beweisen, wie großartig sein Plan tatsächlich ist.«

»Aber nicht doch«, wollte Rammar kopfschüttelnd ablehnen, »das ist nicht ...«

»Ein guter, ein wirklich sehr guter Gedanke«, fiel ihm Cassaro abermals ins Wort und hatte auf einmal diesen Tonfall in der Stimme, der keinen Widerspruch duldete. »Leutnant Rammar – ich übertrage dir hiermit den Oberbefehl über das Einsatzkommando, dessen Auftrag die Zerstörung des Kristalls ist. Noch Fragen?«

Rammar antwortete nicht sofort – er hatte Mühe, den Anfall von *saobh* niederzukämpfen, der ihn befallen wollte. »Keine«, antwortete er schließlich zähneknirschend. Was hätte er auch noch sagen können, ohne das letzte bisschen Glaubwürdigkeit zu verspielen und sich selbst ans Messer zu liefern?

»Natürlich«, fuhr Cassaro fort, »steht es dir frei, dir deine Mannschaft zusammenzustellen. Ich gebe dir zehn Mann mit, die deinem Befehl aufs Wort gehorchen werden.«

»Wie schön«, erwiderte Rammar wenig erfreut und wandte sich seinem Bruder zu. »Dann ratet mal, wen ich als Erstes dazu verdonnern werde, mir auf diesem *kro-truuark* Gesellschaft zu leisten.«

»Hm«, machte Balbok. Seine Stirn legte sich in Falten, seine Nüstern blähten sich, und er kratzte sich am Hinterkopf wie immer, wenn er angestrengt nachdachte. Dann jedoch, in einem Ausbruch spontaner Genialität, hellten sich seine Züge auf. »Willst du mich vielleicht dabeihaben?«

»Genau das, Bruder«, bestätigte Rammar mit bösem Grinsen. »Genau das …«

»Ich weiß nicht, Käpt'n«, wandte ein anderer Offizier ein, »irgendwie gefällt mir die Sache immer noch nicht. Sollen wir wirklich blindlings einen Angriff gegen die Festung wagen? In der vagen Hoffnung, dass es den beiden Orks gelingt, den Kristall zu zerstören? Wollen wir das Wohl der ganzen Flotte von dem Geschick zweier Orks abhängig machen?«

»Warum nicht?«, fauchte Rammar ihn an.

»Weil ich dir nicht weiter traue, als ich dich werfen könnte, Fettsack«, knurrte der Pirat.

Erneut wollte Balbok die flache Seite seiner Axt zum Einsatz bringen, um den Kritiker verstummen zu lassen – diesmal jedoch ging Cassaro dazwischen.

»Schluss damit!«, rief er energisch und setzte dem Streit ein Ende. »Der Einwand ist durchaus berechtigt, also hört gut zu, was ich euch zu sagen habe: Wir werden die Flotte zum Angriff rüsten und in See stechen, aber wir werden uns im Nebel verborgen halten und nicht angreifen, bis wir das Signal dazu erhalten haben.«

»Was für ein Signal?«, fragte Rammar.

»Sobald der Kristall zerstört ist, werdet ihr auf dem obersten Turm eine Fackel schwenken – das wird für uns das Zeichen zum Angriff sein.«

»Eine Fackel schwenken? Auf dem obersten Turm?«, fragte Rammar. »Wer immer das tut, wird mit Pfeilen gespickt, bevor er die Fackel überhaupt heben kann.«

»Und? Hast du ein Problem damit?«

»*Douk*«, versicherte der Ork zähnefletschend und bedachte Balbok mit einem Seitenblick. »Ich habe sogar schon jemanden dafür im Auge.«

»Dann ist es beschlossen. Stell deinen Trupp zusammen und melde dich, wenn ihr einsatzbereit seid«, sagte der Piratenkapitän und rammte dort, wo sich auf der Karte die Kristallfestung befand, sein Entermesser in die Tischplatte. »Schon bald wird Crysalion uns gehören!«

## 5.

# NUASH PLUM

»Eine Krallevoll Krieger dringt in die Festung ein, haut das Kristallding in Scherben und sorgt dafür, dass es uns nicht mehr gefährlich werden kann …!« Rammar imitierte Stimme und Tonfall seines Bruders nicht nur, sondern übersteigerte beides ins Groteske. »Ist das nicht ein großartiger Plan?«

»I-ich dachte, du würdest dich freuen«, sagte Balbok ein wenig hilflos, der neben ihm im Heck des Nachens saß. Acht Piraten – vier an jeder Seite – ruderten die Schaluppe durch das unruhige Küstengewässer der großen Insel entgegen.

»Und wie ich mich freue! Einen Warg hab ich mich gefreut! Kommt ja auch nicht alle Tage vor, dass man sein eigenes Leben auf einem Todeskommando wegwerfen darf.«

»Aber wo es doch dein Plan war …«

»Was weißt du schon von meinen Plänen?«, schrie Rammar ihn an, dass die Piraten ihn verwundert anschauten. Verstehen konnten sie nichts von der Unterhaltung, da sich die Orks wohlweislich in ihrer eigenen Sprache unterhielten. »*Mein* Plan war es, die Schmalaugen und die Milchgesichter gegeneinander aufzuhetzen! *Mein* Plan war es, Rache an diesen elenden Sklavenhaltern zu nehmen, ohne dabei auch nur eine Kralle krumm zu machen. *Mein* Plan war es, das allgemeine Durcheinander zu nutzen und abzuhauen. Und vor allen Dingen war es *mein* Plan, uns aus allem rauszuhalten, wenigstens dieses eine Mal! Aber nein, mein idiotischer und mit dem Hirnschmalz einer Schmeißfliege versehener Bruder muss ja unbedingt den Helden spielen und uns dieses Todeskommando aufs Auge drücken! Ehrlich, ich sollte dich über Bord werfen und dich an die Fische verfüttern, aber das wäre noch viel zu gut für dich! Du sollst dabei sein, bis zum bitteren Ende – und wenn die Schmalaugen uns dann schnappen, will ich dabei zusehen, wie sie dir die Haut in Streifen abziehen.«

»Dann dürfen wir uns wohl nicht schnappen lassen«, sagte Balbok und wagte ein Grinsen in dem hilflosen Versuch, die Stimmung seines Bruders ein wenig aufzuhellen.

»Dann dürfen wir uns wohl nicht schnappen lassen!«, äffte dieser Balbok erneut nach. »Weißt du, was du da sagst? Weder kennen wir den Weg durch das Labyrinth, noch haben wir eine genaue Ahnung, wie man von dort in die Festung gelangt. Es gibt gefräßige Riesenratten, durchgeknallte Aufseher und blutrünstige Elfenkrieger, aber du tust so, als wäre es der reinste Spaziergang. Jede andere halbwegs vernünftige Kreatur wäre froh, von einem solchen Ort entkommen zu sein – der einzige Volltrottel, der es nicht erwarten kann zurückzukehren, ist ausgerechnet mein Bruder!«

»Ich wollte nicht zurück«, versicherte Balbok kleinlaut. »Ich dachte nur, wenn ich dir bei deinem Plan helfe, bist du nicht mehr ganz so böse mit mir ...«

»Zum letzten Mal: Das – war – nicht – mein – Plan! Du hattest *keine Ahnung* von *meinem* Plan! Verstehst du? Weil ich dich nicht eingeweiht habe in *meinen* Plan, deshalb!«

»Und warum nicht?«, fragte Balbok.

»Sehr einfach – weil du keine Gelegenheit ausgelassen hättest, meinen Plan durch deine unsägliche Dummheit zu sabotieren. Deshalb habe ich dir erst gar nichts davon gesagt.«

»Aber nun sind wir trotzdem hier.«

»Allerdings.«

»Das muss doch was bedeuten, oder nicht?«

Rammar schaute seinen Bruder von der Seite an, und der Drang, Balbok an den Ohren zu packen und ihm den Rüssel abzubeißen, war noch nie so groß gewesen wie in diesem Augenblick.

Aber er beherrschte sich – nicht, weil er seinem Bruder verziehen hätte, sondern weil sich tief in seinem voluminösen Inneren Resignation breitmachte. »Und ob es etwas bedeutet«, erwiderte er müde. »Es bedeutet, dass ich tun kann, was ich will, dass ich gescheit sein kann, wie ich will, dass ich Pläne schmieden kann, so lange ich will – nichts wird dich davon abbringen, mir alles zu vermasseln und mein Leben in eine Trümmerlandschaft zu verwandeln.«

Balbok war ehrlich betroffen. »Glaubst du das wirklich?«

»Allerdings.«

»Rammar?«

»Ja doch, was willst du?«

»Bist du mir noch böse ...?«

Rammars Resignation nahm ein jähes Ende.

Wie von einer *cudach* gestochen, schoss der feiste Ork in die Höhe, mit dem festen Vorsatz, Balbok nun doch seines Riechorgans zu berauben, und es bedurfte der vereinten Kräfte von vier kräftigen Piraten, ihn daran zu hindern.

Das Boot geriet bei dem Handgemenge gefährlich ins Schwanken, und erst nach und nach kühlte sich Rammars erregtes Gemüt wieder ein wenig ab. Er sagte allerdings kein Wort mehr, bis der Nachen das felsige Ufer erreichte, und auch dann sprach Rammar nur, wenn es sich nicht vermeiden ließ.

Wortlos folgte er dem Trupp seiner Leute; Balbok schickte er als Vorhut voraus. Über die Terrassen ging es an den Klippen empor, über denen sich finster und drohend der Berg und die Kristallfestung erhoben, gekrönt von spitzen Türmen, deren höchster und trutzigster das Ziel des Kommandos war.

Idiotischerweise.

Schon bald musste Rammar erkennen, dass es sehr viel einfacher war, über die Felsterrassen hinunterzugelangen als hinauf. Keuchend rang er nach Atem, brauchte mitunter sogar Hilfe, um die Felsstufen zu erklimmen. Es war erniedrigend, von einem Haufen Milchgesichter von einer Etage auf die nächste gehievt zu werden, aber Rammar trug es mit Fassung. Denn seine Wut war dumpfer Furcht gewichen, der Furcht vor dem, was sie im Inneren des Berges erwartete.

In die Minen zurückzukehren war reiner Wahnsinn, aber wenn er sich nicht an Cassaros Befehl hielt, würde er nicht nur die Schmalaugen, sondern auch noch die Piraten gegen sich haben, und dann ...

Rammar hielt in seinen Gedanken inne.

Wer, bei Kuruls Grube, behauptete denn, dass die Schmalaugen seine Feinde waren?

War es nicht vielmehr so, dass er über äußerst wichtige Informationen verfügte? Dass er drohendes Unheil von den Elfen abwenden konnte? Er brauchte nur dafür zu sorgen, dass die Schmalaugen vom Plan der Piraten erfuhren – und dass es so aussah, als hätte er sich nur aus dem einen Grund in die Festung geschlichen, um deren Bewohner vor der drohenden Gefahr zu warnen. Die Seiten zu wechseln bereitete ihm keine Schwierigkeiten, das war er als Ork gewohnt, und um die Piraten tat es ihm nicht leid, zumal es sich ohnehin nur um Milchgesichter handelte.

Aber was war mit Balbok? Sollte er ihn in seinen Plan einweihen?

Auf keinen Fall!

Doch Balbok hatte eindrucksvoll bewiesen, dass er auch einen Plan zunichtemachen konnte, von dem er keine Ahnung hatte.

Was also sollte Rammar tun?

Die Antwort lag auf der Klaue. Sie gefiel Rammar nicht besonders, aber so war es nun mal am besten – für ihn selbst.

Er würde Balbok zusammen mit den Milchgesichtern ans Messer liefern. Nicht nur, weil es die gerechte Strafe für den *umbal* war, sondern auch die einzige Möglichkeit, sich vor Balboks gemeingefährlicher Dummheit zu schützen. Die

Verräter würden in die Minen gesteckt und Rammar als Held gefeiert werden – später konnte er immer noch sehen, ob es nicht möglich war, Balbok wieder herauszupauken. Vorausgesetzt, der Zorn auf seinen Bruder hatte sich bis dahin gelegt ...

Ein Grinsen huschte über Rammars feiste Züge, und plötzlich fühlte er sich wieder obenauf. Dieser neue Plan gab ihm berechtigte Hoffnung, dieses Abenteuer doch noch zu überleben, und er verspürte eine Euphorie, wie er sie lange nicht mehr empfunden hatte.

»Na los doch, worauf wartet ihr?«, trieb er die Seeräuber an, die ihn gerade mit zwei Tauen, die sie ihm um den voluminösen Leib geschlungen hatten, auf die nächste Terrassenstufe zogen.

Die Männer bissen die Zähne zusammen, die Seide ihrer zweifellos aus Elfenbesitz stammenden Hemden spannte sich zum Zerreißen über ihren gestählten Muskeln, und Balboks hilfreiche Klaue reckte sich Rammar entgegen, die dieser ergriff, was der Hagere als Zeichen der Versöhnung wertete.

Ein weiteres Missverständnis ...

Erleichtert stellte Rammar fest, dass er die oberste Terrasse erreicht hatte und die Teilnehmer des Einsatztrupps vor jenem Spalt im senkrecht aufragenden Fels standen, der den Eingang zum Labyrinth darstellte. Jenseits davon herrschte undurchdringliche Schwärze, in der die Orks eine tödliche Gefahr wussten – anders als die Piraten.

Kurzerhand griff ein Seeräuber nach einer der Fackeln, die sie mitgebracht hatten, entzündete sie und trat in den dunklen Spalt.

»Nicht!«, rief Balbok entsetzt – aber es war schon zu spät.

Ein riesiges pelziges Etwas sprang den Piraten aus der Dunkelheit an und riss ihn von den Beinen. Ein erstickter Schrei, dann spritzte roter Lebenssaft aus der Höhle, direkt vor die Füße der entsetzten Seeräuber.

1348

»W-was ist das?«, rief einer von ihnen, während sie entsetzt auf das Monstrum blickten, das im Halbdunkel kauerte und ihren Kameraden auffraß.

»Och, bloß eine Riesenratte«, meinte Balbok und winkte ab. »Man muss vor ihnen auf der Hut sein, aber eigentlich sind sie ganz nette Kerle. Haben bloß immerzu Hunger, genau wie ich.«

»Das sehe ich«, entgegnete der Pirat, der seinen Blick nicht von dem Untier wenden konnte.

»Ich hatte sogar mal eine Ratte zum Freund«, fuhr Balbok fort. »Sein Name war Brarkor, und er …«

»Das interessiert niemanden!«, fiel Rammar ihm barsch ins Wort. »Ihr habt gesehen, was passiert, wenn ihr euch nicht vorseht. Also bleibt gefälligst zusammen und tut genau, was wir euch sagen, kapiert?«

Beflissenes Nicken allenthalben.

»Leutnant Rammar?«, erkundigte sich ein dürrer, einäugiger Kerl mit abgefressenen Haaren und tätowierten Armen, der zu Cassaros Vertrauten gehörte. Huggo war sein Name, wie Rammar wusste.

»Was denn?«

»Wäre es nicht eine gute Idee, sich ein paar der Rattenviecher als Reittiere zu fangen?«, fragte Huggo. »Wenn man auf welchen von ihnen sitzt, wird man vielleicht von den anderen in Ruhe gelassen.«

Balbok wollte etwas Zustimmendes erwidern, doch Rammar brachte ihn mit einem messerscharfen Blick zum Verstummen. »Das ist der größte Blödsinn, den ich je gehört habe!«, maulte der fette Ork. »Hast du das gehört, Balbok? Auf so einen Gedanken können wirklich nur Milchgesichter kommen!«

»Wirklich!« Balbok nickte eifrig.

»Und wie sollen wir dann den Weg durch das Labyrinth finden?«, fragte ein anderer Seeräuber, der sich freiwillig für den Einsatz gemeldet hatte und seinen Übermut bereits bereute.

»Indem wir ihn suchen«, schnaubte Rammar genervt. »Mit etwas Glück werden wir lebend die Minen erreichen, wo es nach Tod und Verwesung riecht und peitschenschwingende Aufseher das Sagen haben. Von dort geht es dann weiter in die Festung, die von bis an die Zähne bewaffneten Elfenkriegern bewacht wird und durch die wir uns einen Weg zum großen Turm erkämpfen müssen.«

»Gl-glaubst du, wir werden das durchstehen?«

»Nein«, antwortete der Ork wahrheitsgemäß.

»Und das macht dir keine Angst?«

»Nein«, wiederholte Rammar grinsend. »Warum sollte es?«

# 6.
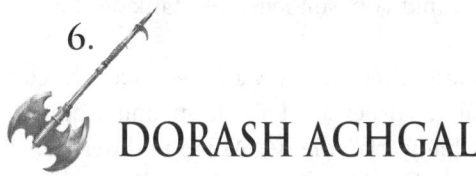

# DORASH ACHGAL

Auf Pfaden, die der alte Zauberer genau zu kennen schien, waren sie gewandert – und immer wieder hatte Alannah das Gefühl gehabt, in vertrauten Gefilden zu weilen. Aber nicht nur die Ahnung, vor langer Zeit schon einmal an diesen Orten gewesen zu sein und sich dennoch an nichts erinnern zu können, war befremdlich, sondern auch die Gegend selbst. Hätte man Alannah zu ihrer Zeit als Priesterin von Shakara gebeten, die Fernen Gestade zu beschreiben, hätte sie von einem Land gesprochen, wie es lieblicher nicht sein konnte; das von sanften Flüssen durchzogen wurde und dessen Hügel von Wäldern bedeckt waren, deren Bäume ihr grünes Kleid niemals verloren; wo sich das Gras, das in den Senken üppig gedieh, sanft im Wind wog und wo im klaren Licht der Sonne Tautropfen glitzerten. Ein Land, das keine Dunkelheit kannte, keinen Tod und keine Vernichtung …

Doch schon unmittelbar nach ihrer Ankunft hatte Alannah erkennen müssen, dass dieser Ort, den sie sich stets in ihren Träumen ausgemalt hatte, nicht existierte.

Als sie die Höhle verließen, in die sie der Dreistern gebracht hatte, hatten sie sich in einem düsteren Dschungel wiedergefunden, der Alannah an den Wald von Trowna erinnerte, wie er ausgesehen hatte, bevor der über Tirgas Lan verhängte Fluch gelöst worden war.

Die knorrigen Bäume waren mit Würgeflechten und Schlingpflanzen bewachsen, und ihr dichtes Blätterdach ließ kaum Licht hindurch. Giftpilze, Moos und welkes Laub bedeckten den Boden, auf dem sich mannigfaltiges Ungeziefer tummelte, darunter handtellergroße Käfer und fingerdicke Würmer. Die Luft war getränkt vom süßlichen Gestank der Fäulnis.

Den Überresten einer alten Straße waren sie quer durch den Dschungel gefolgt, vorbei an Trümmern und Ruinen einstmals prächtiger Bauwerke, die der Muße und der Zerstreuung gedient hatten. Das Gelächter und die Musik waren längst verstummt, bedrückendes Schweigen lag über den Lichtungen.

Unter einem großen Baum mit weit ausladenden Ästen suchten sie bei Einbruch der Dunkelheit Schutz. Mit dem Stab zog Lhurian einen Kreis im welken Laub, woraufhin alles Ungeziefer aus dieser Markierung flüchtete. Stöhnend ließ sich der Zauberer nieder. Die Erschöpfung stand ihm in die faltigen Züge geschrieben.

»Alles in Ordnung?«, erkundigte sich Alannah.

»Natürlich«, versicherte er, und ein entschuldigendes Lächeln glitt über sein Gesicht. »Die Kristallpforte willkürlich zu öffnen erfordert lediglich einige Kraft, und da ich keine zweihundert mehr bin ...«

»Verzeih«, erwiderte sie. »Ich wünschte, ich könnte mich erinnern, dann wäre ich dir eine größere Hilfe.«

Das Lächeln im Gesicht des Zauberers war wie weggewischt. »Sei dankbar«, sagte er sehr ernst, »dass du dich nicht erinnerst. Bisweilen ist Wissen keine Gabe, sondern eine Bürde.«

»Aber eine Bürde pflegt an Gewicht zu verlieren, wenn man sie mit jemandem teilen kann.«

Er schüttelte den Kopf. »Nicht diese Bürde, Thynia. Nicht diese Bürde.«

Noch immer sah er erschöpft aus, und er schien auch nicht gewillt, die Unterhaltung fortzusetzen. Er kündigte an, die zweite Wachschicht zu übernehmen, und legte sich auf den Boden, und obwohl es Alannah ein Rätsel war, wie jemand an einem Ort wie diesem Ruhe finden konnte, war der Zauberer schon kurz darauf eingeschlafen.

Schweigend kauerte sie innerhalb des Bannkreises, den er mit seinem Zauberstab gezogen hatte, die Arme um die Beine geschlungen, und spähte hinaus in die Dunkelheit. Nicht zum ersten Mal fragte sie sich, ob es klug gewesen war, ihren Willen gegen Corwyn durchzusetzen und den Zauberer zu begleiten. Sie hatte Corwyn damit verletzt und vor den Kopf gestoßen, und wer vermochte zu sagen, ob sie Lhurian tatsächlich würde helfen können?

Sie streifte den Zauberer, dessen Umhang sich unter seinen Atemzügen gleichmäßig hob und senkte, mit einem rätselnden Blick. Anfangs hatte sie in ihm nichts anderes sehen können als den alten Mann, der er augenscheinlich war. Je näher sie ihn jedoch kennenlernte, desto mehr ging ihr auf, dass sich hinter den faltigen, wettergegerbten Gesichtszügen ein noch immer junges Herz verbarg, zu dem sie sich auf eigenartige Weise hingezogen fühlte.

Was mochte einst zwischen ihnen gewesen sein? Wieso weigerte er sich so beharrlich, ihr davon zu erzählen? Was war bei ihrem letzten Aufenthalt an den Fernen Gestaden geschehen?

Sosehr Alannah darauf brannte, Antworten auf diese Fragen zu bekommen, sosehr fürchtete sie sich zugleich davor. Denn ein Teil von ihr ahnte, dass diese Antworten mit dem zusammenhingen, was mit den Fernen Gestaden geschehen war – und mit der unheilvollen Aura, die sie umgab.

# 7.

# GOUTA

Eine Ahnung davon, wie lange sie bereits durch die schier undurchdringliche Dunkelheit des Labyrinths marschierten, hatten sie nicht.

Wie sollten sie auch? Unter Tage machte es keinen Unterschied, ob draußen die Sonne oder der Mond am Himmel stand. Wenn man hungrig war, so aß man etwas, und wenn man müde war und die Beine schmerzten, ruhte man aus.

Aber obwohl sie über keinen Anhaltspunkt verfügten und Orks zudem nicht gerade mit einem feinen Zeitgespür gesegnet waren, hatte Rammar das untrügliche Gefühl, dass sie schon entschieden zu lange durch den unterirdischen Wirrwarr aus Stollen, Höhlen und Treppen latschten.

Am Anfang war alles noch einfach gewesen – sie waren den Skeletten gefolgt, die sich vom Ausgang des Labyrinths bis zu jener Höhle erstreckten, in der die Orks während ihrer Flucht aus den Minen erstmals auf die Monsterratten getroffen waren.

Aber wie ging es von dort aus weiter?

Bei ihrem letzten Aufenthalt in den Stollen hatte Rammar keine Notwendigkeit gesehen, sich den Weg zu merken, und umgedreht hatte er sich auch kein einziges Mal. Das schien sich nun zu rächen, denn allem Anschein nach hatten die Orks einen anderen Pfad eingeschlagen als auf ihrer überstürzten Flucht.

Stillgelegte Stollen, steil verlaufende Schächte und Höhlen verschiedener Größen, die einst Sklaven beherbergt hatten und an deren Wänden noch immer rostige Ketten hingen – davon bekamen die Orks und ihre menschlichen Begleiter mehr als genug zu sehen. Führte eine der grob in den Fels gehauenen Treppen nach oben, so folgten sie den Stufen in der Hoffnung, auf diese Weise zurück in die Minen zu gelangen. Aber wie es zuvor hinaufgegangen war, ging es kurz darauf auch wieder hinab, und nichts war gewonnen. Die Erkenntnis war ebenso ärgerlich wie niederschmetternd: Sie hatten sich verlaufen!

Und natürlich stand für Rammar fest, wer daran Schuld hatte …

»Da siehst du nun, was du angerichtet hast!«, maulte er auf Orkisch hinter seinem Bruder her, den er wohlweislich vorausgeschickt hatte. Was immer in der Dunkelheit lauerte, sollte zuerst auf Balbok treffen …

»Äh … tja …« Der Hagere zuckte mit den knochigen Schultern. »Irgendwie habe ich den Weg anders in Erinnerung.«

»Du hast *gar nichts* in Erinnerung«, verbesserte Rammar, »denn um sich an etwas erinnern zu können, muss man erst mal Hirn haben. Aber du hast nichts als leere Luft zwischen den Ohren.«

»Glaubst du wirklich?« Balbok blieb stehen und wechselte die Fackel in die linke Klaue, um mit der Rechten besorgt seine Ohren zu betasten.

»Auf jeden Fall!«, war Rammar überzeugt. Dass er überhaupt noch mit Balbok sprach und ihn und die Piraten noch nicht in einem Anfall von *saobh* erschlagen hatte, war nur zwei Tatsachen zu verdanken, die Rammars Zorn ein wenig besänftigten: dass sie zum einen einen genügend großen Vorrat sowohl an Fackeln als auch an Proviant dabeihatten und dass sie zum anderen schon lange auf keine Riesenratten mehr getroffen waren.

Je weiter sie in das Labyrinth vorstießen, desto weniger von den Viechern schien es zu geben. Woran das lag, konnte Rammar nur vermuten – wahrscheinlich daran, dass sie so weit im Inneren der Anlage nichts mehr zu fressen fanden. Und je mehr sie sich von den widerwärtigen Kreaturen entfernten, desto lieber war es dem feisten Ork. Schließlich wollte er nicht erleben müssen, wie sich Balbok vor den Augen der Menschen erneut mit einer Ratte verbrüderte. Zum ungezählten Mal gelangten sie in eine Höhle, die gleich mehrere Ausgänge hatte. Da offenbar keiner davon nach oben führte, überließ es Rammar seinem Bruder, die Entscheidung zu treffen. Das hatte den Vorteil, dass er nachher lauthals über ihn herfallen und ihn beschimpfen konnte, wenn sich die Wahl als falsch herausstellte.

Obwohl Balbok nicht lange fackelte und seine Wahl zügig traf, blieben Rammar die misstrauischen Blicke von Huggo und den anderen Piraten nicht verborgen. Zu Beginn hatten Cassaros Männer fest auf die Ortskenntnis der Orks vertraut. Nach dem endlos langen Marsch durch die trübe Dunkelheit schienen ihnen jedoch erste Zweifel zu kommen. Um sich vor den Menschen keine Blöße zu geben, hatten sich die Orkbrüder untereinander immer nur in ihrer Sprache unterhalten. Doch wie es aussah, hatte auch das allmählich keine Wirkung mehr ...

»Wie lange dauert es eigentlich noch?«, wollte Huggo wissen. »Könnt ihr uns das vielleicht sagen?«

»Bis wir am Ziel sind«, entgegnete Rammar lakonisch.

»Und wann wird das sein?«, bohrte der Pirat weiter. Die Augenklappe, die er trug, weckte bei Rammar unangenehme Assoziationen an einen gewissen Kopfgeldjäger, der zum König wurde. »Wir irren nun schon seit einer halben Ewigkeit durch diese Stollen. Und weißt du was?«

»Was?«, knurrte Rammar.

»Ich habe das Gefühl, dass wir schon einmal in dieser Höhle waren«, eröffnete Huggo rundheraus, »nur mit dem Unterschied, dass wir das letzte Mal den linken Stollen genommen haben. Weißt du, was ich glaube?«

»Was glaubst du, Milchgesicht?«

»Dass ihr beide entweder keine Ahnung habt, welchen Weg wir nehmen sollen – oder dass ihr uns in eine Falle locken wollt!«

*Falle!*

Das eine Wort genügte, um die übrigen Piraten aus der Lethargie zu reißen, in die sie während des langen Marsches durch die Dunkelheit verfallen waren. Auf einmal zogen sie ihre Waffen, sodass sich Rammar schlagartig von Bootsäxten und Entermessern umzingelt sah.

»Was soll das?«, blaffte er und funkelte sie aus blutunterlaufenen Augen an. »Wollt ihr meutern?«

»Wir wollen wissen, was du mit uns vorhast!«, grollte Huggo, und die übrigen Piraten nickten zustimmend. »Seid ihr beide nur dämlich oder gefährlich, das ist die Frage.«

»Dämlich ist nur mein Bruder, ich nicht«, stellte Rammar klar, »aber wenn du glaubst, dass ich …«

»Rammar …?«, drang plötzlich Balboks Stimme aus dem Stollen.

»*Korr*, was ist?«

»Ich finde, du solltest dir das mal ansehen.«

Rammar schnaubte und verdrehte die Augen. Konnte dieser langgesichtige, knochendürre Dämlack niemals Ruhe geben?

»Sei vorsichtig«, schärfte Huggo ihm ein. »Wir beobachten dich, Fettsack. Und wenn wir das Gefühl haben, dass du uns hintergehen willst …« Er nickte grimmig und überließ es Rammars Phantasie, sich vorzustellen, was in diesem Fall geschehen würde. Dann gab er seinen Leuten ein Zeichen, worauf sie die Waffen senkten und den Ork gehen ließen.

»Wo bist du?«, rief Rammar in den Stollen.

»Hier«, hallte es unter mehrfachem Echo zurück.

Seufzend machte sich Rammar auf den Weg und watschelte den Gang hinab, gefolgt von Huggo und den anderen. Er konnte es den Menschen nicht verdenken, dass sie unruhig wurden. Ihm ging es ja nicht anders. Aber natürlich durfte er keine Aufsässigkeit dulden. Am besten war es wohl, wenn er einen von ihnen vor aller Augen massakrierte. Das hob die Stimmung (zumindest seine) und brachte die Saubande wieder auf Linie.

Im nächsten Moment jedoch sah Rammar, dass dies wohl nicht mehr nötig sein würde. Denn während er sich mit den Milchgesichtern gestritten hatte, schien sein nichtsnutziger Bruder tatsächlich eine Art Eingang gefunden zu haben. Wie hieß das alte Sprichwort doch gleich wieder? *Kudashd darr chgul lorg alhark* – Auch ein blinder Ghul fand mal ein Horn ...

Die Höhle, in die der Stollen mündete und in der Balbok mit vor Staunen herabgefallenem Unterkiefer stand, unterschied sich von allen bisherigen: Die Wände bestanden nicht einfach nur aus grob behauenem Fels, sondern aus beinahe nahtlos aneinandergefügten Steinquadern. Nur Boden und Decke ließen den Ursprung des Gewölbes noch erkennen, das an die fünf oder sechs Orks hoch sein mochte. Die Stirnseite wurde von zwei großen steinernen Säulen eingenommen, die mit allerhand Schriftzeichen versehen waren, mit denen Rammar allerdings nichts anfangen konnte. Ihn interessierte mehr der bogenförmige Durchgang, der sich zwischen den beiden Säulen erstreckte.

In alter Zeit mochten sich dazwischen hölzerne Torflügel befunden haben, aber die waren längst verfault, und so stand der Zugang offen. Wohin die Pforte führte – ob in die Minen oder sogar direkt hinauf in die Festung –, wusste Rammar nicht, und es war ihm im Augenblick auch gleichgültig. Wichtiger war, dass der endlose Marsch durch das Labyrinth endlich ein Ende hatte.

Als die Piraten, die hinter ihm in das Gewölbe drängten, das Tor erblickten, verfielen sie in spontanen Jubel. Von Meuterei war keine Rede mehr, und Huggo entschuldigte sich bei Rammar gar für den üblen Verdacht, den er geäußert hatte. Anschließend feierten die Seeräuber – sehr zu Rammars Verdruss – Balbok als ihren Helden.

Von allen Seiten umringten sie ihn und klopften ihm auf die Schulter, was sich der hagere Ork – zu Rammars noch ungleich größerem Verdruss – gern gefallen ließ. Einen Moment ließ Rammar ihn gewähren, dann fand er, dass Balbok seinen Ruhm, zu dem er völlig unverdient gekommen war, genug ausgekostet hatte.

»Das reicht!«, knurrte er seinen Bruder an. »Zuerst Ratten, jetzt Milchgesichter – musst du dich immerzu mit irgendwelchem Gesocks verbrüdern?«

Damit ließ er den verdutzten Balbok und die Piraten stehen und trat durch das hohe Tor in den Gang, der dahinter lag. Blindlings draufloslatschen und den Ruhm dafür ernten – das konnte er schließlich auch …

# 8.

# ANN DOUS!

Tirgas Dun lag an der Südküste des Reichs. Die Festung, die den Kern der Stadt bildete, war am Beginn des Silbernen Zeitalters errichtet worden, nachdem die Drachen Erdwelt verlassen hatten und man Margok das erste Mal besiegt glaubte. Über viele Jahrtausende hinweg hatte Tirgas Dun über die südlichen Grenzen gewacht und den Frieden auf dem Meer garantiert, und obgleich die Stadt nie die Berühmtheit ihrer weiter nördlich gelegenen Schwester Tirgas Lan erlangt hatte, war sie doch zu bedeutender Größe herangewachsen. Nicht von ungefähr war sie nach dem Zweiten Krieg und dem Bann, der über Tirgas Lan verhängt worden war, zur Hauptstadt des Reichs geworden, und noch bis kurz zuvor hatten der Hohe Rat und die letzten Elfen Erdwelts dort residiert.

Inzwischen hatten die Elfen Erdwelt allesamt verlassen, und Menschen hatten die weißen Türme und hohen Kuppeln Tirgas Duns in Besitz genommen. Corwyns erklärtes Ziel war es, aus der alten Hafenstadt wieder das zu machen, was sie einst gewesen war, nämlich eine blühende und wohlhabende Metropole, die nicht nur regen Handel mit Arun und den südlichen Landen betrieb, sondern auch über eine starke Kriegsflotte verfügte.

Noch aber war es nicht so weit.

Die wenigen Siedler, die sich seit dem Weggang der Elfen in der Stadt niedergelassen hatten, reichten bei Weitem nicht aus, um sie wieder mit pulsierendem Leben zu erfüllen, und die Zeichen des Verfalls an den Gebäuden waren unübersehbar. In den letzten Jahren war das Streben der Elfen so auf die Fernen Gestade konzentriert gewesen, dass sie ihre Häuser und ihre Stadt, die sie ohnehin verlassen wollten, sehr vernachlässigt hatten.

Mit Unbehagen dachte Corwyn an seine letzte Unterredung mit dem Hohen Rat der Elfen zurück, die geprägt gewesen war von Ignoranz und Unverständnis. Er empfand kein Bedauern darüber, dass Sigwyns Söhne nicht mehr in Tirgas Dun weilten, obschon er ihre Hilfe gut hätte brauchen können. Denn was sich bislang im weiten Hafenbecken der Stadt angesammelt hatte, verdiente die Bezeichnung Kriegsflotte nicht.

Nur einige abgetakelte Trieren waren es, zurückgelassen von den Elfen – schlanke Schiffe, die von den Schlägen langer Ruder einst pfeilschnell durchs Wasser getrieben worden waren. Dies aber lag lange zurück. Zwar waren die Dreiruderer ausgebessert und frisch kalfatert worden, dennoch boten sie einen recht jämmerlichen Anblick – und sie bildeten den Kern von Corwyns Flotte!

Der Rest seiner Seestreitmacht bestand aus einem Geschwader Koggen – leichten Segelschiffen, deren Heck einen turmartigen, mit hölzernen Zinnen versehenen Aufbau hatte – sowie fünf riesigen, aber schwierig zu manövrierenden Galeeren, die mit Katapulten und Pfeilgeschützen ausgestattet waren. Wie riesige gestrandete Fische lagen sie im Wasser, während eine Unzahl kleiner Nachen und Jollen um sie herumwuselte, deren Besatzungen verzweifelt versuchten, die Schiffe, von denen jedes rund zweihundert Mann tragen konnte, seetüchtig zu machen.

Auch an Land herrschte rege Betriebsamkeit. Kolonnen von Soldaten trafen ein, die auf die Schiffe verteilt wurden, und unzählige Fuhrwerke karrten Fässer und Kisten mit Proviant heran. Ziegen und Schafe, die sich meckernd und blökend sträubten, wurden ebenso verladen wie Waffen und Kriegsgerät. Auch fünfzig gepanzerte Paladine begleiteten die Expedition, deren erklärtes Ziel es war, die neue Bedrohung abzuwehren, die dem Reich erwachsen war.

Die Rückkehr der Königin war ein weiteres ...

»Ist das alles?«, erkundigte sich Dun'ras Ruuhl spöttisch.

Zusammen mit Corwyn stand er auf dem Balkon des Ratsgebäudes, von dem sich ein weiter Ausblick über das Hafenbecken und die dahinter liegende See bot. Auch er schaute dem geschäftigen Treiben zu. Die Fesseln hatte Corwyn dem Dunkelelfen abnehmen lassen. Da sie ein gemeinsames Ziel verfolgten, ging – zumindest vorerst – keine Gefahr von Ruuhl aus, seine Zunge jedoch war so spitz und verletzend wie ehedem.

»Keineswegs ist dies alles«, erwiderte Corwyn grollend. »Ich habe Boten nach Urquat und Suquat entsandt sowie nach der Insel Olfar und Unterstützung angefordert. Ich bin überzeugt, dass die Herren dort meinem Wunsch entsprechen werden.«

»Deinem Wunsch?« Ruuhl verzog das bleiche Gesicht. »Ich dachte, du bist König. Warum befiehlst du ihnen nicht einfach, dir zu helfen?«

Corwyns unversehrtes Auge streifte ihn mit einem Seitenblick. »Weil ich kein Tyrann bin!«, erklärte er schnaubend. »Meine Untertanen sollen die Krone nicht fürchten, sondern ihr in Respekt und Loyalität verbunden sein.«

»Was für ein Unsinn!« Der Dun'ras schüttelte den Kopf. »Wer, in aller Welt, hat dir diese Narretei eingeredet? Ich will dir etwas sagen, falscher König: Furcht ist das Einzige, was dir die Macht dauerhaft erhalten kann. Die Menschen mögen dich respektieren und dir verbunden sein. Sogar lieben mögen sie dich. Aber sobald es hart auf hart kommt, werden sie sich von dir abwenden und dich treulos im Stich lassen.«

»Das ist nicht wahr.«

»Es ist wahr, und du weißt es. Sieh dir doch nur dieses Elend an.« Ruuhl deutete auf die Schiffe. »Eine Kriegsflotte nennst du das? Ein paar Handelssegler und einige uralte Ruderer, die sich nur deshalb in deinem Besitz befinden, weil die Elfen sie dir gnädigerweise überlassen haben. Das ist erbärmlich, falscher König! Einfach erbärmlich!« Corwyn biss die Zähne zusammen. Er hätte dem Dunkelelfen, der seine Häme so genüsslich über ihn ausschüttete, gern widersprochen – aber er konnte es nicht. Was sich dort unten im Hafenbecken sammelte, verdiente die Bezeichnung »Flotte« tatsächlich nicht.

Seine Entscheidung, an der Spitze einer Streitmacht zu den Fernen Gestaden aufzubrechen, war so spontan erfolgt, dass keine Zeit für sorgfältige Vorbereitung blieb. Noch nicht einmal eine Heerschau konnte abgehalten werden, wie es vor dem Feldzug nach Kal Anar der Fall gewesen war. Corwyn musste mit dem vorliebnehmen, was er hatte, und das war wenig genug.

Sein Glück war nur, dass der Krieg gegen Kal Anar noch nicht lange zurücklag und ein Teil des Heeres noch immer unter Waffen stand. So würden ihn rund eintausend Kämpfer begleiten – verschwindend wenig im Vergleich zu der Streitmacht, die er gegen den Schlangenturm geführt hatte, obwohl es diesmal um so viel mehr zu gehen schien …

Corwyn klammerte sich daran, dass die Verstärkung aus den Hafenstädten noch rechtzeitig eintreffen würde. Groß war seine Hoffnung allerdings nicht. Denn Galeeren waren schwerfällig und benötigten für den weiten Weg um die Halbinsel von Anur viel Zeit, von dem schwierigen Transport über die Landenge ganz zu schweigen. Die schnellen und wendigen Drachenschiffe Olfars würden ungleich schneller zu Corwyns Flotte aufschließen – vorausgesetzt, die rebellischen Inselfürsten folgten seiner Bitte.

Auf das Wohlwollen einer Bande Seeräuber angewiesen zu sein missfiel dem König. Vielleicht, dachte er grimmig, hatte Dun'ras Ruuhl recht. Vielleicht war er als Herrscher tatsächlich zu nachsichtig gewesen, und diese Nachsicht rächte sich nun …

Mit düster verkniffenen Augenbrauen sah er zu, wie die Schiffe weiter beladen und ein Kriegstrupp nach dem anderen herangeführt wurde. Die Soldaten Tirgas Lans in Rüstung und Marschgepäck zu erblicken beruhigte Corwyn etwas und half ihm, die störende Gegenwart des Dunkelelfen auszublenden – bis sich dieser wieder in Erinnerung brachte:

»Menschen – ihr seid so schwach und so einfach zu durchschauen«, sagte Dun'ras Ruuhl. »Glaubst du denn, ich wüsste nicht, weshalb du dieses Wagnis eingehst, falscher König? Weshalb du dich völlig unvorbereitet in dieses Abenteuer stürzt, dessen Ausgang weder für dich absehbar ist noch für deine Untertanen, die dir angeblich so viel bedeuten?«

»Das liegt auf der Hand«, fand Corwyn. »Es geht darum, eine Bedrohung für das Reich abzuwenden.«

»Nein.« Ruuhl schüttelte den Kopf. »Das ist nicht der wahre Grund dafür, dass du deinen Thron treulos im Stich lässt und die Regierung einem unerfahrenen Regenten überträgst; dass du eine Streitmacht ausrüstest, die kaum diese Bezeichnung verdient, und dass du um jeden Preis diese Expedition durchführen willst.«

»Sondern?«, knurrte Corwyn.

»Es geht um Alannah«, sagte Ruuhl so entwaffnend offen, dass der König wie unter einem Peitschenhieb zusammenzuckte.

»Das ist nicht wahr!«, rief er.

»Natürlich ist es das«, widersprach Dun'ras Ruuhl. »Um etwas anderes ist es dir nie gegangen. Um deiner Eifersucht willen und um deine Gemahlin zurückzugewinnen, setzt du das Leben all dieser Soldaten aufs Spiel. Also erzähl mir nichts von Loyalität und Respekt, falscher König, denn tief in deinem Herzen weißt du, dass du längst einen anderen Weg eingeschlagen hast.«

»Schweig!«, fuhr Corwyn ihn an. »Ich will nichts mehr hören!«

»Das glaube ich dir gern, falscher König«, entgegnete Ruuhl unbeeindruckt. »Aber eines will ich dir trotzdem noch sagen: Dein Ansinnen ist vergeblich, denn Alannah ist längst an die Fernen Gestade zurückgekehrt, und sie wird das Schicksal finden, das dort auf sie wartet. Aber weißt du, was das Beste ist?«

Corwyn antwortete nicht, und so sprach Dun'ras Ruuhl einfach weiter:

»Dass du trotzdem aufbrechen wirst, um einen ebenso kläglichen wie erfolglosen Versuch zu unternehmen, das Unaufhaltsame abzuwenden. So sind die Menschen …«

# 9.

## DOMHOR GOSHDA'HAI

Der Gang jenseits des Tores war nicht nur ein grob in den Fels gehauener Stollen, sondern hatte wie die Kammer der Pforte gemauerte Wände. Der Boden war von Staub bedeckt, was darauf schließen ließ, dass der Stollen schon lange – sehr lange – nicht mehr benutzt worden war. Rammar konnte das nur recht sein. Mutig ging er seinem Trupp voraus, die mit Widerhaken versehene Harpune, die er sich in Ermangelung seines *saparak* als Waffe ausgesucht hatte, halb erhoben. Zwar war das Ding bei Weitem nicht so elegant wie ein richtiger Orkspeer, jedoch war Rammar zuversichtlich, dass er dies mit Geschick ausgleichen würde. Und für den Feind, der den Fehler beging, den Weg Rammars des schrecklich Rasenden zu kreuzen, spielte es keine Rolle, *wovon* er durchbohrt würde …

Die Piraten und Balbok, der inzwischen die Nachhut bildete, folgten Rammar in zehn oder fünfzehn Schritten Abstand – das war die Distanz, die zuvor auch Rammar zum Voraustrupp eingehalten hatte. Mit dem Unterschied, dass wohl keine Hindernisse mehr zu erwarten waren. Rammar war sicher, dass sie den gefährlicheren Teil des Weges hinter sich gebracht und nichts zu befürchten hatten, solange sie nicht auf Schmalaugen stie…

Der dicke Ork hatte den Gedanken noch nicht zu Ende gebracht, als er sich bereits als grundfalsch erwies.

Auf einmal hörte Rammar ein Knarren, als hätte sich einer der Seeräuber mit einem ordentlichen *pochga* Erleichterung verschafft, und Staub wirbelte vom Boden auf.

Rammar blieb stehen – und das war ein Fehler, denn im nächsten Moment gab der Boden unter seinen Füßen nach. Eine Fallgrube!

»*Shnorsh!*«, konnte er gerade noch rufen, bevor er in den dunklen Schacht stürzte.

Rammar ließ die Fackel fallen und warf den freien Arm nach vorn – vergeblich. Seine Gliedmaßen waren viel zu kurz, als dass sie den Rand des Schachts erreichten. Seine Klaue griff ins Leere, und dann fiel er senkrecht in die gähnende Tiefe. Mit den Füßen voraus ging es hinab – und im nächsten Augenblick fand sein halsbrecherischer Sturz bereits ein jähes Ende.

»Autsch!«, entfuhr es ihm, und ein hässliches Knirschen war zu vernehmen, wie wenn uraltes Leder über schroffen Stein wetzte.

Dann herrschte Stille.

»Rammar?«, drang es von oben in die Grube herab. »Rammar, wo bist du denn?«

Balboks lange Miene erschien über dem Schacht. Seine großen Augen und seine herabhängenden Maulwinkel drückten ehrliche Besorgnis aus. »Rammar? Bist du dort unten?«

»Natürlich bin ich hier unten!«, gab Rammar genervt zurück. »Wo soll ich denn sonst sein?«

»Und du bist nicht tot?«

Rammar seufzte geräuschvoll. »Nein, ich bin nicht tot«, versicherte er zu Balboks Beruhigung. »Aber ihr werdet es gleich sein, wenn ihr mich nicht augenblicklich hier rausholt.«

»Was ist denn passiert?«

»Ich stecke fest«, umschrieb Rammar den unbequemen Zustand, in den er geraten war. Eingekeilt zwischen schroffen Felswänden hing er im Schacht, und seine eigene Harpune, die gleichfalls eingeklemmt war, piekte ihn in den Bauch.

»Du tust was?« Auch die Gesichter einiger Seeräuber erschienen am Rand des Schachts – allerdings schauten sie weniger besorgt, sondern grinsten dämlich.

»Ich stecke fest«, wiederholte Rammar, diesmal auf Menschisch und bemüht, dabei den letzten Rest an Würde zu bewahren.

»Hm«, machte Balbok und kratzte sich einmal mehr nachdenklich am Kopf, um den er ein blutrotes Piratentuch gebunden hatte. »Dann sollten wir vielleicht zusehen, wie wir dich da wieder rausbekommen.«

»Aber nicht doch!«, rief Rammar hinauf, obgleich er kaum Luft zum Sprechen hatte, eingezwängt, wie er war. Dann wechselte er wieder ins Orkische. »Geht doch einfach weiter und lasst mich hier unten elend verrecken!«

»M-meinst du?«, fragte Balbok zweifelnd.

»Natürlich nicht!«, schrie Rammar, dass sich seine Stimme überschlug und er infolge der Luft, die sein Wutausbruch benötigte, noch ein Stück tiefer sackte. »Du elender Trollfurz! Hol mich augenblicklich hier raus, oder beim Haupte Hiruls des Kopflosen, ich schwöre dir, dass ich allen hier erzählen werde, dass du deine eigenen Popel frisst!«

»Das würde ich nicht tun!«, hielt Balbok dagegen.

»Ach nein? Und warum nicht?«

»Weil ich dann allen verrate, dass du kein Menschenfleisch magst«, erwiderte der hagere Ork prompt, woraufhin Rammar noch einmal ein Stückchen abrutschte.

»Das würdest du tun?«, fragte er fassungslos.

»*Korr*«, versicherte Balbok entschlossen, und einmal mehr war Rammar froh, dass die Unterhaltung auf Orkisch geführt worden war. Wenn die Menschen erst von seiner für einen Unhold nicht gerade rühmlichen Schwäche erfuhren, würden sie jeden Respekt vor ihm verlieren und ihm nach Gutdünken auf dem Rüssel herumtanzen. Dazu durfte er es nicht kommen lassen!

Er räusperte sich und versuchte, ein freundliches Gesicht zu machen, was ihm infolge der misslichen Lage, in der er sich befand, und seiner über bodenloser Leere zappelnden Beine nicht gerade leichtfiel. »Das wird nicht nötig sein,

Bruder«, flötete er süßlich. »Hol mich einfach nur hier raus, in Ordnung?«

»*Korr*«, sagte Balbok abermals und verschwand von der Schachtkante und mit ihm auch die Piraten.

Augenblicke lang schwebte Rammar in banger Ungewissheit – und das im wörtlichen Sinn –, bis das Gesicht seines Bruders erneut auftauchte und ein triumphierendes Grinsen zeigte.

»Hier, fang!«, rief Balbok und warf ein Seil herab – dessen Ende geradewegs in Rammars Gesicht klatschte.

»Ich kann nicht fangen«, erwiderte der feiste Ork zähneknirschend. »Falls du es noch nicht gemerkt haben solltest – ich bin hier *eingeklemmt* und kann mich *nicht bewegen!*«

»Das ist schlecht«, bemerkte Balbok überflüssigerweise. »Was du nicht sagst. Also streng dein Gnomenhirn an und lass dir gefälligst was anderes einfallen.«

»Beiß zu!«, schlug Balbok vor.

»Was?«

»Beiß einfach in das Seil, und wir ziehen dich raus!«, erklärte der Hagere seinen ebenso einfachen wie – seiner Ansicht nach – genialen Plan.

»In das Seil soll ich beißen?« Rammar schnappte nach Luft, worauf es unangenehm eng wurde im Schacht. »Du verkommener, nichtsnutziger *umbal!* Erwartest du wirklich von mir, dass ich in den Strick beiße wie Borsh der Stinkfisch? Willst du mir anschließend auch noch den Wanst aufschneiden und mir die Gräten rausreißen?«

»Beiß zu – oder bleib unten!«, entgegnete Balbok unbeeindruckt.

Dass es keine andere Möglichkeit gab, als ihn an den Zähnen aus dem Schacht zu ziehen, leuchtete selbst Rammar ein – wenn auch nur ganz allmählich.

Widerwillig und mit wild rollenden Augen biss er in das Tau, das vor seiner Schnauze baumelte. Der Hanf knirschte zwischen seinen Zähnen, und er hoffte nur, dass das Zeug fest genug war, dass er es nicht gleich durchbiss.

»*Duusuul?*«, rief Balbok hinab.

»*Koghhh*«, heiserte es zurück – und im nächsten Moment hatte Rammar das Gefühl, als würden ihm die Kiefer aus dem Gesicht gerissen. Ein Ruck durchlief seinen massigen Körper, als Balbok und die Seeräuber das Tau straffzogen.

Aber Rammar kam nicht frei.

Noch einmal zogen sie am Seil und noch einmal und noch einmal, und jedes Mal glaubte Rammar schon, seine geliebten Hauer davonfliegen zu sehen – aber plötzlich knirschte es um ihn herum, und er spürte, wie der Druck um ihn herum nachließ.

Dann ging es Stück für Stück hinauf.

»Hau-ruck! Hau-ruck!«, tönte es von oben herab, und mit jedem »Ruck« hörte Rammar es verdächtig in seinem Kiefer knacken. Dennoch hielt er tapfer aus.

Je weiter der Ork hinaufkam, desto mehr verbreitete sich der Schacht. Rammar bekam die Arme frei, und indem er die Harpune dazu benutzte, sich abzustützen, nahm er ein wenig Gewicht von seinen Beißern. Dennoch dauerte es quälend lange, bis er endlich ganz oben war und über den Rand des Schachts sehen konnte. Huggos Hände streckten sich ihm entgegen und zogen ihn vollends auf sicheren Boden, wo er keuchend liegen blieb.

Einige Augenblicke lang war Rammar nur damit beschäftigt, wieder zu Atem zu kommen. Dann wälzte er sich herum und warf noch einmal einen Blick in den Schacht, dem er mit knapper Not entkommen war. Die Fackel, die sich seinem Griff entwunden hatte, brannte noch. Sie lag auf dem tiefen Grund der Grube und beleuchtete sie flackernd, und mit einigem Unbehagen machte Rammar die zerschmetterten Knochen aus, die dort legen.

»Sieh an«, meinte Huggo, der neben ihm stand und ebenfalls in die Tiefe spähte. »Sieht so aus, als hätten nicht alle, die in den Schacht gefallen sind, so unverschämtes Glück gehabt wie du.«

»Was heißt hier Glück?«, raunzte Rammar, während er sich schwerfällig aufzuraffen versuchte, allerdings vergeblich. Balbok und zwei Seeräuber mussten ihn auf die Beine ziehen. »Das hat nichts mit Glück zu tun. Was mich gerettet hat, war einzig und allein meine Leibesfülle. Oder willst du das bezweifeln?«

Der Pirat, der mit einer so heftigen Reaktion nicht gerechnet hatte, schaute verunsichert in Balboks Richtung, der ihm mit einem Kopfschütteln zu verstehen gab, dass es besser war, nicht zu widersprechen.

»Wer immer diese Falle gebaut hat«, fuhr Rammar im Brustton der Überzeugung fort und war nun wieder ganz der Alte (vielleicht einmal abgesehen davon, dass seine Kiefer noch immer schmerzten), »wollte damit Elfen und anderes knochiges Gesocks erledigen. Einen schrecklich rasenden Rammar jedoch kann so etwas nicht aufhalten. Niemals!«

Um seinen Worten, die er offenbar tatsächlich ernst meinte, Nachdruck zu verleihen, schlug er mit den Fäusten auf den breiten Ledergürtel, der sich um seinen ungeheuren Leib spannte und den er über der Kettenrüstung trug, die Cassaro ihm eigens hatte anfertigen lassen – aus sechs normal großen Kettenhemden ...

»Sobald wir hier raus sind, werde ich mir den größten Kessel *bru-mill* anrühren, den man dies- und jenseits des Meeres je gesehen hat ...«

»Au ja!«, rief Balbok und klatschte begeistert in die Klauen.

»... und den werde ich ganz allein leer fressen, bis auf den letzten Löffel«, fuhr Rammar genüsslich grinsend fort. »Ein Bauch, der Leben rettet, muss ordentlich belohnt werden.«

»A-aber es war doch nicht nur dein Bauch, der dich gerettet hat«, wandte Balbok ein wenig hilflos ein. »Wir waren es doch, die dich heraufgez...«

»Und jetzt lasst uns endlich weitergehen, wir haben schon genug Zeit vertrödelt! Du da, wie heißt du?«

»I-ich?«, fragte der Angesprochene, ein einfacher Pirat mit flachsblondem Haar. »A-Addy, Sir.«

»Schön, dann sperr die Ohren auf, Addy – Rammar der schrecklich Rasende teilt dir hiermit die ehrenvolle Aufgabe zu, vorauszugehen und das Gelände zu erkunden.«

»V-verstanden«, entgegnete der Seeräuber wenig erfreut, traute sich aber nicht zu widersprechen.

»Also worauf wartest du? Geh schon los, oder muss ich dir erst Beine machen?«

Der Pirat setzte sich in Bewegung – sehr begeistert sah er allerdings nicht dabei aus. Den Schacht, in den Rammar gefallen war, umging er in respektvollem Abstand, dann drang er in den Stollen vor, die Fackel in der einen, das blanke Entermesser in der anderen Hand. Schritt für Schritt bewegte er sich vorwärts, sich dabei wachsam umblickend.

Als die übrigen Seeräuber ihm folgen wollten, hielt Rammar sie zurück.

Er wollte diesmal – und das im wahrsten Sinne des Wortes – ganz sichergehen …

»Und?«, rief er dem Piraten hinterher, nachdem dieser ein gutes Stück vorausgegangen war.

»Aye, alles in Ordnung«, scholl es zurück. »Ich hätte nicht gedacht, dass …«

Es ging blitzschnell.

Staub wölkte vom Boden auf, und ein hässliches Quietschen war zu vernehmen – und einen Lidschlag später war der Pirat verschwunden. Sein gellender Schrei verstummte jäh.

»Wie schade«, kommentierte Rammar trocken. »Hätte er mal lieber mehr gegessen …«

# 10.

# AMHORUS

Sie waren der alten Straße weiter gefolgt, durch den Dschungel und vorbei an den Überresten einstmals prunkvoller Tempel und Paläste. All dies in Trümmern zu sehen erschütterte Alannah. Aber es war nicht nur der Anblick zerstörter Gebäude, der der Elfin zusetzte, sondern auch die allgegenwärtige Aura des Todes.

»Wie geht es dir?«, erkundigte sich Lhurian besorgt.

»Alles in Ordnung«, log sie, obgleich Krämpfe sie quälten. Die allerdings waren nicht auf ihre Umgebung zurückzuführen. Ihre einzige Nahrung, die sie zu sich genommen hatte, seit sie die Fernen Gestade erreicht hatten, waren saure Beeren gewesen, die sie im Wald gepflückt hatte und gegen die ihr Magen noch immer rebellierte. »All diese Paläste ...«

»Was ist damit?«

»Wurden sie im Krieg zerstört?«

»Teilweise. Der Rest ist wohl einfach zerfallen.«

»Aber wie kann das sein? Wo sind ihre Bewohner geblieben?«

Der Zauberer erwiderte nichts. Der düstere Blick, den er Alannah sandte, war jedoch Antwort genug und ließ sie erschaudern.

»Wohin führt diese Straße?«, wechselte sie rasch das Thema.

»Nach Crysalion.«

»Du kennst den Weg?«

»Ja – obgleich sich vieles verändert hat, seit ich das letzte Mal hier gewesen bin.«

»Inwiefern?«

Der Zauberer blieb stehen. »Ich möchte es so ausdrücken: Damals war alles in Veränderung begriffen – heute *ist* es verändert.«

Noch ehe sie fragen konnte, was er damit nun wieder meinte, hatte er sich bereits wieder abgewandt und ging weiter, und sie musste zusehen, dass sie ihm folgte. Wie lange ihr Marsch durch die feindselige Wildnis nun schon andauerte, war schwer zu sagen. Alannah war so erschlagen von den Eindrücken, die auf sie niederprasselten, dass sie jedes Zeitgefühl verloren hatte. Gebannt beobachtete sie Schlangen, die in den Bäumen hingen und deren Haut grün und gelb gemustert war, und sie sah große, gefährlich aussehende Vögel über die fahlen Himmelsflecke huschen, die hin und wieder im Blätterdach klafften. Durch eine dieser Öffnungen war irgendwann der Gipfel eines Berges zu sehen, der sich jenseits des Dschungels erhob, und auf dessen flachem Gipfel gewahrte Alannah senkrecht aufragende spitze Türme, die sich wie Nadeln in die Wolken zu bohren schienen.

Obwohl sie sich nicht daran erinnern konnte, jemals zuvor an diesem Ort gewesen zu sein, wusste sie sofort, worum es sich bei diesem Monument handelte, das nicht natürlichen Ursprungs, sondern das Ergebnis zauberischer Kunstfertigkeit war.

Dies war Crysalion.

Der Hort der Kristalle.

Der Überlieferung zufolge war der Berg durchzogen von Gängen und Hallen, die von hellem Licht erfüllt waren und den Gesängen und dem Gelächter glücklicher Elfen. Einer Krone gleich saß die Kristallburg auf seinem Gipfel, mit ihren Mauern und Türmen aus Glas, die den größten Schatz Crysalions bewachten: den Annun, den ersten unter den Kristallen der Macht, der der Ursprung allen Lebens und aller Freude an den Fernen Gestaden war.

Alannah merkte, wie die Ehrfurcht sie überkam. Ein Schauer rann ihr über den Rücken, als ihr klar wurde, dass dies der

Ort war, an den Generationen von Elfen gezogen waren, nachdem sie ihre Aufgaben in der Welt der Sterblichen erfüllt hatten. Es war ihr Ursprung und ihre Heimat, und für einen kurzen Augenblick schalt sie sich eine Närrin, dass sie all dies aufgegeben hatte.

Schon einen Herzschlag später jedoch besann sie sich wieder. Sie musste an Corwyn denken und bekam ein schlechtes Gewissen – und in dem Maße, in dem sie sich innerlich von diesem Ort entfernte, veränderte sich auch der Palast von Crysalion. Eben noch war er ihr strahlend hell und schön erschienen, dann aber sah Alannah nicht mehr das, was ihre Einbildung ihr vorgab, sondern die Wirklichkeit: ein düsteres Gemäuer, das auf dem Gipfel des Berges saß, nicht einer Krone gleich, sondern wie ein zum Sprung bereites Raubtier. Die gezackten Mauern und spitzen Türme waren von stumpfem Grau, und der Kristallturm, Mittelpunkt und Wahrzeichen der Stadt, reckte sich wie ein dürrer Knochenfinger in den dunklen Himmel.

Abermals schauderte Alannah, aber diesmal war es nicht der wohlige Schauer der Erhabenheit, der sie durchrieselte, sondern eine Ahnung von nahem Grauen.

»Kein schöner Anblick, nicht wahr?«, fragte Lhurian leise.

»Nein.« Sie schüttelte den Kopf. »Hast du gewusst, was wir hier vorfinden würden?«

»Ich hatte erwartet, dass wir *etwas* vorfinden«, gestand er ein, »aber ich hätte nicht geglaubt, dass es so schlimm sein würde.«

»Was ist geschehen?«, fragte sie, während maßlose Trauer sie überkam und ihr Tränen in die Augen trieb. »Was ist aus unseren Träumen und Hoffnungen geworden?«

Lhurians Miene war eine unbewegte Maske. »Ich fürchte«, antwortete er schließlich, »an diesem Ort ist kein Platz mehr dafür. Wann immer wir …«

Er unterbrach sich, als er plötzlich etwas wahrzunehmen glaubte. Mit einer Handbewegung gebot er Alannah zu schweigen, während er gleichzeitig angestrengt lauschte –

und in diesem Moment fühlten es auch die feinen Sinne der Elfin.

Eine leichte Erschütterung.

Raschelnde Schritte im fauligen Laub.

Und die erdrückende Präsenz des Bösen ...

»Rasch, fort!«, raunte Lhurian ihr zu, und indem er den Zauberstab einsetzte, um das umgebende Dickicht zu teilen, verließen sie rasch den Pfad. Knisternd schloss sich das Blattwerk hinter ihnen, als wäre es von einem eigenen Willen erfüllt – und das keinen Augenblick zu früh.

Mehrere mit Bogen und Pfeilen bewaffnete Gestalten kamen die brüchige Straße herab, in Rüstungen aus schwarzem Leder gekleidet. Außerdem trugen sie Lederhauben, die so gearbeitet waren, dass sie die obere Gesichtshälfte bedeckten und nur einen schmalen Sehschlitz frei ließen. Die Gesichtshaut darunter war ebenso aschgrau wie die von Dun'ras Ruuhl.

»Dunkelelfen«, flüsterte Alannah atemlos, aber auch das schien bereits zu laut zu sein. Alarmiert fuhr einer der Krieger herum und spähte genau in ihre Richtung.

Die Elfin schalt sich eine Närrin. Sie hatte so viel Zeit unter Menschen verbracht, dass sie nicht mehr an die empfindsamen Sinne ihrer eigenen Rasse gewohnt war. Sie erstarrte und hielt den Atem an, der Zauberer neben ihr fasste den Stab fester.

»Was hast du?«, hörten sie einen anderen Krieger fragen.

»Ich dachte, ich hätte etwas gehört ...«

»Unsinn, da ist nichts.«

»Bist du sicher?« Durch das dichte Blattwerk konnte Alannah sehen, dass der Krieger noch immer in ihre Richtung starrte.

»Allerdings. In dieser Gegend gibt es schon lange kein Wild mehr. Etwas vor den Bogen zu bekommen wird immer schwieriger in diesen Tagen, dabei steht mir der Sinn nach frischem Blut. Ich habe es satt, meine Zähne in das stinkende Fleisch von Orks zu schlagen.«

»Geht mir nicht anders«, stimmte ein dritter zu, und Alannah, die das Gespräch verfolgte, musste sich selbst überwinden, um ihr Entsetzen und ihren Ekel nicht laut hinauszuschreien.

Fleisch!

Diese Elfen aßen rohes, blutiges Fleisch, das noch dazu von Unholden stammte ...

Noch eine Weile unterhielten sich die Wächter und verfielen dabei in ein Gelächter, das derber war als alles, was Alannah je aus der Kehle eines Elfen vernommen hatte. Dann – zu ihrer und des Zauberers Erleichterung – schulterten die Krieger wieder ihre Bögen und setzten die Jagd fort. Sie verließen die Straße und waren kurz darauf im Dickicht verschwunden. Dennoch warteten Alannah und Lhurian eine Weile, ehe sie ihr Versteck verließen.

»Hast du gehört?«, fragte der Zauberer.

Alannah nickte nur – zu mehr war sie noch nicht in der Lage. Eins mit der Schöpfung zu sein und mit der Welt, die sie hervorgebracht hatte, war der fundamentale Grundsatz im Leben eines Elfen. Dieses Prinzip zu verraten oder bewusst zu verletzen war eines der ärgsten Vergehen, dessen sich eine Tochter oder ein Sohn Sigwyns schuldig machen konnte.

Die Dunkelelfen hatten all das getan – und schienen noch nicht einmal etwas dabei zu empfinden. Schon das gebratene Fleisch von toten Tieren zu essen war etwas, woran sich Alannah bei den Menschen nur ganz allmählich hatte gewöhnen können. Die Krieger jedoch hatten davon gesprochen, das rote, noch blutige Fleisch von Unholden zu verzehren!

Die Vorstellung allein drehte Alannah fast den Magen um, und ihr dämmerte, weshalb die Haut der Dunkelelfen so aschgrau war. Ihr Aussehen war lediglich das Ergebnis ihrer Taten, das Spiegelbild ihrer Seele ...

»Wir müssen weiter«, flüsterte Lhurian, und sie setzten ihren Weg fort in der Hoffnung, nicht noch auf weitere

Patrouillen oder Jagdtrupps zu stoßen. Was die Dunkelelfen mit einem Zauberer und einer Lichtelfin anstellen würden, die sie auf ihrem Territorium erwischten, mochte sich Alannah nicht vorstellen. Und erst recht wollte sie es nicht am eigenen Leib erfahren.

Wieder quälten sie unzählige Fragen. »Wer sind diese Krieger?«, wollte sie wissen, während sie dem Zauberer durch das Unterholz folgte.

»Vermutlich Kämpfer aus Crysalion.«

»Vermutlich? Was soll das heißen?«

»Das soll heißen, dass ich nicht auf alle Fragen eine Antwort weiß«, erwiderte der Zauberer gereizt.

»Du weißt keine Antworten? Diese Elfen haben davon gesprochen, das Fleisch von Unholden zu essen. Sie vergehen sich an der Natur, sie spotten der Schöpfung, sie ...«

Lhurian blieb stehen und fuhr herum. »Glaubst du, das wüsste ich nicht?«, zischte er und blitzte sie an. »Ich hatte dir gesagt, dass diese Insel kein Ort für dich ist, aber du wolltest mich unbedingt begleiten!«

»Ich wollte helfen«, verteidigte sie sich, erschrocken über seine heftige Reaktion.

»Natürlich«, schnaubte er, »genau wie damals, als du ...« Er unterbrach sich und kniff die Lippen zusammen.

»Als ich was?«, wollte sie wissen.

Er schüttelte den Kopf. »Nicht weiter wichtig.«

»Ich möchte es aber wissen. Dies ist der Ort meiner Träume, der Ursprung und die Heimat meines Volks – und ich erkenne nichts davon wieder. Hat all dies mit dem Kristall zu tun?«

»Davon gehe ich aus«, bejahte der Zauberer.

»Wer hat all dies zu verantworten?«, bohrte Alannah weiter. »Wer trägt daran Schuld, dass der Kristall seine Leuchtkraft verloren hat und die Fernen Gestade ein ... ein ...«« – sie scheute sich, es auszusprechen, tat es dann aber dennoch – »... ein Reich des Bösen geworden sind?«

Lhurians Blick war ebenso düster wie entwaffnend – eine Antwort blieb er jedoch schuldig. Stattdessen wandte er sich einfach um und setzte seinen Weg fort, sodass Alannah nichts anderes übrig blieb, als ihm zu folgen. Doch allmählich empfand sie Wut auf den Zauberer, der sich weiter beharrlich weigerte, ihr die Wahrheit zu sagen und sie dafür mit Andeutungen und Floskeln abspeiste.

Zu den leisen Geräuschen der Natur gesellte sich ein Rauschen, das mit jedem Schritt lauter wurde. Unvermittelt endete der Dschungel vor steil abfallenden Klippen, und zu ihrer Überraschung sah Alannah auf die weite blaugraue Fläche des Meeres. Felseninseln waren der Küste vorgelagert, jenseits davon erstreckte sich das Wasser bis zum milchigen Horizont, in den es nahtlos überging. Die Wolken hingen tief, und die See war sturmgepeitscht, und die Luft roch nach Salz, Tang ...

... und nach Tod.

Zu ihrer Linken sah Alannah den Berg aufragen, auf dessen Spitze Crysalion thronte. Aus diesem Winkel betrachtet, waren nur die äußersten Mauern und die höchsten Türme des Bollwerks zu sehen, das weniger wie eine Stadt als vielmehr wie eine Festung aussah.

Selten zuvor in ihrem Leben war sich Alannah so klein und unbedeutend vorgekommen wie in diesem Augenblick, da sie am Fuß des Berges stand und der raue Seewind an ihr zerrte. Reue überkam sie für einen Moment, dass sie hergekommen war, und sie bedauerte ihre Beharrlichkeit und ihren Starrsinn. Schon einen Augenblick später jedoch hatte sie diese Empfindungen zurückgedrängt.

»Gibt es einen Plan?«, erkundigte sie sich.

Der Zauberer nickte. »In die Festung eindringen und den Kristallsplitter zurückbringen.«

Sie hob eine Braue. »Das ist alles?«

»Das ist alles.« Erstmals seit vielen Stunden sah sie ihn wieder lächeln.

»Wie kommen wir hinauf?«

»Die Straße, die sich an der Südseite emporwindet, können wir nicht benutzen, weil sie bewacht wird und wir entdeckt würden«, erklärte Lhurian. »Uns wird also nichts anderes übrig bleiben, als entweder an der Nordseite des Berges hinaufzuklettern, was ich meinen alten Knochen nicht gern zumuten würde ...«

»Oder?«

»... oder uns einen Weg durch das Labyrinth zu suchen, das sich unter dem Berg erstreckt. Aber ich muss dich warnen – dieser Weg führt durch tiefe Dunkelheit. Eine grausame Schlacht wurde dort einst geschlagen, und ich fürchte, die Geister der Erschlagenen sind in mancher Hinsicht noch lebendig.«

»Ich habe keine Angst«, versicherte sie.

»Doch, hast du«, widersprach er bestimmt. »Andernfalls wärst du eine Närrin.«

»Wie du meinst.« Alannah nickte – der Zauberer kannte sie offenbar besser, als ihr manchmal lieb war. »Trotzdem bin ich dafür, dass wir den Weg durch das Labyrinth nehmen.«

»Dann werden wir das tun«, sagte er, und erneut ging er voraus bis zu den Felsterrassen, die sich unterhalb des Berges erstreckten und in zahlreichen Stufen bis hinunter zum Meer verliefen, dessen schäumende Brandung sich rauschend daran brach.

Sand hatte sich zwischen den Felsen angehäuft, den der raue Wind heraufgetragen hatte, und in diesem Sand entdeckte Alannah plötzlich etwas, das ihre Aufmerksamkeit erregte.

Fußspuren ...

»Lhurian!«

Sie rief den Zauberer zu sich und zeigte ihm den Fund. Seltsam war nicht so sehr die Existenz der Spuren, sondern vielmehr ihre Verursacher ...

»Menschen«, stellte Lhurian fest.

»Woran willst du das erkennen?«, fragte Alannah, denn sie sah nur den Abdruck von Schuhen und Stiefeln, die ihrer

Meinung nach sowohl Menschen als auch Elfen getragen haben konnten.

»An der Tiefe der Abdrücke und an der Art und Weise, wie sie gegangen sind«, sagte Lhurian. »Elfen bewegen sich eleganter und stapfen nicht breitbeinig durch die Gegend.«

Das war Alannah so noch nie aufgefallen. »Menschen?«, murmelte sie. »An den Fernen Gestaden?«

»Einst«, begann der Zauberer, »als die Mächte der Dunkelheit die Insel angriffen, waren auch Menschen unter den Invasoren – ein Heer von ebenso primitiven wie blutrünstigen Söldnern, begleitet von einem Tross von Huren, um sie bei Laune zu halten. Möglicherweise haben einige von ihnen die Schlacht überlebt und Nachkommen hinterlassen.«

»Und *diese* Spuren hier?«, fragte Alannah und zeigte auf andere Abdrücke, die bedeutend breiter und tiefer waren.

»Stammen von Orks«, sagte der Zauberer.

»Es sind die gleichen, die wir in der Höhle entdeckt haben«, war Alannah überzeugt. Die Elfin hatte sich auf die Knie niedergelassen, um die Spuren genauer in Augenschein zu nehmen. Irgendetwas daran versetzte ihr Innerstes in Aufruhr, ohne dass sie zu sagen vermocht hätte, was genau es war.

»Bist du sicher?«, fragte Lhurian.

»Allerdings.«

»Dort unten gibt es noch weitere Spuren«, stellte er fest, auf die tiefer gelegenen Terrassen deutend. »Ihrer Richtung nach zu urteilen, sind die Unholde und die Menschen hier heraufgeklettert. Fragt sich nur, aus welchem Grund.«

»In der Tat.« Alannah nickte. »Ich kann zwei verschiedene Fährten der Unholde unterscheiden: Der eine ist klein, dafür aber ziemlich schwer, denn seine Abdrücke sind platt und sehr tief; der andere hat riesige Füße, scheint dabei aber von hagerer Statur zu sein und …« Sie stutzte.

»Was hast du?«, erkundigte sich der Zauberer.

»Nichts.« Sie schüttelte den Kopf. »Für einen Augenblick dachte ich nur … Aber es ist absurd! Sie können unmöglich hier sein, völlig ausgeschlossen.«

»Wer? Von wem sprichst du?«

Alannah antwortete nicht. Obwohl es aller Vernunft widersprach, wollte ihr der Verdacht nicht aus dem Kopf. Vorausgesetzt, die Spuren waren noch nicht zu alt, würde es ihr vielleicht mit etwas Glück gelingen, die Sache zu überprüfen.

Also schloss sie die Augen und konzentrierte sich, versuchte zu vergessen, an welchem Ort sie sich befand, versuchte das Rauschen des Meeres ebenso aus ihrem Bewusstsein zu vertreiben wie das Zerren des Windes an ihrem Kleid und ihrem Haar und den Geruch des Todes, den er herantrug. Sodann streckte sie die rechte Hand aus und senkte sie, bis die Handfläche fast den Boden berührte. In einer langsamen Kreisbewegung führte sie die Hand über die Abdrücke im Sand hinweg, öffnete ihr Bewusstsein …

… und prallte erschrocken zurück.

»Nein«, hauchte sie mit weit aufgerissenen Augen. »Das kann nicht sein. Das ist nicht … möglich!«

»Was?«, fragte Lhurian noch einmal. »Wovon sprichst du?«

In Gedanken spielte Alannah die Möglichkeiten durch. Konnte es tatsächlich sein? Wie hatte das geschehen können? Zuletzt hatte sie die beiden in Kal Anar gesehen – und war nicht auch Dun'ras Ruuhl von dort gekommen?

Was, wenn es zu einer dramatischen Verkettung von Ereignissen gekommen war, in deren Verlauf die beiden tatsächlich an diesen Ort versetzt worden waren? Eine Art magischer Zufall? Hatten die Brüder nicht schon öfter bewiesen, dass sie sich auf nichts so gut verstanden wie darauf, zur falschen Zeit am falschen Ort zu sein?

»Das darf nicht wahr sein …«, hauchte die Elfin abermals und glitt mit der Handfläche noch einmal über die Spuren hinweg. Wieder empfand sie diese Vertrautheit, genau wie schon zuvor in der Höhle. Und es gab nur zwei Orks, die sie kannte, und zu denen passten diese Abdrücke auch.

»Wovon sprichst du?«, fragte Lhurian abermals und leicht indigniert – dass sich die Rollen vertauscht hatten und er auf einmal der Unwissende war, gefiel ihm ganz und gar nicht.

»Das erzähle ich dir unterwegs«, antwortete Alannah und richtete sich auf. »Wir müssen uns beeilen. Ansonsten, fürchte ich, wird alles im Chaos enden!«

# 11.

## TULL GHU MINRAS'HAI

Das Gesicht des Piraten starrte in stillem Entsetzen. Die Augen waren weit aufgerissen, ebenso der Mund, dem zuletzt ein heiserer Schrei entfahren war. Fast hätte man meinen können, der Mann lebte noch und wäre lediglich in namenlosem Schrecken erstarrt – wäre da nicht der eiserne, mörderisch zugespitzte Pfahl gewesen, der in Höhe seines Herzens aus seinem Brustkorb ragte, und das schreiend rote Blut, das das Hemd des Seeräubers tränkte.

»Schau mich nicht so an«, knurrte Rammar, während er sich an dem Toten vorbeidrückte. »Ich habe dir gesagt, du sollst die Augen offen halten. Inzwischen wissen wir ja, dass die Schmalaugen diesen Gang mit Fallen versehen haben. Aber du wolltest ja nicht auf mich hören ...«

Da sich der Pirat nicht mehr verteidigen konnte, blieben die Vorwürfe unwidersprochen – aber auch keiner der übrigen Korsaren, die die Expedition noch begleiteten, wagte es, seine Stimme zu erheben, aus Furcht, als Nächstes vorausgeschickt zu werden.

Nachdem der Blonde Addy von einer weiteren Fallgrube verschlungen worden war, war es für den Rest des Trupps nicht weiter schwierig gewesen, diese Gefahrenquelle zu umgehen. Aber auf das Fallbeil, das jäh von der Korridordecke herabgefallen war und einen weiteren Piraten das Leben gekostet hatte, war niemand wirklich gefasst gewesen. Ebenso wenig wie auf die eisernen Pfähle, die aus verborgenen Wandöffnungen geschossen waren und den Langen Gin dahingerafft hatten.

»Mein böser Ork«, meinte Balbok, der wie zuvor die Nachhut bildete, die große Bootsaxt in den Klauen. »Allmählich verstehe ich, warum das Tor nicht verschlossen war.«

»*Korr*«, stimmte Rammar grimmig zu. »Das war kein Zufall, sondern eine Einladung. Die Schmalaugen wollen, dass man diesen Gang betritt, damit man in ihren hinterlistigen Fallen krepiert. Aber einen Ork aus echtem Tod und Horn kann so etwas nicht aufhalten.«

»Einen Ork vielleicht nicht«, beklagte sich Huggo, »aber unsereinen schon. Ich habe bereits vier Männer verloren ...«

»Und?«

»Wenn das so weitergeht, ist bald keiner mehr übrig.«

»Und das stört dich«, stellte Rammar fest, den Balbok einmal mehr für seine *Menschen*kenntnis bewunderte.

»Ein wenig schon«, gestand Huggo. »Wir wissen ja noch nicht einmal, wohin dieser Gang eigentlich führt. Trotzdem opfern wir einen Mann nach dem anderen.«

»Soll das heißen, du zweifelst meinen Plan an?«, fragte Rammar, dessen Augen sich zu Schlitzen verengt hatten.

»I-ich würde gern wissen«, erwiderte der Pirat, während er langsam vor Rammar zurückwich, »ob es überhaupt einen Plan gibt. Ihr habt dem Käpt'n gesagt, dass ihr euch hier auskennt, aber, ehrlich gesagt, habe ich nicht das Gefühl, dass ...«

Er verstummte, als er mit dem Rücken gegen die Korridorwand stieß und Rammar so nah an ihn herankam, dass sein Rüssel unmittelbar vor Huggos Nase schwebte. Der faulige Atem des Orks raubte dem Piraten fast die Besinnung.

»Es steht dir nicht zu, über solche Dinge nachzudenken, Mensch«, beschied Rammar ihm grollend. »Käpt'n Cassaro hat mich zum Leutnant ernannt und mir den Oberbefehl über das Unternehmen erteilt. Danach solltest du dich richten. Oder willst du, dass ich ihm erzähle, dass du meutern wolltest? Die Haifische würden sich freuen, da bin ich ganz sicher.«

»N-nein«, versicherte der so Bedrängte prompt, »bitte nicht …«

»*Korr*«, brummte Rammar und nickte zufrieden. »Dann geh jetzt los und übernimm die Vorhut.«

»I-ich soll vorausgehen?«

»Genau das.«

»Aber … ich – ich bin nach dir und deinem Bruder der Ranghöchste im Trupp«, beeilte sich Huggo zu erklären. »Andere bekleiden viel niedrigere Ränge als ich. Sollten wir nicht zuerst die losschicken, um die Reihenfolge einzuh…?«

Er verstummte, als er die stille Ablehnung in Rammars verkniffener Visage sah. »Typisch Milchgesicht«, murrte der Ork. »Immer denkt ihr euch irgendwelche hirnrissigen Begründungen aus, dass die einen mehr zu sagen haben als die anderen. Ihr wählt sie, ihr krönt sie, und ihr schenkt ihnen euer Vertrauen – geradeso, als brauchte man nur einen Titel anzunehmen, und schon läge einem die Welt zu Füßen. Dabei verliert ihr aber eine wichtige Tatsache aus den Augen, Milchgesicht!«

»U-und die wäre?«, erkundigte sich der Pirat und hatte ein äußerst mulmiges Gefühl.

»Dass stets der am meisten zu sagen hat, der den Längsten hat.«

»Den Längsten?«, fragte Huggo ächzend. »Den längsten *was*?«

»Dämliche Frage – den längsten *saparak* natürlich!«, polterte Rammar und fuchtelte mit der Harpune herum, die ihm ersatzweise als Kriegsspeer diente. »Und nun entscheide dich, ob du die Vorhut übernehmen willst oder ob ich dir diesen Stahl durch die Eingeweide treiben soll. Mir ist es gleich, Mensch, aber entscheide dich schnell, wir haben schon viel zu viel Zeit verplem…«

Mehr brauchte Rammar nicht zu sagen. Mit Fackel und Säbel bewaffnet, setzte sich Huggo in Bewegung und eilte dem Trupp im Laufschritt voraus, alle Vorsicht außer Acht

lassend – seine Furcht vor Rammar war noch ungleich größer als jene vor verborgenen Fallen.

»Na also«, knurrte der Ork zufrieden. »Warum nicht
gleich so? Bisweilen sind Menschen wirklich ziemlich schwer
von Begriff.«

Die Orkbrüder und die fünf verbliebenen Piraten, die sich
allesamt furchtsam umblickten, folgten Huggo in sicherem
Abstand. Die Methode hatte sich – gewissermaßen – als tod-
sicher erwiesen, und Rammar empfand nicht einen Hauch
von Mitleid mit den Männern, die er vorausschickte. Schließlich ging es um nicht mehr und nicht weniger als sein eigenes Überleben – und dafür war der feiste Unhold bereit,
jedes noch so große Opfer zu bringen.

Auch wenn es für andere schmerzlich war …

Zu aller Erleichterung stellte sich heraus, dass keine weiteren Pfähle in den Wänden verborgen waren. Unbehelligt drangen sie ein gutes Stück weiter vor, während der Korridor stetig
bergauf führte. Inzwischen, vermutete Rammar, befanden sie
sich längst auf Höhe der Minen. Immer wieder blieb der Ork
stehen und lauschte, ob er das Klopfen der Hämmer hören
konnte. Vergeblich. Nur ein dumpfes Dröhnen war zu vernehmen, das der Ork dem Meer zuschrieb, das gegen den Fuß
des Berges brandete – bis zu dem Zeitpunkt, als er plötzlich
den Eindruck hatte, dass sich das Geräusch *über* ihnen befand!

»Rammar?«, fragte Balbok.

»Ich hör's, bin ja nicht taub.«

»Was ist das?«, erkundigte sich Balbok und blieb stehen,
den Blick zur hohen Decke gerichtet, die der Fackelschein
gerade noch erfasste.

»*Umbal*, woher soll ich das wissen?«

»Das gefällt mir nicht«, stellte Balbok fest, als es erneut
dumpf rumorte und feiner Staub von der Decke rieselte.

»Dafür kann ich auch nichts«, schnarrte Rammar. »Zieh
einfach deinen dämlichen Schädel zwischen die Schultern
und geh weiter. Der Mensch ist unbeschadet hier durchge-
kommen, also werden wir es auch schaffen, verstehst du?«

»Wenn du meinst …«

Balbok schien wenig überzeugt, dennoch setzte er seinen Weg fort. Auch den Piraten waren die unheimlichen Laute nicht verborgen geblieben, und sie blickten nicht weniger besorgt zur Decke als der große Unhold.

»Was du nur wieder hast«, maulte Rammar auf Orkisch. »Du bist doch nur neidisch, weil die Idee, ein Milchgesicht vorauszuschicken, nicht von dir gekommen ist.«

»Das stimmt nicht«, widersprach Balbok kopfschüttelnd. »Ich frage mich nur, was passiert, wenn …«

»Wenn was, hä?« Rammar blieb stehen und schaute ihn herausfordernd an.

»Na ja«, sagte Balbok achselzuckend, »wenn eine Falle mal anders funktioniert.«

»Wie anders?«

»Es könnte doch sein«, erklärte der Hagere, auf dessen hoher Stirn sich als Zeichen angestrengten Nachdenkens tiefe Furchen gebildet hatten, »dass die Erbauer dieser Fallen daran gedacht haben, dass du mit einer Falle rechnen könntest und dass du deswegen jemanden vorausschicken könntest, um gewarnt zu sein.«

»Bei Kuruls Grube«, blaffte Rammar, der kein Wort verstanden hatte. »Was redest du da?«

»Ich meine nur, sie könnten vorgesorgt haben, um zu verhindern, dass man ihre Fallen umgeht.«

»Ach ja?« Ein überlegenes Grinsen huschte über Rammars breites Gesicht. »Und wie sollten sie das tun, Faulhirn?«

»Ganz einfach – indem die Falle nicht sofort ausgelöst wird, sondern erst etwas später.«

»Nicht sofort, sondern erst etwas später …«, wiederholte Rammar genervt.

»Genau das.«

Die Gesichtszüge des dicken Orks verzerrten sich, bis sie tief empfundene Verachtung ausdrückten. »Und so etwas«, presste er mit bebender Stimme hervor, »will mein Bruder sein! Du bist doch wirklich das blödeste Stück Ork, das mir je untergekommen ist. Glaubst du denn wirklich, an etwas so Offensichtliches hätte ich nicht gedacht?«

»Wirklich?«, fragte Balbok, während es erneut rumpelte und dröhnte, nun unmittelbar über ihnen – und diesmal rieselte nicht nur ein wenig Staub von der Decke, sondern eine ganze Ladung Kies und Sand, die auf seinem Kopf landete.

»Und was sagst du dazu?«

»Dämliche Frage, du schmalhirniger Lulatsch«, brüllte Rammar, sodass sich seine Stimme überschlug. »Lauf um dein Leben ...!«

Während er bereits die kurzen Beine in die Klauen nahm und davonrannte, blickte Balbok noch einmal nach oben zur Decke – und sah, wie sich ein gewaltiger Quader aus massivem Fels knirschend daraus löste!

»*Artum tudok!*«, brüllte er aus Leibeskräften und begann ebenfalls zu laufen.

Seine langen Beine retteten ihm das Leben. Einer der Piraten hingegen hatte weniger Glück – sein Entsetzen währte einen Augenblick zu lange. Ein Quader, der nahezu die gesamte Breite des Korridors einnahm, zermalmte ihn.

Und die Gefahr war noch längst nicht gebannt!

Das Knirschen und Rumoren setzte sich fort, und ein Stück weiter vorn brach der nächste Steinklotz aus der Decke. Rammar, der einen beträchtlichen Vorsprung hatte, geriet nicht in Gefahr, aber Balbok und die Piraten entgingen nur ganz knapp dem Ende.

Vermutlich hätte der Quader einen weiteren Seeräuber erwischt, hätte Balbok ihn nicht im Laufen gepackt und mitgerissen. Der Pirat, ein kleinwüchsiger, dürrer Kerl, wusste gar nicht, wie ihm geschah.

Cassaros Mannen brüllten vor Entsetzen.

»*Shnoooorsh!*«, ließ sich Balbok heiser vernehmen.

Sie rannten weiter, schon deshalb, weil es das Einzige war, das sie tun konnten, aber es war absehbar, dass ihre Flucht ein ziemlich matschiges Ende nehmen würde.

Mit ausgreifenden Schritten rannte Balbok den Piraten voraus, den Kleinwüchsigen noch immer unter dem Arm, während sich über ihm die Decke rumpelnd und dröhnend bewegte. Sand rieselte, und wieder polterte einer der Quader herab.

»*Lark! Lark!*«, rief Balbok seinen menschlichen Begleitern zu, während er selbst so schnell rannte, wie seine langen Beine ihn nur trugen.

Das Verderben stürzte tonnenschwer auf sie herab. Balbok schloss die Augen und lief weiter, holte die letzten Reserven aus seinen Muskeln heraus. Augenblicke lang glaubte er, zu langsam zu sein und von dem riesigen Felsblock erschlagen zu werden – aber er entging seinem Ende mit knapper Not. Unmittelbar hinter ihm schlug der Quader zu Boden, traf mit derartiger Wucht auf, dass sich Risse im Gestein bildeten.

Die Piraten jedoch hatten weniger Glück als Balbok – bis auf den einen, den er sich unter den Arm geklemmt hatte.

Der hagere Ork rannte noch einige Schritte weiter durch den dichten Staubnebel, der den Korridor ausfüllte, sodass Balbok rein gar nichts sehen konnte. Im nächsten Moment prallte er mit voller Wucht gegen ein Hindernis.

Ein Steinquader!, schoss es ihm durch die engen Windungen seines Gehirns. Hatte es ihn also doch noch erwischt ...

Benommen sank er nieder und nahm an, dass dies das Ende wäre.

Aber das war es nicht, wie er erkannte, als sich der Staub wieder legte und statt Kuruls finsterer Fratze das verärgerte Gesicht seines Bruders über ihm erschien.

»Hast du's bald?«, fragte dieser ungeduldig.

»R-Rammar? Bist du's wirklich?«

»Nein, Gulz der Schlächter«, erwiderte der feiste Ork unwirsch, der den Schrecken offenbar bereits verwunden hatte. »Natürlich bin ich's! Wer soll ich denn sonst sein, Hirnfurz?«

»D-das war knapp«, erklärte Balbok, während er sich stöhnend auf die Beine raffte. »Ich dachte schon, es wär vorbei.«

»Selbst schuld. Was musst du auch dämlich in der Gegend stehen? Hättest du auf meine Warnung gehört und wärst einfach gerannt, als ich es sagte ...«

»Deine Warnung?« Balbok machte große Augen. »Aber ich ...«

»Entschuldigt«, ließ sich eine dünne Stimme vernehmen, und unter dem Arm des hageren Ork rührte sich etwas. »Würde es dir etwas ausmachen, mich wieder runterzulassen?«

Verwundert sah Balbok an sich herab.

Der Mensch, den er mitgenommen hatte!

Er hatte ihn fast vergessen ...

Er stellte den schmächtigen Piraten auf den Boden, worauf dieser benommen hin und her torkelte. Huggo, der das Inferno ebenfalls überlebt hatte, weil er ihm sozusagen ein gutes Stück voraus gewesen war, kam herbei und kümmerte sich um ihn, und zu aller Verblüffung gesellte sich noch ein weiterer Pirat hinzu, der den herabfallenden Quadern entgangen war, indem er sich eng an die Korridorwand gepresst hatte.

»Manchmal«, beschied Balbok seinem Bruder grinsend, »kann auch eine schmale Statur von Vorteil sein.«

Darüber konnte Rammar allerdings gar nicht lachen. Der feiste Ork pfiff Huggo, der erneut vorauseilen wollte, zurück und übernahm wieder selbst die Vorhut – sehr wohl war ihm allerdings nicht dabei. Wer immer diese Fallen errichtet hatte, er hatte schon mehrfach bewiesen, dass er für immer neue Überraschungen gut war, und Rammar hatte gewiss nicht vor, einer davon zum Opfer zu fallen. So war er ziemlich erleichtert, als der Gang niedriger und schmäler wurde und schließlich in einen runden Schacht mündete, an dessen Ende sich eine steinerne Treppe emporwand.

Das obere Ende war im spärlichen Fackelschein nicht zu erkennen, und die Treppen hinaufzusteigen sah nach einer enormen Plackerei aus. Aber es hatte auch den Anschein, als wären die Eindringlinge ihrem Ziel ein gutes Stück näher gekommen.

Denn endlich war der helle Klang der Hämmer zu hören, mit denen die Sklaven auf das Gestein droschen und das in Rammar eine Reihe höchst unerfreulicher Erinnerungen weckte ...

»Bei Kuruls dunkler Grube«, wetterte er. »Viele haben schon versucht, diesem Ort zu entkommen – wir sind die ersten Idioten, die alles daransetzen, wieder hineinzugelangen ...«

# 12.

# FIRUNN'S BRUUCHG

Von Alannahs finsteren Befürchtungen getrieben, waren sie in das Labyrinth eingedrungen – und fanden das blanke Grauen vor.

Der Boden der Höhlen und Stollen war von bleichen Knochen übersät, deren Herkunft sich kaum noch eindeutig zuordnen ließ. Die sterblichen Überreste von Menschen, Orks und Elfen lagen wild durcheinander, und auch die rostigen Überbleibsel von Waffen, Schilden und Rüstungsteilen waren hier und dort im Licht von Lhurians Zauberstab auszumachen. Man brauchte kein Hellseher zu sein, um zu erkennen, dass einst eine Schlacht an diesem Ort getobt hatte, und Alannah ahnte, dass sie mit den Ereignissen in Zusammenhang stand, von denen der alte Zauberer ihr berichtet hatte – auch wenn er dies nur in Ansätzen getan hatte, um sie, wie er sagte, vor sich selbst zu schützen ...

»Wirklich«, knurrte Lhurian, während er über das Skelett eines Elfen hinwegstieg, dessen Rippen von der Axt eines Orks zerschmettert worden waren, »ich hätte nicht geglaubt, noch einmal an diesen Ort zurückzukehren.«

»Warst du dabei, als diese Schlacht geschlagen wurde?«, erkundigte sich Alannah beklommen.

»Nein.« Er schüttelte den Kopf. »Aber ich fühle dennoch mit ihnen. So viele sind damals gestorben. Die einen, weil sie verteidigten, was ihnen heilig war. Die anderen, weil sie den Verlockungen des Bösen erlegen waren.«

»Was für ein grauenvoller Ort«, stellte Alannah erschüttert fest. »Ein Meer von Knochen ...«

»Die Auseinandersetzung tobte viele Tage«, berichtete Lhurian, während sie langsam weiter vordrangen. »*Barwydor dai dufanor*‹ wurde sie von den Elfenkriegern genannt …« »… die Schlacht in den Tiefen«, übersetzte Alannah schaudernd.

»Es gab keinen klaren Frontverlauf, und im spärlichen Licht waren Freund und Feind oft nicht zu unterscheiden. Ein ebenso grausames wie sinnloses Morden begann, das erst endete, als die Angreifer erschlagen in ihrem Blut lagen.«

»Aber wenn die Invasion zurückgeschlagen wurde«, wandte Alannah ein, »weshalb finden wir die Fernen Gestade dann so verändert vor? Wie kann es sein, dass die Diener des Bösen hier hausen, wenn ihr Ansturm doch abgewehrt wurde?«

»Der Kristall«, war der Zauberer überzeugt. »Der beschädigte Kristall hat dies bewirkt.«

»Unmöglich«, wehrte Alannah ab. »Ein geborstener Kristall kann seine Zauberkraft verlieren, aber er wird nicht von sich aus Böses tun. Dazu sind andere nötig, finstere Helfer …«

»Glaub mir, die gab es«, versicherte Lhurian düster.

»Durch wen?« Sie blieb stehen, und im fahlen Schein, den der Zauberstab verbreitete, sah sie den unheilvollen Ausdruck in seinem Gesicht – und im selben Moment dämmerte ihr die Wahrheit.

Die schreckliche, grässliche Wahrheit, die sich ihr in diesem Augenblick so offensichtlich darbot, dass sie sich fragte, warum sie nicht schon viel früher darauf gekommen war.

Furcht war eine mögliche Antwort.

Selbstbetrug eine andere …

»Ich bin das gewesen, nicht wahr?«, flüsterte sie und hatte das Gefühl, als würde sie den Boden unter den Füßen verlieren. Zeit und Raum existierten in diesem Augenblick nicht mehr, das Labyrinth hatte seine Schrecken verloren. »Ich habe dazu beigetragen, dass alles so gekommen ist. In jener Vergangenheit, an die ich mich nicht erinnere ...«

»Ich wollte nicht, dass du es erfährst«, versicherte Lhurian und bestätigte damit ihre Vermutungen. »Ich habe geschwiegen, und dennoch hast du die Wahrheit erkannt. Oder kannst du dich inzwischen erinnern?«

Sie schüttelte den Kopf.

»So ist es deine Intuition, die zu dir spricht«, folgerte der Zauberer leise. »Deine Erinnerung konnte Farawyn dir nehmen, Thynia – aber nicht dein Gewissen.«

»Es stimmt also?«, fragte sie leise und mit bebender Stimme.

»In gewisser Weise ja«, antwortete Lhurian zu ihrer Bestürzung. »Ich kann mir denken, wie schwer all dies für dich sein muss, darum wollte ich, wir wären einander nie mehr begegnet und du hättest nicht darauf bestanden, mich auf dieser Mission zu begleiten. Aber du hattest keine andere Wahl, nicht wahr? Dein Schicksal hat dich an diesen Ort zurückgeführt, ebenso wie mich das meine.«

»Warum hast du es mir nicht gesagt?«, fragte sie ihn flüsternd, während sie vor sich selbst erschauderte.

»Weil ich dir all dies ersparen wollte. Aber vielleicht tröstet es dich, wenn ich dir sage, dass du nichts für das konntest, was geschehen ist. Du warst willenlos, ein Werkzeug. Wie so viele andere auch.«

»Woher weißt du das? Bist du dabei gewesen?«

Er zögerte einen Augenblick mit der Antwort. »Nein«, gestand er dann, »das war ich nicht.«

»Wie kannst du mich dann von der Schuld entbinden?«

»Nun, weil ich ...« Er verstummte und biss sich auf die Lippen, und zum ersten Mal hatte Alannah den Eindruck, dass dem Zauberer tatsächlich die Worte fehlten.

»Es ist meinetwegen, nicht wahr?«, fragte sie sanft. »Du liebst mich noch immer. Obgleich ich mich nicht an dich erinnern kann. Und obwohl ich noch nicht einmal weiß, womit ich diese Liebe verdient habe.«

»Du hast sie verdient«, sagte er und schnitt eine Grimasse, um zu vertuschen, wie nahe ihm das Gespräch ging. Die Gefühle zu bestreiten, die er offenbar noch immer für sie hegte, versuchte er erst gar nicht – auch wenn er nicht hoffen durfte, dass diese Gefühle Erwiderung erfuhren. »Es ist lange her, Thynia. Sehr lange ...«

»Was genau ist damals geschehen? Willst du es mir nicht sagen nach allem, was ich bereits herausgefunden habe? Was könntest du mir noch enthüllen, das schlimmer wäre als ...«

Ein unheimliches Geräusch ließ sie verstummen.

Es war ein Schnauben in der Dunkelheit, gefolgt von einem leisen Trippeln.

Lhurian fuhr herum, den Zauberstab beidhändig zur Abwehr erhoben. Alannah verengte ihre Augen, konnte in der sie umgebenden Finsternis jedoch nichts erkennen.

Wieder ein Schnauben, das heiser und hässlich klang. Dann war ein Schaben zu hören und das Klappern von Knochen, die von irgendetwas beiseitegeschoben wurden, das ziemlich groß sein musste.

»Wer ist da?«, fragte Lhurian mit fester Stimme in die Dunkelheit. »Zeige dich, oder ich werde dich zerschmettern, noch ehe du auch nur ...«

Er verstummte, als Alannah einen spitzen Schrei ausstieß. Denn aus der Dunkelheit des Stollens löste sich – die Elfin traute ihren Augen kaum – eine riesige Ratte!

Das graue Fell der Kreatur hing in schmutzigen Zotteln an ihr herab; ansonsten sah sie aus wie ihre kleinen Artgenossen: eine spitze Schnauze, gelbe Augen, große Nagezähne und ein langer nackter Schwanz, der über den knochenübersäten Boden wischte und dabei das Klappern verursachte. Der fette Körper bewegte sich auf kurzen Beinen, deren Pfoten in scharfe Krallen ausliefen.

Das Tier war furchterregend, doch offenbar war die Ratte nicht wild, sondern gezähmt. Sie trug eine Art Zaumzeug um den spitzen Schädel, an dem lange Zügel befestigt waren, und an den Zotteln ihres Fells waren allerhand Schädel und Knochen festgebunden, die daran hin und her baumelten – grausige Talismane, die offenbar jemand gesammelt hatte.

Als das Tier, das unablässig schnüffelte, sich noch ein Stück weiter in den Lichtkreis des Zauberstabs wagte, sah Alannah einen Reiter im Nacken der grässlichen Kreatur, die erbärmlichen Gestank verbreitete. Seine Bewaffnung bestand aus einer Pike aus rostigem Eisen, und er trug einen weiten Umhang, den er um seine schmalen Schultern geschlungen hatte. Auf seinem Kopf ruhte ein unförmiger, ebenfalls rostiger Helm, dessen Visier geschlossen war, sodass die Gesichtszüge des Rattenreiters nicht zu erkennen waren. Gleichwohl erkannte Alannah an den grünen Krallen, die die Zügel führten, dass es sich um einen Ork handeln musste.

»Kein Stück weiter«, schärfte Lhurian dem Unhold ein und stellte sich schützend zwischen ihn und Alannah. Den Zauberstab hatte er wie einen Speer gesenkt und gegen den fremden Reiter gerichtet. »Wer bist du, und was willst du?«

Der Reiter, der zusammengesunken auf dem Rücken des Tieres kauerte, antwortete nicht sofort. Fast hatte es den Anschein, als müsste die Bedeutung der Worte erst ganz allmählich in sein Gehirn sickern. Schließlich nickte er schwerfällig, griff an das Visier und klappte es mit hässlichem Quietschen nach oben.

Alannah schrie erneut.

Aber diesmal war es kein Schrei des Entsetzens, der ihrer Kehle entfuhr, sondern Ausdruck ihrer Verblüffung.

Denn das grüne Gesicht, in das der Zauberer und sie starrten und das ihre Blicke aus ratlosen, blutunterlaufenen Augen erwiderte, gehörte keinem anderen als Balbok dem Ork.

In diesem Moment wurde Alannah klar, dass ihr Gefühl sie nicht getrogen hatte. Es waren tatsächlich die Präsenzen Balboks und Rammars gewesen, die sie gespürt hatte, jener

beiden Orks, denen Erdwelt so viel zu verdanken hatte –
auch wenn sie nicht ganz freiwillig zu Helden geworden
waren …

»B-Balbok?«, fragte sie leise.

»Du kennst diesen Unhold?«, erkundigte sich Lhurian
und konnte das Entsetzen in seiner Stimme nicht ganz verbergen. Alannah nahm an, dass auch das mit der Vergangenheit zusammenhing, in der sie offenbar schreckliche Dinge
getan hatte …

»Allerdings«, bestätigte sie und trat, trotz der Riesenratte,
die ihr alles andere als geheuer war, auf den Ork zu. »*Achgosh
douk, karal*«, grüßte sie, sich der Orksprache bedienend, die
sie fließend beherrschte.

»… *gosh douk*«, echote Balbok heiser. Sein Blick schien sie
nicht zu erfassen, sondern durch sie hindurchzugehen.

»Erkennst du mich?«, fragte sie vorsichtig. »Ich bin es,
Alannah.«

»… lannah«, hallte es wider, ohne dass der hagere Ork
auch nur eine Miene verzog. Alannah erinnerte sich, dass
Balbok, anders als sein Bruder Rammar, nie ein großer Redner gewesen war, aber so wortkarg hatte sie ihn noch nie
zuvor erlebt.

Irgendetwas stimmte nicht mit ihm …

»Vorsicht«, schärfte Lhurian ihr ein, als sie weiter vortrat,
das bizarre Reittier umrundete und sanft ihre Hand auf den
Unterarm des Orks legte. Die grüne Haut fühlte sich kalt
und klebrig an wie die eines Froschs.

Was für einem seltsamen Zufall sie es zu verdanken hatte,
ihm ausgerechnet an diesem Ort zu begegnen, darüber
dachte Alannah in diesem Augenblick nicht nach. Obschon
Orks die erklärten Feinde der Menschheit waren, war sie
diesem speziellen Unhold in Dankbarkeit und Freundschaft
verbunden und sorgte sich um sein Wohlergehen.

»Ist alles in Ordnung, Balbok?«, erkundigte sie sich deshalb. »Wie bist du hierhergekommen? Und wo ist Rammar?
Kannst du mir das sagen?«

Wieder dauerte es eine endlos scheinende Weile, bis die Bedeutung ihrer Worte den Ork erreichte. Langsam wandte er sein klobiges Haupt, blickte ausdruckslos auf sie herab, und seine heisere Stimme bebte, als er leise flüsterte: »Rammar ist tot, Elfin. Er ist tot ...«

## 13. 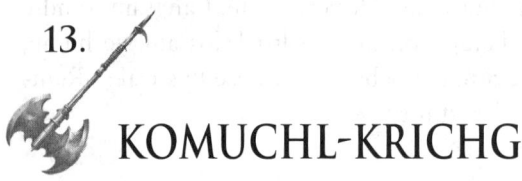 KOMUCHL-KRICHG

Zumindest in dieser Hinsicht hatte Rammar recht behalten: Der Aufstieg durch den Treppenschacht erwies sich in der Tat als schweißtreibende Schinderei.

Vorbei die Zeiten, in denen der dicke Ork die Vorzüge seiner Leibesfülle angepriesen hatte – inzwischen verfluchte er jeden Bissen Gnomenwurst und jedes Stück Trollhaxe, die er gefressen hatte. Ächzend wie ein Oger nach vollzogenem Liebesakt, wankte er die steinernen Stufen empor, während ihm der Kopf schwirrte von den vielen Windungen, die bereits hinter ihm lagen.

Balbok und die drei verbliebenen Seeräuber taten sich unendlich leichter mit dem Aufstieg; der hagere Ork, weil er immer vier Stufen auf einmal nahm, die Menschen, weil sie von Natur aus dazu gemacht waren, zu laufen und davonzurennen. Ein Krieger vom Schlage Rammars hingegen hatte seine liebe Not damit, eine Stufe nach der anderen zu erklimmen, entsprechend heiser war sein Atem, und entsprechend weit hing ihm die Zunge heraus, als er endlich das obere Ende der Treppe erreichte.

Froh darüber, die Strapaze überstanden zu haben, setzte er seinen Fuß auf die letzte Stufe – seine Erleichterung währte allerdings nur einen Augenblick lang.

Denn als der Ork sah, wohin die Treppe seine Begleiter und ihn geführt hatte, konnte er nicht anders, als eine ausgiebige Verwünschung von sich zu geben.

Sie waren tatsächlich zurück.

Zurück in den Minen …

Fast hatte Rammar schon vergessen, wie es gewesen war, in Ketten und unter Peitschenhieben schuften zu müssen. In dem Moment jedoch, da er seine Artgenossen erblickte, in Lumpen gehüllt und bis auf die Knochen abgemagert, holte ihn die Erinnerung ein: Sein *asar* begann wieder zu schmerzen, und sein Schädel dröhnte vom Klang der Hämmer, die wieder und wieder auf das harte Gestein prallten.

Nichts hatte sich geändert, seit Balbok und er zuletzt an diesem Ort des Grauens gewesen waren. Noch immer wurde erbarmungslos die Peitsche geschwungen, und noch immer waren die Gesichter der gefangenen Orks, Gnomen und Trolle starr und ausdruckslos, bar jeder Hoffnung.

Nicht, dass sich Rammar um die Grünblütigen geschert hätte oder um das stinkende Trollgesocks. Das Schicksal seiner Artgenossen jedoch berührte ihn auf eine Weise, die ihm selbst fremd war. Er fühlte sich elend deswegen, und das ärgerte ihn.

»Eine Schande ist das«, raunte er seinem Bruder zu, nachdem er wieder zu Atem gekommen war.

»*Korr*«, stimmte Balbok grimmig zu. »Wir müssen was tun.«

»Was tun, was tun!«, schnaubte Rammar. »Das sagt sich so leicht, wenn man derart wenig Verstand im Schädel hat wie du. Aber das ist nicht so einf... *Balbok*!«

Den Namen seines Bruders stieß der feiste Ork als heiseres Ächzen aus, das Balbok schon nicht mehr hörte. Denn der war kurz entschlossen aus dem Schatten des Felsvorsprungs getreten, hinter dem sie sich verbargen, und ging geradewegs auf einige Sklaven zu.

»Nicht, *umbal*! Was machst du denn?«

Aber Balbok war nicht mehr aufzuhalten.

Die Höhle, in die der Treppenschacht mündete, war ziemlich weitläufig und hatte die Form einer Halbkugel. Der Boden war von Schutt und Geröll übersät und bot daher hinreichend Möglichkeit, sich zu verstecken. In den Wänden klafften überall dunkle Löcher – Stollen, die von Orks in den Fels getrieben worden waren und in denen Dutzende unglücklicher Kreaturen dabei waren, Steine aus dem Berg zu schlagen. Über Leitern und hölzerne Balustraden wurden die Gesteinsbrocken von anderen Sklaven abtransportiert.

Immer wieder kam es dabei vor, dass einer der Orks unter der Last zusammenbrach – dann war der grausame Aufseher zur Stelle und prügelte so lange auf den Gefangenen ein, bis er entweder wieder auf die Beine kam oder selbst hinausgetragen werden musste.

Und auf ebendiesen Aufseher hatte es Balbok abgesehen.

Gerade war wieder ein Ork zusammengebrochen – ein alter Greis, dessen schrumpelige Haut mehr braun war als grün und der auch ohne Last bereits tief gebeugt ging. Mit einem Tragekorb auf dem Rücken, der bis über den Rand mit Felsbrocken gefüllt war, hatte er über eine der Leitern hinabsteigen wollen – als ihn plötzlich die Kräfte verließen.

Er rutschte ab und landete hart auf dem Boden, worauf der Korb zerbarst und die Steine nach allen Seiten davonkullerten. Der alte Ork versuchte noch, sich wieder auf die Beine zu raffen, da war bereits der Aufseher über ihm.

»Du!«, zischte der Dunkelelf leise. »Was hast du da rumzuliegen und zu faulenzen? Sofort auf die Beine, los!«

Der Ork gab sein Bestes, aber es wollte ihm nicht gelingen. Seine alten, krummen Beine versagten ihm den Dienst. Einige der anderen Gefangenen spähten verstohlen herüber, jedoch wagte keiner, ihm zu helfen. Wer seine Arbeit im Stich ließ, riskierte nur, ausgepeitscht zu werden.

»Du willst wohl nicht«, sagte der Aufseher genüsslich, und es war ihm anzusehen, wie sehr er sich darauf freute, auf den wehrlosen Ork einzuschlagen. »Schön, wie du möchtest – dann werde ich dir eben Beine machen.«

»Nein«, ächzte der Alte. »Bitte nicht …«

Aber der Elf kannte weder Gnade noch Mitleid.

Er hob den Orkziemer, ließ das Leder einmal durch die Luft schwirren und wollte dann auf den Gefangenen einschlagen.

Dass es nicht dazu kam, lag an der großen Bootsaxt, die jäh auf ihn herabfiel und ihm den Schädel spaltete. Die Lederhaube, die der Dunkelelf trug, hatte dem Axtblatt nichts entgegenzusetzen. Blutüberströmt kippte der Aufseher um und blieb reglos liegen.

Statt sein Opfer noch eines weiteren Blickes zu würdigen, trat Balbok vor und reichte dem noch immer am Boden liegenden Gefangenen die Klaue.

»Hier«, sagte er nur.

»W-was hast du getan?«, fragte der Alte entsetzt, auf den blutigen Torso des Dunkelelfen starrend.

»Ihm den Schädel eingehauen«, erklärte Balbok lapidar.

»D-das hättest du nicht tun dürfen«, stammelte der Greis, aus dessen Augen jeder Glanz gewichen war. Bislang hatte Balbok noch gar nicht gewusst, dass ein Ork überhaupt so alt werden konnte – in der Modermark pflegte ein Krieger schon lange vorher im Kampf erschlagen zu werden ...

»Wieso nicht?«, fragte er und legte den Kopf schief. »Das Schmalauge wollte dich umbringen. Und du konntest dich nicht einmal wehren.«

»Ich bin alt, meine Zeit war gekommen. Was du getan hast, wird Verderben über uns alle bringen.«

»Was hat er denn schon getan?«, schnauzte Rammar, der sich zu ihnen gesellt hatte. So entsetzt er im ersten Moment über Balboks Alleingang gewesen war, schon kurz darauf war ihm eine spontane Idee gekommen. »Er hat einen Aufseher erschlagen, na und? Diese Kerle sind nicht unbesiegbar, wie ihr seht. Sie bluten und können sterben – und ihre Schädel sind augenscheinlich weicher als eine Axt.«

»*Korr*«, stimmte Balbok grimmig zu.

Längst waren sie nicht mehr unbeobachtet. Die Sklaven, die sich in unmittelbarer Nähe aufhielten, hatten mitbekommen, was ihrem Aufseher widerfahren war, und wie ein Lauffeuer verbreitete sich in der Höhle und in den Stollen die Nachricht, was vorgefallen war. Sofern die Ketten um ihre Fußgelenke es zuließen, drängten die Orks heran und starrten mit einer Mischung aus Bestürzung und Neugier auf die Besucher.

»Was gafft ihr denn so?«, blaffte Rammar. »Habt ihr noch nie einen Ork aus echtem Tod und Horn gesehen? So sind wir in Wahrheit, ihr erbärmlichen Kreaturen: stolze Krieger, die mit der Waffe in der Hand um ihr Leben kämpfen – oder einfach nur darum, ihre Feinde zu vernichten –, und nicht ein Haufen elender Sklaven, die für hergelaufene Schmalaugen die Drecksarbeit erledigen. Auch ihr seid einst so gewesen, ihr müsst euch nur daran erinnern!«

Die Gefangenen schauten Rammar fragend an. Aus ihren Blicken sprach pures Unverständnis.

»Verdammt!«, fuhr der in seinem Lamento fort. »Was ist nur aus euch geworden? Von gefürchteten Orks seid ihr zu willenlosen Dienern verkommen, habt euch von Schmalaugen das Blut aus dem Bier saufen lassen.* Statt euren Unterdrückern die Knochen zu brechen und ihnen die Eingeweide aus dem Leib zu reißen, habt ihr euch in euer Schicksal gefügt und klopft lieber Steine, als Schädel zu spalten. Eine Schande ist das, habt ihr verstanden? Nicht nur für euch, sondern für das ganze Volk der Orks!«

Immer noch mehr Sklaven drängten heran, aber ihren blassen, ausgemergelten Mienen war zu entnehmen, dass Rammars flammende Rede nicht zündete. Im Gegenteil, das Unverständnis darin schlug mehr und mehr in Entsetzen um.

»Was versuchst du uns zu sagen, Fremder?«, erkundigte sich der Alte, den Balbok gerettet hatte und dem es endlich gelungen war, wieder auf die Beine zu kommen. »Dass wir fliehen sollen? Dass wir uns gegen unsere Aufseher auflehnen sollen?«

»Genau das.« Rammar nickte, in seinen Schweinsäuglein blitzte es gefährlich. »Tut euch zusammen. In den tiefer gelegenen Stollen gibt es jede Menge Waffen und Rüstungen –

---

* orkische Redensart

1404

nicht mehr ganz neu, aber noch gut zu gebrauchen. Wenn ihr euch das Zeug holt und dann damit ...«

»Aber wir wissen doch gar nicht, wie das geht«, wandte der Greis ein.

»Hä?« Rammar glaubte, nicht recht zu hören. »Was soll das heißen, ihr wisst nicht, wie das geht?«

»Wir haben nie gelernt zu kämpfen. Diese Minen« – der Alte deutete auf die umgebende Höhle – »sind alles, was wir kennen. Wir haben unser Lebtag nichts anderes getan, als Gestein zu hauen.«

»Dann vergesst die Waffen! Nehmt eure Hämmer und tauscht die Steine gegen die Schädel der Schmalaugen. So schwer kann das doch nicht sein!«

»Und dann?«, fragte der Alte.

»Was soll die Frage?«, schnappte Rammar. »Dann seid ihr frei und könnt endlich tun und lassen, was ihr wollt. Und vor allen Dingen könnt ihr raus aus diesen Höhlen.«

»Raus aus den Höhlen? Du meinst ... ans Licht?« In der Stimme des Alten klang unverhohlene Furcht.

»Allerdings! Was ist damit nun wieder nicht in Ordnung?«

»Die wenigsten von uns haben diese Stollen je verlassen. Selbst für mich, der ich viele Winter gesehen habe, ist die Sonne nur eine ferne Erinnerung.«

»Gar nichts hast du gesehen«, beschied Rammar ihm genervt. »Du weißt gar nicht, was es heißt, wenn im Winter Schnee fällt und die Modersee vom Eis bedeckt ist und es so kalt wird, dass einem der *asar* zufriert. Du hast keine Ahnung, wie es ist, einen Wald zu durchstreifen und Gnomen aufzuspießen, und natürlich weißt du auch nicht, wie *bru-mill* schmeckt oder wie einem der Schädel dröhnt, wenn man zu viel Blutbier getrunken hat. Und soll ich dir sagen, warum du das alles nicht weißt? Weil du überhaupt nie gelebt hast. Du nicht – und auch sonst keiner hier. Ihr seid erbärmlich!«, rief er den Sklaven zu, die sich rings um sie geschart hatten. »Ihr seid keine Orks, sondern nur blasse Schatten, nichts weiter! Eine Schande für unser Volk, hört ihr?«

Die Gefangenen hörten ihn durchaus, zumal es schwer war, einen Ork zu überhören, der sich in Rage gebrüllt hatte. Aber während derlei Beschimpfungen wohl an jedem anderen Ort der Welt zur Folge gehabt hätten, dass die geschmähten Orks augenblicklich in *saobh* verfallen wären und das Schandmaul zum Verstummen gebracht hätten, standen die Gefangenen nur da und glotzten Rammar aus großen Augen an – um sich im nächsten Moment wieder achselzuckend ihrer Arbeit zuzuwenden.

»I-ihr geht einfach?«, rief Rammar ihnen fassungslos hinterher. »Ihr zieht ein Dasein in Ketten einem Leben in Freiheit vor? Ihr wählt die Schande, statt Feinde zu erschlagen, nach Herzenslust zu plündern und eimerweise Blutbier zu saufen?«

»Das wolltest du auch«, brachte Balbok leise in Erinnerung. »Weißt du noch?«

»Maul halten!«, schnauzte Rammar, der sich beim besten Willen nicht erinnern konnte, so etwas je gesagt zu haben. »Ist das zu fassen? Wir kommen als ihre Befreier, und die drehen uns den *asar* zu. Das verstehe, wer will.«

»Verstehst du es denn wirklich nicht?«, fragte der alte Ork, der als Einziger geblieben war.

»Natürlich verstehe ich es«, murrte Rammar. »Diese feige Brut hat nicht genug Mumm, um gegen die Schmalaugen zu kämpfen.«

»Nein, das ist nicht der Grund«, widersprach der Alte. »Freiheit ist etwas, das sie niemals kennengelernt haben, und was ein Ork nicht kennt, das fürchtet er.«

»Schmarren!« Rammar schüttelte unwillig den Schädel. »Ein Ork aus echtem Tod und Horn fürchtet überhaupt nichts! Er verachtet die Gefahr und sieht dem Grauen mutig ins Auge. Aber wenn ihr glaubt, hier sicher zu sein, dann geht nur. Lasst euch weiter in Ketten legen und auspeitschen, wenn es euch Spaß macht. Ich, Rammar der schrecklich Rasende, werde mich den Schmalaugen nicht unterwerfen, und wenn es das Letzte ist, was ... *Iiiieeeh!*«

Seine markige Rede ging in einen gellenden Schrei über, der so gar nichts Orkisches an sich hatte, sondern eher nach einem quiekenden Frischling klang.

Denn aus dem Augenwinkel sah Rammar in diesem Moment drei Gestalten aus dem Treppenschacht steigen – und eine davon war ihm nur zu gut bekannt! Obwohl er die ganze Zeit über sie und keine andere hinter all den seltsamen Vorgängen auf der Insel vermutet hatte, war er doch entsetzt, als er sie tatsächlich erblickte.

Seine Nackenborsten sträubten sich.

»Das Elfenweib!«, ächzte er.

# 14.

## UMM UR'RASH

Sie war zurückgekehrt.

Nicht genug damit, dass die Verbindung wieder geöffnet war, die sein jahrzehntelanges Exil beenden und ihn wieder in die Welt entlassen würde, sie brachte ihm auch jene zurück, mit der zusammen er einst auf dem Thron von Crysalion geherrscht hatte – und mit ihr auch die Erinnerung.

Der Schatten im Turm triumphierte.

Als er auf die anmutigen, von weißem Haar umrahmten Gesichtszüge blickte, die in den schimmernden Flächen des Kristalls zu sehen waren, hätte er selbst nicht zu sagen vermocht, was er dabei empfand. Seine Gefühle waren widersprüchlicher Natur und so alt, dass er sie kaum noch als die seinen erkannte. Lange Jahre hatten sie geschlummert, hatte er alles darangesetzt, sie zu vergessen, um auch den Schmerz und die Trauer hinter sich zu lassen. Aber nun war *sie* zurückgekehrt.

Schön wie einst, vor langer Zeit …

»Komm zu mir«, flüsterte er leise, und seine narbige Hand strich sanft, fast zärtlich über die glatten Flächen des Kristalls, dessen magische Kraft ihm alles zu zeigen vermochte, was innerhalb der Festungsmauern vor sich ging. »Komm zu mir, mein Kind. All die Jahre habe ich auf dich gewartet, und nun bist du wieder hier …«

Das Bild der Elfin verblasste und zeigte jemand anderen.

Einen Unhold, mehr breit als hoch, dem die Dummheit aus den Augen sprach, und noch einen, der doppelt so groß und dem Ausdruck seiner langen Fratze nach auch doppelt so dämlich war.

Dazu noch einen Menschen, einen Greis, dessen bloßer Anblick den Schatten langweilte – bis ihm klar wurde, dass er auch diese Gesichtszüge kannte!

»Sieh an!«, keuchte er mit einer Stimme, die aus dunklen Abgründen zu kommen schien, und zu all den widerstreitenden Gefühlen in seinem Inneren gesellte sich auch noch maßloser Hass. »Wer hätte gedacht, dass auch wir uns einmal wiedersehen, alter Freund?«

Und er schaute auf von dem Kristall und blickte in die Runde derer, die sich rings um ihn versammelt hatten – düstere, graugesichtige Gestalten, deren Herzen so schwarz waren wie die Kapuzenumhänge, die sie trugen.

Sie waren die Dun'rai, seine besten Krieger und Stellvertreter. Bei ihrem Blut hatten sie ihm Treue geschworen bis in den Tod, und jeder Einzelne von ihnen war nicht weniger vom Willen zur Vernichtung durchdrungen als er selbst.

»Es ist geschehen, meine tapferen Getreuen«, sagte er leise.

»Was, mein Gebieter?«, erkundigte sich Ravok, der zweite unter den Dun'rai und ihr Anführer, seit der erste Dun'ras auf unerklärliche Weise verschwunden war. »Was ist geschehen?«

»Unsere geliebte Königin«, sagte der Schatten. »Sie hat endlich an unsere Gestade zurückgefunden. Die Prophezeiung hat sich erfüllt.«

»I-ist das wahr, Gebieter?«

»Ja, meine Getreuen. Eineinhalb Jahrhunderte sind seit unserer Niederlage verstrichen – eine Zeit der Schande, die uns wie eine Ewigkeit erschienen ist. Aber wir haben sie genutzt und sind stärker geworden, als wir es uns damals erträumen konnten. Alannah ist zu uns zurückgekehrt, und mit ihr auch jener, dem wir unser dunkles Los zu verdanken haben. Die Zeit der Rache ist gekommen, meine Krieger – und ich gedenke jeden Augenblick davon bis zur Neige auszukosten …«

# 15.

## OIGNASH, OIGNASH!

»Rammar! Balbok!«

Auch Alannah war nicht wenig überrascht, sich den *beiden* Orks gegenüberzusehen. Durch das dunkle Labyrinth und den Korridor der Geheimfallen waren sie immer weiter ins Innere des Berges vorgedrungen und zuletzt der Treppe gefolgt, die sich steil nach oben wand. Das Dröhnen der Hämmer hatte mit jeder Stufe zugenommen, und bang hatte sich die Elfin gefragt, was sich wohl dahinter verbergen mochte. Nun kannte sie die Antwort – und sie war niederschmetternd.

In der großen Höhle, die sich vor ihnen erstreckte, sah Alannah Dutzende, wenn nicht Hunderte ausgemergelter Gestalten, die in Ketten gelegt waren und in einem Bergwerk schufteten. Der Anblick der Unholde, die von den Dunkelelfen versklavt worden waren und so gar nichts von jenen Wesen hatten, die die westlichen Weiten Erdwelts durchstreiften, war erschütternd. Doch dann war da noch ausgerechnet jenes Brüderpaar, das wie sie selbst offenbar immer gerade dort auftauchte, wo weltbewegende Dinge passierten.

Das alles führte ihr noch einmal vor Augen, dass die Fernen Gestade tatsächlich weit davon entfernt waren, jener Ort zu sein, der sie eigentlich sein sollten. Zum anderen wusste Alannah von diesem Augenblick an, dass mehr als nur bloßer Zauber im Spiel war.

Nämlich Bestimmung ...

»Du!«, rief Rammar, und man konnte direkt sehen, wie ihm das Blut ins Gesicht schoss, sodass seine feisten Züge vor Zorn dunkelgrün wurden. »Du bist an allem schuld! Das wusste ich! Die ganze Zeit habe ich es gewusst!«

»*Achgosh douk*«, erwiderte Alannah, um Gelassenheit bemüht.

Lhurian, der neben ihr stand, hatte abwehrbereit seinen Zauberstab erhoben und wunderte sich, dass sie so ruhig blieb.

»Mir gefällt deine Visage auch nicht, das kannst du mir glauben«, erwiderte Rammar den traditionellen Ork-Gruß in der Menschensprache. »Allerdings bin ich nicht besonders überrascht, sie hier zu sehen. Nicht wahr, Balbok? Ich habe die ganze Zeit über gesagt, dass das Elfenweib dahintersteckt!«

»*Korr*«, stimmte Balbok zu, der ein Stück hinter ihm stand, zusammen mit drei Menschen, die wie Seefahrer gekleidet und bis an die Zähne bewaffnet waren. Orks und Menschen, dazu Unholde, die als Sklaven schufteten – Alannah war verwirrt. Doch sie gedachte, so schnell wie möglich Ordnung in diese Wirrnis zu bringen …

»Wie kommt ihr hierher?«, fragte sie, ohne auf Rammars Vorwürfe einzugehen.

»Wie wir hierher…?« Rammar machte große Augen. »Das ist doch der Gipfel der Unverschämtheit! Das Gleiche könnte ich dich fragen, Elfin! Was tust *du* hier auf diesem Flecken Erde, an dem nichts so ist, wie es sein sollte?«

»Das habt ihr bemerkt?«

»Was glaubst du wohl? Es ist schwer, das nicht zu merken. Zuerst wurden wir von fresswütigen Kobolden angefallen, dann von unseren Erzfeinden den Gnomen zum Essen eingeladen, schließlich von deinesgleichen in diesen Minen versklavt und zuletzt von Menschen zu Piraten gemacht.« Er deutete auf den goldenen Ring in seinem Ohr. »Ein bisschen viel auf einmal, findest du nicht?«

»Du sagst das, als ob ich etwas dafür könnte.«

»Willst du das etwa bestreiten?« Rammar verengte ein Auge, während er drohend die Harpune hob. »Seit wir uns kennen, Elfenweib, hast du kaum etwas anderes getan, als uns zu hintergehen. Du hast uns für deine Zwecke missbraucht und dich als unseresgleichen ausgegeben. Und du hast sogar rumerzählt, dass wir ...« Sein Mund bewegte sich weiter, aber ihm kam nicht über die Lippen, was die Elfin getan hatte, um Balbok und ihn aus der Stadt Sundaril zu schmuggeln. »Es war eine Schande«, behauptete er hilflos, »und dir ist jede Menscherei zuzutrauen.«

»Tut mir leid, wenn ich eure empfindlichen Orkseelen verletzt haben sollte«, sagte Alannah ohne erkennbares Bedauern. »Aber ich versichere euch, dass ich diesmal nichts damit zu tun habe. Was immer geschehen ist, habt ihr ganz allein euch selbst zuzuschreiben – jedenfalls nehme ich das an.«

»So? Und was ist mit uns geschehen?«, wollte Balbok wissen.

»Ihr seid durch den Kristallschlund gereist«, erklärte Lhurian an Alannahs Stelle.

»Wer ist der Typ?«, fragte Rammar.

»Man nennt mich Granock. Ich bin ein Zauberer.«

»Noch einer!« Rammar schüttelte sich vor Abscheu. »Mir haben schon deine Zauberkunststücke gereicht, Elfin. Es war unnötig, auch noch den Tattergreis mitzuschleppen.«

»Vorsicht, Ork«, beschied ihm der Alte.

»Was? Willst du mir drohen?«

»Wenn du mich angreifst, werde ich dich mithilfe meines Zauberstabs bei lebendigem Leib rösten. Das ist keine Drohung, sondern ein Versprechen. Hast du verstanden?«

In Rammars Augen blitzte es feindselig. Dennoch beließ er es bei einem grimmigen Zähnefletschen.

»Was also ist geschehen?«, wollte Alannah wissen.

»Das wissen wir selbst nicht«, antwortete Balbok. »Eben noch sind wir in Tirgas Asar gewesen ...«

»Anar«, verbesserte Rammar.

»... und im nächsten Moment waren wir hier«, fuhr der Hagere unbeirrt fort.

»Wie ist es dazu gekommen? Was habt ihr getan?«, wollte Alannah wissen. »Was ist das Letzte, woran ihr euch erinnert?«

»Na ja«, sagte Balbok etwas zögerlich, »wir haben uns versteckt und abgewartet, bis das königliche Heer abgezogen war. Danach haben wir uns … nun, in die Schatzkammer geschlichen …«

»In die Schatzkammer?« Alannah holte tief Luft. »Aber ich hatte euch doch ausdrücklich verboten, die Schatzkammer aufzusuchen!«

»Eben!«, grunzte Rammar. »Für einen echten Ork kommt ein Verbot einer Einladung gleich, das solltest du inzwischen wissen.«

Die Elfin seufzte. »Und weiter?«

»Da gab es jede Menge Gold und anderes Zeug, das glänzt«, sagte Balbok und geriet ins Schwärmen. »Rote Edelsteine und silberne Pötte und allerhand Ketten und …«

Mit einem harten Ellbogenstoß brachte Rammar ihn zum Verstummen. »Jedenfalls«, sagte der dicke Ork, »sind wir gar nicht an den Zaster rangekommen. Noch ehe wir unsere Klauen danach ausstrecken konnten, machte es Zapperzapp – und wir fanden uns hier wieder, in dieser durch und durch verdrehten Welt.«

»Verstehe«, murmelte der Zauberer und strich über seinen weißen Bart.

»Was gibt es denn da zu verstehen?«, maulte Rammar. »Das ist doch völlig verrückt! Man verschwindet nicht einfach von einem Ort und taucht an einem anderen wieder auf – es sei denn, Elfenzauber ist im Spiel.«

»Soll das heißen, ihr gebt mir die Schuld an dem, was euch widerfahren ist?«, fragte Alannah empört.

»Wem denn sonst? Allein, dass du hier aufgetaucht bist, zeigt doch, dass ich recht habe mit dieser Vermutung.«

»Und dass ihr hier seid, zeigt mir, dass ich recht hatte mit *meiner* Vermutung«, hielt sie dagegen. »Euch beiden ist nicht zu trauen!«

»Natürlich nicht – wir sind Orks. Aber du bist eine Elfin und solltest deshalb immer die Wahrheit sagen. Stattdessen hast du uns einmal mehr belogen!«

»Ich habe euch nicht belogen. Ich habe euch ausdrücklich davor gewarnt, die Schatzkammer zu betreten.«

»Und woher, bei Kuruls dunkler Grube, sollten wir wissen, dass wir dir zur Ausnahme mal glauben dürfen?«, fragte Rammar. »Orks sagen nie die Wahrheit, da weiß man wenigstens, woran man ist. Du hingegen bist falsch und verschlagen und meinst immer das Gegenteil von dem, was du sagst.«

»Habe ich dich richtig verstanden?«, hakte Alannah fassungslos nach. »Ich hätte euch nicht warnen sollen, weil ihr meine Warnung für eine Lüge haltet und sie deshalb für eine Einladung nehmt? Was für eine Logik ist das denn?«

»Da, es geht schon wieder los!«, ereiferte sich Rammar, während Balbok beifällig nickte. »Es sieht dir ähnlich, die Worte so zu verdrehen, wie du es gerade brauchst.«

»Und dir sieht es ähnlich, bei allen anderen die Schuld zu suchen, nur nicht bei dir selbst!«, konterte die Elfin.

»Wie auch immer«, unterbrach Lhurian das Wortgefecht, »ich ahne nun allmählich, was passiert ist.«

»Ich auch«, grollte Alannah. »Diese beiden hier sind dafür verantwortlich.«

»Nicht mehr als wir selbst«, wehrte der Zauberer ab.

»Da hast du's«, feixte Rammar. »Hör auf den Langbart, Elfenweib!«

»Warum seid ihr hier?«, wandte sich Lhurian an die Orks.

»Hast du nicht aufgepasst, Alter? Wir haben doch gerade erzählt, dass wir …«

»Ich meine nicht, wie ihr auf die Insel gekommen seid. Ich will wissen, warum ihr *hier* seid, unter der Festung.«

»Das«, meinte Rammar verdrießlich, »ist eine lange Geschichte.«

»Eine sehr lange«, fügte Balbok hinzu.

»*Korr.* Wahrscheinlich würdest du ihr Ende gar nicht mehr erleben, Alter. Und selbst wenn, ich würde es euch garantiert nicht auf die Schnauze binden.«

»Doch, das würdest du«, versicherte der Zauberer mit fester Stimme, und das obere Ende seines Stabes begann zu glühen. »Sieh nur schön in das Licht ...«

»Licht ...«, echote Rammar tonlos – zu mehr war er nicht in der Lage. Wie gebannt waren seine Augen auf den Zauberstab geheftet.

»Rammar?«, sprach Balbok ihn vorsichtig von der Seite an, aber sein Bruder schien ihn nicht mehr zu hören.

»Und nun verrate mir, warum ihr hier seid«, sagte Lhurian.

»Um den Kristall zu zerstören«, schnarrte Rammar bereitwillig.

»Welchen Kristall?«

»Den Kristall im Turm«, lautete die Antwort, und der Zauberer und Alannah tauschten einen bedeutungsvollen Blick.

»Warum wollt ihr den Kristall zerstören?«

»Damit Käpt'n Cassaro die Insel angreifen kann.«

»Wer ist Käpt'n Cassaro?«

»Der Schrecken der Schädelküste«, antwortete Rammar mit glasigem Blick, »der König der Seeräuber.«

»Ich verstehe«, sagte Alannah, der nun klar war, wer die Menschen waren, die die Orks begleiteten. Sie vermutete, dass die Piraten die Nachkommen jener Menschen waren, die einst unter Margoks Fahne gesegelt waren ...

»Hä?«, machte Rammar und rieb sich die Augen. Das Licht war erloschen, und er hatte das Gefühl, gegen einen Bergtroll gelaufen zu sein. »Was ist passiert?«

»Du hast unseren Plan verraten«, erklärte ihm Balbok und klang ziemlich elend.

»Schmarren! Ich würde doch nie ...« Ein Blick in Richtung der Piraten, die alle zustimmend nickten, ließ ihn verstummen. »Zauberei!«, grollte er dann und blitzte Lhurian zornig an. »Das ist deine Schuld, Alter!«

»In der Tat«, gab dieser ohne Zögern zu, »und ich werde dir nun auch sagen, weshalb *wir* hier sind: um den Kristall zu heilen, der vor langer Zeit zerbrochen wurde und damit diese ... diese verkehrte Welt erst ermöglicht hat.«

»Wie meinst du das?«

»Ich kann es nur vermuten. Als vor langer Zeit Margoks Heer die Festung angriff, wurde der Kristall beschädigt und ein Splitter davon entwendet. Während dieser Splitter auf dem Festland half, Margok zurückzuschlagen und seinen bösen Geist zu bannen, hatte der beschädigte Kristall offenbar Auswirkungen auf die gesamte Insel. Die Elfen, einst die Hüter des Friedens und des Lichts, wandten sich der dunklen Seite zu, während Margoks ehemalige Helfer zu weichherzigen, empfindsamen Wesen wurden.«

»Wir aber nicht!«, wandte einer der Piraten ein.

»Nein«, gab der Zauberer zu. »Vielleicht wart ihr der Wirkung des Kristalls entzogen, weil ihr auf den Inseln vor der Küste lebt. Die Orks hingegen ...«

»Ich weiß«, sagte Rammar. »Grässlich. Einfach grässlich. Und ihr wollt den Kristall reparieren?«

»Allerdings.«

»Zu welchem Zweck?«

»Damit alles wieder so wird, wie es sein sollte«, gab Alannah zur Antwort.

»Das heißt, die Schmalaugen werden wieder harmlos und gut?«

»Das hoffe ich sehr.«

»Und die Orks werden böse, gemein und grausam?«

»So liegt es in ihrer Natur.«

»Worauf warten wir dann noch?«, rief Rammar, in dessen klobigem Schädel bereits ein neuer Plan Gestalt annahm – und dieser war weit ehrgeiziger als alle bisherigen.

Wenn es ihnen gelang, die gefangenen Orks vom Joch der Sklaverei zu befreien, würde man Balbok und ihn fraglos zu Häuptlingen küren – und an der Spitze ihres eigenen Heeres würden sie dann in die Modermark zurückkehren und es den Strauchdieben, die sie von dort vertrieben hatten, so richtig heimzahlen ...

»Du willst uns helfen?«, fragte Alannah erstaunt.

»*Korr.*«

»Wieso das?«

»Nun«, meinte Rammar mit der reinsten Unschuldsmiene, zu der ein Ork in der Lage war, »offenbar hat uns das Schicksal einmal mehr zu Verbündeten gemacht, nicht wahr?« Alannah hob die Brauen. »Eben noch willst du dich an mir rächen, und jetzt sind wir Verbündete?«

»Und? *Namhal'hai krich'dok, namhal'hai imiash'dok*, heißt ein altes Sprichwort – Feinde kommen, Feinde gehen«, erwiderte der Ork achselzuckend. »Ist nicht persönlich gemeint.«

»Das sagst ausgerechnet du!«

»Und was ist mit uns?«, erkundigte sich einer der Piraten.

»Was soll mit euch sein, Hägar?«

»Huggo«, verbesserte der Seeräuber. »Was ist mit unserem Plan? Was wird aus dem Angriff?«

»Wenn ihr uns helft, den Kristall wiederherzustellen, werde ich dafür sorgen, dass sowohl euch als auch euren Piratenbrüdern draußen auf den Inseln eine großzügige Belohnung zuteil wird«, versprach Lhurian. »Es bräuchte keine Schlacht zu geben und kein Blutvergießen.«

»Klingt gut«, meinte Huggo.

»Also sind wir uns einig«, sagte Rammar beflissen.

»Einen Augenblick noch«, bat sich Alannah aus. »Eine Sache gilt es noch zu klären.«

»Und das wäre?«

»Hier ist noch etwas, das ganz und gar nicht stimmt.«

»Machst du Witze?« Der Ork schnitt eine Grimasse. »An diesem eigenartigen Ort stimmt überhaupt nichts! Ich frage mich, wie ihr Schmalaugen jemals glauben konntet, dass diese Insel …«

Er verstummte, als er die große, mit einem Umhang und rostigem Rüstzeug bekleidete Gestalt gewahrte, die sich bislang im Hintergrund gehalten hatte, auf Alannahs Aufforderung hin nun aber näher trat. Der Kerl war ein wahrer Hüne, und obwohl sein Gesicht unter dem Visier eines rostigen Helmes verborgen war, kamen seine Körperhaltung und seine Art, sich zu bewegen, Rammar irgendwie bekannt vor. »Wer ist der Lulatsch?«, wollte er wissen.

Alannah nickte dem Fremden zu, der daraufhin das Helmvisier öffnete – und damit Reaktionen auslöste, die von wortlosem Staunen bis hin zu blankem Entsetzen reichten. »D-das bin ja ich«, stellte Balbok verwundert fest.

»Das gibt's doch nicht«, ächzte Rammar, dessen Blicke ungläubig zwischen seinem Bruder und dem anderen Ork hinund herpendelten; sie waren einander wie aus dem Gesicht geschnitten. »Zwei *umbal'hai*! Ich werd verrückt!«

»Ein zweiter Balbok«, stellte der hagere Ork staunend fest, dessen behelmtes Gegenüber sich damit begnügte, wortlos auf sie zu starren. Dann, noch einmal, mit einem erfreuten Grinsen im Gesicht: »Ein zweiter Balbok. Das ist gut!«

»Was soll denn daran gut sein?«, maulte Rammar, nachdem er die erste Überraschung verwunden hatte. »Ein Schmalhirn von deiner Sorte reicht mir völlig. Wo habt ihr den Kerl her, Elfin? Was habt ihr nun wieder angerichtet?«

»Das Gleiche wollte ich dich fragen. Wir haben ihn unten in den Stollen getroffen. Er ritt auf einer Ratte.«

»Er ritt auf einer Ratte?« Rammar schickte dem »echten« Balbok einen strafenden Blick. »Typisch für ihn.«

»Und jetzt?«, fragte Huggo. »Was fangen wir mit ihm an?«

»Ja, was fangen wir mit ihm an«, wiederholte Rammar. »Warum habt ihr ihn überhaupt mitgebracht? Ein bescheuerter Bruder reicht mir völlig.«

»Aber Rammar, verstehst du denn nicht?«, fragte Alannah. »Es kann kein Zufall sein, dass ein vollendeter Doppelgänger deines Bruders existiert.«

»Natürlich ist es kein Zufall – schon eher ein Missgeschick«, polterte Rammar. »Wenn schon, dann müsste es von mir einen Doppelgänger geben und nicht von dem da.«

»Das meine ich nicht«, beharrte die Elfin. »Ich will damit sagen, dass es einen Grund für seine Existenz geben muss.«

»Was für einen Grund?«

»Das wissen wir nicht. Aber er sagt, dass …«

»Rammar ist tot«, ließ sich der Doppelgänger in diesem Moment vernehmen.

»Was war das?« Rammar glaubte, nicht recht zu hören.

»Rammar ist tot«, wiederholte der Behelmte mit gleichmütiger Miene und starr geradeaus gerichtetem Blick.

»Blödsinn«, schnarrte der dicke Ork und bahnte sich einen Weg zu ihm. »Hier bin ich, und ich bin am Leben, wie du sehen kannst.«

»Rammar ist tot«, tönte es wieder.

»Weißt du was?«, beschied Rammar seinem originalen Bruder. »Er sieht nicht nur so aus wie du, er ist auch genauso dämlich.«

»Ich fürchte«, wandte Lhurian ein, »dass du etwas noch nicht verstanden hast. Dies hier ist nicht nur ein Ebenbild deines Bruders – er *ist* dein Bruder.«

»Er *ist* mein Bruder? Was soll der Schwachsinn nun wieder?«

»Wir nehmen an«, wollte Alannah erklären, »dass …«

»Ihr da! Legt die Waffen nieder und ergebt euch!«, schnitt in diesem Augenblick die Stimme eines Dunkelelfen durch die abgestandene Luft, so scharf und spitz wie ein *saparak*.

# 16.

## SOULLASH ANN SGARKAN

Es gab gute und schlechte Nachrichten.

Die gute Nachricht war, dass die Drachenschiffe aus Olfar noch rechtzeitig eingetroffen waren – acht schlanke Segler, an deren Bug die aus Holz geschnitzten Köpfe jener Ungeheuer aufragten, die den Schiffen ihren Namen gaben. Bemannt waren sie mit je dreißig Kriegern. Eine der schlechten Nachrichten war, dass die Galeeren aus den Hafenstädten es bisher nicht geschafft hatten, zu Corwyns Verband aufzuschließen – und das war längst nicht alles.

Einer der Dreiruderer aus elfischem Besitz war noch am Tag des Aufbruchs leckgeschlagen und hatte umkehren müssen – und mit ihm die dreihundert Soldaten, die sich an Bord befanden. Auch eine der Koggen, die den Galeeren und Trieren Geleit gaben, hatte den Rückweg antreten müssen, weil der Mast zu brechen drohte, und so hatte Corwyns Streitmacht die ersten Verluste zu beklagen, noch ehe der Krieg überhaupt begonnen hatte. Zudem hatten die Vorbereitungen zum Auslaufen der Flotte fast eine Woche in Anspruch genommen. Für sich genommen, war das nicht viel Zeit; Corwyn jedoch war jeder Tag wie eine Ewigkeit vorgekommen, und die Sorge um Alannah und das, was ihr vielleicht zugestoßen sein mochte, hatte ihn in den Nächten kaum Ruhe finden lassen.

Entsprechend erschöpft und in düstere Gedanken versunken stand der König auf dem Achterdeck des Dreiruderers, den er zu seinem Flaggschiff ernannt hatte. Auf die mit kunstvollen Schnitzereien verzierte Reling gestützt, blickte er zu den anderen Schiffen hinüber, die, von gleichmäßigen Ruderschlägen getrieben, durch das Wasser glitten, in südwestlicher Richtung. Wohin genau die Reise führte, wusste nur einer in der Flotte, und es behagte Corwyn nicht, dass dieser Jemand eigentlich ein Feind war. Das Bündnis, das sie geschlossen hatten, war so brüchig, wie es nur sein konnte, dennoch hatte er keine andere Wahl, als sich darauf zu verlassen – und die Gegenwart des Dunkelelfen zu ertragen, der ihm auf Schritt und Tritt wie ein Schatten folgte. Oder war es in Wirklichkeit umgekehrt? Traute Corwyn seinem zwielichtigen Führer nicht über den Weg und blieb deshalb unbewusst in seiner Nähe?

Dass der König keine eindeutige Antwort auf diese Frage wusste, war nicht weniger beunruhigend als das Wissen, Dun'ras Ruuhl ausgeliefert zu sein …

Es war der zweite Tag auf See. Längst war das Land nicht mehr auszumachen, und die Koggen, Drachenschiffe und Galeeren der Flotte waren ringsum von nichts als Wasser umgeben. Am Horizont schienen die See und der Himmel miteinander zu verschmelzen, als würde das fleckige Graublau, das Corwyn an die Farbe von Stahl erinnerte, gar kein Ende nehmen.

Der Gedanke, sich an Bord eines Schiffes zu befinden, die furchterregende Tiefe unter sich, gefiel dem ehemaligen Kopfgeldjäger nicht. Er war im Landesinneren geboren und auch dort aufgewachsen, entsprechend fremd war ihm das Meer. Die längste Schiffspassage, die er je mitgemacht hatte, hatte ihn über die Ostsee geführt.

Corwyns Magen rebellierte, und das Frühstück, das er in seiner Kajüte zu sich genommen hatte, machte sich wieder auf den Weg nach oben. Er kämpfte die Übelkeit nieder, denn er wollte sich nicht die Blöße geben, sich vor den Augen Dun'ras Ruuhls und der ganzen Mannschaft zu übergeben.

»Verdammt, Ruuhl!«, fuhr er den Dunkelelfen stattdessen an, der wie immer ein Stück hinter ihm stand. »Wie lange dauert die Überfahrt noch?«

»Wieso, König?«, erkundigte sich Ruuhl grinsend. »Ist dir nicht wohl?«

»Spar dir deinen Spott«, entgegnete Corwyn, dessen ungesund blasse Gesichtsfarbe Bände sprach. »Wie lange wird diese verdammte Passage noch dauern?«

Der Dunkelelf hob eine Braue. »Das ist unmöglich vorauszusagen.«

»Willst du dich über mich lustig machen? Du sagtest doch, dass du uns den Weg zeigen könntest und …«

»Das ja – aber das bedeutet nicht, dass er sich in zeitlichen Begriffen messen lässt.«

»Was soll das heißen?«, fragte Corwyn, dem jäh wieder einfiel, weshalb er sich bei Unterhaltungen mit Elfen meistens unwohl gefühlt hatte – weil er sich dabei immer vorgekommen war wie ein ausgemachter Trottel. Zumindest in dieser Hinsicht schienen Dunkelelfen und Lichtelfen etwas gemeinsam zu haben.

»Das soll heißen, dass sich die Länge der Reise nach den Fernen Gestaden nicht vorhersagen lässt. Man ist da, wenn man angekommen ist.«

»Willst du mich veralbern?« Um zu verdeutlichen, dass er nicht gewillt war, sich auf den Arm nehmen zu lassen, zog Corwyn sein Schwert und richtete es auf Dun'ras Ruuhls Brust.

»Dafür besteht keine Notwendigkeit«, sagte dieser kühl und schob die Klinge kurzerhand beiseite. »Wenn wir den gegenwärtigen Kurs beibehalten, werden wir früher oder später auf eine Nebelbank stoßen.«

»Auf offener See?«

»Diesen Anschein wird es zumindest haben. In Wirklichkeit ist der Nebel magischen Ursprungs und verhüllt die Fernen Gestade. Wer den Kurs nicht genau kennt, der wird sie niemals finden und in den Fangarmen grässlicher Ungeheuer landen, die so alt sind wie Erdwelt selbst.«

»Dann würde ich dir raten, uns gut zu führen und die Flotte sicher ans Ziel zu bringen«, knurrte Corwyn und rammte das Schwert zurück in die Scheide.

»Warum so zornig, falscher König?«, fragte Ruuhl hämisch. »Die See ist ruhig, und die Flotte macht gute Fahrt. Was also ist es, was dein Gemüt so verfinstert? Hast du Sorge, die falsche Entscheidung getroffen zu haben? Vermisst du deine Gemahlin? Oder fürchtest du gar, dass ich recht haben könnte mit dem, was ich in Tirgas Dun sagte?«

Corwyn antwortete nicht.

»Soll ich dich ein wenig aufheitern?«, fragte Ruuhl. »Soll ich dir eine Geschichte erzählen, um dir die lange Fahrt ein wenig zu verkürzen?«

»Nein.«

»Wirklich nicht? Sie handelt von jemandem, der seine Königin verloren hat, genau wie du.«

»Ich bin nicht interessiert«, stellte Corwyn klar.

»Tatsächlich? Auch dann nicht, wenn ich dir sagte, dass jene verlorene Königin und die deine ... ein und dieselbe sind?«

Corwyn starrte ihn finster an. »Was faselst du da?«

»Ich fasele nicht!« Dun'ras Ruuhl mimte den Beleidigten, indem er sich abwandte. »Wenn es dich nicht interessiert, was ich zu erzählen habe ...«

»Was weißt du über Alannah?«

»Manches«, antwortete der Dunkelelf ausweichend. »Thynia nannte sie sich einst ...«

»Thynia?«, fragte Corwyn. Diesen Namen hatte er noch nie zuvor gehört.

»Das war ihr Name«, bestätigte Ruuhl, der sich wieder zum König umdrehte, »und sie war eine mächtige Zauberin, die Zier des Ordens.«

»Eine Zauberin?« Corwyn hatte gewusst, dass seine Gemahlin noch so manches Geheimnis hütete, und er hatte sich bereits ein Stück weit damit abgefunden. Aber dass sie eine Zauberin gewesen war und zu einem Orden gehört hatte ...

»Sie hat es dir nicht gesagt?«, fragte Ruuhl in gespielter Überraschung.

»Nein.«

»Seltsam«, sagte Ruuhl scheinbar bestürzt. »Dabei gibt es so viel zu erzählen. Du musst wissen, falscher König, dass deine Gemahlin vor langer Zeit schon einmal an den Fernen Gestaden weilte.«

»Wann genau soll das gewesen sein?«

»Zur Zeit des Zweiten Krieges, als der Kampf um das Schicksal von Erdwelt tobte. Im Auftrag des Hohen Rats sollte Thynia helfen, den Kristallhort gegen den Ansturm des Bösen zu verteidigen. Aber soll ich dir ein Geheimnis verraten, falscher König? Sie hat es nicht getan. Sie hat sowohl den Hohen Rat als auch ihresgleichen betrogen und sich auf die Seite des Feindes geschlagen.«

»Du lügst«, stellte Corwyn ungerührt fest. »Alannah ist erst vierhundert Jahre alt. Für einen Menschen mag das eine unbegreiflich lange Zeitspanne sein, aber …«

»Also hat sie zur Zeit des Zweiten Krieges, der vor noch nicht einmal zwei Jahrhunderten tobte, bereits gelebt«, konterte Dun'ras Ruuhl.

»Du zählst wie ein Ork«, hielt Corwyn dagegen, »und du entlarvst deine eigenen Lügen. Der Zweite Krieg, Dunkelelf, liegt mehr als tausend Jahre zurück. So viel Zeit nämlich ist vergangen, seit Farawyn der Seher den Bann über Tirgas Lan verhängte und diesen blutigen Konflikt damit beendete.«

»D-das ist nicht wahr!«, stammelte Ruuhl hilflos, und zum ersten Mal erblickte Corwyn so etwas wie Entsetzen in seinem aschgrauen Gesicht, wenn auch nur für einen Augenblick.

»Es ist wahr«, beharrte der König unbarmherzig. »Willst du unsere Chroniken lesen?«

»Aber dann … dann …« Ein undeutbares Mienenspiel lief in Ruuhls Zügen ab, während er angestrengt nachdachte. »Das ist es«, flüsterte er. »Das erklärt vieles …«

»Wovon sprichst du?«

»Deshalb finde ich vieles verändert vor«, entgegnete der Dunkelelf rätselhaft. »Es liegt an der Zeit …«

Corwyn verzog das Gesicht. Für ihn hatte es den Anschein, als hätte Ruuhl den Verstand verloren und redete irr. Schon im nächsten Moment jedoch klärten sich die Züge des Dun'ras, und die alte Häme kehrte zurück. »Rätsel über Rätsel, nicht wahr?«, fragte er grinsend. »Aber es ändert nichts daran, dass deine Gemahlin ein Vorleben hatte, von dem du nichts ahnst, falscher König. Du weißt nichts über elfische Frauen, über ihre Fähigkeiten des Ränkeschmiedens und die Wahrheit zu verschleiern …«

Zumindest in dieser Hinsicht konnte Corwyn nicht widersprechen. Alannah war die einzige Elfin, die er je wirklich kennengelernt hatte. Und dass sie eine wahre Meisterin darin war, andere ohne deren Wissen oder gar Zustimmung für ihre geheimen Pläne einzuspannen und sie zu manipulieren, hatte sie wiederholt eindrucksvoll unter Beweis gestellt.

»Dennoch lügst du«, beharrte er trotzig. »Ich mag nicht alles über Alannah wissen. Aber ich kenne sie gut genug, um sagen zu können, dass sie die ihren niemals – niemals! – verraten würde. Spar dir deine Lügen, Dunkelelf. Ich werde nicht auf dich hereinfallen!«

»Ich lüge keineswegs«, stellte Dun'ras Ruuhl klar. »Und die Frau, die du als deine Gemahlin zu kennen glaubst, begnügte sich nicht damit, Verrat zu üben und die Zuflucht des Elfengeschlechts in ein blutiges Schlachtfeld zu verwandeln: Als Königin des Schreckens schwang sie sich zur Herrscherin über die Fernen Gestade auf – und wurde Margoks Weib!«

»Nein!«, entfuhr es Corwyn.

»Du magst es leugnen, so lange du willst, es ist die Wahrheit«, beteuerte Ruuhl.

»Niemals! Alannah mag ihre Geheimnisse haben, aber niemals war sie eine Dienerin des Bösen!«

»Woher willst du das wissen?«

»Ich weiß es, weil …« Corwyn, der nie ein großer Redner gewesen war, verstummte und suchte hilflos nach der richtigen Antwort. »Sie … sie hat gegen das Böse gekämpft«, brachte er schließlich hervor, »sowohl in Tirgas Lan als auch in Kal Anar ...«

»Wer sagt dir, dass sie dabei nicht ihre eigenen Ziele verfolgte? Pläne, von denen du noch immer nicht das Geringste ahnst? Die vielleicht dazu dienten, ihre Rückkehr zu den Fernen Gestaden vorzubereiten? Dass all das hier« – Ruuhl machte eine ausladende Handbewegung, die das Schiff, die Flotte und das ganze Meer einzuschließen schien – »nicht sorgfältig von ihr geplant wurde? Dass wir nicht alle nur Figuren in ihrem Spiel sind?«

Corwyn schwieg, aber in seinem Inneren begann es zu brodeln. Das Gift, das der Dun'ras in seine Seele gespritzt hatte, wirkte verlässlich, und zu Corwyns Eifersucht gesellte sich auch noch Wut.

Wut auf den Zauberer, der in sein Leben eingedrungen war. Wut auf Alannah, die den Alten offenbar besser kannte, als sie Corwyn gegenüber zugeben wollte. Wut darüber, dass sie gegangen war, ohne ihn in ihre Pläne einzuweihen ... In seinem Zorn fiel es Corwyn nicht schwer, sich Gründe für Alannahs Handeln auszudenken – Gründe, die ihm ganz und gar nicht gefallen konnten –, auch wenn er weiterhin beharrlich schwieg.

Er wandte sich ab und starrte hinaus auf die graue See. Seine Gedanken überschlugen sich, und seine Finger krallten sich in das Holz der Reling.

»Glaub mir, mein Freund«, hörte er Dun'ras Ruuhl hinter sich sagen, »in Wirklichkeit stehe ich auf deiner Seite und versuche nur, dir die Augen ...«

Corwyn wandte den Blick und schaute den Dunkelelfen unverwandt an, worauf sich dieser räuspernd verbesserte.

»Ich meine, *das* Auge zu öffnen ...«

# 17.

# UMM DOUK FUURK'DOK

Die Eindringlinge fuhren herum – und sahen sich einem Pulk von Elfenkriegern gegenüber, die lederne Rüstungen trugen und mit Peitschen und Säbeln bewaffnet waren. Sie erfassten die Fremden und den erschlagenen Aufseher mit einem Blick – mehr brauchte ihnen nicht erklärt zu werden.

»Ergebt euch«, verlangte der Anführer des Trupps.

»Was, wenn wir uns weigern?«, fragte Lhurian dagegen.

»Dann seid ihr des Todes!«, versicherte der Dunkelelf – und schon griffen er und seine Männer an.

Unter barbarischem Kriegsgebrüll, das, wie Alannah fand, ihres Volkes unwürdig war, stürmten die Krieger auf sie zu, ihre Peitschen und Säbel schwingend. Die Elfin und die anderen wichen zurück. Es blieb keine Zeit, sich abzustimmen oder eine Verteidigungslinie zu bilden. Von Blutdurst getrieben, fielen die Dunkelelfen über sie her, und ein wüstes Hauen und Stechen setzte ein, in dem es um das nackte Überleben ging.

Während sich je zwei der Angreifer auf Balbok und Rammar stürzten, attackierten zwei weitere Alannah und den Zauberer. Die verbliebenen Wachen, vier an der Zahl, nahmen sich die Piraten vor. Mit ihren Säbeln setzten sich Cassaros Freibeuter zur Wehr, doch gegen die erbitterte Wildheit der Dunkelelfen konnten sie nur unterliegen.

Einer von ihnen ließ sein Leben, noch ehe er selbst einen Streich führen konnte – die Klinge des Angreifers bohrte sich tief in seine Brust.

Auch Rammar sah sich einer heftigen Attacke ausgesetzt. Gleichzeitig flogen die Riemen eines Orkziemers und eine gefährlich blitzende Klinge heran, und es erwies sich für den dicken Unhold als unmöglich, beidem auszuweichen. Er gab dem Elfensäbel den Vorzug und duckte sich, sodass die mörderische Waffe haarscharf über seinen Kopf hinwegstieß. Die Peitsche traf ihn dafür an der Schläfe und hinterließ blutig schwarze Striemen. Rammar taumelte und war einen Moment benommen. Als er wieder klar sehen konnte, sauste die Elfenklinge bereits ein zweites Mal heran, diesmal auf seine Kehle zu.

Schneller, als man es einem Wesen seiner Statur zugetraut hätte, riss er den behelfsmäßigen *saparak* empor. Mit der Harpune parierte er den tödlichen Hieb, und Funken stoben. Noch ehe der Dunkelelf nachsetzen konnte, brachte Rammar seine geballte Linke zum Einsatz. Wahllos drosch er zu – und erwischte den Angreifer mitten im Gesicht.

Die spitze Nase des Elfen platzte wie eine überreife Frucht, und benommen taumelte der Graugesichtige zurück. Doch schon war sein Kumpan heran und ließ Rammar abermals das schmerzhafte Leder der Peitsche spüren. Erneut wich der Ork zurück und brachte sich hinter einer Säule in Sicherheit. Nach vorn gebeugt, die Harpune in den Klauen, taxierte er seinen Gegner. Lauernd umkreisten sie einander, getrennt durch die Säule – die gar keine war!

Verblüfft erkannte Rammar, dass es kein Gebilde aus Stein, sondern der Doppelgänger seines Bruders war, hinter dem er Zuflucht gesucht hatte. Allerdings stand der falsche Balbok völlig reglos und starrte trübe vor sich hin.

»Los doch, worauf wartest du?«, fuhr Rammar ihn an. »Du dämlicher Hund, hilf mir gefälligst!«

»Rammar ist tot«, sagte der Doppelgänger nur – und als wollte er die düsteren Worte des langen Orks wahr machen, griff der Dunkelelf wieder an. Blitzschnell sprang er vor, setzte an dem Hindernis vorbei und schwang die Peitsche. Ein scharfer Knall, und Rammar merkte, wie sich etwas um seinen dicken, kaum vorhandenen Hals wickelte und ihm die Luft abschnürte ...

Anders als sein Ebenbild, das weiter nur reglos dastand und Löcher in die Luft starrte, hatte Balbok alle Klauen voll zu tun. Dem einen Angreifer hatte der hagere Ork die Nase aus dem Gesicht gebissen und ihn dann mit der Bootsaxt um einen Kopf kürzer gemacht. Der andere Dunkelelf jedoch erwies sich als mordsgefährlicher Gegner. Leichtfüßig tänzelte er um Balbok herum und traktierte ihn fortwährend mit kleinen Hieben und Stichen, die allesamt nicht tödlich waren, jedoch ziemlich schmerzhaft – und den sonst eher gleichmütigen Ork ärgerten.

»Was soll das?«, rief er zornig. »Halt gefälligst still, damit ich dich in Stücke hacken kann!«

Wuchtig schwang er die mörderische Axt, aber wieder zerteilte das Blatt nur leere Luft. Mit atemberaubender Schnelligkeit wirbelte der Dunkelelf herum und brachte Balbok abermals eine blutende Wunde bei, diesmal am rechten Bein; der große Ork fiel zu Boden, und sein Gegner holte zum *kro-buchg* aus – zum Todesstoß!

Auch Alannah war in Schwierigkeiten. Lhurian hatte sie ermahnt, bei ihm zu bleiben, aber als die Wachen wütend über sie herfielen, waren sie getrennt worden. Von einem schwarz gewandeten Gegner bedrängt, von dem sie nur die Mundpartie sehen konnte, weil eine lederne Haube die obere Hälfte des Gesichts bedeckte, war sie bis zur Höhlenwand zurückgewichen – nun gab es kein Entkommen mehr.

Mit vor Entsetzen weit aufgerissenen Augen blickte die Elfin ihrem sicheren Ende entgegen und riss abwehrend die Hände empor, obwohl sie wusste, dass sie so den tödlichen Stahl nicht aufhalten konnte. Sie erwartete, dass er ihr Herz durchbohrte – aber unvermittelt hielt ihr Gegner in seiner Bewegung inne, und die Klingenspitze verharrte nur wenige Fingerbreit vor Alannahs Brust in der Luft.

Instinktiv wich die Elfin zur Seite aus, weil sie glaubte, das Schicksal hätte ihr einen letzten zusätzlichen Atemzug verschafft – aber die Klinge machte keine Anstalten, sich weiter nach vorn zu bewegen. Reglos verharrte sie – und mit ihr der Krieger, der sie geführt hatte. Mitten in der Bewegung erstarrt stand er da. In Ausfallposition hatte er sich nach vorn geworfen und die ganze Kraft in den Todesstoß gelegt – wie es möglich war, dass sich diese Kraft plötzlich in nichts aufgelöst hatte, war Alannah ein Rätsel.

»Was bei Farawyns Gabe …?«

»Steh nicht rum, als würde die Zeit auch für dich stillstehen«, rief ihr plötzlich jemand zu. »Hilf den anderen!«

Alannah fuhr herum. Es war Lhurian, der gesprochen hatte, allerdings zwischen zusammengepressten Zähnen hindurch, sodass sie seine Stimme nicht gleich erkannt hatte. Der Zauberer stand in der Mitte der Höhle, den Stab mit beiden Händen vor sich haltend und am ganzen Körper bebend.

Die Züge des alten Mannes waren purpurrot, die Adern an den Schläfen weit hervorgetreten, seine Armmuskeln zum Zerreißen gespannt. Fast sah es aus, als würde der Stab aus eigener Kraft vor ihm in der Luft schweben und wollte sich um sich selbst drehen und als kostete es den Alten seine ganze Kraft, ihn daran zu hindern.

»Worauf wartest du?«, stieß er unter höchster Anstrengung hervor. »Die Zeit lässt sich nicht ewig aufhalten!«

In diesem Moment begriff die Elfin.

Lhurian hatte etwas getan, das sie noch vor wenigen Augenblicken schlicht für unmöglich gehalten hätte: Er hatte den Fluss der Zeit verlangsamt!

Die gesamte Umgebung – alles, was sich in unmittelbarer Nähe befand – schien wie erstarrt: die Sklaven, die Angreifer und natürlich auch ihre Gefährten. Rammar, um dessen Hals sich eine Peitsche gewickelt hatte, stand da mit weit aufgerissenem Maul und rang nach Atem; Balbok war verwundet zu Boden gegangen und erwartete die tödliche Klinge seines Gegners, und auch die Piraten, von denen nur noch zwei am Leben waren, hätten die nächsten Augenblicke wohl nicht überstanden, wäre die Zeit mit der gewohnten Geschwindigkeit verstrichen. Durch Lhurians Zauber jedoch waren diese Augenblicke in die Länge gedehnt worden. Wenn man genau hinsah, konnte man erkennen, dass sich die Kämpfenden noch immer bewegten, aber sie taten es nur äußerst langsam. Warum sich der absonderliche Effekt nicht auch auf sie bezog, konnte die Elfin nur vermuten. Vielleicht, weil sie einst selbst eine Zauberin gewesen war. Vielleicht auch, weil Lhurian es so wollte.

Der Zauberer ließ ein Stöhnen vernehmen, und Alannah glaubte zu erkennen, dass sich die Bewegungen der Umherstehenden ein wenig beschleunigten. Sich gegen den Zeitfluss zu stemmen musste den Alten unglaubliche Kraft kosten, und es war fraglich, wie lange er der Belastung noch standhalten würde.

Sie musste rasch handeln …

Schon war sie bei Balbok und entwand seinem Gegner kurzerhand den Säbel, mit dem er den Ork hatte durchbohren wollen. Auch die Dunkelelfen, die sich auf die Piraten gestürzt hatten, waren rasch entwaffnet. Am längsten brauchte Alannah dazu, Rammar von der Peitsche zu befreien, die sich mindestens ein halbes Dutzend Mal um seinen kurzen Hals gewickelt hatte.

»Thynia …!«, presste Lhurian mühsam hervor – der Zauberer war am Ende seiner Kräfte.

Alannah beeilte sich, wickelte die Peitschenschnur von Rammars Hals, während er sie unbewegt anstarrte. Sie bezweifelte, dass der Ork sie sehen konnte – für ihn war sie nicht mehr als ein flüchtiger Augenblick. Ihm hing bereits die Zunge aus dem Maul, was deutlich machte, wie überaus knapp die Rettung für ihn kam …

»Bereit!«, rief Alannah laut und warf die Peitsche von sich.

Ein Ruck ging durch Lhurians hagere Gestalt. Seine Arme mit dem Zauberstab fielen herab – und im selben Moment lief in der Höhle die Zeit wieder normal ab.

Die Dunkelelfen kamen nicht dazu, sich über das Fehlen der Waffen in ihren Händen zu wundern, und auch die Orks und die Piraten nahmen nicht wirklich wahr, dass ihre Gegner wehrlos waren. Da für sie nur ein Lidschlag verstrichen war, handelten sie im Eifer des Überlebenskampfes und schlugen erbarmungslos zu. Balbok spaltete mit der Bootsaxt seinem Widersacher den Schädel, und auch die Piraten streckten ihre waffenlosen Gegner sogleich nieder, obwohl diese in der Überzahl waren. Alannah selbst wirbelte herum und führte die Klinge, die ihr um ein Haar den Tod gebracht hätte, in einem vernichtenden Streich, um ihrem Angreifer die rechte Hand abzuhacken.

Rammar hatte noch nicht einmal begriffen, dass die Peitsche um seinen Hals verschwunden war. Würgend, so als würde er noch immer keine Luft bekommen, sprang er vor, bekam den völlig verdutzten Dunkelelfen an den Oberarmen zu fassen und riss sie mit derartiger Wucht nach oben, dass sie mit hässlichem Knacken aus den Schultergelenken sprangen. Unter erbärmlichem Geschrei ging der Dunkelelf nieder, während Rammar hektisch daranging, die Peitsche um seine Kehle zu lösen, die allerdings nur noch in seiner Vorstellung dort war.

»Worauf wartet ihr?«, röchelte er, während er bereits auf die Knie ging. »Helft mir gefälligst, ihr elenden *umbal'hai*! Oder wollt ihr dabei zusehen, wie ich vor euren Augen verrecke? Das sieht euch ähnlich, ihr Schmeißfliegen, ihr Maden, ihr widerwärtiges Gesocks, ihr ...«

»Äh – Rammar?«, mischte sich Balbok vorsichtig ein.

»Was, verdammt? So hilf mir gefälligst, du unfassbare Blödheit auf zwei Beinen! Du elender, widerwärtiger ...«

Entkräftet, wie er sich wähnte, schlug er zu Boden und warf sich herum, und verzweifelt tasteten seine Klauen nach dem Leder um seinen Hals, während er heiser nach Luft schnappte – aber er fasste nichts als faltige, narbige Haut.

»Was zum Kurul ...?«

Rammar hörte auf zu röcheln, befühlte verwirrt seine Kehle und konnte keine Peitschenschnur ertasten. Sein Atem beruhigte sich, und er setzte sich auf. Er blickte in die Mienen seiner Gefährten und einiger Sklaven, die sich rings um ihn versammelt hatten und ihn aus großen Augen anschauten. »Was glotzt ihr denn so dämlich?«, blaffte er. »Habt ihr noch nie einen Ork im *kro-sabal* gesehen?«

»Ich habe noch nie einen Ork gesehen, der so ein Gezeter veranstaltet, obwohl die Gefahr längst gebannt ist«, konterte Alannah.

»*Korr*«, stimmte Balbok wiehernd zu.

»Das findest du wohl witzig, Sackgesicht?« Den behelfsmäßigen *saparak* als Stütze nutzend, raffte sich Rammar auf. »Es hätte nicht viel gefehlt, und ich wäre elend erstickt – und du hast nicht eine Kralle gerührt, um mir zu helfen.«

»Ich war beschäftigt«, verteidigte sich der große Ork.

»Wir alle waren beschäftigt«, stimmte Alannah zu, »und wir alle wären getötet worden, hätte Lhurian uns nicht gerettet.«

Der Zauberer stand noch immer am selben Platz. Seine hagere Gestalt allerdings war nach vorn gebeugt und bebte, und hätte er sich nicht auf den Stab stützen können, wäre er wohl zusammengebrochen.

»Der soll uns gerettet haben?« Rammar prustete. »Ein alter Tattergreis?«

»Er hat mehr Kraft in seinem kleinen Finger als du in deiner ganzen Pranke«, beschied ihm Alannah und ging zu dem Zauberer, um ihn zu stützen.

»Was du nicht sagst«, versetzte der dicke Ork gehässig. »Falls du es nicht gemerkt haben solltest, Elfenweib – ein Ork aus echtem Tod und Horn braucht keinen alten Mann, der ihn rettet, und ein Rammar schon gar nicht. Mit meinen eigenen bloßen Klauen habe ich mich von der Peitsche befreit, so schnell, dass nicht einmal meine eigenen Augen mir folgen konnten.«

»Und das glaubst du wirklich?«

»*Korr*«, bekräftigte Rammar, während sein Bruder und die Piraten, die ihre wundersame Rettung für weniger selbstverständlich hielten, erstaunte Blicke tauschten. »Das glaube ich nicht, Elfenweib – das *weiß* ich!«

»In der Tat«, fauchte Alannah. »Wenn dein Heldenmut auch nur halb so groß wäre wie deine Einbildungskraft ...«

»Ihr da! Ergebt euch!«

Erneut ließ sich die Stimme eines Dunkelelfen vernehmen, die noch um vieles bedrohlicher klang als jene zuvor.

Alannah, die Orks und ihre Begleiter sahen sich auf einmal von schwarz gekleideten Kriegern umringt, die aus den umliegenden Stollen drängten. Es waren ein paar Dutzend, und alle hielten schussbereite Bogen in den Händen. Sofort nahmen sie Aufstellung, und innerhalb weniger Augenblicke waren die Eindringlinge umzingelt. Eingeschüchtert wichen sie zurück, scharten sich um den zweiten Balbok, der unbewegt wie eine Säule stand – ein wehrloses Häuflein inmitten eines Kordons tödlicher Waffen.

Der Anführer der Bogenschützen, ein hochgewachsener Dunkelelf, der einen langen schwarzen Mantel trug, stand auf einem der obersten Stege und blickte geringschätzig auf die Eindringlinge herab. Seine grauen Gesichtszüge waren zu einem grausamen Grinsen verzerrt. »Ich bin Ravok, zweiter Dun'ras der Insel«, stellte er sich vor. »Ich fordere euch auf, die Waffen augenblicklich niederzulegen!«

Die Gefährten zögerten, tauschten ratlose Blicke.

»Wie steht es, Unhold?«, erkundigte sich Lhurian bei Rammar. »Willst du uns nicht noch eine Kostprobe deiner ungeheuren Schnelligkeit geben und ihnen die Pfeile von den Sehnen stehlen?«

»Bah«, machte Rammar verächtlich. »Warum zauberst du nicht einfach, wenn du es so gut kannst?«

»Ein guter Vorschlag«, pflichtete Alannah dem Ork bei.

»*Korr*«, meinte Balbok.

»Ich wünschte, ich könnte es tun, meine Freunde«, gestand Lhurian, »aber zum einen sind es zu viele, um einen

Zeitzauber zu wirken, und zum anderen bin ich noch zu geschwächt.«

»Und das bedeutet?«, fragte Rammar.

»Dass wir keine andere Wahl haben, als uns zu ergeben«, erwiderte Alannah tonlos.

Noch einen Augenblick zögerten die Gefährten, dann fügten sie sich in ihr Schicksal.

»Großartig«, grunzte Rammar, während er die Harpune sinken und schließlich fallen ließ. »Ich hätte wissen müssen, dass es zu nichts Gutem führt, wenn man mit einer Elfin und einem *dhruurz* gemeinsame Sache macht ...«

# 18.

# OUDARSHOULACH-ASH'HAI'S KOMANTA'HAI

Sie wurden abgeführt, bewacht von schwer bewaffneten Elfenkriegern in stachelverzierten schwarzen Rüstungen. Lhurian ging dem Zug der Gefangenen voraus; hätte Rammar nicht von Natur aus etwas gegen Menschen im Allgemeinen und gegen Zauberer im Besonderen gehabt, so hätte er vielleicht sogar Bewunderung für den alten Mann empfunden, der vor den graugesichtigen Schmalaugen entweder keine Furcht empfand oder sie zumindest gut verbarg. Neben dem Zauberer ging Alannah, aufrecht und wie alle anderen Gefangenen mit auf dem Rücken gefesselten Händen. Auch sie bemühte sich redlich, vor ihren Häschern keine Schwäche zu zeigen, aber die Unruhe war ihr deutlich anzumerken, die bange Erwartung von dem, was kommen würde.

Als Nächster im Zug kam Rammar, der so breit war, dass niemand neben ihm marschieren konnte, nach ihm Balbok und die beiden Piraten. Als letzter Gefangener trottete der falsche Balbok in der Kolonne, der bereitwillig alles über sich ergehen ließ. Weder hatte er Widerstand geleistet, als sie angegriffen worden waren, noch hatte er sich zur Wehr gesetzt, als man ihn abgeführt hatte. Der wortkarge Doppelgänger hatte das Helmvisier wieder geschlossen und setzte folgsam einen Fuß vor den anderen. Immerhin hatte er aufgehört, Rammars Tod zu verkünden, was ja auch schon was war.

Dennoch befand sich Rammars Laune auf dem Tiefpunkt, doch ausnahmsweise war es mal nicht sein Bruder Balbok, auf den sich sein geballter Zorn richtete.

»Ich hätte es wissen müssen«, fauchte er, während sie durch eine verwirrende Anzahl von Korridoren geführt wurden, deren Wände aus stumpfgrauem Glas zu bestehen schienen. »Nun sieh, was du uns diesmal wieder eingebrockt hast, Elfenweib. Nichts als Ärger hat man mit dir.«

»Genau wie mit euch«, gab Alannah ungerührt über die Schulter zurück. »Hättet ihr euch nicht um jeden Preis den Schatz von Kal Anar unter den Nagel reißen wollen, wären wir nicht hier.«

»Und hättest du uns in der Modermark gelassen, statt uns nach Kal Anar zu schicken, wären wir erst gar nicht auf den Gedanken gekommen, uns den Schatz dort zu krallen«, hielt Rammar dagegen.

»Ach«, sagte die Elfin. »Hättet ihr mich in Shakara gelassen, statt mich zu entführen, wäre ich nie Königin von Tirgas Lan geworden.«

»Dass ich nicht lache!« Der Ork stieß einige Laute aus, die sich wie das Gebell eines Hundes anhörten. »Du hast dich in diesem Eistempel doch zu Tode gelangweilt!«

»Genau wie ihr euch in eurem *bolboug*.«

»Das habe ich nie behauptet.«

»Nein? Balbok hat mir etwas anderes erzählt.«

»*Trurkor!*«, zischte Rammar seinem Bruder über die Schulter zu.

»Weißt du«, meinte die Elfin, die von dem unsinnigen Streit genug hatte, »manchmal glaube ich, dass wir uns ähnlicher sind, als uns lieb ist.«

»Du und ich uns ähnlich? Lächerlich!«, grunzte Rammar, während sie durch einen langen Korridor schritten, auf den zu beiden Seiten niedrige Stollen mündeten. Orksklaven schufteten darin und schlugen die Köpfe ihrer Hämmer auf das harte Gestein.

»Kann mir mal jemand verraten, wozu die Schinderei gut sein soll?«, erkundigte sich Rammar. »Was wird hier abgebaut?«

»Du hast doch selbst in diesen Minen gearbeitet«, sagte Alannah verwundert. »Und du weißt nicht, wonach ihr gegraben habt?«

»Ich hab nicht gefragt.« Der dicke Ork zuckte mit den Schultern. »Es hat mich nicht interessiert. Vielleicht hat es mir auch jemand gesagt, und ich hab's schlichtweg überhört.«

»Kristalle«, antwortete ihm Lhurian.

Daraufhin war es Rammar, der verwundert war. »Was für Kristalle?«

»Magische Kristalle. Kristalle, die Zauberkräfte um ein Vielfaches verstärken können.«

»Na toll!«, schnaubte der Ork, der nur ein einziges Wort verstanden hatte, aber das genügte ihm vollauf.

Zauberkraft!

Wie er diesen Unfug hasste ...

»Wer immer hinter alldem steckt, hat offenbar Großes vor«, fuhr der Alte fort. »Sonst würde er nicht derart viele Kristalle brauchen.«

Sie gelangten an den Aufzugschacht, von dem der Aufseher Balbok und Rammar erzählt hatte. Eine hölzerne Plattform bot fünf oder sechs Mann Platz und hing an vier dicken Tauen. Sogleich ging man daran, die Gefangenen nach oben zu transportieren. Lediglich Rammar durfte den Aufzug nicht besteigen. Ihm knotete man ein Tau, das doppelt so dick war wie die anderen, um den Wanst, und seine Kameraden, die alle vor ihm hinauftransportiert worden waren, mussten ihn nach oben ziehen.

Es war eine schweißtreibende Plackerei, und Rammar, der nicht schwindelfrei war, jammerte erbärmlich. Balbok fand, dass sein Bruder noch mal ein gutes Stück fetter geworden war, seit er ihn an der Außenmauer des Tempels von Shakara emporgezogen hatte, und alle waren ziemlich erleichtert, als Rammars verdrießliche Miene über dem Rand des Schachts erschien. Mit vereinter Kraft zog man ihn vollends herauf, und der Marsch konnte weitergehen.

Durch ein großes Tor verließen sie die Minen und gelangten in die eigentliche Festung. Die breiten Gänge und Korridore, die einst von Licht durchflutet waren, lagen in schummrigem Halbdunkel, leer und verlassen, und beißender Gestank lag in der Luft.

»*Shnorsh*, was ist das?«, schnaubte Rammar und rümpfte den Rüssel. »Das riecht ja zum Davonlaufen!«

»*Korr*«, stimmte Balbok zu.

»Verwesungsgeruch«, stellte Lhurian fest. »Ich dachte, ihr Unholde steht auf so was?«

»Verwesungsgeruch ist eine Sache«, gab Rammar mürrisch zur Antwort, »aber das ist noch mal was ganz anderes. Dreht mir den Magen um, und das will schon was heißen ...«

Unvermittelt kam ihnen auf dem Gang jemand entgegen. Es waren zwei Dunkelelfen, und sie schlugen mit Peitschen auf einen Troll ein, der einen Karren zog. Mit aller Kraft stemmte sich das Ungetüm ins Geschirr, um das schwere Gefährt vom Fleck zu bewegen. Erst im Vorbeigehen sahen die Gefangenen, womit es beladen war – und nicht nur die Menschen mussten an sich halten, um sich nicht zu übergeben, sondern auch Balbok und Rammar.

Denn auf dem Karren türmten sich die Knochen zahlloser Orks. Teils waren sie abgenagt, teils hing noch fauliges Fleisch daran, das für den erbärmlichen Gestank sorgte. Ohne Frage war diesen Kreaturen ein ebenso grausames wie würdeloses Ende zuteilgeworden ...

»Gefressen«, ächzte Rammar fassungslos. »Diese Orks wurden aufgefressen! Seit wann fressen denn Elfen Orks?«

»Auf dieser Insel«, knurrte Lhurian, »ist nichts unmöglich.«

»Offensichtlich«, sagte Alannah erschüttert. Sie hatte es kaum glauben wollen, als sie den Dunkelelfen im Wald hatte sagen hören, dass er das rohe Fleisch von Unholden verzehrte – dies war der Beweis dafür. »Und was ist aus all meinen Brüdern und Schwestern geworden, die hierher aufgebrochen sind?«, fragte sie bang. »Wurden sie etwa auch ...?«

»Keine Sorge, Elfenweib«, beruhigte Rammar sie mit gehässigem Grinsen. »Die meisten von ihnen wurden von den Seeräubern in Stücke gehackt und bleichen ihre Knochen am Nordkap der Insel. Und wer es von deinen Leuten bis hierher geschafft hat, ist jetzt ein Graugesicht.«

»Das kann ich nicht glauben«, wehrte Alannah ab. »Kein Elf von Ehre würde seinesgleichen derart schmählich verraten.«

»Sei dir da nicht so sicher«, sagte Lhurian. »Unterschätze nicht die Macht des Kristalls ...«

»Du da, Maul halten!«, schnauzte ihn einer ihrer Bewacher an. »Oder muss ich's dir erst stopfen?«

Der Korridor mündete in einen nach oben offenen Felskessel, der von derart gigantischen Ausmaßen war, dass es selbst Rammar die Sprache verschlug. In Wirklichkeit war der riesige Kessel, dessen Durchmesser rund eine Viertelmeile betragen mochte, ein Krater im Zentrum des Berges. Anders als in Kal Anar jedoch, wo die Glut der Tiefe noch immer schwelte, war sie in diesem Krater längst erloschen und hatte eine gewaltige Kluft hinterlassen, über der sich in luftiger Höhe die Kristallburg erhob. Unterhalb davon, entlang der fast senkrecht abfallenden Kraterwände, erstreckte sich die Stadt Crysalion.

Nie zuvor hatte Alannah eine größere Pracht erblickt, auch wenn die Bauwerke brüchig und der Kristall allenthalben grau und stumpf geworden war: Steinerne Plattformen ragten aus dem Fels, über denen sich wunderbar anmutende Gebilde erhoben, Türme aus reinem Kristall, die unmittelbar aus dem Fels wuchsen bis empor zur Krateröffnung, auf deren Rändern ringsum wiederum die Türme und Kuppeln der Kristallburg thronten.

In kühnen Konstruktionen spannten sich Brücken kreuz und quer über den Schacht und verbanden die einzelnen Türme und Stadtviertel miteinander, jede einzelne ein Kunstwerk, dessen Verfall allerdings schon weit fortgeschritten war. Wo filigran gearbeitete Statuen die Brücken gesäumt hatten, ragten nur noch graue Stümpfe auf, und die kristallenen Bogen, die die Brücken einst getragen hatten, als wären sie leicht wie Federn, waren durch eiserne Ketten ersetzt worden.

In den alten Tagen mochte der Widerhall ausgelassenen Gelächters und fröhlichen Gesangs den Felskessel erfüllt haben – nun ließ ihn der harte, stampfende Klang marschierender Füße erbeben. Alannah blickte in die Tiefe – und sah, was aus ihren verschwundenen Brüdern und Schwestern geworden war.

Eine Legion der Finsternis ...

Im Schein unzähliger Fackeln hatten Kriegerinnen und Krieger in schwarzen Rüstungen auf den tiefer gelegenen Plattformen Aufstellung genommen. Bewaffnet waren sie mit mörderisch geformten Hellebarden und langen Schilden, und soweit Alannah es beurteilen konnte, waren es Tausende.

Abteilung für Abteilung marschierte auf, bildete Phalanxen und andere Schlachtformationen oder reihte sich zum Appell. Offiziere auf schlanken Pferden ritten vorüber und erteilten heiser Befehle, die die Soldaten augenblicklich befolgten – das Ergebnis eines erbarmungslosen Drills, der vermutlich schon Jahrhunderte währte und nur einem einzigen Zweck diente: die Welt der Sterblichen zu erobern ...

»Bei Farawyns Erbe«, hauchte Lhurian entsetzt, »das ist noch weitaus schlimmer, als ich befürchtet hatte. Sein Heer steht schon bereit zum Sturm. In all den Jahren hat er seine Rückkehr vorbereitet, und die Kristallpforten verschaffen ihm nun die Möglichkeit dazu.«

»Wem?«, quäkte Rammar von hinten.

»Ich hoffe, wir sind nicht zu spät gekommen«, flüsterte der Zauberer, ohne auf die Frage einzugehen.

»Machst du Witze?«, frotzelte der Ork. »Ich verstehe nicht viel von diesen Dingen, aber so viel ist klar: Du hast ausgeschissen, alter Tattergreis, genau wie wir.«

»U-Ulian?«, fragte Alannah plötzlich. Unter all den Kriegern, die auf einer nur wenige Stockwerke tiefer verlaufenden Brücke exerzierten, glaubte sie eine bekannte Gestalt erkannt zu haben – und das, obwohl sie das Gesicht unter dem Helm nicht sehen konnte. Es war die Haltung des Soldaten, die ihre Aufmerksamkeit auf sich zog und die trotz seines martialischen Äußeren so gar nichts von einem Kämpfer hatte. Zudem glaubte die Elfin, eine vertraute Aura zu fühlen, die eines alten Freundes ...

Ulian der Weise war der Vorsitzende des Hohen Rats von Tirgas Dun gewesen. Er hatte Corwyns Krönung bestätigt und war offiziell der letzte Elf gewesen, der Erdwelt verlassen hatte und zu den Fernen Gestaden gereist war. Sollte dies das Schicksal sein, das ihm widerfahren war? Als Soldat in einer Armee des Bösen zu dienen? Teil eines Räderwerks zu sein, das Tod und Vernichtung über die sterbliche Welt bringen sollte?

»Ulian!«, rief sie laut seinen Namen – und tatsächlich glaubte sie zu erkennen, wie ein Ruck durch die Gestalt des Vermummten ging. Für einen Moment hob er das Haupt und blickte zu ihr auf – aber schon im nächsten Augenblick sank er in die Lethargie zurück und reagierte stumpf auf die Befehle, die der Kommandeur seiner Abteilung gab.

»Ulian!«, rief Alannah abermals, worauf sie ein Peitschenhieb eines ihrer Bewacher traf. Die Elfin jedoch rief weiter: »Ulian! Ulian!«

Erneut ging das knallende Leder nieder und brachte ihr eine blutende Wunde an der Schläfe bei. Sie taumelte und fiel hin. Sofort war Lhurian bei ihr und beugte sich schützend über sie.

»Hör auf zu schreien«, schärfte er ihr ein. »Er kann dich nicht hören.«

»A-aber wie ist das möglich?«

»Es liegt an dem beschädigten Kristall. Sie stehen alle unter dem Bann des Bösen.«

»Aber wenn es so ist, warum wussten wir dann nichts davon?«, fragte Alannah und konnte nicht verhindern, dass ihr Tränen in die Augen stiegen. »Wieso haben wir in den vergangenen tausend Jahren niemals Kunde davon erhalten, was hier vor sich geht?«

»Weil Farawyn es so wollte. Er glaubte die Gefahr gebannt, also hat er dafür gesorgt, dass alle Aufzeichnungen darüber aus den Archiven verschwanden. Er wollte, dass die Fernen Gestade wieder jene Stätte unbefleckter Unschuld wurden, die sie einst waren.«

»Glückwunsch«, grunzte Rammar von hinten. »Ist ihm ja prächtig gelungen.«

»Weißt du, dass du mich an jemanden erinnerst?«, fragte Lhurian über die Schulter zurück.

»An wen?«

»An jemanden, den ich einst kannte«, erwiderte der Zauberer rätselhaft. »Ein Ork ...«

»Ihr da! Werdet ihr wohl endlich den Rand halten?«, schrie sie ein anderer Bewacher an, und die Gefährten beschlossen, dass es besser war, still zu sein.

Sie wurden über eine Brücke geführt, auf die andere Seite des Kraters, wo sich ein Weg emporwand, über unzählige Stufen und durch eine Reihe verfallener Galerien, von denen sich immer neue Ausblicke auf die Armee der Finsternis boten. Immer weiter gelangten sie hinauf und erreichten schließlich die untersten Ausläufer der Festung, die sich über dem Kraterrand erhob.

Einst mochte das Gewirr Myriaden glitzernder und miteinander verwachsener Kristalle einen prachtvollen Anblick geboten haben, zumal bei Tageslicht, wenn das Licht der Sonne hundertfach gebrochen wurde und das Innere des Kraters mit allen Farben des Regenbogens beleuchtete. Nun jedoch war alles dunkel. Die Nacht hatte ihre Schwingen über die Insel gebreitet, und wie ein Untier kauerte die graue Masse der Festung über dem Krater.

Aus dem einstmals blühenden Palast von Crysalion, der erfüllt gewesen war von Helligkeit und Leben, war ein düsteres Gemäuer geworden, und je näher die Gefangenen den Türmen kamen, die sich vom Kraterrand in den nächtlichen Himmel reckten, desto deutlicher waren auch dort die Spuren des Verfalls zu erkennen: geborstene Säulen, eingebrochene Balustraden, von Sprüngen durchzogene Wände.

Dies also, dachte Alannah, war der Ort, nach dem sich unzählige Elfen ihr Leben lang gesehnt hatten. Mit großen Erwartungen waren sie in See gestochen, um an den Ufern dieses Eilands das blanke Grauen zu finden. Die Stätte der Unschuld war ein Hort des Bösen geworden …

»Wohin bringt ihr uns?«, erkundigte sie sich bei dem Dun'ras, der den Zug anführte.

»Zu unserem Gebieter«, lautete die lakonische Antwort. »Er erwartet euch bereits und hat uns befohlen, euch zu ihm zu schaffen, in den obersten Turm.«

»Er erwartet uns?«

»So ist es.«

»Aber wie ist das möglich?«, fragte Alannah.

»Die Kristalle«, antwortete Lhurian anstelle des Dunkelelfen. »Sie mögen trübe und stumpf geworden sein, aber sie haben noch immer Augen und Ohren.«

Die Elfin sah sich schaudernd um. »Und wer ist dieser Gebieter, der uns angeblich erwartet?«

»Wer wohl?«, maulte Rammar von hinten. »Margok natürlich. Jeder verdammte Finsterling auf dieser Welt heißt Margok. Ist euch das schon mal aufgefallen?«

»Unsinn«, wehrte Alannah ab. »Margok ist tot. Sein Geist wurde vom Dragnadh gefressen. Ihr wart selbst dabei.«

»Der Ork spricht die Wahrheit«, sagte der Dun'ras mit höhnischem Grinsen. »Margok ist unser Herrscher, ihm gehört unser Leben.«

»A-aber das ist unmöglich!« Alannah spürte, wie dunkle Furcht nach ihrem Herzen griff. Nicht so sehr, weil sie sich scheute, dem Bösen ins Antlitz zu blicken – das hatte sie auch schon zu früheren Gelegenheiten getan –, sondern weil sie Angst vor dem hatte, was womöglich noch alles über ihre Vergangenheit ans Licht kommen würde …

Am oberen Ende des Weges gab es ein von Wachen gesäumtes Tor, durch das die Gefangenen in die Festung gelangten. Es ging durch verfallene Säulenhallen, die von Fackelschein beleuchtet wurden, und zum ersten Mal hatte Alannah das Gefühl, dass ihr das eine oder andere vertraut vorkam. Sie verwünschte sich dafür, denn wenn es etwas gab, an das sie sich ganz bestimmt *nicht* erinnern wollte, dann war es dieser schaurige Ort.

Was, so fragte sie sich, würde sie erst im obersten Turm erwarten? War es tatsächlich Margok, der dort oben lauerte? Hatte der grausame Magier einen Weg gefunden, die Zeiten zu überdauern? Aber wer war dann jener gewesen, der sich des Zauberers Rurak bemächtigt und gegen den sie in Tirgas Lan gekämpft hatten?

Fragen über Fragen, und auf keine davon wusste Alannah die Antwort – obwohl sie mit jedem Schritt, den sie machte, mit jeder Stufe, die sie hinaufstieg, mehr den Eindruck gewann, dass der Schleier, der ihre Vergangenheit verhüllte, dünner wurde. Es kam ihr vor, als bräuchte sie nur noch die Hand auszustrecken und das zarte Gespinst zu zerreißen, das von Farawyns Zauber noch geblieben war – dass sie es nicht tat, lag daran, dass sie sich vor der Wahrheit fürchtete.

Denn was war, wenn sie die Wahrheit nicht ertrug? Wenn die Erkenntnis dem Blick in einen tiefen Abgrund glich, aus dem es kein Entkommen gab? Sie begriff, dass dies der Grund war, weshalb Lhurian sie nicht hatte mitnehmen wollen – und sie wünschte auf einmal, auf ihn gehört zu haben, statt ihren Willen einmal mehr durchzusetzen.

Nun jedoch gab es kein Zurück mehr.

Über eine steile Wendeltreppe ging es hinauf in den Turm. Die gerundeten Wände hallten wider vom Schnaufen Rammars und von den schlurfenden Schritten der Gefangenen, und mit jedem Augenblick, der verstrich, steigerte sich Alannahs Anspannung.

Irgendwann endete die Treppe und ging in einen kurzen, von Fackeln gesäumten Gang über, der in die Turmkammer mündete. In dem Augenblick, als Alannah aus dem Korridor trat, wusste sie, dass sie schon einmal an diesem Ort gewesen war.

Die einstmals strahlende Pracht war erloschen und hatte grauer Düsternis Platz gemacht; der Kristall der Wände, die ein weites Achteck bildeten, war von Rissen durchzogen und von Schmutz und Blut besudelt und ließ längst kein Licht mehr durch, und der große Kristall, der im Zentrum des Raumes schwebte, bot nur noch ein Zerrbild seiner einstigen Schönheit.

Aber ohne jeden Zweifel war Alannah schon einmal in der Turmkammer gewesen, vor undenklich langer Zeit ...

»Erinnerst du dich, Thynia?«, fragte jemand hinter ihr, und sie fuhr herum. Nicht Lhurian hatte gesprochen, sondern jemand anderes, der ihren Zaubernamen ebenfalls kannte ...

Auf der anderen Seite des von flackerndem Feuerschein beleuchteten Oktogons gewahrte Alannah eine unheimliche, in einen dunklen Mantel gehüllte Gestalt. Ihre Hände waren in den weiten Ärmeln und ihr Gesicht war im Schatten einer Kapuze verborgen. Sie näherte sich schleppenden Schrittes, nicht aufrecht gehend, sondern humpelnd und gebeugt wie unter dem Gewicht einer schweren Last.

»Was steht ihr noch herum?«, fauchte Dun'ras Ravok. »Auf die Knie vor unserem Gebieter!«

Alannah und ihre Gefährten bekamen die stumpfen Enden der Hellebarden in die Kniekehlen gerammt. Stöhnend brach Lhurian zusammen und schlug zu Boden, und auch Alannah, die ihm helfen wollte, wurde zu Fall gebracht, ebenso wie die Orks und die beiden Menschen.

»Senkt die Häupter«, rief Ravok nicht nur den Gefangenen zu, sondern auch seinen Leuten, »und huldigt Margok dem Zweiten, dem uneingeschränkten Herrscher über die Fernen Gestade!«

Mit diesen Worten ließ sich auch der Anführer der Dunkelelfen aufs Knie nieder und senkte ehrerbietig das Haupt. Wer immer die bucklige Gestalt war, die sich unter Kapuze und Mantel verbarg, sie schien Wert auf totale Unterwerfung zu legen.

Alannah konnte die Aura des Bösen spüren, die von dem Vermummten ausging, und wie ein Echo hallten Dun'ras Ravoks Worte in ihrem Bewusstsein nach.

Margok der Zweite ...

Was hatte das zu bedeuten? War der schändliche Verräter noch dazu gekommen, einen nicht weniger von Bosheit durchdrungenen Geist zu seinem Nachfolger zu ernennen? Oder war er es selbst, in anderer Gestalt?

Rammar, der nur wenige Schritte neben der Elfin kauerte und beinahe den Boden küsste, stellte sich die gleichen Fragen. Wer war der Kerl unter der Kapuze? Und wieso nannte er sich Margok?

Wie die meisten Orks verstand Rammar nicht allzu viel vom Zählen, aber er wusste, dass es eine Eigenheit der Elfen und Menschen war, ihre Herrscher zu nummerieren – und dass es nun bereits einen Zweiten gab, der sich mit dem Namen des Dunkelelfen schmückte, bedeutete in den blutunterlaufenen Augen des dicken Orks nichts Gutes.

Der Vermummte kam näher, dabei leise kichernd. »Nehmt ihnen die Fesseln ab«, verlangte er von seinen Leuten. »Sie sollen weder den Eindruck bekommen, dass ich mich vor ihnen fürchte, noch dass ich ein schlechter Gastgeber bin.« Sofort kamen seine Schergen der Aufforderung nach und befreiten die Gefangenen – die Phalanx gesenkter Hellebarden, die sie umgab, war bedrohlich genug.

»Sieh an«, krächzte der Fremde mit einer Stimme, die sich anhörte, als würde eine Schwertschneide über rostiges

Eisen scharren, »ihr habt also doch noch zu mir gefunden. Nach all der Zeit …«

Rammar und Balbok, der neben ihm kauerte, wussten nicht, was das Gerede bedeuten sollte, während der Elfin aufging, dass ein Kreis im Begriff war, sich zu schließen; dass etwas zu Ende ging, das vor rund tausend Jahren seinen Anfang genommen hatte. Lhurian der Zauberer aber erkannte in diesem Moment den Mann im Kapuzenmantel wieder. Jäh hob er den Blick, zitternd vor Entsetzen.

»R-Rothgan?«, fragte er leise.

Der Vermummte lachte nur.

# 19.

# ANN NIFFUL

Dun'ras Ruuhl hatte recht behalten – und Corwyn wusste nicht, ob er darüber froh oder verzweifelt sein sollte.

Genau wie der Dunkelelf vorhergesagt hatte, war irgendwann Nebel am südwestlichen Horizont aufgetaucht, und obwohl seine Offiziere und Kapitäne ihm davon abgeraten hatten, hatte Corwyn geradewegs Kurs auf die grauen Schwaden setzen lassen, die sich wie eine Mauer vor ihnen erhoben.

Wie lange das zurücklag, ließ sich nach menschlichem Empfinden unmöglich ermessen. Dem Logbuch zufolge, das der Kapitän des Schiffes führte, waren zwei Wochen vergangen – Corwyn jedoch hatte das Gefühl, dass sie bereits seit einer halben Ewigkeit im Nebel feststeckten, und eine gepresste, niedergeschlagene Stimmung hatte sich in der Flotte breitgemacht, die selbst die altgedienten Matrosen und Offiziere nicht verschonte. Auch in dieser Hinsicht schien sich Dun'ras Ruuhls Voraussage zu bewahrheiten – nämlich dass sich die Passage zu den Fernen Gestaden nicht nach herkömmlichen Zeitbegriffen bestimmen ließ. Sosehr es Corwyn widerstrebte, es sich einzugestehen – bislang hatte der Dunkelelf wohl die Wahrheit gesagt.

Noch immer wich Ruuhl nicht von seiner Seite. Schweigend stand er neben ihm auf dem Achterdeck, während Corwyn hinausstarrte in das milchige Grau, in dem die Umrisse des benachbarten Schiffs nur schemenhaft auszumachen waren. In den Tagen, da Corwyn seinen Lebensunterhalt noch als Kopfgeldjäger und Söldner bestritt, hatte er manchen dichten Nebel erlebt, der von den Hängen des Schwarzgebirges herabgekrochen war – aber keiner davon war auch nur annähernd so dicht und träge gewesen wie dieser. Ruuhls Bemerkung, dass dieser Nebel magischen Ursprungs sei, kam ihm wieder in den Sinn, und er schauderte.

Was, wenn der Dunkelelf ihn nur in trügerischer Sicherheit wog? Wenn er ihn in Wirklichkeit belogen hatte und die Flotte in eine Falle lockte? Durfte Corwyn um Alannahs willen das Leben all dieser Männer riskieren?

Noch vor nicht allzu langer Zeit hätte der König nicht gezögert, diese Frage zu bejahen. Inzwischen jedoch hatte er Zweifel. Seine Leute vertrauten ihm, und er hatte geschworen, sie als ihr König zu beschützen und für ihr Wohl zu sorgen. Was, wenn er gerade das genaue Gegenteil tat? Wenn er im Begriff war, sie geradewegs in den Untergang zu führen?

Wieder einmal schien sein dunkler Verbündeter erahnen zu können, was in Corwyns Kopf vor sich ging.

»Zweifel, Freund?«, erkundigte er sich ölig.

»Ist das ein Wunder?«, fragte Corwyn. »Nebel, wohin das Auge blickt. Seit wer weiß wie langer Zeit sehen wir nichts anderes als diesen verdammten Nebel.«

»Ich weiß.« Der Dunkelelf zuckte mit den Schultern. »Und?«

»Ich warne dich«, sagte Corwyn. »Wenn du versuchst, mich an der Nase herumzuführen …«

»… bekomme ich dein Schwert zu spüren«, brachte Ruuhl den Satz gelangweilt zu Ende. »Aber das ändert nichts daran, dass wir den Nebelwall durchqueren müssen, um unser Ziel zu erreichen.«

»Den Nebelwall?«

Ruuhl lächelte schwach. »Die Gründer Crysalions waren der Ansicht, dass nur derjenige die Fernen Gestade erreichen dürfe, der innerlich gefestigt ist und alles Irdische hinter sich gelassen hat. Wer dem sterblichen Leben entsagt und sein ganzes Streben darauf ausgerichtet hat, der Ewigkeit zu begegnen, der schert sich nicht um ein bisschen Nebel; wankelmütige Herzen hingegen kehren um.«

»Ein bisschen Nebel …« Corwyn deutete hinaus in das undurchdringliche Grau, das nicht nur die Sicht behinderte, sondern auch alle Geräusche dämpfte. »Das ist die dichteste Suppe, die mir je untergekommen ist. Farawyn selbst würde den Weg darin nicht finden.«

»Vermutlich«, gestand Dun'ras Ruuhl grinsend ein.

Auf einmal war von jenseits der Reling ein hohles Gurgeln zu vernehmen.

»Was war das?«, wollte Corwyn wissen.

»Nichts weiter. Vermutlich nur ein Wächter.«

»Was für ein Wächter?«

»Eine der Kreaturen, die vor langer Zeit an die Fernen Gestade gelangten und dort heimisch wurden. Riesige, langarmige Monstren, die alles auf den Grund des Meeres ziehen, dessen sie habhaft werden.«

»Ist das wahr?« Corwyns Hand glitt zum Schwertgriff.

»Habe ich dich je belogen?«, fragte der Dunkelelf grinsend.

»Bislang nicht«, knurrte Corwyn. Er blickte über die Reling ins Wasser und konnte sich des Eindrucks nicht erwehren, dass etwas aus der Tiefe zurückstarrte. »Und ich würde dir auch nicht raten, daran etwas zu ändern.«

»Bestimmt nicht, mein Freund«, lautete die beflissene Antwort. »Ich weiß doch genau, dass ich dein Gefangener bin und mein Leben in deiner Hand liegt.«

»Ganz recht.« Corwyn sah wieder auf und wandte sich ihm zu. »Vergiss das niemals, Dun'ras Ruuhl.«

»Natürlich nicht«, entgegnete der Dunkelelf gelassen. »Und du, Freund, vergiss nicht, dass ich es bin, der euch durch diesen Nebel führt und durch die Untiefen, die darin lauern.«

Es war nur eine simple, fast beiläufige Erwiderung – dennoch traf sie Corwyn bis ins Mark. Denn indem Ruuhl so scheinbar belanglos sprach, erinnerte er ihn einmal mehr daran, dass das Wohl und Wehe der Flotte in Wahrheit nicht in den Händen des Königs von Tirgas Lan lag, sondern in den knochigen Klauen eines Elfen, der noch dazu Margoks Diener war.

Erneut plätscherte es im Wasser, und Corwyn war sich sicher, dass sich dort unten tatsächlich etwas regte. Entsetzt prallte er von der Reling zurück, was Dun'ras Ruuhl mit leisem Gelächter quittierte. »Keine Sorge«, versicherte er. »Solange wir den richtigen Kurs beibehalten, werden uns diese Kreaturen nichts anhaben.«

»Und welcher ist der richtige Kurs?«, knurrte der König. »Ich meine, wie kannst du wissen, wo die Passage verläuft? Du kannst in diesem Nebel doch genauso wenig sehen wie ich.«

»Ich brauche nicht zu sehen, Freund – ich kann sie fühlen.«

»Wen?«

»Die Präsenz des Annun«, erklärte Dun'ras Ruuhl. »Der Kristall ruft mich zu sich, und ich folge seinem Ruf – so wie es alle Elfen tun, die sich auf den Weg zu den Fernen Gestaden machen. Menschen vermögen diesen Ruf nicht zu vernehmen, deshalb können sie das Eiland der Elfen auch nicht finden.«

»Trotzdem bin ich hier«, brachte Corwyn in Erinnerung.

»Mit meiner Hilfe«, schränkte der Dunkelelf ein. »Dennoch hast du sowohl Entschlossenheit als auch Rücksichtslosigkeit gezeigt, sonst wärst du niemals bis hierher gelangt – Eigenschaften, die Margok überaus zu schätzen weiß. Vielleicht belässt er dir sogar die Krone und lässt dich als sein Vasall weiter regieren. Du könntest der Zweite Dun'ras werden, sozusagen mein Stellvertreter und ...«

»Hör auf zu träumen!«, unterbrach ihn Corwyn mit energischer Stimme. »Margok mag auf dieser Insel überlebt haben oder nicht, aber ich werde dafür sorgen, dass er niemals wieder seine Klauen nach Erdwelt ausstreckt.«

»Und du glaubst, das könntest du?« Ruuhl schüttelte fast mitleidig den Kopf. »Du bist noch kühner, als ich dachte.«

»Ich habe gelernt, dass es besser ist, den Konflikt zum Feind zu tragen, als auf dessen Angriff zu warten«, konterte Corwyn. »Sollte Margok tatsächlich überlebt haben, so werde ich gegen ihn kämpfen und ihn besiegen.«

»Ist es das, was du an den Fernen Gestaden zu finden hoffst?«, fragte Ruuhl mit blitzenden Augen. »Den Sieg? Geht es dir nicht vielmehr darum, deine wankelmütige Gemahlin zurückzugewinnen?«

»Hüte deine Zunge, Dunkelelf!«

Ruuhl zuckte mit den Schultern, einen amüsierten Ausdruck im Gesicht. »Wie du willst, Freund. Aber wir wissen beide, dass der wahre Grund für diese Reise Alannah ist – und dass du an den Fernen Gestaden manches finden wirst, aber nicht deine Liebe.«

Da konnte Corwyn doch nicht länger an sich halten. »Warum nicht?«

»Das weißt du doch genau. Seit unserer Abfahrt beschäftigt dich nur die eine Frage: ob sie dich noch liebt. Willst du die Antwort hören, Freund?«

»Nein.« Corwyn schüttelte den Kopf.

»Ich werde sie dir dennoch geben«, sagte Ruuhl unbeeindruckt. »Deine Liebe hast du verloren und damit nicht nur dein Weib, sondern auch deine Königin und deine Beraterin. Und ohne sie bist du nichts weiter als ein gewöhnlicher Mensch, der sich von Emotionen leiten lässt statt vom Verstand. Es wäre für dich von Vorteil, dich nach neuen Verbündeten umzusehen, denn alleine, falscher König, wirst du dein Reich nicht halten können.«

Das eine Auge des Königs starrte den Dunkelelfen grimmig an. »Du willst, dass ich die Seiten wechsle? Dass ich Verrat übe? Niemals!«

»Genau das gefällt mir an euch Menschen«, sagte Ruuhl mit falschem Lächeln. »Egal, wie aussichtslos euer Handeln ist und wie verzweifelt die Lage, ihr klammert euch an jede noch so fadenscheinige Hoffnung. Lieber betrügt ihr euch selbst, als dass ihr dem Unabänderlichen ins Auge blickt.«

»Nichts ist unabänderlich, Dunkelelf«, knurrte Corwyn trotzig, während sein eigener Verstand ihn einen Lügner und einen Narren nannte. »Gar nichts …«

## 20.

# KARAL'HAI SOUN

Das Gelächter, das unter der weiten Kapuze hervordrang, war voller Hohn und Spott für die Gefangenen, bis es Balbok fast zu viel wurde. Rammar merkte, wie sein Bruder neben ihm zu zittern begann, ein sicheres Anzeichen für einen bevorstehenden *saobh*, und dennoch hoffte der dicke Ork inständig, dass sein geistig minderbemittelter Anverwandter wenigstens dieses eine Mal keine Dummheiten machen würde.

Seine Hoffnungen erfüllten sich, allerdings nicht deshalb, weil Balbok sich wieder beruhigt hätte, sondern weil das Gelächter plötzlich verstummte und der Vermummte erneut seine Stimme erhob – eine Stimme, die klang, als würde ein Oger auf rostigen Nägeln kauen.

»Rothgan«, wiederholte er den Namen, den Lhurian voller Entsetzen ausgesprochen hatte. »So nenne ich mich längst nicht mehr. Es ist seltsam, diesen Namen ausgerechnet aus deinem Munde zu hören, alter Freund.«

»R-Rothgan«, stieß der Zauberer noch einmal hervor. Seine hagere Gestalt bebte, seine Miene war zu einer Maske des Entsetzens geworden. »Das kann nicht sein …«

»Du solltest mich nicht so nennen«, beschied ihm der Vermummte, der hochmütig auf ihn hinabblickte. »Das alles liegt so lange zurück, und ich habe mir längst einen neuen Namen gegeben. Einen, der sehr viel besser zu mir passt als jener, den diese einfältigen Narren für mich ausgewählt haben.«

»Margok ist kein Name«, konterte Lhurian, als er sich von seinem ersten Schrecken erholt hatte, »sondern ein Fluch, mit dem du dich beladen hast!«

»Sieh an«, tönte es aus der Kapuze zurück. »Die Jahre haben dich kein Stück weiser gemacht, alter Freund. Noch immer siehst du die Welt mit den Augen der Vergangenheit. Du hast schon damals nicht begriffen, dass ich zu Höherem berufen bin.«

»Zu Höherem?« Lhurian blickte sich demonstrativ in der Turmkammer um, die von Zerstörung und Verfall geprägt war. »Den Eindruck habe ich nicht ...«

»Du hast schon immer zu großen Wert auf Äußerlichkeiten gelegt. Genau wie jene, zu deren Büttel du dich hast machen lassen. Der Hohe Rat ...«

»Der Hohe Rat wollte nie etwas anderes als das Wohl aller Sterblichen«, fiel Lhurian dem Vermummten ins Wort. »Dein dunkler Gebieter war es, der sich die Welt unterwerfen und eine Herrschaft der Finsternis errichten wollte. Ich weiß nicht, wie es dir gelungen ist, die Jahrhunderte zu überdauern, Rothgan – aber ich sehe, dass du in all dieser Zeit keinen Deut klüger geworden bist.«

Rammar hatte den Wortwechsel staunend verfolgt. Wie alle Orks hatte er nichts übrig für Zauberer, aber selbst er musste zugeben, dass der alte Sack eine Menge Mumm in den morschen Knochen hatte. Vorsichtig drehte Rammar seinen gebeugten Schädel, sodass er aus dem Augenwinkel die Reaktion des Vermummten beobachten konnte.

»Was meinst du damit?«, erkundigte sich dieser, und seine kreischende Stimme klirrte noch zusätzlich wie Eis.

»Du bist nichts als ein Betrüger und Scharlatan«, fuhr Lhurian ungerührt fort, »genau wie dein Gebieter es gewesen ist, und deshalb werde ich auch nicht länger vor dir knien.«

Mit einem entschlossenen Schnauben wollte sich Lhurian erheben, aber sofort waren zwei Wachen zur Stelle, und einer von ihnen schlug dem Zauberer den Schaft seiner Hellebarde auf den Kopf, während der andere dem alten Mann das stumpfe Ende der Waffe in die Seite rammte, sodass Lhurian wieder niedersank.

»Nicht!«, rief Alannah und beugte sich schützend über ihn. »Lasst ihn in Ruhe, ihr ekelhaften Kerle!«

Die Wachen lachten nur, und einer von ihnen ritzte ihren nackten Oberarm mit der Spitze seiner Waffe. Alannah schrie kurz auf, doch sogleich galt all ihre Sorge wieder dem alten Zauberer, der aus einer Platzwunde an der Schläfe blutete.

»Alles in Ordnung?«, fragte sie flüsternd.

»Aber ja«, raunte er gelassen zurück.

»Du ... du hast ihn absichtlich herausgefordert?«, hauchte Alannah, die das matte Lächeln im Gesicht des Zauberers richtig deutete.

»Allerdings«, flüsterte Lhurian. »Rothgan hatte schon immer ein hitziges Gemüt ...«

»Wie rührend«, tönte es von oben herab. »Haben sich die beiden Turteltauben nach so langer Zeit noch immer etwas zu sagen! Offen gestanden, Thynia, hätte ich nicht geglaubt, dass du nach all den Jahren noch immer mit ihm zusammen sein würdest. Sieh dir nur an, was aus ihm geworden ist! Alt und gebrechlich ist er – du hingegen bist noch immer so jung und schön wie damals, als er dich verführte und dir deine Unschuld nahm.«

»Ist das wahr?«, erkundigte sich Rammar, der nicht recht zu hören glaubte. »Du hattest was mit dem alten Knacker? Ehrlich, Elfin, ich hätte dir mehr Geschmack zugetraut ...«

»Was gewesen ist, ist lange her«, erwiderte Alannah. »Ich kann mich nicht daran erinnern.«

»*Korr*«, machte Rammar. »Das würde ich auch behaupten ...«

»Auch ich erinnere mich kaum noch daran«, höhnte Rothgan, »aber es hat mich mehr als fünf Jahrhunderte gekostet, auch nur annähernd zu vergessen, was du mir einst angetan hast.«

»Ich?«, fragte Alannah verblüfft.

»Willst du es leugnen?«, fragte er. »Willst du den schändlichen Verrat bestreiten, den du begangen hast?«

»Welchen Verrat?«

Wieder lachte der Vermummte. »Ich will dir glauben, dass du manches vergessen hast, Thynia – aber nicht das. An jenem Tag hast du nicht nur dein Schicksal, sondern auch das meine besiegelt. Doch im Augenblick der größten Verzweiflung, als mein Dasein zu enden schien und es nur noch der bloße Wille war, der mich am Leben hielt, da hatte ich eine Vision, und eine Prophezeiung wurde mir offenbar, der zufolge einst auf diese Insel zurückkehren würde, was verloren ging – nämlich du –, und dass dann ein neues Zeitalter beginnen solle!«

»I-ich verstehe nicht«, stammelte Alannah, die mit ihren Blicken vergeblich das Dunkel unter der Kapuze zu durchdringen suchte. Das Gesicht, das sich darin verbarg, war nicht zu sehen, so als würde Rothgans böser Wille alles Licht verschlingen.

»Lass sie in Ruhe, Rothgan!«, verlangte Lhurian zähneknirschend und mit blutüberströmtem Gesicht. »Sie weiß nichts von den Dingen, die damals waren!«

»Warum nicht?«

»Weil Farawyn das Vergessen über sie verhängt hat«, eröffnete der Zauberer schlicht.

»Farawyn?«, fragte der Vermummte, so als hörte er den Namen zum ersten Mal. Er legte das verhüllte Haupt schief und schien für einen Moment nachzudenken. Dann nickte er. »Natürlich, Farawyn … Ich erinnere mich an ihn. Was hat der alte Hexenmeister getan?«

»Er hat sie mit einem Bann belegt«, erklärte Lhurian. »Sie kann sich an nichts erinnern, das mehr als dreihundert Jahre zurückliegt.«

»Ist das wahr?« Zum ersten Mal hatte Alannah den Eindruck, dass der Vermummte überrascht war.

»Ja, das ist es«, erwiderte sie und nickte.

»Aber das durfte er nicht!«, schrie Rothgan mit krächzender Stimme. »Das widerspricht allen Regeln!«

»Und das sagst ausgerechnet du«, fragte Lhurian dagegen, »der du alle Gesetze unseres Ordens gebrochen und sie mit Füßen getreten hast?«

»Ich hatte das Recht dazu!«, eiferte sich Rothgan.

»Welches Recht?«

»Das des Stärkeren!«, brüllte der Vermummte wie ein waidwundes Tier, und Alannah konnte hören, dass nicht nur Zorn und Hass in seiner Stimme schwangen, sondern auch Schmerz. Schmerz, der Jahrhunderte alt war …

»Margok ist niemals der Stärkere gewesen«, widersprach Lhurian, der, obschon verletzt auf dem Boden kauernd, in diesem Augenblick der Überlegene zu sein schien. »Das war es nur, was er euch glauben machen wollte und worauf ihr alle hereingefallen seid, die ihr euch ihm verschrieben habt.«

»Das ist nicht wahr!«, kreischte es, und die vermummte Gestalt richtete sich zu ihrer ganzen Größe auf. »*Ich* bin Margok! Ich, ich und kein anderer! Ich bin Herrscher über diese Insel – und du, Thynia, bist meine Königin!«

»Von diesen Dingen weiß ich nichts«, erklärte ihm Alannah noch einmal, obgleich ihr die dunkle Wahrheit zu dämmern begann. Die Bruchstücke des Mosaiks fügten sich allmählich zu einem Bild zusammen – einem Bild jedoch, das sie entsetzte …

»Du weißt es!«, widersprach Rothgan, der sich selbst Margok nannte. »Du musst dich nur erinnern, Thynia!«

»Nein«, rief sie kopfschüttelnd. »Ich kann und will mich nicht erinnern. Und mein Name ist auch nicht Thynia. Mein Name ist Alannah. An der Seite meines Gemahls Corwyn bin ich Königin von Tirgas Lan und herrsche über …«

»Alannah«, echote er heiser. »So bist du also zu deinen Wurzeln zurückgekehrt, statt weiter jenen Namen zu tragen, den diese Heuchler dir gegeben haben.«

»Er wurde ihr genommen«, stellte Lhurian klar, »zusammen mit der Erinnerung an …«

»Wer hat dich gefragt?«, fiel Rothgan-Margok ihm ins Wort. »Ein Bann, der verhängt wurde, kann auch wieder gebrochen werden. Was auch immer dieser verdammte

Farawyn ihr angetan hat, ich bin überzeugt, dass es einen Weg gibt ...«

Er unterbrach sich, als er die Wunde an ihrem Oberarm erblickte. Der Schnitt hatte sich geweitet, sodass Blut hervorgetreten war und in zwei gezackten Rinnsalen an ihrem Arm hinabrann. Rothgan-Margok beugte sich zu ihr hinunter, und zum ersten Mal erblickte Alannah die Hand des Vermummten, die aus dem weiten Ärmel seines Gewandes auftauchte – eine knochige, narbenübersäte Klaue, deren Haut in fauligem Grün schimmerte. Angewidert verzog sie das Gesicht.

»Wer?«, krächzte der Vermummte. »Wer hat dir das angetan ...?«

Sie erschauderte, als er sie berührte. Um nicht aufzuschreien, presste sie die Lippen fest zusammen und sagte kein Wort. Aber Rothgan-Margok brauchte auch so nicht lange, um denjenigen unter seinen Handlangern ausfindig zu machen, der ihr die Verletzung beigebracht hatte.

»Du!«, sagte er und deutete auf den Elfenkrieger – und im nächsten Augenblick zuckte ein Feuerstrahl aus seiner Hand, der den in Ungnade Gefallenen verzehrte.

Ein gellender Schrei erklang, dann war nur noch das Fauchen der Flammen zu hören. Augenblicke lang hüllte das Feuer den Krieger ein, dann verlosch es wieder, und zurück blieb ein Gerüst geschwärzter und rauchender Knochen, das knirschend in sich zusammenfiel.

Alannahs Entsetzen kannte keine Grenzen. Nie zuvor hatte sie eine rohere, brutalere und sinnlosere Demonstration von Macht erlebt.

»Die Kraft des Feuers«, ächzte Lhurian entsetzt. »Du beherrschst sie noch immer ...«

»Nicht nur das, alter Freund«, entgegnete Rothgan-Margok, dessen Laune sich infolge der Untat wieder ein wenig gehoben hatte. »Ich habe sie vervollkommnet. Jahrhunderte sind eine lange Zeit, wenn man auf sich selbst gestellt ist, weil einen alle Freunde verlassen haben.«

»Wir haben dich nicht verlassen«, widersprach Lhurian. »Du hast uns verraten!«

»Nadelstiche«, konterte Rothgan verächtlich. »Was vermögen sie dem Panzer eines Drachen anzuhaben?«

»Du bist kein Drache.«

»Nein, das wohl nicht. Aber ich habe gelernt, ihr Geheimnis zu entschlüsseln und es zu beherrschen: Feuer, alter Freund. Wusstest du, dass diese Insel einst aus Feuer geboren wurde?«

»Was du nicht sagst«, spottete Lhurian. »Haben dich das deine Studien gelehrt?«

»Allerdings. Bis in die tiefsten Tiefen bin ich gestiegen, und was ich dort fand, hat mir die Augen geöffnet!« Die grüne Klaue ballte sich. »Für wahre, wirkliche Macht!«

»Und dich den Verstand verlieren lassen«, entgegnete der alte Zauberer ungerührt.

»Was weißt du schon! Feuer war es, das diese Insel einst aus dem Meer emporgetrieben hat! Seine Kraft hat Gestein schmelzen lassen, sodass es sich zu diesem Eiland türmen konnte, und unter dem Druck der Tiefe ist das hinaufgestiegen, was wir Elfenkristall nennen und was diesen Ort erst hat entstehen lassen! Nicht irgendein mystisches Licht ist es gewesen, das den ersten Kristall mit Kraft erfüllte, sondern das Feuer – und seine Kraft habe ich mir unterworfen.«

»Ist das der Grund, weshalb du diese armen Kreaturen dort in den Stollen graben lässt? Um die Kristalle geht es dir?«

»In der Tat«, gestand Rothgan-Margok – worauf Balboks eben erst mühsam niedergekämpfter Zorn erneut emporbrodelte.

»Habe ich das richtig verstanden?«, raunte er Rammar zu. »Wir haben geschuftet, um für die Elfen blödes Glitzerzeug auszubuddeln? Als wären wir elende Zwerge?«

»Sieht ganz so aus«, bestätigte Rammar flüsternd. »Aber tu mir den Gefallen und halt die Schnauze, wenigstens dieses eine Mal …«

»Diese Kristalle«, fuhr der Vermummte fort, »bedeuten Macht, denn ihnen wohnt eine Zerstörungskraft inne, wie ihr sie euch nicht einmal annähernd vorstellen könnt.«

»Doch, das können wir«, versicherte Lhurian. »Auch der Rat hat sie im Krieg als Waffe eingesetzt.«

»Der Rat, der Rat…« Rothgan-Margok machte eine wegwischende Bewegung mit der Klauenhand. »Diese Idioten haben nicht im Ansatz erkannt, wozu die Kristalle einen tatsächlich befähigen. Sie vermögen Zauberkraft zu potenzieren, sie ins Unendliche zu steigern – und unendlich viele Kristalle bedeuten auch unendliche, grenzenlose Macht. Das ist es, was ich und was mir keiner von euch armen Narren jemals wird wieder nehmen können!«

»Du… du bist wahnsinnig«, stellte Alannah fest.

»Das hast du schon einmal zu mir gesagt«, erinnerte sich Rothgan-Margok. »Weißt du nicht mehr? Es war an dem Tag, da du mir den Rücken gekehrt und dein Volk verraten hast. Und, was noch schlimmer ist, auch mich hast du verraten – diesem da zuliebe!« Er deutete auf Lhurian, der mit blutüberströmtem, faltigem Gesicht auf dem Boden hockte. »Nun sieh dir an, was aus ihm geworden ist! Niedergeschmettert liegt er da, ein gebrechlicher Greis, dessen Macht ihren Zenit längst überschritten hat. Sehnst du dich zurück nach den Tagen, da noch Kraft in seinen Lenden weilte? Nein, natürlich nicht, denn du hast ihn ja vergessen, ebenso wie du mich vergessen hast, nicht wahr? Zumindest darin liegt ein Hauch von Gerechtigkeit.«

Lhurian zuckte zusammen. Die Worte des Vermummten waren scharf und spitz wie Pfeile und trafen den alten Zauberer bis ins Mark. Alannah, zu deren Furcht sich ohnmächtige Wut gesellte, hatte das Gefühl, ihm beistehen zu müssen.

»Wer sagt, dass ich mich nicht an ihn erinnere?«, fragte sie deshalb. »Er ist mein Geliebter gewesen, mein Gefährte und Vertrauter!«

»Während ich dein Feind gewesen bin?«, fragte Rothgan-Margok listig. »Der Schatten deines Gewissens, das Zerrbild deiner Träume? Ist es so?«

»So … so ist es«, behauptete Alannah und gab sich Mühe, dabei möglichst überzeugend zu klingen, entgegen dem hässlichen Verdacht, der in ihr emporstieg wie eine verdorbene Speise. Dabei hatte sie das Gefühl, die Blicke aus dem Dunkel der Kapuze würden sie durchbohren.

Rothgan-Margok antwortete nicht.

Er lachte nur.

So laut, dass der Kristall unter der Kuppel erzitterte, und so schrill, dass sich Gefangene wie Wachen die Ohren zuhielten.

»Glaubst du das wirklich?«, donnerte er, als er wieder an sich halten konnte. »Glaubst du wirklich, dass ich dein Feind war? So erfahre die Wahrheit, Elfenkönigin – und verzweifle daran!«

»Nein!«, schrie Lhurian entsetzt. »Sage es ihr nicht! Bei allem, was uns einst verbunden hat, beschwöre ich dich …«

»Uns hat nie etwas verbunden, alter Mann«, beschied ihm der Vermummte hasserfüllt, »und wenn doch, so endete es in dem Augenblick, da du mir das Kostbarste genommen hast, das ich in meinem langen Leben besessen habe.« Und mit entsetzlicher Langsamkeit richtete sich ein faulig grüner Finger auf Alannah und deutete auf sie. »Meine Frau und Königin.«

»Nein!«, rief Alannah. Obwohl der schreckliche Verdacht bereits in ihr geschwelt hatte, traf diese neuerliche Enthüllung sie mit furchtbarer Wucht. Zitternd brach sie zusammen.

»Was denn?«, raunzte Rammar ungleich weniger beeindruckt. »Mit *dem* hast du's auch getrieben? Du steckst voller Überraschungen, Elfenweib …«

»Nein! Nein!«, schluchzte sie, am Boden liegend. »Das ist nicht wahr …«

»Es ist wahr«, beharrte Rothgan-Margok unbarmherzig. »Du hast nicht nur meine Gesellschaft geteilt, sondern auch mein Bett, und es verging keine Nacht, in der sich unsere Körper nicht fanden und eins wurden, umgeben von der Macht des Kristalls!«

»Nein, das ist nicht wahr …«

»Du magst es verdrängt oder vergessen haben, aber ich erinnere mich wieder daran. Deine Gegenwart und dein Anblick haben mir die Erinnerung zurückgebracht. Jeden Kusses, jeder einzelnen Zärtlichkeit kann ich mich jetzt entsinnen. Und an das Versprechen, das du mir einst gabst …«

Auf seinen Fingerzeig hin packten die Wachen Alannah und rissen sie in die Höhe.

»Meine Königin«, krächzte es unter der Kapuze hervor, die nun so dicht vor ihr schwebte, dass sie das Gefühl hatte, geradewegs in die dunkle, eisige Schwärze zu stürzen, die sie darin sah. »Wie sehr habe ich dich einst geliebt – und wie sehr hast du mich verletzt. Jahrhunderte hat es gedauert, bis die Narben heilten, und noch immer kann ich sie spüren. Aber nun bist du zu mir zurückgekehrt, endlich, nach all der Zeit. Von meiner Liebe allerdings ist nichts mehr übrig, du wirst mit meinem Hass vorliebnehmen müssen.« Er lachte leise, während er ihren Körper betastete, zunächst ihren schlanken Hals, dann die sanften Rundungen ihrer Brüste, die sich durch das zerschlissene Kleid abzeichneten.

»Wie ist es?«, fragte er mit seiner krächzenden Stimme. »Willst du deinen Mann nicht mit einem Kuss begrüßen, nachdem er all die Jahrhunderte treu auf deine Rückkehr gewartet hat?«

Er beugte sich zu ihr, und sie konnte seinen fauligen Atem riechen. Und als wäre das noch nicht Schrecken genug, griff die grüne Klauenhand an die Kapuze und schlug sie zurück.

Alannah stieß einen gellenden Schrei aus, als sie in die entstellten Züge Rothgan-Margoks blickte.

Der Nebel lichtete sich, und am Bug seines Flaggschiffs stehend, verfolgte Corwyn, wie das dichte Grau in schmutziges Weiß überging. Die Masten und Aufbauten der anderen

Schiffe wurden zu beiden Seiten sichtbar, das Gurgeln in der Tiefe war verstummt, und die Ruderschläge hörten sich mit einem Mal weniger dumpf und unheimlich an.

»Nun?«, erkundigte sich jemand hinter ihm mit kaum verhohlener Genugtuung. »Was habe ich dir gesagt?«

Inzwischen hatte sich Corwyn fast daran gewöhnt, dass ihm Dun'ras Ruuhl auf Schritt und Tritt folgte. Er hatte das Gefühl, schon eine halbe Ewigkeit in der Gesellschaft des Dunkelelfen verbracht zu haben, und zu seiner eigenen Verblüffung störte er sich nicht einmal mehr daran.

»Offenbar hast du tatsächlich die Wahrheit gesprochen«, sagte er, während sich der Nebel immer mehr lichtete und sich daraus die fahlen Umrisse von Land schälten, »auch wenn ich es noch immer kaum glauben kann.«

»Weil du deine Feinde auf der falschen Seite suchst«, behauptete der Dunkelelf. »Ich sagte es dir schon einmal, Corwyn, und ich sage es dir wieder: Nicht vor mir, vor Lhurian musst du dich in Acht nehmen. Er war es, der deine Gemahlin entführte und …«

Ein warnender Blick Corwyns brachte ihn zum Verstummen.

»Verzeih«, bat er beflissen, »ich wollte dich nicht damit quälen. Aber du solltest dir allmählich überlegen, auf wessen Seite du stehst: auf der des Mannes, der dir die Geliebte raubte, oder auf der des rechtmäßigen Herrschers von Erdwelt, dessen Macht groß genug ist, dir alles zu geben, was du dir erhoffst …«

Corwyn antwortete nicht. Am Bugspriet stehend, beobachtete er, wie bizarre Felsformationen im immer durchsichtiger werdenden Nebel auftauchten; Säulen und Riffe, die wie Klingen aus dem Wasser stachen.

»Das sollen die Fernen Gestade sein?«, fragte er skeptisch. Den Ort, nach dem sich alle Elfen sehnten, hatte er sich anders vorgestellt.

»Keineswegs – dies sind nur die Felseninseln, die dem Eiland vorgelagert sind. Ihrer bleichen Formen wegen werden sie die ›Schädelinseln‹ genannt.«

»Klingt nicht sehr einladend.«

»Hast du Angst?«

Corwyns Auge zuckte. »Natürlich nicht.«

»Natürlich.« Ruuhl konnte sich das Grinsen nicht verkneifen. »Was wirst du tun, wenn wir das Ufer erreicht haben?«

»Wir werden gen Crysalion marschieren«, erwiderte der König entschlossen, »und du wirst uns führen. Wie vereinbart.«

»Als Freund oder Gefangener?«

»Ich will Alannah«, antwortete Corwyn. »Alles andere ist mir gleichgültig.«

»Gut.« Der Dun'ras gab seine Zurückhaltung auf und zeigte ein breites Grinsen. »Sehr gut. Du wirst sie wiedersehen, das verspreche ich dir.«

»Das hoffe ich, Dunkelelf. In deinem eigenen Interesse ...«

In diesem Moment zerriss der Nebel endgültig, und als hätte das Schiff eine Mauer durchstoßen, klärte sich die Sicht. Unter einem bewölkten Himmel waren Felsen zu atemberaubenden Gebilden getürmt, und jenseits davon – Corwyn traute seinem Auge kaum – lag eine Insel mit hohen Klippen und dichten grünen Urwäldern. Darüber erhob sich steil aufragend ein Berg, auf dessen flachem Gipfel etwas thronte, das aus der Ferne wie ein riesiger Baum mit einer spitz zulaufenden Krone aussah.

Erst bei näherem Hinsehen erkannte Corwyn, dass es keineswegs Äste, Zweige und Blätter waren, die auf jenem Berg wuchsen, sondern Mauern, Türme und Zinnen – und dass das, was wie ein Baum aussah, in Wirklichkeit die Kristallfestung von Crysalion war, von der er schon viel gehört hatte, die er in diesem Moment jedoch zum ersten Mal mit eigenem Auge sah.

Der Anblick war überwältigend.

Als wäre die Feste aus dem Inneren des Berges emporgewachsen (was vermutlich auch der Fall war), erhob sie sich auf dessen Gipfel und überragte die gesamte Insel, ein Monument der Macht, aber auch von Eleganz und Schönheit, vom kleinsten filigransten Erker bis zum höchsten Turm, der, wie Corwyn wusste, die Kristallkammer barg, das Zentrum Crysalions.

Strahlend und hell, wie sie ihm stets beschrieben worden war, war die Kristallburg allerdings nicht. Je weiter sich die Flotte der Küste näherte, desto deutlicher erkannte Corwyn, dass nicht wenige Türme nur noch als abgebrochene Stümpfe in den grauen Himmel ragten, und auch der Hauptturm hatte seine beste Zeit hinter sich und war schon unzählige Male ausgebessert worden. Der Kristall der Mauern war brüchig und stumpf, und obwohl ihm Crysalion stets als Hort des Lichts und der Freude geschildert worden war, konnte sich Corwyn des Eindrucks nicht erwehren, dass eine schreckliche Bedrohung davon ausging.

»Und?«, fragte Dun'ras Ruuhl. »Bist du beeindruckt?«

»Elfen vermögen manches, wovon Menschen keine Ahnung haben«, erwiderte Corwyn gelassen, seinem inneren Staunen zum Trotz. »Gleichwohl habe ich den Eindruck, dass etwas nicht stimmt.«

»Und dieser Eindruck täuscht nicht«, versicherte der Dunkelelf. »Vieles ist auf den Fernen Gestaden nicht mehr so, wie es sein sollte – und daran trägt Lhurian die Schuld.«

»Der Zauberer?« Corwyn war ehrlich überrascht. »Wie das?«

»Du bist nicht der Einzige, den er betrogen hat. Einst verriet er seinen engsten Freund und raubte ihm das Liebste, was er hatte. Sterbend und gedemütigt ließ er ihn zurück, und nun ist Lhurian zurückgekehrt, um sich auch noch den Rest zu nehmen.«

»Du sprichst in Rätseln«, entgegnete Corwyn. »Was du sagst, ergibt keinen Sinn für mich.«

»Noch nicht«, räumte Ruuhl ein, »denn noch begreifst du nicht die Zusammenhänge. Mir hingegen ist offenbar geworden, dass alles, was geschehen ist, kein Zufall sein kann. Die Vorsehung hat dich an diesen Ort gebracht, mein Freund – und sie macht uns zu Verbündeten.«

»Dunkelelf«, stieß Corwyn verächtlich hervor, »ich sagte dir doch schon, dass ich …«

»Ich biete dir nur meine Freundschaft und Hilfe an – und du darfst mir glauben, dass es etwas bedeutet, der persönliche Freund eines Dun'ras zu sein. Mit mir als deinem Verbündeten wirst du Alannah schnell zurückgewinnen, da bin ich mir sicher.«

»Und Margok?«, fragte Corwyn.

»Was soll mit ihm sein?«

»Du sagtest, Alannah sei einst seine Frau gewesen.«

»Ah.« Ruuhl machte ein zufriedenes Gesicht. »Du verschließt dich also nicht länger der Wahrheit?«

»Was gewesen ist, kann ich nicht ändern«, stellte der König von Erdwelt fest. »Mir geht es um das, was sein wird.«

»Zweifellos wird Margok versuchen, sich zurückzuholen, was ihm einst gehörte, und Alannah in seine Gewalt bringen wollen«, erklärte der Dunkelelf.

»Und?«

»Die Frage ist, ob wir ihm geben, was er will.«

»Was soll das heißen?«

»Mein ursprünglicher Plan war es, Margok dabei zu helfen, seine verlorene Liebe zurückzugewinnen und mir auf diese Weise endgültig sein Vertrauen zu erschleichen«, gestand der Dunkelelf mit entwaffnender Offenheit. »Aber inzwischen frage ich mich, ob nicht vielleicht …«

»Ob nicht vielleicht was?«, hakte Corwyn nach, als Ruuhl sinnierend verstummte.

»Wie ich schon sagte, glaube ich nicht, dass all das, was geschehen ist, Zufall sein kann. Und ebenso wenig war es Zufall, dass ausgerechnet du König von Tirgas Lan wurdest, kurz bevor die Kristallpforten wieder geöffnet wurden. Vorsehung war dabei im Spiel, Corwyn.«

»Was du nicht sagst.«

»Das Schicksal will uns etwas damit sagen«, war der Dunkelelf überzeugt.

»Tatsächlich?«, fragte Corwyn ungerührt. »Und was?«

»Dass wir uns gegen Margok verbünden sollen. Gemeinsam könnten wir ihn zerstören.«

»Nachdem du erfolglos versucht hast, mich auf seine Seite zu ziehen, willst du dich nun mit mir gegen ihn verbünden?« Der König schnaubte misstrauisch.

»Und warum nicht?«, fragte Ruuhl dagegen. »Bei Licht betrachtet, scheint mir dies der Erfolg versprechendere Plan. Lhurian und Margok mögen einst Freunde gewesen sein, aber inzwischen sind sie bis aufs Blut verfeindet. Sie wollen sich gegenseitig vernichten, und wer immer aus diesem Kampf als Sieger hervorgeht, wird geschwächt und angeschlagen sein. Dies wäre unsere Stunde, Mensch – deine und meine. Mit deinem Heer wäre es ein Leichtes, Margoks Leibwache zu überwinden, während ich den Oberbefehl über die Dunkle Legion übernehme. Anschließend …«

»… würdest du mich verraten, meine Leute niedermetzeln lassen und die Krone selbst an dich reißen«, prophezeite Corwyn. »Ich danke dir für dein großzügiges Angebot«, fügte er hinzu und verzog das Gesicht.

»Diese Gefahr besteht natürlich«, räumte der Dun'ras grinsend ein. »Andererseits wirst du sie wohl in Kauf nehmen müssen – denn ohne meine Hilfe hast du keine Aussicht, Margok zu besiegen. Überlege es dir gut, Mensch. Hier ist meine Hand. Ergreife sie, so lange noch Zeit dazu ist …«

Voller Abneigung starrte Corwyn auf die graue Klaue, die er viel lieber abgehackt hätte, als sie zu schütteln. Aber Ruuhl war ein geschickter Taktiker, und wenn er mit einem recht hatte, dann damit, dass Corwyns notdürftig und in aller Eile zusammengestellte Streitmacht es schwer haben würde, gegen ein Heer von Dunkelelfen zu bestehen. Selbst wenn Dun'ras Ruuhl – wovon Corwyn ausging – es nicht ehrlich meinte, konnte der König womöglich Nutzen aus dem Bündnis ziehen, wenn er nur vorsichtig genug war, im geeigneten Moment die Zusammenarbeit beendete und Ruuhl in den Rücken fiel …

»Nun?«, fragte der Dun'ras ungeduldig.

»Dein Plan ist gut, also werde ich mich darauf einlassen«, beschied ihm der König kalt und ergriff die angebotene Rechte.

»Eine kluge Entscheidung«, lobte Ruuhl mit wissendem Lächeln. »Allerdings ist sie sehr rasch erfolgt. Solltest du etwa vorhaben, mich zu hintergehen?«

»Diese Gefahr besteht natürlich«, verwendete Corwyn die Worte des Dunkelelfen nun gegen ihn. »Andererseits wirst du sie wohl in Kauf nehmen müssen.«

»Wie ich schon sagte.« Ruuhl grinste abermals. »Wir beide sind uns sehr viel ähnlicher, als du es dir ...«

Er unterbrach sich, als der Späher im Ausguck des Hauptmasts plötzlich Wahrschau meldete.

»Schiffe!«, rief er mit lauter Stimme. »Dutzende von Schiffen an Steuerbord ...!«

# 21.

## TRURKOR TRURK'DOK'DH

Vom vornehmen Antlitz des Elfen, der einst den Namen
Rothgan getragen hatte, war kaum noch etwas übrig.
Anders als bei seinen Vasallen hatte die Gesichtshaut nicht
nur eine graue Färbung angenommen – ihr Verfall war
ungleich weiter fortgeschritten. Von Pusteln und Geschwüren übersäte Haut spannte sich über vermodertem Fleisch,
das nur noch dunkler Zauber am Schädelknochen hielt. Die
Zähne waren braune Stümpfe, die Nase weggefault und von
einer metallenen Nachbildung ersetzt worden, deren schimmernde Oberfläche mit dem fauligen Fleisch verwachsen
war. Blutunterlaufene Augen starrten aus dem grausigen
Antlitz, und nie zuvor hatte Alannah größeren Hass gesehen
als den, der darin loderte.

»E-er ist ein Ork«, entfuhr es Balbok verblüfft.

»Nein«, widersprach Lhurian erschüttert. »Nur das, was
aus einem Elfen wird, wenn er sich dunklen Mächten hin-
gibt und sich mit ihnen verbündet.«

»Ein Ork«, beharrte Balbok nickend.

»Sein Äußeres ist nur ein Spiegel seiner Seele, hat nur die
Veränderung in seinem Inneren nachvollzogen. Sein Zorn
und sein Hass haben ihn zerfressen, genau wie einst seinen
Gebieter.«

»Was weißt du schon, alter Mann?«, fragte Rothgan-
Margok verächtlich und beugte sich noch weiter vor, um
Alannah frevlerische Liebkosungen aufzunötigen. Die Elfin
erzitterte unter jeder seiner Berührungen, ihr Magen rebellierte.

»Lass sie in Ruhe!«, begehrte Lhurian auf. In aller Eile hatte der Zauberer einen Streifen Stoff aus seinem Gewand gerissen und ihn sich um den Kopf gebunden, um die Blutung zu stillen. Wütend wollte er sich auf die Beine raffen und Alannah zu Hilfe kommen, doch die Spitzen von Dutzenden Hellebarden richteten sich von allen Seiten auf ihn. »Du sollst sie in Ruhe lassen! Hörst du nicht, elendes Scheusal?«

Rothgan-Margok wandte sich dem Zauberer zu und von seinem Opfer ab. Alannah, vor Abscheu und Entsetzen halb besinnungslos, sackte abermals in sich zusammen und blieb benommen am Boden liegen. »Kannst du es nicht ertragen, uns beide glücklich zu sehen, Lhurian?« Das Grinsen, das seine grässlichen Züge teilte, war von solcher Bosheit, dass es selbst den Zauberer erschütterte.

»Rothgan«, flüsterte er entsetzt, »was ist nur aus dir geworden?«

»Das, was du aus mir gemacht hast. Nicht ich war es, der seinen besten Freund verraten und ihm das Kostbarste geraubt hat, das er je besaß ...«

»Du hast Thynia nie besessen«, wandte Lhurian ein. »Du bist nicht die einzige Kreatur auf Erdwelts Angesicht, Rothgan. Das versuchte der Rat dir klarzumachen – und du hast es schon damals nicht begriffen.«

»Idioten«, beschied Rothgan-Margok, »einer wie der andere.«

»Der Zweck des Rats war es, dem Gemeinwohl zu dienen, das Reich zu schützen und den Frieden zu wahren. Du hingegen hast all das mit Füßen getreten, denn du hast dich von Margoks Geschwätz verführen lassen. Große Macht hat er dir versprochen – und nun sieh, was aus dir geworden ist: ein Monstrum, entstellt an Körper und Seele!«

»Schweig, alter Mann!«

»Warum? Kannst du die Wahrheit nicht ertragen? Soll Thynia nicht erfahren, was du einst warst? Du hättest der Größte von uns allen werden können, Rothgan, aber du hast dich für die Finsternis entschieden ...«

»… und darob bin ich mächtiger geworden, als der Rat und seine Heuchler es sich in ihrer Einfalt auch nur vorstellen konnten«, entgegnete der Schreckliche. »Ich bin der Herr der Kristalle, alter Mann. Die Kräfte, die mir zu Gebote stehen, sind unbegrenzt.«

»Du lügst«, konterte Lhurian. »Auch deine Macht hat ihre Grenzen. Du magst ein Meister der Zerstörung geworden sein – den Bann, der über der Insel liegt und dich daran hindert, sie zu verlassen, konntest du jedoch nicht brechen. Sonst hättest du wohl kaum die Jahrhunderte im Exil verbracht.«

»Die letzten Jahrhunderte, alter Mann«, erwiderte Rothgan-Margok zischend wie ein Reptil, »habe ich meine Wunden geleckt und meine Kräfte gesammelt, denn in all dieser Zeit habe ich nicht ein einziges Mal daran gezweifelt, dass ich eines Tages einen Weg zur Rückkehr finden würde. Deine Anwesenheit hier beweist, dass es mir gelungen ist.«

»Nein«, widersprach der alte Zauberer. »Es beweist nur, dass die Kristallpforten wieder geöffnet wurden. Du jedoch hattest daran ebenso wenig Anteil wie ich. Zwei tumbe Kreaturen waren es, die unwissentlich den Dreistern wiederbelebt und in ihrer Gier und Unbedarftheit diese Welt damit einer großen Gefahr ausgesetzt haben.«

»Rammar?«, raunte Balbok halblaut seinem Bruder zu.

»Eins sag ich dir«, flüsterte dieser zurück. »Halt jetzt bloß die Schnauze …«

»Ist das so?« Rothgan-Margok gab sich unbeeindruckt und bemühte sich erst gar nicht, Lhurians Worte zu bestreiten. »Aber ist es nicht völlig gleichgültig, wer die Pforten geöffnet hat? Die Verbindung existiert wieder, und wie einst wird sie dazu dienen, das Heer der Finsternis im Bruchteil eines Augenblicks in jeden noch so entlegenen Winkel *ambers* zu tragen und die Welt der Sterblichen mit Krieg und Tod zu überziehen. Wären jene Kreaturen, von denen du sprachst, hier anwesend, so wäre ich ihnen wohl zu großem Dank verpflichtet und würde sie fürstlich belohnen.«

»Hm«, machte Rammar und räusperte sich geräuschvoll.

»Aber Rammar«, flüsterte Balbok. »Hast du nicht gerade gesagt, wir sollten uns still verhalten?«

»Schnauze, *umbal*«, raunzte der dicke Ork seinen Bruder an. »Jetzt rede ich ...«

Rothgan-Margok brauchte einen Moment, um herauszufinden, woher das Räuspern gekommen war. Erst in diesem Moment schien er den feisten Unhold zu bemerken, der so weit nach vorn gebeugt auf dem Boden kauerte, dass sein Rüssel ihn fast berührte.

»Was willst du, niedere Kreatur?«, grollte Rothgan-Margok.

»D-darf ich sprechen, Euer Entsetzlichkeit?«, fragte Rammar; den Rüssel behielt er vorsorglich unten.

»Kannst du das denn?«

»Leidlich«, versicherte Rammar. Er riskierte einen vorsichtigen Blick und sah das Antlitz des dunklen Zauberers zum ersten Mal. Worüber, fragte er sich, hatte sich das Elfenweib nur so furchtbar aufgeregt? In den Augen eines Orks sah der Kerl ziemlich gewöhnlich aus ...

»Dann sprich. Was willst du?«

»Nun«, meinte Rammar beflissen und wagte es, sich ein wenig aufzurichten, »Euer Schrecklichkeit werden sich vielleicht erinnern, dass Ihr die beiden Kreaturen, die die Pforte geöffnet haben, fürstlich belohnen wolltet ...«

»Nein, Ork!«, zischte Lhurian, dem dämmerte, worauf Rammar hinauswollte. »Tu das nicht!«

»Und?«, fragte Rothgan-Margok unbeeindruckt.

»*Korr*«, fuhr Rammar fort, »im Grunde ist es so, dass ich und mein Bruder Balbok hier die Pforte geöffnet haben.«

»Tatsächlich?« Der Herr der Dunkelelfen trat vor ihn, die Arme ablehnend vor der Brust verschränkt, und blickte hochmütig auf ihn herab. »Und aus welchem Grund wollt ihr das getan haben?«

»Warum wohl?« Rammar blinzelte ergeben zu dem dunklen Herrscher auf. »Natürlich, weil wir Euch einen Gefallen tun und die Rückkehr nach Erdwelt ermöglichen wollten. So war es doch, Balbok, nicht wahr?«

»Nein, so war es nicht!«, widersprach Lhurian, noch ehe der hagere Ork etwas erwidern konnte.

»Woher habt ihr von meiner Existenz gewusst?«, wollte Rothgan-Margok wissen. »Ich kann mir denken, dass mein Wirken und jede Erinnerung daran aus den Chroniken Erdwelts getilgt wurden ...«

»Chroniken! Wer braucht Chroniken?«, tönte Rammar und gestikulierte wild mit den kurzen Armen. »Menschen und Elfen müssen immerzu alles niederschreiben. Wir Orks hingegen glauben an die Kraft der Tradition. Eure Taten, dunkler Gebieter, werden in der Modermark bis auf den heutigen Tag in Liedern besungen. Jeder kleine Orkling kennt die Geschichte von Rothgan dem Eroberer ...«

»So nennt ihr mich?«

»In der Tat, finsterer Herr«, beteuerte Rammar. »Wollt Ihr einige Zeilen des Liedes hören?« Und zur Verblüffung aller würgte er kreischende Töne aus seiner feisten Kehle, die sich nicht im Entferntesten nach Musik anhörten, und die dichterische Qualität seines Liedes war zumindest strittig:

*Einst lebte ein Magier, Rothgan hieß er,*
*sein Herz war so schwarz wie die Erde der Modermark*
*und sein Durst nach Macht wie der Durst nach Blutbier,*
*der die Kehle verdorren lässt.*
*Und er hatte einen Freund, aber der war ein Verräter,*
*ein schleimiger, mieser, verkommener Geselle,*
*der Lhurian hieß und ein alter Hurenbock war ...*

»Schon gut.« Rothgan-Margok, dem Rammars Sangeskünste offenbar nicht wirklich zusagten, winkte ab. »Und dieses Lied wurde unter den Orks überliefert?«

»Von Generation zu Generation«, versicherte Rammar, und selbst Balbok ließ ein zustimmendes »*Korr*« vernehmen. »Willst du noch mehr davon hören?«

»Nein«, beschied ihm der Abtrünnige rasch, während der Ork schon wieder Luft holte, um sich klangvoll in die Brust zu werfen. »Vielmehr frage ich mich, weshalb du mir das alles erzählst.«

»Sehr einfach«, gestand Rammar mit ergebenem Grinsen, »wegen der Belohnung. Erinnert Ihr Euch? Wir waren es, die die Pforte geöffnet haben, und Ihr sagtet, dass …«

»Den Tod!«, rief Lhurian aufgebracht dazwischen. »Einen langsamen, qualvollen Tod – das ist alles, was er euch schenken wird! Achte auf meine Worte …«

»Nun, Euer Schrecklichkeit? Wie steht es?«, erkundigte sich Rammar, die Warnung des alten Zauberers einfach überhörend.

»Warum sollte ich euch belohnen?«, fragte Rothgan-Margok. »Was ich wollte, habe ich bekommen.«

»Mit unserer Hilfe«, brachte Rammar in Erinnerung.

»Das macht keinen Unterschied mehr. Nachdem ihr eure Aufgabe erfüllt habt, seid ihr beide nutzlos für mich geworden. Warum also sollte ich euch jetzt noch belohnen?«

»Nutzlos?«, fragte Rammar und machte große Augen. »Nutzlos? So … so … so würde ich es nicht nennen, Euer Fürchterlichkeit. Wer einen Krieg führen und gewinnen will, der sollte seine Feinde kennen.«

»Und?«

»Zufällig kenne ich den König von Tirgas Lan ziemlich gut«, erklärte Rammar. »Er ist ein ehemaliger Kopfgeldjäger, und seine Schwächen sind leicht zu …«

»Nicht, Rammar!«, rief Alannah, die noch immer auf dem Boden kauerte, Tränen der Verzweiflung in den Augen. »Tu es nicht! Du vernichtest alles, was aufzubauen du geholfen hast …«

»Ein bedauerlicher Irrtum, nichts weiter«, wiegelte der Ork mit verlegenem Grinsen ab. »Meine Treue gehört Euch, grässliche Hoheit!«

»Ein Ork, der von Treue spricht?« Rothgan-Margok musterte ihn aus seinen blutunterlaufenen Augen, woraufhin Rammar wieder ergeben den Blick senkte. Bange Momente verstrichen – dann brach der Herr der Dunkelelfen erneut in Gelächter aus. »Lasst ihn frei!«, befahl er seinen Männern. »Der Ork soll die Möglichkeit erhalten, sich zu bewähren.«

»Habt Dank, finsterer Herr«, erwiderte Rammar beflissen, während man ihn auf die Beine zog. »Was ist mit meinem Bruder? Gilt Eure Großzügigkeit auch für ihn?«

»Weiß er denn mehr als du?«

»Ob er mehr weiß als ich?« Rammar überlegte für einen Moment, und sein bauernschlauer Verstand erkannte die Falle, die sich hinter der Frage verbarg. »Natürlich nicht«, versicherte er. »Er ist ein *umbal* durch und durch.«

»Aber Rammar ...«, wollte Balbok einwenden. Sein Bruder jedoch brachte ihn mit einer energischen Geste zum Verstummen.

»Schön«, versetzte Rothgan-Margok unbekümmert. »Dann wird er zusammen mit den anderen sterben.«

»Sterben?«, echote Rammar.

»Ist das ein Problem für dich?«

Der feiste Ork zögerte nur einen Lidschlag lang. »Natürlich nicht«, versicherte er. »Mein halbes Leben habe ich mir überlegt, wie ich ihn am besten loswerde.«

»Rammar ...!«, ächzte Balbok entsetzt, und Rammar sah, wie sich das einfältige Gesicht seines Bruders in ungeahnte Längen zog. Rasch wandte er sich ab.

»Vor langer Zeit«, sagte Rothgan-Margok zu Rammar, »hat unser aller Herrscher Margok deinesgleichen erschaffen ...«

»Erschaffen«, spottete Lhurian. »Aus Mördern und Verrätern hat er sie gezüchtet, und dieses Erbe ist ihnen geblieben!«

»... vielleicht«, fuhr Rothgan-Margok unbeeindruckt fort, »ist es daher nur folgerichtig, wenn mich ein Ork in die letzte Schlacht begleitet. Möglicherweise, mein fetter Freund, hat dich ein höheres Schicksal hergeführt.«

»Möglicherweise.« Rammar verbeugte sich ergeben.

»Lügner!«, schrie Alannah ihn an. »Elender Verräter!«

»Darf ich Euch etwas fragen, Gebieter?«, erkundigte sich Rammar bei seinem neuen Herrn.

»Was willst du?«

»Wie habt Ihr es mit einem solchen Weib nur ausgehalten?«, wollte Rammar wissen und grinste breit. »Ihr Geschrei geht einem gehörig auf die *bhull'hai*, findet Ihr nicht?«

»In der Tat.« Rothgan-Margok betrachtete Alannah mit einem abschätzigen Seitenblick. »Aber du musst wissen, dass sie nicht immer so war.«

»Ist das so«, schnaubte Rammar. »Wirklich kaum zu glauben.«

»Folge mir nun und erzähle mir, was du über den neuen König weißt. Die anderen schafft in den Kerker und legt in Ketten«, befahl er seinen Wachen. »Ich werde später entscheiden, was mit ihnen zu geschehen hat.«

Sogleich wollten die Soldaten den Befehl ihres Meisters ausführen. Als sie Alannah ergriffen, überlegte es sich Rothgan-Margok jedoch noch einmal anders.

»Wartet!«, hielt er sie zurück. »Die Elfin bringt in mein Schlafgemach. Übergebt sie meinen Konkubinen. Sie sollen sie baden und ihr die Gewänder der Dunklen Königin anlegen. Ich gedenke, meinen Bund mit ihr noch heute zu erneuern.«

»Das wagst du nicht!«, zischte Alannah.

»Warum nicht?«, entgegnete Rothgan-Margok. »Du magst dich nicht daran erinnern, aber es gab eine Zeit, da hast du dich nach meiner Berührung verzehrt und mir bereitwillig den Schoß geöffnet.«

»Bastard!«, rief Lhurian aufgebracht.

»Was denn? Noch immer eifersüchtig? Auf die alten Tage?« Rothgan-Margok lachte. »Etwas mehr Gelassenheit, mein Freund. Nach all den Jahren hat sich Alannah entschieden, zu mir zurückzukehren. Die Prophezeiung hat sich erfüllt.«

»Ich weiß nichts von einer Prophezeiung«, stieß Alannah hervor, »aber wenn du glaubst, dass ich mich dir freiwillig hingeben werde ...«

»Ob freiwillig oder nicht, ist mir einerlei«, beschied ihr Rothgan-Margok grinsend. »Ich werde mir nehmen, was du mir die letzten tausend Jahre vorenthalten hast, und mein Verlangen stillen, das keines dieser blutleeren Weiber, die in all der Zeit mein Lager teilten, befriedigen konnte. Und wer weiß, vielleicht kehrt dadurch ja auch deine Erinnerung zurück ...«

Er lachte spöttisch, während sie sich im Griff ihrer Bewacher wand und Rothgan-Margok mit Beschimpfungen bedachte, die sogar Rammar die Schambräune ins Gesicht trieben.

An der Seite seines neuen Gebieters schickte er sich an, die Turmkammer zu verlassen, verfolgt von den Blicken seines Bruders, der noch immer nicht glauben konnte, dass Rammar ihn so schändlich im Stich ließ.

Und er behielt recht damit!

Denn kaum war der dicke Ork einige Schritte neben dem dunklen Magier hergewatschelt, huschte er plötzlich zur Seite weg, rascher und sehr viel behänder, als man es ihm aufgrund seiner Statur zugetraut hätte. Er rempelte einen Dunkelelfenkrieger aus dem Weg und griff nach einer der Fackeln, die in rostigen Wandhalterungen steckten, riss sie heraus und rannte damit auf einen der Durchgänge zu, die auf den Rundgang des Turms hinausführten.

Die Piraten!

Er musste ihnen das Zeichen zum Angriff geben – vorausgesetzt, sie waren nach all der Zeit, die Rammar, Balbok und ihr Trupp durch das Labyrinth geirrt waren, tatsächlich noch zur Stelle ...

»Was zum ...?«, rief Rothgan-Margok, als er den Ork auf seinen kurzen Beinen davonwuseln sah. Im nächsten Moment schrie er: »Haltet ihn auf! Aber lasst ihn am Leben!«

Seine Soldaten, die darauf gedrillt waren, jede Anweisung ihres Herrschers augenblicklich und ohne Widerspruch auszuführen, handelten augenblicklich – und noch ehe Rammar den Durchgang erreicht hatte, sprangen zwei von ihnen mit gesenkten Hellebarden vor, ein dritter zückte seinen Wurfdolch und wie ein Blitz zuckte das Messer durch die Luft und traf mit traumwandlerischer Sicherheit Rammars linke Klaue, die die Fackel umklammerte.

Es gab ein hässliches Geräusch, als der Elfenstahl Haut und Fleisch durchschnitt. Mit einem quiekenden Schmerzensschrei ließ Rammar die Fackel fallen und blieb stehen, starrte mit vor Schreck weit aufgerissenen Augen auf seine durchbohrte Linke. Schwarzes Blut tropfte zu Boden.

»Sieh an«, sagte Rothgan-Margok, und in seiner verwüsteten Miene zuckte es gefährlich. »Offenbar ist euch Orks nicht zu trauen.«

»A-aber nicht doch, E-Euer Tödlichkeit«, beeilte sich Rammar zu widersprechen. »I-ich bin g-ganz der Eure, b-bestimmt ...«

»So? Was sollte dann dieser Unfug?«

»I-ich w-wollte Euch den Weg frei machen«, stammelte der fette Ork, dessen Züge blass geworden waren vor Schmerz und Furcht. »N-nichts weiter ...«

»Mit einer Fackel?«

»*K-korr*«, bekräftigte Rammar und versuchte ein Grinsen, das ihm allerdings nicht recht gelingen wollte.

»Ich verstehe«, sagte Rothgan-Margok.

»W-wirklich?«

»Allerdings«, bekräftigte der Herr der Dunkelelfen mit ruhiger Stimme, die den Ork in trügerischer Sicherheit wog. Rammar glaubte schon, noch einmal davongekommen zu sein, und holte tief Luft. Dass Rothgan-Margok unter seiner weiten Robe nach seinem Säbel griff, bemerkte er nicht. »Um dir zu beweisen, dass ich dir vertraue, werde ich dir etwas schenken.«

»M-mir etwas schenken?«, fragte Rammar ungläubig. »Und was?«

»Etwas, das dich für den Rest deines Lebens daran erinnern wird, dass es ein Fehler ist, Margok hintergehen
zu wollen«, erklärte Rothgan-Margok – und dann ging alles
blitzschnell.

Als die Klauenhand mit dem Säbel hervorzuckte, kam der
dicke Ork gerade noch dazu, ein entsetztes Ächzen auszustoßen. Dann fuhr die Klinge mit grausamer Wucht herab –
und durchtrennte seinen linken Arm oberhalb des Handge-
lenks.

»Yiiiieeeh!«

Rammar kreischte erbärmlich, als der Elfenstahl durch
Fleisch und Knochen schnitt. In einem Sturzbach von Blut,
der sich aus dem Stumpf ergoss, landete die durchbohrte
Klaue, in der noch immer der Dolch des Elfenkriegers
steckte, auf dem Boden.

»Rammar!«, rief Balbok entsetzt – aber niemand hörte auf
ihn. Aller Augen waren entsetzt auf Rothgan-Margok gerichtet, in dessen entstellten Zügen sich ein sadistisches Grinsen
breitgemacht hatte.

Vom Schmerz überwältigt, sank Rammar auf die Knie und
dann vornüber. Auf die Ellbogen gestützt, kroch er zu der herrenlos am Boden liegenden, noch immer brennenden Fackel,
und nach einem Augenblick kurzen Zögerns stieß er seinen
verstümmelten Arm in die Flamme. Der Schmerzenslaut, der
seiner Kehle entfuhr, war noch schriller als der zuvor.

Balbok wollte seinem Bruder zu Hilfe eilen, aber seine
Bewacher hinderten ihn daran. Hilflos musste er zuschauen,
wie sich Rammar am Boden wand, und hätte am liebsten
selbst laut geschrien. Vergessen war alles, was sein Bruder
ihm jemals angetan hatte, vergeben alle Beschimpfungen
und Beleidigungen, die er ihm an den Kopf geworfen hatte.
Sogar die Sache mit dem *kalumm* nahm Balbok ihm nicht
mehr übel.

Alles, was er sah, war eine gepeinigte Kreatur, die sich über
den Boden wälzte wie ein riesiger Ball. Und er schwor sich in
diesem Augenblick, dass er seinen Bruder rächen würde!

Rothgan-Margok lachte noch immer. »Ihr solltet euch sehen«, rief er, wobei er seinen Blick vom jammernden Rammar zu den übrigen Gefangenen schweifen ließ. »Was für ein erbärmlicher Haufen ihr doch seid: ein altersschwacher Greis, eine Elfenhure, zwei dämliche Orks und zwei schwache Menschen. Und ihr seid ausgezogen, Margoks Macht zu brechen? Lächerlich!«

»So lächerlich nun auch wieder nicht«, konterte Lhurian. »Du hast das ewige Gesetz gebrochen, Rothgan – ich bin gekommen, um es wiederherzustellen.«

»So?« Das Gesicht des dunklen Magiers verzog sich in gespieltem Mitleid. »Und wie willst du das fertigbringen, alter Mann?«

»Hiermit!«, sagte der Zauberer – und hielt plötzlich den Kristallsplitter in den Händen, den er im Schaft seines Stiefels verborgen hatte, sodass er ihm – anders als sein Zauberstab – nicht von den Bewachern abgenommen worden war.

»Was soll das sein?«

»Der Splitter des Annun«, erklärte Lhurian, und Triumph und Siegesgewissheit schwangen auf einmal in seiner Stimme, »über die Jahrhunderte aufbewahrt in den eisigen Hallen Shakaras. Seine Kraft, Rothgan, hat schon das Schicksal Margoks besiegelt – des echten Margok! Und er wird auch deinem Treiben ein Ende setzen.«

Wenn Rothgan-Margok überrascht war, so zeigte er es nicht. »Ich zittere bereits«, behauptete er grinsend. »Glaubst du im Ernst, dieser Tand hätte irgendeine Bedeutung? Dass er mich, den Nachfolger Margoks, aufhalten könnte?«

»Ist der Splitter erst wieder eingesetzt, wird deine Kraft versiegen. Er wird wiederherstellen, was durch dich verändert wurde, allen Gesetzen der Natur zum Trotz. Und du und deinesgleichen, ihr werdet untergehen!«

»Woher willst du das wissen, alter Mann?«, entgegnete Rothgan-Margok. »Nicht dir wurde einst eine Prophezeiung zuteil, sondern mir!«

»Das stimmt«, räumte Lhurian ein, »aber hast du dich je gefragt, ob du diese Prophezeiung nicht vielleicht falsch gedeutet hast?«

Rothgan-Margok stutzte. »Inwiefern?«

»In deiner Vision wurde dir geweissagt, dass auf die Insel zurückkehren würde, was verloren ging, und darob ein neues Zeitalter beginnen. In deiner Ichsucht hast du das auf Alannah bezogen – aber was, wenn der Kristallsplitter gemeint war und wenn das neue Zeitalter, das anbrechen soll, nicht der Beginn deiner Herrschaft ist, sondern vielmehr deren Ende?«

Die entstellten Gesichtszüge des dunklen Magiers blieben unbewegt, in seinen Augen jedoch begann es unruhig zu flackern. »Was soll das Gerede?«, rief er. »Dazu wird es nicht kommen, denn du wirst mir den Kristallsplitter jetzt aushändigen, und ich werde ihn vernichten. Dann ist diese Gefahr ein für alle Mal gebannt.«

Lhurian schüttelte entschieden den Kopf. »Ich bin nicht mehr der unerfahrene Jüngling, der ich einst war, Rothgan.«

»Und ich nicht mehr der Freund, den du verraten und hintergangen hast«, entgegnete Rothgan-Margok. »Ich habe dazugelernt, alter Mann. Und ich bin mächtiger geworden als du – der mächtigste Zauberer, den Erdwelt je gesehen hat! Und nun gib mir den Splitter!«, verlangte er, während er seine rechte Klaue drohend in Alannahs Richtung streckte, »oder deine Geliebte wird vor deinen Augen einen qualvollen Tod erleiden.«

»Das wirst du nicht tun«, war Lhurian überzeugt, »denn es gab eine Zeit, da hast du sie ebenso geliebt wie ich.«

»Mehr als du!«, verbesserte der Herr der Dunkelelfen aufgebracht. »Aber sie hat meine Liebe zurückgewiesen und verschmäht. Also nenne mir einen guten Grund, weshalb ich sie nicht töten sollte, um zu bekommen, was ich haben will.«

»Nur zu!«, forderte Alannah ihn auf. »Vernichte mich! Töte mich, wenn du musst! Deinem Untergang wirst du dadurch nicht entgehen. Lhurian wird Mittel und Wege finden, dich zu bezwingen.«

»Glaubst du das wirklich?«, höhnte Rothgan-Margok.

»Es ist mir schon einmal gelungen, oder nicht?«, erinnerte Lhurian, der den Kristallsplitter noch immer hoch erhoben hielt. Jäh veränderte sich seine faltige Miene und nahm einen hoch konzentrierten Ausdruck an, und die Augenbrauen zogen sich zusammen.

Doch sosehr sich der alte Zauberer auch bemühte – eine Wirkung stellte sich nicht ein.

»Ist das etwa schon alles?«, fragte Rothgan-Margok amüsiert. »Hast du dir wirklich eingebildet, mich mit deinen billigen kleinen Tricksereien mit der Zeit blenden zu können? Dass ich noch einmal darauf hereinfallen würde? Damals mag ich dir auf den Leim gegangen sein, Mensch – ein zweites Mal wird es dir nicht gelingen. Und nun«, verlangte er, während er drohend auf Alannah zuging, »gib mir den Kristall, oder ...«

»Erlauchter Herrscher! Erlauchter Herrscher!«

Ein Krieger der Dunkelelfen stürzte in die Turmkammer und warf sich untertänig vor seinem Gebieter auf die Knie.

»Was willst du, Wurm?«, rief Rothgan-Margok, sichtlich ungehalten über die Störung.

»Schiffe, Gebieter! Viele Schiffe – Kriegsschiffe, eine ganze Flotte, die Kurs auf die Küste genommen hat!«

»Was?«, brüllte Rothgan-Margok. »Woher kommen diese Schiffe? Wer wagt es, mich anzugreifen? Sicher nur diese Seeräuber, die vor der Küste hausen wie Ratten in ihren Löchern. So danken sie mir also, dass ich sie in all den Jahren habe gewähren lassen ...«

»N-nein, Herr«, widersprach der Bote. »Es sind nicht nur die Seeräuber ...«

## 22.

# OINSOCHG OR MUR

Käpt'n Cassaro traute seinen Augen nicht. Es kam nicht mehr oft vor, dass der Anführer der Piraten den Schlupfwinkel im Atoll verließ. Diesmal jedoch ging es um besonders fette Beute, und da wollte er sich nicht nur auf seine Männer verlassen. Allerdings waren Cassaro inzwischen ernste Zweifel gekommen, sowohl was seinen Plan als auch die Zuverlässigkeit seiner Verbündeten betraf. Hatten die Orks nicht behauptet, einen Weg ins Innere der Kristallfestung zu kennen? Wo, zum Klabauter, blieben sie dann? Mussten die beiden den Weg nach Crysalion nicht längst gefunden haben?

In aller Eile hatte der König der Piraten seine Flotte in Einsatzbereitschaft versetzt und auslaufen lassen – und nun dümpelten sie schon den dritten Tag in Folge im Nebel und warteten – aber nichts geschah!

Keine Fackel.

Kein Signal.

Vielleicht, so dachte Cassaro, während er auf dem Achterdeck der *Knochenbrecher* stand und missmutig in den Nebel blickte, war der Einsatztrupp in einen Hinterhalt geraten, dann musste der Angriff abgeblasen werden. Andererseits würde eine Gelegenheit wie diese so rasch nicht wiederkommen.

Die *Knochenbrecher* war das stärkste Schiff seiner Flotte, eine Galeere, die ursprünglich aus elfischem Besitz stammte, wovon inzwischen allerdings nichts mehr zu sehen war. Über die Jahrzehnte war das Schiff immer wieder umgebaut, ausgebessert und erweitert worden, sodass inzwischen kaum noch etwas an die leichte Eleganz erinnerte, mit der es einst durch die Wellen geglitten war. Ein stachelbewehrter Bug und ein mit rostigem Eisen gepanzertes Schanzkleid gaben ihm ein kriegerisches Aussehen, das den Gegner in Angst und Schrecken versetzen sollte und es gewöhnlich auch tat. In diesem Augenblick jedoch war es Cassaro, der ächzend nach Luft schnappte und sich auf Höhe des Herzens an die Brust fasste.

Dem Oberhaupt der Piraten war klar gewesen, dass der Angriff auf Crysalion ein Risiko darstellte und er mit Widerstand mancherlei Art zu rechnen hatte – aber dass der Feind über eine eigene Kriegsflotte verfügte, die er gegen ihn entsandt hatte, das überraschte selbst den König der Seeräuber.

Mit offenem Mund verfolgte Cassaro, wie die verschwommenen Formen, die der Ausguck im dämmrigen Nebel gesichtet hatte, zusehends Gestalt annahmen und sich in Furcht einflößende Silhouetten verwandelten – die charakteristischen Umrisse von Kriegsschiffen, Dreiruderern und Galeeren, die nun von leichten Seglern begleitet wurden. Eine ganze Streitmacht, ausgeschickt wohl nur zu dem einen Zweck: die Piraten der Schädelküste zu vernichten!

Schon waren die feindlichen Schiffe auf Abfangkurs gegangen, und es würde nicht lange dauern, bis ihre Wege einander kreuzten …

Woher die Kriegsschiffe plötzlich kamen und wie es den Dunkelelfen gelungen sein konnte, unbemerkt eine ganze Flotte zu bauen, darüber dachte der Pirat nicht nach. Alles, was er sah, war der bedrohliche Wald von Masten, der sich aus dem Nebel schälte, und für ihn stand fest, dass er verraten worden war.

Offenbar hatte die Gegenseite von dem geplanten Überfall Wind bekommen, und das bedeutete, dass jemand geplaudert hatte. Cassaros Entsetzen ging nicht so weit, seinen Leuten absichtlichen Verrat zu unterstellen. Wahrscheinlich, sagte er sich, war das Kommando tatsächlich gefasst und seine Männer gefoltert worden. Cassaro hegte nicht den geringsten Zweifel daran, dass der tapfere Rammar bis zuletzt geschwiegen und kein Wort von dem Plan verraten hatte. Bei Rammars Bruder aber sah er die Sache anders. Die Orks, die Cassaro kannte, waren – mit Ausnahme von Rammar – feige und erbärmlich; sie schufteten als Sklaven in den Minen unter der Kristallburg, und niemals hatte es einen Aufstand gegeben. Bestimmt war es Balbok, der gesungen und damit nicht nur das Unternehmen vereitelt, sondern die ganze Piratenbruderschaft der Vernichtung preisgegeben hatte.

Unbändige Wut schoss in Cassaro hoch. Seine bleiche Gesichtshaut verfärbte sich und wurde puterrot, die Adern an seinen Schläfen schwollen an. Rasch wog er seine Möglichkeiten ab und überlegte, was zu tun wäre. Für Flucht war es zu spät, und ein Angriff auf Crysalion, wie er ihn geplant hatte, ergab unter diesen Voraussetzungen keinen Sinn. Ihm blieb nur der Kampf, und das hieß: Tod und Untergang – oder ein glorreicher Sieg, von dem man noch in Generationen sprechen würde.

Auch wenn das nicht sehr wahrscheinlich war …

Mit dem Mut der Verzweiflung riss Cassaro den Elfensäbel heraus, den er einst einem getöteten Gegner abgenommen hatte, und stieß die gekrümmte Klinge senkrecht in die Luft.

»Zum Angriff«, brüllte er, »drauf und dran!«

»Drauf und dran!«, scholl es aus Hunderten heiseren Kehlen zurück.

Corwyn sah sie kommen.

Es waren keineswegs nur ein paar Schiffe, die sich aus den Schatten der Felseninseln lösten – es war eine ganze Flotte.

Von Westen hielten sie auf die Fernen Gestade zu, in spitzem Winkel zu Corwyns eigenem Verband, sodass sie einander schon bald begegnen würden. Und das bedeutete Kampf. Denn die schwarzen, mit grausigen Knochensymbolen ver-

sehenen Flaggen, die an den Masttopps der fremden Kriegsgaleeren flatterten, ließen keinen Zweifel an den Absichten
ihrer Besatzung, die noch dazu in wildes Geschrei verfallen
war.

»Wer sind die?«, wollte Corwyn von Dun'ras Ruuhl wissen, der neben ihm an der Back stand.

»Piraten«, erklärte der Dunkelelf. »Sie treiben schon seit
langer Zeit vor der Küste ihr Unwesen. Sie haben uns amüsiert, also haben wir sie gewähren lassen.«

»Was uns jetzt zum Verhängnis wird«, versetzte der König.

»Kaum.« Ruuhl verzog keine Miene. »Oder willst du behaupten, die königlichen Streiter von Tirgas Lan würden
nicht mit einer Handvoll hergelaufener Halsabschneider
fertig?«

Corwyn holte tief Luft. Er wollte erwidern, dass es keineswegs nur ein paar einzelne Seeräuber wären und dass die
Piratenflotte es sowohl an Stärke als auch an Zahl ohne
Weiteres mit der Tirgas Lans aufnehmen konnte. Aber er
schwieg. Was hätte es genutzt zu lamentieren? Sein Ziel
waren die Fernen Gestade, und wenn er dieses Piratengesin-
del besiegen musste, um dorthin zu gelangen, so würde er
auch das tun.

»Angriffsgeschwindigkeit!«, befahl er deshalb dem Kapitän, und die Anweisung wurde nicht nur an die Ruderer
weitergegeben, sondern auch an die anderen Schiffe der
Flotte. Die Galeere nahm noch mehr Fahrt auf und schnitt
durch die Wellen, während sich die Soldaten an Bord bewaffneten und hinter dem Schanzkleid in Deckung gingen –
Bogenschützen und Schwertkämpfer, die den Seeräubern
zeigen würden, wie man in Tirgas Lan zu kämpfen verstand.

Befehle gellten über das breite Deck, die ebenfalls an die
anderen Schiffe weitergeleitet wurden. Die Achtergeschütze
wurden geladen und Sand auf die Planken gestreut, damit
man nicht ausrutschte, wenn sie erst glitschig waren von
Blut.

Auch die Piratengaleeren hatten an Geschwindigkeit zugenommen, und mit brachialer Gewalt bahnten sich ihre eisenverstärkten Rümpfe einen Weg durch die schäumende Gischt. Mit Besorgnis sah Corwyn die Stacheln, mit denen mancher Bug bewehrt war und die bei einem Zusammenstoß grässliche Löcher in die Wandungen der königlichen Dreiruderer schlagen würden.

Der König setzte den Helm auf, den sein Diener ihm gebracht hatte und dessen Schweif aus schwarzem Pferdehaar im Fahrtwind wehte. Mit Handgriffen, die viel zu routiniert waren für seinen Geschmack, schloss er den Kinnriemen – und sandte Dun'ras Ruuhl einen fragenden Blick.

»Willst du dich nicht auch zum Kampf rüsten?«

»Wirst du mir denn eine Waffe geben?«

Corwyn ließ sich von einem Soldaten ein Schwert reichen und warf es Ruuhl kurzerhand zu.

»Man dankt«, erwiderte der Dunkelelf ölig und grüßte mit der Klinge. »Wer hätte gedacht, dass wir einmal Seite an Seite fechten würden?«

»Bilde dir darauf nichts ein«, beschied ihm Corwyn barsch. »Die Notwendigkeit macht uns zu Verbündeten, nicht mehr.«

»Wenn du meinst …«

»Willst du auch einen Harnisch? Schild und Helm?«

Ruuhl lehnte ab und wog die Klinge in seinen Händen. Seinem missbilligenden Gesichtsausdruck war zu entnehmen, dass er sie für einen primitiven Totschläger hielt, der jede Eleganz vermissen ließ. »Ich bin durchaus in der Lage, mich meiner Haut zu erwehren.«

»Ich weiß«, erwiderte der König trocken und wandte sich wieder den Piratenschiffen zu, die inzwischen so nah heran waren, dass man die Besatzungen sehen konnte. Es waren in Fischleder gekleidete, bärtige Mordgesellen, die Harpunen und Äxte schwangen und Corwyn ein wenig an die Männer aus Olfar erinnerten. Doch während er mit den Korsaren der Ostsee Frieden geschlossen hatte, dürsteten diese nach seinem Blut – und der König war entschlossen, sowohl seine Haut als auch seine Flotte so teuer wie möglich zu verkaufen.

»Klar zum Gefecht!«, brüllte er mit lauter Stimme und riss sein eigenes Schwert aus der Scheide.

»Schiff klar zum Gefecht!«, echote es dutzendfach zurück.

Die Bogenschützen legten Pfeile auf die Sehnen, das Achtergeschütz wurde einsatzbereit gemeldet. Alles war bereit zum Kampf, und von den anderen Schiffen trafen gleichlautende Meldungen ein, während die Flotte weiter auf die Fernen Gestade zuhielt, die bereits zum Greifen nah erschienen – und dennoch unerreichbar waren. Denn bevor auch nur eines der königlichen Schiffe die Küste erreichte, würden die Piraten sie eingeholt haben, und ein Kampf auf Leben und Tod würde auf den Planken entbrennen.

Aber wenn Corwyn eines gelernt hatte, dann dass es besser war, den ersten Hieb zu führen.

Er holte Luft und gab den Befehl zum Abschuss des Katapults.

Die Schlacht begann …

# 23.

# BLARMUR CHL DULCHGOUDAS'HAI

(Seeschlacht mit Hindernissen)

Rothgan-Margok war hinausgestürmt auf den Balkon, der die Turmkammer umlief, und richtete den Blick gen Norden. Tatsächlich sah der Herrscher der Dunkelelfen im ersten Licht des Tages zahlreiche Schiffe, die sich der Insel näherten: Galeeren, Dreiruderer und andere, die sich aus dem Küstennebel und den Schatten der Dämmerung lösten. Und an den Mastspitzen entdeckte der dunkle Magier – zu seiner Bestürzung wie zu seiner Genugtuung – nicht nur die schwarzen Flaggen der Piraten, sondern auch das bunte Banner Tirgas Lans …

»Die Prophezeiung!«, rief er mit lauter Stimme und breitete beschwörend die Arme aus. »Sie erfüllt sich! Was verloren ging, ist zurückgekehrt, und meine Feinde stellen sich mir zum entscheidenden Kampf! Nicht auf den Fluren Erdwelts wird die letzte Schlacht um das Schicksal der Sterblichen geschlagen, sondern hier, an den Fernen Gestaden, dem Ursprung des Elfengeschlechts – und seinem Untergang!«

Der abtrünnige Magier verfiel in irrsinniges Gelächter, während von den Türmen ringsum die Rufe der Wächter erklangen. Die dunklen Legionen, die sich tief in den Eingeweiden des Berges verbargen und nur darauf gewartet hatten, in die Schlacht geschickt zu werden, setzten sich in Marsch. Das Stampfen von Tausenden von Kriegern ließ die

Kristallfestung erbeben, und schon kurz darauf drängten sich auf den Wehrgängen Massen in schwarzes Leder gerüstete Krieger. Wer immer es wagte, gegen die Feste anzurennen, würde – daran hegte Rothgan-Margok nicht den geringsten Zweifel – ein blutiges Ende finden.

Vom Gefühl der Allmacht berauscht, das ihn überkam, als er auf dem höchsten Turme Crysalions stand, umgeben von schützenden Mauern aus jahrtausendealtem Kristall, und während sich tief unter ihm die feindlichen Schiffe durch die Fluten kämpften, glaubte der Herrscher der Dunkelelfen zu spüren, wie ihn der Hauch der Geschichte umwehte. Schon einmal hatte er ihn gefühlt und war nahe daran gewesen, alles zu erreichen, was er sich je erträumt hatte.

Damals waren seine Pläne vereitelt worden – diesmal jedoch würde sein Triumph endgültig sein!

Er streckte die Arme empor und sprach uralte Beschwörungsformeln, worauf sich der Morgenhimmel über der Festung verfinsterte. Wolken ballten sich dunkel und dräuend, und im nächsten Moment zuckte ein Blitz herab, der die Turmkuppel traf und den Annun in gleißendes Licht tauchte.

»Der Kristallschirm!«, rief Lhurian entsetzt. »Wenn es ihm gelingt, ihn zu errichten, wird kein feindliches Geschoss Crysalion je erreichen. Wir müssen handeln!«

»Du hast gut reden, Langbart!«, rief Balbok. »Wie sollen wir das anstellen?«

»Vielleicht so«, entgegnete der Alte schlicht – und im nächsten Moment überstürzten sich die Ereignisse.

Denn plötzlich zeigte sich, dass Lhurian keineswegs so geschwächt war, wie er vorgegeben hatte. Im Gegenteil hatte der alte Fuchs die Zeit, die er wie hilflos auf dem Boden gekauert hatte, dazu genutzt, neue Kräfte zu sammeln, die er in diesem Moment zum Einsatz brachte.

Blitzschnell sprang er auf und streckte die Arme aus – und zu aller Verblüffung löste sich der Stab des Zauberers aus den Händen des Elfenkriegers, der ihn an sich genommen hatte, flog durch die Luft und befand sich schon einen Herzschlag später wieder in Lhurians Händen.

Die Dunkelelfen, die abgelenkt gewesen waren von der theatralischen Vorstellung, die ihr Oberhaupt draußen auf dem Balkon gab, konnten nicht mehr reagieren – schon im nächsten Moment wurde einer von ihnen von einer unsichtbaren Faust gepackt und davongeschleudert, geradewegs in die Reihen seiner Kumpane.

Daraufhin brach Tumult in der Turmkammer aus.

»Der Zauberer! Nehmt ihm den Stab ab!«, gellte der Befehl eines Offiziers, und sofort sprangen einige Krieger mit gesenkten Hellebarden vor – aber sie hatten die Rechnung ohne die übrigen Gefangenen gemacht, die in den Kampf eingriffen.

Indem Balbok den Kopf eines seiner Bewacher packte und mit Gewalt herumriss, sodass das Gesicht plötzlich auf dem Rücken saß, brach der Ork ihm das Genick. Ein anderer, der seine Hellebarde herabfahren ließ, um ihn zu erschlagen, wurde ein Opfer der beiden verbliebenen Piraten, die sich auf ihn stürzten, ihn von den Beinen rissen und so lange auf ihn einschlugen, bis ihre Fäuste blutig waren.

Auch Alannah gelang es, sich ihren Bewachern zu entwinden. Wie ein glitschiger Fisch entschlüpfte sie dem Griff ihrer Häscher, schnappte sich die Elfenklinge des von Balbok getöteten Wächters und kämpfte damit um ihr Leben. Die Klinge durchschnitt Knochen und Sehnen und durchtrennte das Handgelenk eines Elfenkriegers.

Blut, Schreie, Waffengeklirr – innerhalb weniger Augenblicke war ein wüstes Hauen und Stechen ausgebrochen, bei dem sich die Dunkelelfen mit ihren Hellebarden gegenseitig ins Gehege kamen und einander sogar verletzten. Und inmitten des wogenden Durcheinanders stand Lhurian, der seinen Stab hoch über den Köpfen der Gegner wirbeln ließ, und ein Elfenkrieger nach dem anderen sank von unsichtbarer Hand niedergeschmettert zu Boden, während der alte Zauberer gleichzeitig die Angriffe der Säbel und

Hellebarden abwehrte, mit denen die Wächter auf ihn eindrangen.

Sogar Rammar beteiligte sich am Kampf. Für gewöhnlich zog es der beleibte Ork eher vor, sich im Gefecht zurückzuhalten; da überließ er gern anderen den Vortritt. Doch das war ihm in seinem momentanen Zustand gar nicht möglich: Sein bisschen Verstand war völlig ausgeschaltet, vor seinen Augen sah er bunte Flecke tanzen, und er wollte nichts anderes als Blut sehen. Durch den Verlust seiner linken Klaue war Rammar in den wildesten *saobh* verfallen, der sich denken ließ.

Er warf sich auf den erstbesten Dunkelelf und zerquetschte ihn unter seiner Körpermasse.

Ein weiterer Bewacher setzte mit gesenkter Hellebarde heran. Sofort sprang Rammar auf und schrie: »Damit willst du mir den Garaus machen?« Er packte blitzschnell mit der Rechten zu und riss dem Gegner die Waffe aus den Händen. »Damit?«

Der Dunkelelf, der mit weit aufgerissenen Augen vor ihm stand, wusste nicht, wie ihm geschah – dann fuhr die Hellebarde herab und spaltete ihm den Schädel. Blutüberströmt sank der Elf zu Boden, was Rammar mit einem zufriedenen Schnauben quittierte. Er nahm die Hellebarde, zerbrach ihren Schaft mit einem Fußtritt – und hatte im nächsten Moment eine kurze Axt, die er auch mit einer Hand führen konnte.

Die beiden Piraten unterdessen wollten das allgemeine Chaos nutzen, um das vereinbarte Signal zum Angriff zu geben. Mit zwei Fackeln stürmten sie nach draußen auf den Balkon, wo sie jedoch von Rothgan-Margok empfangen wurden.

Der Herrscher der Dunkelelfen war so in den Zauber vertieft gewesen, den er hatte wirken wollen, dass er nicht bemerkt hatte, was in der Turmkammer vor sich ging. Als er jedoch die beiden Piraten erblickte, dämmerte ihm jäh, dass etwas nicht stimmte. Den einen tötete er, indem er ihn mit einer Handbewegung beiseite wischte und über die Balustrade in den Tod stürzte. Huggo konnte noch tapfer die Fackel schwenken – bis der Zorn des Dunkelelfen auch ihn traf. Schreiend verschwand der Pirat in der Tiefe, die brennende Fackel weiterhin umklammernd.

Das Signal zum Angriff war gegeben.

Aus der Ferne betrachtet war die lodernde Flamme, die vom höchsten Turm Crysalions in die Tiefe stürzte, nur ein winziger Funke – in Corwyn jedoch entzündete sie einen Flächenbrand.

Bestürzt sah der König die dunklen Wolken, die sich über dem Turm zusammengezogen hatten, und die grellen Blitze, die daraus zuckten, während die Turmkuppel selbst von flackerndem Licht eingehüllt wurde. Irgendetwas schien dort oben vor sich zu gehen, und Corwyn nahm an, dass es mit den Piraten zu tun hatte, die so unvermittelt aus dem Nebel aufgetaucht waren.

Was, so fragte er sich, wenn die Freibeuter es in Wirklichkeit gar nicht auf die Flotte Tirgas Lans abgesehen hatten? Wenn ihr eigentliches Ziel die Kristallfestung war und sie über das Auftauchen der fremden Schiffe nicht weniger verwundert waren als Corwyn und seine Leute?

Was dann?

Das erste Brandgeschoss, das das Katapult verlassen hatte, war zu kurz gezielt gewesen und ins Meer gestürzt. Noch war also nichts verloren – wenn allerdings erst die anderen Katapulte abgeschossen wurden und die Piraten darauf reagierten, waren die blindwütigen Kräfte des Krieges entfesselt, und niemand würde mehr aufhalten können, was dann unweigerlich folgen musste. Auf Schlag würde Gegenschlag folgen, auf Angriff Gegenangriff, Blut auf Blut – und jede Vernunft würde untergehen im Geklirr der Waffen und im Geschrei der Sterbenden.

Es sei denn, es gelang Corwyn in den wenigen Augenblicken, die ihm noch dazu blieben, herauszufinden, ob seine

Vermutung richtig war oder nur das Hirngespinst eines Mannes, der des Kämpfens müde war und sich trotz aller Wut und Enttäuschung, die er empfinden mochte, tief in seinem Inneren nach Frieden sehnte ...

Aber wie konnte er die Wahrheit in Erfahrung bringen?

Schon waren die Geschütze ausgerichtet, und man wartete nur darauf, dass er den Befehl zum Abschuss erteilen würde. Auch die Piraten würden jeden Augenblick die Katapulte abfeuern, und dann würde es endgültig zu spät sein ...

»Los doch!«, drängte Dun'ras Ruuhl, der neben ihm stand, das blanke Schwert in der Hand. »Worauf wartest du? Du bist der König von Tirgas Lan! Zeig es diesen räudigen Hunden, die es wagen, dich anzugreifen!«

»Noch haben sie uns nicht angegriffen«, hielt Corwyn dagegen.

»Aber sie werden es tun, wenn du nicht schneller bist als sie. Worauf wartest du? Lass die Katapulte sprechen und schick diese elende Brut auf den Grund des Meeres!«

»Und wenn sie mögliche Verbündete sind?«

»Verbündete?« Mit der Schwertspitze zeigte Ruuhl auf die sich nähernden Schiffe. »Verbündete gehen nicht auf Abfangkurs, falscher König! Und was ist wohl von blutrünstigen Piraten als Verbündeten zu halten?«

»Nicht mehr und nicht weniger als von Orks und Dunkelelfen«, konterte Corwyn kopfschüttelnd. »In der Wahl meiner Verbündeten bin ich noch nie sehr wählerisch gewesen, Ruuhl – aber ich habe jedes Mal erreicht, was ich wollte.«

»Aber diesmal wäre es dein Untergang!«

»Wieso? Weil es deinen Plänen zuwiderläuft? Weil du mit dem Auftauchen der Piraten nicht gerechnet hast?« Corwyn blickte in Dun'ras Ruuhls von Hass verzerrte Züge – und fragte sich, wie er jemals auf den Dunkelelfen hatte hören können.

Vielleicht hatte Ruuhl recht und sie waren einander tatsächlich ähnlicher, als er es sich hatte eingestehen wollen – aber jetzt war Schluss damit.

»Geschützmannschaft!«, gellte sein Befehl über das Deck. »Katapult neu ausrichten! Wir greifen die Festung an!«

»Was?«, zischte Dun'ras Ruuhl.

»Aber Sire«, wandte auch der Kapitän des Schiffes ein, »wir ...«

»Keine Zeit für Erklärungen!«, stellte Corwyn klar. »Ich möchte, dass die Festung beschossen wird, verstanden?«

»Aber die Reichweite unserer Katapulte ist dafür zu kurz!«

»Das ist mir gleichgültig! Ich will, dass mein Befehl ausgeführt wird. Sofort, hast du verstanden?«

»S-Sire ...« Der Kapitän, der seinen König noch nie so aufgebracht erlebt hatte, wandte sich seinen Männern zu und gab die Anweisung weiter. Das Knarren des Katapults, das auf der Achterplattform herumgedreht wurde, war zu vernehmen, und jeder Augenblick, der verstrich, kam Corwyn wie eine Ewigkeit vor. Nervös spähte er zu den Korsarenschiffen, deren Waffen bislang noch nicht abgeschossen worden waren.

»Das ist ein Fehler, und das weißt du!«, zischelte Dun'ras Ruuhl. »Die Piraten werden deine Wehrlosigkeit ausnutzen. Wie ein Meeresungeheuer werden sie über dich und die deinen herfallen!«

»Abwarten«, sagte Corwyn mit einer Ruhe, von der er selbst nicht wusste, woher er sie nahm.

In diesem Moment wurde das Katapult abgeschossen.

Der mit Pech getränkte Ballen schoss hoch in den Himmel und beschrieb einen weiten Bogen, jedoch nicht auf die Piratenschiffe zu, sondern in Richtung der Festung. Eine dunkle Rauchfahne hinter sich herziehend, flog er durch den grauen, von Blitzen durchzuckten Himmel, der sich immer mehr verfinsterte.

Corwyn hielt den Atem an.

Natürlich hatte der Kapitän recht – die Reichweite des Geschützes war viel zu kurz, um der Festung gefährlich zu werden, aber die Absicht war erkennbar, und nur darauf kam es in diesem Augenblick an.

»Narr!«, knurrte Dun'ras Ruuhl. »Was hast du getan?«
»Wozu mein Gefühl mir riet«, erwiderte Corwyn. »Ich will mir der feindlichen Absicht erst sicher sein.«
»Wer mich als Verbündeten hat, der braucht nicht auf ein Gefühl zu hören«, schrie Ruuhl gegen den aufkommenden Wind. »Die Korsaren werden deine Schwäche nutzen. Sie werden deinen Kopf als Trophäe an die höchste Rah hängen.«
»Vielleicht«, erwiderte Corwyn ungerührt. »Vielleicht auch nicht ...«
Das Brandgeschoss hatte seine Flugbahn längst beendet. Ohne auch nur in Reichweite der Festung zu gelangen, die oben auf dem Berg thronte, war es an den steilen Klippen zerborsten, gefolgt von einigen weiteren Pechballen, abgeschossen von anderen Schiffen der königlichen Flotte. Corwyns Aufmerksamkeit galt jedoch nicht ihnen, sondern den Piratenschiffen, und er wartete gespannt darauf, was die Seeräuber unternehmen würden.

Ruuhl hatte recht: Indem Corwyn die Katapulte auf ein scheinbar sinnloses Ziel hatte abschießen lassen, war die Flotte für einige Augenblicke wehrlos. Wenn sich die Korsaren zum Angriff entschieden, würden die Krieger aus Tirgas Lan für den Irrtum ihres Königs einen furchtbaren Tribut zahlen müssen.

Aber die Seeräuber griffen nicht an.

Zwar war auch von ihren Schiffen der charakteristische Klang der Katapulte zu vernehmen, die ihre Ladung kraftvoll in den Himmel schleuderten, aber die Steinbrocken, mit denen die Piraten schossen, flogen gleichfalls nicht in Richtung der fremden Schiffe, sondern auf die Klippen zu, über denen sich stolz und erhaben die Kristallfeste erhob.

Corwyn ballte die Faust, einen triumphierenden Ausruf auf den Lippen. Sein Gefühl hatte ihn nicht getrogen.

Man hatte einen gemeinsamen Feind!

Der König war nie ein guter Diplomat gewesen und hatte das Verhandeln stets seiner Gemahlin überlassen. Aber in diesem Fall war es ihm gelungen, ein sinnloses Gemetzel mit einer einzigen Geste zu verhindern ...

»Was soll das?«, schrie Dun'ras Ruuhl aufgebracht. »Warum greifen diese Narren dich nicht an?«

»Wie es aussieht, stehen sie auf unserer Seite«, erklärte Corwyn mit grimmigem Lächeln. »Der wahre Feind lauert dort oben, im Turm von Crysalion. Das wissen auch sie.«

»Du ziehst das Bündnis mit einer Bande hergelaufener Räuber dem mit einem Dun'ras vor?«

»Warum nicht?«, fragte Corwyn dagegen. »In Wahrheit ist es dir doch nie darum gegangen, Margok zu stürzen. Du wolltest mich nur für deine Zwecke missbrauchen, und beinah wäre es dir gelungen. Schande über mich, dass es einer Bande Gesetzloser bedurfte, mir das klarzumachen...«

Als Ruuhl erkannte, dass seine Intrigen ihr Ziel nicht erreicht hatten, versuchte er nicht mehr, sich zu verstellen. »Verräterischer Hund«, stieß er hervor und verzog angewidert das graue Gesicht. »Ich hätte wissen müssen, dass du wie alle Menschen dich selbst überschätzt!«

»Ah«, entgegnete Corwyn, »zeigst du nun dein wahres Gesicht? Ist es mit der Maskerade vorbei?«

»Allerdings, falscher König!«, bestätigte Ruuhl. »Nun lernst du mich kennen – indem ich dir diese Klinge durch die Eingeweide treibe. Ironischerweise bist du selbst es gewesen, der sie mir gegeben hat.«

»Ein bedauerlicher Irrtum«, räumte Corwyn ein, während er vom Schanzkleid zurücktrat, sein eigenes Schwert hob und die Spitze auf Ruuhl richtete. »Allerdings einer, der sich berichtigen lässt.«

»Sei dir da nicht so sicher«, knurrte der Dunkelelf – und griff unerbittlich an, während sich der noch junge Tag über den Fernen Gestaden verfinsterte.

# 24.

## DA SABAL'HAI

Balbok, der seinen Bruder einmal mehr für dessen Einfalls-reichtum bewunderte, hatte es Rammar gleichgetan und sich ebenfalls eine Axt aus einer Hellebarde gemacht, und so kämpften die beiden Orks Seite an Seite mit Alannah, die das Schicksal einmal mehr zu ihrer Verbündeten gemacht hatte.

Erbittert setzten sie sich gegen die Dunkelelfen zur Wehr, die ihren ersten Schock inzwischen überwunden hatten und unter der Führung von Dun'ras Ravok wieder zu jenen gna-denlosen und von Bosheit getriebenen Kämpfern geworden waren, die man auf der ganzen Insel fürchtete.

Ravoks Säbel zuckte blitzschnell vor und hätte Alannah um Haaresbreite durchbohrt, wäre sie nicht blitzschnell aus-gewichen. Balboks Axt fuhr herab und zerschmetterte das Knie des Dun'ras, worauf dieser kreischend niederging – sein Schrei verstummte erst, als Rammars Streitaxt nie-derfiel und den Rest besorgte, zur höchsten Genugtuung des dicken Ork. Rammars Freude währte allerdings nicht lange, denn für jeden Dunkelelfen, der verletzt oder tot niedersank, drängten zwei neue Kämpfer in die Turmkam-mer.

Die Legionen des Bösen waren entfesselt …

Auch Lhurian kämpfte – gleichwohl in einer anderen Sorte von Duell. Denn kaum hatte Rothgan-Margok begrif-fen, was in der Turmkammer vor sich ging, kehrte er dorthin zurück, doch der alte Zauberer stellte sich dem Herrscher der Dunkelelfen todesmutig entgegen.

»Was soll das?«, rief dieser höhnisch. »Glaubst du im Ernst, du könntest mich besiegen?«

»Auch Margok wähnte sich unbesiegbar«, konterte Lhurian, während sie einander lauernd umkreisten. »Das war sein Fehler!«

»Ich bin nicht Margok, alter Mann, und du bist nicht Farawyn. Die Geschichte wird sich nicht wiederholen, denn ich habe aus ihr gelernt.«

»Tatsächlich?« Der Zauberer schüttelte den Kopf. »Das bezweifle ich.«

»Margok *glaubte* nur, die absolute Macht zu haben – mir hingegen steht sie tatsächlich zu Gebote. Nicht nur, dass ich über eine Legion mir treu ergebener Kämpfer befehle – die Kristalle, deren Geheimnis ich entschlüsselt habe, verleihen mir grenzenlose Zauberkraft. Mit ihrer Hilfe werde ich dich vernichten, alter Mann. Mach dich bereit zu sterben!«

Eine grelle Flammenlohe loderte aus den Händen Rothgan-Margoks, die dem Zauberer entgegenzuckte, ihn jedoch nicht erreichte, da Lhurian in diesem Augenblick den Stab emporriss und die Attacke ablenkte. Das Feuer machte einen Bogen und ereilte zwei Dunkelelfen. Wütend schickte Rothgan-Margok einen zweiten und einen dritten Feuerstrahl auf den Weg, die Lhurian jedoch alle abwehren konnte.

»Ist das alles?«, fragte er keuchend. Die notdürftig verbundene Stirnwunde hatte sich wieder geöffnet, Blut rann ihm übers Gesicht. »Mehr hast du nicht zu bieten?«

»Keine Sorge, alter Mann – dies war nur der Anfang.« Und erneut stach ein Feuerstrahl aus den Händen des Dunkelelfen, mit noch größerer Vernichtungskraft als zuvor, und er schlug mit solcher Gewalt gegen Lhurians magischen Schutzschild, dass der alte Zauberer ins Wanken geriet und zurücktaumelte – und im nächsten Augenblick fuhr ihm die Spitze einer Hellebarde zwischen die Schulterblätter.

»Lhurian!«

Entsetzt sah Alannah, wie sich die Robe des Zauberers am Rücken blutrot färbte. Lhurian zuckte zusammen, hielt sich jedoch auf den Beinen, den Stab in der einen, den Kristallsplitter in der anderen Hand. Unter dem Säbelhieb eines Elfenkriegers hinwegtauchend, eilte Alannah zu dem Verletzten, zum Ärgernis Rammars, der seine linke Flanke plötzlich ungedeckt sah.

»Wo willst du hin?«, maulte er.

»Ich muss Lhurian helfen!«

»Schmarren!«, rief er ihr nach, während er, die blutige Axt in der Rechten, um sich schlug. »Du wirst dich nur umbringen!«

Alannah hörte nicht auf ihn – ihr Ziel war der Zauberer, dessen Gesicht fahl und reglos geworden war und in dessen Besitz sich noch immer der Splitter des Annun befand ...

Mit einem Triumphschrei riss der Wächter, der ihn hinterrücks angegriffen hatte, die Hellebarde zurück, worauf grellrotes Blut aus der Wunde pulsierte. Die Freude des Dunkelelfen währte jedoch nicht lange.

»Fort, du Wurm!«, beschied ihm sein dunkler Gebieter aufgebracht, und noch ehe der Krieger begriff, wie ihm geschah, verwandelte er sich in eine rauschende Flammensäule.

»Der Zauberer gehört mir«, brüllte Rothgan-Margok. »Mir ganz allein! Dies ist der Augenblick, auf den ich so lange gewartet habe: der Augenblick der Rache!«

Vergeblich versuchte Lhurian, sich mit dem Zauberstab abzustützen. Er verlor das Gleichgewicht, fiel hintenüber und schlug hart zu Boden.

»Du willst mir den Splitter nicht geben?«, keifte sein Erzfeind. »Dann werde ich ihn eben zerstören, alter Mann – zusammen mit dir!«

Mordlust loderte in seinen blutunterlaufenen Augen, und erneut hob er die Klauen, um seinen Feind zu vernichten – als Alannah den Zauberer erreichte.

»Nein!«, schrie sie entsetzt und warf sich schützend vor Lhurian, dem Feuer entgegen, das Rothgan-Margok in diesem Augenblick schleuderte ...

Die Waffen abwehrbereit erhoben, umkreisten sie einander lauernd auf dem Vordeck – dann griff Dun'ras Ruuhl an und rammte die Klinge mit einem gellenden Kriegsschrei in Corwyns Richtung.

Der König, der bereits eine Wunde am rechten Oberarm davongetragen hatte, sprang reaktionsschnell zurück und riss die eigene Waffe hoch. Mit beiden Händen musste er das Schwert führen, um der wilden Kraft des Dunkelelfen etwas entgegensetzen zu können. Funken stoben, als die Klingen aufeinanderprallten, und als gäbe es kein Gesetz der Trägheit, riss Ruuhl sein Schwert sofort wieder zurück und attackierte den König erneut.

In solch blitzschneller Folge flog die Klinge heran, dass Corwyn nichts anderes blieb, als die wilden Attacken abzuwehren – an einen eigenen Angriff war nicht zu denken.

Er hatte den königlichen Leibwächtern befohlen, sich aus dem Kampf herauszuhalten und unter keinen Umständen einzugreifen. Die Rechnung, die er mit Dun'ras Ruuhl offen hatte, wollte er persönlich begleichen. Als sie ihren Regenten in so arger Bedrängnis sahen, stockte den Gardisten zwar der Atem, aber sie hielten sich an den königlichen Befehl, sosehr es sie auch drängte, Corwyn beizustehen.

»Ist das alles?«, rief Dun'ras Ruuhl, als sie sich über die gekreuzten Klingen hinweg anstarrten. »Mehr hast du nicht zu bieten, falscher König? Du enttäuschst mich, wirklich ...«

Corwyn erwiderte nichts. Mit aller Kraft stieß er Ruuhl von sich, worauf dieser tatsächlich ins Taumeln geriet und rücklings gegen das Schanzkleid prallte. Sofort setzte Corwyn nach, und erneut trafen die Klingen aufeinander, während die Planken unter den Füßen der Kämpfenden heftig schwankten.

Nicht nur der Himmel hatte sich verfinstert und Blitze zuckten daraus hervor, auch die See tobte. Ein furchtbarer Sturm war aufgekommen. Schaumgekrönte Wellen schlugen gegen die Schiffe, und die Seeleute hatten alle Hände voll zu tun, den Kurs beizubehalten. Inzwischen ragten die Klippen steil und drohend vor ihnen auf, und eine der Koggen war bereits daran zerschellt. Und als wäre dies noch nicht genug, zuckten grelle Lichtstrahlen von der Kristallfestung und richteten heillose Zerstörung an, wenn sie ein Schiff trafen.

Keine Zweifel – man hatte die Ankunft der Flotte bemerkt und ergriff Abwehrmaßnahmen …

Ein Dreiruderer, der getroffen wurde, brannte lichterloh. Aus dem Augenwinkel sah Corwyn die Besatzung über Bord springen, Hunderte winzig kleiner Silhouetten, die sich gegen die lodernden Flammen abhoben, ehe sie in der dunklen See verschwanden. Der Angriff drohte zum Erliegen zu kommen, noch ehe er richtig begonnen hatte – und daran trug in Corwyns Auge nur einer Schuld: Dun'ras Ruuhl!

»Ruuhl!«, brüllte er, während er mit wütenden Hieben auf den Dunkelelfen einschlug und ihn in die Verteidigung drängte. »Das alles ist dein Werk! Du warst es, der mich hierhergelockt hat! Du ganz allein!«

In einer blitzschnellen Reaktion tauchte Ruuhl unter einem der Schwerthiebe weg. »Glaubst du das wirklich?«, fragte er. »Du hast die ganze Zeit über nur das getan, was du selbst wolltest – ich habe dir nur geholfen herauszufinden, was genau das war!«

»Du hast meine Gedanken vergiftet«, entgegnete Corwyn, »meinen Verstand und mein Herz!«

»Unsinn!« Der Dunkelelf blockte einen weiteren wütenden Schlag Corwyns ab. »All dies Gift ist bereits in dir gewesen. Ihr Menschen betrügt euch selbst, indem ihr euch einredet, von Natur aus gut und zu Höherem berufen zu sein. Auch die Elfen dachten einst so – dabei war ihnen die Bosheit ebenso gegeben wie allen anderen Kreaturen Erdwelts. Die eigene Arroganz war es, die sie betrogen hat, genau wie dich!«

»Das ist nicht wahr!«

Erneut prallten die Klingen in rascher Folge aufeinander. Diesmal war es wieder Corwyn, der vor den wütenden Attacken seines Gegners zurückweichen musste.

Noch immer zuckten Lichtblitze von der Festung herab. Einer stach ins Wasser, das daraufhin brodelte und zischte, ein anderer traf eine Kogge mittschiffs, die daraufhin in einem grellen Feuerball auseinanderflog.

Nur schwelende Trümmer blieben von dem Segler ...

## 25.  LARKOR'S KURSOSH

In dem Augenblick, als ihr die feurige Lohe entgegenschoss, geschleudert von den Händen des Mannes, den sie vor Unzeiten geliebt hatte, kehrte Alannahs Erinnerung zurück.

Was genau es war, das den Bannfluch brach, den Farawyn der Seher über sie verhängt hatte, wusste sie nicht. War es das Entsetzen? Die Todesangst? Oder die Angst davor, abermals zu versagen? Oder war einfach nur die Zeit gekommen, dass sich ihr die Vergangenheit offenbarte?

In diesem Moment kehrte das Wissen jedenfalls zu ihr zurück, brach im Bruchteil eines Augenblicks über sie herein wie eine Springflut.

Plötzlich wusste Alannah, wer sie war.

Sie erinnerte sich an ihre Jugend.

An Siege und Niederlagen.

Schmerzlichen Verlust.

An das, was in all den Jahrhunderten, die seither verstrichen waren, tief in ihr verborgen gewesen war …

Dann riss sie die Hände zur Abwehr empor, und statt von den Flammen verzehrt zu werden, die ihr grässlicher Gegner auf sie geschleudert hatte, ließ sie eine Wand entstehen, die sowohl sie als auch Lhurian vor der Vernichtung bewahrte.

Eine Wand aus Eis …

So wie die Flammen aus Rothgan-Margoks Klauen schossen, wuchs eine Kaskade bläulich schimmernden Eises aus Alannahs Händen, um sich vor ihr zu einem massiven Hindernis aufzutürmen, auf das die Flammen trafen.

Es zischte, als die verfeindeten Elemente einander begegneten, und das Eis schmolz und verdampfte, sodass schlagartig weißer Nebel die Turmkammer erfüllte, doch es gelang dem Ansturm des Feuers nicht, den Wall zu durchbrechen.

Augenblicke lang lieferten sich beide Seiten ein gnadenloses Duell – das Feuer, das mit unverminderter Wut aus den entstellten Klauen züngelte, und das Eis, über das Alannah vermittels ihrer Gedanken gebot.

Der Nebel wurde so dicht, dass man die Hand kaum noch vor Augen erkennen konnte, während beide Seiten ihr Äußerstes gaben. Alannah musste ihre ganze Kraft und Konzentration aufwenden, um den Feuersturm aufzuhalten, und sie konnte den Hass fühlen und den Irrsinn, die ihr von der anderen Seite des Walls entgegenbrandeten, so voller Bosheit und Zorn, dass nichts auf Dauer dagegen bestehen konnte.

»Wie ich sehe, erinnerst du dich!«, rief Rothgan-Margok höhnisch, den das magische Kräftemessen weit weniger anstrengte als sie. »Diese erstaunliche Fähigkeit von dir war der Grund, weshalb sie dich ›Eisblume‹ nannten. Nicht besonders einfallsreich, oder?«

Zu gern hätte Alannah etwas erwidert, hätte sie ihre Abscheu und ihren Widerwillen zum Ausdruck gebracht, die sie Rothgan-Margok gegenüber empfand, aber den Zauber aufrechtzuerhalten nahm ihre ganze Konzentration in Anspruch. Mit jedem Augenblick wurde sie schwächer, und sie fühlte, wie sie sich Schritt für Schritt dem Abgrund der Bewusstlosigkeit näherte.

»Ist das alles?«, rief ihr Gegner. Dann, noch einmal: »Ist das alles, was du vermagst? Damit willst du mich bezwingen?«

Alannah zitterte am ganzen Körper. Tränen traten ihr in die Augen. Sie war dem Zusammenbruch nahe, und ihr unbarmherziges Gegenüber spürte es.

»Genug jetzt!«, schrie er sie an. »Nun sollst du sehen, was die Macht des Kristalls tatsächlich vermag!«

Er riss die Hände empor, und sie fühlte, wie die Wucht des Feuers schlagartig zunahm. Sie schloss die Augen und aktivierte ihre letzten Kraftreserven, obwohl sie wusste, dass der Sturm, der sich drohend vor ihr zusammenballte, die Mauer einreißen würde, die sie so mühsam errichtet hatte. Er würde mit furchtbarem Zorn über sie hinwegfegen und sowohl sie als auch ihre Begleiter vernichten.

Und alle Hoffnung für Erdwelt war dahin …

»Rede nicht, sondern kämpfe!«, forderte Corwyn und ging zum Gegenangriff über.

Indem er eine Attacke vortäuschte, gelang es ihm, seine Klinge an der Deckung des Gegners vorbeizubringen. Zwar reagierte Ruuhl noch immer schnell genug, um einen tödlichen Treffer zu verhindern, jedoch schnitt die Klinge quer über seinen Waffenarm und hinterließ eine klaffende Wunde.

Der Dunkelelf stieß einen heiseren Schrei aus. Wenn Corwyn jedoch gedacht hatte, dass der Schmerz die Wut seines Gegners dämpfen würde, so hatte er sich geirrt. Das Gegenteil war der Fall. Blitzschnell wechselte der Dunkelelf den Säbel in die andere Hand und drang damit so ungestüm auf Corwyn ein, dass dieser die Schläge nicht ganz abwehren konnte und plötzlich einen scharfen Schmerz in der linken Schulter verspürte.

Für einen Augenblick war der König wie erstarrt, und womöglich hätte Ruuhl diese Gelegenheit genutzt, um ihm mit einem kraftvollen Hieb den Kopf von den Schultern zu trennen – wäre das Schiff nicht in diesem Moment von einem Brecher getroffen worden. Jäh kippte das Deck zur Seite, und Corwyn fiel zurück, außer Reichweite der tödlichen Klinge, und auch Dun'ras Ruuhl geriet ins Taumeln, ebenso wie die königlichen Leibwächter, die schreiend quer über das Deck schlitterten. Einigen von ihnen gelang es, sich an verzurrten Kisten und Fässern festzuhalten, andere prallten gegen die Reling, und wieder andere hatten weniger Glück und gingen über Bord, um im schäumenden dunklen Wasser zu versinken.

Corwyn war gegen die Back gestoßen, mit derartiger Wucht, dass seine Rippen knackten und er für einen Moment keine Luft bekam. Dennoch warf er sich sogleich herum – und das keinen Augenblick zu früh, denn schon sauste die Klinge des Dunkelelfs heran, mit der Dun'ras Ruuhl ihn abermals zu enthaupten versuchte. Um den Hieb abzuwehren, fehlte die Zeit. Corwyn ließ sich einfach auf die Planken fallen, sodass ihn die Klinge nur um wenige Handbreit verfehlte. Sie schlug tief in das Holz der Back, und mit weit aufgerissenen Augen und hassverzerrtem Blick wollte Ruuhl die Waffe wieder herausreißen, aber es gelang ihm nicht gleich.

Und Corwyn handelte.

Noch auf den Planken liegend, rasend vor Schmerz, den ihm die Schulterwunde bereitete, hob der König sein Schwert und hieb damit zu – und durchtrennte Dun'ras Ruuhls linken Arm knapp unterhalb des Ellbogens.

Der Dunkelelf verfiel in schrilles Kreischen. Im nächsten Moment wurde das Schiff erneut von den Wellen herumgeworfen und kippte zur Seite. Ruuhl verlor das Gleichgewicht und stürzte; sein Säbel mit dem abgehackten Unterarm, dessen Hand den Griff noch krampfhaft umklammerte, blieb in der Bugwand zurück. Rücklings schlitterte der Dun'ras über das Deck, gefolgt von Corwyn, der mit der Hand des unverletzten Arms ins Leere griff und nirgendwo Halt fand. Das Schwert hatte er losgelassen.

Hart prallte der König gegen eine der auf dem Vordeck vertäuten Kisten und war für einen Moment besinnungslos. Als er die Augen wieder aufriss, war das Erste, was er sah, Dun'ras Ruuhl. Der Dunkelelf, aus dessen Armstumpf dunkles Blut pulsierte, stand auf der gegenüberliegenden Seite des Decks, breitbeinig und wankend. Zu seinen Füßen lag in grotesker Verrenkung einer der königlichen Leibwächter – ob Ruuhl ihn getötet oder ob er sich beim Sturz das

Genick gebrochen hatte, war nicht festzustellen. Jedoch hatte der Dun'ras seinen Speer an sich genommen, mit dem er auf Corwyn zielte – und den er im nächsten Augenblick warf!

Die Waffe zuckte heran und hätte wohl getroffen – aber in diesem Moment bäumte sich die Galeere abermals gegen die Gewalt der Wellen auf. Der Bug fiel in die Tiefe und mit ihm auch Corwyn – und der Speer bohrte sich ein gutes Stück über ihm ins Holz des Schanzkleids.

Ruuhl stieß eine bittere Verwünschung aus und tat etwas völlig Unerwartetes – er wandte sich zur Flucht.

Den verstümmelten Arm schwenkend, aus dem unaufhörlich Blut schoss, fuhr er herum und wollte zur nahen Reling eilen, um über Bord zu springen, aber Corwyn dachte nicht daran, ihn entkommen zu lassen. Dun'ras Ruuhl durfte nicht an Land und zu seinem finsteren Herrscher gelangen, das wollte Corwyn nicht zulassen.

Der König zwang sich aufzuspringen, um nach dem Speer zu greifen und ihn aus dem Holz zu ziehen. Blitzschnell fuhr er herum, zielte und warf.

Und diesmal fand der Speer sein Ziel, just in dem Moment, als Ruuhl über Bord setzen wollte.

Mit derartiger Wucht fuhr die Speerspitze in seinen Rücken, dass sie an der Brust wieder austrat und ihn ans Holz der Reling nagelte.

Über die von Gischt und Spritzwasser glitschigen Planken schlitternd, war Corwyn sogleich bei ihm.

»Falscher König ...«, stieß der Dunkelelf voller Spott hervor. Sein Gesicht war eine schmerzverzerrte Fratze, während Blut von seinen Lippen sprühte. »Glaubst du denn ... mein Tod ... wird dir ... etwas nutzen?«

Corwyn war zu erschöpft, um zu antworten. Mühsam zog er sich an der Reling hoch, und zwei Leibwächter eilten herbei, um ihn zu stützen.

»Bist machtlos ... gegen die Prophezeiung ... besagt, dass die dunkle Königin ... zurückkehren wird ... neues Zeitalter beginnt ... Margoks Triumph ... habe es immer gewusst ... seid alle dem Untergang geweiht ...«

Noch einmal betrachtete der Dunkelelf Corwyn mit einem Blick, der voller Verachtung, Hass und maßlosem Zorn war. Er öffnete den Mund und wollte verächtlich lachen, aber alles, was ihm über die Lippen kam, war ein Blutschwall, dann brach der Dunkelelf zusammen. Schlaff und leblos hing er an der Reling, festgehalten nur noch von dem Speer, der ihn durchbohrt hatte.

Corwyn brauchte einen Augenblick, um sich zu sammeln. Triumph über den Tod des Feindes empfand er nicht, dazu bestand kein Anlass. Die Schlacht um Crysalion hatte gerade erst begonnen ...

»Die Katapulte«, raunte er seinen Männern zu. »Sie sollen alles abschießen, was sie haben!«

»Verstanden, Sire.«

»Wenn wir schon untergehen, dann wollen wir zumindest einigen Schaden anrichten und unseren Feinden zeigen, aus welchem Holz die Kämpfer von Tirgas Lan geschnitzt sind. Denn eines«, fügte er zähneknirschend und mit Blick auf Dun'ras Ruuhls leblose Gestalt hinzu, »haben wir zumindest gelernt: Sie sind nicht unverwundbar ...«

# 26.  TUACHG ANN DRUM

Alannah spürte, wie ihr die Sinne schwanden, spürte, wie sich das Eis auflöste, spürte die verzehrende Hitze des Feuers auf ihrer Haut und wartete darauf, dass es sie einhüllen und verzehren würde.

Aber plötzlich war es vorbei, nur Augenblicke, ehe Alannah das Bewusstsein und damit die Kontrolle über das Eis verloren hätte. Die mörderische Hitze war verschwunden, und die Elfin riss die Augen auf, um zu sehen, was geschehen war.

Sie konnte zunächst nichts erkennen, zu dicht war der Nebel aus Wasserdampf, der die Turmkammer einhüllte. Aber schon lichtete er sich, und inmitten der zerfasernden Schwaden, jenseits der brüchig dünnen Eiswand, die verblieben war, gewahrte Alannah eine schemenhafte, bedrohliche Gestalt.

Rothgan-Margok ...

Abwehrbereit riss sie die Hände empor, obwohl ihre Kräfte nicht mehr dazu ausgereicht hätten, einen neuerlichen Frostzauber zu wirken. Aber es war auch nicht mehr nötig.

Der Herr der Dunkelelfen stand unbewegt. Die Arme hatte er noch immer ausgebreitet, sodass die Ärmel seiner weiten Robe wie die Flügel eines Raubvogels wirkten, aber er regte sich nicht mehr. Bewegungslos stand er da, starrte Alannah aus weit aufgerissenen Augen an, und blankes Entsetzen stand in seine grässlichen Züge geschrieben.

»Rothgan ...?«, fragte sie leise.

Er wankte und versuchte, einen Schritt auf sie zuzugehen, aber es wollte ihm nicht gelingen. Stattdessen verlor er das Gleichgewicht und stürzte vornüber zu Boden. Und in diesem Moment erkannte Alannah, was es war, das den Flammenzauber so jäh beendet hatte.

Das Blatt einer abgebrochenen Hellebarde, das zwischen den Schulterblättern des Grausamen steckte!

Hinter ihm waren im Nebel – verschwommen zunächst, dann immer deutlicher hervortretend – die Umrisse eines ebenso großen wie hageren Orks auszumachen.

»Das«, blaffte Balbok, während er die Axt wieder aus der schmatzenden Wunde riss, »ist für das, was du dem armen Rammar angetan hast. Ist nicht das erste Mal, dass wir einen wie dich in Kuruls Grube schicken, weißt du?«

Rothgan-Margok lebte noch. Sein Schmerz musste fürchterlich sein. Sein fliehender Blick zeigte, dass er noch immer zu verstehen versuchte, was geschehen war.

Die meisten Kreaturen Erdwelts fanden sich im dichten Nebel nicht zurecht. Ein Ork aber, der in der Modermark aufgewachsen war, wusste ihn zu nutzen. So hatte sich Balbok unbemerkt dem dunklen Zauberer genähert und furchtbare Rache an ihm genommen …

Der Sturm ließ auf einmal nach, so als ob jene Macht, die für das Unwetter verantwortlich war, plötzlich schwächer wurde oder abgelenkt worden war. Der heulende Wind legte sich. Zwar waren die Gewässer vor der Küste noch immer unruhig, jedoch bestand nicht mehr die Gefahr, an den Klippen zu zerschellen.

Folglich befahl Corwyn die Invasion.

Die Koggen und Drachenschiffe konnten das Ufer so anlaufen, dass die Besatzungen direkt an Land gelangen konnten. Den schweren Dreiruderern und Galeeren war dies jedoch nicht möglich. Beiboote wurden ausgebracht, in denen die Krieger auf die Küstenfelsen zuruderten, hin und her geworfen von den Wellen und umzuckt von den Blitzen, die noch immer von der Kristallfestung herabzuckten.

Zwar schleuderten die Katapulte auf den Kriegsschiffen weiterhin ihre Geschosse gegen die Burg, jedoch vermochten sie das magische Blitzgewitter nicht einzudämmen. Corwyn, der in einem der vordersten Boote saß, sah voller Entsetzen, wie eine der blau leuchtenden Entladungen geradewegs in den Nachen neben dem seinen schlug. Im einen Augenblick sah man noch die von gleißendem Licht umhüllte Besatzung, im nächsten Moment zerbarst das Boot, und brennende Trümmer flogen nach allen Seiten.

Nicht zum ersten Mal fragte sich Corwyn, ob es klug gewesen war, diese Überfahrt anzutreten. Aber hatte er die Wahl gehabt? Anders als Dun'ras Ruuhl ihm hatte einreden wollen, ging es längst nicht mehr nur um Alannah, sondern um viel mehr …

Ein junger Gardist, der neben ihm im Bug des Nachens kauerte und dessen Gesicht infolge des Seegangs grün angelaufen war, übergab sich geräuschvoll, und kurz hatte Corwyn das untrügliche Gefühl, dass all dies schon einmal da gewesen, dass es sich so oder ähnlich schon einmal ereignet hatte. Dann aber riss ihn ein weiterer Blitzschlag, der seinen Nachen nur knapp verfehlte, aus seinen Gedanken.

Von hektischen Ruderschlägen getrieben, erreichte das Boot die Felsen, und er sprang als Erster an Land, das Schwert in der Hand. Seine Leibwächter folgten ihm, und während das Boot zur Galeere zurückkehrte, um die nächsten Krieger an Land zu holen, gesellten sich Corwyn und seine Leute zu den Kriegern aus Olfar, die bereits vor ihnen angekommen waren – ein versprengtes Häuflein durchnässter und elend aussehender Gestalten, die ihren König furchtsam anschauten.

»Männer!«, brüllte er gegen das Donnern der Brandung an. »Ich weiß, was in euch vorgeht! Ihr habt Angst, und ihr fragt euch, was wir hier eigentlich tun. Ich werde es euch sagen, meine Getreuen: Wir sind hier, weil ein weiterer furchtbarer Feind den Frieden in unserem Reich bedroht und die Flamme des Krieges in unsere Städte und auf unsere Felder tragen will! Wir alle, die wir hier sind, haben eine Vision – eine Vision, in der alle Völker Erdwelts gleichberechtigt sind und in Frieden und Eintracht miteinander leben. Und wir werden jeden, der diese Vision bedroht, mit aller Entschlossenheit bekämpfen!«

Er schaute sich um, aber die Mienen, in die er blickte, ließen die geforderte Entschlossenheit schmerzlich vermissen. Da waren nur Furcht und Verzagtheit, die er in diesen Gesichtern sah.

»Sire?«, fragte ein junger Krieger, den Corwyn noch nie zuvor gesehen hatte; seinem ledernen Waffenrock nach stammte er aus Olfar.

»Ja, Sohn?«

»Wie können wir einem Feind die Stirn bieten, der über solch schreckliche Kräfte verfügt? Der dem Wind gebietet und selbst den Blitzen? Wie können wir das, wenn wir doch nur so wenige sind?«

Die Frage war berechtigt, und einmal mehr wünschte sich Corwyn, Alannah wäre bei ihm. Sie fand auch in solchen Situationen stets die richtigen Worte. Auf einmal fühlte er sich erschöpft und ließ sich auf einen Felsen sinken, wo er schwerfällig verharrte, auf sein Schwert gestützt und düster vor sich hin starrte.

»S-Sire?«, fragte einer der Leibwächter vorsichtig. »Ist alles in Ordnung mit Euch?«

»Ihr wollt von mir wissen, wie wir einem Feind Einhalt gebieten können, der sich mit dunklen Mächten verbündet hat und dem ganz offenbar Zauberkräfte zu Gebote stehen?«, sagte Corwyn leise. »Ich werde es euch verraten«, fuhr er fort und stand wieder auf, eiserne Entschlossenheit in den Zügen. »Mit blankem Stahl, meine Gefährten, und mit einem mutigen Herzen!«

Mit dem Schwert wies er nach oben, zur Spitze des Berges. »Jener Feind, der dort in der Kristallfestung haust, hat Erdwelt schon einmal mit blutigem Krieg überzogen, und es ist an uns, zu verhindern, dass dies noch einmal geschieht! Denkt an eure Familien, an eure Frauen und Kinder, die ihr zu Hause zurückgelassen habt! Ihretwegen seid ihr hier, und ihretwegen führt ihr diesen Kampf. Versagen wir, so wird es in ganz Erdwelt schon bald keinen Ort mehr geben, der eine sichere Zuflucht bietet, denn vor diesem Feind gibt es kein Entkommen!«

Er unterbrach sich erneut und wandte sich den Kriegern zu, die inzwischen neu an Land gekommen waren, ebenfalls Furcht und Übelkeit in den blassen Mienen. »Es gab eine Zeit, da habe ich für Geld gekämpft und getötet, meine Freunde! Ich habe meine Waffenhand an denjenigen verkauft, der am meisten dafür bot, und stets habe ich gesiegt, denn jede Niederlage wäre gleichbedeutend mit dem Tod gewesen. Aber eines habe ich dabei gelernt: dass kein Krieger so erbittert und mutig fechtet wie jener, der für sein Zuhause und seine Familie kämpft, für die Menschen, die er liebt!«

»I-ist das wahr, Sire?«, fragte der Junge aus Olfar.

»Allerdings«, bestätigte Corwyn und legte ihm die Hand auf die Schulter. »Wohl dem, der jemanden hat, für den er kämpfen kann«, fügte er hinzu, »denn dieser Jemand gibt ihm Kraft und Mut, und sollte er im Kampf fallen, so fällt er für seine Sache und nicht für die eines anderen, und er stirbt nicht allein, sondern mit jenem Menschen im Herzen, den er liebt.«

»Gut gesprochen!«, drang plötzlich eine Stimme von oben herab.

Corwyn fuhr herum und schaute auf – um sich einem korpulenten weißgesichtigen Mann gegenüberzusehen, dessen Schädel so kahl war wie der Felsblock, auf dem er stand. Er war über und über mit Gold und funkelnden Edelsteinen geschmückt. Sogar seine Zähne, die er zu einem breiten Grinsen bleckte, blitzten golden. In seiner fleischigen Rechten hielt er einen riesigen Säbel.

Corwyn bezweifelte nicht, einen der Piraten vor sich zu haben, womöglich sogar ihren Anführer ...

»Wie es aussieht«, fuhr der Fleischberg fort, »haben wir einen gemeinsamen Feind.«

»Offensichtlich«, stimmte Corwyn zu. »Wer bist du?«

»Kapitän Cassaro, Herrscher der Schädelküste. Und du?«

»Corwyn, König von Tirgas Lan.«

Die Blicke der beiden Männer trafen sich, doch in diesem Augenblick war es unerheblich, was beide voneinander hielten. Alles, was zählte, war der Feind, den es zu bekämpfen galt.

»Freut mich«, sagte Cassaro und grinste noch breiter.

Corwyn erwiderte das Grinsen mit einem verwegenen Lächeln, das dem Kopfgeldjäger besser zu Gesicht stand als dem König.

»Wie viele seid ihr?«

»Etwas über achthundert. Und ihr?«

»Eintausend«, gab Corwyn bekannt, »aber wir haben Probleme, unsere Leute an Land zu bringen.«

»Meine Leute kennen diese Gewässer wie ihre Rocktasche«, erklärte der Pirat, der einen etwas altertümlichen Dialekt sprach, aber dennoch gut zu verstehen war. »Sie können euch helfen.«

»Einverstanden.«

»Dann sind wir Verbündete?«, fragte Cassaro.

Corwyns Zögern währte nur einen Augenblick.

»Das sind wir«, stimmte er zu – und besiegelte damit den Bund gegen das Böse, das von den Fernen Gestaden Besitz ergriffen hatte.

Der Piratenhäuptling gab daraufhin ein Zeichen, und auf den unzähligen Felsvorsprüngen und Terrassen, die sich die Klippen hinauf erstreckten, erschienen Hunderte grimmig aussehender und bis an die Zähne bewaffneter Kämpfer – Verbündete, deren Anblick Corwyns Männern jäh neuen Mut gab.

»Für Tirgas Lan!«, rief der König aus und stieß sein Schwert empor.

»Für reiche Beute!«, konterte Cassaro – und beider Anhänger verfielen in lautes Kriegsgebrüll.

# 27.

# ORSON BOURKA'S KRO

Einen Augenblick lang erwartete Alannah, dass die Elfenkrieger über Balbok herfallen und ihn in Stücke hacken würden. Aber nichts dergleichen geschah. Wie erstarrt blickten die Dunkelelfen auf ihren sich am Boden windenden Gebieter, und als wäre ihnen jeder Grund zu kämpfen genommen worden, ließen sie die Waffen sinken.

»Der Splitter«, brachte Lhurian mit brüchiger Stimme hervor. »Wir müssen tun, weswegen wir gekommen sind ...«

»Wo ist er?«, verlangte Alannah zu wissen und wandte sich zu ihm um. »Gib ihn mir rasch, dann werde ich ...«

»I-ich habe ihn nicht mehr!«, entgegnete Lhurian voller Entsetzen. »Beim Sturz muss ich ihn verloren haben. Irgendwo ...«

Durch die wabernden Nebelschwaden war zu sehen, wie sich der Zauberer herumwarf und mit fahrigen Bewegungen den Boden ringsumher abtastete – erfolglos. Alannah gesellte sich zu ihm, und sie suchten gemeinsam nach dem Bruchstück des Annun, der jedoch nirgends auszumachen war.

Rammar hatte sich zu Balbok begeben. Grimmig und in stiller Genugtuung blickte er auf den Schurken hinab, der ihn verstümmelt hatte und dafür die gerechte Strafe erhalten hatte. Noch immer wand sich Rothgan-Margok auf dem Boden wie ein Moorwurm auf dem Grillrost.

»Nun wirst du sterben, Zauberer«, verkündete Rammar gehässig. »Und wenn du mich fragst, ist das noch viel zu gut für dich. Ich sollte diese Axt nehmen und dich Stück für

Stück zerlegen, damit du weißt, was du mir angetan hast, du elender, widerwärtiger ...«

Er verstummte, als er sah, wie sich der Herrscher der Dunkelelfen auf allen vieren aufbäumte und sich streckte – und wie sich darob die klaffende Wunde, die Balbok ihm beigebracht hatte, wieder schloss.

»... mächtiger, unbegreiflicher ...«, fuhr Rammar fassungslos fort.

Innerhalb von Augenblicken war die Wunde verheilt, nur noch der Schlitz in der Robe des Magiers zeugte von Balboks fürchterlichem Hieb. Dann erhob sich Rothgan-Margok – und wandte sich den beiden Brüdern zu, ein überlegenes Grinsen in seinen von fauligem Fleisch überzogenen Zügen, die nun auch Rammar als furchterregend befand.

»... großartiger, prächtiger, herrlicher Zauberer!«, beendete er seine Rede, die als Beschimpfung begonnen und als Lobeshymne geendet hatte.

»Nun seid ihr überrascht, nicht wahr?«, fragte Rothgan-Margok und lachte meckernd.

»Nicht sehr«, versicherte Balbok unbeeindruckt, der die blutbefleckte Axt abwehrbereit erhoben hatte. »Wir wissen schon, dass üble Schurken wie du manchmal zurückkehren.«

»*Korr*«, pflichtete Rammar ihm kleinlaut bei, »damit haben wir Erfahrung ...« Seine Axt hatte er vorsichtshalber beiseitegelegt. Mit kleinen, trippelnden Schritten entfernte er sich von seinem Bruder, der das klobige Kinn vorgeschoben hatte und den Helm nach vorn in die Stirn gerückt trug – beides galt Rammar als sicheres Erkennungszeichen dafür, dass der Hagere auch sein letztes bisschen Verstand verloren hatte.

»Hirnlose Kreatur!«, rief der Magier und trat auf Balbok zu. »Hast du es denn noch nicht begriffen? Du kannst mich nicht besiegen. Die Waffen Sterblicher vermögen mich nicht zu bezwingen. Geht das nicht in deinen Schädel?«

»*Douk*«, erwiderte Balbok trotzig – und Rammar, der das untrügliche Gefühl hatte, dass der Sieger in der bevorstehenden Konfrontation bereits feststand, zog es vor zu verschwinden.

Langsam, um nicht die Aufmerksamkeit der beiden Kontrahenten zu erregen, beugte er seine ohnehin moderweichen Knie und ließ sich nieder, verschmolz mit dem Nebel, der noch gut einen halben Meter weit über dem Boden waberte. Sich kriechend fortbewegend, suchte er im Schutz der Schwaden das Weite, dabei leise Verwünschungen vor sich hin murmelnd.

»*Shnorsh*, wo bleiben nur diese dämlichen Piraten? Was, bei Girgas’ hässlichem Schädel, hat sie nur aufgehalten …?«

Der Feind zeigte endlich sein Gesicht.

Statt nur mittels tobender Stürme und vernichtender Lichtblitze anzugreifen, nahm er konkretere Gestalt an: Schwarz gerüstete und bis an die Zähne bewaffnete Krieger quollen aus jedem Spalt, aus jeder Ritze und jeder Fuge des Berges hervor.

Die Krieger Tirgas Lans und die Piraten hatten die Klippenterrassen an der Nordküste erklommen und waren die Straße, die sich in engen Serpentinen am kahlen Fels emporwand, hinaufgestiegen, auf die Kristallfestung zu, die hoch über ihnen thronte.

Doch als hätte man ihren Angriff nur erwartet und wäre bestens darauf vorbereitet, tauchten auf einmal Dutzende, Hunderte von feindlichen Kriegern auf, um die Zitadelle zu verteidigen. Überall im Fels öffneten sich verborgene Zugänge, und rostige Eisengitter hoben sich, um aus dem Inneren des Berges Scharen schwarz gewandeter Kämpfer zu entlassen, deren Gesichter unter den Helmvisieren nicht zu erkennen waren und die Bogen und gekrümmte Klingen mit sich führten.

»Formation halten!«, schärfte Corwyn seinen Leuten ein, während ein Hagel von Pfeilen auf sie niederging. Einer der Leibwächter neben ihm sank mit durchbohrter Kehle zu Boden, ein zweiter schrie gellend auf, als sich eine der mit Widerhaken versehenen Spitzen in seine Schulter bohrte.

Der König riss seinen Schild empor, der das Wappen Tirgas Lans trug und an dem drei, vier weitere Pfeile abprallten.

Dann war der Pfeilschauer vorüber – aber noch ehe Corwyn seinen Leuten befehlen konnte, weiter die schmale Straße hinaufzustürmen, tauchten zur Rechten Krieger der Dunkelelfen über den Felsen auf, die ihre mörderischen Waffen schwangen.

Die Bogenschützen aus Tirgas Lan beschossen sie ihrerseits, aber als hätte der Tod für die Elfenkrieger keine Gültigkeit, scherten sie sich nicht darum. Statt Deckung zu suchen oder sich mit den kleinen runden Schilden zu schirmen, die einige von ihnen bei sich trugen, stürmen sie einfach weiter – und waren im nächsten Moment heran. Unter schrillem Kriegsgeheul sprangen sie von den Felsen und fuhren wie eine Naturgewalt unter Corwyns Männer.

Der erste Angreifer, der den König attackierte, stürzte geradewegs in Corwyns Klinge. Die Wucht des Aufpralls riss Corwyn von den Beinen, und er brauchte einen Moment, um den leblosen Gegner abzuschütteln und sich aufzuraffen. Als er schließlich wieder hochkam, war ringsum ein wütendes Gemetzel entbrannt.

Von der Schlachtordnung, zu der er seine Krieger ermahnt hatte, war nichts mehr übrig. Indem sie von den Felsen herab- und mitten in die feindlichen Reihen gesprungen waren, hatten die Dunkelelfen heillose Verwirrung gestiftet. Die Zugformation hatte sich praktisch aufgelöst, und es kam zu einem wüsten Hauen und Stechen, bei dem jeder um das eigene Überleben kämpfte – und an dem sich auch Corwyn beteiligte.

Indem er erbarmungslos zustieß, fällte er einen der Dunkelkrieger und rettete damit einem seiner Leibwächter das Leben. Der Mann bedankte sich, indem er sich seinerseits auf einen Elfen stürzte, der Corwyn angreifen wollte. Blitzschnell um seine Achse wirbelnd, teilte Corwyn Hiebe nach allen Seiten aus. Seine Klinge hielt blutige Ernte unter den Dunkelelfen, aber für jeden, den er tötete, spuckte der Berg zwei weitere aus.

Der König kämpfte ebenso wie jeder seiner Leute mit dem Mut der Verzweiflung. Eine heransausende Schwertklinge wehrte er mit dem Schild ab und schlug seinerseits zu. Die Klinge zerhackte Fleisch und Sehnen, und ein weiterer Elfenkrieger ging gurgelnd nieder. Aus dem Augenwinkel nahm Corwyn eine rasche Bewegung wahr und wollte herumfahren – doch ehe er dazu kam, traf etwas hart auf seinen Helm.

Der Stoß war so heftig, dass Corwyn wankte. Es gelang ihm, sich auf den Beinen zu halten, aber er war für einen Augenblick benommen, und dann sah er eine Speerspitze heranschießen, geradewegs auf seine Brust zu. Das Entsetzen des Königs war zu groß, als dass er noch hätte reagieren können. Einen endlos scheinenden Augenblick lang erwartete er, dass die Speerspitze ihn treffen und sein Kettenhemd durchbohren würde. Er bedauerte von Herzen, Alannah misstraut und Dun'ras Ruuhl auf seinem dunklen Pfad gefolgt zu sein, und er wünschte sich, anders entschieden und gehandelt zu haben.

Die Speerspitze zuckte heran – aber ehe sie die Brust des Königs erreichte, wischte etwas heran, das ungeheuer groß war und plump und den Elfenkrieger förmlich niederwalzte!

Es war Cassaro, der Anführer der Piraten, der Corwyn im allerletzten Augenblick buchstäblich beigesprungen war.

Mit zwei mörderischen Hieben seines Piratensäbels bereitete der Piratenkapitän dem Elfen ein blutiges Ende. Dann drehte er sich zu Corwyn um, und die goldenen Zähne blitzten in einem wölfischen Grinsen.

»Du musst dich besser vorsehen, König«, beschied er Corwyn – ehe er sich erneut in den Kampf warf und er und seine Leute das Schlachtenglück schließlich wendeten.

Der Nachstrom der Elfenkrieger geriet ins Stocken, als die Seeräuber und die Soldaten Tirgas Lans vereint gegen

sie vorrückten. Ein Dunkelelf nach dem anderen sank blutüberströmt zu Boden, und zum Schluss traten die schwarz
gewandeten Krieger den Rückzug an.

Während sich Corwyns Leute darauf beschränkten, die
feindlichen Krieger in die Felsöffnungen zurückzudrän-
gen, rannten Cassaros Piraten ihnen hinterher, erschlugen
und plünderten sie, beraubten sie ihrer weltlichen Habe,
die meist nur aus Waffen und Rüstzeug bestand. Beides fand
jedoch in den Seeräubern dankbare neue Besitzer. Corwyn
scherte sich nicht darum. Es widersprach seinem Kodex
als König, die Leichen Gefallener zu fleddern, aber es
hatte auch eine Zeit gegeben, da er weniger zaghaft gewesen
war.

Es war das Gesetz des Schlachtfelds …

»Sammeln und weiter auf die Burg zu!«, brüllte er und
schwenkte die blutige Klinge.

Die Unterführer gaben den Befehl weiter, und was von
seinen Leuten übrig war, rottete sich zu einer neuerlichen
Formation zusammen. Auch die Piraten setzten den Angriff
fort – wenn auch nicht in präziser Ordnung, sondern als wilder, johlender Haufen, der sich rauflustig auf die nächsten
Gegner stürzte.

Mit Genugtuung sah Corwyn, dass sich der Feind überall
entlang des Weges auf dem Rückzug befand. Die vereinten
Kräfte von Piraten und Soldaten zwangen sie in die De-
fensive. Vielleicht, sagte sich der König grimmig, würde die
Schlacht gegen die Dunkelelfen sehr viel länger dauern, als
Dun'ras Ruuhl und sein unheimlicher Gebieter es erwartet
hatten …

»Mein König! Mein König!«, tönte es plötzlich.

Corwyn fuhr herum. Ein Bote eilte auf ihn zu, mit zer-
schlissenem Rock und blutbesudeltem Kettenhemd. Sein
linker Arm hing schlaff herab, nur mit Mühe vermochte er
sein Schwert noch zu halten.

»Was gibt's?«, fragte Corwyn – und musste den Verletzten stützen, damit er nicht vor ihm zusammenbrach.

»D-die Flotte«, stieß der Bote hervor, der vom Fuß des Berges heraufgeschickt worden war, und entsprechend außer Atem und erschöpft war er.

»Was ist mir ihr?«

»Sind abgeschnitten ... Feind in Überzahl ...«

Das war alles, was der Mann noch hervorbrachte, doch Corwyn genügte es.

Er bettete den Krieger, der halb bewusstlos niedersank, zu Boden, dann eilte er die Straße hinauf zur nächsten Serpentine, wobei er über die Leiber unzähliger Erschlagener steigen musste, sowohl aus den eigenen Reihen als auch aus denen des Feindes. Rasch erklomm er einen Felsen, um einen Blick an der Nordseite des Berges hinabwerfen zu können – und erstarrte, als er sah, dass der Bote die Wahrheit gesprochen hatte.

Dort unten, am Fuß des Berges, tobte eine Schlacht, die noch ungleich erbitterter geführt wurde als jene an den Hängen. Durch einen verborgenen Stollenausgang war es dem Feind offenbar gelungen, jene Truppen anzugreifen, die gerade an Land gingen.

Ob es sich um Piraten oder Streiter Tirgas Lans handelte – sobald sie ihren Fuß auf die Küstenfelsen setzten, waren sie einem vernichtenden Pfeilhagel ausgesetzt. Wer es dennoch schaffte, die Terrassen zu erklimmen und den Fuß des Berges zu erreichen, sah sich dort einer erdrückenden Übermacht gegenüber, die mit tödlicher Entschlossenheit zuschlug. Schon hatten die Dunkelkrieger einen Keil in Corwyns Streitmacht getrieben, sodass die Verbindung zwischen seinem Heer und den neu anlandenden Truppen gekappt war. Nicht anders ging es den Piraten, die an der steilen Felswand in die Enge getrieben worden waren und ums nackte Überleben kämpften.

Obwohl Corwyn von seiner hohen Warte aus keine Einzelheiten erkennen konnte, hatte er das Gefühl, das Blut und den Schmerz, das Leid und die Trauer unmittelbar vor Augen zu haben, und über dem Geklirr der Waffen und dem Kriegsgebrüll der Dunkelelfen konnte er vor allem das Angstgeschrei und das Wehklagen seiner eigenen Leute hören, die dort unten einen ebenso grausamen wie sinnlosen Tod starben, ohne dass er auch nur das Geringste dagegen unternehmen konnte.

Er hatte versagt.

Als Mann wie als Krieger.

Als Krieger ebenso wie als König …

Seine Streitmacht war geteilt worden, und es war nur eine Frage der Zeit, wann der nächste Angriff aus dem Inneren des Berges erfolgen und wie ein Ungewitter niedergehen würde. Rückzug war nicht möglich, die Waffen zu strecken sinnlos bei einem Feind, der weder Gnade noch Erbarmen kannte.

Nur eine Möglichkeit blieb ihnen …

»Was sollen wir tun, Sire?«, erkundigte sich einer seiner Unterführer, der ihm gefolgt war.

»Wir werden kämpfen«, erwiderte Corwyn nur.

»Aber Sire …«

»Kämpfen und so viele von diesen Bastarden mit uns nehmen, wie wir nur können!«, fügte Corwyn düster hinzu.

»Dann werden wir vernichtet«, prophezeite der Soldat.

»Ja«, knurrte Corwyn leise, der jede Hoffnung, sein Leben in Ruhe und Frieden beschließen zu können, zerschlagen sah. »Aber wir werden kämpfend untergehen!«

Hinter ihnen erhob sich lautes Geschrei.

Die Elfenkrieger griffen wieder an, erneut spuckte sie der Berg zu Dutzenden aus seinen dunklen Schlünden.

Corwyn ignorierte den Schmerz in seiner Schulter. Er hob das Schwert, das er in seiner noch unverletzten Rechten hielt, betrachtete die blutbesudelte Klinge, führte sie an den Mund und küsste sie. Ungleich lieber hätte er Alannahs warme weiche Lippen gekostet als den harten kalten Stahl, aber dieses Ansinnen war ebenso vergeblich wie töricht.

Alannah hatte ihn verlassen, weil sie getan hatte, was sie für richtig hielt – doch ihr Plan, die Bedrohung zu vernichten, die von Crysalion ausging, schien ebenso gescheitert zu sein wie der seine.

Im Scheitern waren sie vereint – und vielleicht, so hoffte er, würden sie auch nach dem Tod wieder vereint sein und Vergebung finden.

Mit diesem Gedanken tröstete sich Corwyn, König von Tirgas Lan, während er sich umwandte, um den Kampf fort-zuführen.

Die letzte Schlacht hatte begonnen …

# 28.

## SPOULG

Das Duell zwischen Balbok und dem Herrscher der Dunkelelfen währte nur kurz.

Rammar, der noch immer am Boden kauerte, hörte einen orkischen Kriegsschrei, gefolgt von einem klappernden Geräusch – als Nächstes konnte er sehen, wie eine hagere, wild mit den Armen rudernde Gestalt quer durch die Kuppel flog, bevor sie hart auf den Boden klatschte. Statt aber liegen zu bleiben und die Sache auf sich beruhen zu lassen, wie es fraglos angezeigt gewesen wäre, gab Balbok nicht auf. Als hätte der Dunkelelf ihm seine Überlegenheit noch nicht eindeutig genug bewiesen, raffte sich der Ork abermals auf und rannte erneut gegen Rothgan-Margok an, diesmal mit bloßen Fäusten, markerschütterndes Kriegsgebrüll auf den wulstigen Lippen.

Die Loyalität gegenüber seinem Bruder verbot es Rammar, hinzusehen, als Ork und Magier abermals aufeinandertrafen. Die Geräusche, die Rammar hörte, waren erneut wenig erbaulich. Diesmal schlitterte Balbok über den Boden hinweg, geradewegs vor die Füße einiger Elfenkrieger, die nur auf ihn gewartet hatten. So schien es. Rammar sah, wie sie ihre Hellebarden hoben, um sie auf Balbok niederfahren zu lassen und ihm den Garaus zu machen – über den Rest breitete der Nebel seine dichten Schwaden, als wollte er dem dicken Ork den Anblick ersparen.

Plötzlich erweckte etwas Rammars Aufmerksamkeit.

Es war ein Gegenstand, gegen den er stieß, während er auf allen vieren (oder vielmehr den verbliebenen dreien) zum

Ausgang der Turmkammer kroch – ein glasiges Etwas, das in etwa die Form und die Größe einer Dolchklinge hatte.

Rammar griff danach und hob es auf – und verstand, dass es der Kristallsplitter war, den Lhurian verloren hatte und der nach den Worten des alten Zauberers die einzige wirkungsvolle Waffe im Kampf gegen die Dunkelelfen war.

»*Shnorsh!*«, entfuhr es Rammar. Hatte ausgerechnet er das verdammte Ding finden müssen? Hätte die Vorsehung nicht mal jemand anderen zum wagemutigen Helden ausersehen können?

Den Kristallsplitter in der Klaue, überlegte er, was zu tun war – als er plötzlich merkte, dass jemand auf ihn zugetreten war und vor ihm stand.

Langsam hob er den Blick und sah an der Gestalt empor. Über ihm schwebte die grinsende Visage von Rothgan-Margok.

»Mein hässlicher, dämlicher, fetter Freund«, knurrte der Herrscher der Dunkelelfen und streckte verlangend die Klaue aus. »Du hast da etwas, das mir gehört ...«

In Rammars winzigen Schweinsäuglein blitzte Widerstand auf. Nicht etwa, weil ihm etwas an dem Kristallsplitter gelegen hätte – schließlich gehörte ihm das Ding nicht einmal, weshalb also hätte er seinen *asar* dafür riskieren sollen? –, sondern weil sich Rothgan-Margok in seinem Hochmut dazu verstiegen hatte, den Ork aufs Äußerste zu beleidigen.

Er hatte ihn »Freund« genannt ...

»Ich bin nicht dein Freund!«, stellte er klar und verkniff trotzig das Gesicht.

»Vielleicht nicht«, räumte der Herrscher der Dunkelelfen ein, und seine zweite Klaue erschien, die, zu Rammars hellem Entsetzen, Balboks behelfsmäßige Axt umklammert hielt. »Aber tot wirst du gleich sein!«

Rammar begriff, dass es zu spät war für ein Friedensangebot. Erschreckt starrte er auf das Axtblatt, das schon im nächsten Moment auf ihn herabfiel, um seinen Schädel in zwei säuberliche Hälften zu teilen – als die mörderische

Waffe plötzlich in der Luft verharrte, nur einen halben *knum* über Rammars Stirn.

An Rettung wollte der Ork noch nicht glauben und schloss ergeben die Augen – aber der tödliche Hieb blieb aus. »W-was ist denn jetzt los?«, fragte er und riskierte einen blinzelnden Blick.

Zu seiner Verblüffung stellte er fest, dass nicht nur die Axt in ihrer Bewegung erstarrt war, sondern auch Rothgan-Margok. Der Dunkelelf stand reglos wie ein Monument – und er war nicht der Einzige. Auch seine Schergen waren in ihrer Bewegung wie eingefroren, ebenso wie Balbok, der zu ihren Füßen kauerte und vergeblich versucht hatte, wieder auf die Beine zu gelangen, und Alannah, die benommen an der Wand lehnte. Nur einer war außer Rammar noch in der Lage, sich zu bewegen.

Lhurian!

»W-was ist denn jetzt los?«, fragte Rammar verwirrt.

»Das, Ork«, presste der alte Zauberer hervor, der tödlich verwundet am Boden lag und aus dessen Wunde unaufhörlich Blut pulsierte, »ist mein *reghas*.«

»Dein was?«

»Meine Gabe. Ich vermag die Zeit zu verlangsamen, wenn auch nur vorübergehend …«

»Großartig«, maulte Rammar und reckte den verstümmelten Arm in die Höhe. »Und warum erst jetzt? Das hätte mir vorhin meine Klaue retten können!«

»Rothgan war auf meinen Zauber vorbereitet«, erklärte ihm Lhurian zähneknirschend. »Ich musste warten, bis er geschwächt und abgelenkt war. Außerdem hat dir meine Fähigkeit bereits einmal das Leben gerettet, also … beschwere dich … nicht …«

»*Korr*«, brummte Rammar, der vor Balbok getreten war und mit der verbliebenen Klaue vor dessen starrer Miene wedelte. Der Blick seines Bruders blieb starr geradeaus gerichtet. »Und warum stehe ich nicht genauso blöd in der Gegend rum wie die anderen?«

»Weil du im Besitz des Splitters bist ... und weil du ... nun tun musst ... was zu tun ist ...«

»Und das wäre?«

»Du musst den Splitter zurückbringen ... die Macht des Annun wiederherstellen ...«

»Wird das den Bastard umbringen?«, fragte Rammar und deutete auf Rothgan-Margok.

»Ich denke ja ... Nun mach endlich!«

»Schon gut«, maulte der Ork. Er konnte es auf den Tod nicht ausstehen, gedrängt zu werden. Mit dem Splitter in der Klaue trat er auf den großen Kristall zu, der in der Mitte der Kammer schwebte, und tatsächlich fand er sofort die Stelle, an der das Bruchstück fehlte. Alles, was er brauchte, war etwas, worauf er klettern konnte, um den Kristall zu erreichen.

Sein Blick fiel auf einen kleinen Tisch, auf dem allerlei unnützes Zeug lag – einige Schriftrollen, dazu Federn und Tinte sowie gläserne Phiolen mit bunten Flüssigkeiten darin. Kurzerhand wischte der Ork das alles von der Tischplatte, sodass die Fläschchen klirrend zerbrachen, und zerrte den Tisch unter den Kristall. Kaum schickte er sich jedoch an, hinaufzusteigen, geschah etwas Unerwartetes.

»Nicht!«, brüllte eine Stimme, die Rammar nur zu gut kannte, und jemand packte ihn kraftvoll an der Schulter und riss ihn zurück.

In dem Moment, als Rammar rücklings auf den Boden krachte, wurde ihm klar, dass es außer Lhurian und ihm noch jemanden gab, der nicht von dem Zeitzauber betroffen war.

Balbok.

Und zwar keineswegs der echte, sondern dessen eigentümlicher Doppelgänger, den Alannah und der Zauberer in den Stollen aufgegabelt hatten. Wie üblich hatte der falsche Balbok nur wie angewurzelt umhergestanden, sodass Rammar den Unterschied zu den anderen nicht bemerkt hatte – ein Irrtum, wie sich nun herausstellte ...

»He!«, blaffte er den Hageren an. »Was soll das, du elender *umbal*? Kannst du mir das vielleicht verraten?«

Der doppelte Balbok antwortete nicht.

Er handelte.

In den Klauen eine Hellebarde, die er einem der erstarrten Wächter entwunden hatte, setzte er auf den Annun zu, holte aus – und drosch mit aller Kraft darauf ein!

»Nein!«, schrie Lhurian entsetzt.

Aber es war zu spät.

Risse zeigten sich auf der Oberfläche des Kristalls – sie entsprangen den Einschlagstellen, breiteten sich jedoch rasch über das ganze Gebilde aus und verzweigten sich dabei immer weiter. Innerhalb weniger Augenblicke hatten sie ein dichtes Geflecht um den Annun gezogen, und ein Knacken und Klirren kündete davon, dass sich dieser Prozess auch im Inneren des Kristalls fortsetzte.

»Nicht«, hauchte der Zauberer.

Einen Lidschlag später zersprang der Annun in Myriaden von Scherben, in einer Entladung von Licht, die so grell war, dass Rammar die Augen schließen und sich abwenden musste, und nur das helle Klirren der Bruchstücke war zu hören, die auf den Boden prasselten.

Schon im nächsten Moment war es vorbei.

Rammar riskierte einen vorsichtigen Blick – und sah den riesigen Scherbenhaufen, der sich genau unterhalb der Stelle befand, wo eben noch der Kristall geschwebt hatte.

Von dem doppelten Balbok jedoch fehlte jede Spur – gerade so, als hätte er sich zusammen mit dem Annun aufgelöst …

# 29.

# LACHG UR'ORK'HAI

Die Veränderung trat ganz plötzlich ein.

Im einen Moment zeigten sich die Dunkelelfen noch als jene verbissenen und zum Äußersten entschlossenen Krieger, als die Corwyn und seine Leute sie fürchten gelernt hatten – einen Herzschlag später schien ihnen jeder Antrieb zum Kampf genommen.

In wilder Wut waren sie über die Menschen hergefallen, und Soldaten wie Seeräuber waren zu Dutzenden unter ihren Hieben gefallen. Corwyn und seine Unterführer hatten diesmal alles darangesetzt, die Schlachtreihen geschlossen zu halten, damit der Widerstand möglichst lange andauerte und so viele Feinde wie möglich das Leben kostete. Dennoch war der eigene Blutzoll sehr hoch gewesen. Der König hatte keinen Augenblick daran gezweifelt, dass dies die letzte Schlacht sein würde, die er in seinem Leben bestritt, und dass sie mit einer Niederlage enden würde, mit dem Ende all dessen, wofür er so sehr gekämpft und gelitten hatte.

Doch von einem Augenblick zum anderen war alles anders.

Der Elfenkrieger, dem er gegenüberstand und der seine Klinge zu einem vernichtenden Hieb erhoben hatte, zögerte – folglich zuckte die Klinge des Königs vor und durchbohrte die Kehle des Kriegers knapp oberhalb des Brustharnischs, sodass der Gegner in einem Blutschwall zusammenbrach.

Und er war nicht der Einzige.

Viele von Corwyns Soldaten hatten es auf einmal mit einem zögernden Gegner zu tun, und das nutzten sie gnadenlos aus. Zahlreiche Elfenkrieger sanken sterbend zu Boden, und die ihnen nachfolgten, stürzten sich nicht wie zuvor mit Todesverachtung in den Kampf, sondern wirkten verwirrt, ja, sogar ängstlich. Blinzelnd blickten sie umher, so als würden sie aus tiefem Schlaf erwachen, und nicht wenige betrachteten die Waffen in ihren Händen, als sähen sie die Säbel zum ersten Mal.

Einige ließen sie fallen und ergaben sich, andere wurden von den Klingen übereifriger Soldaten ereilt, noch ehe sie sich erklären konnten. Der Kampfesmut der Dunkelelfen schien unwiderruflich gebrochen.

Etwas musste vorgefallen sein, und Corwyn, der am Steilhang empor zur Festung blickte, ahnte, dass es dort oben geschehen war, im höchsten Turm Crysalions ...

»Weg ist er«, kommentierte Rammar trocken. »Was, bei Gulz dem Schlächter, war das?«

»Deine Rettung«, stieß Lhurian erschöpft hervor. »Und unser ... aller ... Untergang ...«

»Meine Rettung? Wieso das?«

»Dieser andere Balbok ... der Doppelgänger deines Bruders ...«

»Was ist mit ihm?«

»Er kam wohl ... aus der ... Zukunft ...«

»Der Zukunft?« Rammar sah den Zauberer an, als hätte er es mit einem völlig Verblödeten zu tun. »Was soll das denn sein?«

»Die Zeit ... die noch nicht ... geschehen ist«, erklärte der Zauberer, dessen Kräfte allmählich versiegten. Sein Blick war gebrochen, seine Miene aschfahl geworden – dennoch hielt er die Zeitbarriere noch immer aufrecht.

»Was erzählst du da für einen Schmarren?«

»Annun beschädigt ... Kräfte geschwächt ... Ordnung der Zeit aufgehoben ... unterschiedliche Dauer ... an unterschiedlichen Orten ... Wirklichkeit gespalten ...«, murmelte der Zauberer, und Rammar war sicher, dass Kurul bereits seinen Schatten auf ihn geworfen hatte und er deshalb derart wirres Zeug sprach. »In jener anderen Wirklichkeit ... hast du den Splitter eingesetzt ... Annun wiederhergestellt ... in diesem Augenblick ... dein Bruder durch die Zeit gereist und verdoppelt ...«

»Warum ihn und nicht mich?«, fragte Rammar.

»Weil du ... in jener Wirklichkeit ... getötet wurdest.«

»Was?« Rammar glaubte, nicht recht zu hören.

»Du hast dein Leben gelassen beim Einsetzen des Splitters ... und Balbok hat es mit angesehen ... wollte es verhindern.«

»Ich versteh gar nichts mehr«, schnarrte Rammar. »Also noch mal: Dieses Kristalldings hat die Zeit zerdeppert und mehrere Wirklichkeiten erzeugt, *korr*?«

»Das sagte ich doch ... gerade ...«

»In irgendeiner dieser komischen Wirklichkeiten habe ich den Splitter eingesetzt und bin dabei draufgegangen, *korr*? Und der Balbok von eben hat's mit angesehen und wollte meinen Tod verhindern, *korr*?«

Bei jedem »*korr*« hatte Lhurian bestätigend genickt.

»Ist das dein Ernst?«

Wieder ein Nicken.

»Schau an«, meinte Rammar und bedachte den echten Balbok, der unweit von ihm kauerte und noch immer völlig reglos war, mit einem staunenden Blick. »Wer hätte das von ihm gedacht?«

»Aber die Hoffnung ... ist noch nicht verloren ... hältst den Splitter des Annun noch in der Hand ... kann benutzt werden ... um neue Elfenkristalle zu ... zu ...«

Den Rest von dem, was er hatte sagen wollen, brachte der alte Zauberer nicht mehr über die Lippen. Überwältigt vom Schmerz und von der übermenschlichen Anstrengung, die er geleistet hatte, verlor er das Bewusstsein und sank zurück – und der Bann wurde aufgehoben.

Für jene, die dem Zeitzauber ausgesetzt gewesen waren, war nur ein Augenblick verstrichen – entsprechend wussten sie nichts von dem, was sich inzwischen ereignet hatte. Ein Elfenkrieger nahm verblüfft zur Kenntnis, dass die Hellebarde, die er eben noch in Händen gehalten hatte, plötzlich fehlte, aber kaum jemandem fiel die Abwesenheit des doppelten Balbok auf, der sich geopfert hatte, um seinen Bruder zu retten.

Dass jedoch der Annun nicht mehr da war, entging niemanden. Alle waren sie fassungslos und erschüttert, dass sich der große Kristall scheinbar von einem Moment zum anderen in einen großen Scherbenhaufen verwandelt hatte, und Rothgan-Margok verfiel in lautes Wutgebrüll. Gekämpft wurde nicht mehr, zu groß war die Verwirrung. Nur eine Sache schien klar zu sein: dass der dicke Ork, der bei den Scherben stand und den letzten verbliebenen Splitter des Annun in der Klaue hielt, etwas mit der Zerstörung des Kristalls zu tun hatte.

»Rammar!«, rief Alannah entsetzt. »Was hast du getan?«

»E-eigentlich gar nichts«, antwortete Rammar, obwohl er wusste, dass ihm niemand glauben würde. Er wollte zurückweichen, aber dann hätte er über den Scherbenhaufen laufen müssen, und er wusste nicht, ob das mit bloßen Füßen eine so gute Idee war. Die anderen kamen auf ihn zu, Verbündete wie Feinde, und sie alle starrten begehrlich auf den Splitter in seiner Klaue.

»W-was wollt ihr von mir?«, fragte Rammar ängstlich, während sie immer näher kamen und ihn umzingelten.

»Der Kristall!«, verlangte Rothgan-Margok und streckte seine rechte Kralle aus. »Gib ihn mir!«

»Nein«, widersprach Alannah, die einige Schritte von Rothgan-Margok entfernt stand. »Mir musst du ihn geben! Ich werde die Macht des Kristalls zum Guten einsetzen!«

»Und ich werde dir dafür alles geben, was du je ersehnt hast!«, versprach der dunkle Magier, der mehr tot war als lebendig und nur noch von der Rachsucht und der Gier nach Macht auf den Beinen gehalten wurde.

In diesem Moment begriff Rammar. Was er in seinen Klauen hielt, war schließlich nicht irgendein Splitter. Es war ein Bruchstück des Annun, jenes sagenumwobenen und mit Zauberkräften ausgestatteten Kristalls, den der Doppelgänger seines einfältigen Bruders geschrottet hatte – und der für die Elfen von unschätzbarem Wert war!

Aus Shakara wusste Rammar, dass die Schmalaugen den Kristallen große Bedeutung beimaßen und dass ein beträchtlicher Teil ihres Zaubers und ihrer besonderen Fähigkeiten darin ihren Ursprung hatte. Der Annun war der erste unter den Kristallen; ohne ihn waren die Elfen praktisch entmachtet. Ihre Kräfte würden versiegen, ihr Zauber verpuffen wie ein Furz von Borsh dem Stinkfisch. Aus diesem Grund wagten sie nicht, ihn anzugreifen; ihre Furcht, dabei auch noch den letzten Rest des Kristalls zu verlieren, war zu groß.

»Rammar!«, sagte Alannah noch einmal und gab sich Mühe, dabei streng und einschüchternd zu klingen. »Gib mir den Splitter! Jetzt gleich, hörst du?«

»Nein, gib ihn mir!«, kam es beschwörend von Rothgan-Margok. »Sie will dich nur benutzen. Ich hingegen kenne euch Orks und bin euer Verbündeter!«

»Das Gleichgewicht der Welt muss wiederhergestellt werden«, beharrte die Elfin. »Nur zu diesem Zweck sind wir hier!«

»Wird dann alles wieder so, wie es sein soll?«, fragte Rammar. »Die Schmalaugen werden wieder gut und die Orks wieder so böse, wie wir es gewohnt sind?«

Alannah nickte. »Das … äh … nehme ich an.«

»Dann werden dies wieder die Fernen Gestade?«

»Das hoffe ich sehr.«

»Und zum Schluss gibt es wieder Friede, Freude, Eierkuchen und den ganzen Kram?«

»In der Tat.«

»Verstehe«, grunzte Rammar.

»Das willst du nicht«, war Rothgan-Margok überzeugt, dessen Kräfte sichtlich geschwunden waren. Er sprach abgehackt, seine Bewegungen waren kantig. Die Zerstörung des Annun wirkte sich bei ihm offenbar schon aus, und umso eindringlicher verlangte er nach dem Splitter. »Du bist ein Ork, ein Diener des Bösen! Gib mir den Kristall, und ich verspreche dir, dass ich dich zum König der Modermark mache!«

»Nein«, widersprach Alannah, »gib ihn mir und befolge das Gesetz, das für alle Kreaturen Erdwelts Gültigkeit hat!«

Rammar, der es inzwischen sichtlich genoss, im Mittelpunkt solch weltbewegender Entscheidungen zu stehen, ließ sich mit der Antwort Zeit und kostete jeden Augenblick dieser ungeheuren Macht aus, die er auf einmal hatte.

»Wie war doch gleich die Prophezeiung?«, erkundigte er sich dann grinsend. »Sie kündigt das Ende eines Zeitalters an, richtig? Und den Beginn eines neuen.«

»Ja, das stimmt«, bestätigte Alannah. »Ein Zeitalter, das von Frieden bestimmt wird, von Recht und Gesetz.«

»Unfug!«, stöhnte der Herrscher der Dunkelelfen, der bereits wankte. »Es ist meine Herrschaft und mein Gesetz, die in Erdwelt Gültigkeit haben werden! Margoks Herrschaft und Margoks Gesetz!«

Rammar betrachtete zuerst den Kristallsplitter in seiner Klaue, dann schaute er grinsend von einem zum anderen. »Was labert ihr alle nur immerzu von Gesetzen? Rammar der schrecklich Rasende ist ein Ork aus echtem Tod und Horn, und als solcher denkt er nur an sich selbst. *Das ist das Gesetz, nach dem er sich richtet – das Gesetz der Orks!*«

Und damit holte er aus und schmetterte – zu aller Entsetzen! – den Splitter des Annun mit ganzer Kraft auf den Boden.

»Nein!«, riefen Alannah und Rothgan-Margok in einer Einhelligkeit, die sie zuletzt vor tausend Jahren empfunden hatten – aber es war zu spät.

Das Ende war unspektakulär.

Ein leises Klirren.

Ein schwacher Lichtblitz.

Und auch der letzte Rest des Urkristalls lag in Scherben.

# 30.

## SOCHGAL KRARK

Alannah stieß einen entsetzten Schrei aus, ebenso wie ihr einstiger Geliebter.

Dann brach der Herrscher der Dunkelelfen zusammen. Der magischen Kräfte des Kristalls beraubt, die seine Zauberkraft genährt und ihn trotz der tödlichen Verwundung am Leben gehalten hatten, ging er nieder, und sogleich setzte der Verfall ein: Vor den Augen Alannahs und der Orks platzte auf Rothgan-Margoks Gesicht und auf den Armen die Haut auf, und das Fleisch darunter fiel in fauligen Klumpen von den bleichen Knochen.

Die Elfin wandte sich ab, als ihr nur noch die leeren Augenhöhlen des Mannes entgegenstarrten, mit dem sie einst das Lager geteilt hatte. Vor langer, undenklich langer Zeit …

Sie eilte zu Lhurian, der reglos am Boden lag, inmitten eines Blutsees, der sich immer mehr ausbreitete. Einen Augenblick lang fürchtete Alannah schon, sie käme zu spät. Als sie jedoch bei ihm niedersank, erkannte sie, dass sich der Brustkorb des alten Zauberers noch schwach hob und senkte.

»Lhurian …«, hauchte sie ihm ins Ohr, während sie seinen Kopf in ihrem Schoß bettete, ungeachtet des Blutes, mit dem sie sich besudelte. »Lhurian, mein Geliebter …«

Als wäre dies die magische Formel, die seine Lebensgeister noch einmal zurückkehren ließ, blinzelte der Zauberer und öffnete die Augen schließlich ganz. Sein Blick war glasig, sein Bart und sein schlohweißes Haar hingen in schweißnassen Strähnen. Dennoch erkannte Alannah nun, da sie sich an alles erinnerte, in den von Alter und Schmerz gezeichneten Zügen das Gesicht des Mannes, den sie einst geliebt hatte. In einem anderen, früheren Leben, von dem sie in all den Jahren nichts geahnt hatte ...

»Thynia«, hauchte er.

»Ich bin es«, versicherte sie.

»Du ... erinnerst dich?«

»Ich erinnere mich«, bestätigte sie traurig. Es zerriss ihr das Herz, ihn so liegen zu sehen, dennoch dankte sie ihrem Schicksal dafür, dass es sie am Ende, nach so langer Zeit, noch einmal zusammengeführt hatte.

»Rothgan ... Was ...?«

»Er ist tot«, sagte sie beruhigend, »und diesmal endgültig.«

»Und der Kristall? Ist er ...?«

Sie kauerte so auf dem Boden, dass sie den Scherbenhaufen verdeckte. Für einen Moment überlegte sie, ob sie ihm die Wahrheit sagen sollte, doch sie entschied sich dagegen.

»Es ist alles in Ordnung«, behauptete sie mit mildem Lächeln.

»Das Gesetz ist wiederhergestellt?«

»In der Tat«, bestätigte sie – welches Gesetz, darüber schwieg sie sich aus.

Der alte Zauberer bemerkte es nicht. Schmerzen schien er nicht mehr zu empfinden, seine Sinne waren dem Diesseits bereits entrückt. Sein Blick jedoch war nach wie vor auf Alannah geheftet, und sie war sich sicher, dass seine Gedanken zurückschweiften in jene Tage, da sie beide jung gewesen waren und leichtfertig ...

»Verzeih«, flüsterte sie, denn erst in diesen Momenten konnte sie ermessen, was er in all der Zeit durchlitten hatte.

»Da ist nichts ... zu verzeihen«, erwiderte er leise, und ein Lächeln glitt über seine Züge, das so unbeschwert und jugendlich wirkte, als wollte es dem nahen Tode trotzen. Er schien noch etwas hinzufügen zu wollen, als plötzlich Lärm zu vernehmen war – hektische Stiefeltritte sowie das Klirren und Knarren von Rüstungen und Kettenhemden.

Alannah fuhr herum – und sah sich unvermittelt dem anderen Mann gegenüber, dem ihre Zuneigung galt.

Corwyn.

Wie der König von Tirgas Lan an diesen Ort gekommen war und welchem günstigen Schicksal sie es zu verdanken hatte, dass sie einander ausgerechnet hier begegneten, wo sie schon befürchtet hatte, ihn niemals wiederzusehen, das wusste sie nicht, und im Grunde war es ihr auch gleichgültig. Zu widersprüchlich und verwirrend war das, was sie empfand, in diesem Augenblick, da sich der Kreis schloss.

Eintausend Jahre lagen zwischen jenen Tagen, da sie einen jungen Mann mit Namen Granock kennen- und lieben gelernt hatte, und den dramatischen Ereignissen, die zur Befreiung Tirgas Lans und zur Errichtung des neuen Königreichs geführt hatten. Die Gefühle jedoch, die Alannah für die beiden Männer hegte, ähnelten sich sehr. Vielleicht deshalb, weil auch die beiden einander ähnlich waren ...

Obgleich sie vor Freude über das unverhoffte Wiedersehen fast vergehen wollte, sprang sie nicht auf, um ihren Gemahl zu begrüßen, den sie gedemütigt und gekränkt im Palast von Tirgas Lan zurückgelassen hatte. Noch immer lag Lhurians blutiges Haupt auf ihren Schoß gebettet, und sie wollte die wenigen Augenblicke, die ihm noch auf Erden blieben, nicht von seiner Seite weichen. Zumindest das war sie ihm schuldig.

Es war schwer zu deuten, was in Corwyn vor sich ging, denn die Miene des Königs war unbewegt. Sowohl ihm als auch seinen Leibwächtern war anzusehen, dass ein harter Kampf hinter ihnen lag. Viele waren verwundet, ihre Harnische und Kettenhemden beschädigt, die Waffenröcke zerfetzt. Auch einige Piraten befanden sich unter ihnen, deren Anführer, ein bleicher Fleischberg mit kahlem Schädel, die golden blitzenden Zähne bleckte.

Mit ihren blanken, blutbesudelten Klingen drängten die Männer die verbliebenen Dunkelelfen in eine Ecke. Diese jedoch leisteten keinerlei Widerstand. Der Bann, der die Bewohner Crysalions zu Schatten ihrer selbst gemacht hatte, war gebrochen. Die Bosheit war aus ihren Mienen verschwunden, das mordlüsterne Flackern in ihren Augen erloschen, und sie wirkten benommen und orientierungslos, so als wären sie aus tiefem Schlaf erwacht und wüssten weder, wo sie sich befanden, noch was geschehen war. Corwyns Leibwächter mussten die Piraten davon abhalten, die Wehrlosen zu massakrieren, dann gingen sie daran, die Elfen zu entwaffnen, während sich der König in der Turmkammer umsah.

Er gewahrte sowohl die Überreste des Annun als auch die Rothgan-Margoks, und natürlich entdeckte er auch die beiden Orks. Wenn er über Rammars und Balboks Anwesenheit verwundert war, so zeigte er es jedoch nicht, sondern trat zu seiner Gemahlin, die ihre Aufmerksamkeit wieder dem alten Zauberer zugewandt hatte.

»Ich hatte es ... dir gesagt«, hauchte Lhurian.

»Wovon sprichst du?«, fragte Alannah.

»Dass er überleben würde ...« Der alte Zauberer grinste. »Kerle wie er finden immer einen Weg.«

Sie zwang sich ebenfalls zu einem Lächeln. »So wie du, richtig?«

»Früher«, räumte er ein. »Heute nicht mehr ... Meine Reise ... ist hier zu Ende ...«

»Nein«, widersprach sie, jeder Vernunft zum Trotz. »Das darfst du nicht sagen.«

»Ich bin der Letzte des Ordens«, keuchte er, »ein Relikt aus ... vergangener Zeit ...«

»Das ist nicht wahr!«

»Rothgan war einst ... mein Freund ... und als er starb ... starb auch ein Teil von mir ... zu lange gelebt ... zu viel gesehen ... sehne mich danach, mich auszuruhen.«

Alannah hatte es aufgegeben zu widersprechen. Das Leben des alten Zauberers zerrann wie Wasser zwischen ihren Fin-

gern, und es war offenkundig, dass die Zeit seines Erden-
daseins zu Ende ging. Sie begnügte sich damit, sein Gesicht
in den Händen zu halten.

»Nur … noch einmal«, bat er.

»Was meinst du?«

Sein Blick, der bereits flackerte, fokussierte sich mühsam
und schaute zu ihr auf. »Nur noch ein einziges Mal«, flüsterte er, »möchte ich das Licht der Sonne auf meinem Gesicht spüren. Nur noch einmal das Leben kosten …«

Alannah zögerte. Fragend sah sie zu Corwyn hinüber,
und zu ihrer Überraschung nickte der König von Tirgas
Lan, aus dessen Zügen alle Bitterkeit und aller Zorn gewichen waren.

Daraufhin schloss sie die Augen und beugte sich hinab,
und als ihre Lippen die Lhurians berührten, war es in ihrer
Vorstellung nicht der alte Greis, den sie küsste, sondern der
junge Mann, nicht kalt und dem Tode nah, sondern voller
Wärme, bebend nicht vor Schwäche, sondern vor Verlangen.

Erinnerungen, die tausend Jahre alt waren, fluteten durch
ihr Bewusstsein, riefen ihr Augenblicke und Begebenheiten
ins Gedächtnis, die ihr zugleich fremd und vertraut waren.
Und für einen kurzen Moment hatte sie wieder das Gefühl,
Thynia zu sein, eine Novizin wider Willen, die gezwungen
war, zwischen zwei Männern zu wählen, und es doch nicht
konnte …

Die Erinnerungen verflogen, ebenso wie die Wärme auf
Lhurians Lippen. Als sie sich wieder voneinander lösten, war
der alte Zauberer wieder um Jahre gealtert.

»Ich … danke dir«, flüsterte er und versuchte ein Lächeln,
das ihm jedoch nicht mehr gelingen wollte. »Nun geh«, forderte er sie auf. »Ich habe getan, was ich tun musste. Werde
du glücklich mit ihm. Du hast es verdient, Thynia. Du hast
es …«

Es blieb ihm versagt, den Satz zu Ende zu sprechen.

Noch einmal bäumte sich der geschundene Körper des
Zauberers auf, dann entkrampfte er sich, und Lhurians Haupt,

das Alannah die ganze Zeit über in ihren Händen gehalten hatte, fiel zur Seite.

»Leb wohl, Geliebter«, flüsterte die Elfin fast unhörbar und sprach ein lautloses Gebet. Lhurian – oder Granock, wie er ursprünglich geheißen hatte – war ein Mensch gewesen. Dennoch empfahl sie ihn ihren Ahnen mit der Bitte, sich seiner unsterblichen Seele anzunehmen und ihn dorthin zu geleiten, wo immerwährender Friede und Freude herrschten.

Wo immer das sein mochte …

»Er war ein großer Mann«, bemerkte plötzlich jemand neben ihr, und zu ihrer Verblüffung erkannte sie Corwyns Stimme.

»Ich weiß«, sagte sie nur und nickte in stiller Trauer, während sie Lhurian die Augen schloss, ihn auf die Stirn küsste und sein lebloses Haupt auf dem Boden bettete.

»Vielleicht«, fuhr Corwyn vorsichtig fort, »ist es ja längst zu spät dafür – aber ich bitte dich von Herzen, einem sturen alten Kerl zu verzeihen.«

»Ich habe ihm längst verziehen«, erklärte Alannah.

»Ich spreche nicht von Granock«, sagte Corwyn und ließ schuldbewusst den Kopf sinken. »Statt dir einfach zu vertrauen, habe ich den wilden Mann gespielt und mich wie ein Narr benommen.«

Sie hatte den Kopf gewandt und schaute ihn an. »Weshalb hast du nicht in Tirgas Lan auf mich gewartet? Wusstest du nicht, dass ich zu dir zurückkehren würde?«

»Wie ich schon sagte«, erwiderte er, »ich war ein Narr, blind vor Zorn und Eifersucht. Und ich musste entdecken, wozu die dunkle Seite in mir fähig ist.«

»Wir alle haben eine dunkle Seite.« Alannah blickte schaudernd dorthin, wo die sterblichen Überreste Rothgans lagen. »Aber wir sind in der Lage, aus unseren Fehlern zu lernen.«

»Das hoffe ich«, sagte er leise – und streckte zaghaft die Hand nach ihr aus. Die Elfin ergriff sie, und zum ersten Mal nach langer Zeit glaubte Corwyn wieder das Band zu spüren, das zwischen ihnen bestand.

Er schloss sie in die Arme, und anders als bei ihrem überstürzten Abschied in Tirgas Lan war da kein Widerstand. Trotz allem, was gewesen war, schien Alannahs Liebe zu ihm ungebrochen, und was auch immer in der Vergangenheit gewesen war, sie hatten einander vergeben. Nur die Gegenwart zählte und das, was sie gemeinsam daraus machen würden.

Die Zukunft ...

»Geliebter«, hauchte sie dankbar, während sie seine Umarmung innig erwiderte, »du bist zur rechten Zeit gekommen – dabei sind seit unserer Abreise aus Tirgas Lan nur wenige Tage vergangen.«

»Wochen«, berichtigte er.

»Keineswegs.« Alannah schaute ihn erstaunt an. »Lhurian und ich sind erst vor ...« Sie unterbrach sich, als ihr dämmerte, wie dieses Phänomen zu erklären war. »Zeit«, flüsterte sie, »das ist es! Der beschädigte Kristall hat nicht nur die Ordnung der Natur auf den Kopf gestellt, sondern auch jene der Zeit! Aus diesem Grund konnte Margok trotz seines Zustands die Jahrhunderte überdauern – weil die Zeit an den Fernen Gestaden rascher verstrich als anderswo. Der beschädigte Annun musste dies bewirkt haben, ebenso wie den doppelten Balbok.«

»Wen?«, fragte Corwyn verständnislos.

»Nicht wichtig«, meinte sie. »Mich würde vielmehr interessieren, wie es dir gelingen konnte, den geheimen Hort meines Volkes zu finden.«

»Dun'ras Ruuhl«, sagte der König nur.

Alannah erschrak. Sie löste sich aus seiner Umarmung und trat einen Schritt zurück. »Ruuhl?«, fragte sie. »Ist er hier?«

»Nein.« Corwyn schüttelte den Kopf. »Er hat meine Gedanken die längste Zeit vergiftet.«

»Du – hast ihn getötet?«

»Und mit ihm auch meine Eifersucht und meinen Zorn«, bestätigte Corwyn. Er empfand weder Triumph noch Genugtuung dabei. Es war nur eine Feststellung.

»Es war dein Zorn, der dich nach Crysalion getrieben hat?«

»Anfangs«, gab Corwyn unumwunden zu. »Ruuhl hat es verstanden, sich meine Enttäuschung und meine Angst zunutze zu machen, und es hätte nicht viel gefehlt, und er hätte mich dazu gebracht, genau wie er zu denken. Aber dann hat er einen entscheidenden Fehler begangen.«

»Welchen?«, wollte sie wissen.

»Er dachte, dass meine Wut stärker wäre als das Gute in mir, und das war ein Irrtum. Denn alles, was an Gutem in mir ist, kommt von dir, Alannah.«

»Sag das nicht.« Sie blickte beschämt zu Boden. »Ich habe Dinge getan, die ...«

»Was immer es gewesen ist, es ist vorbei«, sagte Corwyn. »Das Signal einer einzelnen Fackel hat genügt, um die Dunkelheit zu vertreiben. Das Böse ist besiegt, Alannah. Es hat keine Macht mehr über uns.«

»Glaubst du das wirklich?«, fragte sie leise.

»Und ob.«

Einen Moment lang blickten König und Königin einander tief in die Augen, dann wollten sich ihre Lippen in einem innigen Kuss begegnen – was ein gewisser Ork zu verhindern wusste.

»*Douk!*«, schrie Rammar empört. »Das darf doch wohl nicht wahr sein! Ihr beide habt euch wieder, und damit soll die Geschichte zu Ende sein?«

»Was willst du?«, fragte Corwyn zurück, der für den Augenblick gar nicht wissen wollte, wie die beiden Orks an diesen Ort kamen – später allerdings würde es einiges zu klären geben ...

»Was wohl?«, wetterte der Ork. »Das hier sind die Fernen Gestade, die Zuflucht aller Schmalaugen, richtig? Wo also sind die Schätze, die sie gehortet haben?«

»Hast du etwa immer noch nicht genug?«, fragte Alannah und seufzte.

»Soll das ein Scherz sein, Elfenweib?« Rammar und Balbok tauschten empörte Blicke. »Deinetwegen hat es uns an diesen traurigen Ort verschlagen. Man hat uns versklavt, uns den *asar* aufgerissen ...«

»*Douk*«, fiel Balbok ihm ins Wort, »nur dir hat man den *asar* aufgerissen.«

»... uns die Ohren durchstochen und mir die Klaue abgehackt«, fuhr Rammar zeternd fort. »Und du fragst mich allen Ernstes, ob ich noch immer nicht genug habe?«

»Es gibt keinen Schatz in Crysalion«, eröffnete Alannah rundheraus.

»Waaas?«, schrie Rammar entsetzt und riss die Augen weit auf. »Ich hör wohl nicht recht?«

»Die Fernen Gestade sind die Zuflucht all jener, die den weltlichen Dingen entsagt haben«, erklärte Alannah, »und dazu gehören auch alle irdischen Schätze. Das wenige, das sie bei sich hatten, haben ihnen die Piraten abgenommen.«

»Also«, sagte Rammar ungläubig, »war alles für den Ghul?«*

»Durchaus nicht«, beschwichtigte Alannah. »Ihr habt einmal mehr geholfen, Erdwelt vor einer gefährlichen Bedrohung zu bewahren – auch wenn ihr dabei den Annun vernichtet habt.«

»Schöner Trost«, maulte Rammar. »Und das bedeutet?«

»Es bedeutet, dass ...«, wollte die Elfin erwidern – als aus den Tiefen des Berges ein dumpfes Grollen erklang, das die Turmkammer erzittern ließ. Der brüchige Kristall der Wände begann zu vibrieren, hier und dort entstanden knackende Sprünge.

»... dass wir sofort verschwinden sollten!«, vervollständigte Corwyn, der die Situation als Erster erfasste. Der Annun war zerstört – und mit ihm auch jene Kraft, die die

* orkische Redensart

Kristallfestung einst errichtet und sie über die Jahrtausende hinweg bewahrt hatte. Ohne sie würde der Palast dem Beispiel des Urkristalls folgen und sich in einen Haufen Scherben verwandeln ...

»Er hat recht«, stellte Alannah fest, während das Beben immer mehr zunahm und sich der Boden unter ihren Füßen hob und senkte. »Raus hier! Sofort!«

»*Karsok?*«, fragte Balbok begriffsstutzig.

»Was ist los?«, wollte auch Rammar wissen.

»Kapiert ihr denn nicht?«, schrie die Elfin. »Der Annun ist zerstört! Crysalion ist dem Untergang geweiht!«

»Wirklich wahr?«, fragte Rammar unbeeindruckt.

»Daran besteht nicht der geringste Zweifel«, versicherte Alannah, während Corwyn sie bereits mitriss, dem Ausgang entgegen. Ihre Untergebenen und die Piraten folgten ihnen – nur zwei Orks blieben zurück, von denen einer in dröhnendes Gelächter verfiel, obwohl rings um ihn ein wahres Inferno losbrach.

»Rammar?«, fragte Balbok verunsichert, während sein Bruder kaum an sich halten konnte vor Lachen.

»Nicht jetzt!« Rammar winkte prustend ab. »Ich muss das genießen. Jeden einzelnen Augenblick davon.«

»Aber ...«

»Nicht jetzt, hab ich gesagt!« Er unterbrach sein schadenfrohes Gelächter, um seinem Bruder einen vernichtenden Blick zuzuwerfen. »Kannst du nicht einmal das Maul halten und einen Sieg genießen wie jeder andere? Verstehst du nicht, was gerade passiert? Wir haben den Kristall zu Klump gehauen! Die Fernen Gestade sind nicht länger ein Hort des Friedens und des Glücks. Hat sich was mit Eierkuchen!«

Wieder verfiel er in gackerndes Lachen und ignorierte das neuerliche Beben, das den Turm ins Schwanken brachte, achtete nicht auf die sich immer mehr verzweigenden Sprünge, die inzwischen auch den Boden durchzogen ...

»Das ist ja schön und gut, Rammar«, räumte Balbok ein, »aber ...«

»Was willst du denn noch, du elender *umbal?* Kann man es dir denn gar nicht recht machen? Zum ersten Mal haben wir es geschafft, die Pläne des Elfenweibs zu vereiteln. Wäre es nach ihr gegangen, hätten wir mal wieder den *shnorsh* für sie wegkehren dürfen – aber wir haben den *saparak* umgedreht, und jetzt ...«

Er unterbrach sich, als ein markiges Knirschen zu vernehmen war, so laut und grässlich, dass es durch Mark und Bein ging.

»Was war das?«, wollte Rammar wissen.

»Das versuche ich dir schon die ganze Zeit zu erklären«, kam Balbok endlich zu Wort. »Der Turm wird gleich einstürzen.«

»Waaas?« Erschrocken schaute sich Rammar um, der eben erst ins Hier und Jetzt zurückzufinden schien. »Warum hast du das nicht gleich gesagt?«

»Das wollte ich, aber du hast mich ja nicht ...«

»Du dämlicher *umbal*!«, schnauzte Rammar ihn an. »Ist dir nicht klar, dass wir dabei draufgehen können?«

»*Korr*«, konnte Balbok gerade noch versichern – dann hetzte er auch schon hinter seinem Bruder her, der mit fliegenden Schritten aus der Turmkammer watschelte, unter dem hohen Torbogen hindurch und die Treppe hinab, während der Kristallhort, der über Jahrtausende hinweg Ursprung und Zukunft des Elfengeschlechts gewesen war, verging.

Die Scherben des Annun blieben zurück, ebenso wie die sterblichen Überreste Rothgans und Lhurians, der beiden Zauberer, die einst Freunde gewesen waren, ehe der Kampf um das Reich sie entzweit und sich einer von ihnen dem Bösen zugewandt hatte. Ihr Schicksal hatte sich erfüllt – das der Orks hingegen hing am seidenen Faden ...

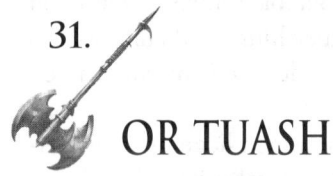

# 31.

# OR TUASH

Hals über Kopf hetzte Rammar seinem Bruder voraus die steile Wendeltreppe hinab.

Ein heller, durchdringender Klang wie von berstendem Glas war zu hören. Der Turm hielt den an ihm zerrenden Kräften nicht länger stand. Das Oktogon zersprang wie zuvor der Annun und mit ihm auch die Kuppel. Eine Eruption winzig kleiner Kristallsplitter stob nach allen Seiten, brachte die umliegenden Türme ins Wanken und schließlich zum Einsturz. Eine Kettenreaktion setzte ein, die sich bis tief ins Innere des Berges fortsetzte, ein Kataklysmus der Zerstörung.

Auch den Orks blieb das nicht verborgen, denn die Treppe, über die sie in ihrer Not in die Tiefe hetzten, begann sich ebenfalls aufzulösen. Schneller, als Rammar auf seinen kurzen Beinen laufen konnte, zuckten weiße Sprünge durch den ergrauten Kristall und sprengten ihn.

Einen heiseren Angstschrei auf den Lippen, versuchte Rammar noch schneller zu laufen, wobei er allerdings stolperte. Er fiel nach vorn, und im nächsten Augenblick schlug und purzelte er die Treppe hinab, sich mehrmals überschlagend – aber immerhin war er auf diese Weise schneller als die Welle der Vernichtung, die den Palast durchlief.

Trotz seiner langen Beine hatte Balbok alle Mühe, seinem Bruder zu folgen, der seinem Kriegsnamen »der Rasende« nun alle Ehre machte. Während sich nur wenige Schritte hinter ihm der Turm in größere und winzige Splitter und kristallinen Staub auflöste und die Stufen zu einem glitzernden Nichts zersprangen, jagte Balbok seinem kullernden und dabei lauthals zeternden Bruder hinterher, zunächst bis zum Ende der Treppe, dann durch den sich anschließenden Korridor.

Irgendwann blieb Rammar benommen liegen – zum Ausruhen oder auch nur dazu, die arg durchgebeutelten Knochen wieder zu sortieren, blieb jedoch keine Zeit. Balbok packte ihn und zog ihn auf die Beine, und mit fliegenden Schritten rannten die Orks den Gang hinab, der ebenfalls von der Zerstörungswelle erfasst wurde. Hohe Säulen und kühne Bogen, einst durch Elfenzauber aus Kristall gewachsen, zerbarsten ebenso wie die Standbilder von Helden und Königen. Rammar war es einerlei, wer die Typen waren, die zu beiden Seiten des Ganges in Scherben zerfielen – er begnügte sich damit, den Kopf zwischen die Schultern zu ziehen, um sich vor den wild umherfliegenden Splittern zu schützen. Nicht wenige davon trafen ihn dennoch, in den Rücken und in den *asar*, wie der Ork missbilligend registrierte.

Wo zuvor noch Elfenwachen postiert gewesen waren, herrschte gähnende Leere. Die Schmalaugen hatten die Flucht ergriffen, nachdem der Bann, unter dem sie offenbar gestanden hatten, gebrochen war – und zum ersten Mal konnte Rammar die Handlungsweise der Schmalaugen nachvollziehen.

Sie erreichten eine weitere Treppe, über die sie noch tiefer hinabgelangten, während sich über und hinter ihnen das Werk der Zerstörung fortsetzte. Rammar hatte längst die Orientierung verloren, nur seinem Bruder war es zu verdanken, dass sie sich inmitten der verwirrenden Vielfalt von Gängen, Galerien und Korridoren noch nicht verlaufen hatten.

Mit einer Zielstrebigkeit, die selbst seinem Bruder Anerkennung abnötigte, fand Balbok auf genau dem Weg zurück, den sie heraufgekommen waren, und so kam es, dass sie sich schließlich im Krater des Berges wiederfanden, über dessen Rand sich groß und mächtig die Kristallfestung erhob – auch wenn absehbar war, dass sie sich nicht mehr lange dort halten würde. Es war nur noch eine Frage von Augenblicken, bis auch die letzten Mauern zerbrechen und der Palast und alles, was sich noch darin befand, in die Tiefe stürzen würden.

Von einer in den Fels gehauenen Galerie aus schaute Rammar in den Krater hinab, wo sich kreuz und quer die Kristallbrücken spannten. Dort sah er flüchtende Elfenkrieger, und für einen Moment glaubte er, auch Corwyn und Alannah inmitten der rennenden Massen auszumachen.

»Da laufen sie!«, rief er triumphierend und ballte die Faust. »Wenigstens dieses eine Mal hat das Elfenweib nichts zu lachen!«

»*Korr*«, räumte Balbok ein, »aber wir auch nicht …«

Jäh dämmerte Rammar einmal mehr, dass sein Bruder recht hatte. Vor Schadenfreude hätte er fast vergessen, dass der Untergang Crysalions auch ihr Ende bedeutete, wenn es ihnen nicht gelang, sich rechtzeitig in Sicherheit zu bringen.

Aber wie sollten sie das anstellen?

Um rasch hinabzugelangen, musste man die Brücken überqueren, aber bei den Erschütterungen, die den ganzen Berg durchliefen, würden entweder gleich die Ketten reißen, oder der von zahllosen Sprüngen durchzogene Kristall würde nachgeben.

»Hilfe«, brüllte Rammar in seiner Not, »helft uns gefälligst, ihr Faulhirne!«

Aber natürlich hörte keiner das Gezeter des dicken Orks, und wenn doch, scherte sich einfach niemand darum – zumal in diesem Moment geschah, was Rammar längst befürchtet hatte: Die Mauern um den Kraterrand zersplitterten mit lautem Klirren, und als wäre ein Schleusentor geöffnet worden, ergossen sich die Trümmer von Türmen, Kuppeln und Hallen in die gähnende Tiefe, die wie Kuruls Grube alles verschlang. Unter infernalischem Getöse brachen die Schuttmassen herab, die ohnehin schon maroden Brücken boten ihnen keinen Widerstand. Eine nach der anderen wurde von den teils riesigen Bruchstücken durchschlagen, ihre Trümmer einfach mitgerissen. Eine Lawine des Todes rauschte an den Orks vorbei, begleitet von einem mörderischen Splitterregen.

»Weg hier!«, schrie Rammar. »Nur we…«

Weiter kam er nicht, weil er eine Ladung winzig kleiner Splitter verschluckte, die in seiner Kehle noch scheußlicher kratzten als der feurigste *bru-mill*. Er würgte und spuckte und wäre wohl von einem herabstürzenden Bruchstück aufgespießt worden, hätte Balboks Pranke nicht beherzt zugegriffen und ihn in Deckung gezerrt.

Der hagere Ork hatte eine Öffnung in der Felswand ausgemacht, in die er sich flüchtete, und irgendwie schaffte er es, auch Rammars ausladende Leibesfülle durch den Spalt zu zwängen. Jenseits davon befand sich eine Höhle, in der die Orks kauerten, während draußen das Inferno tobte.

Unmengen von Schutt prasselten in die Tiefe und rissen alles mit, das ihnen im Weg war. Weder die Brücken vermochten ihnen zu widerstehen noch die kunstvollen Bauwerke, die die Innenwände des Kraters säumten. Alles zerbarst und wurde Teil der Zerstörung, die Crysalion erfasst hatte, nun, da der Annun nicht mehr existierte.

Auf den unteren Brücken, in der Tiefe des Berges, drängten sich noch immer zahllose Flüchtlinge. Viele der ehemaligen Dunkelelfen, die benommen aus dem Bann erwacht waren, mit dem Rothgan-Margok sie belegt hatte, waren zunächst orientierungslos umhergeirrt; weder hatten sie gewusst, wer sie waren, noch wo sie sich befanden. Als der Berg dann aber plötzlich erbebte, hatten auch sie die Flucht ergriffen. Zusammen mit den Menschen, gegen die sie soeben noch erbittert gekämpft hatten, rannten sie um ihr Leben, den unterirdischen Minen entgegen.

Vielen von ihnen gelang die Flucht – andere hatten weniger Glück. Als wären die herabstürzenden Trümmer das Strafgericht für ihre Untaten, wurden sie zu Hunderten davon erschlagen oder mit in die Tiefe gerissen. Alannah wirkte zwar ihren Eiszauber, um eine Art Schild zu errichten, der die Lawine der Vernichtung aufhalten sollte, aber das Eis zersprang unter dem Hagel der Bruchstücke, und der Elfin blieb nur, zusammen mit ihrem Gemahl und seinen Getreuen die Flucht fortzusetzen.

Atemlos erreichten sie die schützenden Felsengänge, die sich im Inneren des Berges erstreckten, und durch die Öffnungen, die den Dunkelelfen während der Schlacht um Crysalion als Ausstiege gedient hatten, gelangten sie hinaus ins Freie.

Sie kletterten und rutschten und rannten den Berghang hinab, Ritter wie Fußvolk, Seeräuber wie Soldaten, Menschen wie Elfen. Der Wille zu überleben war ihnen allen gemeinsam, und so gelangten sie als riesige verschmolzene Masse an den Fuß des Berges.

Vergeblich versuchte Corwyn, wenigstens seine Leute zur Ordnung zu rufen. Die Panik hatte auch von ihnen Besitz ergriffen, es ging nur noch ums nackte Überleben. Alle wollten zurück auf die Schiffe und drängten zum Ufer, und nicht wenige stürzten in den Tod bei dem Versuch, möglichst rasch die Klippen hinabzuklettern. Boote gab es längst nicht genug, und viele der Flüchtlinge sprangen kopfüber ins Wasser. Lieber versuchten sie ihr Glück beim Kampf gegen die Brandung, als auch nur einen Augenblick länger auf dem Eiland des Schreckens zu verweilen.

Die Elfen ließen sich mitreißen von der allgemeinen Hysterie und flüchteten sich ebenfalls ins Wasser, und auf den Schiffen, die vor der Küste kreuzten, spielte es keine Rolle mehr, ob einer Elf oder Mensch war, Seeräuber oder Soldat; wer dazu in der Lage war, rettete sich an Bord.

Corwyn und Alannah fanden auf einer Kogge Zuflucht. Der Käpt'n des leichten Seglers fand den König und die

Königin in einem Nachen treibend, den Corwyns Leibwächter organisiert hatten. Dankbar dafür, noch am Leben zu sein, erklomm der König das Deck und stieg auf den Turmaufbau am Heck des Schiffes, um zu sehen, was vor der Küste und auf der Insel selbst geschah.

Es war niederschmetternd.

Da waren Kriegsschiffe, die keine mehr waren; stattdessen fischten ihre Besatzungen Flüchtlinge aus dem Wasser, die gerade noch mit dem Leben davongekommen waren. Da war eine Armee, die praktisch nicht mehr existierte und sich mit dem ehemaligen Feind verbrüdert hatte. Und schließlich ein Berg, der wie ein abgebrochener Stumpf in die Höhe ragte und über dem eine dunkle Wolke der Vernichtung schwebte.

Dies war das Ende von Crysalion.

Die Fernen Gestade existierten nicht mehr.

Ohnedies waren sie längst nicht mehr jener Ort des ewigen Friedens gewesen, als der sie in alten Schriften und Weissagungen gepriesen wurden. Corwyn ahnte, wie sehr Alannah diese Erkenntnis erschüttern musste. Er sah die Tränen in ihren Augen und schloss sie in die Arme, und sie schmiegte sich an ihn, dankbar für den Trost, den er ihr spendete.

Der Annun mochte zerstört sein und mit ihm der Traum von den Fernen Gestaden, aber es war auch ein Sieg errungen worden. Die Kristallpforten waren wieder geschlossen, und jene dunkle Macht, die sich vor undenklich langer Zeit zum Ziel gesetzt hatte, Erdwelt zu erobern, war endgültig bezwungen. In vielfacher Form war sie Corwyn begegnet, mehrmals hatte er ihr getrotzt – niemals jedoch war der Kampf so erbittert und endgültig gewesen wie dieses Mal.

Die Bedrohung existierte nicht länger. Rothgan war vernichtet, und mit ihm war auch Margoks Erbe erloschen. Und irgendwann, wenn sich der Staub der Zerstörung gelegt haben würde und die Tränen der Trauer versiegt waren, würde man erkennen, dass sich an diesem Tag etwas Bedeutsames ereignet hatte, das die Geschichte von Erdwelt für immer verändern würde.

Die letzte Schlacht in einem blutigen und verlustreichen Krieg war geschlagen, der genau an diesem Ort begonnen hatte.

Vor eintausend Jahren ...

# 32.

# TULL ANN TIRGAS LAN (ARKROSH)

Mehr als drei Monate waren seit Corwyns überstürztem Aufbruch aus Tirgas Lan vergangen. Wieder zurück in der Hauptstadt seines Reiches zu sein gab ihm ein seltsames Gefühl nach allem, was geschehen war.

Ehe er Alannah begegnet war, hatte Corwyns Leben einer Irrfahrt geglichen, die ihn quer durch halb Erdwelt geführt und ihn schließlich vom Kopfgeldjäger zum König hatte werden lassen. Dennoch war es ihm, als hätte er die weiteste aller Reisen gerade erst hinter sich gebracht – eine Fahrt nicht nur über das Meer zu den Gestaden einer sagenumwobenen Insel, sondern auch in die Abgründe seiner eigenen Seele.

Dun'ras Ruuhl hatte ihm seine dunklen Seiten offenbart. Ohne dass Corwyn es bemerkte, hatte sich der Dunkelelf seiner bedient. In der festen Überzeugung, nach seinem eigenen Willen zu handeln, war Corwyn dennoch nichts weiter als Wachs in Ruuhls Händen gewesen, und je offener dieser bekannt hatte, Corwyn zu manipulieren, desto mehr hatte sich dieser gegen diese Einsicht gewehrt. Der ebenso böse wie messerscharfe Verstand des Dunkelelfen hatte ein Gefängnis errichtet, aus dem Corwyn um ein Haar nicht mehr entkommen wäre. Dass es ihm schließlich doch gelungen war, war dem Auftauchen einer Bande Piraten zu verdanken, die ihn trotz all ihrer Laster an das erinnert hatten, was einen Menschen ausmachte: die Fähigkeit, freie Entscheidungen zu treffen und aus Fehlern zu lernen.

Den Auftakt der dreitägigen Feierlichkeiten, mit denen Tirgas Lan die Rückkehr des Königspaars sowie die Vernichtung von Margoks Erben beging, bildete ein Festzug durch die Stadt, mit dem Lhurians gedacht wurde, des letzten großen Zauberers.

Zwar war die sterbliche Hülle des Alten in Crysalion zurückgeblieben, jedoch trugen die Einwohner Tirgas Lans sein Andenken im Herzen, als sie schweigend durch die Straßen der Stadt zogen, dem Vorplatz der Zitadelle entgegen, wo ein Standbild des Zauberers errichtet werden sollte, aus weißem Stein wie bei den Königen der Vorzeit. Und als Alannah ergreifende Worte sprach, mit denen sie Lhurians Lebenswerk gedachte und ihm für alles dankte, was er für Erdwelt und die Menschen getan hatte, da fühlte Corwyn, dass all sein Groll gegen den greisen Zauberer verflogen war. Er zog sein Schwert, um Lhurian die letzte Ehre zu erweisen, und erhob es zum Gruß. Das Gleiche taten auch die Gardisten der Leibwache. Und als man hundert weiße Tauben aufsteigen ließ als Symbol für die unsterbliche Seele des alten Zauberers, fand die Trauerfeier gleichzeitig ihren Höhepunkt und ihr Ende.

Fanfaren erschollen, deren Klang bis in den letzten Winkel der Stadt drang, und das Freudenfest begann. Drei Tage lang würde in Tirgas Lan die Arbeit ruhen, sollten sich die Menschen, die während der zurückliegenden Wochen und Monate in ständiger Furcht vor einem neuen Krieg gelebt hatten, endlich wieder ihres Lebens freuen können.

Und noch jemand hatte Grund zum Feiern – nämlich Kapitän Cassaro und die Piraten der Schädelküste.

Denn obschon sie zahllose Verbrechen begangen und ihre Klingen mit dem Blut Unschuldiger befleckt hatten, hatte der König den Freibeutern als Gegenleistung für ihre Hilfe im Kampf gegen Margoks Erben vollständige Amnestie gewährt – entsprechend ausgelassen tanzten und sprangen sie um die Freudenfeuer, die auf den Plätzen der Stadt errichtet worden waren.

»Haben wir richtig gehandelt?«, fragte Corwyn, der zusammen mit Alannah auf dem Balkon der königlichen Gemächer stand und auf das bunte Treiben hinabblickte, über dem sich der Himmel im Westen orangerot verfärbte.

»Was meinst du?«, fragte sie und schmiegte sich an ihn, wie sie es früher oft getan hatte.

»Cassaro und seine Meute«, knurrte Corwyn. »Sie sind Halsabschneider und Mörder. Viele von ihnen hätten den Tod verdient – stattdessen haben wir ihnen ihre Schuld erlassen.«

»Und im Gegenzug haben sie ihre Waffen niedergelegt und sich Tirgas Lans Herrschaft unterworfen«, brachte die Elfin in Erinnerung. »Es ist ein guter Handel, Corwyn, denn er erspart dem Volk einen weiteren Krieg.«

»Das ist wahr.« Der König nickte.

»Außerdem«, fügte Alannah lächelnd hinzu, »hat die Sache noch einen weiteren Vorteil.«

»Und der wäre?«

»Tirgas Dun«, sagte sie. »Wenn die Stadt wie einst ein blühendes Handelszentrum werden soll, werden dort viele tüchtige Seeleute gebraucht.«

»Das stimmt.« Corwyn nickte – warum war er nur nicht selbst darauf gekommen?

»Ich habe mir erlaubt, Kapitän Cassaro die Hafenkommandantur anzubieten«, erklärte die Elfin weiter, »und ich bin sicher, dass er einwilligen wird. Unter seiner Führung wird Tirgas Dun eine gute Entwicklung nehmen, denn abgesehen von seiner dunklen Vergangenheit und seinem schlechten Geschmack Goldschmuck betreffend, ist er ein gewiefter Verhandlungspartner, der weiß, worauf es ankommt – und was wollen wir mehr?«

»Du hast recht«, stimmte Corwyn zu und gab ihr einen sanften Kuss. »Wie konnte ich mir nur jemals einbilden, ohne dich zurechtzukommen?«

Sie erwiderte seine Zärtlichkeit und küsste ihn innig – bis sich jemand hinter ihnen leise räusperte.

»Ähem ...«

König und Königin fuhren herum, und beide erröteten wie ein Knecht und eine Magd, die zusammen im Heu erwischt worden waren. Vor ihnen stand Ulian, der ehemalige Vorsitzende des Hohen Rats der Elfen, der Erdwelt eigentlich längst verlassen hatte. Zusammen mit den anderen Elfen, die vom Fluch des Dunkelelfen erlöst worden waren und das Glück gehabt hatten, der Zerstörung Crysalions zu entgehen, war er nach Tirgas Lan zurückgekehrt. Entsprechend beschämt und verwirrt wirkte er noch immer.

Zwar war die aschgraue Färbung aus seinem Gesicht gewichen, ins Hier und Jetzt schien er aber noch immer nicht zurückgefunden zu haben. Mit bekümmerter Miene, das Haupt demütig gesenkt, trat Ulian vor König und Königin.

»Wir sind bereit zum Aufbruch«, sagte er nur.

»Ich verstehe.« Corwyn nickte. »Und ihr wollt wirklich nicht bleiben? Erdwelt würde euch mit offenen Armen aufnehmen, genau wie damals, als ...«

»Das bezweifle ich nach allem, was geschehen ist«, fiel der betagte Elf ihm ins Wort.

»Ihr konntet nichts dafür«, versicherte Alannah. »Keiner von euch wusste, was aus den Fernen Gestaden geworden war. Und ihr hattet keine Möglichkeit, euch gegen Rothgan und seine Zauberkünste zu verteidigen.«

»Dennoch«, beharrte Ulian. »Wenn erst bekannt wird, dass die Bedrohung des Reiches von uns Elfen ausging, wird man uns mit Misstrauen begegnen, vielleicht sogar mit Verachtung, Furcht und Hass.«

»Wer sagt, dass es bekannt wird?«, fragte Corwyn.

»Du ... willst es geheim halten?«

»Es wäre nicht das erste Mal, dass etwas aus den Geschichtsbüchern getilgt wird«, meinte Alannah. »Man kann die Erinnerung an die Vergangenheit löschen.«

»Die Erinnerung«, stimmte Ulian zu, »aber nicht die Vergangenheit selbst. Was geschehen ist, ist geschehen, Lügen werden nichts daran ändern. Nur wer sich seiner Geschichte stellt, kann aus ihr lernen – zumindest das sollten wir alle aus diesen Ereignissen gelernt haben.«

»Damit hast du wohl recht«, musste Corwyn zugeben. »Aber was wollt ihr nun tun?«

»Nur zweitausend Elfen sind geblieben – zweitausend von einem Volk, das einst so zahlreich war wie die Sterne. Wir wollen der Welt entsagen und unseren Frieden suchen.«

»Das Recht dazu habt ihr«, sagte Alannah. »Aber wohin wollt ihr euch wenden? Die Fernen Gestade sind nicht, was sie einst waren.«

»Nein«, gab Ulian zu, »aber vielleicht waren sie das auch nie. Ist dir je der Gedanke gekommen, dass wir in all den Jahrtausenden einem Schatten nachgejagt sein könnten? Einem Ideal, das niemals existierte? Es war die Kraft des Annun, die jene Insel zu unserer Heimat gemacht hat. Nun, da er zerstört ist, ist es ein Eiland wie jedes andere geworden. Aber vielleicht«, fügte er hoffnungsvoll hinzu, »gibt es irgendwo dort draußen noch einen anderen Ort, eine andere Insel, die uns all das bietet, was wir verloren haben, und wo immerwährendes Glück und Freude keine leeren Phrasen sind.«

»Du glaubst, dass ein solcher Ort existiert?«, fragte Alannah zweifelnd.

»Wer weiß?« Ulian lächelte.

»Und wie sollte er heißen?«

»Seinen Namen kenne ich nicht – vielleicht wollen wir ihn zunächst einfach die *Noch Ferneren Gestade* nennen.« Sein Lächeln wurde wehmütig. »Wünsche deinem Volk Glück, mein Kind, auf dass es finde, wonach es sucht.«

»Das tue ich, weiser Ulian«, versicherte Alannah, »von ganzem Herzen. Leb wohl, mein Freund.«

Sie trat vor und umarmte ihn, und Gleiches tat anschließend Corwyn. Dann wandte sich der Elf zum Gehen und verließ, eskortiert von zwei Gardisten der Leibwache, das königliche Gemach.

»Er hat nicht um Hilfe gebeten«, stellte Corwyn fest.

»Worum hätte er auch bitten sollen?«

»Schiffe.« Corwyn zuckte mit den Schultern. »Geld, Proviant – was auch immer.«

»Mein Volk ist es nicht gewohnt, jemanden um Hilfe zu bitten«, erklärte Alannah. »Es wird sich eigene Schiffe bauen und sich damit auf die Suche begeben.«

»Und wird es finden, wonach es sucht?«

Sie schaute ihn an. »Wer weiß? Du hast schließlich auch gefunden, wonach du suchtest.«

»Nämlich?«

»Frieden«, antwortete sie. »Und Vergebung.«

»Das ist wahr«, gab Corwyn zu, »aber zu einem hohen Preis. Viele sind im Kampf gegen die Dunkelelfen gefallen. Wir haben Gefährten verloren, Freunde …«

Er unterbrach sich, doch sie glaubte zu wissen, an wen er gerade dachte, und sagte: »Auch mir werden sie fehlen.«

»Von wem sprichst du?«

»Von Balbok und Rammar natürlich.«

»Unsinn.« Corwyn machte eine wegwerfende Handbewegung. »Um die Unholde tut es mir nicht leid. Sie sind schuld daran, dass die Kristallfestung zerstört wurde und …«

»… und sie haben dafür mit dem Leben bezahlt«, fügte Alannah traurig hinzu. »Du solltest ihnen vergeben, Corwyn – denn ohne ihre Hilfe wäre es uns wahrscheinlich nicht gelungen, Rothgan zu besiegen.«

»Glaubst du das wirklich?«

»Allerdings. Seit jenem Augenblick auf dem Turm kann ich mich an alles erinnern. Die Vergangenheit liegt vor mir wie ein offenes Buch, und ich erkenne die Zusammenhänge. Lhurian und Rothgan waren einst Freunde, doch ihre Feindschaft hat alles zerstört – die Orks und wir hingegen waren Feinde zu Beginn, aber dann …«

Corwyn schnaubte laut. »Willst du etwa behaupten, wir wären Freunde geworden?«

»Etwas in der Art«, stimmte Alannah zu, »und wir hatten auch gar keine andere Wahl.«

»Wie meinst du das?«

»Ich habe mich oft gefragt, was es gewesen ist, das die beiden damals nach Shakara getrieben hat.«

»Was soll es wohl gewesen sein? Sie wollten dich entführen, um den Schädel ihres Anführers zurückzubekommen. Die Geschichte ist altbekannt ...«

»Es steht dir frei, das zu glauben. Ich persönlich jedoch glaube, dass es das Schicksal war, das die beiden damals nach Shakara geführt und die Geschichte unserer Welt damit für immer verändert hat. Und wer weiß, vielleicht ist es ja stets so geplant gewesen.«

»Meinst du?«

Sie nickte. »Vergessen wir nicht, dass in ihren Adern das Blut Currans fließt, des allerersten Orks – und dass dessen Bruder Cullan ein Ahne Farawyns war. Auch wenn es sich seltsam anhören mag: Balbok und Rammar entstammten einem vornehmen Geschlecht, dem große Krieger, Zauberer und Könige entsprungen sind, und ich denke, dass dies auch der Grund dafür war, dass sie nach all der Zeit die Kristallpforten öffnen konnten. Sie haben damit unwissentlich eine große Gefahr heraufbeschworen, aber letztendlich haben sie auch geholfen, diese ein für alle Mal zu bannen – und dafür ihr Leben gegeben.«

Corwyn ließ den Blick sinken. Seltsame Melancholie befiel ihn für einen Moment. Dann aber straffte er seine Haltung und sagte sich, dass der Tod zweier Unholde nun wirklich kein Anlass zur Trauer wäre.

»Denkst du, die beiden haben nun wenigstens ihren Frieden gefunden?«, fragte er nach einer Weile.

In Alannahs anmutigen Zügen spielte ein rätselhaftes Lächeln. »Allerdings denke ich das, mein guter Corwyn«, sagte sie – ehe sie ihn erneut küsste und ihn alle Trauer und Wehmut vergessen machte.

# EPILOG

Das Leben eines Orks führte bisweilen in ungeahnte Höhen, um schon im nächsten Moment in unverhoffte Tiefen zu stürzen, und es konnte ebenso von schweißtreibender Länge sein wie von erschütternder Kürze. Vor allem aber war es erfüllt von *oignash*, wie Rammar auch diesmal nicht umhin kam festzustellen.

Im einen Augenblick glaubten die Orks noch, diesmal würden sie endgültig in Kuruls dunkle Grube stürzen – und dann kam wundersamerweise alles ganz anders.

In ihrer Felsspalte warteten die Brüder auf das Ende des Infernos, leise wimmernd und eng aneinandergeklammert (woran sich Rammar aber schon kurz darauf nicht mehr erinnern wollte), während die Welt ringsumher in Scherben zu fallen schien, und das im wörtlichen Sinn.

Irgendwann, als die Erschütterungen aus dem Inneren des Berges nachließen und das schreckliche Geklirr berstenden Kristalls verstummte, wagten sie sich aus ihrem Versteck – und blickten auf eine neue Welt.

Eine Welt, die so gar nichts mehr gemein hatte mit dem schönen Idyll, das diese Insel für die Elfen einst gewesen war. Die immergrünen Wälder waren bereits unter der Schreckensherrschaft von Rothgan-Margok zu düsteren Dschungeln geworden, aus denen weißer, nach Moder riechender Dampf aufstieg, und von der Festung Crysalion, einst geistiges Zentrum der Insel und Hort des Lichts, war nichts mehr übrig als jede Menge dunkler Höhlen, die den Berg durchzogen.

Was mit den Menschen und den Elfen geschehen war, konnten Rammar und Balbok nur vermuten. Wahrscheinlich, nahm der dicke Ork an, hatten sie in aller Hast ihre Schiffe bestiegen und waren davongesegelt, zurück aufs Festland oder sonst wohin. Die Brüder jedoch waren auf der Insel zurückgeblieben, die nun *ihre* Insel war.

Und sie waren dort nicht allein.

Wie sich herausstellte, hatten auch viele der Orks, die in den Tiefen des Bergs gefangen gewesen waren, das Inferno überlebt, zusammen mit den Trollen und den Gnomen, die sich in den Wäldern herumtrieben. Und da die Macht der Dunkelelfen und der Bann des Kristalls gebrochen waren, würden sie wieder zu ihrer wahren Natur zurückfinden.

Wenn auch ganz langsam.

Noch Generationen später taten sich die Unholde schwer, das wilde und freie Leben ihrer Vorfahren zu führen. Und da es sonst niemanden gab, der nach der Herrschaft trachtete, wurden Rammar der schrecklich Rasende und Balbok der Brutale erneut Häuptlinge eines *bolboug* – das diesmal allerdings nicht aus ein paar jämmerlichen Felslöchern bestand, sondern aus den Katakomben einer einstmals stolzen Festung, die sich bis tief ins Innere des Berges erstreckten. Und da sie schon dabei waren und es weit und breit keine Konkurrenz zu befürchten gab, riefen sich die beiden auch noch gleich zu Königen aus, zu Herrschern nicht nur über ihr Dorf, sondern über die ganze Insel.

Auf einem riesigen, aus Kristallsplittern errichteten Thron fläzend, der so breit war, dass er zwei *asar'hai* ausreichend Platz bot, nahmen sie die Huldigungen ihrer neuen Untertanen entgegen, die sich ihren Befreiern bereitwillig unterwarfen. Im Gegenzug gaben Balbok und Rammar ihnen Namen, die sie fortan als freie Orks tragen würden. Da für die zahllosen Unholde, die von den Dunkelelfen als Sklaven gehalten worden waren, entsprechend viele Namen gebraucht wurden, mussten die Brüder mangels Phantasie improvisieren: Den einen nannten sie *Gobcha*, weil er als Schmied gearbeitet hatte, einen anderen *Snagor*, weil seine Zunge gespalten war, einen weiteren *Bodash*, weil er steinalt war, und wieder einen anderen *Pochga*, weil er seine Körpergase nicht für sich behalten konnte.

Den schmächtigen Ork, der sich als Kastellan betätigte und mit bebender Stimme jeden Unhold ankündigte, der vor den Thron trat, nannten sie *Klogionn*, weil sein kahler Schädel sein hervorstechendstes Merkmal war. Klogionn war ein alter Bekannter. Er war der Vorarbeiter gewesen, der die Brüder am Tag ihrer Ankunft in den Minen in Empfang genommen und sie in ihre Sklaventätigkeit eingewiesen hatte. Nun gaben Balbok und Rammar die Anweisungen – und das mit unverhohlenem Genuss.

Gerade verbeugte sich wieder ein Ork vor ihrem Thron – ein narbenübersäter grünhäutiger Hüne, der noch viel zu schmächtig war für seine Körpergröße.

»Schwörst du uns, deinen Königen, ewige Treue?«, rief Rammar herrisch und fuchtelte drohend mit dem linken Arm, an dem er die Spitze eines neu geschmiedeten *saparak* als Prothese trug.

»Das tue ich«, kam es unterwürfig zurück.

»Dann steh gefälligst auf, *umbal*!«, fuhr Rammar ihn an. »Ein Ork aus echtem Tod und Horn beugt vor nichts und niemandem das Haupt, merk dir das!«

»Ja, Herr.«

»Ja, mein König!«, verbesserte Rammar.

»Ja, mein König«, sagte der Untertan und entblößte sein lückenhaftes Gebiss zu einem breiten Grinsen. »*Umbal* ist euer ergebener Diener.«

»Umbal? Wer soll das sein?«

»Ich natürlich«, erklärte der Ork im Brustton der Überzeugung. »Du selbst hast mir den Namen doch gerade gegeben.«

»Was soll ich getan haben?« Während Rammar noch zu verstehen versuchte, verfiel Balbok in wieherndes Gelächter.

»Sieht so aus«, meinte er vergnügt, »als wäre ich nicht mehr der einzige *umbal* hier.«

»Offensichtlich.« Rammar seufzte und bedeutete ihrem Untertanen, sich vom Thron zu entfernen. »Wie viele noch?«, erkundigte er sich beim Kastellan.

»*Iomash*«, gab dieser die korrekte Antwort, obwohl er als Vorarbeiter in den Minen der Dunkelelfen den Umgang mit Zahlen gelernt hatte. Doch Rammar hatte ihm ausdrücklich verboten, zu zählen oder gar zu rechnen. Schließlich konnte es nicht angehen, dass der *asar* schlauer war als der *koum*. »Soll ich den Nächsten hereinholen?«

»Noch nicht«, wehrte Rammar ab. »Erst mal muss ein ordentlicher Humpen Blutbier her.«

»Und ein Kessel *bru-mill*«, fügte Balbok hinzu, einen Krallenfinger belehrend erhoben. »Das gehört nämlich zusammen, musst du wissen.«

»Wie ihr wünscht«, erwiderte Klogionn und entfernte sich aus der Thronhöhle.

»Sie müssen noch viel lernen«, meinte Balbok, der ihm mit einer Mischung aus Nachsicht und Rührung hinterherblickte.

»Kann man wohl sagen«, stimmte Rammar verdrießlich zu. »Diese *lus-irk'hai* haben wirklich alles vergessen, was einen Ork aus echtem Tod und Horn ausmacht.«

»Ihr Glück«, sagte Balbok, »dass sie gute Lehrer haben.«

»*Korr*«, meinte Rammar, und zumindest dieses eine Mal waren sich die beiden Brüder einig.

Das Blutbier wurde gebracht – natürlich noch kein Altgelagertes, sondern frisch zubereitetes, das noch längst nicht den ranzigen, vergorenen Geschmack hatte, den Kenner zu schätzen wussten. Balbok und Rammar ließen sich trotzdem ordentlich einschenken, prosteten einander zu und leerten die Schädelkrüge bis auf den Grund.

»Was wohl aus ihnen geworden ist?«, fragte Balbok, nachdem er sich mit dem Klauenrücken den Schaum abgewischt hatte.

Rammar stocherte mit der *saparak*-Prothese in den Zähnen herum. »Aus wem?«

»Corwyn und Alannah.«

»Woher soll ich das wissen?«

»Ob wir sie jemals wiedersehen werden?«

»Bei Kuruls Grube, ich hoffe nicht!«, erwiderte Rammar aufgebracht und etwas lallend – das Blutbier zeigte bereits Wirkung. »Wenn wir Glück haben, ist ihr Schiff gesunken, und sie liegen irgendwo auf dem Feeresgrund als Mutter für die Mische ... Ich meine, als Futter für die Fische. Nach all dem Ärger, den sie uns gemacht haben, wäre das die gerechte Strafe.«

»*Korr*«, stimmte Balbok zu, wenn auch nicht ganz so überzeugt. Denn wenn er an die Abenteuer dachte, die sie gemeinsam erlebt hatten – die Flucht aus Shakara, den Kampf gegen die Eisbarbaren und den Waldtroll, die Befreiung Tirgas Lans, die Reise durch den Smaragdwald und noch vieles mehr –, dann überkam ihn doch ein bisschen Wehmut, und insgeheim hoffte er nicht nur, dass der König und die Königin überlebt hatten, sondern dass sich ihre Wege sogar wieder kreuzen würden, vielleicht irgendwann, eines fernen Tages ...

Und noch etwas gab es, das den hageren Ork beschäftigte.

»Du, Rammar«, sagte er.

»Was ist?«

»Etwas lässt mir keine Ruhe.«

»Dein Problem«, kam es trocken zurück.

»Dort oben im Turm, als uns der Zauberer in seiner Gewalt hatte, da hast du etwas gesagt, das mir nicht recht aus dem Schädel will.«

»Nämlich?«

»Dass es dir egal wäre, wenn der Zauberer mich umbringt«, erwiderte Balbok leise.

Rammar schaute ihn von der Seite an. »Und?«

»Das war gelogen, oder?«

»*Shnorsh*, woher soll ich das denn noch wissen?«, brauste Rammar auf. »Das ist ewig her, und ich lüge andauernd.«

»Ich frage nur«, sagte Balbok mit hängenden Schultern, »weil ich manchmal wirklich ein ziemlicher *umbal* bin ...«

»Das stimmt.«

»... und ich dich immerzu in Schwierigkeiten bringe.«

»Stimmt auch«, pflichtete Rammar abermals bei. »Aber für Schmalaugen, die mir den *asar* aufgerissen haben, habe ich noch sehr viel weniger übrig als für einen *umbal* wie dich. Beruhigt dich das?«

»*Korr*«, sagte Balbok mit einem enttäuschten Gesicht, das seine Zustimmung Lügen strafte.

»Außerdem«, fügte Rammar (wenn auch sehr viel leiser) hinzu, »kannst du bisweilen eine ganz brauchbare Hilfe sein. Und ganz sicher«, nuschelte er kaum verständlich, »bist du der wildeste Ork, den ich kenne.«

»F-findest du?« Balboks spitze Ohren, die zuletzt schlaff herabgehangen hatten, richteten sich wieder auf.

»Nach mir natürlich«, schränkte Rammar ein.

»*Korr.*« Balbok nickte begeistert und schwieg eine Weile, ehe sein Gesicht abermals einen nachdenklichen Ausdruck annahm und sich seine Stirn runzelte. »Weißt du, was ich mich außerdem noch frage?«

Rammar schnaubte unwillig. »Was denn noch?«

»Sind wir nun gute Orks oder böse?«

»Was soll denn das nun wieder?«, rief Rammar verständnislos. »Böse natürlich, was denn sonst? Schließlich sind wir Orks aus echtem Tod und Horn.«

»Schon«, räumte Balbok ein. »Aber wir haben den Menschen dabei geholfen, ein Königreich zu errichten. Und wir haben es gegen seine Feinde verteidigt. Und schließlich haben wir die Herrschaft der Dunkelelfen beendet.«

»Das haben wir«, pflichtete Rammar bei, »und dabei jedes Mal einen guten Schnitt gemacht.«

»Aber«, wandte Balbok ein wenig hilflos ein, »dann haben wir doch eigentlich etwas Gutes getan, oder nicht?«

»*Umbal!*«, rügte Rammar ihn und tippte sich mit der Spitze seiner Prothese an die Schläfe. »Du hast zu viel Zeit in der Gesellschaft von Milchgesichtern verbracht. Ist nicht gut fürs Hirn.«

»Wieso? Was meinst du?«

»Nur Menschen zerbrechen sich den Kopf darüber, was gut oder böse ist. Da Orks grundsätzlich böse sind, brauchen wir uns darüber keine Gedanken zu machen.«

»Aha«, sagte Balbok und nickte, obwohl er die Sache noch immer ziemlich verwirrend fand. Die Falten auf seiner hohen Stirn vertieften sich entsprechend. »Und wenn man von uns denkt, dass wir etwas Gutes getan haben, obwohl wir uns doch alle Mühe gegeben haben, böse zu sein?«

»Manchmal bist du wirklich zu dämlich!« Rammar bedachte seinen einfältigen Bruder mit einem strafenden Blick. »Wer, bei Graishaks Schädel, sollte denn so etwas Bescheuertes tun?«

»Was weiß ich?« Balbok zuckte unbeholfen mit den Schultern. »Milchgesichter vielleicht, die unsere Geschichte irgendwann lesen und sich fragen, ob es uns je wirklich gegeben hat.«

»*Schmarren!*«, fauchte Rammar. »Glaubst du denn, eine Geschichte wie die unsere wird aufgeschrieben? Vielleicht noch auf Papier, was? Und womöglich zwischen Deckel gebunden, damit sie sich jeder in seine Höhle holen und lesen kann!«

»*Korr*, das glaube ich«, war Balbok überzeugt. »Und wie ich das glaube, du dicker kleiner *umbal* …«

# APPENDIX A

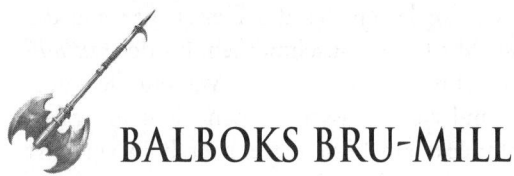

# BALBOKS BRU-MILL

Hier ist es nun also – das Rezept für den legendären Orkischen Magenverstimmer. Die Zusammensetzung dieses unter Orks ungeheuer beliebten Eintopfs variiert von *bolboug* zu *bolboug*. Nachfolgend findet der geneigte Leser Balboks Lieblingsrezeptur:

ZUTATEN:

- *Fleisch von einem Gnom (frisch)*
- *1 Kralle voll fetter Maden (lebend)*
- *4* knum'hai *gestopfter Gnomendarm*
- *4 Zwiebeln, 2 Knoblauchzehen und 1 Chilischote*
- *5 Paar Ghulaugen*
- *gemahlenes Warg-Knochenmehl*
- *1 Kelle ranziges Trollfett*
- *1 Krug braune Schlammbrühe*
- *Salz und Pfeffer*

ZUBEREITUNG:

Man gebe das Trollfett in eine Eisenpfanne und erhitze es, anschließend brate man das mit Pfeffer und Salz gewürzte Gnomenfleisch darin gründlich an. Sodann nehme man das Fleisch wieder aus der Pfanne und rühre das Warg-Knochenmehl sorgfältig in den Bratensatz, bis er braun geworden ist. Vorsicht, dass die Pfanne dabei nicht zu heiß wird – nur *umbal'hai* lassen ihren *bru-mill* anbrennen. Die geschnittenen Zwiebeln, den Knoblauch und die gehackte Chilischote hinzufügen. Dann den Inhalt der Pfanne in einen großen Kessel umgießen, die Schlammbrühe hinzufügen und beides sorgfältig verrühren. Nach und nach das angebratene Fleisch sowie die Maden und den klein geschnittenen Gnomendarm dazugeben und auf kleiner Flamme köcheln lassen, bis das Fleisch gar und die Soße eingedickt ist. Mit Pfeffer abschmecken, bis der *bru-mill* ordentlich im Rachen brennt. Kurz vor dem Verzehr die Ghulaugen hinzufügen und ziehen lassen, jedoch nicht mehr kochen. *Bru-mill* schmeckt am besten, wenn er heiß verzehrt wird. Dazu reicht man herzhaftes Brot. *Lish-knam!*

HINWEIS:

Menschen mit weniger robustem Magen und solche, die nicht Orks genug sind, sich die Originalzutaten zu beschaffen, können diese auch wie folgt ersetzen:

– *400 Gramm Hähnchenfleisch*
– *200 Gramm Shrimps*
– *2 Paar Wiener Würstchen*
– *2 Zwiebeln, 2 Knoblauchzehen und 1 Chilischote (mild)*
– *10 Kirschtomaten*
– *1 Tasse Mehl*
– *250 ml Pflanzenöl*
– *1,5 Liter Gemüse- oder Hühnerbrühe*

# APPENDIX B

# DIE SPRACHE DER ORKS

Die Sprache der Orks ist denkbar einfach strukturiert. Ihre grammatikalischen Prinzipien können von jedem Interessierten mühelos erlernt werden, Schwierigkeiten bereitet allenfalls die Aussprache. So werden Menschen auch dann, wenn sie sich zur Unkenntlichkeit verkleiden, unter Orks in der Regel an ihrem Akzent erkannt und müssen mit drastischen Konsequenzen für Leib und Leben rechnen.

Die kriegerische Ork-Kultur kennt weder den Beruf des Schreibers noch den des Schriftgelehrten und hat folglich weder geschichtliche Dokumente noch literarische Werke hervorgebracht. Selbst die wenigen Ork-Gelehrten haben ihre Erkenntnisse niemals schriftlich niedergelegt. Entsprechend wurde die ursprünglich vom Elfischen abstammende Sprache der Orks lediglich mündlich tradiert und hat sich auf diese Weise im Lauf der Jahrhunderte beständig vereinfacht. So kennt das Idiom der Orks weder Deklinationen noch Konjugationen, unterschiedliche Casus und Tempora werden lediglich durch den Zusammenhang erschlossen bzw. durch die orkische Eigenheit des *tougasg* (siehe unten). Einzige Ausnahme ist der Genitiv, der durch Voranstellung der Silbe *ur'*- ausgedrückt wird. Häufig werden Worten Anhängsel beigefügt, die ihre Bedeutung sinnstiftend verändern, so z. B. das Suffix -*'hai*, das den Plural ausdrückt (*umbal* – der Idiot; *umbal'hai* – die Idioten).

Da Orks Wert auf die genaue Bestimmung ihrer Besitzstände legen, werden auch derlei Zugehörigkeiten durch angehängte Silben ausgedrückt, z. B. -*'mo*, was »mein« bedeutet, oder -'*nur*, was »dein« heißt. Eine Unterscheidung zwischen Adjektiv und Adverb, wie sie in höher entwickelten Menschensprachen gebräuchlich ist, kennt die Ork-Sprache (zur hellen Freude der jungen Orks) grundsätzlich nicht. Zum Formen eines Satzes werden die entsprechenden Worte lediglich aneinandergereiht, wobei sich die Reihenfolge Subjekt – Prädikat – Objekt eingebürgert hat, aber nicht zwingend eingehalten werden muss, zumal dies auch von Stamm zu Stamm variiert. Verben werden – bis auf wenige Ausnahmen – durch die Verbindung eines Substantivs mit der Endung -'*dok* (tun, machen) gebildet, z. B. *koum'dok*, was übersetzt »jemanden enthaupten« bedeutet. Die Bedeutung der so entstehenden Verben ist von unterschiedlicher Klarheit – mal ist sie auf den ersten Blick ersichtlich, wie bei *gore'dok* (lachen), dann wieder bedarf sie einiger Interpretation, wie bei *lus'dok*, was man wörtlich etwa mit »sich wie Gemüse benehmen« übersetzen kann, in Kenntnis der allgemeinen Abneigung der Orks gegen vegetarische Ernährung jedoch als »feige sein« verstanden werden muss. Aufgrund zahlreicher Anfragen sei auch kurz erklärt, wie das Orkische das Partizip Perfekt Passiv, kurz PPP genannt, zu bilden pflegt, nämlich in der Regel durch simples Anhängen der Buchstabensilbe '*dh* an das entsprechende Verb. Aus *kar'dok* »verdrehen« wird so *kar'dok'dh* – »verdreht«.

Zahlen entstehen, indem die Zahlwörter von Null bis neun aneinandergereiht werden:

| | |
|---|---|
| Null | *oulla* |
| eins | *an* |
| zwei | *da* |
| drei | *ri* |
| vier | *kur* |
| fünf | *kichg* |
| sechs | *sai* |
| sieben | *souk* |

acht . . . . . . . . . . . . . . . . . *okd*
neun . . . . . . . . . . . . . . . . *nou*

Auch hier ist die Reihenfolge beliebig, sodass etwa bei *okd-an* grundsätzliche Unklarheit darüber besteht, ob nun die Zahl 18 oder 81 gemeint ist. Da jedoch die wenigsten Orks zählen geschweige denn rechnen können, fiel dieser Faktor in ihrer Geschichte weniger ins Gewicht, als man annehmen sollte. Im Sprachgebrauch der Orks werden Mengen meist lediglich als *iomash* (viele) oder *bougum* (wenige) angegeben.

Die Etymologie einzelner Wörter und Begriffe ist bei den Orks mehr als bei anderen Völkern in Abhängigkeit von der (nur ansatzweise vorhandenen) kulturellen Entwicklung zu sehen. So ist es sicher kein Zufall, dass das Allerweltswort *dok*, das Wort für trinken *deok* und das eine starke Abneigung oder Verneinung ausdrückende *douk* ganz offensichtlich demselben Wortstamm entwachsen sind. Einige Wörter des Orkischen wurden – auch wenn die Orks selbst das niemals zugeben würden – den Menschensprachen entlehnt, so z. B. *mochgstir* (Meister), *smok* (Rauch), *birr* (Bier) oder *tounga* (Zunge), was vor allem auf das Bündnis der Orks mit den Menschen während des Zweiten Krieges zurückzuführen ist. Zu denken sollte uns geben, dass das orkische Wort für »Mord« ebenfalls aus einer Menschensprache übernommen wurde: *murt*.

Eine letzte Anmerkung sei zum *tougasg* gestattet, was übersetzt »Lehre« bedeutet und eine bei Orks häufig anzutreffende Art der nonverbalen Unterstützung verbaler Kommunikation bezeichnet: Im Gespräch pflegen Orks ihren Worten oft gestenreich und nicht zuletzt auch mit gezielten Fausthieben Nachdruck zu verleihen, was das Verstehen noch einmal erheblich erleichtert. Menschen, die sich dem Erlernen des Orkischen verschrieben haben, muss im Hinblick auf die unterschiedliche Physis von Menschen und Orks allerdings dringend abgeraten werden, *tougasg* im Gespräch mit einem Ork anzuwenden. Erhebliche Schädigun-

gen der Gesundheit können die Folge sein. Für etwaige Nicht-
beachtung dieser Regel lehnen sowohl der Autor als auch
der Verlag jede Verantwortung ab.

Nachfolgend eine abermals erweiterte Auflistung wichtiger
Ork-Wörter und -Begriffe:

| | |
|---|---|
| *abhaim* | Fluss |
| *achgal* | Angst, Furcht |
| *achgor* | behaupten |
| *achgosh* | Gesicht |
| *Achgosh douk!* | Hallo! (wörtl. »Ich mag deine Visage nicht«) |
| *achgosh'hai-bonn* | Menschen (eigentlich »Milchgesichter«) |
| *achgosh-lairk* | Graugesicht (Dunkelelf) |
| *airun* | Eisen |
| *akras* | Hunger |
| *akras'dok* | hungrig sein |
| *alhark* | Horn |
| *amhorus* | Verdacht |
| *amousg* | bei, unter |
| *anmosh* | spät |
| *ann* | in |
| *anochg* | gegen |
| *anois* | aufwärts |
| *anuash* | herunter, hinunter |
| *anur* | einmal |
| *aochg* | Gast, Passagier |
| *aog* | Tod (Alter) |
| *argol* | Westen |
| *arkrosh* | Wieder |
| *artum* | Stein |
| *artum-tudok* | Steinschlag |
| *asar* | Hintern, Arsch |
| *baish* | Proviant |
| *balbok* | dumm |

| | |
|---|---|
| *barkos* | Stirn |
| *barrantas* | Macht |
| *barrashd* | mehr |
| *bas* | Tod (im Kampf) |
| *batar* | Boot |
| *bhull* | Ball |
| *blar* | Schlacht(feld) |
| *blark* | warm |
| *blarmur* | Seeschlacht |
| *blos* | Akzent |
| *bloshmu* | Jahr |
| *bochga* | Bogen |
| *bochl* | Wahnsinn |
| *bodash* | Greis |
| *bog* | weich |
| *bogash* | Sumpf |
| *bogash-chgul* | Sumpfgeist |
| *bog-uchg* | Weichei |
| *bokum* | Geist |
| *bol* | Stadt |
| *bolboug* | Dorf (Heimat) |
| *bonn* | Milch |
| *borb* | roh, grausam, brutal |
| *bosh* | Schwur |
| *boub* | Weib |
| *bougum* | wenig(e) |
| *boun* | Frau |
| *bourka* | Leben |
| *bourtas* | Reichtum |
| *bouthash* | Bestie |
| *brarkor* | Bruder |
| *bratash* | Fahne |
| *brish* | Bruch |
| *brish'dok* | brechen |
| *broigas* | Hose |
| *bru* | Magen |

| | |
|---|---|
| *bruchg* | Betrug |
| *bruchgor* | Betrüger |
| *bru-mill* | Magenverstimmer (orkisches Nationalgericht) |
| *brunirk* | Gnom |
| *bruuchg* | Lüge |
| *bruuchgor* | Lügner |
| *bruurk* | Urteil, Gericht |
| *buchg* | Hieb, Stoß |
| *bunn* | Boden, Wurzel |
| *bunta* | Kartoffel |
| *buol* | Schlag |
| *buon* | Ernte |
| *buunn* | Berg |
| *carrog* | Klippe, Kluft |
| *chgul* | Ghul |
| *chl* | mit |
| *coultash* | Ähnlichkeit, ähnlich |
| *cour'dok* | handeln |
| *courd* | Handel |
| *cudach* | Spinne |
| *cul* | zurück |
| *daorash* | Vergiftung |
| *darash* | Eiche |
| *dark* | Farbe, farbig |
| *darr* | blind |
| *datul* | Tunnel |
| *deok* | Trank, trinken |
| *dhruurz* | Zauberer |
| *diaomoun* | Diamant |
| *diloub* | Erbe, Vermächtnis |
| *diloub'dok* | vermachen |
| *dirk* | Niederlage |
| *diswok* | erwarten |
| *dlurk* | nahe |
| *dok* | tun |

| | |
|---|---|
| *doll* | Wiese |
| *domhon* | Tiefe, tief |
| *domhor* | Geheimnis, geheim |
| *dorash* | Dunkelheit, dunkel |
| *douk* | nein, auch: Ich mag nicht ... |
| *dourg* | rot |
| *dous* | Süden |
| *drachg* | Ärger, Wut |
| *drashda* | jetzt |
| *drum* | Rücken |
| *dulchgoudas* | Schwierigkeit, Hindernis |
| *duliash* | Teil |
| *dunn* | Mann |
| *durkash* | Land |
| *duuchg* | Eis |
| *duusuul* | bereit, fertig |
| *eh* | er, es |
| *eolash* | Wissen, Erkenntnis |
| *eugash* | ohne |
| *eukior* | Unrecht |
| *fachg* | Blatt |
| *faihoc* | wild |
| *faklor* | Wortschatz |
| *famhor* | Riese |
| *faramh* | leer |
| *fasash* | Wüste |
| *feusachg* | Bart |
| *feusachg'hai-shrouk* | Zwerge (eigentlich »Hutzelbärte«) |
| *fhada* | lang |
| *fhuun* | selbst |
| *firunn* | Wahrheit |
| *foisrashash* | Information |
| *fosh* | fern, weit |
| *fouk* | sehen |
| *fouksinnash* | sichtbar |
| *fouksinnash douk* | unsichtbar |

| | |
|---|---|
| *four* | Kerl, Ding |
| *fruukoudum* | Wache, Wächter |
| *fu* | unter |
| *ful* | Blut |
| *fuurk* | Verzögerung |
| *fuurk'dok* | warten |
| *gaork* | Wind |
| *ghu* | zu, nach |
| *gloikas* | Weisheit |
| *gobcha* | Schmied |
| *gore* | Gelächter |
| *gore'dok* | lachen |
| *gorm* | grün |
| *gosgosh* | Held |
| *goshda* | Falle |
| *gou* | bis |
| *goulash* | Mond |
| *goull* | Versprechen |
| *goultor* | Feigling |
| *gourr* | kurz |
| *gouta* | Pforte, Tor |
| *granda* | hässlich |
| *gron* | Hass |
| *gruagash* | Jungfrau |
| *gubhirk* | fast |
| *gulmag* | Seeungeheuer |
| *gurk* | Stimme |
| *gurk'dok* | schreien |
| *gusgul* | Schimpfwort |
| *huam* | Höhle |
| *ih* | sie |
| *imash* | Abreise, Aufbruch |
| *imiash* | Aufbruch |
| *imiash'dok* | aufbrechen, weggehen |
| *iodashu* | Nacht |
| *iomash* | viel(e) |

| | |
|---|---|
| *irk* | fressen |
| *isoun* | Huhn |
| *kagar* | Flüstern |
| *kaka* | Kuchen |
| *kalash* | Hafen |
| *kalumm* | Boot (orkische Bauart) |
| *kamhanochg* | Dämmerung |
| *kaol* | eng, schmal |
| *kar* | Verrenkung |
| *kar'dok* | vedrehen |
| *karal* | Freund, Gefährte |
| *karsok?* | warum? |
| *kas* | Bein |
| *kas* | Fuß |
| *kaslar* | Landkarte |
| *keol* | Musik |
| *khumne* | Gedächtnis |
| *khumne'dok* | nachdenken |
| *kiod* | Diebstahl, Raub |
| *kio'dok* | stehlen, rauben |
| *kionnoul* | Kerze |
| *kionoum* | Treffen |
| *klogionn* | Schädel |
| *klogosh* | Helm |
| *kluas* | Ohr (eines Ork) |
| *knam* | kauen, verdauen |
| *knomh* | Knochen |
| *knum* | Wurm, auch orkisches Längenmaß (ca. 30 cm) |
| *Ko, k'* | wer |
| *koinnoumh* | Begegnung |
| *kointash* | schuldig |
| *kointash douk* | unschuldig |
| *koll* | Wald |
| *komanash* | Jäger |
| *komanta* | Gemeinsamkeit, gemeinsam |

| | |
|---|---|
| *komhal* | immer |
| *komharrash* | Zeichen |
| *komhorra* | Rat (der Ältesten) |
| *komuchl* | zusammen |
| *komuchl-krichg* | Zusammenkunft |
| *korr* | Einverstanden, allgemeine Bejahung |
| *korr* | ja |
| *korrachg* | Finger |
| *korzoul* | Burg |
| *koum* | Kopf |
| *koun-kinish* | Häuptling (eines Ork-Stammes) |
| *kourt* | gerecht |
| *kourtas* | Gerechtigkeit |
| *krark* | beben, (sich) schütteln |
| *krich'dok* | kommen |
| *kriok* | Ende |
| *Kriok!* | Genug damit! (wörtlich »Ende«) |
| *kro* | Tod (gewaltsam) |
| *kro-buchg* | Todesstoß |
| *kroiash* | Grenze |
| *krok* | tot |
| *kro-sabal* | Todeskampf |
| *kro-truuark* | Todeskommando |
| *krutor* | Kreatur |
| *kudashd* | auch |
| *kul* | Rückseite |
| *kulach* | Fliegen, Flug- |
| *kulach-knum* | Lindwurm |
| *kulish* | Versteck |
| *kum* | behalten |
| *kungash* | Medizin, Heilmittel |
| *kunnart* | Gefahr, gefährlich |
| *kur* | Drehung, auch: Verrenkung |
| *kur'dok* | drehen, auch: verrenken |
| *kuroush* | Einladung |
| *kursosh* | Vergangenheit |

| | |
|---|---|
| *kuun* | Fremder, fremd |
| *lachg* | Gesetz |
| *lairk* | grau |
| *laochg* | Krieger |
| *lark* | schnell |
| *larka* | Tag |
| *larkor* | Gegenwart |
| *lash'dok* | kennen, erkennen |
| *lashar* | Flamme |
| *liosg* | Feuer |
| *lonk* | Schiff |
| *lorchg* | Fährte |
| *lorg* | Fund, Spur |
| *luchga* | klein |
| *lum* | Sprung |
| *lumm* | Klinge |
| *lus* | Gemüse |
| *lus'dok* | feige sein, sich (vor Feinden) fürchten |
| *lus-irk* | Vegetarier (wörtlich »Gemüsefresser«) |
| *lut* | Wunde, wund |
| *luusg* | Faulheit |
| *madon* | Morgen |
| *mainn* | Absicht |
| *malash* | Hund |
| *malash-arralsh* | Wolf |
| *mashlu* | Schande |
| *mathum* | Bär |
| *mill* | verderben |
| *minras* | Mine |
| *miot* | Stolz |
| *moash* | früh |
| *mochgstir* | Meister |
| *moi* | ich |
| *moror* | Herrscher |
| *mu* | wenn |

| | |
|---|---|
| *mu … ra* | wenn … nicht |
| *muk* | Schwein |
| *muk'dok* | kleckern |
| *muntir* | Volk |
| *mur* | Meer |
| *murruchg* | Made |
| *murt* | Mord, Mörder |
| *nabosh* | Nachbar |
| *namhal* | Feind |
| *nifful* | Nebel |
| *nokd* | erscheinen, sich zeigen |
| *noud* | Nest |
| *nuarranash* | heulen |
| *nuash* | neu |
| *'nur* | dein |
| *ochdral* | Geschichte, Historie |
| *ochgan* | Zweig |
| *ochgurash* | Schwuler, schwul |
| *oignash* | Überraschung |
| *oinsochg* | Angriff |
| *oir* | Gold |
| *oirkir* | Küste |
| *oisal* | niedrig |
| *ol* | Luft |
| *ol'dok* | verschwinden |
| *olk* | böse |
| *omhruut* | Zwietracht |
| *or* | auf |
| *orchgoid* | Silber |
| *ord* | Hammer |
| *ordashoulash* | verschieden, unterschiedlich |
| *ord-sochgash* | Kriegshammer (Waffe) |
| *orgoid* | Geld, Bezahlung |
| *ork* | Ork |
| *ork-boun* | Orkin |
| *orson* | für, um |

| | |
|---|---|
| *oruun* | Arena |
| *oskoin* | über |
| *ouash* | Pferd |
| *oudarshoulachash* | Unterschied, unterschiedlich |
| *ounchon* | Gehirn |
| *our* | Osten |
| *pirak* | Seeräuber, Pirat |
| *plum* | Plan, Vorhaben |
| *pochga* | Furz |
| *poibh* | Pfeife |
| *pol* | Schlamm |
| *rabhash* | Warnung |
| *radum* | Ratte |
| *rammash* | dick |
| *rark* | Festung |
| *rash* | Rache |
| *richg* | König |
| *rochg* | Rotz |
| *rochgon* | Wahl |
| *roub* | reißen |
| *ruchg* | Tal, Schlucht |
| *rushoum* | Glaube |
| *ruuk* | Verkauf |
| *ruuk'dok* | verkaufen |
| *'s* | und |
| *sabal* | Kampf |
| *salash* | Dreck, dreckig |
| *samashor* | Schweigen |
| *sammash* | leise, still |
| *saobh* | Raserei |
| *saobh* | verrückt (vor Wut) |
| *saparak* | Speer |
| *sgark* | Schild |
| *sgarkan* | Spiegel |
| *sgimilour* | Eindringling |
| *sgol* | Schatten |

| | |
|---|---|
| *sgorn* | Kehle |
| *sgudar* | Darm |
| *sgudar'hai* | Eingeweide |
| *shadag* | Funke |
| *shnorsh* | **** |
| *shnorshor* | Scheißer (abwertend) |
| *shron* | Nase |
| *shron'dok* | atmen |
| *shrouk'dok* | schrumpfen |
| *shrouk-koum* | Schrumpfkopf |
| *shub* | schwarz |
| *sioll* | Blitz |
| *siorrush* | Ewigkeit, ewig |
| *slaish* | Schwert |
| *slichge* | Weg |
| *slok* | Grube |
| *slug* | Schluck |
| *smarkod* | vielleicht |
| *smok* | Rauch |
| *snagor* | Schlange, Reptil |
| *snoushda* | Schnee |
| *sochgal* | Erde, Welt |
| *sochgash* | Krieg |
| *sochgor* | Staatsgeheimnis |
| *sochgoud* | Pfeil |
| *sochgoud's bochga* | Pfeil und Bogen |
| *sonash* | Freude |
| *sonash'dok* | freuen |
| *soubhag* | Falke |
| *soukod* | Jacke, Rock |
| *soulbh* | Glück |
| *soullash* | Blick |
| *soun* | alt |
| *spogg* | Kralle |
| *spoikash* | gemein |
| *spoulg* | Splitter |

| | |
|---|---|
| *sturk* | Stoff, Material |
| *sul* | Auge |
| *sul'hai-coul* | Elfen (eigentlich »Schmalaugen«) |
| *sul'hai-coul-boun* | Elfenweib (abwertend) |
| *sutis* | süß |
| *tashol* | Besuch |
| *tog* | Graben |
| *togol* | Gebäude, Haus |
| *torma* | Armee, Heer |
| *tornoumuch* | Donner |
| *tosash* | Anfang, Beginn |
| *tougasg* | Lehrer, Lehre |
| *tounga* | Zunge |
| *trurk* | Verrat |
| *trurk'dok* | verraten |
| *trurkor* | Verräter |
| *truuark* | Unternehmen |
| *tuachg* | Axt |
| *tuark* | Norden |
| *tuash* | Flucht |
| *tudok* | Fall, fallen |
| *tul* | Loch |
| *tull* | Rückkehr |
| *tur* | Turm |
| *tur'dok* | flüchten |
| *turus* | Reise |
| *tutoum* | Sturz |
| *uchg* | Ei |
| *uchl-bhuurz* | Ungeheuer |
| *umbal* | Idiot |
| *umm* | Zeit |
| *unnog* | Fenster |
| *unur* | Ehre |
| *ur'kurul-lashar* | Kuruls Flamme |
| *ur'Kurul-slok* | Kuruls Grube |
| *urku* | du |

| | |
|---|---|
| *usga* | Wasser |
| *usganash* | Wasserfall |
| *ush* | Interesse |
| *uule* | anders, andere |
| *uuloun* | Insel |

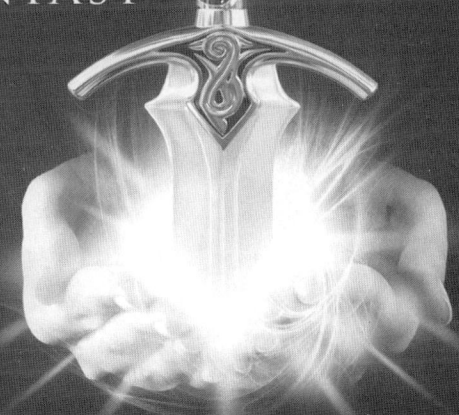

PIPER

**Michael Peinkofer**
*Die Zauberer*

Roman. 592 Seiten. Klappenbroschur

Es ist der Vorabend der großen Schlacht, die als der »Zweite Krieg« in die Chroniken von Erdwelt eingehen wird. In einer Festung im Ewigen Eis, der Ordensburg von Shakara, leben die mächtigsten Wesen von Erdwelt, die Zauberer. Dort treffen drei ungewöhnliche Novizen aufeinander. Die junge Elfin Alannah, der ehrgeizige Elf Aldur und der magisch begabte Mensch Granock sollen lernen, ihre einzigartigen Gaben für das Wohl ihres Landes einzusetzen. Doch in den eisigen Hallen treffen sie nicht nur auf Freundschaft und Liebe, sondern auch auf Verschwörung und Verrat. Schnell sehen sich die jungen Zauberer ihrer größten Aufgabe gegenüber – Erdwelt vor der Vernichtung zu bewahren.

Das fesselnde neue Abenteuer des Bestseller-Autors Michael Peinkofer führt in die Anfänge von Erdwelt, dem magischen Reich, in dem schon die Orks Balbok und Rammar ihre Äxte kreisen ließen.

01/1786/01/R

PIPER

**Michael Peinkofer**
*Die Zauberer. Die Erste Schlacht*

Roman. 496 Seiten. Broschur

Erdwelt am Rande des Krieges: Die Orks überschreiten die
Grenze der Modermark. Die Menschen rüsten zum Angriff, um das Joch der Elfenherrschaft abzuschütteln. Doch die
größte Gefahr droht durch einen gerissenen, unheimlichen
Feind – den Dunkelelfen Margok, der noch immer nicht besiegt ist. Die drei jungen Zauberer Granock, Aldur und
Alannah werden damit betraut, in einem zerstörten Tempel
nach Hinweisen auf den Verbleib des Dunkelelfen zu suchen. Jenseits der tiefen Dschungel Aruns stoßen sie nicht nur
auf ein uraltes Geheimnis und eine verschollene Zivilisation. Sie müssen auch erfahren, wo die Grenzen ihrer Freundschaft liegen. Und im Norden entbrennt die schicksalhafte
Schlacht um die Zukunft von Erdwelt …

01/1886/01/R